考える力を伸ばす!
心を育てる!
読み聞かせ
366話

はじめに

読《よ》み聞《き》かせは、親《おや》と子《こ》の心《こころ》がふれあう、とくべつな時間《じかん》です。

親子《おやこ》で隣《となり》あって、または親《おや》のひざの上《うえ》で、子《こ》どもは心《こころ》をほどき、お話《はなし》に耳《みみ》をかたむけます。

親《おや》が語《かた》りかける感情《かんじょう》や言葉《ことば》が、子《こ》どもに直接《ちょくせつ》とどくことで、子《こ》どもはハラハラ、ドキドキする冒険《ぼうけん》のおもしろさを、クスッと笑《わら》えてうなずけるとんちのゆかいさを、心《こころ》が温《あたた》まるしあわせなプリンセス・ストーリーを、心《こころ》と体《からだ》でいっぱいに感《かん》じることができます。

夜寝《よるね》るまえに、または昼間《ひるま》の遊《あそ》びのひとときに、いそがしい毎日《まいにち》でも一《ひと》つだけ、読《よ》み聞《き》かせをはじめてみませんか？　親《おや》から子《こ》への読《よ》み聞《き》かせは、親子《おやこ》の交流《こうりゅう》を豊《ゆた》かにするだけでなく、子《こ》どもの想像力《そうぞうりょく》をはぐくみ、未知《みち》なる世界《せかい》への興味《きょうみ》をうながします。

一日一話《いちにちいちわ》、お話《はなし》をご紹介《しょうかい》しましたが、読《よ》み聞《き》かせの方法《ほうほう》はこれにとどまりません。幼児期《ようじき》からたのしめる昔話《むかしばなし》から、ちょっとむずかしい名作《めいさく》まで、さまざまなお話《はなし》をご紹介《しょうかい》しました。親《おや》が子《こ》どもの好《この》みや成長《せいちょう》を考慮《こうりょ》し、最適《さいてき》なお話《はなし》を選《えら》んで読《よ》んでもいいでしょう。子《こ》どもの好きなお話《はなし》を、くり返《かえ》し読《よ》むのもいいですね。子《こ》どもの成長《せいちょう》にともない、選《えら》ぶお話《はなし》が、読書《どくしょ》のスタイルがかわってくるかもしれません。でも、それでいいのです。

物語《ものがたり》の世界《せかい》をたのしむこと——それが心《こころ》を豊《ゆたか》かにする、読《よ》み聞《き》かせのはじまりです。

この本《ほん》の読《よ》みかた

一日一話《いちにちいちわ》の読《よ》み聞《き》かせをご提案《ていあん》したこの本《ほん》ですが、それだけにとどまらず、いろいろなたのしみかたができます。一話《いちわ》につき、3分《ぷん》ほどで読《よ》み聞《き》かせることができますので、読《よ》みかたをご自由《じゆう》にアレンジして、お子様《こさま》との交流《こうりゅう》をおたのしみください。

ジャンル

7つのジャンルにわけています。好《す》きなジャンルや興味《きょうみ》のあるジャンルを読《よ》むのもいいですね。

日本《にほん》の昔話《むかしばなし》
「サルカニ合戦《がっせん》」や「一寸法師《いっすんぼうし》」「かちかち山《やま》」などの93話《わ》

日本《にほん》の名作《めいさく》
「銀河鉄道《ぎんがてつどう》の夜《よる》」や「ごんぎつね」「吾輩《わがはい》は猫《ねこ》である」などの41話《わ》

世界《せかい》の童話《どうわ》
「赤《あか》ずきん」や「マッチ売《う》りの少女《しょうじょ》」「北風《きたかぜ》と太陽《たいよう》」などの66話《わ》

世界《せかい》の昔話《むかしばなし》
「ジャックと豆《まめ》の木《き》」や「大《おお》きなカブ」「西遊記《さいゆうき》」などの51話《わ》

世界《せかい》の名作《めいさく》
「ピーター・パン」や「ロビン・フッド」「ピノキオ」などの79話《わ》

神話《しんわ》
「イザナギとイザナミ」や「パンドラの箱《はこ》」などの20話《わ》

伝記《でんき》
野口英世《のぐちひでよ》やヘレン・ケラーなどの16話《わ》

月《つき》・日《ひ》

毎日《まいにち》読《よ》み聞《き》かせやすいように日付《ひづけ》をつけています。季節《きせつ》にあったお話《はなし》をのせていますが、もちろん好《す》きな順《じゅん》にもおたのしみください。

タイトル

日本《にほん》と世界《せかい》のお話《はなし》366話《わ》を集《あつ》めました。毎月一話《まいつきいちわ》、スペシャルストーリーを設《もう》けています。

シリーズ・国名《こくめい》

日本《にほん》の昔話《むかしばなし》の中《なか》の「落語《らくご》」「一休《いっきゅう》さん」シリーズや、名作《めいさく》の中《なか》の「ファーブル昆虫記《こんちゅうき》」などのシリーズ名《めい》を記《しる》しています。世界《せかい》の昔話《むかしばなし》や神話《しんわ》では、国名《こくめい》を明記《めいき》しました。

作者名《さくしゃめい》

日本《にほん》の名作《めいさく》、世界《せかい》の名作《めいさく》における作者《さくしゃ》名《めい》を記《しる》しています。

読《よ》んだ日《ひ》

読《よ》んだ日《ひ》にちを書《か》きこむことができます。覚《おぼ》え書《が》きや、成長《せいちょう》、思《おも》い出《で》の記録《きろく》などにお役《やく》だてください。

お話《はなし》のタイプ

9つのタイプにわけています。そのときの気分《きぶん》や、どのような読後感《どくごかん》がいいのかなどを基準《きじゅん》に選《えら》ぶといいですね。

ゆかいな話　しあわせな話　かなしい話　ぼうけんの話
かんどうする話　ほんとうの話　とんち話　ためになる話　ふしぎな話

ポイント

お話《はなし》にまつわる豆知《まめち》識《しき》や解説《かいせつ》のほか、読《よ》みかたのご提案《ていあん》などを紹介《しょうかい》しています。おうちのかたがお読《よ》みになって、読《よ》み聞《き》かせのときにお子《こ》さんとお話《はなし》しするのもいいですね。

もくじ

1月《がつ》のお話《はなし》

2月《がつ》のお話《はなし》

知《し》ると楽《たの》しい お話《はなし》コラム

3月《がつ》のお話《はなし》

4月《がつ》のお話《はなし》

5月《がつ》のお話《はなし》

6月《がつ》のお話《はなし》

7月《がつ》のお話《はなし》

8月《がつ》のお話《はなし》

9月《がつ》のお話《はなし》

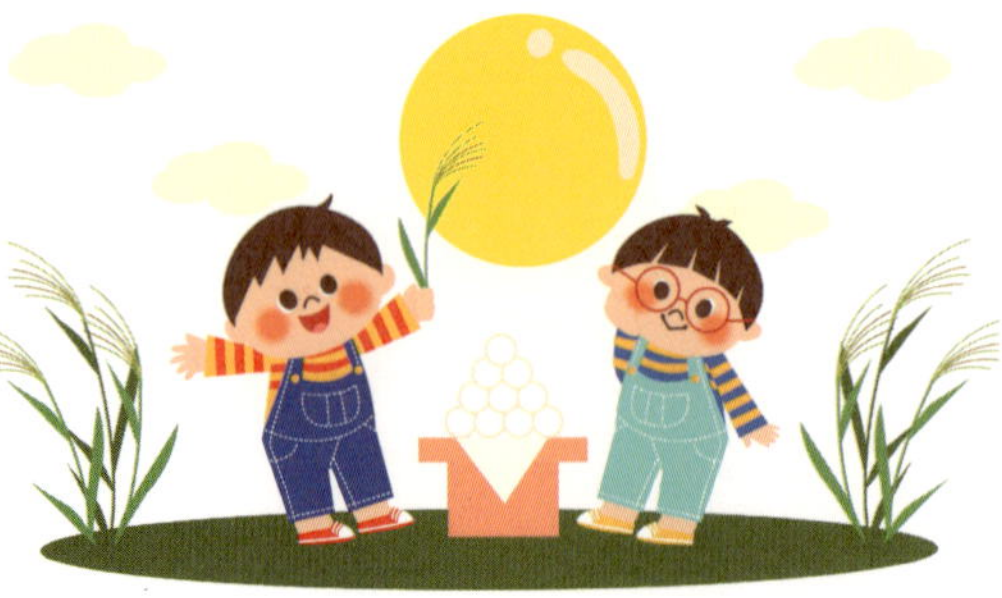

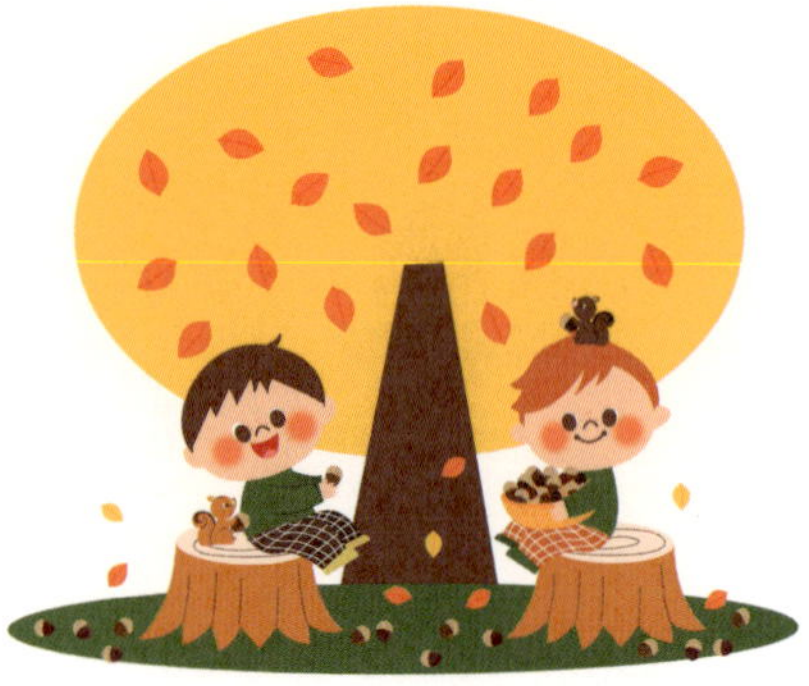

10月《がつ》のお話《はなし》

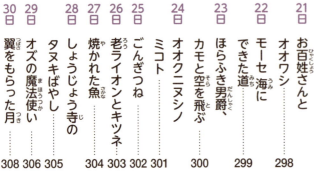

11月《がつ》のお話《はなし》

12月《がつ》のお話《はなし》

お子様《こさま》への読《よ》み聞《き》かせを目的《もくてき》としたこの本《ほん》ですが、多彩《たさい》なイラストレーションも
おたのしみの一《ひと》つです。20人《にん》のイラストレーターが、お話《はなし》に沿《そ》った挿絵《さしえ》を描《か》きました。
想像《そうぞう》の翼《つばさ》を広《ひろ》げて、物語《ものがたり》の世界《せかい》をおたのしみください。

石丸千里《いしまるちさと》

12,13,15,22,39,49,95,100,139,147,159,171,195,213,259,272,289,301,322,332,348,360,386,398

いわにしまゆみ

24,31,42～44,65,71,113,125,162,249,279,310,355,361,382,392,396

ウシヤマアユミ

35,61,69,88,98,114,126,157,161,166,189,223,258,265,330,335,369,374,389,399

江頭路子《えがしらみちこ》

33,174～175,187,233,244,291

小倉正巳《おぐらまさみ》

52,73,85,104,145,170,186,236,253,274～275,333,352,370,383

片山若子《かたやまわかこ》

14,17,27,56,59,79,87,107,132,163,168,185,191,197,218,239,269,290,302,318,354,371,390

がみ

53,118,130,184,232,254,286,298,305,317,321,325,337,351,368,388,391,404～405

クレーン謙《けん》

50,108～109,117,120,150,194,212,222,228,245,267,295,340～341,358,394

さかうえだいすけ

48,51,54,74～75,81,89,99,116,124,137,149,180,192,202,221,260,278,296,303,323,347,357,364,402

しおたまこ

26,34,41,47,63,67,90,106,134,169,181,199,211,251,271,292,312,331,349,393

しぶぞー

20,82,101,135,144,178,217,263,313,314,366,376,381

仁子《じんこ》

28,46,64,72,105,122,148,153,172,193,208,216,229,240～241,252,268,293,306～307,308,316,338,362,380,406

nachicco*《ナチコ》

16,66,78,92,128,131,140～141,151,152,182,203,235,237,256,264,281,326,336,344,395,397,400

浜野史子《はまのふみこ》

23,37,38,62,68,80,86,119,123,165,179,200,205,206～207,227,234,257,287,299,304,334,356,363,367,379,403

林《はやし》ユミ

25,70,96,136,146,156,167,183,198,214,224,273,284,297,319,324,353,384,387

松井文子《まついふみこ》

21,30,57,97,129,155,164,204,215,246,282,311,327,350,377,385

まつくらくみこ

18,29,40,55,84,93,103,115,121,133,158,196,210,220,231,247,283,288,328,401

min

36,58,83,91,102,127,154,188,201,225,250,262,294,365,407

森《もり》のくじら

19,32,94,112,138,160,173,190,219,226,230,238,248,255,261,270,280,285,300,315,329,339,346,359,372～373,378

よねこめ

60,142,266,320,345

1月《がつ》のお話《はなし》

1月1日のお話

ネコがネズミを追《お》いかけるわけ

十二支《じゅうにし》のはじまり

むかしむかしの年《とし》の暮《く》れ、神様《かみさま》が動《どう》物《ぶつ》たちを集《あつ》めていいました。

「元旦《がんたん》にわたしのところにあいさつにきなさい。はやい者《もの》から十二番《じゅうにばん》の者《もの》まで、順《じゅん》に一年間《いちねんかん》ずつの守《まも》り神《がみ》にしてやろう」

元旦《がんたん》というのは一月一日《いちがつついたち》の朝《あさ》のことです。ところが、ネコは元旦《がんたん》というのがいつのことだかわかりませんでした。

「なあ、ネズミさん。元旦《がんたん》ってのは、いったい、いつの日《ひ》のことかいな?」

すると、ネズミはいいました。

「ネコさんはそんなことも知《し》らないのかい? 元旦《がんたん》っていったら、一月二日《いちがつふつか》に決《き》まっているじゃないか」

ネズミは競争《きょうそう》に勝《か》つために、ネコにわざとうそを教《おし》えたのです。ネコはすっかり信《しん》じこみ、ネズミにお礼《れい》をいって帰《かえ》っていきました。

さて、競争《きょうそう》だと聞《き》いて困《こま》っていたのがウシでした。ウシは自分《じぶん》の足《あし》がおそいことを、ふだんからなげいていたのです。そこでネズミに相談《そうだん》しました。

「ネズミさんや、ぼくの足《あし》がおそいことは知《し》ってるだろ? どうしたら元旦《がんたん》にまにあうように神様《かみさま》に会《あ》えるだろうか」

すると、ネズミはいいました。

「今日《きょう》は大晦日《おおみそか》の十二月三十一日《じゅうにがつさんじゅういちにち》だろ。いまから歩《ある》いて神様《かみさま》の家《いえ》までいけば、元旦《がんたん》につくさ」

ウシはそれを聞《き》いてよろこび、ネズミにお礼《れい》をいって、さっそく神様《かみさま》の家《いえ》にむかいました。ネズミはウシの背中《せなか》にこっそりと飛《と》び乗《の》りました。

さて、一月一日《いちがつついたち》の朝《あさ》がやってきました。最初《さいしょ》に神様《かみさま》の家《いえ》についたのはウシでした。

「やった、ぼくが一番《いちばん》だ!」

ウシがよろこんで神様《かみさま》の家《いえ》の門《もん》をくぐろうとしたとき、ウシの背《せ》中《なか》に乗《の》っていた**ネズミ**がピョンと飛《と》びだして、一番《いちばん》に神様《かみさま》にあいさつをしました。一晩《ひとばん》かけていっしょうけんめい歩《ある》いてきた**ウシ**は、二番《にばん》になってしまいました。

そのあとにやってきたのは、**トラ**でした。つづいて、**ウサギ**、**タツ**、**ヘビ**、**ウマ**、**ヒツジ**、**サル**、**ニワトリ**、**イヌ**、**イノシシ**が、つぎつぎに神様《かみさま》にあいさつしました。これで動物《どうぶつ》は十二匹《じゅうにひき》。十二支《じゅうにし》が決《き》まりました。

一月二日《いちがつふつか》の朝《あさ》、ネコが神様《かみさま》のところにあいさつにやってきました。ところが神様《かみさま》から、もう十二支《じゅうにし》は決《き》まったと聞《き》いて、ネコはたいへんくやしがりました。

「ネズミめ~、よくもだましたなあ」

おこったネコはそれ以来《いらい》、ネズミを追《お》いかけまわすようになりました。ですから、ネコは十二支《じゅうにし》に、はいっていないのです。

読んだ日　年　月　日/　年　月　日/　年　月　日

ポイント　十二支《じゅうにし》とは神様《かみさま》の家《いえ》についた順番《じゅんばん》に、子《ね》・丑《うし》・寅《とら》・卯《う》・辰《たつ》・巳《み》・午《うま》・未《ひつじ》・申《さる》・酉《とり》・戌《いぬ》・亥《い》のことをいいます。

どこまでが夢《ゆめ》のお話《はなし》でしょうか

虫《むし》の生命《いのち》

夢野久作《ゆめのきゅうさく》

炭焼《すみや》きの勘太郎《かんたろう》は、妻《つま》も子《こ》もない独《ひと》身者《りもの》です。ある正月二日《しょうがつふつか》の朝《あさ》、勘太郎《かんたろう》はふしぎな夢《ゆめ》を見《み》ました。どこからともなく、かなしい小《ちい》さな歌声《うたごえ》が聞《き》こえてきたのです。

「小《ちい》さい小《ちい》さい虫一《むしひと》つ、だれがあわれと思《おも》おうか」

勘太郎《かんたろう》が目《め》を開《あ》けると、うつくしいお姫様《ひめさま》が泣《な》いていました。

勘太郎《かんたろう》はおどろいてはね起《お》きました。夢《ゆめ》だったのです。勘太郎《かんたろう》は夢《ゆめ》が気《き》になって、かまどに火《ひ》をつけられません。だって、かまどにくべられた木《き》の中《なか》に、まだ虫《むし》がいるかもしれないからです。とうとう、勘太郎《かんたろう》は、かまどをこわして、中《なか》の木《き》を一本一本《いっぽんいっぽん》調《しら》べはじめました。ところが虫《むし》は一匹《いっぴき》も見《み》つかりません。一本《いっぽん》だけ虫食《むしく》い穴《あな》のある木《き》があったので、勘太郎《かんたろう》は、その木《き》をもって山奥《やまおく》の奥《おく》の奥《おく》までいって、岩《いわ》のところにたてかけました。春《はる》になれば、虫《むし》がはいだして、蝶《ちょう》にでもなるかもしれません。

帰《かえ》り道《みち》、考《かんが》えごとをしながら歩《ある》いているうちに、勘太郎《かんたろう》は道《みち》に迷《まよ》いました。どこまでいっても食《た》べ物《もの》もなく、勘太《かんた》郎《ろう》はばったりとたおれました。

「小《ちい》さな虫《むし》を救《すく》うても、救《すく》うた生命《いのち》はただ一《ひと》つ。象《ぞう》の生命《いのち》を助《たす》けても、助《たす》けた生命《いのち》はただ一《ひと》つ。虫《むし》でも象《ぞう》でも救《すく》われた、そのありがたさはかわらない。虫《むし》でも象《ぞう》でも同様《どうよう》に、助《たす》けた心《こころ》のうつくしさ。人《ひと》の生命《いのち》を助《たす》くるは、人《ひと》の心《こころ》をもった人《ひと》。虫《むし》の生命《いのち》を助《たす》くるは、神《かみ》の心《こころ》をもった人《ひと》。みんな仕《つか》えよ神様《かみさま》に。お礼申《れいもう》せよ神様《かみさま》に」

こんな歌《うた》が聞《き》こえたので、勘太郎《かんたろう》ははね起《お》きました。すると、いつのまにか、髪《かみ》からひげまで真《ま》っ白《しろ》になって、神様《かみさま》のような白《しろ》い着物《きもの》を着《き》ています。

「そら、神様《かみさま》のお目覚《めざ》めだ」

おおぜいの天女《てんにょ》が勘太郎《かんたろう》にひれふしました。勘太郎《かんたろう》は天女《てんにょ》たちといっしょに炭焼《すみや》き小屋《こや》にいくことにしました。

勘太郎《かんたろう》が門口《かどぐち》をでて、ふり返《かえ》ってみると、自分《じぶん》たちがいたところは、この間《あいだ》、山奥《やまおく》の岩《いわ》のところにたてかけた木《き》の、小《ちい》さな虫食《むしく》いの穴《あな》でした。

勘太郎《かんたろう》は炭焼《すみや》き小屋《こや》にいきました。すると小屋《こや》の中《なか》から、むかしの勘太郎《かんたろう》そっくりの男《おとこ》がでてきました。その男《おとこ》は、神様《かみさま》の勘太郎《かんたろう》を見《み》ていいました。

「ああ、蝶《ちょう》がたくさん飛《と》んできたな。今年《ことし》の正月《しょうがつ》、あの夢《ゆめ》をほんとうにしてあの木《き》の虫《むし》を助《たす》けておりゃあ、いまごろあんな蝶《ちょう》になって飛《と》びまわっているかもしれない。そのかわりおれのほうは、日干《ひぼ》しになって死《し》んでいるだろう」

そういいながら、男《おとこ》は炭焼《すみやき》かまどに火《ひ》をいれました。やがてかまどから、煙《けむり》がもうもうと、大空《おおぞら》にむかってわきだしました。

それを見《み》ながら、神様《かみさま》の勘太郎《かんたろう》はまだ夢《ゆめ》を見《み》ているのか、それともほんとうのことなのか、さっぱりわけがわからなくなりました。

読んだ日　年　月　日／　年　月　日／　年　月　日

ポイント　夢野久作《ゆめのきゅうさく》（1889-1936）は、幻想的《げんそうてき》な作風《さくふう》で有名《ゆうめい》な作家《さっか》です。代表作《だいひょうさく》は、日本探偵小説三大奇書《にほんたんていしょうせつさんだいきしょ》の一《ひと》つ『ドグラ・マグラ』です。

スロバキア

吹雪《ふぶき》の森《もり》で出会《であ》ったのは、十二《じゅうに》の月《つき》の精《せい》でした

十二《じゅうに》の月《つき》の贈《おく》り物《もの》

むかし、ある村《むら》にマルーシカという働《はたら》き者《もの》の女《おんな》の子《こ》がいました。おとうさんは亡《な》くなり、二度目《にどめ》のおかあさんとおねえさんと暮《く》らしていました。継母《ままはは》は姉娘《あねむすめ》をかわいがり、マルーシカには、とてもいじわるでした。

一月《いちがつ》の寒《さむ》い午後《ごご》。継母《ままはは》はマルーシカにいいました。

「明日《あす》はおねえさんの誕生日《たんじょうび》、服《ふく》にかざるマツユキ草《そう》をつんでおいで」

マツユキ草《そう》は、三月《さんがつ》にならないと咲《さ》きません。見《み》つかるはずがないのです。マルーシカは泣《な》きながら森《もり》にむかいました。夜《よる》になり、雪《ゆき》がふってきました。マルーシカは凍《こご》えそうでした。そのとき、遠《とお》くにちらちら灯《あか》りが見《み》えました。近《ちか》づいていくと、十二人《じゅうににん》の男《おとこ》が焚《た》き火《び》をかこんですわっていました。

マルーシカは「焚《た》き火《び》にあたらせてください」とたのみました。長《なが》いヒゲの男《おとこ》が、どうして森《もり》にきたのか、たずねました。マルーシカは、マツユキ草《そう》を探《さが》しにきたことを話《はな》しました。男《おとこ》たちは、マルーシカを助《たす》けてあげたいと思《おも》いました。マルーシカが、いつも森《もり》で水《みず》くみや焚《た》き木《ぎ》ひろいをしていることを知《し》っていたからです。男《おとこ》たちは一月《いちがつ》から十二月《じゅうにがつ》までの月《つき》の精《せい》でした。

十二月《じゅうにがつ》の精《せい》は、三月《さんがつ》の精《せい》に自分《じぶん》の杖《つえ》をわたしました。三月《さんがつ》の精《せい》はその杖《つえ》を焚《た》き火《び》の上《うえ》でふりました。火《ひ》が燃《も》えあがり、あたりの雪《ゆき》がとけ、地面《じめん》から芽《め》がでて、みるみる花《はな》が咲《さ》きました。

「さあ、マツユキ草《そう》をつみなさい」

マルーシカはカゴいっぱいにマツユキ草《そう》をつみました。そして、「三月《さんがつ》さん、ありがとう！」とお礼《れい》をいうと、走《はし》って家《いえ》に帰《かえ》りました。

継母《ままはは》と姉娘《あねむすめ》はびっくりして、今度《こんど》はイチゴをとってくるようにいいました。

マルーシカは、また森《もり》へいきました。六月《ろくがつ》の精《せい》が、エプロンいっぱいのイチゴを実《みの》らせてくれました。

マルーシカがイチゴをもって帰《かえ》ると、継母《ままはは》と姉娘《あねむすめ》がぜんぶ食《た》べてしまいました。そして、リンゴが食《た》べたいといいました。マルーシカは森《もり》へいき、九月《くがつ》の精《せい》にリンゴを二《ふた》つもらいました。

「ああ、おいしい。なんで、もっととってこなかったの！」

欲深《よくぶか》い継母《ままはは》と姉娘《あねむすめ》は、大《おお》きなかごをもって、森《もり》へむかいました。吹雪《ふぶき》の中《なか》、凍《こご》えそうになった二人《ふたり》は、焚《た》き火《び》をかこむ男《おとこ》たちに出会《であ》いました。姉《あね》娘《むすめ》は十二月《じゅうにがつ》の精《せい》を押《お》しのけて、火《ひ》にあたりました。そして、「カゴいっぱいのリンゴがほしい！」といいました。十二月《じゅうにがつ》の精《せい》はたちあがると、杖《つえ》をふりました。雪嵐《ゆきあらし》が起《お》こり、継母《ままはは》も姉娘《あねむすめ》も雪《ゆき》にうもれてしまいました。

春《はる》になって、マルーシカは三月《さんがつ》の精《せい》のような若者《わかもの》と結婚《けっこん》しました。二人《ふたり》の家《いえ》には冬《ふゆ》でもうつくしい花《はな》が咲《さ》き、おいしい果物《くだもの》が実《みの》ったそうです。

読んだ日　年　月　日／　年　月　日／　年　月　日

ポイント　スロバキアは日本《にほん》と同《おな》じように四季《しき》があります。国《くに》の三分《さんぶん》の一《いち》は森《もり》で、豊《ゆた》かな自然《しぜん》にめぐまれています。

1月4日のお話

働《はたら》き者《もの》の気《き》のいい夫婦《ふうふ》のお話《はなし》です

福《ふく》の神《かみ》になった貧乏神《びんぼうがみ》

むかしむかし、働《はたら》き者《もの》の夫婦《ふうふ》がいました。どれだけ働《はたら》いても、どういうわけか二人《ふたり》は貧乏《びんぼう》でしたが、それでもしあわせな毎日《まいにち》を送《おく》っていました。ある大晦日《おおみそか》の晩《ばん》、二人《ふたり》がそろそろ寝《ね》ようとしていると、天井裏《てんじょううら》から泣《な》く声《こえ》がします。

「お〜いおい、お〜いおい。くやしいのう、くやしいのう」

ふしぎに思《おも》った二人《ふたり》が天井裏《てんじょううら》をのぞくと、ボロボロの服《ふく》を着《き》た痩《や》せた小《こ》男《おとこ》が、くやし泣《な》きをしていました。

「もし、そこのおかた。いったい天《てん》井 裏《じょううら》なんかでなにを泣《な》いているのかね？」

痩《や》せた小男《こおとこ》は、二人《ふたり》にいいました。

「わしは貧乏神《びんぼうがみ》じゃ。おまえたちがあんまりよく働《はたら》くから、とうとう明日《あす》の正月《しょうがつ》で福《ふく》の神《かみ》といれかわることになってしまった。くやしいのう」

貧乏神《びんぼうがみ》の言葉《ことば》を聞《き》いて、夫婦《ふうふ》はたいへん気《き》のどくに思《おも》いました。

「貧乏神《びんぼうがみ》とはいえ神様《かみさま》じゃ。ずっと、この家《いえ》におったらええよ」

生《う》まれてはじめてやさしい言葉《ことば》を聞《き》いた貧乏神《びんぼうがみ》は、また泣《な》きだします。夫《ふ》婦《ふ》は正月用《しょうがつよう》にとっておいた、わずかなお酒《さけ》やごはんをごちそうしてあげました。

やがて正月《しょうがつ》になると、外《そと》から声《こえ》がしました。

「わしは福《ふく》の神《かみ》じゃ。この家《いえ》に福《ふく》をもたらしにきたぞ。はやく家《いえ》にいれてくれ」

夫《ふう》婦はそろっていいました。

「うちにはもう貧乏神様《びんぼうがみさま》がおるから、ほかの神様《かみさま》はいらないよ」

福《ふく》の神《かみ》は生《う》まれてはじめてこんな言《こと》葉《ば》を聞《き》いて、びっくりぎょうてんしました。

「あの〜、わし、福《ふく》の神《かみ》なんじゃけど……。ははぁ、貧乏神《びんぼうがみ》におどされておるんじゃな。わしが追《お》いだしてやる」

そういうと、福《ふく》の神《かみ》は戸《と》を開《あ》けて、貧乏神《びんぼうがみ》に組《く》みつきました。まるでお相撲《すもう》のようです。

「貧乏神様《びんぼうがみさま》、がんばれ、負《ま》けるな！」

二人《ふたり》はけんめいに貧乏神《びんぼうがみ》を大応援《だいおうえん》します。福《ふく》の神《かみ》はまたまたびっくりです。

「ち、力《ちから》がはいらん。なんで、わしが悪者《わるもの》あつかいなんじゃ……」

気《き》のぬけた福《ふく》の神《かみ》は、がっかりして帰《かえ》っていきました。

残《のこ》った貧乏神《びんぼうがみ》と夫婦《ふうふ》は、バンザイをして、帰《かえ》っていく福《ふく》の神《かみ》を見送《みおく》りました。

夫婦《ふうふ》は、そのあともたいへんよく働《はたら》きました。二人《ふたり》が心《こころ》をこめてつくったおいしいごはんを食《た》べていた貧乏神《びんぼうがみ》は、だんだん太《ふと》っていきました。

夫婦《ふうふ》はしだいに豊《ゆた》かになりました。貧乏神様《びんぼうがみさま》がおるのに、おかしなことじゃ、と二人《ふたり》が貧乏神《びんぼうがみ》を呼《よ》びだしてみると、福々《ふくぶく》しい男《おとこ》があらわれました。

「わし、貧乏神《びんぼうがみ》よ。あんまりおまえたちがよくしてくれるから、福《ふく》の神《かみ》になっちゃった」

読んだ日　　年　月　日／　　年　月　日／　　年　月　日

ポイント　心豊《こころゆた》かにいっしょうけんめい働《はたら》けば、かならずしあわせが訪《おとず》れるというお話《はなし》です。

一休《いっきゅう》さん

貼《は》り紙《がみ》の読《よ》みかたをめぐった、とんち勝負《しょうぶ》

この橋《はし》わたるな

京《きょう》の都《みやこ》の安国寺《あんこくじ》には、一休《いっきゅう》さんというとてもかしこい小坊主《こぼうず》さんがいました。小坊主《こぼうず》さんたちはお経《きょう》を読《よ》んだり、お寺《てら》をそうじしたりするので、朝《あさ》ははやく起《お》きなくてはなりません。

ところが、いつのころからか、都《みやこ》の大店《おおだな》のだんなさんが毎晩《まいばん》やってきて、和尚《おしょう》さんと碁《ご》をうつようになりました。

「だんなさんには困《こま》ったものだ。毎晩《まいばん》夜《よる》おそくまでパチンパチンと音《おと》をたてて、うるさくてぜんぜん寝《ね》られないぞ」

「和尚《おしょう》さんも碁《ご》が大好《だいす》きだからなあ。お願《ねが》いしてもやめてはくれないだろうな。一休《いっきゅう》、なんかいい考《かんが》えはないか」

困《こま》った小坊主《こぼうず》さんたちは、一休《いっきゅう》さんに助《たす》けを求《もと》めました。そこで一休《いっきゅう》さんは、お寺《てら》の門《もん》にこう貼《は》り紙《がみ》をしました。

〈獣《けもの》の皮《かわ》は寺《てら》にはいるべからず。バチがあたりますよ〉

だんなさんは、いつも獣《けもの》の皮《かわ》でできた着物《きもの》を着《き》ています。その日《ひ》も、獣《けもの》の皮《かわ》を着《き》ただんなさんがやってきました。だんなさんは、寺《てら》の門《もん》の貼《は》り紙《がみ》を読《よ》みましたが、鼻《はな》をフンと一《ひと》つ鳴《な》らしただけで、平気《へいき》な顔《かお》で寺《てら》にはいってきました。

「だんなさん、はいっちゃだめですよ」

「ん、一休《いっきゅう》さんか。お寺《てら》の太鼓《たいこ》だって獣《けもの》の皮《かわ》でできているだろう。太鼓《たいこ》がいいなら、わしだっていいはずだ」

すると、一休《いっきゅう》さんは片手《かたて》にもった太《たい》鼓《こ》の撥《ばち》をふりあげました。

「だから太鼓《たいこ》はいつも撥《ばち》をあてられてるんです。旦那《だんな》さんも、罰《ばち》があたりたいですか？」

「こりゃ、まいった。降参《こうさん》だ」

だんなさんは、苦笑《にがわら》いをして帰《かえ》っていき、以来小坊主《いらいこぼうず》さんたちは、ゆっくり眠《ねむ》ることができました。

しばらくたったある日《ひ》のこと、だんなさんから、一休《いっきゅう》さんに用事《ようじ》があるからきてほしいという手紙《てがみ》がありました。一休《いっきゅう》さんがお店《みせ》まででかけてみると、お店《みせ》のまえにかかっている橋《はし》に、こんな立《た》て札《ふだ》がかかっていました。

〈このはしわたるべからず〉

橋《はし》をわたらなくては、川《かわ》むこうにあるだんなさんの店《みせ》までいけません。

「ははあ、これはいつかの仕返《しかえ》しだな」

だんなさんの考《かんが》えを見《み》ぬいた一休《いっきゅう》さんは、少《すこ》し考《かんが》えたあと、平気《へいき》な顔《かお》で、橋《はし》の真《ま》ん中《なか》をわたりました。

「一休《いっきゅう》さん、立《た》て札《ふだ》を見《み》たでしょう？」

店《みせ》のまえではだんなさんがニヤニヤ笑《わら》いながら、一休《いっきゅう》さんを待《ま》っていました。

「ええ、見《み》ましたよ。端《はし》をわたるな、と書《か》いてありましたから、真《ま》ん中《なか》をわたってきました」

一休《いっきゅう》さんの返答《へんとう》を聞《き》いて、旦那《だんな》さんは大笑《おおわら》い。

「いやあ、まいった、まいった。一《いっ》休《きゅう》さんは都一番《みやこいちばん》の知恵者《ちえもの》ですな」

そういって、だんなさんは一休《いっきゅう》さんを自分《じぶん》の店《みせ》にまねきいれ、たくさんお布施《ふせ》をくれたということです。

読んだ日　年　月　日／　年　月　日／　年　月　日

ポイント 「罰《ばち》と撥《ばち》」「橋《はし》と端《はし》」のように、同音異義語《どうおんいぎご》を使《つか》った笑《わら》い話《ばなし》が、民話《みんわ》にはたくさんあります。

少女《しょうじょ》だけが知《し》っているのです

秘密《ひみつ》

竹久夢二《たけひさゆめじ》

いったい、世《よ》の中《なか》に、なぜ？　と聞《き》かれて、答《こたえ》のできるようなことは、ごくつまらないことにちがいありません。

机《つくえ》にもイヌにも脚《あし》が四本《よんほん》あります。なぜ、イヌには歩《ある》けて、机《つくえ》には歩《ある》けないのでしょう？　こんなことに答《こたえ》ができても、おもしろくもないでしょう。うら若《わか》い少女《しょうじょ》たちの夢《ゆめ》の国《くに》では、すべてが心《こころ》から心《こころ》へ話《はな》されるのです。なぜ？　と聞《き》かれてこたえられるような、つまらないことは一《ひと》つもありません。

「須美《すみ》さん。なぜ、お正月《しょうがつ》の晴衣《はれぎ》の袖《そで》をこんなによごしたの？」

かあ様《さま》はお須美《すみ》の小袖《こそで》をたたみながらいいます。かあ様《さま》はもう若《わか》くはありません。だから、若《わか》い娘《むすめ》のお須美《すみ》の気《き》もちはわからないのです。

お須美《すみ》がいつのことか、涙《なみだ》を袖《そで》にこぼしたことなど興味《きょうみ》ないのです。少女《しょうじょ》たちの夢《ゆめ》の国《くに》では、うれしくても、かなしくても、くやしくても、なつかしくても、わけもなく涙《なみだ》はこぼれるのです。

「あなたはいくつだと思《おも》ってるの？」

かあ様《さま》はおこって、お須美《すみ》に聞《き》きます。

「あたし、お正月《しょうがつ》がきたらこれだけよ」

といって、お須美《すみ》がかあ様《さま》にむけて指《ゆび》を折《お》って見《み》せるのは、わけもないことです。しかし、それは少女《しょうじょ》の夢《ゆめ》の国《くに》の生活《せいかつ》をうつくしくするにはあまりにつまらない方法《ほうほう》でした。青春《せいしゅん》の日《ひ》をかぞえることは、夢《ゆめ》の国《くに》ではしないのです。

「今年《ことし》からもう十六《じゅうろく》なんだよ」

かあ様のほうがよく知《し》っています。

お須美《すみ》はだまってほほえみました。

夢《ゆめ》の国《くに》では、すべてを秘密《ひみつ》にするのです。秘密《ひみつ》ほどうつくしいものはありません。少女《しょうじょ》たちの秘密《ひみつ》はどこにでもあります。木《き》の根《ね》もとにも、赤《あか》い帯《おび》の間《あいだ》にも、手帳《てちょう》の中《なか》にも、黒《くろ》い瞳《ひとみ》や指輪《ゆびわ》の中《なか》にも、視線《しせん》の間《あいだ》にだって、「世間《せけん》」が知《し》らない秘密《ひみつ》があるのです。

なぜ？　と聞《き》いてはいけません。少《しょう》女《じょ》の間《あいだ》でたずねることはタブーです。

ギリシャ以来《いらい》、うつくしい乙女《おとめ》には、話《はな》すことは禁《きん》じられているのです。あの妖精《ニンフ》の娘《むすめ》エコーも、夢《ゆめ》の国《くに》の少女《しょうじょ》でした。女神《めがみ》ヘラの呪《のろ》いで、ものをいうことをゆるされなかったのです。だから、美少年《びしょうねん》ナルキッソスにも一言《ひとこと》もいうことはできなかったのです。あわれな少年《しょうねん》は、おこっていってしまいました。エコーは泣《な》いていました。

この物語《ものがたり》はだれでも知《し》っている話《はなし》ですが、少女《しょうじょ》の夢《ゆめ》の国《くに》はこうしてむかしから、だれにも知《し》られずにきたのです。

読んだ日　年　月　日／　年　月　日／　年　月　日

ポイント　竹久夢二《たけひさゆめじ》（1884-1934）は、美人画《びじんが》で有名《ゆうめい》な画家《がか》ですが、こうしたお話《はなし》もいくつか書《か》き残《のこ》しています。

呪文《じゅもん》を忘《わす》れて、さぁ、たいへん！

おいしいおかゆ

グリム

むかしむかし、あるところに、貧《まず》しい母娘《ははこ》が住《す》んでおりました。女《おんな》の子《こ》はとても気《き》だてのよい、やさしい子《こ》でしたが、ある日《ひ》、とうとう食《た》べるものがなにもなくなってしまいました。

「どうしよう……、食《た》べるものがなくなっちゃった」

女《おんな》の子《こ》は、食《た》べられる木《き》の実《み》でも探《さが》そうと森《もり》へいきました。すると、目《め》のまえに、ボロ着《ぎ》を着《き》たおばあさんがあらわれて、こういいました。

「おまえはどうして森《もり》にきたんだい？」

娘《むすめ》が正直《しょうじき》に理由《りゆう》を話《はな》すと、おばあさんは、女《おんな》の子《こ》に小《ちい》さな鍋《なべ》をくれました。

「この鍋《なべ》はね、『**小《ちい》さなお鍋《なべ》や、煮《に》ておくれ**』というと、おいしいおかゆを煮《に》てくれて、『**小《ちい》さなお鍋《なべ》や、やめとくれ**』というと、煮《に》るのをやめてくれるよ」

「おばあさん、ありがとう！　これでもう、ひもじい思《おも》いをしなくなるわ」

女《おんな》の子《こ》はおばあさんにお礼《れい》をいって、お鍋《なべ》をもって帰《かえ》りました。

ふしぎなお鍋《なべ》をもらった女《おんな》の子《こ》とおかあさんは、呪文《じゅもん》をとなえれば、好《す》きなときに、おいしいおかゆが食《た》べられるようになったのです。

でも、ある日《ひ》のこと。たいへんなことが起《お》こりました。女《おんな》の子《こ》が用事《ようじ》で隣《となり》の町《まち》にでかけたあと、おかあさんはおかゆが食《た》べたくなって、例《れい》の呪文《じゅもん》をとなえました。

「**小《ちい》さなお鍋《なべ》や、煮《に》ておくれ**」

すると、ふしぎなお鍋《なべ》は、ちゃんとおかゆを煮《に》てくれました。

でも、ちょっと待《ま》ってください。おかあさんはおかゆを煮《に》るのをとめる呪《じゅ》文《もん》を、覚《おぼ》えていなかったのです。

「あら、とめる呪文《じゅもん》はなんといったかしら。……思《おも》いだせないわ！」

その間《あいだ》にも、お鍋《なべ》はどんどんおかゆを煮《に》ています。気《き》がつくと、お鍋《なべ》のふちからおかゆがあふれだしています。

さあ、たいへんです！

台所《だいどころ》や家《いえ》の中《なか》は、あっというまにおかゆでいっぱいになり、そのうち、おかゆは外《そと》へもあふれだして、街中《まちじゅう》がおかゆだらけになってしまいました。

「だれかー、助《たす》けてー！」

おかあさんは、首《くび》までおかゆにうまってしまい、動《うご》けなくなってしまいました。

隣町《となりまち》で用事《ようじ》をおえた女《おんな》の子《こ》が、町《まち》に帰《かえ》ってきたのは、そのころです。

「ああ、たいへんだわ！　いそいでお鍋《なべ》をとめなきゃ！」

おかゆであふれ返《かえ》った町《まち》のようすを見《み》て、女《おんな》の子《こ》はさけびました。

「**小《ちい》さなお鍋《なべ》や、やめとくれ！**」

すると、お鍋《なべ》はようやくおかゆを煮《に》るのをやめました。

その後《ご》、街《まち》の人《ひと》たちががんばっておかゆをきれいに食《た》べつくすまで、何日《なんにち》もかかったそうです。

読んだ日　　年　月　日／　　年　月　日／　　年　月　日

ポイント　だいじなことは忘《わす》れないようにしないと、たいへんなことになってしまいますね。

大《おお》きいものが大好《だいす》きなアメリカらしいお話《はなし》

ポール・バニヤン

アメリカ

むかしむかしあるところに、とても大《おお》きな赤《あか》ちゃんがいました。ふつうは、一羽《いちわ》のコウノトリが赤《あか》ちゃんを運《はこ》んでくるのですが、この赤《あか》ちゃんは大《おお》きすぎて、五羽《ごわ》のコウノトリが、息《いき》を切《き》らしながら運《はこ》んできたのです。

「なんちゅう大《おお》きな赤《あか》ちゃんじゃ。二十五《にじゅうご》フィートはあるぞ」

赤《あか》ちゃんはポール・バニヤンと名《な》づけられました。ポールは村《むら》の人《ひと》たちに育《そだ》てられて、すくすくと成長《せいちょう》し、はかることのできないほどの大男《おおおとこ》になりました。

村人《むらびと》たちから大《おお》きな大《おお》きな斧《おの》をもらうと、ポールは近所《きんじょ》の山《やま》へいき、木《き》を切《き》りました。すると、なんと、一日《いちにち》で山《やま》はまる裸《はだか》になってしまいました。ポールは切《き》りだした木《き》で、村《むら》のみんなの家《いえ》を建《た》てると、西《にし》へ旅《たび》だちました。もう村《むら》は、ポールが住《す》むには小《ちい》さすぎたのです。

雪《ゆき》がふった寒《さむ》い朝《あさ》、ポールは山《やま》の中《なか》で、凍《こお》りついた大《おお》きな大《おお》きな青《あお》いウシを見《み》つけました。

「これはいかん。助《たす》けてやろう」

ポールは山《やま》に火《ひ》をつけて山火事《やまかじ》を起《お》こし、氷《こおり》をとかしてウシを助《たす》けました。ポールはウシをベイブと名《な》づけて、旅《たび》をしました。一人《ひとり》と一頭《いっとう》の足跡《あしあと》は、ミネソタ州《しゅう》にある、たくさんの湖《みずうみ》になりました。ミネソタ州《しゅう》が「一万個《いちまんこ》の湖《みずうみ》の州《しゅう》」と呼《よ》ばれるようになったのは、ポールたちのしわざです。

旅《たび》の最中《さいちゅう》、ポールはゆかいなことがしたくなり、ベイブとばかさわぎをしました。このとき、グランド・ティトン山脈《さんみゃく》ができました。からだがよごれたので、ついでにポールは、イエローストーンで深《ふか》い谷《たに》のグランド・キャニオンをつくり、水《みず》あびをしました。

「腹《はら》、減《へ》ったなあ。料理《りょうり》でもするか」

ポールは大男《おおおとこ》なので、たくさん食《た》べます。ポールはお腹《なか》が減《へ》ると、大《おお》きな大《おお》きなフライパンを用意《ようい》します。そのフライパンは、ふつうの人間《にんげん》がスケート靴《ぐつ》をはいて油《あぶら》をまかなければ、ぜんぶに油《あぶら》をしくことができないほどの大《おお》きさです。ポールはこのフライパンで、大《おお》きな大《おお》きなパンケーキを焼《や》いて、一度《いちど》にぜんぶ食《た》べてしまうのです。

「ああ、うまかった」

ご飯《はん》を食《た》べおわると、ポールはベイブを連《つ》れて、いろんなものをつくりました。アメリカの五大湖《ごだいこ》をつくったときは、水《みず》を運《はこ》んでいる最中《さいちゅう》にころんでしまい、大洪水《だいこうずい》を起《お》こしそうになりました。そこでポールはいそいで大《おお》きな川《かわ》をつくって、水《みず》の氾濫《はんらん》をふせぎました。この川《かわ》が、アメリカで一番大《いちばんおお》きな川《かわ》のミシシッピ川《がわ》です。

こうしてポールは、アメリカにある大《おお》きな山《やま》や湖《みずうみ》や川《かわ》を、つぎつぎとつくったのでした。

読んだ日　　年　月　日／　　年　月　日／　　年　月　日

ポイント　25フィートは7.62メートル。五大湖《ごだいこ》は上流《じょうりゅう》から順《じゅん》に、スペリオル湖《こ》、ミシガン湖《こ》、ヒューロン湖《こ》、エリー湖《こ》、オンタリオ湖《こ》です。

ウクライナ

ずいぶんと大《おお》きな手袋《てぶくろ》ですね

手袋《てぶくろ》

むかしむかし、冬《ふゆ》の寒《さむ》い日《ひ》、おじいさんが子《こ》イヌと雪《ゆき》の中《なか》を歩《ある》いていました。子《こ》イヌはいつもうれしそうに鳴《な》いています。

「**わんわん**」

おじいさんは、歩《ある》いている途中《とちゅう》、うっかりして、手袋《てぶくろ》を片《かた》ほう落《お》としてしまいました。おじいさんも子《こ》イヌも、そのことに気《き》づきません。

「**わんわんわん**」

おじいさんと子《こ》イヌがさっていくと、ネズミがさっそく、この手袋《てぶくろ》を見《み》つけました。

「あったかそうな、手袋《てぶくろ》だ」

ネズミは手袋《てぶくろ》の中《なか》にもぐりこみました。しばらくすると、カエルが、ネズミが中《なか》にはいっている手袋《てぶくろ》を見《み》つけました。

「あったかそうな、手袋《てぶくろ》だ」

カエルは手袋《てぶくろ》に、もぐりこみました。しばらくすると、キツネが、ネズミとカエルがはいっている手袋《てぶくろ》を見《み》つけました。

「あったかそうな、手袋《てぶくろ》だ」

キツネは手袋《てぶくろ》に、もぐりこみました。しばらくすると、オオカミが、ネズミとカエルとキツネがはいっている手《て》袋《ぶくろ》を見《み》つけました。

「あったかそうな、手袋《てぶくろ》だ」

オオカミは手袋《てぶくろ》に、もぐりこみました。

しばらくすると、クマが、ネズミとカエルとキツネとオオカミがはいっている手袋《てぶくろ》を見《み》つけました。

「あったかそうな、手袋《てぶくろ》だ」

クマは手袋《てぶくろ》に、もぐりこもうとしました。すると、手袋《てぶくろ》の中《なか》にはいっていたネズミとカエルとキツネとオオカミがいいました。

「もうむりだよ。これ以上《いじょう》は、はいれないよ。どこかへいきなよ」

「そんなこといわないでよ。外《そと》はほんとうに寒《さむ》いんだ。仲間《なかま》にいれておくれ。」

そういって、クマは手袋《てぶくろ》にもぐりこみました。手袋《てぶくろ》の中《なか》は、もういっぱいになりました。

そこへ、おじいさんと子《こ》イヌが、なくした手袋《てぶくろ》を探《さが》しに戻《もど》ってきました。子《こ》イヌはパンパンにふくれあがった手袋《てぶくろ》を見《み》つけて、うれしそうに鳴《な》きました。

「**わんわんわんわん**」

子《こ》イヌの声《こえ》を聞《き》いて、手《て》袋《ぶくろ》の中《なか》の動物《どうぶつ》たちはおどろきました。ネズミがチューチューと鳴《な》きながら、手袋《てぶくろ》の中《なか》から逃《に》げていきました。カエルもピョンピョンと飛《と》びはねて、逃《に》げていきました。キツネもコンコンと鳴《な》きながら走《はし》り、逃《に》げていきました。オオカミもワォーンとほえて、かけて逃《に》げました。クマものそのそと手袋《てぶくろ》の中《なか》からはいだし、ズシンズシンとゆっくり逃《に》げていきました。

あとには手袋《てぶくろ》が残《のこ》されました。

「**わんわんわんわんわん**」

子《こ》イヌはうれしそうに鳴《な》きました。

読んだ日　年　月　日／　年　月　日／　年　月　日

ポイント　ウクライナは東《ひがし》ヨーロッパの国《くに》の一《ひと》つで、黒海《こっかい》の北《きた》に位置《いち》しています。

学問《がくもん》のたいせつさを教《おし》えた教育者《きょういくしゃ》

福沢諭吉《ふくざわゆきち》

福沢諭吉《ふくざわゆきち》は、いまから百八十年前《ひゃくはちじゅうねんまえ》の江戸時代《えどじだい》に生《う》まれました。おとうさんは、九州《きゅうしゅう》の中津藩《なかつはん》、いまでいう大分県《おおいたけん》の身分《みぶん》の低《ひく》い侍《さむらい》でした。この時代《じだい》の日本《にほん》には、身分制度《みぶんせいど》という決《き》まりがありました。商人《しょうにん》の子《こ》は商人《しょうにん》に、侍《さむらい》の子《こ》は侍《さむらい》になります。おなじ侍《さむらい》でも、諭吉《ゆきち》のように身分《みぶん》が低《ひく》い家《いえ》の子《こ》どもは、どんなにがんばっても、えらくなれませんでした。

子《こ》どものころの諭吉《ゆきち》は、勉強《べんきょう》が大嫌《だいきら》いでした。ところが、十四歳《じゅうよんさい》のころにはいった塾《じゅく》で、読書《どくしょ》のたのしさを知《し》ったのです。本《ほん》を読《よ》むことで理解《りかい》する力《ちから》がのびて、勉強《べんきょう》もどんどん進《すす》みました。

「勉強《べんきょう》ってこんなにおもしろいものだったのか。もっともっと学《まな》びたい」

諭吉《ゆきち》は熱心《ねっしん》に勉強《べんきょう》して、藩《はん》でも一番《いちばん》の秀才《しゅうさい》になりました。でも、いくら勉《べん》強《きょう》ができても、諭吉《ゆきち》より身分《みぶん》の高《たか》い家《いえ》の子《こ》どものほうが、いばっています。

「こんな決《き》まりはおかしい。いつか中《なか》津藩《つはん》をでて、力《ちから》をためしたい！」

諭吉《ゆきち》は学《まな》ぶことに身分《みぶん》は関係《かんけい》ない、学問《がくもん》の世界《せかい》でえらくなろうと考《かんが》えました。諭吉《ゆきち》は十九歳《じゅうきゅうさい》の年《とし》に、オランダ語《ご》を学《まな》ぶため、長崎《ながさき》へいきました。

このころ、日本《にほん》をおさめていた「幕府《ばくふ》」は、外国《がいこく》とのつきあいをしていませんでした。でも、長崎《ながさき》だけは中国《ちゅうごく》とオランダとの貿易《ぼうえき》をゆるされていました。諭吉《ゆきち》は長崎《ながさき》で、蘭学《らんがく》というオランダの学問《がくもん》を勉《べん》強《きょう》しました。その後《ご》、大阪《おおさか》にいって、適塾《てきじゅく》という有名《ゆうめい》な学校《がっこう》で、さらに勉強《べんきょう》にはげみました。

諭吉《ゆきち》は二十三歳《にじゅうさんさい》の年《とし》に、江戸《えど》で蘭学《らんがく》の塾《じゅく》を開《ひら》きました。この塾《じゅく》は、いまの慶應義塾大学《けいおうぎじゅくだいがく》のもとになりました。諭《ゆ》吉《きち》が学校《がっこう》を開《ひら》いたころ、幕府《ばくふ》はアメリカに開国《かいこく》を迫《せま》られ、しかたなく外国《がいこく》との貿易《ぼうえき》をはじめました。

諭吉《ゆきち》は世界《せかい》の国々《くにぐに》とつきあうには、英語《えいご》が必要《ひつよう》だと考《かんが》えました。そして、進《すす》んだ文化《ぶんか》を学《まな》ぶため、アメリカへわたりました。アメリカはなにもかもが、日本《にほん》より進《すす》んでいました。

諭吉《ゆきち》が一番感心《いちばんかんしん》したのは、身分《みぶん》に関《かん》係《けい》なく、すぐれた人《ひと》がえらくなれることです。さらに、諭吉《ゆきち》はヨーロッパを見《み》てまわり、さまざまなことを学《まな》んで、日本《にほん》に帰《かえ》りました。

このころ、幕府《ばくふ》の力《ちから》が弱《よわ》くなり、国《くに》をおさめる権力《けんりょく》を天皇《てんのう》に返《かえ》しました。江戸時代《えどじだい》はおわり、明治時代《めいじじだい》がはじまりました。日本《にほん》は大《おお》きくかわりました。

「日本《にほん》が外国《がいこく》に追《お》いつき、追《お》いこすためには、教育《きょういく》が必要《ひつよう》だ」

諭吉《ゆきち》は学問《がくもん》のたいせつさを書《か》いた、『学問《がくもん》のすゝ《す》め』という本《ほん》をだしました。

〈天《てん》は人《ひと》の上《うえ》に人《ひと》をつくらず、人《ひと》の下《した》に人《ひと》をつくらず……〉

人《ひと》はみな平等《びょうどう》である。諭吉《ゆきち》の教《おし》えは、たくさんの人《ひと》びとに影響《えいきょう》をあたえたのです。

読んだ日　　年　月　日／　　年　月　日／　　年　月　日

ポイント　『学問《がくもん》のすゝ《す》め』は、三百万部《さんびゃくまんぶ》も売《う》れた大《だい》ベストセラーです。福沢諭吉《ふくざわゆきち》（1835-1901）は一万円札《いちまんえんさつ》の肖像画《しょうぞうが》にもなっています。

日本《にほん》の国《くに》はこうしてできました

イザナギとイザナミ

1月11日のお話

むかしむかし、天《てん》に最初《さいしょ》にあらわれたのは、アメノミナカヌシノカミという神様《かみさま》です。その後《ご》、つぎつぎに神様《かみさま》があらわれ、ぜんぶで五柱《いつばしら》の神様《かみさま》があらわれました。このあとに、神代七代《かみよななよ》と呼《よ》ばれる、十二柱《じゅうにはしら》の神様《かみさま》があらわれました。その最後《さいご》にあらわれたのは、イザナギノミコトという男《おとこ》の神様《かみさま》と、イザナミノミコトという女《おんな》の神様《かみさま》です。

イザナギとイザナミは、ほかの神様《かみさま》からアメノヌボコという矛《ほこ》をさずかり、国《くに》をつくることになりました。イザナギが下界《げかい》の海《うみ》を矛《ほこ》でかきまわすと、矛《ほこ》からしたたった海水《かいすい》がかさなって、オノコロ島《じま》という島《しま》になりました。

オノコロ島《じま》におりた二人《ふたり》は、大《おお》きな柱《はしら》をたてました。柱《はしら》のまわりを、それぞれ反対側《はんたいがわ》からぐるりとまわって、あらためて出会《であ》いなおし、結婚《けっこん》することにしたのです。そして最初《さいしょ》に生《う》まれたのが淡路島《あわじしま》、つぎに四国《しこく》、隠岐島《おきのしま》、九州《きゅうしゅう》、壱岐《いき》、対馬《つしま》、佐渡《さど》が生《う》まれ、最後《さいご》に本州《ほんしゅう》が生《う》まれました。この八《やっ》つの大《おお》きな島《しま》からなる国《くに》が、日本《にほん》です。

二人《ふたり》は山《やま》の神様《かみさま》や風《かぜ》の神様《かみさま》といった多《おお》くの神様《かみさま》を生《う》みました。ところが、イザナミが火《ひ》の神様《かみさま》を生《う》んだとき、イザナミは大《おお》やけどをして、亡《な》くなってしまいました。

イザナギはたいそうかなしんで、死者《ししゃ》が住《す》む黄泉《よみ》の国《くに》にむかいました。黄泉《よみ》の国《くに》の御殿《ごてん》についたイザナギは、御殿《ごてん》の外《そと》から、こう声《こえ》をかけました。

「イザナミよ、でてきておくれ。わたしとともに帰《かえ》ろう」

「迎《むか》えにきてくれてありがとう。わかりました。準備《じゅんび》をするから待《ま》っていてください。それまでは中《なか》を見《み》てはなりません」

イザナミはそう返事《へんじ》したものの、いっこうにでてきません。しびれを切《き》らしたイザナギが御殿《ごてん》の中《なか》をのぞくと、そこには、死者《ししゃ》となり、体《からだ》はくさり、おそろしい姿《すがた》をしたイザナミがいました。

「見《み》たな！　ゆるさぬぞ」

自分《じぶん》のはずかしい姿《すがた》を見《み》られたイザナミはおこって、黄泉《よみ》の化《ば》け物《もの》たちにイザナギをおそわせました。

「なんと、自分《じぶん》の夫《おっと》に化《ば》け物《もの》をけしかけるのか！　おまえとは離婚《りこん》だ」

「いいでしょう。わたしはあなたをうらみます。あなたの国《くに》の人間《にんげん》を、一日《いちにち》千人《せんにん》殺《ころ》してやりましょう」

「ならばわたしは、一日千五百人《いちにちせんごひゃくにん》の人間《にんげん》をつくることにしよう」

こうして、イザナギはイザナミとわかれ、国《くに》に戻《もど》りました。黄泉《よみ》の国《くに》へいった穢《けが》れを洗《あら》い清《きよ》めたところ、イザナギの体《からだ》から多《おお》くの神様《かみさま》が生《う》まれました。最後《さいご》に左目《ひだりめ》を洗《あら》うとアマテラスオオミカミが、右目《みぎめ》を洗《あら》うとツクヨミノミコトが、鼻《はな》を洗《あら》うとスサノオノミコトが生《う》まれました。こうして、アマテラスは天《てん》、ツクヨミは夜《よる》、スサノオは海原《うなばら》をおさめるようになったのです。

読んだ日　年　月　日／　年　月　日／　年　月　日

ポイント　日本《にほん》の神話《しんわ》や古代史《こだいし》をつむいだ歴史書《れきししょ》である『古事記《こじき》』『日本書紀《にほんしょき》』に記《き》されている、日本創生神話《にほんそうせいしんわ》です。

雪《ゆき》の体《からだ》でできたうつくしい娘《むすめ》

雪娘《ゆきむすめ》

ロシア

これはロシアに伝《つた》わるお話《はなし》です。むかしむかしあるところに、おじいさんとおばあさんがいました。ある冬《ふゆ》の日《ひ》、二人《ふたり》はこんな話《はなし》をしました。

「おじいさん、冬《ふゆ》になると、さびしさがつのりますねえ」

「そうだなあ。わしらにも子《こ》どもがいればいいのだが」

「そうだわ。おじいさん、雪《ゆき》で子《こ》どもをつくりませんか」

「それはいい考《かんが》えだ」

二人《ふたり》はさっそく外《そと》にでて、雪《ゆき》でかわいらしい女《おんな》の子《こ》の人形《にんぎょう》をつくりました。お日様《ひさま》の光《ひかり》に照《て》らされて、雪《ゆき》の人形《にんぎょう》はキラキラとかがやき、やがてにこにこと笑《わら》いだしました。そして、うつくしい娘《むすめ》の姿《すがた》になったのです。

「おじいさん、おばあさん、こんにちは。会《あ》えてとってもうれしいわ」

「雪《ゆき》の娘《むすめ》がしゃべったぞ！」

「おじいさん、神様《かみさま》がわたしたちの願《ねが》いをかなえてくださったのよ。この子《こ》は雪娘《ゆきむすめ》と名《な》づけましょう」

おじいさんとおばあさんは、大《おお》よろこびで雪娘《ゆきむすめ》を家《いえ》に連《つ》れていき、たいせつに育《そだ》てました。ところが、冬《ふゆ》がおわりに近《ちか》づき、毎日《まいにち》少《すこ》しずつ暖《あたた》かくなってくると、雪娘《ゆきむすめ》はしだいに元気《げんき》がなくなっていきました。

「雪娘《ゆきむすめ》や。近所《きんじょ》の子《こ》どもたちが遊《あそ》びにさそいにきたよ。森《もり》にいこうって」

「いきたくないの」

「最近《さいきん》、元気《げんき》がないじゃないか。外《そと》で遊《あそ》べば、また元気《げんき》になれるよ」

おじいさんとおばあさんが熱心《ねっしん》にすすめるので、雪《ゆき》娘《むすめ》はしかたなく子《こ》どもたちと森《もり》に遊《あそ》びにいきました。

子《こ》どもたちは元《げん》気《き》に森《もり》の中《なか》をかけまわって遊《あそ》びましたが、雪娘《ゆきむすめ》はじっとすわってみんなをながめているだけです。一人《ひとり》の子《こ》どもが、声《こえ》をかけました。

「雪娘《ゆきむすめ》ちゃん、だいじょうぶ？ 寒《さむ》いのかしら。みんな焚《た》き火《び》をしようよ」

子《こ》どもたちは焚《た》き火《び》をはじめました。すると、雪娘《ゆきむすめ》はますます元気《げんき》がなくなっていきます。

「あれ、雪娘《ゆきむすめ》ちゃんの元気《げんき》がなくなっちゃった」

「じゃあ、もっとたのしいことしよう」

子《こ》どもたちは、焚《た》き火《び》を飛《と》びこえる遊《あそ》びをはじめました。

「サーシャが飛《と》んだぞ」

「ミーチャも飛《と》べた。さあ、今度《こんど》は雪《ゆき》娘《むすめ》ちゃんの番《ばん》だよ」

「わたし、飛《と》びたくない」

雪娘《ゆきむすめ》は、いやいやをしました。

「なにいってるんだよ。飛《と》べたらすっごくたのしいよ。さ、はやくはやく」

子《こ》どもたちに口《くち》ぐちにすすめられ、雪娘《ゆきむすめ》はため息《いき》をついて、いいました。

「いいわ。飛《と》ぶわ。どうせ夏《なつ》まではもたないもの。おじいさん、おばあさん、みんな、さようなら」

焚《た》き火《び》をこえた瞬間《しゅんかん》、雪娘《ゆきむすめ》の体《からだ》は消《き》えていきました。

読んだ日　年　月　日／　年　月　日／　年　月　日

ポイント　雪《ゆき》から生《う》まれた雪娘《ゆきむすめ》の物語《ものがたり》には、アレクサンドル・オストロフスキーの戯曲《ぎきょく》など、多《おお》くのバージョンがあります。

人《ひと》をだましてばかりいると、いつかひどい目《め》に……

サルのお尻《しり》はなぜ赤《あか》い？

むかしむかし、ある山《やま》にサルが棲《す》んでおりました。サルは性悪《しょうわる》で、いつも物《もの》を盗《ぬす》んだり他人《ひと》をだましたりして、みんなを困《こま》らせていたのです。

ある日《ひ》のこと、サルが山《やま》を歩《ある》いていると、大《おお》きな木《き》の下《した》で、カニが餅《もち》をついていました。カニがいっしょけんめいについている餅《もち》は、たいへんおいしそうで、サルはすぐにその餅《もち》がほしくなりました。

「カニどん、カニどん、ついた餅《もち》はどうするんだね？」

「なにをいってるんだい。食《た》べるに決《き》まってるじゃないか」

「でも、カニどん。おまえさんの両手《りょうて》のハサミじゃ、餅《もち》をまるめることはできんじゃろ。ここはおいらが餅《もち》をまるめてあげようじゃないか」

サルの言葉《ことば》を聞《き》いて、カニはそれもそうかと納得《なっとく》し、サルに餅《もち》をまるめてもらうことにしました。

サルは餅《もち》を受《う》けとりました。

「**おおっ、アッチッチ**。ついたばかりの餅《もち》はさすがに熱《あつ》いな。カニどん、これじゃ、熱《あつ》すぎて食《た》べれないぞ。おいらにいい考《かんが》えがあるけど、どうする」

「おお、そんなに熱《あつ》いのかい。それじゃ、サルどんにおまかせしよう」

サルはカニの返事《へんじ》を聞《き》くと、その場《ば》で餅《もち》をまるめ、ポイポイと木《き》の上《うえ》に投《な》げあげました。餅《もち》は大《おお》きな木《き》の枝《えだ》にひっかかって、落《お》ちてきません。

「ああ、なんてことをするんだ。これじゃ、餅《もち》が食《た》べられないじゃないか」

「高《たか》い木《き》の枝《えだ》で風《かぜ》にあてれば、餅《もち》はほどよく冷《さ》めるだろ、カニどん」

たしかに餅《もち》は冷《さ》めるでしょうが、餅《もち》が食《た》べられないことにかわりはありません。カニがそういうと、

「食《た》べられるさ、おいらだけ、な」

そういって、サルは木《き》にするするとのぼり、木《き》の枝《えだ》にひっかかった餅《もち》をうまそうに食《た》べはじめました。

だまされたと知《し》ったカニは、ものすごくおこりました。

「ようし、サルどん、そんなら、おまえはそのまま、そこで餅《もち》を食《く》っていろ」

カニは自分《じぶん》のハサミで木《き》をチョキチョキと切《き》りはじめ、とうとう、切《き》りたおしてしまいました。餅《もち》に夢中《むちゅう》になっていたサルは、木《き》が切《き》られていることに気《き》づきませんでした。おかげでサルは、お尻《しり》から木《き》の下《した》にドスンと落《お》ちてしまったのです。

「餅《もち》のうらみ、思《おも》いしれ！」

カニは木《き》から落《お》ちて目《め》をまわしているサルのしっぽを、ハサミでちょん切《ぎ》って、どこかへいってしまいました。

それ以来《いらい》、木《き》から落《お》ちたサルのお尻《しり》は真《ま》っ赤《か》っか。しっぽも短《みじか》くなり、はずかしくなったサルの顔《かお》まで赤《あか》くなってしまったということです。

読んだ日　　年　月　日／　　年　月　日／　　年　月　日

ポイント　サルのお尻《しり》が赤《あか》い理由《りゆう》の逸話《いつわ》は各地《かくち》にいろんなバージョンがあります。実際《じっさい》にお尻《しり》も顔《かお》も赤《あか》いのは、ニホンザルだけです。

1月14日のお話

いたずら好《ず》きのトムは墓場《はかば》で大事件《だいじけん》を目撃《もくげき》します！

トム・ソーヤの冒険《ぼうけん》

マーク・トウェイン

セント・ピーターズのトム・ソーヤは、いたずらや冒険《ぼうけん》が大好《だいす》きな少年《しょうねん》です。両親《りょうしん》は、はやくに亡《な》くなり、おばさんと暮《く》らしています。

ある日《ひ》、トムは「海賊《かいぞく》になる」と決《けっ》心《しん》します。友《とも》だちのハックとベンと三《さん》人《にん》で、いかだに乗《の》って川《かわ》をくだります。やがて川《かわ》の真《ま》ん中《なか》にある、無人島《むじんとう》に上《じょう》陸《りく》しました。海賊《かいぞく》の旗《はた》をたて、朝《あさ》まで焚《た》き火《び》をして遊《あそ》びました。

つぎの日《ひ》、町中《まちじゅう》の人《ひと》がトムたちを探《さが》して大《おお》さわぎ。三人《さんにん》はしかられると思《おも》い、島《しま》からようすを見《み》ていました。三《みっ》日目《かめ》には、三人《さんにん》は死《し》んだと思《おも》われ、教《きょう》会《かい》でお葬式《そうしき》がおこなわれました。

「いたずらをしかったりするんじゃなかったよ……」

トムのおばさんが涙《なみだ》を流《なが》していると、教会《きょうかい》のドアが開《ひら》き、トムたちがはいってきたので、みんなはびっくり。そして、三人《さんにん》が生《い》きていたことをよろこんで、神様《かみさま》に感謝《かんしゃ》しました。トムはしかられなくて、ほっとしました。

また、ある日《ひ》の夕方《ゆうがた》。トムとハックが墓場《はかば》にいくと、三人《さんにん》の男《おとこ》がいました。ポッターじいさんと、医者《いしゃ》のロビンソン、そして、悪党《あくとう》のジョーです。三人《さんにん》は、どこかへかくした金貨《きんか》のことでケンカをはじめました。医者《いしゃ》になぐられ、ポッターじいさんは気《き》をうしないました。悪党《あくとう》のジョーはそのすきに、ナイフで医者《いしゃ》を刺《さ》し殺《ころ》しました。そしてナイフをじいさんの手《て》ににぎらせて、逃《に》げていきました。翌日《よくじつ》、なんとポッターじいさんが殺人《さつじん》の罪《つみ》でつかまったのです。

じいさんの裁判《さいばん》の日《ひ》、トムはみんなのまえで証言《しょうげん》することになりました。

「ジョーがお医者《いしゃ》さんを刺《さ》しました。犯人《はんにん》はジョーです！」

トムは悪党《あくとう》のジョーがこわかったのですが、勇気《ゆうき》をだしてほんとうのことを話《はな》しました。それからジョーは町《まち》を逃《に》げだし、行方不明《ゆくえふめい》になりました。

そして、勇気《ゆうき》あるトムは町《まち》の英雄《えいゆう》になりました。でも……。

「ぼくがなりたいのは、海賊《かいぞく》なんだ」

トムとハックは海賊《かいぞく》の修業《しゅぎょう》のため、鍾乳洞《しょうにゅうどう》にでかけました。中《なか》は暗《くら》くて、いくつもわかれ道《みち》があり、二人《ふたり》は迷子《まいご》になりました。帰《かえ》り道《みち》を探《さが》していると、いきなりだれかが姿《すがた》をあらわしました。

「うわ！　ジョーだ！」

悪党《あくとう》のジョーが金貨《きんか》をかくしたのは、この鍾乳洞《しょうにゅうどう》だったのです。ジョーもトムに気《き》がついて、追《お》いかけてきます。トムとハックは鍾乳洞《しょうにゅうどう》を逃《に》げまわり、なんとか脱出《だっしゅつ》しました。トムの知《し》らせで、町中《まちじゅう》の人《ひと》が鍾乳洞《しょうにゅうどう》にかけつけましたが、ジョーは鍾乳洞《しょうにゅうどう》で迷《まよ》って、とうとう死《し》んでしまったのです。

その後《ご》、トムとハックは鍾乳洞《しょうにゅうどう》に戻《もど》り、ジョーがかくした金貨《きんか》を見《み》つけました。二人《ふたり》は大金《おおがね》もちになりましたが、トムは「つぎは山賊《さんぞく》の修業《しゅぎょう》をしよう」と、しんけんに考《かんが》えているのでした。

読んだ日　年　月　日／　年　月　日／　年　月　日

ポイント　物語《ものがたり》の舞台《ぶたい》はむかしのアメリカです。トムはいたずら者《もの》ですが勇気《ゆうき》がありますね。お金《かね》もちになっても冒険心《ぼうけんしん》を忘《わす》れません。

アイスランド

お月様《つきさま》はほんとに人間《にんげん》がこわいのかな？

お月様狩《つきさまが》り

むかしむかし、アイスランドの人《ひと》たちはこう考《かんが》えました。

「あの山《やま》の上《うえ》にいるお月様《つきさま》をつかまえることができたなら、とってもすてきじゃないかな」

「そうよ、お月様《つきさま》がいつもわたしたちの近《ちか》くにいれば、夜《よる》だってうんと明《あか》るいままだわ」

「わしらの冬《ふゆ》は長《なが》いからな。お月様《つきさま》がいれば、ランプの油代《あぶらだい》も節約《せつやく》できるというものじゃて」

　こうしてアイスランドの人《ひと》たちは、お月様《つきさま》をつかまえにいきました。

　お月様《つきさま》は山《やま》の上《うえ》。みんなはお月様《つきさま》を目《め》ざして、うんしょ、うんしょと、山《やま》をのぼりました。ところが、山《やま》の頂上《ちょうじょう》まできてみると、お月様《つきさま》はもっと高《たか》い山《やま》の上《うえ》にいるではありませんか。

「ありゃりゃ。お月様《つきさま》はもう、あんなとこまでいってしまったぞ」

「お月様《つきさま》って、あんがい足《あし》がはやいのねえ」

　みんなは相談《そうだん》したあと、もう一度《いちど》、お月様《つきさま》を追《お》いかけにいくことにしました。

　お月様《つきさま》はもっと高《たか》い山《やま》の上《うえ》。みんなはお月様《つきさま》を目《め》ざして、うんしょ、うんしょと、もっと高《たか》い山《やま》をのぼりました。ところが、もっと山《やま》の頂上《ちょうじょう》まできてみると、お月様《つきさま》はもっともっと高《たか》い山《やま》の上《うえ》にいるではありませんか。

「あんれま。お月様《つきさま》はもっともっと高《たか》い山《やま》の上《うえ》までいってしまったぞ」

「お月様《つきさま》は、もしかしたらわたしたちのこと、こわがっているんじゃないかしら」

　そこで、みんなは相談《そうだん》したあと、そーっと、お月《つき》さまを追《お》いかけていくことにしました。

　お月様《つきさま》はもっともっと高《たか》い山《やま》の上《うえ》。みんなはお月様《つきさま》を目《め》ざして、そーっと、そーっと、もっともっと高《たか》い山《やま》をのぼりました。ところが、もっともっと高《たか》い山《やま》の頂上《ちょうじょう》まできてみると、お月様《つきさま》はもっともっと高《たか》い山《やま》の上《うえ》にいるではありませんか。

「おやおや、お月様《つきさま》はもっともっともっと高《たか》い山《やま》の上《うえ》にいってしまったぞ」

「やっぱりお月様《つきさま》は、わたしたちをこわがっているんだわ。やさしい言葉《ことば》をかけてあげましょう」

　そこでみんなはお月様《つきさま》に話《はな》しかけました。

「お月様《つきさま》、いっしょにお茶《ちゃ》を飲《の》もう」

「パンもあるのよ」

「わしらは、お月様《つきさま》を歓迎《かんげい》するぞい」

　みんなは、いろんな言葉《ことば》をお月様《つきさま》に投《な》げかけましたが、お月様《つきさま》はだまって、みんなを照《て》らしています。

　つかれてしまったみんなは、あきらめて家《いえ》に帰《かえ》りました。お月様《つきさま》は、とぼとぼと家《いえ》に帰《かえ》る、みんなのうしろ姿《すがた》を見《み》ながら、ただ静《しず》かに、山《やま》の上《うえ》からみんなを照《て》らしつづけていました。

読んだ日　年　月　日／　年　月　日／　年　月　日

ポイント　アイスランドの冬《ふゆ》の夜《よる》はたいへん長《なが》く、冬至《とうじ》のころは太陽《たいよう》が四時間《よじかん》ぐらいしかでません。

1月16日のお話

なかよしの男《おとこ》の子《こ》を助《たす》けたい！

雪《ゆき》の女王《じょおう》

アンデルセン

1月
世界の童話
ぼうけんの話

むかしむかし、兄妹《きょうだい》のようになかのいい男《おとこ》の子《こ》と女《おんな》の子《こ》がいました。

いつものように二人《ふたり》が遊《あそ》んでいると、男《おとこ》の子《こ》のカイがとつぜんさけびました。

「ゲルダなんか、大嫌《だいきら》いだ！」

女《おんな》の子《こ》のゲルダはおどろきました。だって、いつもやさしいカイが、急《きゅう》におこりだしたのですから。カイがおこった理由《りゆう》がわからずに、ゲルダはかなしくなりました。じつはそのとき、悪魔《あくま》がつくったおそろしい鏡《かがみ》のかけらが空《そら》からふってきて、カイの目《め》と心臓《しんぞう》に刺《さ》さっていたのです。

それからしばらくして、カイが町《まち》からいなくなってしまいました。一人《ひとり》で遊《あそ》んでいたところを、雪《ゆき》の女王《じょおう》にさらわれてしまったのです。ゲルダは心配《しんぱい》して、カイを探《さが》す旅《たび》にでました。

ゲルダが森《もり》の中《なか》をさまよっていると、一羽《いちわ》のカラスがやってきていいました。

「**カァカァ**。その子《こ》なら、王女様《おうじょさま》と結婚《けっこん》した王子様《おうじさま》にちがいない」

ゲルダはカラスに案内《あんない》されて、お城《しろ》にいきました。でもそこにいたのは、カイとよくにたべつの人《ひと》でした。

ゲルダの話《はなし》を聞《き》いてかわいそうに思《おも》った王子《おうじ》と王女《おうじょ》は、ゲルダに金色《きんいろ》の馬車《ばしゃ》をくれました。

ある日《ひ》、山《やま》の中《なか》で日《ひ》が暮《く》れ、ゲルダは山賊《さんぞく》たちにでくわしてしまいました。

「こりゃ、すばらしい金《きん》の馬車《ばしゃ》だわい！盗《ぬす》んでしまえ！」

つかまってしまったゲルダを助《たす》けてくれたのは、山賊《さんぞく》の娘《むすめ》でした。ゲルダが娘《むすめ》にカイの話《はなし》をすると、娘《むすめ》の飼《か》っていたハトがいいました。

「北《きた》のラップランドで、男《おとこ》の子《こ》が雪《ゆき》の女王《じょおう》といっしょにいるのを見《み》たよ」

「きっとその男《おとこ》の子《こ》がカイだわ。わたし、助《たす》けにいく！」

ゲルダがいうと、山賊《さんぞく》の娘《むすめ》は「こいつでいくといい」と、トナカイを指《ゆび》さしました。

とうとう雪《ゆき》の女王《じょおう》のお城《しろ》についたゲルダは、カイを見《み》つけました。けれどもカイは、ゲルダのことを忘《わす》れていました。雪《ゆき》の女王《じょおう》にキスをされると、なにもかもぜんぶ忘《わす》れてしまうのです。

「きみはだれ？」

「ゲルダよ。あんなになかよしだったのに。わたしが、わからないの？」

ゲルダはかなしくなって泣《な》いてしまいました。

そして、ゲルダの涙《なみだ》が、カイの目《め》と胸《むね》に落《お》ちたそのときです。

「あぁ、ゲルダ、なつかしいゲルダ！」

カイがさけびました。ゲルダの涙《なみだ》が、悪魔《あくま》の鏡《かがみ》のかけらをとかしたのです。

カイは、ゲルダのほっぺたにキスをしました。それは、まわりの雪《ゆき》をとかしてしまいそうなキスでした。

二人《ふたり》は雪《ゆき》の女王《じょおう》に見《み》つからないうちに城《しろ》をぬけだすと、町《まち》へ戻《もど》ってずっとなかよく暮《く》らしたそうです。

読んだ日　　年　月　日／　　年　月　日／　　年　月　日

ポイント なかよしだった子《こ》が急《きゅう》にいじわるになったら、急《きゅう》にいなくなってしまったら、どうしますか？ お子《こ》さんとお話《はな》ししてみましょう。

とってもなかのいい夫婦《ふうふ》のお話《はなし》です

フィンランド

アイリーのかけぶとん

1月17日のお話

むかし、フィンランドにカールとアイリーという、たいへんなかのよい夫《ふう》婦《ふ》が住《す》んでいました。フィンランドはいまもむかしも寒《さむ》い国《くに》。冬《ふゆ》にはたくさんの雪《ゆき》がつもります。アイリーは窓《まど》の外《そと》の雪《ゆき》を見《み》ながらつぶやきました。

「もうすぐ、カールの誕生日《たんじょうび》ね。そうだわ。誕生日《たんじょうび》の贈《おく》り物《もの》には温《あたた》かいかけぶとんをつくってあげましょう」

カールの誕生日《たんじょうび》に、アイリーはできあがったかけぶとんをプレゼントしました。カールは大《おお》よろこびです。

「ああ、おれはなんてしあわせ者《もの》なんだ。きれいでやさしいおくさんが、温《あたた》かいかけぶとんをつくってくれた。アイリー、きみはおれの宝物《たからもの》だよ」

アイリーはカールがよろこんでくれたので、とてもしあわせな気《き》もちになりました。アイリーはほんとうにやさしいおくさんなのです。ところが美人《びじん》でやさしいアイリーにも、たった一《ひと》つ、欠点《けってん》がありました。それは、とんでもない、うっかり者《もの》だということです。

アイリーのかけぶとんで寝《ね》たカールが翌朝《よくあさ》、アイリーにいいました。

「アイリー。きみのつくってくれたかけぶとん、とっても温《あたた》かいよ。でもさ、ぼくがかけぶとんを頭《あたま》までかぶると、足《あし》もとがとてもスースーして寒《さむ》いんだ」

「あらやだ。足《あし》がはみだしてしまうののね。わかったわ、なおしてあげる。頭《あたま》のほうは温《あたた》かいのだから問題《もんだい》ないわね。じゃあ、足《あし》もとをなおすわ」

アイリーはそういうと、はさみをとりだしました。そして、かけぶとんの頭側《あたまがわ》の部分《ぶぶん》をジョキジョキと切《き》りとり、足《あし》もとの側《がわ》にくっつけたのです。

「さあ、これでだいじょうぶよ」

「ありがとう。さすが、ぼくのおくさんだ。きれいでやさしくて頭《あたま》もいい」

カールはよろこんで、アイリーがなおしたかけぶとんで眠《ねむ》りました。さて翌朝《よくあさ》、カールはいいにくそうに、アイリーに話《はな》しかけました。

「アイリー。まだ足《あし》もとが寒《さむ》いよ」

「あらまあ。頭《あたま》のほうは問題《もんだい》ないのね。今度《こんど》も足《あし》もとのほうをなおせばいいわ」

アイリーは、はさみをとりだしました。かけぶとんの頭側《あたまがわ》の部分《ぶぶん》を切《き》りとり、足《あし》もとにくっつけたのです。

「さあ、これでうまくいったわ」

「さすがぼくのおくさん。ありがとう」

カールはよろこんで、アイリーがなおしたかけぶとんで眠《ねむ》りました。翌朝《よくあさ》。

「アイリー……」

「あらあら、まあまあ」

アイリーはカールの顔《かお》を見《み》て、まだかけぶとんが完成《かんせい》していないことがわかりました。そこで、アイリーは、はさみをとりだしていいました。

「カール、だいじょうぶよ。すぐになおしてあげるからね」

「やったぁ、さすが、ぼくのおくさん」

二人《ふたり》はフィンランドの長《なが》い冬《ふゆ》がおわるまで、ずっとこれをくり返《かえ》しました。きっと来年《らいねん》の冬《ふゆ》も、おなじことをくり返《かえ》すでしょう。

読んだ日　年　月　日／　年　月　日／　年　月　日

ポイント　北欧《ほくおう》のフィンランドは11月《がつ》から3月《がつ》あたりまで、氷点下《ひょうてんか》の気温《きおん》になる寒《さむ》い国《くに》です。

「泥舟《どろぶね》」の語源《ごげん》になった仇《かたき》うち

かちかち山《やま》

むかし、あるところに、おじいさんとおばあさんがいました。おじいさんが畑《はたけ》にでかけると、山《やま》からおりてきたタヌキが、畑《はたけ》をあらしていました。おじいさんはわるいタヌキをつかまえてしばり、家《いえ》の天井《てんじょう》につりさげました。

「ばあさんや、今晩《こんばん》はタヌキ汁《じる》にしよう。逃《に》がさないようにな」

そういうと、おじいさんは、また畑《はたけ》に戻《もど》っていきました。

おばあさんが臼《うす》で米《こめ》をつきはじめると、天井《てんじょう》からタヌキが声《こえ》をかけました。

「おい、ばあさん、かわりに米《こめ》をついてやるよ。だから縄《なわ》をといてくれ」

「だめだよ。逃《に》げる気《き》だろ」

「とんでもない、逃《に》げないよ。おいら、じゅうぶん反省《はんせい》してるんだから」

あんまりしつこくタヌキがたのむので、おばあさんは、タヌキの縄《なわ》をほどいてあげました。ところがタヌキは、杵《きね》をおばあさんから受《う》けとると、そのまま、おばあさんの頭《あたま》にふりおろしてしまったのです。

「ざまあみやがれ」

そういい残《のこ》して、タヌキは山《やま》へ帰《かえ》っていきました。

夕方《ゆうがた》になり、おじいさんが家《いえ》に帰《かえ》ると、おばあさんが死《し》んでいました。おじいさんが泣《な》いていると、通《とお》りがかったウサギが、わけを聞《き》いておこりました。

「わたしが仇《かたき》をとってあげましょう」

つぎの日《ひ》、ウサギはタヌキを山《やま》へ柴《しば》刈《か》りにさそいました。柴《しば》を刈《か》った帰《かえ》り道《みち》、タヌキは柴《しば》を背《せ》おって、ウサギのまえを歩《ある》いています。ウサギはタヌキのうしろから、火打石《ひうちいし》をカチカチと鳴《な》らして、タヌキの柴《しば》に火《ひ》をつけました。

「うさぎさん、カチカチってへんな音《おと》がするぞ。なんの音《おと》だ」

「この山《やま》は、かちかち山《やま》だからさ」

「ああ、そうか。あれ、今度《こんど》は背中《せなか》から、ぼうぼうと音《おと》がするぞ」

「もうすぐ、ぼうぼう山《やま》につくからさ」

やがて、柴《しば》に火《ひ》がまわり、タヌキは背中《せなか》に大火傷《おおやけど》をおいました。そこでウサギは、いたみでくるしむタヌキの背《せ》中《なか》に、薬《くすり》をぬるふりをして、唐辛子《とうがらし》をすりこみました。

「**うぎゃあああ**」

タヌキはますます七転八倒《しちてんばっとう》してくるしみました。

それからしばらくして、ウサギは釣《つ》りをしようと、タヌキを川《かわ》にさそいました。

「もう山《やま》はこりごりだ。でも、川《かわ》ならいいな、よし、おいらも舟《ふね》をつくるぞ」

「舟《ふね》をつくるなら、泥《どろ》でつくりなよ。ぼくは色《いろ》が白《しろ》いから木《き》の舟《ふね》。きみは黒《くろ》いから、泥《どろ》の舟《ふね》がにあうと思《おも》うよ」

ウサギにいわれたとおり、タヌキは泥《どろ》で舟《ふね》をつくり、川《かわ》にうかべて釣《つ》りをはじめました。

泥《どろ》は水《みず》ですぐにとけだし、泥舟《どろぶね》はあっというまにしずんでいきます。タヌキは川《かわ》の真《ま》ん中《なか》で、おぼれ死《し》んでしまいましたとさ。

読んだ日　年　月　日／　年　月　日／　年　月　日

ポイント タヌキがおばあさんを殺《ころ》したあと、ばば汁《じる》をつくっておじいさんに食《た》べさせる、という話《はなし》もあります。

新《あたら》しい日本《にほん》のために力《ちから》をつくした幕臣《ばくしん》

勝海舟《かつかいしゅう》

勝海舟《かつかいしゅう》は約百九十年前《やくひゃくきゅうじゅうねんまえ》、江戸時代《えどじだい》に生《う》まれました。子《こ》どものころの名前《なまえ》は麟太郎《りんたろう》といいました。おとうさんは日本《にほん》をおさめる幕府《ばくふ》に仕《つか》える侍《さむらい》でした。

麟太郎《りんたろう》は八歳《はっさい》から剣術《けんじゅつ》を修業《しゅぎょう》して、免許《めんきょ》をもらいました。剣術《けんじゅつ》だけでなく、勉強《べんきょう》にもはげみました。

「日本《にほん》を守《まも》るには、西洋《せいよう》の学問《がくもん》を学《まな》ばなければならない」

このころ、日本《にほん》は外国《がいこく》とのつきあいをしていませんでした。でも麟太郎《りんたろう》は、はやくから外国《がいこく》が日本《にほん》を攻《せ》めてきたときのことを考《かんが》えていたのです。

麟太郎《りんたろう》はオランダの本《ほん》を読《よ》んで、西《せい》洋《よう》の兵隊《へいたい》や戦争《せんそう》のしかたをしっかり学《まな》びました。そして、蘭学《らんがく》と兵法《へいほう》を教《おし》える塾《じゅく》を開《ひら》きました。のちに学問《がくもん》の師《し》から「海舟書屋《かいしゅうしょや》」と書《か》かれた額《がく》を贈《おく》られ、「海舟《かいしゅう》」は麟太郎《りんたろう》の呼《よ》び名《な》にもなりました。

やがて、アメリカから黒《くろ》ぬりの軍艦《ぐんかん》がやってきて、日本《にほん》に国《くに》を開《ひら》くよう要《よう》求《きゅう》しました。それまで日本《にほん》は、外国《がいこく》とのつきあいをしていませんでした。アメリカは日本《にほん》よりずっと進《すす》んだ文明《ぶんめい》をもっていて、戦争《せんそう》しても勝《か》てる見《み》こみはありません。困《こま》った幕府《ばくふ》は、大名《だいみょう》や役人《やくにん》に意見《いけん》を聞《き》きました。そのとき、勝海舟《かつかいしゅう》も意見書《いけんしょ》をだしました。

「中国《ちゅうごく》やロシアと貿易《ぼうえき》をして、もうけた金《かね》で軍艦《ぐんかん》と海軍《かいぐん》をつくる。大砲《たいほう》を置《お》いて江戸湾《えどわん》を守《まも》る。幕府《ばくふ》に兵隊《へいたい》の養成《ようせい》所《しょ》をつくる」などです。

海外《かいがい》との貿易《ぼうえき》など、考《かんが》えられない時《じ》代《だい》です。幕府《ばくふ》のえらい人《ひと》は、海舟《かいしゅう》の新《あたら》しい考《かんが》えかたにおどろきました。そして、「勝海舟《かつかいしゅう》に仕事《しごと》をまかせよう」ということになりました。海舟《かいしゅう》は西洋《せいよう》の書物《しょもつ》を日本語《にほんご》にしたり、海軍《かいぐん》をつくるための準備《じゅんび》をしたりしました。

やがて長崎《ながさき》に、軍艦《ぐんかん》の操縦《そうじゅう》や、大砲《たいほう》のうちかたなどを教《おし》える学校《がっこう》ができました。この「海軍伝習所《かいぐんでんしゅうじょ》」で海舟《かいしゅう》は、教員《きょういん》もしながら学《まな》びました。そして、ようやく日本《にほん》も軍艦《ぐんかん》をもつことができたのです。軍艦《ぐんかん》「咸臨丸《かんりんまる》」は、蒸気《じょうき》で動《うご》く船《ふね》でした。

そのころ、日本《にほん》はアメリカのいうとおり、国《くに》を開《ひら》きました。アメリカにわたる使節団《しせつだん》を守《まも》るため、海舟《かいしゅう》は艦長《かんちょう》として咸臨丸《かんりんまる》に乗《の》りこみました。日本《にほん》の海軍《かいぐん》による、はじめての太平《たいへい》洋横断《ようおうだん》です。

「アメリカでいろんなものを見学《けんがく》して、日本《にほん》のために役《やく》だてよう」

海舟《かいしゅう》の胸《むね》は高鳴《たかな》りました。ところが、大役《たいやく》をはたして日本《にほん》に帰《かえ》った海舟《かいしゅう》を待《ま》っていたのは、大《おお》きな時代《じだい》の変化《へんか》でした。日本《にほん》の開国《かいこく》に反対《はんたい》する人《ひと》たちと、幕府《ばくふ》が対立《たいりつ》して、国内《こくない》で戦争《せんそう》が起《お》こりそうになっていたのです。

「いまは日本人同士《にっぽんじんどうし》が殺《ころ》しあっている場合《ばあい》じゃない」

海舟《かいしゅう》はあらそいをおさめるため、力《ちから》をつくしました。そして、幕府《ばくふ》がたおれ、明治時代《めいじじだい》を迎《むか》えたあとは、新《あたら》しい国《くに》をつくるために活躍《かつやく》したのです。

読んだ日　　年　月　日／　　年　月　日／　　年　月　日

ポイント 勝海舟《かつかいしゅう》(1823-1899)は剣《けん》の達人《たつじん》でしたが、生涯一度《しょうがいいちど》も人《ひと》を斬《き》りませんでした。戦争《せんそう》を避《さ》けるために、日本《にほん》を強《つよ》くしようと考《かんが》えたのです。

1月20日のお話

弱者《じゃくしゃ》が強者《きょうしゃ》を助《たす》けるお話《はなし》

ライオンとネズミ

イソップ

むかしむかし、あるところでライオンが昼寝《ひるね》をしていました。ライオンはだれよりも強《つよ》いので、昼寝《ひるね》をじゃまする動物《どうぶつ》はいません。ところが、どうしたことか、一匹《いっぴき》のネズミがライオンに近《ちか》づいてきました。

「あれ、こんな野原《のはら》の真《ま》ん中《なか》に小山《こやま》があるぞ。よし、のぼってやろう」

ネズミはライオンを小山《こやま》だとかんちがいしてのぼりはじめました。ところが、ネズミがライオンの背中《せなか》まできたところで、ライオンの目《め》が覚《さ》めてしまったのです。

「う～ん、だれだ。おれさまの背中《せなか》をよじのぼっているやつは」

それまで小山《こやま》だと思《おも》っていたものがライオンだと知《し》って、ネズミはびっくりしました。

「ラ、ライオンさんだったのですか。ごめんなさい。わたしはあなただと思《おも》わなかったんです」

「なんだ、ネズミか。ちょうど小腹《こばら》がすいたところだ。おやつがわりに食《く》ってやろう」

「ああ、お願《ねが》いです、食《た》べないで。助《たす》けてください。こんな小《ちい》さなわたしでも、いつかかならず、あなたのお役《やく》にたつことがあるはずです。どうか、今日《きょう》のところは見《み》のがしてください」

ネズミは必死《ひっし》になって、ライオンに命《いのち》ごいをしました。

「ふん。まあ、おまえなんか食《く》っても、腹《はら》のたしにはならんだろうしな。まあ、今日《きょう》のところは勘弁《かんべん》してやるか」

ライオンはそういうと、ネズミを逃《に》がしてやりました。ネズミは何度《なんど》もお礼《れい》をいって、逃《に》げていきました。

それから何日《なんにち》かしたあと、ライオンが人間《にんげん》のわなにかかりました。わなの網《あみ》は、ライオンが動《うご》けば動《うご》くほどからまって、やがてライオンは身動《みうご》きがとれなくなってしまいました。

「ちくしょう、油断《ゆだん》してしまったか。いくらおれさまが強《つよ》くても、身動《みうご》きがとれなくてはどうすることもできん」

ライオンがなげいていると、以前助《いぜんたす》けたネズミが、ライオンの目《め》のまえにあらわれました。

「ライオンさん、いつかの約束《やくそく》をはたすときがきたようですね。わたしがあなたを助《たす》けましょう」

ネズミは網《あみ》をかみ切《き》って、ライオンを助《たす》けだしました。

「おお、この間《あいだ》のネズミか。すっかり忘《わす》れていたが、おまえのことを少々《しょうしょう》あなどっていたようだ。ありがとう」

ライオンとネズミは笑《わら》いあって、それからはなかなかよくなりました。

どんなに能力《のうりょく》がある人《ひと》でも、ときには、弱者《じゃくしゃ》の力《ちから》をかりるときがくるものです。けっして、弱《よわ》く見《み》える者《もの》を弱《よわ》いと決《き》めつけず、また役《やく》たたずだと決《き》めつけてはいけない、というお話《はなし》です。

読んだ日　年　月　日／　年　月　日／　年　月　日

ポイント　イソップは実在《じつざい》の人物《じんぶつ》で、身分《みぶん》は奴隷《どれい》だったといわれています。古代《こだい》ギリシャでは奴隷制《どれいせい》がしかれていました。

日本《にほん》の文豪《ぶんごう》・芥川《あくたがわ》が書《か》いた児童文学作品《じどうぶんがくさくひん》です

蜘蛛《くも》の糸《いと》

芥川龍之介《あくたがわりゅうのすけ》

ある日《ひ》、お釈迦様《しゃかさま》は極楽《ごくらく》の蓮池《はすいけ》のふちを散歩《さんぽ》していました。極楽《ごくらく》の蓮《はす》の下《した》からは、ちょうど地獄《じごく》の底《そこ》がのぞきこめます。

お釈迦様《しゃかさま》が地獄《じごく》の底《そこ》をのぞくと、カンダタという男《おとこ》が、ほかの罪人《ざいにん》といっしょになって、くるしんでいました。カンダタは人《ひと》を殺《ころ》したり家《いえ》に火《ひ》をつけたりした大悪党《だいあくとう》です。お釈迦様《しゃかさま》はカンダタを見《み》て、こう思《おも》いました。

（カンダタは悪党《あくとう》だが、生前一《せいぜんひと》つだけよいことをした。蜘蛛《くも》をふみつけそうになったのを思《おも》いとどまり、助《たす》けてやったのだ。ここはそのよいおこないに免《めん》じて、地獄《じごく》から助《たす》けてやろう）

お釈迦様《しゃかさま》は、蓮池《はすいけ》の蓮《はす》にかかったうつくしい銀色《ぎんいろ》の蜘蛛《くも》の糸《いと》を手《て》にとりました。そして、その糸《いと》をはるか下《した》にある地獄《じごく》の底《そこ》へ、まっすぐにおろしたのです。

血《ち》の池地獄《いけじごく》でくるしんでいたカンダタは、この蜘蛛《くも》の糸《いと》に気《き》づいてよろこびました。

「しめた。この糸《いと》をのぼっていけば、地獄《じごく》からぬけだせるだろう。うまくいけば、極楽《ごくらく》へもいけるかもしれんぞ」

カンダタはこういうと、蜘蛛《くも》の糸《いと》にすがりつき、よじのぼりはじめました。ところが、地獄《じごく》と極楽《ごくらく》の間《あいだ》は、たいへんな距離《きょり》があります。とてもすぐにたどりつけるものではありません。

そこでカンダタは、ひと休《やす》みして、これまでのぼってきた、はるか下《した》を見《み》おろしました。すると、なんと地獄《じごく》の罪《ざい》人《にん》たちが、あとからあとから、アリのように蜘《く》蛛《も》の糸《いと》をよじのぼってくるではありませんか。

これを見《み》たカンダタはおどろき、おそれました。これだけたくさんの人数《にんずう》がよじのぼっては、細《ほそ》い蜘蛛《くも》の糸《いと》など、かんたんに切《き》れてしまうにちがいありません。そこで、カンダタは糸《いと》をよじのぼってくる罪人《ざいにん》たちに、大《おお》きな声《こえ》でいいました。

「こら、罪人《ざいにん》ども。この糸《いと》はおれのものだぞ。だれのゆるしを得《え》て、のぼっているんだ。おりろ。おりろ！」

そのとたん、それまでなんともなかった蜘蛛《くも》の糸《いと》が、カンダタのぶらさがっているすぐ上《うえ》のところで、ぷつりと音《おと》をたてて切《き》れました。カンダタはコマのようにくるくるまわりながら、地獄《じごく》の底《そこ》へ落《お》ちていきました。

お釈迦様《しゃかさま》はこのようすをすべてながめていました。カンダタが血《ち》の池《いけ》にふたたびしずんでしまうと、かなしそうな顔《かお》をして蓮池《はすいけ》からたちさりました。自分《じぶん》だけ助《たす》かればよい、というカンダタの心《こころ》を浅《あさ》ましく思《おも》われたのでしょう。

極楽《ごくらく》の蓮《はす》の花《はな》が、いつもとかわりなく、よい香《かお》りをただよわせながら、静《しず》かに、白《しろ》く、うつくしく咲《さ》いていました。

読んだ日　　年　月　日／　　年　月　日／　　年　月　日

ポイント　この話《はなし》から、蜘蛛《くも》の糸《いと》は比喩《ひゆ》として、「たった一《ひと》つの希望《きぼう》」という意味《いみ》をもつようになりました。

1月22日のお話

やさしい少女《しょうじょ》のもとに、お星様《ほしさま》が落《お》ちてきた!?

星《ほし》の銀貨《ぎんか》

グリム

1月

世界の童話

しあわせな話

むかしむかし、あるところに、心《こころ》のやさしい女《おんな》の子《こ》がおりました。でも、かわいそうに、おとうさんもおかあさんも死《し》んでしまって、女《おんな》の子《こ》は一人《ひとり》ぼっちになってしまいました。ですから、女《おんな》の子《こ》の持《も》ち物《もの》は、着《き》ている服《ふく》と、親切《しんせつ》な人《ひと》がくれた一切《ひとき》れのパンだけです。

冬《ふゆ》のある日《ひ》、女《おんな》の子《こ》は、心《こころ》の中《なか》の神《かみ》様《さま》だけをたよりに、一人《ひとり》で歩《ある》きはじめました。すると、大人《おとな》の男《おとこ》の人《ひと》がやってきて、女《おんな》の子《こ》にいいました。

「なにか食《た》べ物《もの》をめぐんでおくれ。もう何日《なんにち》も食《た》べてなくて腹《はら》ぺこなんだ」

食《た》べ物《もの》といっても、女《おんな》の子《こ》は一切《ひとき》れのパンしかもっていません。このパンをあげてしまったら、女《おんな》の子《こ》の食《た》べ物《もの》がなくなってしまいます。でも女《おんな》の子《こ》は、パンを男《おとこ》の人《ひと》にあげて、こういいました。

「どうぞ、このパンを食《た》べてください。神様《かみさま》のおめぐみがありますように」

そして先《さき》へ歩《ある》いていくと、一人《ひとり》の子《こ》どもがやってきていいました。

「えーん、えーん。寒《さむ》いよう。ねえ、その毛糸《けいと》の帽子《ぼうし》をちょうだい」

女《おんな》の子《こ》はいいました。

「この帽子《ぼうし》をあげましょう。神様《かみさま》のおめぐみがありますように」

つぎにやってきたのは、上着《うわぎ》がほしいという子《こ》ども、それからつぎはスカートがほしいという子《こ》どもでした。

女《おんな》の子《こ》は、そのたびに「神様《かみさま》のおめぐみがありますように」とやさしく声《こえ》をかけて、自分《じぶん》の上着《うわぎ》やスカートを子《こ》どもたちにあげたのです。

冬《ふゆ》だというのに、女《おんな》の子《こ》はとうとうパンツ一枚《いちまい》の姿《すがた》になってしまいました。

でも、そのまま歩《ある》きつづけて森《もり》にやってきました。もう帰《かえ》る家《いえ》はないのです。

日《ひ》が暮《く》れて、あたりは、すっかり暗《くら》くなっています。そこへまた一人《ひとり》の子《こ》どもがやってきて、いいました。

「ねぇ、そのパンツをちょうだい」

いまはいているパンツをあげると、女《おんな》の子《こ》は裸《はだか》になってしまいます。

（どうしよう、困《こま》ったなぁ。でも、もう夜《よる》だから、だれにも見《み》えないか……）

女《おんな》の子《こ》はこう考《かんが》えてパンツをぬぐと、とうとうこれもあげていいました。

「神様《かみさま》のおめぐみがありますように」

こうして女《おんな》の子《こ》がなに一《ひと》つ身《み》につけずにたっていると、とつぜん、真《ま》っ暗《くら》な夜空《よぞら》からなにかが落《お》ちてきました。

「え？　お星様《ほしさま》が落《お》ちてきたの？」

見《み》ると、地面《じめん》にはピカピカ光《ひか》る星《ほし》がいくつも落《お》ちているではありませんか。

そして、女《おんな》の子《こ》がおどろいて見《み》ているうちに、その星《ほし》は銀貨《ぎんか》になったのです。

気《き》がつくと、裸《はだか》だったはずの女《おんな》の子《こ》は、りっぱで暖《あたた》かい服《ふく》を着《き》ていました。

「……ああ、神様《かみさま》ありがとう」

女《おんな》の子《こ》は神様《かみさま》にお礼《れい》をいいました。

そして星《ほし》の銀貨《ぎんか》をひろい集《あつ》め、そのお金《かね》で裕福《ゆうふく》に暮《く》らしたということです。

読んだ日　年　月　日／　年　月　日／　年　月　日

ポイント　もし、自分《じぶん》が主人公《しゅじんこう》の女《おんな》の子《こ》だったら、どうしますか？　おなじことができますか？

どんな願《ねが》いでもかなえてもらえるなら？

三《みっ》つの願《ねが》い

ペロー

むかし、ある森《もり》に木《き》こりがおかみさんと暮《く》らしていました。木《き》こりは生《う》まれてからずっと貧乏《びんぼう》で、いつも自分《じぶん》の不幸《ふこう》をなげいていました。

ある日《ひ》、「神様《かみさま》は一度《いちど》だって、わたしの願《ねが》いをかなえてくれない。ひどいもんさ」と、くり返《かえ》していました。すると、とつぜん空《そら》から雷神《らいじん》があらわれました。きこりはびっくりして、「神《かみ》様《さま》、おゆるしください。わたしはなにも望《のぞ》んでいません」といいました。

「いや、そんなにこわがらなくていい。おまえの言《い》い分《ぶん》はもっともだ。わたしが、おまえの願《ねが》いをなんでも三《みっ》つかなえてあげよう。よく考《かんが》えて、願《ねが》いをいいなさい」

こういうと、雷神《らいじん》は姿《すがた》を消《け》しました。きこりは大《おお》よろこびで家《いえ》に帰《かえ》り、おかみさんに話《はなし》をしました。

おかみさんは「なにをお願《ねが》いするか、じっくり考《かんが》えないとね。大金《おおがね》もちにも、王様《おうさま》にもなれるんだから」といいました。そして、まずはぶどう酒《しゅ》でお祝《いわ》いすることにしました。

二人《ふたり》は暖炉《だんろ》のまえにすわり、願《ねが》いごとを考《かんが》えていました。薪《まき》をくべた暖炉《だんろ》は赤々《あかあか》と火《ひ》が燃《も》えています。木《き》こりはいい気分《きぶん》になって、うっかり「この火《ひ》で特大《とくだい》のソーセージを焼《や》いたら、おいしいだろうな。そんなソーセージがあればいいのに……」といってしまいました。そのとたん、大《おお》きな長《なが》いソーセージがあらわれました。なんということでしょう。たいせつな一《ひと》つ目《め》の願《ねが》いを、ソーセージに使《つか》ってしまったのです。おかみさんはかんかんにおこりました。

「金《かね》でも王国《おうこく》でもなく、ソーセージを願《ねが》うなんて。おまえはなんてバカなんだ。この大《おお》まぬけ！」

これには木《き》こりも腹《はら》をたて、大声《おおごえ》でいい返《かえ》しました。

「こんなソーセージなんか、うるさい女《おんな》の鼻《はな》にでもぶらさがっちまえ！」

すると、ソーセージは、おかみさんの鼻《はな》にくっついてしまいました。二《ふた》つ目《め》の願《ねが》いがかなったのです。鼻《はな》にくっついたソーセージは、力《ちから》いっぱいひっぱっても、どうにもとれません。おかみさんは泣《な》きだしてしまいました。

願《ねが》いごとは、あと一《ひと》つだけ。お金《かね》もちになっても、王様《おうさま》になっても、おかみさんの顔《かお》はもとに戻《もど》りません。ソーセージを鼻《はな》にぶらさげたまま、笑《わら》われつづけるでしょう。

木《き》こりはおかみさんにいいました。

「最後《さいご》の願《ねが》いはおまえが決《き》めるといい」

おかみさんは、「鼻《はな》からソーセージをとってください」と願《ねが》いました。

おかみさんの鼻《はな》からソーセージがぽとりと落《お》ち、もとどおりになりました。木《き》こりはよろこんで、「お金《かね》もちになるより、おまえの鼻《はな》のほうがたいせつだ」といいました。こうして、木《き》こりとおかみさんは、いままでどおりに暮《く》らしました。

読んだ日　年　月　日／　年　月　日／　年　月　日

ポイント　お子《こ》さんに三《みっ》つの願《ねが》いを聞《き》いてみましょう。みんなで願《ねが》いを話《はな》しあうのもたのしいですね。

ことわざになったお話《はなし》です

中国《ちゅうごく》の故事《こじ》成語《せいご》物語《ものがたり》

中国《ちゅうごく》

中国《ちゅうごく》の昔話《むかしばなし》には、日本《にほん》でもことわざになっているお話《はなし》がたくさんあります。その中《なか》からいくつかお話《はな》ししましょう。

矛盾《むじゅん》

むかし、道端《みちばた》で矛《ほこ》と盾《たて》を売《う》っている男《おとこ》がいました。

「さあ、みんな聞《き》いておくれ。この矛《ほこ》はこの国《くに》で一番《いちばん》すばらしい矛《ほこ》だ。どんなものでも、かんたんにつらぬき通《とお》しちまうよ。そして、この盾《たて》もすごいぞ。この盾《たて》は、どんな武器《ぶき》でもふせぐんだ」

すると、男《おとこ》の話《はなし》を聞《き》いていた人《ひと》が、たずねました。

「じゃあ、この矛《ほこ》で、この盾《たて》をついたらどうなるんだ？」

このお話《はなし》から、「つじつまのあわないこと」を「矛盾《むじゅん》」というようになりました。

蛇足《だそく》

むかし、男《おとこ》たちが集《あつ》まって酒《さけ》を飲《の》むことになりました。ところが、酒《さけ》は少《すこ》ししかありません。そこで、一人《ひとり》の男《おとこ》が提案《ていあん》をしました。

「どうだい。いまから、みんなでヘビの絵《え》を描《か》こう。一番先《いちばんさき》に描《か》きあげたやつが、酒《さけ》を飲《の》むことにしようぜ」

「よし、やろう！」

みんなはいっせいにヘビの絵《え》を描《か》きはじめました。しばらくすると、一人《ひとり》の男《おとこ》がヘビの絵《え》を描《か》きあげました。

「やったあ、おれが一番《いちばん》だ。酒《さけ》はおれがもらうぜ。なんだ、みんな、まだ描《か》きおわらないのか。ふふん、おれには、足《あし》を描《か》くよゆうもあるぜ」

男《おとこ》はそういうと、ヘビに足《あし》を描《か》きました。すると、二番目《にばんめ》にヘビを描《か》きあげた男《おとこ》がいいました。

「ヘビに足《あし》があるもんか。ちゃんとしたヘビを描《か》いたおれが、酒《さけ》をもらうぜ」

このお話《はなし》から、「わざわざよけいなことをして、物事《ものごと》をだいなしにしてしまうこと」を「蛇足《だそく》」といいます。

五十歩百歩《ごじっぽひゃっぽ》

むかし、王様《おうさま》が孟子《もうし》というかしこい人《ひと》に相談《そうだん》しました。

「わしは、隣《となり》の国《くに》より、よい政治《せいじ》をおこなっている。なのに、だれもほめてくれないのはなぜだ？」

すると、孟子《もうし》はいいました。

「王様《おうさま》、こんな話《はなし》があります。戦争《せんそう》で負《ま》けた兵士《へいし》が五十歩逃《ごじっぽに》げました。その兵士《へいし》は、百歩逃《ひゃっぽに》げた兵士《へいし》を笑《わら》ったそうです。この話《はなし》をどう思《おも》います？」

「ばかな。五十歩《ごじっぽ》でも百歩《ひゃっぽ》でも逃《に》げたことには、かわりはあるまい……。ああ、そういうことか！」

王様《おうさま》は気《き》づきました。つまり、よいことをしているつもりでも、はたから見《み》れば、ぜんぜん大差《たいさ》がないのです。

このお話《はなし》から、「少《すこ》しちがっても、本質《ほんしつ》はかわらないこと」を「五十歩百歩《ごじっぽひゃっぽ》」というようになりました。

読んだ日　年　月　日／　年　月　日／　年　月　日

ポイント 矛盾《むじゅん》は『韓非子《かんぴし》』、蛇足《だそく》は『戦国策《せんごくさく》』、五十歩百歩《ごじっぽひゃっぽ》は『孟子《もうし》』が出典《しゅってん》です。

どちらが大人《おとな》でどちらが子《こ》ども？

初天神《はつてんじん》

むかしもいまも、天神様《てんじんさま》の縁日《えんにち》は毎《まい》月二十五日《つきにじゅうごにち》です。むかし、江戸《えど》の町《まち》に熊五郎《くまごろう》という人《ひと》がいました。一月《いちがつ》二十五日《にじゅうごにち》、熊五郎《くまごろう》は、その年《とし》はじめての縁日《えんにち》である「初天神《はつてんじん》」に、おまいりにいくことにしました。

「よし、いってくるぞ」

「とうちゃん、初天神《はつてんじん》ならおいらも連《つ》れていっておくれよ」

「金坊《きんぼう》か。冗談《じょうだん》じゃねえ、てめえなんか連《つ》れていけるか。どうせ、これ買《か》え、あれ買《か》えっていうんだろ。だめだめ」

「いわないよ。だからいいだろ」

「だめ。ぜったい、だ〜め！」

熊五郎《くまごろう》は、何度《なんど》もことわりましたが、金坊《きんぼう》も一度《いちど》いいだしたら聞《き》きません。けっきょく、熊五郎《くまごろう》は金坊《きんぼう》を連《つ》れて、初天神《はつてんじん》にいくことになりました。

さて、天神様《てんじんさま》の境内《けいだい》に近《ちか》づくと、だんだん屋台《やたい》が増《ふ》えてきます。金坊《きんぼう》が熊《くま》五郎《ごろう》に、こんなことをいいだしました。

「とうちゃん、ここにくるまでに、おいらなんにもねだってないよね。だから、みかん買《か》って。りんごでもいいや」

「そらきた。油断《ゆだん》もすきもねえ。みかんもりんごも体《からだ》に毒《どく》だ。だめ」

「へえ、じゃあ、あの店《みせ》、毒《どく》を売《う》ってんだ。みなさ〜ん、うちのとうちゃんが、あの店《みせ》では毒売《どくう》ってるっていうんだ。買《か》っちゃいけませんよ〜」

あわてたのは熊五郎《くまごろう》です。果物屋《くだものや》の店主《てんしゅ》にぺこぺこ頭《あたま》をさげながら、金坊《きんぼう》を遠《とお》くへひっぱっていきました。

「とんでもねえやつだ。わかった、飴《あめ》を買《か》ってやるから、おとなしくしてろ。いいな、ぜったいだぞ」

金坊《きんぼう》をしかったり、なだめたりしながら、熊五郎《くまごろう》はやっとのことで、天神《てんじん》様《さま》までやってきておまいりをしました。

「え〜、家内安全《かないあんぜん》、商売繁盛《しょうばいはんじょう》、金坊《きんぼう》がこれ以上《いじょう》、ものをねだりませんように」

「え〜、また、おいらがあることないこと、みんなにいいふらして、帰《かえ》り道《みち》にとうちゃんが恥《はじ》をかきませんように。とうちゃんがおいらに凧《たこ》を買《か》ってくれますように」

「こら、金坊《きんぼう》。そりゃ脅迫《きょうはく》だ」

天神様《てんじんさま》からの帰《かえ》り道《みち》、けっきょく熊五郎《くまごろう》は、金坊《きんぼう》に凧《たこ》を買《か》いあたえました。

「なあ、金坊《きんぼう》。おれは、子《こ》どものころ、『凧揚《たこあ》げの熊《くま》』とまであだ名《な》された凧揚《たこあ》げ名人《めいじん》だったんだ。見本《みほん》を見《み》せてやるからちょっと、凧《たこ》かしてみろ」

あまりに凧《たこ》をかせとうるさいので、金坊《きんぼう》はしかたなく熊五郎《くまごろう》に凧《たこ》をかしました。ところが、熊五郎《くまごろう》は凧揚《たこあ》げをはじめるともう夢中《むちゅう》。いくら金坊《きんぼう》が凧《たこ》を返《かえ》せ、といっても、いうことを聞《き》きません。

「とうちゃん。帰《かえ》ろ。かあちゃんも心《しん》配《ぱい》してるよ。な、帰《かえ》ろ」

「うるせえ、帰《かえ》るならてめえだけ帰《かえ》れ」

「はあ、こりゃだめだ。こんなことなら、とうちゃんを初天神《はつてんじん》に連《つ》れてくるんじゃなかった」

読んだ日　年　月　日／　年　月　日／　年　月　日

ポイント 天神様《てんじんさま》は学問《がくもん》の神様《かみさま》で、平安時代《へいあんじだい》の貴族《きぞく》で学者《がくしゃ》でもあった菅原道真《すがわらのみちざね》をまつる神社《じんじゃ》です。

白鳥《はくちょう》は魔法《まほう》をかけられたうつくしい娘《むすめ》でした

白鳥《はくちょう》の湖《みずうみ》

ペギチェフとゲルツァー

今日《きょう》は、ジークフリート王子《おうじ》の成人《せいじん》の誕生日《たんじょうび》です。でも、王子《おうじ》は元気《げんき》がありません。女王《じょおう》に、明日《あす》の舞踏会《ぶとうかい》でおよめさんを決《き》めるようにいわれたのですが、王子《おうじ》はまだ結婚《けっこん》したくありませんでした。そんな王子《おうじ》をはげまそうと、友人《ゆうじん》たちが狩《か》りにさそいました。

静《しず》かな湖《みずうみ》のほとり。うつくしい白《はく》鳥《ちょう》たちが泳《およ》いでいます。友人《ゆうじん》の一人《ひとり》が弓《ゆみ》で白鳥《はくちょう》をねらいました。ところが、ふしぎなことに、岸《きし》にあがった白鳥《はくちょう》たちは、つぎつぎとうつくしい娘《むすめ》に変身《へんしん》したのです。王子《おうじ》は狩《か》りをやめて、娘《むすめ》たちにそっと近《ちか》づきました。そして、一番《いちばん》うつくしい娘《むすめ》に話《はな》しかけました。

「ぼくは、ジークフリート王子《おうじ》です。なぜ、白鳥《はくちょう》の姿《すがた》だったのですか?」

娘《むすめ》がかなしそうにこたえました。

「わたしは、隣《となり》の国《くに》のオデット姫《ひめ》です。悪魔《あくま》に結婚《けっこん》を申《もう》しこまれ、それをことわったために白鳥《はくちょう》にされました。夜《よる》の間《あいだ》だけ、人間《にんげん》に戻《もど》れるのです」

ほかの白鳥《はくちょう》はオデット姫《ひめ》に仕《つか》えていた娘《むすめ》たちでした。魔法《まほう》をとく方法《ほうほう》は、だれも愛《あい》したことのない男性《だんせい》に、愛《あい》をちかってもらうことでした。王子《おうじ》はオデットにいいました。

「明日《あした》の夜《よる》、お城《しろ》にきてください。舞踏会《ぶとうかい》であなたに愛《あい》をちかいましょう」

オデットは、はずかしそうにうなずきました。やがて朝日《あさひ》がのぼると、オデットと娘《むすめ》たちは白鳥《はくちょう》になって空《そら》へ飛《と》びたちました。このとき、フクロウの姿《すがた》に化《ば》けた悪魔《あくま》が話《はなし》を聞《き》いていました。でも、だれも気《き》づかなかったのです。

その夜《よる》、お城《しろ》の大広間《おおひろま》では、花《はな》よめ選《えら》びの舞踏会《ぶとうかい》が開《ひら》かれました。会場《かいじょう》にはうつくしい姫《ひめ》が集《あつ》められましたが、王子《おうじ》の心《こころ》はオデットでいっぱいでした。

そこへ、オデットがやってきました。

「みなさん、この姫《ひめ》と結婚《けっこん》することを神様《かみさま》にちかいます」

王子《おうじ》は愛《あい》をちかい、オデットとダンスを踊《おど》りはじめました。ところが。

「王子様《おうじさま》、わたしはここです。その人《ひと》は悪魔《あくま》の娘《むすめ》、オディールです」

王子《おうじ》が声《こえ》のするほうを見《み》ると、広間《ひろま》の入《い》り口《ぐち》にオデットがいました。踊《おど》っていた姫《ひめ》は、オディールの姿《すがた》に戻《もど》りました。そして、かくれていた悪魔《あくま》が姿《すがた》をあらわして、王子《おうじ》にいいました。

「おまえはわたしの娘《むすめ》と結婚《けっこん》をちかった。オデットは永遠《えいえん》に白鳥《はくちょう》のままだ」

オデットは泣《な》きながら、湖《みずうみ》へ走《はし》っていきます。王子《おうじ》はあとを追《お》いました。

「あなたが白鳥《はくちょう》のままでもかまいません。ぼくと結婚《けっこん》してください」

王子《おうじ》はオデットに愛《あい》をちかいました。そこへ、悪魔《あくま》があらわれました。王子《おうじ》は剣《けん》をぬいて、悪魔《あくま》にいどみます。戦《たたか》いの末《すえ》、王子《おうじ》の剣《けん》で悪魔《あくま》は切《き》りさかれ、灰《はい》になって飛《と》び散《ち》りました。

朝日《あさひ》がのぼりました。オデットも娘《むすめ》たちも白鳥《はくちょう》になりません。魔法《まほう》がとけたのです。王子《おうじ》とオデットは結婚《けっこん》して、しあわせに暮《く》らしました。

読んだ日　年　月　日／　年　月　日／　年　月　日

ポイント　チャイコフスキーが作曲《さっきょく》した有名《ゆうめい》なバレエ作品《さくひん》で、『眠《ねむ》れる森《もり》の美女《びじょ》』『くるみ割《わ》り人形《にんぎょう》』とともにチャイコフスキーの3大《だい》バレエと呼《よ》ばれます。

雪《ゆき》の中《なか》は一時間《いちじかん》、外《そと》の世界《せかい》は一冬《ひとふゆ》

雪《ゆき》に埋《う》れた話《はなし》

土田耕平《つちだこうへい》

お秋《あき》さんは、山《やま》へ柴《しば》刈《か》りにいった帰《かえ》りに、雪《ゆき》にふりこめられました。こんこんと、とめどなくふってくる雪《ゆき》は、膝《ひざ》をうめ、腰《こし》をうめ、胸《むね》をうずめる深《ふか》さにまでつもってきました。お秋《あき》さんは、大《おお》きな柴《しば》の束《たば》を背《せ》おったまま、たちすくんでしまいました。

「もう助《たす》からないわ」

と思《おも》って覚悟《かくご》を決《き》め、目《め》をつむって静《しず》かにしていると、お秋《あき》さんは、だんだん気《き》が遠《とお》くなりました。

何時間《なんじかん》たったのでしょう。お秋《あき》さんは、だれか自分《じぶん》を呼《よ》ぶような気《き》がして、目《め》を開《あ》けました。すると、お秋《あき》さんは、長《なが》くつづく雪《ゆき》のトンネルの中《なか》に、たっていたのです。

お秋《あき》さんは、トンネルの中《なか》を明《あか》るい方向《ほうこう》を目《め》ざして歩《ある》いていきました。すると、雪《ゆき》の扉《とびら》につきあたりました。扉《とびら》を開《あ》けて中《なか》にはいると、そこは、大《おお》きな洞《ほら》でした。洞《ほら》の隅《すみ》のほうに、身《み》の丈《たけ》一丈《いちじょう》もあろうかと思《おも》われる大男《おおおとこ》がすわっていました。

「こっちへおいで。柴《しば》をおろしな」

と、大男《おおおとこ》がいいました。低《ひく》いけれど力《ちから》がこもった声《こえ》でした。

お秋《あき》さんは、雪《ゆき》にふりこめられたときのまま、柴《しば》の束《たば》を背《せ》おっていたのです。お秋《あき》さんが柴《しば》をおろすと、

「ここで焼《や》くんだ」

と、大男《おおおとこ》がいいました。大男《おおおとこ》のまえには炉《ろ》があって、火《ひ》が燃《も》えていました。お秋《あき》さんが柴《しば》をくべますと、火《ひ》がいきおいよく燃《も》えあがりました。

「火《ひ》を消《け》してはいけない。その柴《しば》がなくなるまで、どんどん燃《も》やすのだ」

と、大男《おおおとこ》はいって、もうそれきりなにもいいませんでした。お秋《あき》さんが火《ひ》を焚《た》きながら、ときどき顔《かお》をあげて見《み》ますと、大男《おおおとこ》はいつも目《め》をつむったままでした。体《からだ》は大《おお》きいけれど、顔《かお》つきはたいそうやさしくて、お寺《てら》にある仏様《ほとけさま》のようでした。

（いったいこの人《ひと》はだれだろう。こんな洞《ほら》の中《なか》にいつも一人《ひとり》でいるのかしら）

と考《かんが》えながら、お秋《あき》さんは火《ひ》を燃《も》やしつづけました。そのうち、柴《しば》の束《たば》はなくなり、すっかり燃《も》やしつくされました。すると、大男《おおおとこ》は目《め》を開《あ》けて、

「ご苦労《くろう》。もう帰《かえ》ってよろしい」

と、いいました。お秋《あき》さんが、たちあがって洞《ほら》の外《そと》へでてみますと、雪《ゆき》のトンネルは、いつか消《き》えてしまって、あちこちに梅《うめ》の花《はな》が咲《さ》いていました。

「ああ、もう春《はる》だ」

お秋《あき》さんは、ふしぎそうにつぶやきました。洞《ほら》の中《なか》にいたのは一時間《いちじかん》ばかりだと思《おも》ったのに、外《そと》の世界《せかい》では一冬《ひとふゆ》がすぎていたのです。お秋《あき》さんはぶじ家《いえ》へ帰《かえ》ることができました。

その後《ご》、ふたたび山《やま》へきてみましたが、どうしても大男《おおおとこ》を見《み》つけることはできませんでした。洞《ほら》のあともわかりませんでした。

読んだ日　　年　月　日／　　年　月　日／　　年　月　日

ポイント　土田耕平《つちだこうへい》（1895-1940）は、長野県《ながのけん》出身《しゅっしん》の童話作家《どうわさっか》・歌人《かじん》です。なお、一丈《いちじょう》は約《やく》3メートルです。

ロシアの冬《ふゆ》はとても寒《さむ》いのです

動物《どうぶつ》たちの冬《ふゆ》ごもり

ロシア

ロシアの冬《ふゆ》は、とても寒《さむ》くてきびしいものです。むかし、ウシとヒツジとブタとニワトリが出合《であ》い、冬《ふゆ》の対策《たいさく》を話《はな》しあいました。

「みんなで小屋《こや》をつくろうよ。そうすれば、冬《ふゆ》の寒《さむ》さもふせげるぞ」

と、ウシがいいました。

「ぼくはいらない。だって、ぼくにはふかふかの毛皮《けがわ》があるもの」

と、ヒツジがいいました。

「おいらもいいや。おいらは穴掘《あなほ》りが得意《とくい》だから、地面《じめん》に穴《あな》を掘《ほ》るよ」

と、ブタがいいました。

「わたしも必要《ひつよう》ないわ。わたしの羽毛《うもう》は、とてもあたたかいのよ」

と、ニワトリがいいました。ウシはみんなの意見《いけん》を聞《き》くといいました。

「わかったよ。小屋《こや》はぼく一人《ひとり》で建《た》てるよ。でもあとで文句《もんく》はいわないでね」

ウシは小屋《こや》を建《た》てて、一人《ひとり》で棲《す》みました。やがて、寒《さむ》い冬《ふゆ》がやってきました。ウシが小屋《こや》の中《なか》で暖《あたた》まっていると、外《そと》から戸《と》をたたく音《おと》がします。

「**メエ〜。**ウシくん、ウシくん。中《なか》にいれてくれよ」

「**ブウブウ。**外《そと》は寒《さむ》くて、おいら死《し》にそうだよ」

「**コケコッコ〜。**わたしも、いれてえ〜」

ウシは外《そと》の声《こえ》を聞《き》いて、ヒツジとブタとニワトリだと気《き》づきました。

「やだよ。この小屋《こや》は、ぼくがたった一人《ひとり》で建《た》てたんだ」

「そういうことというなら、ぼくはこの小屋《こや》に突撃《とつげき》をかますぞ。**メエ〜**」

「おいらは柱《はしら》の根《ね》もとに穴《あな》を掘《ほ》ってやる。**ブウブウ**」

「わたしは屋根《やね》にのぼって、朝《あさ》から晩《ばん》まで鳴《な》きつづけるわ。**コケコッコ〜**」

「わ、わかったよ。中《なか》におはいり」

こうして、四匹《よんひき》は小屋《こや》の中《なか》で冬《ふゆ》をすごすことになりました。これをぜんぶ見《み》ていたのがキツネです。キツネはクマとオオカミを仲間《なかま》にして、小屋《こや》をおそうことにしました。

「クマはウシ。オオカミはヒツジ、おれはブタとニワトリを食《た》べることで決《き》まりだな。よし、おそおうぜ！」

まず、キツネが小屋《こや》に飛《と》びこみました。すると、ヒツジがさけびました。

「突撃《とつげき》〜」

ヒツジの体《たい》あたりを受《う》けて、キツネは外《そと》へふきとばされました。

「今度《こんど》はおれさまだ」

オオカミが小屋《こや》にはいると、今度《こんど》はウシが角《つの》でつきました。オオカミは、**ギャン**、と鳴《な》いて逃《に》げていきました。

「わしが四匹《よんひき》とも食《た》べてくれるわ」

最後《さいご》にクマが小屋《こや》にはいると、ウシが角《つの》でつき刺《さ》して動《うご》けなくしたところに、ヒツジが突撃《とつげき》をかけました。

「**ごぼぉ**、なんという体《たい》あたりだ」

クマも一目散《いちもくさん》に逃《に》げていきました。以後《いご》、四匹《よんひき》はなかよく平和《へいわ》に冬《ふゆ》をすごしました。

読んだ日　年　月　日／　年　月　日／　年　月　日

ポイント　ヒツジは温厚《おんこう》な動物《どうぶつ》ですが、いったんおこると、おそろしい力《ちから》で体《たい》あたりをし、敵《てき》を追《お》いはらいます。

最後《さいご》に勝《か》つのはどちらでしょう

ウサギとカメ

イソップ

むかしむかし、カメが散歩《さんぽ》していると、ウサギに出合《であ》いました。ウサギはカメを見《み》るなり、バカにしました。

「カメさんは歩《ある》くのがおそいねえ。どうしてそんなにおそいんだい」

ウサギの言葉《ことば》を聞《き》いたカメは腹《はら》をたて、いい返《かえ》しました。

「じつはぼくは、本気《ほんき》をだせばとてもはやいんだよ。ウサギさんなんか目《め》じゃないさ」

「へえ、そんなら、ちょっと競争《きょうそう》をしようじゃないか。むこうの山《やま》のふもとまで走《はし》りっこをしよう」

「いいともさ。じゃあ、おたがい、インチキはなしにしようぜ」

「ああ、もちろんだとも」

日《ひ》ごろから、足《あし》がはやいことをじまんにしているウサギは、カメをばかにしきっています。

「では、よ〜い、どんっ」

二匹《にひき》はかけ声《ごえ》をかけると、同時《どうじ》に走《はし》りだしました。ウサギはピョンピョン跳《と》びはねて、あっというまにカメをひきはなしていきます。

「おう、ウサギさんはやっぱりはやいなあ。でも勝負《しょうぶ》は最後《さいご》までわかるものか」

カメはウサギの姿《すがた》がはるかかなたに見《み》えなくなっても、あきらめず、のたのたと道《みち》を走《はし》りつづけました。

かたや、一方的《いっぽうてき》にカメをひきはなしたウサギは、だんだんばからしくなってきました。

「カメさんがわたしと勝負《しょうぶ》をしようなんていうのが、そもそものまちがいなんだ。もう勝《か》ちは目《め》に見《み》えているんだから、ちょっとひと休《やす》みしよう」

ウサギはそういうと、目的地《もくてきち》まであと少《すこ》しだというのに、木陰《こかげ》で昼寝《ひるね》をはじめました。しばらくして――。

「う〜ん、よく寝《ね》た。あれ、もう夕方《ゆうがた》か。わたしは、なにをしてたんだっけ？　あっ、しまった。カメさんと競争《きょうそう》をしていたんだった」

ウサギがあわてて目的地《もくてきち》までいくと、カメはすでに到着《とうちゃく》して、ウサギを待《ま》っていました。

「おやおや、ウサギさん、おそかったねえ。これからはぼくの足《あし》がおそいなんて、きみはバカにできないねえ」

カメはゆかいそうに笑《わら》いました。

「うん、わるかったよ。油断《ゆだん》したとはいえ、負《ま》けは負《ま》けだ。みとめるよ。もうぜったいに、きみをバカになんてしないさ」

いくら才能《さいのう》があっても、なまけていては、かんじんのときに結果《けっか》をだすことはできません。その反対《はんたい》に、才能《さいのう》がなくてもあきらめず、まじめに努力《どりょく》すれば、よい結果《けっか》をだせるのだ、というお話《はなし》でした。

読んだ日　年　月　日／　年　月　日／　年　月　日

ポイント　イソップ物語《ものがたり》は、童話《どうわ》というより教訓《きょうくん》を目的《もくてき》とした「寓話《ぐうわ》」の性格《せいかく》が強《つよ》い物語集《ものがたりしゅう》です。そのため、『イソップ寓話《ぐうわ》』とも呼《よ》ばれます。

無人島《むじんとう》にとり残《のこ》された若者《わかもの》のわくわくするお話《はなし》

シンドバッドの冒険《ぼうけん》

アラビアンナイト

むかし、ペルシャ国《こく》のバグダッドに、シンドバッドという若者《わかもの》がいました。シンドバッドは船《ふね》に乗《の》って商売《しょうばい》をしながら、世界中《せかいじゅう》を旅《たび》していました。あるとき、シンドバッドの乗《の》った船《ふね》が無人《むじん》島《とう》につきました。島《しま》には緑《みどり》の木《き》が茂《しげ》り、色《いろ》とりどりの花《はな》が咲《さ》いています。

「なんて、うつくしい島《しま》なんだ」

シンドバッドは船乗《ふなの》りたちと島《しま》にあがり、きれいな泉《いずみ》のそばで昼寝《ひるね》をはじめました。どれくらいたったでしょう。海辺《うみべ》目《め》を覚《さ》ますと、だれもいません。シンドバッドは置《お》に船《ふね》もありません。シンドバッドは置《お》きざりにされたのです。しかたなく、高《たか》い木《き》の上《うえ》にのぼって島《しま》を見《み》まわすと、白《しろ》くてまるい屋根《やね》が見《み》えます。

「大《おお》きな建物《たてもの》があるぞ。あそこにいけば、だれかいるかもしれない」

近《ちか》づいてみると、白《しろ》くてまるい建物《たてもの》は、巨大《きょだい》な卵《たまご》でした。そのとき、**バサッバサッ**と風《かぜ》が巻《ま》き起《お》こり、あたりが暗《くら》くなりました。見《み》あげると、島《しま》をおおうほど大《おお》きな鳥《とり》が飛《と》んできました。

「ロック鳥《ちょう》だ！」

シンドバッドはあわてて、卵《たまご》の下《した》にかくれました。ロック鳥《ちょう》は卵《たまご》を温《あたた》めはじめました。シンドバッドは頭《あたま》に巻《ま》いたターバンの布《ぬの》をほどくと、自分《じぶん》の体《からだ》を鳥《とり》の足《あし》にしばりつけました。

「よし、これで島《しま》からでられるぞ」

夜《よ》が明《あ》けると、ロック鳥《ちょう》は飛《と》びたち、シンドバッドをべつの島《しま》へ運《はこ》んでくれました。シンドバッドがおりた場所《ばしょ》は、けわしい山《やま》の谷底《たにぞこ》でした。足《あし》もとを見《み》ると、小石《こいし》がキラキラかがやいています。

「すごいぞ、みんなダイヤモンドだ！」

シンドバッドがダイヤをひろい集《あつ》め、ポケットにつめこんでいると、どこからか、**シューシュー**という音《おと》がします。あたりを見《み》てびっくり！　何十匹《なんじっぴき》もの大蛇《だいじゃ》がとぐろを巻《ま》いて、シンドバッドをにらんでいます。シンドバッドはあわてて岩《いわ》の割《わ》れ目《め》に逃《に》げこみました。

翌朝《よくあさ》のことです。うとうと眠《ねむ》っていたシンドバッドは、**ドスンッ**という音《おと》で目《め》が覚《さ》めました。岩《いわ》の割《わ》れ目《め》からはいだすと、大《おお》きな肉《にく》のかたまりが落《お》ちていました。肉《にく》にはダイヤがいっぱい刺《さ》さっています。シンドバットはすぐにピンときました。ダイヤの商人《しょうにん》がロック鳥《ちょう》に、ダイヤのくっついた肉《にく》を崖《がけ》の上《うえ》まで運《はこ》ばせようとしていたのです。

シンドバッドは、ターバンで、肉《にく》のかたまりに自分《じぶん》の体《からだ》をしばりつけました。まもなく、ロック鳥《ちょう》が飛《と》んできて、肉《にく》のかたまりをつかんでもちあげました。待《ま》ちかまえていた商人《しょうにん》たちが、空《そら》へ舞《ま》いあがったロック鳥《ちょう》を大声《おおごえ》でおどかします。びっくりしたロック鳥《ちょう》は、肉《にく》を落《お》として飛《と》んでいきました。

肉《にく》の下《した》から出《で》てきたシンドバットを見《み》て、商人《しょうにん》たちは大《おお》さわぎ。シンドバッドはわけを話《はな》して、ポケットのダイヤをわけてあげました。商人《しょうにん》たちは大《おお》よろこびで、シンドバッドを船《ふね》に乗《の》せてくれました。こうして、シンドバッドはバグダッドへ帰《かえ》りました。

読んだ日　　年　月　日／　　年　月　日／　　年　月　日

ポイント　建物《たてもの》みたいな卵《たまご》を生《う》む大《おお》きなロック鳥《ちょう》や、大蛇《だいじゃ》が守《まも》るダイヤモンドの谷《たに》など、スリルいっぱいの冒険譚《ぼうけんたん》です。

赤《あか》い髪《かみ》にそばかすの女《おんな》の子《こ》がアボンリーにやってきました

赤毛《あかげ》のアン

ルーシー・モンゴメリー

アン・シャーリーは十一歳《じゅういっさい》。赤《あか》い髪《かみ》をおさげにした、痩《や》せっぽちの女《おんな》の子《こ》。小《ちい》さな顔《かお》はそばかすだらけ。でも、大《おお》きな目《め》はキラキラしています。

アンはカナダの小《ちい》さな町《まち》で生《う》まれました。赤《あか》ちゃんのとき、両親《りょうしん》が病気《びょうき》で亡《な》くなり、知《し》りあいの家《いえ》でお世話《せわ》になりましたが、四《よん》か月前《げつまえ》に孤児院《こじいん》へあずけられました。アンはずっと一人《ひとり》ぼっちでした。でも、今日《きょう》からは、プリンスエドワード島《とう》のカスバートさんの家《か》族《ぞく》になるのです。アンは船《ふね》や汽車《きしゃ》を乗《の》りついで、アボンリー村《むら》にやってきました。そして、駅《えき》のホームで迎《むか》えを待《ま》っています。

「カスバートさんは、どんな人《ひと》かしら」

カスバートさんはマシューとマリラという兄妹《きょうだい》で、グリーン・ゲーブルズと呼《よ》ばれる家《いえ》に住《す》んでいます。アンは新《あたら》しい家族《かぞく》のことを想像《そうぞう》するだけで、わくわくしてきました。

そこへ、六十歳《ろくじゅっさい》くらいの小柄《こがら》な男《おとこ》の人《ひと》がやってきました。アンのまえをいったりきたりしています。

「グリーン・ゲーブルズのマシュー・カスバートさんですか？」

アンは思《おも》いきって声《こえ》をかけました。男《おとこ》の人《ひと》はびっくりして、じっとアンを見《み》つめました。やがて、ぎこちない手《て》つきで、アンの小《ちい》さな手《て》をとり、「さあ、おいで。むこうに馬車《ばしゃ》をとめてあるから」といいました。

二人《ふたり》は馬車《ばしゃ》に乗《の》って、グリーン・ゲーブルズを目《め》ざします。アンは景色《けしき》のうつくしさに感動《かんどう》して、おしゃべりがとまりません。スモモの花《はな》はレースのベールみたいだし、白《しろ》い花《はな》で満開《まんかい》のリンゴの並木道《なみきみち》は、心《こころ》の中《なか》のように、よろこびにあふれて見《み》えました。

「なんて、きれいなの！　わたし、この道《みち》を『よろこびの白《しろ》い道《みち》』と呼《よ》ぶわ。そのほうがステキでしょ？」

マシューはアンのおしゃべりをニコニコして聞《き》いています。でも、心《こころ》の中《なか》で「困《こま》ったなあ」と思《おも》っていました。じつは、マシューとマリラは男《おとこ》の子《こ》をひきとるつもりだったのです。でも、アンの笑顔《えがお》を見《み》ると、とてもそんなことはいえません。

やがて、馬車《ばしゃ》はグリーン・ゲーブルズにつきました。マリラはアンの顔《かお》を見《み》ると、きびしい顔《かお》でいいました。

「マシュー、男《おとこ》の子《こ》はどこ？」

「いたのは、この女《おんな》の子《こ》だったんだ。おもしろい子《こ》だよ。なんだ、その……この子《こ》でもいいんじゃないか？」

「女《おんな》の子《こ》に畑仕事《はたけしごと》はまかせられないわ」

マリラとマシューの話《はなし》を聞《き》いていたアンは、ショックで泣《な》きだしてしまいました。孤児院《こじいん》に連《つ》れ戻《もど》されると思《おも》ったのです。アンは、つらいことやかなしいことがあると、想像《そうぞう》の翼《つばさ》を広《ひろ》げて、すてきなことを考《かんが》えるようにしています。でも、かなしすぎて、それもできそうにありません。

つぎの日《ひ》、マリラはアンを連《つ》れて、スペンサー夫人《ふじん》を訪《たず》ねました。スペンサー夫人《ふじん》は孤児院《こじいん》を紹介《しょうかい》してくれた人《ひと》です。マリラは夫人《ふじん》に事情《じじょう》を説明《せつめい》しました。夫人《ふじん》は手《て》ちがいをあやまり、ブルエット夫人《ふじん》がお手伝《てつだ》いの女《おんな》の子《こ》を探《さが》しているといいました。そこにちょうど、ブルエット夫人《ふじん》がやってきました。アンをじろじろ見《み》ると、「うちにくるなら、しっかり働《はたら》いてもらうからね」と、いいました。ブルエット夫人《ふじん》は、いじわるそうな人《ひと》です。アンは大《おお》きな目《め》に

読んだ日　　年　月　日／　　年　月　日／　　年　月　日

ポイント　アンの物語《ものがたり》はまだまだつづきます。さまざまな年齢《ねんれい》むけの翻訳本《ほんやくぼん》がでていますので、大人《おとな》になったアンにも会《あ》えますよ。

涙《なみだ》をためて、ふるえています。マリラは、アンがかわいそうになりました。

「まちがいを知《し》らせにきただけで、ひきとらないとは、いってません」

　そういうと、マリラはアンの手《て》をひいて、スペンサー夫人《ふじん》の家《いえ》をでていきました。グリーン・ゲーブルズの家《いえ》に戻《もど》ると、マシューは大《おお》よろこびしました。マリラは、「わたしもアンのおしゃべりがたのしくて、いっしょに暮《く》らしたくなりましたよ」とマシューにいいました。アンはグリーン・ゲーブルズで暮《く》らすことになったのです。

　しばらくして、アンはダイアナという女《おんな》の子《こ》と知《し》りあいました。おなじ年《とし》の二《ふた》人《り》はすぐになかよしになり、「心《こころ》の友《とも》」の誓《ちか》いをたてました。「心《こころ》の友《とも》」とは、心《こころ》から信《しん》じあえる友《とも》だちのことです。二人《ふたり》は毎日《まいにち》のように遊《あそ》び、新学期《しんがっき》になると、いっしょに学校《がっこう》へ通《かよ》いはじめました。

　元気《げんき》で明《あか》るいアンは、学校《がっこう》でも人気《にんき》者《もの》になりました。ところが、三歳年上《さんさいとしうえ》のギルバートが、アンのおさげをひっぱって、「ニンジン、ニンジン」とからかったのです。アンにとって、一番《いちばん》の悩《なや》みは赤《あか》い髪《かみ》でした。アンはかんかんにおこり、石版《せきばん》をギルバートの頭《あたま》にたたきつけました。教室《きょうしつ》は大《おお》さわぎです。ギルバートはあやまりましたが、アンはゆるしません。二度《にど》と、ギルバートと口《くち》をきかないと、決《き》めたのです。

　秋《あき》も深《ふか》まったころ、ダイアナがアンの家《いえ》に遊《あそ》びにきました。マリラは留守《るす》だったので、アンはイチゴのジュースでもてなしました。ジュースは甘《あま》くておいしくて、ダイアナは三杯《さんばい》も飲《の》みました。しばらくして、ダイアナは顔《かお》が真《ま》っ赤《か》になり、具合《ぐあい》がわるくなりました。アンはジュースとまちがえて、ぶどう酒《しゅ》をだしてしまったのです。

　ダイアナのおかあさんは、「あなたは、なんてわるい子《こ》なの！」と、おこりました。アンは心《こころ》からあやまりましたが、ゆるしてもらえません。アンは「心《こころ》の友《とも》」と遊《あそ》べなくなったのです。

　やがて、寒《さむ》い冬《ふゆ》がやってきました。マリラが町《まち》へでかけ、アンはマシューとお留守番《るすばん》です。そこへとつぜん、ダイアナがかけこんできました。

「妹《いもうと》のミニー・メイがひどい熱《ねつ》をだしたの。パパもママも家《いえ》にいないの。アン、助《たす》けて！」

　マシューは町《まち》へお医者《いしゃ》さんを呼《よ》びにいきました。アンはダイアナの家《いえ》へい

おうちのかたへ

舞台《ぶたい》となったカナダのプリンス・エドワード島《とう》には、アンが住《す》んでいたグリーンゲイブルズのモデルになった家《いえ》があります。

き、てきぱきとミニー・メイの看病《かんびょう》をしました。明《あ》けがた、お医者《いしゃ》さんがかけつけたとき、ミニー・メイの熱《ねつ》はさがっていました。

「アンの手《て》あてがはやかったから、ミニー・メイは助《たす》かったんだよ。よくがんばったね」と、お医者《いしゃ》さんはほめてくれました。ダイアナのおかあさんは、アンにとても感謝《かんしゃ》しました。

「わるい子《こ》なんていってごめんなさい。これからもダイアナとなかよくしてね」

その日《ひ》から、アンとダイアナは、またいっしょに学校《がっこう》へいきました。

ギルバートに負《ま》けたくなくて、アンはけんめいに勉強《べんきょう》しました。春《はる》がきて、また秋《あき》になり、やがて学校《がっこう》を卒業《そつぎょう》する日《ひ》がきました。アンの赤毛《あかげ》はうつくしい金褐色《きんかっしょく》になり、そばかすも消《き》えました。ギルバートもステキな青年《せいねん》になりました。でも、アンは素直《すなお》になれず、ギルバートとなかなおりができません。

アンとギルバートは同点《どうてん》の一番《いちばん》で、クイーン学院《がくいん》に合格《ごうかく》しました。マシューもマリラも涙《なみだ》をうかべて、よろこびました。アンはクイーン学院《がくいん》のある遠《とお》い町《まち》で、一人《ひとり》で暮《く》らしながら、毎《まい》日《にち》、勉強《べんきょう》にはげみました。そして、クイーン学院《がくいん》を一番《いちばん》よい成績《せいせき》で卒業《そつぎょう》したのです。アンは奨学金《しょうがくきん》をもらい、大学《だいがく》へいくことになりました。ギルバートは、クイーン学院《がくいん》の名誉賞《めいよしょう》である金《きん》メダルをもらいましたが、大学《だいがく》へいかず、アボンリー村《むら》の学校《がっこう》で先生《せんせい》になります。よきライバルだったアンとギルバートは、はなればなれになってしまいます。アンはがっかりして、「なかなおりすればよかった」と後悔《こうかい》しました。

アンは大学《だいがく》へいく準備《じゅんび》をするため、マシューとマリラが待《ま》つ家《いえ》に帰《かえ》ってきました。ところが、マシューがたおれてしまったのです。全財産《ぜんざいさん》をあずけた銀行《ぎんこう》がつぶれたショックで、心臓病《しんぞうびょう》がわるくなったのです。マシューはそのまま死《し》んでしまいました。

マシューがいなくなったなんて、アンには信《しん》じられません。それに、一人《ひとり》残《のこ》ったマリラが心配《しんぱい》です。マリラは最《さい》近《きん》、目《め》がよく見《み》えないのです。

「わたし、大学《だいがく》へはいかないわ。学校《がっこう》の先生《せんせい》になって、マリラとアボンリーで暮《く》らすの」

アンがそういうと、マリラは涙《なみだ》を流《なが》しました。アンが大学《だいがく》へいかないと聞《き》いて、ギルバートは先生《せんせい》の仕事《しごと》をゆずってくれました。アンは感激《かんげき》して、ギルバートにお礼《れい》をいいました。

「ありがとう。とても感謝《かんしゃ》しているわ」

「ぼくは、隣《となり》の村《むら》の先生《せんせい》になるよ。むかし、きみの髪《かみ》をからかったことを、ゆるしてくれるかい？」

ギルバートはにっこり笑《わら》っていいました。二人《ふたり》はやっとなかなおりできたのです。アンは新《あたら》しい夢《ゆめ》にむかってがんばろうと、心《こころ》にちかいました。

2月《がつ》のお話《はなし》

みんなをしあわせにする女の子

少女《しょうじょ》ポリアンナ

エレナ・ホグマン・ポーター

「ポリアンナお嬢《じょう》さんって、いったいどんな人《ひと》なのかしら？」

メイドのナンシーは、主人《しゅじん》ミス・ポリーの言《い》いつけで、やがてやってくるという少女《しょうじょ》を、駅《えき》まで出迎《でむか》えにきていました。しばらく待《ま》っていると、列車《れっしゃ》が到着《とうちゃく》し、一人《ひとり》の少女《しょうじょ》がおりたちました。金色《きんいろ》の髪《かみ》の上《うえ》に麦《むぎ》わら帽《ぼう》をのせた、赤《あか》いギンガムチェックの服《ふく》を着《き》た女《おんな》の子《こ》です。

「ポ、ポリアンナお嬢《じょう》さん？」

「うわあ、きてくれたのね！」

少女《しょうじょ》は大声《おおごえ》でさけぶがはやいか、ナンシーに飛《と》びつきました。

「ポリーおばさんね。あなたに、とっても会《あ》いたかったのよっ」

「ち、ちがいます！　あたしはナンシー。あんたのポリーおばさんのとこで働《はたら》いてるメイドなのよっ」

ナンシーは少女《しょうじょ》のいきおいに負《ま》けまいとして、さけび返《かえ》しました。

「あら、そうなの？　わたしはポリアンナ。よろしくねっ」

ナンシーは、ポリアンナのとてつもない明《あか》るさに、めまいを覚《おぼ》えました。

（こ、こんな子《こ》を連《つ》れて帰《かえ》ったら、ポリーさまは、どうなさるのかしら。ポリーさまは、すっごくきびしくて、うるさいのが大嫌《だいきら》いなかたなのに）

「わたし、とう様《さま》が天国《てんごく》にいったとき、とってもかなしかったの。でもね、とう様《さま》は先《さき》に天国《てんごく》にいったかあ様《さま》と会《あ》えるんだもの。かなしんじゃいけないわ。それに、ポリーおばさんがわたしをひきとってくださったんだもの。きっとたのしくなるわ。ああ、うれしいっ」

（ああ……一人《ひとり》でしゃべってる。この能天気《のうてんき》な子《こ》には、ポリーさまのいかりから身《み》をかくす岩陰《いわかげ》がきっと必要《ひつよう》になる。そして、その岩《いわ》になるのは、あたしなんだわ！）

ナンシーは、先《さき》が思《おも》いやられました。

さて、ポリアンナのミス・ポリーの家《いえ》での暮《く》らしがはじまりました。最初《さいしょ》はポリアンナのことを、がみがみしかっていたポリーも、そのうち、つかれてきました。しかるたびに、ポリアンナはニコニコしてうなずき、ポリーに抱《だ》きついてよろこぶからです。ポリーは、だんだんポリアンナをしかることが、むなしくなってきました。

ある日《ひ》、ナンシーは、ポリアンナに聞《き》きました。

「お嬢《じょう》さん、あんた、なんで、いっつも『うれしい』わけ？」

「それはね、『うれしいこと探《さが》し』をしているからよ。これはゲームなの」

どんなにつらいときでも、うれしいと思《おも》えることを探《さが》す、というのがポリアンナのいう「ゲーム」でした。これが、死《し》んだ父親《ちちおや》から教《おそ》わった、いつもたのしくいられる方法《ほうほう》だったのです。

ポリアンナはこのゲームを町中《まちじゅう》の人《ひと》たちに広《ひろ》めていきます。そして、ついにはポリーおばさんまで、ポリアンナに対《たい》して心《こころ》を開《ひら》いていくのでした。

読んだ日　　年　月　日／　　年　月　日／　　年　月　日

ポイント　全米《ぜんべい》でベストセラーになったこの『少女《しょうじょ》ポリアンナ』には、『ポリアンナの青春《せいしゅん》』という続編《ぞくへん》があります。

2月2日のお話

体《からだ》が小《ちい》さくても頭《あたま》で勝負《しょうぶ》！

勇《いさ》ましいおチビの仕立《した》て屋《や》　グリム

むかし、あるところに、おチビの仕《し》立《た》て屋《や》がいました。ある夏《なつ》の朝《あさ》、仕《し》立《た》て屋《や》は小《ちい》さな仕事場《しごとば》で、いっしょうけんめいシャツを縫《ぬ》っていました。きげんよく仕事《しごと》をしていたのですが、お昼《ひる》近《ちか》くなって、ふとテーブルの上《うえ》のジャムパンを見《み》ると、だいじなパンにハエがたかっています。

「なんてこった！」

腹《はら》をたてたおチビの仕《し》立《た》て屋《や》は、そっとテーブルに近《ちか》づくと、近《ちか》くにあった布切《ぬのき》れをパンに投《な》げつけました。

パシン！　仕《し》立《た》て屋《や》が投《な》げた布切《ぬのき》れはみごと命中《めいちゅう》して、そこにいたハエもぜんぶひっくり返《かえ》りました。一《いち》、二《に》、三《さん》、四《よん》……。仕《し》立《た》て屋《や》がかぞえてみると、なんと一度《いちど》に七匹《ななひき》ものハエを退治《たいじ》していたのです！

「これはすごい！　町中《まちじゅう》に知《し》らせよう」

仕《し》立《た》て屋《や》はいそいで自分《じぶん》のシャツの背中《せなか》に、大《おお》きな文字《もじ》で「**一撃《いちげき》で七《なな》！**」と刺繍《ししゅう》をしました。

それを見《み》た人《ひと》たちは、その言葉《ことば》を、退治《たいじ》したハエの数《かず》だとは思《おも》わず、「きっとケンカで七人《しちにん》たおしたんだよ」とか「戦争《せんそう》で七人《しちにん》の敵《てき》に勝《か》ったにちがいない」などと、うわさしました。

気《き》をよくした仕《し》立《た》て屋《や》は、勇《いさ》ましい自分《じぶん》にはいまの仕事場《しごとば》は狭《せま》すぎると考《かんが》え、そのシャツを着《き》て、広《ひろ》い世《よ》の中《なか》へでていくことに決《き》めました。

町《まち》をでて森《もり》をぬけたおチビの仕《し》立《た》て屋《や》は、乱暴《らんぼう》で有名《ゆうめい》な巨人《きょじん》に出会《であ》いました。

「おれがどんな男《おとこ》か、これを読《よ》んでみな」

「**一撃《いちげき》で七《なな》？**」

巨人《きょじん》は、仕《し》立《た》て屋《や》のシャツにほどこされた刺繍《ししゅう》を読《よ》んで、仕《し》立《た》て屋《や》が七人《しちにん》の男《おとこ》を殺《ころ》したのだと思《おも》いました。

「そんなに強《つよ》いなら、勝負《しょうぶ》しよう」

巨人《きょじん》はそういうと、大《おお》きな石《いし》を手《て》にとり、にぎりつぶしました。それを見《み》ていたおチビの仕《し》立《た》て屋《や》は、自分《じぶん》もポケットから石《いし》をとりだしてつぶしてみせました。巨人《きょじん》はおどろきましたが、じつは仕《し》立《た》て屋《や》がつぶしたのは、古《ふる》いチーズでした。

つぎに巨人《きょじん》は、石《いし》を高《たか》く投《な》げてみせました。石《いし》は雲《くも》の上《うえ》まで飛《と》んで、しばらくして落《お》ちてきました。

「さあ、チビ、おまえもやってみろ！」

「雲《くも》の上《うえ》まで石《いし》を投《な》げるなんてかんたんだ。おれが投《な》げる石《いし》は雲《くも》の上《うえ》まで飛《と》んでいって、そのまま戻《もど》ってこないぜ」

仕《し》立《た》て屋《や》は地面《じめん》から石《いし》をひろうと、それを思《おも》いきり空《そら》に投《な》げました。石《いし》は雲《くも》の上《うえ》まで飛《と》んでいって、そのまま戻《もど》ってきませんでした。巨人《きょじん》はおどろきましたが、じつは仕《し》立《た》て屋《や》が投《な》げてみせたのは、地面《じめん》に巣《す》をつくっていたヒバリでした。

「おまえ、チビのくせにすごいな。残《ざん》念《ねん》だがおれの負《ま》けだ」

巨人《きょじん》はすなおに負《ま》けをみとめました。

機転《きてん》をきかせて、乱暴者《らんぼうもの》の巨人《きょじん》に勝《か》ったおチビの仕《し》立《た》て屋《や》のうわさは、国中《くにじゅう》に広《ひろ》まりました。それから仕《し》立《た》て屋《や》は王様《おうさま》にたいせつに迎《むか》えられて、とくべつな住《す》まいをもらったそうです。

読んだ日　　年　月　日／　　年　月　日／　　年　月　日

ポイント　おチビの仕立《した》て屋《や》は、機転《きてん》をきかせたことで、ほんとうはハエを退治《たいじ》しただけなのに、最後《さいご》にはりっぱな住《す》まいをもらうことができました。

鬼《おに》をまねきいれたおじいさんは？

節分《せつぶん》の鬼《おに》

2月3日のお話

むかしむかし、ある山《やま》の中《なか》に、おじいさんが住《す》んでいました。おじいさんの奥《おく》さんや子《こ》どもは亡《な》くなっていて、おじいさんは一人《ひとり》ぼっち。山《やま》の中《なか》に住《す》んでいるので、お客《きゃく》さんもありません。

「この年《とし》になって一人《ひとり》はさびしいのう。どれ、せめて、ばあさんや息子《むすこ》の墓《はか》まいりにでもでかけるとするか」

おじいさんが墓《はか》まいりにでかけると、あちこちの家《いえ》から声《こえ》がしてきました。

「鬼《おに》は～外《そと》！　福《ふく》は～内《うち》！」

とぼとぼ歩《ある》いていたおじいさんは、この声《こえ》を聞《き》いてため息《いき》をつきました。

「ああ、今日《きょう》は節分《せつぶん》じゃったか。豆《まめ》でも買《か》って帰《かえ》るか」

おじいさんは豆《まめ》を買《か》って家《いえ》に帰《かえ》りましたが、あまりにさびしくて、どうしても豆《まめ》をまく気《き》になれません。

「妻《つま》も子《こ》もすでにない。わしは不幸《ふこう》じゃ。福《ふく》の神《かみ》なんて、おりゃせんわい」

そう考《かんが》えているうちに、おじいさんはだんだんヤケになっていきました。

「どうせ福《ふく》の神《かみ》はきてくれん。こっちから、おことわりじゃ！」

そういうと、おじいさんは押《お》しいれからとりだした鬼《おに》の面《めん》をかぶって、こういいながら豆《まめ》をまきはじめました。

「福《ふく》は～外《そと》！　鬼《おに》は～内《うち》！」

おじいさんが豆《まめ》をまきおわったころ、だれかがやってきました。おじいさんがふしぎに思《おも》って戸《と》を開《あ》けると、

「どうも、鬼《おに》です。呼《よ》ばれたのでやってきました」

と、ニコニコ笑《わら》った赤鬼《あかおに》がつったっていました。これにはおじいさんもびっくり仰天《ぎょうてん》、目《め》を白黒《しろくろ》させました。

「いやあ、まさか節分《せつぶん》の晩《ばん》に自分《じぶん》を呼《よ》んでくれる人《ひと》がいるなんてなあ。おじいさんは、いい人《ひと》だなあ」

赤鬼《あかおに》がそういっているうちに、今度《こんど》は青鬼《あおおに》がやってきました。

「どうも鬼《おに》です。呼《よ》んでくれてありがとう。もうすぐ黒鬼《くろおに》や緑鬼《みどりおに》もくるよ」

最初《さいしょ》のうちはおどろいていたおじいさんでしたが、ひさしぶりにお客《きゃく》さんがきてくれたことがうれしくなってきました。

黒鬼《くろおに》や緑鬼《みどりおに》のあとからも、鬼《おに》たちが酒《さけ》やごちそうを片手《かたて》にぞろぞろやってきて、おじいさんの家《いえ》は飲《の》めや歌《うた》えの大《おお》さわぎ。大宴会《だいえんかい》がはじまり、おじいさんはたいへんたのしい一晩《ひとばん》をすごしたのです。

「じいさん、来年《らいねん》の節分《せつぶん》の日《ひ》も呼《よ》んでくれよな。もっと酒《さけ》やごちそうがあるといいな。なに、金《かね》がない？　よし、みんな、お宝《たから》をだせ」

翌日《よくじつ》、鬼《おに》たちは金銀財宝《きんぎんざいほう》をおじいさんにわたして、大満足《だいまんぞく》して帰《かえ》っていきました。鬼《おに》たちを見送《みおく》ったあと、おじいさんは墓《はか》まいりにいき、お墓《はか》にむかって手《て》をあわせていいました。

「ばあさんや。まだわしはそっちへいけんよ。来年《らいねん》も鬼《おに》たちがくるからなぁ。長生《ながい》きするけど、勘弁《かんべん》してくれな」

読んだ日　　年　月　日／　　年　月　日／　　年　月　日

ポイント　節分《せつぶん》は立春《りっしゅん》の前日《ぜんじつ》です。現在《げんざい》は２月《がつ》３日《か》ですが、立春《りっしゅん》は年《とし》によって前後《ぜんご》するので、節分《せつぶん》も２日《か》や４日《か》になることもあります。

ただのばかではありません

空飛《そらと》ぶ船《ふね》

ロシア

むかし、ロシアに「ばか」がいました。

ある日《ひ》、王様《おうさま》が〈**空飛《そらと》ぶ船《ふね》をもってきた者《もの》と王女《おうじょ》を結婚《けっこん》させる**〉というおふれをだしたことを知《し》ったばかは、空飛《そらと》ぶ船《ふね》を探《さが》しにいきました。しばらく歩《ある》くと、見知《みし》らぬ老人《ろうじん》に出会《であ》いました。

「これ、そこのまぬけ面《づら》。どこへいく」

「空飛《そらと》ぶ船《ふね》を探《さが》してるんだ」

「どこにあるのか、知《し》ってるのか」

「知《し》らない。でも神様《かみさま》なら知《し》ってるさ」

「よし、神様《かみさま》を信《しん》じるおまえに教《おし》えてやろう。この先《さき》の森《もり》の中《なか》に空飛《そらと》ぶ船《ふね》がある。それに乗《の》れ。ただし、途中《とちゅう》で出会《であ》ったものは、だれでも乗《の》せるのだ」

「うん、わかった」

ばかは、ばかですから、知《し》らない人《ひと》の言葉《ことば》をうたがいません。いわれたとおりに森《もり》にいき、船《ふね》を見《み》つけました。

「空飛《そらと》ぶ船《ふね》だ。よし、乗《の》ろう」

ばかは、ばかですから、森《もり》の中《なか》に船《ふね》があってもおかしいとは思《おも》いません。船《ふね》が空《そら》を飛《と》ぶこともうたがいません。はたして、ばかが船《ふね》に乗《の》りこむと、船《ふね》は空《そら》を飛《と》びました。

ばかがしばらく船《ふね》で空《そら》を飛《と》んでいると、とても耳《みみ》がいいと自分《じぶん》でいう男《おとこ》に出会《であ》い、つぎにとても足《あし》がはやいとじまんしている男《おとこ》に出会《であ》い、そのつぎにはとても大食《おおぐ》いだと話《はな》す男《おとこ》に出会《であ》い、最後《さいご》にとてもたくさん酒《さけ》を飲《の》めるという飲《の》み助《すけ》に出会《であ》いました。ばかは、ばかですから、男《おとこ》たちに出会《であ》うたびに、男《おとこ》たちの言葉《ことば》を信《しん》じました。そして、彼《かれ》らを船《ふね》に乗《の》せ、お城《しろ》にいきました。

「王様《おうさま》、空飛《そらと》ぶ船《ふね》をもってきました」

「ほんとにもってきたのか」

王様《おうさま》は空飛《そらと》ぶ船《ふね》がほんとうにあると知《し》って、びっくりしました。じつのところ、王様《おうさま》は、王女《おうじょ》を結婚《けっこん》させるつもりなどなかったのです。

「ううむ。ではつぎの課題《かだい》じゃ。不老《ふろう》不死《ふし》の水《みず》をもってこい」

「わかりました」

ばかは、いったんお城《しろ》をでて、船《ふね》のみんなと相談《そうだん》しました。

「不老不死《ふろうふし》の水《みず》か。その場所《ばしょ》なら聞《き》いたことがあるぞ。ちょっと遠《とお》いけどな」

と、耳《みみ》のいい男《おとこ》がいいました。

「じゃあ、おれがとってくるよ」

と、足《あし》のはやい男《おとこ》がいうがはやいか、あっというまに不老不死《ふろうふし》の水《みず》をもってきました。ばかはよろこんで、不老《ふろう》不《ふ》死《し》の水《みず》を王様《おうさま》にもっていきました。

「よくやった。お祝《いわ》いにウシの丸焼《まるや》き十二頭《じゅうにとう》と、十二俵《じゅうにひょう》の小麦《こむぎ》を焼《や》いたパン、四十樽《よんじゅったる》のワインをだそう。一気《いっき》に飲《の》み食《く》いできたら、結婚《けっこん》をみとめよう」

「そういうことなら」

「おれたちの出番《でばん》だな」

大食《おおぐ》いの男《おとこ》と飲《の》み助《すけ》の男《おとこ》が進《すす》みでて、大量《たいりょう》の料理《りょうり》とお酒《さけ》をたいらげました。

「おまえはいい友《とも》だちをもっておる。それは、おまえが誠実《せいじつ》な男《おとこ》だという証明《しょうめい》だな。よし、結婚《けっこん》をゆるそう」

王様《おうさま》のゆるしを得《え》て、ばかはうつくしい王女《おうじょ》と結婚《けっこん》し、しあわせに暮《く》らしたということです。

読んだ日　年　月　日／　年　月　日／　年　月　日

ポイント ロシア民話《みんわ》にはこのお話《はなし》のような「善良《ぜんりょう》で誠実《せいじつ》で愚直《ぐちょく》な男《おとこ》」がよく登場《とうじょう》します。

小《ちい》さな人《びと》びとが住《す》む国《くに》にたどりついたガリバーの活躍《かつやく》

ガリバー旅行記《りょこうき》
ジョナサン・スウィフト

ガリバーと小人《こびと》の国《くに》

2月5日のお話

ガリバーは船《ふね》のお医者《いしゃ》さんとして、南《みなみ》にむかう船《ふね》に乗《の》っていました。ある嵐《あらし》の日《ひ》、大《おお》きな岩《いわ》にぶつかって、船《ふね》は真《ま》っ二《ぷた》つになりました。海《うみ》に投《な》げだされたガリバーはいっしょうけんめいに泳《およ》いで、なんとか岸《きし》にたどりつきました。ガリバーは草《くさ》の上《うえ》に横《よこ》になると、そのまま眠《ねむ》ってしまいました。

目《め》が覚《さ》めると、ガリバーの体《からだ》はピクリとも動《うご》きません。細《ほそ》いロープで地面《じめん》にくくりつけられていたのです。よく見《み》ると、まわりには小《ちい》さな人《ひと》がたくさんいました。そこは、ガリバーの指《ゆび》より小《ちい》さな人《ひと》びとが暮《く》らす、「リリパット」という国《くに》でした。

「わたしはガリバーといいます。船《ふね》がしずんで流《なが》れついたのです」

はじめはこわがっていた人《ひと》びとも、ガリバーがわるい人《ひと》でないことがわかったのか、食《た》べ物《もの》や飲《の》み物《もの》を運《はこ》んできてくれました。国王《こくおう》のもとに連《つ》れていかれたガリバーは、リリパット国《こく》のために働《はたら》く約束《やくそく》をしました。

ガリバーは地図《ちず》をつくったり、建物《たてもの》づくりを手伝《てつだ》ったりしました。そんなある日《ひ》、ガリバーは国王《こくおう》に相談《そうだん》されました。

「ずっとなかがわるかったブレフスキュ国《こく》と、とうとう戦争《せんそう》になりそうです。どうか、助《たす》けてください」

ガリバーは戦争《せんそう》にならない方法《ほうほう》を考《かんが》えました。そして、太《ふと》い縄《なわ》をあみ、鉄《てつ》でかぎ爪《づめ》を何本《なんぼん》もつくりました。それから、ジャブジャブと海《うみ》にはいり、ブレフスキュ国《こく》までいきました。港《みなと》には五十《ごじゅう》もの軍艦《ぐんかん》がとまっていました。ガリバーは縄《なわ》のついたかぎ爪《づめ》をつぎつぎと軍艦《ぐんかん》にひっかけると、ぐいぐいひっぱって、リリパット国《こく》に帰《かえ》りました。

軍艦《ぐんかん》のなくなったブレフスキュ国《こく》は戦争《せんそう》をやめました。リリパットの国民《こくみん》は大《おお》よろこび。こうして、ガリバーはリリパット国《こく》の英雄《えいゆう》になったのです。

ある日《ひ》、国王《こくおう》の宮殿《きゅうでん》が火事《かじ》になりました。小《ちい》さなバケツに水《みず》をくんで、火《ひ》にかけましたが、なかなか消《き》えません。そこでガリバーは、おもいきって、おしっこをかけました。すると、あっというまに火《ひ》は消《き》えました。ところが、国王《こくおう》はカンカンにおこりだしました。

「だいじな宮殿《きゅうでん》におしっこをかけるなんて、けしからん！」

ガリバーはリリパット国《こく》から追《お》いだされました。ボートで海《うみ》にでると、途《と》中《ちゅう》で大《おお》きな船《ふね》に助《たす》けられ、自分《じぶん》の国《くに》に帰《かえ》ることができました。

せっかく国《くに》へ帰《かえ》ったのに、ガリバーは旅《たび》にでたくてしかたありません。

「もっといろいろな国《くに》を見《み》てみたい」

ガリバーは「アドベンチャー号《ごう》」という船《ふね》に乗《の》りこみ、新《あたら》しい冒険《ぼうけん》に旅《たび》だちました。

読んだ日　年　月　日／　年　月　日／　年　月　日

ポイント　世界《せかい》にはいろいろな人《ひと》が住《す》んでいます。心《こころ》を開《ひら》けば、どんな国《くに》の人《ひと》ともなかよくなれます。

2月6日のお話

“負《ま》けるが勝《か》ち”を演出《えんしゅつ》した大岡裁《おおおかさば》き

子《こ》争《あらそ》い

大岡裁《おおおかさば》き

名奉行《めいぶぎょう》として名高《なだか》い大岡越前守《おおおかえちぜんのかみ》のまえに、二人《ふたり》の女《おんな》と一人《ひとり》の子《こ》どもがやってきました。

「お奉行様《ぶぎょうさま》、どうかお裁《さば》きを。この子《こ》のほんとうの母親《ははおや》はわたしです」

「この女《おんな》はうそつきです。この子《こ》の母《はは》はわたしなのですから」

二人《ふたり》の女《おんな》はどちらも、子《こ》どもの母親《ははおや》は自分《じぶん》だといいはります。そこで、越前守《えちぜんのかみ》は子《こ》どもに聞《き》きました。

「どちらがおまえの母親《ははおや》じゃ？」

ところが子《こ》どもにもそれがわからないようで、首《くび》をぶんぶん横《よこ》にふって泣《な》きはじめました。

「おいら、わかんねえ」

越前守《えちぜんのかみ》はこのようすを見《み》て、ため息《いき》をついていいました。

「本来《ほんらい》ならばこのようなことはしたくないのだが、しかたない。そのほうら二人《ふたり》、左右《さゆう》にわかれて、それぞれ子《こ》どもの腕《うで》をもつがよい」

二人《ふたり》の女《おんな》は越前守《えちぜんのかみ》のいうとおり、左右《さゆう》にわかれて子《こ》どもの腕《うで》を片方《かたほう》ずつもちました。

「もったな。よし、それでは、力《ちから》いっぱい、子《こ》どもの腕《うで》をひくがよい。勝《か》ったほうを母親《ははおや》とする。よし、はじめ！」

越前守《えちぜんのかみ》のかけ声《ごえ》とともに、二人《ふたり》の女《おんな》は子《こ》どもの腕《うで》をひっぱりました。ところが、ひっぱられる子《こ》どもとしては、たまったものではありません。大《おお》きな声《こえ》で泣《な》きわめきました。

「いてえよ、いてえよ。やめておくれよ。腕《うで》がちぎれちまうよ～」

しかし、越前守《えちぜんのかみ》は冷《つめ》たい目《め》でじっと、子《こ》どもを見《み》つめたままいいました。

「さあ、もっとひけ！」

越前守《えちぜんのかみ》の冷《つめ》たい声《こえ》におびえた子《こ》どもは、もうだれもとめてくれないと思《おも》い、さらに大声《おおごえ》で泣《な》きました。

すると、片《かた》ほうの女《おんな》が、子《こ》どもの声《こえ》に、おもわず手《て》をはなしました。

「勝《か》った、勝《か》った！ わたしの勝《か》ちですね。ではこの子《こ》は連《つ》れていきます」

子《こ》どもをひきよせたほうの女《おんな》が子《こ》どもを連《つ》れていこうとすると、越前守《えちぜんのかみ》が呼《よ》びとめました。

「これ、どこへいく。負《ま》けた者《もの》が子《こ》どもを連《つ》れていってはならぬ」

「え、なぜ、そのようなことをおっしゃるのです？ 勝《か》ったのはわたしです」

「だれが子《こ》どもをひきよせたほうが勝《か》ちと申《もう》した。子《こ》を思《おも》う母《はは》ならば、いたがって泣《な》いている子《こ》どもの手《て》をひっぱれるものではあるまい。勝《か》ちは手《て》をはなした女《おんな》のほうじゃ」

勝《か》ったほうが負《ま》け、負《ま》けたほうが勝《か》ちました。江戸《えど》の町民《ちょうみん》たちは、この話《はなし》を聞《き》いて、こううわさしました。

「負《ま》けるが勝《か》ちとはこのことだ。さすが大岡様《おおおかさま》のお裁《さば》きは、一味《ひとあじ》も二味《ふたあじ》もちがうねえ」

読んだ日　年　月　日／　年　月　日／　年　月　日

ポイント 大岡越前守忠相《おおおかえちぜんのかみただすけ》は実在《じつざい》の人物《じんぶつ》。このころの将軍《しょうぐん》は「暴《あば》れん坊将軍《ぼうしょうぐん》」で有名《ゆうめい》な八代将軍徳川吉宗《はちだいしょうぐんとくがわよしむね》です。

「コウモリ」は信用《しんよう》できない人《ひと》の代名詞《だいめいし》です

ひきょうなコウモリ

イソップ

むかし、鳥《とり》たちとけものたちのなかが、とてもわるくなったことがありました。ワシやタカはネズミやウサギをおそい、ライオンやオオカミはハトやニワトリに飛《と》びかかります。まさしく、鳥《とり》とけものの戦争《せんそう》でした。

　戦争《せんそう》が長《なが》くつづくと、しだいにどちらかが優勢《ゆうせい》になってきます。最初《さいしょ》に優《ゆう》勢《せい》になったのは、鳥《とり》たちのほうでした。

「空《そら》も飛《と》べないけものたちが、おれたちに勝《か》てるわけがないってことさ」

「あいつらは地《じ》べたをはいずりまわって、逃《に》げるのがおにあいということだ」

　鳥《とり》たちがよろこびあっているところに、一羽《いちわ》のコウモリがやってきました。

「いやあ、みなさんはお強《つよ》いですねえ。おなじ鳥《とり》の仲間《なかま》として、ほこらしいかぎりですよ。この調子《ちょうし》で、けものどもをやっつけちゃいましょう」

　調子《ちょうし》よくしゃべりまくるコウモリに、鳥《とり》の中《なか》の一羽《いちわ》がいいました。

「なんだ、おまえ。コウモリは、けものの仲間《なかま》だろう。帰《かえ》れ、帰《かえ》れ」

「なにをおっしゃいますやら。わたしにはみなさんとおなじように、羽《はね》があるじゃありませんか。わたしはりっぱな鳥《とり》の仲間《なかま》ですよ。お・と・も・だ・ち、ね？」

　それもそうだ、と鳥《とり》たちはこのときは納得《なっとく》しました。

　さて、さらに戦争《せんそう》が長《なが》びくと、今度《こんど》はけものたちが優勢《ゆうせい》になってきました。けものたちも、勝《か》ってくるとうれしいので、じまん大会《たいかい》を開《ひら》きました。

「鳥《とり》なんて空《そら》が飛《と》べるだけで、力《ちから》が弱《よわ》い生《い》き物《もの》だ。おれたちが本気《ほんき》をだせば、楽勝《らくしょう》だわな」

「あいつらには、おれたちのようなたくましい脚《あし》もなければ牙《きば》もねえ。ま、すぐにこの戦争《せんそう》も、おれたちの勝《か》ちでおわるだろうよ」

　すると、どこからやってきたのか、一羽《いちわ》のコウモリがさけびました。

「そうですとも！」

「なんだ、おまえ。コウモリは鳥《とり》の仲《なか》間《ま》だろう。帰《かえ》れ、帰《かえ》れ」

「なにをおっしゃいますやら。私《わたし》にはみなさんとおなじように、毛皮《けがわ》もあれば牙《きば》もあります。りっぱなけものの仲《なか》間《ま》ですよ。お・と・も・だ・ち、ね？」

　それもそうかと、けものたちはこのときは納得《なっとく》しました。

　さて、長《なが》くつづいた戦争《せんそう》がおわりました。鳥《とり》とけものの代表《だいひょう》が平和会議《へいわかいぎ》を開《ひら》きます。双方《そうほう》が話《はな》しあってみると、コウモリは、どちらをも裏切《うらぎ》っていることがわかりました。

「あいつだけはゆるせんな。どちらの仲間《なかま》からもはずすことにしよう」

　こうして、コウモリは仲間《なかま》はずれにされ、暗《くら》い洞窟《どうくつ》に身《み》をかくして棲《す》むようになったということです。

　有利《ゆうり》なときだけ近《ちか》づいてくるような人《ひと》は、けっして信用《しんよう》されませんよ、というお話《はなし》でした。

読んだ日　　年　月　日／　　年　月　日／　　年　月　日

ポイント　このお話《はなし》は『鳥《とり》とけものとコウモリ』というタイトルでも有名《ゆうめい》です。

2月8日のお話

小《ちい》さくても大《おお》きな勇気《ゆうき》、針《はり》の刀《かたな》で鬼退治《おにたいじ》

一寸法師《いっすんぼうし》

むかし、子《こ》どものいない夫婦《ふうふ》がいました。夫婦《ふうふ》は毎日神様《まいにちかみさま》に、「どうぞ子《こ》どもをおさずけください。指《ゆび》ほどの小《ちい》さな子《こ》でもかまいません」と、熱心《ねっしん》にお願《ねが》いしました。

するとまもなく、子《こ》どもが産《う》まれました。ところが、ほんとうに小指《こゆび》ほどの大《おお》きさしかない子《こ》どもでした。

夫婦《ふうふ》は子《こ》どもに一寸法師《いっすんぼうし》と名前《なまえ》をつけ、かわいがって育《そだ》てました。一寸法《いっすんぼう》師《し》はとても頭《あたま》のいい子《こ》に育《そだ》ちましたが、十《とお》になっても十五《じゅうご》になっても、背丈《せたけ》だけは小指《こゆび》の大《おお》きさのままでした。

ある日《ひ》、一寸法師《いっすんぼうし》は、おとうさんとおかあさんのまえへでて、

「わたしを都《みやこ》にいかせてください」

と、いいました。

おとうさんとおかあさんは一寸法師《いっすんぼうし》が熱心《ねっしん》にたのむのでゆるし、おかあさんは縫《ぬ》い針《ばり》を一本用意《いっぽんようい》して、麦《むぎ》わらで鞘《さや》をこしらえて、刀《かたな》にしてあげました。

一寸法師《いっすんぼうし》は、お椀《わん》の舟《ふね》に乗《の》りこみ、お箸《はし》の櫂《かい》をこいで、都《みやこ》へいきました。

都《みやこ》につくと、りっぱなお屋敷《やしき》がたくさんならんでいました。一寸法師《いっすんぼうし》はその中《なか》から一番《いちばん》りっぱなお屋敷《やしき》を選《えら》び、門《もん》をくぐりました。

「ごめんください！」

と、一寸法師《いっすんぼうし》はどなりました。

屋敷《やしき》の中《なか》からでてきた主人《しゅじん》は、首《くび》をかしげました。声《こえ》はすれども姿《すがた》は見《み》えないからです。声《こえ》の聞《き》こえた足《あし》もとをのぞきこむと、豆粒《まめつぶ》のような若者《わかもの》がつったっていました。おどろいている主人《しゅじん》に、一寸法師《いっすんぼうし》はいいました。

「お屋敷《やしき》で働《はたら》かせてください」

主人《しゅじん》はおもしろがって、一寸法師《いっすんぼうし》を屋敷《やしき》に置《お》いてやることにしました。

よく働《はたら》き、かしこい一寸法師《いっすんぼうし》は、屋《や》敷《しき》の中《なか》で人気者《にんきもの》になりました。なかでも屋敷《やしき》の姫様《ひめさま》は一寸法師《いっすんぼうし》が大《だい》のお気《き》にいり。どこへいくにも、一寸法師《いっすんぼうし》を連《つ》れてでかけるようになりました。

ある日《ひ》、姫様《ひめさま》と一寸法師《いっすんぼうし》がでかけたときのこと。姫様《ひめさま》は道《みち》に迷《まよ》ってしまい、鬼《おに》にでくわしてしまいました。鬼《おに》が姫《ひめ》様《さま》を食《た》べようとすると、一寸法師《いっすんぼうし》が縫《ぬ》い針《ばり》の刀《かたな》でたちむかいました。

鬼《おに》は笑《わら》って「では、おまえから食《た》べてやろう」と、ひと口《くち》で一寸法師《いっすんぼうし》を飲《の》みこんでしまいました。鬼《おに》のお腹《なか》の中《なか》にはいった一寸法師《いっすんぼうし》は、縫《ぬ》い針《ばり》であちこちやたらと刺《さ》しまわりました。

「あっ、いたい。こりゃたまらん。すまなかった、ゆるしてくれい」

鬼《おに》は降参《こうさん》して、どんな願《ねが》いもかなうという打《う》ち出《で》の小《こ》づちという宝物《たからもの》をさしだして逃《に》げていきました。

姫様《ひめさま》が打《う》ち出《で》の小《こ》づちを手《て》にとり、

「**一寸法師《いっすんぼうし》よ、大《おお》きくなれ**」

といいながらふると、またたくまに一《いっ》寸法師《すんぼうし》の背《せ》がのびて、たくましいりっぱな若者《わかもの》になりました。

一寸法師《いっすんぼうし》は姫様《ひめさま》をおよめにもらい、しあわせに暮《く》らしたということです。

読んだ日　年　月　日／　年　月　日／　年　月　日

ポイント　一寸《いっすん》は約《やく》3センチ。一寸法師《いっすんぼうし》のお話《はなし》は『御伽草子《おとぎぞうし》』という鎌倉時代《かまくらじだい》にはじまる物語集《ものがたりしゅう》に含《ふく》まれています。

気《き》をつけていても、だまされます

子供《こども》に化《ば》けた狐《きつね》

野口雨情《のぐちうじょう》

子供《こども》に化《ば》けて、大人《おとな》をだますわるい狐《きつね》がいました。三五郎《さんごろう》という農夫《のうふ》が馬《うま》をひいて歩《ある》いていると、道《みち》ばたで子供《こども》が泣《な》いていました。

(はは～ん、狐《きつね》だな)

三五郎《さんごろう》は、狐《きつね》が化《ば》けているのだと気《き》づいたので、知《し》らないふりをして通《とお》りすぎようとしました。ところが、子供《こども》は大声《おおごえ》をあげて泣《な》きながら、馬《うま》のあとをついてきます。

そのうち、急《きゅう》に日《ひ》が暮《く》れてきて、あたりが薄暗《うすぐら》くなりました。まだ日《ひ》の暮《く》れる時間《じかん》ではありません。三五郎《さんごろう》がふしぎに思《おも》っていると、泣《な》いて歩《ある》いていた子供《こども》は、馬《うま》の手綱《たづな》をとって、べつの方角《ほうがく》へ歩《ある》いていきます。

「こら、馬《うま》をどこへやる」

と、三五郎《さんごろう》はどなりましたが、子供《こども》は知《し》らんぷりです。三五郎《さんごろう》は、もうがまんができなくなって、子供《こども》を追《お》いかけました。すると、とたんに泥田《どろた》にはまってしまいました。

「これはたいへんだ」

と、あがいていると、いつのまにか、広《ひろ》い河原《かわら》に三五郎《さんごろう》はたっていました。

「いったい、ここは、どこだ?」

三五郎《さんごろう》はおどろきました。むこうのほうではおおぜいの子供《こども》が、童謡《どうよう》を歌《うた》いながら、石《いし》を運《はこ》んではつんでいました。

父《とう》さん恋《こい》し母《かあ》さん恋《こい》し
河原《かわら》の石《いし》は数《かず》かぎりない

三五郎《さんごろう》が子供《こども》たちに近《ちか》づくと、子供《こども》たちは口《くち》ぐちに、

「おじさん、ここは三途《さんず》の河原《かわら》よ」

といいました。三途《さんず》の河原《かわら》と聞《き》いて、三五郎《さんごろう》はまたおどろきました。

「おれは死《し》んでしまったのか」

三五郎《さんごろう》がなげいていると、また子供《こども》たちがいいました。

「おじさん、赤鬼《あかおに》がくるよ。見《み》つかったら、ひどい目《め》にあうよ」

ところが、広《ひろ》い河原《かわら》のことで、かくれる場所《ばしょ》などありません。三五郎《さんごろう》がうろうろしているうちに、赤鬼《あかおに》につかまり、投《な》げとばされました。三五郎《さんごろう》は、地《じ》べたに落《お》ちて、気絶《きぜつ》しました。

三途《さんず》の川《かわ》は地獄《じごく》の一丁目《いっちょうめ》
赤鬼《あかおに》さんに投《な》げられました

と、どこかで童謡《どうよう》を歌《うた》う声《こえ》が聞《き》こえてきました。三五郎《さんごろう》が目《め》を覚《さ》ますと、あたりは真《ま》っ暗《くら》です。すると、こんどは、童謡《どうよう》を歌《うた》う狐《きつね》の声《こえ》が聞《き》こえてきました。

大馬鹿《おおばか》　小馬鹿《こばか》　大馬鹿三五郎《おおばかさんごろう》
お馬《うま》の上《うえ》でなんの夢《ゆめ》見《み》てる

はじめて気《き》がついてみると、三五郎《さんごろう》は馬《うま》に乗《の》ったままで、もとのところにいたのです。

三五郎《さんごろう》は、やっぱり狐《きつね》にだまされてしまったのでした。

読んだ日　　年　　月　　日／　　年　　月　　日／　　年　　月　　日

ポイント 野口雨情《のぐちうじょう》(1882-1945)は『七《なな》つの子《こ》』『十五夜《じゅうごや》お月《つき》さん』『シャボン玉《だま》』などの童謡《どうよう》で知《し》られた作詞家《さくしか》・詩人《しじん》です。

2月10日のお話

巨人《きょじん》の庭《にわ》に春《はる》を運《はこ》んできたのは……

わがままな巨人《きょじん》

オスカー・ワイルド

2月

世界の名作

かんどうする話

あるところに、大《おお》きなお屋敷《やしき》と広《ひろ》くてうつくしい庭《にわ》がありました。緑《みどり》の下草《したくさ》はじゅうたんのようで、きれいな花《はな》が咲《さ》いています。春《はる》になると十二本《じゅうにほん》の桃《もも》の木《き》が、ピンクの花《はな》を咲《さ》かせます。そして、秋《あき》にはたくさんの実《み》をつけました。近所《きんじょ》の子《こ》どもたちは、この庭《にわ》で遊《あそ》ぶのが大好《だいす》きでした。

ある日《ひ》、お屋敷《やしき》の持《も》ち主《ぬし》が、七年《ななねん》ぶりに帰《かえ》ってきました。持《も》ち主《ぬし》は気《き》むずかしい巨人《きょじん》で、子《こ》どもが嫌《きら》いでした。

「わたしの庭《にわ》でなにをしている。さっさとでていけ！」

巨人《きょじん》は子《こ》どもたちを追《お》いだし、高《たか》い塀《へい》で庭《にわ》をかこんでしまいました。

やがて、冬《ふゆ》がきて、また春《はる》になりました。けれど、巨人《きょじん》の庭《にわ》は、いつまでも冬《ふゆ》のままでした。深《ふか》い雪《ゆき》がつもったままで、草《くさ》の芽《め》も木《き》の芽《め》もでてきません。そして、夏《なつ》がきても、秋《あき》がきても、ずっと冬《ふゆ》の景色《けしき》でした。

ある朝《あさ》、巨人《きょじん》が目覚《めざ》めると、庭《にわ》から心地《ここち》よい音楽《おんがく》が聞《き》こえてきました。庭《にわ》を見《み》ると、桃《もも》の木《き》の枝《えだ》に子《こ》どもたちが腰《こし》かけて、ニコニコ笑《わら》っています。枝《えだ》にはピンクの花《はな》が咲《さ》き、小鳥《ことり》たちがたのしそうに歌《うた》っていました。子《こ》どもたちといっしょに、春《はる》がきたのです。

「春《はる》がこなかったのは、わたしが子《こ》どもを追《お》いだしたからだったんだ」

巨人《きょじん》はようやく、気《き》がつきました。庭《にわ》にでてみると、片《かた》すみの一本《いっぽん》の木《き》だけが、冬《ふゆ》のままです。小《ちい》さな男《おとこ》の子《こ》が、枝《えだ》にのぼれずに泣《な》いていました。巨人《きょじん》は男《おとこ》の子《こ》をそっと抱《だ》きあげると、木《き》の枝《えだ》にすわらせてあげました。すると、どうでしょう。木《き》の枝《えだ》はたちまち花《はな》を咲《さ》かせ、小鳥《ことり》たちが飛《と》んできて、うれしそうに歌《うた》いはじめます。男《おとこ》の子《こ》はにっこり笑《わら》って、巨人《きょじん》の額《ひたい》にキスをしました。巨人《きょじん》の心《こころ》に温《あたた》かなものが広《ひろ》がり、目《め》に涙《なみだ》があふれてきました。巨人《きょじん》は庭《にわ》のかこいをこわし、子《こ》どもたちにいいました。

「この庭《にわ》は、みんなのものだ」

それから何度《なんど》も季節《きせつ》がかわり、巨人《きょじん》は年《とし》をとりました。体《からだ》もすっかり弱《よわ》ってしまいました。でも、子《こ》どもたちにかこまれて、巨人《きょじん》はとてもしあわせでした。ある冬《ふゆ》の朝《あさ》、巨人《きょじん》は庭《にわ》を見《み》て、びっくりしました。雪《ゆき》の中《なか》、片《かた》すみの一本《いっぽん》の木《き》だけ、ピンクの花《はな》がたくさん咲《さ》いていたのです。木《き》の枝《えだ》には、あの泣《な》いていた男《おとこ》の子《こ》がすわっていました。

「あなたは、だれですか？」

巨人《きょじん》が聞《き》くと、男《おとこ》の子《こ》はほほえんでいいました。

「あなたを迎《むか》えにきたのです。さあ、天《てん》にあるうつくしい庭《にわ》にいきましょう」

その日《ひ》、いつものように遊《あそ》びにきた子《こ》どもたちは、桃《もも》の木《き》の下《した》で息《いき》たえている、巨人《きょじん》を見《み》つけたのです。

読んだ日　　年　月　日／　　年　月　日／　　年　月　日

ポイント　巨人《きょじん》は心《こころ》を開《ひら》くことで、しあわせになれました。春《はる》の庭《にわ》は巨人《きょじん》の心《こころ》の中《なか》にあったのですね。

「見《み》てはいけない」といわれると…

ツルの恩返《おんがえ》し

むかしむかし、あるところに、おじいさんとおばあさんがいました。二人《ふたり》は貧《まず》しい生活《せいかつ》をしていましたが、なかよくしあわせに暮《く》らしていました。

ある日《ひ》、おじいさんが山《やま》にでかけると、一羽《いちわ》のツルが、猟師《りょうし》のわなにかかってくるしんでいました。

「あれまあ、かわいそうに。猟師《りょうし》には獲物《えもの》を逃《のが》して気《き》の毒《どく》だが、目《め》のまえでこんなにくるしまれてはたまらん」

おじいさんはそういって、わなをはずして鶴《つる》を逃《に》がしてやりました。

それから幾日《いくにち》かすぎた、雪《ゆき》のふる晩《ばん》のこと。おじいさんとおばあさんが囲《い》炉《ろ》裏《り》のまえで話《はなし》をしていると、戸《と》をたたく音《おと》がします。戸《と》を開《あ》けると、たいそうきれいな娘《むすめ》がたっていました。

「こんな雪《ゆき》の日《ひ》にたいへんだったじゃろ。さあ、あがって火《ひ》におあたり。今《こん》晩《ばん》は泊《と》まっていくといいじゃろう」

二人《ふたり》はそういって娘《むすめ》を迎《むか》えいれ、親《しん》切《せつ》にしてあげました。翌日《よくじつ》、娘《むすめ》は二人《ふたり》のまえで手《て》をついていいました。

「身《み》よりのないわたしに親切《しんせつ》にしていただいてありがとうございます。なにかお礼《れい》をしたいのですが……」

「なにをいう。困《こま》ったときはおたがい様《さま》じゃ。それより身寄《みよ》りがないなら、わたしたちの娘《むすめ》にならんかね」

こうして娘《むすめ》は、二人《ふたり》の娘《むすめ》になりました。

「娘《むすめ》にしてくださったお礼《れい》に、機《はた》を織《お》りましょう。できた布《ぬの》を町《まち》で売《う》ってください。ただし、機《はた》を織《お》っている間《あいだ》は、ぜったいに部屋《へや》をのぞかないでくださいね。機《はた》が織《お》れなくなりますから」

娘《むすめ》の織《お》った布《ぬの》はみごとなもので、町《まち》で売《う》ると大金《たいきん》になりました。おじいさんとおばあさんは大《おお》よろこびしましたが、あまりに毎日《まいにち》、娘《むすめ》が根《こん》をつめて機《はた》を織《お》るので、心配《しんぱい》でなりません。

「娘《むすめ》や。そんなに働《はたら》かなんでもええよ。機《はた》を織《お》るたびに、そう体《からだ》が痩《や》せ細《ほそ》っていくんじゃあ、心配《しんぱい》でたまらんよ」

二人《ふたり》は口《くち》ぐちに娘《むすめ》にいってきかせましたが、娘《むすめ》はやめません。

「約束《やくそく》なんぞ、かまうものか。娘《むすめ》の体《からだ》のほうが布《ぬの》よりもだいじじゃ」

ある日《ひ》、二人《ふたり》は機《はた》を織《お》る娘《むすめ》の部屋《へや》へ飛《と》びこみました。するとそこには、少《すく》なくなった羽《はね》をぬいては布《ぬの》を織《お》っている、一羽《いちわ》のツルがいました。

「とうとう見《み》てしまいましたね。わたしは、おじいさんが助《たす》けてくれたツルです。恩返《おんがえ》しのために機《はた》を織《お》っていましたが、姿《すがた》を見《み》られたからには、もうでていかなくてはなりません」

そういって、鶴《つる》は二人《ふたり》がとめるのも聞《き》かずに、どこかに飛《と》びさってしまいました。鶴《つる》のさった空《そら》を見《み》あげながら、おじいさんはつぶやきました。

「さびしいことじゃが、これでよかったのかもしれんなあ、ばあさん」

「ええ、おじいさん。これであの娘《こ》も、これ以上《いじょう》痩《や》せないでしょう」

読んだ日　年　月　日／　年　月　日／　年　月　日

ポイント　劇作家《げきさっか》・木下順二《きのしたじゅんじ》の『夕鶴《ゆうづる》』は、この話《はなし》を題材《だいざい》にしたものです。

2月12日のお話

奴隷《どれい》を解放《かいほう》したアメリカ大統領《だいとうりょう》

リンカーン

2月
伝記
ほんとうの話

エイブラハム・リンカーンは、いまから約二百十年前《やくにひゃくじゅうねんまえ》に、アメリカのケンタッキーに生《う》まれました。家《いえ》は貧《まず》しい農家《のうか》でした。リンカーンはおとうさんやおかあさんといっしょに、畑《はたけ》の手伝《てつだ》いをしていました。

九歳《きゅうさい》のとき、おかあさんが病気《びょうき》で亡《な》くなり、新《あたら》しいおかあさんがやってきました。おかあさんはやさしい人《ひと》で、リンカーンをかわいがってくれました。リンカーンは本《ほん》を読《よ》むのが好《す》きでした。でも、おとうさんは「畑仕事《はたけしごと》に勉強《べんきょう》は役《やく》にたたない」といって、リンカーンが本《ほん》を読《よ》むのを禁止《きんし》しました。

「この子《こ》はかしこい子《こ》です。勉強《べんきょう》してもっとかしこくなれば、おとうさんの役《やく》にたつ子《こ》になりますよ」

おかあさんがおとうさんを説得《せっとく》してくれたので、リンカーンは本《ほん》を読《よ》めるようになりました。仕事《しごと》のあいまに、学校《がっこう》にもいくことができました。やがてリンカーンは、かしこくてたくましい青年《せいねん》に成長《せいちょう》しました。

リンカーンが十九歳《じゅうきゅうさい》になったとき、友《とも》だちとニューオリンズにでかけました。新《あたら》しい仕事《しごと》をするためでした。そこで、リンカーンが見《み》かけたのは、人《ひと》が人《ひと》を売《う》り買《か》いする「奴隷市《どれいいち》」でした。そのころのアメリカには、南部《なんぶ》を中心《ちゅうしん》に、「奴隷制度《どれいせいど》」がありました。奴隷《どれい》として売《う》られた人《ひと》たちは、きつくてつらい仕事《しごと》をさせられるのです。リンカーンは思《おも》いました。

「人間《にんげん》が人間《にんげん》を売《う》り買《か》いしていいわけがない」

二十五歳《にじゅうごさい》になったリンカーンは、イリノイ州《しゅう》の州議会議員《しゅうぎかいぎいん》に当選《とうせん》しました。その後《ご》も勉強《べんきょう》をつづけ、弁護士《べんごし》の資格《しかく》をとりました。

三十七歳《さんじゅうななさい》で国《くに》の下院議員《かいんぎいん》になり、五十一歳《ごじゅういっさい》でついに、第十六代大統《だいじゅうろくだいだいとう》領《りょう》になったのです。大統領選挙《だいとうりょうせんきょ》の間《あいだ》、リンカーンは奴隷制度《どれいせいど》の拡大《かくだい》に反対《はんたい》しつづけたのです。

このころアメリカでは、奴隷《どれい》の解放《かいほう》に賛成《さんせい》する北部《ほくぶ》と、反対《はんたい》する南部《なんぶ》が対立《たいりつ》していました。リンカーンが大統領《だいとうりょう》になってすぐに、アメリカは、北《きた》と南《みなみ》にわかれて、戦争《せんそう》をはじめたのです。この戦争《せんそう》は、「南北戦争《なんぼくせんそう》」と呼《よ》ばれました。

戦争《せんそう》の最中《さいちゅう》に、リンカーンは「奴隷《どれい》を解放《かいほう》する」という宣言《せんげん》をしました。そして、**「人民《じんみん》の、人民《じんみん》による、人民《じんみん》のための政治《せいじ》をしよう」**と演説《えんぜつ》し、世《せ》界中《かいじゅう》から賞賛《しょうさん》されたのです。戦争《せんそう》は四《よ》年間《ねんかん》つづき、北部軍《ほくぶぐん》の勝利《しょうり》でおわりました。

戦争《せんそう》がおわった五日後《いつかご》、リンカーンは暗殺《あんさつ》されてしまいます。犯人《はんにん》は、奴《ど》隷解放《れいかいほう》に反対《はんたい》するブースという男《おとこ》でした。国中《くにじゅう》の人《ひと》びとが、リンカーンの死《し》をかなしみました。

リンカーンは「奴隷解放《どれいかいほう》の父《ちち》」と呼《よ》ばれ、いまもアメリカでとくべつに尊敬《そんけい》されている大統《だいとう》領《りょう》です。

読んだ日　　年　月　日／　　年　月　日／　　年　月　日

ポイント リンカーン（1809-1865）は 11 歳《さい》の少女《しょうじょ》から「ヒゲがあったほうがステキ」という手紙《てがみ》をもらい、ヒゲをのばしたそうです。

「ネコの首《くび》に鈴《すず》をつける」のもとになった話《はなし》

ネズミの会議《かいぎ》

イソップ

むかしむかし、ある家《いえ》に一匹《いっぴき》のネコがいました。このネコはネズミをとるのがじょうずで、おなじ家《いえ》に棲《す》むネズミたちは、みんなこのネコをこわがっていました。そこで、ネズミたちは集《あつ》まって、相談《そうだん》をすることにしました。

　まずは、ネズミの中《なか》の長老《ちょうろう》が話《はなし》をはじめました。

「みんな、ご苦労《くろう》。今日《きょう》集《あつ》まってもらったのはほかでもない。あのネコのことだ。あいつのせいで、われらの仲間《なかま》がどんどん食《た》べられている。このままでは、この家《いえ》からネズミは一匹《いっぴき》もいなくなるぞ。だれか、あのネコをなんとかするよい案《あん》をだしてほしい」

　すると、一匹《いっぴき》のネズミがいいました。

「なんとかするって、ネコをやっつけるということですか」

　べつのネズミがいいました。

「バカなことをいうな。そんなことができるものか。もっと現実的《げんじつてき》に考《かんが》えるんだ。そうだな、ネコがあらわれることがまえもってわかればいいんだよ。そうすれば、さっさと逃《に》げられるじゃないか」

「そうじゃな。やっつけることはむりじゃが、安全《あんぜん》に逃《に》げることができれば、いうことなしじゃ」

　長老《ちょうろう》がいいました。

　すると、今度《こんど》はまたべつのネズミがいいました。

「じゃあ、交代《こうたい》でネコを見《み》はっていればいいんじゃないか」

「それはダメだな。こっちから見《み》えるということは、あっちからも見《み》える。あいつはとてもすばやい。遠《とお》くにいるからといって油断《ゆだん》した仲間《なかま》が、何匹《なんびき》もやられてるんだ。あいつの気配《けはい》がしただけで、逃《に》げられる工夫《くふう》はないかな」

　ネズミたちの間《あいだ》でいろんな提案《ていあん》がされましたが、なかなかいい案《あん》がでてきません。しばらくみんなが考《かんが》えこんでいると、一匹《いっぴき》の若《わか》いネズミがこんなことをいいだしました。

「姿《すがた》が見《み》えなくても、ネコの気配《けはい》がわかればいいんだよね。じゃあ、ネコの首《くび》に鈴《すず》をつけたらどうだろう」

「おお、それはいい案《あん》だ。鈴《すず》の音《おと》がすれば、ネコがきたとすぐにわかるぞ。なんてすばらしいアイデアだ」

　ネズミたちは、若《わか》いネズミをほめました。そこで、長老《ちょうろう》がいいました。

「うむ。なかなかよい案《あん》じゃな。それでいくことにしよう。ところで、だれがネコの首《くび》に鈴《すず》をつけるんじゃな？」

　長老《ちょうろう》の言葉《ことば》を聞《き》いて、ネズミたちはだまりこんでしまいましたとさ。

　いくらよい案《あん》がでても、実行《じっこう》できなければまったく意味《いみ》がありません、というお話《はなし》です。

読んだ日　　年　　月　　日／　　年　　月　　日／　　年　　月　　日

ポイント　この話《はなし》をもとにして、ネコの首《くび》に鈴《すず》をつけるという意味《いみ》の英語《えいご》「bell《ベル》 the《ザ》 cat《キャット》」は「（みんなのために）進《すす》んで難局《なんきょく》にあたる」という意味《いみ》に使《つか》われます。

飼《か》い犬《いぬ》のバックは売《う》られてソリをひきます

野生《やせい》の呼《よ》び声《ごえ》

ジャック・ロンドン

バックはセントバーナードのおとうさんと、シェパードのおかあさんの間《あいだ》に生《う》まれた雑種《ざっしゅ》のイヌです。アメリカで、ミラー判事《はんじ》に飼《か》われていました。ある日《ひ》、お金《かね》に困《こま》った庭師《にわし》の見習《みなら》いが、バックを誘拐《ゆうかい》して、イヌを売買《ばいばい》する男《おとこ》に売《う》ってしまいました。

その男《おとこ》は、バックを木《き》の箱《はこ》に閉《と》じこめました。そして貨物列車《かもつれっしゃ》で、シアトルという町《まち》へ連《つ》れていったのです。箱《はこ》からだされたバックは、牙《きば》をむいて男《おとこ》に飛《と》びかかりました。男《おとこ》はこん棒《ぼう》でバックを何度《なんど》もなぐりました。

さらにバックはカナダ人《じん》に売《う》られ、北《きた》の町《まち》ダイエイに連《つ》れていかれました。バックは、はじめて見《み》る雪《ゆき》におどろき、寒《さむ》さにふるえました。カナダ人《じん》のテントには、すでに何匹《なんびき》ものイヌがいました。みな大《おお》きくて目《め》つきがするどく、バックを見《み》ると、うなり声《ごえ》をあげました。

「きょうから、おまえはソリをひくんだ」

新《あたら》しい主人《しゅじん》は、バックに革《かわ》ひもをつけ、ソリにつなぎました。バックはほかのイヌといっしょに、荷物《にもつ》をつんだソリをひかされました。毎日《まいにち》、雪道《ゆきみち》を走《はし》らされ、逆《さか》らうとムチをうたれました。夜《よる》になると、ほかのイヌがおそってきます。とくに、意地《いじ》のわるいスピッツは、いつもケンカをしかけてきます。

ある夜《よる》、またスピッツがおそいかかってきました。バックとスピッツの牙《きば》がぶつかり、ガチガチと音《おと》をたてます。はげしい闘《たたか》いがつづき、やがて、バックの牙《きば》がスピッツの足《あし》の骨《ほね》をかみくだきました。スピッツは「助《たす》けて」というように、身《み》をふるわせました。バックは勝利《しょうり》したのです。やがて、バックは強《つよ》くたくましく成長《せいちょう》し、イヌたちのリーダーになりました。

ある日《ひ》、バックたちはアメリカの冒《ぼう》険家《けんか》にひきわたされました。この男《おとこ》はイヌのあつかいも、ソリのひきかたも知《し》りません。エサもまともにあたえられず、休《やす》みなく働《はたら》かされ、イヌたちはつぎつぎとたおれていきます。バックも衰弱《すいじゃく》し、たちあがれなくなりました。バックをこん棒《ぼう》でなぐりつける主人《しゅじん》からバックを救《すく》ったのは、野営地《やえいち》に暮《く》らすソーントンという男《おとこ》でした。

ソーントンに看病《かんびょう》され、バックは健《けん》康《こう》をとり戻《もど》しました。バックはやさしいソーントンに深《ふか》い愛情《あいじょう》を感《かん》じました。でも、森《もり》で狩《か》りをしたり、オオカミとなかよくなったりするうちに、本能《ほんのう》が目覚《めざ》めてきたのです。「森《もり》で自由《じゆう》に生《い》きたい」と、バックは思《おも》いはじめました。

そんなある日《ひ》、バックが森《もり》から戻《もど》ると、ソーントンが先住民《せんじゅうみん》におそわれ、殺《ころ》されていたのです。おこったバックは先住民《せんじゅうみん》をおそい、全滅《ぜんめつ》させました。そして、バックは野営地《やえいち》から姿《すがた》を消《け》したのです。

何年《なんねん》かたち、オオカミの群《む》れを、ひときわ大《おお》きなイヌが率《ひき》いていました。人《ひと》びとはそのイヌを「霊犬《れいけん》」と呼《よ》び、とてもおそれたそうです。

読んだ日　　年　月　日／　　年　月　日／　　年　月　日

ポイント　都会《とかい》で飼《か》われていたバックは、カナダの自然《しぜん》の中《なか》で野生《やせい》に目覚《めざ》めていきます。そして、ついにオオカミの仲間《なかま》になるのです。

貧《まず》しい兄弟《きょうだい》がしあわせになります

銀《ぎん》のスケート

メアリー・メイプス・ドッジ

むかし、オランダに、ハンスとグレーテルという、なかのよい兄《あに》と妹《いもうと》がいました。兄妹《きょうだい》の家《いえ》は貧《まず》しく、着《き》ている服《ふく》はボロボロ、三食《さんしょく》のごはんにも困《こま》るありさまです。二人《ふたり》の父親《ちちおや》は病気《びょうき》で記憶《きおく》をなくし、母親《ははおや》はその看病《かんびょう》でろくに仕《し》事《ごと》ができなかったからでした。同年代《どうねんだい》の子《こ》どもたちは、兄妹《きょうだい》のことをばかにしていました。

「にいさん、こんなボロのスケート靴《ぐつ》では、氷《こおり》の上《うえ》はうまくすべれないわ」

「しかたないよ。家《いえ》には新《あたら》しいスケート靴《ぐつ》を買《か》うお金《かね》なんてないんだから」

今年《ことし》は、スケート大会《たいかい》が開《ひら》かれることになっていました。優勝者《ゆうしょうしゃ》には、銀《ぎん》のスケート靴《ぐつ》が贈《おく》られます。オランダの子《こ》どもたちは、スケートが大好《だいす》きなので、毎日練習《まいにちれんしゅう》をしているのです。

「あなたたち、練習《れんしゅう》しないの？」

兄妹《きょうだい》に声《こえ》をかけたのは、お金《かね》もちのヒルダでした。

「二人《ふたり》ともそんな靴《くつ》なのに、すごくじょうず。ねえ、お金《かね》をあげるから、スケート靴《ぐつ》を買《か》いなさいよ」

「ヒルダお嬢《じょう》さん。ご親切《しんせつ》には感謝《かんしゃ》しますが、お金《かね》はいただけません」

「あら、どうして？」

「仕事《しごと》をしたお金《かね》ではないからです」

ハンスの誇《ほこ》り高《たか》い返事《へんじ》を聞《き》いたヒルダは、反省《はんせい》して言葉《ことば》をかえました。

「ごめんなさい。それなら、わたしにペンダントをつくってくださる？　グレーテルさんが首《くび》からかけているのとおなじものを。お金《かね》はその代金《だいきん》」

「それならよろこんで」

ハンスはヒルダから、お金《かね》を受《う》けとりました。受《う》けとったお金《かね》で、ハンスはグレーテルのスケート靴《ぐつ》を買《か》いました。一足分《いっそくぶん》しか買《か》えなかったのです。

ハンスは仕事《しごと》を探《さが》しながら、父親《ちちおや》をみてくれる医者《いしゃ》を探《さが》しました。そして、やっと、ブックマン博士《はかせ》というえらいお医者《いしゃ》さんを見《み》つけたのです。ブックマン博士《はかせ》は、へんくつ者《もの》でしたが、ハンスの願《ねが》いを聞《き》くと、父親《ちちおや》の手術《しゅじゅつ》を承諾《しょうだく》しました。そして、金《かね》はいらないといいました。じつはハンスの目《め》が、いなくなった息子《むすこ》に、にていたからです。

ブックマン博士《はかせ》は父親《ちちおや》の手術《しゅじゅつ》をし、ついに父親《ちちおや》は快復《かいふく》しました。すると、父親《ちちおや》は記憶《きおく》をとり戻《もど》したのです。

「おれがうめた千《せん》ギルダーは、どうした。一財産《ひとざいさん》のはずなのだが」

ハンスが父親《ちちおや》のいった場所《ばしょ》を掘《ほ》ると、千《せん》ギルダーが見《み》つかりました。もう、貧乏《びんぼう》になやむことはなくなったのです。

グレーテルはハンスに買《か》ってもらったスケート靴《ぐつ》で練習《れんしゅう》したおかげで、みごと大会《たいかい》に優勝《ゆうしょう》し、銀《ぎん》のスケートを手《て》にいれました。妹《いもうと》を祝《いわ》ったあと、ハンスはブックマン博士《はかせ》に、自《じ》分《ぶん》の決心《けっしん》を伝《つた》えました。

「ぼくを医者《いしゃ》にしてください」

よろこんだ博士《はかせ》は、ハンスの学費《がくひ》をぜんぶだしてやり、ハンスをりっぱな医師《いし》にしました。こうして、みんなが幸福《こうふく》な人生《じんせい》をすごしたということです。

読んだ日　　年　月　日／　　年　月　日／　　年　月　日

ポイント　スピードスケートは、オランダが発祥《はっしょう》の地《ち》です。この本《ほん》には、オランダの地理《ちり》や歴史《れきし》などが、あざやかに記《しる》されています。

人間《にんげん》に最後《さいご》に残《のこ》されたものはなに？

パンドラの箱《はこ》

ギリシャ神話《しんわ》

むかし、ギリシャにはプロメテウスというたいへん頭《あたま》のいい神《かみ》がいました。プロメテウスは最高神《さいこうしん》ゼウスに対抗心《たいこうしん》を燃《も》やし、いつも反抗《はんこう》していました。

「ゼウスは火《ひ》を人間《にんげん》にあたえてはならぬという。だが、わたしは人間《にんげん》が好《す》きだ。人間《にんげん》をもっとしあわせにしてやりたい」

そう考《かんが》えたプロメテウスは、干《ほ》し草《くさ》をたばねたものを、太陽神《たいようしん》アポロンの馬車《ばしゃ》の燃《も》える車輪《しゃりん》に押《お》しつけて、火《ひ》を移《うつ》しました。火《ひ》を盗《ぬす》んだプロメテウスは地上《ちじょう》にいき、人間《にんげん》たちに火《ひ》をわたしました。

「人間《にんげん》たちよ。おまえたちにはもっと知識《ちしき》が必要《ひつよう》だ。わたしが教《おし》えよう」

プロメテウスは、数字《すうじ》、文字《もじ》、建築《けんちく》法《ほう》、気候《きこう》の観測《かんそく》など、自分《じぶん》のもつ知識《ちしき》をすべて人間《にんげん》に伝《つた》えました。こうして、人間《にんげん》は文明《ぶんめい》を手《て》にいれたのです。

これを聞《き》いてゼウスはおこりました。

「プロメテウスが火《ひ》を盗《ぬす》み、人間《にんげん》に知《ち》識《しき》をあたえた？　ぜったいにゆるさん」

ゼウスの怒《いか》りを買《か》ったプロメテウスはとらえられ、高山《こうざん》のいただきにある大岩《おおいわ》にはりつけにされました。

高山《こうざん》にはオオワシが棲《す》んでいました。オオワシは、はりつけにされたプロメテウスの肝臓《かんぞう》を半日《はんにち》かかって食《く》いつくします。しかしプロメテウスは神《かみ》なので、肝臓《かんぞう》は半日《はんにち》でもとどおり。翌日《よくじつ》になるとまたオオワシがあらわれて、プロメテウスの肝臓《かんぞう》を食《く》いあらします。

ゼウスの怒《いか》りはプロメテウスを拷問《ごうもん》にかけるだけではおさまりませんでした。ゼウスは、はりつけにされているプロメテウスにむかっていいました。

「プロメテウスよ。おまえの大好《だいす》きな人間《にんげん》たちに不幸《ふこう》をあたえてやる」

ゼウスは、鍛冶《かじ》の神《かみ》へパイストスに命《めい》じて、女神《めがみ》ににせた人形《にんぎょう》をつくらせました。美《び》の神《かみ》アフロディーテは、その人形《にんぎょう》に、見《み》る者《もの》すべてを誘惑《ゆうわく》する魅《み》力《りょく》をあたえました。そして、伝令《でんれい》の神《かみ》で、詐欺《さぎ》や盗《ぬす》みの神《かみ》でもあるヘルメスは、人形《にんぎょう》にずるがしこさをあたえたのです。

最後《さいご》にゼウスは人形《にんぎょう》に命《いのち》をふきこみ、人間《にんげん》の最初《さいしょ》の女性《じょせい》にしました。そして彼女《かのじょ》をパンドラと名《な》づけ、ある箱《はこ》をわたしたのです。

「パンドラよ。プロメテウスの弟《おとうと》と結《けっ》婚《こん》するがよい。この箱《はこ》は贈《おく》り物《もの》じゃが、けっして開《あ》けてはならぬぞ」

ゼウスから送《おく》りだされたパンドラは、人間世界《にんげんせかい》で暮《く》らしました。ところがパンドラは、ゼウスからわたされた箱《はこ》の中《なか》が気《き》になってしかたありません。ある日《ひ》、パンドラはとうとう、箱《はこ》を開《あ》けてしまったのです。

箱《はこ》の中《なか》からは、死《し》、老《お》い、病気《びょうき》、貧《ひん》困《こん》、犯罪《はんざい》、ねたみ、かなしみといった、あらゆる災《わざわ》いが飛《と》びだしてきました。パンドラはあわてて、箱《はこ》のふたを閉《し》めました。箱《はこ》の中《なか》には「希望《きぼう》」だけが残《のこ》され、人間《にんげん》の手《て》もとに残《のこ》ったのです。

こうして、災《わざわ》いがあっても、人間《にんげん》たちは希望《きぼう》だけはもつことができるようになったということです。

2月 神話

ためになる話

読んだ日　　年　月　日／　　年　月　日／　　年　月　日

ポイント「パンドラの箱《はこ》」は現在《げんざい》では「触《ふ》れてはいけないもの」の意味《いみ》で、比喩《ひゆ》として使《つか》われています。

人魚《にんぎょ》の思《おも》いを裏切《うらぎ》った人間《にんげん》

赤《あか》い蝋燭《ろうそく》と人魚《にんぎょ》

小川未明《おがわみめい》

北《きた》の海《うみ》に人魚《にんぎょ》が棲《す》んでいました。人《に》魚《ぎょ》は妊娠《にんしん》していました。

「北《きた》の海《うみ》は冷《つめ》たく暗《くら》くてさびしいところ。でも生《う》まれてくる子《こ》に、さびしい思《おも》いはしてほしくない。人間《にんげん》はこの世《よ》で一番《いちばん》やさしい生《い》き物《もの》だそうだ。かわいそうな者《もの》はいじめないそうだ。一度《いちど》縁《えん》があったら、けっして見《み》すてないそうだ。わたしの子《こ》は人間《にんげん》にあずけよう。わたしはつらいけれど、子《こ》どものためだもの。子《こ》どもがしあわせになるためだもの」

人魚《にんぎょ》は、赤《あか》ん坊《ぼう》を陸《りく》の上《うえ》に産《う》みおとして、さっていきました。

赤《あか》ん坊《ぼう》は神社《じんじゃ》のそばの蝋燭屋《ろうそくや》の老夫《ろうふう》婦《ふ》にひろわれ、たいせつに育《そだ》てられました。老夫婦《ろうふうふ》は、赤《あか》ん坊《ぼう》が人魚《にんぎょ》だということはひと目《め》でわかりましたが、それでも神様《かみさま》からのさずかり子《ご》だと思《おも》い、かわいがったのです。赤《あか》ん坊《ぼう》はすくすくと育《そだ》ち、たいへんうつくしい娘《むすめ》になりました。

娘《むすめ》は老夫婦《ろうふうふ》に、赤《あか》い絵《え》の具《ぐ》で蝋燭《ろうそく》に絵《え》を描《か》きたいといいました。老夫婦《ろうふうふ》がゆるすと、絵《え》が描《か》かれた蝋燭《ろうそく》は、飛《と》ぶように売《う》れていきました。

やがて、娘《むすめ》が絵《え》を描《か》いた蝋燭《ろうそく》を神社《じんじゃ》にそなえて、その燃《も》えさしを身《み》につけて海《うみ》にでると、大嵐《おおあらし》になっても生《い》きて帰《かえ》ることができる、と評判《ひょうばん》になりました。漁師《りょうし》たちはみんな娘《むすめ》が絵《え》を描《か》いた蝋燭《ろうそく》をほしがり、遠方《えんぽう》の漁師《りょうし》までわざわざ蝋燭《ろうそく》を買《か》いにやってくるようになりました。

ある日《ひ》うわさを聞《き》きつけた香具師《やし》が、老夫婦《ろうふうふ》のところへやってきました。香具師《やし》は娘《むすめ》を人魚《にんぎょ》だと見《み》ぬき、人魚《にんぎょ》で大《おお》もうけをたくらんだのです。大金《たいきん》に目《め》がくらんだ老夫婦《ろうふうふ》は、娘《むすめ》を香具師《やし》に売《う》ることにしました。

「お願《ねが》いです。いくらでも働《はたら》きますから、どうかわたしを売《う》らないでください」

娘《むすめ》は泣《な》いてたのみましたが、心《こころ》が鬼《おに》になってしまった老夫婦《ろうふうふ》は、娘《むすめ》を香具《や》師《し》にひきわたしました。娘《むすめ》は手《て》にもっていた蝋燭《ろうそく》をぜんぶ赤《あか》くぬりつぶして、連《つ》れさられていきました。娘《むすめ》は檻《おり》にいれられ、船《ふね》に乗《の》せられて、どこか遠《とお》くで見世物《みせもの》にされるのです。

その夜《よる》、老夫婦《ろうふうふ》のところに、全身《ぜんしん》ずぶぬれになった見知《みし》らぬ女《おんな》があらわれ、娘《むすめ》が最後《さいご》に残《のこ》した真紅《しんく》の蝋燭《ろうそく》を買《か》っていきました。すると、とつぜんに海《うみ》があれはじめ、多《おお》くの船《ふね》が転覆《てんぷく》し、娘《むすめ》の乗《の》った船《ふね》もしずんでしまいました。

その後《ご》、だれが灯《とも》すのか、神《じん》社《じゃ》に赤《あか》い蝋燭《ろうそく》が灯《とも》ると、かならず海《うみ》があれ、人《ひと》が死《し》んでいきました。老夫婦《ろうふうふ》は神様《かみさま》の罰《ばち》があたったのだと思《おも》い、蝋燭屋《ろうそくや》を廃業《はいぎょう》しました。

それでも赤《あか》い蝋燭《ろうそく》は、毎晩神社《まいばんじんじゃ》に灯《とも》ります。灯《とも》るたびに人《ひと》が死《し》に、やがて町《まち》はほろびました。

2月 日本の名作 かなしい話

読んだ日　　年　月　日／　　年　月　日／　　年　月　日

ポイント 香具師《やし》とは見世物《みせもの》を商売《しょうばい》にする人《ひと》のことをいいます。新潟県《にいがたけん》の雁子浜《がんこはま》に伝《つた》わる人魚伝説《にんぎょでんせつ》をもとに、小川未明《おがわみめい》がつくったお話《はなし》です。

2月18日のお話

知恵《ちえ》を使《つか》ってほしいものを手《て》にいれた彦一《ひこいち》

天狗《てんぐ》のかくれみの

彦一《ひこいち》さん

むかし、九州《きゅうしゅう》の肥後《ひご》の国《くに》に、彦一《ひこいち》という、たいそうかしこい若者《わかもの》が住《す》んでおりました。彦一《ひこいち》の住《す》む近所《きんじょ》の山《やま》には天狗《てんぐ》が棲《す》んでいて、かくれみのという、着《き》ると姿《すがた》が消《き》えるふしぎな宝物《たからもの》をもっていました。

天狗《てんぐ》のかくれみのがほしくてたまらない彦一《ひこいち》は、ある日《ひ》思《おも》いついて、竹筒《たけづつ》をもって天狗《てんぐ》の山《やま》へいきました。

天狗《てんぐ》の山《やま》につくと、彦一《ひこいち》は竹筒《たけづつ》をのぞいて大声《おおごえ》をあげました。「見《み》えるぞ、見《み》えるぞ。なんでもよく見《み》えるぞ。ほお、唐国《からくに》はうつくしいな。おっ、天竺《てんじく》の人《ひと》は、おもしろい着物《きもの》を着《き》ておるな」

竹筒《たけづつ》をのぞいてはしゃぐ彦一《ひこいち》を見《み》て、とうとう天狗《てんぐ》があらわれました。

「おい、小僧《こぞう》。おまえがもってるものは、なんじゃ」

「ああ天狗《てんぐ》さんか。おれのもっている物《もの》は遠眼鏡《とおめがね》という、遠《とお》くの物《もの》でも見《み》える宝物《たからもの》じゃ」

「唐《から》や天竺《てんじく》の国《くに》もか?」

「なんじゃ聞《き》いておったのか。そのとおり、なんでもどこでもよく見《み》えるぞ」

「なあ、わしにも、その遠眼鏡《とおめがね》を見《み》せてくれ。かわりに、わしのかくれみのをかしてやるから。な、な?」

そこで彦一《ひこいち》は、もっていた竹筒《たけづつ》とかくれみのを交換《こうかん》し、すぐにかくれみのを着《き》ました。

「小僧《こぞう》、どこいった? ふん、さっそくかくれみのを着《き》おったか。どれ、わしも遠眼鏡《とおめがね》を使《つか》ってみるか」

天狗《てんぐ》は竹筒《たけづつ》をのぞきこみましたが、唐天竺《からてんじく》どころか、なにも見《み》えません。だまされたと知《し》った天狗《てんぐ》はおこりましたが、彦一《ひこいち》の姿《すがた》はどこにもなく、しかたなく帰《かえ》っていきました。

こうしてまんまと天狗《てんぐ》のかくれみのを手《て》にいれた彦一《ひこいち》は、いたずらばかりするようになりました。ある日《ひ》彦一《ひこいち》は、かくれみのを着《き》て酒屋《さかや》にしのびこみ、酒《さけ》を盗《ぬす》み飲《の》んで、酔《よ》っぱらいました。家《いえ》に帰《かえ》ってかくれみのをほうりだして寝《ね》ていると、彦一《ひこいち》のおかあさんがそれを見《み》つけました。

「なんだい、このきたないみのは。焼《や》いちまおう」

これを知《し》った彦一《ひこいち》はくやしがりましたが、あとの祭《まつ》りです。しかたなくかくれみのの灰《はい》を片《かた》づけようと手《て》にすくったところ、なんと手《て》がすけました。

彦一《ひこいち》は大《おお》よろこびで、灰《はい》を体中《からだじゅう》にぬりたくり、体《からだ》を消《け》してまた酒《さけ》を盗《ぬす》み飲《の》みしようと酒屋《さかや》へいきました。

「おお、うまそうな酒《さけ》がどっさりとあるわ。今日《きょう》もたらふく飲《の》もう」

彦一《ひこいち》が酒《さけ》を飲《の》みはじめると、酒《さけ》が口もとをぬらして灰《はい》を落《お》とし、唇《くちびる》だけがあらわれました。

「ば、化《ば》け物《もの》じゃ。唇《くちびる》の化《ば》け物《もの》が酒《さけ》を飲《の》んでおるぞ！」

酒屋《さかや》の主人《しゅじん》に追《お》いまわされて、彦一《ひこいち》は川《かわ》の中《なか》にドボン。灰《はい》はぜんぶ流《なが》れ落《お》ちてしまい、彦一《ひこいち》は素《す》っ裸《ぱだか》になってしまいましたとさ。

読んだ日　年　月　日／　年　月　日／　年　月　日

ポイント 彦一《ひこいち》とんち話《ばなし》は、熊本県《くまもとけん》に伝《つた》わる有名《ゆうめい》な昔話《むかしばなし》です。また、唐《から》は中国《ちゅうごく》、天竺《てんじく》はインドのことです。

インド

仏典《ぶってん》の『ジャータカ物語《ものがたり》』の一《ひと》つです

金色《きんいろ》のシカ

むかしむかし、ある森《もり》にルルと呼《よ》ばれるシカがいました。ルルはたいへんうつくしいシカで、その瞳《ひとみ》は宝石《ほうせき》のようにかがやき、四本《よんほん》の足《あし》はミルクのように白《しろ》く、全身《ぜんしん》は黄金《おうごん》の毛《け》でおおわれていました。

ある日《ひ》のこと、ルルは川《かわ》でおぼれている男《おとこ》を見《み》つけ、助《たす》けました。

「ああ、助《たす》かった。うつくしいシカよ。わたしにできることはないか。わたしはおまえに恩返《おんがえ》しがしたいのだ」

助《たす》かった男《おとこ》はルルに話《はな》しかけました。すると、ルルはいいました。

「礼《れい》などいりません。しかし、そうですね、こうしましょう。あなたはわたしに会《あ》ったことを、だれにもいってはいけません。いいですね」

「そんなことでよいのでしたら、かならず約束《やくそく》は守《まも》りましょう」

こういって、男《おとこ》は帰《かえ》っていきました。

それからしばらくして、ルルの棲《す》む国《くに》のお妃様《きさきさま》が、金色《きんいろ》のシカの夢《ゆめ》を見《み》ました。

「王様《おうさま》、わたし、夢《ゆめ》で見《み》た金色《きんいろ》のシカがほしいわ」

王様《おうさま》はお妃様《きさきさま》の望《のぞ》みを聞《き》いて、国《くに》中《じゅう》におふれをだしました。

〈金色《きんいろ》のシカを見《み》つけた者《もの》に、ほうびをあたえる〉

このおふれを見《み》たのが、かつてルルに助《たす》けられた男《おとこ》です。男《おとこ》はほうびほしさにルルとの約束《やくそく》をやぶり、王様《おうさま》のまえに名乗《なの》りでました。

「王様《おうさま》、わたしは金色《きんいろ》のシカの居場所《いばしょ》を知《し》っています」

男《おとこ》の言葉《ことば》を聞《き》いた王様《おうさま》は、すぐに軍《ぐん》隊《たい》を率《ひき》いて、鹿狩《しかが》りに出発《しゅっぱつ》しました。

しばらくすると、王様《おうさま》のまえに、ルルがあらわれました。

「王様《おうさま》、あのシカです」

男《おとこ》がルルを指《ゆび》さすと、ルルは静《しず》かにいいました。

「約束《やくそく》をやぶりましたね」

ルルの言葉《ことば》を聞《き》いた王様《おうさま》はおどろいて、男《おとこ》に約束《やくそく》とはなんだと聞《き》きました。男《おとこ》は、はずかしくてこたえられません。

「なんということだ。くわしくはわからぬが、おまえはこのシカと約束《やくそく》をしてやぶったのだな。わたしはおなじ人《にん》間《げん》としてはずかしい。シカよ、この男《おとこ》のかわりに、わたしが新《あら》たに約束《やくそく》しよう。わたしは人間《にんげん》がはずかしくない生《い》き物《もの》だということを、おまえに証明《しょうめい》したいのだ」

「そうですか。では、すべての生《い》き物《もの》が安心《あんしん》して暮《く》らせるようにしてください。わたしはその男《おとこ》をゆるしましょう」

「なんと、気高《けだか》い言葉《ことば》だ。わかった、きっと約束《やくそく》しよう」

王様《おうさま》は国《くに》に帰《かえ》ると、おふれをだしました。

〈森《もり》の動物《どうぶつ》を傷《きず》つけるな。すべての生《い》き物《もの》に慈悲《じひ》の心《こころ》をもて〉

こうして王様《おうさま》は、ルルの教《おし》えを守《まも》り、慈悲《じひ》深《ぶか》い心《こころ》で国《くに》をおさめたので、長《なが》く平和《へいわ》な世《よ》の中《なか》になったということです。

めでたし、めでたし。

2月

世界の昔話

ふしぎな話

読んだ日　年　月　日／　年　月　日／　年　月　日

ポイント『ジャータカ』とは前世《ぜんせ》の物語《ものがたり》のことです。このお話《はなし》に登場《とうじょう》する黄金《おうごん》のシカ、ルルはお釈迦様《しゃかさま》の前世《ぜんせ》だともいわれています。

知《し》らない人《ひと》にはご用心《ようじん》！

うりこ姫《ひめ》

むかしむかし、おじいさんとおばあさんがいました。二人《ふたり》が畑《はたけ》にでると、とても大《おお》きな瓜《うり》の実《み》がなっていました。

「ありゃりゃ、瓜《うり》の種《たね》なんぞ、まいたかいな。ふしぎなことじゃ」

二人《ふたり》はそういいあって、大《おお》きな瓜《うり》の実《み》を家《いえ》にもち帰《かえ》りました。おじいさんが包丁《ほうちょう》で瓜《うり》を切《き》ろうとしたところ、瓜《うり》がポンと割《わ》れ、中《なか》からかわいらしい女《おんな》の子《こ》がでてきました。

「こりゃ、神様《かみさま》からのさずかり物《もの》じゃ」

二人《ふたり》はたいそうよろこんで、女《おんな》の子《こ》をうりこ姫《ひめ》と名《な》づけて、だいじに育《そだ》てました。うりこ姫《ひめ》はすくすくと育《そだ》ち、やがて、機《はた》を織《お》るのがじょうずな娘《むすめ》になりました。そこで、おじいさんとおばあさんは、うりこ姫《ひめ》の布《ぬの》を都《みやこ》へ売《う》りにいくようになりました。

「うりこ姫《ひめ》や。今日《きょう》も私《わたし》たちはでかけるからね。だれがきても戸《と》を開《あ》けちゃいけないよ。とくに、山《やま》に棲《す》むあまのじゃくには気《き》をつけるんだよ」

うりこ姫《ひめ》が留守番《るすばん》をしながら、**トンカラリン、トンカラリン**と機《はた》を織《お》っていると、あまのじゃくがやってきて、外《そと》から声《こえ》をかけました。

「うりこ姫《ひめ》～、おいらといっしょに遊《あそ》ぼうぜ。戸《と》を開《あ》けてくれよ」

「いいえ、開《あ》けられません」

「うりこ姫《ひめ》～、少《すこ》しでいいから開《あ》けてくれよ。指《ゆび》がはいるだけでいいから」

うりこ姫《ひめ》はしつこいあまのじゃくに根負《こんま》けして、戸《と》を少《すこ》しだけ開《あ》けました。すると、戸《と》の隙間《すきま》に指《ゆび》をいれたあまのじゃくが、力《ちから》まかせに戸《と》をこじ開《あ》け、うりこ姫《ひめ》をつかまえてしばり、裏山《うらやま》の木《き》につるしてしまいました。

「ふん。ちょっと評判《ひょうばん》がいいからって気《き》どりやがって。おいらだって機《はた》ぐらい織《お》れるわい」

あまのじゃくは、うりこ姫《ひめ》からはぎとった服《ふく》を着《き》て、うりこ姫《ひめ》になった気《き》分《ぶん》で機《はた》を織《お》りはじめました。**ドンガラガッチャン、ドンガラガッチャン**と、ひどい音《おと》を鳴《な》らしながら、あまのじゃくが機《はた》を織《お》っていると、おじいさんとおばあさんが帰《かえ》ってきました。

あまのじゃくはふりむかないので、二人《ふたり》は気《き》づきません。

「うりこ姫《ひめ》や。お城《しろ》の殿様《とのさま》が、うつくしい布《ぬの》を織《お》るおまえと会《あ》いたいとの仰《おお》せじゃ。迎《むか》えの駕籠《かご》がもうきているよ」

あまのじゃくがよろこんで駕籠《かご》に乗《の》りこむと、カラスが鳴《な》きました。

「**カア、カア**。うりこ姫《ひめ》が乗《の》るはずの駕籠《かご》に、あまのじゃくが乗《の》っていく。かわいそうなうりこ姫《ひめ》」

おじいさんとおばあさんがカラスのほうを見《み》ると、うりこ姫《ひめ》が木《き》につるされています。

「なんということじゃ！　お侍《さむらい》さんたち、あまのじゃくを成敗《せいばい》してくだされ」

正体《しょうたい》がばれたあまのじゃくは侍《さむらい》につかまり、退治《たいじ》されてしまいました。

読んだ日　　年　　月　　日／　　年　　月　　日／　　年　　月　　日

ポイント　うっかり戸《と》を開《あ》けたうりこ姫《ひめ》は殺《ころ》されてしまう、という結末《けつまつ》もあります。

トラブルが起《お》きたときは、まずどうしましょう？

2月21日のお話

腹《はら》のふくれたキツネ

イソップ

むかしむかし、あるところに、お腹《なか》をすかせたキツネがいました。キツネがエサを探《さが》しながらふらふらと歩《ある》いていると、どこからか、とてもいいにおいがしてきました。

「食《た》べ物《もの》のにおいだ。肉《にく》とパンだな。果物《くだもの》のにおいもする。どこにあるんだろう」

キツネがにおいをたどっていくと、大《おお》きなカシの木《き》にいきあたりました。カシにはキツネがやっと通《とお》れるほどの、小《ちい》さな穴《あな》があいていました。

「この穴《あな》の中《なか》から食《た》べ物《もの》のにおいがする。入《い》り口《ぐち》は狭《せま》いけど、中《なか》は大《おお》きな空《う》洞《ろ》になっているぞ。あ、食《た》べ物《もの》があった！」

キツネはよろこんで、木《き》の穴《あな》を通《とお》りぬけて中《なか》にはいりました。

「やれやれ、狭《せま》い入《い》り口《ぐち》だったな。この食《た》べ物《もの》は人間《にんげん》のものだ。最近《さいきん》ここらで仕事《しごと》をしている羊飼《ひつじか》いたちが置《お》いていったのかな。まあ、いいや。遠慮《えんりょ》なくいただくことにしよう」

キツネはそういうと、木《き》の穴《あな》の中《なか》にあった肉《にく》とパンと果物《くだもの》を食《た》べました。なにしろ、お腹《なか》をすかせていたのですから、よく食《た》べます。数人分《すうにんぶん》はあろうかと思《おも》われる量《りょう》を、キツネはぜんぶ食《た》べてしまいました。

「ああ、食《た》べた、食《た》べた。この先《さき》、いつ、お腹《なか》いっぱい食《た》べられるかわからないもんな。やっぱり、食《た》べられるときに食《た》べておかないといけないよ」

キツネはお腹《なか》をパンパンにふくらませて、満足《まんぞく》そうにいいました。

「さて、帰《かえ》るとしよう」

キツネは木《き》の穴《あな》をくぐって外《そと》へでようとしましたが、どうしても外《そと》にでることができません。空腹《くうふく》だったときは、キツネのお腹《なか》がペチャンコだったので、狭《せま》い木《き》の穴《あな》も通《とお》ることができたのですが、いまは木《き》の中《なか》にあったものをぜんぶ食《た》べて、お腹《なか》は大《おお》きくふくらんでいます。外《そと》にでられないのは、当然《とうぜん》でしょう。

「ああ、ぼくがバカだった。もしかしたらこれは人間《にんげん》のわなかもしれないじゃないか。お腹《なか》が減《へ》りすぎて、ぜんぜん頭《あたま》がまわらなかったよ」

キツネは泣《な》いたりわめいたりしましたが、どうすることもできません。すると、そこへべつのキツネが通《とお》りかかりました。

「どうした。なんで泣《な》いているんだ」

穴《あな》の中《なか》のキツネは、それまでのことをすべて、外《そと》にいるキツネに話《はな》しました。すると、外《そと》にいるキツネは笑《わら》っていいました。

「なんだ、そんなことか。じゃあ。お腹《なか》がすいたらそこからでられるじゃないか。ゆっくり寝《ね》て待《ま》てよ」

難題《なんだい》が起《お》こると人《ひと》はすぐにパニックを起《お》こしますが、落《お》ちついて考《かんが》えればなんでもないことが、けっこうあるものです。トラブルのときほど、落《お》ちついてよく考《かんが》えましょうね。

読んだ日　年　月　日／　年　月　日／　年　月　日

ポイント　イソップ寓話《ぐうわ》の中《なか》で、キツネは「ずるがしこさ」の象徴《しょうちょう》としてよく登場《とうじょう》しますが、この話《はなし》のキツネはドジでかわいいですね。

漱石《そうせき》がはじめて書《か》いたユニークな長編小説《ちょうへんしょうせつ》

吾輩《わがはい》は猫《ねこ》である

夏目漱石《なつめそうせき》

吾輩《わがはい》は猫《ねこ》である。名前《なまえ》はまだない。どこで生《う》まれたかとんと見当《けんとう》がつかぬ。

生《う》まれてすぐ、とにかく寒《さむ》いのとひもじいのとでがまんがならず、とある家《いえ》の中《なか》にもぐりこんだ。家《いえ》の者《もの》には何《なん》度《ど》も追《お》いだされたが、こちらとて生《い》きねばならぬ。何度《なんど》も家《いえ》の中《なか》にはいあがるうちに、家《いえ》の主人《しゅじん》が吾輩《わがはい》を見《み》つけた。主人《しゅじん》は吾輩《わがはい》をしばらくながめておったが、やがてこういった。

「家《いえ》に置《お》いてやれ」

かくして吾輩《わがはい》はついに棲家《すみか》を得《え》た。

吾輩《わがはい》と主人《しゅじん》はめったに顔《かお》をあわせることがない。職業《しょくぎょう》は教師《きょうし》だそうだ。主人《しゅじん》は学校《がっこう》から帰《かえ》ると書斎《しょさい》にはいってでてこなくなる。家《いえ》の者《もの》は、主人《しゅじん》はたいへんな勉強家《べんきょうか》だというが、そんなことはない。ときどき忍《しの》び足《あし》で主人《しゅじん》のいる書斎《しょさい》をのぞくと、よく昼寝《ひるね》をしている。教師《きょうし》というものはじつに楽《らく》なものだ。人間《にんげん》に生《う》まれたら教師《きょうし》となるにかぎる。こんなに寝《ね》ていて勤《つと》まるものなら、猫《ねこ》にでもできぬことはない。それでも主《しゅ》人《じん》にいわせると、教師《きょうし》ほどつらいものはないそうだ。

ある小春日和《こはるびより》の日《ひ》、吾輩《わがはい》が散歩《さんぽ》にでかけたところ、大《おお》きな黒猫《くろねこ》に出合《であ》った。

「おめえはなんだ」

「吾輩《わがはい》は猫《ねこ》である。名前《なまえ》はまだない」

「猫《ねこ》だ？　この痩《や》せっぽちが。聞《き》いてあきれるぜ。どこに棲《す》んでるんだ？」

「吾輩《わがはい》はここの教師《きょうし》の家《いえ》にいるのだ」

「教師《きょうし》かよ。どうりで、おめえ、痩《や》せてると思《おも》った。おれは車屋《くるまや》の黒《くろ》よ」

車屋《くるまや》の黒《くろ》といえば、乱暴《らんぼう》で知《し》られたやつだ。だが、知恵《ちえ》はたりぬように思《おも》われる。そこで吾輩《わがはい》はこういった。

「車屋《くるまや》と教師《きょうし》では、どちらがえらいだろう」

「車屋《くるまや》に決《き》まってらあな。おめえの家《いえ》の主人《しゅじん》は、骨《ほね》と皮《かわ》ばかりの痩《や》せっぽちじゃねえか」

車屋《くるまや》の黒《くろ》の理屈《りくつ》では、太《ふと》って強《つよ》いやつがえらく、痩《や》せて弱《よわ》いやつはえらくないらしい。なるほど、黒《くろ》はたしかに太《ふと》っていて強《つよ》そうに見《み》える。

「おめえもおれのあとについて、ひと月《つき》もこのへんをまわれば、りっぱに太《ふと》れるぜ」

「いつか、そう願《ねが》うことにしよう。ところで、家《いえ》は教師《きょうし》のほうが車屋《くるまや》より大《おお》きいように思《おも》われるが」

「べらぼうめ。家《いえ》なんか大《おお》きくったって、腹《はら》のたしになるもんか」

車屋《くるまや》の黒《くろ》は、よほど腹《はら》がたったと見《み》えて、くるりときびすを返《かえ》すと、そのままどこかへいってしまった。こうして吾輩《わがはい》は車屋《くるまや》の黒《くろ》と知《し》りあいになった。

それ以後《いご》、吾輩《わがはい》は車屋《くるまや》の黒《くろ》とたびたび顔《かお》をあわせ、そのたびに吾輩《わがはい》は黒《くろ》から、いろんな話《はなし》を聞《き》いた。だが吾輩《わがはい》は黒《くろ》の子分《こぶん》にはならなかった。ごちそうを食《く》うよりも、寝《ね》ていたほうが気楽《きらく》でいい。教師《きょうし》の家《いえ》にいると、猫《ねこ》も教師《きょうし》のような性質《せいしつ》になるとみえる。

読んだ日　　年　月　日／　　年　月　日／　　年　月　日

ポイント　この物語《ものがたり》は、漱石《そうせき》が自分《じぶん》と友人《ゆうじん》たちをモデルに創作《そうさく》した小説《しょうせつ》だといわれており、ゆかいな人物《じんぶつ》たちが登場《とうじょう》します。

クマと人間《にんげん》との間《あいだ》に生《う》まれたジャンの冒険《ぼうけん》

クマのジャン

むかし、大《おお》きなクマが人間《にんげん》の娘《むすめ》をさらい、むりやり結婚《けっこん》しました。やがてクマと娘《むすめ》の間《あいだ》に子《こ》どもができましたが、娘《むすめ》は人間《にんげん》の村《むら》に帰《かえ》りたくて、いつも泣《な》いていました。けれども、クマは娘《むすめ》と子《こ》どもが住《す》む洞窟《どうくつ》のまえに大岩《おおいわ》を置《お》いてふさいでいたので、逃《に》げられません。

ある日《ひ》、子《こ》どもがいいました。

「おかあさん、ぼくもそろそろ大《おお》きくなったから、いっしょに逃《に》げよう」

なんと子《こ》どもは大岩《おおいわ》を動《うご》かして、母親《ははおや》を連《つ》れて逃《に》げだしたのです。クマはがっかりして死《し》んでしまいました。

子《こ》どもは母親《ははおや》の村《むら》に帰《かえ》ると、あっというまに畑《はたけ》をたがやしました。そして、鍛冶屋《かじや》さんで何百《なんびゃっ》キロもある鉄《てつ》の杖《つえ》をつくってもらって、ふりまわして遊《あそ》ぶようになったのです。それを見《み》た村人《むらびと》は、子《こ》どもの力《ちから》があんまり強《つよ》いので「クマのジャン」と呼《よ》ぶようになりました。

ある日《ひ》、ジャンはいいました。

「おかあさん、ぼくは自分《じぶん》の力《ちから》をためしたいんだ。旅《たび》にでることにするよ」

こうして旅《たび》にでたジャンが歩《ある》いていると、石切《いしきり》の男《おとこ》に出会《であ》いました。

「石切《いしきり》の人《ひと》、なにしてるんだい？」

「うまった石臼《いしうす》を掘《ほ》ってるんだ。でも重《おも》たくて動《うご》かせなくて困《こま》ってるんだ」

「なんだ、そんなことか」

ジャンは鉄《てつ》の杖《つえ》を使《つか》って、石臼《いしうす》をかんたんに掘《ほ》りだしてみせました。ジャンの怪力《かいりき》におどろいた石切《いしきり》は、ジャンといっしょに旅《たび》をすることにしました。

二人《ふたり》がしばらく歩《ある》くと、川岸《かわぎし》にでました。すると、渡《わた》し守《もり》がいいました。

「ここに舟《ふね》はないよ。旅人《たびびと》は、おれが背負《せお》って川《かわ》をわたることになってるんだ。だけど、その重《おも》そうな鉄《てつ》の杖《つえ》をもっていられたんじゃ、むりだな」

「じゃあ、ぼくがかわりにおまえたちを背《せ》おってやるよ」

ジャンは石切《いしきり》と渡《わた》し守《もり》の二人《ふたり》を背《せ》おって、鉄《てつ》の杖《つえ》をもったまま、川《かわ》をわたりました。感心《かんしん》した渡《わた》し守《もり》は、ジャンといっしょに旅《たび》をすることにしました。

三人《さんにん》が歩《ある》いていくと、今度《こんど》はだれもいない古《ふる》いお城《しろ》がありました。

「よし、今日《きょう》はここで寝《ね》よう」

三人《さんにん》が眠《ねむ》ると、悪魔《あくま》があらわれました。悪魔《あくま》は三人《さんにん》を順番《じゅんばん》に起《お》こして、おどかしました。

石切《いしきり》は悪魔《あくま》を見《み》ると、逃《に》げました。渡《わた》し守《もり》も悪魔《あくま》を見《み》ると、逃《に》げました。ところが、ジャンは逃《に》げません。

「ぼくは、ほかの二人《ふたり》とはちがうぞ」

ジャンはそういうと、鉄《てつ》の杖《つえ》をブンブンとふりまわし、悪魔《あくま》をこてんぱんにやっつけてしまいました。

悪魔《あくま》が退治《たいじ》されると、どこからか、うつくしいお姫様《ひめさま》があらわれました。

「わたしは悪魔《あくま》にとじこめられていたの。おかげで助《たす》かったわ」

お姫様《ひめさま》はジャンにお礼《れい》をいいました。ジャンはお姫様《ひめさま》と結婚《けっこん》し、村《むら》に帰《かえ》って末永《すえなが》くしあわせに暮《く》らしました。

読んだ日　　年　月　日／　　年　月　日／　　年　月　日

ポイント　力《ちから》もちの男《おとこ》の子《こ》が旅《たび》にでて仲間《なかま》と出会《であ》い、お姫様《ひめさま》と結婚《けっこん》する……日本民話《にほんみんわ》の『力太郎《ちからたろう》』ににたフランスのお話《はなし》です。

2月24日のお話

小《ちい》さなつづらと大《おお》きなつづら、どちらを選《えら》ぶ？

舌切《したき》りスズメ

むかしむかし、あるところに、おじいさんとおばあさんがいました。やさしいおじいさんはスズメの子《こ》を一羽《いちわ》飼《か》って、だいじに育《そだ》てていました。

ある日《ひ》、おじいさんが留守《るす》の最中《さいちゅう》、スズメは、おばあさんが用意《ようい》していた洗濯《せんたく》に使《つか》う糊《のり》を、残《のこ》らずなめてしまいました。それを知《し》ったおばあさんはたいそうおこり、スズメの舌《した》をはさみでちょん切《ぎ》ってしまいました。スズメは泣《な》きながら逃《に》げていきました。

柴刈《しばか》りから帰《かえ》ってきたおじいさんは、その話《はなし》を聞《き》いてかなしみました。

「なんと、むごいことをしたもんじゃ」

スズメが心配《しんぱい》なおじいさんは、あくる日《ひ》、スズメを探《さが》しにでかけました。

「舌切《したき》りスズメ、どこいった。スズメのお宿《やど》はどこじゃろな」

おじいさんはスズメを呼《よ》びながら野《の》を越《こ》え、山《やま》を越《こ》えて、探《さが》して歩《ある》きました。大《おお》きなやぶのまえにさしかかると、

「チュンチュン、舌切《したき》りスズメのお宿《やど》はここよ」

と、いう声《こえ》が聞《き》こえてきました。

おじいさんが声《こえ》のするほうへ歩《ある》いていくと、舌《した》を切《き》られたスズメと、その仲間《なかま》たちが迎《むか》えてくれました。

「まあ、おじいさん、ようこそ」

「おおスズメや、かわいそうなことをしてすまなかったねえ」

「いえいえ、わたしのほうこそ、だいじな糊《のり》をなめて、ごめんなさい。今日《きょう》はゆっくりしていってくださいね」

おじいさんはスズメたちとたのしくすごし、やがて帰《かえ》るころになりました。

「では、おみやげをさしあげましょう。大《おお》きな重《おも》いつづらと小《ちい》さな軽《かる》いつづら、どちらにしますか？」

「では、小《ちい》さなほうをいただいていこうか。年《とし》よりだから軽《かる》いほうがいいよ」

おじいさんが家《いえ》に帰《かえ》ってつづらを開《あ》けると、中《なか》からは、目《め》の覚《さ》めるような金銀《きんぎん》、珊瑚《さんご》や宝珠《ほうじゅ》がでてきました。おどろいているおじいさんを横目《よこめ》に、おばあさんはいいました。

「ばかなおじいさん。大《おお》きいほうをもらってくれば、もっとたくさんいいものがもらえただろうに。いまからわたしがそこへいって、もらってきますよ」

おばあさんは一人《ひとり》でスズメのお宿《やど》へいきました。舌切《したき》りスズメに会《あ》ったおばあさんは、自分《じぶん》のしたことをあやまりもせずにいいました。

「大《おお》きいつづらをおくれ。もう帰《かえ》るからね。はやくしておくれよ」

スズメは（なんて欲深《よくぶか》い人《ひと》だ）とあきれ、大《おお》きなつづらをわたしました。

おばあさんは大《おお》きなつづらをかついで帰《かえ》りましたが、重《おも》くて途中《とちゅう》でつづらをおろしてしまいました。

「ちょっと、ここらで中身《なかみ》を見《み》てみようか、どんなお宝《たから》がはいっているかな」

おばあさんがつづらを開《あ》けると、でてきたのは、化《ば》け物《もの》や毒虫《どくむし》でした。おばあさんはその場《ば》で、腰《こし》をぬかしてしまいましたとさ。

読んだ日　年　月　日／　年　月　日／　年　月　日

ポイント　むごいことをしたり、欲《よく》ばったりすると、ひどい目《め》にあうというお話《はなし》です。

東海道中膝栗毛《とうかいどうちゅうひざくりげ》
十返舎一九《じっぺんしゃいっく》

東海道五十三次《とうかいどうごじゅうさんつぎ》をゆく、困《こま》った二人《ふたり》の珍道中《ちんどうちゅう》

弥次《やじ》さん喜多《きた》さんと五右衛門風呂《ごえもんぶろ》

むかし、お江戸《えど》神田《かんだ》の八丁堀《はっちょうぼり》に、弥次郎兵衛《やじろべえ》、通称《つうしょう》・弥次《やじ》さんという男《おとこ》が住《す》んでいました。この弥次《やじ》さん、年《とし》は五十歳《ごじゅっさい》になろうというのに、下品《げひん》で軽薄《けいはく》でおっちょこちょい。おいしいものやお酒《さけ》が大好《だいす》きで、いつも遊《あそ》んでばかりいる困《こま》った男《おとこ》です。

この弥次《やじ》さんの家《いえ》には、通称《つうしょう》・喜多《きた》さんこと、喜多八《きたはち》という男《おとこ》が居候《いそうろう》をしています。この喜多《きた》さんも三十歳《さんじゅっさい》にもなるのに、はやとちりが多《おお》くて、お調《ちょう》子《し》者《もの》でなまけ者《もの》。ようするに、弥次《やじ》さん喜多《きた》さんは、にた者同士《ものどうし》なのです。

さて、この江戸《えど》で騒動《そうどう》ばかり起《お》こしている二人《ふたり》が、とつぜん、お伊勢《いせ》まいりをすることになりました。

「家《いえ》のもんは、ぜんぶ売《う》っぱらってきたぜ。もうなんも思《おも》い残《のこ》すこたあねえ。旅《たび》をたのしもうじゃあねえか」

「あれ、弥次《やじ》さん。酒屋《さかや》と米屋《こめや》に残《のこ》ってた金《かね》も、はらってきたんだろうね」

「いけねえ。忘《わす》れちまった。まあ、もう、どうしようもねえよ」

「それもそうだ、あっはっは」

どうにも、困《こま》った二人《ふたり》です。

弥次《やじ》さんと喜多《きた》さんは順調《じゅんちょう》に旅《たび》をつづけて、東海道五十三次《とうかいどうごじゅうさんつぎ》の九番目《きゅうばんめ》の宿場町《しゅくばまち》、小田原《おだわら》につきました。

「おう、ついた、ついた。どれ、おいら、ひとっ風呂《ぶろ》あびてくるぜ」

弥次《やじ》さんは宿《やど》につくと、さっそく風呂場《ふろば》にいきました。この宿《やど》の風呂《ふろ》は有名《ゆうめい》な五右衛門風呂《ごえもんぶろ》です。五右衛門風呂《ごえもんぶろ》とは、大《おお》きな器《うつわ》に板《いた》をうかせて水《みず》をはり、風呂底《ふろぞこ》からじかに火《ひ》をかけて、湯《ゆ》をわかしたお風呂《ふろ》です。はいるときは、このういた板《いた》の上《うえ》に足《あし》を乗《の》せて、板《いた》を足《あし》でしずめて底板《そこいた》にして、はいります。

ところが、弥次《やじ》さんは、この五右衛門風呂《ごえもんぶろ》のはいりかたを知《し》りません。

「なんでえ。風呂桶《ふろおけ》に板《いた》っ切《き》れがういてやがる。風呂《ふろ》のふたをとり忘《わす》れやがったな。どけておいてやるか。さて、はいるとしよう……。あちいっ」

底板《そこいた》をどけて、じかに風呂底《ふろぞこ》に足《あし》をつければ、火傷《やけど》をするに決《き》まっています。しばらくなやんでいた弥次《やじ》さんは、便所《べんじょ》の下駄《げた》を見《み》つけました。

「この下駄《げた》をはいて、はいる風呂《ふろ》なのか。えらくかわった風呂《ふろ》だなあ」

弥次《やじ》さんが風呂《ふろ》からあがると、今度《こんど》は喜多《きた》さんが風呂場《ふろば》にきました。弥次《やじ》さんとおなじようなドジをしたあと、喜多《きた》さんも便所《べんじょ》の下駄《げた》を見《み》つけます。

「下駄《げた》ではいる風呂《ふろ》とはなあ。だけど、すわりにくいったらありゃしねえ」

喜多《きた》さんは湯船《ゆぶね》の中《なか》で、たったり、すわったりをくり返《かえ》しました。本来《ほんらい》、風呂桶《ふろおけ》は下駄《げた》をはいてはいるような丈夫《じょうぶ》なものではありません。とうとう風呂《ふろ》の底《そこ》がぬけて、風呂《ふろ》がこわれてしまいました。

宿《やど》の主人《しゅじん》はカンカンになっておこり、二人《ふたり》は風呂桶《ふろおけ》を弁償《べんしょう》するハメになりました。さて、二人《ふたり》の珍道中《ちんどうちゅう》、このあとどうなりますことやら。

読んだ日　年　月　日／　年　月　日／　年　月　日

ポイント　「膝栗毛《ひざくりげ》」とは、膝《ひざ》を栗毛《くりげ》（の馬《うま》）がわりに、という意味《いみ》です。つまり東海道《とうかいどう》の徒歩旅行《とほりょこう》ということになります。

ラプンツェルと王子《おうじ》の愛《あい》は実《みの》るのでしょうか？

ラプンツェル

グリム

子《こ》どもをさずかったおくさんが、だんなさんにいいました。

「裏《うら》の魔女《まじょ》の畑《はたけ》にある、ラプンツェルが食《た》べたいわ」

ラプンツェルというのは、サラダ菜《な》のことです。あのケチな魔女《まじょ》がわけてくれるはずがないと、だんなさんはこっそりと畑《はたけ》にしのびこみました。だんなさんが一束《ひとたば》のラプンツェルをつまんだとき、魔女《まじょ》があらわれました。

「ラプンツェルを盗《と》ったな！　そのかわり、あんたたちの赤《あか》ん坊《ぼう》をもらうよ」

魔女《まじょ》は女《おんな》の子《こ》を「ラプンツェル」と名《な》づけ、高《たか》い塔《とう》に閉《と》じこめて育《そだ》てました。長《なが》い月日《つきひ》がたち、ラプンツェルは長《なが》い髪《かみ》のうつくしい娘《むすめ》に育《そだ》ちました。

塔《とう》には階段《かいだん》がありません。魔女《まじょ》がでかけたときには、魔女《まじょ》は塔《とう》の下《した》からラプンツェルにこう呼《よ》びかけます。

「**ラプンツェルや、おまえの髪《かみ》をたらしておくれ**」

すると、ラプンツェルは金色《きんいろ》のうつくしい髪《かみ》をたらします。魔女《まじょ》はラプンツェルの長《なが》い髪《かみ》をロープがわりにして、塔《とう》をよじのぼるのです。

ある日《ひ》のこと、森《もり》を通《とお》りかかった王子様《おうじさま》が、魔女《まじょ》のために髪《かみ》をたらすラプンツェルを見《み》て、恋《こい》に落《お》ちました。王子《おうじ》は日《ひ》が暮《く》れるのを待《ま》って、塔《とう》の下《した》から呼《よ》びかけました。

「**ラプンツェルや、おまえの髪《かみ》をたらしておくれ**」

王子《おうじ》は金色《きんいろ》の長《なが》い髪《かみ》につかまり、塔《とう》の上《うえ》にのぼりました。おどろくラプンツェルに、王子《おうじ》はいいました。

「どうかこわがらないで。ぼくはこの国《くに》の王子《おうじ》です」

その夜《よる》から毎晩《まいばん》、王子《おうじ》は魔女《まじょ》にないしょでラプンツェルに会《あ》いにきました。ラプンツェルも王子《おうじ》がくるのがたのしみになりました。

ところがある日《ひ》、魔女《まじょ》に二人《ふたり》のなかが知《し》られてしまいました。

「わたしをだましていたのか！」

魔女《まじょ》はおこって、ラプンツェルの長《なが》い髪《かみ》を切《き》り、荒野《こうや》に追《お》いやりました。その夜《よる》、いつものようにやってきた王子《おうじ》に、魔女《まじょ》がいいました。

「ラプンツェルはもういない。会《あ》うことも、二度《にど》とないだろう！」

絶望《ぜつぼう》した王子《おうじ》は、塔《とう》から飛《と》びおりました。命《いのち》は助《たす》かりましたが、目《め》にイバラのとげが刺《さ》さり、王子《おうじ》は光《ひかり》をうしないました。

王子《おうじ》はラプンツェルを探《さが》し、森《もり》や荒野《こうや》を何年《なんねん》もさまよいました。そしてある日《ひ》、風《かぜ》に乗《の》ってやってくる、なつかしい声《こえ》を聞《き》きました。

「あの声《こえ》は……、ラプンツェル！」

「ああ、王子様《おうじさま》！」

荒野《こうや》でさみしく暮《く》らしていたラプンツェルは、王子《おうじ》と再会《さいかい》したのです。そしてラプンツェルの涙《なみだ》が王子《おうじ》の目《め》にふりかかったそのとき、王子《おうじ》の目《め》はもとどおりに見《み》えるようになりました。二人《ふたり》は国《くに》に帰《かえ》り結婚《けっこん》して、末長《すえなが》く、しあわせに暮《く》らしたそうです。

読んだ日　年　月　日／　年　月　日／　年　月　日

ポイント　魔女《まじょ》のしうちや過酷《かこく》な運命《うんめい》も、愛《あい》しあうラプンツェルと王子《おうじ》のなかを、ひきさくことはできませんでしたね。

少年《しょうねん》が太郎《たろう》を遊《あそ》びにさそうとき……

金《きん》の輪《わ》

小川未明《おがわみめい》

太郎《たろう》は長《なが》い間《あいだ》、病気《びょうき》で寝《ね》ていましたが、近《ちか》ごろやっと起《お》きられるようになりました。まだ桜《さくら》や桃《もも》の花《はな》が咲《さ》くにははやく、梅《うめ》だけが咲《さ》いている時期《じき》のことです。

太郎《たろう》は家《いえ》の外《そと》にでましたが、友《とも》だちはだれも遊《あそ》んでいません。天気《てんき》がよいので、どこか遠《とお》くのほうで遊《あそ》んでいるのでしょう。

家《いえ》のまえの畑《はたけ》には野菜《やさい》たちが緑《みどり》の芽《め》をふいています。太郎《たろう》はそれらを見《み》ながら、細《ほそ》い道《みち》を歩《ある》いていました。すると、鈴《すず》のふれあうような音《おと》が、聞《き》こえてきました。

音《おと》の鳴《な》るほうを見《み》ると、ひとりの少《しょう》年《ねん》が、輪《わ》をまわしながら、走《はし》ってきました。その輪《わ》は金色《きんいろ》に光《ひか》っています。太郎《たろう》は目《め》を見《み》はりました。かつてこんなにうつくしく光《ひか》る輪《わ》を、見《み》たことがなかったからです。

少年《しょうねん》のまわす金《きん》の輪《わ》は二《ふた》つでした。輪《わ》がたがいにふれあって、鈴《すず》のようなよい音色《ねいろ》をたてています。

（いったい、だれだろう）

そう思《おも》って、太郎《たろう》は走《はし》っていく少年《しょうねん》の顔《かお》をながめましたが、まったく見覚《みおぼ》えのない少年《しょうねん》でした。すると、この知《し》らない顔《かお》の少年《しょうねん》は、ちょっと太郎《たろう》のほうをむいてほほえみました。まるで知《し》りあいの友《とも》だちにむかってするように、なつかしそうだったのです。

輪《わ》をまわしていく少年《しょうねん》の姿《すがた》は、やがて、白《しろ》い道《みち》のほうに消《き》えていきました。けれど、太郎《たろう》はいつまでも、そのゆくえを見守《みまも》っていました。

あくる日《ひ》の午後《ごご》、太郎《たろう》はまた畑《はたけ》の中《なか》にでてみました。すると、また少年《しょうねん》が、二《ふた》つの輪《わ》をまわして走《はし》ってきました。その輪《わ》は金色《きんいろ》にかがやいて見《み》えました。少《しょう》年《ねん》はこちらをむいて、きのうよりもいっそうなつかしそうに、ほほえみました。そして、なにかいいたげなようすをして、ちょっと首《くび》をかしげましたが、ついにそのままいってしまいました。

（いったい、だれだろう）

太郎《たろう》はふしぎに思《おも》えてなりません。知《し》らない少年《しょうねん》なのに、なんとなく、いちばん親《した》しい友《とも》だちのような気《き》がしてならなかったのです。

その晩《ばん》、太郎《たろう》は母親《ははおや》にむかって、二《ふつ》日《か》もおなじ時刻《じこく》に、金《きん》の輪《わ》をまわして走《はし》っている少年《しょうねん》を見《み》たことを語《かた》りました。母親《ははおや》は信《しん》じませんでした。

床《とこ》についた太郎《たろう》は、少年《しょうねん》と友《とも》だちになって、自分《じぶん》は少年《しょうねん》から金《きん》の輪《わ》を一《ひと》つわけてもらって、往来《おうらい》の上《うえ》を二人《ふたり》でどこまでも走《はし》っていく夢《ゆめ》を見《み》ました。そして二人《ふたり》はいつしか、夕焼《ゆうや》け空《ぞら》の中《なか》にはいっていきました。

あくる日《ひ》から、太郎《たろう》はまた熱《ねつ》がでました。そして、数日後《すうじつご》、七歳《ななさい》でなくなりました。

読んだ日　　年　　月　　日／　　年　　月　　日／　　年　　月　　日

ポイント　竹《たけ》や鉄《てつ》でつくった輪《わ》をころがして遊《あそ》ぶ「輪《わ》まわし」は、いまでは、めったに見《み》られない遊《あそ》びになりました。

物事《ものごと》をはじめるにはよく注意《ちゅうい》をしましょう

そこつの惣兵衛《そうべえ》

むかし、惣兵衛《そうべえ》というたいへんなそこつ者《もの》がおりました。そのそこつぶりは、朝起《あさお》きたときからさっそくはじまります。

「ああ、よく寝《ね》た。おい、おかか。朝飯《あさめし》にしてくんろ」

惣兵衛《そうべえ》は起《お》きるとすぐに、隣《となり》に寝《ね》ていたおかみさんに話《はな》しかけました。ところが、この惣兵衛《そうべえ》、そこつに加《くわ》えて寝相《ねぞう》がわるかったので、寝《ね》ている間《あいだ》にくるりと半回転《はんかいてん》していました。惣兵衛《そうべえ》は、おかみさんの足《あし》にむかって話《はな》しかけていたのです。

「あれ、おかかの顔《かお》に目《め》がないぞ。いや、鼻《はな》も口《くち》も耳《みみ》もない。こりゃ、えらいことじゃ。ああ、その隣《となり》にも、おかかの顔《かお》がもう一《ひと》つあるう」

惣兵衛《そうべえ》はおかみさんの右足《みぎあし》をもちあげながら、左足《ひだりあし》を見《み》て大《おお》さわぎ。

「あんたあ、あたしの足《あし》をもちあげてなにいってんだい?」

「ああ、足《あし》がしゃべったああ」

「ばかいってないで、顔《かお》でも洗《あら》ってきなされ。すぐに朝飯《あさめし》にするだで」

惣兵衛《そうべえ》がいわれたとおりに顔《かお》を洗《あら》っていると、おかみさんがおこりました。

「あんた、なにしてんだい。昨日《きのう》の晩《ばん》につくっておいた味噌汁《みそしる》で顔洗《かおあら》って」

「ああ、どうりで目《め》にしみるはずだ」

惣兵衛《そうべえ》はおかみさんにいいました。

「なあ、おかか。おらのそこつぶりはもう病気《びょうき》にちがいねえ。観音様《かんのんさま》におまいりしてなおしてもらうだ」

「ああ、それがええだよ。あたしゃ、おまえさんのそこつにつかれてきただ」

おかみさんはそういうと、惣兵衛《そうべえ》に旅支度《たびじたく》をさせて送《おく》りだしました。ところが、さすがに惣兵衛《そうべえ》はそこつ者《もの》です。笠《かさ》のかわりに鍋《なべ》をかぶり、杖《つえ》のつもりですりこぎをもって旅だちました。惣兵衛《そうべえ》とすれちがう人《ひと》たちは、惣兵衛《そうべえ》のかっこうを見《み》て、みんな大笑《おおわら》いです。

「みんながおらを見《み》て笑《わら》いおる。なぜじゃ。ああ、おら、鍋《なべ》をかぶってるでねえか。杖《つえ》だと思《おも》ってたのは、すりこぎか。おかかの野郎《やろう》、なぜ教《おし》えてくれなんだか。帰《かえ》ったらどなりつけてやる」

恥《はじ》をかきながらも観音様《かんのんさま》のところにやってきた惣兵衛《そうべえ》は、財布《さいふ》から一文銭《いちもんせん》をとりだし、お賽銭《さいせん》を投《な》げました。ところがやっぱりそこつ者《もの》。一文銭《いちもんせん》のかわりに財布《さいふ》を投《な》げいれてしまったのです。

「ああ、銭《ぜに》がなくなってしまった。これもぜんぶおかかのせいだ」

惣兵衛《そうべえ》はおこって家《いえ》に帰《かえ》り、おかみさんをどなりつけました。ところが、これが隣《となり》の家《いえ》のおかみさん。隣《となり》の家《いえ》の人《ひと》におこられて、追《お》いだされました。

弱《よわ》りきった惣兵衛《そうべえ》は、今度《こんど》こそ自分《じぶん》の家《いえ》に帰《かえ》りつき、自分《じぶん》のおかみさんに頭《あたま》をさげていいました。

「先《さき》ほどは人《ひと》ちがいをしてどうもすんませんでした。てっきり、うちのおかかだと思《おも》ったものでして……」

読んだ日　年　月　日／　年　月　日／　年　月　日

ポイント　そこつ者《もの》の話《はなし》は「そこつの釘《くぎ》」「そこつの使者《ししゃ》」「そこつ長屋《ながや》」など、落語《らくご》でよく使《つか》われます。

森《もり》の英雄《えいゆう》ロビンとゆかいな仲間《なかま》が大活躍《だいかつやく》

ロビン・フッド

ハワード・パイル

むかしむかし、イギリスのノッティンガムに、ロビン・フッドという若者《わかもの》がいました。ロビンは弓《ゆみ》の名人《めいじん》でした。

あるとき、町《まち》で弓《ゆみ》の大会《たいかい》が開《ひら》かれることになりました。

「よし、ぼくも大会《たいかい》にでよう」

ロビンは弓矢《ゆみや》をもって、でかけました。途中《とちゅう》、シャーウッドの森《もり》をぬけようとしたとき、森番《もりばん》の役人《やくにん》に声《こえ》をかけられました。

「おまえが大会《たいかい》にでても、勝《か》てるわけがない。やめておけ！」

ロビンは遠《とお》くにいるシカの群《む》れを指《ゆび》さして、役人《やくにん》にいいかえしました。

「あのシカを、一発《いっぱつ》でしとめてみせる」

ロビンはねらいを定《さだ》めると、矢《や》をはなちました。**びゅーん!** 矢《や》は一直《いっちょく》線《せん》に飛《と》んでいくと、シカに命中《めいちゅう》しました。役人《やくにん》たちは大《おお》あわてです。

「あのシカは王様《おうさま》のシカだ。ロビンを逮捕《たいほ》しろ！」

役人《やくにん》たちは、ロビンをつかまえようとしました。おどろいたロビンは、森《もり》の中《なか》に逃《に》げこみました。その日《ひ》から、ロビンは森《もり》で暮《く》らすようになりました。

森《もり》には王様《おうさま》や役人《やくにん》にさからって、逃《に》げてきた人《ひと》たちが、たくさん住《す》んでいました。ロビンは森《もり》の仲《なか》間《ま》たちと、わるい役《やく》人《にん》をこらしめたり、貧《まず》しい人《ひと》を助《たす》けたりしました。いつしかロビン・フッドは、町《まち》のヒーローとして、町の人《ひと》びとから、したわれるようになりました。

ある日《ひ》、川《かわ》のほとりで、ロビンは大《おお》きな男《おとこ》と出会《であ》いました。

「シャーウッドの森《もり》になんの用《よう》だ！」

ロビンがさけぶと、大男《おおおとこ》は丸木橋《まるきばし》をわたって、こちらにやってきます。

「おまえこそ、だれだ！　そこをどけ！　どかないなら、勝負《しょうぶ》だ」

ロビンと大男《おおおとこ》は、橋《はし》の上《うえ》で戦《たたか》いはじめました。大男《おおおとこ》は長《なが》い棒《ぼう》をふりまわし、身《み》の軽《かる》いロビンはぴょんぴょん飛《と》んで棒《ぼう》をよけます。ところが、棒《ぼう》が頭《あたま》にあたって、ロビンは川《かわ》に落《お》ちてしまいました。

「だいじょうぶか？」

大男《おおおとこ》はロビンを川《かわ》からひきあげてくれました。

「今日《きょう》は暑《あつ》いから、水《みず》に飛《と》びこんだだけだ！」

そうロビンがさけぶと、大男《おおおとこ》は笑《わら》いだしました。

「負《ま》けず嫌《ぎら》いだな。名前《なまえ》はなんという？」

「ロビン・フッドだ！」

ロビンが名乗《なの》ると、大男《おおおとこ》はびっくりしていいました。

読んだ日　年　月　日／　年　月　日／　年　月　日

ポイント　ロビン・フッドは中世《ちゅうせい》イングランドの伝説上《でんせつじょう》の英雄《えいゆう》です。作家《さっか》のパイルが物語《ものがたり》にまとめ、世界中《せかいじゅう》の子《こ》どもたちをワクワクさせました。

「ロビン・フッドだと？　おれは、おまえに会《あ》いにきたんだ。おれは、ジョン・リトル。仲間《なかま》にいれてくれないか。」
「大《おお》きいのにリトルなんて、へんなやつだな。よし、小《ちい》さいジョン、きょうから仲間《なかま》だ」

こうして、小《ちい》さいジョンはロビンの仲間《なかま》になりました。

その後《ご》も、剣《けん》が得意《とくい》な赤服《あかふく》のウィル、怪力自慢《かいりきじまん》のタック坊主《ぼうず》、吟遊詩人《ぎんゆうしじん》のアランなど、シャーウッドの森《もり》には、たのしい仲間《なかま》が増《ふ》えていきます。

ロビンと仲間《なかま》たちのうわさを聞《き》いた王様《おうさま》は、ロビンをつかまえるために、弓《ゆみ》の大会《たいかい》を開《ひら》くことにしました。王様《おうさま》は国中《くにじゅう》におふれをだしました。

〈国一番《くにいちばん》の名手《めいしゅ》を決《き》める弓《ゆみ》の大会《たいかい》を開《ひら》く。優勝者《ゆうしょうしゃ》には、金《きん》の矢《や》をあたえる〉

大会《たいかい》の日《ひ》。国中《くにじゅう》から弓《ゆみ》の名手《めいしゅ》が集《あつ》まりました。でも、ロビンの姿《すがた》はありません。王様《おうさま》はがっかりしました。やがて、決勝戦《けっしょうせん》になりました。王様《おうさま》の家来《けらい》のギルと、弓《ゆみ》の名人《めいじん》のアダム、それから緑《みどり》の服《ふく》を着《き》た老人《ろうじん》です。

最初《さいしょ》にギルが弓《ゆみ》をひきました。ギルの矢《や》は真《ま》ん中《なか》の近《ちか》くに刺《さ》さりました。

つぎにアダムの矢《や》が、真《ま》ん中《なか》に刺《さ》さりました。そして、最後《さいご》に老人《ろうじん》がはなった矢《や》が、刺《さ》さっていた矢《や》をはねとばし、グサリと真《ま》ん中《なか》に刺《さ》さったのです。

王様《おうさま》は老人《ろうじん》に賞品《しょうひん》の金《きん》の矢《や》をわたしました。そして、老人《ろうじん》にいいました。
「すばらしい弓《ゆみ》の達人《たつじん》だ。わたしの家来《けらい》になって、ロビン・フッドをやっつけてくれないか」

老人《ろうじん》は王様《おうさま》をジロリとにらみつけました。そして、にやりと笑《わら》っていいました。

「ロビンをつかまえるひまがあるなら、もっと国民《こくみん》のために働《はたら》いたらどうですか」

王様《おうさま》はおこって、老人《ろうじん》を追《お》いだしました。

その夜《よる》のことです。王様《おうさま》の部屋《へや》に、どこからか矢《や》が飛《と》んできて、テーブルにつき刺《さ》さりました。それは、老人《ろうじん》にわたした金《きん》の矢《や》でした。金《きん》の矢《や》には手紙《てがみ》がむすんでありました。手紙《てがみ》にはこう書《か》かれていました。

『王様《おうさま》へ。あなたが反省《はんせい》して、よい王《おう》様《さま》になるまで、わたしは戦《たたか》いつづけます』

緑《みどり》の服《ふく》の老人《ろうじん》は、変《へん》装《そう》したロビン・フッドだったのです。

ロビン・フッドとシャーウッドの仲間《なかま》たちは、その後《ご》も人《ひと》びとのために活躍《かつやく》しました。そして、獅子王《ししおう》と呼《よ》ばれるリチャード一世《いっせい》の家来《けらい》になり、わるい王《おう》様《さま》や役人《やくにん》をやっつけたのです。

おうちのかたへ

ロビンのトレードマークは、緑色《みどりいろ》の服《ふく》です。王様《おうさま》の弓《ゆみ》の大会《たいかい》でも着《き》ていますね。

知《し》ると楽《たの》しい！ お話《はなし》コラム

昔話《むかしばなし》の神様《かみさま》たち

ギリシャ神話《しんわ》の神様《かみさま》たちは、後世《こうせい》の小説《しょうせつ》や詩《し》にも比喩《ひゆ》として登場《とうじょう》するほど、世界中《せかいじゅう》でなじみの深《ふか》い神様《かみさま》です。日本《にほん》の成《な》りたちのころの神様《かみさま》とあわせて知《し》っておくと、より深《ふか》くお話《はなし》がたのしめるでしょう。

ギリシャの神様《かみさま》

ゼウス

神々《かみがみ》の王《おう》。最高神《さいこうしん》、支配神《しはいしん》、主神《しゅしん》、大神《たいしん》など、多《おお》くの呼《よ》ばれかたをします。なんでもうちくだく雷《いかづち》をもち、天空《てんくう》を支配《しはい》しています。

アレス

ゼウスの息子《むすこ》。戦争《せんそう》の神《かみ》。戦《たたか》い好《ず》きで残酷《ざんこく》な性格《せいかく》をしており、あらそいの種《たね》をまく問題児《もんだいじ》。

アルテミス

ゼウスの娘《むすめ》。月《つき》・狩《か》りの女神《めがみ》。乙女《おとめ》の純潔《じゅんけつ》を象徴《しょうちょう》する、気高《けだか》くうつくしい女神《めがみ》です。弓《ゆみ》が得意《とくい》。

アテナ

ゼウスの娘《むすめ》。知恵《ちえ》・技術《ぎじゅつ》・勝利《しょうり》の女神《めがみ》。都市国家《としこっか》アテナイの守護者《しゅごしゃ》で、理知的《りちてき》な戦《たたか》いを好《この》みます。

アフロディーテ

ゼウスの祖父《そふ》ウラノスの娘《むすめ》。美《び》と愛《あい》の女神《めがみ》。ヘパイストスの妻《つま》ですが、ほかの神《かみ》とも恋愛《れんあい》します。

アポロン

ゼウスの息子《むすこ》。太陽《たいよう》・音楽《おんがく》・医術《いじゅつ》・予言《よげん》の神《かみ》。アルテミスの双子の兄《あに》（弟《おとうと》という説《せつ》もあり）です。

ポセイドン

ゼウスの兄《あに》。海《うみ》の神《かみ》。性格《せいかく》は凶暴《きょうぼう》ですが、生《い》き物《もの》をつくるのが好《す》きで、「ウマ」も彼《かれ》の作品《さくひん》。

ヘパイストス

ゼウスの息子《むすこ》。鍛冶《かじ》の神《かみ》。神々《かみがみ》たちの武器《ぶき》をつくる職人《しょくにん》。妻《つま》の浮気《うわき》あいてのアレスが嫌い。

ヘラ

ゼウスの妻《つま》で、姉《あね》でもあります。結婚《けっこん》の女神《めがみ》。主婦《しゅふ》の味方《みかた》で、男性《だんせい》の浮気《うわき》には激怒《げきど》します。

ヘスティア

ゼウスの姉《あね》。かまど・家庭《かてい》の女神《めがみ》で、「聖火《せいか》」の守護神《しゅごしん》。恋愛《れんあい》も結婚《けっこん》もしない、とうとく不可侵《ふかしん》の女神《めがみ》です。

ヘルメス

ゼウスの息子《むすこ》。弁舌《べんぜつ》・旅《たび》・商人《しょうにん》・盗《ぬす》みの神《かみ》。ふだんはゼウスの使者《ししゃ》をつとめています。

デメテル

ゼウスの姉《あね》。大地《だいち》の女神《めがみ》。娘《むすめ》のベルセポネは、冥界《めいかい》の王《おう》ハーデスの妻《つま》です。

ギリシャ十二神《じゅうにしん》とは

神々《かみがみ》はオリュンポス山《ざん》に住《す》んでいるので「オリュンポス十二神《じゅうにしん》」とも呼《よ》ばれます。ヘスティアのかわりに、酒《さけ》の神《かみ》デュオニソスがはいることもあります。

日本《にほん》の神様《かみさま》

別天津神《ことあまつかみ》

造化《ぞうか》の三神《さんじん》

アメノミナカヌシ
タカムスビ
カミムスビ

ウマシアシカビヒコヂ
アメノトコタチ

造化《ぞうか》の三神《さんじん》とは、万物育成《ばんぶついくせい》の源《みなもと》になった三神《さんじん》のこと。

神代七代《かみよななよ》

クニトコタチ　トヨクモヌ

ウヒヂニ	スヒヂニ
ツノグヒ	イクグヒ
オホトノジ	オホトノベ
オモダル	アヤカシコネ
イザナギ	イザナミ

イザナギ

アマテラス　ツクヨミ　スサノオ

日本《にほん》の神様《かみさま》たち

世界《せかい》が生《う》まれたときに出現《しゅつげん》したのが造化《ぞうか》の三神《さんじん》です。その後《ご》、ウマシアシカビヒコヂとアメノトコタチの神《かみ》があらわれ、これらの神《かみ》を「別天津神《ことあまつかみ》」といいます。つぎに性別《せいべつ》のないクニトコタチとトヨクモヌの神《かみ》があらわれたのち、ウヒヂニとスヒヂニをはじめ、男女一《だんじょいっ》対《つい》の神《かみ》が五度《ごど》あらわれました。これを総称《そうしょう》して「神代七代《かみよななよ》」といいます。その最後《さいご》にあらわれたイザナギとイザナミから、日本神話《にほんしんわ》の物語《ものがたり》がはじまります。

3月《がつ》のお話《はなし》

扉《とびら》を開《あ》けると、しあわせが待《ま》っていました

ひみつの花園《はなぞの》

フランシス・ホジソン・バーネット

3月1日のお話

メアリーは青白《あおじろ》い顔《かお》をした、気《き》むずかしい女《おんな》の子《こ》。かんしゃくばかり起《お》こしています。両親《りょうしん》がかまってくれなくて、さびしいからです。

　九歳《きゅうさい》になったときに、病気《びょうき》で両親《りょうしん》が亡《な》くなってしまいました。メアリーは親戚《しんせき》のおじさんの屋敷《やしき》で暮《く》らすことになりました。おじさんは旅行《りょこう》ばかりしていて、ほとんど屋敷《やしき》にいません。メアリーの世話《せわ》は、家政婦《かせいふ》のマーサがしてくれました。ある日《ひ》、メアリーは庭《にわ》で、カギのかかった扉《とびら》を見《み》つけました。

「扉《とびら》の中《なか》にはなにがあるの？」

　メアリーが聞《き》くと、マーサはこうこたえました。

「むかしはうつくしい花園《はなぞの》でした。でも、奥様《おくさま》が事故《じこ》で亡《な》くなり、だれもはいれなくなったのです」

　扉《とびら》の鍵《かぎ》は、おじさんが庭《にわ》にうめてしまったそうです。メアリーはどうしても中《なか》にはいりたくなりました。毎日《まいにち》、庭《にわ》を探《さが》してまわり、とうとう地面《じめん》にうめられた鍵《かぎ》を見《み》つけたのです。こっそり扉《とびら》を開《あ》けて、中《なか》にはいってみました。

「すごいわ！」

　メアリーはおどろいて声《こえ》をあげました。あれほうだいの庭《にわ》は樹木《じゅもく》と草《くさ》でおおわれています。メアリーはここを「ひみつの花園《はなぞの》」と呼《よ》ぶことにしました。

　メアリーはマーサの弟《おとうと》ディコンと友《とも》だちになりました。ディコンはどんな動物《どうぶつ》からも好《す》かれ、植物《しょくぶつ》を育《そだ》てるのがじょうずです。メアリーはディコンに「ひみつの花園《はなぞの》」を教《おし》えました。二人《ふたり》で土《つち》をたがやし、花《はな》の種《たね》をまきました。やがて緑《みどり》の芽《め》がでて、葉《は》っぱがたくさんつきました。花《はな》が咲《さ》きはじめるころ、メアリーはかんしゃくを起《お》こさなくなりました。ほほはピンク色《いろ》になり、元《げん》気《き》に笑《わら》うようになったのです。

　ある日《ひ》、屋敷《やしき》の中《なか》で泣《な》き声《ごえ》が聞《き》こえました。メアリーは泣《な》き声《ごえ》のする部屋《へや》を探《さが》しました。たどりついた部屋《へや》には、青白《あおじろ》い顔《かお》の痩《や》せた男《おとこ》の子《こ》がいました。おじさんの息子《むすこ》のコリンです。おじさんはいつも留守《るす》で、病気《びょうき》がちのコリンは一人《ひとり》ぼっちでした。

「ぼくはもうすぐ、死《し》んじゃうんだ」と、コリンはしくしく泣《な》きます。

「だいじょうぶよ。わたしといっしょにきて」

　メアリーはコリンを「ひみつの花園《はなぞの》」に連《つ》れていきました。花園《はなぞの》には緑《みどり》が茂《しげ》り、色《いろ》とりどりのうつくしい花《はな》が咲《さ》きみだれています。木《き》の枝《えだ》でリスが走《はし》りまわり、小鳥《ことり》は歌《うた》を歌《うた》っています。コリンは気《き》分《ぶん》がよくなり、元気《げんき》がでてきました。

　おじさんが長《なが》い旅《たび》から帰《かえ》ってきました。庭《にわ》がよみがえったこと、コリンが元気《げんき》になったことを知《し》って、たいへんおどろきました。そして、コリンを一《ひと》人《り》ぼっちにしたことを後悔《こうかい》しました。

「コリン、すまなかった。これからはいっしょにいよう」

　おじさんはコリンをしっかり抱《だ》きしめました。そして、メアリーをも抱《だ》きしめ、「庭《にわ》をよみがえらせてくれて、ありがとう」といいました。

読んだ日　　　年　　月　　日／　　　年　　月　　日／　　　年　　月　　日

ポイント 庭《にわ》がよみがえり、花《はな》や木《き》を育《そだ》てたメアリーも元気《げんき》になります。メアリーが起《お》こした奇跡《きせき》は、おじさんの心《こころ》を開《ひら》き、みんなをしあわせにするのです。

イワン王子《おうじ》は火《ひ》の鳥《とり》を探《さが》す旅《たび》にでました

イワン王子《おうじ》と火《ひ》の鳥《とり》

ロシア

むかし、王様《おうさま》と三人《さんにん》の王子《おうじ》がいました。お城《しろ》の庭《にわ》には黄金《おうごん》のリンゴがなる木《き》がありました。夜《よる》になると、火《ひ》の鳥《とり》が飛《と》んできて、リンゴを食《た》べてしまいます。王様《おうさま》は王子《おうじ》たちにいいました。

「火《ひ》の鳥《とり》をつかまえたら、ほうびをやろう」

王子《おうじ》たちは、火《ひ》の鳥《とり》を探《さが》す旅《たび》にでました。末《すえ》っ子《こ》のイワン王子《おうじ》がウマを走《はし》らせていると、大《おお》きな灰色《はいいろ》のオオカミが飛《と》びだしてきて、ウマを食《た》べてしまいました。イワンが泣《な》きだすと、すまなそうにオオカミがいいました。

「わたしの背中《せなか》に乗《の》りなさい」

オオカミはイワンを背中《せなか》に乗《の》せ、ウマよりもはやく走《はし》りました。森《もり》をぬけ、山《やま》を越《こ》え、火《ひ》の鳥《とり》の国《くに》につきました。火《ひ》の鳥《とり》の国《くに》の王様《おうさま》がいいました。

「金《きん》のたてがみのウマを連《つ》れてきたら、火《ひ》の鳥《とり》をあげよう」

オオカミはイワンを乗《の》せ、金《きん》のたてがみのウマのいる国《くに》へむかいました。その国《くに》の王《おう》がいいました。

「うつくしいエレーナ姫《ひめ》を連《つ》れてきたら、金《きん》のたてがみのウマをあげよう」

オオカミは風《かぜ》のように走《はし》り、エレーナ姫《ひめ》の国《くに》へいき、お城《しろ》から姫《ひめ》を連《つ》れだしました。オオカミは、イワンとエレーナを背中《せなか》に乗《の》せました。二人《ふたり》は、おたがいを好《す》きになりました。

「ぼくは姫《ひめ》をわたしたくない」

そこで、オオカミはエレーナ姫《ひめ》に変《へん》身《しん》しました。イワンは、ニセの姫《ひめ》と金《きん》のたてがみのウマを交換《こうかん》しました。オオカミは王様《おうさま》のすきを見《み》て、お城《しろ》を逃《に》げだしました。イワンとエレーナとオオカミは、ウマを連《つ》れて、火《ひ》の鳥《とり》の国《くに》へいきました。ここでも、オオカミが金《かね》のたてがみのウマに変身《へんしん》しました。イワンはニセのウマをわたして、ほんものの火《ひ》の鳥《とり》を手《て》にいれたのです。

こうして、イワンは姫《ひめ》といっしょに、金《きん》のたてがみのウマに乗《の》り、火《ひ》の鳥《とり》を連《つ》れて、自分《じぶん》の国《くに》へむかいます。途《と》中《ちゅう》、木陰《こかげ》でひと休《やす》みしていると、イワンの二人《ふたり》の兄《あに》がやってきました。二人《ふたり》は弟《おとうと》がうらやましくなり、なんとイワンを殺《ころ》し、姫《ひめ》をさらっていきました。そして王様《おうさま》に、火《ひ》の鳥《とり》と、金《きん》のたてがみのウマをさしだしたのです。王様《おうさま》はよろこんで、二人《ふたり》にほうびをあげました。そしてエレーナ姫《ひめ》は、兄《あに》の一人《ひとり》と結婚《けっこん》することになってしまったのです。

そのころ、ウマに変身《へんしん》していたオオカミが、火《ひ》の鳥《とり》の国《くに》から逃《に》げてきて、死《し》んでいるイワンを見《み》つけました。オオカミはかなしみ、魔法《まほう》の水《みず》をふりかけて、イワンを生《い》き返《かえ》らせたのです。イワンは、オオカミの背中《せなか》に乗《の》って、お城《しろ》へ戻《もど》りました。イワンと再会《さいかい》したエレーナ姫《ひめ》は感激《かんげき》し、愛《あい》するイワンにかけより、こういいました。

「わたしが結婚《けっこん》するのは、イワン王子《おうじ》です」

話《はなし》を聞《き》いた王様《おうさま》は、二人《ふたり》の兄《あに》を追放《ついほう》しました。イワンとエレーナは結婚《けっこん》して、しあわせに暮《く》らしました。

読んだ日　年　月　日／　年　月　日／　年　月　日

ポイント イワン王子《おうじ》は、たびたびロシア民話《みんわ》にでてくるヒーローです。このお話《はなし》はバレエの演目《えんもく》にもなっています。

若者《わかもの》が助《たす》けたはまぐりは、うつくしい姫様《ひめさま》でした

はまぐり姫《ひめ》

むかし、漁《りょう》をしながら、年老《としお》いた母《はは》親《おや》と二人《ふたり》で暮《く》らしている若者《わかもの》がおりました。若者《わかもの》は貧乏《びんぼう》でしたが、年老《としお》いた母親《ははおや》においしいものを食《た》べさせようと、けんめいに働《はたら》いておりました。

いつものように、漁《りょう》にでかけた若者《わかもの》でしたが、どういうわけか、その日《ひ》は少《すこ》しも獲物《えもの》がかかりません。それでも、がんばって漁《りょう》をつづけていると、小《ちい》さなはまぐりを釣《つ》りあげました。

「今日《きょう》はいったいどうしたことじゃ。これだけ長《なが》い間漁《あいだりょう》をしても、一匹《いっぴき》も魚《さかな》が釣《つ》れんとは。はまぐりは小《ちい》さいから、海《うみ》へ帰《かえ》してやることにしよう」

若者《わかもの》はそういって、足《あし》もとに置《お》いてあったはずのはまぐりを見《み》ましたが、どこにもありません。若者《わかもの》がよく探《さが》そうとたちあがってふり返《かえ》ると、そこには、うつくしい娘《むすめ》がたっていました。

「わたしは、はまぐりです。助《たす》けようといってくださって、ありがとうございます。お礼《れい》がしたいので、どうかあなた様《さま》の家《いえ》に連《つ》れていってください」

「は、はまぐりぃ～？　いやいや、あんたはどこぞのお姫様《ひめさま》じゃろ。こんなにきれいなはまぐり、見《み》たことないぞ」

娘《むすめ》は若者《わかもの》の言葉《ことば》を聞《き》いても、静《しず》かにほほえむばかりです。船《ふね》の上《うえ》ではどうしようもないので、ふしぎじゃ、ふしぎじゃ、といいながら、若者《わかもの》は娘《むすめ》を家《いえ》に連《つ》れて帰《かえ》りました。若者《わかもの》の家《いえ》にくると、娘《むすめ》はどこからもってきたのか、織《おり》機《き》を使《つか》って、布《ぬの》を織《お》りだしました。

「息子《むすこ》や、このきれいな娘《むすめ》さんはどうしたんだい。どこから織機《おりき》をもってきて、どうして機《はた》を織《お》ってるんだい」

「おっかあ。そんなこと、おれが聞《き》きたいぐらいじゃ。はまぐりを釣《つ》ったらこの娘《むすめ》さんがでてきて……。ええい、とにかく、おれもわからんのじゃ。娘《むすめ》さん、いや姫様《ひめさま》、あんたはだれじゃ？」

ところが若者《わかもの》がいくら問《と》いかけても、娘《むすめ》は静《しず》かにほほえんでいるばかり。なにもいわずに、機《はた》を織《お》りつづけています。ご飯《はん》も食《た》べず、眠《ねむ》りもせず機《はた》を織《お》りつづけ、三日後《みっかご》に一反《いったん》の織物《おりもの》をしあげました。

「これを町《まち》で売《う》ってきてください」

若者《わかもの》が娘《むすめ》のいうままに織物《おりもの》を町《まち》で売《う》ると、とんでもない大金《たいきん》で売《う》れました。母親《ははおや》と一生《いっしょう》かかっても、使《つか》いきれないほどのお金《かね》でした。おどろいた若者《わかもの》が家《いえ》に帰《かえ》ると、娘《むすめ》が待《ま》っていました。

「わたしは観音様《かんのんさま》のお使《つか》いです。あなた様《さま》が親孝行《おやこうこう》なのに感心《かんしん》した観音様《かんのんさま》が、わたしを遣《つか》わしたのです。ではごきげんよう」

そういうと、娘《むすめ》は静《しず》かにほほえみ、その場《ば》で消《き》えていきました。

「やっぱり、あの娘《むすめ》さんは姫様《ひめさま》じゃ。えらくてきれいで、おれたちをしあわせにしてくれた。ありがたいことじゃ」

若者《わかもの》はこういって、娘《むすめ》のいた場所《ばしょ》をおがみました。以来《いらい》、若者《わかもの》は母親《ははおや》と豊《ゆた》かに暮《く》らしたということです。

読んだ日　年　月　日／　年　月　日／　年　月　日

ポイント　東北《とうほく》に伝《つた》わる昔話《むかしばなし》です。はまぐりは女《おんな》の子《こ》の生《う》まれたお祝《いわ》いの日《ひ》、ひなまつりでふるまわれます。

銃士《じゅうし》にあこがれた青年《せいねん》はパリへむかいます

ダルタニャンと三銃士《さんじゅうし》

アレクサンドル・デュマ・ペール

四百年《よんひゃくねん》もむかし、フランスの小《ちい》さな村《むら》に、ダルタニャンという若者《わかもの》がいました。ダルタニャンは、国王《こくおう》を守《まも》る銃士隊《じゅうしたい》にはいるため、パリへむかいます。パリでは、国王《こくおう》と枢機卿《すうききょう》という位《くらい》の高《たか》い人《ひと》が、権力《けんりょく》あらそいをしていたのです。

ダルタニャンは正義感《せいぎかん》が強《つよ》いのですが、すぐにかっとなる欠点《けってん》もありました。旅《たび》の途中《とちゅう》で、ある貴族《きぞく》とケンカになり、その最中《さいちゅう》に、銃士隊《じゅうしたい》にはいるための紹介状《しょうかいじょう》を盗《ぬす》まれてしまいました。

パリについたダルタニャンは、事情《じじょう》を説明《せつめい》するため、銃士隊《じゅうしたい》へいそぎました。あせっていたため、大《おお》きな男《おとこ》にぶつかってしまいました。

「すみません、いそいでいたんです」

ダルタニャンはあやまりましたが、男《おとこ》はおこって決闘《けっとう》を申《もう》しこみました。ダルタニャンは承知《しょうち》して、十二時《じゅうにじ》に決闘場《けっとうじょう》へいくと約束《やくそく》をしました。先《さき》へいくと、太《ふと》った男《おとこ》とすれちがいました。太《ふと》った男《おとこ》は豪華《ごうか》な服《ふく》を着《き》ていて、ダルタニャンはおもわず、にっこり笑《わら》いかけました。

「おい、おまえ。おれを見《み》て笑《わら》ったな」

男《おとこ》はおこりだし、「決闘《けっとう》だ！　一時《いちじ》に決闘場《けっとうじょう》にこい！」といいました。さらに先《さき》へいくと、背《せ》の高《たか》い、ハンサムな男《おとこ》が通《とお》りかかりました。男《おとこ》のポケットからハンカチが落《お》ちました。

「ハンカチが落《お》ちましたよ」

ダルタニャンは、男《おとこ》に声《こえ》をかけました。

「ぼくのではない。それは女性《じょせい》のハンカチだ」

ハンカチは上等《じょうとう》な香水《こうすい》の香《かお》りがしました。ダルタニャンが「あなたが落《お》としたのを見《み》た」といいはると、男《おとこ》はおこりだしました。

「いいがかりをつけるとは、けしからんやつだ。二時《にじ》に決闘《けっとう》だ！」

ダルタニャンは、三《みっ》つも決闘《けっとう》の約束《やくそく》をしてしまったのです。

十二時《じゅうにじ》の鐘《かね》が鳴《な》りました。ダルタニャンが決闘場《けっとうじょう》にいくと、約束《やくそく》をした男《おとこ》が三人全員《さんにんぜんいん》そろっていました。三人《さんにん》とも銃士隊《じゅうしたい》の制服《せいふく》を着《き》ています。

大《おお》きな男《おとこ》が「おれはアトス。この二人《ふたり》は決闘《けっとう》の立会人《たちあいにん》だ」といいました。太《ふと》った男《おとこ》はポルトス、ハンサムな男《おとこ》はアラミスといいます。三人《さんにん》は偶然《ぐうぜん》、銃士隊《じゅうしたい》の仲間《なかま》だったのです。

決闘《けっとう》がはじまり、ダルタニャンとアトスの剣《けん》がふれあったときです。とつぜん、枢機卿《すうききょう》を守《まも》っている護衛隊《ごえいたい》がやってきました。そして、四人《よにん》におそいかかってきたのです。ダルタニャンは三人《さんにん》の銃士《じゅうし》たちと力《ちから》をあわせて闘《たたか》い、護衛隊《ごえいたい》をやっつけました。

「おまえ、なかなか強《つよ》いな。気《き》にいった！」とポルトスがいいました。

「さっきは、わるかったな」とアラミスがあやまりました。こうして、ダルタニャンは三銃士《さんじゅうし》の仲間《なかま》になったのです。

読んだ日　年　月　日／　年　月　日／　年　月　日

ポイント　このあと、ダルタニャンは銃士隊《じゅうしたい》に入隊《にゅうたい》し、三銃士《さんじゅうし》とともに大活躍《だいかつやく》します。

みんなとちがうことはすばらしいことです

3月5日のお話

みにくいアヒルの子《こ》

アンデルセン

　むかしむかし、古《ふる》いお屋敷《やしき》のお堀《ほり》に、アヒルの夫婦《ふうふ》が棲《す》んでおりました。お堀の茂みにある巣の中では、おかあさんアヒルが、卵《たまご》から産《う》まれてきたヒナたちをいそがしく世話《せわ》しています。ですが、巣《す》の中《なか》で一番大《いちばんおお》きな卵《たまご》だけが、なかなか産《う》まれてきません。

　おかあさんアヒルが待《ま》ちくたびれたころ、やっと卵《たまご》を割《わ》っててきたのは、体《からだ》の大《おお》きな、とてもみにくいヒナでした。ほかの兄弟《きょうだい》たちは黄色《きいろ》いのに、一羽《いちわ》だけ、ねずみ色《いろ》をしているのです。

「やーい、やーい、みにくい子《こ》！」

　みにくいアヒルの子《こ》は、兄弟《きょうだい》たちからいじめられました。おかあさんもため息《いき》をつきました。

「ほんとうにみにくい子《こ》だねぇ。どうしてこんな子《こ》が産《う》まれたんだろう」

　おかあさんの言葉《ことば》を聞《き》いたみにくいアヒルの子《こ》は、かなしくなりました。

「ぼくなんか、どうなってもいいんだ」

　みにくいアヒルの子《こ》は、巣《す》を飛《と》びだすと、屋敷《やしき》からはなれ、山《やま》を越《こ》え、川《かわ》を越《こ》え、どんどん歩《ある》きつづけました。

　季節《きせつ》がすぎて、秋《あき》になりました。アヒルの子《こ》は、白鳥《はくちょう》の群《む》れを目《め》にしました。

「ああ、なんてきれいなんだろう！」

　真《ま》っ白《しろ》な翼《つばさ》に、しなやかで長《なが》い首《くび》。自分《じぶん》とはまったくちがう姿《すがた》です。アヒルの子《こ》は、白鳥《はくちょう》たちが空《そら》のかなたへさっていくのを、ボーッと見送《みおく》りました。

「あんな鳥《とり》になれたら、しあわせだろうな。でも、どうせぼくにはむりだ。だって、こんなにみにくいんだもの」

　アヒルの子《こ》はため息《いき》をつきました。

　冬《ふゆ》がきてもアヒルの子《こ》は一羽《いちわ》で寒《さむ》さにたえました。雪《ゆき》がふっても、湖《みずうみ》に氷《こおり》がはっても、帰《かえ》る場所《ばしょ》はないのです。

　長《なが》い冬《ふゆ》がおわり、春《はる》がきました。空《そら》にはヒバリが、水辺《みずべ》ではカエルが鳴《な》きはじめました。春《はる》の陽気《ようき》にうながされ、アヒルの子《こ》が羽《は》ばたくまねをしたところ、体《からだ》がうくではありませんか！

「飛《と》べる！　ぼく、飛《と》べるよ！」

　アヒルの子《こ》は夢中《むちゅう》ではばたき、近《ちか》くの湖《みずうみ》に舞《ま》いおりました。すると、湖《みずうみ》にいた鳥《とり》たちが近《ちか》づいてきました。秋《あき》に見《み》た、うつくしい白鳥《はくちょう》たちです。

「ああ、またみんなでぼくをいじめるんだ……。どうしよう、逃《に》げなきゃ」

　しかし、そうではありませんでした。白鳥《はくちょう》たちはアヒルの子《こ》のまわりに集《あつ》まると、やさしく迎《むか》えてくれたのです。

「やあ、かわいい新入《しんい》りくん。それにしても、ずいぶんきれいな羽《はね》だね」

「え？　かわいい？　きれい？」

　アヒルの子《こ》はおどろきました。そんなはずはないのです。でも、ふと水《みず》にうつった自分《じぶん》を見《み》ると……、そこには真《ま》っ白《しろ》にかがやく、一羽《いちわ》のうつくしい白鳥《はくちょう》がいました。

　冬《ふゆ》の間《あいだ》にヒナの羽《はね》がぬけかわって、うつくしい白鳥《はくちょう》になっていたのです。ようやくほんとうの仲間《なかま》にめぐり合《あ》えたアヒルの子《こ》は、ほかの白鳥《はくちょう》といっしょに、大空《おおぞら》に飛《と》びたったということです。

3月

世界の童話

しあわせな話

読んだ日　　年　月　日／　　年　月　日／　　年　月　日

ポイント　見《み》た目《め》や性格《せいかく》が、一人《ひとり》だけほかの人《ひと》とちがっていても、気《き》にすることはありません。ちがうことは個性《こせい》です。

3月6日
のお話

バレエの演目《えんもく》として有名《ゆうめい》です

イワンと仔《こ》ウマ

ピョートル・パーヴロヴィチ・エルショーフ

むかしあるところにイワンというばか正直《しょうじき》な若者《わかもの》がおりました。ある日《ひ》、イワンは畑《はたけ》でうつくしいウマをつかまえました。すると、ウマがいいました。

「逃《に》がしてくれたら、かわりに三頭《さんとう》のウマを産《う》んであげましょう」

「ウマをくれるのか。じゃあ、いいよ」

　イワンがウマを逃《に》がしてやると、後《ご》日《じつ》、三頭《さんとう》のウマがイワンのところにきました。二頭《にとう》のウマは金色《きんいろ》のたてがみのウマ、残《のこ》りの小《ちい》さな一頭《いっとう》は人間《にんげん》の言《こと》葉《ば》を話《はな》すことができる仔《こ》ウマでした。

「二頭《にとう》のウマはきれいだから、王様《おうさま》に買《か》ってもらおう。仔《こ》ウマは人《ひと》の言葉《ことば》を話《はな》すから、手《て》もとに置《お》いておこう」

　王様《おうさま》のところにいく途中《とちゅう》、イワンは火《ひ》の鳥《とり》の羽《はね》をひろいました。

「だめです。そんなものをひろうと、あとでめんどうなことになりますよ」

「そうかな。でもきれいだから、これも王様《おうさま》にあげるよ」

　仔《こ》ウマの忠告《ちゅうこく》を聞《き》かず、イワンは王《おう》様《さま》のところへいきました。イワンが火《ひ》の鳥《とり》の羽《はね》をさしだすと、王様《おうさま》はとんでもないことをいいだしました。

「火《ひ》の鳥《とり》などという鳥《とり》がいるのか。イワン、火《ひ》の鳥《とり》をつかまえてまいれ」

　イワンは仔《こ》ウマのいうことを聞《き》けばよかったと後悔《こうかい》しましたが、あとの祭《まつ》りです。イワンは仔《こ》ウマのアドバイスを受《う》けながら、苦労《くろう》して火《ひ》の鳥《とり》をつかまえ、王様《おうさま》にさしだしました。

「よくやった。今度《こんど》は、月《つき》の娘《むすめ》で太《たい》陽《よう》の妹《いもうと》の姫《ひめ》を連《つ》れてこい」

　王様《おうさま》の要求《ようきゅう》にこたえるため、イワンは仔《こ》ウマと旅《たび》だちました。

「月《つき》の娘《むすめ》で太陽《たいよう》の妹《いもうと》の姫《ひめ》なら海《うみ》に住《す》んでますよ。わたしにまかせなさい」

　イワンはまた、仔《こ》ウマの力《ちから》をかりて、姫《ひめ》を王様《おうさま》のところへ連《つ》れていくことに成功《せいこう》しました。

「おお、これはうつくしい姫《ひめ》だ。姫《ひめ》、わしと結婚《けっこん》してくれい」

「嫌《いや》。王様《おうさま》はおじいさんなんですもの。若《わか》くなってくれれば、結婚《けっこん》してもいいわ。煮《に》えたミルク、煮《に》えたお湯《ゆ》、冷《つめ》たい水《みず》のはいった釜《かま》に順番《じゅんばん》にはいれば、うつくしい若者《わかもの》になれるわよ」

「そ、そんなあぶないことはできぬ。イワン、まずはおまえからためせ」

　ひきょうな王様《おうさま》の言葉《ことば》を聞《き》いて、イワンはためらいました。

「だいじょうぶ。おはいりなさい」

　仔《こ》ウマはなにか、呪文《じゅもん》をとなえています。仔《こ》ウマを信用《しんよう》していたイワンは、煮《に》えたミルク、煮《に》えたお湯《ゆ》、冷《つめ》たい水《みず》の順《じゅん》に、釜《かま》にはいりました。すると、みすぼらしくてさえない姿《すがた》のイワンが、うつくしい若者《わかもの》に生《う》まれかわったのです。

「なんだ。なんともないのか」

　王様《おうさま》は、よろこんでミルクの釜《かま》に飛《と》びこみ、熱《あつ》さのあまり死《し》んでしまいました。仔《こ》ウマは王様《おうさま》のときには、呪文《じゅもん》をとなえなかったのです。

　こうしてイワンは姫《ひめ》と結婚《けっこん》し、しあわせに暮《く》らしたということです。

読んだ日　　年　月　日／　　年　月　日／　　年　月　日

ポイント「イワン」「ばか」「金《きん》のたてがみのウマ」「火《ひ》の鳥《とり》」は、すべてロシア民話《みんわ》の代表的《だいひょうてき》なキーワードです。

落語《らくご》

子《こ》ダヌキは恩返《おんがえ》しできるかな？

狸賽《たぬさい》

むかし、バクチの好《す》きな男《おとこ》が家《いえ》で寝《ね》ていると、どこからはいってきたのか、いきなり子《こ》ダヌキがあらわれました。

「な、なんだ。おまえはタヌキ？」

「はい。わたしは昼間《ひるま》にあなたに助《たす》けていただいたタヌキです」

「おまえ。おれん家《ち》のまえでガキどもにいじめられていた、タヌキか？」

男《おとこ》が聞《き》くと、子《こ》ダヌキは、こくんとうなずきました。

「そうです。家《いえ》に帰《かえ》って父《ちち》や母《はは》にその話《はなし》をすると、恩返《おんがえ》ししてこいといわれました。恩《おん》を忘《わす》れたタヌキは人間《にんげん》とおなじだ、そんな子《こ》はいらないって」

子《こ》ダヌキの言葉《ことば》を聞《き》いて、男《おとこ》は少々《しょうしょう》ムッとしましたが、それでも子《こ》ダヌキのけなげさには感心《かんしん》して、子《こ》ダヌキの希望《きぼう》をかなえてやることにしました。

「人間《にんげん》よりタヌキが上《うえ》か。まあ、いいや。じゃあ、なにができるんだ？」

「化《ば》けられます。なんにでも」

「なんにでもだと。じゃあ、サイコロに化《ば》けられるか？」

「もちろん。はい、このとおり」

子《こ》ダヌキはいうがはやいか、小《ちい》さなサイコロに化《ば》けました。

「ほお、うまいもんだな。よし、ころがすぞ。なに、やめてくれ？　目《め》がまわる？　バカいうな。ころがさねえサイコロなんてあるもんか。よし、一《いち》の目《め》をだすぞ。うまくころがれよ」

男《おとこ》がサイコロをころがすと、一《いち》の目《め》がでました。

「うまい、うまい。なに？　一《いち》の目《め》はかんたん？　へその部分《ぶぶん》が一《いち》の目《め》？　ああ、あおむけになってるのか。ほかの目《め》もだせるか？　よし、だせるな」

男《おとこ》がそういうと、子《こ》ダヌキはもとの姿《すがた》に戻《もど》りました。

「いいか、これからサイコロに化《ば》けたおまえをもって、バクチにいく。おまえはおれのいった目《め》をだせよ。おれが『梅鉢《うめばち》』といったら、五《ご》の目《め》をだせ」

「梅鉢《うめばち》がなんで五《ご》の目《め》なんですか」

「梅《うめ》といえば、花《はな》びらが五枚《ごまい》だ。天神《てんじん》さんのご紋《もん》を見《み》たことあんだろ。黒《くろ》い丸《まる》が五《いつ》つだ。なに、むずかしすぎるって？　じゃあ数字《すうじ》でいってやるよ」

こうして、男《おとこ》はバクチ場《ば》へでかけました。男《おとこ》がサイコロをころがすと、いつも男《おとこ》がいったとおりの目《め》がでます。みんなは、これをあやしみました。

「おい、おまえ。サイコロをふるまえに、目《め》の数《かず》をいうんじゃねえよ」

「ちょっと、そのサイコロかせ。おれがころがす。なに？　よせ、目《め》がまわる？　なにいってんだ。じゃあ、おまえがころがせよ。目《め》の数《かず》はいうな」

みんなからあやしまれた男《おとこ》は、目《め》の数《かず》がいえないので、こういいました

「つぎは梅鉢《うめばち》だぞ。わかってるな、天《てん》神《じん》さんだ、天神《てんじん》さん。天神《てんじん》さんでろ！」

男《おとこ》がさけんで、サイコロをころがしました。すると、冠《かんむり》をかぶって勺《しゃく》をもった、天神様《てんじんさま》のかっこうになった子《こ》ダヌキがあらわれましたとさ。

読んだ日　　年　月　日／　　年　月　日／　　年　月　日

ポイント　天神様《てんじんさま》（菅原道真《すがわらのみちざね》）が梅《うめ》をこよなく愛《あい》したことから、各地《かくち》の天神様《てんじんさま》には「梅鉢紋《うめばちもん》」が使《つか》われています。

殺《ころ》されるのを覚悟《かくご》で友《とも》のために走《はし》る

走《はし》れメロス

太宰治《だざいおさむ》

妹《いもうと》が結婚《けっこん》することになり、メロスはシラクサの市《し》に、婚礼《こんれい》の宴《うたげ》のごちそうを買《か》いにやってきました。ところが、静《しず》かすぎてようすがへんです。メロスは町《まち》の人《ひと》にたずねました。

「なにかあったのですか」

「王様《おうさま》が人《ひと》を殺《ころ》します。人《ひと》を信《しん》じることができぬといって、ご自《じ》分《ぶん》の子《こ》どもも、妹君《いもうとぎみ》も皇《こう》后様《ごうさま》もみんな殺《ころ》しました」

「ばかな。そんなことはゆるされぬ」

正義感《せいぎかん》の強《つよ》いメロスは、王様《おうさま》を手《て》にかけて、市民《しみん》を暴君《ぼうくん》から守《まも》ろうとしましたが、逆《ぎゃく》につかまって死刑《しけい》をいいわたされました。メロスは王様《おうさま》にいいました。

「王《おう》よ。わたしは殺《ころ》されてもいい。だが、三日間《みっかかん》だけ猶予《ゆうよ》がほしい。妹《いもうと》の結婚式《けっこんしき》を見《み》とどけたなら、わたしはきっとこの場《ば》に帰《かえ》ってくる」

「ふん。人《ひと》の言葉《ことば》など信用《しんよう》できぬわ。どうしてもというなら、身《み》がわりをさしだせ。どうせ、おまえは約束《やくそく》を守《まも》れまい。おまえの身《み》がわりを殺《ころ》して、人《ひと》の言葉《ことば》など信用《しんよう》できぬことを、みなの者《もの》に証明《しょうめい》してくれようぞ」

メロスは親友《しんゆう》のセリヌンティウスの家《いえ》にいき、事情《じじょう》をうちあけました。するとセリヌンティウスは、だまってうなずいて、メロスを抱《だ》きしめました。

メロスは親友《しんゆう》を王《おう》にさしだして、故《こ》郷《きょう》に帰《かえ》りました。約束《やくそく》の刻限《こくげん》は三日《みっか》後《ご》の日没《にちぼつ》までです。

メロスは故郷《こきょう》に帰《かえ》ると、すぐに妹《いもうと》の婚礼《こんれい》をあげました。もちろん、いっさいの事情《じじょう》は妹《いもうと》には話《はな》しません。三《みっ》日目《かめ》の朝《あさ》、目《め》が覚《さ》めるとメロスは飛《と》び起《お》き、シラクサの市《し》まで走《はし》りました。

（わたしは走《はし》る。今宵《こよい》、殺《ころ》されるために走《はし》るのだ。友《とも》を守《まも》るために）

自分《じぶん》の心《こころ》をはげましながら、メロスは走《はし》りました。洪水《こうずい》で橋《はし》が流《なが》されたところは泳《およ》いでわたり、山賊《さんぞく》がでてきたら勇敢《ゆうかん》に戦《たたか》って撃退《げきたい》しました。ところが、ただでさえ長《なが》い距離《きょり》を走《はし》ってきているのに、つぎからつぎに妨害《ぼうがい》があらわれるので、メロスの体《からだ》はつかれはて、心《こころ》はなえていきました。

（もう、走《はし》るのをやめようか。ばかな。わたしは友《とも》のために走《はし》らねばならぬ）

日没《にちぼつ》ぎりぎりでメロスはシラクサの市《し》に到着《とうちゃく》し、大声《おおごえ》でさけびました。

「わたしだ、メロスだ。殺《ころ》されるべき男《おとこ》が帰《かえ》ってきたぞ！　わたしを殺《ころ》せ」

セリヌンティウスの処刑《しょけい》を見《み》るために集《あつ》まっていた観客《かんきゃく》はおどろきました。まさかメロスが帰《かえ》ってくるとは思《おも》わなかったのです。メロスとセリヌンティウスは、再会《さいかい》すると一度《いちど》ずつなぐりあいました。おたがいに一度《いちど》だけ、心《こころ》の中《なか》で、おたがいを裏切《うらぎ》ろうとしたことを告白《こくはく》したからです。なぐりあうと二《ふた》人《り》は、抱《だ》きあって泣《な》きました。二人《ふたり》の姿《すがた》を見《み》て感動《かんどう》した王様《おうさま》はいいました。

「メロスよ。どうか、わたしをおまえたちの仲間《なかま》にいれてくれ。おまえたちはわたしの心《こころ》に勝《か》ったのだ」

王様《おうさま》の言葉《ことば》を聞《き》いて、群集《ぐんしゅう》から歓声《かんせい》があがりました。

「万歳《ばんざい》。王様《おうさま》、万歳《ばんざい》」

読んだ日　年　月　日／　年　月　日／　年　月　日

ポイント　この作品《さくひん》は、ギリシャ神話《しんわ》とドイツの詩《し》をもとに生《う》まれました。

神様《かみさま》は暗闇《くらやみ》から世界《せかい》をつくりました

世界《せかい》のはじまり

むかしむかし。世界《せかい》は音《おと》のない真《ま》っ暗《くら》な闇《やみ》でした。まわりは広《ひろ》びろと、豊《ゆた》かな水《みず》におおわれていました。暗闇《くらやみ》の中《なか》に神様《かみさま》があらわれて、いいました。

「さあ、光《ひかり》よ、でておいで」

すると、闇《やみ》に明《あか》るい光《ひかり》がさしこみました。神様《かみさま》は光《ひかり》を見《み》て、いいました。

「この光《ひかり》を昼《ひる》と呼《よ》びましょう」

昼《ひる》の光《ひかり》はゆれながら、消《き》えていきました。神様《かみさま》は、ふたたび訪《おとず》れた闇《やみ》にいいました。

「この闇《やみ》を夜《よる》と呼《よ》びましょう」

昼《ひる》と夜《よる》が生《う》まれ、一日目《いちにちめ》がおわりました。

そして、二日目《ふつかめ》に神様《かみさま》はまたいいました。

「大空《おおぞら》よ、あらわれなさい」

神様《かみさま》は大空《おおぞら》をつくりました。神様《かみさま》は大空《おおぞら》を「天《てん》」と名《な》づけました。天《てん》は、水《みず》を上《うえ》と下《した》にわけました。

三日目《みっかめ》に、神様《かみさま》は天《てん》の下《した》の水《みず》を一《いっ》か所《しょ》に集《あつ》め、「海《うみ》」をつくりました。そして、水《みず》がなくなり、かわいたところに「陸《りく》地《ち》」をつくりました。陸地《りくち》には高《たか》い山《やま》があらわれ、ふもとには野《の》や谷《たに》が広《ひろ》がりました。やがて、野《の》は緑《みどり》の草《くさ》におおわれ、いたるところに花《はな》や果実《かじつ》のついた木《き》がはえました。

四日目《よっかめ》に、神様《かみさま》は天《てん》にむかっていいました。

「天《てん》の星《ほし》よ、かがやきなさい。季節《きせつ》や日《ひ》にちや年《とし》がわかるように」

それから神様《かみさま》は、二《ふた》つの大《おお》きな光《ひかり》をつくりました。一《ひと》つは「太陽《たいよう》」、もう一《ひと》つは「月《つき》」です。太陽《たいよう》は昼間《ひるま》にかがやき、月《つき》は夜《よる》の地上《ちじょう》を照《て》らします。こうして、四日目《よっかめ》もおわりました。

五日目《いつかめ》になりました。神様《かみさま》はまたいいました。

「海《うみ》には魚《さかな》、空《そら》には鳥《とり》を」

すると、海《うみ》にはたくさんの魚《さかな》が泳《およ》ぎだし、空《そら》には鳥《とり》が飛《と》びはじめました。

六日目《むいかめ》に神様《かみさま》は「これでは、まだたりない」といいました。そして、ウシやヒツジやトラのように陸地《りくち》を歩《ある》く生《い》き物《もの》、ヘビのように地《ち》をはう生《い》き物《もの》をたくさんつくりました。それから、神様《かみさま》は自分《じぶん》の姿形《すがたかたち》ににせて、人《ひと》をつくりました。神様《かみさま》は人《ひと》にいいました。

「海《うみ》の魚《さかな》や空《そら》の鳥《とり》、陸地《りくち》の動物《どうぶつ》をおさめなさい」

こうして六日目《むいかめ》の仕事《しごと》がおわりました。神様《かみさま》はつくりあげた世界《せかい》に満《まん》足《ぞく》して、七日目《なのかめ》はお休《やす》みになりました。

八日目《ようかめ》になりました。人《ひと》はアダムと名《な》づけられ、エデンという楽園《らくえん》に住《す》むことをゆるされました。神様《かみさま》はアダムのあばら骨《ほね》を一本《いっぽん》とって、イブをつくりました。アダムとイブは、最初《さいしょ》の人《ひと》類《るい》になりました。

読んだ日　年　月　日／　年　月　日／　年　月　日

ポイント 神様《かみさま》が六日間《むいかかん》で世界《せかい》をつくり、七日目《なのかめ》を休《やす》んだので、いまも一週間《いっしゅうかん》が七日《なのか》で、日曜日《にちようび》が休日《きゅうじつ》だという説《せつ》があります。

戦争《せんそう》もけんかもない理想《りそう》の土地《とち》

桃源郷《とうげんきょう》

中国《ちゅうごく》

むかし、中国《ちゅうごく》の武陵《ぶりょう》という土地《とち》に、一人《ひとり》の漁師《りょうし》が住《す》んでいました。漁師《りょうし》はいつものように、舟《ふね》をこいで川《かわ》を進《すす》んでいましたが、いつのまにか、見《み》なれない景色《けしき》の場所《ばしょ》に、さ迷《まよ》いでてしまいました。

「あれえ、いつものように舟《ふね》をこいでいただけだというのに、どうしてこんな場所《ばしょ》にでてきてしまっただ」

困《こま》った漁師《りょうし》は、帰《かえ》り道《みち》を探《さが》して舟《ふね》をこぎましたが、いけどもいけども、見《み》なれた場所《ばしょ》にいきつきません。そのうち、川《かわ》がだんだん細《ほそ》くなっていき、まわりの景色《けしき》がうつくしい桃《もも》の林《はやし》になっていきました。舟《ふね》が進《すす》めなくなったところで、漁師《りょうし》は舟《ふね》をおり、まわりを見《み》まわしながら歩《ある》いていきます。

「なんちゅう、きれいなとこだ。まるで仙人《せんにん》さまが住《す》む場所《ばしょ》のようだぞ。それにしても、桃《もも》の木《き》ばかりで、ほかの木《き》がぜんぜんないとは、どういうこっちゃ」

漁師《りょうし》がひとりごとをいいながら歩《ある》いていると、目《め》のまえに山《やま》があらわれました。山《やま》のふもとには小《ちい》さな入《い》り口《ぐち》があり、わずかな光《ひかり》がこぼれています。

「なんじゃ、あの光《ひかり》は。ほかにあてもないし、とにかくいってみるか」

山《やま》の入《い》り口《ぐち》は、人《ひと》が一人《ひとり》やっと通《とお》ることができるほどの狭《せま》い道《みち》でした。漁師《りょうし》が先《さき》を進《すす》むと、やがて視界《しかい》が開《ひら》け、広《ひろ》びろとした土地《とち》がありました。そこには、家《いえ》がたちならび、うつくしい田畑《たはた》や池《いけ》、竹《たけ》林《ばやし》や桑《くわ》の木《き》もはえていました。

漁師《りょうし》が目《め》のまえの光景《こうけい》におどろいていると、村人《むらびと》が話《はな》しかけてきました。

「おまえさん、どこからきなさった。この土地《とち》に客人《きゃくじん》がくるとは、めずらしいこともあるものじゃ」

「お、おれは漁師《りょうし》です。道《みち》に迷《まよ》ってここにきたのですが、いったい、ここはどこなのですか」

「ああ、そういうことか。ま、ついてきなさるがええ」

村人《むらびと》は漁師《りょうし》を自分《じぶん》の家《いえ》にまねくと、おいしいごちそうやお酒《さけ》でもてなしくれました。すると、村人《むらびと》たちがつぎつぎにやってきて、漁師《りょうし》に話《はなし》をしてくれました。

「ここは、むかし大《おお》きな戦争《せんそう》があったときに、わしらの先祖《せんぞ》が逃《に》げてきた場所《ばしょ》なんじゃ」

「ここには戦争《せんそう》はない。けんかすらない。おだやかで静《しず》かな村《むら》なのだよ」

「帰《かえ》り道《みち》は教《おし》えてあげよう。だけど、ここのことはないしょにしてくれんか」

漁師《りょうし》は数日間《すうじつかん》、この土地《とち》ですごし、やがて自分《じぶん》の家《いえ》に帰《かえ》りました。何日《なんにち》かすると、漁師《りょうし》には、あのふしぎな村《むら》のことが思《おも》いだされてなりません。

「もう一度《いちど》、あの場所《ばしょ》にいってみよう」

漁師《りょうし》はまた、舟《ふね》をこいででかけましたが、もう二度《にど》と、あの村《むら》にはいきつけませんでした。以来《いらい》、その村《むら》の場所《ばしょ》はだれにもわかっていません。

読んだ日　　年　月　日／　　年　月　日／　　年　月　日

ポイント　中国《ちゅうごく》の詩人《しじん》・陶淵明《とうえんめい》の書《か》いた『桃花源記《とうかげんき》』がもとになっているお話《はなし》です。桃源郷《とうげんきょう》とは、俗世《ぞくせ》をはなれた理想郷《りそうきょう》だと解釈《かいしゃく》されています。

やさしい心《こころ》と思《おも》いやりをもつ少年《しょうねん》のお話《はなし》

小公子《しょうこうし》

フランシス・ホジソン・バーネット

セドリックは心《こころ》のやさしい少年《しょうねん》です。おとうさんが亡《な》くなり、おかあさんとアメリカで暮《く》らしています。

七歳《ななさい》になったある日《ひ》、イギリスから弁護士《べんごし》がたずねてきました。そして、「あなたは、ドリンコート伯爵《はくしゃく》のお孫《まご》さんです。跡継《あとつ》ぎとして、イギリスにきてください」といいました。

セドリックのおとうさんはイギリス人《じん》で、伯爵《はくしゃく》の三番目《さんばんめ》の息子《むすこ》です。伯《はく》爵《しゃく》は息子《むすこ》がアメリカ人《じん》と結婚《けっこん》したことがゆるせず、セドリックのおとうさんを家《いえ》から追《お》いだしました。でも、長男《ちょうなん》と次男《じなん》が二人《ふたり》とも亡《な》くなり、孫《まご》のセドリックしか跡継《あとつ》ぎがいなくなったのです。

「おじいさまは一人《ひとり》ぼっちなの？　ぼくがなぐさめにいくよ」

セドリックは、おかあさんとイギリスにいくことにしました。ドリンコート伯爵《はくしゃく》は、頑固《がんこ》できびしい人《ひと》でした。はじめて会《あ》う孫《まご》にも笑顔《えがお》を見《み》せません。でも、セドリックはニコニコしていいました。

「親切《しんせつ》なおじいさま、お会《あ》いできてうれしいです」

伯爵《はくしゃく》はいままで、親切《しんせつ》などといわれたことがありません。びっくりして、セドリックに聞《き》きました。

「わたしのどこが親切《しんせつ》なんだ？」

「おじいさまにいただいたお金《かね》で、アメリカの友《とも》だちに、お別《わか》れのプレゼントができました。ありがとう！」

伯爵《はくしゃく》はセドリックの素直《すなお》な感謝《かんしゃ》の言《こと》葉《ば》を聞《き》いて、胸《むね》が熱《あつ》くなりました。

「ぼくもおじいさまのような、やさしくてりっぱな人《ひと》になりたいです」

セドリックにこういわれ、伯爵《はくしゃく》はうれしくてしかたありません。その日《ひ》から、伯爵《はくしゃく》はセドリックの笑顔《えがお》が見《み》たくて、困《こま》っている人《ひと》や貧《まず》しい人《ひと》を助《たす》けるようになりました。

ある日《ひ》、伯爵《はくしゃく》の亡《な》くなった次男《じなん》の奥《おく》さんという人《ひと》が、屋敷《やしき》に訪《たず》ねてきました。その人《ひと》は男《おとこ》の子《こ》を連《つ》れていて、「この子《こ》が正式《せいしき》な跡《あと》継《つ》ぎです」というのです。証明《しょうめい》書《しょ》があったので、伯爵《はくしゃく》はしかたなく、その子《こ》を跡継《あとつ》ぎにしました。セドリックは屋敷《やしき》をでて、おかあさんと二人《ふたり》で暮《く》らすことになりました。

この話《はなし》はあちこちに伝《つた》わり、アメリカの新聞《しんぶん》にものりました。そして、新《しん》聞《ぶん》を読《よ》んだ人《ひと》から、イギリスの弁護士《べんごし》に連絡《れんらく》があったのです。

「次男《じなん》の奥《おく》さんといつわったあの女《おんな》は、ぼくの兄《あに》と結婚《けっこん》していましたよ。子《こ》どもは兄《あに》の息子《むすこ》です」

女《おんな》の正体《しょうたい》は詐欺師《さぎし》で、証明書《しょうめいしょ》もにせものでした。悪事《あくじ》がばれて、女《おんな》は子《こ》どもを連《つ》れて姿《すがた》を消《け》しました。

伯爵《はくしゃく》はいそいで、セドリックとおかあさんを迎《むか》えにいきました。

「おじいさま、ぼくたち、みんなでいっしょに暮《く》らせるんですね」

「そうだよ、セドリック！」

伯爵《はくしゃく》は、かけよるセドリックを、しっかりと抱《だ》きしめました。

読んだ日　　年　月　日／　　年　月　日／　　年　月　日

ポイント　小公子《しょうこうし》とは、小《ちい》さい貴族《きぞく》という意味《いみ》です。頑固《がんこ》な伯爵《はくしゃく》は、セドリックに心《こころ》を開《ひら》いて、人《ひと》を愛《あい》するようになります。

ネズミがお餅《もち》を食《た》べるとどうなる？

ネズミの相撲《すもう》

むかしむかし、あるところに貧《まず》しいけれど、とてもやさしいおじいさんとおばあさんが住《す》んでいました。

ある日《ひ》のこと、おじいさんが家《いえ》の裏《うら》の畑《はたけ》にでかけると、なにやら威勢《いせい》のいい声《こえ》が聞《き》こえてきました。

「はっけよ～い、のこった！」

ふしぎに思《おも》ったおじいさんが、かけ声《ごえ》のするほうをのぞいてみると、なんと、二匹《にひき》のネズミが相撲《すもう》をとっていました。

「おやおや、ネズミも相撲《すもう》をとるんかいな。あれ、よく見《み》ると、痩《や》せっぽちのネズミはわしの家《いえ》に棲《す》むネズミのようじゃな」

痩《や》せネズミと太《ふと》っちょネズミは何度《なんど》も相撲《すもう》をとりましたが、痩《や》せネズミは太《ふと》っちょネズミにどうしても勝《か》てないようです。

「ハッハハハ。ろくに飯《めし》も食《く》わんで、わしに勝《か》てると思《おも》ったか」

太《ふと》っちょネズミは、足《あし》もとにころがっている痩《や》せネズミを見《み》おろして笑《わら》いました。おじいさんは、痩《や》せネズミがとても気《き》のどくでしかたありません。肩《かた》を落《お》として家《いえ》に帰《かえ》り、おばあさんにネズミの相撲《すもう》の話《はなし》をしました。おばあさんは話《はなし》を聞《き》いて、こういいました。

「おやおや、それじゃあ、うちの痩《や》せネズミにお餅《もち》を食《た》べてもらったらどうでしょう。きっと力《ちから》がつきますよ」

「それはいい考《かんが》えじゃ」

二人《ふたり》はなけなしのお米《こめ》をついて餅《もち》をつくり、痩《や》せネズミに食《た》べさせました。痩《や》せネズミは元気《げんき》いっぱいです。

つぎの日《ひ》、痩《や》せネズミは太《ふと》っちょネズミと相撲《すもう》をとりました。今度《こんど》は何回《なんかい》やっても痩《や》せネズミが勝《か》ちます。

「痩《や》せネズミくん、いったい、どうしてそんなに強《つよ》くなったんだい？」

「おじいさんとおばあさんに餅《もち》をついてもらったんだよ。それを食《た》べたから、きみにもらくらく勝《か》てるのさ」

「いいなあ。うちは金《かね》もちだけど、餅《もち》なんてくれないよ。ねえ、わしにも、その餅《もち》、ごちそうしてくれないか」

「う～ん、うちは貧乏《びんぼう》だからなあ。そんなに何度《なんど》も餅《もち》はつけないよ」

「じゃあ、わしの家《いえ》の小判《こばん》をもっていこう。それなら餅《もち》をつけるだろ？」

こうして太《ふと》っちょネズミはたくさんの小判《こばん》をもって、おじいさんとおばあさんにお餅《もち》をついてくれるようにたのみました。おじいさんとおばあさんはおどろきましたが、気《き》のいい二人《ふたり》はまたお餅《もち》をついて、二匹《にひき》のネズミにごちそうしました。ついでに、相撲《すもう》のまわしもつくってあげたので、二匹《にひき》のネズミは大《おお》よろこびです。

「これで、いっそう相撲《すもう》がたのしくなるぞ」

「わし、またお礼《れい》の小判《こばん》をもってくる」

こうして、おじいさんとおばあさんは、ネズミのおかげで豊《ゆた》かに暮《く》らすことができるようになりましたとさ。

読んだ日　年　月　日／　年　月　日／　年　月　日

ポイント　ネズミはどんどん子《こ》どもをつくるので、子孫繁栄《しそんはんえい》、富《とみ》の象徴《しょうちょう》として、昔話《むかしばなし》ではよくあつかわれます。

仙人《せんにん》の修行《しゅぎょう》をはじめた男《おとこ》

杜子春《とししゅん》

芥川龍之介《あくたがわりゅうのすけ》

中国《ちゅうごく》の唐《とう》の時代《じだい》のお話《はなし》です。都《みやこ》に杜《と》子春《ししゅん》という若者《わかもの》がおりました。

杜子春《とししゅん》が町《まち》なかでぼうっとしていると、老人《ろうじん》が話《はな》しかけてきました。

「おまえはなにを考《かんが》えているのだ」

「金《かね》もちになりたいなと思《おも》っていました」

「では、いいことを教《おし》えてやろう」

老人《ろうじん》は杜子春《とししゅん》に、黄金《おうごん》がうまっている場所《ばしょ》を教《おし》えて、さりました。杜《と》子《し》春《しゅん》は大金《おおがね》もちになりましたが、お金《かね》はすぐになくなり、また貧乏《びんぼう》になりました。すると、お金《かね》もちのときはなかよくしてくれた人《ひと》たちも、貧乏《びんぼう》になったとたん、だれもあいてにしてくれなくなったのです。

貧乏《びんぼう》になった杜子春《とししゅん》が、またぼうっとしていると、おなじ老人《ろうじん》があらわれて、また杜子春《とししゅん》をお金《かね》もちにしてくれました。ところが、杜子春《とししゅん》はまたお金《かね》を使《つか》いはたし、孤独《こどく》になりました。

三度目《さんどめ》に老人《ろうじん》があらわれたときに、杜子春《とししゅん》はいいました。

「もうお金《かね》はいりません。人間《にんげん》にあいそがつきました。あなたは仙人様《せんにんさま》なのでしょう？　どうか、わたしを弟子《でし》にしてください」

「いかにもおれは仙人《せんにん》だ。いいだろう。弟子《でし》にしてやるが修行《しゅぎょう》はきびしいぞ。これからは、いっさい口《くち》をきいてはならぬ。でないと仙人《せんにん》にはなれぬぞ」

杜子春《とししゅん》はうなずき、修行《しゅぎょう》がはじまりました。杜子春《とししゅん》が山《やま》の中《なか》ですわっていると、トラがあらわれておどしました。ところが、杜子春《とししゅん》は口《くち》をききません。

しばらくすると、天《てん》からおそろしい顔《かお》をした神将《しんしょう》があらわれました。

「おまえはだれだ。名前《なまえ》をいえ。いわねば命《いのち》をとるぞ」

口《くち》をきかない杜子春《とししゅん》に腹《はら》をたてた神《しん》将《しょう》は、杜子春《とししゅん》を刺《さ》し殺《ころ》しました。杜《と》子《し》春《しゅん》は地獄《じごく》に落《お》ち、拷問《ごうもん》にあいましたが、それでも口《くち》をききませんでした。

「なぜ口《くち》をきかぬ。強情《ごうじょう》なやつだ。ならば、こいつの両親《りょうしん》を連《つ》れてこい」

えんま大王《だいおう》の命令《めいれい》で、杜子春《とししゅん》の死《し》んだ両親《りょうしん》が連《つ》れてこられ、むちでうたれました。杜子春《とししゅん》が目《め》をつぶってがまんしていると、お母《かあ》さんがいいました。

「いいのよ。だまっておいで。おまえがしあわせになれるなら、わたしたちは、どんなことでもがまんできるよ」

「おかあさん！」

たまらず杜子春《とししゅん》がさけぶと、地獄《じごく》の景色《けしき》が消《き》え、杜子春《とししゅん》はもといた都《みやこ》の町《まち》なかにたっていました。すると、目《め》のまえにいた仙人《せんにん》がいいました。

「もし、おまえがだまったままだったら、おれはおまえを殺《ころ》していたよ。さあ、おまえはこれからどうする？」

「わたしは……、わたしは今後《こんご》、人間《にんげん》らしく、正直《しょうじき》に暮《く》らしたいです」

「その言葉《ことば》、忘《わす》れるなよ」

仙人《せんにん》はゆかいそうにそういうと、さっていきました。

読んだ日　　年　月　日／　　年　月　日／　　年　月　日

ポイント 中国《ちゅうごく》の古典《こてん》の『杜子春伝《とししゅんでん》』を、芥川龍之介《あくたがわりゅうのすけ》が翻案《ほんあん》した作品《さくひん》です。

ゼウスはおこりっぽい神様《かみさま》です

カメのこうら

イソップ

むかしむかし、ギリシャの神々《かみがみ》が住《す》むオリュンポス山《ざん》で、結婚式《けっこんしき》がありました。花《はな》むこは、ギリシャの神様《かみさま》の中《なか》でもっともえらい神様《かみさま》ゼウスです。

ゼウスのために、オリュンポス山《ざん》に住《す》む神々《かみがみ》をはじめ、ギリシャ中《じゅう》の妖精《ようせい》や人間《にんげん》、動物《どうぶつ》たちが集《あつ》まりました。大神《たいしん》ゼウスの結婚式《けっこんしき》なだけあって、それはたいへんにぎやかなお祝《いわ》いの宴《うたげ》でした。

「今日《きょう》はわたしのために集《あつ》まってくれて、ありがとう。みんながお祝《いわ》いしてくれて、ほんとうにうれしいぞ」

ゼウスはご機嫌《きげん》で、みんなにお礼《れい》をいいました。すると、ゼウスの伝令《でんれい》をつとめる神《かみ》ヘルメスが、ゼウスに近《ちか》づき、いいました。

「われらが主神《しゅしん》ゼウスよ。本日《ほんじつ》はまことにおめでとうございます。ところで、カメだけがこのお祝《いわ》いの席《せき》にきていないようですが……」

「なんだと。ううむ、なにかわけがあるのかもしれぬ。ヘルメスよ。カメのもとにいってくれぬか。そして、伝《つた》えよ。わたしの結婚式《けっこんしき》にこいとな」

「御意《ぎょい》。かしこまりました。では、さっそくいってまいります」

ヘルメスは羽《はね》のはえた靴《くつ》をはいているので、どこへでもすぐに飛《と》んでいけます。ヘルメスはあっというまに、カメの棲《す》む場所《ばしょ》につきました。

「カメよ。われらが主神《しゅしん》ゼウスの言葉《ことば》である。『わが結婚式《けっこんしき》に出席《しゅっせき》せよ』」

ところが、カメはいいました。

「いえ、わたしは遠慮《えんりょ》しておきます」

ヘルメスはカメの言葉《ことば》を聞《き》いておどろきました。しかし、切《き》れ者《もの》のヘルメスは顔《かお》にだしません。弁舌《べんぜつ》の神《かみ》でもあるヘルメスは、うってかわってやさしい言葉《ことば》でカメにいいました。

「なあ、カメよ。結婚式《けっこんしき》といっても、かたくるしいものではないよ。ゼウス様《さま》はにぎやかなことが大好《だいす》きでな。大《おお》さわぎしてもだいじょうぶさ。ごちそうもたんとあるし、きれいな女神《めがみ》たちにも会《あ》えるぞ。いっしょにいこう」

すると、カメはこういいました。

「ありがたいお言葉《ことば》ですが、そのにぎやかな宴《うたげ》が苦手《にがて》なのです。自分《じぶん》の家《いえ》で静《しず》かにしていたほうが、気《き》が楽《らく》なのです。結婚式《けっこんしき》にはまいりません」

ヘルメスはカメを説得《せっとく》することはあきらめ、オリュンポス山《ざん》に帰《かえ》ってゼウスにありのままを報告《ほうこく》しました。すると、ゼウスはおこりました。

「ほう、カメはそんなに家《いえ》にいることが好《す》きか。よかろう。ならば、一生《いっしょう》家《いえ》にいることができるようにしてやろう。今後《こんご》は自分《じぶん》の家《いえ》をせおって生《い》きていくがよい」

ゼウスは呪《のろ》いの言葉《ことば》をカメに投《な》げつけました。こうして、カメにはこうらができたということです。

にぎやかで豪勢《ごうせい》な場所《ばしょ》にいくよりも、静《しず》かで質素《しっそ》な自分《じぶん》の家《いえ》にいることを好《この》む人《ひと》もいます、というお話《はなし》でした。

読んだ日　年　月　日／　年　月　日／　年　月　日

ポイント 背中《せなか》にこうらができて心《こころ》おきなく家《いえ》にいられる、とカメはよろこんでいるのかもしれませんね。

3月15日のお話

一休《いっきゅう》さん

安易《あんい》なうそをつくとひどい目《め》にあいます

水《みず》あめの毒《どく》

かしこいことで有名《ゆうめい》な一休《いっきゅう》さんと和《お》尚《しょう》さんが歩《ある》いていると、大店《おおだな》のだんなさんが、二人《ふたり》を呼《よ》びとめました。

「やあやあ。そこにいるのは和尚《おしょう》さんと一休《いっきゅう》さんですな。今日《きょう》はお布施《ふせ》のかわりに、これをさしあげましょう」

だんなさんはそういうと、水《みず》あめを和尚《おしょう》さんに手わたしました。甘《あま》い物《もの》が大好《だいす》きな和尚《おしょう》さんは大《おお》よろこび。一《いっ》休《きゅう》さんは、そのようすをじっとだまって見《み》ています。和尚《おしょう》さんは、一休《いっきゅう》さんが自分《じぶん》を見《み》ているのに気《き》づくと、あわてて水《みず》あめを背中《せなか》にかくしていいました。

「一休《いっきゅう》。水《みず》あめというのはな、大人《おとな》にとっては薬《くすり》じゃが、子《こ》どもにとっては猛毒《もうどく》じゃ。食《た》べると死《し》んでしまうぞ」

「わかりました。食《た》べません。さあ、安国寺《あんこくじ》に帰《かえ》りましょう」

一休《いっきゅう》さんがにっこり笑《わら》って返事《へんじ》をすると和尚《おしょう》さんは安心《あんしん》し、お寺《てら》に帰《かえ》ると水《みず》あめを戸棚《とだな》にかくしました。一休《いっきゅう》さんは、そのようすを見《み》ていました。

「和尚《おしょう》さんも、もう少《すこ》しましなうそをつけばいいのに。水《みず》あめが毒《どく》だなんて、どんな子《こ》どもでも信《しん》じないよ」

つぎの日《ひ》、和尚《おしょう》さんは用事《ようじ》で外《そと》にでかけていきました。そこで一《いっ》休《きゅう》さんは、寺《てら》の小坊主《こぼうず》さんたちを集《あつ》めて、水《みず》あめをみんなで食《た》べてしまったのです。

「一休《いっきゅう》、ほんとうにぜんぶ食《た》べてしまってだいじょうぶなのか」

「和尚《おしょう》さん、でかけるとき、すごく、にこにこしてたもんな。あれは、帰《かえ》ってから水《みず》あめを食《た》べるのをたのしみにしていたにちがいないぞ」

小坊主《こぼうず》さんたちは、水《みず》あめをぜんぶ食《た》べてしまったことを後悔《こうかい》しました。どうしようと頭《あたま》をかかえている小坊主《こぼうず》さんたちに、一休《いっきゅう》さんはいいました。

「だいじょうぶですよ。ほら、見《み》てください」

小坊主《こぼうず》さんが一休《いっきゅう》さんを見《み》ると、一《いっ》休《きゅう》さんは、和尚《おしょう》さんが命《いのち》のつぎにたいせつにしている壺《つぼ》をかかえています。

「この壺《つぼ》をこうしましょう」

と、いいながら、一休《いっきゅう》さんは壺《つぼ》を床《ゆか》にたたきつけて粉々《こなごな》に割《わ》りました。

「お、おまえ、なんてことを」

「ああ、もうただではすまないぞ」

ついに小坊主《こぼうず》さんたちは、抱《だ》きあって泣《な》きだしました。そこへ、和尚《おしょう》さんが帰《かえ》ってきました。

「いったい、これはなにごとじゃ。どうしてみんな、泣《な》いているんじゃ」

すると、一休《いっきゅう》さんがいいました。

「そうじをしていたら、和尚《おしょう》さんのだいじな壺《つぼ》を割《わ》ってしまいました。それでみんなで死《し》んでおわびをしようと、水《みず》あめをわけあって食《た》べたのです」

和尚《おしょう》さんは一人《ひとり》だけ笑《わら》っている一《いっ》休《きゅう》さんの話《はなし》を聞《き》いて、すべて一休《いっきゅう》さんのしわざだと見《み》ぬきました。

「ああ、わしがわるかった。みんな泣《な》かなくてもいい。死《し》にはせん。一休《いっきゅう》や、わしはもう二度《にど》とおまえにうそはつくまい。もうこりごりじゃ」

読んだ日　　年　月　日／　　年　月　日／　　年　月　日

ポイント　一休《いっきゅう》さんは実在《じつざい》の人物《じんぶつ》で、後小松天皇《ごこまつてんのう》の子《こ》どもだったといわれています。

動物《どうぶつ》たちの生存競争《せいぞんきょうそう》

蜘蛛《くも》となめくじと狸《たぬき》

宮沢賢治《みやざわけんじ》

蜘蛛《くも》と、銀色《ぎんいろ》のなめくじと、顔《かお》を洗《あら》ったことのない狸《たぬき》は、みんな、りっぱな選手《せんしゅ》でした。けれども、いったいなんの選手《せんしゅ》だったのか、わかりません。とにかく三人《さんにん》は、死《し》にました。

蜘蛛《くも》は、蜘蛛暦《くもれき》三千八百年《さんぜんはっぴゃくねん》の五月《ごがつ》に亡《な》くなり、なめくじはそのつぎの年《とし》、狸《たぬき》はまたそのつぎの年《とし》に死《し》にました。三人《さんにん》の伝記《でんき》を調《しら》べてみましょう。

蜘蛛《くも》は網《あみ》をはって、蚊《か》やカゲロウをつかまえました。

「ごめんなさい。ごめんなさい」

と、泣《な》いて命《いのち》ごいをする蚊《か》やカゲロウを、蜘蛛《くも》はむさぼり、食《く》い殺《ころ》します。

それが蜘蛛《くも》の毎日《まいにち》でした。ある日《ひ》、なめくじがやってきて、蜘蛛《くも》の悪口《わるぐち》をいいました。すると、蜘蛛《くも》は、

「うるさい、でぶやろう」

と、いい返《かえ》しました。なめくじは、くやしくて帰《かえ》っていきました。しばらくすると、狸《たぬき》がやってきていいました。

「みすぼらしい巣《す》だなあ」

蜘蛛《くも》はおこって、巣《す》をいっぱいつくりました。すると、獲物《えもの》がたくさんかかりすぎて、くさってしまいました。蜘蛛《くも》もくさってしまい、死《し》にました。

なめくじは親切者《しんせつもの》で評判《ひょうばん》でした。ところが、それは真《ま》っ赤《か》なうそでした。親切《しんせつ》なふりをして、虫《むし》をだまして食《た》べるのです。カタツムリやトカゲは、なめくじにだまされて食《た》べられました。

ある日《ひ》、狸《たぬき》がなめくじのところへきていいました。

「なめくじなんて、ぶざまなもんさ」

なめくじはおこりましたが、どうすることもできません。そのうち、蜘蛛《くも》が死《し》んだと聞《き》いて、気分《きぶん》がよくなりました。つぎの年《とし》、カエルがやってきたので、なめくじは、まただまそうとしました。

「カエルさん、すもうをとろう」

「いいですよ」

ところがカエルは塩《しお》をとりだして、なめくじにかけました。なめくじはとけて死《し》に、カエルに食《た》べられました。

狸《たぬき》は、山猫大明神《やまねこだいみょうじん》のお使《つか》いだと名《な》乗《の》って、動物《どうぶつ》たちのなやみ相談《そうだん》を受《う》けていました。

「なまねこ。なまねこ」

と、動物《どうぶつ》たちにお経《きょう》をとなえさせながら、狸《たぬき》は動物《どうぶつ》を食《た》べました。ウサギやオオカミは、「ありがたい、ありがたい」といいながら、狸《たぬき》にだまされて食《た》べられたのです。

ところが、動物《どうぶつ》たちをまるごと食《た》べたので、狸《たぬき》の体《からだ》の中《なか》には泥《どろ》や水《みず》がたまりました。そして狸《たぬき》の体《からだ》からは草《くさ》や木《き》がはえ、まんまるの地球儀《ちきゅうぎ》のようになって、死《し》んでいきました。狸《たぬき》の最期《さいご》の言葉《ことば》は、

「うわあ、こわい。おれは、地獄《じごく》いきのマラソンをやったのだ」

と、いうものでした。

なるほど、そうしてみると、蜘蛛《くも》となめくじと狸《たぬき》の三人《さんにん》は、地獄《じごく》いきのマラソン競争《きょうそう》をしていたのです。

3月

日本の名作

ためになる話

読んだ日　年　月　日／　年　月　日／　年　月　日

ポイント　生《い》きるためにほかの動物《どうぶつ》を殺《ころ》し、自分《じぶん》もやがて死《し》んでいく……。深《ふか》く考《かんが》えさせられる物語《ものがたり》です。

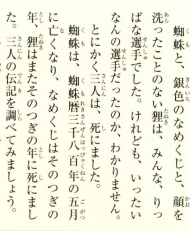

「トルコの一休《いっきゅう》さん」のお話《はなし》です

トルコ

ナスレッディン・ホジャ

むかし、トルコには、ナスレッディン・ホジャというとてもおもしろいおじさんがいました。ある日《ひ》、ホジャは家《いえ》のまえにすわりこんで、神様《かみさま》に大声《おおごえ》でいのりはじめました。

「ああ、神様《かみさま》！　わたしはいつも貧乏《びんぼう》をして困《こま》っています。どうか、金貨《きんか》を千枚《せんまい》さずけてください。でもきっかり千枚《せんまい》じゃないといやです。九百九十九《きゅうひゃくきゅうじゅうきゅう》枚《まい》くれたって、いりませんからね」

ホジャが、こんなずうずうしいおいのりを、はじめたものですから、隣《となり》に住《す》むお金《かね》もちはおかしくてたまりません。

「九百九十九枚《きゅうひゃくきゅうじゅうきゅうまい》ならいらないって？　じゃあ、ほんとうに九百九十九枚《きゅうひゃくきゅうじゅうきゅうまい》の金貨《きんか》を、ホジャにやろうじゃないか」

お金《かね》もちは、九百九十九枚《きゅうひゃくきゅうじゅうきゅうまい》の金貨《きんか》を袋《ふくろ》にいれて、ホジャの家《いえ》に投《な》げこみました。すると、ホジャは大《おお》よろこびで、金貨《きんか》をかぞえはじめました。

「九百九十七《きゅうひゃくきゅうじゅうなな》、九百九十八《きゅうひゃくきゅうじゅうはち》、九百九十九枚《きゅうひゃくきゅうじゅうきゅうまい》、と。あれ、一枚《いちまい》たりないな。そうか、神様《かみさま》もおいそがしいからな。先《さき》に九百九十九枚《きゅうひゃくきゅうじゅうきゅうまい》くれて、あとでもう一枚《いちまい》くれるんだろう」

そういうと、ホジャは金貨《きんか》の袋《ふくろ》をしまいこんでしまいました。これを見《み》てあわてたのがお金《かね》もちです。

「これ、ホジャ、その金貨《きんか》を返《かえ》せ」

「なんの話《はなし》だね？」

「その金貨《きんか》はわしのもんじゃ。おまえ、九百九十九枚《きゅうひゃくきゅうじゅうきゅうまい》ならいらないといってたじゃないか！」

「あのな、お金《かね》もちさん。どこのだれがそんなバカなことをいうんだ。じゃあ、裁判所《さいばんしょ》にいこう。でも、わたしの服《ふく》はボロボロではずかしいな」

「なら、わしの服《ふく》をかしてやる！」

こうして、二人《ふたり》は裁判《さいばん》を受《う》けることになりました。

最初《さいしょ》に、ホジャがいいました。

「裁判官様《さいばんかんさま》。この男《おとこ》がわたしの金貨《きんか》を自分《じぶん》のものだというんです」

「これ、ホジャ。その金《かね》はわしのものだと、いっておるだろうが！」

「裁判官様《さいばんかんさま》。この男《おとこ》はいつもわたしがもっているものを、自分《じぶん》のものだというんです。そのうち、いまわたしが着《き》ている服《ふく》も、自分《じぶん》のものだといいはじめますよ」

「おい、ホジャ。あたりまえだ。その服《ふく》は、さっきわしがかしてやったものだろうが」

ホジャは、お金《かね》もちの言葉《ことば》を聞《き》くと、（ほらね）というように、裁判官《さいばんかん》の顔《かお》を見《み》ました。裁判官《さいばんかん》はこのようすを見《み》て、判決《はんけつ》をくだしました。

「どうやらホジャのいうことが正《ただ》しいようだ。金貨《きんか》はホジャのものとする」

大金《たいきん》をうしなったお金《かね》もちが家《いえ》でしょげ返《かえ》っていると、そこへホジャが訪《たず》ねてきました。

「ほら、金貨《きんか》と服《ふく》を返《かえ》すよ。これからは、あんまり人《ひと》をからかおうとしないことだね」

読んだ日　　年　月　日／　　年　月　日／　　年　月　日

ポイント　ホジャが実在《じつざい》するかどうかは不明《ふめい》ですが、トルコ人《じん》はみんなホジャが大好《だいす》きです。毎年《まいとし》ホジャ祭《まつ》りも開《ひら》かれます。

うつくしい歌声《うたごえ》には心《こころ》も体《からだ》もいやされます

ナイチンゲールの歌声《うたごえ》

アンデルセン

むかし、中国《ちゅうごく》の森《もり》に、それはうつくしい歌声《うたごえ》をもった一羽《いちわ》のナイチンゲールが棲《す》んでおりました。そのすばらしい歌声《うたごえ》を聴《き》くために、世界中《せかいじゅう》からたくさんの人《ひと》がこの森《もり》を訪《おとず》れました。

そんなうわさを耳《みみ》にした中国《ちゅうごく》の皇帝《こうてい》は、家来《けらい》に命令《めいれい》しました。

「そのナイチンゲールとやらをここへ連《つ》れてこい。そして歌《うた》わせるのじゃ」

家来《けらい》たちは広《ひろ》い森《もり》を探《さが》しました。でも、ナイチンゲールは見《み》つかりません。だって、たった一羽《いちわ》の小《ちい》さな鳥《とり》なのですから。それでも家来《けらい》たちはあきらめず、ついに探《さが》しだしました。そして御《ご》殿《てん》に連《つ》れてくると、ナイチンゲールは皇帝《こうてい》のまえで、すきとおるようなうつくしい歌声《うたごえ》を披露《ひろう》しました。

ナイチンゲールの歌声《うたごえ》に感動《かんどう》した皇《こう》帝《てい》は、涙《なみだ》をこぼしていいました。

「すばらしい！　まるで心《こころ》が洗《あら》われるようだ。ナイチンゲールよ、どうかいつまでもわしのそばにいておくれ」

皇帝《こうてい》はナイチンゲールのために、りっぱな鳥《とり》かごと金《きん》のとまり木《ぎ》をつくり、ナイチンゲールも御殿《ごてん》で暮《く》らすようになったのです。

ある日《ひ》のこと。遠《とお》い国《くに》の皇帝《こうてい》から、中国《ちゅうごく》の皇帝《こうてい》に贈《おく》り物《もの》がとどきました。それはうつくしい宝石《ほうせき》でかざられた金《きん》のナイチンゲールでした。しかもネジを巻《ま》くと、ほんものそっくりに歌《うた》うではありませんか。

「これはみごとだ！　この金《きん》のナイチンゲールがあれば、ほかにはなにもいらぬ」

この日《ひ》から、ほんもののナイチンゲールがいなくなってしまいました。鳥《とり》かごをでて、森《もり》に帰《かえ》ってしまったのです。

皇帝《こうてい》はしばらく金《きん》のナイチンゲールに夢中《むちゅう》でしたが、金《きん》のナイチンゲールは、ある日《ひ》こわれてしまい、ぴくりとも動《うご》かなくなってしまいました。

それから、五年《ごねん》がたちました。

皇帝《こうてい》は重《おも》い病気《びょうき》にかかり、長《なが》い間《あいだ》寝《ね》たきりでした。病気《びょうき》はわるくなるばかりだったので、家来《けらい》たちは皇帝《こうてい》にはないしょで、つぎの皇帝選《こうていえら》びにいそがしそうでした。病気《びょうき》の皇帝《こうてい》は、ベッドの中《なか》で涙《なみだ》をこぼしました。

「ああ、もう一度《いちど》元気《げんき》になりたいなぁ」

そのときです。鈴《すず》をふるような歌声《うたごえ》が聴《き》こえてきました。

「この歌声《うたごえ》は！」

そうです。森《もり》のナイチンゲールが歌《うた》っているのです。ナイチンゲールは、病気《びょうき》の皇帝《こうてい》を看病《かんびょう》しにきたのでした。

「なんとすばらしい歌声《うたごえ》なんだろう。これこそ、ほんものの歌声《うたごえ》だ……」

ナイチンゲールの歌声《うたごえ》を聴《き》いているうちに、皇帝《こうてい》は力《ちから》がみなぎってくるのを感《かん》じました。すっかり元気《げんき》になった皇帝《こうてい》は、ナイチンゲールに御殿《ごてん》に戻《もど》るようにたのみましたが、ナイチンゲールは鳥《とり》かごには戻《もど》りませんでした。

いつもは森《もり》で暮《く》らして、ときおり窓《まど》辺《べ》にやってきては、そのうつくしい声《こえ》を皇帝《こうてい》に聴《き》かせてくれたそうです。

読んだ日　年　月　日／　年　月　日／　年　月　日

ポイント　ナイチンゲールというのは“西洋《せいよう》のウグイス”と呼《よ》ばれるサヨナキドリのこと。残念《ざんねん》ながら日本《にほん》にはいません。

調子《ちょうし》に乗《の》って子《こ》どもをだました二人《ふたり》ですが……？

東海道中膝栗毛《とうかいどうちゅうひざくりげ》
十返舎一九《じっぺんしゃいっく》

弥次《やじ》さん喜多《きた》さんと菓子《かし》売《う》り

お伊勢《いせ》まいりにむかった、弥次《やじ》さんと喜多《きた》さんの珍道中《ちんどうちゅう》はつづきます。

さて、箱根《はこね》を通《とお》りぬけたところで、弥次《やじ》さんがまたも災難《さいなん》にあいました。「護摩《ごま》の灰《はい》」、つまり泥棒《どろぼう》に、お金《かね》をぜんぶ盗《ぬす》まれたのです。

「こんちきしょう、べらぼうめ。喜多《きた》さん、もう旅《たび》はやめにしようや」

「なに、いってんやがんでえ、弥次《やじ》さん。こんなこともあらあな。府中《ふちゅう》までいけば、知《し》りあいがいるだろ。そこで金《かね》をかりればいいじゃねえか」

喜多《きた》さんが弥次《やじ》さんをなぐさめながら旅《たび》をつづけていると、お供《とも》を一人《ひとり》連《つ》れたお侍《さむらい》さんに出会《であ》いました。

「おまえさんたち、江戸《えど》の者《もの》か。えらく元気《げんき》がないようだが」

「へい。途中《とちゅう》、護摩《ごま》の灰《はい》にあっちまって、えらく難儀《なんぎ》をしております」

「護摩《ごま》の灰《はい》？　それはかわいそうに。刺《さ》されては、さぞ、いたかろう」

「いえ、護摩《ごま》の灰《はい》ってえのは、虫《むし》じゃなくて泥棒《どろぼう》のことでして」

「泥棒《どろぼう》？　盗賊《とうぞく》のことか。それはお困《こま》りじゃろう。手助《てだす》けは必要《ひつよう》か」

「そいつはありがてえ。わたしのもっている財布《さいふ》を買《か》ってくれませんか」

こうして弥次《やじ》さんと喜多《きた》さんは、二百文《にひゃくもん》を手《て》にいれました。ところが、気《き》が大《おお》きくなるとすぐに調子《ちょうし》に乗《の》るところが、二人《ふたり》のわるいくせです。

二人《ふたり》がしばらくいくと、菓子売《かしう》りの子《こ》どもに出会《であ》いました。喜多《きた》さんが、さっそく声《こえ》をかけます。

「よおよお、この菓子《かし》はいくらでえ？」

「一《ひと》つ二文《にもん》です」

「じゃあ、五《いつ》つ食《く》ったらいくらになる」

「えっと、ええっと～」

子《こ》どもは指折《ゆびお》りかぞえて悩《なや》んでいます。弥次《やじ》さんは子《こ》どもの返事《へんじ》を聞《き》かず、菓子《かし》を食《た》べてしまっています。

「もう五《いつ》つ食《く》っちまった。二《に》〈**かける**〉五《ご》の三《さん》で三文《さんもん》だな。ほらよ」

でたらめなかけ算《ざん》で、弥次《やじ》さんは、金《かね》をごまかしました。それを見《み》た喜多《きた》さんも調子《ちょうし》に乗《の》りました。

「こっちの菓子《かし》はいくらだ。なに、三《さん》文《もん》？　じゃ、三《さん》〈**かける**〉四《し》の七《なな》で、七文《ななもん》だな」

喜多《きた》さんもでたらめなかけ算《ざん》で、金《かね》をごまかしました。かんぜんに調子《ちょうし》に乗《の》った二人《ふたり》は、五文《ごもん》の菓子《かし》に目《め》をつけ、二人《ふたり》で六《む》つ食《た》べました。

「じゃあ、五《ご》〈**かける**〉六《ろく》の十五《じゅうご》で十五文《じゅうごもん》だ」

「ちょっと待《ま》った」

そこで子《こ》どもが、金《かね》をはらおうとする二人《ふたり》をとめました。

「五文《ごもん》ずつ、六回払《ろっかいはら》っておくれ。たしかに、それだけ食《た》べたんだから」

「ちえっ、べつに食《た》べたくもねえ菓子《かし》に無駄金《むだがね》を使《つか》っちまったなあ」

子《こ》どもの言葉《ことば》に、二人《ふたり》はしぶしぶ金《かね》をはらいました。子《こ》どもをだまそうとした二人《ふたり》にはいい薬《くすり》ですね。さて、二人《ふたり》の珍道中《ちんどうちゅう》、まだつづきますよ。

読んだ日　年　月　日／　年　月　日／　年　月　日

ポイント　府中《ふちゅう》とはいまの静岡《しずおか》です。また、道中《どうちゅう》二人《ふたり》が使《つか》う「べらぼうめ」という言葉《ことば》は、江戸言葉《えどことば》で「ばかやろう」という意味《いみ》です。

リンゴが木《き》から落《お》ちるのを見《み》て大発見《だいはっけん》！

ニュートン

アイザック・ニュートンが生《う》まれたのは、いまから約三百七十年前《やくさんびゃくななじゅうねんまえ》のイギリスです。ニュートンは小《ちい》さくて弱々《よわよわ》しい赤《あか》ちゃんでした。

おとうさんはニュートンが生《う》まれる三《さん》か月《げつ》まえに亡《な》くなりました。おかあさんはべつの人《ひと》とけっこんして家《いえ》をでたので、ニュートンはおばあさんと二人《ふたり》で暮《く》らしていました。ニュートンは気《き》が弱《よわ》くて、友《とも》だちも少《すく》ない少年《しょうねん》に育《そだ》ちました。勉強《べんきょう》もあまり得意《とくい》ではありません。いつも、一人《ひとり》ぼんやりと考《かんが》えごとをしていました。

ある日《ひ》、ニュートンが庭《にわ》で大《おお》きな石《いし》をけずっていました。「なにをつくっているの？」とおばあさんが聞《き》くと、ニュートンはうれしそうにこたえました。

「日時計《ひどけい》だよ。影《かげ》の動《うご》きで時間《じかん》がわかるんだ」

ニュートンは日時計《ひどけい》だけでなく、水《みず》時計《どけい》や水車《すいしゃ》をつくるのも得意《とくい》でした。動物《どうぶつ》や草木《くさき》を観察《かんさつ》するのも好《す》きでした。

「太陽《たいよう》や月《つき》が少《すこ》しずつ動《うご》くのはどうしてなのかな。なぜ、風《かぜ》がふいたり、雨《あめ》がふるんだろう」

ニュートンにはふしぎに思《おも》うことがたくさんありました。

「もっといろんなことを知《し》りたい！」

そう思《おも》ったニュートンは、いっしょうけんめい勉強《べんきょう》するようになり、やがてクラスで一番《いちばん》になりました。そして、ケンブリッジ大学《だいがく》に入学《にゅうがく》したのです。ニュートンはむずかしい本《ほん》でも、何度《なんど》も何度《なんど》も読《よ》み返《かえ》して、ぜんぶわかるようになりました。そして熱心《ねっしん》に研究《けんきゅう》や実験《じっけん》をつづけ、先生《せんせい》もおどろくような発見《はっけん》をしました。

ある年《とし》、イギリスにペストという、おそろしい伝染病《でんせんびょう》が流行《りゅうこう》しました。そのせいで、大学《だいがく》が休《やす》みになったニュートンは、下宿先《げしゅくさき》から故郷《こきょう》に帰《かえ》ってきました。ニュートンは子《こ》どものころのように、庭《にわ》のリンゴの木《き》の下《した》で本《ほん》を読《よ》んでいました。すると、赤《あか》いリンゴが一《ひと》つ、ポトンと落《お》ちてきました。

「リンゴはどうして、まっすぐ下《した》に落《お》ちるのだろう？」

ニュートンはリンゴを見《み》つめながら、じっと考《かんが》えつづけました。

「地面《じめん》にひっぱる力《ちから》があるんだ。地《ち》球《きゅう》がリンゴをひっぱったんだ！　では、リンゴにはひっぱる力《ちから》はないのかな」

ニュートンはつぎつぎとうかぶ「なぜだろう？」を考《かんが》えつづけ、ついに「宇宙《うちゅう》のものはすべて、おたがいにひっぱりあっている」という大発見《だいはっけん》をしたのです。それは「万有引力《ばんゆういんりょく》の法則《ほうそく》」と呼《よ》ばれました。

それからも、ニュートンは「虹《にじ》ができるのはなぜ？」「夕焼《ゆうや》けが赤《あか》いのはなぜ？」などを考《かんが》えて、色《いろ》や光《ひかり》の研究《けんきゅう》をしたのです。ニュートンは二十六《にじゅうろく》歳《さい》の年《とし》に大学教授《だいがくきょうじゅ》になり、その後《ご》もたくさんの発見《はっけん》をして、大科学者《だいかがくしゃ》になったのです。

読んだ日　年　月　日／　年　月　日／　年　月　日

ポイント　ニュートン（1643-1727）は勉強《べんきょう》は苦手《にがて》でしたが、興味《きょうみ》があることには熱心《ねっしん》にとりくみました。それが、世界的《せかいてき》な発見《はっけん》へとつながったのです。

フキノトウにまつわるかなしいお話《はなし》

フキ姫物語《ひめものがたり》

3月21日のお話

むかしむかし、山《やま》の奥《おく》に「フキ」という名前《なまえ》のうつくしくやさしい娘《むすめ》が、父親《ちちおや》と二人《ふたり》で住《す》んでおりました。ある日《ひ》のこと、父親《ちちおや》が重《おも》い病《やまい》をわずらってしまいました。

「おとう。体《からだ》の具合《ぐあい》はええだか」

「おお、フキよ。わしの病《やまい》は長《なが》びきそうじゃ。ああ、山《やま》の森《もり》の奥《おく》にある泉《いずみ》までいくことができたらなあ」

フキは、父親《ちちおや》の話《はなし》をふしぎに思《おも》ってたずねました。

「おとう。森《もり》の泉《いずみ》ってなあに？」

「森《もり》の泉《いずみ》はな。その水《みず》を飲《の》むと、すぐに病《やまい》がなおるんじゃ。山《やま》の動物《どうぶつ》たちは、そこで病《やまい》やケガをなおすんじゃよ」

「じゃあ、私《わたし》がそこへいって、水《みず》をくんでくる」

それを聞《き》いた父親《ちちおや》は、あわててフキをとめました。

「フキよ。おまえはダメじゃ。森《もり》の泉《いずみ》には、泉《いずみ》の精《せい》が棲《す》んでおる。泉《いずみ》の精《せい》は、若《わか》くてうつくしい男《おとこ》だそうな。泉《いずみ》の精《せい》に出会《であ》った若《わか》い娘《むすめ》はみんな、山《やま》から帰《かえ》ってこれなくなる。いくなよ」

父親《ちちおや》にとめられたフキでしたが、病《やまい》にくるしむ父親《ちちおや》をほうってはおけません。フキはとうとう父親《ちちおや》にだまって、森《もり》の泉《いずみ》にでかけました。

森《もり》の泉《いずみ》についたフキは、その光景《こうけい》のうつくしさに見《み》とれました。

「ああ、なんてきれいな泉《いずみ》だろう。こんなにきれいなものを見《み》たのは、生《う》まれてはじめてだわ」

「そなたもなかなかうつくしいぞ」

声《こえ》におどろいたフキが見《み》ると、泉《いずみ》のほとりに、うつくしい若者《わかもの》がたっていました。

「わたしは泉《いずみ》の精《せい》。いままで多《おお》くの者《もの》がこの泉《いずみ》を訪《おとず》れたが、そなたほどうつくしい娘《むすめ》に会《あ》ったことはない。どうか、ずっとここにいておくれ」

そういうと、泉《いずみ》の精《せい》は片手《かたて》をフキのほほにあて、やさしくなでました。フキは目《め》のまえの若者《わかもの》の姿《すがた》のうつくしさ、言葉《ことば》づかい、仕草《しぐさ》すべてに心《こころ》をとろかされ、つい、こう返事《へんじ》をしました。

「わたしなどでよければ、いつまでもあなた様《さま》のそばにいさせてください」

フキの言葉《ことば》を聞《き》いた泉《いずみ》の精《せい》は、静《しず》かにほほえむと、フキを抱《だ》きよせました。二人《ふたり》はそのまま、すうっと泉《いずみ》の中《なか》に消《き》えていきました。

しばらくたち、病《やまい》のいえた父親《ちちおや》が娘《むすめ》を探《さが》して森《もり》の泉《いずみ》までくると、泉《いずみ》のほとりに小《ちい》さな花《はな》が咲《さ》いていました。その花《はな》は小《ちい》さくうつくしく、いなくなった娘《むすめ》のようにかれんでした。

「フキ、おまえなんじゃな。そうか、泉《いずみ》が気《き》にいったのか。泉《いずみ》の精《せい》よ、どうか娘《むすめ》をたいせつにしてくだされ」

父親《ちちおや》は泉《いずみ》にむかって頭《あたま》をさげ、かなしそうに帰《かえ》っていきました。それ以来《いらい》、そのかれんな花《はな》は「フキノトウ」と呼《よ》ばれるようになったということです。

読んだ日　年　月　日／　年　月　日／　年　月　日

ポイント　食用《しょくよう》で知《し》られるフキノトウは、俳句《はいく》では春《はる》の季語《きご》です。まだ寒《さむ》い時期《じき》に芽《め》ぶき、葉柄《ようへい》をのばしたフキもおいしく食《た》べられます。

女《おんな》の子《こ》の思《おも》いやりが奇跡《きせき》を起《お》こします

七《なな》つの星《ほし》

ロシア

むかし、ロシアの村《むら》で、毎日毎日《まいにちまいにち》お日様《ひさま》が照《て》りつけ、雨《あめ》が少《すこ》しもふりませんでした。池《いけ》の水《みず》も井戸《いど》の水《みず》も、すっかりなくなり、草《くさ》も木《き》も枯《か》れました。

村《むら》のはずれの小《ちい》さな家《いえ》に、女《おんな》の子《こ》がおかあさんと暮《く》らしていました。おかあさんは重《おも》い病気《びょうき》にかかり、高《たか》い熱《ねつ》にうなされています。

「おかあさんのために水《みず》を探《さが》そう」

女《おんな》の子《こ》は水《みず》を探《さが》しにでかけました。ところが、村中《むらじゅう》を探《さが》しても、ひとしずくの水《みず》も見《み》つかりません。女《おんな》の子《こ》はつかれて、とうとうすわりこんでしまいました。どのくらいたったでしょう。あたりは暗《くら》くなっていました。

「たいへん、おかあさんが心配《しんぱい》しているわ」

女《おんな》の子《こ》がたちあがると、どこかでなにかがきらりと光《ひか》りました。光《ひか》るものに近《ちか》づくと、それは、なみなみと水《みず》がそそがれた、木《き》のひしゃくでした。月《つき》の光《ひかり》をあびて、水面《すいめん》がきらきら光《ひか》っていたのです。女《おんな》の子《こ》はひしゃくをもちあげ、水《みず》を飲《の》もうとしました。のどがカラカラにかわいていたのです。でも、病気《びょうき》のおかあさんのことを思《おも》いだし、がまんしました。

女《おんな》の子《こ》は水《みず》をこぼさないように気《き》をつけながら、家《いえ》にいそぎました。途中《とちゅう》で、痩《や》せ細《ほそ》った犬《いぬ》に出合《であ》いました。はぁはぁと息《いき》があらく、いまにもたおれそうです。女《おんな》の子《こ》はかわいそうに思《おも》い、手《て》のひらに少《すこ》し水《みず》をいれると、犬《いぬ》に飲《の》ませてあげました。すると、ふしぎなことに、木《き》のひしゃくが銀《ぎん》にかわったのです。女《おんな》の子《こ》は銀《ぎん》のひしゃくをもって、家《いえ》に帰《かえ》りました。

「おかあさん、お水《みず》を飲《の》んで！」

おかあさんは、ごくごくとおいしそうに水《みず》を飲《の》みました。そして、残《のこ》った水《みず》を娘《むすめ》にさしだしました。

「あとは、おまえがお飲《の》みなさい」

そのときです。ドアをトントンとたたく音《おと》がしました。女《おんな》の子《こ》がドアを開《あ》けると、見知《みし》らぬおじいさんがたっていました。

「ひと口《ぐち》、水《みず》を飲《の》ませてください」

女《おんな》の子《こ》は銀《ぎん》のひしゃくをわたしました。おじいさんは、うれしそうに水《みず》を飲《の》み干《ほ》すと、お礼《れい》をいってでていきました。あとには、からっぽのひしゃくが残《のこ》されました。そのときです。銀《ぎん》のひしゃくは、金色《きんいろ》のかがやくひしゃくにかわったのです。金《きん》のひしゃくには、七《なな》つのうつくしい宝石《ほうせき》がついていました。

「まぁ、なんてことなの、ひしゃくから、水《みず》がわきでてくるわ」

女《おんな》の子《こ》が水《みず》を飲《の》むと、七《なな》つの宝石《ほうせき》がきらきら光《ひか》りながら、夜空《よぞら》へのぼっていきました。金《きん》のひしゃくの水《みず》は、飲《の》んでも飲《の》んでもなくなりません。女《おんな》の子《こ》は、村人《むらびと》にも水《みず》を飲《の》んでもらいました。七《なな》つの宝石《ほうせき》は星《ほし》になり、いまも空《そら》でかがやいています。

読んだ日　年　月　日／　年　月　日／　年　月　日

ポイント　ひしゃくの宝石《ほうせき》は「北斗七星《ほくとしちせい》」という星《ほし》になりました。春《はる》の夜《よる》に、北《きた》の空《そら》を探《さが》してみてください。星《ほし》が、ひしゃくの形《かたち》にならんでいますよ。

かくれてしまった太陽神《たいようしん》をとり戻《もど》す方法《ほうほう》は？

天《あま》の岩戸《いわと》

3月23日のお話

イザナギノミコトから生《う》まれたスサノオノミコトは、たいへんな乱暴者《らんぼうもの》でした。海原《うなばら》をおさめるはずのスサノオは、高天原《たかまがはら》と呼《よ》ばれる天界《てんかい》で、家々《いえいえ》をこわしたり、神様《かみさま》たちに暴力《ぼうりょく》をふるったりしてあばれまわるのです。困《こま》りきった神様《かみさま》たちは、天《てん》をおさめるアマテラスオオミカミに、相談《そうだん》しました。

「弟《おとうと》のスサノオにはなにかわけがあるのだろう。しばらくようすを見《み》よう」

「いやいや、スサノオ様《さま》はひどすぎます。すぐにご処分《しょぶん》をお願《ねが》いいたします」

神様《かみさま》たちは、なんとかスサノオをこらしめてもらおうと、アマテラスにたのみこみましたが、アマテラスは首《くび》をたてにふりません。スサノオのあばれっぷりは、ひどくなる一方《いっぽう》でした。

ある日《ひ》、スサノオはなにを思《おも》ったのか、神聖《しんせい》な機織《はたお》りの家《いえ》に、皮《かわ》をはいだウマの死体《したい》を投《な》げこみ、中《なか》にいた機織《はたおり》娘《むすめ》を殺《ころ》してしまいました。これにはアマテラスもさすがになげいておこり、天《あま》の岩戸《いわと》と呼《よ》ばれている、大《おお》きな岩《いわ》で入《い》り口《ぐち》をふさいだ洞窟《どうくつ》に、自《みずか》らの身《み》をかくしてしまったのです。

高天原《たかまがはら》をおさめ、太陽《たいよう》の神様《かみさま》でもあるアマテラスがいなくなったため、世《せ》界《かい》は真《ま》っ暗闇《くらやみ》になってしまいました。

「困《こま》ったことじゃ。世界《せかい》が闇《やみ》におおわれ、悪霊《あくりょう》や化け物《もの》がわきだしおった」

「アマテラス様《さま》をなんとしてもお連《つ》れ戻《もど》さねばなるまいのう」

神様《かみさま》たちが集《あつ》まって相談《そうだん》していると、一人《ひとり》の神様《かみさま》がよい案《あん》を思《おも》いつきました。知恵《ちえ》の神様《かみさま》のオモイカネです。

「宴会《えんかい》をすればよいのではないか」

「宴会《えんかい》だって？」

おどろく神様《かみさま》たちに、オモイカネが計画《けいかく》を説明《せつめい》しました。それがたいへんよい考《かんが》えだったので、神様《かみさま》たちはよろこんで、天《あま》の岩戸《いわと》のまえで大宴会《だいえんかい》をはじめたのです。宴会《えんかい》の中央《ちゅうおう》では、アメノウズメという娘《むすめ》が胸《むな》もとをはだけて踊《おど》りました。その踊《おど》りがおもしろいので、神様《かみさま》たちはそれを見《み》て大笑《おおわら》いです。

「これはなんのさわぎじゃ」

と、アマテラスが天《あま》の岩戸《いわと》から少《すこ》し顔《かお》をだしたところ、岩戸《いわと》の陰《かげ》にいた神様《かみさま》が鏡《かがみ》をさしだしました。アマテラスは、鏡《かがみ》にうつった光《ひかり》かがやく自分《じぶん》を見《み》て、新《あたら》しい神様《かみさま》があらわれたと勘《かん》ちがい。新《あたら》しい神様《かみさま》をもっとよく見《み》ようと、半《はん》身《しん》を乗《の》りだしました。

「それ、いまだ！」

オモイカネのかけ声《ごえ》で、力《ちから》もちのタヂカラオという神様《かみさま》が、アマテラスを天《あま》の岩戸《いわと》からひっぱりだし、アマテラスを外《そと》に連《つ》れだしました。

こうして、世《よ》の中《なか》に光《ひかり》があふれ、平《へい》和《わ》が戻《もど》ったのです。このさわぎの原因《げんいん》になったスサノオは、天界《てんかい》の高天原《たかまがはら》から、中《なか》つ国《くに》と呼《よ》ばれる下界《げかい》に追放《ついほう》になりました。スサノオは下界《げかい》で大《おお》あばれすることになるのですが、それはまたべつのお話《はなし》。

読んだ日　　年　月　日／　　年　月　日／　　年　月　日

ポイント　天《あま》の岩戸《いわと》があったといわれる場所《ばしょ》は、全国各地《ぜんこくかくち》にあります。有名《ゆうめい》なのは宮崎県高千穂町《みやざきけんたかちほちょう》の天岩戸神社《あまのいわとじんじゃ》です。

3月　神話

ためになる話

3月24日のお話

姉思《あねおも》いの妹《いもうと》がだした知恵《ちえ》

お月《つき》お星《ほし》

むかしむかし、あるところにお月《つき》とお星《ほし》という姉妹《しまい》がいました。お月《つき》は先《せん》妻《さい》の娘《むすめ》、お星《ほし》は後妻《ごさい》の娘《むすめ》と、それぞれ母親《ははおや》がちがいましたが、たいへんなかのいい姉妹《しまい》でした。

ところが、お星《ほし》の母親《ははおや》は、自分《じぶん》の産《う》んだ子《こ》ではないお月《つき》が、にくくてたまりません。そこで、お月《つき》を殺《ころ》す計画《けいかく》をたてたのです。母親《ははおや》の計画《けいかく》を知《し》ったお星《ほし》は、お月《つき》を助《たす》けようと考《かんが》えました。

「お月《つき》ねえさん、おかあさんが、ねえさんを殺《ころ》そうとしているの。今晩《こんばん》はわたしの布団《ふとん》でいっしょに寝《ね》よう。ねえさんの布団《ふとん》には、籾殻《もみがら》をつめたひょうたんをいれておくわ」

夜《よる》になると、母親《ははおや》はお月《つき》が寝《ね》ているはずの布団《ふとん》に、何度《なんど》も包丁《ほうちょう》をつきたてました。ところが、翌朝《よくあさ》になるとお月《つき》は元気《げんき》に生《い》きているので、母親《ははおや》はたいへんくやしがりました。

そこで母親《ははおや》は、今度《こんど》はお月《つき》を石櫃《いしびつ》に押《お》しこめて、山《やま》の奥《おく》にすてようと考《かんが》えました。母親《ははおや》の考《かんが》えを知《し》ったお星《ほし》は、石屋《いしや》にたのんで、石櫃《いしびつ》の底《そこ》に小《ちい》さな穴《あな》をあけておいてもらいました。

「ねえさん、おかあさんが、ねえさんを石櫃《いしびつ》にいれて山《やま》にすてようとしているわ。でもね、その石櫃《いしびつ》には小《ちい》さな穴《あな》があいているの、菜種《なたね》をあげるから、道々《みちみち》、菜種《なたね》を少《すこ》しずつ穴《あな》から落《お》としてね。菜《な》の花《はな》が咲《さ》くころには、それを目《め》印《じるし》に、きっとわたしが迎《むか》えにいくから」

お月《つき》は妹《いもうと》のいうとおり、石櫃《いしびつ》の中《なか》から菜種《なたね》を少《すこ》しずつ落《お》としていきました。そして、山《やま》の中《なか》に連《つ》れさられたのです。

春《はる》になり、菜《な》の花《はな》が咲《さ》きました。お星《ほし》は目印《めじるし》の菜《な》の花《はな》をたどって、山《やま》の中《なか》まで、お月《つき》を探《さが》しにいきました。

「ねえさ〜ん、お月《つき》ねえさ〜ん、どこにいるの、返事《へんじ》をしてちょうだい」

お星《ほし》が必死《ひっし》になって、お月《つき》の名《な》を呼《よ》びながら探《さが》しまわると、どこからか、か細《ぼそ》い声《こえ》が聞《き》こえてきました。

「ここよ……。わたしはここにいるわ」

お星《ほし》が声《こえ》のするほうにいくと、痩《や》せおとろえたお月《つき》が、木《き》の下《した》にすわっていました。見《み》ると、お月《つき》は目《め》をかたく閉《と》じています。長《なが》い間《あいだ》石櫃《いしびつ》の中《なか》にいたので、目《め》が見《み》えなくなっていたのです。

「ねえさん、はやく迎《むか》えにこれなくて、ごめんね、ごめんね」

お星《ほし》はお月《つき》を抱《だ》きしめながら、涙《なみだ》を流《なが》しました。すると、お星《ほし》の涙《なみだ》がお月《つき》のまぶたに落《お》ち、お月《つき》の目《め》がまた見《み》えるようになりました。

「家《いえ》に帰《かえ》ればまた、おかあさんはねえさんを殺《ころ》そうとするわ。二人《ふたり》で逃《に》げましょう。遠《とお》くにいって、二人《ふたり》でしあわせに暮《く》らしましょう」

お月《つき》とお星《ほし》は手《て》をとりあって、どこかにいってしまいました。この話《はなし》を聞《き》いた人《ひと》たちは、二人《ふたり》の娘《むすめ》は空《そら》にのぼって月《つき》と星《ほし》になり、なかよく暮《く》らしているにちがいない、とうわさしあったということです。

読んだ日　年　月　日／　年　月　日／　年　月　日

ポイント　このお話《はなし》の類話《るいわ》には、二人《ふたり》の娘《むすめ》は殿様《とのさま》に助《たす》けられ、父親《ちちおや》と三人《さんにん》でなかよく暮《く》らしたというものもあります。

孤児《こじ》のジュディを愛《あい》してくれたのは……

あしながおじさん

ジーン・ウェブスター

　百年《ひゃくねん》ほどまえのアメリカのお話《はなし》です。ジェルーシャ・アボットは十八《じゅうはっ》歳《さい》の女《おんな》の子《こ》。みんなには、ジュディと呼《よ》ばれていました。ジュディにはおとうさんもおかあさんもいません。親《おや》のいない子《こ》どもを育《そだ》ててくれる、孤児院《こじいん》で暮《く》らしています。

　水曜日《すいようび》、孤児院《こじいん》には「評議員《ひょうぎいん》」と呼《よ》ばれるえらい人《ひと》がやってきます。ジュディは、朝《あさ》はやくから掃除《そうじ》をしたり、小《ちい》さな子《こ》どもたちのめんどうを見《み》たり、大《おお》いそがしです。ジュディはそんな日《ひ》を、「ゆううつな水曜日《すいようび》」と呼《よ》んでいました。

　この日《ひ》、ジュディは院長先生《いんちょうせんせい》に呼《よ》びだされました。そのとき窓《まど》から、帰《かえ》っていく評議員《ひょうぎいん》が見《み》えました。車《くるま》のライトに照《て》らされて、壁《かべ》にくっきりうつった影《かげ》は、手足《てあし》がとても長《なが》く見《み》えました。

「まるで、アシナガグモみたい」

　ジュディはクスクス笑《わら》いました。

　部屋《へや》にはいると、院長先生《いんちょうせんせい》がうれしそうにいいました。

「ジュディ、あなたは大学《だいがく》にいけるのですよ」

　さっきの評議員《ひょうぎいん》がジュディの作文《さくぶん》「ゆううつな水曜日《すいようび》」を気《き》にいって、大学《だいがく》にいくための寄付《きふ》をしてくれることになったのです。そのかわり、毎月一《まいつきいっ》回《かい》、その評議員《ひょうぎいん》に手紙《てがみ》を書《か》くことになりました。ジュディはお礼《れい》の手紙《てがみ》を書《か》きはじめました。

「おじさまは、とても背《せ》が高《たか》いのですね。だから、わたしは『あしながおじさん』と呼《よ》ぶことに決《き》めました……」

　大学《だいがく》での生活《せいかつ》がはじまりました。すべてが新《あたら》しく、めずらしい出来事《できごと》ばかりでした。ジュディは毎日《まいにち》の出来事《できごと》を、あしながおじさんへの手紙《てがみ》に書《か》きました。でも、おじさんからの返事《へんじ》は一度《いちど》もきませんでした。

　ジュディには、サリーとジュリアという友《とも》だちもできました。サリーのおにいさんや、ジュリアのおじさんともなかよくなり、たのしい時間《じかん》をすごしました。勉強《べんきょう》をして、本《ほん》を読《よ》み、ジュディの書《か》いた小説《しょうせつ》が本《ほん》になりました。大学《だいがく》での生活《せいかつ》は、夢《ゆめ》のようにすぎました。

　ジュディは卒業《そつぎょう》しても、あしながおじさんに手紙《てがみ》を書《か》きつづけました。

　そんなある日《ひ》のこと。ジュリアのおじさんのジャービスさんが、ジュディに結婚《けっこん》を申《もう》しこみました。ジュディはジャービスさんのことを好《す》きでしたが、孤児院《こじいん》にいたことをないしょにしていたので、結婚《けっこん》するといえませんでした。

　ジュディはあしながおじさんに、手紙《てがみ》で悩《なや》みをうちあけました。すると、はじめておじさんから返事《へんじ》がきたのです。

『会《あ》って、お話《はなし》をしましょう』

　ジュディは期待《きたい》に胸《むね》をふくらませ、おじさんの家《いえ》へむかいました。

　なんということでしょう。あしながおじさんは、大好《だいす》きなジャービスさんだったのです。

読んだ日　　年　月　日／　　年　月　日／　　年　月　日

ポイント　この物語《ものがたり》の原文《げんぶん》は、ほとんどがジュディの手紙《てがみ》で構成《こうせい》されています。ユーモアたっぷりの手紙《てがみ》です。

どちらのいうことを聞《き》きたいかしら?

北風《きたかぜ》と太陽《たいよう》

イソップ

北風《きたかぜ》と太陽《たいよう》が、どちらがすぐれているか、空《そら》の上《うえ》でいいあらそっていました。

「こうして話《はな》していても、らちがあかない。どうだね、力《ちから》くらべをしようじゃないか」

という太陽《たいよう》の提案《ていあん》に、北風《きたかぜ》も賛成《さんせい》しました。

「いいだろう。ちょうど、ぼくらの真《ま》下《した》を旅人《たびびと》が歩《ある》いているね。彼《かれ》のマントを脱《ぬ》がせたほうを勝《か》ちにしよう。ぼくからはじめるけど、いいね?」

北風《きたかぜ》はそういうと、おもいきり冷《つめ》たい風《かぜ》を旅人《たびびと》にむかってふきつけました。

「ビューッ!」

旅人《たびびと》は、いきなり強《つよ》い風《かぜ》が北《きた》からふいてきたのでびっくりです。

「うわあ、突風《とっぷう》だ。なんて強《つよ》くて冷《つめ》たい風《かぜ》だろう。これじゃあ、マントがふきとんでしまうぞ」

そういってマントをしっかりにぎりしめ、自分《じぶん》の体《からだ》に押《お》さえつけました。

「人間《にんげん》ごときがなまいきな! これならどうだ!」

北風《きたかぜ》は、いっそう力《ちから》をこめて、冷《つめ》たい風《かぜ》をふきつけました。

「ビュー、ビューッ!」

すると旅人《たびびと》は、ますます歯《は》を食《く》いしばり、体《からだ》をまるめて風《かぜ》にたえました。

「ううっ、これは冷《つめ》たすぎるぞ。このままではこごえてしまう。もう一枚服《いちまいふく》を着《き》たほうがいいな」

そういって、いままで着《き》ていた着物《きもの》の上《うえ》に、さらに服《ふく》をかさねて着《き》ました。

これを見《み》た北風《きたかぜ》は、がっかりです。

「う~ん。だめだったか。今度《こんど》はきみがやってごらんよ」

「わかった。やってみよう」

太陽《たいよう》はそういうと、旅人《たびびと》をポカポカとやさしく照《て》らしました。

「あれ、今度《こんど》は暖《あたた》かくなってきた。今日《きょう》はへんな天気《てんき》だなあ。さっき着《き》た服《ふく》はぬぐとしよう」

旅人《たびびと》が、一枚《いちまい》よけいに着《き》た上着《うわぎ》をぬぎました。それを見《み》た太陽《たいよう》は、もっと強《つよ》く旅人《たびびと》を照《て》りつけました。

「うひゃあ、暑《あつ》くてたまらん。マントもぬごう。いや、服《ふく》なんか着《き》てられるか。ぜんぶぬいじゃえ」

そういうと、旅人《たびびと》はマントをぬぎすてたあと、着《き》ていた服《ふく》をぜんぶぬぎすてて、近《ちか》くの川《かわ》に飛《と》びこみました。勝《しょう》負《ぶ》は、太陽《たいよう》の勝《か》ちにおわりました。

物事《ものごと》を成《な》しとげようとするときには、北風《きたかぜ》のようにむりやりにやろうとしても、うまくいかないものです。太陽《たいよう》のように順序《じゅんじょ》を追《お》って、ゆっくりと着実《ちゃくじつ》におこないましょう。人《ひと》になにかをしてもらうときも、強引《ごういん》にたのまず、あいての気《き》もちになって、たのんだほうがいいですね。

3月

世界の童話

ためになる話

読んだ日　　年　月　日／　　年　月　日／　　年　月　日

ポイント イソップ童話《どうわ》は古代《こだい》ギリシャ人《じん》のイソップ（原語《げんご》ではアイソーポスと読《よ》む）という人《ひと》がつくったとされています。

モーグリはオオカミに育《そだ》てられ、ジャングルで暮《く》らします

ジャングル・ブック

ラドヤード・キプリング

インドのジャングルに、オオカミの群《む》れが棲《す》んでいました。ある日《ひ》、オオカミたちは、親《おや》とはぐれた人間《にんげん》の子《こ》どもを見《み》つけます。

「まあ、なんてかわいらしいの」

おかあさんオオカミがいいました。子《こ》どもはオオカミをこわがらず、ニコニコしながら近《ちか》づいてきます。

「この子《こ》はわたしたちで育《そだ》てよう」

おとうさんオオカミがいいました。子《こ》どもはモーグリと名《な》づけられ、オオカミの仲間《なかま》として育《そだ》てられました。

モーグリは素直《すなお》でかしこい子《こ》どもでした。すぐに動物《どうぶつ》たちの言葉《ことば》やジャングルの掟《おきて》を覚《おぼ》えました。黒《くろ》ヒョウのバギーラや茶色《ちゃいろ》グマのバルーともなかよしです。でも、トラのシアカーンは、モーグリを自分《じぶん》の獲物《えもの》だと思《おも》っていました。

やがて、モーグリはたくましい少年《しょうねん》に育《そだ》ちました。ある日《ひ》、オオカミの長《ちょう》老《ろう》アケーラが、モーグリにいいました。

「シアカーンがオオカミの棲《す》み家《か》をおそって、おまえを食《た》べるつもりだ。人《にん》間《げん》の村《むら》から、赤《あか》い花《はな》をとっておいで」

赤《あか》い花《はな》とは、火《ひ》のことです。野生《やせい》の動物《どうぶつ》は火《ひ》が苦手《にがて》なのです。モーグリは丘《おか》をかけおりました。ジャングルの近《ちか》くに小《ちい》さな小屋《こや》があります。モーグリが窓《まど》からそっと中《なか》をのぞくと、赤《あか》い炭《すみ》火《び》が茶色《ちゃいろ》い壺《つぼ》の中《なか》で燃《も》えていました。

「ああ、思《おも》いだした。ぼくは、この赤《あか》い花《はな》のそばで眠《ねむ》っていたんだ」

モーグリは小屋《こや》にはいると、炭火《すみび》のはいった壺《つぼ》をかかえて、ジャングルに戻《もど》りました。ジャングルの丘《おか》の上《うえ》の大《おお》きな岩《いわ》に、シアカーンがいました。長《ちょう》老《ろう》アケーラは岩《いわ》の下《した》にたおれています。おとうさんオオカミとおかあさんオオカミが、長老《ちょうろう》によりそっていました。

「長老《ちょうろう》は戦《たたか》いに負《ま》けた。モーグリ、おまえは人間《にんげん》だ。おれのエサなんだ！」

と、シアカーンはどなりました。「そのとおりだ！」と、若《わか》いオオカミたちは、シアカーンにしたがいます。バギーラとバルーがかけつけ、「おれたちは、モーグリの味方《みかた》だ。ともに戦《たたか》うぞ」といいました。

「そうだ、ぼくは人間《にんげん》だ」

モーグリは大声《おおごえ》でさけぶと、枯《か》れ枝《えだ》に炭火《すみび》から火《ひ》をうつしました。火《ひ》はいきおいよく燃《も》えあがり、オオカミたちはあとずさります。モーグリはシアカーンにかけよると、燃《も》える枝《えだ》で頭《あたま》をなぐりました。モーグリはシアカーンをたおしましたが、オオカミたちに裏《うら》ぎられ、かなしみでいっぱいでした。

「オオカミのおとうさん、おかあさん。育《そだ》ててくれてありがとう。ぼくは人間《にんげん》のところへ帰《かえ》ります」

モーグリは、涙《なみだ》をこぼしました。

「いつでもジャングルに戻《もど》っておいで。ずっと待《ま》っているから」

おかあさんオオカミがいいました。

「いつかきっと、戻《もど》ってくるよ」

モーグリはそういって、ジャングルをあとにしました。

読んだ日　年　月　日／　年　月　日／　年　月　日

ポイント　モーグリはこのあと、人間《にんげん》になじめず、ジャングルに戻《もど》ってきます。モーグリにとって、ジャングルが故郷《こきょう》なのです。

黒《くろ》ウマが話《はな》す自分《じぶん》の半生《はんせい》の物語《ものがたり》

黒馬物語《くろうまものがたり》

アンナ・シュウエル

わたしが生《う》まれたのは、きれいな池《いけ》のある気持《きも》ちのいい牧場《ぼくじょう》でした。ママは、いつもわたしにいいました。

「あなたのパパは有名《ゆうめい》なウマなのよ。おじいさんは競馬《けいば》で二回《にかい》も優勝《ゆうしょう》しているの。あなたもいいウマになるのよ。だれかをけったり、かんだりしてはダメ」

わたしはママのこの言葉《ことば》をいまも忘《わす》れていません。わたしたちのご主人《しゅじん》は、とてもいい人《ひと》でした。毎日《まいにち》ブラシをかけてくれるので、わたしの体《からだ》はまるでカラスの羽《はね》のように、黒《くろ》くピカピカ光《ひか》っていました。そう、わたしは額《ひたい》だけ白《しろ》い、全身真《ぜんしんま》っ黒《くろ》なウマなのです。

ご主人《しゅじん》は、やさしくしてくれましたが、ある日《ひ》、ゴードンさんにわたしを売《う》ることにしました。

「どこにいっても、せいいっぱい働《はたら》くのよ。おまえは、りっぱな血筋《ちすじ》のウマなんだから。誇《ほこ》りをもって生《い》きなさい」

ママはそういって、わたしを送《おく》りだしてくれました。わたしはゴードンさんの家《いえ》で働《はたら》くことになりました。ゴードンさんは、わたしを見《み》ていいました。

「これはすばらしいウマだな。品《ひん》がよくて、りこうそうだ。よし、おまえをブラック・ビューティーと名《な》づけよう」

こうしてわたしの名前《なまえ》は、ブラック・ビューティーになりました。ゴードンさんの家《いえ》では、いろんなウマたちとなかよくなりました。なかでも気《き》があったのが、牝馬《めすうま》のジンジャーと、人間《にんげん》の馬飼《うまか》い見習《みなら》いのジョーです。ジンジャーはおてんばでしたが、気《き》もちのいいウマでした。

「あんた、いいウマだねえ。どうやって育《そだ》ったんだい？」

ある日《ひ》、ジンジャーが、わたしに話《はな》しかけてきました。わたしは、どんな調教《ちょうきょう》を受《う》けてきたのかを話《はな》しました。

「ふうん。いい人間《にんげん》に出会《であ》ったんだね。あたしなんか、ひどい人間《にんげん》ばかりだったよ。だから、こんなにおてんばになっちまった。あははは」

わたしたちは、何年《なんねん》もたのしく暮《く》らしていましたが、ゴードンさんが外国《がいこく》にいくことになったので、べつべつに売《う》られました。

その後《ご》、わたしは、いろんな家《いえ》に転《てん》売《ばい》されました。たいていの家《いえ》で、わたしはさんざん働《はたら》かされ、くるしい思《おも》いをしました。ある日《ひ》、わたしはジンジャーが働《はたら》かされつづけて、くるしみながら死《し》んだことを知《し》りました。わたしは、深《ふか》いかなしみにおそわれ、ますます元気《げんき》がなくなりました。そして最《さい》後《ご》の家《いえ》に売《う》られたのです。わたしを迎《むか》えにきた馬飼《うまか》いの若者《わかもの》が、わたしを見《み》てさけびました。

「ビューティー！　おまえなのかい。ぼくだよ。ゴードンさん家《ち》にいっしょにいたジョーだよ」

こうして、わたしはジョーがやとわれている家《いえ》で飼《か》われることになりました。もう、わたしは売《う》られることはありません。これでわたしの身《み》の上話《うえばなし》はおわりにしましょう。

読んだ日　年　月　日／　年　月　日／　年　月　日

ポイント　このお話《はなし》は、ブラック・ビューティー自身《じしん》が話《はな》す一人称《いちにんしょう》で書《か》かれた、イギリスの物語《ものがたり》です。

ロシア

みんなで力《ちから》をあわせれば！

大《おお》きなカブ

むかしむかしのお話《はなし》です。

おじいさんが、畑《はたけ》のカブをひっこぬこうとしました。

「うんとこしょ」

おじいさんは力強《ちからづよ》いかけ声《ごえ》をかけてカブをひっぱりました。それでも、どうしてもカブはぬけません。そこへおばあさんがやってきて、おじいさんを手伝《てつだ》いました。

「うんとこしょ」

と、おじいさん。

「どっこいしょ」

と、おばあさんはかん高《だか》いかけ声《ごえ》をかけて、おじいさんと力《ちから》をあわせました。

それでも、カブはぬけません。そこへ孫娘《まごむすめ》がやってきて、おじいさんとおばあさんを手伝《てつだ》いました。

「うんとこしょ」

と、おじいさん。

「どっこいしょ」

と、おばあさん。

「え～い、やあ！」

と、孫娘《まごむすめ》はかわいらしいかけ声《ごえ》をかけて、ほかの二人《ふたり》と力《ちから》をあわせました。

それでも、カブはぬけません。そこへ子《こ》イヌがやってきて、おじいさんとおばあさんと孫娘《まごむすめ》を手伝《てつだ》いました。

「うんとこしょ」

と、おじいさん。

「どっこいしょ」

と、おばあさん。

「え～い、やあ！」

と、孫娘《まごむすめ》。

「わんわん」

と、子《こ》イヌは元《げん》気《き》なかけ声《ごえ》をかけて、ほかの三《さん》人《にん》と力《ちから》をあわせました。それでも、カブはぬけません。そこへ子《こ》ネコがやってきて、おじいさんとおばあさんと孫娘《まごむすめ》と子《こ》イヌを手伝《てつだ》いました。

「うんとこしょ」

と、おじいさん。

「どっこいしょ」

と、おばあさん。

「え～い、やあ！」

と、孫娘《まごむすめ》。

「わんわん」

と、子《こ》イヌ。

「にゃあにゃあ」

と、子《こ》ネコはちっちゃなかけ声《ごえ》をかけて、ほかの三人《さんにん》と一匹《いっぴき》と力《ちから》をあわせました。もう少《すこ》しでひきぬけそうです。

「うんとこしょ」

「どっこいしょ」

「え～い、やあ！」

「わんわん」

「にゃあにゃあ」

力強《ちからづよ》いかけ声《ごえ》と、かん高《だか》いかけ声《ごえ》と、かわいらしいかけ声《ごえ》と、元気《げんき》なかけ声《ごえ》と、ちっちゃなかけ声《ごえ》が、畑《はたけ》いっぱいにひびきました。

すると、

「**ポンッ**」

と、音《おと》がして、やっとかぶはぬけました。

読んだ日　年　月　日／　年　月　日／　年　月　日

ポイント　みんなの声《こえ》を演《えん》じわけて読《よ》んでみましょう。子《こ》どもと声《こえ》の担当《たんとう》をわけあうのもたのしいですね。

頭《あたま》に鉢《はち》をかぶった女《おんな》の子《こ》のしあわせ

鉢《はち》かつぎ姫《ひめ》

むかし、河内《かわち》の国《くに》に、貴族《きぞく》の夫婦《ふうふ》がいました。夫婦《ふうふ》には子どもがありませんでしたが、毎日観音様《まいにちかんのんさま》におまいりしたところ、やがて一人《ひとり》の女《おんな》の子《こ》をさずかりました。娘《むすめ》は育《そだ》つにつれ、うつくしく、かしこくなり、両親《りょうしん》はかわいがって育《そだ》てました。

ところが、娘《むすめ》が十三歳《じゅうさんさい》になったとき、おかあさんが重《おも》い病気《びょうき》にかかりました。おかあさんは娘《むすめ》を、自分《じぶん》の枕《まくら》もとに呼《よ》ぶといいました。

「おかあさんはこれから遠《とお》いところへいくけれど、かなしんじゃダメよ。観音様《かんのんさま》のご加護《かご》があるように、これからはこの鉢《はち》をかぶっていなさい」

おかあさんは娘《むすめ》に大《おお》きな木《き》の鉢《はち》を頭《あたま》からすっぽりかぶせて、そのまま亡《な》くなってしまいました。おとうさんや娘《むすめ》は何度《なんど》も鉢《はち》をとりはずそうとしましたが、ぴくりとも動《うご》きません。

以来《いらい》、娘《むすめ》は「鉢《はち》かつぎ」と呼《よ》ばれ、まわりからいじめられるようになりました。とくにいじめたのが、おとうさんの二番目《にばんめ》のおくさんです。

「化《ば》け物《もの》め、死《し》んでしまえ」

と、新《あたら》しいおかあさんはいうのです。

「いつもいじめられてつらいわ。もう死《し》んでしまいたい」

娘《むすめ》は川《かわ》の中《なか》に飛《と》びこみました。しかし、頭《あたま》に乗《の》った鉢《はち》が水《みず》にういてしまい、死《し》ぬことができません。

川岸《かわぎし》にあがった娘《むすめ》が泣《な》いていると、中将《ちゅうじょう》という貴族《きぞく》が娘《むすめ》を助《たす》け、自分《じぶん》の屋敷《やしき》の風呂焚《ふろた》きにしました。

「おやさしい中将様《ちゅうじょうさま》のために、いっしょうけんめい働《はたら》こう。恩返《おんがえ》しをしなきゃ」

がんばって働《はたら》く娘《むすめ》を、中将《ちゅうじょう》の四番目《よんばんめ》の息子《むすこ》の若君《わかぎみ》が見《み》ていました。

「あんなに働《はたら》く娘《むすめ》は見《み》たことがない。きっと気《き》だてのいい娘《むすめ》なんだろう」

そのうち、若君《わかぎみ》は娘《むすめ》を好《す》きになって、結婚《けっこん》を申《もう》しこみました。

「いくらなんでも、鉢《はち》をかついだ娘《むすめ》なんぞと結婚《けっこん》するのはゆるせんな」

そこで中将《ちゅうじょう》は、三人《さんにん》の兄《あに》たちのよめと娘《むすめ》をくらべようといいました。兄《あに》たちのうつくしいよめとくらべれば、娘《むすめ》ははずかしくて逃《に》げだすにちがいないと、中将《ちゅうじょう》は考《かんが》えたのです。

「若君《わかぎみ》に迷惑《めいわく》はかけられない」

娘《むすめ》は屋敷《やしき》から逃《に》げだそうとしました。

それを見《み》つけた若君《わかぎみ》は、「いかせるものか」と、娘《むすめ》の手《て》をにぎってけんめいにとめました。すると、娘《むすめ》の頭《あたま》から鉢《はち》がポロリととれて落《お》ち、鉢《はち》の中《なか》から金《きん》銀財宝《ぎんざいほう》がでてきたのです。

「観音様《かんのんさま》のご加護《かご》が！」

娘《むすめ》と若君《わかぎみ》はたいそうよろこびました。

よめくらべの日《ひ》、三人《さんにん》のよめたちのまえに娘《むすめ》が姿《すがた》をあらわしました。娘《むすめ》を笑《わら》い者《もの》にしようと待《ま》ちかまえていた兄《あに》よめたちはおどろきました。そこにあらわれたのは、光《ひか》りかがやくようにうつくしい娘《むすめ》であったからです。

中将《ちゅうじょう》は心《こころ》をいれかえ、二人《ふたり》の結婚《けっこん》をゆるしました。若君《わかぎみ》と娘《むすめ》は、なかよくしあわせに暮《く》らしたということです。

読んだ日　年　月　日／　年　月　日／　年　月　日

ポイント　河内《かわち》はいまの大阪府東部《おおさかふとうぶ》のあたり。鉢《はち》かつぎの「かつぎ」は現代語《げんだいご》では「かぶる」という意味《いみ》です。

ガリバー旅行記《りょこうき》

ジョナサン・スウィフト

ガリバーは巨人《きょじん》の国《くに》で人気者《にんきもの》になります

ガリバーと巨人《きょじん》の国《くに》

　ガリバーが小人《こびと》の国《くに》リリパットから戻《もど》って、二《に》か月《げつ》がたちました。ガリバーがたいくつしていると、知《し》りあいに、また船《ふね》に乗《の》らないかとさそわれました。

「きっと、すてきな大冒険《だいぼうけん》が、ぼくを待《ま》っているにちがいない！」

　ガリバーの胸《むね》に、冒険《ぼうけん》への夢《ゆめ》がふくらみます。わくわくしながら、アドベンチャー号《ごう》に乗《の》りこみました。ところが、途中《とちゅう》で大《おお》きな嵐《あらし》に巻《ま》きこまれました。船《ふね》は東《ひがし》へ東《ひがし》へと流《なが》され、とうとう迷子《まいご》になってしまいました。

　何日《なんにち》も海《うみ》をただよい、ようやく陸《りく》が見《み》えてきました。ガリバーは陸《りく》にあがり、周囲《しゅうい》を調《しら》べてまわりました。そのときです。見《み》たこともない大《おお》きな怪物《かいぶつ》があらわれたのです。ガリバーはあわてて岩《いわ》のかげにかくれました。怪物《かいぶつ》は船《ふね》を追《お》いかけていきます。船《ふね》はガリバーを残《のこ》して、逃《に》げていってしまいました。

　ガリバーは怪物《かいぶつ》に見《み》つからないように、海岸《かいがん》からはなれ、山《やま》をかけのぼりました。山《やま》のむこうは広《ひろ》い麦畑《むぎばたけ》でした。

「なんて、背《せ》が高《たか》い麦《むぎ》なんだ！」

麦《むぎ》の高《たか》さは十《じゅう》メートル以上《いじょう》あります。

ドシン、ドシン。地面《じめん》がゆれ、はるか上空《じょうくう》になにかがあらわれました。ガリバーが見《み》あげると、それは大《おお》きな男《おとこ》の顔《かお》でした。さっきの怪物《かいぶつ》は、この大男《おおおとこ》でした。なんということでしょう。ここは、巨人《きょじん》の国《くに》だったのです。

　ガリバーは大男《おおおとこ》の大《おお》きな指《ゆび》につまみあげられました。大男《おおおとこ》は、かわった虫《むし》がいると思《おも》ったら、小《ちい》さな人間《にんげん》だったのでびっくりしています。そして、大《おお》きなハンカチにガリバーをくるむと、家《いえ》に連《つ》れて帰《かえ》りました。大男《おおおとこ》の奥《おく》さんは、小《ちい》さなガリバーがおじぎをすると、大《おお》よろこびしました。小《ちい》さなテーブルとイスを用意《ようい》して、肉《にく》やパンをこまかく切《き》って、食事《しょくじ》をつくってくれました。また家《いえ》にはかわいい女《おんな》の子《こ》がいました。まだ子《こ》どもですが、身長《しんちょう》は十二《じゅうに》メートルもあります。ガリバーは女《おんな》の子《こ》と友《とも》だちになり、この国《くに》の言葉《ことば》を教《おし》えてもらいました。

　この国《くに》の名前《なまえ》は「ブロブディンナグ」といいます。ここでは、なんでもかんでも大《おお》きくて、ガリバーはウシの三倍《さんばい》くらいのネコにでくわしたり、三十《さんじゅう》センチもあるハチにおそわれたりしまし

読んだ日　　年　月　日／　　年　月　日／　　年　月　日

ポイント　なんとガリバーは、江戸時代《えどじだい》の日本《にほん》も訪《たず》ねます。三百年《さんびゃくねん》もまえの外国《がいこく》から見《み》ると、日本《にほん》もふしぎな国《くに》だったようです。

た。夜中《よなか》に巨大《きょだい》なネズミに食《た》べられそうになったこともありました。ガリバーはすばやい動《うご》きと知恵《ちえ》で、何度《なんど》も大《おお》きな生《い》き物《もの》から逃《に》げきったのです。

ある日《ひ》、主人《しゅじん》の大男《おおおとこ》がガリバーを箱《はこ》にいれました。どこかに連《つ》れていかれるようです。女《おんな》の子《こ》が泣《な》きながら、「見世物《みせもの》になんてしないで!」といっています。ガリバーは、サーカスに売《う》られてしまったのです。

ガリバーは、サーカスでも人気《にんき》者《もの》になりました。毎日《まいにち》、たくさんの客《きゃく》が押《お》しよせ、サーカスは大《おお》もうけです。踊《おど》ったり、歌《うた》ったり、跳《と》んだり、はねたり。働《はたら》きすぎたガリバーは病気《びょうき》になってしまいました。サーカスの団長《だんちょう》は、働《はたら》けなくなったガリバーをお城《しろ》へ連《つ》れていきました。お城《しろ》のお妃様《きさきさま》はガリバーをひと目《め》で気《き》にいり、金貨《きんか》千枚《せんまい》で買《か》ってくれました。

お城《しろ》では、みんな親切《しんせつ》にしてくれました。お妃様《きさきさま》は、ガリバーのために小《ちい》さな箱《はこ》の家《いえ》をつくってくれました。毎《まい》日《にち》、ごちそうを食《た》べ、たのしく暮《く》らしました。でも、ガリバーはふるさとのイギリスに帰《かえ》りたくなりました。そこで、お妃様《きさきさま》に海《うみ》にいきたいとお願《ねが》いしました。海《うみ》にいけば、船《ふね》がいるかもしれません。

お妃様《きさきさま》は召使《めしつか》いに命《めい》じて、旅行《りょこう》用《よう》の箱《はこ》の家《いえ》を用意《ようい》しました。そして、その中《なか》にガリバーをいれて、海辺《うみべ》へと運《はこ》びました。召使《めしつか》いは、海辺《うみべ》の岩《いわ》にガリバーのはいっている箱《はこ》を置《お》きました。気《き》もちのいい海風《うみかぜ》にふかれて、召使《めしつか》いはうつらうつらと眠《ねむ》ってしまいました。

バサババサバサ。鳥《とり》の羽音《はおと》が聞《き》こえます。箱《はこ》がぐらりとゆれました。ガリバーがおどろいて、箱《はこ》の窓《まど》から外《そと》を見《み》ると、大《おお》きなワシが箱《はこ》をつかんで、飛《と》んでいるのです。下《した》は一面《いちめん》の海《うみ》です。

「おーい、やめてくれ!」

ガリバーが大声《おおごえ》でさけぶと、おどろいた大《おお》ワシは箱《はこ》をはなしました。

ひゅー、ざぶん! ガリバーがはいった箱《はこ》は海《うみ》に落《お》ち、ぷかぷか波《なみ》に流《なが》されていきます。しばらくすると、遠《とお》くに船《ふね》が見《み》えました。

「イギリスの旗《はた》だ! 助《たす》かったぞ」

ガリバーはイギリスの船《ふね》に助《たす》けられ、国《くに》へ帰《かえ》ることができました。

おうちのかたへ

ガリバーはほかにも、ウマの国《くに》「フウイタム」を旅《たび》します。人間《にんげん》がウマに飼《か》われているおどろきの国《くに》です。機会《きかい》があればどうぞ。

知《たの》ると楽しい！ お話《はなし》コラム

むかしの時間《じかん》・暦《こよみ》

江戸時代以前《えどじだいいぜん》の時間帯《じかんたい》は、一日《いちにち》を 12 にわけ、現代《げんだい》の時間《じかん》で 2 時間《じかん》おきに、昼《ひる》は明《あ》け六《む》つ(5 ～ 7 時《じ》ごろ)から、夕六《ゆうむ》つ(17 ～ 19 時《じ》ごろ)まで、夜《よる》は夕六《ゆうむ》つから明《あ》け六《む》つまでとなります。「一《ひと》つ～三《みっ》つ」はありません。さらにこの 12 分割《ぶんかつ》は「十二支《じゅうにし》」に対応《たいおう》しており、たとえば子《ね》の方角《ほうがく》は北《きた》、子《ね》の刻《こく》は夜九《よるここの》つになります。

江《え》戸《ど》時《じ》代《だい》の時《じ》刻《こく》

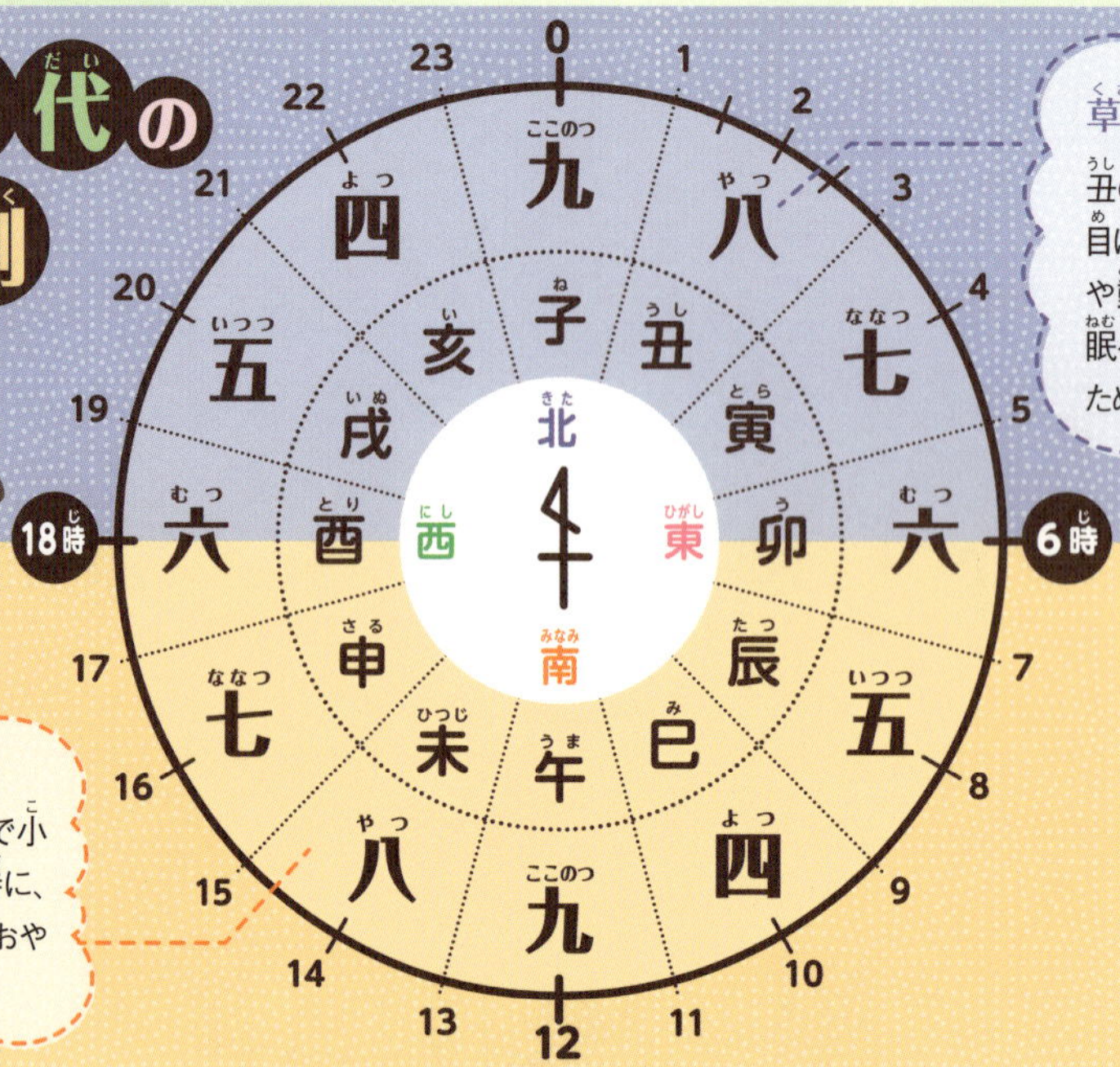

草木《くさき》も眠《ねむ》る丑三《うしみ》つ時《どき》

丑《うし》の刻《こく》を4つにわけた3番《ばん》目《め》にあたる時間帯《じかんたい》。人間《にんげん》や動物《どうぶつ》どころか草木《くさき》まで眠《ねむ》るであろう時間帯《じかんたい》であるため、こう呼《よ》ばれました。

お寺《てら》の鐘《かね》で知《し》る時刻《じこく》

時計《とけい》が普及《ふきゅう》していなかった江戸時代《えどじだい》は、時刻《じこく》を知《し》らせる鐘《かね》がありました。江戸町民《えどちょうみん》は江戸城内《えどじょうない》の「時《とき》の鐘《かね》」や、各地《かくち》にある寺《てら》の鐘《かね》で時《とき》を知《し》りました。

おやつの時間《じかん》

朝食《ちょうしょく》から夕食《ゆうしょく》の間《あいだ》まで小《こ》腹《ばら》がすく「昼八《ひるやっ》つ」時《どき》に、間食《かんしょく》を食《た》べたことが「おやつ」の語源《ごげん》です。

※ 江戸時間《えどじかん》は日《ひ》の出《で》と日《ひ》の入《い》りが時間《じかん》のベースになっているため、正確《せいかく》には一日《いちにち》ごとに一刻《いっとき》の時間《じかん》が違《ちが》います。

江《え》戸《ど》時《じ》代《だい》の暦《こよみ》

現代《げんだい》の暦《こよみ》が太陽《たいよう》の運行《うんこう》を基準《きじゅん》にした「太陽暦《たいようれき》」であるのに対《たい》し、江戸時代《えどじだい》の暦《こよみ》は月《つき》の運行《うんこう》を基準《きじゅん》にした「太陽太陰暦《たいようたいいんれき》」を使《つか》っていました。そのため、現代《げんだい》と江戸《えど》の月《つき》や季節《きせつ》は大《おお》きくずれていて、正月《しょうがつ》が春《はる》だったり、７月《がつ》が秋《あき》だったりします。江戸時代以前《えどじだいいぜん》の大《おお》まかな月《つき》と季節《きせつ》を紹介《しょうかい》しましょう。

春《はる》

江戸時代《えどじだい》の1～3月《がつ》

立春《りっしゅん》（正月節《しょうがつせつ》）～
穀雨《こくう》（三月中《さんがつちゅう》）

江戸時代《えどじだい》の一年《いちねん》は春《はる》からはじまります。正月《しょうがつ》の年賀状《ねんがじょう》に「初春《しょしゅん》」「迎春《げいしゅん》」と書《か》く習慣《しゅうかん》があるのは、昔《むかし》の暦《こよみ》の名残《なごり》からです。

夏《なつ》

江戸時代《えどじだい》の 4 ～ 6 月《がつ》

立夏《りっか》（四月節《しがつせつ》）～
大暑《たいしょ》（六月中《ろくがつちゅう》）

江戸時代《えどじだい》の6月《がつ》は今《いま》の7月《がつ》で、雨《あめ》がふらないので「水無月《みなづき》」と呼《よ》ばれます。江戸時代《えどじだい》のはじまる直前《ちょくぜん》にあった「大坂夏《おおさかなつ》の陣《じん》」がはじまったのは4月《がつ》です。

秋《あき》

江戸時代《えどじだい》の 8 ～ 9 月《がつ》

立秋《りっしゅう》（七月節《しちがつせつ》）～
霜降《そうこう》（九月中《くがつちゅう》）

現代《げんだい》では夏《なつ》のイメージがある「七夕《たなばた》」は、江戸時代以前《えどじだいいぜん》では秋《あき》です。ちなみに、現代《げんだい》でも俳句《はいく》では「七夕《たなばた》」や「天《あま》の川《がわ》」は秋《あき》の季語《きご》です。

冬《ふゆ》

江戸時代《えどじだい》の10 ～ 12 月《がつ》

立冬《りっとう》（十月節《じゅうがつせつ》）～
大寒《だいかん》（十二月中《じゅうにがつちゅう》）

11 月《がつ》の別名「霜月《しもづき》」の由来《ゆらい》は「霜降《しもふ》る月《つき》」とする説《せつ》が有力《ゆうりょく》。「晦日《みそか》」は月《つき》のおわりを意味《いみ》し、12 月《がつ》の晦日《みそか》は一年《いちねん》のおわりなので「大晦日《おおみそか》」といいます。

※ 上記《じょうき》は目安《めやす》です。江戸時代《えどじだい》の暦《こよみ》では閏月《うるうづき》の関係上《かんけいじょう》、一年《いちねん》に 13 か月《げつ》ある年《とし》もあります。

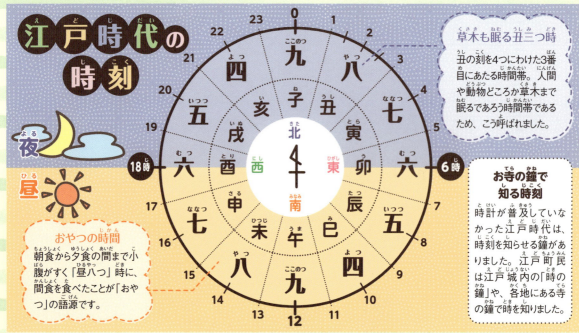

4月《がつ》のお話《はなし》

死《し》ぬまぎわに残《のこ》した言葉《ことば》はうそ、ほんと？

最後《さいご》のうそ

4月1日のお話

むかしむかし、あるところに、うそつき名人《めいじん》のおじいさんがおりました。村人《むらびと》は、おじいさんがうそばかりつくことを知《し》ってはいるのですが、話《はなし》を聞《き》くと、ついだまされてしまうのです。

「あのじいさまの話《はなし》にはついだまされるだよ。最初《さいしょ》のうちはうそだ、信《しん》じちゃならねえ、と心《こころ》にかたく決《き》めてるんだが、聞《き》いているうちに、ほんとのことにしか思《おも》えなくなってるだ」

「んだ、んだ。でも、おら、じいさまの話《はなし》を信《しん》じてひどい目《め》にあったことは、いっぺんもねえ。その場《ば》がおもしろいだけで、すんじまうんだ」

そうです。おじいさんのうそは、みんなをたのしませるものばかりなのです。おじいさんのうそを聞《き》いてはみんなゆかいがるので、村《むら》はおだやかな笑《わら》いにつつまれていました。村人《むらびと》はそんなおじいさんのことを「うそつきじいさん」と呼《よ》んで、したっていたのです。

ところが、うそつきじいさんは、年《とし》をとりすぎて、とうとう体《からだ》が弱《よわ》くなり、もう死《し》ぬばかりになりました。寝《ね》こんでいるおじいさんのもとに村人《むらびと》がやってきて、かわるがわる看病《かんびょう》をしました。

「なあ、じいさん。また元気《げんき》になってうそをついてくれよ。おれたちゃ、みんな、じいさんのうそをたのしみに暮《く》らしてるんだよ」

うそつきじいさんは、弱弱《よわよわ》しい声《こえ》で枕《まくら》もとにいる村人《むらびと》たちにいいました。

「もう、うそをつく元気《げんき》もないわい。ところで、こんなうそつきじじいのために、みんな親身《しんみ》になって世《せ》話《わ》をしてくれたな。これはうそじゃない。心《こころ》をこめていわせてもらおう。みんな、いままでありがとう」

そういうと、うそつきじいさんは死《し》んでしまいました。村人《むらびと》は泣《な》く泣《な》く、うそつきじいさんの葬式《そうしき》の準備《じゅんび》をはじめました。

「あれ、こんなところに手紙《てがみ》がある」

村人《むらびと》が読《よ》んでみると、おじいさんの遺言状《ゆいごんじょう》でした。

《わしが死《し》んだら、庭《にわ》の木《き》の下《した》を掘《ほ》ってくだされ。壺《つぼ》の中《なか》にわしが生涯《しょうがい》をかけてつくったじまんの品《しな》がある。みんなでわけてくだされや》

じいさんはいったいなにをつくったんだろう、と村人《むらびと》は興味津々《きょうみしんしん》で木《き》の下《した》を掘《ほ》り、壺《つぼ》を見《み》つけました。壺《つぼ》の中《なか》には、一枚《いちまい》の紙《かみ》がはいっています。

「どれどれ。ん、なんじゃ、こりゃ？」

一枚《いちまい》の紙《かみ》には、こう書《か》かれていました。

《これが最後《さいご》のうそじゃ》

「なにがうそをつく元気《げんき》もねえ、だ。うそつきじじいめ。でも、壺《つぼ》の中身《なかみ》は、じいさんが腕《うで》によりをかけた『じまんの品《しな》』にちげえねえ。ほんとうとうそを同時《どうじ》にいうとは、やっぱり、じいさんはうそつき名人《めいじん》だ」

こういって、村人《むらびと》たちは泣《な》きながら大笑《おおわら》いしましたとさ。

4月 日本の昔話

ゆかいな話

読んだ日　　年　月　日／　　年　月　日／　　年　月　日

ポイント 人《ひと》をたのしませるだけで傷《きず》つけない「うそつき名人《めいじん》」でもないかぎり、うそはよくありませんね。

小《ちい》さなマーヤは冒険《ぼうけん》の旅《たび》にでます

ミツバチのマーヤ

ワルデマル・ボンゼルス

お花畑《はなばたけ》の中《なか》に、ミツバチのお城《しろ》がありました。ミツバチの女《おんな》の子《こ》マーヤは、今朝《けさ》はじめて、お城《しろ》の外《そと》にでます。

マーヤはわくわくしながら、お城《しろ》の外《そと》へ飛《と》びだしました。空《そら》は青《あお》くて、お日様《ひさま》の光《ひかり》はキラキラかがやいています。マーヤは夢中《むちゅう》で花《はな》の中《なか》を飛《と》びまわりました。

マーヤの仕事《しごと》は花《はな》のミツを集《あつ》めることです。夕方《ゆうがた》にはたくさんのミツをもって、みんなでお城《しろ》へ帰《かえ》ります。

「お城《しろ》になんか帰《かえ》りたくないわ」

マーヤはミツを集《あつ》めるのがめんどうになり、どんどん遠《とお》くに飛《と》んでいきました。すると、バラの花《はな》の中《なか》から、声《こえ》が聞《き》こえました。

「こっちで休《やす》んでいきませんか」

コガネムシのおじさんです。マーヤは花《はな》のミツをごちそうになりました。

「おいしかったわ、ありがとう」

こんどは池《いけ》へ飛《と》んでいきました。池《いけ》にういているハスの葉《は》でひと休《やす》み。

「ここはぼくの休憩所《きゅうけいしょ》だ。でていけ！」

ハエのおじさんにどなられました。

マーヤがおどろいて飛《と》びあがると、カブトムシさんがひっくり返《かえ》って、困《こま》っているのが見《み》えました。マーヤは細《ほそ》い草《くさ》の先《さき》をカブトムシさんにつかまらせて、よいしょとひっぱりました。

「ありがとう。起《お》きあがれたよ」

カブトムシさんはお礼《れい》をいって、飛《と》びたちました。だんだん暗《くら》くなってきました。マーヤが休《やす》む場所《ばしょ》を探《さが》していると、体《からだ》がペタリとなにかにくっつきました。クモの巣《す》につかまったのです。

「今夜《こんや》の夕飯《ゆうはん》だ。いただきます！」

「きゃあっ、助《たす》けて！」

いまにも食《た》べられそうになったとき、ブツンとクモの糸《いと》が切《き》れました。さっきのカブトムシさんが、糸《いと》を切《き》ってくれたのです。マーヤはお礼《れい》をいって、暗《くら》くなった空《そら》に飛《と》びたちました。そのときです。**ブーンブーン**と大《おお》きな羽《はね》の音《おと》がしました。クマンバチです。マーヤはつかまえられ、クマンバチのお城《しろ》へ連《つ》れていかれました。マーヤは牢屋《ろうや》にいれられました。壁《かべ》の隙間《すきま》から、クマンバチの話《はなし》が聞《き》こえてきます。

「明日《あす》の朝《あさ》、ミツバチの城《しろ》をおそって、全滅《ぜんめつ》にしてやる」

たいへんです！　マーヤはお尻《しり》の針《はり》を使《つか》って、牢屋《ろうや》のカギをこじあけ、逃《に》げだしました。外《そと》は真《ま》っ暗《くら》です。マーヤはあちこちにぶつかって、傷《きず》だらけになりながら、お城《しろ》へ戻《もど》りました。

「女王様《じょおうさま》、クマンバチが攻《せ》めてきます」

マーヤの知《し》らせで、女王様《じょおうさま》は兵隊《へいたい》バチを集《あつ》めました。おそってきたクマンバチは、たくさんの兵隊《へいたい》バチに、やっつけられてしまいました。

マーヤは、お城《しろ》に戻《もど》らず遊《あそ》んでいたことを女王《じょおう》にあやまりました。

女王様《じょおうさま》は「お城《しろ》を救《すく》ってくれてありがとう」とほめてくれました。その日《ひ》から、マーヤはいっしょうけんめい、ミツ集《あつ》めをするようになりました。

読んだ日　　年　月　日／　　年　月　日／　　年　月　日

ポイント 外《そと》の世界《せかい》でいろいろな冒険《ぼうけん》したマーヤは、りっぱなミツバチに成長《せいちょう》します。

おとうさん、おかあさんのふるさとはどんなところ？

ふるさと

島崎藤村《しまざきとうそん》

太郎《たろう》、次郎《じろう》、末子《すえこ》、よくお聞《き》き。太《た》郎《ろう》は十六歳《じゅうろくさい》、次郎《じろう》は十四歳《じゅうよんさい》、末子《すえこ》は十一歳《じゅういっさい》になりましたね。十三歳《じゅうさんさい》になる三郎《さぶろう》は、いまは、とうさんが生《う》まれた木曽《きそ》の叔父《おじ》さんの家《いえ》にいますね。三郎《さぶろう》は最近《さいきん》、よく手紙《てがみ》をくれるので、みんなも三郎《さぶろう》の話《はなし》ばかりしています。

木曽《きそ》の山《やま》というのはね、とうさんが生《う》まれたところなんですよ。人《ひと》はいくつになっても子《こ》どもの時分《じぶん》に食《た》べた物《もの》の味《あじ》を忘《わす》れないように、自分《じぶん》の生《う》まれた土地《とち》のことを忘《わす》れないものでね。その土地《とち》が、どんな山《やま》の中《なか》でも、なつかしくたいせつな思《おも》い出《で》なのです。

そこで、とうさんは自分《じぶん》の幼《おさな》い時分《じぶん》のことや、子《こ》どもの時分《じぶん》に遊《あそ》びまわった山《やま》や林《はやし》のお話《はなし》を、一冊《いっさつ》の小《ちい》さな本《ほん》につくろうと思《おも》いました。おまえたち子《こ》どもに、話《はな》し聞《き》かせるつもりで書《か》いたんですよ。それがこの『ふるさと』です。

さあ、みんなおいで。

スズメのお宿《やど》の話《はなし》からはじめましょう。

スズメのおうちは、林《はやし》の奥《おく》の竹《たけ》やぶにありました。このスズメには、とうさまも、かあさまもいました。たのしいおうちのまえは竹《たけ》ばかりで、青《あお》いまっすぐな竹《たけ》がたくさんならんではえていました。

スズメは毎日《まいにち》のように竹《たけ》やぶにでて遊《あそ》びましたが、その竹《たけ》の間《あいだ》から見《み》ると、たのしいおうちが、よけいにたのしく見《み》えました。

そのうちに、スズメの好《す》きなおうちのまえには、竹《たけ》の子《こ》がはえてきました。かあさまが洗濯《せんたく》するほうへいって見《み》ますと、そこにも竹《たけ》の子《こ》がはえていました。

「あそこにも竹《たけ》の子《こ》。ここにも竹《たけ》の子《こ》」

と、スズメはチュウチュウ鳴《な》きながら、竹《たけ》の子《こ》のまわりをよろこんで踊《おど》って歩《ある》きました。

わずか一晩《ひとばん》ばかりのうちに、竹《たけ》の子《こ》はずんずん大《おお》きくなりました。スズメが寝《ね》て起《お》きて、また竹《たけ》やぶへ遊《あそ》びにいきますと、昨日《きのう》まで見《み》えなかったところに、新《あたら》しい竹《たけ》の子《こ》がでてきています。昨日《きのう》まで小《ちい》さな竹《たけ》の子《こ》だと思《おも》ったのが、わずか一晩《ひとばん》ばかりで、びっくりするほど大《おお》きくなったのもありました。

スズメはおどろいて、かあさまのところへ飛《と》んでいきました。かあさまにその話《はなし》をして、

「かあさま、どうしてあの小《ちい》さな竹《たけ》の子《こ》が、あんなに急《きゅう》に大《おお》きくなったのでしょう」

と、たずねました。するとかあさまは、かわいいスズメを抱《だ》きしめて、

「おまえははじめて知《し》ったのかい、それが、みなさんのよくいう生命《いのち》というものですよ。おまえたちが大《おお》きくなるのも、みんなその力《ちから》なんですよ」

と、話《はな》して聞《き》かせました。

（『ふるさと』雀《すずめ》のおやど　より）

読んだ日　　年　月　日／　　年　月　日／　　年　月　日

ポイント　『破戒《はかい》』『夜明《よあ》け前《まえ》』で有名《ゆうめい》な小説家《しょうせつか》の島崎藤村《しまざきとうそん》（1872-1943）は、『ふるさと』以前《いぜん》にも童話集《どうわしゅう》『幼《おさな》きものに』を書《か》いています。

ナンセンスな古典落語《こてんらくご》として有名《ゆうめい》

頭山《あたまやま》

落語《らくご》

むかし、たいへんケチな男《おとこ》がいました。ある日《ひ》、男《おとこ》はサクランボをひろいました。

「もったいねえ。種《たね》ごと食《く》っちまえ」

すると、男《おとこ》の頭《あたま》から、桜《さくら》の木《き》がはえてきました。桜《さくら》の木《き》はみるみる育《そだ》ち、とうとうりっぱな大木《たいぼく》になったのです。

「頭《あたま》が重《おも》くてしかたねえが、もったいねえから、切《き》らずにおくか」

春《はる》になると、桜《さくら》の木《き》には満開《まんかい》の花《はな》が咲《さ》きました。近所《きんじょ》の人《ひと》たちは大《おお》よろこびで、男《おとこ》の頭《あたま》の上《うえ》で、連日花見《れんじつはなみ》をするようになりました。

「ちきしょう。毎日毎日《まいにちまいにち》、俺《おれ》の頭《あたま》の上《うえ》で宴会《えんかい》をやりやがって。おい、俺《おれ》の頭《あたま》で宴会《えんかい》するなら金《かね》をはらえ」

と、男《おとこ》は頭《あたま》の上《うえ》の人《ひと》たちに文句《もんく》をいいました。

「ケチな野郎《やろう》だな。なに、みんな、かまうこたあねえ。おおいにさわごうぜ」

文句《もんく》をいわれた人《ひと》たちは、よりいっそう陽気《ようき》にさわぎはじめました。

「人《ひと》がおとなしくしてれば、いい気《き》になりやがって。見《み》てろ、こうしてやる」

男《おとこ》はこういうと、いきなり、頭《あたま》の桜《さくら》をひっこぬきました。こうして、男《おとこ》の頭《あたま》にはポッカリと大《おお》きな穴《あな》ができ、人《ひと》がくることはなくなりました。

「ざまあみろ。やっと、人《ひと》がこなくなったぞ。気分《きぶん》がいいから散歩《さんぽ》にでもでかけよう」

男《おとこ》が散歩《さんぽ》をしていると、いきなり夕立《ゆうだち》にあいました。どしゃぶりで男《おとこ》はずぶぬれ、頭《あたま》の穴《あな》には、水《みず》がたっぷりとたまりました。

「頭《あたま》に池《いけ》ができたか。けど、もったいねえからすてないでおくか」

しばらくすると、男《おとこ》の頭《あたま》の上《うえ》の池《いけ》には、ボウフラがわき、やがてそれを食《た》べるコイやフナもあらわれました。

魚釣《さかなつ》りが好《す》きな人《ひと》というのは、いつでも穴場《あなば》を求《もと》めています。やがて男《おとこ》の頭《あたま》の池《いけ》は、魚釣《さかなつ》りの絶好《ぜっこう》の穴場《あなば》として、人《ひと》びとに広《ひろ》まりました。そして、釣《つ》り人《びと》は、朝《あさ》でも夜《よる》でもかまわずに、やってくるようになったのです。

「ちきしょう。なんだって釣《つ》りをするやつは、こうも朝《あさ》から晩《ばん》まで、あきもせずに釣《つ》り糸《いと》をたれやがるんだ。しかも入《い》れかわりたちかわり、まんべんなくくるから、寝《ね》ることもできねえ」

男《おとこ》はおこって『釣《つ》り禁止《きんし》』の立《た》て札《ふだ》を頭《あたま》の上《うえ》にたてましたが、釣《つ》り人《びと》が減《へ》るようすはありません。それどころか、釣《つ》り人《びと》はますます多《おお》くなり、釣《つ》り針《ばり》は男《おとこ》のまぶたや鼻《はな》にひっかかって、男《おとこ》の顔《かお》はいつも傷《きず》だらけでした。

「ああ、もう頭《あたま》にきた。こんな目《め》にあうぐらいなら死《し》んでやる！」

とうとう男《おとこ》は、自分《じぶん》の頭《あたま》の池《いけ》に身投《みな》げして、死《し》んでしまいましたとさ。

読んだ日　　年　月　日／　　年　月　日／　　年　月　日

ポイント　上方《かみがた》（関西地方《かんさいちほう》）落語《らくご》では『さくらんぼ』というお題《だい》で上演《じょうえん》されています。

ここ掘《ほ》れワンワンでおなじみ

花《はな》さかじじい

むかしむかし、あるところに、正直《しょうじき》なじいさんと、ばあさんがおりました。二人《ふたり》は子《こ》どもがいないので、飼《か》い犬《いぬ》のシロを、ほんとうの子《こ》どものようにかわいがっていました。

ある日《ひ》、正直《しょうじき》じいさんが、いつものように家《いえ》の裏《うら》の畑《はたけ》にでると、シロが

「ここ掘《ほ》れ、ワン、ワン。ここ掘《ほ》れ、ワン、ワン」

と、鳴《な》きました。

正直《しょうじき》じいさんがシロのいう場所《ばしょ》を掘《ほ》ってみると、大判《おおばん》小判《こばん》がザクザクたくさんでてきたのです。正直《しょうじき》なじいさんたちは、お金《かね》もちになりました。

隣《となり》に住《す》む欲《よく》ばりなおじいさんとおばあさんは、正直《しょうじき》じいさんがうらやましくてたまりません。シロを正直《しょうじき》じいさんからかりると、首《くび》に縄《なわ》をくくりつけて、ひっぱりまわしました。

「どこだ。どこを掘《ほ》ればよいのだ」

と、いいながら強《つよ》くひっぱるので、シロはくるしがって、やたらに、そこらの土《つち》をひっかきました。

「うん、ここか。よしよし」

と、欲《よく》ばりじいさんは掘《ほ》りはじめましたが、でてくるのは石《いし》ころや瓦《かわら》のかけらばかり。

「このバカ犬《いぬ》め！」

頭《あたま》にきた欲《よく》ばりじいさんは、シロを殺《ころ》してしまいました。

正直《しょうじき》じいさんはたいへんかなしみ、シロを庭《にわ》にうめ、そこに小《ちい》さな松《まつ》の木《き》を植《う》えました。松《まつ》の木《き》はみるみる育《そだ》って、りっぱな大木《たいぼく》になりました。正直《しょうじき》じいさんは、シロの供養《くよう》にするため、松《まつ》の木《き》を切《き》って臼《うす》をつくり、シロの好物《こうぶつ》だった餅《もち》をつくことにしました。

ペッタンペッタンと正直《しょうじき》じいさんが餅《もち》をつくと、臼《うす》の中《なか》から大判《おおばん》小判《こばん》がチャランチャランと飛《と》びだしました。

すると、今度《こんど》も欲《よく》ばりじいさんが、臼《うす》をかりにやってきました。欲《よく》ばりじいさんが餅《もち》をついたところ、ウシやウマの糞《ふん》がでてきます。おこった欲《よく》ばりじいさんは、臼《うす》を燃《も》やしてしまいました。

正直《しょうじき》じいさんはがっかりして、臼《うす》の灰《はい》を欲《よく》ばりじいさんからひきとりました。正直《しょうじき》じいさんが灰《はい》をかかえてシロのお墓《はか》にいくと、風《かぜ》がふいて、枯《か》れた桜《さくら》の枝《えだ》にかかりました。すると、枯《か》れ枝《えだ》に、桜《さくら》の花《はな》が咲《さ》いたのです。

シロからの贈《おく》り物《もの》だと思《おも》ってよろこんだ正直《しょうじき》じいさんは、桜《さくら》の枯《か》れ木《き》にのぼり、さけびながら、灰《はい》を枯《か》れ木《き》にまきました。

「この花《はな》さかじじい、枯《か》れ木《き》に花《はな》を咲《さ》かせましょう」

正直《しょうじき》じいさんが灰《はい》をまくごとに、枯《か》れ枝《えだ》に桜《さくら》の花《はな》が咲《さ》きます。そこへ、通《とお》りがかった殿様《とのさま》は、満開《まんかい》の桜《さくら》を見《み》て大《おお》よろこび。正直《しょうじき》じいさんに、ごほうびをたくさんくれました。

するとまた、欲《よく》ばりじいさんが灰《はい》をねだり、殿《との》さまのまえで灰《はい》をまきました。ところが、花《はな》が咲《さ》くどころか、灰《はい》が殿様《とのさま》の目《め》や鼻《はな》にはいり、殿様《とのさま》はご立腹《りっぷく》。欲《よく》ばりじいさんは、牢屋《ろうや》にいれられてしまいましたとさ。

読んだ日　年　月　日／　年　月　日／　年　月　日

ポイント　唱歌《しょうか》「花咲爺《はなさかじじい》」ではイヌの名前《なまえ》はポチです。地方《ちほう》によって、いろんなバリエーションがあります。

ガリバーは空《そら》を飛《と》ぶ島《しま》を見《み》つけました

ガリバーと空《そら》飛《と》ぶ島《しま》

ガリバー旅行記《りょこうき》

ジョナサン・スウィフト

ガリバーが巨人《きょじん》の国《くに》からイギリスに戻《もど》って、十日《とおか》もたたないある日《ひ》のことです。ホープウェル号《ごう》の船長《せんちょう》が訪《たず》ねてきて、東《ひがし》インド諸島《しょとう》へ商売《しょうばい》にいかないかと、ガリバーをさそいました。

「もちろん、いくとも！」

ガリバーはもっと世界《せかい》を見《み》たいと思《おも》っていたのです。ガリバーを乗《の》せた船《ふね》は、インド南部《なんぶ》の大《おお》きな港《みなと》につきました。そこで小《ちい》さな船《ふね》に乗《の》りかえ、近《ちか》くの島々《しまじま》に商売《しょうばい》にでかけました。三日《みっか》目《め》に嵐《あらし》にあい、五日間《いつかかん》流《なが》され、十日目《とおかめ》に海賊船《かいぞくせん》におそわれました。ホープウェル号《ごう》は、海賊《かいぞく》に乗《の》っとられてしまいました。ガリバーは小《ちい》さなカヌーに乗《の》せられ、海《うみ》にほうりだされました。

カヌーはしばらく海《うみ》をただよい、島《しま》をいくつか発見《はっけん》しました。ガリバーは一番近《いちばんちか》い島《しま》に上陸《じょうりく》し、岩《いわ》のかげで眠《ねむ》りました。翌日《よくじつ》、つぎの島《しま》へわたり、さらにつぎつぎと島《しま》をまわりました。最《さい》後《ご》の島《しま》で、空《そら》に巨大《きょだい》な島《しま》がういているのを発見《はっけん》したのです。

島《しま》の底《そこ》は平《たい》らで、海《うみ》から反射《はんしゃ》した光《ひかり》で、キラキラかがやいています。ガリバーは望遠鏡《ぼうえんきょう》で観察《かんさつ》しました。すると、島《しま》には人間《にんげん》もいるようです。

「助《たす》かった。あれに乗《の》せてもらおう」

ガリバーは手《て》をふって、大《おお》きな声《こえ》で助《たす》けを呼《よ》びました。空飛《そらと》ぶ島《しま》はよってきて、くさりのついたイスをおろしてくれました。ガリバーはイスに乗《の》って、島《しま》につりあげてもらいました。

この島《しま》は「ラピュータ」と呼《よ》ばれていました。ラピュータの中心《ちゅうしん》には大《おお》きな磁石《じしゃく》があって、その力《ちから》で上《うえ》や下《した》に動《うご》きます。だから、あまり遠《とお》くへは飛《と》べません。

島《しま》の人《ひと》びとはかわっていました。頭《あたま》は右《みぎ》か左《ひだり》にかたむいていて、目《め》の片《かた》ほうは内側《うちがわ》をむき、もう片《かた》ほうは真上《まうえ》をむいています。星《ほし》の観察《かんさつ》と算数《さんすう》が大好《だいす》きで、そのことばかり考《かんが》えています。

「いつか太陽《たいよう》が燃《も》えてなくなるのではないか」「地球《ちきゅう》に星《ほし》がぶつかるにちがいない」と、いつも心配《しんぱい》しているのです。

身分《みぶん》の高《たか》そうな人《ひと》のそばには、召使《めしつか》いがいて、先《さき》っぽにまるい革袋《かわぶくろ》のついた棒《ぼう》をもっています。召使《めしつか》いは、ときどきその棒《ぼう》で主人《しゅじん》の耳《みみ》や口《くち》をたたいています。いつも考《かんが》えごとをしているので、教《おし》えてもらわないと、人《ひと》にぶつかったり、崖《がけ》から落《お》ちたりするのです。考《かんが》えごとをしていないときは、ずっと楽《がっ》器《き》を演奏《えんそう》しています。

ガリバーは一《いっ》か月《げつ》もすると、ラピュータにいるのが、がまんできなくなりました。だれとも話《はなし》があわないし、なにもすることがないから、とてもたいくつなのです。国王《こくおう》にたのんで、島《しま》からだしてもらいました。

そして、新《あら》たな冒険《ぼうけん》の旅《たび》にでかけたのです。

読んだ日　年　月　日／　年　月　日／　年　月　日

ポイント 世界《せかい》にはいろいろな国《くに》があります。なかには、ラピュータのようなかわった国《くに》があるかもしれませんね。

おいしいだけじゃありません！

五粒《ごつぶ》のエンドウ豆《まめ》

グリム

　ある畑《はたけ》の中《なか》のお話《はなし》です。りっぱに実《みの》ったエンドウ豆《まめ》のさやの中《なか》に、五粒《ごつぶ》の豆《まめ》がならんでいました。緑色《みどりいろ》のさやに、緑色《みどりいろ》の五粒《ごつぶ》の豆《まめ》。それで豆《まめ》たちは、「世界中《せかいじゅう》、みんな緑色《みどりいろ》なんだ」と思《おも》っていました。

　やがてエンドウ豆《まめ》のさやは、黄色《きいろ》になりました。五粒《ごつぶ》の豆《まめ》も黄色《きいろ》です。

　そこで、豆《まめ》たちは「世界中《せかいじゅう》が黄色《きいろ》くなった」と思《おも》いました。そして、

「もうすぐ、さやがはじけるよ」

「外《そと》に飛《と》びでたら、どうするの？」

「きっと、だれかが待《ま》っているよ」

　口ぐちに話《はな》していると、小《ちい》さな男《おとこ》の子《こ》の手《て》が、さやにのびてきました。

パチン！　コロコロコロ……。

「うわっ、まぶしい」

　五粒《ごつぶ》の豆《まめ》たちは、明《あか》るい太陽《たいよう》の光《ひかり》と、はじめて見《み》た青空《あおぞら》にビックリです。

　男《おとこ》の子《こ》は、もっていた豆鉄砲《まめでっぽう》に一番《いちばん》目《め》の豆《まめ》をつめ、**パチン！**　とうちました。

　一番目《いちばんめ》の豆《まめ》はさけびました。

「ぼくは、もっと広《ひろ》い世界《せかい》にいくぞ」

　二番目《にばんめ》の豆《まめ》も、**パチン！**

「ぼくは、太陽《たいよう》のところへいくぞ」

　三番目《さんばんめ》と四番目《よんばんめ》の豆《まめ》は、まだ眠《ねむ》くて、ころがって逃《に》げました。でも**パチン！**

パチン！　とうたれてしまいました。

　最後《さいご》に、五番目《ごばんめ》の豆《まめ》も、**パチン！**

「みんな、さようなら」

　五番目《ごばんめ》の豆《まめ》は、空《そら》を飛《と》び、屋根裏部《やねうらべ》屋《や》の窓《まど》の下《した》の、ほんの少《すこ》し土《つち》がたまっている場所《ばしょ》に落《お》ちたのでした。

　さて、その屋根裏部屋《やねうらべや》には、貧《まず》しいおかあさんと、病気《びょうき》で寝《ね》たきりの女《おんな》の子《こ》が住《す》んでいました。

　ある日《ひ》、女《おんな》の子《こ》がいいました。

「窓辺《まどべ》に緑色《みどりいろ》の物《もの》が見《み》えるのよ」

　お母《かあ》さんが窓《まど》を開《あ》けて見《み》ると、それは芽《め》をだした、あの五番目《ごばんめ》のエンドウ豆《まめ》だったのです。女《おんな》の子《こ》は、豆《まめ》がどんどん成長《せいちょう》するようすを見《み》ていると、自《じ》分《ぶん》も元気《げんき》になるような気《き》がしました。

　そしてほんとうに、病気《びょうき》がよくなってきたのです。豆《まめ》が花《はな》をつけるころのことです。

「もう元気《げんき》になったわ。どうもありがとう、エンドウ豆《まめ》の小《ちい》さいお花《はな》さん」

　五番目《ごばんめ》の豆《まめ》の花《はな》は、その言葉《ことば》を聞《き》いて、うれしそうに風《かぜ》にゆれていました。

　ところで、ほかのエンドウ豆《まめ》たちはどうなったのでしょうか？

　残念《ざんねん》ながら、一番目《いちばんめ》の豆《まめ》も、二番目《にばんめ》の豆《まめ》も、そして三番目《さんばんめ》の豆《まめ》も、お腹《なか》をすかせたハトに見《み》つかって食《た》べられてしまいました。でも、ハトが「おいしい、おいしい」とよろこんで食《た》べたので、豆《まめ》たちもうれしかったのです。

　ところが、四番目《よんばんめ》の豆《まめ》だけはちがいました。ドブに落《お》ちた四番目《よんばんめ》の豆《まめ》は、こんなことをいっていますよ。

「ぼくは、一番《いちばん》えらいんだ。ドブの水《みず》をたくさん飲《の》んで、こんなに大《おお》きく体《からだ》がふくれてるんだから」

読んだ日　　年　月　日／　　年　月　日／　　年　月　日

ポイント　五番目《ごばんめ》のエンドウ豆《まめ》は、自分《じぶん》がすくすく育《そだ》つようすを病気《びょうき》の女《おんな》の子《こ》に見《み》せて、女《おんな》の子《こ》を元気《げんき》にしましたね。

旧暦《きゅうれき》4月《がつ》8日《か》はお釈迦様《しゃかさま》の誕生日《たんじょうび》です

仏教《ぶっきょう》を伝《つた》えたお釈迦様《しゃかさま》

仏教《ぶっきょう》

お釈迦様《しゃかさま》は、ヒマラヤ山脈《さんみゃく》のふもとで生《う》まれました。お釈迦様《しゃかさま》は本名《ほんみょう》をゴータマ・シッダールタといい、シャカ族《ぞく》という王族《おうぞく》の出身《しゅっしん》で、王様《おうさま》の息子《むすこ》です。このときはまだお釈迦様《しゃかさま》とは呼《よ》ばれていないので、このお話《はなし》では「王《おう》子《じ》」と呼《よ》ぶことにします。

王子《おうじ》は、お母《かあ》さんのお腹《なか》から産《う》まれてでたあと、すぐにたちあがって七歩《ななほ》歩《ある》き、右手《みぎて》で天《てん》を、左手《ひだりて》で地《ち》を指《ゆび》さして「**天上天下唯我独尊**《てんじょうてんげゆいがどくそん》」といったと伝《つた》わっています。

この言葉《ことば》の意味《いみ》は、「自分《じぶん》という存《そん》在《ざい》や命《いのち》は、何者《なにもの》にもかえがたく、とうといのだよ」という意味《いみ》です。

さて、王子《おうじ》は、たいへんやさしい人《ひと》に成長《せいちょう》しました。ある日《ひ》、王子《おうじ》はお城《しろ》の東門《ひがしもん》をでて、遊《あそ》びにでかけました。すると、ヨボヨボの老人《ろうじん》を見《み》かけました。

「ああ、人間《にんげん》というのは、生《い》きていればかならず老《お》いるのだな」

王子《おうじ》はため息《いき》をついて、遊《あそ》びにいくのをやめ、城《しろ》に戻《もど》りました。

つぎの日《ひ》、王子《おうじ》は南《みなみ》の門《もん》をでました。すると、病人《びょうにん》に出会《であ》いました。

「ああ、人間《にんげん》というのは、生《い》きていれば、病《やまい》にくるしむこともあるのだな」

王子《おうじ》はまたも、城《しろ》に戻《もど》りました。

そのつぎの日《ひ》、今度《こんど》は、王子《おうじ》は西門《にしもん》をでました。すると、お葬式《そうしき》をしているところを見《み》かけました。

「ああ、人間《にんげん》はかならず死《し》ぬのだな」

この日《ひ》も王子《おうじ》は城《しろ》に戻《もど》りました。

そのまたつぎの日《ひ》、今度《こんど》は北門《きたもん》をでました。すると出家《しゅっけ》をした修行者《しゅぎょうしゃ》がいました。王子《おうじ》は修行者《しゅぎょうしゃ》に聞《き》きました。

「あなたはなぜ出家《しゅっけ》をしたのですか」

「わたしは生《い》きること、老《お》いること、病《やまい》をわずらうこと、死《し》ぬことの四《よっ》つのくるしみから解放《かいほう》されるために、つらい修行《しゅぎょう》をしているのです」

王子《おうじ》は修行者《しゅぎょうしゃ》の言葉《ことば》を聞《き》いて感心《かんしん》し、自分《じぶん》も出家《しゅっけ》することにしました。

出家《しゅっけ》とは、家族《かぞく》とはなれ、いままでの生活《せいかつ》をすてて修行《しゅぎょう》することです。王《おう》子《じ》は、自分《じぶん》の高貴《こうき》な身分《みぶん》をすて、人《ひと》がさけられない「生《せい》・老《ろう》・病《びょう》・死《し》」の四《よっ》つの苦《くる》しみにたちむかおうとしました。

王子《おうじ》は出家後《しゅっけご》、自分《じぶん》の体《からだ》をいじめぬく苦行《くぎょう》をしました。ところが、どれだけ苦行《くぎょう》をつんでも、王子《おうじ》は望《のぞ》んだ解答《かいとう》を得《え》られませんでした。

「苦行《くぎょう》というのは、自分《じぶん》の努力《どりょく》の自己《じこ》満足《まんぞく》にすぎないのだ」

そう確信《かくしん》した王子《おうじ》は、苦行《くぎょう》をいっさいやめ、一人《ひとり》で菩提樹《ぼだいじゅ》の下《した》にすわって瞑想《めいそう》をしました。そして何日《なんにち》もの間《あいだ》、瞑想《めいそう》をつづけ、ついに王子《おうじ》は「悟《さと》り」を開《ひら》いたのです。このときから王子《おうじ》は、仏《ぶっ》陀《だ》と呼《よ》ばれるようになりました。仏陀《ぶっだ》とは、真理《しんり》に目覚《めざ》めた人《ひと》という意味《いみ》です。

仏陀《ぶっだ》は自分《じぶん》が知《し》り得《え》た真理《しんり》を、多《おお》くの人《ひと》に伝《つた》えました。これがブッダの教《おし》え、「仏教《ぶっきょう》」なのです。

読んだ日　　年　　月　　日／　　年　　月　　日／　　年　　月　　日

ポイント　お釈迦様《しゃかさま》と呼《よ》ばれる由来《ゆらい》は、シャカ族《ぞく》の聖人《せいじん》という意味《いみ》の「釈迦牟尼《しゃかむに》」からきています。

何度《なんど》も訪《おとず》れるピンチをくぐりぬける兄妹《きょうだい》のきずな

ヘンゼルとグレーテル

グリム

深《ふか》い森《もり》のそばに、木《き》こりの家族《かぞく》が住《す》んでいました。

子《こ》どもたちが寝静《ねしず》まったある晩《ばん》のこと、おかあさんがいいだしました。

「明日《あす》、あの子《こ》たちを森《もり》へ連《つ》れていこう。そして、置《お》いてけぼりにするのさ」

おとうさんはおどろきましたが、うなずきました。兄妹《きょうだい》を養《やしな》うお金《かね》がなかったのです。こっそりとその話《はなし》を聞《き》いてしまった妹《いもうと》のグレーテルは、かなしくて泣《な》きだしました。けれど、お兄《にい》さんのヘンゼルは、あることを思《おも》いついたようです。

「だいじょうぶ。神様《かみさま》が守《まも》ってくれる」

朝《あさ》がきて、家族《かぞく》で森《もり》の奥《おく》の切《き》り株《かぶ》のまえまでくると、両親《りょうしん》は兄妹《きょうだい》を置《お》いていってしまいました。泣《な》きだしたグレーテルに、ヘンゼルはポケットから、ある物《もの》をとりだして見《み》せました。

「これはお月様《つきさま》がでたら、きらきら光《ひか》る小石《こいし》だよ。うちからまいてきたのさ」

ヘンゼルのいうとおり、夜《よる》になると小石《こいし》はきらきらと光《ひか》りました。その光《ひかり》をたどって、家《いえ》に帰《かえ》りました。

つぎの日《ひ》、木《き》こりの家族《かぞく》は、昨日《きのう》よりもずっと森《もり》の奥《おく》へでかけました。両《りょう》親《しん》はまた兄妹《きょうだい》に森《もり》の中《なか》で待《ま》つようにいいつけ、戻《もど》ってきませんでした。でも、今日《きょう》はポケットに小石《こいし》がありません。ヘンゼルは小石《こいし》のかわりにパンくずをまいてきたのですが、パンくずは小鳥《ことり》たちに食《た》べられてしまったのです。

森《もり》の中《なか》を何日《なんにち》もさまよったヘンゼルとグレーテルは、小《ちい》さな家《いえ》を見《み》つけました。よく見《み》ると、お菓子《かし》でできた家《いえ》です。腹《はら》ペコだった二人《ふたり》は、煙突《えんとつ》やドアにかじりつきました。夢中《むちゅう》になって食《た》べていると、おばあさんがでてきました。

「おやおや、おチビさんたち、お腹《なか》がすいているようだね」

おばあさんはやさしい顔《かお》をしていましたが、じつはおそろしい魔女《まじょ》でした。とつぜんおそいかかり、二人《ふたり》を暗《くら》い小《こ》屋《や》に閉《と》じこめてしまったのです。

「いっぱい食《た》べさせて太《ふと》らせてから、二人《ふたり》ともかまどで焼《や》いて食《た》べよう」

何日《なんにち》かたったある日《ひ》、魔女《まじょ》はグレーテルに声《こえ》をかけました。

「そろそろ太《ふと》ったころだね。グレーテルや、小屋《こや》からでてきて、かまどのパンが焼《や》けているか見《み》ておくれ」

「わかったわ、おばあさん。でも、お手本《てほん》を見《み》せて」

泣《な》いているグレーテルにかわり、ヘンゼルが、グレーテルそっくりの声《こえ》でいいました。

「こうやって、奥《おく》まではいるんだよ」

魔女《まじょ》がかまどをのぞきこんだそのとき、ヘンゼルが、かまどのふたをバタンと閉《と》じて火《ひ》をつけました。

「**ぎゃー!**」

兄妹《きょうだい》は魔女《まじょ》の家《いえ》を飛《と》びだしました。

うちに帰《かえ》ると、おかあさんは亡《な》くなっていましたが、おとうさんは大《おお》よろこびで、二人《ふたり》を迎《むか》えてくれました。

読んだ日　年　月　日／　年　月　日／　年　月　日

ポイント　絶体絶命《ぜったいぜつめい》と思《おも》われる困難《こんなん》な状況《じょうきょう》でも、つねに冷静《れいせい》で、妹《いもうと》を思《おも》いやるやさしい兄《あに》・ヘンゼルの行動《こうどう》に注目《ちゅうもく》です。

みんなのために偉業《いぎょう》をなしとげた男《おとこ》

牛《うし》をつないだ椿《つばき》の木《き》

新美南吉《にいみなんきち》

山《やま》の中《なか》の道《みち》のかたわらに、椿《つばき》の若木《わかぎ》がありました。牛《うし》ひきの利助《りすけ》は、それに牛《うし》をつなぎました。人力車《じんりきしゃ》をひく海《かい》蔵《ぞう》も、そこに車《くるま》を置《お》きました。そして、二人《ふたり》で、少《すこ》しはなれた山《やま》の中《なか》のわき水《みず》を飲《の》みにいきました。

二人《ふたり》が帰《かえ》ってくると、地主《じぬし》が牛《うし》のそばで、カンカンにおこっていました。

「この牛《うし》が、椿《つばき》の葉《は》をみんな食《く》ってしまった。どうしてくれる」

利助《りすけ》は、さんざんあやまりました。海蔵《かいぞう》も、いっしょになってあやまったので、ゆるしてもらえました。

(道《みち》の近《ちか》くに井戸《いど》があればいいのに)

と、海蔵《かいぞう》は思《おも》いました。

ある日《ひ》、海蔵《かいぞう》は井戸《いど》掘《ほ》りに会《あ》いました。海蔵《かいぞう》が井戸《いど》を掘《ほ》る値段《ねだん》を聞《き》くと、三十円《さんじゅうえん》だとわかりました。当時《とうじ》のお金《かね》で三十円《さんじゅうえん》は大金《たいきん》です。海蔵《かいぞう》は、お金《かね》もちの利助《りすけ》に相談《そうだん》しました。

「三十円《さんじゅうえん》で井戸《いど》が掘《ほ》れるんじゃ。利《り》助《すけ》さん、なんとか金《かね》をだしてくれんか」

「いやじゃ。なんでわしだけ、金《かね》をださんとならんのじゃ」

利助《りすけ》にことわられた海蔵《かいぞう》は、自分《じぶん》ひとりで金《かね》をためる決心《けっしん》をしました。

ある日《ひ》、海蔵《かいぞう》が茶店《ちゃみせ》のまえを通《とお》りかかると、人力車仲間《じんりきしゃなかま》が、なかよく菓子《かし》を食《た》べていました。いつもならいっしょになって菓子《かし》を買《か》うのですが、海蔵《かいぞう》はだまって通《とお》りすぎようとしました。

「海蔵《かいぞう》さん、食《た》べていけよ」

「今日《きょう》はいらんのじゃ」

仲間《なかま》たちは、うまそうに菓子《かし》を食《た》べています。ほんとうは、海蔵《かいぞう》は、喉《のど》から手《て》がでるほど菓子《かし》が食《た》べたいのです。けれども海蔵《かいぞう》はがまんしました。

(みんなのために、井戸《いど》を掘《ほ》るんじゃ)

それから二年《にねん》たち、海蔵《かいぞう》はお金《かね》をため、地主《じぬし》さんに、井戸《いど》を掘《ほ》らせてほしいとたのみました。けれども、地主《じぬし》は承知《しょうち》しません。けんめいにたのむ海蔵《かいぞう》を見《み》て、地主《じぬし》の息子《むすこ》がいいました。

「親父《おやじ》はもうすぐ死《し》にます。そしたら、井戸《いど》を掘《ほ》らせてあげますよ」

海蔵《かいぞう》はそれを聞《き》いてよろこびました。

その夜《よる》、海蔵《かいぞう》は母親《ははおや》にそのことをうれしそうに話《はな》しました。すると母親《ははおや》は、

「おまえは人《ひと》が死《し》ぬのがうれしいか」

と、いいました。海蔵《かいぞう》はそれを聞《き》いて後悔《こうかい》し、地主《じぬし》にあやまりにいきました。

「地主《じぬし》さん。わしはあんたがはやく死《し》ぬのを願《ねが》った、わるい男《おとこ》じゃ」

海蔵《かいぞう》が心《こころ》からわびるのを聞《き》いていた地主《じぬし》は、いいました。

「おまえさんは、感心《かんしん》なお人《ひと》じゃ。他《た》人《にん》のために、そこまでできるものではない。よし、井戸《いど》を掘《ほ》りなさい」

こうして、椿《つばき》の木《き》のそばに井戸《いど》ができました。みんなが水《みず》を飲《の》むようすを見《み》て、海蔵《かいぞう》はよろこびました。そのうち、日本《にほん》は戦争《せんそう》になり、戦《たたか》いにいった海蔵《かいぞう》は帰《かえ》ってきませんでした。

けれども井戸《いど》は残《のこ》り、みんなの喉《のど》をうるおしつづけたのです。

読んだ日　年　月　日／　年　月　日／　年　月　日

ポイント　ここでいう戦争《せんそう》とは、「日露戦争《にちろせんそう》」のことです。この作品《さくひん》は新美南吉《にいみなんきち》の最後《さいご》の作品《さくひん》です。

中国《ちゅうごく》

運命《うんめい》の赤《あか》い糸《いと》の伝説《でんせつ》のもとになったお話《はなし》です

月下老人《げっかろうじん》

　中国《ちゅうごく》の唐《とう》の時代《じだい》、韋固《いこ》という若者《わかもの》がおりました。韋固《いこ》は幼《おさな》いころに、両親《りょうしん》に死《し》なれて、一人《ひとり》ぼっちです。韋固《いこ》は、はやく結婚《けっこん》をしたがっていました。

　ある日《ひ》、韋固《いこ》が旅《たび》をしていると、月《げっ》光《こう》の下《した》で、本《ほん》を読《よ》んでいるふしぎな老《ろう》人《じん》に会《あ》いました。おじいさんのそばには袋《ふくろ》があり、赤《あか》い糸《いと》がいっぱいつまっています。

「おじいさん、なんの本《ほん》を読《よ》んでるんですか。それに、このたくさんの赤《あか》い糸《いと》はなんなのでしょう」

「この本《ほん》にはな、この世《よ》の男女《だんじょ》の縁《えん》が書《か》かれているのじゃ。この赤《あか》い糸《いと》を男《だん》女《じょ》の足首《あしくび》にむすびあわせると、男女《だんじょ》はかならず夫婦《ふうふ》になるんじゃ」

「こんな細《ほそ》い糸《いと》で？」

「この糸《いと》はぜったいに切《き》れんよ。どんなに遠《とお》くはなれていても、どんな身分《みぶん》ちがいでも、いったんむすんでしまえば、かならずその男女《だんじょ》は夫婦《ふうふ》になるんじゃ」

「じつはわたしにはいま縁談《えんだん》があります。とてもきれいなお嬢《じょう》さんなのですが、その人《ひと》と結婚《けっこん》したいのです」

「むりだな。おまえさんには、もうべつの娘《むすめ》と赤《あか》い糸《いと》がむすばれておる。この近《ちか》くで野菜《やさい》を売《う》っている、ばあさんの娘《むすめ》じゃ。まだ三歳《さんさい》だけどな」

「ええ、そんな、困《こま》ります！」

　韋固《いこ》は腹《はら》がたって、たちあがりました。すると、野菜売《やさいう》りのおばあさんが、幼《おさな》い女《おんな》の子《こ》を連《つ》れて歩《ある》いてきたのです。韋固《いこ》のうしろから老人《ろうじん》が、笑《わら》っていいました。

「あの女《おんな》の子《こ》がおまえのよめじゃ」

「そんなばかな話《はなし》があるか！」

　老人《ろうじん》の言葉《ことば》を聞《き》いた瞬間《しゅんかん》、韋固《いこ》はますます頭《あたま》にきて、乱暴《らんぼう》にも、女《おんな》の子《こ》に刀《かたな》で斬《き》りつけました。韋固《いこ》の刀《かたな》は、女《おんな》の子《こ》の額《ひたい》を傷《きず》つけました。

「きゃあ！」

　女《おんな》の子《こ》は逃《に》げていきました。

　それから十四年《じゅうよねん》がたちました。韋固《いこ》は独身《どくしん》のままでした。あれ以来《いらい》、何度《なんど》も縁談《えんだん》があったのですが、ふしぎと、すべて縁談《えんだん》はだめになっていたのです。韋固《いこ》は独身《どくしん》のまま出世《しゅっせ》して、いまでは町《まち》のお役人《やくにん》になっていました。ある日《ひ》、上司《じょうし》がいいました。

「韋固《いこ》よ。おまえもいいかげんに結婚《けっこん》せい。わしは上司《じょうし》として、おまえのゆく末《すえ》が心配《しんぱい》でならんぞ」

「はあ。結婚《けっこん》はしたいのですが、どうしてもうまくいかないのです」

「では、わしの娘《むすめ》はどうじゃ」

　こうして、韋固《いこ》は上司《じょうし》の娘《むすめ》と結婚《けっこん》することになりました。娘《むすめ》はたいへんうつくしい人《ひと》でしたが、おしいことに額《ひたい》に傷《きず》がありました。韋固《いこ》は胸《むな》さわぎを覚《おぼ》えて、娘《むすめ》に聞《き》きました。

「その傷《きず》はどうしたんだ？」

「幼《おさな》いころ、知《し》らない人《ひと》に、いきなり斬《き》りつけられたのです」

「ああ、それはわたしだ。あのときはすまなかった」

　韋固《いこ》は、縁《えん》のふしぎさにおどろき、一生《いっしょう》娘《むすめ》を大事《だいじ》にすることをちかいました。

4月
世界の昔話
ふしぎな話

読んだ日　　年　月　日／　　年　月　日／　　年　月　日

ポイント　この話《はなし》から、結婚《けっこん》の仲立《なかだ》ちをする人《ひと》を「月下老人《げっかろうじん》」「月下老《げっかろう》」「月老《げつろう》」というようになりました。

欲《よく》ばりがひどい目《め》にあうのは世界共通《せかいきょうつう》です

金《きん》の斧《おの》銀《ぎん》の斧《おの》

イソップ

むかし、あるところに正直《しょうじき》な木《き》こりがいました。木《き》こりがいつものように山《やま》で木《き》を切《き》っていると、どうしたことか、はずみで泉《いずみ》に斧《おの》を落《お》としてしまいました。

「ああ、どうしよう。斧《おの》がなくては、仕事《しごと》ができない。困《こま》ったなあ」

木《き》こりが泉《いずみ》のほとりでなげいていると、泉《いずみ》からうつくしい女神《めがみ》があらわれました。

「木《き》こりよ、なぜ泣《な》いているのですか」

「ああ、女神様《めがみさま》。わたしはたいせつな斧《おの》を、女神様《めがみさま》の住《す》む泉《いずみ》に落《お》としていました。あれがなくては、仕事《しごと》ができません」

「わかりました。ここでお待《ま》ちなさい」

そういうと、女神《めがみ》は姿《すがた》を消《け》し、やがて金《きん》の斧《おの》をもって、ふたたびあらわれました。

「木《き》こりよ。この斧《おの》ですか」

「ち、ちがいます。そんなりっぱな斧《おの》ではありません。ふつうの斧《おの》です」

「そうですか。お待《ま》ちなさい」

そういうと、女神《めがみ》はまたもや姿《すがた》を消《け》し、今度《こんど》は銀《ぎん》の斧《おの》をもってあらわれました。

「木《き》こりよ、この斧《おの》でしょう」

「と、とんでもない。そんなうつくしい斧《おの》ではありません。ただの鉄《てつ》の斧《おの》です」

「まあ、そうですか。では、もう少《すこ》し待《ま》っていなさい」

そういうと、女神《めがみ》は姿《すがた》を消《け》しました。しばらくして女神《めがみ》があらわれたときに女神《めがみ》がもっていたのは、木《き》こりが落《お》とした斧《おの》でした。

「それです。それが、わたしの落《お》とした斧《おの》です。女神様《めがみさま》、感謝《かんしゃ》いたします」

「おまえは正直者《しょうじきもの》ですね。ほうびに、先《さき》ほどの金《きん》と銀《ぎん》の斧《おの》もあげましょう」

女神《めがみ》は金《きん》と銀《ぎん》の斧《おの》を木《き》こりにわたし、ほほえみながら泉《いずみ》の中《なか》に消《き》えました。

木《き》こりは、このふしぎな話《はなし》を、隣《となり》に住《す》む欲《よく》ばりな木《き》こりに話《はな》しました。欲《よく》ばりな木《き》こりは話《はなし》を聞《き》くと、自分《じぶん》もまねしたくなり、自分《じぶん》の斧《おの》をもって泉《いずみ》にいきました。

「よし、投《な》げこむぞ。それっ。斧《おの》が落《お》ちたぞ～。だれかひろってくれえ」

欲《よく》ばりな木《き》こりは、泉《いずみ》に斧《おの》を投《な》げこんで大《おお》さわぎをしました。すると、女神《めがみ》が金《きん》の斧《おの》をもってあらわれました。

「また、斧《おの》が落《お》ちてきましたが、今度《こんど》はべつの木《き》こりですね。あなたの声《こえ》は聞《き》こえましたよ。あなたが落《お》とした斧《おの》はこれですか」

「そう、それっ！　その金《きん》の斧《おの》です」

女神《めがみ》は欲《よく》ばりな木《き》こりの言葉《ことば》を聞《き》くと、目《め》を閉《と》じて静《しず》かに首《くび》を横《よこ》にふり、消《き》えていきました。それ以後《いご》は、欲《よく》ばりな木《き》こりがいくら呼《よ》びかけても、泉《いずみ》の女神《めがみ》はあらわれませんでした。

欲《よく》ばってうそをつくと、だいじなものまで失《うしな》ってしまいます。人間《にんげん》、正直《しょうじき》が一番《いちばん》、というお話《はなし》でした。

読んだ日　　年　　月　　日／　　年　　月　　日／　　年　　月　　日

ポイント　女神《めがみ》ではなく、ギリシャ神話《しんわ》の神《かみ》ヘルメスだというお話《はなし》もあります。

ドリトル先生《せんせい》は動物《どうぶつ》の言葉《ことば》を話《はな》すお医者《いしゃ》さんです

ヒュー・ロフティング

ドリトル先生《せんせい》、動物語《どうぶつご》を勉強《べんきょう》する

むかしむかし、イギリスにドリトル先生《せんせい》というお医者《いしゃ》さんがいました。ドリトル先生《せんせい》は動物《どうぶつ》が大好《だいす》き。家《いえ》には、オウムにアヒル、イヌ、子《こ》ブタ、フクロウが棲《す》んでいます。庭《にわ》にもニワトリやハトやヒツジがいます。あまりにも動物《どうぶつ》がたくさんいるので、人間《にんげん》の患者《かんじゃ》さんがこなくなりました。

ある日《ひ》、オウムのポリネシアが、ドリトル先生《せんせい》にいいました。

「いっそ、動物《どうぶつ》のお医者《いしゃ》さんになったらどうですか？　わたしが動物《どうぶつ》の言葉《ことば》を教《おし》えましょう」

ポリネシアの年《とし》は百八十歳《ひゃくはちじゅっさい》くらいで、たいへんな物知《ものし》りでした。人間《にんげん》の言葉《ことば》も動物《どうぶつ》の言葉《ことば》も話《はな》せるのです。その日《ひ》から、ドリトル先生《せんせい》の動物語《どうぶつご》の勉強《べんきょう》がはじまりました。犬《いぬ》のジップが「**ワォン、ワンワン**」とほえると、ポリネシアが人間《にんげん》の言葉《ことば》になおします。アヒルのダブダブや、子《こ》ブタのガブガブも協力《きょうりょく》しました。ドリトル先生《せんせい》は、たちまち、いろいろな動物《どうぶつ》の言葉《ことば》がわかるようになりました。

あるとき、ドリトル先生《せんせい》のところに、畑《はたけ》をたがやすウマがやってきました。

「先生《せんせい》、わたしの目《め》を診察《しんさつ》してください。片《かた》ほうがよく見《み》えないんです。なのに、ほかの獣医《じゅうい》さんはヒザの薬《くすり》を飲《の》ませるんです。足《あし》はいたくないのに」と、ウマがウマ語《ご》でうったえます。

「どれどれ、見《み》せてごらん」

ドリトル先生《せんせい》は、ウマの目《め》を検査《けんさ》しました。どうやら、このウマは近眼《きんがん》のようです。先生《せんせい》はウマにメガネをつくってあげました。ウマは大《おお》よろこびです。このことがあってから、町《まち》にはメガネをかけた動物《どうぶつ》が増《ふ》えました。

「ドリトル先生《せんせい》は動物語《どうぶつご》が話《はな》せて、動《どう》物《ぶつ》の気《き》もちがよくわかる」

町《まち》や森《もり》の動物《どうぶつ》たちがうわさしました。そして、渡《わた》り鳥《どり》がいろいろな国《くに》でドリトル先生《せんせい》のことを話《はな》したので、先生《せんせい》の評判《ひょうばん》は遠《とお》い国《くに》まで広《ひろ》がりました。

ある日《ひ》、ドリトル先生《せんせい》が庭《にわ》でひと休《やす》みしていると、サルを連《つ》れたオルガンひきが通《とお》りかかりました。サルは首輪《くびわ》がきつくて、とてもくるしそうでした。

「これこれ、かわいそうなサルを置《お》いていきなさい」

ドリトル先生《せんせい》はオルガンひきにお金《かね》をわたして、サルをゆずってもらいました。サルはチーチーという名《な》で、先《せん》生《せい》の家《いえ》に棲《す》むことになりました。

また、町《まち》にサーカスがきたときのこと。ワニの歯《は》がいたくなり、檻《おり》から逃《に》げだし、ドリトル先生《せんせい》の家《いえ》にきました。歯《は》をなおしてもらったワニは、「庭《にわ》の池《いけ》に棲《す》まわせてください」と先生《せんせい》にたのみました。ドリトル先生《せんせい》は、サーカスからワニをひきとりました。こうして先生《せんせい》の家《いえ》は、ますます動物《どうぶつ》が増《ふ》えていったのです。

4月

世界の名作

ゆかいな話

読んだ日　　年　月　日／　　年　月　日／　　年　月　日

ポイント　ドリトル先生《せんせい》のシリーズはたくさんあります。どのお話《はなし》も動物《どうぶつ》がたくさんでてきて、子《こ》どもたちに大人気《だいにんき》です。

4月14日のお話

ネズミのついたお餅《もち》は天下一品《てんかいっぴん》

おむすびころりん

むかしむかし、あるところに正直者《しょうじきもの》のおじいさんとおばあさんが住《す》んでいました。おじいさんは、おばあさんがつくったおむすびをもって、毎日山《まいにちやま》へ木《き》を切《き》りにいきました。

ある日《ひ》のこと、おじいさんがお弁当《べんとう》の包《つつ》みを開《ひら》いたところ、うっかりおむすびを落《お》としてしまいました。

「あ、こりゃ、待《ま》て、どこへころがっていくんじゃ」

おむすびはコロコロところがり、木《き》の下《した》にあいた穴《あな》に落《お》ちてしまいました。すると、穴《あな》の中《なか》から歌《うた》が聞《き》こえました。

「**おむすびころりん、すっとんとん。おむすびころりん、すっとんとん**」

おじいさんは、びっくりしましたが、歌《うた》の調子《ちょうし》があまりにもゆかいなので、もう一《ひと》つ、おむすびを穴《あな》の中《なか》に落《お》としました。するとまた、「**おむすびころりん**」という歌《うた》が聞《き》こえてきました。

「こりゃ、ふしぎなことじゃ」

と、穴《あな》の中《なか》をのぞこうとしたところ、足《あし》がすべって、おじいさんまで穴《あな》の中《なか》へスッテンコロリンと落《お》ちてしまいました。

おじいさんが落《お》ちたところは、ネズミのお屋敷《やしき》でした。中《なか》からネズミがでてきていいました。

「おじいさん、おいしいおむすびをありがとう。お礼《れい》に今日《きょう》は、ゆっくり遊《あそ》んでいってくださいな」

おじいさんは、ネズミたちから歓迎《かんげい》されて、ごちそうをたくさんふるまわれました。なかでも、ネズミのついたお餅《もち》のおいしいことといったらありません。帰《かえ》りには、お餅《もち》や小判《こばん》をおみやげにもらいました。帰《かえ》ってきたおじいさんの話《はなし》を聞《き》いて、おばあさんはおどろくやらよろこぶやら。二人《ふたり》はお礼《れい》にいかなくてはいけないねえ、といいながら寝《ね》ました。

この話《はなし》を盗《ぬす》み聞《ぎ》きしていたのが、隣《となり》に住《す》む欲《よく》ばりじいさんです。自分《じぶん》でたくさんのおむすびをつくって、ネズミの穴《あな》にドカドカと力《ちから》いっぱい投《な》げこんだあと、いきおいよく自分《じぶん》も穴《あな》の中《なか》に飛《と》びこみました。

ネズミたちはなにごとかとおどろきましたが、お客《きゃく》さまをもてなそうと、今度《こんど》もごちそうをつくりはじめました。ですが、欲《よく》ばりじいさんの目当《めあ》ては小《こ》判《ばん》です。はやく小判《こばん》を手《て》にいれようと、ネコの鳴《な》き声《ごえ》をマネしてネズミを追《お》いはらい、好《す》きなだけ小判《こばん》を手《て》にいれようと考《かんが》えました。

「**にゃあごお〜**」

ところが欲《よく》ばりじいさんが一声《ひとこえ》鳴《な》いたとたん、ネズミたちは、明《あ》かりを消《け》してどこかに逃《に》げてしまいました。あたりは真《ま》っ暗《くら》で、小判《こばん》を探《さが》そうにもどこにあるのか見当《けんとう》もつきません。それどころか出口《でぐち》すらわからず、欲《よく》ばりじいさんは、何日《なんにち》もかかって穴《あな》の中《なか》からはいでました。

それ以来《いらい》、欲《よく》ばりじいさんはすっかり心《こころ》をいれかえ、なにごとにも欲《よく》ばらなくなったということです。

読んだ日　年　月　日／　年　月　日／　年　月　日

ポイント　おじいさんが大《おお》きいつづらと小《ちい》さいつづらを選《えら》ぶお話《はなし》もあります。

ギリシャ神話《しんわ》

妻《つま》を求《もと》めて冥府《めいふ》へ旅《たび》だつ吟遊詩人《ぎんゆうしじん》

オルフェウスと冥府《めいふ》

太陽《たいよう》と音楽《おんがく》の神《かみ》、アポロンは、オルフェウスという若者《わかもの》を気《き》にいっていました。そこで、自分《じぶん》の竪琴《たてごと》をゆずりわたし、その演奏法《えんそうほう》も教《おし》えたのです。音楽《おんがく》の神《かみ》の加護《かご》を得《え》たオルフェウスは、ギリシャで一番《いちばん》の吟遊詩人《ぎんゆうしじん》になり、各地《かくち》を旅《たび》してまわりました。

旅先《たびさき》でオルフェウスは、エウリュディケという、うつくしい娘《むすめ》を妻《つま》にしました。二人《ふたり》はなかのよい夫婦《ふうふ》でしたが、エウリュディケは、ヘビにかまれて死《し》んでしまいました。

「わが愛《あい》する妻《つま》エウリュディケよ。わたしはどうしても、おまえをあきらめきれない。このうえは死者《ししゃ》の国《くに》、冥府《めいふ》におもむいて、おまえをとり返《かえ》そう」

オルフェウスは妻《つま》のあとを追《お》って、冥府《めいふ》へと旅《たび》だちました。冥府《めいふ》にいくには、「嘆《なげ》きの川《かわ》」と呼《よ》ばれる川《かわ》をわたらなくてはなりません。それには、渡《わた》し守《もり》のカロンの許可《きょか》が必要《ひつよう》です。オルフェウスは、カロンのまえで竪琴《たてごと》をかき鳴《な》らし、妻《つま》への愛《あい》を歌《うた》いあげました。

「このようなうつくしい音楽《おんがく》をわしは聞《き》いたことがない。本来《ほんらい》ならば生《い》きている者《もの》は冥府《めいふ》にはいけぬ。だが……」

カロンはそういうと、オルフェウスを小舟《こぶね》に乗《の》せ、川《かわ》をわたしてくれたのです。

つぎにオルフェウスは、冥府《めいふ》の門《もん》につきました。冥府《めいふ》の門《もん》は、ケルベロスという三《みっ》つの頭《あたま》をもつ、どうもうな犬《いぬ》が守《まも》っています。オルフェウスはまたも竪琴《たてごと》を鳴《な》らしました。すると、ケルベロスも冥府《めいふ》の門《もん》を通《とお》してくれました。

「わが神《かみ》アポロンよ。あなたの音楽《おんがく》のなんと偉大《いだい》なことか」

オルフェウスは音楽《おんがく》の神《かみ》に感謝《かんしゃ》しつつ、冥府《めいふ》の王《おう》ハーデスに会《あ》いにいきました。オルフェウスは、王《おう》と王妃《おうひ》のまえで竪琴《たてごと》をかき鳴《な》らしながら、せつせつと自分《じぶん》の気《き》もちを歌《うた》いあげます。ハーデスはいいました。

「オルフェウスよ、おまえの音楽《おんがく》には感動《かんどう》した。よかろう、妻《つま》を連《つ》れて帰《かえ》るがよい。だが、地上《ちじょう》に戻《もど》るまでは、けっしてふり返《かえ》って、妻《つま》の顔《かお》を見《み》てはならぬ」

オルフェウスはよろこんでハーデスと約束《やくそく》し、地上《ちじょう》に戻《もど》ることにしました。冥府《めいふ》からの帰《かえ》り道《みち》、オルフェウスはハーデスとの約束《やくそく》を守《まも》り、うしろをふり返《かえ》りませんでした。しかし、内心《ないしん》では、妻《つま》が自分《じぶん》のうしろをついてきてくれているかどうか、確認《かくにん》したくてたまらなかったのです。がまんにがまんをかさねて、ようやく地上《ちじょう》の光《ひかり》が見《み》えてきたとき、オルフェウスはよろこびのあまり、すべてを忘《わす》れました。

「エウリュディケ、地上《ちじょう》だ。わが神《かみ》アポロンの光《ひかり》が見《み》える。もうすぐだよ」

こういって、オルフェウスはうしろをふり返《かえ》ってしまいました。エウリュディケはかなしそうな顔《かお》をして、消《き》えていきました。オルフェウスは、一生自分《いっしょうじぶん》のしたことを後悔《こうかい》しつづけたということです。

読んだ日　　年　　月　　日／　　年　　月　　日／　　年　　月　　日

ポイント　「吟遊詩人《ぎんゆうしじん》」とは作詞作曲家兼歌手《さくしさっきょくかけんかしゅ》のこと。このお話《はなし》は、日本神話《にほんしんわ》の「イザナギとイザナミ」と多《おお》くの共通点《きょうつうてん》があります。

4月
神話
かなしい話

ほんとは家事《かじ》はむずかしいんですよ

家事《かじ》をすることにしただんなさん

ノルウェー

むかし、あるところに夫婦《ふうふ》が住《す》んでいました。だんなさんはおこりんぼで、おくさんのやることがいちいち気《き》にいりません。あんまりだんなさんが文句《もんく》をいうので、頭《あたま》にきたおくさんは、だんなさんにいいました。

「じゃあ、おたがいの仕事《しごと》をとりかえっこしましょう。わたしは草刈《くさか》りにいくから、あなたは家事《かじ》をやってね」

「ふん。家事《かじ》なんてかんたんさ」

こうして、夫婦《ふうふ》はおたがいの仕事《しごと》をとりかえ、おくさんは草刈《くさか》りにでかけていきました。家《いえ》に残《のこ》っただんなさんは、バターをつくりはじめました。

「バターづくりなんて、牛乳《ぎゅうにゅう》にクリームをいれてかきまわすだけだ」

だんなさんが台所《だいどころ》でクリームをかきまわしていると、のどがかわいてきました。そこでだんなさんは、地下室《ちかしつ》にビールを飲《の》みにいきました。

だんなさんがビール樽《だる》の栓《せん》を開《あ》けて、ビールをコップにそそいでいると、台所《だいどころ》のほうで音《おと》がします。あわてて台所《だいどころ》に戻《もど》ると、ブタが台所《だいどころ》にはいってきて、牛乳《ぎゅうにゅう》入《い》れをひっくり返《かえ》し、クリームをぜんぶこぼしていました。

「なんてことだ。このばかブタめ」

だんなさんがブタをけとばすと、ブタは死《し》んでしまいました。と、ここで、だんなさんは、自分《じぶん》がビール樽《だる》の栓《せん》をもっていることに気《き》づきました。

「しまった。ビールを忘《わす》れてた」

だんなさんが地下室《ちかしつ》にいくと、栓《せん》をぬいたままのビール樽《だる》から、ビールがぜんぶこぼれていました。地下室《ちかしつ》の床《ゆか》はびしゃびしゃです。

「あ、ウシに草《くさ》を食《た》べさせることも忘《わす》れていたぞ」

だんなさんは、ウシを屋根《やね》の上《うえ》に連《つ》れていきました。屋根《やね》の上《うえ》には草《くさ》がいっぱいはえていたからです。

「よし、ウシはしばらくこのままにしておこう。わしとウシを長《なが》いひもでむすんでおけば、ウシは、どこへもいけないだろう。わしは頭《あたま》がいいな」

だんなさんはウシの首《くび》にひもをむすび、煙突《えんとつ》の中《なか》にひもを通《とお》しました。それから、だんなさんは台所《だいどころ》におりて、煙突《えんとつ》の中《なか》を通《とお》っているもう一方《いっぽう》のひものはしを、自分《じぶん》の足首《あしくび》にむすびました。

「これでよし。さあ、掃除《そうじ》でもはじめるとするか」

だんなさんがひとりごとをいいおわらないうちに、たいへんなことが起《お》こりました。ウシが足《あし》をすべらせて、屋根《やね》から落《お》ちたのです。だんなさんは、ひもに足《あし》をひっぱられて、煙突《えんとつ》の中《なか》につりさげられてしまいました。

夕飯《ゆうはん》の時間《じかん》になって、おくさんが家《いえ》に帰《かえ》ってきました。助《たす》けを呼《よ》ぶ声《こえ》がするので煙突《えんとつ》をのぞくと、だんなさんがまぬけな姿《すがた》でぶらさがっています。奥《おく》さんは、ため息《いき》をついていいました。

「で、どうする？　明日《あす》も仕事《しごと》をとりかえっこしたい？」

読んだ日　年　月　日／　年　月　日／　年　月　日

ポイント　ペテル・クリスティン・アスビョルンセン(1812-1885)が集《あつ》めた『ノルウェー民話集《みんわしゅう》』で紹介《しょうかい》されているお話《はなし》です。

赤《あか》ずきんちゃんとおばあさんの運命《うんめい》は!?

赤《あか》ずきん

グリム

むかし、あるところに、かわいい女《おんな》の子《こ》がいました。女《おんな》の子《こ》は、大好《だいす》きなおばあさんがつくってくれた赤《あか》いずきんをいつもかぶっていたので、「赤《あか》ずきんちゃん」と呼《よ》ばれていました。

ある日《ひ》のことです。家《いえ》でお菓子《かし》をつくったおかあさんが、お菓子《かし》とぶどう酒《しゅ》をおばあさんにとどけるようにいいました。隣《となり》の村《むら》に一人《ひとり》で住《す》んでいるおばあさんは、病気《びょうき》で元気《げんき》がないのです。

一人《ひとり》ででかけた赤《あか》ずきんちゃんは、森《もり》でばったりオオカミに出合《であ》いました。オオカミはいますぐ赤《あか》ずきんちゃんを食《た》べてしまいたい気《き》もちをおさえて、

「これからどこへいくんだい？」とやさしくたずねました。

「おばあさんのところへいくの」

（しめしめ。それじゃあ、先《さき》まわりして、ばあさんをいただいてから、この女《おんな》の子《こ》も食《た》べるとしよう！）

オオカミは、赤《あか》ずきんちゃんにおばあさんの家《いえ》の場所《ばしょ》を教《おし》えてもらうと、近道《ちかみち》をしていそぎました。そして、おばあさんの家《いえ》に飛《と》びこむと、あっというまに、おばあさんを飲《の》みこんでしまったのです。そして、おばあさんのベッドにもぐりこんで、赤《あか》ずきんちゃんがくるのを待《ま》ちました。

トントントン。なにも知《し》らない赤《あか》ずきんちゃんが、ドアをノックします。すると、家《いえ》の中《なか》から声《こえ》が聞《き》こえました。

「**赤《あか》ずきんちゃんかい？**」

その声《こえ》を聞《き》いた赤《あか》ずきんちゃんは、いつものおばあさんの声《こえ》とちがうように思《おも》いましたが、

（病気《びょうき》で具合《ぐあい》がわるいのかもしれない）

と思《おも》って、家《いえ》にはいりました。

「**はやく、こっちにいらっしゃいな**」

ベッドで手まねきをしているオオカミの手《て》を見《み》て、赤《あか》ずきんちゃんはおどろきました。

「なんて大《おお》きな手《て》なんでしょう！」

「**おまえを抱《だ》っこするためだよ**」

オオカミはそうこたえましたが、大《おお》きいのは手《て》だけではなく、足《あし》も耳《みみ》も目《め》も、歯《は》まで大《おお》きいではありませんか。

「おばあちゃん、その大《おお》きな歯《は》……」

「**おまえを食《た》べるための歯《は》さ！**」

オオカミはそういうと、赤《あか》ずきんちゃんに飛《と》びかかり、あっというまにまるのみにしてしまいました！

お腹《なか》を満《み》たしたオオカミはそのまま寝《ね》てしまいましたが、そこへ通《とお》りかかったのは、森《もり》でオオカミを見《み》つけて、あとを追《お》ってきた猟師《りょうし》です。よく見《み》ると、寝《ね》ているオオカミのお腹《なか》が、人間《にんげん》の形《かたち》にふくれているではありませんか。

「鉄砲《てっぽう》では、オオカミのお腹《なか》の中《なか》の人《ひと》まで死《し》んじゃうな。あ、そうだ！」

猟師《りょうし》は寝《ね》ているオオカミのお腹《なか》をはさみでさいて、赤《あか》ずきんちゃんとおばあさんを助《たす》けだしました。

その後《ご》、オオカミは毛皮《けがわ》にされて、おばあさんは赤《あか》ずきんちゃんのお見舞《みま》いで、すっかり元気《げんき》になったそうです。

読んだ日　　年　月　日／　　年　月　日／　　年　月　日

ポイント　ペロー版《ばん》の『赤《あか》ずきん』では、赤《あか》ずきんちゃんが食《た》べられて物語《ものがたり》がおわってしまいます。機会《きかい》があれば読《よ》みくらべてみましょう。

4月18日のお話

光《ひかり》や時間《じかん》の謎《なぞ》を解明《かいめい》した天才科学者《てんさいかがくしゃ》

アインシュタイン

アルベルト・アインシュタインはドイツで、ユダヤ人《じん》の両親《りょうしん》のもとに生《う》まれました。アインシュタインが五歳《ごさい》のころ、おとうさんに方位磁石《ほういじしゃく》をもらいました。磁石《じしゃく》の針《はり》はいつも決《き》まった方向《ほうこう》をさします。アインシュタインは、針《はり》がかならず北《きた》をさすことを奇跡《きせき》だと思《おも》いました。

「きっとこの中《なか》に見《み》えない力《ちから》があるんだ。それはなんだろう？」

これがきっかけで、アインシュタインは物理《ぶつり》に興味《きょうみ》をもったのです。

アインシュタインはなにかを思《おも》いつくと、じっと考《かんが》えこみ、口《くち》を聞《き》かないので、のろまだと思《おも》われていました。でも、ちがいました。頭《あたま》の中《なか》は「なぜ？どうして？」がいっぱいで、それを考《かんが》えるのに、いそがしかったのです。

やがて大学《だいがく》に入学《にゅうがく》し、物理《ぶつり》の勉強《べんきょう》をはじめました。ある日《ひ》、大学《だいがく》の裏庭《うらにわ》で昼寝《ひるね》をしていたアインシュタインは、夢《ゆめ》を見《み》ました。自分《じぶん》が光《ひかり》になって、すごいはやさで光《ひかり》を追《お》いかけていく夢《ゆめ》です。光《ひかり》はこの世《よ》で、一番《いちばん》はやく動《うご》くものです。光《ひかり》は一秒間《いちびょうかん》に約三十万《やくさんじゅうまん》キロも進《すす》みます。あっというまに地球《ちきゅう》を七《なな》周《しゅう》と半分《はんぶん》もまわれるのです。目《め》を覚《さ》ましたアインシュタインは考《かんが》えました。

「光《ひかり》のはやさで走《はし》ったら、世界《せかい》はどんなふうに見《み》えるのだろう」

アインシュタインはこの謎《なぞ》をとくために、光《ひかり》の研究《けんきゅう》をはじめました。大学《だいがく》ではみとめられなかったので、役所《やくしょ》で働《はたら》きながら何年《なんねん》も考《かんが》えました。そして、ついに「光《ひかり》のはやさはかわらないが、時間《じかん》がのびたりちぢんだりする」ということを見《み》つけたのです。

この考《かんが》え方《かた》は「特殊相対性理論《とくしゅそうたいせいりろん》」と呼《よ》ばれました。アインシュタインは、ほかにもたくさんの研究《けんきゅう》を発表《はっぴょう》し、ノーベル物理学賞《ぶつりがくしょう》を受賞《じゅしょう》しました。

このころ、世界《せかい》では大《おお》きな戦争《せんそう》がはじまっていました。ドイツのヒトラーという指導者《しどうしゃ》が、アインシュタインをつかまえようとしていました。アインシュタインが、ヒトラーが敵視《てきし》しているユダヤ人《じん》だったからです。

アインシュタインはドイツをでて、アメリカに保護《ほご》されました。そして、アメリカ国籍《こくせき》を取得《しゅとく》して、研究《けんきゅう》をつづけたのです。アインシュタインの理論《りろん》を使《つか》うと、強力《きょうりょく》な爆弾《ばくだん》がつくれました。これが「原子爆弾《げんしばくだん》」です。このおそろしい爆弾《ばくだん》は、アメリカと戦《たたか》っていた日本《にほん》に落《お》とされてしまいました。

「なんということだ。日本《にほん》に爆弾《ばくだん》を落《お》とすとは！」

アインシュタインは戦前《せんぜん》、日本《にほん》を訪《たず》ねたことがありました。うつくしい日《に》本《ほん》の風景《ふうけい》や親切《しんせつ》な人《ひと》びとを思《おも》いだし、アインシュタインの心《こころ》は、かなしみと後悔《こうかい》でいっぱいになりました。

「わたしは、けっして戦争《せんそう》をゆるさない」

アインシュタインは、科学《かがく》の力《ちから》が二《に》度《ど》とわるいことに使《つか》われないように、生涯《しょうがい》、平和運動《へいわうんどう》をつづけたのです。

4月

伝記

ほんとうの話

読んだ日　　年　月　日／　　年　月　日／　　年　月　日

ポイント アルベルト・アインシュタイン（1879-1955）は気《き》さくな人《ひと》でした。近所《きんじょ》の小学生《しょうがくせい》に算数《さんすう》を教《おし》えてあげたこともあるそうです。

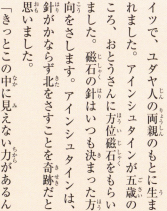

アリはどうして道《みち》に迷《まよ》わないの？

ファーブル昆虫記《こんちゅうき》

ジャン＝アンリ・ファーブル

アカザムライアリ

4月19日のお話

学者《がくしゃ》の先生方《せんせいがた》は、わたしの書《か》いたものを重々《おもおも》しさがないと非難《ひなん》します。難《なん》解《かい》なものでなければ、真理《しんり》にたどりつけないと思《おも》っているのです。

わたしの本《ほん》は、学者《がくしゃ》が書《か》くようなこけおどしの文句《もんく》は使《つか》いません。わたしは、ただ、観察《かんさつ》した事実《じじつ》を、正確《せいかく》に記《き》録《ろく》しているだけです。博物学《はくぶつがく》は、こむずかしい言葉《ことば》を使《つか》わなくてはできない学問《がくもん》ではありません。若者《わかもの》たちよ、どうか博物学《はくぶつがく》を好《す》きになってください。

さあ、そんなことは、もうどうでもいいでしょう。わたしには、昆虫《こんちゅう》を観《かん》察《さつ》するのに最適《さいてき》な、アルマスと名《な》づけた庭《にわ》があります。わたしにとって、この昆虫《こんちゅう》がいるアルマスが「エデンの園《その》」、そう、地上《ちじょう》の楽園《らくえん》なのです。

アルマスにいるものの中《なか》で、もっとも数《かず》が多《おお》いのがアカザムライアリです。このアリは、子育《こそだ》ても食《た》べ物探《ものさが》しも苦《に》手《が》です。そのため、かれらは、自分《じぶん》たちのかわりに働《はたら》いてくれる別種《べっしゅ》のアリをさらい、自分《じぶん》たちの召《め》し使《つか》いにしてしまいます。

わたしは、アカザムライアリたちが行列《ぎょうれつ》を組《く》んで、ほかのアリの巣《す》を襲撃《しゅうげき》するようすを何度《なんど》も見《み》てきました。そこで、ふしぎに思《おも》ったことがあります。

（どうして、アリはおなじ道《みち》を迷《まよ》わず、しかも行列《ぎょうれつ》を組《く》んで歩《ある》くのだろう）

アカザムライアリは、いくときもくるときも、まったくおなじ道《みち》をたどって、行列《ぎょうれつ》を組《く》んで歩《ある》きます。たまにはちがう道《みち》を歩《ある》けばいいのに、そんなことはしないのです。そこで、わたしは、アリたちが通《とお》る道《みち》にみぞを掘《ほ》って、じゃましてみることにしました。

みぞにいきあたったアカザムライアリたちは、最初《さいしょ》のうちは道《みち》に迷《まよ》ったようにうろうろしました。けれども、先《せん》頭《とう》にいるアリがみぞを越《こ》えて進《すす》みはじめると、みんな行列《ぎょうれつ》をつくりなおして、新《あたら》しい道《みち》を進《すす》んだのです。

そこでわたしは、新聞紙《しんぶんし》で道《みち》をかくしたり、新《あたら》しい土《つち》を、通《とお》り道《みち》に盛《も》ってみたりしてみました。それでも、アカザムライアリたちは、けっきょく道《みち》を見《み》つけ、行列《ぎょうれつ》を組《く》んで歩《ある》きだします。アカザムライアリは道《みち》に迷《まよ》いません。

わたしは、アカザムライアリは、まわりの景色《けしき》を見《み》て、覚《おぼ》えているのだと思《おも》います。しかし、わたしには、このアリたちの記憶力《きおくりょく》を証明《しょうめい》するうまい実《じっ》験方法《けんほうほう》が思《おも》いつかないのです。今後《こんご》も研究《けんきゅう》をつづけることにしましょう。

……その後《ご》のお話《はなし》

けっきょく、ファーブルはアリの謎《なぞ》をとけませんでした。ファーブルの死《し》後《ご》になって、アリのだすフェロモンという物質《ぶっしつ》が、アリの道《みち》しるべになっていることが解明《かいめい》されたのです。きっとこの研究《けんきゅう》をした人《ひと》の中《なか》には、『ファーブル昆虫記《こんちゅうき》』で、虫《むし》に興味《きょうみ》をもった若者《わかもの》もいたことでしょう。

読んだ日　　年　　月　　日／　　年　　月　　日／　　年　　月　　日

4月　世界の名作　ためになる話

ポイント　ファーブルは自宅《じたく》の庭《にわ》を“あれ地《ち》”という意味《いみ》の「アルマス」と名《な》づけ、世界中《せかいじゅう》の草木《くさき》を植《う》えて昆虫《こんちゅう》の楽園《らくえん》をつくりました。

動物《どうぶつ》の話《はなし》がわかるふしぎなずきん

聞《き》き耳《みみ》ずきん

むかし、あるところに、おじいさんがいました。おじいさんは貧乏《びんぼう》でしたが正直《しょうじき》で、だれにでも親切《しんせつ》にするやさしい人《ひと》でした。

ある日《ひ》、おじいさんが観音様《かんのんさま》におまいりにいった帰《かえ》りのことです。おじいさんが山道《やまみち》を歩《ある》いていると、子《こ》ギツネが木《き》の実《み》をとろうとしていました。

「キツネの子《こ》か。おやおや、まだ小《ちい》さいから、枝《えだ》にとどかんか。よしよし、このじじいが、かわりにとってやろう」

おじいさんが木《き》の実《み》をとってやると、子《こ》ギツネは木《き》の実《み》を受《う》けとったまま、おじいさんを見《み》あげています。

「はて、どうしたんじゃ。なに、ついてこい、というのか」

おじいさんが子《こ》ギツネに案内《あんない》されたのは、キツネの棲処《すみか》でした。おかあさんギツネは頭《あたま》をさげながら、おじいさんに、こぎたないずきんをさしだしました。

「くれるというのか。なんとまあ律儀《りちぎ》なキツネじゃ。ありがたくいただこう」

おじいさんはこぎたないずきんなど、ほしくはありませんでしたが、ことわるとキツネがかなしむだろうと思《おも》い、ずきんをもらいました。

数日後《すうじつご》、おじいさんがだれもいない山道《やまみち》を歩《ある》いていたところ、ずきんのことを思《おも》いだし、かぶることにしました。一度《いちど》ぐらい使《つか》わないと、キツネに申《もう》しわけないと思《おも》ったのです。すると、ふしぎな声《こえ》が聞《き》こえてきました。

「村《むら》の長者《ちょうじゃ》の娘《むすめ》を知《し》ってるかい。いま、あの娘《むすめ》は病気《びょうき》らしいぜ」

「ああ。長者《ちょうじゃ》どん、蔵《くら》を楠《くすのき》の木《き》の根《ね》もとに建《た》てたからな。楠《くすのき》がいたがって、おこって娘《むすめ》を病気《びょうき》にしたんだ」

おじいさんが声《こえ》のするほうを見《み》ると、二羽《にわ》のスズメがしゃべっています。

「こりゃ、たまげた。このずきんをかぶると、動物《どうぶつ》の言葉《ことば》がわかるのか。それにしても、スズメの話《はなし》がほんとうなら、長者様《ちょうじゃさま》の娘《むすめ》さんも楠《くすのき》も気《き》の毒《どく》じゃな。長者様《ちょうじゃさま》のところへいってみよう」

おじいさんは長者《ちょうじゃ》の家《いえ》にいきました。長者《ちょうじゃ》の家《いえ》では、娘《むすめ》の原因不明《げんいんふめい》の病気《びょうき》にてんやわんやの大《おお》さわぎ。「娘《むすめ》の病気《びょうき》をなおした者《もの》にはたっぷりとお礼《れい》をする」という立《た》て札《ふだ》を、いままさにだそうとしていたところだったのです。

「長者様《ちょうじゃさま》、長者様《ちょうじゃさま》、そんなことしなくてもいいですわい。まず、このじじいの話《はなし》を聞《き》いてくださらんか」

おじいさんはスズメから聞《き》いた話《はなし》を、そのまま長者《ちょうじゃ》に伝《つた》えました。長者《ちょうじゃ》は半《はん》信半疑《しんはんぎ》でしたが、ほかに手だてはありません。蔵《くら》をべつの場所《ばしょ》にうつすと、娘《むすめ》の病気《びょうき》はあっというまに、なおりました。

長者《ちょうじゃ》はよろこんで、おじいさんにお礼《れい》の金《かね》や品物《しなもの》をたっぷりとあげました。

「やれやれ、こんなにお金《かね》をくれんでもいいのに。キツネや山《やま》の動物《どうぶつ》たちに、ごちそうでもしてやるかな」

おじいさんは動物《どうぶつ》たちにごちそうをしました。そして集《あつ》まる動物《どうぶつ》たちの話《はなし》を聞《き》いて、たのしく暮《く》らしましたとさ。

読んだ日　年　月　日／　年　月　日／　年　月　日

ポイント　クラゲを助《たす》けて竜宮城《りゅうぐうじょう》へいき、乙姫様《おとひめさま》から聞《き》き耳《みみ》ずきんをもらうバージョンもあります。

大《おお》きなことばかりがいいことじゃありません

大《おお》きい魚《さかな》と小《ちい》さい魚《さかな》

イソップ

むかしから海《うみ》には、大《おお》きい魚《さかな》もいれば小《ちい》さい魚《さかな》もいました。

大《おお》きい魚《さかな》は自分《じぶん》の体《からだ》が大《おお》きいことをじまんして、いつもいばっています。

「どけよ、じゃまだ、小魚《こざかな》どもめ。おまえたちのような、とるに足《た》らない連《れん》中《ちゅう》なんか、いてもいなくてもおんなじだ」

こういって、大《おお》きい魚《さかな》は小《ちい》さい魚《さかな》をいじめていました。小《ちい》さい魚《さかな》たちはくやしくてたまらないのですが、どうすることもできません。

「くそ〜、体《からだ》が大《おお》きいっていうだけで、あんなにいばっていいのかよ」

「あいつだけじゃないぜ。体《からだ》の大《おお》きい魚《さかな》は、どこでもあんなふうに、おれたちのような小《ちい》さい魚《さかな》たちをいじめているらしい」

「だけど、ぼくたちにはなんにもできないよ。へたに文句《もんく》をいったら、あの大《おお》きな口《くち》でぱくりと、ひとのみにされちゃうじゃないか」

小《ちい》さい魚《さかな》たちは、集《あつ》まって、大《おお》きい魚《さかな》の悪口《わるぐち》をいいあうことしかできません。いつも大《おお》きな魚《さかな》にビクビクおびえながら暮《く》らしていました。

ある日《ひ》のこと。人間《にんげん》の漁師《りょうし》が、舟《ふね》で魚《さかな》たちのたくさん棲《す》む海《うみ》にやってきました。

「このあたりでいいかな。魚《さかな》がたくさんとれるといいな」

漁師《りょうし》はそういうと、大《おお》きな網《あみ》をパッと広《ひろ》げ、海《うみ》に投《な》げいれました。

「うわ〜、人間《にんげん》が網《あみ》を投《な》げいれたぞ。みんな、逃《に》げろ〜」

大《おお》きい魚《さかな》も小《ちい》さい魚《さかな》も、みんなあわてて網《あみ》から逃《に》げようとしました。

ところが、人間《にんげん》の網《あみ》は魚《さかな》たちを逃《に》がしません。あたりにいた魚《さかな》をぜんぶ、つかまえてしまいました。

「うわあ、つかまっちゃった。もうダメだ……。あ、あれ？」

「しめた、これなら逃《に》げだせるぞ」

なんと、漁師《りょうし》の投《な》げいれた網《あみ》の目《め》をかいくぐって、小《ちい》さい魚《さかな》はみんな逃《に》げることができたのです。ところが、大《おお》きい魚《さかな》だけは、網《あみ》の目《め》にひっかかって、逃《に》げることができません。

「こら〜、小魚《こざかな》ども！　おれさまを置《お》いていくな〜。おれさまは体《からだ》が大《おお》きくてえらいんだぞ。おれさまだけがつかまるなんて、そんなばかな話《はなし》があるか」

そうして、小《ちい》さい魚《さかな》をいじめていた大《おお》きい魚《さかな》ばかりが、漁師《りょうし》につかまってしまいました。小《ちい》さい魚《さかな》たちは安心《あんしん》して、よろこびあいました。

「ああ、助《たす》かった。いつも体《からだ》が小《ちい》さいことをなげいてばかりいたけど、こういうこともあるんだな」

「うん。今日《きょう》ばかりは、自分《じぶん》の体《からだ》が小《ちい》さくてよかったよ」

ときには、大《おお》きなことより、小《ちい》さなことのほうが得《とく》することがあるものです。大《おお》きくて目《め》だつ人《ひと》は災難《さいなん》にあいやすいですが、小《ちい》さいけどおとなしい人《ひと》は災難《さいなん》にあいにくいものなのです。

読んだ日　　年　月　日／　　年　月　日／　　年　月　日

ポイント　物事《ものごと》には、いつも反対《はんたい》の考《かんが》えかたがあることを知《し》っておきましょう。

4月22日のお話

上《うえ》には上《うえ》がいるものです

エビの背中《せなか》が曲《ま》がったわけ

むかしむかし、大《おお》きなカエルがおりました。カエルは大《おお》きな自分《じぶん》をもっとみんなに見《み》せてやろうと、お伊勢まいりの旅《たび》にでることにしました。

「お伊勢《いせ》さんなら大勢集《おおぜいあつ》まるからな」

カエルがお伊勢《いせ》さんにむかって歩《ある》いていると、やがて日《ひ》が暮《く》れたので、道《みち》の真《ま》ん中《なか》で寝《ね》ることにしました。

「だれじゃ、おれの体《からだ》の上《うえ》で寝《ね》るあほうは」

カエルが飛《と》びおきると、なんと大《おお》きなヘビがこちらをにらんでいます。カエルはヘビの上《うえ》で寝《ね》ていたのです。自《じ》分《ぶん》の何倍《なんばい》も大《おお》きなヘビを見《み》て、カエルはおどろいて逃《に》げ帰《かえ》りました。

「はっはっは。小《ちい》さい者《もの》はあわれじゃ」

ヘビは笑《わら》ってそういうと、お伊勢《いせ》さんにむかいました。ヘビも大《おお》きな体《からだ》を見《み》せびらかしたくて、お伊勢まいりをしている最中《さいちゅう》だったのです。やがて、夜《よる》が明《あ》け、お昼《ひる》になると、さすがに大《おお》きなヘビもつかれてきました。

「ふう、暑《あつ》いな。あの木陰《こかげ》で休《やす》むか」

ヘビが木陰《こかげ》にはいると、風《かぜ》がふいてきました。風《かぜ》はだんだん強《つよ》くなり、やがてヘビは体《からだ》を支《ささ》えられなくなって、どこかへ飛《と》んでいってしまいました。

「おや、なにか小《ちい》さなものが飛《と》んでいったな。やれやれ、体《からだ》が大《おお》きいと羽《は》ばたき一《ひと》つも気《き》にせねばならん」

じつはヘビが木陰《こかげ》だと思《おも》っていたのは、大《おお》きなワシの影《かげ》だったのです。

「どれ、そろそろでかけるとするか」

こういってオオワシは飛《と》びたちました。じつはオオワシも、カエルやヘビとおなじ理由《りゆう》で、お伊勢まいりをしようとしていたのです。

オオワシは、海《うみ》の上《うえ》を何日《なんにち》も何日《なんにち》も飛《と》びつづけました。さすがにつかれて、休《やす》むところはないかと海《うみ》の上《うえ》を探《さが》すと、ちょうどいい具合《ぐあい》に、近《ちか》くに赤《あか》い枝《えだ》がはえていました。オオワシは枝《えだ》の上《うえ》で休《やす》みました。

「だれじゃあ、この間《あいだ》からわしのひげをくすぐるやつは。へくしょん！」

イセエビがくしゃみをすると、オオワシはひげにはねとばされて、どこかへいってしまいました。

「なんじゃ、小物《こもの》がとまっておったか」

イセエビはこういうと、お伊勢まいりに旅《たび》だちました。理由《りゆう》は、カエルやヘビやオオワシとおなじです。

お伊勢《いせ》さんにむかって何《なん》か月《げつ》も泳《およ》いだイセエビもさすがにつかれて、海《うみ》の真《ま》ん中《なか》に空《あ》いた穴《あな》の中《なか》で休《やす》みました。すると、穴全体《あなぜんたい》がゆれはじめたのです。

「ああ、そろそろお伊勢まいりにでかけるとするか。出発《しゅっぱつ》じゃあ」

と、イセエビの体《からだ》の下《した》から声《こえ》がしたかと思《おも》うと、いきなり穴《あな》から水《みず》がふきだしました。イセエビが休《やす》んでいたのは、大《おお》きな大《おお》きなクジラの潮《しお》ふき穴《あな》だったのです。

イセエビは海《うみ》を越《こ》えて山《やま》まで飛《と》ばされて、強《つよ》く腰《こし》をうってしまいました。以来《いらい》、エビの背中《せなか》は曲《ま》がったままになったそうです。

読んだ日　　年　　月　　日／　　年　　月　　日／　　年　　月　　日

ポイント 自由《じゆう》に旅《たび》ができなかった江戸時代《えどじだい》で、ほぼ唯一《ゆいいつ》ゆるされているのがお伊勢《いせ》まいりでした。

彦一《ひこいち》さん

切《き》れない紙《かみ》

4月23日のお話

彦一《ひこいち》の度胸《どきょう》は天下一品《てんかいっぴん》

むかし、肥後《ひご》の国《くに》に、彦一《ひこいち》というかしこい男《おとこ》がいました。ある日《ひ》、彦一《ひこいち》が町《まち》を歩《ある》いていると、通《とお》りの酒場《さかば》からさわがしい声《こえ》が聞《き》こえてきました。

「お～い、酒《さけ》だ、酒《さけ》もってこ～い。はやくしないと、こんな店《みせ》の一《ひと》つや二《ふた》つ、ぶっつぶしてやるからな」

見《み》ると、無精《ぶしょう》ひげをはやしたきたならしい浪人《ろうにん》が、空《から》になった茶碗《ちゃわん》を片手《かたて》にわめいていました。

「もし、あれはいったい、どうしたことで？」

彦一《ひこいち》が、酒場《さかば》をのぞいていた町《まち》の人《ひと》に聞《き》きました。

「ああ、あのさわいでいる浪人《ろうにん》のことか。あの男《おとこ》、なんでも何日《なんにち》もまえにこの町《まち》にやってきたそうだ。町《まち》の酒場《さかば》にはいっては大酒《おおざけ》を飲《の》んで、ああやってさわいだあげく、金《かね》もはらわないんだ。みんな迷惑《めいわく》してるんだよ」

彦一《ひこいち》がもう一度《いちど》、店《みせ》の中《なか》に目《め》をやると、浪人《ろうにん》が皿《さら》や茶碗《ちゃわん》を壁《かべ》に投《な》げつけて割《わ》っていました。

「浪人《ろうにん》っていうと、お侍《さむらい》さんですか。あのおかた、お強《つよ》いんですかね」

「ほんとかどうか知《し》らないが、本人《ほんにん》がいうには、何人《なんにん》も斬《き》り殺《ころ》したそうだよ」

「へえ、そりゃおそろしい。じゃあ、あいさつでもしときましょう」

そういうと、彦一《ひこいち》は町《まち》の人《ひと》がとめるのも聞《き》かず、店《みせ》の中《なか》にはいっていき、浪人《ろうにん》に話《はな》しかけました。

「こんにちは、お侍《さむらい》さん。あなた、お強《つよ》いってほんとうですか」

「なんだ、若造《わかぞう》。きさま、おれにけんかを売《う》っているのか」

「いえね、店《みせ》の外《そと》で、お侍《さむらい》さんがほんとうに強《つよ》いかどうか、かけをしてるんですよ。だからわたしが、たしかめにきたんです」

「きさま、ぶっ殺《ころ》されたいのか」

浪人《ろうにん》は侮辱《ぶじょく》されたと思《おも》って、たいへんおこりました。ところが彦一《ひこいち》は、平然《へいぜん》としています。彦一《ひこいち》は刀《かたな》をぬこうとする浪人《ろうにん》にむかって、一枚《いちまい》の紙《かみ》を広《ひろ》げて、いいました。

「ちょうどいい。お侍《さむらい》さん。刀《かたな》でこの紙《かみ》を真《ま》っ二《ぷた》つに切《き》ってくれませんか。お侍《さむらい》さんがこの紙《かみ》を切《き》ったなら、かけ金《きん》はぜんぶお侍《さむらい》さんのものです」

「ふん、紙切《かみき》れ一枚《いちまい》、らくなものだわ」

「そうですか。じゃあ、お願《ねが》いします」

彦一《ひこいち》はそういうと、スタスタと店《みせ》の外《そと》へでていき、広《ひろ》げた紙《かみ》を大《おお》きな石《いし》の上《うえ》に置《お》きました。それを見《み》て浪人《ろうにん》は、目《め》を白黒《しろくろ》させました。いかに達人《たつじん》とはいえ、石《いし》の上《うえ》に置《お》いた紙《かみ》を真《ま》っ二《ぷた》つに切《き》るのは至難《しなん》の業《わざ》です。

「やい、浪人《ろうにん》、あんだけいばっておきながら、紙切《かみき》れ一《ひと》つ切《き》れないのかよ。とんだうそつき浪人《ろうにん》だ」

このようすを見《み》ていた町《まち》の人《ひと》たちは、浪人《ろうにん》にむかってはやしたてました。大《おお》勢《ぜい》の人《ひと》たちに責《せ》められて気《き》を飲《の》まれた浪人《ろうにん》は、すごすごと退散《たいさん》しましたとさ。

読んだ日　　年　月　日／　　年　月　日／　　年　月　日

ポイント　だれが相手《あいて》でもおそれないところが、彦一《ひこいち》の魅力《みりょく》です。気《き》のきいたとんちで、みんなが救《すく》われましたね。

年寄《としよ》りのワンちゃんとオオカミの友情物語《ゆうじょうものがたり》

ズルタンじいさん

グリム

むかしむかし、ズルタンという年《とし》よりのイヌがいました。ズルタンの毛《け》なみはぼさぼさで、歯《は》は一本《いっぽん》もなく、とても弱《よわ》そうに見《み》えました。

ある日《ひ》、いつものようにズルタンが寝《ね》ていると、飼《か》い主《ぬし》のお百姓《ひゃくしょう》の夫婦《ふうふ》の声《こえ》が聞《き》こえてきました。

「あのイヌはもう年《とし》よりで、寝《ね》てばかりだ。番犬《ばんけん》にはならないから、おれは殺《ころ》してしまおうと思《おも》う」

「わたしもそう思《おも》ってたところだよ。うちは、役《やく》たたずにごはんをあげるほど、お金《かね》もちじゃないからね」

話《はなし》を聞《き》いたズルタンはかなしくなって、なかのいい森《もり》のオオカミに会《あ》いにいきました。

話《はなし》を聞《き》いたオオカミは少《すこ》し考《かんが》えて、

「ズルタン、オレにいい考《かんが》えがある」

と、いいました。

「まず、オレがあんたの飼《か》い主《ぬし》の赤《あか》ん坊《ぼう》をさらう。あんたはオレを追《お》いかけてこい。赤《あか》ん坊《ぼう》は森《もり》の中《なか》でわたしてやるから、赤《あか》ん坊《ぼう》を連《つ》れて家《いえ》に帰《かえ》れ。飼《か》い主《ぬし》は、あんたが子《こ》どもを助《たす》けてくれたって思《おも》うだろうよ。どうだ？」

オオカミの計画《けいかく》は大成功《だいせいこう》でした。

飼《か》い主《ぬし》の夫婦《ふうふ》は、赤《あか》ん坊《ぼう》が戻《もど》ってきたことをよろこんで、ズルタンのこともかわいがってくれました。

けれども、しばらくたって、オオカミがこんなことをいいだしました。

「今度《こんど》、あんたの家《いえ》のヒツジをさらうぞ。いいだろ？」

「それはだめだ……」とズルタンはいいました。ヒツジは、飼《か》い主《ぬし》の夫婦《ふうふ》がとてもだいじにしているのです。

「なに！　このまえ助《たす》けてやったことを忘《わす》れたのか！　よし、明日《あした》森《もり》にこい。決闘《けっとう》だ！」

よぼよぼのズルタンとオオカミが戦《たたか》えば、どちらが勝《か》つかは決《き》まっています。ズルタンはいっしょにたたかってくれる仲間《なかま》を探《さが》しましたが、「いいよ」といってくれたのは、おなじ家《いえ》に棲《す》む三本足《さんぼんあし》のネコだけでした。

イノシシに助太刀《すけだち》をたのんだオオカミは、森《もり》の茂《しげ》みにかくれて、ズルタンとネコを待《ま》ちかまえていました。

ところが、どうもようすがへんです。

「おい、あのネコ、刀《かたな》をもってないか？」

と、オオカミがいいました。

「うん、刀《かたな》だ！」と、イノシシもいいました。

オオカミとイノシシが刀《かたな》だと思《おも》ったのは、じつはネコのしっぽですが、こわくなった二匹《にひき》は、茂《しげ》みの奥《おく》にかくれました。イノシシの耳《みみ》だけが茂《しげ》みから飛《と》びだして、ピクピクとふるえています。

「ぼくの大好物《だいこうぶつ》のネズミだ！」

三本足《さんぼんあし》のネコがイノシシの耳《みみ》に飛《と》びかかってかみつくと、イノシシは**「きゃー！」**とさけんで逃《に》げていきました。

オオカミも腰《こし》をぬかしそうになり、すなおに負《ま》けをみとめました。

「もう、あんたの家《いえ》のヒツジをおそったりはしないよ。ゆるしてくれ」

ズルタンとオオカミは、またまえのようになかよくなったのでした。

読んだ日　　年　月　日／　　年　月　日／　　年　月　日

ポイント　自分《じぶん》がわるいと思《おも》ったら、すなおにあやまること、あいてがあやまったらゆるしてあげること、がたいせつですね。

東海道《とうかいどう》きっての難所《なんしょ》、大井川《おおいがわ》での珍談《ちんだん》

東海道中膝栗毛《とうかいどうちゅうひざくりげ》
十返舎一九《じっぺんしゃいっく》

弥次《やじ》さん喜多《きた》さんと渡《わた》し舟《ぶね》

4月25日のお話

てんやわんやのさわぎをつづけながら、弥次《やじ》さん喜多《きた》さんの旅《たび》はつづきます。やがて、二人《ふたり》は大井川《おおいがわ》にさしかかりました。大井川《おおいがわ》は、東海道《とうかいどう》の難所中《なんしょちゅう》の難所《なんしょ》です。なにしろ、大井川《おおいがわ》には橋《はし》がかかっていません。渡《わた》し舟《ぶね》も禁止《きんし》されていましたので、旅人《たびびと》は輿《こし》に乗《の》るか、渡《わた》し人《にん》に肩車《かたぐるま》してもらって、川《かわ》をわたるしかありません。

「こんちきしょう、なんだって、橋《はし》がかかってねえんだよ」

「しかたねえよ、弥次《やじ》さん。権現様《ごんげんさま》のころからの決《き》まりごとなんだ。さて、どうしたもんかねえ」

二人《ふたり》がしばらくなやんでいると、渡《わた》し人《にん》が声《こえ》をかけてきました。

「にいさんたち、わたすかい？」

「いくらでえ？」

「二人《ふたり》で八百文《はっぴゃくもん》でさあ」

「べらぼうめ。とんでもねえ値《ね》をつけやがる。おととといきやがれ」

弥次《やじ》さんはかんかんになって渡《わた》し人《にん》に文句《もんく》をいい、その場《ば》をはなれました。

「おい、喜多《きた》の字《じ》。てめえの脇差《わきざし》をかせ」

「そりゃ、かまわねえが、弥次《やじ》さん、どうする気《き》だい？」

「知《し》れたことよ。お侍《さむらい》になるのよ。あいつら、おいらが町人《ちょうにん》だからってばかにしてやがんだ。見《み》てろよ」

当時《とうじ》の侍《さむらい》は大小《だいしょう》の刀《かたな》を二本《にほん》、腰《こし》にさしていました。町人《ちょうにん》は旅《たび》のときには、守《まも》り刀《がたな》を一本《いちほん》、腰《こし》にさすことはゆるされていましたが、二本《にほん》さすことはゆるされていません。つまり、腰《こし》に二《に》本《ほん》、刀《かたな》をさしている人《ひと》は、侍《さむらい》だという目印《めじるし》にもなるわけです。

弥次《やじ》さんは自分《じぶん》の脇差《わきざし》をつつんだ袋《ふくろ》を、うしろに長《なが》くのばしました。すると一見《いっけん》、長《なが》い刀《かたな》と短《みじか》い刀《かたな》をさしているように見《み》えます。こうしておいて、弥次《やじ》さんは、渡《わた》し問屋《どんや》にいきました。

「こりゃ、問屋《とんや》。御用《ごよう》があるので、至《し》急《きゅう》、川《かわ》をわたしてくれい。この供《とも》の者《もの》とあわせて二人《ふたり》じゃ」

「へえ。ならば、お侍《さむらい》さんのことですから、輿《こし》で四百八十文《よんひゃくはちじゅうもん》ちょうだいします」

「そりゃ高《たか》い。まけろ」

「お侍《さむらい》さんが『負《ま》けろ』とはゲンがわるうございましょう。ばかなことをいってないで、渡《わた》し賃《ちん》をくださいな」

「侍《さむらい》にむかって、ばかとはなんじゃ」

弥次《やじ》さんは侍《さむらい》のふりをしていましたが、問屋《とんや》といいあらそっているうちに、脇差《わきざし》の袋《ふくろ》が折《お》れました。もう、二《に》本《ほん》とも脇差《わきざし》だということがまるわかりです。

「二本《にほん》とも脇差《わきざし》をさす侍《さむらい》なんてあるもんか。やっぱりこいつ、ばかだ」

問屋《とんや》に笑《わら》われて、二人《ふたり》はほうほうのていで逃《に》げだしました。

けっきょく、二人《ふたり》はべつのところでおとなしく金《かね》をはらい、輿《こし》に乗《の》って大《おお》井川《いがわ》をわたりました。弥次《やじ》さん喜多《きた》さんの珍道中《ちんどうちゅう》は、いつもこんな具合に、おもしろおかしくつづいたのです。

読んだ日　年　月　日／　年　月　日／　年　月　日

ポイント　輿《こし》とは二本《にほん》の棒《ぼう》の上《うえ》に台《だい》を乗《の》せて、人《ひと》がかつぐ乗《の》り物《もの》。権現様《ごんげんさま》とは徳川家康《とくがわいえやす》のこと。二人《ふたり》の旅《たび》はお伊勢《いせ》まいりのあともつづきます。

陰陽師《おんみょうじ》「安倍晴明《あべのせいめい》」の誕生譚《たんじょうたん》です

葛《くず》の葉狐《はぎつね》

楠山正雄《くすやままさお》

むかし、摂津国《せっつのくに》に阿倍保名《あべのやすな》という侍《さむらい》がいました。阿倍家《あべのけ》のご先祖様《せんぞさま》はえらい学者《がくしゃ》でしたが、いまでは落《お》ちぶれて、保名《やすな》はただの田舎侍《いなかざむらい》です。保名《やすな》はそれが残念《ざんねん》でたまらず、明神様《みょうじんさま》に「どうかりっぱな子《こ》どもをさずけてください」と、いつもおまいりをしていました。

ある年《とし》の秋《あき》、保名《やすな》が明神様《みょうじんさま》におまいりをした帰《かえ》り道《みち》に、一匹《いっぴき》の牝狐《めぎつね》に出合《であ》いました。どうやら、人間《にんげん》に追《お》われているようです。保名《やすな》は情《なさ》け深《ぶか》い侍《さむらい》でしたから、狐《きつね》をかくまいました。しばらくすると何十人《なんじゅうにん》もの侍《さむらい》たちがあらわれて、狐《きつね》をだせといいました。

「いきなりやってきて、あいさつもなく、いきなり狐《きつね》をだせとは、なんと乱《らん》暴《ぼう》な者《もの》たちだ」

保名《やすな》はおこって、侍《さむらい》たちと戦《たたか》って追《お》いはらい、牝狐《めぎつね》を逃《に》がしてやりました。すると、またしても侍《さむらい》たちがやってきて、保名《やすな》におそいかかったのです。さすがにつかれていた保名《やすな》は、とうとうつかまってしまいました。

保名《やすな》をつかまえた侍《さむらい》の大将《たいしょう》は、石川《いしかわ》悪右衛門《あくえもん》といいます。悪右衛門《あくえもん》の奥《おく》さんは病気《びょうき》にかかっていて、その薬《くすり》として牝狐《めぎつね》の生《い》き胆《ぎも》をほしがっていました。悪右衛門《あくえもん》は保名《やすな》を殺《ころ》そうとしましたが、通《とお》りすがりのお坊《ぼう》さんに説教《せっきょう》をされて、保名《やすな》を逃《に》がしました。じつはこのお坊《ぼう》さんは、保名《やすな》が助《たす》けた牝狐《めぎつね》が化《ば》けていたのです。

保名《やすな》は助《たす》かりましたが、傷《きず》つき、つかれていました。保名《やすな》が山中《さんちゅう》をさ迷《まよ》っていると、うつくしい娘《むすめ》が洗濯《せんたく》をしていました。娘《むすめ》は保名《やすな》を見《み》て、おどろきました。

「まあ、おけがをしているのですね。わたしは葛《くず》の葉《は》という者《もの》です。わたしの家《いえ》にきてください」

葛《くず》の葉《は》が保名《やすな》を介抱《かいほう》しているうちに愛《あい》がめばえ、子《こ》どもが産《う》まれました。こうして子《こ》どもが七歳《ななさい》になるまで、三人《さんにん》はしあわせに暮《く》らしました。

「かあちゃん、かあちゃん」

ある日《ひ》のこと、遊《あそ》びつかれた子《こ》どもが、外《そと》から帰《かえ》ってきました。ところが母親《ははおや》の返事《へんじ》がありません。子《こ》どもがふしぎに思《おも》って家《いえ》の中《なか》を探《さが》すと、一匹《いっぴき》の牝狐《めぎつね》がいました。葛《くず》の葉《は》は、保名《やすな》がかつて助《たす》けた牝狐《めぎつね》だったのです。

姿《すがた》を見《み》られた葛《くず》の葉《は》は、家《いえ》からいなくなりました。子《こ》どもから話《はなし》を聞《き》いた保名《やすな》はおどろいて、葛《くず》の葉《は》を探《さが》しました。すると、ある森《もり》の中《なか》で、牝狐《めぎつね》の姿《すがた》をした葛《くず》の葉《は》に会《あ》えたのです。

「保名様《やすなさま》。わたしはもう人間《にんげん》の世界《せかい》には帰《かえ》れません、そのかわり、これを形《かた》見《み》に残《のこ》しておきます」

葛《くず》の葉《は》は、世《よ》の中《なか》のことをなんでも知《し》ることができる護符《ごふ》と、動物《どうぶつ》の言葉《ことば》がわかる玉《たま》を、保名《やすな》にわたして消《き》えました。

狐《きつね》の宝物《たからもの》をさずかった保名《やすな》の子《こ》どもは、たいへんかしこい人《ひと》になりました。子《こ》どもは都《みやこ》にのぼり、帝《みかど》から「安倍晴《あべのせい》明《めい》」という名前《なまえ》をもらい、日本《にほん》を代表《だいひょう》する陰陽師《おんみょうじ》になったのです。

読んだ日　　年　月　日／　　年　月　日／　　年　月　日

ポイント 陰陽師《おんみょうじ》とは天文《てんもん》や数学《すうがく》など、当時最先端《とうじさいせんたん》の学問《がくもん》を知《し》る人《ひと》です。実在《じつざい》した安倍晴明《あべのせいめい》は一説《いっせつ》では「阿倍氏《あべし》」の一族《いちぞく》だといわれます。

騎士《きし》にあこがれた男《おとこ》のおかしな冒険《ぼうけん》の旅《たび》

ミゲル・デ・セルバンテス

ドン・キホーテの冒険《ぼうけん》

4月27日のお話

スペインのラ・マンチャに住《す》むアロンソは、『騎士道物語《きしどうものがたり》』という本《ほん》が大好《だいす》きでした。毎日読《まいにちよ》んでいるうちに、自分《じぶん》を騎士《きし》だと思《おも》いこみました。

「わたしの名前《なまえ》はドン・キホーテ。わるいやつを退治《たいじ》するため、旅《たび》にでるぞ」

古《ふる》い鎧《よろい》をピカピカにみがき、さびた槍《やり》と盾《たて》をもちました。ロシナンテと名《な》づけた痩《や》せたウマにまたがり、さっそうと家《いえ》をでました。キホーテがウマに乗《の》って、ぽこぽこいくと、娘《むすめ》が畑《はたけ》をたがやしていました。

「騎士《きし》はうつくしい姫《ひめ》を守《まも》って戦《たたか》うものだ。あなたこそ、わたしの姫君《ひめぎみ》。ドルシネーア姫《ひめ》だ」

めいわくそうな娘《むすめ》を、かってにドルシネーア姫《ひめ》と決《き》めました。

「姫《ひめ》のために、悪人《あくにん》を退治《たいじ》してきます。どうか、待《ま》っていてください」

これまたかってに約束《やくそく》をして、キホーテは悪人退治《あくにんたいじ》にでかけます。騎士《きし》には家来《けらい》も必要《ひつよう》です。ちょうどそこに、サンチョ・パンサという農民《のうみん》が、ロバを連《つ》れて通《とお》りかかりました。キホーテが、「わたしの家来《けらい》になったら、国《くに》を一《ひと》つあげよう」というと、サンチョ・パンサはよろこんで家来《けらい》になりました。

さて、正義《せいぎ》の騎士《きし》ドン・キホーテはウマに乗《の》り、槍《やり》をかついで出発《しゅっぱつ》します。家来《けらい》のサンチョがロバに乗《の》って、あとにつづきます。野《の》を越《こ》え山《やま》を越《こ》え、二人《ふたり》はずんずん進《すす》みます。やがて広《ひろ》い原《はら》っぱにでました。すると、とつぜんキホーテが大声《おおごえ》でさけびました。

「おお、あそこに巨人《きょじん》がいる！」

サンチョがおどろいてキホーテが指《ゆび》さすほうを見《み》ましたが、巨人《きょじん》なんていません。サンチョに見《み》えるのは、丘《おか》の上《うえ》にならぶ、たくさんの風車《ふうしゃ》です。

「だんな様《さま》、あれは風車《ふうしゃ》です」と、サンチョがいいました。

「おまえは巨人《きょじん》がおそろしくて、そんなことをいうのだな。まあよい、ここで待《ま》っていなさい」

キホーテはそういうと、サンチョがとめるのも聞《き》かず、ウマを走《はし》らせました。

「わたしは正義《せいぎ》の騎士《きし》ドン・キホーテだ。どこからでもかかってこい！」

キホーテはさけびながら、風車《ふうしゃ》に突撃《とつげき》しました。そのとき、強《つよ》い風《かぜ》がふき、風車《ふうしゃ》の羽《はね》がいきおいよくまわりはじめました。**ドーン！** キホーテは羽《はね》に、はじきとばされてしまいました。

「だんな様《さま》、だいじょうぶですか。風車《ふうしゃ》と戦《たたか》うなんて、むちゃですよ」

サンチョがいうと、キホーテはふらふらとたちあがりました。

「なんの、今回《こんかい》は運《うん》わるく負《ま》けたが、つぎこそは成敗《せいばい》してみせる」

そして、たからかに笑《わら》いました。キホーテとサンチョのゆかいな旅《たび》は、まだまだつづいたということです。

読んだ日　　年　月　日／　　年　月　日／　　年　月　日

ポイント　アロンソが名乗《なの》った「ドン・キホーテ」という名《な》の「ドン」は、スペインやイタリアの貴族《きぞく》につく敬称《けいしょう》です。

少年《しょうねん》と白《しろ》いウマのかなしい物語《ものがたり》

スーホの白馬《はくば》

モンゴル

モンゴルの大草原《だいそうげん》に、スーホという貧《まず》しい羊飼《ひつじか》いの少年《しょうねん》がいました。スーホはおばあさんを手伝《てつだ》って、いっしょうけんめい働《はたら》いていました。

ある日《ひ》、スーホは生《う》まれたばかりの白《しろ》い子《こ》ウマを見《み》つけました。

「おかあさんとはぐれたのかい？」

子《こ》ウマはヨロヨロとたおれそうです。スーホは、子《こ》ウマを家《いえ》に連《つ》れて帰《かえ》りました。スーホがいっしょうけんめい世《せ》話《わ》をしたので、子《こ》ウマはすくすく育《そだ》ち、りっぱな白馬《はくば》になりました。

ある日《ひ》、王様《おうさま》が競馬《けいば》の大会《たいかい》を開《ひら》くことになりました。一等《いっとう》になると、王様《おうさま》の娘《むすめ》と結婚《けっこん》できるのです。

「よし、ぼくもおまえと大会《たいかい》にでよう。きっと一等《いっとう》になれるよ」

大会《たいかい》の日《ひ》。スーホの白馬《はくば》はどのウマよりもはやく走《はし》り、みごと一等《いっとう》になりました。ところが、王様《おうさま》はスーホの貧《まず》しい身《み》なりを見《み》て思《おも》いました。

「たいせつな娘《むすめ》はやれない。でも、このうつくしいウマは気《き》にいった」

王様《おうさま》は約束《やくそく》をやぶったうえ、たった銀貨《ぎんか》三枚《さんまい》で白馬《はくば》をとりあげてしまいました。そしてスーホをお城《しろ》の外《そと》へほうりだしました。スーホはかなしくてくやしくて、しくしく泣《な》きながら帰《かえ》りました。

王様《おうさま》は満足《まんぞく》そうに馬《うま》をながめ、さっそく乗《の》ってみようと思《おも》いました。王様《おうさま》が白馬《はくば》にまたがると、ウマはあばれて王様《おうさま》をふり落《お》としてしまいました。白馬《はくば》はスーホの家《いえ》を目《め》ざして走《はし》りだしました。

王様《おうさま》はたいそうおこって、家来《けらい》にウマを追《お》わせました。白馬《はくば》に追《お》いつけない家来《けらい》たちは、つぎつぎと矢《や》をはなちます。白馬《はくば》の上《うえ》に雨《あめ》のように矢《や》がふり注《そそ》ぎました。

スーホが泣《な》いていると、家《いえ》の戸《と》がカタカタと音《おと》をたてました。

「なんの音《おと》だろう」

戸《と》を開《あ》けてみると、真《ま》っ赤《か》な血《ち》で染《そ》まった白馬《はくば》がたっていました。白馬《はくば》の体《からだ》には、何本《なんぼん》も何本《なんぼん》も矢《や》が刺《さ》さっています。白馬《はくば》はスーホの顔《かお》を見《み》ると、安《あん》心《しん》したように、ゆっくりとたおれてしまいました。

「死《し》なないで！」

スーホは冷《つめ》たくなった白馬《はくば》を抱《だ》きしめて、いつまでも泣《な》きつづけました。

スーホのかなしみは深《ふか》く、毎日《まいにち》、泣《な》いて暮《く》らしました。そんなある夜《よる》、夢《ゆめ》の中《なか》に白馬《はくば》があらわれました。

「そんなに泣《な》かないでください。わたしの骨《ほね》やしっぽを使《つか》って、楽器《がっき》をつくってください。そうすれば、いつもいっしょにいられます」

スーホはすぐに、白馬《はくば》の体《からだ》で楽器《がっき》をつくりました。うつくしい音色《ねいろ》はモンゴルの草原《そうげん》にひびきわたり、いつしか、馬頭琴《ばとうきん》と呼《よ》ばれるようになりました。

読んだ日　　年　月　日／　　年　月　日／　　年　月　日

ポイント　馬頭琴《ばとうきん》の竿《さお》の先端《せんたん》は馬《うま》の形《かたち》で、弦《げん》は馬《うま》のしっぽを束《たば》ねたものです。縁起《えんぎ》がよい楽器《がっき》とされています。

アリスが迷《まよ》いこんだ、ふしぎな国《くに》のふしぎなお話《はなし》

ふしぎの国《くに》のアリス

ルイス・キャロル

4月29日のお話

アリスはおねえさんと小川《おがわ》の土手《どて》にすわっていました。おねえさんはむずかしい本《ほん》を読《よ》んでいて、アリスはたいくつになってきました。そのとき、目《め》のまえをウサギが通《とお》りすぎました。

「まあ。いまのウサギ、チョッキを着《き》ていたわ」

ウサギはチョッキのポケットから時《と》計《けい》をだすと、「たいへんだ。おくれちゃう」といって、かけだしました。

「なんだかおもしろそう」

アリスは、ウサギのあとを追《お》いかけました。ウサギは大《おお》きな穴《あな》に飛《と》びこみ、アリスもあとにつづきます。穴《あな》は深《ふか》くて、アリスはどんどん落《お》ちていきました。

アリスが落《お》ちた穴《あな》の底《そこ》は、細長《ほそなが》い広《ひろ》間《ま》でした。壁《かべ》には小《ちい》さなドアがいくつもあります。アリスは大《おお》きすぎて、小《ちい》さなドアを通《とお》れません。ふと見《み》ると、テーブルの上《うえ》に小《ちい》さな瓶《びん》と金《きん》の鍵《かぎ》があります。瓶《びん》のラベルには「**わたしを飲《の》んで**」と書《か》いてあります。それを飲《の》むと、アリスの体《からだ》はみるみる小《ちい》さくなりました。

「これでドアを通《とお》れるわ」

でも、ドアの鍵《かぎ》はテーブルの上《うえ》で、手《て》がとどきません。今度《こんど》は、床《ゆか》に「**わたしを食《た》べて**」と書《か》かれたケーキを見《み》つけました。アリスが食《た》べると、アリスはグングン大《おお》きくなり、天井《てんじょう》にとどいてしまいました。

「これじゃ、ドアを通《とお》れないわ」

アリスは困《こま》って泣《な》きだしました。あふれた涙《なみだ》が床《ゆか》にたまり、池《いけ》のようになりました。さっきのウサギが走《はし》ってきて、「ちこくだ！」といいながら、扇《おうぎ》を落《お》としていきました。アリスが扇《おうぎ》をひろって、パタパタとあおぐと、また体《からだ》は小《ちい》さくなりました。小《ちい》さくなったアリスは、涙《なみだ》の池《いけ》でおぼれそうです。

必死《ひっし》で岸《きし》にあがると、そこは緑《みどり》の森《もり》でした。大《おお》きなキノコの上《うえ》にイモムシがいて、イモムシはキノコの右《みぎ》をかじれば体《からだ》が大《おお》きくなり、左《ひだり》をかじれば小《ちい》さくなると教《おし》えてくれました。アリスはキノコを少《すこ》しずつかじって、のびたりちぢんだりしながら、やっともとの大《おお》きさに戻《もど》りました。

木《き》の上《うえ》から「三月《さんがつ》ウサギの家《いえ》で、お茶会《ちゃかい》をやっているよ」と話《はな》しかけられました。見《み》あげると、木《き》の上《うえ》にチェシャネコがいて、ニヤニヤ笑《わら》いながら消《き》えました。三月《さんがつ》ウサギのお茶会《ちゃかい》は、「こたえのないなぞなぞ」や「誕生日《たんじょうび》でな

4月 世界の名作

ふしぎな話

読んだ日　　年　　月　　日／　　年　　月　　日／　　年　　月　　日

ポイント クロッケーは木《き》の棒《ぼう》で玉《たま》をうってゲート（門《もん》）を通《とお》していくゲームです。フラミンゴとハリネズミで想像《そうぞう》すると、たのしいですね。

い日《ひ》のお祝《いわ》い」がつづき、終《お》わりがありません。うんざりしたアリスは、外《そと》にでました。

　森《もり》をぬけると、小《ちい》さなドアのついた木《き》がありました。ドアを開《あ》けて中《なか》にはいると、そこはさっきの大広間《おおひろま》です。アリスはキノコを食《た》べて小《ちい》さくなって、小《ちい》さな扉《とびら》を通《とお》りぬけました。トビラのむこうは、うつくしい庭《にわ》でした。手足《てあし》のついたトランプが、花《はな》の手《て》いれをしています。

　そこへ、トランプの女王《じょおう》の行列《ぎょうれつ》がやってきました。

「白《しろ》いバラと赤《あか》いバラをまちがえて植《う》えたね。ゆるせない、死刑《しけい》だ！」

　かんしゃくもちの女王《じょおう》は、だれでもすぐに死刑《しけい》にしてしまいます。

「おまえはクロッケーができるか？」

　とつぜん女王《じょおう》に聞《き》かれ、アリスは「できるわ！」とこたえました。

　トランプの女王《じょおう》のクロッケーは、少《すこ》しかわっています。生《い》きたフラミンゴの首《くび》で、ハリネズミのボールをうちます。ゲートはトランプなので、ボールがくるたびに大《おお》さわぎ。そこにチェシャネコの頭《あたま》があらわれ、ニヤニヤ飛《と》びまわりました。女王《じょおう》はおこって「死《し》刑《けい》だ！」とさけびつづけ、ついにだれもいなくなりました。

「裁判《さいばん》をはじめる！」

　とつぜん、女王《じょおう》は裁判《さいばん》をするといいだしました。ハートのジャックがタルトを盗《ぬす》んだというのです。

「ジャックは死刑《しけい》だ！」

　せっかちな女王《じょおう》はさけびました。ウサギが「裁判《さいばん》なので証人《しょうにん》の話《はなし》を聞《き》きましょう。証人《しょうにん》はアリスです」といいました。でも、アリスはなにも知《し》りません。「こんな裁判《さいばん》おかしいわ！」とアリスがいうと、また体《からだ》が大《おお》きくなってきました。

「おまえは、大《おお》きいから死刑《しけい》よ！　アリスの首《くび》を切《き》ってしまい！」

　女王《じょおう》に命令《めいれい》され、トランプの兵隊《へいたい》が追《お》いかけてきました。アリスは夢中《むちゅう》でさけびました。

「なによ、ただのトランプのくせに！」

　トランプは空中《くうちゅう》にまいあがり、アリスに飛《と》びかかってきました。

「助《たす》けて！」とさけんだとき、アリスはお姉《ねえ》さんの膝《ひざ》の上《うえ》で、目《め》を覚《さ》ましました。

「夢《ゆめ》だったのかしら？　わたし、大冒《だいぼう》険《けん》をしたのよ」

　おねえさんがふしぎそうに笑《わら》っていました。

おうちのかたへ

キノコをかじり、小《ちい》さくなったアリスは、そこで見《み》つけた公爵夫人《こうしゃくふじん》の家《いえ》で赤《あか》ん坊《ぼう》をわたされます。その赤《あか》ん坊《ぼう》の正体《しょうたい》は……おどろきですよ。

ブルガリア

いつまで踊《おど》るんでしょうね

ふしぎな笛《ふえ》

むかし、ヤギを飼《か》うおじいさんのところに、男《おとこ》の子《こ》がやってきました。

「おいらを働《はたら》かせておくれよ」

「まあいいだろう。しっかり働《はたら》けよ」

おじいさんは、男《おとこ》の子《こ》にヤギのめんどうを見《み》させることにしました。

「じゃあ、いってくるね」

男《おとこ》の子《こ》は手《て》に笛《ふえ》をもって、ヤギたちを山《やま》に連《つ》れていきました。

「笛《ふえ》なんかもって、遊《あそ》びにいくんじゃないのか。ちゃんと働《はたら》くんだろうな」

おじいさんがイライラしながら待《ま》っていると、やがて男《おとこ》の子《こ》が、ヤギたちを連《つ》れて帰《かえ》ってきました。おじいさんがヤギたちのようすを見《み》ると、なんだかヘトヘトにつかれています。

「こら、ヤギに草《くさ》を食《た》べさせたのか？」

「おいら、ちゃんと、仕事《しごと》してきたさ」

男《おとこ》の子《こ》は、はっきりとこたえました。

それでも、おじいさんは信《しん》じられません。つぎの日《ひ》、男《おとこ》の子《こ》がヤギたちを山《やま》へ連《つ》れていくと、おじいさんは、こっそりあとをつけることにしました。

山《やま》につくと、男《おとこ》の子《こ》はヤギに草《くさ》を食《た》べさせはじめました。かくれてようすを見《み》ていたおじいさんは、一安心《ひとあんしん》。

「なんだ。ちゃんと、働《はたら》いとるじゃないか。感心《かんしん》、感心《かんしん》」

感心《かんしん》したおじいさんがしばらく見《み》ていると、男《おとこ》の子《こ》は、笛《ふえ》を口《くち》にあてて、たのしそうな音楽《おんがく》をふきはじめました。すると、ヤギたちが、音楽《おんがく》にあわせて踊《おど》りはじめたのです。笛《ふえ》の音《ね》はいつまでもいつまでもつづきました。

「こらあ、その笛《ふえ》をやめろ〜。ヤギたちが踊《おど》りっぱなしで、つかれているじゃろうが！　やめい、やめい！」

おじいさんは、木陰《こかげ》からいきおいよく飛《と》びだしました。すると、足《あし》が勝手《かって》に動《うご》いて踊《おど》りだしたのです。そのうち、おじいさんはたのしくなりました。

「**あ、ほれっ。あ、よいしょっ**」

陽気《ようき》なかけ声《ごえ》で、おじいさんは踊《おど》りつづけます。

さて、村《むら》でおじいさんを待《ま》っているおばあさん。なかなかおじいさんが帰《かえ》ってこないので、心配《しんぱい》して山《やま》へ迎《むか》えにいきました。すると、ヤギとおじいさんがたのしそうに踊《おど》っています。

「おじいさん、こんなところで踊《おど》ってないで、家《いえ》に帰《かえ》りましょう……。なんだかたのしそうね。どれ、わたしも。**あ、ほれ。あ、よいしょ**」

なんと、おばあさんも踊《おど》りだしました。しばらくすると、おばあさんの息《むす》子《こ》が迎《むか》えにやってきました。ところが、息子《むすこ》も踊《おど》りだします。息子《むすこ》のよめもやってきました。よめも、もちろん踊《おど》りだします。子《こ》どもも、イヌもネコもやってきましたが、とうぜんみんな踊《おど》りだしました。やがて村人《むらびと》もみんなやってきて、輪《わ》になって踊《おど》りました。

「**あ、ほれっ。あ、よいしょっ**」

みんながたのしく踊《おど》っています。いつまでもいつまでも踊《おど》っています。いまも踊《おど》っているんでしょうね。

読んだ日　　年　　月　　日／　　年　　月　　日／　　年　　月　　日

ポイント　とてもほがらかなお話《はなし》ですね。踊《おど》っているときのかけ声《ごえ》は、たのしそうに読《よ》んでください。

5月《がつ》のお話《はなし》

クマに育《そだ》てられたハンスは力《ちから》もちで勇敢《ゆうかん》です

クマの子《こ》ハンス

テーオドール・シュトルム

むかし、森《もり》の炭焼《すみや》き小屋《ごや》にハンスという男《おとこ》の子《こ》がいました。ハンスはとても力《ちから》もちで、小《ちい》さな木《き》なら、草《くさ》のようにひきぬいてしまうほどでした。

ある日《ひ》、ハンスが森《もり》で遊《あそ》んでいると、大《おお》きなクマがやってきました。クマは子《こ》どもをなくしたかなしみで、気《き》がたっていました。大《おお》きな手《て》でハンスをはたきましたが、ハンスはへいきです。するとクマは、なくした子《こ》どものかわりに、ハンスを森《もり》の洞穴《ほらあな》に連《つ》れて帰《かえ》りました。そして、やわらかい干《ほ》し草《くさ》の上《うえ》に、ハンスをそっと寝《ね》かせました。

「ふかふかして、気《き》もちいいなあ」

ハンスは眠《ねむ》ってしまいました。目覚《めざ》めると、木《き》イチゴが山盛《やまも》りに置《お》いてありました。ハンスは大《おお》よろこびで食《た》べました。そして、クマのおっぱいをごくごく飲《の》みました。こうして、クマに育《そだ》てられたハンスは、りっぱな若者《わかもの》になりました。

ある日《ひ》、ハンスは外《そと》にでたくなりましたが、洞穴《ほらあな》の入《い》り口《ぐち》は大《おお》きな岩《いわ》でふさがれています。クマがでかけたあと、ハンスは岩《いわ》を押《お》してみました。**ぐぐぐぐ──っ。**岩《いわ》はかんたんに動《うご》きました。ハンスは洞穴《ほらあな》からでると、胸《むね》いっぱいに森《もり》の空気《くうき》をすいこみました。それから、炭焼《すみや》き小屋《ごや》へ走《はし》っていきました。

「おとうさん、おかあさん、ただいま！」

いきなりはいってきた若者《わかもの》に、夫婦《ふうふ》はびっくり。そして、息子《むすこ》のハンスだとわかると、大《おお》よろこびしました。その日《ひ》から、ハンスは炭焼《すみや》きの仕事《しごと》を手伝《てつだ》いはじめました。

でも、しばらくすると、広《ひろ》い世界《せかい》を見《み》たくなりました。

「ぼくは旅《たび》にでます。きっと帰《かえ》ってくるので、待《ま》っていてください」

両親《りょうしん》にそう約束《やくそく》すると、国中《くにじゅう》を冒険《ぼうけん》してまわりました。やがて、王様《おうさま》の住《す》む大《おお》きな町《まち》につきました。王様《おうさま》にはうつくしいお姫様《ひめさま》がいましたが、いつも泣《な》いていました。乱暴《らんぼう》な大男《おおおとこ》に結婚《けっこん》を迫《せま》られ、それがいやだったのです。

「よし、ぼくが大男《おおおとこ》をたおしてやる！」

ハンスは大男《おおおとこ》のいる森《もり》へむかいます。大男《おおおとこ》は力《ちから》くらべで、だれにも負《ま》けたことがありません。ところが、ハンスは大男《おおおとこ》を投《な》げとばしてしまいました。

お姫様《ひめさま》は、りりしいハンスを好《す》きになりました。王様《おうさま》も勇敢《ゆうかん》なハンスを気《き》にいり、結婚《けっこん》をゆるしてくれました。

ハンスはお姫様《ひめさま》を炭焼《すみや》き小屋《ごや》へ連《つ》れていきました。おとうさんもおかあさんも、大《おお》よろこびです。

「育《そだ》ててくれたおかあさんにも会《あ》いにいこう」

ハンスはお姫様《ひめさま》を連《つ》れて、森《もり》の洞穴《ほらあな》にむかいます。洞穴《ほらあな》の中《なか》には、年《とし》をとったクマが横《よこ》たわっていました。

「ぼくは力《ちから》もちの強《つよ》い男《おとこ》になって、お姫様《ひめさま》と結婚《けっこん》することができました。おかあさんのおかげだよ。ありがとう」

ハンスがそういうと、クマはうれしそうに涙《なみだ》を流《なが》し、天国《てんごく》に旅《たび》だちました。

読んだ日　年　月　日／　年　月　日／　年　月　日

ポイント　クマに育《そだ》てられたハンスは、力《ちから》が強《つよ》いだけでなく、やさしい心《こころ》の持《も》ち主《ぬし》でした。

うつくしい兄弟愛《きょうだいあい》の物語《ものがたり》です

双子《ふたご》のイワン

ロシア

むかし、あるところに双子《ふたご》の兄弟《きょうだい》がいました。名前《なまえ》は二人《ふたり》ともイワンです。ある日《ひ》、二人《ふたり》はふしぎなおじいさんに出会《であ》い、すばらしいウマを二頭《にとう》と、剣《けん》を二本《にほん》もらいました。双子《ふたご》のイワンはたいへん勇敢《ゆうかん》な若者《わかもの》たちだったので、それぞれがウマに乗《の》り、一本《いっぽん》ずつ剣《けん》を身《み》につけ、旅《たび》にでました。やがて、二《ふた》人《り》はわかれ道《みち》で看板《かんばん》を見《み》つけました。

〈右《みぎ》に進《すす》む者《もの》は王《おう》になり、左《ひだり》に進《すす》む者《もの》には死《し》が待《ま》ちうける〉

「死《し》ぬといわれて、さけるのは勇気《ゆうき》のある者《もの》ではないよなあ」

「しかし、これがほんとうなら困《こま》る。おれが左《ひだり》にいくから、おまえは右《みぎ》にいけ。おれが死《し》んだら探《さが》してくれよ」

こうして双子《ふたご》のイワンは、別《わか》れて道《みち》を進《すす》みました。右《みぎ》にいったイワンは、りっぱな国《くに》にたどりつき、その国《くに》の王様《おうさま》に気《き》にいられて、イワン王子《おうじ》になりました。イワン王子《おうじ》は城《しろ》の宝物庫《ほうもつこ》で、不死《ふし》の水《みず》がはいったビンを見《み》つけました。

「この不死《ふし》の水《みず》は将来役《しょうらいやく》だつかもしれない。ウマの鞍《くら》につけておこう」

一方《いっぽう》、左《ひだり》の道《みち》をいったイワンは、何《なん》か月《げつ》も旅《たび》をつづけ、かなしみに暮《く》れた国《くに》にたどりつきました。イワンはふしぎに思《おも》い、町《まち》の人《ひと》にたずねました。

「どうして、この国《くに》の人《ひと》はみんなかなしそうな顔《かお》をしているのだ？」

「首《くび》が十二《じゅうに》もある大《おお》ヘビがあらわれて、人間《にんげん》を食《た》べるんだ。今日《きょう》はこの国《くに》のお姫様《ひめさま》が食《た》べられる番《ばん》なんだよ」

イワンは大《おお》ヘビ退治《たいじ》をすることにしました。大《おお》ヘビは強敵《きょうてき》でしたが、イワンは勇敢《ゆうかん》に戦《たたか》い、とうとう大《おお》ヘビをしとめました。イワンは勇者《ゆうしゃ》イワンと呼《よ》ばれ、みんなからたたえられました。

これを知《し》った大《おお》ヘビの妹《いもうと》はおこり、勇者《ゆうしゃ》イワンの兄弟《きょうだい》のイワン王子《おうじ》を殺《ころ》そうとしました。イワン王子《おうじ》が狩《か》りにでたところを見《み》はからって、イワン王子《おうじ》をひと飲《の》みにしてしまったのです。

勇者《ゆうしゃ》イワンは、風《かぜ》のうわさで、イワン王子《おうじ》が死《し》んだことを知《し》りました。

「死《し》ぬ運命《うんめい》のおれが生《い》き残《のこ》り、王《おう》になる運命《うんめい》のあいつが死《し》んだなんて。ならば、おれがあいつを探《さが》そう！」

勇者《ゆうしゃ》イワンはイワン王子《おうじ》の行方《ゆくえ》を探《さが》し、大《おお》ヘビの妹《いもうと》の棲処《すみか》にたどりつきました。棲処《すみか》には、イワン王子《おうじ》のウマがつながれていたのです。

「このウマはおじいさんにもらったウマだ。ん？　鞍《くら》の中《なか》に不死《ふし》の水《みず》がある。これで、あいつを助《たす》けられるかも」

勇者《ゆうしゃ》イワンは大《おお》ヘビの妹《いもうと》の棲処《すみか》に乗《の》りこみ、にっくき敵《かたき》を八《や》つ裂《ざ》きにしました。すると、腹《はら》の中《なか》から、イワン王《おう》子《じ》がでてきたのです。イワン王子《おうじ》は、ほとんど胃《い》の中《なか》でどろどろにとけていました。

「待《ま》ってろ。すぐに助《たす》けてやる」

勇者《ゆうしゃ》イワンは、イワン王子《おうじ》の体《からだ》に不《ふ》死《し》の水《みず》をふりかけました。すると、イワン王子《おうじ》はよみがえったのです。

二人《ふたり》のイワンは、抱《だ》きあってよろこびあったということです。

読んだ日　年　月　日／　年　月　日／　年　月　日

ポイント　イワンという名前《なまえ》は、ロシアでもっともポピュラーな名前《なまえ》です。ロシアの多《おお》くの物語《ものがたり》に登場《とうじょう》します。

気《き》はやさしくて力《ちから》もちの山《やま》の人気者《にんきもの》

金太郎《きんたろう》

むかしむかし、足柄山《あしがらやま》の山奥《やまおく》に、金《きん》太郎《たろう》という元気《げんき》な男《おとこ》の子《こ》がおかあさんといっしょに住《す》んでいました。

金太郎《きんたろう》は、生《う》まれたときからたいへんな力《ちから》もちで、ハイハイしているころから重《おも》たい石臼《いしうす》を引《ひ》きずりまわし、たちあがるころには、米俵《こめだわら》をもちあげるほどでした。金太郎《きんたろう》があまりに力《ちから》もちなので、おかあさんは鉞《まさかり》をあたえて、巻《ま》き割《わ》りの手伝《てつだ》いをしてもらいました。

金太郎《きんたろう》の遊《あそ》びあいては、森《もり》の動物《どうぶつ》たちです。リスもキツネもサルもタヌキもシカも、みんな金太郎《きんたろう》が大好《だいす》きでした。なぜなら金太郎《きんたろう》は、すごく強《つよ》いのに、どんな小《ちい》さな生《い》き物《もの》にもやさしくしてくれるからです。

ある日《ひ》、金太郎《きんたろう》が森《もり》の奥《おく》にはいって、大《おお》きな木《き》を切《き》っていると、大《おお》きなクマがでてきました。クマは、森《もり》の動物《どうぶつ》たちもおそれる乱暴者《らんぼうもの》です。

「だれだ、おれの森《もり》をあらすヤツは」

クマがおこって金太郎《きんたろう》に飛《と》びかかると、金太郎《きんたろう》は鉞《まさかり》を投《な》げすてて、熊《くま》に組《く》みつきました。

「**てやあっ**」

と気あいをかけると、なんと金太郎《きんたろう》は、クマを両手《りょうて》でもちあげてしまいました。クマはびっくりぎょうてんです。

「なんと強《つよ》い子《こ》だ。まいった」

クマは降参《こうさん》して、それ以来《いらい》、金太郎《きんたろう》や森《もり》の動物《どうぶつ》たちと、なかよく遊《あそ》ぶようになりました。

金太郎《きんたろう》が、森《もり》の動物《どうぶつ》たちと遊《あそ》びにでかけたときのことです。大《おお》きな谷川《たにがわ》の淵《ふち》へでましたが、川《かわ》の流《なが》れがはげしく、金太郎《きんたろう》はともかく、動物《どうぶつ》たちは川《かわ》をわたることができません。

「ようし、橋《はし》をかけてやろう」

金太郎《きんたろう》はそういうと、川《かわ》べりにたっている大《おお》きな杉《すぎ》の木《き》に、両手《りょうて》をかけました。金太郎《きんたろう》がぐんぐん押《お》すと、杉《すぎ》の木《き》はめりめりと大《おお》きな音《おと》をたててたおれ、りっぱな橋《はし》ができました。動物《どうぶつ》たちは大《おお》よろこびです。

このようすを見《み》ていたのが、たまたま山《やま》にきていたお侍《さむらい》でした。お侍《さむらい》は力《ちから》もちの金太郎《きんたろう》を見《み》ておどろき、都《みやこ》に帰《かえ》って、殿様《とのさま》に知《し》らせました。殿様《とのさま》の名前《なまえ》は、源頼光《みなもとのよりみつ》という日本一《にっぽんいち》の大将《たいしょう》でした。

「なに、そんなに強《つよ》い子《こ》がいるのなら、会《あ》ってみよう」

こうして金太郎《きんたろう》はお侍《さむらい》になり、坂田金時《さかたのきんとき》というりっぱな名前《なまえ》をもらいました。そして「頼光《よりみつ》の四天王《してんのう》」の一人《ひとり》として、酒呑童子《しゅてんどうじ》と呼《よ》ばれる鬼《おに》を退治《たいじ》することになるのですが、それはまたべつのお話《はなし》。

読んだ日　年　月　日／　年　月　日／　年　月　日

ポイント 「頼光《よりみつ》の四天王《してんのう》」と呼《よ》ばれたほかの三人《さんにん》は、渡辺綱《わたなべのつな》、卜部季武《うらべすえたけ》、碓井貞光《うすいさだみつ》です。

5月4日のお話

遠《とお》くはなれたジョンのもとへラッシーは走《はし》ります

名犬《めいけん》ラッシー

エリック・ナイト

イギリスのヨークシャーにある小《ちい》さな町《まち》に、ジョンという九歳《きゅうさい》になる少年《しょうねん》がいました。ジョンの家族《かぞく》は炭鉱《たんこう》で働《はたら》くおとうさんと、やさしいおかあさん、それからコリー犬《けん》のラッシーでした。ラッシーというのは「お嬢《じょう》さん」という意味《いみ》です。ラッシーは名前《なまえ》どおり、うつしくて、りこうなメス犬《いぬ》でした。

ラッシーは毎日《まいにち》、午後《ごご》の四時《よじ》になると、ジョンを迎《むか》えに学校《がっこう》へいきます。

「ラッシー、待《ま》ったかい?」

ジョンが声《こえ》をかけると、ラッシーはしっぽをふって、うれしそうに飛《と》びつきます。ジョンにとってラッシーは、かけがえのない友《とも》だちでした。

ある日《ひ》、四時《よじ》になっても、ラッシーが迎《むか》えにきません。ジョンは心配《しんぱい》になって、いそいで家《いえ》に帰《かえ》りました。

「おかあさん、ラッシーはどこ?」

おかあさんはかなしそうな顔《かお》で「ごめんね、ジョン。炭鉱《たんこう》がつぶれて、おとうさんの仕事《しごと》がなくなったの。ラッシーは飼《か》えないのよ」といいました。生活《せいかつ》のために、ラッシーを売《う》ってしまったのです。ジョンは大声《おおごえ》で泣《な》きました。

ラッシーを買《か》ったのは、お金《かね》もちのルドリング公爵《こうしゃく》です。公爵《こうしゃく》はずっとほしかったラッシーが手《て》にはいり、ご機《き》嫌《げん》です。でも、ラッシーは少《すこ》しもなつきません。それどころか、四時《よじ》になると、屋敷《やしき》を逃《に》げだして、ジョンの学校《がっこう》にいってしまいます。おこった公爵《こうしゃく》は、ラッシーを千六百《せんろっぴゃく》キロも北《きた》にある別荘《べっそう》に、連《つ》れていってしまいました。

ラッシーはりっぱな犬小屋《いぬごや》に棲《す》み、えさをたっぷりもらいました。でも、ジョンのことが忘《わす》れられません。四時《よじ》になると、犬小屋《いぬごや》の金網《かなあみ》に体《たい》あたりして、逃《に》げだそうとします。

ルドリング公爵《こうしゃく》には、プリシラという孫娘《まごむすめ》がいました。プリシラはラッシーがあばれるのは、まえの飼《か》い主《ぬし》のところへ帰《かえ》りたいのだと思《おも》いました。

「おじいさま、ラッシーを散歩《さんぽ》させたら、きっとおとなしくなるわ」

公爵《こうしゃく》は召使《めしつか》いに命《めい》じて、ラッシーを散歩《さんぽ》に連《つ》れだしました。ラッシーが嫌《いや》がるので、召使《めしつか》いがくさりをひっぱると、首輪《くびわ》がぬけてしまいました。

「こらっ、待《ま》て!」

ラッシーは走《はし》りだしました。南《みなみ》にいけば、ジョンに会《あ》える――。動物《どうぶつ》のもつ、ふしぎな力《ちから》が教《おし》えてくれました。

ジョンの町《まち》までは、千六百《せんろっぴゃく》キロもあります。ラッシーは何日《なんにち》も何日《なんにち》も走《はし》りました。うつくしい毛並《けな》みは泥《どろ》だらけになり、足《あし》にひどいケガをしました。お腹《なか》がすいてペコペコです。それでもラッシーは、ジョンに会《あ》えるのを信《しん》じて、進《すす》みつづけました。

ある日《ひ》、学校《がっこう》から出《で》てきたジョンは、びっくりしました。目《め》のまえにラッシーがいたのです。ラッシーは、よろよろと近《ちか》づいてきました。

「もう、ぜったいにはなさない!」

ジョンは泣《な》きながら、ラッシーをしっかりと抱《だ》きしめました。

読んだ日　　年　月　日／　　年　月　日／　　年　月　日

ポイント　ラッシーとジョンが再会《さいかい》できたのは、強《つよ》い絆《きずな》があったからです。遠《とお》くはなれていても、心《こころ》は通《かよ》いあっていたのですね。

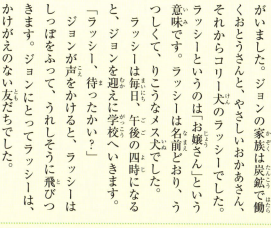

5月5日のお話

端午《たんご》の節句《せっく》に菖蒲《しょうぶ》をかざるわけ

食《く》わず女房《にょうぼう》

むかしむかし、たいそうケチな男《おとこ》のところに、若《わか》い娘《むすめ》がやってきました。

「わたしはまったくごはんを食《た》べない女《おんな》です。どうかよめにしてください」

「まったく？　少《すこ》しは食《た》べるじゃろ」

「いえ、まったく食《た》べません。それでも人一倍働《ひといちばいはたら》けます」

よろこんだ男《おとこ》は、娘《むすめ》をよめにしました。よめになった娘《むすめ》はほんとうにごはんを食《た》べません。そのうえ、男《おとこ》よりも力《ちから》もちで、とてもよく働《はたら》きました。

ところが、しばらくすると、男《おとこ》の家《いえ》の米《こめ》がものすごいいきおいでなくなっていきました。よめに聞《き》いても「知《し》りません」の一点ばりです。

「ふしぎなことじゃ。よめがわしにないしょで食《た》べるにしても、十日《とおか》で米《こめ》俵《だわら》がまるまる一俵《いっぴょう》もなくなるはずがない。よし、たしかめてみるか」

男《おとこ》はそう考《かんが》えると、よめにでかけてくるとうそをつき、天井裏《てんじょうら》にかくれました。すると、よめは大《おお》きな釜《かま》に米《こめ》をいれ、炊《た》きはじめました。

「どんだけ、米《こめ》を炊《た》くんじゃ。ありゃ、一升《いっしょう》はゆうにあるぞ」

米《こめ》が炊《た》きあがると、よめは大釜《おおがま》の中《なか》の米《こめ》をぜんぶだし、よめの顔《かお》ほどもある大《おお》きなおにぎりを三《みっ》つつくりました。男《おとこ》が見《み》ていると、よめはおにぎり一個《いっこ》を一口《ひとくち》で食《た》べていきます。よめはおにぎりを食《た》べおわると、釜《かま》を洗《あら》い、米《こめ》をいれました。今度《こんど》もおなじ分量《ぶんりょう》です。

「ま、まだ食《く》うのか。これじゃ米《こめ》がいくらあっても足《た》りんわけじゃ」

男《おとこ》は、夕方《ゆうがた》になってから戻《もど》ってきたふりをして、よめにいいました。

「やはり、おまえとはやっていけん。でていってくれ」

「わかりました。では、最後《さいご》にお願《ねが》いです。わたしに風呂桶《ふろおけ》をください」

男《おとこ》はよめがでていってくれるならなんでもいいと思《おも》い、風呂桶《ふろおけ》をよめにあげました。すると、よめはいきなり男《おとこ》を風呂桶《ふろおけ》の中《なか》に押《お》しこめ、男《おとこ》ごと風呂《ふろ》桶《おけ》をかついで走《はし》りはじめたのです。

「ふん、わしの正体《しょうたい》がばれたか。まあいい。最後《さいご》におまえを食《く》ってやろう」

よめの正体《しょうたい》は鬼婆《おにばば》でした。おどろいた男《おとこ》は、鬼婆《おにばば》のすきを見《み》て、道《みち》ばたの菖蒲《しょうぶ》の草《くさ》むらに飛《と》びこみました。ところが、鬼婆《おにばば》はすぐにそれを知《し》り、男《おとこ》のかくれている草《くさ》むらの近《ちか》くまでやってきます。

「どこじゃ、どこにかくれた。むっ、ここにかくれおったか。刀《かたな》の山《やま》では、どうにもならん。しかたないわい」

鬼婆《おにばば》はそういうと、山《やま》の中《なか》へ帰《かえ》っていきました。

「助《たす》かった。鬼婆《おにばば》は刀《かたな》がどうとかいっておったな。刀《かたな》なんてどこにもないが……。あっ、この菖蒲《しょうぶ》を刀《かたな》と見《み》まちがえたのか。今日《きょう》は五月《ごがつ》の五日《いつか》、端午《たんご》の節句《せっく》か。菖蒲《しょうぶ》がうつくしい時期《じき》じゃ」

菖蒲《しょうぶ》の葉《は》は、刀《かたな》によくにた形《かたち》をしています。以来《いらい》、端午《たんご》の節句《せっく》には菖蒲《しょうぶ》をかざるようになりましたとさ。

読んだ日　年　月　日／　年　月　日／　年　月　日

ポイント　菖蒲《しょうぶ》は、尚武《しょうぶ》（武《ぶ》を重《おも》んじること）に通《つう》じるとして、じょうぶな男《おとこ》の子《こ》の成長《せいちょう》を願《ねが》う端午《たんご》の節句《せっく》にかざられます。

5月6日
のお話

小《ちい》さな女《おんな》の子《こ》の大《おお》きなアドベンチャー

親指姫《おやゆびひめ》

アンデルセン

これは、一羽《いちわ》のツバメが教《おし》えてくれたお話《はなし》です。

むかし、ある女《おんな》の人《ひと》が、魔法使《まほうつか》いのおばあさんにお願《ねが》いをしました。

「どうか、わたしに、かわいい赤《あか》ちゃんをおさずけください」

魔法使《まほうつか》いのおばあさんはうなずいて、女《おんな》の人《ひと》に一粒《ひとつぶ》の種《たね》をわたしました。

それはふしぎな種《たね》でした。女《おんな》の人《ひと》が家《いえ》に帰《かえ》って水《みず》をやると、ぐんぐん育《そだ》って花《はな》を咲《さ》かせ、なんと、その中《なか》には小《ちい》さな女《おんな》の子《こ》がすわっていたのです。

「まぁ、かわいい！」

女《おんな》の人《ひと》は小《ちい》さな女《おんな》の子《こ》を親指姫《おやゆびひめ》と名《な》づけ、とてもたいせつにしました。

しかし、ある晩《ばん》のこと。親指姫《おやゆびひめ》はヒキガエルにさらわれてしまいました。目《め》を覚《さ》ました親指姫《おやゆびひめ》はいいました。

「ここはどこ？　おうちに帰《かえ》りたい」

親指姫《おやゆびひめ》は、お魚《さかな》やチョウチョの助《たす》けをかりて、ヒキガエルの棲《す》む沼《ぬま》からでることができました。でも、今度《こんど》はコガネムシにつかまってしまいました。

「あれ？　ごはんかと思《おも》ったのに、ちがうじゃないか。しかも、痩《や》せっぽちで、まるで人間《にんげん》のようにみっともない」

コガネムシはそういうと、親指姫《おやゆびひめ》を置《お》いてどこかへいってしまいました。

冬《ふゆ》の日《ひ》のことです。森《もり》の中《なか》で迷子《まいご》になっていた親指姫《おやゆびひめ》は、野《の》ネズミのおばさんと出合《であ》いました。

「アンタさえよければ、ずっとうちにいてもいいんだよ」

「ありがとう、おばあさん」

親指姫《おやゆびひめ》は、野《の》ネズミのおばあさんの家《いえ》で暮《く》らすことになりました。そんなある日《ひ》のこと、親指姫《おやゆびひめ》は、森《もり》で弱《よわ》ったツバメを見《み》つけました。

親指姫《おやゆびひめ》が病気《びょうき》のツバメの世話《せわ》をしていると、うしろからだれかがいいました。

「ツバメの世話《せわ》なんてすることないよ。そいつは病気《びょうき》がなおっても、歌《うた》うことしかできない役《やく》たたずだ」

そういったのは、野《の》ネズミのおばさんの家《いえ》の下《した》に棲《す》んでいるモグラでした。

春《はる》になると、ツバメの病気《びょうき》はなおり、ツバメは南《みなみ》の国《くに》へ帰《かえ》っていきました。

やがて夏《なつ》がきて、親指姫《おやゆびひめ》に結婚《けっこん》の話《はなし》がもちあがりました。親指姫《おやゆびひめ》は悩《なや》みました。相手《あいて》はいじわるなモグラです。

そのとき、空《そら》から声《こえ》がしました。

「親指姫《おやゆびひめ》！　いまこそ南《みなみ》の国《くに》へいきましょう」

声《こえ》の主《ぬし》は、あのときのツバメでした。親指姫《おやゆびひめ》がツバメの背中《せなか》にまたがると、ツバメは空高《そらたか》く舞《ま》いあがりました。

ツバメの国《くに》につくと、ちょうど親指《おやゆび》姫《ひめ》とおなじくらいの大《おお》きさの男《おとこ》の人《ひと》が、出迎《でむか》えてくれました。

「待《ま》っていましたよ、親指姫《おやゆびひめ》。わたしのおよめさんになってくれませんか」

親指姫《おやゆびひめ》がこくりとうなずくと、国《くに》中《じゅう》でお祝《いわ》いのお祭《まつ》りがはじまりました。小《ちい》さな男《おとこ》の人《ひと》は、ツバメの国《くに》の王《おう》様《さま》だったのです。

読んだ日　　年　月　日／　　年　月　日／　　年　月　日

ポイント　自分《じぶん》の思《おも》いどおりにいかないことも多《おお》いけれど、弱《よわ》いものへのやさしい気《き》もちは忘《わす》れてはいけませんね。

茶釜《ちゃがま》から手足《てあし》がはえて大騒動《おおそうどう》

ぶんぶく茶釜《ちゃがま》

むかし、茂林寺《もりんじ》というお寺《てら》がありました。このお寺《てら》の和尚《おしょう》さんはお茶《ちゃ》が大《だい》好《す》きで、お茶《ちゃ》の道具《どうぐ》を集《あつ》めてたのしんでいました。

ある日《ひ》、和尚《おしょう》さんは町《まち》の道具屋《どうぐや》さんで、よい茶釜《ちゃがま》を見《み》つけて買《か》いました。

和尚《おしょう》さんが、買《か》ってきた茶釜《ちゃがま》でお湯《ゆ》をわかしたところ、茶釜《ちゃがま》はだしぬけに、「**熱《あつ》い**」といって飛《と》びあがり、あたりをぴょんぴょんとびはねました。

「たいへんだ。茶釜《ちゃがま》が化《ば》けた。えらいものを買《か》ってしまった」

和尚《おしょう》さんが困《こま》りはてていると、ちょうど、くず屋《や》さんが通《とお》りかかるのが、和尚《おしょう》さんの部屋《へや》から見《み》えました。

「これはいいところに。こんな化《ば》け茶釜《ちゃがま》、売《う》ってしまおう」

と、くず屋《や》さんを呼《よ》んでまねきいれ、茶釜《ちゃがま》を売《う》ってしまいました。

とてもいい買《か》い物《もの》をした、と大《おお》よろこびのくず屋《や》さんは、その晩《ばん》、茶釜《ちゃがま》を枕《まくら》もとに置《お》いて寝《ね》ました。すると、どこかで自分《じぶん》を呼《よ》ぶ声《こえ》がします。気《き》になって起《お》きだしてみたところ、なんと、枕《まくら》もとに置《お》いた茶釜《ちゃがま》に、タヌキの頭《あたま》と手足《てあし》としっぽがはえていました。

「ば、化《ば》け茶釜《ちゃがま》だあ！」

おどろいたくず屋《や》さんは、あわてて、枕《まくら》を茶釜《ちゃがま》にぶつけて退治《たいじ》しようとしました。

「**待《ま》ってください。わたしはタヌキです。ある日《ひ》茶釜《ちゃがま》に化《ば》けたところ、もとに戻《もど》れなくなってしまったんです。助《たす》けてください。ここに置《お》いてくれれば、きっとご恩《おん》を返《かえ》しましょう**」

気《き》のいいくず屋《や》さんは、タヌキの願《ねが》いをかなえて、置《お》いてやることにしました。すると、タヌキはくず屋《や》さんに、見世物小屋《みせものごや》を開《ひら》くことをすすめました。自分《じぶん》が芸《げい》をして、お金《かね》をかせぐというのです。くず屋《や》さんはタヌキのいうとおり、見世物小屋《みせものごや》を開《ひら》きました。

タヌキの芸《げい》は大評判《だいひょうばん》になりました。なにしろ茶釜《ちゃがま》からはえたタヌキがくるくるまわったり、綱渡《つなわた》りをしたりするのですから、観客《かんきゃく》は大笑《おおわら》いです。たちまちくず屋《や》さんは、大金《おおがね》もちになりました。

「タヌキや。もう十分《じゅうぶん》だ。おまえも疲《つか》れたろう。もとの茂林寺《もりんじ》に返《かえ》してやるから、そこでゆっくり休《やす》むといい」

くず屋《や》さんはそういって、茂林寺《もりんじ》に茶釜《ちゃがま》をもちこみ、和尚《おしょう》さんにわけを話《はな》して、茶釜《ちゃがま》をたいせつにあずかってもらうことにしました。

タヌキも安心《あんしん》したのか、それっきり、手足《てあし》をだすことも踊《おど》りだすこともなくなりました。

いまでもこの茶釜《ちゃがま》は、福《ふく》をわけてくれる茶釜《ちゃがま》「分福茶釜《ぶんぶくちゃがま》」として、茂林寺《もりんじ》でだいじにされているそうです。

読んだ日　年　月　日／　年　月　日／　年　月　日

ポイント　群馬県館林市《ぐんまけんたてばやしし》の茂林寺《もりんじ》には、現在《げんざい》も狸《たぬき》が化《ば》けたとされる茶釜《ちゃがま》が伝《つた》わっています。

絵《え》に描《か》いたトラをつかまえろ!

屏風《びょうぶ》のトラ

一休《いっきゅう》さん

室町時代《むろまちじだい》、京《きょう》の都《みやこ》の安国寺《あんこくじ》というお寺《てら》に、とてもかしこい一休《いっきゅう》さんという名前《なまえ》の小坊主《こぼうず》さんがいました。一休《いっきゅう》さんは、あまりにかしこいので、京《きょう》の都《みやこ》でも有名人《ゆうめいじん》でした。

そしてとうとう全国《ぜんこく》を治《おさ》める将軍《しょうぐん》にまで名《な》を知《し》られ、呼《よ》びだされることになったのです。一休《いっきゅう》さんを迎《むか》えに、将《しょう》軍《ぐん》の部下《ぶか》が安国寺《あんこくじ》にやってくると、和《お》尚《しょう》さんはおおいにあわてました。

「一休《いっきゅう》、おまえ、なにをしでかした。将軍様《しょうぐんさま》からお呼《よ》びだしがかかったぞ」

「わたしはなにもしていませんよ。なにか用事《ようじ》でもあるのでしょうか」

「なにをばかな。どうして将軍様《しょうぐんさま》が、おまえのような小坊主《こぼうず》に、じきじきに用事《ようじ》をいいつけなくてはならんのだ」

「それもそうですね。でもお使《つか》いの人《ひと》を待《ま》たせるのも失礼《しつれい》です。とにかく、でかけることにしましょう」

こうして和尚《おしょう》さんと一休《いっきゅう》さんは、将《しょう》軍《ぐん》のお城《しろ》にでかけました。

和尚《おしょう》さんと一休《いっきゅう》さんが将軍《しょうぐん》のまえにすわると、さっそく将軍《しょうぐん》がいいました。

「これ一休《いっきゅう》。たいそうかしこいというそちにたのみごとがある。じつは最近《さいきん》トラが毎晩城内《まいばんじょうない》をうろついて困《こま》る。おまえの知恵《ちえ》でトラをつかまえてほしい」

トラと聞《き》いて和尚《おしょう》さんはびっくりぎょうてん。目《め》を白黒《しろくろ》させていいました。

「ご城内《じょうない》にトラですと? はて、そのトラはいま、どこにいるのですかな」

「ああ、トラか。いまはこの屏風《びょうぶ》の中《なか》におる。夜《よる》になるとぬけだすので、困《こま》っておるのじゃ」

和尚《おしょう》さんと一休《いっきゅう》さんが将軍《しょうぐん》の指《ゆび》さしたほうを見《み》ると、たしかにトラの絵《え》が描《か》かれた屏風《びょうぶ》がありました。

「ごじょうだんを。絵《え》のトラがぬけだして歩《ある》きまわることなど、あるはずもない」

和尚《おしょう》さんがそう返事《へんじ》をすると、将軍《しょうぐん》はいきなりおこりだしました。

「予《よ》がうそをいうと申《もう》すか、無礼者《ぶれいもの》。できぬならばできぬと申《もう》せ。やはり評《ひょう》判《ばん》の知恵者《ちえもの》とはでたらめであったわ」

じつは将軍《しょうぐん》は、一休《いっきゅう》さんの評判《ひょうばん》があまりにいいので、少《すこ》し困《こま》らせてやろうと、こんな無理難題《むりなんだい》を考《かんが》えだしたのです。

ここまで二人《ふたり》のやりとりを聞《き》いていた一休《いっきゅう》さんは、将軍《しょうぐん》のいじわるな考《かんが》えを見《み》ぬいて、こういいました。

「わかりました、将軍様《しょうぐんさま》。では、そのトラをつかまえて見《み》せましょう。さあ、ここでわたしが待《ま》ちかまえているので、トラを屏風《びょうぶ》から追《お》いだしてください」

「ばかを申《もう》せ。絵《え》の中《なか》のトラを追《お》いだせるはずなど……あっ」

一休《いっきゅう》さんの言葉《ことば》にひっかかった将軍《しょうぐん》様《さま》は、自分《じぶん》の負《ま》けをみとめました。

「予《よ》の負《ま》け、降参《こうさん》じゃ。一休《いっきゅう》、そちはほんとうにかしこい子《こ》どもじゃな」

そういうと将軍《しょうぐん》は、おわびのしるしに、二人《ふたり》においしいごちそうをたくさん食《た》べさせてくれましたとさ。

読んだ日　年　月　日／　年　月　日／　年　月　日

ポイント 一休《いっきゅう》さんに難題《なんだい》を吹《ふ》きかける殿様《とのさま》は、足利義満《あしかがよしみつ》であることで有名《ゆうめい》ですが、このお話《はなし》は後世《こうせい》の創作《そうさく》です。

“あいつ”とはだれのことでしょう

バンビ

フェーリクス・ザルテン

その子《こ》ジカは、森《もり》の中《なか》で生《う》まれました。

「バンビ、わたしのかわいいバンビ」

おかあさんにバンビと名《な》づけられた子《こ》ジカは、すくすくと育《そだ》ちました。バンビは、質問《しつもん》することが大好《だいす》きです。

「この道《みち》はだれがつくったの？」

「わたしたち。みんなよ」

「みんなってだれ？　シカ？」

おかあさんはもうこたえません。おかあさんは知《し》っていることをぜんぶいわずに、わざとだまることがあるのです。でもそれは、バンビにとってもうれしいことでした。だって、知《し》りたいことがどんどんたまっていくと、もっと、わくわくどきどきできるからです。

ある日《ひ》、バンビはイタチが野《の》ネズミを食《た》べているのを見《み》つけました。

「おかあさん、どうしてイタチは野《の》ネズミを殺《ころ》したの？」

「どうして、と聞《き》かれてもね……」

おかあさんはだまりました。

「ぼくたちも野《の》ネズミを殺《ころ》すの？」

「わたしたちはだれも殺《ころ》さないわ」

今度《こんど》は、おかあさんはこたえてくれました。バンビはうれしくなりました。しばらくすると、バンビは、カケスがケンカをしているのを見《み》つけました。

「おかあさん、カケスがケンカしているよ。ぼくたちもケンカするの？」

「わたしたちはケンカしないわ」

「それなら安心《あんしん》だね」

「でもね。ほかの動物《どうぶつ》がわたしたちをねらうことはあるわ。それにたまにこの森《もり》にやってくる『**あいつ**』……」

「**あいつ**ってだれ？」

「**あいつ**はあいつよ。**あいつ**にだけは、注意《ちゅうい》しなさい」

バンビはおかあさんに育《そだ》てられながら、たのしいことや危険《きけん》なことを学《まな》んでいきました。おかあさんは、バンビが一人《ひとり》で生《い》きていけるように、毎日少《まいにちすこ》しずつ、教《おし》えていったのです。

バンビは一人《ひとり》でいる日《ひ》が長《なが》くなってきました。おかあさんがわざとそうしたのです。ところがある日《ひ》、一人《ひとり》で遊《あそ》んでいたバンビのまえに、おかあさんがあらわれました。

「**あいつ**がきたのよ！　逃《に》げなさい！」

遠《とお》くから、雷《かみなり》のような轟音《ごうおん》が鳴《な》りひびきました。バンビはけんめいに逃《に》げました。しばらく走《はし》ると、おかあさんと、はなればなれになりました。そして、バンビはその日以来《ひいらい》、二度《にど》とおかあさんには会《あ》えなくなったのです。

森《もり》の中《なか》を逃《に》げてきたバンビが、息《いき》を切《き》らして休憩《きゅうけい》していると、シカの古老《ころう》があらわれました。

「おまえ、一人《ひとり》か。母親《ははおや》はどうした。**あいつ**にやられたのか」

「わかりません。**あいつ**ってだれ？」

「自分《じぶん》で聞《き》き、自分《じぶん》でかぎ、自分《じぶん》で見《み》ろ。おまえの母親《ははおや》はそう教《おし》えたはずだ」

「はい。そうします」

生《い》きることはたいへんなのです。それは一人《ひとり》で学《まな》ぶべきことなのです。バンビがこれからも起《お》こるはずの危険《きけん》を乗《の》りこえるために。生《い》き残《のこ》るために。

読んだ日　　年　月　日／　　年　月　日／　　年　月　日

ポイント　オーストリアの作家《さっか》フェーリクス・ザルテンが書《か》いた物語《ものがたり》は、ディズニーでアニメ化《か》され、世界的《せかいてき》に有名《ゆうめい》になりました。

子《こ》を思《おも》う親心《おやごころ》に感動《かんどう》した息子《むすこ》は？

うばすて山《やま》

むかし、おじいさんやおばあさんをたいそう嫌《きら》っている、いじわるな殿様《とのさま》がいました。そして、

「年寄《としよ》りは国《くに》のためになんの役《やく》にもたたない」

といって、七十歳《ななじゅっさい》を越《こ》した年寄《としよ》りを山《やま》へすてるようおふれをだしたのです。国中《くにじゅう》の人《ひと》はかなしがって、殿様《とのさま》をうらみましたが、さからうと罰《ばつ》を受《う》けるので、どうすることもできませんでした。

ある村《むら》に、年《とし》が七十《ななじゅう》になるおかあさんと住《す》んでいる息子《むすこ》がおりました。殿《との》様《さま》の命令《めいれい》に逆《さか》らえない息子《むすこ》は、おかあさんを背《せ》おって山《やま》へはいりました。

背中《せなか》におぶさったおかあさんは、道《みち》ばたの木《き》の枝《えだ》をぽきんぽきんと折《お》っては、道《みち》にすてました。

「おかあさん、なぜそんなことをするのです」

と、息子《むすこ》がたずねると、

「お前《まえ》が帰《かえ》り道《みち》に迷《まよ》わないようにさ」

と、おかあさんはいいました。

自分《じぶん》がすてられるのに、おかあさんは、息子《むすこ》の心配《しんぱい》しかしていないのです。息子《むすこ》は泣《な》いて自分《じぶん》のしたことを後悔《こうかい》し、おかあさんを連《つ》れて帰《かえ》って、家《いえ》の床下《ゆかした》にかくしました。

しばらくすると、いじわるな殿様《とのさま》はおふれをだしました。

〈灰《はい》で縄《なわ》をなってもってこい〉

灰《はい》で縄《なわ》など、なえるものではありません。みんなが困《こま》っているので息子《むすこ》がおかあさんに相談《そうだん》すると、

「縄《なわ》によく塩《しお》をぬりつけて焼《や》けば、くずれないよ」

と、教《おし》えてくれました。

息子《むすこ》がいわれたとおりに灰《はい》の縄《なわ》をつくり、殿様《とのさま》に見《み》せると、たいそうほめられ、ほうびをもらいました。

しばらくすると、いじわるな殿様《とのさま》が、またおふれをだしました。

〈七節《ななふし》に曲《ま》がった竹《たけ》の中《なか》に糸《いと》を通《とお》せ〉

曲《ま》がりくねった竹《たけ》に、糸《いと》など通《とお》せるはずはありません。みんなが困《こま》っているので、息子《むすこ》はまた、おかあさんに相《そう》談《だん》しました。

「竹《たけ》の片穴《かたあな》のまわりに、はちみつをぬっておいて、アリに糸《いと》をむすんで、べつの穴《あな》からいれるのさ」

ためしてみると、糸《いと》をつけたアリはみつのにおいをたどって、竹《たけ》の中《なか》を通《とお》りぬけました。息子《むすこ》はまた殿様《とのさま》のところへいき、糸《いと》を竹《たけ》の中《なか》に通《とお》して見《み》せました。

殿様《とのさま》はおどろいていいました。

「そちはなんと知恵者《ちえもの》よ。ほうびは好《す》きなものをとらせるぞ。なんでもいえ」

そこで息子《むすこ》は、正直《しょうじき》にこたえました。すべては年老《としお》いた母《はは》の知恵《ちえ》のおかげです、と。それを聞《き》いた殿様《とのさま》は、自分《じぶん》のだしたおふれを後悔《こうかい》し、とりやめることにしました。そして新《あら》たなおふれをだしたのです。

〈年寄《としよ》りはたいせつにすべし。守《まも》らない者《もの》には罰《ばつ》をあたえるぞ〉

と。国中《くにじゅう》のみんなはそれを聞《き》いて、たいへんよろこびましたとさ。

読んだ日　年　月　日／　年　月　日／　年　月　日

ポイント　長《なが》い経験《けいけん》で得《え》た知恵《ちえ》はとうといものです。

蟹《かに》がはさみをもっているわけは？

蟹《かに》のしょうばい

新美南吉《にいみなんきち》

蟹《かに》が床屋《とこや》さんをはじめました。ところが、お客《きゃく》さんが一人《ひとり》もきません。

「床屋《とこや》というしょうばいは、たいへんひまなものだな」

と、蟹《かに》は思《おも》いました。

そこで、蟹《かに》の床屋《とこや》さんは、はさみをもって海辺《うみべ》にやってきました。そこでは、タコが昼寝《ひるね》をしていました。

「もしもし、タコさん、床屋《とこや》ですが、ごようはありませんか」

タコは目《め》を覚《さ》ましていいました。

「よくごらんよ。わたしの頭《あたま》に毛《け》があるかどうか」

蟹《かに》はタコの頭《あたま》をよく見《み》ました。なるほど毛《け》はひとすじもなく、つるんこです。いくら蟹《かに》がじょうずな床屋《とこや》でも、毛《け》のない頭《あたま》をかることはできません。

蟹《かに》は、そこで、山《やま》へいきました。山《やま》にはタヌキが昼寝《ひるね》をしていました。

「もしもし、タヌキさん。床屋《とこや》ですが、ご用《よう》はありませんか」

タヌキは目《め》を覚《さ》ましました。タヌキは、いたずらが大好《だいす》きです。たちまち、よくないことを考《かんが》えました。

「そうだね、やってもらおうか。ところで、一《ひと》つ約束《やくそく》してくれよ。というのは、わたしのあとで、わたしのおとうさんの毛《け》も刈《か》ってもらいたいのさ」

「へい、おやすいことです」

やっと、蟹《かに》の腕《うで》をふるうときがきました。

ちょっきん、ちょっきん、ちょっきん。

ところが、蟹《かに》というものは、あまり大《おお》きな生《い》き物《もの》ではありません。蟹《かに》とくらべたら、タヌキはとんでもなく大《おお》きいのです。そのうえタヌキというものは、体中《からだじゅう》が毛《け》でおおわれています。ですから、蟹《かに》の仕事《しごと》はなかなかはかどりませんでした。

蟹《かに》は口《くち》からあわをふいて、いっしょうけんめいはさみを使《つか》いました。そして三日《みっか》かかって、やっとのことで仕事《しごと》はおわりました。

「じゃ、約束《やくそく》だから、わたしのおとうさんの毛《け》もかってくれよな」

「おとうさんというのは、どのくらい大《おお》きなかたですか」

「あの山《やま》くらいあるかね」

蟹《かに》はめんくらいました。そんなに大《おお》きくては、とても自分一人《じぶんひとり》では、まにあわぬと思《おも》いました。

そこで蟹《かに》は、自分《じぶん》の子《こ》どもたちをみな床屋《とこや》さんにしました。子《こ》どもばかりか、孫《まご》もひ孫《まご》も、生《う》まれてくる蟹《かに》はみな床屋《とこや》さんにしました。

それでわたしたちが道《みち》ばたに見受《みう》ける、小《ちい》さな蟹《かに》でさえも、ちゃんとはさみをもっているのです。

読んだ日　　年　月　日／　　年　月　日／　　年　月　日

ポイント　新美南吉《にいみなんきち》は29歳《さい》の若《わか》さで死《し》んだ児童文学作家《じどうぶんがくさっか》です。小説《しょうせつ》のほか、童謡《どうよう》、詩《し》、短歌《たんか》、俳句《はいく》などを残《のこ》しています。

5月12日のお話

看護《かんご》の基礎《きそ》をつくった女性《じょせい》

ナイチンゲール

フローレンス・ナイチンゲールは、イギリス人《じん》のお金《かね》もちの家《いえ》に生《う》まれました。小《ちい》さなころからやさしい女《おんな》の子《こ》で、動物《どうぶつ》がケガをしていると、薬《くすり》をぬって包帯《ほうたい》を巻《ま》いて、世話《せわ》をしました。

大人《おとな》になったナイチンゲールは、おかあさんといっしょに、貧《まず》しい人《ひと》たちの家《いえ》をまわり、食事《しょくじ》の世話《せわ》や病気《びょうき》の看《かん》病《びょう》をしました。ナイチンゲールは、世《よ》の中《なか》には、貧《まず》しさや病気《びょうき》で困《こま》っている人《ひと》がたくさんいることを知《し》りました。そして、「そういう人《ひと》たちの役《やく》にたつ仕事《しごと》がしたい！」と思《おも》いました。

ナイチンゲールは家族《かぞく》に、病院《びょういん》で看《かん》護《ご》の仕事《しごと》がしたいと伝《つた》えました。

「だめだ、ぜったいにゆるさん！」

おとうさんはゆるしてくれません。

「病院《びょういん》で働《はたら》くなんて、とんでもないわ」

おかあさんも、おねえさんも、家族《かぞく》はみんな反対《はんたい》しました。でも、ナイチンゲールはあきらめませんでした。家《いえ》をでると、ドイツの病院《びょういん》で働《はたら》きながら、看護《かんご》の勉強《べんきょう》をつづけました。そして、すばらしい成績《せいせき》で、看護師《かんごし》の試験《しけん》に合《ごう》格《かく》したのです。

やがて、ナイチンゲールはイギリスに戻《もど》り、ロンドンの病院《びょういん》で働《はたら》きはじめました。そのころの病院《びょういん》は、掃除《そうじ》や洗《せん》濯《たく》をする人《ひと》がいなくて、壁《かべ》はかびだらけで、ベッドもシーツもよごれていました。ナイチンゲールは病院《びょういん》をせいけつで、気持《きも》ちのいい場所《ばしょ》にかえていきました。食事《しょくじ》を運《はこ》ぶためのエレベーターや、看護師《かんごし》を呼《よ》ぶためのナースコールも設置《せっち》しました。

ナイチンゲールが三十三歳《さんじゅうさんさい》のころ、ヨーロッパで大《おお》きな戦争《せんそう》がはじまりました。ロシアのクリミア半島《はんとう》で、ヨーロッパ連合軍《れんごうぐん》が、ロシア軍《ぐん》とはげしい戦《たたか》いをくりひろげました。ナイチンゲールは、傷《きず》ついた兵隊《へいたい》を手《て》あてするために、三十八人《さんじゅうはちにん》の女性《じょせい》を連《つ》れて、野戦病院《やせんびょういん》にいきました。

病院《びょういん》は、けが人《にん》でいっぱいでした。よごれた毛布《もうふ》にくるまった兵隊《へいたい》が、床《ゆか》や廊下《ろうか》にも寝《ね》かされていました。ナイチンゲールたちは、食事《しょくじ》やシーツや薬《くすり》を用意《ようい》し、けんめいに看病《かんびょう》しました。毎晩《まいばん》、けが人《にん》を見《み》まわるナイチンゲールは「ランプをもった貴婦人《きふじん》」と呼《よ》ばれて、したわれたのです。

やがて戦争《せんそう》がおわり、ナイチンゲールは、イギリスの家《いえ》に戻《もど》りました。そして、看護《かんご》を勉強《べんきょう》する学《がっ》校《こう》をつくり、優秀《ゆうしゅう》な看護師《かんごし》をたくさん育《そだ》てたのです。看護《かんご》の仕《し》事《ごと》を反対《はんたい》していた家族《かぞく》も、いまでは応援《おうえん》してくれています。

ナイチンゲールは、ビクトリア女王《じょおう》に野戦病院《やせんびょういん》について報《ほう》告《こく》したり、看護《かんご》の本《ほん》を書《か》いて、病院《びょういん》をよくするための活動《かつどう》をつづけました。こうしたナイチンゲールの活躍《かつやく》は、世界中《せかいじゅう》に大《おお》きな影響《えいきょう》をあたえたのです。

読んだ日　　年　月　日／　　年　月　日／　　年　月　日

ポイント　心《こころ》をつくして看病《かんびょう》するナイチンゲール（1820-1910）の教《おし》えは、いまも看護師《かんごし》をはじめ、世界中《せかいじゅう》の人《ひと》びとの心《こころ》の中《なか》に生《い》きています。

やたらとほめる人《ひと》にはご用心《ようじん》！

カラスとキツネ

イソップ

むかし、あるところに一羽《いちわ》のカラスがいました。ある日《ひ》、カラスは大《おお》きな肉《にく》を見《み》つけました。カラスは大《おお》よろこびで、肉《にく》をくわえて飛《と》びたちました。

（やあ、今日《きょう》は運《うん》がいい日《ひ》だなあ。こんなに大《おお》きな肉《にく》がひろえるなんて。どこか安全《あんぜん》な場所《ばしょ》で食《た》べるとしよう）

カラスはクチバシでしっかりと肉《にく》をはさんで、用心《ようじん》しながら安全《あんぜん》な場所《ばしょ》を探《さが》します。やがて、一本《いっぽん》の高《たか》い木《き》を見《み》つけると、安心《あんしん》して、枝《えだ》におりたちました。

（よし、ここなら、だれにもじゃまされずに、ゆっくり肉《にく》を食《た》べられるぞ）

カラスが枝《えだ》にとまったところを、たまたま見《み》ていたのがキツネでした。キツネは、カラスがとまった木《き》に近《ちか》づきました。

「やあ、カラスさん、今日《きょう》はいい天気《てんき》だね。ご機嫌《きげん》いかが？」

キツネが話《はな》しかけても、カラスはなにもいいません。それもそのはず、カラスが口《くち》を開《あ》けると、クチバシにはさんだ肉《にく》が落《お》ちてしまうからです。それを知《し》ってか知《し》らずか、キツネはのんきにカラスにむかって話《はな》しつづけます。

「カラスさんはいつ見《み》てもきれいだねえ。その真《ま》っ黒《くろ》な羽《はね》、スラリとした体《からだ》、かっこいいクチバシ。どこを見《み》てもかんぺきだ。きっと神様《かみさま》のゼウス様《さま》は、カラスさんを鳥《とり》の王様《おうさま》にするために、そんなうつくしい体《からだ》をつくってくれたんだねえ」

キツネはカラスをほめまくりました。

「カラスさんは頭《あたま》もいいって、評判《ひょうばん》だよ。一《ひと》つ、ぼくにいい知恵《ちえ》をかしてくれないか。ぼくは朝《あさ》からなにも食《た》べてなくて、お腹《なか》がペコペコなんだ」

キツネがどう話《はな》しかけても、カラスは口《くち》をききません。

「そうか。そうだよね。ぼくみたいなおろかなキツネには、なにを話《はな》してもムダってもんだ。じゃあ、せめて、カラスさんの歌声《うたごえ》を聞《き》かせてくれないか。そのうつくしい姿《すがた》からでる歌声《うたごえ》は、きっと天上界《てんじょうかい》の神々《かみがみ》だって聞《き》きほれるにちがいないよ。ぼくはカラスさんの歌《うた》を聞《き》いたって、みんなにじまんしてまわるよ」

じつはカラスは、キツネがあまりにじょうずに自分《じぶん》のことをほめるので、うれしくてしかたがなかったのです。とうとうカラスはクチバシを開《あ》けて、大《おお》きな声《こえ》で鳴《な》きました。

「**カア〜**」

肉《にく》がカラスの口《くち》からこぼれ落《お》ちると、キツネはすかさずこれをひろって食《た》べました。

「ごちそうさん。一《ひと》つ訂正《ていせい》するよ。頭《あたま》がいいってうわさ、あれはうそだね」

おだてに乗《の》って、いい気《き》になっていると、いつかいたい目《め》にあうよというお話《はなし》です。

読んだ日　　年　月　日／　　年　月　日／　　年　月　日

ポイント　イソップ寓話《ぐうわ》では、カラスもキツネとおなじく、頭《あたま》のいい動物《どうぶつ》として登場《とうじょう》します。でもこのお話《はなし》では、キツネの勝《か》ちのようですね。

江戸時代《えどじだい》の笑《わら》い話《ばなし》が落語《らくご》になりました

子《こ》ほめ

落語《らくご》

むかし、江戸《えど》の町《まち》に八五郎《はちごろう》という酒《さけ》好《ず》きな男《おとこ》がいました。ところが、八五郎《はちごろう》は貧乏《びんぼう》なので、タダでお酒《さけ》を飲《の》むことばかり考《かんが》えています。そこで、八五郎《はちごろう》は、近所《きんじょ》のご隠居《いんきょ》さんのところへいき、酒《さけ》をねだりました。

「やあ、ご隠居《いんきょ》。タダ酒《ざけ》を飲《の》ませろ」

「なんだい。きていきなり、酒《さけ》を飲《の》ませろだなんて。おまえさん、だいたい日《ひ》ごろから行儀《ぎょうぎ》がわるい。酒《さけ》を飲《の》みたけりゃ、あいてにおあいそをいうものだよ」

ご隠居《いんきょ》は八五郎《はちごろう》に、礼儀《れいぎ》を知《し》らないと損《そん》をする、と教《おし》えました。

「いいかね。礼儀《れいぎ》なんてむずかしいもんじゃない。ていねいな言葉《ことば》であいてをほめるんだよ。かんたんなのは年齢《ねんれい》だ。年齢《ねんれい》を聞《き》いたあとで、じっさいより若《わか》く見《み》えるといえば、だれだってよろこぶものだ。そうすればお酒《さけ》だってごちそうしてくれるかもしれないよ」

「へえ、そんなもんですかい。じゃあ、ちょっと、ためしてきまさあ」

八五郎《はちごろう》はそういうと、知《し》りあいの熊吉《くまきち》のところへいきました。熊吉《くまきち》の家《いえ》ではその日《ひ》、子《こ》どもが産《う》まれました。それを知《し》った八五郎《はちごろう》は、赤《あか》ん坊《ぼう》をほめればタダで祝《いわ》い酒《ざけ》が飲《の》める、と思《おも》ったのです。

「やあ、熊《くま》さん。ガキができたんだって？　じゃあ、酒《さけ》飲《の》ませろ」

「なんだと、この野郎《やろう》。きていきなり酒《さけ》飲《の》ませろたあ、どういうこった」

熊吉《くまきち》は、八五郎《はちごろう》に腹《はら》をたてました。

「ああ、いや、ちがった。ほめるんだった。ああ、この子《こ》か。なんだ、生《う》まれたばかりにしちゃあ、はげてるし、歯《は》がぬけてるし、しわくちゃで、まるでじじいのようだな」

「おい、ハチ公《こう》。てめえ、おれの親父《おやじ》を見《み》て、なにぶつぶついってやがんでえ」

「あ、親父《おやじ》さんだったか。えっと、こっちがほんものか。おおっ、かわいらしい手《て》だ。ちっちゃくて、もみじみてえだ」

赤《あか》ん坊《ぼう》を見《み》た八五郎《はちごろう》の言葉《ことば》を聞《き》いて、熊吉《くまきち》もやっと、笑顔《えがお》になりました。

「そうだろ、そうだろ」

「ああ、うらやましいねえ。こんなかわいらしい手《て》で、ご近所《きんじょ》からお祝《いわ》いをがっぽり受《う》けとりやがった」

「なんだと、てめえ、やっぱりケンカ売《う》りにきやがったな」

「ああ、またまちがえた。そうじゃねえって、いいまちがいってやつだ。そんなにおこんなって。な、な？　あれ、その、なんだ。そうだ、この赤《あか》ん坊《ぼう》、年《とし》はおいくつでございましょう？」

八五郎《はちごろう》は、あたふたしながら、ご隠居《いんきょ》さんにいわれたことを思《おも》いだして、できるだけていねいにいいました。

「どうした急《きゅう》に、バカていねいな口《くち》ききやがって。年《とし》っておまえ、見《み》りゃわかるだろう。今朝《けさ》生《う》まれたばかりだ」

「なんですって、そりゃお若《わか》い。とてもそうは見《み》えませんよ。どう見《み》ても、あさってに生《う》まれたように見《み》える」

読んだ日　　年　月　日／　　年　月　日／　　年　月　日

ポイント　江戸《えど》初期《しょき》の安楽庵策伝《あんらくあんさくでん》著《ちょ》の『醒睡笑《せいすいしょう》』が原作《げんさく》の落語《らくご》です。本作《ほんさく》のオチは上方《かみがた》（関西《かんさい》）落語《らくご》のものです。

マルコはおかあさんを探《さが》して、海《うみ》を越《こ》えて遠《とお》い国《くに》へいきます

母《はは》をたずねて

エドモンド・デ・アミーチス

ジェノバというイタリアの港町《みなとまち》に、マルコという少年《しょうねん》がいました。おとうさんとおかあさん、おにいさん、そしてマルコの四人家族《よにんかぞく》でした。みんな働《はたら》き者《もの》でしたが、貧乏《びんぼう》でした。そこでおかあさんが、遠《とお》くの国《くに》へ働《はたら》きにいくことになりました。アルゼンチンのブエノスアイレスという町《まち》です。

一年《いちねん》がすぎたころ、おかあさんの手紙《てがみ》がとどかなくなりました。マルコは心配《しんぱい》で、おとうさんにいいました。

「ぼくがおかあさんを探《さが》しにいくよ」

こうして、マルコはブエノスアイレスへいくことになりました。

ブエノスアイレスへは、船《ふね》でひと月《つき》もかかりました。船《ふね》がつくと、マルコは、おかあさんの知《し》りあいのメレルさんを訪《たず》ねました。ところが、メレルさんは、死《し》んでしまったというのです。マルコは近所《きんじょ》の人《ひと》にたずねました。

「おかあさんを探《さが》しているのです。メキーネスさんの家《いえ》で働《はたら》いています」

「コルドバへひっこしたよ」

マルコは目《め》の前《まえ》が真《ま》っ暗《くら》になりました。おかあさんもいっしょにいったようです。マルコは、コルドバへいくことにしました。

コルドバは何百《なんびゃっ》キロもはなれた遠《とお》い町《まち》です。マルコには汽車《きしゃ》に乗《の》るお金《かね》もありません。マルコをかわいそうに思《おも》った町《まち》の人《ひと》が、お金《かね》をかしてくれました。そして、果物《くだもの》を運《はこ》ぶ船《ふね》に乗《の》れるように手配《てはい》してくれました。

マルコは船《ふね》と汽車《きしゃ》を乗《の》りついで、ロサーリオという町《まち》からコルドバへむかいました。そして、ようやくメキーネスさんの家《いえ》にたどりついたのです。ところが、メキーネスさん一家《いっか》は、さらに千《せん》キロもはなれたトゥクマンへ、ひっこしたあとでした。おもわずマルコの目《め》に、涙《なみだ》があふれました。でも、マルコはあきらめませんでした。

「何か月《なんかげつ》かかっても、どんなことをしても、ぼくはおかあさんに会《あ》うんだ」

馬車《ばしゃ》で移動《いどう》する商人《しょうにん》の親方《おやかた》に、いっしょに連《つ》れていってくれるようにたのみました。

「途中《とちゅう》までなら、連《つ》れていこう」

いっしょうけんめいなマルコを見《み》て、親方《おやかた》はマルコをやとってくれました。

とうとう、馬車《ばしゃ》ともお別《わか》れの日《ひ》がきました。マルコはひとりぼっちで何日《なんにち》も歩《ある》きました。靴《くつ》はやぶれ、足《あし》は傷《きず》だらけで、食《た》べ物《もの》も水《みず》もありません。それでもマルコは、おかあさんの顔《かお》を思《おも》いだし、歩《ある》きつづけました。

そのころ、おかあさんは重《おも》い病気《びょうき》でくるしんでいました。家族《かぞく》とはなれ、生《い》きる気力《きりょく》をうしなっていたのです。おかあさんの命《いのち》はいまにも消《き》えそうです。そのとき、マルコがやっとおかあさんのもとへたどりついたのです。

「おかあさん！ おかあさん！」

「マルコ！ マルコなの⁉」

二人《ふたり》は、しっかりと抱《だ》きあいました。

読んだ日　年　月　日／　年　月　日／　年　月　日

ポイント　マルコはおかあさんのために、つらくて長《なが》い旅《たび》を乗《の》りこえました。おかあさんの病気《びょうき》も、きっとよくなるでしょう。

化《ば》け物《もの》の体《からだ》からでてきた宝剣《ほうけん》

ヤマタノオロチ

日本神話《にほんしんわ》

下界《げかい》の中《なか》つ国《くに》に追放《ついほう》されたスサノオノミコトは、出雲《いずも》の国《くに》におりたちました。足《あし》もとに流《なが》れる川《かわ》をながめていると、上流《じょうりゅう》から箸《はし》が流《なが》れてきます。

「箸《はし》が流《なが》れてくるということは、川上《かわかみ》に村《むら》があるにちがいない」

そう思《おも》ったスサノオは、川上《かわかみ》にむかって歩《ある》きました。しばらくいくと、あんのじょう、村《むら》がありました。スサノオが村《むら》の中《なか》を歩《ある》いていると、りっぱなお屋敷《やしき》から泣《な》き声《ごえ》が聞《き》こえてきました。屋敷《やしき》にはいってみると、おじいさんとおばあさん、娘《むすめ》の三人《さんにん》が泣《な》いています。

「おい、どうしたのだ」

スサノオがわけを聞《き》いてみると、おじいさんとおばあさんは、出雲《いずも》をおさめる国《くに》つ神《かみ》の夫婦《ふうふ》・アシナヅチとテナヅチでした。

「わたしの娘《むすめ》は八人《はちにん》おりましたが、このクシナダヒメを残《のこ》して、みんなヤマタノオロチという化《ば》け物《もの》に食《た》べられてしまいました。今年《ことし》もきっとヤマタノオロチがやってきて、このクシナダヒメを食《た》べてしまうでしょう」

「よし、ならば、おれがヤマタノオロチを退治《たいじ》してやる。そのかわり、クシナダヒメをよめにもらうぞ。おれは高天原《たかまがはら》のスサノオだ」

「なんと、アマテラスオオミカミ様《さま》の弟君《おとうときみ》でしたか。そのような高貴《こうき》なおかたならば、娘《むすめ》はさしあげましょう」

おじいさんの言葉《ことば》を聞《き》いたスサノオは、クシナダヒメを櫛《くし》に変化《へんげ》させ、自分《じぶん》の髪《かみ》にさしました。

「これで、おまえの娘《むすめ》は安全《あんぜん》だ。今度《こんど》は強《つよ》い酒《さけ》をつくるのだ。八《やっ》つの酒樽《さかだる》にその酒《さけ》をそそぎこみ、門《もん》のまえにならべておけ。あとはおれにまかせろ」

そういって、スサノオは屋敷《やしき》でヤマタノオロチがくるのを待《ま》ちました。

何日《なんにち》かたったころ、ヤマタノオロチがやってきました。ヤマタノオロチは巨大《きょだい》な体《からだ》に頭《あたま》が八《やっ》つ、尾《お》も八《やっ》つあるというおそろしい化《ば》け物《もの》です。ヤマタノオロチは門前《もんぜん》にならんだ八《やっ》つの酒樽《さかだる》を見《み》つけると、それぞれの酒樽《さかだる》に頭《あたま》を一《ひと》つずついれて、飲《の》みはじめました。

「そろそろ、ころあいだな」

十分《じゅうぶん》に酔《よ》ったところを見《み》はからって、スサノオはヤマタノオロチを剣《けん》でズタズタに斬《き》りさいて殺《ころ》しました。スサノオは頭《あたま》も尾《お》もぜんぶ斬《き》りきざみましたが、一本《いっぽん》の尾《お》だけ、斬《き》り落《お》とすことができません。むりやり剣《けん》をたたきつけると、剣《けん》が欠《か》けてしまいました。

「ん？　尾《お》の中《なか》になにかあるのか？」

スサノオが調《しら》べてみると、尾《お》の中《なか》からりっぱな剣《けん》・天叢雲剣《あめのむらくものつるぎ》がでてきました。これが現在《げんざい》まで伝《つた》わる神器《じんぎ》で、別名《べつめい》を草薙剣《くさなぎのつるぎ》といいます。スサノオはこの剣《つるぎ》を高天原《たかまがはら》に献上《けんじょう》し、自分《じぶん》は出雲《いずも》の国《くに》をおさめ、しあわせに暮《く》らしました。

読んだ日　　年　月　日／　　年　月　日／　　年　月　日

ポイント　八咫鏡《やたのかがみ》・八尺瓊勾玉《やさかにのまがたま》にならぶ三種《さんしゅ》の神器《じんぎ》の一《ひと》つ、草薙剣《くさなぎのつるぎ》は現在《げんざい》、愛知県《あいちけん》の熱田神宮《あつたじんぐう》に安置《あんち》されています。

ノルウェー

みんなおなじ名前《なまえ》の「ブルーセ」です

三匹《さんびき》のヤギ

むかしむかし、あるところに三匹《さんびき》のヤギがいました。三匹《さんびき》のヤギの名前《なまえ》は「ブルーセ」。一匹目《いっぴきめ》も二匹目《にひきめ》も三匹目《さんびきめ》も、みんなおなじ名前《なまえ》です。

ただし、大《おお》きさはちがいます。一匹《いっぴき》目《め》のブルーセより二匹目《にひきめ》のブルーセのほうが大《おお》きく、二匹目《にひきめ》のブルーセより三匹目《さんびきめ》のブルーセのほうが大《おお》きいのです。

ある日《ひ》、三匹《さんびき》のブルーセは、もっと草《くさ》をたくさん食《た》べて太《ふと》りたくなりました。そこで、旅《たび》だつことにしたのです。

「もうすぐいくと、橋《はし》があるよ」

小《ちい》さいブルーセがいいました。

「橋《はし》をわたれば、おいしい草《くさ》がたくさんあるところにいけるんだ」

中《ちゅう》ぐらいのブルーセがいいました。

「もっと大《おお》きくなれるかな」

大《おお》きいブルーセがいいました。

三匹《さんびき》が橋《はし》のところまでやってくると、橋《はし》の真《ま》ん中《なか》に大《おお》きなトロルがたっていました。トロルは、とても凶暴《きょうぼう》な化《ば》け物《もの》です。最初《さいしょ》に、小《ちい》さなブルーセが橋《はし》をわたりました。

「トロルさん、そこを通《とお》しておくれ」

「だめだ。なぜなら、おれがおまえを食《く》ってしまうからな」

「それなら、ぼくのあとからくるヤギのほうが大《おお》きいよ」

「なんだと。じゃあ、見逃《みのが》してやる」

小《ちい》さなブルーセが、橋《はし》をわたりおわると、今度《こんど》は中《ちゅう》ぐらいのブルーセが、橋《はし》をわたりました。

「トロルさん、そこを通《とお》しておくれ」

「おっ、ほんとうにさっきより大《おお》きなヤギだ。よしよし、おまえを食《く》ってやろう」

「なんだ、大《おお》きなヤギがいいのか。それなら、ぼくのあとからくるヤギのほうが、もっと大《おお》きいよ」

「もっと大《おお》きいだと。じゃあ、おまえも見逃《みのが》してやろう」

中《ちゅう》ぐらいのブルーセが、橋《はし》をわたりおわると、今度《こんど》は大《おお》きなブルーセが、橋《はし》をわたりました。とても大《おお》きなヤギを見《み》て、トロルはよろこびました。

「おおっ。今度《こんど》はすごいのがきたな。よしおまえを食《く》ってやろう」

「ふふん。トロルよ。おまえにわたしが食《た》べられるかな?」

大《おお》きなブルーセはそういうと、いきなりトロルに体《たい》あたりをしました。油《ゆ》断《だん》していたトロルは、まっさかさまに、橋《はし》の上《うえ》から川《かわ》に落《お》ちていきました。

こうして、三匹《さんびき》のブルーセは、ぶじに橋《はし》をわたりおえ、おいしい草《くさ》をたくさん食《た》べることができましたとさ。

読んだ日　年　月　日／　年　月　日／　年　月　日

ポイント　小《ちい》さいヤギはかわいらしく、大《おお》きなヤギはたのもしい声《こえ》で読《よ》んでみるとおもしろいですね。

どうして風車《ふうしゃ》がまわっているのでしょう

コルニーユ親方《おやかた》のひみつ

アルフォンス・ドーデ

むかし、みんながなかよく暮《く》らす、のどかな村《むら》がありました。みんなで畑《はたけ》をたがやし、みんなで実《みの》った小麦《こむぎ》を粉《こな》ひき小屋《ごや》でひいて、みんなでパンにして、みんなでわけあって食《た》べるのです。だから村《むら》には、粉《こな》をひくための動力《どうりょく》になる、風車《ふうしゃ》がたくさんまわっていました。

ところが、ある日《ひ》、村《むら》に大《おお》きな粉《こな》ひき工場《こうじょう》ができたのです。村《むら》のみんなは、工場《こうじょう》に小麦《こむぎ》をもっていくようになりました。

「工場《こうじょう》があれば、風車《ふうしゃ》はいらないねえ」

「そりゃそうさ。風車《ふうしゃ》でつくれるパンの量《りょう》なんて、たかがしれてるもの」

こうして、村《むら》の風車《ふうしゃ》は一《ひと》つ、また一《ひと》つとなくなっていったのです。でも、たった一《ひと》つだけ、いつも元気《げんき》にまわっている風車《ふうしゃ》がありました。コルニーユ親方《おやかた》のところの風車《ふうしゃ》です。

「コルニーユさんとこの風車《ふうしゃ》、まだまわっているねえ」

「なんでもコルニーユの親方《おやかた》は、ぜったいに風車《ふうしゃ》をつぶさねえって、がんばってるそうだ。風車《ふうしゃ》でつくったパンのほうが、うまいからだってさ」

「でもさ、もうだれもコルニーユさんのところに小麦《こむぎ》をもっていってないんだろ。どうして風車《ふうしゃ》をまわしてるのさ」

風車《ふうしゃ》はかざりではありません。小麦《こむぎ》をひくためにまわすのです。パンをつくらないのに風車《ふうしゃ》だけをまわすのは、どう考《かんが》えてもおかしな話《はなし》です。

「それがさ。コルニーユさんは毎朝《まいあさ》、小麦《こむぎ》を運《はこ》んでるぜ」

「ああ、そういえば、親方《おやかた》は毎日《まいにち》、ロバに大《おお》きな袋《ふくろ》をつんで、どこかから帰《かえ》ってくるな。あれは小麦《こむぎ》だったのか」

とはいうものの、コルニーユさんのひいた小麦《こむぎ》でつくったパンを、村人《むらびと》はだれも食《た》べていません。ふしぎに思《おも》った村《むら》の子《こ》どもたちが、コルニーユ親方《おやかた》の風車小屋《ふうしゃごや》をのぞきにいきました。

「風車《ふうしゃ》はまわってるな。どれ、臼《うす》の中《なか》を見《み》てみよう。あ、これは！」

「土《つち》だ。土《つち》を風車《ふうしゃ》でひいてるんだ」

子《こ》どもたちは、風車小屋《ふうしゃごや》の中《なか》で見《み》たことを村人《むらびと》たちに話《はな》しました。

「そうか。小麦《こむぎ》をひいているふりをしていたのか。親方《おやかた》はほんとうに風車《ふうしゃ》が大好《だいす》きなんだな」

「あたし、明日《あした》からコルニーユさんのところに小麦《こむぎ》をもっていくよ」

「そうだな、おれたちもそうしよう」

つぎの日《ひ》、村人《むらびと》たちはみんなでコルニーユ親方《おやかた》のところに、小麦《こむぎ》をもっていきました。

「親方《おやかた》、小麦《こむぎ》をひいとくれ」

「あたしんとこのぶんもお願《ねが》いね」

みんながぞろぞろやってきたので、コルニーユ親方《おやかた》はびっくりしていましたが、やがてうれしそうに笑《わら》いました。

「よし、とびっきりうまい粉《こな》をひいてやろう。なんたって、風車《ふうしゃ》でつくるパンは最高《さいこう》だからな！」

読んだ日　年　月　日／　年　月　日／　年　月　日

ポイント 『アルルの女《おんな》』で有名《ゆうめい》なフランスの小説家《しょうせつか》・ドーデの短編集《たんぺんしゅう》『風車小屋《ふうしゃごや》だより』からの一編《いっぺん》です。

みにくいカエルの正体《しょうたい》は？

カエルの王子《おうじ》

グリム

むかしむかし、あるところに、とてもかわいいお姫様《ひめさま》がいました。

あるとき、泉《いずみ》のほとりで金《きん》の毬《まり》をころがして遊《あそ》んでいたお姫様《ひめさま》は、お気《き》にいりのその毬《まり》を、あやまって泉《いずみ》の中《なか》に落《お》としてしまいました。

「ああ、なんてことかしら……」

金《きん》の毬《まり》がしずんでいくのを見《み》て、お姫様《ひめさま》はかなしくてシクシクと泣《な》きだしました。

すると、「どうして泣《な》いているのですか？　かわいいお姫様《ひめさま》」と、泉《いずみ》の中《なか》からみにくいカエルがあらわれて、お姫様《ひめさま》に話《はな》しかけてきたのです。

「きゃっ！」

お姫様《ひめさま》はビックリしましたが、カエルにいいました。

「たいせつな金《きん》の毬《まり》を、泉《いずみ》の中《なか》に落《お》としてしまったの」

「では、わたしがひろってあげましょう。そのかわり、わたしとお友《とも》だちになって、遊《あそ》んだり、食事《しょくじ》をしたり、ふかふかのベッドで寝《ね》かせたりしてくれますか？」

「ええ、そのとおりにするわ」

お姫様《ひめさま》は、カエルと約束《やくそく》しました。

でも、みにくいカエルとお友《とも》だちになるのはいやなので、カエルが毬《まり》をひろってわたしてくれたとたんに走《はし》りだし、そのまま帰《かえ》ってしまったのです。

つぎの日《ひ》、お姫様《ひめさま》たちの夕食《ゆうしょく》の時間《じかん》に、だれかがお城《しろ》の門《もん》をたたく音《おと》がしました。

「お姫様《ひめさま》、門《もん》を開《あ》けてください」

お姫様《ひめさま》がそっと門《もん》を開《あ》けると、そこにはあのカエルがいたのです。

「きゃーっ！」

おどろいて声《こえ》をあげ、バタンと門《もん》を閉《し》めたお姫様《ひめさま》に、王様《おうさま》がたずねました。

「なにがあったのかね？」

お姫様《ひめさま》はしぶしぶ、金《きん》の毬《まり》をひろってくれたカエルとお友《とも》だちになると約《やく》束《そく》したのに、自分《じぶん》がそれをやぶったことを話《はな》しました。すると王様《おうさま》は、

「たとえ相手《あいて》がカエルでも、約束《やくそく》したことは守《まも》らなくてはいけないね」

と、お姫様《ひめさま》をたしなめたのです。

しかたなくお姫様《ひめさま》は、カエルをまねきいれていっしょに食事《しょくじ》をし、いやいやながらも自分《じぶん》の部屋《へや》に連《つ》れていきました。

するとカエルは、お姫様《ひめさま》のベッドで、お姫様《ひめさま》といっしょに眠《ねむ》りたいといいだしたのです。

「そんなことはできないわ！」

なんともあつかましい、言《い》い分《ぶん》に、おこったお姫様《ひめさま》はカエルをつまみあげ、壁《かべ》にむかって投《な》げつけました！

壁《かべ》にうちつけられたカエルは――、

なんということでしょう。床《ゆか》に落《お》ちた瞬間《しゅんかん》、すずしげな目もとが魅力的《みりょくてき》な、すばらしい服《ふく》を身《み》にまとった王子様《おうじさま》にかわったのです。じつはカエルは、わるい魔女《まじょ》に魔法《まほう》をかけられた王子様《おうじさま》だったのでした。

魔法《まほう》がとけた王子様《おうじさま》とお姫様《ひめさま》は、結《けっ》婚《こん》してしあわせに暮《く》らしました。

読んだ日　年　月　日／　年　月　日／　年　月　日

ポイント　カエルを気《き》もちわるがっていたお姫様《ひめさま》でしたが、約束《やくそく》をやぶってはいけませんね。約束《やくそく》を守《まも》ったら、すばらしいことが待《ま》っていました。

5月20日のお話

クラムボンってなんでしょうね

やまなし

宮沢賢治《みやざわけんじ》

二匹《にひき》のカニの子《こ》どもらが青白《あおじろ》い水《みず》の底《そこ》で話《はな》していました。

『クラムボンは笑《わら》ったよ』

『クラムボンはかぷかぷ笑《わら》ったよ』

『クラムボンははねて笑《わら》ったよ』

『クラムボンはかぷかぷ笑《わら》ったよ』

上《うえ》のほうや横《よこ》のほうは、青《あお》く暗《くら》くはがねのように見《み》えます。そのなめらかな天井《てんじょう》を、つぶつぶ暗《くら》い泡《あわ》が流《なが》れていきます。

つうと銀色《ぎんいろ》の腹《はら》をひるがえして、一匹《いっぴき》の魚《さかな》が頭《あたま》の上《うえ》をすぎていきました。

『クラムボンは死《し》んだよ』

『クラムボンは殺《ころ》されたよ』

『クラムボンは死《し》んでしまったよ』

『殺《ころ》されたよ』

『それならなぜ殺《ころ》された』

兄《にい》さんのカニは、その右側《みぎがわ》の四本《よんほん》の脚《あし》の中《なか》の二本《にほん》を、弟《おとうと》のひらべったい頭《あたま》にのせながらいいました。

『わからない』

魚《さかな》がまたつうと戻《もど》って下流《かりゅう》のほうへいきました。

『クラムボンは笑《わら》ったよ』

『笑《わら》った』

にわかにパッと明《あか》るくなり、日光《にっこう》の黄金《おうごん》は、夢《ゆめ》のように水《みず》の中《なか》にふってきました。魚《さかな》が今度《こんど》はそこらじゅうの黄金《おうごん》の光《ひかり》を、まるっきりくちゃくちゃにして、また上流《じょうりゅう》のほうへのぼりました。

『お魚《さかな》はなぜ、ああいったりきたりするの』

弟《おとうと》のカニがまぶしそうに、眼《め》を動《うご》かしながらたずねました。

『なにかわるいことをしてるんだよ、とってるんだよ』

『とってるの』

『うん』

そのお魚《さかな》がまた上流《じょうりゅう》から戻《もど》ってきました。

『お魚《さかな》は……』

そのときです。にわかに天井《てんじょう》に白《しろ》い泡《あわ》がたって、鉄砲弾《てっぽうだま》のようなものが、いきなり飛《と》びこんできました。

兄《にい》さんのカニははっきりとその青《あお》いものの先《さき》が、コンパスのように黒《くろ》くとがっているのも見《み》ました。魚《さかな》の白《しろ》い腹《はら》がぎらっと光《ひか》って一《いっ》ぺんひるがえり、上《うえ》のほうへのぼったようでした。

おとうさんのカニがでてきました。

『おとうさん、おかしなものがきたよ』

『どんなもんだ』

『青《あお》くてね、光《ひか》るんだよ。それがきたらお魚《さかな》が上《うえ》へのぼっていったよ』

『ふうん。そいつは鳥《とり》だよ。かわせみというんだ』

『おとうさん、お魚《さかな》はどこへいったの』

『魚《さかな》かい。魚《さかな》はこわいところへいった』

『こわいよ、おとうさん。』

『大丈夫《だいじょうぶ》だ。心配《しんぱい》するな。そら、樺《かば》の花《はな》が流《なが》れてきた。ごらん、きれいだ』

泡《あわ》といっしょに、白《しろ》い樺《かば》の花《はな》びらが天井《てんじょう》をたくさんすべってきました。

『こわいよ、おとうさん』

弟《おとうと》のカニもいいました。

（『やまなし』五月《ごがつ》より）

5月

日本の名作

ふしぎな話

読んだ日　　年　月　日／　　年　月　日／　　年　月　日

ポイント　カニの兄弟《きょうだい》が見《み》た情景《じょうけい》を描《えが》いた短編《たんぺん》です。クラムボンがなんなのかは、諸説《しょせつ》ありますが、いまもわかっていません。

手《て》のけがを乗《の》りこえ、世界《せかい》で活躍《かつやく》した学者《がくしゃ》

野口英世《のぐちひでよ》

5月21日のお話

野口英世《のぐちひでよ》は百四十年《ひゃくよんじゅうねん》ほど前《まえ》、福島《ふくしま》県《けん》の農家《のうか》に生《う》まれました。小《ちい》さいころの名前《なまえ》は清作《せいさく》といいました。

ある日《ひ》、おかあさんが畑《はたけ》で仕事《しごと》をしていると、家《いえ》の中《なか》から清作《せいさく》のはげしい泣《な》き声《ごえ》が聞《き》こえました。

「ぎゃあああっ！」

「ああ、清作《せいさく》！」

おかあさんがあわてて家《いえ》に戻《もど》ると、清作《せいさく》は、火《ひ》の燃《も》えている、いろりの中《なか》にころがり落《お》ちていました。このとき、清作《せいさく》は左手《ひだりて》にひどいヤケドをおいました。傷《きず》がなおってからも指《ゆび》がくっついて、手《て》が開《ひら》けなくなってしまいました。清作《せいさく》の手《て》はかたまった棒《ぼう》のようになり、近所《きんじょ》の子《こ》どもたちにいじめられました。小学校《しょうがっこう》にはいっても、みんなに手《て》のことをからかわれます。

「もう、学校《がっこう》にいくのはいやだ！」

清作《せいさく》がそういうと、おかあさんは「手《て》が不自由《ふじゆう》でも勉強《べんきょう》はできる。みんなよりがんばればいい」と、はげましました。

それから清作《せいさく》はけんめいに勉強《べんきょう》しました。努力《どりょく》が実《みの》り、清作《せいさく》は学校《がっこう》で一番《いちばん》の成績《せいせき》になりました。もう、だれも清《せい》作《さく》をからかわなくなりました。

清作《せいさく》が十五歳《じゅうごさい》のとき、学校《がっこう》の先生《せんせい》が生徒《せいと》によびかけました。

「野口《のぐち》くんのがんばりは、みんな知《し》っているね。なんとかして、手《て》をなおしてあげようじゃないか」

学校中《がっこうじゅう》の生徒《せいと》が協力《きょうりょく》して募金《ぼきん》を集《あつ》め、清作《せいさく》は手《て》の手術《しゅじゅつ》を受《う》けることができました。くっついていた指《ゆび》は切《き》りはなされ、手《て》が自由《じゆう》に動《うご》くようになったのです。

「医者《いしゃ》ってすごい仕事《しごと》だ。ぼくも医者《いしゃ》になって、病気《びょうき》やけがでくるしむ人《ひと》を助《たす》けたい！」

そう考《かんが》えた清作《せいさく》は、働《はたら》きながら熱心《ねっしん》に勉強《べんきょう》しました。やがて、むずかしい試験《しけん》に合格《ごうかく》して、お医者《いしゃ》さんの資格《しかく》をとったのです。

清作《せいさく》が英世《ひでよ》と名前《なまえ》を変《か》えたのは、二十一歳《にじゅういっさい》のときでした。英世《ひでよ》とは「世《よ》にすぐれる」という意味《いみ》です。

「この名前《なまえ》にふさわしい、りっぱな研《けん》究《きゅう》をするぞ！」

その後《ご》、英世《ひでよ》はアメリカにわたり、大学《だいがく》の研究室《けんきゅうしつ》で毒《どく》ヘビの毒《どく》について研究《けんきゅう》しました。この研究《けんきゅう》で、ヘビにかまれた人《ひと》の治療《ちりょう》に使《つか》う血清《けっせい》がつくられたのです。やがて、ロックフェラー医《い》学研究所《がくけんきゅうじょ》という有名《ゆうめい》な研究所《けんきゅうじょ》で働《はたら》き、病気《びょうき》の原因《げんいん》になる、ばい菌《きん》をたくさん発見《はっけん》しました。

「もっと研究《けんきゅう》をして、人《ひと》の命《いのち》を救《すく》いたい。みんなの役《やく》にたちたい」

英世《ひでよ》はアフリカにいって、黄《おう》熱病《ねつびょう》という伝染病《でんせんびょう》の研究《けんきゅう》をはじめました。ところが、英世自身《ひでよじしん》が黄熱病《おうねつびょう》にかかってしまったのです。英世《ひでよ》は黄熱病《おうねつびょう》と闘《たたか》いながら、アフリカで亡《な》くなりました。五十一歳《ごじゅういっさい》でした。

読んだ日　　年　月　日／　　年　月　日／　　年　月　日

ポイント　野口英世《のぐちひでよ》(1876-1928)は研究《けんきゅう》に熱中《ねっちゅう》すると、ご飯《はん》も食《た》べず、お風呂《ふろ》にはいるのも忘《わす》れてしまったそうです。千円札《せんえんさつ》の肖像画《しょうぞうが》になっています。

ギザ坊《ぼう》が学《まな》んだ生《い》きる知恵《ちえ》

綿尾《わたお》ウサギのギザ耳坊《みみぼう》や

シートン動物記《どうぶつき》

アーネスト・トンプソン・シートン

わたし、シートンは、この物語《ものがたり》の中《なか》で、ウサギの言葉《ことば》を勝手《かって》に人間《にんげん》の言葉《ことば》に置《お》きかえました。でも、これはわたしの想像《そうぞう》ではありません。ほんとうにウサギがしゃべったことばかりなのです。

「いいかい。巣《す》でじっとしてるんだよ。おかあさんはでかけてくるからね」

おかあさんウサギのモリーはそういうと、巣《す》をでていきました。ところが、子《こ》ウサギはじっとしていられません。すぐに巣《す》を飛《と》びだしました。すると、大《おお》きなヘビがおそってきたのです。

「おかあさん、助《たす》けて！」

子《こ》ウサギがさけぶと、モリーが帰《かえ》ってきて、ヘビを後《うし》ろ脚《あし》でけって、追《お》いはらってくれました。けれども、子《こ》ウサギの片《かた》耳《みみ》はヘビにかじられて、ギザギザになってしまいました。それ以来《いらい》、子《こ》ウサギは「ギザ耳坊《みみぼう》や」「ギザ坊《ぼう》」と呼《よ》ばれるようになったのです。

大自然《だいしぜん》の中《なか》で生《い》きていくのはたいへんです。モリーはギザ坊《ぼう》に、生《い》きる知《ち》恵《え》を教《おし》えることにしました。

「じっとしていることがだいじなことだって、よくわかったでしょ。いつもおかあさんが助《たす》けてあげられるとはかぎらないのよ。よく勉強《べんきょう》しなさい」

モリーはギザ坊《ぼう》に、石《いし》のように身《み》をすくませること、野《の》バラの茂《しげ》みに逃《に》げこむことを教《おし》えました。野《の》バラのとげは、たいていの動物《どうぶつ》が嫌《きら》います。でも、ウサギにとっては、野《の》バラはたいせつな友《とも》だちなのです。

「お水《みず》はね、地面《じめん》にたまったものは飲《の》んじゃだめよ。体《からだ》にわるいからね。野《の》バラにたまったつゆを飲《の》むの」

モリーはウサギが生《い》きていくための知恵《ちえ》を、ギザ坊《ぼう》に少《すこ》しずつ教《おし》えました。そしてギザ坊《ぼう》が一人前《いちにんまえ》のウサギになると、「ウサギの信号《しんごう》」を教《おし》えたのです。

「うしろ足《あし》で地面《じめん》をトントンとたたくの。わたしたちの耳《みみ》はとてもいいから、ほかの動物《どうぶつ》では聞《き》きとれない音《おと》も聞《き》きわけられるわ。一《ひと》つだけトンとしたら**〈気《き》をつけろ〉**、はやくトントントントンとやったら**〈逃《に》げろ〉**よ」

ギザ坊《ぼう》はモリーのいうことをよく聞《き》いて、生《い》きる知恵《ちえ》を身《み》につけました。

ところがある寒《さむ》い冬《ふゆ》の夜《よる》、悲劇《ひげき》が起《お》こったのです。

モリーとギザ坊《ぼう》はキツネにおそわれました。ギザ坊《ぼう》はなんとか逃《に》げられたのですが、モリーは冷《つめ》たい池《いけ》の中《なか》に飛《と》びこんでしまったのです。

トントン、トントン。

ギザ坊《ぼう》は、何度《なんど》もウサギの信号《しんごう》を送《おく》りましたが、おかあさんは見《み》つかりません。モリーはすでに水《みず》の中《なか》で死《し》んでいたからです。けれども、かしこくて強《つよ》かったモリーの血《ち》は、ギザ坊《ぼう》に流《なが》れています。ギザ坊《ぼう》はいまも生《い》きているにちがいありません。ほら、みなさんもウサギの信号《しんごう》を使《つか》ってみてください。ギザ坊《ぼう》に会《あ》えるかもしれませんよ。

読んだ日　年　月　日／　年　月　日／　年　月　日

ポイント シートン（1860-1946）はイギリス出身《しゅっしん》の博物学者《はくぶつがくしゃ》（自然《しぜん》を研究《けんきゅう》する学者《がくしゃ》）です。

星座《せいざ》になった登場人物《とうじょうじんぶつ》がいっぱい

メデューサの首《くび》

5月23日のお話

　むかし、エーゲ海《かい》にあるセリーポス島《とう》の領主《りょうしゅ》ポリュデクテースが、うつくしい女性《じょせい》ダナエに恋《こい》をしました。ところがダナエには、大神《たいしん》ゼウスとの間《あいだ》にもうけた一人息子《ひとりむすこ》のペルセウスがいます。ペルセウスをじゃまに思《おも》ったポリュデクテースは、ペルセウスに化《ば》け物《もの》、ゴルゴーンを退治《たいじ》するよう命《めい》じました。

「ゴルゴーン退治《たいじ》？　ゴルゴーンの首《くび》をもってこいとのおおせか！」

　ペルセウスはおどろきました。ゴルゴーンはすべての髪《かみ》がヘビになっていて、顔《かお》を見《み》た者《もの》すべてを石《いし》にかえてしまう、おそろしい化《ば》け物《もの》なのです。

　ペルセウスが困《こま》っていたところ、知《ち》恵《え》の女神《めがみ》アテナと、ゼウスの使者《ししゃ》のヘルメスがあらわれました。

「主神《しゅしん》ゼウスの子《こ》、ペルセウスよ、われらが力《ちから》をかしてやろう」

　ヘルメスは体《からだ》を透明《とうめい》にする冑《かぶと》と空飛《そらと》ぶ靴《くつ》をかしてくれ、アテナは鏡《かがみ》のようにみがきあげた盾《たて》と、ゴルゴーンをたおす作戦《さくせん》をさずけてくれました。

「ゴルゴーンは不死《ふし》の三姉妹《さんしまい》の化《ば》け物《もの》じゃが、末《すえ》の妹《いもうと》のメデューサだけは殺《ころ》すことができる。三姉妹《さんしまい》をじかに見《み》ず、この盾《たて》に姿《すがた》をうつしながら、居場所《いばしょ》を確認《かくにん》するのじゃ」

　ペルセウスは、アテナの助言《じょげん》のとおりにゴルゴーンのところへいき、みごとにメデューサの首《くび》を斬《き》り落《お》としました。残《のこ》りのゴルゴーン姉妹《しまい》はおこりましたが、ペルセウスはヘルメスの冑《かぶと》で身《み》をかくし、空飛《そらと》ぶ靴《くつ》をはいているため、逃《に》げることができました。

　その帰《かえ》り道《みち》、ペルセウスはエチオピアの海岸《かいがん》で、一人《ひとり》の美女《びじょ》が岩《いわ》に鎖《くさり》でしばりつけられているのを見《み》つけました。

「うつくしい人《ひと》よ、どうしたのだ？」

「わたしはアンドロメダ。母《はは》のカシオペアが海《うみ》の神《かみ》ポセイドンのいかりを買《か》ったために、海《うみ》の怪物《かいぶつ》ケートスのいけにえにされるところです」

「なんとお気《き》のどくな。だが安心《あんしん》しなさい。わたしが助《たす》けてさしあげます」

　ペルセウスはケートスがやってくるのを待《ま》ち、あらわれたところをメデューサの首《くび》をつきつけ、石《いし》にしてしまいました。ペルセウスはアンドロメダと結婚《けっこん》し、自分《じぶん》の国《くに》に帰《かえ》りました。

　ちょうどそのころ、母親《ははおや》のダナエは、いいよるポリュデクテースと、結婚《けっこん》しなくてはならないところまで追《お》いつめられていました。そこへ、ペルセウスがかけつけてきました。

「領主《りょうしゅ》よ、約束《やくそく》のものをもって帰《かえ》ったぞ。これがメデューサの首《くび》だ！」

　ペルセウスがメデューサの首《くび》をつきつけると、ポリュデクテースは石《いし》にかわりました。こうしてペルセウスは、母《はは》とアンドロメダとなかよく暮《く》らしたということです。

読んだ日　　年　月　日／　　年　月　日／　　年　月　日

ポイント ペルセウス、アンドロメダ、カシオペア、ケートス（くじら座《ざ》）は、みんな夜空《よぞら》にかがやく星座《せいざ》になりました。

おしゃれをしたサンボは、ジャングルへおでかけします

ちびのサンボ

ヘレン・バナマン

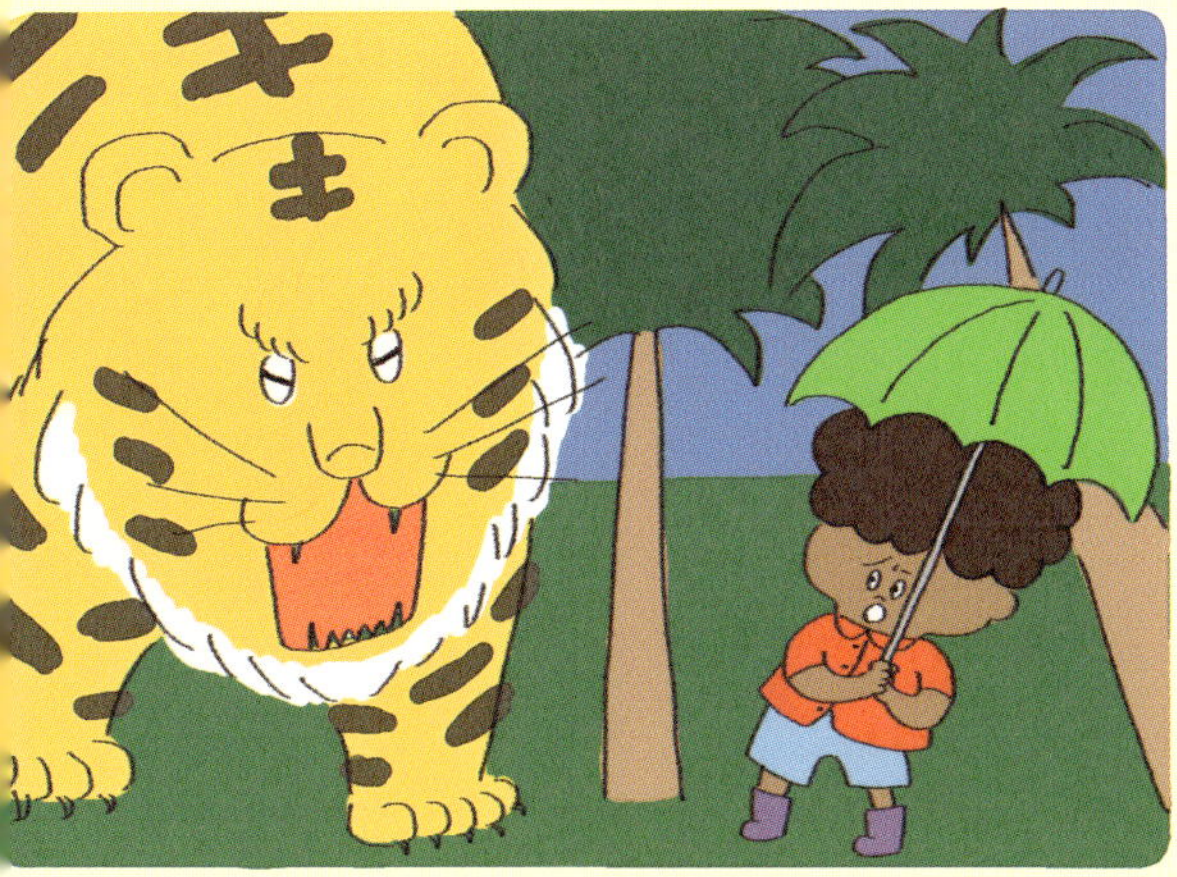

あるところに、サンボという男《おとこ》の子《こ》がいました。おとうさんはジャンボ、おかあさんはマンボといいます。

マンボはサンボに、赤《あか》い上着《うわぎ》と青《あお》いズボンをつくってくれました。ジャンボは市場《いちば》で、きれいな緑色《みどりいろ》の傘《かさ》と、紫色《むらさきいろ》の靴《くつ》を買《か》ってきてくれました。

「うわあ、うれしいな」

サンボは大《おお》よろこびで、新《あたら》しい上着《うわぎ》とズボンに、ピカピカの靴《くつ》をはき、傘《かさ》をもちました。そして、ジャングルへでかけました。サンボが歩《ある》いていると、一匹《いっぴき》のトラがあらわれました。

「うおーっ、おまえを食《く》ってやる！」

「お願《ねが》い、食《た》べないで。この赤《あか》い上着《うわぎ》をあげるから」

サンボは上着《うわぎ》をぬいで、トラにわたしました。トラは赤《あか》い上着《うわぎ》を着《き》ると、

「おれさまは、このジャングルで一番《いちばん》えらいんだ」といって、ジャングルの奥《おく》へ歩《ある》いていきました。サンボはほっとして、また歩《ある》きはじめました。すると、べつのトラがでてきて、「おまえを食《く》ってやる！」といいました。

「ぼくを食《た》べないで！　この青《あお》いズボンをあげるから」

サンボは青《あお》いズボンをトラにあげました。トラはズボンをはいて、「おれさまは、ジャングルで一番《いちばん》りっぱなトラだ」といって、いなくなりました。しばらくすると、むこうから、またべつのトラがやってきました。

「がおーっ！　食《た》べちゃうぞ！」

「靴《くつ》をあげるから、食《た》べないで」

サンボは靴《くつ》をぬいで、トラの耳《みみ》にかぶせてあげました。トラはウキウキしながらいってしまいました。サンボに残《のこ》ったのは傘《かさ》だけです。でも、やっぱりべつのトラがあらわれて、傘《かさ》をしっぽに巻《ま》きつけていきました。

サンボは泣《な》きながら歩《ある》きだしました。しばらくいくと、トラのうなり声《ごえ》が聞《き》こえてきました。

「おれさまが一番《いちばん》だ」

「いや、おれさまが一番《いちばん》だ！」

さっきの四匹《よんひき》のトラが、だれが一番《いちばん》なのかケンカしているようです。そのうち、とっくみあいになり、上着《うわぎ》もズボンも靴《くつ》も傘《かさ》もほうりだしました。

「いらないなら、返《かえ》してもらうよ」

サンボはぜんぶひろって、家《いえ》へ帰《かえ》りました。トラたちはおたがいのしっぽにかみつき、まるい輪《わ》のようになって、椰子《やし》の木《き》を中心《ちゅうしん》に、ぐるぐるとまわりはじめました。すごいスピードでぐるぐるまわるうちに、足《あし》が見《み》えなくなり、顔《かお》が見《み》えなくなり、最後《さいご》に体《からだ》も見《み》えなくなりました。そして、トラはとろりととけて、バターになってしまいました。

そこへジャンボが通《とお》りかかり、バターをつぼにいれてもち帰《かえ》りました。マンボはトラのバターで、たくさんのホットケーキを焼《や》きました。

マンボはホットケーキを二十七枚《にじゅうななまい》、ジャンボは五十五枚《ごじゅうごまい》食《た》べました。サンボは、百六十九枚《ひゃくろくじゅうきゅうまい》も食《た》べました。

読んだ日　年　月　日／　年　月　日／　年　月　日

ポイント　トラのバターでつくったホットケーキは、どんな味《あじ》だったのでしょう？　想像《そうぞう》するとたのしいですね。

女《おんな》の子《こ》が聞《き》いた天使《てんし》のひみつとは？

天使《てんし》

アンデルセン

むかしむかし、天使《てんし》が白《しろ》い羽《はね》を広《ひろ》げながら、これから天上《てんじょう》の神様《かみさま》のもとへむかうという女《おんな》の子《こ》に話《はな》しました。

「死《し》んで天上《てんじょう》へと旅《たび》だつ子《こ》どもには、わたしのような天使《てんし》が迎《むか》えにきます。そして、その子《こ》が一番好《いちばんす》きだった場所《ばしょ》へいって、いっしょに花《はな》を集《あつ》めるのです。その花《はな》は神様《かみさま》のもとでは、地上《ちじょう》よりもずっときれいに咲《さ》きます。なかでも、神様《かみさま》がとくべつにキスなさった花《はな》は、歌《うた》を歌《うた》えるようになるのです」

そういって天使《てんし》は、女《おんな》の子《こ》が一番好《いちばんす》きだった花園《はなぞの》へ飛《と》んでいきました。

「さあ、どの花《はな》をもっていきますか？」

天使《てんし》がたずねると、女《おんな》の子《こ》はつぼみが枯《か》れた、バラの枝《えだ》を指《ゆび》さしました。

「かわいそうに。では、神様《かみさま》のもとで花《はな》が開《ひら》きますように」と、天使《てんし》がそのバラの枝《えだ》をとり、ほかにもきれいな花《はな》を、女《おんな》の子《こ》といっしょにつみました。

そのあと、天使《てんし》は女《おんな》の子《こ》を連《つ》れて、ある町《まち》へとむかい、道《みち》ばたのごみの中《なか》から、干《ひ》からびた野《の》の花《はな》をひろいあげ、神様《かみさま》のもとへ飛《と》びだちました。

天使《てんし》は女《おんな》の子《こ》に話《はな》します。

「さっきの町《まち》の小《ちい》さな地下室《ちかしつ》には、病《びょう》気《き》でほとんど寝《ね》たきりの子《こ》がいました。その子《こ》がはじめて春《はる》の森《もり》を知《し》ったのは、隣《となり》の子《こ》がもってきてくれた緑《みどり》の枝《えだ》を見《み》たときです。その枝《えだ》を頭《あたま》の上《うえ》にもっていくと、小鳥《ことり》がさえずっている森《もり》の中《なか》にいるような気《き》がしたのです」

女《おんな》の子《こ》は天使《てんし》の顔《かお》をのぞきこみます。天使《てんし》は女《おんな》の子《こ》に、やさしくほほえみます。

「それから、隣《となり》の子《こ》が野《の》の花《はな》をもってきてくれました。その花《はな》は根《ね》が切《き》られていなかったので、病気《びょうき》の子《こ》は、植木《うえき》ばちに植《う》えて世話《せわ》をしました。花《はな》は元《げん》気《き》に育《そだ》ち、毎年咲《まいとしさ》くようになって、その子《こ》の宝物《たからもの》になりました。だって、花《はな》はその子《こ》のためだけにがんばって、きれいに咲《さ》いたのですから」

天使《てんし》は、大《おお》きく羽《は》ばたきました。

「でも、残念《ざんねん》ながら、病気《びょうき》の子《こ》は、花《はな》を見《み》ながら死《し》んでしまいました。そして花《はな》はそのまま干《ひ》からびて、すてられてしまったのです。――それが、この干《ひ》からびた野《の》の花《はな》です。だからこの花《はな》は、どんな花《はな》よりもすてきなのですよ」

女《おんな》の子《こ》は、天使《てんし》にたずねました。

「そうなのね。でも、どうしてそんなに、その花《はな》のことを知《し》っているの？」

天使《てんし》はニッコリ笑《わら》ってこたえました。

「病気《びょうき》の子《こ》とは、わたしだったのです」

ちょうどそのとき、二人《ふたり》は天上《てんじょう》の国《くに》につき、神様《かみさま》は干《ひ》からびた野《の》の花《はな》にキスをして、声《こえ》をあたえてくれました。

それから神様《かみさま》は、女《おんな》の子《こ》をやさしく胸《むね》に抱《だ》きあげて、こういいました。

「これからは、きみが死《し》んだ子《こ》どもたちを、ここへ連《つ》れてくるのだよ」

いつのまにか、女《おんな》の子《こ》の背中《せなか》には、小《ちい》さな白《しろ》い羽《はね》が生《は》えていました。

女《おんな》の子《こ》は、天使《てんし》になったのです。

読んだ日　　年　月　日／　　年　月　日／　　年　月　日

ポイント 天使《てんし》は、もとは花《はな》が大好《だいす》きな病気《びょうき》の子《こ》でした。死《し》んだ子《こ》どもたちは、天国《てんごく》で天使《てんし》になって神様《かみさま》に仕《つか》えています。

他人《たにん》をうらましがってばかりいると……？

こぶとりじいさん

むかしむかしあるところに、右《みぎ》のほっぺに大《おお》きなこぶがあるおじいさんがいました。大《おお》きなこぶはじゃまっけで、おじいさんにとって悩《なや》みの種《たね》でした。

ある日《ひ》、おじいさんが山《やま》へ木《き》を切《き》りにいくと、雷《かみなり》がピカピカ鳴《な》りはじめ、やがて大嵐《おおあらし》になりました。

「こりゃ困《こま》ったわい。どうしよう」

おじいさんがあたりを見《み》まわすと、大《おお》きな木《き》に、人《ひと》がはいれるぐらいの穴《あな》があいているのを見《み》つけました。おじいさんは、その中《なか》にはいって雨宿《あまやど》りをしているうちに、眠《ねむ》ってしまいました。ふと気《き》がつくと、もう真夜中《まよなか》です。

どうしたものかと考《かんが》えていると、木《き》の外《そと》から、笛《ふえ》や太鼓《たいこ》の音色《ねいろ》にまじって、笑《わら》い声《ごえ》が聞《き》こえてきました。木《き》の穴《あな》の中《なか》からようすをうかがうと、なんと鬼《おに》たちが大宴会《だいえんかい》を開《ひら》いていました。

鬼《おに》たちは歌《うた》って踊《おど》ってお酒《さけ》を飲《の》んで、それ

はたのしそうです。もともと村一番《むらいちばん》の踊《おど》りじょうずで知《し》られたおじいさんは、体《からだ》がむずむずしてきました。

「おい、もっとおもしろい踊《おど》りを見《み》せる者《もの》はいないのか？」

鬼《おに》のお頭《かしら》がそう大声《おおごえ》でさけんだところ、おじいさんはこわいのも忘《わす》れて、踊《おど》りながら木《き》の外《そと》へ飛《と》びだしました。

「ああ、こりゃこりゃ」と、節《ふし》をつけながら、手《て》や腰《こし》をふりふり踊《おど》っているおじいさんを見《み》て、ふだんはおそろしい鬼《おに》たちもびっくりです。でも、おじいさんの踊《おど》りがあまりにおもしろいので、そのうち手拍子《てびょうし》をはじめて大笑《おおわら》い。おじいさんといっしょに歌《うた》って踊《おど》って、たのしく一夜《いちや》をすごしました。

「こんなおもしろい踊《おど》りははじめてだ。じいさん、明日《あす》の晩《ばん》も踊《おど》ってくれよ。おまえがだいじそうにしている右《みぎ》のほっぺのこぶをあずかっておくからな」

そういうと、鬼《おに》のお頭《かしら》は、おじいさんのこぶをとってしまいました。

じゃまなこぶがとれて、おじいさんは大《おお》よろこびしました。その話《はなし》を聞《き》いたのが、隣《となり》の家《いえ》に住《す》むおじいさんです。隣《となり》のおじいさんには、左《ひだり》のほっぺに大《おお》きなこぶがありました。

「なんと、うらやましい。今度《こんど》はわしがあんたのかわりに宴会《えんかい》にでよう。わしも鬼《おに》にこぶをとってもらうんじゃ」

となりのおじいさんが一人《ひとり》で山《やま》の中《なか》にでかけたところ、やがて鬼《おに》たちが集《あつ》まり、宴会《えんかい》をはじめました。

「どうした。ゆうべのじいさんはまだこないか。じじい、はやくでてこい」

鬼《おに》のお頭《かしら》が呼《よ》ぶので、隣《となり》のおじいさんは踊《おど》りながらでていきました。しかし、隣《となり》のおじいさんの踊《おど》りはへたくそで、おもしろくもなんともありません。

「今日《きょう》の踊《おど》りはひどいもんだな。あずかったものは返《かえ》してやるから、帰《かえ》れ」

鬼《おに》のお頭《かしら》はおこって、こぶを隣《となり》のおじいさんの右《みぎ》のほっぺにくっつけてしまいました。隣《となり》のおじいさんは両方《りょうほう》のほっぺにこぶをぶらさげて、泣《な》いて帰《かえ》ることになりましたとさ。

読んだ日　年　月　日／　年　月　日／　年　月　日

ポイント　鎌倉時代《かまくらじだい》の『宇治拾遺物語《うじしゅういものがたり》』の中《なか》のお話《はなし》ですが、世界中《せかいじゅう》に類話《るいわ》があります。

声《こえ》をださなければよかったのに……

イソップ　ライオンの皮《かわ》をかぶったロバ

むかし、あるところに、一匹《いっぴき》のロバがいました。ある日《ひ》ロバが歩《ある》いていると、ライオンの皮《かわ》を見《み》つけました。

「おや、こんなところにライオンの皮《かわ》が落《お》ちているぞ。人間《にんげん》の猟師《りょうし》が落《お》としていったんだろうな。ようし、これを使《つか》って、いたずらをしてやろう」

ロバはライオンの皮《かわ》をかぶって、森《もり》の中《なか》を歩《ある》きまわりました。ところが、ロバはほかの動物《どうぶつ》たちに出合《であ》うことができません。それもそのはず、ライオンが歩《ある》きまわっているようにしか見《み》えないのですから、ほかの動物《どうぶつ》たちはこわがって姿《すがた》をあらわさないのです。

「おかしいな。よし、歩《ある》きまわるのはやめにして、茂《しげ》みにかくれよう。だれかがやってきたら姿《すがた》をあらわしてやる。これなら、きっとうまくいくだろう」

ロバは茂《しげ》みにかくれて、動物《どうぶつ》たちがあらわれるのを待《ま》ちました。しばらくすると、ウサギが茂《しげ》みの近《ちか》くを通《とお》りかかりました。ライオンの皮《かわ》をかぶったロバは、いきなり茂《しげ》みから飛《と》びだしました。

「うわ～、ライオンだぁ。助《たす》けてええ。食《た》べられちゃう～」

ウサギはこわがって逃《に》げていきました。そのあわてぶりがおかしくて、ロバは大笑《おおわら》いしました。すっかり味《あじ》をしめたロバは、シカもリスもネズミも、通《とお》りかかる動物《どうぶつ》みんなをこわがらせました。

「ははは、みんなこわがって逃《に》げていくぞ。ぼくは強《つよ》いなあ」

ロバはいつのまにか、自分《じぶん》がとても強《つよ》い動物《どうぶつ》になったような気《き》になってきました。だんだん図《ず》に乗《の》ってきたロバは、森《もり》の中《なか》の動物《どうぶつ》をみんなこわがらせなければ、気《き》がすまなくなりました。

「キツネはいないか。いつも自分《じぶん》だけ頭《あたま》のいいような顔《かお》をしやがって。たんにずるがしこいだけじゃないか。今日《きょう》は、ぼくがびびらせてやるぞ」

しばらく待《ま》つと、とうとうキツネがやってきました。ロバが茂《しげ》みから飛《と》びだすと、キツネはびっくりしてたちどまりました。しかし、キツネは逃《に》げようとはしません。

（キツネめ、強《つよ》がっているな。ようし、もっとこわがらせてやろう）

ロバはライオンのようにほえて、キツネをもっとこわがらせようと、大《おお》きな声《こえ》をあげました。

「ブヒヒ～ン！」

声《こえ》を聞《き》いたキツネは、その場《ば》で大笑《おおわら》いしました。

「なんだ、ロバじゃないか。その姿《すがた》を見《み》たときはおどろいたが、そんなまぬけな声《こえ》じゃ、ばればれだよ。いたずらもほどほどにしとけよ」

頭《あたま》のわるい人《ひと》でも、見《み》せかけで人《ひと》をだますことはできますが、言葉《ことば》を発《はっ》すれば、その人《ひと》の知性《ちせい》や本性《ほんしょう》は、ばれてしまいますよ、というお話《はなし》でした。

読んだ日　　年　月　日／　　年　月　日／　　年　月　日

ポイント　イソップ寓話《ぐうわ》をはじめ、多《おお》くの西洋《せいよう》の昔話《むかしばなし》で、ロバは「愚鈍《ぐどん》」の象徴《しょうちょう》としてあつかわれます。

5月28日のお話

なまけ者《もの》がもっていた意外《いがい》な才能《さいのう》

ものくさ太郎《たろう》

むかし、信濃《しなの》の国《くに》に、たいへんななまけ者《もの》の男《おとこ》が住《す》んでいました。畑《はたけ》をたがやすこともしなければ、商売《しょうばい》をするわけでもなく、寝《ね》ているばかりの毎日《まいにち》です。村《むら》の者《もの》はあきれてこの男《おとこ》のことを「ものくさ太郎《たろう》」と呼《よ》んでいました。

ある日《ひ》、ものくさ太郎《たろう》が、村人《むらびと》にもらった餅《もち》を食《た》べていると、そのうちの一《ひと》つが小屋《こや》の外《そと》にころがりでていきました。それでもものくさ太郎《たろう》はめんどうなので、餅《もち》をとりにもいきません。ころがった餅《もち》をながめて寝《ね》ていました。そこへ通《とお》りかかったのが地頭《じとう》です。

「もし、そこの人《ひと》、あんたの足《あし》もとにある餅《もち》を、おれのところにもってきてくださらんか」

「地頭《じとう》のわしになにをいう。自分《じぶん》の餅《もち》なら、自分《じぶん》でひろうがよい」

「なんだ、地頭《じとう》さんというのはケチなお人《ひと》じゃ。足《あし》もとの餅《もち》くらいひろってくれてもいいじゃろう」

地頭《じとう》はこの言葉《ことば》にあきれました。

「わしの足《あし》もとというが、おまえだって、起《お》きだせばひろえるじゃろうが。ははあ、おまえが評判《ひょうばん》のものくさ太郎《たろう》か」

地頭《じとう》はものくさ太郎《たろう》に説教《せっきょう》をしたあと、こんなことをいいだしました。

「太郎《たろう》よ、都《みやこ》へいって、よめをもらえ。男《おとこ》はよめをもらって一人前《いちにんまえ》じゃ」

「よめ、なあ。そんならよめとりに都《みやこ》にいくとしようか」

あれほどなまけ者《もの》だったものくさ太《た》郎《ろう》は、どうしたわけか、よめとりと聞《き》いたとたんにやる気《き》をだし、都《みやこ》へでかけました。

都《みやこ》についたものくさ太郎《たろう》は、うつくしい女《おんな》の人《ひと》を見《み》かけ、声《こえ》をかけました。

「もし、そこのうつくしい人《ひと》、おれのよめにしてやろう」

女《おんな》の人《ひと》がおどろいて声《こえ》のするほうを見《み》ると、泥《どろ》にまみれたきたない男《おとこ》が、ニヤニヤしながらつったっていました。これはまともな男《おとこ》ではないと考《かんが》えた女《おんな》の人《ひと》は、歌《うた》を詠《よ》みました。

「思《おも》ふなら　訪《と》ひてもきませ　わが宿《やど》は　唐橘《からたちばな》の紫《むらさき》の門《かど》」

女《おんな》の人《ひと》はさる貴族《きぞく》に仕《つか》える高級女《こうきゅうにょ》官《かん》で、和歌《わか》も音楽《おんがく》も一流《いちりゅう》の人《ひと》でした。そこで、雅《みやび》な返答《へんとう》をして、目《め》のまえの男《おとこ》をごまかそうとしたのです。

あんのじょう、ものくさ太郎《たろう》が考《かんが》えこんでいるすきに、女《おんな》の人《ひと》は逃《に》げました。

ところが、ものくさ太郎《たろう》はこの歌《うた》を理解《りかい》して、紫色《むらさきいろ》の唐橘《からたちばな》の花《はな》が咲《さ》く家《いえ》にやってきてしまったのです。女《おんな》の人《ひと》は、観念《かんねん》してものくさ太郎《たろう》を接待《せったい》するため、風呂《ふろ》にいれました。すると、ものくさ太郎《たろう》は、どんな貴族《きぞく》にも負《ま》けないほどうつくしい若者《わかもの》になりました。

「なんとりっぱな若君《わかぎみ》じゃ。よろこんで、あなたと結婚《けっこん》しましょう」

こうして二人《ふたり》は結婚《けっこん》しました。ものくさ太郎《たろう》の和歌《わか》の才能《さいのう》はすばらしく、のちには帝《みかど》にも認《みと》められ、大出世《だいしゅっせ》をしたということです。

読んだ日　年　月　日／　年　月　日／　年　月　日

5月
日本の昔話
しあわせな話

ポイント　鎌倉時代末《かまくらじだいまつ》から江戸時代《えどじだい》にかけてつくられた「御伽草子《おとぎぞうし》」の中《なか》にあるお話《はなし》です。人《ひと》は見《み》かけによりませんね。

戦争《せんそう》は残酷《ざんこく》なものです

野《の》ばら

小川未明《おがわみめい》

5月29日のお話

大《おお》きな国《くに》とそれより小《ちい》さな国《くに》が隣《となり》あっていました。その二《ふた》つの国《くに》は平和《へいわ》で、国境《こっきょう》に一人《ひとり》ずつ兵隊《へいたい》を派遣《はけん》しているだけでした。大《おお》きな国《くに》の兵隊《へいたい》は老人《ろうじん》で、小《ちい》さな国《くに》の兵隊《へいたい》は青年《せいねん》です。

国境《こっきょう》には、国境《こっきょう》を定《さだ》める石碑《せきひ》が建《た》てられていました。両国《りょうこく》から派遣《はけん》された兵隊《へいたい》は、石碑《せきひ》の右《みぎ》と左《ひだり》にたって国境《こっきょう》の番《ばん》をしています。二人《ふたり》の目《め》のまえには、一株《ひとかぶ》の野《の》ばらが咲《さ》いていました。

国境《こっきょう》はさびしいところで、旅人《たびびと》もめったに通《とお》りません。二人《ふたり》はおたがいしか、話《はな》すあいてがいませんでした。いつしか、二人《ふたり》の兵隊《へいたい》、老人《ろうじん》と青年《せいねん》は、すっかりなかよくなっていました。

「やあ、おはよう。いい天気《てんき》でございますな」

「ほんとうにいい天気《てんき》です。天気《てんき》がいいと、気《き》もちがせいせいします」

やがて、二人《ふたり》は将棋《しょうぎ》をさすようになりました。最初《さいしょ》のうちは老人《ろうじん》のほうが強《つよ》かったのですが、そのうち青年《せいねん》はめきめきと腕《うで》があがって、老人《ろうじん》に勝《か》つようになりました。

「やあ、またおれの負《ま》けかいな。これがほんとうの戦争《せんそう》だったら、困《こま》ったことだわい」

老人《ろうじん》が大《おお》きな口《くち》を開《あ》けて笑《わら》うと、青《せい》年《ねん》もうれしそうな顔《かお》をしました。二人《ふたり》は人柄《ひとがら》がよく、正直《しょうじき》で親切《しんせつ》な人《ひと》たちだったので、勝負《しょうぶ》がどうであろうと、かまわなかったのです。

月日《つきひ》がすぎ、大《おお》きな国《くに》と小《ちい》さな国《くに》は戦争《せんそう》をはじめました。なかがよかった二人《ふたり》は敵同士《てきどうし》になったのです。

「今日《きょう》からわたしとおまえさんは敵同士《てきどうし》だ。わたしは老《お》いぼれだが、これでも少佐《しょうさ》だ。わたしを殺《ころ》して、手柄《てがら》にしなさい」

「なにをいうのです。あなたがわたしの敵《てき》であるものですか。わたしの敵《てき》はほかのところにいるのです。わたしはいまからそこへいって戦《たたか》います」

青年《せいねん》はそういうと、さっていきました。老人《ろうじん》は国境《こっきょう》にただ一人《ひとり》残《のこ》されました。老人《ろうじん》は青年《せいねん》の身《み》を案《あん》じながら、毎《まい》日《にち》を過《す》ごしました。

ある日《ひ》、国境《こっきょう》を旅人《たびびと》が通《とお》りかかりました。老人《ろうじん》は旅人《たびびと》に、戦争《せんそう》の状況《じょうきょう》をたずねました。すると、旅人《たびびと》は、戦争《せんそう》は小《ちい》さな国《くに》が負《ま》けて、兵隊《へいたい》はみなごろしになったと告《つ》げて去《さ》っていきました。

老人《ろうじん》は青年《せいねん》も死《し》んでしまったのか、と思《おも》いながらうつむいていると、いつか知《し》らず、眠《ねむ》りに落《お》ちていきました。

気《き》がつくと、軍隊《ぐんたい》が整列《せいれつ》してやってきました。馬《うま》に乗《の》って軍《ぐん》を指揮《しき》しているのは、あの青年《せいねん》です。声《こえ》一《ひと》つたてない軍《ぐん》の中《なか》から、青年《せいねん》は老人《ろうじん》のまえに進《すす》みでると、黙礼《もくれい》して老人《ろうじん》の目《め》のまえに咲《さ》く野《の》ばらの花《はな》の香《かお》りをかぎました。

老人《ろうじん》がものをいおうとしたとたん、目《め》が覚《さ》めました。それからひと月《つき》ばかりしますと、野《の》ばらは枯《か》れてしまいました。その年《とし》の秋《あき》、老人《ろうじん》は暇《ひま》をもらって故郷《こきょう》へ帰《かえ》りました。

読んだ日　年　月　日／　年　月　日／　年　月　日

ポイント　小川未明《おがわみめい》(1882-1961)は、「日本《にほん》のアンデルセン」「日本児童文学《にほんじどうぶんがく》の父《ちち》」といわれる人《ひと》です。

5月30日のお話

どんな動物《どうぶつ》にも変身《へんしん》できる魔法《まほう》の粉《こな》

コウノトリになった王様《おうさま》

ヴィルヘルム・ハウフ

むかし、バクダッドの王様《おうさま》のところに、商人《しょうにん》がやってきました。

「王様《おうさま》、この黒《くろ》い粉《こな》を買《か》ってください。粉《こな》をつまんで『**ムタボール**』とさけぶと、好《す》きな動物《どうぶつ》に変身《へんしん》できますよ」

「なに、それはおもしろい。だが、もとに戻《もど》れなくては困《こま》るなあ」

「人間《にんげん》に戻《もど》るときは、東《ひがし》にむかって三《さん》度《ど》おじぎをしてから『**ムタボール**』というのです」

「そうか、もとに戻《もど》れるなら安心《あんしん》だ」

王様《おうさま》は商人《しょうにん》から黒《くろ》い粉《こな》を買《か》い、さっそく大臣《だいじん》と二人《ふたり》でお庭《にわ》にいきました。

「大臣《だいじん》、噴水《ふんすい》にいるコウノトリが、なにを話《はな》してるのか知《し》りたいだろ」

「はあ、まあ、知《し》りたいような、べつにどうでもいいような……」

「そうか、そんなに知《し》りたいか。ではこの粉《こな》をつまんで『**ムタボール**』とさけべ。さあ、はやくっ」

「お、王様《おうさま》はわたしを実験台《じっけんだい》にするつもりですね。王様《おうさま》からお先《さき》にどうぞ！」

「ふむ、ではいっしょにやろう。せーの、『**ムタボール**』！」

すると、二人《ふたり》はコウノトリに変身《へんしん》しました。二人《ふたり》はおたがいの姿《すがた》がおもしろくて大笑《おおわら》いしました。

「ああ、おもしろかった。ではもとに戻《もど》るか。……あれ、どうするんだっけ」

「王様《おうさま》、もとに戻《もど》る方法《ほうほう》を忘《わす》れたんですか！　ばか。王様《おうさま》のばかっ」

じつは黒《くろ》い粉《こな》を売《う》った商人《しょうにん》は、大悪《だいあく》党《とう》でした。商人《しょうにん》は黒《くろ》い粉《こな》に、動物《どうぶつ》に変《へん》身《しん》したあとに笑《わら》うと、笑《わら》った人《ひと》がもとに戻《もど》る合言葉《あいことば》を忘《わす》れてしまう呪文《じゅもん》をかけていたのです。商人《しょうにん》は王様《おうさま》のいなくなった国《くに》を乗《の》っとり、新《あたら》しい国王《こくおう》になりました。

さて、コウノトリになった二人《ふたり》は、町《まち》はずれのこわれたお城《しろ》にやってきました。すると、しくしくと泣《な》いているフクロウがいました。

「フクロウさん、どうしたの？」

「わたし、ほんとは人間《にんげん》なの。商人《しょうにん》にだまされてフクロウにされたのよ」

「ああ、ぼくらとおんなじだ」

「ええ、あなたたち人間《にんげん》なの？　じゃあ、わたしと結婚《けっこん》して！　もとに戻《もど》る呪文《じゅもん》を教《おし》えてあげるから」

「ええ！　どうしてそうなるの？」

「王様《おうさま》、あなた、まえからフクロウと結婚《けっこん》したいといってましたよね」

「そんなことというか、ばか者《もの》！」

王様《おうさま》と大臣《だいじん》は大《おお》もめにもめたあげく、王様《おうさま》がフクロウと結婚《けっこん》することになりました。二人《ふたり》は人間《にんげん》に戻《もど》る呪文《じゅもん》を教《おし》えてもらい、人間《にんげん》に戻《もど》りました。

「じゃあ、結婚《けっこん》するといって！」

「う、うん。もう、ヤケだ。ぼくはフクロウと結婚《けっこん》するぞ！」

すると、フクロウはうつくしい娘《むすめ》の姿《すがた》になりました。人間《にんげん》の男《おとこ》からプロポーズされることが、呪文《じゅもん》をとく鍵《かぎ》だったのです。王様《おうさま》と大臣《だいじん》は国《くに》に戻《もど》り、わるい商人《しょうにん》を退治《たいじ》しました。そして、みんなでなかよく暮《く》らしたということです。

5月
世界の名作
ゆかいな話

読んだ日　　年　月　日／　　年　月　日／　　年　月　日

ポイント　ドイツの作家《さっか》、ヴィルヘルム・ハウフの童話集《どうわしゅう》『隊商《たいしょう》』の中《なか》の一編《いっぺん》です。

アルムの山々《やまやま》にハイジの笑《わら》い声《ごえ》がひびきます

ハイジ

ヨハンナ・シュピリ

ハイジは五歳《ごさい》の女《おんな》の子《こ》。赤《あか》ちゃんのころに両親《りょうしん》と死《し》にわかれ、デーテおばさんと暮《く》らしていました。おばさんがフランクフルトで働《はたら》くことになり、ハイジはアルプスのおじいさんにあずけられることになりました。

おじいさんは、アルムの山小屋《やまごや》に住《す》んでいました。気《き》むずかしくて、村《むら》の人《ひと》たちともつきあいがありません。ハイジのことも歓迎《かんげい》していないようです。それでも、おじいさんは屋根裏《やねうら》にハイジの部屋《へや》とベッドを用意《ようい》してくれました。干《ほ》し草《くさ》のベッドはふかふかで、部《へ》屋《や》の天窓《てんまど》からは、キラキラかがやくお星様《ほしさま》が見《み》えます。

「なんて、すてきなの！」

ハイジは、屋根裏《やねうら》の部屋《へや》をとても気《き》にいりました。

翌朝《よくあさ》、おじいさんのヤギを連《つ》れに、羊飼《ひつじか》いのペーターがやってきました。ハイジもいっしょに牧場《ぼくじょう》にでかけました。どこまでもつづく青《あお》い空《そら》、山《やま》をふきぬける風《かぜ》、緑《みどり》の草原《そうげん》。子《こ》ヤギを世話《せわ》したり、花《はな》をつんだり、ハイジは山《やま》の暮《く》らしが大好《だいす》きになりました。

無愛想《ぶあいそう》だったおじいさんも、ハイジとお話《はな》ししたり、笑顔《えがお》を見《み》せてくれるようになりました。ペーターのおばあさんとも、友《とも》だちになりました。おばあさんは目《め》が不自由《ふじゆう》なので、ハイジはたくさん話《はなし》をしてあげました。

「ハイジはやさしい子《こ》だね。また、遊《あそ》びにきてね」と、おばあさんはとてもよろこんでくれました。

ある日《ひ》、村《むら》の牧師《ぼくし》さんがハイジを学《がっ》校《こう》にいれるために、村《むら》に連《つ》れていくといいました。おじいさんはハイジと別《わか》れたくなくて、牧師《ぼくし》さんを追《お》いだしました。

すると、デーテおばさんがやってきて、「ハイジを学校《がっこう》にいかせないなら、わたしがフランクフルトへ連《つ》れていきます」といいました。おじいさんはおこって反対《はんたい》しましたが、デーテおばさんは、ハイジに「おみやげを買《か》ったら、すぐに帰《かえ》れるから」とうそをついて、連《つ》れだしました。ほんとうは、お金《かね》もちの家《いえ》のおじょうさんの話《はな》しあいてにするつもりでした。

ハイジが連《つ》れてこられたゼーゼマン家《け》には、クララという車椅子《くるまいす》の女《おんな》の子《こ》がいました。外《そと》にでられないクララはお友《とも》だちもいません。ハイジがきてくれて大《おお》よろこびです。二人《ふたり》はすぐになかよしになりました。ハイジはクララのために、少《すこ》しだけお屋敷《やしき》にいようと思《おも》いました。でも、お世話係《せわがかり》のロッテンマイヤーさんは、学《がっ》

読んだ日　　年　月　日／　　年　月　日／　　年　月　日

ポイント さわやかな風《かぜ》がふいてくるようなお話《はなし》ですね。山《やま》の空気《くうき》や草《くさ》の香《かお》りをイメージしながら読《よ》みましょう。

校《こう》にもいっていないハイジが気《き》にいりません。

ハイジは、食事《しょくじ》にでた白《しろ》いパンを、ペーターのおばあさんのおみやげにしようと、こっそりかくしていました。でも、ロッテンマイヤーさんに見《み》つかって、すてられてしまいました。

「ここは山《やま》の中《なか》ではありません。お行儀《ぎょうぎ》よくしなさい！」

フランクフルトは大《おお》きな街《まち》で、山《やま》も草原《そうげん》もありません。都会《とかい》になれないハイジは、アルムの山《やま》に帰《かえ》りたくて、涙《なみだ》が流《なが》れました。

ある日《ひ》、クララのおばあさんが訪《たず》ねてきました。おばあさんは素直《すなお》なハイジを気《き》にいり、絵本《えほん》を読《よ》んでくれました。ハイジはすぐに字《じ》を覚《おぼ》えて、自分《じぶん》で読《よ》めるようになりました。

「アルプスに帰《かえ》ったら、ペーターやおばあさんに読《よ》んであげよう」

ハイジは一日《いちにち》も早《はや》く、山《やま》に帰《かえ》れるよう、神様《かみさま》にお祈《いの》りしました。ところが、クララのおばあさんが帰《かえ》ると、ハイジはさびしくて、元気《げんき》がなくなりました。

ある夜《よる》のこと。お手伝《てつだ》いさんが幽霊《ゆうれい》を見《み》たといって、お屋敷《やしき》は大《おお》さわぎになりました。そこで、ゼーゼマンさんが夜中《よなか》に見《み》はっていると、姿《すがた》をあらわしたのは、眠《ねむ》ったまま、ふらふら歩《ある》きまわるハイジでした。

お医者《いしゃ》さんに心《こころ》の病気《びょうき》だと診断《しんだん》されたハイジは、山《やま》に帰《かえ》ることになりました。クララは泣《な》きながら、「きっと会《あ》いに行《い》くわ」とハイジと約束《やくそく》しました。

「ただいまー！」

ハイジはアルプスに帰《かえ》ってきました。おじいさんも、ペーターも大《おお》よろこびです。ハイジは、ペーターのおばあさんに、おみやげの白《しろ》いパンをわたしました。そして、本《ほん》を読《よ》んであげました。

ハイジは毎日《まいにち》、山《やま》を走《はし》りまわり、夜《よる》はぐっすり眠《ねむ》って、すっかり元気《げんき》になりました。そして、元気《げんき》になったハイジに会《あ》うため、クララがおばあさんといっしょに、山小屋《やまごや》を訪《たず》ねてきました。

「ハイジ！　会《あ》いたかったわ」

ハイジはクララと抱《だ》きあって、よろこびました。ハイジは毎日《まいにち》、クララの車椅子《くるまいす》をおして、山《やま》へ遊《あそ》びにいきます。

ペーターは、ハイジをクララにとられたようで、おもしろくありません。やきもちをやいて、クララの車椅子《くるまいす》を谷《たに》に落《お》としてしまいました。

「ペーターなんて大嫌《だいきら》い！」

ペーターはあやまりましたが、ハイジはゆるしません。ところが、クララのおばあさんが「神様《かみさま》が、車椅子《くるまいす》にたよらず、歩《ある》く練習《れんしゅう》をしなさいと、教《おし》えてくれたのですよ」といいました。

それから、ペーターはハイジといっしょに、クララが歩《ある》く練習《れんしゅう》を手伝《てつだ》いました。そして、ゼーゼマンさんが山《やま》にくる日《ひ》。クララは一人《ひとり》で歩《ある》いて、ゼーゼマンさんを迎《むか》えました。

「歩《ある》けるようになったのか！」

ゼーゼマンさんは感激《かんげき》して、クララを抱《だ》きしめました。

「よかったね」

ハイジはペーターと顔《かお》を見《み》あわせ、にっこり笑《わら》いました。

おうちのかたへ

頑固《がんこ》だったおじいさんも、のちに村人《むらびと》と和解《わかい》します。これも、心《こころ》のやさしいハイジのおかげですね。

知《し》ると楽《たの》しい お話《はなし》コラム

世界《せかい》の童話作家《どうわさっか》

「童話《どうわ》」とはドイツ語《ご》の「メルヘン」を邦訳《ほうやく》した言葉《ことば》で、「子《こ》どもにむけた空想的《くうそうてき》な短《みじか》いお話《はなし》」だと解釈《かいしゃく》されています。チェコの作家《さっか》カレル・チャペック（1890-1938）は、童話《どうわ》を深《ふか》く考察《こうさつ》し、「童話《どうわ》とは、『語《かた》り』である」といっています。童話《どうわ》に含《ふく》まれる「読《よ》み聞《き》かせ」の要素《ようそ》を重視《じゅうし》した言葉《ことば》ですね。

グリム

ヤーコプ（1785-1863）　ヴィルヘルム（1786-1859）

一家《いっか》で活躍《かつやく》したドイツの民話収集家《みんわしゅうしゅうか》

ドイツ出身《しゅっしん》。6人《にん》いた兄弟《きょうだい》のうち、長男《ちょうなん》のヤーコプ・ルートヴィヒ・カール・グリムと、次男《じなん》のヴィルヘルム・カール・グリムが中心《ちゅうしん》となって、19世紀《せいき》に活躍《かつやく》しました。ドイツの民話《みんわ》を中心《ちゅうしん》に収集《しゅうしゅう》し、『子供《こども》たちと家庭《かてい》の童話《どうわ》』第《だい》1巻《かん》を1812年《ねん》に発表《はっぴょう》しました。

アンデルセン

（1805-1875）

創作童話《そうさくどうわ》で名高《なだか》いデンマークの代表的作家《だいひょうてきさっか》

デンマーク出身《しゅっしん》。ハンス・クリスチャン・アンデルセンは1835年《ねん》に処女長編小説《しょじょちょうへんしょうせつ》『即興詩人《そっきょうしじん》』を発表《はっぴょう》し、ヨーロッパ中《じゅう》で評判《ひょうばん》になりました。グリムと異《こと》なり、オリジナルの創作童話《そうさくどうわ》を中心《ちゅうしん》に活動《かつどう》。死《し》ぬまでの40年《ねん》の間《あいだ》に150作以上《さくいじょう》を書《か》き残《のこ》したといわれています。

世界《せかい》の“意外《いがい》”な童話作家《どうわさっか》たち

アイルランドのオスカー・ワイルド（1854-1900）は、耽《たん》美《び》・退廃主義《たいはいしゅぎ》の作風《さくふう》で知《し》られた作家《さっか》です。皮肉屋《ひにくや》で知《し》られた彼《かれ》が書《か》いた『幸福《こうふく》な王子《おうじ》』は感動的《かんどうてき》な短編集《たんぺんしゅう》で、世間《せけん》をおどろかせました。『青《あお》い鳥《とり》』は、ノーベル文学賞《ぶんがくしょう》を受賞《じゅしょう》したベルギーの詩人《しじん》・劇作家《げきさっか》のモーリス・メーテルリンク（1862-1949）の作品《さくひん》です。世界最高《せかいさいこう》の歴史《れきし》大《たい》河小説《がしょうせつ》とも賞賛《しょうさん》される『戦争《せんそう》と平和《へいわ》』を書《か》いたロシアの文《ぶん》豪《ごう》レフ・トルストイ（1828-1910）は、『イワンのばか』をはじめとしたロシア民話集《みんわしゅう》をだしています。

イソップ

（紀元前619- 紀元前564ごろ）

動物《どうぶつ》を擬人化《ぎじんか》した寓話《ぐうわ》で有名《ゆうめい》

ギリシャ出身《しゅっしん》。日本《にほん》ではイソップという英語読《えいごよ》みで有名《ゆうめい》ですが、ギリシャ語《ご》では「アイソーポス」と呼《よ》ばれます。エーゲ海《かい》にうかぶサモス島《とう》で生《う》まれ、奴隷《どれい》だったと伝《つた》わっています。イソップは子《こ》どもむけの童話作家《どうわさっか》ではなく、教《きょう》訓《くん》をあたえることを目的《もくてき》とした「寓話《ぐうわ》」の語《かた》り手《て》でした。

ペロー

（1628-1703）

グリム以前《いぜん》に活躍《かつやく》した童話編者《どうわへんじゃ》

フランス出身《しゅっしん》。シャルル・ペローは、17世紀《せいき》に活躍《かつやく》した詩人《しじん》で、1695年《ねん》に『韻文《いんぶん》による物語《ものがたり》』を発表《はっぴょう》。日《に》本《ほん》では『ペロー童話集《どうわしゅう》』と呼《よ》ばれます。これは、ヨーロッパの民間伝承《みんかんでんしょう》をまとめたもので、のちのマザーグースやグリムの先駆的作品集《せんくてきさくひんしゅう》として名高《なだか》いものです。

6月《がつ》のお話《はなし》

ひと目《め》でわかる色《いろ》ってなんだろうね

フクロウの染物屋《そめものや》さん

むかしむかし、鳥《とり》たちの体《からだ》はみんな真《ま》っ白《しろ》でした。そこで知恵者《ちえもの》のフクロウは、染物屋《そめものや》さんを開《ひら》くことにしました。

「さあさ、フクロウの染物屋《そめものや》だよ。みんな体《からだ》を染《そ》めてきれいになろう。赤《あか》でも緑《みどり》でも、好《す》きな色《いろ》に染《そ》めてあげるよ」

鳥《とり》たちはきれいになれると聞《き》いて、みんなフクロウの店《みせ》にいきました。ウグイスは体《からだ》を黄緑《きみどり》に、カワセミは体《からだ》を青《あお》くしてもらって上機嫌《じょうきげん》です。フクロウの店《みせ》は大繁盛《だいはんじょう》しました。

ある日《ひ》、カラスがフクロウの店《みせ》にやってきました。

「どんな色《いろ》にでも染《そ》めてくれるというフクロウの染物屋《そめものや》ってのはここかい」

「おや、カラスさん、いらっしゃい。どんな色《いろ》でも望《のぞ》むまま。フクロウの染《そめ》物屋《ものや》にできない色《いろ》なんてありません」

自分《じぶん》こそ天下一《てんかいち》の知恵者《ちえもの》だと思《おも》っていたカラスは、フクロウのことをねたんでいました。そこで、カラスはフクロウを困《こま》らせてやろうとやってきたのです。フクロウの返答《へんとう》を聞《き》いたカラスは、ニヤリと笑《わら》っていいました。

「それなら、だれもしてないような、ひと目見《めみ》ただけでおれだとわかるすばらしい色《いろ》にしておくれ。頭《あたま》だけとか、お腹《なか》だけとかじゃだめだぜ。体中《からだじゅう》ぜんぶ、おなじ色《いろ》にしておくれ」

カラスの言葉《ことば》を聞《き》いてしばらく考《かん》えていたフクロウは、やがてにっこり笑《わら》っていいました。

「いいでしょう。だれもしていないようなすばらしい色《いろ》に染《そ》めあげましょう。さあ、こちらへどうぞ」

フクロウはカラスを店《みせ》の中《なか》へ案《あん》内《ない》して、壺《つぼ》の中《なか》にいれ、染《そ》め粉《こ》をたっぷりといれました。

「さあ、染《そ》めあがりましたよ。だれも見《み》たことのない、ひと目《め》でカラスさんだとわかるすばらしい色《いろ》にね」

「ほお、ひと目《め》でおれとわかる色《いろ》にな。どれ、見《み》てくるか」

川《かわ》に飛《と》んでいったカラスを見送《みおく》ったあと、フクロウは大《おお》いそぎで店《みせ》じまいをして逃《に》げだしました。

川《かわ》にやってきたカラスは、水面《すいめん》に自分《じぶん》の姿《すがた》をうつしました。

「ふん、フクロウのやつ、ひと目《め》でおれだとわかる色《いろ》なんていってたが、そんな色《いろ》あるわけが……、あああああっ！」

カラスの体《からだ》は真《ま》っ黒《くろ》でした。たしかに、だれが見《み》てもカラスだとわかる色《いろ》でしたが、カラスはおこりました。

「フクロウのバカア。よくもこんな色《いろ》にしてくれたな、ゆるさんぞ」

カラスは「**バカア、バカア**」とさけびながらフクロウを探《さが》しまわりましたが、見《み》つかりませんでした。それもそのはず、フクロウはそれ以来《いらい》、カラスに見《み》つからないように、夜《よる》しか姿《すがた》をあらわさなくなったからです。

読んだ日　年　月　日／　年　月　日／　年　月　日

ポイント　フクロウが夜《よる》に飛《と》ぶ理由《りゆう》と、カラスが黒《くろ》くて「カァ」と鳴《な》く理由《りゆう》がお話《はなし》になりました。

百年《ひゃくねん》の呪《のろ》いがとけるとき……

眠《ねむ》りの森《もり》のお姫様《ひめさま》

ペロー

むかし、ある国《くに》にお姫様《ひめさま》が生《う》まれました。王様《おうさま》とお妃様《きさきさま》はたいそうよろこび、盛大《せいだい》にお祝《いわ》いの会《かい》を開《ひら》くことにしました。国《くに》には魔法《まほう》の力《ちから》をもった、七《しち》人《にん》の仙女《せんにょ》がいました。王様《おうさま》はすべての仙女《せんにょ》をお祝《いわ》いの会《かい》にまねきました。

王様《おうさま》は仙女《せんにょ》のために、純金《じゅんきん》の食器《しょっき》をいれた大《おお》きな金《きん》の箱《はこ》と、りっぱなごちそうを用意《ようい》しました。七人《しちにん》の仙女《せんにょ》はお姫様《ひめさま》に、お祝《いわ》いの魔法《まほう》を贈《おく》りました。

一人目《ひとりめ》の仙女《せんにょ》は「世界《せかい》で一番《いちばん》うつくしくなられるでしょう」。つぎの仙女《せんにょ》は「世界《せかい》で一番《いちばん》かしこくなられるでしょう」。三人目《さんにんめ》の仙女《せんにょ》は「だれよりもダンスがじょうずになられるでしょう」。そして最後《さいご》に若《わか》い仙女《せんにょ》が贈《おく》り物《もの》をしようとしたとき、とつぜん、年《とし》よりの仙女《せんにょ》があらわれました。

国《くに》の仙女《せんにょ》は七人《しちにん》ではなく、じつは八《はち》人《にん》いたのです。年《とし》よりの仙女《せんにょ》は、お祝《いわ》いの会《かい》にまねかれなかったことを、ひどくおこっていました。そして、「姫《ひめ》は十五《じゅうご》の年《とし》に、糸車《いとぐるま》の針《はり》に刺《さ》されて死《し》ぬだろう」と、おそろしい呪《のろ》いをかけました。

すぐに七人目《しちにんめ》の若《わか》い仙女《せんにょ》が、「お姫《ひめ》様《さま》は死《し》なずに眠《ねむ》りにつきます。そして百年後《ひゃくねんご》にあらわれる王子様《おうじさま》が、お姫様《ひめさま》を目覚《めざ》めさせてくれるでしょう」といいなおしました。呪《のろ》いはかえられましたが、王様《おうさま》とお妃様《きさきさま》は心配《しんぱい》でしかたありません。国中《くにじゅう》の糸車《いとぐるま》を集《あつ》めて、すべて燃《も》やしてしまいました。

やがて十五年《じゅうごねん》がたち、お姫様《ひめさま》はたいへんうつくしく成長《せいちょう》しました。ある日《ひ》、王様《おうさま》とお妃様《きさきさま》がそろっておでかけになりました。お姫様《ひめさま》は一度《いちど》もいったことがない、お城《しろ》の塔《とう》の上《うえ》にのぼっていきました。塔《とう》の上《うえ》では、一人《ひとり》のおばあさんが糸《いと》をつむいでいました。

「まあ、これはなにかしら？」

お姫様《ひめさま》は糸車《いとぐるま》に手《て》を触《ふ》れて、指《ゆび》に針《はり》を刺《さ》してしまいました。お姫《ひめ》様《さま》は仙女《せんにょ》の言葉《ことば》どおり、眠《ねむ》ってしまったのです。

それを知《し》った若《わか》い仙女《せんにょ》は、お城《しろ》に魔法《まほう》をかけました。「これから百年《ひゃくねん》、お姫《ひめ》様《さま》といっしょに、召使《めしつか》いもお城《しろ》も眠《ねむ》りつづけます」。すると、あっというまにイバラがはえてきて、お城《しろ》をおおいかくしました。

そして、百年《ひゃくねん》のときがすぎました。「森《もり》の中《なか》のお城《しろ》に、うつくしいお姫様《ひめさま》が眠《ねむ》っている」という話《はなし》を聞《き》いて、一《ひと》人《り》の王子様《おうじさま》がやってきました。すると、イバラがすっと消《き》えて、お城《しろ》が姿《すがた》をあらわしました。王子様《おうじさま》がお城《しろ》にはいると、あちこちで召使《めしつか》いが眠《ねむ》っていました。王子様《おうじさま》はさらに中《なか》に進《すす》み、金《きん》色《いろ》にかがやく部屋《へや》にたどりつき、

お姫様《ひめさま》を見《み》つけました。あまりのうつくしさに見《み》とれていると、お姫様《ひめさま》が目《め》を覚《さ》まし、王子様《おうじさま》ににっこりほほえみました。そのとき、眠《ねむ》っていたお城《しろ》も目《め》を覚《さ》ましたのです。

王子様《おうじさま》とお姫様《ひめさま》は、みんなに祝福《しゅくふく》されて結婚《けっこん》し、ずっとしあわせに暮《く》らしました。

読んだ日　年　月　日／　年　月　日／　年　月　日

ポイント　この物語《ものがたり》にはつづきがあります。二人《ふたり》の間《あいだ》には子《こ》どもが生《う》まれ、王子《おうじ》は鬼《おに》の化身《けしん》である王子《おうじ》の継母《ままはは》（王妃《おうひ》）を退治《たいじ》します。

病気《びょうき》のサルを助《たす》けるためにアフリカへむかいます

ドリトル先生《せんせい》
ヒュー・ロフティング

ドリトル先生《せんせい》、アフリカへいく

ドリトル先生《せんせい》は動物《どうぶつ》と話《はな》すことができる、世界《せかい》でただ一人《ひとり》のお医者《いしゃ》さんです。ある日《ひ》、渡《わた》り鳥《どり》が訪《たず》ねてきました。サルのチーチーのいとこにたのまれて、アフリカから飛《と》んできたのです。

「ジャングルのサルの国《くに》で、わるい病気《びょうき》がはやっています。ドリトル先生《せんせい》、どうか助《たす》けてください」

話《はなし》を聞《き》いた先生《せんせい》は、友《とも》だちの船《ふね》をかりて、アフリカへ旅《たび》だちました。仲間《なかま》のオウムや、子《こ》ブタやイヌたちもいっしょです。オウムのポリネシアは、「ふるさとへ帰《かえ》るのは、百六十九年《ひゃくろくじゅうきゅうねん》ぶりです」と、感激《かんげき》しています。

ところが、アフリカについたドリトル先生《せんせい》たちは、ジョリギンギ国《こく》の王様《おうさま》につかまってしまったのです。ジョリギンギ王《おう》は、よその国《くに》からきた人間《にんげん》を信用《しんよう》していません。

「むかし、おまえのような男《おとこ》がやってきて、ゾウを殺《ころ》して牙《きば》をとっていったのだ。おまえも仲間《なかま》にちがいない」

ジョリギンギ王《おう》はそう決《き》めつけると、家来《けらい》に命令《めいれい》して、ドリトル先生《せんせい》たちを牢屋《ろうや》にいれてしまいました。

その夜《よる》、体《からだ》の小《ちい》さなポリネシアは牢《ろう》屋《や》の窓《まど》からぬけだし、王様《おうさま》の部屋《へや》へしのびこみました。眠《ねむ》っている王様《おうさま》のベッドの下《した》にもぐりこみ、「**えへん。わたしはドリトルです**」と、先生《せんせい》そっくりの声《こえ》で話《はな》しかけました。王様《おうさま》は目《め》を覚《さ》まし、ビックリしています。声《こえ》はするのに、姿《すがた》が見《み》えないからです。

「**わたしは、ふしぎな力《ちから》をもっています。小指《こゆび》を動《うご》かしただけで、あなたを病気《びょうき》にだってできます。すぐに牢屋《ろうや》からださないと、小指《こゆび》を動《うご》かしますよ**」

「わかった。小指《こゆび》は動《うご》かさないで！」

ジョリギンギ王《おう》はあわてて家来《けらい》を呼《よ》び、先生《せんせい》たちを牢屋《ろうや》からだすようにいいました。でも、部屋《へや》から逃《に》げだすオウムを見《み》て、だまされたことに気《き》がつきました。

「ドリトルたちをつかまえろ！」

ジョリギンギ王《おう》は、家来《けらい》に命令《めいれい》しました。ジャングルに逃《に》げこんだドリトル先生《せんせい》たちは、チーチーの案内《あんない》でサルの国《くに》を目《め》ざします。何日《なんにち》も歩《ある》いて、あと少《すこ》しでサルの国《くに》というところで、ジョリギンギ王《おう》の家来《けらい》に追《お》いつかれました。目《め》のまえは深《ふか》い谷《たに》で、下《した》には川《かわ》が流《なが》れています。

そのときです。たくさんのサルがあらわれ、手《て》や足《あし》をつないで、橋《はし》をつくったのです。先生《せんせい》たちはサルの橋《はし》をわたって、谷《たに》のむこう側《がわ》へ逃《に》げました。ジョリギンギ王《おう》の家来《けらい》は、谷《たに》をわたれず、くやしがりました。

サルの国《くに》についたドリトル先生《せんせい》は、さっそく治療《ちりょう》にとりかかりました。健康《けんこう》なサルには予防注射《よぼうちゅうしゃ》をし、病気《びょうき》のサルには薬《くすり》をあたえました。何日《なんにち》もかけて、アフリカ中《じゅう》のサルを治療《ちりょう》しました。

こうして、サルの国《くに》は救《すく》われたのです。

6月
世界の名作
ぼうけんの話

読んだ日　年　月　日／　年　月　日／　年　月　日

ポイント ドリトル先生《せんせい》と仲間《なかま》たちは力《ちから》をあわせて、動物《どうぶつ》のために働《はたら》きます。ほかの冒険《ぼうけん》のお話《はなし》も読《よ》んでみるといいですね。

無理《むり》をしすぎてはいけません

カエルとウシ

イソップ

むかし、子《こ》ガエルたちが池《いけ》のまわりで遊《あそ》んでいると、大《おお》きなウシがあらわれました。子《こ》ガエルたちは、ウシを見《み》るのははじめてです。ウシが水《みず》を飲《の》んでいるのを、遠《とお》くからじっと見《み》ていました。ウシは水《みず》を飲《の》みおわると、

「モオ〜ッ」

と大《おお》きくひと声《こえ》鳴《な》いて、さっていきました。子《こ》ガエルたちはウシの鳴《な》き声《ごえ》の大《おお》きさにびっくりして、あわてて家《いえ》に逃《に》げかえりました。

子《こ》ガエルたちは家《いえ》に帰《かえ》ると、さっそくおかあさんに話《はな》しました。

「おかあさん、すっごい大《おお》きな化《ば》け物《もの》がやってきたよ」

「おっきい怪物《かいぶつ》が水《みず》を飲《の》んでた」

「怪物《かいぶつ》が『もお〜っ』って鳴《な》いたよ。おそろしい声《こえ》だったよ」

おかあさんガエルは、子《こ》ガエルたちの話《はなし》を聞《き》いてびっくりしました。それでも、子《こ》ガエルたちの話《はなし》を聞《き》いているうちに、なんとなく化《ば》け物《もの》の正体《しょうたい》がわかってきました。おかあさんガエルは、笑《わら》って子《こ》ガエルたちにいいました。

「おまえたちの見《み》たものは、ウシという動物《どうぶつ》さ。たいしたことはないよ」

「そんなことないよ。あれはおそろしい怪物《かいぶつ》だよ。おかあさんは、そのウシという動物《どうぶつ》を見《み》たことある？」

「見《み》たことはないよ。でも、わたしはおまえたちの生《う》まれるまえから、この池《いけ》にいるんだよ。いろんなことを話《はなし》で聞《き》いて知《し》っているのさ。おまえたちの見《み》たウシは、これぐらいの大《おお》きさだろう？」

おかあさんガエルは自信満々《じしんまんまん》に子《こ》ガエルたちに話《はな》すと、息《いき》を大《おお》きくすって、体《からだ》をぷくっとふくらませました。

「いやいや、ちがうよ。やっぱりウシじゃないよ。だって、ぼくたちが見《み》たのは、おかあさんみたいに小《ちい》さくなかったよ。もっと大《おお》きかったよ」

子《こ》ガエルたちは、おかあさんガエルのいうことを信用《しんよう》しません。そこで、おかあさんガエルは、もっとたくさん息《いき》をすいこんで、さらに大《おお》きくなりました。

「じゃあ、これぐらいかい。こんなに大《おお》きくはなかったろう」

「ぜ〜ん、ぜん。あの化《ば》け物《もの》は、もっともっと大《おお》きかったよ」

おかあさんガエルは、子《こ》ガエルの言《こと》葉《ば》にムッとして、もっともっと息《いき》をすいこんで、体《からだ》を大《おお》きくしました。

「だめだめ。もっと、もっと、もっと大《おお》きかったよ」

お母《かあ》さんガエルは、

「これでもか、これでもか」

と、大《おお》きく息《いき》をすいこみつづけ、最後《さいご》には、とうとうお腹《なか》が破裂《はれつ》してしまいましたとさ。

自分《じぶん》の知《し》らないことを知《し》っているように思《おも》いこんだり、できないことをできると思《おも》いこんだりすると、おかあさんガエルのように、ひどい目《め》にあってしまいますよ。

読んだ日　年　月　日／　年　月　日／　年　月　日

ポイント　おかあさんガエルが、おとうさんガエルになっている話《はなし》もあります。話《はなし》の内容《ないよう》はおなじです。

デンマーク

「さあいけ、わたし♪」と鍋《なべ》がいう

ものをいう鍋《なべ》

むかし、貧乏《びんぼう》なお百姓《ひゃくしょう》さんが鍋《なべ》を見《み》つけました。お百姓《ひゃくしょう》さんがなにげなく鍋《なべ》をひろいあげると、鍋《なべ》が歌《うた》うような調子《ちょうし》で、しゃべりだしました。

「わたしをもっていきなさい♪　とってもいいこと、ありますよ♪」

「な、なんだ？　鍋《なべ》がしゃべった」

男《おとこ》はふしぎに思《おも》って、鍋《なべ》を家《いえ》にもって帰《かえ》りました。すると、また、

「わたしをみがいてくださいな♪　そしてきれいになったなら♪　お仕事《しごと》させてくださいな♪」

と、鍋《なべ》が歌《うた》うような調子《ちょうし》で、しゃべりだしたのです。お百姓《ひゃくしょう》さんは、鍋《なべ》のいうとおり、鍋《なべ》をピカピカにみがいて、かまどの火《ひ》にかけました。

「わたしに仕事《しごと》をさせたなら♪　きっとしあわせやってくる♪　さあいけ、わたし♪　お金《かね》もちさん家《ち》にひとっ飛《と》び♪」

鍋《なべ》はしゃべりながら、ぴょんと飛《と》びはね、窓《まど》の外《そと》に飛《と》びだしました。

鍋《なべ》はぐんぐん飛《と》んでいき、お金《かね》もちの家《いえ》に飛《と》びこみました。お金《かね》もちの家《いえ》では、料理人《りょうりにん》がごちそうをつくろうとしているところでした。

「おや、こんなところに鍋《なべ》があったかな。でも、きれいな鍋《なべ》だから、これで料理《りょうり》をつくるとしよう」

料理人《りょうりにん》が鍋《なべ》でごちそうをつくると、鍋《なべ》はしゃべりだしました。

「さあいけ、わたし♪　お百姓《ひゃくしょう》さん家《ち》にひとっ飛《と》び♪」

ごちそうがはいった鍋《なべ》は、お百姓《ひゃくしょう》さんの家《いえ》に戻《もど》りました。お百姓《ひゃくしょう》さんは、ひさしぶりに、お腹《なか》いっぱいごちそうを食《た》べることができました。すると、鍋《なべ》がしゃべりだしました。

「まだまだわたしは仕事《しごと》ができる♪　さあいけ、わたし♪　お金《かね》もちさん家《ち》にひとっ飛《と》び♪」

またも鍋《なべ》は飛《と》びはねて、お金《かね》もちの家《いえ》にいきました。今度《こんど》鍋《なべ》を見《み》つけたのは、お金《かね》もち自身《じしん》でした。

「おや、こんなところに鍋《なべ》がある。金《きん》貨《か》をいれるのにちょうどいいな」

お金《かね》もちが、鍋《なべ》いっぱいに金貨《きんか》をいれると、鍋《なべ》がしゃべりだしました。

「さあいけ、わたし♪　お百姓《ひゃくしょう》さん家《ち》にひとっ飛《と》び♪」

おどろいたのはお金《かね》もちです。鍋《なべ》を追《お》っかけて、お百姓《ひゃくしょう》さんの家《いえ》にいきました。お百姓《ひゃくしょう》さんは金貨《きんか》の山《やま》を見《み》てびっくりしています。お金《かね》もちは、お百姓《ひゃくしょう》さんにいいました。

「その金貨《きんか》はわしのだ。返《かえ》せ！」

すると、鍋《なべ》がぴょんと飛《と》びはねて、お金《かね》もちの腰《こし》に、くっつきました。

「これがわたしの最後《さいご》の仕事《しごと》♪　さあいけ、わたし♪　遠《とお》くに遠《とお》くに飛《と》んでいけ♪　お百姓《ひゃくしょう》さん、さようなら♪」

鍋《なべ》はこういうと、お金《かね》もちを連《つ》れて空高《そらたか》く飛《と》んでいき、姿《すがた》が見《み》えなくなりました。お百姓《ひゃくしょう》さんは、たくさんの金《きん》貨《か》で、しあわせに暮《く》らしたということです。

読んだ日　　年　月　日／　　年　月　日／　　年　月　日

ポイント　鍋《なべ》のセリフは節《ふし》をつけて、リズミカルに読《よ》んでください。子《こ》どもといっしょに歌《うた》うとたのしいですね。

6月6日のお話

成長《せいちょう》した金太郎《きんたろう》が活躍《かつやく》する話《はなし》

酒呑童子《しゅてんどうじ》

むかし、丹波《たんば》の国《くに》の大江山《おおえやま》に、酒呑童子《しゅてんどうじ》というたいそう強《つよ》い鬼《おに》が棲《す》んでいました。酒呑童子《しゅてんどうじ》はたいへんな乱暴者《らんぼうもの》で、部下《ぶか》たちとともに都《みやこ》にあらわれては貴族《きぞく》の姫君《ひめぎみ》をさらい、屋敷《やしき》に押《お》しいっては金銀財宝《きんぎんざいほう》をうばっていきました。

困《こま》りはてた都《みやこ》のえらい人《ひと》たちは集《あつ》まって相談《そうだん》し、日本一《にっぽんいち》の大将《たいしょう》である源頼光《みなもとのよりみつ》に、酒呑童子《しゅてんどうじ》を退治《たいじ》してくれるよう、たのみました。

「わかりました。わたしには渡辺綱《わたなべのつな》、坂田金時《さかたのきんとき》、碓井貞光《うすいさだみつ》、卜部季武《うらべすえたけ》という四天王《してんのう》と呼《よ》ばれる強《つよ》い部下《ぶか》がいます。かれらと力《ちから》をあわせれば、酒呑童子《しゅてんどうじ》も退治《たいじ》できるでしょう」

頼光《よりみつ》は四天王《してんのう》とともに、大江山《おおえやま》にむかいました。すると途中《とちゅう》で、一人《ひとり》のおじいさんに出会《であ》いました。

「酒呑童子《しゅてんどうじ》を退治《たいじ》するですと？　いくらみなさんが強《つよ》くても、酒呑童子《しゅてんどうじ》には大勢《おおぜい》の部下《ぶか》がいます。まっこうから戦《たたか》っては、勝《か》ち目《め》はありません。酒呑《しゅてん》童子《どうじ》はその名《な》のとおり、酒《さけ》が大好《だいす》きなので、酒《さけ》に酔《よ》わせてから退治《たいじ》なさい。ほれ、この酒《さけ》をもっていきなさい」

じつはこのおじいさんは、神様《かみさま》の化《け》身《しん》でした。頼光一行《よりみついっこう》が、感謝《かんしゃ》して酒《さけ》を受《う》けとると、おじいさんはいいました。

「鎧《よろい》を着《き》ていては、鬼《おに》たちにあやしまれるぞ。山伏《やまぶし》の姿《すがた》になっていくがいい」

そういうと、おじいさんはスウーッと消《き》えていきました。頼光一行《よりみついっこう》は神様《かみさま》をおがんだあと、山伏《やまぶし》の姿《すがた》になり、大《おお》江山《えやま》にむかいました。

大江山《おおえやま》につくと、鬼《おに》たちがぞろぞろとでてきました。

「なんだ、山伏《やまぶし》か。なんの用《よう》だ」

「日本一強《にっぽんいちつよ》いという酒呑童子様《しゅてんどうじさま》に会《あ》いたくてやってきました。聞《き》けば酒《さけ》がお好《す》きとか。この酒《さけ》をさしあげましょう」

酒《さけ》を受《う》けとった酒呑童子《しゅてんどうじ》は、大《おお》よろこびで頼光一行《よりみついっこう》を出迎《でむか》え、神様《かみさま》のくれた酒《さけ》で酒盛《さかも》りをはじめました。

「頼光様《よりみつさま》、鬼《おに》たちは酔《よ》って、へべれけになっておりますぞ」

と、渡辺綱《わたなべのつな》がいえば、

「おお、鬼《おに》たちめ。いまこそ、この鉞《まさかり》のサビにしてくれるわ」

と、坂田金時《さかたのきんとき》がほえました。坂田金時《さかたのきんとき》は、金太郎《きんたろう》と呼《よ》ばれた子《こ》どものころから、鉞《まさかり》を武器《ぶき》として愛用《あいよう》していました。頼光《よりみつ》たちはかくしもっていた武器《ぶき》をそれぞれとりだして、鬼《おに》たちをつぎつぎに退治《たいじ》していきました。

「おのれ、山伏《やまぶし》とは偽《いつわ》りだったか。皆《みな》殺《ごろ》しにしてくれるわ」

酒呑童子《しゅてんどうじ》はそういってたちあがろうとしましたが、神様《かみさま》のくれた酒《さけ》の力《ちから》でうまく力《ちから》がだせません。とうとう頼光《よりみつ》たちに退治《たいじ》されてしまいました。

酒呑童子《しゅてんどうじ》たちにさらわれた姫君《ひめぎみ》たちはぶじに助《たす》けだされ、都《みやこ》には平和《へいわ》が戻《もど》ったということです。

読んだ日　　年　　月　　日／　　年　　月　　日／　　年　　月　　日

ポイント　源頼光《みなもとのよりみつ》が酒呑童子《しゅてんどうじ》を斬《き》ったとされる「童子切安綱《どうじぎりやすつな》」は東京国立博物館《とうきょうこくりつはくぶつかん》に保存《ほぞん》されています。

6月7日のお話

ファーブル昆虫記《こんちゅうき》

虫《むし》の観察《かんさつ》はたいへんなのです

ラングドックアナバチ

ジャン＝アンリ・ファーブル

昆虫《こんちゅう》を観察《かんさつ》するとき、わたしを困《こま》らせるのは虫《むし》ではなく、人間《にんげん》です。わたしが地面《じめん》の虫《むし》を観察《かんさつ》しはじめると、きまって通行人《つうこうにん》がうるさく、わたしを質《しつ》問《もん》攻《ぜ》めにしてくるからです。

「水源《すいげん》でも探《さが》しているんですか。あ、それともうまった財宝《ざいほう》かしら」

わたしが「虫《むし》を見《み》ているのです」と、正直《しょうじき》にこたえると、きまってみんな薄《うす》笑《わら》いをうかべてこういいます。

「なんだ、つまらない。いい年《とし》をして」

わたしはあやしい者《もの》でもなければ、畑泥棒《はたけどろぼう》でもありません。わたしはわるいことをしたことがないのです。

ある日《ひ》のことです。わたしは腹《はら》ばいになってハチを見《み》ていました。すると、声《こえ》をかけられたのです。

「警察《けいさつ》の者《もの》だ。おれといっしょにこい」

わたしは、けんめいに誤解《ごかい》をとこうとしました。けれども、警官《けいかん》はぜったいにわたしの言葉《ことば》を信《しん》じません。

「じょうだんじゃない。この暑《あつ》いさなかに、虫《むし》を見《み》るだけの人間《にんげん》なんておらんだろう。今度《こんど》はただではすまんぞ」

わたしが勲章《くんしょう》を受《う》けた身《み》でなかったら、警官《けいかん》はわたしをゆるしてくれなかったでしょう。そうに決《き》まってます。

ぶどう畑《ばたけ》で、ラングドックアナバチを見《み》ようとしていたときもそうです。ぶどうをつみにきていた女《おんな》たちは、わたしがおなじ場所《ばしょ》でじっとしているのを見《み》て、ささやきあっているのです。

「かわいそうなバカがいるよ」

女《おんな》たちはみな十字《じゅうじ》を切《き》って、神様《かみさま》へのおいのりをしていました。なんということでしょう。わたしはりっぱな仕《し》事《ごと》をしているはずなのに、女《おんな》たちからはバカだと思《おも》われていたのです。

さぁ、気《き》をとりなおして、読者《どくしゃ》のみなさんを、このラングドックアナバチの棲《す》むぶどう畑《ばたけ》に招待《しょうたい》しましょう。

ラングドックアナバチは、仲間《なかま》を嫌《きら》い、一匹《いっぴき》で生活《せいかつ》する孤独《こどく》なハチです。ですから、観察《かんさつ》はたいへん困難《こんなん》です。ラングドックアナバチは狩《か》りの名人《めいじん》で、キリギリスモドキを毒針《どくばり》で刺《さ》してマヒさせ、エサにしています。

キリギリスモドキはラングドックアナバチより大《おお》きいので、うまく運《はこ》べません。そこでラングドックアナバチは、キリギリスモドキをつかまえると、すぐに近《ちか》くに巣穴《すあな》を掘《ほ》ります。ラングドックアナバチは、ほかの昆虫《こんちゅう》とちがって、食堂《しょくどう》となる巣《す》を先《さき》につくらず、食事《しょくじ》の準備《じゅんび》ができてから巣《す》をつくる、かわった昆虫《こんちゅう》なのです。これは、ラングドックアナバチの獲物《えもの》が、いつも大《おお》きいものばかりでうまく運《はこ》べないからだ、とわたしは考《かんが》えています。

ラングドックアナバチは、巣穴《すあな》に運《はこ》びこんだ生《い》きたままのキリギリスモドキに卵《たまご》を産《う》みつけます。卵《たまご》からかえった幼虫《ようちゅう》は、キリギリスモドキを食《た》べながら育《そだ》つのです。わたしはこのラングドックアナバチの習性《しゅうせい》を知《し》るために、そうとう長《なが》い年月《ねんげつ》をかけたのでした。

読んだ日　年　月　日／　年　月　日／　年　月　日

ポイント ファーブル（1823-1915）は生物学者《せいぶつがくしゃ》です。お話《はなし》の中《なか》にでてくる勲章《くんしょう》とは、フランス最高位《さいこうい》のレジオンドヌール勲章《くんしょう》のことです。

小《ちい》さな鳥《とり》は愛《あい》に命《いのち》をささげました

ナイチンゲールの赤《あか》いバラ

オスカー・ワイルド

むかし、ある庭《にわ》にナイチンゲールという鳥《とり》が棲《す》んでいました。ナイチンゲールはうつくしい声《こえ》で愛《あい》の歌《うた》を歌《うた》います。ある日《ひ》、若者《わかもの》が庭《にわ》で泣《な》いていました。若者《わかもの》には愛《あい》する女性《じょせい》がいました。

「あの人《ひと》は、ぼくが赤《あか》いバラをもっていったら、踊《おど》ってくれるといったんだ。でも、この庭《にわ》には赤《あか》いバラは咲《さ》いていない。ああ、あの人《ひと》がほかの男《おとこ》と踊《おど》るなんて、ぼくにはたえられない」

若者《わかもの》は声《こえ》をあげて泣《な》きました。ナイチンゲールもかなしくなりました。

「わたしはいつも、愛《あい》の歌《うた》を歌《うた》っているけれど、ほんとうの愛《あい》を知《し》りません。やっと、ほんとうの愛《あい》を見《み》つけたわ」

ナイチンゲールは、庭《にわ》に咲《さ》いているバラに聞《き》きました。

「赤《あか》いバラを一輪《いちりん》くださいませんか。お礼《れい》に愛《あい》の歌《うた》を歌《うた》います」

バラの木《き》がこたえます。

「わたしのバラは白《しろ》い花《はな》です」

隣《となり》のバラもこたえます。

「わたしは黄色《きいろ》いバラです。あの、窓《まど》の下《した》の木《き》が、赤《あか》いバラですよ」

若者《わかもの》の部屋《へや》の窓《まど》の下《した》に、赤《あか》いバラの木《き》がありました。ところが嵐《あらし》に枝《えだ》を折《お》られ、花《はな》を咲《さ》かせることができません。

「一輪《いちりん》あれば、あの若者《わかもの》はしあわせになれるのに。なんとか手《て》にいれる方法《ほうほう》はありませんか」

そのバラは「たった一《ひと》つ方法《ほうほう》があります」といいました。バラが教《おし》えてくれたのは、とてもおそろしい方法《ほうほう》でした。でも、ナイチンゲールは決心《けっしん》しました。若者《わかもの》のためになら、どんなことでもしてあげたかったのです。

夜《よる》になりました。ナイチンゲールは、月《つき》の光《ひかり》の中《なか》で歌《うた》いはじめました。すると、傷《きず》ついたバラの枝《えだ》につぼみがあらわれ、白《しろ》いバラが咲《さ》きました。ナイチンゲールはバラのとげを心臓《しんぞう》に押《お》しあてました。白《しろ》い花《はな》は桃色《ももいろ》になりました。ナイチンゲールは一晩中《ひとばんじゅう》、愛《あい》の歌《うた》を歌《うた》いつづけました。やがてバラは、真《ま》っ赤《か》に染《そ》まったのです。

朝《あさ》の光《ひかり》がさしこんだとき、ナイチンゲールは心臓《しんぞう》にバラのとげを刺《さ》したまま、冷《つめ》たくなっていました。若者《わかもの》は窓《まど》の下《した》を見《み》てよろこびの声《こえ》をあげました。

「ああ、神様《かみさま》！　赤《あか》いバラが咲《さ》いている。これで、彼女《かのじょ》はぼくのものだ」

若者《わかもの》は赤《あか》いバラをもって、恋人《こいびと》のもとへいきました。ところが、彼女《かのじょ》は眉《まゆ》をひそめていいました。

「赤《あか》いバラは、わたしのドレスに、にあわないわ。ほかの男性《だんせい》が、花《はな》よりもステキな宝石《ほうせき》をくださったの」

若者《わかもの》はおこって、バラを投《な》げすてました。

「なんてくだらない。人《ひと》を愛《あい》するなんて、ばかげている」

若者《わかもの》はそういうと、家《いえ》に帰《かえ》っていきました。道《みち》ばたに、一輪《いちりん》の赤《あか》いバラが落《お》ちていました。

読んだ日　年　月　日／　年　月　日／　年　月　日

ポイント　ナイチンゲールは西洋《せいよう》のウグイスといわれる鳥《とり》です。ナイチンゲールが命《いのち》をささげた赤《あか》いバラこそ、とうとい愛《あい》だったのですね。

落語《らくご》

イヌがとつぜん人間《にんげん》になったなら…

元《もと》イヌ

日本犬《にほんけん》で全身真《ぜんしんま》っ白《しろ》なイヌというのは、じつはめずらしいのだそうです。ですから、むかしから、真《ま》っ白《しろ》なイヌは、「人間《にんげん》に近《ちか》い」「来世《らいせ》は人間《にんげん》に生《う》まれかわる」と、いわれたのだとか。

そのむかしのお話《はなし》です。江戸《えど》の八幡《はちまん》様《さま》の境内《けいだい》に、全身真《ぜんしんま》っ白《しろ》なイヌがやってきて棲《す》みつきました。すると、おまいりにくる人《ひと》くる人《ひと》、みんながシロ、シロと呼《よ》んで、かわいがってくれます。

「いやあ、かわいいねえ。真《ま》っ白《しろ》だ。おまえ、来世《らいせ》は人間《にんげん》になれるよ」

「シロ、おまえは特別《とくべつ》だぜ。なんたって一番人間様《いちばんにんげんさま》に近《ちか》い犬《いぬ》なんだからな」

毎日《まいにち》、こんなことをいわれれば、イヌだってその気《き》になります。シロは八《はち》幡様《まんさま》においのりをしました。

（八幡様《はちまんさま》。ぼくを人間《にんげん》にしてください。来世《らいせ》じゃなくて、いますぐがいいなあ）

すると、ある朝《あさ》、シロはほんとうに人間《にんげん》になってしまったのです。

「ああ、八幡様《はちまんさま》ありがとう」

シロは大《おお》よろこびしました。とそこへ、仕事《しごと》を紹介《しょうかい》してくれる口入屋《くちいれや》の若《わか》だんながやってきました。若《わか》だんなは毎日八幡様《まいにちはちまんさま》におまいりにくるので、シロはよく知《し》っています。

「あ、若《わか》だんな、おはようございます」

「ああ、おはよう……って、おまえさん、だれ？ というか、なんで裸《はだか》？ ははあ、さてはわるいやつに身《み》ぐるみはがされたか、かわいそうに」

「若《わか》だんな、働《はたら》くとこ、探《さが》してください。ぼくは人間《にんげん》だから働《はたら》かなくちゃ！」

「お、おお。かわってるけど、感心《かんしん》な若《わか》い子《こ》だ。よしよし、ついといで」

若《わか》だんなについていったシロは、店《みせ》の中《なか》で、足《あし》を洗《あら》った水《みず》を飲《の》もうとするわ、ぬれた顔《かお》をふりまわして水滴《すいてき》を飛《と》ばすわ、奇行《きこう》をくり返《かえ》します。服《ふく》を着《き》せてもらうときもひと騒動《そうどう》。ふんどしを頭《あたま》からかぶり、羽織《はおり》をくわえてふりまわすので、若《わか》だんなはあきれました。

「ますますかわってるな。よし、おまえさんむけのところがある。かわった若《わか》い者《もの》をお手伝《てつだ》いにしたいという、ご隠居《いんきょ》さんがいてな。そこへいこう。その下駄《げた》をはいて……これ、なんでくわえて走《はし》って逃《に》げていくっ」

なんだかんだで、シロは、ご隠居《いんきょ》さんのところで働《はたら》くことになりました。

「よしよし、これからよろしくな。おまえさん、親《おや》はどうした。父親《ちちおや》は？」

「さあ、どこのだれだか。うわさでは、酒屋《さかや》のブチじゃないかって話《ばなし》です」

「なんだって？ じゃあ、母親《ははおや》は？」

「はあ。何年《なんねん》かまえに毛《け》なみのいいのがきたときに、ついてっちゃいました」

「よくわからんことをいうなあ。ま、いいか、お茶《ちゃ》をいれとくれ。そこで湯《ゆ》がチンチンいって、わいてるだろ。これ、なんだって、たちあがって手《て》をまえにつきだすんだい。おまえさん、かわっとるなあ。いやあ、おもしろいよ」

「いやあ、それもそのはず。もとが白《しろ》いイヌですから、尾《お》も白《しろ》い（おもしろい）」

読んだ日　　年　　月　　日／　　年　　月　　日／　　年　　月　　日

ポイント　東京都台東区《とうきょうとたいとうく》の蔵前神社《くらまえじんじゃ》（元八幡宮《もとはちまんぐう》）には、この落語《らくご》にちなんだ「元犬《もといぬ》」像《ぞう》があります。

小《ちい》さな女《おんな》の子《こ》、イーダとお花《はな》のたのしい夜《よる》

イーダちゃんのお花《はな》

アンデルセン

イーダという名《な》の小《ちい》さな女《おんな》の子《こ》が、花瓶《かびん》の花束《はなたば》を指《ゆび》さして、学生《がくせい》さんにたずねました。

「ねえねえ、学生《がくせい》さん、教《おし》えてくれる？ 昨日《きのう》はあんなにきれいだったお花《はな》が、どうしてみんなしおれちゃったの？」

学生《がくせい》さんはこたえました。

「この花《はな》たちはね、夜中《よなか》になると、みんなでダンスパーティーをするんだよ。それで踊《おど》りつかれているのさ」

「ほんとに？」

「ほんとうだとも。人間《にんげん》たちが寝静《ねしず》まったころに、踊《おど》りまわるんだよ」

イーダは、その夜《よる》、花束《はなたば》をかかえておもちゃ部屋《べや》にいきました。それから、いつも大事《だいじ》にしている人形《にんぎょう》のソフィーをベッドからだして、かわりに花束《はなたば》をベッドの中《なか》に横《よこ》たえ、上《うえ》からふとんをかけてやりました。だって、お花《はな》たちはつかれているのですから。

その晩《ばん》、イーダはなかなか寝《ね》つけませんでした。すると、どこからかピアノの音《おと》が聞《き》こえてきました。

「お花《はな》たちのダンスがはじまるんだわ」

イーダはベッドからぬけだすと、そっと、おもちゃ部屋《べや》の中《なか》をのぞきました。

すると、月明《つきあ》かりで昼《ひる》のように明《あか》るい部屋《へや》の中《なか》で、お花《はな》たちがたのしそうに踊《おど》っているではありませんか。

「わぁ、なんてたのしそうなの！」

床《ゆか》の上《うえ》ではヒヤシンスやチューリップが、輪《わ》を描《えが》きながら踊《おど》っています。ピアノをひいているのは黄色《きいろ》いユリの花《はな》でした。それに、おもちゃ箱《ばこ》の中《なか》にいた人形《にんぎょう》のソフィーまでもが、箱《はこ》からでて踊《おど》りはじめました。

そのとき、広間《ひろま》のドアがギーッと開《あ》きました。ドアからはいってきたのは、広間《ひろま》のテーブルにかざってあったお花《はな》たちです。金《きん》の冠《かんむり》をかぶっているバラの花《はな》は、たぶん花《はな》の王様《おうさま》とお妃様《きさきさま》です。

音楽隊《おんがくたい》がエンドウ豆《まめ》のラッパを吹《ふ》きならし、それはそれはたのしげなダンスパーティーでした。スミレやスズラン、ヒナギクにサクラソウ。イーダは月明《つきあ》かりの下《した》で、お花《はな》たちといっしょに一晩中踊《ひとばんじゅうおど》りあかしました。

つぎの朝《あさ》、イーダは目覚《めざ》めると、すぐにおもちゃ部屋《べや》へいきました。また お花《はな》たちと踊《おど》りたかったのです。でも、ベッドに置《お》かれたお花《はな》たちは、昨日《きのう》よりも、ずっとしおれているではありませんか。広間《ひろま》のお花《はな》たちも、昨日《きのう》より元気《げんき》がないように見《み》えました。

昨晩《さくばん》、踊《おど》りすぎてしまったのかもしれません。人形《にんぎょう》のソフィーにたずねてみましたが、なにもこたえてくれません。イーダはかなしくなりました。

そしてベッドの上《うえ》の花束《はなたば》をかかえると、庭《にわ》にお花《はな》たちのお墓《はか》をつくりました。そして、こうお願《ねが》いしたのです。

「お花《はな》さんたち、ありがとう。来年《らいねん》の夏《なつ》にまた会《あ》えますように。そして、もっときれいに咲《さ》けるといいね」

読んだ日　　年　月　日／　　年　月　日／　　年　月　日

ポイント お花《はな》のパーティーに参加《さんか》できたのは、イーダのやさしさが本物《ほんもの》だったからかもしれません。

えんま様《さま》はいい神様《かみさま》なのです

こんにゃくえんま

6月11日のお話

むかしむかし、ある寺《てら》にえんま様《さま》がまつられていました。えんま様《さま》はとてもこわい顔《かお》をしているので、おまいりをする人《ひと》はあまりいません。ところが、えんま様《さま》に毎日《まいにち》おまいりする、おばあさんと孫娘《まごむすめ》がいました。

「ばあちゃん、なんで、こわいえんま様《さま》に毎日《まいにち》おまいりするの」

「こわいことなんてあるものか。えんま様《さま》は、死《し》んだ人《ひと》を極楽《ごくらく》いきか地獄《じごく》いきかを決《き》めるえらい神様《かみさま》なんじゃ。わるいことをしとらんなら、ええじゃろ」

おばあさんは目《め》が見《み》えません。一人《ひとり》ではおまいりにこられないので、孫《まご》娘《むすめ》に手《て》をひいてもらって、やってくるのです。

「ばあちゃんは、目《め》が見《み》えないから、えんま様《さま》のこわい顔《かお》がわからないんだよ。でも、ばあちゃんのいうとおり、いいことをしてる人《ひと》を極楽《ごくらく》にいかせてくれるなら、えんま様《さま》はいい神様《かみさま》だね」

娘《むすめ》はそういって、えんま様《さま》をおがみながら願《ねが》いごとをいいました。

「うちのばあちゃんは、とてもいい人《ひと》です。ばあちゃんが極楽《ごくらく》にいくまえに、目《め》が見《み》えるようにしてください」

すると、天井《てんじょう》から世《よ》にもおそろしい声《こえ》がひびきわたりました。

「老婆《ろうば》よ。人《ひと》も通《かよ》わぬこの寺《てら》に、毎日《まいにち》参拝《さんぱい》にくるとは感心《かんしん》じゃ。老婆《ろうば》を気《き》づかう孫娘《まごむすめ》の心根《こころね》もみごと。よかろう。願《ねが》いごとを聞《き》いてつかわす」

娘《むすめ》がおどろいていると、おばあさんが泣《な》きながらいいました。

「見《み》える。右目《みぎめ》が見《み》えるぞ。おお、孫《まご》や。お前《まえ》の顔《かお》はかわいいのう。えんま様《さま》にお礼《れい》をいわないといけないのう」

二人《ふたり》がお礼《れい》をいおうと、えんま様《さま》の像《ぞう》を見《み》ると、なんと、えんま様《さま》の右目《みぎめ》がなくなっていました。

「えんま様《さま》が右目《みぎめ》をばあちゃんにくれたんだ。えんま様《さま》、ありがとう」

「なんと、おそれ多《おお》い。もったいないことじゃ。えんま様《さま》、このばばあにできることはありませんか。お礼《れい》をしとうぞんじます」

すると、またもや天《てん》から声《こえ》がしました。こわい声《こえ》にはちがいないのですが、今度《こんど》はちょっとはずかしそうです。

「いや、その、礼《れい》などいらぬのだがな。だが、どうしてもというなら、こんにゃくをそなえてくれぬか」

「えんま様《さま》、こんにゃくが好《す》きなの？」

「これ、孫《まご》。おそれ多《おお》い。わかりました、えんま様《さま》。このばばあが、毎日《まいにち》かならずこんにゃくをおそなえしましょう」

「あたしもおそなえするよ」

二人《ふたり》がこうこたえると、えんま様《さま》はゆかいげに笑《わら》いながら、**たのしみにしておるぞ**、といいました。

以来《いらい》、二人《ふたり》は毎日《まいにち》えんま様《さま》にこんにゃくをおそなえするようになりました。二人《ふたり》のうわさはすぐに広《ひろ》がり、この寺《てら》は「こんにゃくえんま」と呼《よ》ばれ、えんま様《さま》に参詣《さんけい》する人《ひと》が増《ふ》えましたとさ。

読んだ日　年　月　日／　年　月　日／　年　月　日

ポイント　実際《じっさい》にえんま様《さま》をまつっている東京都《とうきょうと》の源覚寺《げんかくじ》に伝《つた》わるお話《はなし》です。

6月12日のお話

父親《ちちおや》の忠告《ちゅうこく》を無視《むし》した若者《わかもの》の運命《うんめい》は……

イカロスの翼《つばさ》

ギリシャ神話《しんわ》

むかし、ダイダロスというたいへん腕《うで》のいい大工職人《だいくしょくにん》がいました。ダイダロスの評判《ひょうばん》を聞《き》いたクレタ島《とう》のミノス王《おう》は、彼《かれ》にあるたのみごとをしました。

「だれも脱出《だっしゅつ》できない迷宮《めいきゅう》、ラビリントスをつくってほしい。そしてそのことはぜったいにひみつだぞ」

ダイダロスは承知《しょうち》して、巨大《きょだい》なラビリントスをつくりあげました。ミノス王《おう》は完成《かんせい》したラビリントスに、自分《じぶん》の息子《むすこ》を閉《と》じこめました。この息子《むすこ》はミノタウロスといい、体《からだ》は人間《にんげん》ですが、頭《あたま》はウシという怪物《かいぶつ》だったのです。

神《かみ》の呪《のろ》いによって怪物《かいぶつ》として生《う》まれたミノタウロスには、毎年生贄《まいとしいけにえ》が必要《ひつよう》でした。犠牲者《ぎせいしゃ》が増《ふ》えていくことに、とうとう一人《ひとり》の若者《わかもの》がおこりました。

「私《わたし》が怪物《かいぶつ》を退治《たいじ》してやろう」

若者《わかもの》の名《な》はテセウス。古代《こだい》ギリシャが生《う》んだ屈指《くっし》の英雄《えいゆう》です。

テセウスはラビリントスに挑《いど》んで、みごとにミノタウロスを退治《たいじ》し、脱出《だっしゅつ》をはたしました。テセウスの脱出《だっしゅつ》を助《たす》けたのは、ミノス王《おう》の娘《むすめ》アリアドネです。アリアドネは、ダイダロスにラビリントスの脱出法《だっしゅつほう》を聞《き》いて、テセウスに教《おし》えました。そしてアリアドネはテセウスと愛《あい》しあい、クレタ島《とう》をさったのです。これを知《し》ったミノス王《おう》は、すべての怒《いか》りをダイダロスにむけました。

「ダイダロスよ、娘《むすめ》はテセウスに連《つ》れさられてしまった。わしは息子《むすこ》と娘《むすめ》を同時《どうじ》に失《うしな》ったのだ。おまえだけはゆるせぬ。罰《ばっ》として塔《とう》の上《うえ》で暮《く》らすがいい」

こうしてダイダロスは、ダイダロスの息子《むすこ》のイカロスとともに、高《たか》い塔《とう》の上《うえ》に閉《と》じこめられてしまいました。

「とうさん、これからどうするの」

「なに、心配《しんぱい》することはない。とうさんの腕《うで》を見《み》くびるなよ」

ダイダロスは塔《とう》にやってくる鳥《とり》たちの羽《はね》をひろい集《あつ》め、ろうでかためて大《おお》きな翼《つばさ》を二対《につい》つくりました。そして、自分《じぶん》とイカロスの背中《せなか》に翼《つばさ》をつけて、塔《とう》の上《うえ》から飛《と》びたち、脱出《だっしゅつ》したのです。

空《そら》を飛《と》びながら、ダイダロスはイカロスにいいました。

「いいか、あぶないからあまり空高《そらたか》く飛《と》ぶんじゃないぞ」

ところが、はじめて空《そら》を飛《と》んだイカロスはうれしくて、父親《ちちおや》の忠告《ちゅうこく》が耳《みみ》にはいりません。どんどん、空高《そらたか》く飛《と》びあがっていきました。もう、イカロスには父親《ちちおや》の声《こえ》がとどきません。これを目《め》にしたのが、太陽神《たいようしん》アポロンです。

「おのれ、人間《にんげん》の分際《ぶんざい》でわれに近《ちか》づこうとするか。よかろう、近《ちか》づけるものなら近《ちか》づいてみるがよい」

イカロスは太陽《たいよう》まで近《ちか》づき、ついにアポロンの姿《すがた》を見《み》ました。

「ああ、あれにおわすは、太陽神《たいようしん》アポロン！　なんと神々《こうごう》しいお姿《すがた》だ」

イカロスは、アポロンの光《ひか》りかがやく姿《すがた》に見《み》とれました。すると、羽《はね》をかためているろうが、太《た》陽《よう》の熱《ねつ》でとけていきました。そしてついに翼《つばさ》は分解《ぶんかい》して、イカロスはまっさかさまに海《うみ》に落《お》ちて死《し》んでしまいました。

6月

神話

ためになる話

読んだ日　　年　　月　　日／　　年　　月　　日／　　年　　月　　日

ポイント　テセウスは都市国家《としこっか》アテナイ（現《げん》アテネ）の王《おう》として、化物退治《ばけものたいじ》の英雄《えいゆう》として知《し》られる古代《こだい》ギリシャの国民的英雄《こくみんてきえいゆう》です。

ほんとうにおろかなのはだれでしょう？

裸《はだか》の王様《おうさま》

6月13日のお話

アンデルセン

むかしむかし、あるところに、おしゃれが大好《だいす》きな王様《おうさま》がいました。

ある日《ひ》、服職人《ふくしょくにん》だという二人《ふたり》の男《おとこ》がお城《しろ》にやってきて王様《おうさま》にいいました。

「わたしたちは、この世《よ》で一番《いちばん》うつくしい布《ぬの》を織《お》ることができます。とてもふしぎな布《ぬの》で、その布《ぬの》でつくった服《ふく》は、おろか者《もの》には見《み》ることができないのです」

「ほう。それはおもしろい。さっそくその布《ぬの》を織《お》って服《ふく》をつくってくれ」

王様《おうさま》はそういって、二人《ふたり》の男《おとこ》にたくさんのお金《かね》をわたしました。

「いったい、どんな服《ふく》ができるのだろう？　はやく着《き》てみたいものだ」

たのしみな王様《おうさま》は、服《ふく》がどのくらいできたか、大臣《だいじん》に見《み》てくるようにいいました。いわれたとおりに大臣《だいじん》が見《み》にいくと、二人《ふたり》の男《おとこ》たちは布《ぬの》を織《お》っているようですが、布《ぬの》は見《み》えません。

大臣《だいじん》は、目《め》をこすってもう一度《いちど》見《み》ましたが、やっぱりなにも見《み》えません。

（おろか者《もの》には見《み》えない布《ぬの》らしいが、わたしがおろか者《もの》であるはずがない！）

そこで大臣《だいじん》は、お城《しろ》へ帰《かえ》ると王様《おうさま》にうその報告《ほうこく》をしました。

「みごとな布《ぬの》でしたよ、王様《おうさま》。もうすぐ織《お》りあがって服《ふく》に縫《ぬ》うそうです」

「そうか、それほどみごとな布《ぬの》か！」

しかし二人《ふたり》の男《おとこ》たちはじつは、織《お》っているふりをしていただけでした。王様《おうさま》をだまして、お金《かね》だけをもらおうと、たくらんでいたのです。

そして、お祭《まつ》りの当日《とうじつ》。二人《ふたり》の男《おとこ》は、王様《おうさま》にうやうやしく服《ふく》を着《き》せるふりをしました。王様《おうさま》は見《み》えない服《ふく》の下《した》にはなにも着《き》ていません。ですから、王《おう》さまは裸《はだか》なのですが、家来《けらい》たちは自分《じぶん》がおろか者《もの》だと思《おも》われたくないので、だれもそのことを口《くち》にしません。それどころか、

「まことによく、おにあいで」

「それにしても、みごとな服《ふく》ですなぁ」

と、口《くち》ぐちにほめたてました。

「そうか、そんなによくにあうか」

王《おう》さまは行列《ぎょうれつ》をしたがえると、満足《まんぞく》した顔《かお》で、ゆっくりと歩《ある》きはじめました。

そのようすを見《み》ておどろいたのは、街《まち》の人《ひと》たちです。（王様《おうさま》が裸《はだか》で歩《ある》いている⁉）と思《おも》っても、だれもそのことを口《くち》にできません。自分《じぶん》はおろか者《もの》だと思《おも》われてしまうからです。

でも、そのとき。行列《ぎょうれつ》を見《み》ていた小《ちい》さな男《おとこ》の子《こ》が、笑《わら》っていいました。

「裸《はだか》の王様《おうさま》が、いばって歩《ある》いているよ」

その声《こえ》を聞《き》いた瞬間《しゅんかん》、町《まち》の人《ひと》たちが口《くち》ぐちにいいました。

「そうだよな、やっぱり裸《はだか》だよな」

「王様《おうさま》は裸《はだか》だよ。はずかしい！」

でも、一番《いちばん》はずかしかったのは、もちろん王様《おうさま》自身《じしん》です。

「ああ、やっぱりわしは裸《はだか》だったのか」

王様《おうさま》ははずかしさのあまり、逃《に》げるようにお城《しろ》へ帰《かえ》っていったそうです。

読んだ日　　年　月　日／　　年　月　日／　　年　月　日

ポイント “おろか者《もの》には見《み》えない布《ぬの》”とはうまく考《かんが》えましたね。もしあなたが裸《はだか》の王様《おうさま》を見《み》たら、なんと声《こえ》をかけますか？

6月14日のお話

かなしみは人《ひと》それぞれなのです

デンデンムシノカナシミ

新美南吉《にいみなんきち》

一匹《いっぴき》のデンデンムシがありました。

ある日《ひ》、そのデンデンムシは、たいへんなことに気《き》がつきました。

「わたしはいままでうっかりしてきたけれど、わたしの背中《せなか》のからの中《なか》には、かなしみがいっぱいつまっているではないか」

このかなしみをどうしたらよいでしょう。

デンデンムシは、お友《とも》だちのデンデンムシのところにいきました。

「わたしはもう、生《い》きてはいられません」

と、そのデンデンムシは、お友《とも》だちにいいました。

「なんですか」

と、お友《とも》だちのデンデンムシは聞《き》きました。

「わたしはなんという不幸《ふしあわ》せな者《もの》でしょう。わたしの背中《せなか》のからの中《なか》には、かなしみがいっぱいつまっているのです」

と、はじめのデンデンムシが話《はな》しました。

すると、お友《とも》だちのデンデンムシがいいました。

「あなたばかりではありません。わたしの背中《せなか》にもかなしみはいっぱいです」

それじゃしかたないと思《おも》って、はじめのデンデンムシは、べつのお友《とも》だちのところへいきました。

すると、そのお友《とも》だちもいいました。

「あなたばかりじゃありません。わたしの背中《せなか》にもかなしみはいっぱいです」

そこで、はじめのデンデンムシは、また、べつのお友《とも》だちのところへいきました。

こうして、お友《とも》だちを順々《じゅんじゅん》に訪《たず》ねていきましたが、どの友《とも》だちもおなじことをいうのでありました。

とうとう、はじめのデンデンムシは気《き》がつきました。

「かなしみはだれでももっているのだ。わたしばかりではないのだ。わたしは、わたしのかなしみをこらえていかなきゃならない」

そして、このデンデンムシはもう、なげくのをやめたのであります。

読んだ日　年　月　日／　年　月　日／　年　月　日

ポイント 原文《げんぶん》はすべてカタカナです。原文《げんぶん》で読《よ》むと、この作品《さくひん》の味《あじ》わい深《ぶか》さもまた格別《かくべつ》です。いつかためしてみてください。

湖《みずうみ》で髪《かみ》をすく、うつくしい女性《じょせい》

湖水《こすい》の女《おんな》

鈴木三重吉《すずきみえきち》

むかしむかし、ある山《やま》の上《うえ》にさびしい湖水《こすい》がありました。その近《ちか》くの村《むら》に、ギンという若者《わかもの》が、母親《ははおや》と二人《ふたり》で暮《く》らしていました。

ある日《ひ》ギンが、湖水《こすい》のそばへウシを連《つ》れていって、草《くさ》を食《た》べさせていますと、水《みず》の中《なか》に、若《わか》くうつくしい女《おんな》の人《ひと》が一人《ひとり》、ふわりとたって、金《きん》のくしで、静《しず》かに髪《かみ》をすいていました。ギンはしばらく見《み》つめていましたが、そのうち、自分《じぶん》のパンを女《おんな》の人《ひと》にあげたくなりました。ギンがだまってパンをさしだすと、女《おんな》は顔《かお》を横《よこ》にふって、

「かさかさのパンをもった人《ひと》よ、あたしはめったに、つかまりませんよ」

と、いって、すらりと水《みず》の下《した》へもぐってしまいました。

ギンは、家《いえ》へ帰《かえ》り、母親《ははおや》にすべてのことを話《はな》しました。母親《ははおや》は女《おんな》の言葉《ことば》をいろいろ考《かんが》えて、

「かさかさのパンでは嫌《いや》なのだろう。今度《こんど》は焼《や》かないパンをもっていきなさい」

と、ギンに教《おし》えました。それでギンは、そのあくる日《ひ》は、焼《や》かないままのパンをもって、湖水《こすい》へでかけました。

やがて女《おんな》があらわれました。ギンは焼《や》いていないパンをさしだしました。すると女《おんな》はやっぱり顔《かお》を横《よこ》にふって、

「しめったパンをもった人《ひと》よ、あたしはいきたくはありません」

こういって、やさしくほほえんだと思《おも》うと、また水《みず》の下《した》へかくれてしまいました。ギンはしかたなしにとぼとぼと、家《いえ》に帰《かえ》りました。

母親《ははおや》はその話《はなし》を聞《き》くと、

「今度《こんど》は半焼《はんや》きにしたのをもっていってごらんよ」

と、いいました。

つぎの日《ひ》、女《おんな》はギンがさしだしたパンを受《う》けとり、ギンのおよめさんになりました。ただし、三回《さんかい》ぶたれたら、湖《みずうみ》に帰《かえ》るという約束《やくそく》で。

ギンは湖水《こすい》の女《おんな》にやさしくし、子《こ》ども三人《さんにん》できてしあわせでした。けれども、なにかの拍子《ひょうし》に肩《かた》をそっとたたいたことが三度《さんど》ありました。湖水《こすい》の女《おんな》はそれを理由《りゆう》に、湖水《こすい》に帰《かえ》ってしまいました。ギンは泣《な》きさけび、湖水《こすい》に身《み》を投《な》げて死《し》にました。

残《のこ》された三人《さんにん》の子《こ》どもは、恋《こい》しい母《はは》をたずねて、毎日泣《まいにちな》きながら、湖水《こすい》のふちをさまよい、暮《く》らしていました。すると女《おんな》はある日《ひ》、水《みず》の中《なか》からでてきて三人《さんにん》をなぐさめました。

「おまえたちは、これから大《おお》きくなって、世《よ》の中《なか》の人《ひと》たちの病気《びょうき》をなおす人《ひと》になりなさい」

こういって、三人《さんにん》に薬《くすり》になる草《くさ》や木《き》を教《おし》えて、ふたたび湖水《こすい》へ帰《かえ》りました。三人《さんにん》はそのおかげで、たくさんの人《ひと》の病気《びょうき》をなおしました。そして、国中《くにじゅう》で一番《いちばん》えらいお医者《いしゃ》さんになり、王様《おうさま》からほうびをたくさんもらって、一生《いっしょう》、楽《らく》に暮《く》らしました。

読んだ日　年　月　日／　年　月　日／　年　月　日

ポイント 鈴木三重吉《すずきみえきち》は、夏目漱石《なつめそうせき》の門下生《もんかせい》で、小説家《しょうせつか》で俳人《はいじん》の高浜虚子《たかはまきょし》や、物理学者《ぶつりがくしゃ》・随筆家《ずいひつか》の寺田寅彦《てらだとらひこ》と交流《こうりゅう》がありました。

王子《おうじ》を待《ま》ちつづける妖精《ようせい》と呼《よ》ばれたお姫様《ひめさま》

白《しろ》いマス

アイルランド

むかしむかし、あるところにうつくしいお姫様《ひめさま》がいました。お姫様《ひめさま》は隣《となり》の国《くに》の王子様《おうじさま》と結婚《けっこん》する予定《よてい》でしたが、あるとき王子様《おうじさま》は、湖《みずうみ》に落《お》ちて死《し》んでしまいました。お姫様《ひめさま》はたいへんかなしみ、どこかにいってしまいました。

それからしばらくして、お姫様《ひめさま》のお城《しろ》の近《ちか》くの小川《おがわ》に、白《しろ》いマスがあらわれました。村《むら》の人《ひと》は、なにやら神秘的《しんぴてき》なこの白《しろ》いマスを「妖精《ようせい》さん」と呼《よ》んで、だいじにしました。

ある日《ひ》のこと、らんぼうな兵隊《へいたい》がやってきて、この白《しろ》いマスをつかまえました。村人《むらびと》は逃がしてやるように兵《へい》隊《たい》にいいましたが、兵《へい》隊《たい》はいうことを聞《き》きません。

「妖精《ようせい》だと？　ばかなことをいうな。このマスはおれさまが食《た》べてやる」

兵隊《へいたい》は、白《しろ》いマスをフライパンで焼《や》きました。ところが、いくら焼《や》いても、白《しろ》いマスは焼《や》けません。

「おかしいな。では、ひっくり返《かえ》して、もう片《かた》ほうの面《めん》を焼《や》いてみるか」

兵隊《へいたい》は、白《しろ》いマスをひっくり返《かえ》して焼《や》きましたが、やっぱり焼《や》けません。

「はは〜ん。これは、焼《や》けてるように見《み》えないだけで、ほんとうは焼《や》けているにちがいない。よし、ではいまから食《く》うことにしよう」

兵隊《へいたい》は白《しろ》いマスにフォークをつきてました。すると、白《しろ》いマスは、ぴょんとはねて消《き》えました。そのかわりに、なんと、腕《うで》から血《ち》を流《なが》したうつくしい女《おんな》の人《ひと》があらわれたのです。

「わたしを傷《きず》つけたのはおまえか。なぜおまえは、わたしを川《かわ》からここへ連《つ》れてきたのか。わたしはいつか湖《みずうみ》からやってくる夫《おっと》に会《あ》うために、ずっと川《かわ》で待《ま》っていなければならないのに」

「ひ、ひえ〜、おゆるしを。おれはあのマスが、あなた様《さま》のようなふしぎなおかただとは、知《し》らなかったのです」

「では、わたしを川《かわ》に戻《もど》しなさい」

「もちろんです。だから、どうか罰《ばち》をあてないでください」

女《おんな》の人《ひと》は兵隊《へいたい》の言葉《ことば》を聞《き》くと、また白《しろ》いマスに戻《もど》りました。兵隊《へいたい》は白《しろ》いマスをひろいあげて、すぐに川《かわ》へ連《つ》れていき、逃《に》がしました。すると、川《かわ》の色《いろ》は血《ち》のように赤《あか》く染《そ》まり、やがて、もとのきれいな透明《とうめい》な水《みず》に戻《もど》りました。

それ以来《いらい》、マスのおなかには、赤《あか》い筋《すじ》がつくようになりました。

兵隊《へいたい》はこの日《ひ》から心《こころ》をいれかえ、よい人《ひと》になりました。軍隊《ぐんたい》をやめて、神《かみ》様《さま》においのりする日々《ひび》を送《おく》ったということです。

読んだ日　　年　月　日／　　年　月　日／　　年　月　日

ポイント　アイルランドは、イギリスの西《にし》にある大《おお》きな島国《しまぐに》です。

ほんとうによい案《あん》だったのでしょうか

ムカデの医者《いしゃ》迎《むか》え

むかしむかし、虫《むし》の仲間《なかま》たちが集《あつ》まって、家《いえ》の中《なか》で遊《あそ》んでいました。そのうち、一匹《いっぴき》の虫《むし》がいきなり、

「いたいよ～、お腹《なか》がいたいよ～」

と、くるしみはじめたのです。

　虫《むし》たちはこれを見《み》て大《おお》さわぎ。お腹《なか》をさすったり、手《て》もとにある薬《くすり》を飲《の》ませたりしてみましたが、どうにもよくなる気配《けはい》がありません。

「こりゃ、おおごとじゃ。医者《いしゃ》を呼《よ》ばんといかんぞ。この中《なか》で一番足《いちばんあし》のはやい者《もの》に、医者《いしゃ》を迎《むか》えにいかすんじゃ」

　そこで、会議《かいぎ》がはじまりました。重《じゅう》大《だい》なことなので、責任《せきにん》をとるのがこわくて、だれもいきたがらないのです。

「バッタどんなら足《あし》がはやいじゃろ、おまえがいけ！」

　ところが、バッタはことわりました。

「いや、わしはピョンピョンはねとるだけじゃ。遠《とお》くまでは、むりじゃ」

「なら、ハチどんはどうじゃ。おまえなら羽《はね》があるから、ピューッと飛《と》んでいけるじゃろう」

「いやあ、わしは風《かぜ》がふいたら飛《と》ばされてしまうでな。医者《いしゃ》のところまでいきつけんかもしれん」

　やっぱり、ハチもことわりました。意見《いけん》も出《で》つくしたころ、一匹《いっぴき》の虫《むし》がこういいだしました。

「ムカデどんにたのもう。あれだけ足《あし》がたくさんあるなら足《あし》もはやかろう」

　なるほど、それももっともだ、ということになり、みんなはムカデにはやく医者《いしゃ》を迎《むか》えにいくようにいいました。

　しかし、ムカデは、「わし、そんなに足《あし》がはやかったかなあ」と、しきりに首《くび》をひねっています。

「そんなに足《あし》がたくさんあるのに、足《あし》がおそいなんてことがあるものか。ぜんぶ一度《いちど》にスタスタと動《うご》かせば、ものすごいはやさになるじゃろう」

と、虫《むし》の中《なか》のだれかがいうと、ムカデはそれもそうか、と玄関《げんかん》にむかってでていきました。これでみんな一安心《ひとあんしん》。くるしんでいる虫《むし》をはげましながら、ムカデの帰《かえ》りを待《ま》ちました。

　ところが、ムカデはいっこうに帰《かえ》ってきません。あまりに帰《かえ》りがおそいので、何匹《なんひき》かの虫《むし》がようすを見《み》にいくことにしました。虫《むし》たちが玄関《げんかん》にいくと、ムカデがすわりこんでいます。

「ああ、よかった、ムカデどん、帰《かえ》ってきたか。それで、医者《いしゃ》はどこだ？」

　するとムカデは、みんなに背《せ》をむけたまま、いいました。

「なにいってるんだ、これから医者《いしゃ》を迎《むか》えにいくんじゃないか。いま、わらじをはいているところだよ。なに、もうすぐだ、いま半分《はんぶん》までわらじをはきおわったところだ」

　なんと、ムカデの足《あし》が多《おお》すぎて、わらじをはくだけでこんなに時間《じかん》がかかってしまっていたのです。虫《むし》たちは、ムカデにたのんだことを後悔《こうかい》しましたとさ。

読んだ日　　年　月　日／　　年　月　日／　　年　月　日

ポイント　「百足《むかで》」と書《か》くムカデの中《なか》には、ほんとうに百本《ひゃっぽん》を超《こ》える足《あし》をもつ者《もの》もいます。

手品師《てじなし》が死《し》んだのはどこでしょう

或《あ》る手品師《てじなし》の話《はなし》

小熊秀雄《おぐまひでお》

大《おお》きな川《かわ》が流《なが》れる街《まち》に、老人《ろうじん》の手品《てじな》師《し》がやってきました。

「はい、はい、子《こ》どもたち。いまから、このわたくしめが、眼球《がんきゅう》をぬきとってごらんにいれます。いたたたたたっ」

すると、手品師《てじなし》の右手《みぎて》の上《うえ》に、眼《がん》球《きゅう》がのっていました。

「すげえ。ほんとうの眼球《がんきゅう》だぁ」

見物《けんぶつ》の子《こ》どもたちはおどろきました。ところが、手品師《てじなし》の手《て》の上《うえ》の眼球《がんきゅう》をよく見《み》つめていると、眼球《がんきゅう》はラムネの玉《たま》になってしまったのです。

「あははは、みなさん、さようなら」

こんなぐあいに手品師《てじなし》は、街角《まちかど》から街角《まちかど》に歩《ある》きまわって、手品《てじな》をやりました。そして、夕方《ゆうがた》につかれて宿《やど》に帰《かえ》る前《まえ》には、この街《まち》の街《まち》はずれを流《なが》れる河《かわ》岸《ぎし》に、かならず立《た》ちよりました。そして、この河岸《かわぎし》の草《くさ》の上《うえ》に足《あし》をのばして、一《いち》日《にち》のつかれをいやすのです。

ある日《ひ》、手品師《てじなし》は体調《たいちょう》がわるいので仕事《しごと》をはやめに切《き》りあげ、いつもの河岸《かわぎし》にやってきました。手品師《てじなし》は、ごほんごほんとせきこみながら、手品《てじな》の種《たね》のはいった袋《ふくろ》を枕《まくら》にして、河岸《かわぎし》の青草《あおくさ》の上《うえ》に寝《ね》ころびました。すると、その日《ひ》にかぎって、子《こ》どものころのこと、死《し》んだ奥《おく》さんのこと、友《とも》だちのこと、旅先《たびさき》の出来事《できごと》など、いままで経験《けいけん》してきたことをつぎつぎと思《おも》いだすのです。

しばらくして、手品師《てじなし》が起《お》きあがると、青《あお》いペンキぬりの船《ふね》がやってきました。手品師《てじなし》は船《ふね》を呼《よ》びとめて、おもわず乗《の》ってしまいました。どういうわけか、手品師《てじなし》はさきほどまでいた街《まち》が、急《きゅう》にいやになってしまったのでした。

船《ふね》が下流《かりゅう》の街《まち》につくと、手品師《てじなし》は船《ふね》をおりました。この街《まち》は、手品師《てじなし》が見《み》たことのないような、うつくしい街《まち》でした。ふしぎなことに、たちならぶ建《たて》物《もの》には、窓《まど》も出入《でい》り口《ぐち》もありません。ですが、街《まち》は人《ひと》でにぎわっています。

手品師《てじなし》は街《まち》を見物《けんぶつ》しながらも、橋《はし》の上《うえ》にたつと、客寄《きゃくよ》せをはじめました。

「さあ、みなさんお集《あつ》まりください」

観客《かんきゃく》を呼《よ》びよせたところで、手品師《てじなし》はたいへんなことに気《き》づきました。なんと、先《さき》ほどの船《ふね》の中《なか》に、手品《てじな》の種《たね》のはいった袋《ふくろ》を忘《わす》れてきたのです。手品《てじな》師《し》がどうしようかと考《かんが》えていると、観《かん》客《きゃく》がさわぎだしました。手品師《てじなし》は、橋《はし》の欄干《らんかん》の上《うえ》にたってさけびました。

「みなさん。いまからわたしはここから飛《と》びおります。飛《と》びおりますが、川《かわ》底《ぞこ》につくまえに、黒《くろ》い蝶《ちょう》になって、ここまで戻《もど》ってきて見《み》せましょう」

手品師《てじなし》は、飛《と》びおりました。

「やあ、手品師《てじなし》が死《し》んでる」

河岸《かわぎし》の青草《あおくさ》の上《うえ》に、冷《つめ》たくなった手《て》品師《じなし》をとりかこんで、子《こ》どもたちがわいわいさわぎました。

手品師《てじなし》は、手品《てじな》の種《たね》のはいった袋《ふくろ》を枕《まくら》にして、眠《ねむ》ったようなおだやかな顔《かお》をしていました。袋《ふくろ》からは、綿細工《めんざいく》のひげの長《なが》い人形《にんぎょう》がのぞいていました。

読んだ日　　年　月　日／　　年　月　日／　　年　月　日

ポイント 小熊秀雄《おぐまひでお》は旭太郎《あさひたろう》名義《めいぎ》で漫画原作《まんがげんさく》も書《か》いており、『火星探検《かせいたんけん》』(1940)は、SF漫画《まんが》の先駆的傑作《せんくてきけっさく》とされています。

ロンドンで有名《ゆうめい》な民話《みんわ》です

イギリス

ディック・ウィッティントンとネコ

むかし、イギリスのとある田舎町《いなかまち》に、ディック・ウィッテントンという若者《わかもの》がいました。ディックは小《ちい》さなころに両親《りょうしん》を亡《な》くしていたので、たいへん貧《びん》乏《ぼう》でした。

「もう、食《た》べるものもない。このままここにいても、死《し》ぬのを待《ま》つだけだ。よし、都会《とかい》のロンドンにいこう」

こうしてディックは、ロンドンにやってきました。ところが、田舎《いなか》でも都会《とかい》でも、働《はたら》かなくては暮《く》らしていけないのはいっしょです。お腹《なか》がすいて働《はたら》くことができなかったディックは、とうとう、あるお金《かね》もちの屋敷《やしき》のまえでたおれてしまいました。そこへ通《とお》りかかったのが、屋敷《やしき》の主人《しゅじん》でした。

「おい、きみ、どうした」

「だ、だんな様《さま》。お助《たす》けください」

ディックは運《うん》よく屋敷《やしき》の主人《しゅじん》に助《たす》けられ、屋敷《やしき》で働《はたら》かせてもらえるようになりました。ディックはけんめいに働《はたら》きました。ところが、ディックのベッドは屋根裏部屋《やねうらべや》にありましたので、ネズミがたくさんでてきて、眠《ねむ》れたものではありません。

「ネズミが走《はし》りまわって眠《ねむ》れやしない。いただいたお給金《きゅうきん》でネコを飼《か》おう」

ネコを飼《か》いはじめてから、ディックは安心《あんしん》して眠《ねむ》れるようになり、よりがんばって働《はたら》けるようになりました。

ある日《ひ》、屋敷《やしき》の主人《しゅじん》がアフリカに商《しょう》売《ばい》にいくことになりました。主人《しゅじん》は屋《や》敷《しき》で働《はたら》く人《ひと》を集《あつ》めていいました。

「おまえたちがもっているものも、アフリカで売《う》ってきてやろう」

そういわれても、ディックには売《う》る物《もの》なんてありません。

「だんな様《さま》。わたしの持《も》ち物《もの》はネコしかありません」

「じゃあ、そのネコを連《つ》れていこう」

こうして、屋敷《やしき》の主人《しゅじん》はディックのネコを連《つ》れて、商売《しょうばい》にいきました。何《なん》か月《げつ》かたち、屋敷《やしき》の主人《しゅじん》が帰《かえ》ってきてディックを呼《よ》びました。

「なにかご用《よう》ですか、だんなさま」

「おまえのネコはネズミとりの名人《めいじん》だな。船《ふね》の中《なか》にいたネズミをぜんぶ退治《たいじ》してしまったぞ。そのことを商売相手《しょうばいあいて》のアフリカの王様《おうさま》に話《はな》したら、ぜひそのネコを売《う》ってくれといわれたんだ」

「はあ。それがどうかしましたか」

「王様《おうさま》はネズミにそうとうなやんでいたらしくてな。ネコを売《う》ったら、そのネコがネズミをあっというまに退治《たいじ》したらしい。王様《おうさま》は大《おお》よろこびで、ものすごい大金《たいきん》をくれたぞ。この金《かね》は、みんなおまえのものだ」

「と、とんでもない。だんな様《さま》が売《う》ったのですから、お金《かね》はだんな様《さま》のものです」

「わたしは、そんなせこい商人《しょうにん》ではないよ。さあ、金《かね》を受《う》けとりたまえ」

こうしてディックは、たちまち大金《おおがね》もちになりました。その後《ご》ディックは、ロンドンの市長《しちょう》に三回《さんかい》もなるという大《だい》出世《しゅっせ》をしたということです。

読んだ日　　年　月　日／　　年　月　日／　　年　月　日

ポイント この物語《ものがたり》は創作《そうさく》ですが、ディック・ウィッテントンは実在《じつざい》の人物《じんぶつ》です。

6月20日のお話

しあわせだったヒバリとヒナギクのかなしい結末《けつまつ》

ヒナギク

アンデルセン

街《まち》からはなれたきれいな別荘地《べっそうち》の、ある家《いえ》の花壇《かだん》には、赤《あか》や黄色《きいろ》のチューリップやバラが、咲《さ》きほこっていました。

そのうつくしい花壇《かだん》の外《そと》の芝生《しばふ》には、一本《いっぽん》の白《しろ》いヒナギクが咲《さ》いています。目立《めだ》たないけれど、ヒナギクはそんなことは気《き》にしません。いつも太陽《たいよう》の光《ひかり》をあびて、いい香《かお》りを運《はこ》んでくれる風《かぜ》を感《かん》じ、ヒバリのさえずりに、耳《みみ》をかたむけているのでした。

ある日《ひ》、ヒナギクはふと思《おも》いました。

「でもヒバリはきっと、あのうつくしい鳴《な》き声《ごえ》を、私《わたし》ではなく、花壇《かだん》の花《はな》たちに聞《き》かせようとしているんだわ」

ところがそのとき、ヒバリは花壇《かだん》には目《め》もくれず、ヒナギクのそばに舞《ま》いおりてきたのです。そしてヒナギクに、

「きみはなんてかわいい花《はな》なんだろう」

と告《つ》げ、キスをして飛《と》びたちました。

花壇《かだん》の花《はな》たちは、ヒバリにキスされてしあわせそうなヒナギクを見《み》てやきもちを焼《や》き、なかでもチューリップは、いっそう赤《あか》くなりました。

そこへ、ハサミをもった女《おんな》の子《こ》が花《か》壇《だん》にやってきて、チューリップを切《き》りとってしまいました。

「なんておそろしいことを……」

ヒナギクはため息《いき》をつきました。

さて、つぎの朝《あさ》のこと。いつものように花《はな》びらを太陽《たいよう》にむけたヒナギクは、昨日《きのう》とちがう、とてもかなしげなヒバリの声《こえ》を聞《き》いておどろきました。

なんと、ヒバリは人間《にんげん》につかまり、家《いえ》の鳥《とり》カゴの中《なか》に閉《と》じこめられていたのです。ヒナギクは、なんとかヒバリを助《たす》けたいと思《おも》いましたが、どうすることもできません。

いつのまにか、二人《ふたり》の男《おとこ》の子《こ》が家《いえ》からでてきて、芝生《しばふ》の上《うえ》で話《はな》しています。

「この芝《しば》を、ヒバリのカゴにしいてあげようよ」

男《おとこ》の子《こ》たちはそういって、ヒナギクもろとも芝《しば》をザクザクと根《ね》まで切《き》りとり、家《いえ》の中《なか》へもちこんでいきました。

ヒナギクは、ヒバリとおなじ鳥《とり》カゴにはいることができました。でも、その中《なか》には水《みず》がなく、ヒバリはのどがかわいて、いまにも死《し》にそうでした。

「あぁ、かわいそうなヒナギク。きみもこの中《なか》ではしおれてしまう。人間《にんげん》は、この少《すこ》しの芝《しば》ときみを、すべての世界《せかい》のかわりにしろというわけさ……」

ヒバリはくるしくて、もがいても、ヒナギクのことはけっして傷《きず》つけませんでした。

まもなくヒバリが死《し》んでしまうと、人間《にんげん》たちはたくさんの涙《なみだ》を流《なが》してかなしがり、りっぱな箱《はこ》をひつぎにして、花《はな》でかざって土《つち》の中《なか》にうめました。

ヒナギクは、ヒバリが死《し》んでからかなしむ人間《にんげん》に、とても腹《はら》がたちました。ですが、そのヒナギクもやがてしおれ、鳥《とり》カゴとともにゴミにされてしまいました。

それから、ヒナギクのことを思《おも》いだす者《もの》は、だれ一人《ひとり》いませんでした。

読んだ日　年　月　日／　年　月　日／　年　月　日

ポイント うつくしい花《はな》が咲《さ》いていたら、どうしますか？　ハサミで切《き》って家《いえ》にかざりますか？　それとも見《み》るだけにしますか？

アラビアンナイト

洞穴《ほらあな》には金貨《きんか》や宝石《ほうせき》がいっぱい！

アリババと四十人《よんじゅうにん》の盗賊《とうぞく》

6月21日のお話

むかし、ペルシャの国《くに》に兄弟《きょうだい》がいました。欲深《よくぶか》い兄《あに》のカシムは、お金《かね》もちの娘《むすめ》と結婚《けっこん》しました。弟《おとうと》のアリババはモルジアナというかしこい娘《むすめ》と結婚《けっこん》しましたが、二人《ふたり》はとても貧乏《びんぼう》でした。

ある日《ひ》、アリババが薪《まき》を集《あつ》めに山《やま》へいくと、ウマに乗《の》った男《おとこ》たちがやってきました。男《おとこ》は四十人《よんじゅうにん》いて、みんなおそろしい顔《かお》をしていました。アリババは木《き》によじのぼり、かくれてようすを見《み》ていました。男《おとこ》たちは大《おお》きな岩《いわ》のまえでウマをおりました。そして、一番《いちばん》の大男《おおおとこ》が、大声《おおごえ》でさけびました。

「開《ひら》け、ごま！」

ゴゴゴゴゴーッ！　大《おお》きな岩《いわ》が動《うご》いて、洞穴《ほらあな》があらわれました。男《おとこ》たちは荷物《にもつ》を洞穴《ほらあな》に運《はこ》びこみました。しばらくしてでてくると、**「閉《と》じろ、ごま！」**とさけびました。そしてウマに乗《の》って、どこかへいってしまいました。

アリババは木《き》からおりると、岩《いわ》のまえで**「開《ひら》け、ごま！」**とさけびました。アリババが中《なか》にはいると、洞穴《ほらあな》は金貨《きんか》や宝石《ほうせき》でいっぱいでした。

「あの男《おとこ》たちは盗賊《とうぞく》だったんだ！」

アリババは袋《ふくろ》に金貨《きんか》をつめ、家《いえ》にもち帰《かえ》りました。アリババの話《はなし》を聞《き》いたカシムは、弟《おとうと》がうらやましくてたまりません。

「よし、金貨《きんか》を一人《ひとり》じめにしよう」

さっそく、カシムは山《やま》にでかけました。岩《いわ》のまえで**「開《ひら》け、ごま！」**といって、洞穴《ほらあな》にはいっていきました。金貨《きんか》や宝石《ほうせき》を袋《ふくろ》につめこみ、さあ、外《そと》にでようとしたときです。

「開《ひら》け、まめ！　ちがった。開《ひら》け、こめ！　これも、ちがう」

カシムは合《あ》い言葉《ことば》を忘《わす》れてしまったのです。そのうち、盗賊《とうぞく》たちが戻《もど》ってきました。逃《に》げおくれたカシムは、盗賊《とうぞく》につかまってしまいました。盗賊《とうぞく》の頭《かしら》はアリババのことを聞《き》きだすと、カシムを殺《ころ》してしまいました。

頭《かしら》は油売《あぶらう》りに化《ば》けて、アリババの家《いえ》を訪《たず》ね、泊《と》めてほしいとたのみました。夜中《よなか》にアリババをおそう計画《けいかく》です。頭《かしら》は四十個《よんじゅっこ》の油壺《あぶらつぼ》をロバにつんでいましたが、油《あぶら》がはいっているのは一個《いっこ》だけ。残《のこ》りの三十九個《さんじゅうきゅうこ》に手下《てした》をかくしていました。

夜《よる》になり、モルジアナがランプの油《あぶら》をわけてもらうため、庭《にわ》に置《お》いてある油壺《あぶらつぼ》に近《ちか》づきました。すると、中《なか》から「お頭《かしら》、もうでてもいいですか？」と声《こえ》がしました。モルジアナは盗賊《とうぞく》の計画《けいかく》に気《き》がつき、男《おとこ》の声《こえ》で「少《すこ》し、待《ま》て」とこたえました。そして、鍋《なべ》で油《あぶら》を煮《に》たて、三十九個《さんじゅうきゅうこ》の油壺《あぶらつぼ》に流《なが》しこみ、手下《てした》たちをやっつけました。

なにも知《し》らない頭《かしら》は、お酒《さけ》を飲《の》んでいます。モルジアナはドレスを着《き》て、剣《けん》をもって踊《おど》りました。頭《かしら》が見《み》ほれていると、モルジアナは踊《おど》りながら近《ちか》づき、頭《かしら》の胸《むね》を剣《けん》で刺《さ》しました。こうして盗賊《とうぞく》はみんな死《し》んでしまいました。アリババとモルジアナは、盗賊《とうぞく》の宝《たから》を町中《まちじゅう》の貧《まず》しい人《ひと》にわけてあげました。

6月
世界の名作
ほうけんの話

読んだ日　　年　　月　　日／　　年　　月　　日／　　年　　月　　日

ポイント　ドアを開《あ》けるときに、「開《ひら》け、ごま！」といって、親子《おやこ》で遊《あそ》んでみるのもたのしいですね。

無理難題《むりなんだい》も彦一《ひこいち》ならばすぐに解決《かいけつ》

八人《はちにん》の真《ま》ん中《なか》

彦一《ひこいち》さん

むかし、彦一《ひこいち》の住《す》む肥後《ひご》の国《くに》には、人《ひと》を困《こま》らせるのが大好《だいす》きな殿様《とのさま》がいました。この殿様《とのさま》はだれにもできないことを、わざといいだしては、困《こま》っている人《ひと》の顔《かお》を見《み》てたのしむのです。

ある日《ひ》、殿様《とのさま》は彦一《ひこいち》の住《す》む村《むら》の庄屋《しょうや》に手紙《てがみ》をだしました。

『ごちそうをしてやるから、村《むら》の者《もの》八《はち》人《にん》で参《まい》れ。よいか、庄屋《しょうや》をふくめて八《はち》人《にん》きっかりでくるのだぞ』

庄屋《しょうや》は大《おお》よろこびで村人《むらびと》から七人《しちにん》を選《えら》び、自分《じぶん》をふくめて八《はち》人《にん》でお城《しろ》にむかいました。一行《いっこう》の中《なか》には彦一《ひこいち》もいます。

「庄屋《しょうや》さん、お殿様《とのさま》はなんで、八人《はちにん》きっかりでこいというのでしょう」

道《みち》すがら、彦一《ひこいち》が庄屋《しょうや》に聞《き》くと、庄屋《しょうや》は首《くび》を横《よこ》にふりながらいいました。

「わからん。しかし、ごちそうしてくれるというのだから、それでよかろう」

「でも、あのいじわるなお殿様《とのさま》ですよ。また、なにかかわるいことを考《かんが》えていそうです」

「うん。だから、彦一《ひこいち》。おまえを仲間《なかま》にいれたんだよ。もしものときは、おまえの知恵《ちえ》だけがたよりだ」

さすがに庄屋《しょうや》も、殿様《とのさま》がただでごちそうしてくれるとは思《おも》っていなかったようです。

さて、村人《むらびと》たちがお城《しろ》につくと、一行《いっこう》は殿様《とのさま》のお城《しろ》に案内《あんない》されました。

「よくきた、村《むら》の者《もの》たちよ。うむ、八《はち》人《にん》きっかりおるな。よし、まずはおまえたちの中《なか》から一人《ひとり》、代表《だいひょう》の者《もの》を選《えら》べ」

(そらきた)

彦一《ひこいち》は殿様《とのさま》の言葉《ことば》がおわると同時《どうじ》に、大声《おおごえ》でいいました。

「わたしが仕《つかまつ》りとうぞんじます」

「ほう、彦一《ひこいち》と申《もう》すか。ずいぶんと若《わか》いな。これからおまえたちに食事《しょくじ》をだす。彦一《ひこいち》、おまえは村人《むらびと》の真《ま》ん中《なか》で食事《しょくじ》をせよ。ちょうど真《ま》ん中《なか》じゃぞ」

殿様《とのさま》の言葉《ことば》を聞《き》いて、村人《むらびと》たちは困《こま》りました。彦一《ひこいち》がちょうど真《ま》ん中《なか》にすわろうとしても、左右《さゆう》のどちらかが三《さん》人《にん》でどちらかが四人《よにん》になってしまいます。すると彦一《ひこいち》は笑《わら》っていいました。

「殿様《とのさま》。どんなすわりかたでもいいですか」

「よいとも。ただし、かさなってすわるような無礼《ぶれい》はゆるさんぞ」

彦一《ひこいち》は殿様《とのさま》の言葉《ことば》を聞《き》くと、村人《むらびと》を自分《じぶん》の周囲《しゅうい》に集《あつ》めて小声《こごえ》でなにかいいました。すると、村人《むらびと》たちはよろこんで、彦一《ひこいち》のまわりをとりかこむように、輪《わ》になってすわったのです。

「殿様《とのさま》、これでわたしはみんなのちょうど真《ま》ん中《なか》にすわりました。ごちそうをいただきとうぞんじます」

彦一《ひこいち》たちのようすを見《み》ていた殿様《とのさま》は、ぱっとはじけたように笑《わら》いました。

「あっぱれ。あっぱれじゃ、彦一《ひこいち》。おまえはほんに知恵者《ちえもの》じゃのう」

こうして彦一《ひこいち》たちは、殿様《とのさま》にごちそうをしてもらいましたとさ。

読んだ日　　年　月　日／　　年　月　日／　　年　月　日

ポイント 発想《はっそう》の転換《てんかん》のたいせつさを教《おし》えてくれるお話《はなし》です。子《こ》どものやわらかい頭《あたま》でなら解決《かいけつ》できるかもしれません。

人間《にんげん》は楽園《らくえん》でしあわせに暮《く》らしていました

アダムとイブの楽園《らくえん》

6月23日のお話

神様《かみさま》はなにもない暗闇《くらやみ》から、この世《せ》界《かい》をつくり、最後《さいご》に人間《にんげん》をつくりました。人間《にんげん》はアダムと名《な》づけられました。

アダムはエデンという楽園《らくえん》に、裸《はだか》で住《す》んでいました。エデンにはうつくしい花《はな》が咲《さ》き、おとなしい鳥《とり》や動物《どうぶつ》がしあわせに暮《く》らしていました。でも、アダムは一人《ひとり》ぼっちでした。そこで神様《かみさま》は、アダムにイブという女《おんな》の子《こ》の友《とも》だちをつくりました。アダムとイブがエデンの園《その》を見《み》てまわっていると、一本《いっぽん》の大《おお》きな木《き》がありました。すると、天《てん》から神様《かみさま》の声《こえ》がしました。

「アダムとイブよ、よく聞《き》きなさい。エデンにあるどの木《き》の実《み》も、好《す》きなだけ食《た》べてよい。でも、その木《き》の実《み》は食《た》べてはいけません。その木《き》は『善悪《ぜんあく》の木《き》』といって、よいこととわるいことの知識《ちしき》をあたえる木《き》です。この木《き》の実《み》を食《た》べると、人間《にんげん》の心《こころ》から、安《やす》らかな気《き》もちがなくなってしまいます。そして、とてもおそろしい目《め》にあうのです」

アダムとイブは、きっといいつけを守《まも》りますと約束《やくそく》しました。

ある日《ひ》、アダムが昼寝《ひるね》をしていたので、イブは一人《ひとり》で散歩《さんぽ》にでかけました。そのとき、年《とし》をとった一匹《いっぴき》のヘビが近《ちか》よってきて、イブに話《はな》しかけました。

「善悪《ぜんあく》の木《き》の実《み》を食《た》べたことがあるかい？」

「神様《かみさま》に食《た》べてはいけないといわれたわ」

イブがそうこたえると、ヘビはくすくすと笑《わら》いました。

「善悪《ぜんあく》の木《き》の実《み》はとてもおいしいんだ。食《た》べても平気《へいき》だよ。ほら、食《た》べてごらん」

ヘビは善悪《ぜんあく》の木《き》の実《み》をイブにわたしました。木《き》の実《み》は真《ま》っ赤《か》に熟《う》れて、とてもおいしそうでした。イブはがまんできなくなり、つい一口《ひとくち》かじってしまいました。とてもおいしかったので、残《のこ》りをもって帰《かえ》り、アダムにも食《た》べさせました。アダムが木《き》の実《み》を食《た》べたとたん、二人《ふたり》はかなしい気《き》もちになりました。そして、裸《はだか》で暮《く》らしていることが、とてもはずかしくなったのです。

これを見《み》ていた神様《かみさま》は、アダムとイブにいいました。

「約束《やくそく》をやぶって木《き》の実《み》を食《た》べたね。おまえたちは、もう楽園《らくえん》で暮《く》らすことはできない。ここからでて、汗《あせ》を流《なが》して働《はたら》きなさい。自分《じぶん》で畑《はたけ》をたがやし、作物《さくもつ》をつくって生《い》きていくのです。そして、くるしみやかなしみを知《し》り、やがて年《とし》をとって死《し》んでいくのです」

こうして、アダムとイブは、平和《へいわ》な楽園《らくえん》を追《お》いだされました。そして長《なが》い年月《ねんげつ》を働《はたら》いて暮《く》らし、たくさんの子《こ》どもをつくりました。二人《ふたり》の子《こ》どもや孫《まご》たちは、地上《ちじょう》のあらゆるところに住《す》むようになったのです。

6月 神話

ためになる話

読んだ日　年　月　日／　年　月　日／　年　月　日

ポイント 「善悪《ぜんあく》の木《き》の実《み》」は禁断《きんだん》の果実《かじつ》ともいわれ、リンゴの実《み》とされています。ほかにも、ブドウ、イチジク、トマトという説《せつ》もあるそうです。

生《い》き物《もの》たちの恩返《おんがえ》しなのでしょうか？

ミツバチの女王《じょおう》

グリム

むかしむかし、ある国《くに》に三人《さんにん》の王子《おうじ》がいました。二人《ふたり》の兄《にい》さんはわがままで、末《すえ》の王子《おうじ》はやさしい性格《せいかく》をしていました。そんな三人《さんにん》の王子《おうじ》が、ある日《ひ》、いっしょに旅《たび》にでることになりました。

三人《さんにん》が歩《ある》いていると、途中《とちゅう》で大《おお》きな塔《とう》のようなアリの巣《す》を見《み》つけました。

「あっ！　アリ塚《づか》だ！」

「こわしたらおもしろそうだ！」

二人《ふたり》の兄《にい》さんは、巣《す》をこわして遊《あそ》ぼうといいだしましたが、弟《おとうと》の王子《おうじ》は、

「そんなことやめておきましょう。アリがかわいそうです」と、とめました。

つぎに三人《さんにん》は湖《みずうみ》にでました。水《みず》の上《うえ》のカモを見《み》て、二人《ふたり》の兄《にい》さんたちは「焼《や》いて食《た》べてしまおう！」といいました。すると、弟《おとうと》の王子《おうじ》がいいました。

「そんなことやめておきましょう。カモがかわいそうです」

そしてつぎに三人《さんにん》が見《み》つけたのは……。

「わー、ミツバチの巣《す》だ！」

「巣《す》をこわせばミツが食《た》べられるぞ！」

と、二人《ふたり》の兄《あに》はいいましたが、ここでも末《すえ》の王子《おうじ》がとめにはいりました。

そのうち三人《さんにん》は、りっぱなお城《しろ》につきました。でも、お城《しろ》には馬小屋《うまごや》にウマの石像《せきぞう》があるだけで、人《ひと》の姿《すがた》はどこにもありません。三人《さんにん》が奥《おく》へはいっていくと、石版《せきばん》をもった小人《こびと》があらわれました。石版《せきばん》には、なにか書《か》いてあるようです。

——つぎの三《みっ》つの仕事《しごと》をやりとげると、この城《しろ》が魔法《まほう》から救《すく》われる——

一《ひと》つ目《め》の仕事《しごと》は、森《もり》の苔《こけ》の下《した》にかくされた千粒《せんつぶ》の真珠《しんじゅ》を、夕方《ゆうがた》までにぜんぶ探《さが》しだすことでした。

二人《ふたり》の兄《にい》さんは、さっそく真珠《しんじゅ》を探《さが》しにいきましたが、数《かず》がそろわずに、二人《ふたり》とも石《いし》にされてしまいました。

つぎは弟《おとうと》の王子《おうじ》の番《ばん》です。弟《おとうと》の王子《おうじ》が森《もり》で困《こま》っていると、どこからかアリたちが五千匹《ごせんびき》もあらわれて、あっというまに千粒《せんつぶ》の真珠《しんじゅ》を集《あつ》めてくれました。

二《ふた》つ目《め》の仕事《しごと》は、王女《おうじょ》の寝室《しんしつ》の鍵《かぎ》を海《うみ》の中《なか》からひろってくることでした。弟《おとうと》の王子《おうじ》はまた困《こま》ってしまいましたが、海辺《うみべ》にいくと、どこからかカモたちがやってきて、水《みず》の底《そこ》から鍵《かぎ》をとってきてくれたのです。

三《みっ》つ目《め》の仕事《しごと》は、眠《ねむ》っている三人《さんにん》の王女《おうじょ》の中《なか》から、一番年下《いちばんとした》の王女《おうじょ》を探《さが》しだすことでした。でも、三人《さんにん》の王女《おうじょ》は顔《かお》も姿《すがた》もまったくおなじで、ちがうのは寝《ね》るまえに食《た》べたものだけです。

一番上《いちばんうえ》の王女《おうじょ》は角砂糖《かくざとう》、二番目《にばんめ》はシロップ、三番目《さんばんめ》はハチミツを食《た》べたということです。弟《おとうと》の王子《おうじ》が困《こま》っていると、そこにミツバチの女王《じょおう》が飛《と》んできて、ハチミツを食《た》べた王女《おうじょ》の口《くち》にとまりました。

「あっ、この子《こ》が三番目《さんばんめ》の王女《おうじょ》だ！」

こうしてお城《しろ》の魔法《まほう》がとけて、石《いし》にされていた者《もの》たちはみんな、もとの姿《すがた》になりました。

弟《おとうと》の王子《おうじ》は、三番目《さんばんめ》の王女《おうじょ》と結婚《けっこん》して、お城《しろ》の王《おう》になったということです。

読んだ日　年　月　日／　年　月　日／　年　月　日

ポイント　心《こころ》のやさしい王子《おうじ》は、アリやカモ、ミツバチに助《たす》けてもらいました。生《い》き物《もの》はたいせつに、かわいがりましょう。

有名《ゆうめい》な「三方一両損《さんぼういちりょうぞん》」のお話《はなし》です

ひろった財布《さいふ》

6月25日のお話

むかしむかし、金太郎《きんたろう》という左官《さかん》が、江戸《えど》の町《まち》で財布《さいふ》をひろいました。中身《なかみ》を見《み》ると、金《きん》が三両《さんりょう》はいっていました。いっしょにはいっていた書《か》き付《つ》けを見《み》たところ、財布《さいふ》の持《も》ち主《ぬし》は大工《だいく》の吉五《きちご》郎《ろう》だとわかりました。根《ね》が正直《しょうじき》で親切《しんせつ》な金太郎《きんたろう》は、吉五郎《きちごろう》の家《いえ》を探《さが》して財布《さいふ》をとどけました。

「吉五郎《きちごろう》さん家《ち》はここかい。あんた、財布《さいふ》を落《お》としてたぜ。もってきたから、中身《なかみ》をあらためてくんな」

「おお、そいつは親切《しんせつ》なこった。だがな、おいらも江戸《えど》っ子《こ》だ。一度《いちど》落《お》としたもんは、受《う》けとれねえな」

「なんだと、この野郎《やろう》。人《ひと》の親《しん》切《せつ》をむだにしようってえのか」

「ありがてえが受《う》けとれねえ」

二人《ふたり》は大《おお》げんかをはじめ、とうとう裁判沙汰《さいばんざた》になってしまいました。お裁《さば》きをするのは、名《めい》奉行《ぶぎょう》と名高《なだか》い大岡越前守《おおおかえちぜんのかみ》です。

越前《えちぜん》は、二人《ふたり》の話《はなし》を聞《き》いて、大笑《おおわら》いしました。

「なるほど、そのほうらのいい分《ぶん》、よくわかった。金太郎《きんたろう》、財布《さいふ》を持《も》ち主《ぬし》に返《かえ》そうというそなたの心根《こころね》、まことにみごと。吉五郎《きちごろう》、一度《いちど》落《お》とした金《かね》はいらぬというそなたの潔《いさぎよ》さも、なかなかあっぱれ。この越前《えちぜん》、まことに感服《かんぷく》した。よって、ほうびをつかわす」

越前守《えちぜんのかみ》はそういうと、部下《ぶか》に命《めい》じて一両《いちりょう》の金《きん》をもってこさせました。

「吉五郎《きちごろう》の落《お》とした三両《さんりょう》に、一両《いちりょう》を加《くわ》えて四両《よんりょう》とする。二人《ふたり》で二両《にりょう》ずつ受《う》けとるがよい。これで、吉五郎《きちごろう》は落《お》とした三両《さんりょう》のうち二両《にりょう》が返《かえ》ってきた。金《きん》太郎《たろう》は三両《さんりょう》受《う》けとれるはずが、二両《にりょう》になった。この越前《えちぜん》はそのほうらを裁《さば》いたことで一両《いちりょう》を失《うしな》った。三人《さんにん》とも一《いち》両《りょう》ずつ損《そん》をしたな。三方一両損《さんぼういちりょうぞん》というわけじゃ」

越前守《えちぜんのかみ》はゆかいそうに笑《わら》って、「これにて一件落着《いっけんらくちゃく》」と、高《たか》らかに宣言《せんげん》しました。

この裁《さば》きのあと、二人《ふたり》のことが気《き》にいった越前《えちぜん》守《のかみ》は、金太郎《きんたろう》と吉五郎《きちごろう》にごちそうをふるまいました。

「二人《ふたり》とも、今日《きょう》はたくさん食《く》えよ」

すると、金太郎《きんたろう》がいいました。

「なに、多《おお》かあ（大岡《おおおか》）食《く》わねえ」

そして吉五郎《きちごろう》がつづきます。

「たった一膳《いちぜん》（越前《えちぜん》）だ」

読んだ日　年　月　日／　年　月　日／　年　月　日

ポイント　大岡裁き《おおおかさば》は、講談《こうだん》や落語《らくご》で大人気《だいにんき》の一《いち》ジャンルでした。なお、左官《さかん》とは壁塗《かべぬ》り職人《しょくにん》のことです。

顔《かお》がそっくりな王子《おうじ》と貧《まず》しい少年《しょうねん》がいれかわって……

王子《おうじ》とこじき

マーク・トウェイン

五百年《ごひゃくねん》もむかし。イギリスのロンドンで、二人《ふたり》の男《おとこ》の子《こ》が生《う》まれました。一人《ひとり》はお城《しろ》のエドワード王子《おうじ》。もう一人《ひとり》は貧《まず》しい家《いえ》の子《こ》どもトムです。やがて二人《ふたり》は十歳《じゅっさい》の誕生日《たんじょうび》を迎《むか》えました。

トムは王子様《おうじさま》に会《あ》ってみたくて、お城《しろ》にでかけました。トムがお城《しろ》の門《もん》から中《なか》をのぞきこんでいると、門番《もんばん》の兵士《へいし》に見《み》つかってしまいました。

「こら！　なにをしている！」

トムと兵士《へいし》がもみあっていると、「乱暴《らんぼう》はやめなさい」という声《こえ》が聞《き》こえました。声《こえ》の主《ぬし》は、エドワード王子《おうじ》でした。王子《おうじ》はりっぱな服《ふく》を着《き》ていましたが、顔《かお》だちはトムによくにていました。

「王子様《おうじさま》がどんな暮《く》らしをしているのか、見《み》てみたかったんです」

トムがそういうと、王子《おうじ》はにっこり笑《わら》いました。そして、トムをお城《しろ》にいれてくれました。王子《おうじ》も町《まち》の暮《く》らしが知《し》りたかったのです。

お城《しろ》は壁《かべ》も床《ゆか》もピカピカで、トムはうっとりしました。トムは町《まち》のようすをたのしそうに話《はな》します。外《そと》の世界《せかい》を知《し》らない王子《おうじ》は、トムがうらやましくなりました。するとトムが、「王子様《おうじさま》のような服《ふく》を着《き》てみたいな」といいだしました。そこで二人《ふたり》は、着《き》ている服《ふく》をとりかえっこしました。王子《おうじ》はトムに、トムは王子《おうじ》にしか見《み》えません。王子《おうじ》はたのしくなって、庭《にわ》をかけまわります。そこへ、さっきの門番《もんばん》がやってきました。

「おい、もう家《いえ》に帰《かえ》れ！」

トムの服《ふく》を着《き》た王子《おうじ》は、門《もん》の外《そと》にほうりだされました。「わたしは、王子《おうじ》だ！」と、さけびましたが、信《しん》じてくれません。王子《おうじ》の服《ふく》を着《き》たトムも、家来《けらい》たちに「ぼくは王子《おうじ》じゃない」といいましたが、病気《びょうき》になったと思《おも》われてしまいます。こうして二人《ふたり》は、いれかわってしまいました。

町《まち》へいった王子《おうじ》は、トムとして暮《く》らします。自由《じゆう》にどこへでもいけて、泥《どろ》んこになって遊《あそ》べます。でも、とても貧《まず》しくて、食《た》べるものもありません。

町《まち》の暮《く》らしはたのしいことばかりじゃないことを、王子《おうじ》は知《し》りました。

お城《しろ》のトムは、家来《けらい》にたいせつにされ、ごちそうをお腹《なか》いっぱい食《た》べます。でも、お城《しろ》の暮《く》らしはきゅうくつで、トムは町《まち》に帰《かえ》りたくなりました。

そんなある日《ひ》、とつぜん、国王《こくおう》が亡《な》くなってしまいました。王子《おうじ》はお城《しろ》へ帰《かえ》りますが、門番《もんばん》が中《なか》へいれてくれません。お城《しろ》からトムが飛《と》びだしてきて、王子《おうじ》のまえにひざまずきました。

「このかたが、ほんものの王子様《おうじさま》です」

こうして、ほんものの王子《おうじ》はお城《しろ》へ戻《もど》り、国王《こくおう》になりました。そして、トムの助《たす》けをかりて、町《まち》の人《ひと》のために力《ちから》をつくしました。

読んだ日　年　月　日／　年　月　日／　年　月　日

ポイント　そっくりな二人《ふたり》がいれかわる物語《ものがたり》のもとになった作品《さくひん》です。この作品《さくひん》も、何度《なんど》も映画《えいが》や舞台《ぶたい》になっています。

見《み》えない、聞《き》こえない、話《はな》せない少女《しょうじょ》の生涯《しょうがい》

ヘレン・ケラー

6月27日のお話

ヘレン・ケラーは、アメリカの小《ちい》さな町《まち》に生《う》まれました。一歳半《いっさいはん》のころ、原因不明《げんいんふめい》の病気《びょうき》がもとで、目《め》が見《み》えなくなり、耳《みみ》が聞《き》こえなくなりました。とつぜん、真《ま》っ暗《くら》になり、なにも聞《き》こえなくなったヘレンは、どんなにこわくてさびしかったことでしょう。

子《こ》どもは人《ひと》が話《はな》しているのを聞《き》いて、言葉《ことば》を覚《おぼ》えます。耳《みみ》の聞《き》こえないヘレンは、言葉《ことば》を覚《おぼ》えられず、話《はなし》もできません。自分《じぶん》の気《き》もちを伝《つた》えられないので、かんしゃくを起《お》こしてあばれだします。

「ヘレンにものを教《おし》えてくれる先生《せんせい》を探《さが》さなければ……」

おとうさんとおかあさんは、そう考《かんが》えました。そして、ヘレンが六歳《ろくさい》のとき、サリバン先生《せんせい》がやってきました。

「わたしも子《こ》どものころの病気《びょうき》で、しばらく目《め》が見《み》えなかったの。ヘレン、あなたの気《き》もちはよくわかります」

そういって、サリバン先生《せんせい》は、ヘレンに自分《じぶん》の顔《かお》や服《ふく》をさわらせませました。ヘレンは「これはだれだろう。ママでもパパでもないわ」と思《おも》いました。ヘレンは物《もの》にさわって形《かたち》を知《し》ること、においをかぐことで、物《もの》の姿形《すがたかたち》を感《かん》じることができるのです。

ある日《ひ》、サリバン先生《せんせい》は井戸《いど》のポンプを動《うご》かし、ヘレンの右手《みぎて》に水《みず》をかけ、左《ひだり》の手《て》のひらに「W《ダブリュー》・A《エー》・T《ティー》・E《イー》・R《アール》」と文字《もじ》を書《か》きました。水《みず》という意味《いみ》です。ヘレンの右手《みぎて》にかかる冷《つめ》たいものが、「水《みず》」だと教《おし》えたのです。ヘレンはわけがわからず、じっとしています。先生《せんせい》は何度《なんど》も、ヘレンに水《みず》をかけ、手《て》のひらに文字《もじ》を書《か》きました。やがて、ヘレンはハッと顔《かお》をあげ、サリバン先《せん》生《せい》の手《て》をつかみました。ヘレンはサリバン先生《せんせい》に水《みず》をかけ、その手《て》のひらに「WATER《ウォーター》」と書《か》きました。

「わかったのね、ヘレン！」

サリバン先生《せんせい》はヘレンを抱《だ》きしめました。ヘレンはこのとき、物《もの》には名前《なまえ》があることを知《し》ったのです。

『これはなに？　これは？』

物《もの》にさわりながら、ヘレンが指文字《ゆびもじ》でたずねます。

「これは花《はな》。これは木《き》。これは石《いし》」

サリバン先生《せんせい》が教《おし》えると、ヘレンはつぎつぎに言葉《ことば》を覚《おぼ》えていきます。

「お日様《ひさま》は温《あたた》かくて、雨《あめ》は冷《つめ》たい。花《はな》は甘《あま》い香《かお》りがする」

ヘレンは感《かん》じたことを、言葉《ことば》にできるようになりました。やがて、さわって文字《もじ》を読《よ》みとることができる点字《てんじ》を覚《おぼ》え、本《ほん》が読《よ》めるようになりました。

サリバン先生《せんせい》に助《たす》けられ、猛勉強《もうべんきょう》したヘレンは、やがてラドクリフ女子大《じょしだい》学《がく》に入学《にゅうがく》しました。

ヘレンはサリバン先生《せんせい》に感謝《かんしゃ》して、自分《じぶん》も体《からだ》の不自由《ふじゆう》な人《ひと》びとのために働《はたら》きたいと思《おも》いました。そして、大学《だいがく》を卒業《そつぎょう》すると、世界中《せかいじゅう》をまわり、障害《しょうがい》のある人《ひと》をはげましつづけたのです。

読んだ日　　年　月　日／　　年　月　日／　　年　月　日

ポイント　ヘレン・ケラー（1880-1968）は日本《にほん》にも訪《おとず》れました。「たいせつなことは、心《こころ》に光《ひかり》を見《み》いだすこと」だと、みんなに教《おし》えたのです。

全国《ぜんこく》にある羽衣伝説《はごろもでんせつ》の一《ひと》つです

天女《てんにょ》の羽衣《はごろも》

むかしあるところに、漁師《りょうし》の若者《わかもの》がおりました。若者《わかもの》が漁《りょう》をおえて家《いえ》に帰《かえ》る途中《とちゅう》、一本《いっぽん》の松《まつ》の木《き》の枝《えだ》に、それはうつくしい衣《ころも》がかかっていました。

若者《わかもの》がふしぎに思《おも》って近《ちか》づくと、松《まつ》の木《き》の近《ちか》くで水《みず》の音《おと》がします。

「はて、池《いけ》のほうじゃろか」

若者《わかもの》が池《いけ》を見《み》たところ、うつくしい天女《てんにょ》が水浴《みずあ》びをしていました。

「はああ、きれいな女《おんな》の人《ひと》じゃなあ。」

すると、この枝《えだ》にかかった衣《ころも》は、あの人《ひと》のものか」

若者《わかもの》は衣《ころも》を手《て》にとってながめました。

「なんとうつくしい衣《ころも》じゃ、七色《なないろ》に光《ひか》っとる。羽《はね》のように軽《かる》くて、すべすべして、なんともいえぬ、ええ香《かお》りまでしとるわ」

若者《わかもの》がいままでに見《み》たこともない衣《ころも》を見《み》て、ため息《いき》をついていると、

「もし、もし、そこのおかた、それはわたしの羽衣《はごろも》です。それがなくては天《てん》に帰《かえ》ることができません。どうか返《かえ》してください」

と、声《こえ》がします。若者《わかもの》がふり返《かえ》ると、さきほどのうつくしい女《おんな》の人《ひと》が困《こま》った顔《かお》をしていました。

「この衣《ころも》は天女様《てんにょさま》のものか。これはとんでもないお宝《たから》じゃな。これはいいことを聞《き》いた。そういうことなら、これはもちかえることにしよう」

若者《わかもの》はそういうと、天女《てんにょ》には目《め》もくれずに、羽衣《はごろも》をもってスタスタと家《いえ》にむかって歩《ある》きはじめました。ますます困《こま》ってしまった天女《てんにょ》は、しかたなく若《わか》者《もの》のあとをついていきました。

天《てん》に戻《もど》れなくなってしまった天女《てんにょ》は、ほかにどうすることもできず、若者《わかもの》のおよめさんになりました。羽衣《はごろも》というお宝《たから》とうつくしいおよめさんを手《て》にいれて、若者《わかもの》は大《おお》よろこび。やがて夫婦《ふうふ》の間《あいだ》には、二人《ふたり》の子《こ》どもができました。

天女《てんにょ》はしあわせでしたが、それでも天《てん》に帰《かえ》りたい気《き》もちにかわりはありません。若者《わかもの》がどこかにかくした羽衣《はごろも》を、いつも探《さが》していました。

ある日《ひ》、二人《ふたり》の子《こ》どもがいいました。

「おかあさん、おとうさんはどうしていつもかまどの裏《うら》を見《み》てニコニコしているの？　かまどの裏《うら》はおもしろいの？」

天女《てんにょ》は子《こ》どもの言葉《ことば》を聞《き》いて、とうとう羽衣《はごろも》のかくし場所《ばしょ》を知《し》りました。天女《てんにょ》は羽衣《はごろも》を身《み》にまとい、子《こ》どもたちを抱《だ》きしめて、天《てん》に帰《かえ》っていきました。

だれもいない家《いえ》に帰《かえ》ってきた若者《わかもの》は、およめさんが子《こ》どもたちを連《つ》れて、天《てん》に帰《かえ》ったことを悟《さと》りました。

若者《わかもの》はいつまでもいつまでも、天《てん》を見《み》あげていました。

読んだ日　　年　月　日／　　年　月　日／　　年　月　日

ポイント　羽衣伝説《はごろもでんせつ》の伝《つた》わる静岡市《しずおかし》の三保《みほ》の松原《まつばら》（世界文化遺産《せかいぶんかいさん》）には、羽衣《はごろも》がかかっていたという松《まつ》（三代目《さんだいめ》）があります。

ジムは宝《たから》の地図《ちず》を見《み》つけて宝探《たからさが》しにでかけます

宝島《たからじま》

ロバート・ルイス・スティーブンソン

むかし、イギリスの港町《みなとまち》に、小《ちい》さなホテルがありました。ホテルでは、ジムという男《おとこ》の子《こ》が、おかあさんといっしょに働《はたら》いていました。

ある日《ひ》、大《おお》きな荷物《にもつ》をもった男《おとこ》がホテルに泊《と》まりました。男《おとこ》の名《な》前《まえ》はビリー、船乗《ふなの》りのようです。ビリーはなにかをこわがっていて、いつもビクビクしていました。

数日後《すうじつご》、人相《にんそう》のわるい男《おとこ》が、ビリーを訪《たず》ねてやってきました。ジムがビリーの部屋《へや》に案内《あんない》すると、二人《ふたり》は言《い》いあらそいをはじめました。

「宝《たから》をわたせ！」と男《おとこ》がどなります。

「宝《たから》なんてない！　でていけ！」

ビリーは剣《けん》をぬいてふりまわし、男《おとこ》を追《お》いだしました。

「おぼえてろ！　フリントがくるぞ！」

男《おとこ》はそういって逃《に》げていきました。

「フリント」と聞《き》いて、ビリーは真《ま》っ青《さお》になりました。フリントは悪名高《あくみょうだか》い海賊団《かいぞくだん》の名前《なまえ》です。ビリーはよほどこわかったのか、その夜《よる》、ふるえながら死《し》んでしまいました。

困《こま》ったジムとおかあさんは、ビリーの荷物《にもつ》を調《しら》べてみました。中《なか》にはガラクタといっしょに、地図《ちず》と金貨《きんか》がはいっていました。そのときです。

ドンドンドン！　ドンドンドン！

ドアを乱暴《らんぼう》にたたく音《おと》がしました。

「ビリー、でてこい！」

どなり声《こえ》も聞《き》こえます。ジムとおかあさんは、金貨《きんか》と地図《ちず》をもって、裏口《うらぐち》から逃《に》げだしました。

ジムはおかあさんと、リブシーという医師《いし》の家《いえ》を訪《たず》ね、地図《ちず》を見《み》せました。それはどこかの島《しま》の地図《ちず》で、三《さん》か所《しょ》に×印《しるし》がついています。

「これはきっと宝《たから》の地図《ちず》だ。よし、トレローニさんに相談《そうだん》しよう」

と、リブシー医師《いし》はいいました。

トレローニさんは町一番《まちいちばん》の大金《おおがね》もちで、大《だい》の冒険好《ぼうけんず》きです。みんなでトレローニさんの家《いえ》にむかいました。地図《ちず》を見《み》たトレローニさんは、大《おお》よろこびして、いいました。

「これは、海賊《かいぞく》がかくした宝《たから》の地図《ちず》だ。さっそく宝探《たからさが》しに出発《しゅっぱつ》だ！」

トレローニさんはヒスパニオーラ号《ごう》という船《ふね》を用意《ようい》して、たくさんの乗組《のりくみ》員《いん》をやといました。ジムとリブシー医《い》師《し》も乗《の》りこみます。船長《せんちょう》はスモレットさんというりっぱな人《ひと》です。

翌朝《よくあさ》、ヒスパニオーラ号《ごう》は出港《しゅっこう》しました。船《ふね》は南《みなみ》へむかいます。ジムははじめての航海《こうかい》で、わくわくしています。町《まち》で待《ま》っているおかあさんのためにも、きっと宝《たから》を見《み》つけようと思《おも》いました。

小《ちい》さなジムは、船《ふね》の仕事《しごと》ができないので、コック長《ちょう》のシルバーのお手伝《てつだ》いをします。シルバーは陽気《ようき》でやさしい人《ひと》でした。ケーキを焼《や》いてくれたり、おもしろい話《はなし》をしてくれました。ジムとシルバーはなかよしになりました。

長《なが》い航海《こうかい》がつづき、ようやく目的《もくてき》の

読んだ日　　年　月　日／　　年　月　日／　　年　月　日

ポイント　海賊《かいぞく》と戦《たたか》ったり、宝《たから》を探《さが》したり、ジムの冒険《ぼうけん》にハラハラどきどきします。ベンとシルバーが仲間《なかま》になって、よかったですね。

6月　世界の名作　ぼうけんの話

島《しま》が見《み》えました。明日《あす》は島《しま》へ上陸《じょうりく》です。

その夜《よる》、ジムは興奮《こうふん》して眠《ねむ》れませんでした。そっと甲板《かんぱん》にでると、人《ひと》が集《あつ》まっています。話《はな》し声《ごえ》が聞《き》こえます。

「宝《たから》を見《み》つけたら、やつらをたおして、ぜんぶうばいとるんだ。わかったな」

シルバーの声《こえ》でした。シルバーは、大海賊《だいかいぞく》フリントのリーダーだったのです。ジムはくやしさとかなしさで、ブルブルふるえました。ジムはいそいで、スモレット船長《せんちょう》に知《し》らせにいきました。

船長《せんちょう》はトレローニさんとリブシー医師《いし》を呼《よ》んで、作戦会議《さくせんかいぎ》を開《ひら》きました。

「乗組員《のりくみいん》のほとんどが、シルバーの仲間《なかま》だ。気《き》づかないふりをして、ゆだんさせよう」と、船長《せんちょう》がいいました。

翌朝《よくあさ》、島《しま》にわたるボートには、シルバーと仲間《なかま》たち、そしてジムが乗《の》りこみました。シルバーがいない間《あいだ》に、船長《せんちょう》たちは船《ふね》で戦《たたか》う準備《じゅんび》をするのです。島《しま》につくと、ジムはボートを飛《と》びおり、ジャングルにむかって走《はし》りだしました。ジャングルで船長《せんちょう》たちを待《ま》つためです。

ジムはジャングルを夢中《むちゅう》で走《はし》ります。そのとき、とつぜん、ジムのまえにヒゲだらけの男《おとこ》があらわれました。

「うわあ、だれだ！」

「わしはベン・ガン。もと海賊《かいぞく》だ」

ベンはフリントの船《ふね》に乗《の》っていましたが、海賊《かいぞく》たちとケンカして、島《しま》に置《お》きざりにされたのです。ベンはジムたちの味方《みかた》になると約束《やくそく》しました。そのとき、大砲《たいほう》の音《おと》が聞《き》こえました。ついに、戦《たたか》いがはじまったのです。ジムはベンと、仲間《なかま》のもとへむかいました。ところが、そこで待《ま》っていたのはシルバーでした。

「残念《ざんねん》だったな、ジム。トレローニや船長《せんちょう》は逃《に》げてしまったよ」

ジムとベンはつかまり、海賊《かいぞく》たちに連《つ》れられて、宝探《たからさが》しにむかいました。

地図《ちず》の場所《ばしょ》にたどりつき、海賊《かいぞく》たちは穴《あな》を掘《ほ》りはじめました。ところが、いくら掘《ほ》っても宝物《たからもの》はでてきません。海賊《かいぞく》たちはおこりだしました。

ついには、ジムとなかのよかったシルバーまでをもうたがい、仲間《なかま》われをはじめました。

「おれたちをだましたな、シルバー。おまえはジムと組《く》んで、宝物《たからもの》を横《よこ》どりする気《き》なんだろ」

海賊《かいぞく》たちは、ジムとシルバーにおそいかかりました。海賊《かいぞく》に裏切《うらぎ》られたシルバーは、ジムとベンを守《まも》って、海賊《かいぞく》たちと戦《たたか》います。

バーン！ 鉄砲《てっぽう》の音《おと》がしました。一度《いちど》は撤退《てったい》したトレローニさんたちが、助《たす》けにきたのです。シルバーも味方《みかた》につき、ジムたちは海賊《かいぞく》をたおしました。

宝物《たからもの》はどこにいったのでしょう？　じつはベンがこっそり、べつの場所《ばしょ》にうつしていたのです。ベンがみんなを宝物《たからもの》をかくした洞《どう》くつに案内《あんない》しました。

「うわー！　すごい宝《たから》の山《やま》だ！」

金《きん》や銀《ぎん》や宝石《ほうせき》が山《やま》のようにつまれています。みんなで、宝物《たからもの》を船《ふね》につみこみます。シルバーも反省《はんせい》して、仕事《しごと》を手伝《てつだ》いました。

「さあ、帆《ほ》をはれ、出航《しゅっこう》だ！」

ヒスパニオーラ号《ごう》は、おかあさんの待《ま》つ港《みなと》を目《め》ざして出発《しゅっぱつ》しました。

おうちのかたへ

大人《おとな》も子《こ》どももたのしめる冒険小説《ぼうけんしょうせつ》の代表的作品《だいひょうてきさくひん》です。映画《えいが》やアニメになって、世界中《せかいじゅう》で親《した》しまれています。

バラのお城《しろ》に棲《す》む野獣《やじゅうしょうたい》の正体は？

美女《びじょ》と野獣《やじゅう》

6月30日のお話

ジャンヌ＝マリ・ルプランス・ド・ボーモン

むかしむかし、商人《しょうにん》が旅《たび》の途中《とちゅう》で道《みち》に迷《まよ》いました。困《こま》った商人《しょうにん》があてどなく道《みち》を歩《ある》いていると、うつくしいバラにかこまれたお城《しろ》につきました。

「そういえば、娘《むすめ》がバラの花《はな》をほしがっていたな。一本《いっぽん》いただこう」

商人《しょうにん》がバラの花《はな》をつみとると、城《しろ》の中《なか》から、だれかがあらわれました。

「だれだ、わたしのバラを盗《ぬす》むのは」

「申《もう》しわけありません。わたしの娘《むすめ》がバラをほしがっていたもので、つい」

商人《しょうにん》は、おわびの言葉《ことば》を口《くち》にしながら、さげていた頭《あたま》をあげました。すると、目《め》のまえにはおそろしい顔《かお》をした野獣《やじゅう》がいたのです。商人《しょうにん》はふるえあがりました。

「あなたにあやまられてもつまらない。あなたの娘《むすめ》さんをおわびにこさせなさい。そうすればゆるしてあげましょう」

「ええっ、そんな……」

商人《しょうにん》は困《こま》りましたが、野獣《やじゅう》のおそろしさに、それ以上声《いじょうこえ》がでません。家《いえ》に帰《かえ》ることにしました。ふしぎなことに、野獣《やじゅう》は思《おも》いのほかやさしく、帰《かえ》り道《みち》をていねいに教《おし》えてくれたのです。

商人《しょうにん》は家《いえ》に帰《かえ》ると、この話《はなし》を娘《むすめ》にしました。すると、娘《むすめ》はいいました。

「約束《やくそく》をやぶってはいけないわ。わたしがちゃんとあやまってきます」

娘《むすめ》はこういうと、野獣《やじゅう》のお城《しろ》にいきました。お城《しろ》につくと、野獣《やじゅう》はとてもやさしく娘《むすめ》を出迎《でむか》えてくれました。

「ようこそ、うつくしいお嬢《じょう》さん。ゆっくりしていってください」

野獣《やじゅう》と娘《むすめ》はごちそうを食《た》べ、たのしい話《はなし》をしながら何日《なんにち》もすごしました。娘《むすめ》は家《いえ》のことが気《き》になってきました。

「一度《いちど》、家《いえ》に帰《かえ》りたいんですけれど」

「いいでしょう。でも、またわたしのところに戻《もど》ってきてくれませんか。そして、わたしと結婚《けっこん》してほしいのです」

「それはできないわ。でも、もう一度《いちど》戻《もど》ってくることはお約束《やくそく》します」

娘《むすめ》は野獣《やじゅう》と約束《やくそく》をすると、家《いえ》に帰《かえ》りました。父親《ちちおや》の商人《しょうにん》は大《おお》よろこびです。父親《ちちおや》が、またお城《しろ》に戻《もど》ろうとする娘《むすめ》を強《つよ》くひきとめたので、娘《むすめ》は父親《ちちおや》のいうままに、家《いえ》で何日《なんにち》もすごしました。

ところが十日後《とおかご》、娘《むすめ》は野獣《やじゅう》が死《し》にかけている夢《ゆめ》を見《み》たのです。

「たいへん、お城《しろ》に戻《もど》らなきゃ」

娘《むすめ》がお城《しろ》に戻《もど》ると、野獣《やじゅう》は夢《ゆめ》で見《み》たとおり、死《し》にかけていました。

「うつくしいお嬢《じょう》さん。最期《さいご》にあなたに会《あ》えてよかった。わたしはしあわせです」

「なにをいうの。あなたはまだしあわせになっていないわ。これからしあわせになるのよ、わたしと結婚《けっこん》して、たのしく暮《く》らすのよ」

娘《むすめ》が野獣《やじゅう》との結婚《けっこん》をちかった瞬間《しゅんかん》、野獣《やじゅう》はうつくしい若者《わかもの》にかわりました。野獣《やじゅう》は、結婚《けっこん》しないと人間《にんげん》に戻《もど》れない呪《のろ》いをかけられていたのです。こうして娘《むすめ》と若者《わかもの》は、バラにかこまれたお城《しろ》で、しあわせに暮《く》らしました。

読んだ日　　年　月　日／　　年　月　日／　　年　月　日

ポイント 本作《ほんさく》は映画《えいが》やバレエ、舞台《ぶたい》、アニメなど、数多《かずおお》く翻案《ほんあん》されて、何度《なんど》も世界中《せかいじゅう》で紹介《しょうかい》されました。

7月《がつ》のお話《はなし》

日本一《にっぽんいち》高《たか》い山《やま》といえばなぁに?

山《やま》の背《せい》くらべ

むかしむかし、山《やま》たちがふつうに歩《ある》き、話《はなし》をしていたころのお話《はなし》です。

　ある山《やま》が、たいくつまぎれにこんなことをいいだしました。

「おれたちの中《なか》で一番背《いちばんせ》が高《たか》いのは、いったいどの山《やま》なんだろうな」

　このなにげない一言《ひとこと》が、大騒動《おおそうどう》のはじまりでした。日本中《にほんじゅう》の山《やま》たちが、自《じ》分《ぶん》が一番背《いちばんせ》が高《たか》いとじまんしはじめたのです。ところが、話《はな》しあいをしても、いっこうに結論《けつろん》がでません。そこで、山《やま》たちは全国各地《ぜんこくかくち》で、背《せい》くらべをすることにしました。

　背《せい》くらべ競争《きょうそう》は、圧倒的《あっとうてき》な強《つよ》さで駿《する》河《が》の富士山《ふじさん》が勝《か》ちぬいていきました。

「これは富士山《ふじさん》で決《き》まりじゃな。とんでもなく背《せ》が高《たか》い。日本一《にっぽんいち》は富士山《ふじさん》に決《き》まりじゃ」

　そう山々《やまやま》がうわさをしあっているのを聞《き》いておこりだしたのは、北陸《ほくりく》で背《せい》くらべ競争《きょうそう》に勝《か》ちぬいてきた加賀《かが》の白《はく》山《さん》です。

「なんの、富士山《ふじさん》ごとき。わしのほうがぜったい背《せ》が高《たか》いに決《き》まっとるわい」

　白山《はくさん》はこういって、富士山《ふじさん》に果《は》たし状《じょう》をだし、加賀《かが》の応援団《おうえんだん》の山々《やまやま》とともに、駿河《するが》の国《くに》に乗《の》りこんだのです。

　白山《はくさん》が富士山《ふじさん》に対決《たいけつ》を申《もう》しこんだといううわさはあっというまに広《ひろ》がり、二《ふた》つの山《やま》の対決《たいけつ》を一目見《ひとめみ》ようと、全国《ぜんこく》の山々《やまやま》が駿河《するが》に集《あつ》まりました。

「なあ富士山《ふじさん》と白山《はくさん》、見《み》くらべても、どっちが高《たか》いかわからんぞ」

「そうじゃな、富士山《ふじさん》はスラッとしてキレイだし、白山《はくさん》は体格《たいかく》がりっぱじゃ。どちらも見栄《みば》えがたいへんいいが、背《せ》の高《たか》さはどちらが上《うえ》かわからんな」

　そこで、みんなで知恵《ちえ》をだしあって、富士山《ふじさん》と白山《はくさん》と頭《あたま》の上《うえ》に樋《とい》をわたし、水《みず》を流《なが》すことにしました。水《みず》は低《ひく》いほうへ流《なが》れるので、水《みず》が落《お》ちてきたほうが負《ま》けというわけです。

「それじゃ、流《なが》すぞ」

　審判《しんぱん》の山《やま》が樋《とい》の真《ま》ん中《なか》から水《みず》を流《なが》すと、水《みず》は白山《はくさん》のほうへ流《なが》れだしました。

「こりゃ、いかん。白山《はくさん》が負《ま》けるぞ」

　あわてたのは、白山《はくさん》の応援団《おうえんだん》の山々《やまやま》です。少《すこ》しでも白山《はくさん》の背《せ》を高《たか》くしようと、あわてて自分《じぶん》たちがはいていたわらじを、白山《はくさん》の頭《あたま》と樋《とい》の間《あいだ》に押《お》しこみました。ところが、応援団全員《おうえんだんぜんいん》のわらじを白山《はくさん》の上《うえ》に乗《の》せてもまにあわず、水《みず》は白山《はくさん》の頭《あたま》の上《うえ》に流《なが》れ落《お》ちました。

「負《ま》けたわ。くやしいのう」

　白山《はくさん》はそういって、加賀《かが》に帰《かえ》っていきました。

　落《お》ちこんだ白山《はくさん》を気《き》の毒《どく》に思《おも》った人《にん》間《げん》は、それ以来《いらい》、白山《はくさん》の頂上《ちょうじょう》にのぼると、わらじをつみあげるようになったということです。

読んだ日　　年　月　日／　　年　月　日／　　年　月　日

ポイント　日本《にほん》の三名山《さんめいざん》は、富士山《ふじさん》(標高《ひょうこう》3776 m)、白山《はくさん》(標高《ひょうこう》2702 m)、立山《たてやま》(標高《ひょうこう》3015 m)です。

夏目漱石《なつめそうせき》が絶賛《ぜっさん》したという作品《さくひん》です

鼻《はな》

芥川龍之介《あくたがわりゅうのすけ》

禅智内供《ぜんちないぐ》の鼻《はな》といえば、町《まち》で知《し》らない者《もの》はいません。というのは、内供《ないぐ》の鼻《はな》は、上唇《うわくちびる》の上《うえ》からあごの下《した》まで垂《た》れさがるほど長《なが》く、太《ふと》さも鼻《はな》の先《さき》までおなじように太《ふと》いのです。いわば腸詰《ちょうづめ》を、顔《かお》の真《ま》ん中《なか》にぶらさげているようなものです。

この大《おお》きな鼻《はな》のせいで、内供《ないぐ》は苦労《くろう》をしていました。とくに食事《しょくじ》がたいへんです。内供《ないぐ》が食事《しょくじ》をするときは、小《こ》僧《ぞう》さんをそばにすわらせて、長《なが》い箸《はし》で鼻《はな》をもちあげてもらって食《た》べるのです。

一度《いちど》、小僧《こぞう》さんがくしゃみをしたときに、箸《はし》から鼻《はな》が落《お》ちてしまい、鼻《はな》がお椀《わん》の中《なか》にはいってしまったことがありました。この話《はなし》は笑《わら》い話《ばなし》としてあっというまに町《まち》に広《ひろ》まり、内供《ないぐ》はたいへんはずかしい思《おも》いをしました。

ある年《とし》の秋《あき》、弟子《でし》が鼻《はな》を短《みじか》くする方《ほう》法《ほう》を、医師《いし》から教《おそ》わって帰《かえ》ってきました。弟子《でし》たちが強《つよ》くすすめるので、内《ない》供《ぐ》はその治療《ちりょう》を試《こころ》みることにしました。じつは内供《ないぐ》は内心《ないしん》で、とてもよろこんでいたのです。

治療法《ちりょうほう》はかんたんでした。鼻《はな》をゆでたあとで、人《ひと》に鼻《はな》をふませるのです。内供《ないぐ》が鼻《はな》をゆでたところ、のみに食《く》われたようにむずがゆくなりました。そこでさっそく、内供《ないぐ》は横《よこ》たわって、弟子《でし》に鼻《はな》をふませました。少《すこ》しもいたくはなく、かえって気《き》もちよいぐらいでした。

弟子《でし》がしばらく鼻《はな》をふんでいると、やがて粟粒《あわつぶ》のようなものが鼻《はな》にできはじめました。

「これを毛《け》ぬきでぬく、ということでございます」

弟子《でし》はそういって、粟粒《あわつぶ》のようなものを一《ひと》つ一《ひと》つぬいていきました。その一《ひと》つが四分《しぶ》ばかりの脂肪《しぼう》のかたまりでした。

「このあと、鼻《はな》をもう一度《いちど》ゆでます」

もう一度《いちど》鼻《はな》がゆであがると、なんと鼻《はな》は短《みじか》くなっていました。内供《ないぐ》はたいへんよろこびました。

鼻《はな》が短《みじか》くなった内供《ないぐ》はたいそうゆかいな気分《きぶん》でいましたが、まわりの者《もの》はちがいました。いつもそこにあったものがない、というだけで、なんだかおかしいのです。

内供《ないぐ》は、最初《さいしょ》はなにかのまちがいではないかと思《おも》っていましたが、そのうち、みんなが自分《じぶん》の鼻《はな》が短《みじか》くなったことを笑《わら》っているのに気《き》づきました。すると、内供《ないぐ》は、今度《こんど》は鼻《はな》が短《みじか》くなったことを後悔《こうかい》するようになりました。

ところで、短《みじか》くなった鼻《はな》は、長《なが》もちしませんでした。ある日《ひ》、とつぜん、一夜《いちや》明《あ》けたら、もとの長《なが》さに戻《もど》ったのです。内供《ないぐ》は自分《じぶん》の鼻《はな》がまた長《なが》くなったことを知《し》って、安心《あんしん》しました。

（これでもうだれも笑《わら》わないだろう）

と、思《おも》ったからでした。

読んだ日　年　月　日／　年　月　日／　年　月　日

ポイント　内供《ないぐ》とは「高僧《こうそう》」という意味《いみ》、四分《しぶ》とは約《やく》1.2ミリメートルのことです。芥川《あくたがわ》の死後《しご》、友人《ゆうじん》の菊池寛《きくちかん》が「芥川賞《あくたがわしょう》」をつくりました。

三人《さんにん》の王子《おうじ》がもち帰《かえ》った宝物《たからもの》は……

空飛《そらと》ぶじゅうたん

むかし、インドのある国《くに》に、アリ、ハサン、フセインという三人《さんにん》の王子《おうじ》がいました。王子《おうじ》は三人《さんにん》とも、うつしくてかしこい、いとこのヌレンナハール姫《ひめ》が大好《だいす》きでした。

王様《おうさま》がいいました。

「一年後《いちねんご》に、一番《いちばん》すばらしい宝物《たからもの》をもってきた王子《おうじ》と、ヌレンナハール姫《ひめ》を結婚《けっこん》させよう」

そこで、王子《おうじ》たちは、それぞれ遠《とお》くの国《くに》へ旅《たび》だちました。

一年《いちねん》がたち、三人《さんにん》の王子《おうじ》は宝物《たからもの》をもって国《くに》に帰《かえ》ります。帰《かえ》り道《みち》の途中《とちゅう》で出会《であ》った三人《さんにん》は、宝物《たからもの》を見《み》せあいました。

アリ王子《おうじ》は、どこへでも好《す》きなところへいける、空飛《そらと》ぶじゅうたんを見《み》つけました。ハサン王子《おうじ》は、なんでも見《み》ることができる象牙《ぞうげ》の望遠鏡《ぼうえんきょう》をもってきました。そしてフセイン王子《おうじ》は、香《かお》りをかいだだけで、どんな病気《びょうき》もなおるリンゴを手《て》にいれました。どれもすばらしい宝物《たからもの》です。

さっそくハサン王子《おうじ》の望遠鏡《ぼうえんきょう》をのぞくと、重《おも》い病気《びょうき》にかかって、寝《ね》こんでいるヌレンナハール姫《ひめ》が見《み》えました。

「たいへんだ！　姫《ひめ》を助《たす》けにいこう！」

王子《おうじ》たちは空飛《そらと》ぶじゅうたんで、姫《ひめ》のもとへ飛《と》んでいきました。そして姫《ひめ》に、リンゴの香《かお》りをかがせました。

「とてもいい香《かお》りだわ」

ヌレンナハール姫《ひめ》は、にっこりほほえみました。三《みっ》つの宝《たから》のおかげで、姫《ひめ》の病気《びょうき》はなおったのです。どれ一《ひと》つ欠《か》けても、姫《ひめ》は助《たす》からなかったでしょう。

これではだれの宝物《たからもの》が一番《いちばん》か、決《き》めることができません。そこで王様《おうさま》は、弓《ゆみ》くらべをして、一番遠《いちばんとお》くに矢《や》を飛《と》ばした王子《おうじ》を、姫《ひめ》と結婚《けっこん》させることにしました。

まず、アリ王子《おうじ》が矢《や》をはなちました。つぎにハサン王子《おうじ》が矢《や》をはなちました。ハサン王子《おうじ》の矢《や》は、アリ王子《おうじ》より遠《とお》くに飛《と》びました。そして、最後《さいご》にはなったフセイン王子《おうじ》の矢《や》はどんどん遠《とお》くへ飛《と》んでゆき、どこへいったのか見《み》つかりません。ヌレンナハール姫《ひめ》は、ハサン王子《おうじ》と結婚《けっこん》することになりました。

ハサン王子《おうじ》はよろこびましたが、アリ王子《おうじ》はかなしみのあまり、お寺《てら》にこもって修行僧《しゅぎょうそう》になりました。

フセイン王子《おうじ》はというと、矢《や》を探《さが》して旅《たび》にでました。すると、フセイン王《おう》子《じ》の矢《や》は、切《き》りたった岩山《いわやま》のふもとに落《お》ちていました。矢《や》のそばには、うつくしい女《おんな》の人《ひと》がたっていました。

「あなたを待《ま》っていました。わたしはペリパヌー姫《ひめ》と申《もう》します」

ペリパヌー姫《ひめ》は魔神《まじん》の娘《むすめ》でした。ペリパヌー姫《ひめ》は、フセイン王子《おうじ》をまえから好《す》きだったので、わざと矢《や》をかくして王子《おうじ》を待《ま》っていたのです。フセイン王子《おうじ》もうつくしい姫《ひめ》を好《す》きになり、二《ふた》人《り》はいつまでもなかよく暮《く》らしたということです。

読んだ日　年　月　日／　年　月　日／　年　月　日

ポイント　空飛《そらと》ぶじゅうたん、魔法《まほう》の望遠鏡《ぼうえんきょう》、病気《びょうき》をなおすリンゴ、あなたなら、どれがほしいですか?

出雲《いずも》の隣《となり》、鳥取県東部《とっとりけんとうぶ》に伝《つた》わるお話《はなし》

因幡《いなば》の白《しろ》ウサギ

日本神話《にほんしんわ》

むかしむかし、隠岐島《おきのしま》に、一匹《いっぴき》の白《しろ》ウサギが棲《す》んでいました。白《しろ》ウサギは島《しま》のむこうにある、大《おお》きな陸地《りくち》にいきたくてたまりませんでした。

ある日《ひ》、白《しろ》ウサギはとうとう、向《む》こう岸《ぎし》にわたる方法《ほうほう》を思《おも》いつきました。そこで、海《うみ》に棲《す》むワニを呼《よ》びだしたのです。

「ワニさん、ワニさん、わたしのウサギの仲間《なかま》と、あなたのワニの仲間《なかま》ではどちらが多《おお》いだろうね。くらべっこしようよ。あなたの仲間《なかま》をみんな呼《よ》んでおくれ」

ワニは白《しろ》ウサギの話《はなし》をおもしろがり、自分《じぶん》の仲間《なかま》を全員《ぜんいん》呼《よ》びよせました。

「ああ、たくさんいるねえ。じゃあ、ぼくが数《かぞ》えてあげるよ。ワニさんたちはこの島《しま》の浜辺《はまべ》から向《む》こう岸《ぎし》まで一列《いちれつ》にならんでおくれ。あなたたちの背中《せなか》に飛《と》びのりながら数《かぞ》えていくからさ」

ワニたちは、それはいい考《かんが》えだと白《しろ》ウサギに賛成《さんせい》して、島《しま》から大《おお》きな陸地《りくち》までズラリと一列《いちれつ》にならびました。

「じゃあ、いくよ。一《ひ》の、二《ふ》の、三《み》の……」

白《しろ》ウサギはワニの背中《せなか》をピョンピョン飛《と》びわたりながら、数《かず》をかぞえていきました。白《しろ》ウサギはどんどん進《すす》み、最後《さいご》のワニの背中《せなか》まで飛《と》びわたったところで、大笑《おおわら》いしました。

「やあやあ。まんまとだまされてくれたね。ぼくの仲間《なかま》の数《かず》なんて知《し》るもんか。ぼくはこっちの岸《きし》にわたりたかっただけなんだよ。あははははは」

これを聞《き》いたワニたちは、たいへんおこりました。白《しろ》ウサギが乗《の》っていた最後《さいご》のワニは、体《からだ》をゆさぶって白《しろ》ウサギを海《うみ》にふり落《お》としました。そして、ワニたちは、よってたかって白《しろ》ウサギにおそいかかり、皮《かわ》をはいで、岸《きし》に投《な》げたのです。

「いたいよ、いたいよ～」

白《しろ》ウサギが岸辺《きしべ》で泣《な》いていると、八十神《やそがみ》たちがやってきました。八十神《やそがみ》というのは、たくさんの神様《かみさま》という意味《いみ》です。八十神《やそがみ》たちは、白《しろ》ウサギを見《み》ると、口《くち》ぐちにこういいました。

「海《うみ》の塩水《しおみず》で体《からだ》を洗《あら》えばなおるぞ」

白《しろ》ウサギがいうとおりにすると、ますますいたみが増《ま》して、白《しろ》ウサギはくるしみました。

「バカウサギめ、信《しん》じおったわ」

八十神《やそがみ》たちは大笑《おおわら》いして、さっていきました。しばらくすると、今度《こんど》はオオナムチという若《わか》い神様《かみさま》がやってきました。

「かわいそうに。体《からだ》を真水《まみず》で洗《あら》って、蒲《がま》の穂《ほ》をしきつめて、その上《うえ》に寝《ね》ころがりなさい。しばらくすれば、きっとよくなるよ」

白《しろ》ウサギがオオナムチのいうとおりにしたところ、体《からだ》はすっかりよくなりました。この白《しろ》ウサギをなおしたやさしい神様《かみさま》が、のちにオオクニノヌシノミコトと呼《よ》ばれる、りっぱな神様《かみさま》になるのです。

読んだ日　年　月　日／　年　月　日／　年　月　日

ポイント　東南《とうなん》アジアには、因幡《いなば》の白《しろ》ウサギの類話《るいわ》が多《おお》くあります。日本では、「ワニ」とはサメのことを指《さ》しているという説《せつ》があります。

ガチョウの背中《せなか》に乗《の》って冒険《ぼうけん》の旅《たび》にでます

ニルスのふしぎな旅《たび》

セルマ・ラーゲルレーヴ

ニルスは、いたずら好《ず》きでやんちゃな男《おとこ》の子《こ》。いつも、ペットや家畜《かちく》をいじめていました。ある日《ひ》、ニルスは妖《よう》精《せい》をおこらせて、魔法《まほう》をかけられてしまいました。ニルスの体《からだ》は小《ちい》さくなり、動物《どうぶつ》の言葉《ことば》がわかるようになりました。

「**コケッコ**、ニルスがちびになった」

「**ニャーン**、いいきみだ！」

ニワトリもネコも、ニルスを助《たす》けてくれません。ニルスは家《いえ》をでて、とぼとぼ歩《ある》きはじめました。

しばらくいくと、ガチョウのモルテンが空《そら》を見《み》あげていました。渡《わた》り鳥《どり》のガンの群《む》れが飛《と》んでいます。モルテンはずっと空《そら》を飛《と》んでみたいと思《おも》っていたのです。ガンの群《む》れが、すうっとおりてきて、モルテンに話《はな》しかけました。

「きみもいっしょにいかないかい？」

モルテンは、バタバタ羽《は》ばたきはじめます。だんだん体《からだ》がういてきました。

「モルテンが逃《に》げちゃう！」

ニルスはあわてて、モルテンの首《くび》にしがみつきました。すると、モルテンはニルスを首《くび》にぶらさげたまま、空《そら》へ舞《ま》いあがったのです。ニルスはモルテンの背中《せなか》によじのぼり、こわごわ下《した》をのぞきました。緑色《みどりいろ》の畑《はたけ》や牧場《ぼくじょう》が、箱《はこ》庭《にわ》みたいに小《ちい》さく見《み》えました。そのむこうにはブナの林《はやし》が広《ひろ》がり、湖《みずうみ》がきらきらしています。空《そら》の上《うえ》から見《み》る景色《けしき》は、なんてうつくしくて、ふしぎなんでしょう。

その夜《よる》のことです。湖《みずうみ》で眠《ねむ》るガンの群《む》れを、キツネがおそいました。ニルスは力《ちから》いっぱい戦《たたか》って、ガンを助《たす》けます。ガンの隊長《たいちょう》アッカは、勇敢《ゆうかん》なニルスとモルテンを仲間《なかま》に迎《むか》えました。

アッカたちと旅《たび》する間《あいだ》に、ニルスはいろいろな冒険《ぼうけん》をしました。古《ふる》い城《しろ》に棲《す》む黒《くろ》ネズミを助《たす》け、灰色《はいいろ》ネズミを追《お》いはらったり、おそってくるキツネたちをやっつけたりしました。やがて、動物《どうぶつ》たちは「小《ちい》さなニルスは知恵《ちえ》があって勇敢《ゆうかん》だ」とうわさしました。

旅《たび》にでてから半年《はんとし》がたちました。

「おとうさんとおかあさんは、どうしているかしら……」

ニルスは心配《しんぱい》になり、家《いえ》に戻《もど》ってきました。でも、小《ちい》さな体《からだ》がはずかしくて、家《いえ》にはいれずにいるうちに、モルテンがおとうさんに見《み》つかりました。

「ガチョウが戻《もど》ったぞ。ちょうどいい、市場《いちば》に売《う》りにいこう」

たいへんです。このままでは、モルテンが殺《ころ》されてしまいます。

「モルテンを殺《ころ》さないで！」

ニルスは必死《ひっし》にさけびました。たちまちニルスは、もとの姿《すがた》に戻《もど》りました。両親《りょうしん》はニルスを見《み》て大《おお》よろこびです。

「**クワックワッ**」と、空《そら》でガンが鳴《な》いています。でも、魔法《まほう》がとけたニルスには、もう動物《どうぶつ》の言葉《ことば》がわかりません。

「さよなら、アッカ。さよなら、ガンのみんな。元気《げんき》でね！」

ニルスは空《そら》にむかって、手《て》をふりました。

読んだ日　年　月　日／　年　月　日／　年　月　日

ポイント　旅《たび》の間《あいだ》に、ニルスはたくましく、やさしい少年《しょうねん》に成長《せいちょう》しました。それで魔法《まほう》もとけたのでしょう。

どんなにくるしくても、希望《きぼう》をすてませんでした

アンネ・フランク

アンネは、ドイツのフランクフルトに生《う》まれました。そのころのドイツには、貧《まず》しい人《ひと》があふれていました。大《おお》きな戦争《せんそう》に負《ま》けたからです。

アンネが四歳《よんさい》のとき、ナチス党《とう》のヒトラーがドイツの首相《しゅしょう》になりました。ヒトラーはドイツを、ドイツ人《じん》だけの国《くに》にしたいと思《おも》っていました。

「ドイツ国民《こくみん》が貧《まず》しいのは、ユダヤ人《じん》がよい仕事《しごと》をひとりじめしているからだ。ドイツをまえのような強《つよ》い国《くに》にするために、ユダヤ人《じん》を追《お》いだすのだ」

ヒトラーはこう演説《えんぜつ》して、ユダヤ人《じん》を迫害《はくがい》しはじめました。ユダヤ人《じん》の店《みせ》がおそわれてこわされたり、子《こ》どもたちが学校《がっこう》でいじめられたりしました。

アンネの一家《いっか》はユダヤ人《じん》でした。

「このままドイツにいたら、ユダヤ人《じん》はひどい目《め》にあわされる」

アンネのおとうさんは、オランダのアムステルダムで仕事《しごと》を見《み》つけ、一家《いっか》でひっこしました。でも、アンネたちが安心《あんしん》して暮《く》らせたのは、ほんの短《みじか》い間《あいだ》でした。ドイツはイギリスやフランスと戦争《せんそう》をはじめ、オランダを侵略《しんりゃく》したのです。オランダのユダヤ人《じん》たちは、胸《むね》に黄色《きいろ》い星《ほし》をつけさせられました。黄色《きいろ》い星《ほし》をつけていると、バスにも電車《でんしゃ》にも乗《の》れません。映画館《えいがかん》にも公園《こうえん》にもはいれません。やがて、ヒトラーは収容所《しゅうようじょ》にユダヤ人《じん》を送《おく》りこみ、むりやり働《はたら》かせ、ついにはガス室《しつ》で殺《ころ》してしまうようになりました。

アンネが十三歳《じゅうさんさい》になったとき、おとうさんは会社《かいしゃ》の事務所《じむしょ》の裏《うら》に、かくれ家《が》をつくりました。そして、ナチスにつかまるまえに、かくれ家《が》にうつったのです。ファン・ペルス一家《いっか》や歯医者《はいしゃ》のプフェファーさんもいっしょです。一歩《いっぽ》も外《そと》にでられず、窓《まど》も開《あ》けられず、みんなで息《いき》をひそめて暮《く》らしました。

アンネは日記帳《にっきちょう》に「キティ」と名前《なまえ》をつけ、毎日《まいにち》のできごとを書《か》きました。

「どうしてユダヤ人《じん》は、ひどい目《め》にあわされるのかしら」

まるで友《とも》だちと話《はなし》をするように、キティに悩《なや》みをうちあけたり、将来《しょうらい》の夢《ゆめ》を書《か》いたりしました。

「ここをでたら、ペーターと公園《こうえん》を散歩《さんぽ》したい。キティにだけ教《おし》えるわ。わたし、ペーターが好《す》きなの」

アンネはファン・ペルス家《け》の息子《むすこ》ペーターに思《おも》いをよせていたのです。でも、アンネの願《ねが》いはかないませんでした。一九四四年《せんきゅうひゃくよんじゅうよねん》、ナチスにかくれ家《が》が見《み》つかり、アンネは家族《かぞく》とともに収容所《しゅうようじょ》にいれられました。収容所《しゅうようじょ》でも、アンネは希望《きぼう》をすてませんでした。でも、チフスにかかり、十五歳《じゅうごさい》で亡《な》くなったのです。

戦争《せんそう》がおわり、家族《かぞく》でただ一人《ひとり》生《い》き残《のこ》ったおとうさんは、アンネの残《のこ》した日記《にっき》を本《ほん》にしました。『アンネの日記《にっき》』は、いまも世界中《せかいじゅう》で読《よ》まれています。

読んだ日　年　月　日／　年　月　日／　年　月　日

ポイント　アンネ・フランク（1929-1945）たちがおよそ二年《にねん》かくれていた部屋《へや》は、現在《げんざい》ミュージアムになっています。

中国《ちゅうごく》

七夕《たなばた》の夜《よる》のたった一年《いちねん》に一度《いちど》のデート

織姫《おりひめ》と彦星《ひこぼし》

夜空《よぞら》にキラキラとかがやく天《あま》の川《がわ》。その両側《りょうがわ》に、ひときわ大《おお》きくかがやく二《ふた》つの星《ほし》があるのを知《し》っていますか。じつはこの二《ふた》つの星《ほし》は天《てん》に住《す》む人《ひと》で、夏《なつ》の夜空《よぞら》の天《あま》の川《がわ》の西《にし》にある星《ほし》を織《おり》姫《ひめ》、東《ひがし》にある星《ほし》を彦星《ひこぼし》といいます。

その昔《むかし》、天帝《てんてい》の娘《むすめ》、織姫《おりひめ》は、いつも機《はた》を織《お》っていました。織姫《おりひめ》が機《はた》でつくる布《ぬの》はたいそううつくしく、天上界《てんじょうかい》でも評判《ひょうばん》でした。天帝《てんてい》は娘《むすめ》が大《だい》のじまんでしたが、いつも働《はたら》いてばかりの娘《むすめ》が不憫《ふびん》でしかたがありません。そこで、ウシの世話《せわ》をしている働《はたら》き者《もの》の若者《わかもの》、彦星《ひこぼし》と結婚《けっこん》させることにしました。

うつくしい娘《むすめ》とりっぱな若者《わかもの》はおにあいでした。おたがいに一目《ひとめ》で好《す》きになり、よろこんで夫婦《ふうふ》になったのです。

ところが、この二人《ふたり》、おたがいのことがあまりにも好《す》きだったので、仕事《しごと》が手《て》につかなくなりました。二人《ふたり》はいつもおしゃべりしてばかり。織姫《おりひめ》は機《はた》を織《お》らず、彦星《ひこぼし》はウシの世話《せわ》をまったくしなくなったのです。これには天界《てんかい》の人《ひと》たちも、大弱《おおよわ》りでした。

なぜなら、織姫《おりひめ》が機《はた》を織《お》らないので服《ふく》がつくれず、天界《てんかい》の人《ひと》たちは、いつもボロボロのかっこうをしなくてはならなくなったからです。さらには彦星《ひこぼし》が仕事《しごと》をしないのでウシが働《はたら》かず、畑《はたけ》からは作物《さくもつ》がとれません。天界《てんかい》の人《ひと》たちは、いつもお腹《なか》をすかせているようになりました。娘《むすめ》のこととはいえ、これには天帝《てんてい》もおこりました。

「もうおまえたちは会《あ》ってはならぬ」

天帝《てんてい》の命令《めいれい》で、織姫《おりひめ》は天《あま》の川《がわ》の西《にし》に、彦星《ひこぼし》は天《あま》の川《がわ》の東《ひがし》に住《す》むことになりました。これが、織姫《おりひめ》と彦星《ひこぼし》が天《あま》の川《がわ》の両側《りょうがわ》にいるわけなのです。

では、二人《ふたり》はその後《ご》どうなったでしょう。じつは、これで二人《ふたり》はもとのように働《はたら》き者《もの》になるだろうと、天界《てんかい》の人《ひと》たちは、いったんは安心《あんしん》したのです。ところが二人《ふたり》はかなしみのあまり、まったく仕事《しごと》をしなくなってしまいました。天《てん》界《かい》の人《ひと》たちは、もうどうすればよいのか、わからなくなってしまいました。

天界《てんかい》の人《ひと》たちに相談《そうだん》を受《う》けた天帝《てんてい》は、ため息《いき》をついて二人《ふたり》にいいました。

「では、一年《いちねん》に一度《いちど》だけ、二人《ふたり》が会《あ》うことをゆるそう。その日《ひ》まではいっしょうけんめいに働《はたら》くのだぞ」

こうして二人《ふたり》は一年《いちねん》に一度《いちど》、七月七《しちがつなの》日《か》の七夕《たなばた》の晩《ばん》、天《あま》の川《がわ》の浅瀬《あさせ》をわたって会《あ》えるようになりました。でも、雨《あめ》がふってしまうと、川《かわ》の水《みず》が増《ふ》えて、川《かわ》がわたれなくなってしまいます。そんなときは、天帝《てんてい》が遣《つか》わしたカササギという鳥《とり》の群《む》れが飛《と》んできて、翼《つばさ》をかさねあわせて、天《あま》の川《がわ》に橋《はし》をつくってくれるのだそうです。

読んだ日　　年　月　日／　　年　月　日／　　年　月　日

ポイント 織姫《おりひめ》はベガ、彦星《ひこぼし》はアルタイルという一等星《いっとうせい》です。ともに夏《なつ》の夜空《よぞら》をいろどる星《ほし》として有名《ゆうめい》です。

ふしぎでかわいい木《き》の人形《にんぎょう》の大冒険《だいぼうけん》

ピノキオ

カルロ・コッローディ

むかしむかし。時計職人《とけいしょくにん》のゼペットさんは、友《とも》だちから言葉《ことば》をしゃべるふしぎな木《き》をもらいました。

「この木《き》で人形《にんぎょう》をつくってみよう」

ゼペットさんは、かわいい男《おとこ》の子《こ》の人形《にんぎょう》をつくり、ピノキオと名《な》づけました。ピノキオは歩《ある》きまわったり、話《はな》したりできました。

貧《まず》しいゼペットさんは、自分《じぶん》の上着《うわぎ》を売《う》って、ピノキオに教科書《きょうかしょ》を買《か》いました。でも、ピノキオは学校《がっこう》も勉強《べんきょう》も大嫌《だいきら》い。教科書《きょうかしょ》を売《う》ったお金《かね》で、人形《にんぎょう》遣《つか》いの一座《いちざ》を見《み》にいきます。

「やあ、ぼくの仲間《なかま》がいる！」

舞台《ぶたい》にあがって踊《おど》りだしたピノキオに、人形遣《にんぎょうつか》いの親方《おやかた》は金貨《きんか》を五枚《ごまい》くれました。その帰《かえ》り道《みち》、ピノキオは、キツネとネコに声《こえ》をかけられました。

キツネとネコはピノキオをだまして、金貨《きんか》をうばおうとしたのです。ピノキオは口《くち》の中《なか》に金貨《きんか》をかくしました。おこったキツネとネコは、ピノキオを高《たか》い木《き》につるしました。夜《よる》になって、ピノキオを助《たす》けたのは森《もり》に住《す》む仙女《せんにょ》でした。ピノキオが金貨《きんか》を盗《と》られたとうそをつくと、鼻《はな》がぐんぐんのびました。

「うそをつくと鼻《はな》がのびるのよ。あなたがいい子《こ》になったら、ほんとうの人間《にんげん》にしてあげましょう」

仙女《せんにょ》はそういうと、姿《すがた》を消《け》しました。

ピノキオが家《いえ》に帰《かえ》ると、ゼペットさんがいません。夜《よる》になっても帰《かえ》らないピノキオを探《さが》しに、小舟《こぶね》で海《うみ》にでたのです。ピノキオはゼペットさんのためにも、人間《にんげん》になりたいと思《おも》いました。

ピノキオはゼペットさんを待《ま》ちながら学校《がっこう》に通《かよ》いはじめました。まじめに勉強《べんきょう》していましたが、ある日《ひ》、友《とも》だちにさそわれて、おもちゃの国《くに》へいきました。そこは夢《ゆめ》のようにたのしくて、ピノキオは遊《あそ》びつづけました。気《き》がつくと、ピノキオの耳《みみ》はロバの耳《みみ》にかわっていました。ロバにかわった子《こ》どもたちは、サーカスに売《う》られるのです。

ピノキオは、海《うみ》に飛《と》びこんで逃《に》げだしましたが、大《おお》きなサメがきて、飲《の》みこまれてしまいました。おどろいたことに、サメのお腹《なか》の中《なか》には、ゼペットさんがいました。二人《ふたり》は力《ちから》をあわせて、サメのお腹《なか》から逃《に》げだしました。

やっと家《いえ》に戻《もど》りましたが、ゼペットさんは病気《びょうき》になってしまいました。ピノキオはゼペットさんを看病《かんびょう》しながら、いっしょうけんめいに働《はたら》きました。

ゼペットさんはうれしくて、病気《びょうき》もよくなっていきました。ある夜《よる》、夢《ゆめ》の中《なか》に森《もり》で会《あ》った仙女《せんにょ》がでてきました。

「まじめないい子《こ》になりましたね。約《や》束《そく》のごほうびをあげましょう」

翌朝《よくあさ》、ピノキオは人間《にんげん》になっていました。そして、ゼペットさんの息子《むすこ》になって、しあわせに暮《く》らしました。

読んだ日　年　月　日／　年　月　日／　年　月　日

ポイント　なまけ者《もの》のピノキオは働《はたら》き者《もの》へとかわります。大切《たいせつ》な人《ひと》のために成長《せいちょう》する姿《すがた》はすばらしいですね。

イギリス

世界《せかい》に名高《なだか》いアーサー王伝説《おうでんせつ》のはじまり

アーサー王物語《おうものがたり》

むかし、ブリテン王国《おうこく》にはウーゼル・ペンドラゴンという偉大《いだい》な王様《おうさま》がいました。ところがウーゼル王《おう》は、病気《びょうき》で死《し》んでしまったのです。ウーゼル王《おう》には跡《あと》つぎの王子《おうじ》がいましたが行方不明《ゆくえふめい》で、ブリテン王国《おうこく》は大混乱《だいこんらん》しました。貴族《きぞく》たちが自分《じぶん》がつぎの王様《おうさま》になろうとして、いがみあうようになったのです。

そこへあらわれたのが、魔法使《まほうつか》いのマーリンです。マーリンはブリテン王《おう》国《こく》の混乱《こんらん》をおさめるために、ロンドンにある教会《きょうかい》の大司教《だいしきょう》に知恵《ちえ》をさずけました。大司教《だいしきょう》はよろこんで、マーリンのいうとおりに、おふれをだしました。

〈**神《かみ》がブリテンの正当《せいとう》な王《おう》を決《き》める。諸侯《しょこう》よ、みなロンドンの教会《きょうかい》に集《つど》え**〉

貴族《きぞく》たちは、おどろいて教会《きょうかい》に集《あつ》まりました。すると、教会《きょうかい》の中《なか》に、大《おお》きな石《いし》に刺《さ》さったうつくしい剣《けん》がありました。剣《けん》にはこう書《か》かれています。

〈**この剣《けん》をぬいた者《もの》こそ、正当《せいとう》な王《おう》となるであろう**〉

貴族《きぞく》たちはあらそってこの剣《けん》をぬこうとしましたが、だれもぬくことはできません。そこで、この剣《けん》をぬく者《もの》があらわれるのを、待《ま》つことになりました。

数《すう》か月後《げつご》、ロンドンに貴族《きぞく》のエクトル卿《きょう》と息子《むすこ》のカイ、養子《ようし》のアーサーがやってきました。毎年恒例《まいとしこうれい》の馬上槍《ばじょうやり》試合大会《じあいたいかい》を見《み》るためにやってきたのです。カイは道中《どうちゅう》で、剣《けん》を忘《わす》れてきたことに気《き》づきました。

「あ、おれ、剣《けん》を忘《わす》れてきちゃった。アーサー、とってきてくれないか」

「わかったよ、カイにいさん」

アーサーが家《いえ》に帰《かえ》ると、家《いえ》にはだれもおらず、カイの剣《けん》がどこにあるのかわかりません。

「困《こま》ったな。どうしよう。あ、そうだ、そういえば教会《きょうかい》に剣《けん》があったな」

アーサーは教会《きょうかい》にいくと、大石《おおいし》に刺《さ》さった剣《けん》をぬき、カイにとどけました。

「ごめん、にいさんの剣《けん》がどこにあるかわからなかったよ。かわりの剣《けん》をもってきたから、これでがまんしてよ」

アーサーがさしだした剣《けん》を見《み》ておどろいたのが、エクトル卿《きょう》です。

「そ、その剣《けん》、どこで手《て》にいれた！」

「教会《きょうかい》の大石《おおいし》に刺《さ》さっていました」

「アーサー、おまえがぬいたのか」

「はい。いけませんでしたか」

「ああ、なんということだ。やはり血《ち》はあらそえないということか」

エクトル卿《きょう》は、アーサーにほんとうのことを話《はな》しました。

「アーサー、いえ、アーサー様《さま》。わたしは、あなたのほんとうの父親《ちちおや》ではありません。あなたはウーゼル・ペンドラゴン王《おう》よりあずかったお子《こ》なのです。あなたこそ、ブリテンの真《しん》の王《おう》なのです」

アーサーが教会《きょうかい》の剣《けん》をぬいたことは、またたくまに貴族《きぞく》たちに知《し》れわたり、アーサーはブリテン王国《おうこく》の新国王《しんこくおう》になりました。これが、イギリス中《じゅう》に伝《つた》わるアーサー王伝説《おうでんせつ》のはじまりです。

読んだ日　年　月　日／　年　月　日／　年　月　日

ポイント　名君《めいくん》として名高《なだか》いアーサー王《おう》ですが、実在《じつざい》の人物《じんぶつ》であったかどうかは、いまだによくわかっていません。

自分《じぶん》の生活《せいかつ》は自分《じぶん》で守《まも》りましょう

王様《おうさま》をほしがったカエル

イソップ

むかし、ある池《いけ》にたくさんのカエルが棲《す》んでいました。カエルたちは毎日《まいにち》がたいくつでしかたありません。そこで一匹《いっぴき》のカエルが、みんなに提案《ていあん》しました。

「なあ、みんな。ぼくたちの生活《せいかつ》にはりあいがないのは、王様《おうさま》がいないせいだ。王様《おうさま》にぼくたちの生活《せいかつ》をもっとよくしてもらおうよ」

「それはよい考《かんが》えだ。だが、王様《おうさま》はカエルじゃないほうがいいな。もっと、おれたちにふさわしいりっぱな王様《おうさま》にしようよ」

べつのカエルがそういうと、ほかのカエルたちも大賛成《だいさんせい》し、大神《たいしん》ゼウスに王様《おうさま》がほしいとねだりました。

「おまえたちにふさわしい王《おう》だと？わかった。では王《おう》をくれてやろう」

ゼウスはそういうと、大《おお》きな丸太《まるた》を池《いけ》の中《なか》に投《な》げこみました。ゼウスは他人《たにん》をあてにするカエルたちに、皮肉《ひにく》のつもりで丸太《まるた》をあたえたのです。

「大神《たいしん》ゼウスからいただいた王様《おうさま》だけあって、なんとりっぱな体《からだ》をした王様《おうさま》だろう。これで、ぼくたちの生《せい》活《かつ》もよくなるにちがいない」

と、カエルたちは大《おお》よろこびしました。ところが、丸太《まるた》は池《いけ》にうかんでいるだけで、なにも話《はな》さないし、なにもしようとしませんでした。

カエルたちは最初《さいしょ》のうちは、丸太《まるた》をうやまっていましたが、そのうちバカにしはじめ、王様《おうさま》を交換《こうかん》したいといいだしました。

「ゼウス様《さま》、あんな、なんにもしない王様《おうさま》なんていりません。もっと、ちゃんと考《かんが》えて王様《おうさま》を選《えら》んでください」

ゼウスはカエルたちの言葉《ことば》を聞《き》いて、たいへんおこりましたが、顔《かお》にはださず、笑顔《えがお》でこういいました。

「よかろう。おまえたちにもっともふさわしい王《おう》を遣《つか》わそう。たのしみに待《ま》っているがよいぞ」

ゼウスはコウノトリを、カエルたちのもとにやりました。コウノトリの大《おお》きな体《からだ》、うつくしい羽《はね》、するどいクチバシを見《み》たカエルたちは、大《おお》よろこびしました。

「ああ、このかたこそ、ぼくたちの王《おう》様《さま》にふさわしいぞ。王様《おうさま》バンザ〜イ」

カエルたちは、争《あらそ》ってコウノトリに近《ちか》よりました。するとコウノトリは、カエルを見《み》るやいなや、パクリパクリと一匹《いっぴき》ずつ食《た》べていったのです。そして、ぜんぶのカエルを食《た》べおわると、どこかへ飛《と》んでいきました。

神様《かみさま》や他人《たにん》にばかりたよって、自分《じぶん》たちでなにも考《かんが》えなかったカエルたちは、みんな食《た》べられてしまいました。たいせつな命《いのち》や生活《せいかつ》を守《まも》るには、まず自分《じぶん》でなにができるのかを考《かんが》えなければいけない、というお話《はなし》でした。

読んだ日　　年　月　日／　　年　月　日／　　年　月　日

ポイント　また、「わるいリーダーより、なにもしないリーダーのほうがまし」という解釈《かいしゃく》もあります。

アメリカ版《ばん》浦島《うらしま》太郎《たろう》のお話《はなし》です

リップ・ヴァン・ウィンクル

ワシントン・アーヴィング

むかし、アメリカのハドソン川《がわ》の近《ちか》くに、リップ・ヴァン・ウィンクルという木《き》こりが住《す》んでいました。リップはとてものんき者《もの》。いつも仕事《しごと》はちょっとだけやって、あとはぶらぶら遊《あそ》んでいます。リップのおかみさんは、とても口《くち》やかましい人《ひと》でした。だから、いつも、リップをしかります。

「あんた、いいかげんにおしよ。もっと働《はたら》いてくれないと、毎日《まいにち》のごはんだって、食《た》べられないんだよ！」

リップは口《くち》やかましいおかみさんにしかられると、きまって森《もり》へ逃《に》げていきます。今日《きょう》もリップはしかられて、イヌを連《つ》れて森《もり》へ逃《に》げだしました。

「なんでうちのかみさんはあんなに口《くち》やかましいんだろう。よくも、つぎからつぎへと文句《もんく》を思《おも》いつくもんだ」

リップは自分《じぶん》のことは棚《たな》にあげて、おかみさんのことをぼやきました。家《いえ》に帰《かえ》ることもできずに、森《もり》の中《なか》を歩《ある》いていましたが、どこをどう歩《ある》いたのか、リップは道《みち》に迷《まよ》ってしまいました。

「あれえ、いつもきているはずの森《もり》なのに、なぜ迷《まよ》ってしまったんだろう」

リップはイヌを連《つ》れて、森《もり》の中《なか》をうろうろと歩《ある》きまわりました。すると、森《もり》のどこかから、リップの名前《なまえ》を呼《よ》ぶ声《こえ》が、聞《き》こえてきたのです。

「リップ、リップ・ヴァン・ウィンクル！　おまえはどこだ、どこにいる」

「おれはここだ、ここにいるぞ！」

リップがさけぶと、いつのまにか、知《し》らないおじいさんがリップの目《め》のまえにたっていました。

「わしについてこい、リップ・ヴァン・ウィンクル」

リップがおじいさんについていくと、森《もり》の中《なか》の広場《ひろば》につきました。広場《ひろば》では、たくさんのおじいさんたちが、ボウリングをして遊《あそ》んでいました。おじいさんたちは、リップを見《み》ると、ボウリングをやめて、リップの近《ちか》くによってきました。手《て》には、なにかビンとコップのようなものをもっています。

「飲《の》め。リップ・ヴァン・ウィンクル」

さしだされたコップの中《なか》を見《み》ると、お酒《さけ》がはいっていました。リップはお酒《さけ》が大好《だいす》きなので、お礼《れい》をいってお酒《さけ》をぜんぶ飲《の》み干《ほ》しました。

「うまい。こんなうまい酒《さけ》はじめてだ」

そういったとたん、リップは気絶《きぜつ》しました。

リップが目覚《めざ》めてあたりを見《み》まわすと、そこは見《み》なれた森《もり》の中《なか》でした。どうやら帰《かえ》ることはできそうです。ただ、おじいさんたちも、連《つ》れていたイヌもいません。首《くび》をひねりながら、リップは自分《じぶん》の家《いえ》に帰《かえ》りました。

すると、村《むら》のようすが、ぜんぜんちがっていました。村《むら》にいた老人《ろうじん》に話《はなし》を聞《き》くと、なんと二十年《にじゅうねん》もの月日《つきひ》がたっていたのです。その後《ご》、リップは村《むら》で静《しず》かに暮《く》らしたということです。

読んだ日　　年　月　日／　　年　月　日／　　年　月　日

ポイント　ワシントン・アーヴィング（1783-1859）は、短編小説《たんぺんしょうせつ》の名手《めいしゅ》として知《し》られています。この物語《ものがたり》は『スケッチ・ブック』の一編《いっぺん》です。

勧善懲悪《かんぜんちょうあく》をテーマにした大長編《だいちょうへん》伝奇《でんき》小説《しょうせつ》

南総里見八犬伝《なんそうさとみはっけんでん》

曲亭馬琴《きょくていばきん》

むかし、安房《あわ》の国《くに》に、里見義実《さとみよしざね》という殿様《とのさま》がいました。ある日《ひ》、里見家《さとみけ》は敵《てき》に攻《せ》められて、負《ま》けそうになりました。死《し》ぬ覚悟《かくご》を決《き》めた義実《よしざね》は、冗談《じょうだん》まぎれに飼《か》いイヌの八房《やつふさ》にいいました。

「おまえが敵《てき》の大将《たいしょう》をうちとってくれるなら、娘《むすめ》の伏姫《ふせひめ》をやってもいいぞ」

すると、八房《やつふさ》は、ほんとうに敵《てき》の大《たい》将《しょう》をうちとってしまったのです。戦《いくさ》に勝《か》ったあと、義実《よしざね》はイヌとの約束《やくそく》などなかったことにしようとしましたが、娘《むすめ》の伏姫《ふせひめ》は、「約束《やくそく》したのですから」といい残《のこ》し、八房《やつふさ》とともにどこかに姿《すがた》を消《け》しました。

義実《よしざね》は家来《けらい》に命令《めいれい》して、国中《くにじゅう》を探《さが》させました。家来《けらい》は一年後《いちねんご》に伏姫《ふせひめ》と八房《やつふさ》を見《み》つけますが、あわてたために八房《やつふさ》を殺《ころ》したときに、まちがって伏姫《ふせひめ》も傷《きず》つけてしまいました。

伏姫《ふせひめ》は幼《おさな》いころから、数珠《じゅず》を肌身《はだみ》はなさずもっていました。その数珠《じゅず》は大《おお》きな珠《たま》が八《やっ》つ、小《ちい》さな珠《たま》が百《ひゃく》、あわせて百八《ひゃくはち》の珠《たま》でつくられたものです。八《やっ》つの大《おお》きな珠《たま》には、それぞれ一文字《ひともじ》ずつ、「仁《じん》・義《ぎ》・礼《れい》・智《ち》・忠《ちゅう》・信《しん》・孝《こう》・悌《てい》」の字《じ》が彫《ほ》りこまれていました。

伏姫《ふせひめ》が傷《きず》つきたおれ、死《し》ぬ寸前《すんぜん》、この八《やっ》つの珠《たま》がうかびあがり、どこかへ飛《と》び散《ち》っていきました。

「ああ、わたしは伏姫《ふせひめ》を殺《ころ》してしまった。殿様《とのさま》へのおわびに、出家《しゅっけ》して伏姫《ふせひめ》の八《やっ》つの珠《たま》を探《さが》そう」

家来《けらい》はそういうと、以後《いご》、丶大法師《ちゅだいほうし》と名乗《なの》り、旅《たび》にでました。

八《やっ》つの珠《たま》は関東《かんとう》の各地《かくち》に飛《と》び散《ち》り、八人《はちにん》の若者《わかもの》の物《もの》になりました。八人《はちにん》の若者《わかもの》は体《からだ》のどこかに牡丹《ぼたん》の形《かたち》をしたあざをもち、八《やっ》つのうち、どれか一《ひと》つの珠《たま》をもっています。八人《はちにん》の若者《わかもの》は、八犬士《はっけんし》と呼《よ》ばれました。

「仁《じん》」の珠《たま》は、最年少《さいねんしょう》でやさしい犬江親兵衛《いぬえしんべえ》。「義《ぎ》」の珠《たま》は、義理《ぎり》がたい男《おとこ》の犬川荘助《いぬかわそうすけ》、「礼《れい》」の珠《たま》は、古今《ここん》の書物《しょもつ》に通《つう》じた礼儀《れいぎ》正《ただ》しい犬村大角《いぬむらだいかく》。「智《ち》」の珠《たま》は、八犬士《はっけんし》で一番頭《いちばんあたま》がいい犬坂毛野《いぬさかけの》。「忠《ちゅう》」の珠《たま》は、短気《たんき》だけれど忠義《ちゅうぎ》のかたまりの犬山道節《いぬやまどうせつ》。「信《しん》」の珠《たま》は、とり物《もの》名人《めいじん》で信義《しんぎ》に厚《あつ》い犬飼現八《いぬかいげんぱち》。「孝《こう》」の珠《たま》は、親孝行《おやこうこう》で名刀村雨《めいとうむらさめ》の持《も》ち主《ぬし》の犬塚《いぬづか》信乃《しの》。「悌《てい》」の珠《たま》は、現八《げんぱち》の乳兄弟《ちきょうだい》で兄《きょう》弟思《だいおも》いの犬田小文吾《いぬたこぶんご》がもっています。

八犬士《はっけんし》は、それぞれの珠《たま》の文字《もじ》、そのままの性格《せいかく》をしているのです。

丶大法師《ちゅだいほうし》は旅先《たびさき》で、この八犬士《はっけんし》と出《で》会《あ》います。そして八犬士《はっけんし》もまた、それぞれの運命《うんめい》にみちびかれ、出会《であ》いと別《わか》れをくり返《かえ》し、やがて一《ひと》つに集《あつ》まって、里見家《さとみけ》にやってきます。

そして八犬士《はっけんし》は戦争《せんそう》で大活躍《だいかつやく》をして、里見家《さとみけ》の重臣《じゅうしん》になりました。八犬士全《はっけんしぜん》員《いん》が、城《しろ》をもつ身分《みぶん》にまで出世《しゅっせ》するほどになったのです。

読んだ日　　年　月　日／　　年　月　日／　　年　月　日

ポイント 「安房《あわ》の国《くに》」は現在《げんざい》の千葉県《ちばけん》です。南総里見八犬伝《なんそうさとみはっけんでん》は、中国古典文学《ちゅうごくこてんぶんがく》『水滸伝《すいこでん》』をヒントに、馬琴《ばきん》が書《か》いたお話《はなし》。曲亭馬琴《きょくていばきん》は、滝沢馬琴《たきざわばきん》ともいいます。

急《せ》いてはことをしそんじる、というお話《はなし》です

金《きん》の卵《たまご》を産《う》むニワトリ

イソップ

むかしむかし、あるところに、ニワトリを飼《か》っている貧《まず》しい男《おとこ》がおりました。ある朝《あさ》のこと、男《おとこ》が起《お》きてニワトリのところへいくと、ニワトリが黄金《おうごん》の卵《たまご》をかかえていました。

「な、なんじゃ。うちのメンドリが金《きん》の卵《たまご》を産《う》んだのか？　こりゃ、えらいことじゃ、さっそくこの金《きん》の卵《たまご》を町《まち》へもっていこう」

男《おとこ》は金《きん》の卵《たまご》をもって町《まち》へいきました。すると、金《きん》の卵《たまご》はたいへん高《たか》い値段《ねだん》で売《う》れたのです。

「あの卵《たまご》、ほんとうの金《きん》でできていたのか。まあ、よかった。これでしばらくは楽《らく》に暮《く》らせるぞ」

男《おとこ》はよろこんで家《いえ》に帰《かえ》りました。

翌朝《よくあさ》、男《おとこ》は起《お》きると、ニワトリのところへいきました。すると、ニワトリはまた、金《きん》の卵《たまご》を抱《だ》いていたのです。

「また金《きん》の卵《たまご》を産《う》んだのか。やった、やった。また町《まち》で売《う》れるぞ」

男《おとこ》は町《まち》で金《きん》の卵《たまご》を売《う》りました。今度《こんど》も金《きん》の卵《たまご》はたいへん高《たか》く売《う》れました。

「しめしめ、これをくりかえせば、あっというまに大金《おおがね》もちじゃ」

男《おとこ》の飼《か》っていたニワトリは、それ以《い》後《ご》も毎日一《まいにちひと》つずつ、金《きん》の卵《たまご》を産《う》みつづけました。男《おとこ》は毎日《まいにち》、金《きん》の卵《たまご》を町《まち》で売《う》りました。貧《まず》しかった男《おとこ》の暮《く》らしはどんどんよくなっていき、毎日《まいにち》おいしいものを食《た》べ、きれいな着物《きもの》を着《き》ることができるようになりました。そしてついに、大《おお》きな家《いえ》までもてるようになったのです。

男《おとこ》が金《かね》もちになったあとも、ニワトリはあいかわらず、毎日一《まいにちひと》つずつ、金《きん》の卵《たまご》を産《う》みつづけています。このころになると、男《おとこ》はずいぶんと欲深《よくぶか》くなっていました。

「うちのメンドリはどうして、一日《いちにち》に一個《いっこ》ずつしか金《きん》の卵《たまご》を産《う》まないんだろう。うまいものを食《く》わせたら、もっとたくさん産《う》むだろうか」

男《おとこ》は、一番上等《いちばんじょうとう》のエサをニワトリにあたえました。ところが、ニワトリが産《う》む卵《たまご》は毎日決《まいにちき》まって一個《いっこ》だけです。ニワトリに金《きん》の卵《たまご》をたくさん産《う》ませるために、男《おとこ》はいろいろな方法《ほうほう》をためしました。しかし、ニワトリが産《う》むのは、やっぱり一個《いっこ》です。

「なにをやってもだめか。そうだ。ニワトリの腹《はら》の中《なか》を見《み》てみることにしよう。毎日金《まいにちきん》の卵《たまご》を産《う》むぐらいだから、金《きん》のかたまりがあるにちがいない」

男《おとこ》はニワトリを殺《ころ》して腹《はら》の中《なか》を調《しら》べましたが、一《ひと》かけらの金《きん》もありません。金《きん》の卵《たまご》のお金《かね》にたより、仕事《しごと》をしていなかった男《おとこ》は、すぐに貧乏《びんぼう》に逆戻《ぎゃくもど》りしてしまいました。

欲《よく》ばって一度《いちど》に大《おお》きな利益《りえき》を得《え》ようと無理《むり》をすると、かえって失敗《しっぱい》してしまうものです。

読んだ日　　年　月　日／　　年　月　日／　　年　月　日

ポイント　金《きん》の卵《たまご》を産《う》む鳥《とり》（ニワトリ、ガチョウ、アヒルなど）が登場《とうじょう》する話《はなし》は多《おお》く、欧米《おうべい》やアジア諸国《しょこく》に伝《つた》わっています。

すぎたるはおよばざるがごとし、ですね

若返《わかがえ》りの水《みず》

むかしむかし、あるところにおじいさんとおばあさんがいました。おじいさんは働《はたら》き者《もの》で、毎日《まいにち》、山《やま》で木《き》を切《き》って、炭《すみ》を焼《や》いていました。

ある夏《なつ》の日《ひ》のこと、いつものように炭《すみ》を焼《や》いていたおじいさんは、とてものどがかわきました。

「ああ、今日《きょう》はとくに暑《あつ》いのう。年《とし》をとったせいか、最近《さいきん》すぐにつかれてかなわん。どれ、ひと休《やす》みしようかい」

おじいさんはその場《ば》に腰《こし》をおろして、竹筒《たけづつ》の水筒《すいとう》の水《みず》を飲《の》もうとしましたが、中身《なかみ》はからっぽ。水《みず》は一滴《いってき》も残《のこ》っていませんでした。

「ありゃ、しまった。さっきぜんぶ飲《の》んだのを忘《わす》れてしもうたわ。川《かわ》までいって、水《みず》をくまんといかんなあ」

おじいさんが水筒《すいとう》をぶらさげて、川《かわ》までいこうと山《やま》の道《みち》を歩《ある》いていると、道端《みちばた》の岩《いわ》から、きれいな水《みず》がわいた泉《いずみ》を見《み》つけました。

「こんなところに岩清水《いわしみず》があったのか。いままで気《き》づかなんだな。どれ、ためしにこの水《みず》を飲《の》んでみるとしよう」

おじいさんが、岩《いわ》の湧《わ》き水《みず》を飲《の》んでみると、そのおいしいことといったらありません。体中《からだじゅう》に水《みず》がしみわたって、どこからか、ふしぎな力《ちから》がわきあがってくるようでした。

「おおっ、なんとうまい水《みず》じゃ。こんなにうまい水《みず》は飲《の》んだことないわ。つかれがいっぺんにふきとんだぞ」

水《みず》を飲《の》んだおじいさんは、元気《げんき》いっぱいになり、ものすごいいきおいで仕事《しごと》をおえて、家《いえ》に帰《かえ》りました。

「ばあさんや、いま帰《かえ》ったよ」

「おかえり……って、あんただれじゃ」

おばあさんが声《こえ》のするほうを見《み》ると、若《わか》い男《おとこ》が戸口《とぐち》にたっていました。

「ばあさん、わしじゃよ」

「おじいさんかえ？　なんとまあ、若《わか》いころのように男《おとこ》まえに戻《もど》って。いったいなにがあったんじゃ」

おじいさんからわけを聞《き》いたおばあさんは、たいそううらやましくなりました。

「そりゃ、若返《わかがえ》りの水《みず》じゃ。明日《あした》はあたしもその水《みず》を飲《の》むことにするよ。おじいさんは留守番《るすばん》しててくださいな」

つぎの日《ひ》、おばあさんは、おじいさんから聞《き》いた岩清水《いわしみず》の場所《ばしょ》へいきました。おじいさんは、おばあさんの帰《かえ》りをずっと待《ま》っていましたが、いつまでたっても帰《かえ》ってきません。しかたがないので、迎《むか》えにいくことにしました。

岩清水《いわしみず》の場所《ばしょ》までくると、女《おんな》の赤《あか》ん坊《ぼう》が泣《な》いていました。よく見《み》ると、赤《あか》ん坊《ぼう》はおばあさんの着物《きもの》にくるまっています。

「ばあさん……。おまえさん、水《みず》を飲《の》みすぎじゃ。いったい、どんだけ飲《の》んだんじゃ。やれやれ、明日《あす》からは子守《こもり》までが、わしの仕事《しごと》になってしもうたわ」

読んだ日　　年　月　日／　　年　月　日／　　年　月　日

ポイント　飲《の》むと元気《げんき》になる水《みず》の話《はなし》は、ほかに「養老《ようろう》の滝《たき》」が有名《ゆうめい》ですね。

小《ちい》さなタニシがつかんだ大《おお》きなしあわせ

タニシの長者《ちょうじゃ》

むかしあるところに、貧乏《びんぼう》な夫婦《ふうふ》がいました。夫婦《ふうふ》には子《こ》どもがいなかったので、子《こ》どもがさずかるよう、水神《すいじん》様《さま》に毎日熱心《まいにちねっしん》においのりしました。

「水神様《すいじんさま》、どうか子《こ》どもをさずけてください。子《こ》どもであるなら、タニシの子《こ》でもよろしゅうございます」

するとある日《ひ》、急《きゅう》におかみさんのお腹《なか》がいたみだし、小《ちい》さなタニシの子《こ》どもが産《う》まれました。夫婦《ふうふ》は水神様《すいじんさま》からの申《もう》し子《ご》だと思《おも》い、小《ちい》さなタニシの子《こ》を水《みず》のはいったお椀《わん》にいれて、その中《なか》でだいじに育《そだ》てました。

ところが、いつまでたってもタニシは小《ちい》さいままでした。声《こえ》もださず、毎《まい》日《にち》、食《た》べて寝《ね》るだけです。

ある日《ひ》、夫婦《ふうふ》が長者《ちょうじゃ》におさめる米《こめ》俵《だわら》を用意《ようい》していると、

「おとうさん、おとうさん、そのお米《こめ》はおいらがもっていくよ」

と、いう声《こえ》がしました。

なんと、タニシの子《こ》がはじめて声《こえ》をだしたのです。夫婦《ふうふ》はおどろきましたが、なにしろ水神様《すいじんさま》の申《もう》し子《ご》のいうことです。タニシの子《こ》を米俵《こめだわら》の上《うえ》に乗《の》せ、馬《うま》にひかせて長者《ちょうじゃ》の家《いえ》にいかせることにしました。

タニシの子《こ》が馬《うま》に声《こえ》をかけると、馬《うま》はタニシの子《こ》のいうとおりに進《すす》みます。馬《うま》はぶじ、長者《ちょうじゃ》の家《いえ》につきました。

さて、長者《ちょうじゃ》の家《いえ》ではタニシの子《こ》が米《こめ》俵《だわら》をもってきたと大《おお》さわぎ。りっぱなあいさつをしたので、またもやびっくりです。これは水神様《すいじんさま》の申《もう》し子《ご》にちがいないと、長者《ちょうじゃ》は自分《じぶん》の娘《むすめ》をタニシの子《こ》によめいりさせることにしました。

よめいりした長者《ちょうじゃ》の娘《むすめ》は、タニシのむこをだいじにし、タニシのおとうさんやおかあさんにも親切《しんせつ》にしました。

夏祭《なつまつ》りの日《ひ》、帯《おび》の間《あいだ》におむこさんをはさんで、よめは水神様《すいじんさま》におまいりにいきました。水神様《すいじんさま》のお社《やしろ》のまえまでくると、タニシのむこは、

「一人《ひとり》でここで休《やす》んでいるから、よめだけでおまいりしてきておくれ」

と、いいます。

そこでよめが一人《ひとり》でおまいりをして、もとの場所《ばしょ》に戻《もど》ってくると、タニシのむこがいません。田《た》んぼの中《なか》にでもころがりこんだかと、よめは着物《きもの》がよごれるのもかまわず、必死《ひっし》になってむこを探《さが》しました。

「むこどの、むこどの、どこいった?」

泣《な》きながら探《さが》しつづけるうちに、よめは深《ふか》い泥田《どろた》の中《なか》にひきずりこまれそうになりました。すると、

「あぶないよ、なにしているんだ」

と笑《わら》いながら声《こえ》をかける、うつくしい若者《わかもの》がよめのまえにたっていました。

若者《わかもの》はタニシのむこでした。タニシのむこはわけがあって長《なが》い間《あいだ》、タニシにされていましたが、よめが水神様《すいじんさま》のお社《やしろ》におまいりしてくれたおかげで、人間《にんげん》の姿《すがた》になれたのです。

こうして、小《ちい》さなタニシから出世《しゅっせ》したむこはタニシの長者《ちょうじゃ》と呼《よ》ばれ、よめといっしょに、末長《すえなが》くしあわせに暮《く》らしたということです。

読んだ日　　年　月　日／　　年　月　日／　　年　月　日

ポイント　日本《にほん》の水田《すいでん》の中《なか》に棲《す》むタニシの大《おお》きさは、5センチメートル以下《いか》の小《ちい》さなものが多《おお》いとされます。

十一人《じゅういちにん》の兄《あに》を思《おも》いやる、やさしく強《つよ》い妹《いもうと》の話《はなし》

白鳥《はくちょう》の王子《おうじ》

アンデルセン

むかし、ある国《くに》に十一人《じゅういちにん》の王子《おうじ》とエリザというお姫様《ひめさま》がいました。母親《ははおや》はずいぶんまえに亡《な》くなっていたので、王様《おうさま》は新《あたら》しいお妃《きさき》を迎《むか》えました。けれど、そのお妃《きさき》は魔女《まじょ》だったのです。

魔女《まじょ》はエリザを遠《とお》いいなかへあずけ、王子《おうじ》たちには魔法《まほう》をかけて、十一羽《じゅういちわ》の白鳥《はくちょう》にかえてしまいました。

何年《なんねん》かがたち、エリザはお城《しろ》へ戻《もど》ることができましたが、そこに王子《おうじ》たちの姿《すがた》はありません。エリザは兄《あに》たちを探《さが》す旅《たび》にでました。ある日《ひ》、暗《くら》い森《もり》をぬけて川《かわ》へでると、粗末《そまつ》な小屋《こや》を見《み》つけました。中《なか》にはベッドが十一台《じゅういちだい》、木《き》靴《ぐつ》が十一足《じゅういっそく》ならんでいます。エリザは、兄《あに》たちのものにちがいないと思《おも》いました。

夕方《ゆうがた》になると、小屋《こや》の前《まえ》に十一羽《じゅういちわ》の白鳥《はくちょう》が飛《と》んできました。そしてすっかり日《ひ》が暮《く》れると同時《どうじ》に、白鳥《はくちょう》は若《わか》い王《おう》子《じ》の姿《すがた》にかわったのです。やっぱり！

「おにい様《さま》！」

「エリザ！」

みんなで再会《さいかい》をよろこびましたが、夜《よる》が明《あ》けると、王子《おうじ》たちはまた白鳥《はくちょう》になって飛《と》んでいかねばなりません。

「どうしたら魔法《まほう》がとけるの？」

エリザが聞《き》くと、にいさんの一人《ひとり》がいいました。「イラクサから十一枚《じゅういちまい》のシャツをつくるんだ。そうすればぼくたちの魔法《まほう》がとける。でもその間《あいだ》は、ひと言《こと》も口《くち》をきいてはいけないよ」

「わかったわ。わたし、おにい様《さま》たちの魔法《まほう》をといてみせる！」

それからエリザは、毎日《まいにち》、野《の》へでてイラクサをつみました。

イラクサにはするどいトゲがあります。一本《いっぽん》つむたびに、エリザの指《ゆび》からは血《ち》が流《なが》れ、ヒリヒリといたみました。

ある日《ひ》、いつものようにイラクサをつんでいると、この国《くに》の若《わか》い王様《おうさま》がエリザをみそめました。

「なんとうつくしい！　ぜひ、ぼくのお城《しろ》にきてください」

エリザはコクリとうなずきました。イラクサのシャツを縫《ぬ》いあげるまでは、しゃべることができないのです。

エリザはお城《しろ》にいても、だまってイラクサの糸《いと》で布《ぬの》を織《お》りつづけました。エリザが血《ち》を流《なが》しながらシャツをぬう姿《すがた》を見《み》て、お城《しろ》の人《ひと》たちは「エリザは魔女《まじょ》だ」とうわさしました。そのうち王様《おうさま》もエリザを魔女《まじょ》だと思《おも》うようになり、エリザに死刑《しけい》をいいわたしたのです。エリザはかなしくなりましたが、だまってイラクサを編《あ》みつづけました。

いよいよ処刑《しょけい》の日《ひ》。火《ひ》あぶりになる寸前《すんぜん》のことです。エリザはやっと十一《じゅういち》枚《まい》のシャツを編《あ》みあげました。するととつぜん、どこからか十一羽《じゅういちわ》の白鳥《はくちょう》が舞《ま》いおりてきました。エリザが白鳥《はくちょう》にシャツを投《な》げかけると、白鳥《はくちょう》はみるみるうちに、人間《にんげん》の姿《すがた》になったのです。

「よかった！　まにあった！」

エリザはいままでのことをぜんぶ王《おう》様《さま》に話《はな》しました。王様《おうさま》は心《こころ》からあやまり、エリザをお妃《きさき》に迎《むか》えたそうです。

読んだ日　年　月　日／　年　月　日／　年　月　日

ポイント　むかし、外国《がいこく》では魔女《まじょ》はたいへんおそれられていました。エリザは命《いのち》がけでおにいさんを救《すく》ったのですね。

だましたつもりがだまされて

なぜクラゲに骨《ほね》がないのか

むかしむかし、海《うみ》の底《そこ》にある竜宮城《りゅうぐうじょう》で大問題《だいもんだい》が起《お》きました。竜宮《りゅうぐう》の主《あるじ》、竜《りゅう》王《おう》の娘《むすめ》が重《おも》い病《やまい》にかかってしまったのです。竜王《りゅうおう》が占《うらな》い師《し》に占《うらな》わせたところ、サルの肝《きも》が娘《むすめ》の病《やまい》に効《き》くとでました。

「よし、クラゲよ、汝《なんじ》に命《めい》じる。サルの肝《きも》をもってまいれ」

「わかりました。おまかせあれ」

クラゲはたのもしげにこたえて、サル探《さが》しにでかけました。サルはすぐに見《み》つかりました。

「サルどん、サルどん。おまえさん、竜宮城《りゅうぐうじょう》にいきたくないかえ?」

「竜宮城《りゅうぐうじょう》かあ。きれいなところだそうだな。そりゃあ、いきたいさ」

「じゃあ、わたしについておいでよ」

サルはクラゲにだまされて、クラゲについていきました。竜宮城《りゅうぐうじょう》についたサルは、あまりのうつくしさにびっくりです。出迎《でむか》えた竜王《りゅうおう》も、上機嫌《じょうきげん》でサルをもてなしました。

「サルよ、よくきてくれた。わしはおまえに会《あ》えてうれしいぞ」

竜王《りゅうおう》はこういうと、すばらしいごちそうをサルにだしてくれました。タイやヒラメの踊《おど》りを見《み》ながら食《た》べる料理《りょうり》やお酒《さけ》はとてもおいしく、サルはすっかりご機嫌《きげん》です。

「クラゲどん、どうして竜王様《りゅうおうさま》はこんなにおいらによくしてくれるんだ?」

「それはね、サルどん。おまえの生《い》き胆《ぎも》がほしいからだよ」

「なあんだ、おいらの生《い》き胆《ぎも》がほしかったのか。わっはっは。ところで肝《きも》をとられたら、おいらはどうなる?」

「死《し》んじゃうね、わっはっは」

「そうか、死《し》んじゃうか、わっはっは」

サルは顔《かお》では笑《わら》っていましたが、内《ない》心《しん》では(じょうだんじゃない)と思《おも》っていました。そこでサルはいいました。

「クラゲどん、おいらの肝《きも》がほしいなら、先《さき》にいってくれないとダメさ。おいら、肝《きも》を家《いえ》に忘《わす》れてきちゃった」

「なんだって。では、すぐに肝《きも》をとりに帰《かえ》ろう」

今度《こんど》はクラゲがサルにだまされて、サルを家《いえ》に帰《かえ》してしまいました。

「ばあか、肝《きも》をとりだしたら死《し》ぬって、おまえさん、自分《じぶん》でいってたろ。肝《きも》を家《いえ》に忘《わす》れるなんてことがあるもんか」

そういって、サルは逃《に》げていきました。しょげたクラゲが竜宮城《りゅうぐうじょう》に帰《かえ》ったところ、竜王《りゅうおう》がカンカンにおこって待《ま》っていました。

「せっかくつかまえたサルを逃《に》がしおって。おまえなど、こうしてくれるわ」

竜王《りゅうおう》は、クラゲの体中《からだじゅう》の骨《ほね》をぜんぶぬいてしまいました。それ以来《いらい》、クラゲの体《からだ》は骨《ほね》なしのぐにゃぐにゃになったということです。

読んだ日　　年　　月　　日/　　年　　月　　日/　　年　　月　　日

ポイント　めずらしい物《もの》のたとえとして、「クラゲの骨《ほね》」がむかしから使《つか》われています。

灰色《はいいろ》グマの一生《いっしょう》を描《えが》いた物語《ものがたり》

灰色《はいいろ》グマのワーブ

シートン動物記《どうぶつき》

アーネスト・トンプソン・シートン

灰色《はいいろ》グマのワーブは、ほかの三頭《さんとう》の兄弟《きょうだい》とともに生《う》まれました。子《こ》グマが四頭《よんとう》も生まれるのは灰色《はいいろ》グマにはめずらしいことです。ワーブは兄弟《きょうだい》の中《なか》で一番大《いちばんおお》きな子《こ》グマでした。おかあさんグマとワーブは、たのしく元気《げんき》にすごしていたのです。

ところが、ある日《ひ》、人間《にんげん》がやってきて、ワーブたちを銃《じゅう》でうちました。

「みんな、お逃《に》げ！」

おかあさんグマはみんなを逃《に》がそうとして、人間《にんげん》にうち殺《ころ》されました。ワーブのほかの三匹《さんびき》の兄弟《きょうだい》もみんな、人間《にんげん》にうち殺《ころ》されたのです。ワーブは、一匹《いっぴき》で生《い》きていくことになりました。

『森《もり》の中《なか》で会《あ》うやつに友《とも》だちはいない』ということわざがあります。ワーブは、そのことをよく知《し》るようになりました。だって、人間《にんげん》にしろ、黒《くろ》クマにしろ、ヤマネコにしろ、みんながワーブをいじめるのです。ワーブはすべてのものをにくんで育《そだ》っていきました。

何年《なんねん》かたち、ワーブが大人《おとな》になると、森《もり》でワーブにかなうものはいなくなりました。ワーブは人間《にんげん》が大嫌《だいきら》いです。人間《にんげん》と鉄《てつ》がいりまじったにおいがすると、ワーブはいかりくるいます。ワーブは、人間《にんげん》をおそって殺《ころ》すようになりました。

「川上《かわかみ》にはいくな。あそこはワーブの領分《りょうぶん》だ。そっとしておけ」

人間《にんげん》たちはこううわさしあって、ワーブを警戒《けいかい》するようになりました。

年《とし》をとるにつれて、ワーブはどんどんかしこく、強《つよ》くなっていきました。季節ごとに棲む土地をかえれば、いつでもごちそうにありつけることもわかってきました。ワーブは自分《じぶん》の縄《なわ》ばりの印《しるし》を、木《き》に残《のこ》していきます。

〈おれの土地《とち》をあらすものは、思《おも》いしることになるぞ〉

そんな意味合《いみあ》いの印《しるし》が、あちこちの木《き》につけられました。灰色《はいいろ》グマは、自《じ》分《ぶん》のにおいと毛《け》を木《き》にこすりつけて、縄《なわ》ばりを主張《しゅちょう》します。ワーブの印《しるし》は、地面《じめん》から二《に》メートル半以上《はんいじょう》の高《たか》さにつけられています。そんな高《たか》いところに印《しるし》をつけられるのはワーブしかいないので、だれもがワーブの縄《なわ》ばりだとわかるのです。おそろしい王様《おうさま》ワーブの絶頂《ぜっちょう》の時代《じだい》は、何年《なんねん》もつづきました。

さらに年月《ねんげつ》がたちました。無敵《むてき》の灰《はい》色《いろ》グマのワーブも年《とし》には勝《か》てません。ワーブは病気《びょうき》になりました。ワーブは、いたみとくるしみがない土地《とち》を求《もと》めて歩《ある》きました。すると、小《ちい》さな谷《たに》から、

「こっちだよ、さあおいで」

という声《こえ》が聞《き》こえてきたのです。そこは、硫黄《いおう》のにおいがただよう死《し》の谷《たに》でした。ワーブは死《し》の蒸気《じょうき》を胸《むね》いっぱいにすいこみ、眠《ねむ》りました。むかし、お母《かあ》さんの胸《むね》に抱《だ》かれて眠《ねむ》った、しあわせの日《ひ》のように。深《ふか》く、静《しず》かに、そして永遠《えいえん》に。

読んだ日　年　月　日／　年　月　日／　年　月　日

ポイント　ワーブの物語《ものがたり》の舞台《ぶたい》は、アメリカのイエローストーン国立公園《こくりつこうえん》のあたりです。灰色《はいいろ》グマ（グリズリー）は、地上最強《ちじょうさいきょう》の肉食動物《にくしょくどうぶつ》といわれます。

「芸《げい》は身《み》を助《たす》ける」というお話《はなし》です

落語《らくご》

たのきゅう

7月19日のお話

むかしむかし、あるところに、「たのきゅう」という演技《えんぎ》のじょうずな役《やく》者《しゃ》がいました。ある日、たのきゅうは、母親《ははおや》が病気《びょうき》と聞《き》いて、故郷《こきょう》に帰《かえ》ることにしました。

たのきゅうが、ある山《やま》のふもとまでくると、茶店《ちゃみせ》のおばさんが呼《よ》びとめます。おばさんがいいました。

「もうすぐ日《ひ》が暮《く》れる。夜《よる》になると、山《やま》にはウワバミという化《ば》け物《もの》がでるでな。あぶないから、朝《あさ》まで待《ま》つがええだよ」

「そうはいきません。母《はは》が病気《びょうき》でくるしんでいます。すぐに帰《かえ》らなくては」

そういうと、たのきゅうは茶店《ちゃみせ》のおばさんがとめるのも聞《き》かず、山《やま》の中《なか》の道《みち》を歩《ある》いていきました。

夜《よる》になりました。たのきゅうが山道《やまみち》をいそいでいると、おそろしい化《ば》け物《もの》、ウワバミがあらわれました。

「久々《ひさびさ》の獲物《えもの》じゃ。おまえ、名前《なまえ》はなんという」

「た、たのきゅう……」

たのきゅうはこわくて声《こえ》がでず、やっとのことで、名前《なまえ》だけいえました。

「タヌキ？　なんじゃ、人間《にんげん》だったら食《く》ってやろうと思《おも》ったのに。いや、待《ま》てよ。お前《まえ》、ほんとは人間《にんげん》じゃろう。タヌキなら、化《ば》けられるはずじゃ」

たのきゅうは役者《やくしゃ》です。変装《へんそう》するのはお手《て》のもの。たのきゅうは少《すこ》し元気《げんき》になり、芝居《しばい》の小道具《こどうぐ》をとりだして、娘《むすめ》の姿《すがた》になりました。

「おお、みごとなものじゃ。いうのを忘《わす》れとったが、わしは煙草《たばこ》の煙《けむり》が苦手《にがて》でな。煙草《たばこ》をすう人間《にんげん》にでも化《ば》けられたらえらいことじゃった。おまえは苦《にが》手《て》なものはなんじゃ」

ウワバミはたのきゅうのことが気《き》にいったのか、気《き》やすく話《はな》しかけてきます。そこで、たのきゅうはまた少《すこ》し元《げん》気《き》になり、冗談《じょうだん》をいいました。

「わたしはお金《かね》がこわいですね。人間《にんげん》たちはお金《かね》を争《あらそ》って、ときには人殺《ひとごろ》しをするそうです。わたしは殺《ころ》されたくありません」

「なるほどな。よし、もういくがいい」

ウワバミはそういうと、山《やま》の中《なか》へ帰《かえ》っていきました。たのきゅうはすぐに山《やま》をおりて、ふもとの村《むら》にウワバミの弱点《じゃくてん》を教《おし》えて、故郷《こきょう》に帰《かえ》りました。

数日後《すうじつご》、たのきゅうが母親《ははおや》の看病《かんびょう》をおえて寝《ね》ようとすると、家《いえ》の外《そと》でおそろしい声《こえ》がしました。

「タヌキめ、よくも人間《にんげん》にわしの弱点《じゃくてん》を知《し》らせたな。この恨《うら》み、はらしてくれるわ。これでも食《く》らえ」

声《こえ》がおわると、窓《まど》からチャリンチャリンと小判《こばん》が山《やま》のように投《な》げいれられました。たのきゅうが外《そと》にでると、ウワバミが「ざまあみろ」とさけびながら、山《やま》へ帰《かえ》っていくのが見《み》えました。

たのきゅうはウワバミが残《のこ》したお金《かね》で母親《ははおや》の病気《びょうき》をなおし、しあわせに暮《く》らしたということです。

読んだ日　年　月　日／　年　月　日／　年　月　日

ポイント　全国各地《ぜんこくかくち》に残《のこ》る民話《みんわ》をもとに、落語《らくご》になったお話《はなし》です。

7月20日のお話

イヌ、サル、キジをおともに鬼退治《おにたいじ》

桃太郎《ももたろう》

むかしむかし、あるところに、おじいさんとおばあさんがおりました。おじいさんは山《やま》へ柴刈《しばか》りに、おばあさんは川《かわ》へ洗濯《せんたく》にいきました。すると、川《かわ》上《かみ》から大《おお》きな桃《もも》が**どんぶらこー、どんぶらこー**と流《なが》れてきました。おばあさんは桃《もも》をひろい、家《いえ》に帰《かえ》りました。

「こりゃあ、みごとな桃《もも》じゃ」

よろこんだおじいさんが包丁《ほうちょう》で桃《もも》を切《き》ろうとしたところ、桃《もも》がぽんと二《ふた》つに割《わ》れ、中《なか》から元気《げんき》な男《おとこ》の赤《あか》ちゃんがでてきました。おじいさんとおばあさんは、桃《もも》から生《う》まれた赤《あか》ちゃんを「桃《もも》太郎《たろう》」と名《な》づけ、だいじに育《そだ》てました。

そのころ、近所《きんじょ》の村《むら》では、鬼《おに》が島《しま》から鬼《おに》がやってきて大あばれしていました。鬼《おに》は、村《むら》の家々《いえいえ》をこわして、食《た》べ物《もの》や品物《しなもの》をうばっていきます。

それを知《し》った桃太郎《ももたろう》は、おじいさんとおばあさんに、「鬼退治《おにたいじ》にいってきます」といいました。おじいさんとおばあさんは、心《こころ》をこめてつくったきびだんごを桃太郎《ももたろう》にわたし、送《おく》りだしました。

「お二人《ふたり》がつくってくれたきびだんごなら日本一《にっぽんいち》ですね。食《た》べれば勇気《ゆうき》がでるでしょう」

桃太郎《ももたろう》は旅《たび》だちました。村《むら》からですぐに、桃太郎《ももたろう》はイヌに出合《であ》いました。

「桃太郎《ももたろう》さん、今日《きょう》はどこにいくの？　お腰《こし》につけている物《もの》はなあに？」

「鬼《おに》が島《しま》へ鬼退治《おにたいじ》にいくんだ。腰《こし》にぶらさげているのは、日本一《にっぽんいち》のきびだんごだよ」

「一《ひと》つわたしにくれるなら、鬼退治《おにたいじ》のおともになりましょう」

桃太郎《ももたろう》はイヌにきびだんごをあげました。つぎに、桃太郎《ももたろう》は森《もり》でサルに出《で》合《あ》いました。

「桃太郎《ももたろう》さん、なにをもっているの？　どこいくの？」

「日本一《にっぽんいち》のきびだんごをもって、鬼《おに》が島《しま》へ鬼退治《おにたいじ》にいくんだ」

「日本一《にっぽんいち》のきびだんご、一《ひと》つわたしにくださいな」

サルがおともになりました。今《こん》度《ど》は、桃太郎《ももたろう》は野原《のはら》でキジに出合《であ》いました。

「桃太郎《ももたろう》さん、わたしにも日本一《にっぽんいち》のきびだんごをくださいな、鬼退《おにたい》治《じ》のおともをしましょう」

こうして桃太郎《ももたろう》は、イヌ、サル、キジを連《つ》れて、鬼《おに》が島《しま》につきました。鬼《おに》たちは今日《きょう》も村《むら》をおそおうと、準備《じゅんび》をしていました。

「また村《むら》をおそう気《き》か、ゆるさんぞ！」

そうさけぶと、桃太郎《ももたろう》はイヌ、サル、キジといっしょに鬼《おに》たちにたちむかいました。日本一《にっぽんいち》のきびだんごを食《た》べていた桃太郎《ももたろう》たちは、ものすごい強《つよ》さで鬼《おに》たちをこらしめました。

「二度《にど》とわるいことはいたしません。村《むら》からうばったものはお返《かえ》しします」

泣《な》いてあやまる鬼《おに》たちをゆるし、鬼《おに》が村《むら》からうばいとった物《もの》を荷車《にぐるま》につんで、桃太郎《ももたろう》は村《むら》に帰《かえ》りました。村人《むらびと》たちは大《おお》よろこびしましたとさ。

読んだ日　年　月　日／　年　月　日／　年　月　日

ポイント　桃太郎《ももたろう》のお話《はなし》は、岡山県《おかやまけん》、愛知県《あいちけん》、香川県《かがわけん》、奈良県《ならけん》など各地《かくち》にあり、少《すこ》しずつ内容《ないよう》がちがいます。

ポリネシア

ニュージーランド誕生《たんじょう》のひみつ

マウイの伝説《でんせつ》

みなさんはポリネシアを知《し》っていますか。ポリネシアは、南太平洋《みなみたいへいよう》の真《ま》ん中《なか》にある、たくさんの島々《しまじま》のことです。みなさんが知《し》っているハワイもニュージーランドもタヒチも、みんなポリネシアの一部《いちぶ》なんですよ。

いまでこそ、いろんな国《くに》にわかれていますが、ポリネシアはむかし、みんなおなじ言葉《ことば》を話《はな》して、おなじ神様《かみさま》を信《しん》じていました。そんなポリネシアの人《ひと》たちが、いまでも大好《だいす》きな神様《かみさま》が、マウイです。今日《きょう》はマウイの話《はなし》をしましょう。

マウイは、たくさんいる兄弟《きょうだい》の中《なか》の末《すえ》っ子《こ》です。ポリネシアの男《おとこ》の人《ひと》は、みんな釣《つ》りをしますが、マウイは釣《つ》りがへたくそでした。だから、マウイはおにいさんたちに、釣《つ》りに連《つ》れていってもらえません。

「ねえ、にいさんたち。今日《きょう》は釣《つ》りに連《つ》れていっておくれよ」

「だめだよ、マウイ。おまえが釣《つ》りをしたって、一匹《いっぴき》も釣《つ》れたことがないじゃないか。留守番《るすばん》してろよ」

にいさんたちはマウイを置《お》いて、でかけました。ところが、今日《きょう》にかぎってマウイはあきらめません。

「にいさんたち、ぼくをバカにして。いままでがまんしてきたけど、今日《きょう》は魔法《まほう》の釣《つ》り針《ばり》を使《つか》ってやるからな」

じつはマウイは、ほかの兄弟《きょうだい》とはちがって、神様《かみさま》の血《ち》をひいて生《う》まれた子《こ》どもでした。だから、たくさんのふしぎな力《ちから》があるのです。マウイはこっそりかくれて、兄弟《きょうだい》たちについていき、舟《ふね》に乗《の》りこみました。

舟《ふね》が沖《おき》にでたころ、マウイはひょっこり姿《すがた》をあらわしました。

「あ、マウイ。いつのまに舟《ふね》に乗《の》りこんだんだ？」

「へへへ。ぼくだって釣《つ》りはできるんだ。にいさんたち、まあ見《み》ててよ」

マウイは魔法《まほう》の釣《つ》り針《ばり》を糸《いと》につけて、海《うみ》に投《な》げこみました。すると、とつぜん、海鳴《うみな》りがはじまり、マウイの竿《さお》が大《おお》きくしなったのです。

「マ、マウイっ。おまえ、なにをした？　いや、そんなことをいってる場合《ばあい》じゃない。こいつはとんでもない大物《おおもの》だぞ。おまえだけじゃ、むりだ！」

兄弟《きょうだい》たちは、あわててマウイの体《からだ》を支《ささ》えました。

「マウイ、がんばれ」

「あと少《すこ》しだ。海《うみ》に落《お》ちるなよ」

マウイと兄弟《きょうだい》たちが、力《ちから》をあわせて竿《さお》を支《ささ》えていると、獲物《えもの》が海《うみ》から頭《あたま》をだしました。

「こ、これは魚《さかな》じゃないぞ」

「島《しま》だ。マウイが島《しま》を釣《つ》りあげた！」

マウイが釣《つ》りあげたのは、大《おお》きな大《おお》きな島《しま》でした。それがいまのニュージーランドの首都《しゅと》ウェリントンがある島《しま》「テ・イカ・ア・マウイ」なのです。テ・イカ・ア・マウイには、マウイの魚《さかな》という意味《いみ》があります。

読んだ日　　年　月　日／　　年　月　日／　　年　月　日

ポイント　マウイが島《しま》を釣《つ》りあげた話《はなし》はたくさんあり、ニュージーランドやハワイに民話《みんわ》として伝《つた》わっています。

冒頭《ぼうとう》の文章《ぶんしょう》が有名《ゆうめい》な古典《こてん》です

平家物語《へいけものがたり》

作者不詳《さくしゃふしょう》

祇園精舎《ぎおんしょうじゃ》の鐘《かね》の声《こえ》、
諸行無常《しょぎょうむじょう》の響《ひび》きあり。
沙羅双樹《しゃらそうじゅ》の花《はな》の色《いろ》、
盛者必衰《じょうしゃひっすい》の理《ことわり》を顕《あらわ》はす。
奢《おご》れる人《ひと》も久《ひさ》しからず、
唯春《ただはる》の夜《よ》の夢《ゆめ》のごとし。
猛《たけ》き者《もの》も遂《つい》には亡《ほろ》びぬ。
偏《ひとえ》に風《かぜ》の前《まえ》の塵《ちり》に同《おな》じ。

――仏教《ぶっきょう》の聖地《せいち》、祇園精舎《ぎおんしょうじゃ》で鳴《な》りひびく鐘《かね》の音色《ねいろ》は、世《よ》の中《なか》にかわらないものなどないことを教《おし》えてくれています。うつくしく咲《さ》きほこる沙羅双樹《さらそうじゅ》の花《はな》も、いつかは枯《か》れるのです。思《おも》いあがって勝《か》ちほこって生《い》きている者《もの》も、長《なが》くはつづきません。それは春《はる》の夜《よる》に見《み》る夢《ゆめ》のように、はかないものなのです。どんなに強《つよ》い人《ひと》でも、それは風《かぜ》にふき飛《と》ばされる塵《ちり》のように、ずっとその場《ば》にとまっていられるものではありません。

これは遠《とお》いむかし、平安時代《へいあんじだい》の末《まっ》期《き》、栄華《えいが》をきわめた武家《ぶけ》の平氏《へいし》が、おなじく武家《ぶけ》の源氏《げんじ》にやぶれ、ほろんでいく物語《ものがたり》です。平氏《へいし》は最初《さいしょ》、源氏《げんじ》をさんざんにうちやぶり、得意《とくい》の絶頂《ぜっちょう》にありました。『平家《へいけ》にあらずんば人《ひと》にあらず』(平家《へいけ》の一族《いちぞく》でなくては、人間《にんげん》として生《い》きる価値《かち》がない)とまでいいはなつ者《もの》があるほど、おごり高《たか》ぶっていたのです。

しかし、源氏《げんじ》には二人《ふたり》の兄弟《きょうだい》が生《い》き残《のこ》っていました。兄《あに》の源頼朝《みなもとのよりとも》は平家《へいけ》をほろぼしたあと、鎌倉幕府《かまくらばくふ》を開《ひら》き、武《ぶ》家《け》の頂点《ちょうてん》にたった人《ひと》です。弟《おとうと》の義経《よしつね》は兄《あに》の頼朝《よりとも》を助《たす》け、平氏《へいし》に勝《か》ちつづけた戦争《せんそう》の天才《てんさい》でした。

源氏《げんじ》に形勢《けいせい》を逆転《ぎゃくてん》され、京《きょう》の都《みやこ》もうばわれた平氏《へいし》は、西《にし》へ西《にし》へと逃《に》げていきました。

逃《に》げた平氏《へいし》は、福原《ふくはら》に陣《じん》をしいていました。そこで義経《よしつね》は、わずか七十数《ななじゅうすう》騎《き》の兵《へい》をひきいて、福原《ふくはら》の裏手《うらて》にある、けわしい山道《やまみち》をのぼりました。

崖《がけ》の上《うえ》にでると、義経《よしつね》たちの眼下《がんか》には、平氏《へいし》の陣《じん》が一望《いちぼう》できました。ためしに二頭《にとう》の馬《うま》を崖《がけ》の上《うえ》から落《お》としてみると、一頭《いっとう》はたおれてしまいましたが、一頭《いっとう》はぶじに崖下《がけした》までたどりつきました。

「見《み》よ、うまくおりれば、馬《うま》でも崖下《がけした》にいきつくことができるぞ」

義経《よしつね》はそういって、崖《がけ》の上《うえ》から馬《うま》に乗《の》って平氏《へいし》の陣《じん》へ突撃《とつげき》しました。まさか、崖《がけ》の上《うえ》から馬《うま》でやってくるとは思《おも》ってもいなかった平氏軍《へいしぐん》は混乱《こんらん》し、やぶれて海上《かいじょう》へ船《ふね》で逃《に》げました。これを人《ひと》びとは「義経《よしつね》の鵯越《ひよどりごえ》」「義経《よしつね》の逆《さか》落《お》とし」といって、賞賛《しょうさん》しました。

海《うみ》の上《うえ》でも平氏《へいし》は「屋島《やしま》の戦《たたか》い」でやぶれ、最期《さいご》の地《ち》、長門《ながと》にたどりつきます。ここでおこなわれたのが「壇《だん》ノ浦《うら》の戦《たたか》い」です。義経《よしつね》はこの戦《たたか》いでも天《てん》才《さい》ぶりを発揮《はっき》して、平氏《へいし》をうちやぶりました。源氏《げんじ》の完全勝利《かんぜんしょうり》でした。

読んだ日　年　月　日／　年　月　日／　年　月　日

ポイント 福原《ふくはら》は現在《げんざい》の兵庫県神戸《ひょうごけんこうべ》のあたりで、長門《ながと》は現在《げんざい》の山口県下関《やまぐちけんしものせき》のあたりです。これ以後《いご》、「源氏《げんじ》の世《よ》」がやってきました。

イギリス

勝手《かって》に他人《たにん》の家《いえ》にはいっていいのかな？

三匹《さんびき》のクマ

むかしむかし、森《もり》の中《なか》に一軒《いっけん》の家《いえ》がありました。その家《いえ》には、大《おお》きいクマと、中《ちゅう》ぐらいのクマと、小《ちい》さいクマが棲《す》んでいました。三匹《さんびき》のクマが散歩《さんぽ》にでかけると、森《もり》の家《いえ》に金髪《きんぱつ》の女《おんな》の子《こ》がやってきました。

「あら、こんなところにお家《うち》があるのね。ちょっと中《なか》にはいってみましょう」

女《おんな》の子《こ》は、勝手《かって》に家《いえ》の中《なか》にはいりました。すると、テーブルの上《うえ》に、大《おお》きい皿《さら》と中《ちゅう》ぐらいの皿《さら》と小《ちい》さい皿《さら》の三皿《さんさら》にはいったスープがありました。

「大《おお》きい皿《さら》のスープは熱《あつ》すぎるわ。中《ちゅう》ぐらいの皿《さら》はぬるすぎ。小《ちい》さい皿《さら》はちょうどいいからぜんぶ飲《の》もう」

女《おんな》の子《こ》はスープを飲《の》んでしまうと、眠《ねむ》たくなりました。見《み》ると、大《おお》きいイスと中《ちゅう》ぐらいのイスと小《ちい》さいイスがありました。

「大《おお》きいイスはかたすぎるわ。中《ちゅう》ぐらいのイスはやわらかすぎ。小《ちい》さいイスはちょうどいいから休《やす》みましょう」

女《おんな》の子《こ》が小《ちい》さいイスに飛《と》び乗《の》ると、イスはこわれてしまいました。おこった女《おんな》の子《こ》は、ベッドへいきました。

「大《おお》きいベッドは枕《まくら》が高《たか》すぎだわ。中《ちゅう》ぐらいのベッドは低《ひく》すぎ。小《ちい》さいベッドはちょうどいいので眠《ねむ》りましょう」

女《おんな》の子《こ》は小《ちい》さいベッドで寝《ね》ました。

しばらくすると、三匹《さんびき》のクマが帰《かえ》ってきました。

「だれかがおれのスープを飲《の》んだぞ」

と、大《おお》きいクマが大声《おおごえ》でいいました。

「だれかがわたしのスープを飲《の》んだ」

と、中《ちゅう》ぐらいのクマがふつうの声《こえ》でいいました。

「だれかがぼくのスープを飲《の》んだ。しかもぜんぶ食《た》べられた」

と、小《ちい》さいクマが小声《こごえ》でいいました。

「おれのイスにもすわっているぞ」

と、大《おお》きいクマが大声《おおごえ》でいいました。

「わたしのイスにもすわっているね」

と、中《ちゅう》ぐらいのクマがふつうの声《こえ》でいいました。

「ぼくのイスはこわれてる」

と、小《ちい》さいクマが小声《こごえ》でいいました。

三匹《さんびき》はベッドのほうへいきました。

「おれのベッドに寝《ね》たやつがいる」

と、大《おお》きいクマが大声《おおごえ》でいいました。

「わたしのベッドにも寝《ね》たね」

と、中《ちゅう》ぐらいのクマがふつうの声《こえ》でいいました。

「ぼくのベッドにだれかが寝《ね》てる」

三匹《さんびき》が小《ちい》さいベッドを見《み》ると、金髪《きんぱつ》の女《おんな》の子《こ》が眠《ねむ》っていました。やがて目《め》を覚《さ》ました女《おんな》の子《こ》は、三匹《さんびき》のクマを見《み》て、おどろいてさけびました。

「きゃあ」

女《おんな》の子《こ》の声《こえ》に、小《ちい》さいクマが小声《こごえ》で、

「わあっ」

中《ちゅう》ぐらいのクマがふつうの声《こえ》で、

「おおっ」

大《おお》きいクマが大声《おおごえ》で、

「ぐおおおっ」

と、おどろいてさけびました。

女《おんな》の子《こ》は逃《に》げていきました。

読んだ日　年　月　日／　年　月　日／　年　月　日

ポイント　イギリスの昔話《むかしばなし》をもとに、ロシアの文豪《ぶんごう》レフ・トルストイが書《か》いたお話《はなし》もあります。女《おんな》の子《こ》が「おばあさん」になっている話《はなし》もあります。

7月24日のお話

若《わか》い男《おとこ》に恋《こい》した花《はな》の精《せい》のかなしい物語《ものがたり》

月見草《つきみそう》のよめ

7月

日本の昔話

かなしい話

むかしむかし、山《やま》の中《なか》に一人《ひとり》の働《はたら》き者《もの》の馬子《まご》が住《す》んでいました。馬子《まご》はウマの世話《せわ》をして、ウマに荷《に》をひかせたり人《ひと》を乗《の》せたりするのが仕事《しごと》です。

ある日《ひ》のこと。馬子《まご》が一日《いちにち》の仕事《しごと》をおえて家《いえ》で夕飯《ゆうはん》のしたくをしていると、家《いえ》の戸《と》をたたく音《おと》がしました。

「はて、だれじゃろう」

馬子《まご》が戸《と》を開《あ》けると、うつくしい娘《むすめ》がたっていてこういいました。

「道《みち》に迷《まよ》っていたら、日《ひ》が暮《く》れてしまい難儀《なんぎ》しております。どうか、一晩宿《ひとばんやど》をおかりできませんか」

「そりゃかまわんが、あんたのような娘《むすめ》さんが、わしのようなむさくるしい男《おとこ》のところへ泊《と》まるのもなあ」

「どうか、どうかお願《ねが》いです」

娘《むすめ》に押《お》しきられて、馬子《まご》はとうとう娘《むすめ》を家《いえ》の中《なか》にいれました。

「お夕食《ゆうしょく》のしたくをしておられたのですね。お礼《れい》に私《わたし》がつくりましょう」

娘《むすめ》がつくったごはんはおいしいものでした。翌日《よくじつ》、馬子《まご》が仕事《しごと》にでかけて家《いえ》に帰《かえ》ると、娘《むすめ》はまだ家《いえ》にいました。

「はよう、でていきなさいよ。わしのところなんかにおったら、あんたの評判《ひょうばん》に傷《きず》がついてしまうぞ」

けれど、娘《むすめ》は首《くび》を横《よこ》にふってでていかず、けっきょく馬子《まご》の家《いえ》にいついて、そのまま馬子《まご》のよめになりました。

「信《しん》じられん。おまえのようなきれいな娘《むすめ》がよめになってくれるなんぞ、夢《ゆめ》のようじゃ。わしはしあわせ者《もの》じゃ」

馬子《まご》はよめの顔《かお》を見《み》るたびに、こういってよめをよろこばせました。よめがよろこぶとしあわせになる馬子《まご》は、ますます働《はたら》くようになりました。

ある日《ひ》のこと、馬子《まご》がウマに草《くさ》を食《く》わせていると、うつくしい花《はな》を見《み》つけました。

「なんときれいな花《はな》じゃ。よめに見《み》せれば、きっとよろこんでくれるじゃろう」

馬子《まご》は花《はな》をつみとって家《いえ》に帰《かえ》りました。すると、よめが家《いえ》の中《なか》でたおれているではありませんか。馬子《まご》はよめを抱《だ》きおこして声《こえ》をかけました。

「よめよ、しっかりせえ。具合《ぐあい》でもわるいのか。医者《いしゃ》を呼《よ》ぼう、な？」

すると、よめはか細《ぼそ》い声《こえ》で、馬子《まご》を押《お》しとどめていいました。

「お医者《いしゃ》はいりません。おまえさんは働《はたら》き者《もの》。そんなおまえさんが、わたしは大好《だいす》きでした。じつはわたしは花《はな》の精《せい》、月見草《つきみそう》の花《はな》です。ウマをひいているおまえさんを見《み》ていたんですよ」

「月見草《つきみそう》っておまえ……。ああ、わしがつみとった花《はな》は、おまえだったのか。わしは、わしはなんということをしてしまったんじゃ！」

「いいんですよ。おまえさん。およめにしてくれて、ほんとうにうれしかった。ずっと達者《たっしゃ》でいてくださいね」

そういって、よめはすうーっと消《き》えていきました。馬子《まご》はいつまでもいつまでも、泣《な》きつづけました。

読んだ日　年　月　日／　年　月　日／　年　月　日

ポイント　月見草《つきみそう》は、夕方《ゆうがた》に咲《さ》き、朝《あさ》にはしおれる一夜花《ひとよばな》です。うつくしさは、はかないものですね。

神様《かみさま》の声《こえ》を聞《き》いたノアは大《おお》きな舟《ふね》をつくります

ノアの箱舟《はこぶね》

7月25日のお話

神様《かみさま》がこの世界《せかい》をつくってから、何《なん》百年《びゃくねん》かたったころ。人間《にんげん》は地上《ちじょう》にあふれ、大《おお》きな町《まち》がいくつもできました。人間《にんげん》はよい人《ひと》ばかりではありませんでした。わるいことをする人《ひと》が増《ふ》え、人《ひと》のものを盗《ぬす》んだり、乱暴《らんぼう》を働《はたら》いたりしました。神様《かみさま》は、人間《にんげん》をつくったことを後悔《こうかい》しはじめました。

「かつて地上《ちじょう》は、平和《へいわ》でうつくしかった。人間《にんげん》のせいで世《よ》の中《なか》はみだれている。わるい人間《にんげん》をほろぼしてしまおう」

神様《かみさま》はそう考《かんが》えました。そのころ、ノアという心《こころ》がきれいで正直《しょうじき》な人間《にんげん》がいました。神様《かみさま》は、ノアこそ理想《りそう》の人《にん》間《げん》だと思《おも》いました。神様《かみさま》はノアにいいました。

「ノアよ。大《おお》きな舟《ふね》をつくりなさい」

ノアとその家族《かぞく》は舟《ふね》をつくりはじめました。大木《たいぼく》を切《き》りたおし、木《き》をけずり、骨組《ほねぐ》みをつくりました。

「まわりに川《かわ》も海《うみ》もないのに、舟《ふね》をつくるなんて、どうかしているよ」

そういって、近《ちか》くに住《す》む人《ひと》びとはノアのことを笑《わら》いました。笑《わら》われても、ノアは舟《ふね》をつくりつづけました。やがて、りっぱな屋根《やね》のついた、三階建《さんかいだ》ての大《おお》きな箱舟《はこぶね》ができあがりました。神《かみ》様《さま》は箱舟《はこぶね》を見《み》て、ノアにいいました。

「わたしは大洪水《だいこうずい》を起《お》こして、地上《ちじょう》の人間《にんげん》をほろぼすつもりです。この箱舟《はこぶね》に動物《どうぶつ》や鳥《とり》など、すべての生《い》き物《もの》を一《ひと》組《くみ》ずつ集《あつ》めなさい。そして、おまえの家族《かぞく》と動物《どうぶつ》たちを箱舟《はこぶね》に乗《の》せるのです」

ノアは息子《むすこ》たちを連《つ》れて、狩《か》りにでました。この世界《せかい》にいる動物《どうぶつ》のオスとメスを一組《ひとくみ》ずつ集《あつ》めると、箱舟《はこぶね》に乗《の》せました。大《おお》きな舟《ふね》は、動物《どうぶつ》たちでいっぱいになりました。

ノアと家族《かぞく》が舟《ふね》に乗《の》りこむと、とつぜん強《つよ》い風《かぜ》がふいてきました。空《そら》から大粒《おおつぶ》の雨《あめ》が落《お》ちてきて、やがて大雨《おおあめ》になりました。四十日《よんじゅうにち》と四十夜《よんじゅうや》の間《あいだ》、雨《あめ》はふりつづけました。陸地《りくち》はすべて水《みず》でおおわれ、人間《にんげん》も動物《どうぶつ》ものみこまれてしまいました。

世界《せかい》に残《のこ》ったのは、箱舟《はこぶね》に乗《の》っていたノアの家族《かぞく》と動物《どうぶつ》たちだけでした。しばらくして、水《みず》がひきはじめ、大地《だいち》があらわれました。舟《ふね》が陸地《りくち》に乗《の》りあげたので、ノアは動物《どうぶつ》たちを地上《ちじょう》にはなしました。そこは、アララト山《さん》のてっぺんでした。

ノアは陸《りく》にあがり、家族《かぞく》たちと神様《かみさま》においのりをしました。

「神様《かみさま》のお慈悲《じひ》に感謝《かんしゃ》します」

すると、どうでしょう。空《そら》に大《おお》きな虹《にじ》がかがやいたのです。天《てん》から神様《かみさま》の声《こえ》が聞《き》こえました。

「もう二度《にど》と、人間《にんげん》や動物《どうぶつ》をほろぼしたりしません。約束《やくそく》のしるしとして、虹《にじ》をかけましょう」

それからノアと家族《かぞく》たちは、農業《のうぎょう》や羊飼《ひつじか》いをして平和《へいわ》に暮《く》らしたのです。

読んだ日　　年　　月　　日／　　年　　月　　日／　　年　　月　　日

ポイント　ノアの箱舟《はこぶね》の大《おお》きさは、長《なが》さ133.5メートル、幅《はば》22.2メートル、高《たか》さは13.3メートルもありました。30階《かい》のビルを横《よこ》にたおしたくらいの大《おお》きさです。

勝負《しょうぶ》をやめない困《こま》った将軍《しょうぐん》とのとんち合戦《がっせん》

一休《いっきゅう》と将軍《しょうぐん》

一休《いっきゅう》さん

あるとき、知恵者《ちえもの》と評判《ひょうばん》の一休《いっきゅう》さんは、都《みやこ》の将軍《しょうぐん》に呼《よ》ばれました。一休《いっきゅう》さんがでかけてみると、将軍《しょうぐん》がにこにこしながら、待《ま》っていました。

「おお一休《いっきゅう》。よくきたな。めずらしい物《もの》が手《て》にはいったのでな、そちといっしょに食《た》べようと待《ま》っていたのじゃ」

「それはそれは、おまねきありがとうございます」

なにかあるな、と一休《いっきゅう》さんは、将軍《しょうぐん》がなにかたくらんでいることを見《み》ぬきましたが、顔《かお》にはだしません。

将軍《しょうぐん》が手《て》をパンパンとうちならすと、将軍《しょうぐん》と一休《いっきゅう》さんのまえに、ふたのついたお椀《わん》にはいったお吸《す》い物《もの》がでてきました。一休《いっきゅう》さんが食《た》べようとすると、将軍《しょうぐん》が声《こえ》をかけてきます。

「ところでな。予《よ》はこの食《た》べ物《もの》をまだ味《あじ》わっておらん。先《さき》に食《た》べて、味《あじ》を教《おし》えてくれんか。ただし、**この吸《す》い物《もの》**の椀《わん》のふたはとるでないぞ」

「将軍様《しょうぐんさま》は味《あじ》が知《し》りたいのですね」

「いかにも。じゃが、椀《わん》の中身《なかみ》を見《み》ては、興冷《きょうざ》めであろ？」

「わかりました。ではおかわりをください」

将軍《しょうぐん》はこの言葉《ことば》を聞《き》いて、しばらく考《かんが》えたあと、パンと手《て》をうちました。

「なるほど。おかわりのお椀《わん》なら『この吸《す》い物《もの》』ではない、中身《なかみ》はおなじ味《あじ》の『べつの吸《す》い物《もの》』というわけじゃな」

一休《いっきゅう》さんはにこっと笑《わら》いました。

「うむ。よく考《かんが》えた。一回目《いっかいめ》は予《よ》の負《ま》けじゃ。ほめてつかわす」

「い、一回目《いっかいめ》？　まだあるのですか」

「そなたを呼《よ》んでおいて、一度《いちど》の勝負《しょうぶ》ではおもしろくあるまい。これ、つぎをもってまいれ」

将軍《しょうぐん》はまた、手《て》をパンパンとうちならしました。一休《いっきゅう》さんは困《こま》ってしまい、考《かんが》えこんでしまいました。

（これじゃ、将軍様《しょうぐんさま》は勝《か》つまでわたしを帰《かえ》してくれないかもしれないぞ）

一休《いっきゅう》さんのまえに餅《もち》が運《はこ》ばれてきました。一休《いっきゅう》さんは深《ふか》く考《かんが》えず、餅《もち》を二《ふた》つにちぎり、それぞれを左右《さゆう》の手《て》にとり、ぺろりと食《た》べおえました。

「一休《いっきゅう》！　右手《みぎて》の餅《もち》と左手《ひだりて》の餅《もち》どちらがうまかったか、こたえてみせい」

将軍《しょうぐん》は得意顔《とくいがお》です。

（どうしよう。勝《か》っても負《ま》けても、めんどうだろうな。よし、こうしよう）

一休《いっきゅう》さんは、空《から》になった両手《りょうて》をあわせて、**パチン**と音《おと》をたてました。

「将軍様《しょうぐんさま》、いま鳴《な》ったのはわたしの右《みぎ》手《て》か左手《ひだりて》、どちらでしょう」

「な、なんじゃと？」

将軍様《しょうぐんさま》は考《かんが》えこみましたが、よい考《かんが》えがうかびません。そこへ一休《いっきゅう》さんがいいました。

「わたしも将軍様《しょうぐんさま》もよい考《かんが》えがでませんね。今回《こんかい》はひきわけにしましょう」

「ふむ。そなたとひきわけか。ならば勝負《しょうぶ》はここまでとするか」

かしこい一休《いっきゅう》さんとひきわけられて、将軍《しょうぐん》は上機嫌《じょうきげん》。一休《いっきゅう》さんは帰《かえ》してもらえましたとさ。

読んだ日　年　月　日／　年　月　日／　年　月　日

ポイント　一休《いっきゅう》さんは禅宗《ぜんしゅう》のお坊《ぼう》さんです。禅宗《ぜんしゅう》では「公案《こうあん》」という、とんち問答《もんどう》のような修行《しゅぎょう》があります。

笛《ふえ》の音《おと》が聞《き》こえたら気《き》をつけて!?

ハーメルンの笛《ふえ》ふき

グリム

7月27日のお話

7月
世界の童話
ふしぎな話

これは、いまから七百年《ななひゃくねん》以上《いじょう》もまえに、ドイツのハーメルンという町《まち》であった、と伝《つた》わっているお話《はなし》です。

ある年《とし》のことです。どういうわけか、ハーメルンにとつぜん、たくさんのネズミがあらわれて、町《まち》の人《ひと》たちは困《こま》っていました。だって考《かんが》えてもみてください。ネズミはだいじなパンやチーズを食《た》べちらかしたり、家《いえ》の柱《はしら》や机《つくえ》の脚《あし》をかじったりしてしまうのです。

チュー、チュー! キー、キー!

ものすごい数《かず》のネズミが町中《まちじゅう》を走《はし》りまわるので、人《ひと》びとは夜《よる》も満足《まんぞく》に寝《ね》られないほどでした。

そんなときです、あの男《おとこ》がふらっと町《まち》にやってきたのは……。男《おとこ》は背《せ》が高《たか》く、まるでサーカスのピエロのような服《ふく》を着《き》ていたそうです。そして、市《し》長《ちょう》に会《あ》うと、こういいました。

「わたしはネズミとりの名人《めいじん》です。ハーメルンのネズミを残《のこ》らず追《お》いはらったら、ほうびに金貨《きんか》を千枚《せんまい》もらえますか」

「もちろんだ! 千枚《せんまい》の金貨《きんか》をやろう」

市《し》長《ちょう》がこたえると、男《おとこ》はうなずいて、通《とお》りにでました。そして一本《いっぽん》の笛《ふえ》をとりだすと、その笛《ふえ》をふきはじめました。すると、町《まち》じゅうのネズミたちが、男《おとこ》のあとをついてくるではありませんか。

大《おお》きなネズミ、小《ちい》さなネズミ、太《ふと》ったネズミ、痩《や》せっぽちのネズミ……。黒《くろ》いネズミに茶色《ちゃいろ》いネズミ。灰色《はいいろ》のネズミも長《なが》い行列《ぎょうれつ》をつくって、ぞろぞろ、ぞろぞろと男《おとこ》のあとをついていきます。

男《おとこ》は笛《ふえ》をふきながら、ハーメルンの町《まち》を横《よこ》ぎって、川《かわ》にたどりつきました。

するとネズミたちは、ふしぎなことに、つぎつぎと川《かわ》に飛《と》びこんで、一匹《いっぴき》残《のこ》らず、おぼれて死《し》んでしまったそうです。

「さあ、約束《やくそく》の金貨《きんか》をください」

男《おとこ》は市《し》長《ちょう》にいいました。でも、町《まち》にネズミがいなくなってみると、市《し》長《ちょう》は急《きゅう》にお金《かね》がおしくなりました。

「その話《はなし》だが、金貨《きんか》千枚《せんまい》は多《おお》すぎる。五十枚《ごじゅうまい》でじゅうぶんだろう」

「たったの五十枚《ごじゅうまい》? あなたは約束《やくそく》をやぶるのですね。わかりました。それでは、わたしにも考《かんが》えがあります」

男《おとこ》はそういって、笛《ふえ》をとりだすと、べつの音色《ねいろ》をかなではじめました。

ネズミのときとはちがって、聴《き》いているだれもがうっとりしてしまうような、とてもうつくしい音色《ねいろ》です。

すると、さっきのネズミとおなじように、今度《こんど》は小《ちい》さな子《こ》どもたちが、男《おとこ》のまわりに集《あつ》まりはじめました。

男《おとこ》が歩《ある》きだすと、子《こ》どもたちはよろこんでそのあとをついていきます。市《し》長《ちょう》や大人《おとな》たちがとめようとしても、だれもいうことをききません。男《おとこ》は山《やま》のほら穴《あな》にむかって歩《ある》きつづけ、子《こ》どもたちみんながその穴《あな》にはいると、入《い》り口《ぐち》はすーっと閉《と》じてしまいました。そして、男《おとこ》も子《こ》どもたちも、町《まち》には二度《にど》と戻《もど》ってこなかったということです。

読んだ日　年　月　日／　年　月　日／　年　月　日

ポイント このお話《はなし》のもとになった出来事《できごと》は、ほんとうにあったこととして伝《つた》えられています。市長《しちょう》が約束《やくそく》を守《まも》らなかったせいですね。

逃《に》げろや逃《に》げろ、しょうがパン！

しょうがパン坊《ぼう》や

イギリス

むかし、あるところにおばあさんが一人《ひとり》で住《す》んでいました。おばあさんはパンづくりが大《だい》の得意《とくい》です。

「一人暮《ひとりぐ》らしはさびしいわ。そうだ、パンで坊《ぼう》やをつくりましょう」

おばあさんは小麦《こむぎ》にしょうがをまぜて、こねました。そして、子どもの形《かたち》にして、目《め》や鼻《はな》や口《くち》のかわりに、干《ほ》しブドウをおいたのです。

「まあ、かわいらしいしょうがパンの坊《ぼう》やができたわね。さっそく、オーブンで焼《や》きあげましょう」

やがてしょうがパン坊《ぼう》やが焼《や》きあがったので、おばあさんはオーブンを開《あ》けました。すると、しょうがパン坊《ぼう》やが、オーブンの中《なか》で起《お》きだして、ピョンと飛《と》びだしてきたのです。

「おやまあ」

おばあさんは、びっくりぎょうてん。しょうがパン坊《ぼう》やはいいました。

「へへん、おいらはしょうがパン坊《ぼう》やだい。逃《に》げるぜ、おいらは逃《に》げるぜ」

すたこらさっさと、しょうがパン坊《ぼう》やは逃《に》げだしました。おばあさんは、しょうがパン坊《ぼう》やを追《お》いかけます。

しょうがパン坊《ぼう》やがしばらく走《はし》ると、井戸掘《いどほ》り男《おとこ》に出会《であ》いました。

「おいらはおばあさんから逃《に》げてるんだ。あんたは、つかまえられるかい」

「なんてなまいきな。食《く》ってやろう」

おばあさんと男《おとこ》は、しょうがパンを追《お》いかけます。しばらくいくと、しょうがパン坊《ぼう》やはクマに出会《であ》いました。

「おいらはおばあさんと井戸掘《いどほ》り男《おとこ》から逃《に》げてるんだ。あんたは、おいらをつかまえられるかい」

「なんてなまいきな。食《く》ってやろう」

おばあさんと男《おとこ》とクマは、しょうがパンを追《お》いかけます。しばらくいくと、しょうがパン坊《ぼう》やはオオカミに出会《であ》いました。

「おいらはおばあさんと井戸掘《いどほ》り男《おとこ》とクマから逃《に》げてるんだ。あんたは、おいらをつかまえられるかい」

「なんてなまいきな。食《く》ってやろう」

おばあさんと男《おとこ》とクマとオオカミは、しょうがパンを追《お》いかけます。しばらくいくと、しょうがパン坊《ぼう》やは川岸《かわぎし》で、キツネに出会《であ》いました。

「おいらはおばあさんと井戸掘《いどほ》り男《おとこ》とクマとオオカミから逃《に》げてるんだ。あんたは、おいらをつかまえられるかい」

「あなたをつかまえるなんてとんでもない。わたしの背中《せなか》に乗《の》ってください。川《かわ》をわたってあげましょう。パンの体《からだ》は水《みず》にとけちゃいますよ」

しょうがパン坊《ぼう》やは、それもそうだと思《おも》って、キツネの背中《せなか》に乗《の》りました。川《かわ》をわたっている途中《とちゅう》で、キツネはしょうがパン坊《ぼう》やにいいました。

「水《みず》が深《ふか》くなってきました。背中《せなか》は危《き》険《けん》です、わたしの鼻先《はなさき》にどうぞ」

しょうがパン坊《ぼう》やが鼻先《はなさき》に飛《と》びうつると、キツネは口《くち》を大《おお》きく開《あ》けて、しょうがパン坊《ぼう》やをムシャムシャと食《た》べてしまいましたとさ。

読んだ日　年　月　日／　年　月　日／　年　月　日

ポイント　ジンジャーブレッド（しょうがパン）やジンジャークッキー（しょうがクッキー）は、西洋《せいよう》ではクリスマスのかざりつけに使《つか》われます。

いまも人気《にんき》が高《たか》い宮沢賢治《みやざわけんじ》の代表作《だいひょうさく》

銀河鉄道《ぎんがてつどう》の夜《よる》

宮沢賢治《みやざわけんじ》

ジョバンニは、学校《がっこう》の授業《じゅぎょう》で先生《せんせい》に天《あま》の川《がわ》とはなにか質問《しつもん》されました。ジョバンニはそのこたえを知《し》っていましたが、うまくこたえられません。友《とも》だちのカムパネルラもこたえませんでした。

（カムパネルラだって、天《あま》の川《がわ》が星《ほし》の集《あつ》まりだって、知《し》っていたのに）

ジョバンニの家《いえ》は貧《まず》しく、かれが働《はたら》かないと生活《せいかつ》できません。だからカムパネルラは、ジョバンニを気《き》のどくに思《おも》ってこたえなかったのです。

今日《きょう》は銀河《ぎんが》のお祭《まつ》りの日《ひ》です。ジョバンニは家《いえ》に帰《かえ》ると、銀河《ぎんが》のお祭《まつ》りを見《み》にいくといって、また家《いえ》をでました。

ジョバンニが町《まち》はずれまでくると、

「銀河《ぎんが》ステーション、銀河《ぎんが》ステーション」

と、いう声《こえ》がしました。気《き》がつくと、ジョバンニは銀河鉄道《ぎんがてつどう》に乗《の》っていました。まえの席《せき》にはカムパネルラもすわっていました。ジョバンニたちが銀《ぎん》河鉄道《がてつどう》に乗《の》っていると、女《おんな》の子《こ》と男《おとこ》の子《こ》の姉弟《きょうだい》、その家庭教師《かていきょうし》である青年《せいねん》が乗《の》ってきました。青年《せいねん》が話《はな》しました。

「わたしたちが乗《の》っていた船《ふね》が沈《しず》んだのです。わたしはこの子《こ》たちといっしょに、水《みず》の中《なか》にはいりました」

「ねえ、わたしたちはどこへいくの」

女《おんな》の子《こ》が青年《せいねん》に聞《き》きました。

「わたしたちは神様《かみさま》に召《め》されたのです」

しばらくすると、窓《まど》から「さそりの火《ひ》」が見《み》えました。すると女《おんな》の子《こ》は、ジョバンニたちに話《はな》しかけました。

「さそりはね、いい虫《むし》なの。さそりは小《ちい》さな虫《むし》を殺《ころ》したことを後悔《こうかい》して、赤《あか》く燃《も》えて夜《よる》の闇《やみ》を照《て》らすことを望《のぞ》んだの。いまわたしたちが見《み》ているのは、その『さそりの火《ひ》』なのよ」

女《おんな》の子《こ》たちが銀河鉄道《ぎんがてつどう》をおりると、ジョバンニはいいました。

「カムパネルラ、ぼくたちもさそりのように生《い》きたいね」

「そうだね」

カムパネルラはしばらく窓《まど》の外《そと》を見《み》ていたあと、こういいました。

「ああ、きれいな野原《のはら》がある。あそこにいるのは、ぼくのかあさんだ」

カムパネルラは窓《まど》の外《そと》を見《み》て、きれいな野原《のはら》が見《み》えるといいましたが、ジョバンニにはなにも見《み》えません。ジョバンニがふりかえると、カムパネルラはもう席《せき》にはいませんでした。

ジョバンニは泣《な》きました。気《き》がつくと、ジョバンニはもといた町《まち》はずれの丘《おか》の上《うえ》にいました。丘《おか》をおりると、町《まち》の人《ひと》がさわいでいました。子《こ》どもが水《みず》に落《お》ちたというのです。カムパネルラでした。カムパネルラは、友《とも》だちを助《たす》けて、命《いのち》を落《お》としたのです。

ジョバンニは思《おも》うのです。カムパネルラは、あの銀河《ぎんが》のはずれにいるのだ、と。

読んだ日　　年　月　日／　　年　月　日／　　年　月　日

ポイント　「さそりの火《ひ》」はさそり座《ざ》でもっとも大《おお》きく赤《あか》い星《ほし》、アンタレスのことだとされています。

百八《ひゃくはち》の魔星《ませい》は民衆《みんしゅう》の味方《みかた》になったのです

水滸伝《すいこでん》

施耐庵《したいあん》

中国《ちゅうごく》の北宋時代《ほくそうじだい》のお話《はなし》です。中国《ちゅうごく》の全土《ぜんど》に病気《びょうき》がはびこり、民衆《みんしゅう》のことを心配《しんぱい》した皇帝《こうてい》は、洪信《こうしん》という役人《やくにん》に命《めい》令《れい》をしました。

「洪信《こうしん》よ、おまえは、竜虎山《りゅうこざん》へいって仙人《せんにん》の張天師《ちょうてんし》に会《あ》うのだ。張天師《ちょうてんし》なら、疫病《えきびょう》をおさめてくれるだろう」

「かしこまりました」

洪信《こうしん》は苦労《くろう》しながらも竜虎山《りゅうこざん》の張天師《ちょうてんし》に会《あ》い、皇帝《こうてい》の言葉《ことば》を伝《つた》えました。

「わかった。都《みやこ》にむかおう。おまえはあとからゆっくりついてくるがいい」

張天師《ちょうてんし》はそういうと、雲《くも》に乗《の》って都《みやこ》に飛《と》んでいきました。すると、おもしろくないのが、洪信《こうしん》です。

「なんだ、自分《じぶん》だけさっさと雲《くも》に乗《の》りおって。わしはずいぶん苦労《くろう》して、ここまでやってきたんだぞ」

洪信《こうしん》はえらい役人《やくにん》でしたが、心《こころ》の狭《せま》い人間《にんげん》でした。ふてくされた洪信《こうしん》は、すぐには帰《かえ》らず、竜虎山《りゅうこざん》をのんびりと見物《けんぶつ》することにしたのです。

洪信《こうしん》が山《やま》を見《み》て歩《ある》いていると、『伏魔殿《ふくまでん》』と書《か》かれている建物《たてもの》にいきあたりました。洪信《こうしん》は門番《もんばん》にたずねました。

「なんだここは」

「ここは伏魔殿《ふくまでん》といって百八《ひゃくはち》の魔星《ませい》を閉《と》じこめている場所《ばしょ》です。魔星《ませい》が地上《ちじょう》に飛《と》びだすと、どんなことをしでかすかわかりません。おひきとりください」

「ふん、なにが魔星《ませい》だ。どけい」

洪信《こうしん》はむりやり扉《とびら》を開《あ》けると、伏魔殿《ふくまでん》の中《なか》から、三十六《さんじゅうろく》の天罡星《てんこうせい》と七十二《ななじゅうに》の地煞星《ちさつせい》、あわせて百八《ひゃくはち》の魔星《ませい》が、天空《てんくう》へと飛《と》びさっていきました。

「え、えらいことじゃ。魔星《ませい》たちが解放《かいほう》されてしまった。これからなにが起《お》きるか、わからんぞ」

門番《もんばん》の話《はなし》に供信《こうしん》は、ふるえあがりました。

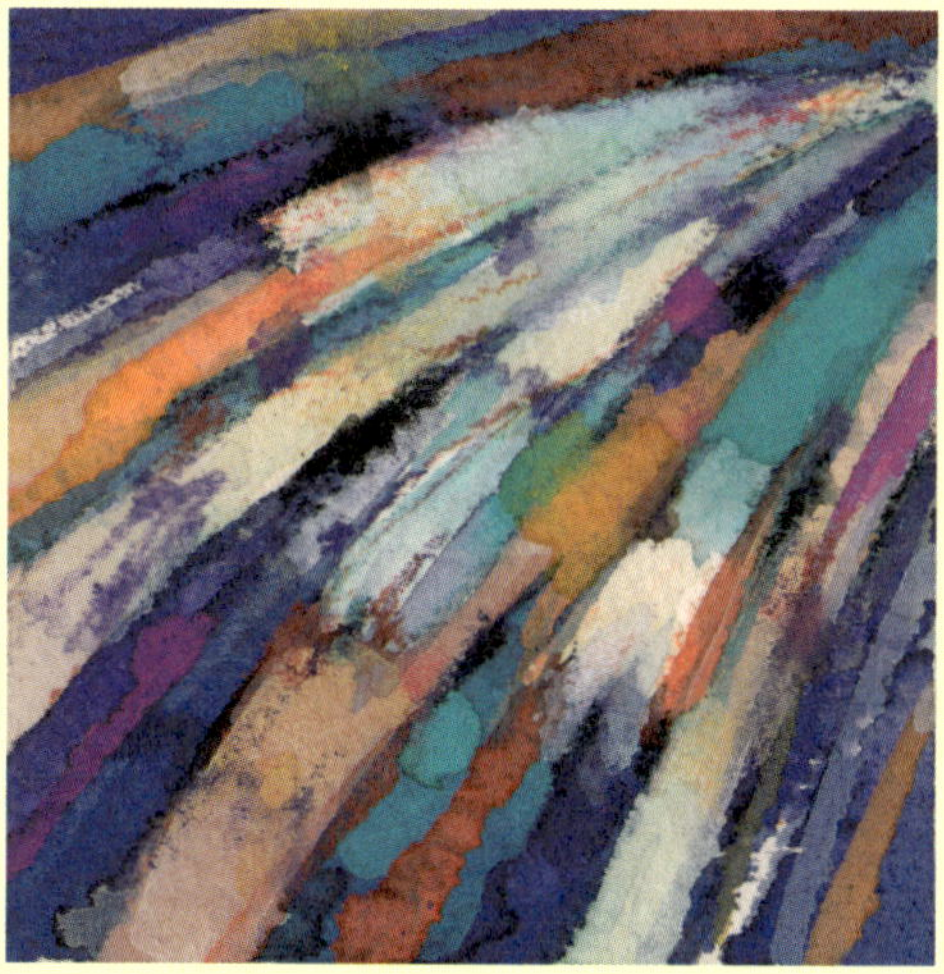

数十年後《すうじゅうねんご》、中国《ちゅうごく》は皇帝《こうてい》がかわり、わるい大臣《だいじん》たちが政治《せいじ》をおこないました。重税《じゅうぜい》や賄賂《わいろ》をとり、むちゃな労働《ろうどう》をさせて庶民《しょみん》たちをくるしめたのです。

この時期《じき》になって、百八《ひゃくはち》の魔星《ませい》たちは、人間《にんげん》の姿《すがた》に生《う》まれかわりました。魔星《ませい》は、権力者《けんりょくしゃ》たちに反抗《はんこう》する者《もの》です。よい政治《せいじ》がおこなわれているときは、あばれることで国《くに》をみだします。わるい政治《せいじ》がおこなわれているときは、わるい権力者《けんりょくしゃ》たちに反抗《はんこう》するので、悪《わる》者退治《ものたいじ》をする英雄豪傑《えいゆうごうけつ》になるのです。

弓《ゆみ》の名人《めいじん》、泳《およ》ぎの達人《たつじん》、通常《つうじょう》の数十《すうじゅう》倍《ばい》の足《あし》のはやさをもつ者《もの》、雨《あめ》や風《かぜ》を呼《よ》ぶ魔術師《まじゅつし》などの魔星《ませい》の力《ちから》をもった者《もの》たちが、中国各地《ちゅうごくかくち》であばれまわりました。

「英雄《えいゆう》だ、英雄《えいゆう》たちがあらわれたぞ！」

わるい権力者《けんりょくしゃ》たちにいじめぬかれた庶民《しょみん》は、拍手喝采《はくしゅかっさい》しました。英雄豪傑《えいゆうごうけつ》はやがて運命《うんめい》にみちびかれ、梁山泊《りょうざんぱく》という場所《ばしょ》に集結《しゅうけつ》し、わるい権力者《けんりょくしゃ》たちと大戦争《だいせんそう》をはじめました。

戦《たたか》いは英雄《えいゆう》たちの勝利《しょうり》におわり、権《けん》力者《りょくしゃ》はしぶしぶ英雄《えいゆう》たちを朝廷《ちょうてい》にまねきいれました。以後《いご》、百八人《ひゃくはちにん》の英雄《えいゆう》たちは、朝廷《ちょうてい》の軍《ぐん》として、国《くに》を守《まも》ることになったのです。

読んだ日　　年　　月　　日／　　年　　月　　日／　　年　　月　　日

ポイント　作者《さくしゃ》は施耐庵《したいあん》（一説《いっせつ》に羅貫中《らかんちゅう》）とされていますが、じつのところは不明《ふめい》。中国《ちゅうごく》の白話《はくわ》（話《はな》し言葉《ことば》）文学《ぶんがく》の最高峰《さいこうほう》とされる物語《ものがたり》です。

ウィリアム・シェイクスピア

若《わか》い二人《ふたり》のかなしい恋《こい》の物語《ものがたり》

ロミオとジュリエット

むかし、イタリアのベロナに、モンタギュー家《け》とキャピュレット家《け》という、なかのわるい一族《いちぞく》がいました。

ある夜《よる》、キャピュレット家《け》で仮面《かめん》舞踏会《ぶとうかい》がおこなわれました。モンタギュー家《け》のロミオもこっそり、舞踏会《ぶとうかい》にきていました。仮面《かめん》をかぶっているので、だれもロミオだと気《き》がつきません。

キャピュレット家《け》には、十四歳《じゅうよんさい》になる、ジュリエットといううつくしい娘《むすめ》がいました。ロミオは、舞踏会《ぶとうかい》で踊《おど》るジュリエットをひと目見《めみ》て、大好《だいす》きになってしまいました。ジュリエットもまた、ロミオをひと目《め》で好《す》きになりました。そのとき、ジュリエットのいとこのティボルトが、ロミオの正体《しょうたい》に気《き》がつきました。ロミオはジュリエットがキャピュレット家《け》の娘《むすめ》だと知《し》り、おどろいて屋敷《やしき》をぬけだしました。

そのころジュリエットも、ロミオがモンタギュー家《け》の息子《むすこ》だと知《し》り、かなしみに暮《く》れていました。部屋《へや》の窓《まど》から空《そら》を見《み》あげると、月《つき》が見《み》えます。

「ロミオ、ああ、ロミオ。あなたはなぜ、ロミオなの？」

ジュリエットは月《つき》に問《と》いかけます。そのときです。庭《にわ》の暗闇《くらやみ》から声《こえ》が聞《き》こえました。

「あなたが望《のぞ》むなら、ぼくはロミオの名《な》をすてます」

ロミオでした。ロミオはジュリエットに会《あ》いたくて、戻《もど》ってきたのです。ロミオはジュリエットのいる窓辺《まどべ》までよじのぼり、二人《ふたり》は朝《あさ》まで語《かた》りあかしました。そして、結婚《けっこん》の約束《やくそく》をしたのです。

その日《ひ》のうちに、ジュリエットは、教会《きょうかい》のロレンス神父《しんぷ》にロミオのことを相談《そうだん》しました。神父《しんぷ》はジュリエットの話《はなし》を聞《き》き、二人《ふたり》が結婚《けっこん》すれば、モンタギュー家《け》とキャピュレット家《け》はなかなおりができると思《おも》い、二人《ふたり》の結婚《けっこん》をみとめました。そしてロミオとジュリエットは、教会《きょうかい》で結婚《けっこん》したのです。でもこのことは、ロレンス神父《しんぷ》が二人《ふたり》の家《いえ》に結婚《けっこん》を知《し》らせるまでは、ひみつにすることにしました。

教会《きょうかい》からの帰《かえ》り道《みち》のことです。しあわせにひたっていたロミオのまえに、ティボルトがあらわれました。そして、ロミオに決闘《けっとう》を申《もう》しこみました。

「ロミオ、剣《けん》をぬけ！」

「ぼくはジュリエットのいとこのきみとは、けんかしたくないんだ」

ロミオはことわりましたが、そんなロミオをティボルトはののしりました。そのようすを見《み》ていたのが、ロミオの親友《しんゆう》のマキューシオです。マキューシ

読んだ日　　年　月　日／　　年　月　日／　　年　月　日

ポイント　何度《なんど》も映画《えいが》や舞台《ぶたい》になった、有名《ゆうめい》なシェイクスピアの悲劇《ひげき》です。ほかに『オセロ』や『ハムレット』『夏《なつ》の夜《よる》の夢《ゆめ》』なども有名《ゆうめい》です。

オはロミオが侮辱《ぶじょく》されたことに腹《はら》をたて、飛《と》びだしました。そして、ティボルトに殺《ころ》されてしまったのです。おこったロミオは、おもわずティボルトを剣《けん》で刺《さ》してしまいました。

　ティボルトを殺《ころ》すという罪《つみ》を犯《おか》したロミオは、ベロナから追放《ついほう》されることになりました。かなしむジュリエットに、パリス伯爵《はくしゃく》との結婚話《けっこんばなし》がもちあがりました。おとうさんが決《き》めた結婚《けっこん》に、ジュリエットは逆《さか》らうことができません。ジュリエットは、泣《な》きながらロレンス神父《しんぷ》に相談《そうだん》しました。

「わたしはもうロミオと結婚《けっこん》しています。ほかの人《ひと》と結婚《けっこん》するくらいなら、死《し》んだほうがましです」

　ロレンス神父《しんぷ》は考《かんが》え、ジュリエットに薬《くすり》をわたしてこういいました。

「ジュリエット、あなたにこの薬《くすり》をあげましょう。これを飲《の》んだ者《もの》は一時《いっとき》意識《いしき》をうしない、死《し》んだように見《み》えます。パリス伯爵《はくしゃく》との結婚式《けっこんしき》のまえに、飲《の》むといいでしょう。あなたが墓地《ぼち》に運《はこ》ばれてきたら、わたしがロミオを呼《よ》んで、あなたを目覚《めざ》めさせましょう」

　結婚式《けっこんしき》のまえの日《ひ》、ジュリエットはロレンス神父《しんぷ》にいわれたとおり、薬《くすり》を飲《の》みました。ベッドに横《よこ》たわったジュリエットは、まるで死《し》んだように冷《つめ》たくなりました。おとうさんもおかあさんも、ジュリエットの死《し》をかなしみ、ジュリエットの体《からだ》を教会《きょうかい》の墓地《ぼち》に運《はこ》びました。ロレンス神父《しんぷ》はいそいで、街《まち》の外《そと》にいるロミオに手紙《てがみ》をだしました。

　ところが、ロレンス神父《しんぷ》の手紙《てがみ》がとどくまえに、ロミオのもとにジュリエットの死《し》が知《し》らされてしまいました。ロミオは、ジュリエットが目覚《めざ》めることなど知《し》りません。墓地《ぼち》にやってきて、泣《な》きました。

「ジュリエット！　なぜ死《し》んでしまったんだ」

　そしてロミオは毒薬《どくやく》を飲《の》み干《ほ》し、ジュリエットのそばに横《よこ》たわったのです。

　しばらくして、ジュリエットが目《め》を覚《さ》ましたとき、ロミオはもう天国《てんごく》にいったあとでした。ジュリエットは、そっとロミオの唇《くちびる》にさわりました。ほんの少《すこ》し、温《あたた》かさが残《のこ》っていました。

「あなたはわたしに、一滴《いってき》の毒薬《どくやく》も残《のこ》してくれなかったのね」

　ロミオの飲《の》んだ毒薬《どくやく》のビンは空《から》っぽです。ジュリエットはロミオの短剣《たんけん》をぬくと、ひと思《おも》いに胸《むね》をつらぬきました。ロレンス神父《しんぷ》がかけつけたとき、ロミオとジュリエットは折《お》りかさなって、死《し》んでいたのです。

　モンタギュー家《け》とキャピュレット家《け》の人《ひと》びとは、若《わか》い二人《ふたり》の死《し》を深《ふか》くかなしみました。そして、長《なが》い間《あいだ》、にくみあってきたことを後悔《こうかい》し、手《て》をとりあい、なかなおりしたのです。ロミオとジュリエットの愛《あい》は、二《ふた》つの家族《かぞく》をむすびつけたのです。

おうちのかたへ

シェイクスピアは英文学史上《えいぶんがくしじょう》、もっとも影響力《えいきょうりょく》のある作家《さっか》といわれ、後世《こうせい》に残《のこ》る名作《めいさく》を多《おお》く残《のこ》しています。

知《し》ると楽《たの》しい！ お話《はなし》コラム

日本《にほん》の童話作家《どうわさっか》

日本《にほん》で最初《さいしょ》に「童話《どうわ》」という言葉《ことば》を使《つか》ったのは、江戸時代《えどじだい》の作家《さっか》、滝沢馬琴《たきざわばきん》や山東京伝《さんとうきょうでん》だといわれています。馬琴《ばきん》は『桃太郎《ももたろう》』や『舌切《したき》り雀《すずめ》』をはっきりと「子《こ》ども用《よう》の物語《ものがたり》」だと指摘《してき》した最初期《さいしょき》の作家《さっか》です。その後《ご》、日本《にほん》で児童文学《じどうぶんがく》が活発《かっぱつ》になったのは、大正期以降《たいしょうきいこう》のことでした。

新美南吉《にいみなんきち》

(1913-1943)

物語性豊《ものがたりせいゆた》かな作風《さくふう》で知《し》られる童話作家《どうわさっか》

愛知県出身《あいちけんしゅっしん》。4歳《さい》で母親《ははおや》と死別《しべつ》し、新美家《にいみけ》の養子《ようし》にだされるなど、幼少期《ようしょうき》から薄幸《はっこう》の人生《じんせい》を歩《あゆ》んできた南吉《なんきち》が、『ごん狐《ぎつね》』を世間《せけん》に発表《はっぴょう》したのは18歳《さい》のときです。ユーモアとペーソスにいろどられた物語性豊《ものがたりせいゆた》かな作品《さくひん》は、現代《げんだい》でも多《おお》くの人《ひと》びとに愛《あい》されています。

宮沢賢治《みやざわけんじ》

(1896-1933)

東北《とうほく》が生《う》んだ国民的児童作家《こくみんてきじどうさっか》

岩手県出身《いわてけんしゅっしん》。稗貫郡里花巻町《ひえぬきぐんさとはなまきまち》(現花巻市《げんはなまきし》)に生《う》まれた賢治《けんじ》は、盛岡《もりおか》の高等農林学校《こうとうのうりんがっこう》(現岩手大学農学部《げんいわてだいがくのうがくぶ》)を卒業後《そつぎょうご》、花巻農学校《はなまきのうがっこう》の教師《きょうし》として働《はたら》くかたわら、童話《どうわ》や詩《し》の創作活動《そうさくかつどう》にはげみました。岩手《いわて》をモチーフとした架空《かくう》の理想郷《りそうきょう》を「イーハトーヴ」と名《な》づけました。

日本《にほん》の“意外《いがい》”な童話作家《どうわさっか》たち

児童文学専門以外《じどうぶんがくせんもんいがい》の作家《さっか》も童話《どうわ》をたくさん書《か》いています。演劇評論家《えんげきひょうろんか》だった楠山正雄《くすやままさお》(1884-1950)は、『桃太郎《ももたろう》』や『花咲《はなさ》かじじい』など、数多《かずおお》くの日本《にほん》の昔話《むかしばなし》を再話《さいわ》し、世界中《せかいじゅう》の童話《どうわ》を邦訳《ほうやく》しています。おもしろいところでは、芥川龍之介《あくたがわりゅうのすけ》(1892-1927)が『猿蟹合戦《さるかにがっせん》』などの昔話《むかしばなし》を皮肉《ひにく》な視点《してん》からながめた作品《さくひん》を書《か》いています。また、太宰治《だざいおさむ》(1909-1948)も、おなじように短編集《たんぺんしゅう》『お伽草紙《とぎぞうし》』の中《なか》で『こぶとりじいさん』などの昔話《むかしばなし》4編《へん》をパロディ化《か》した作品《さくひん》を発表《はっぴょう》しています。

小川未明《おがわみめい》

(1882-1961)

多《おお》くの童話《どうわ》を書《か》いた「日本《にほん》のアンデルセン」

新潟県出身《にいがたけんしゅっしん》。旧高田藩士《きゅうたかだはんし》の家《いえ》に生《う》まれ、中頸城尋常中学校《なかくびきじんじょうちゅうがっこう》(現高田高校《げんたかだこうこう》)を卒業後《そつぎょうご》、79歳《さい》で死去《しきょ》するまでに1000点以上《てんいじょう》の作品《さくひん》を発表《はっぴょう》しました。児童文学《じどうぶんがく》の発展《はってん》を大《おお》きく助《たす》け、「日本《にほん》のアンデルセン」「日本児童文学《にほんじどうぶんがく》の父《ちち》」と、たたえられています。

鈴木三重吉《すずきみえきち》

(1882-1936)

若手作家《わかてさっか》を育《そだ》てた児童文学者《じどうぶんがくしゃ》

広島県出身《ひろしまけんしゅっしん》。24歳《さい》で『千鳥《ちどり》』を夏目漱石《なつめそうせき》に送《おく》ったことで認《みと》められ、雑誌《ざっし》『ホトドキス』に登場《とうじょう》。漱石《そうせき》の門下生《もんかせい》になり、叙情性豊《じょじょうせいゆた》かな作風《さくふう》で新浪漫派《しんろまんは》として活動《かつどう》しました。1918年《ねん》には、児童文学雑誌《じどうぶんがくざっし》『赤《あか》い鳥《とり》』を創刊《そうかん》し、新美南吉《にいみなんきち》をはじめとした多《おお》くの若手《わかて》を育《そだ》てました。

8月《がつ》のお話《はなし》

子《こ》ヤギたちが大《だい》ピンチ!

オオカミと七匹《しちひき》の子《こ》ヤギ

グリム

むかしむかし、あるところに、やさしいおかあさんヤギと、元気《げんき》な七匹《しちひき》の子《こ》ヤギたちが棲《す》んでいました。ある日《ひ》、おかあさんヤギがいいました。

「でかけるから、お留守番《るすばん》をお願《ねが》いね。オオカミには気《き》をつけるのよ。オオカミは、ガラガラ声《ごえ》で黒《くろ》い足《あし》をしているから、だまされてはいけませんよ」

子《こ》ヤギたちはおかあさんヤギを見送《みおく》り、玄関《げんかん》の戸《と》にカギをかけました。

さて、しばらくするとオオカミがやってきて、ガラガラ声《ごえ》でいいました。

「**開《あ》けてよ、坊《ぼう》やたち。おかあさんだよ**」

すると、子《こ》ヤギたちがいいました。

「おかあさんの声《こえ》じゃない!」

子《こ》ヤギたちをだませなかったオオカミは、声《こえ》がきれいになるという薬《くすり》を飲《の》んで、またやってきました。

「**開《あ》けてよ、坊《ぼう》やたち。おかあさんだよ**」

子《こ》ヤギたちは戸《と》を開《あ》けようとしましたが、すきまから黒《くろ》い足《あし》が見《み》えました。

「おかあさんの足《あし》じゃない!」

オオカミは小麦粉《こむぎこ》で足《あし》を白《しろ》くして、またやってきました。

「**開《あ》けてよ、坊《ぼう》やたち。おかあさんだよ**」

子《こ》ヤギたちが安心《あんしん》して戸《と》を開《あ》けると、オオカミが飛《と》びこんできたので、みんなはびっくりして、かくれました。

一匹目《いっぴきめ》は、机《つくえ》の下《した》。二匹目《にひきめ》は、ベットの中《なか》。三匹目《さんびきめ》は、火《ひ》のないストーブの中《なか》。四匹目《よんひきめ》は、台所《だいどころ》の戸《と》だなの中《なか》。五匹目《ごひきめ》は、洋服《ようふく》ダンスの中《なか》。六匹目《ろっぴきめ》は、洗《あら》いおけの中《なか》。七匹目《ななひきめ》は、大《おお》きな時計《とけい》の中《なか》。

でも、オオカミは子《こ》ヤギを見《み》つけては飲《の》みこみます。六匹目《ろっぴきめ》でお腹《なか》がいっぱいになったオオカミは、家《いえ》をでて、木《き》の下《した》で昼寝《ひるね》をはじめました。

家《いえ》に帰《かえ》ってきたおかあさんヤギは、子《こ》どもたちの名前《なまえ》を呼《よ》び、ようやく、末《すえ》っ子《こ》の子《こ》ヤギだけが時計《とけい》の中《なか》から返《へん》事《じ》をしました。なにがあったかを聞《き》いたおかあさんヤギが外《そと》へでていくと、お腹《なか》がふくれあがったオオカミが、寝《ね》ているではありませんか。

そこでおかあさんヤギは、ハサミでオオカミのお腹《なか》を切《き》ってみました。すると、子《こ》ヤギたちが一匹《いっぴき》、二匹《にひき》と、みんな元気《げんき》に飛《と》びだしてきたのです!

そして空《から》っぽになったオオカミのお腹《なか》の中《なか》には、みんなで集《あつ》めた小石《こいし》をつめこみ、おかあさんヤギが針《はり》と糸《いと》でチクチクと縫《ぬ》いあわせてしまいました。

さて、しばらくして目《め》を覚《さ》ましたオオカミは、近《ちか》くの泉《いずみ》にいきました。

「のどがかわいたなぁ。それにしても、お腹《なか》が重《おも》い。少《すこ》し食《た》べすぎたかな?」

オオカミは泉《いずみ》の水《みず》を飲《の》もうとして、泉《いずみ》に落《お》ちましたが、体《からだ》が動《うご》きません。

「だれか助《たす》けてくれー!」

オオカミは大声《おおごえ》で助《たす》けを呼《よ》びました。でも、嫌《きら》われ者《もの》のオオカミの声《こえ》はだれの耳《みみ》にもとどかず、そのまま泉《いずみ》の底《そこ》にしずんでしまいました。

読んだ日　　年　月　日／　　年　月　日／　　年　月　日

ポイント　みんなから嫌《きら》われていたオオカミがピンチになっても、だれも助《たす》けてはくれませんでした。

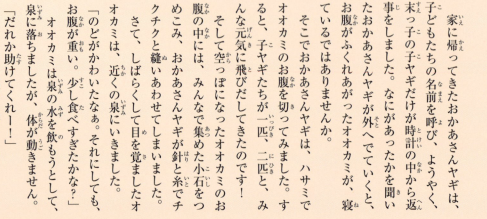

うつくしい竜宮城《りゅうぐうじょう》にいった浦島《うらしま》の運命《うんめい》は？

浦島太郎《うらしまたろう》

むかしむかし、あるところに、浦島《うらしま》太郎《たろう》という若《わか》い漁師《りょうし》がいました。

ある日《ひ》、浦島《うらしま》は海《うみ》へでて帰《かえ》る途中《とちゅう》、子《こ》どもたちが大《おお》きなカメをいじめているのを見《み》かけました。

「そんなかわいそうなことをしちゃいけない。どれ、おじさんにそのカメをあずけてくれないか」

翌日《よくじつ》、浦島《うらしま》が海《うみ》で釣《つ》りをしていると、海《うみ》の中《なか》からカメがあらわれました。

「そのせつはありがとうございました。お礼《れい》に竜宮城《りゅうぐうじょう》に連《つ》れていってあげます。わたくしの背中《せなか》にお乗《の》りください」

浦島《うらしま》はカメに乗《の》り、海《うみ》の中《なか》をどんどん進《すす》んでいきましたが、ふしぎなことにくるしくありません。しばらくすると、うつくしい宮殿《きゅうでん》が見《み》えてきました。

「さあ、竜宮城《りゅうぐうじょう》につきましたよ」

そういうと、カメは浦島《うらしま》を竜宮城《りゅうぐうじょう》の中《なか》へ案内《あんない》しました。竜宮城《りゅうぐうじょう》は、瑪瑙《めのう》の天井《てんじょう》に珊瑚《さんご》の柱《はしら》、瑠璃《るり》の廊下《ろうか》でできた、それはうつくしい建物《たてもの》でした。

やがて、水晶《すいしょう》の壁《かべ》に、さまざまな宝《ほう》石《せき》を散《ち》りばめた大広間《おおひろま》にでると、竜宮《りゅうぐう》城《じょう》の主《あるじ》、乙姫様《おとひめさま》が待《ま》っていました。

「ようこそ、浦島《うらしま》さん。カメを助《たす》けくださったお礼《れい》をさせてください」

乙姫様《おとひめさま》がそういうと、浦島《うらしま》の目《め》のまえに、すばらしいごちそうが運《はこ》ばれてきました。タイやヒラメが舞《ま》い踊《おど》り、まるで夢《ゆめ》のような光景《こうけい》です。浦島《うらしま》は時《とき》がたつのを忘《わす》れました。

あっというまに時《とき》がすぎ、三年《さんねん》目《め》の春《はる》がきたところで、浦島《うらしま》はやっと、ふるさとを思《おも》いだしました。

「そろそろうちへ帰《かえ》りたいのですが」

と、浦島《うらしま》がいうと、乙姫様《おとひめさま》は残念《ざんねん》そうな顔《かお》をしながらいいました。

「では、玉手箱《たまてばこ》という宝物《たからもの》をおみやげにさしあげましょう。でも、けっして開《あ》けてはいけませんよ」

浦島《うらしま》が浜辺《はまべ》まで帰《かえ》ってくると、ふるさとのようすがすっかり変《か》わっています。出会《であ》う人《ひと》も知《し》らない人《ひと》ばかりです。自分《じぶん》の家《いえ》のあった場所《ばしょ》には、なにもありませんでした。

「たった三年《さんねん》の間《あいだ》に、どうしたことだろう。もし、そこのお人《ひと》、浦島太郎《うらしまたろう》の家《いえ》を知《し》りませんか？」

と、通《とお》りがかった人《ひと》にたずねました。

「はて、浦島《うらしま》？　おお、そういえば、三百年《さんびゃくねん》ほどまえにそんな名前《なまえ》の人《ひと》がいたそうだがねえ」

浦島《うらしま》はびっくりしてしまいました。

「竜宮城《りゅうぐうじょう》での三年《さんねん》は、こちらでは三百《さんびゃく》年《ねん》だったのか」

弱《よわ》りはてた浦島《うらしま》は、玉手箱《たまてばこ》を開《あ》けてみることにしました。

すると、白《しろ》い煙《けむり》が箱《はこ》の中《なか》からたちのぼって、煙《けむり》をあびた浦島《うらしま》は、髪《かみ》もひげも真《ま》っ白《しろ》なおじいさんになってしまったということです。

読んだ日　　年　月　日／　　年　月　日／　　年　月　日

ポイント　老人《ろうじん》になった浦島《うらしま》はツルになって飛《と》びさった——という話《はなし》もあります。

夢《ゆめ》を追《お》いかけて新《あたら》しい航路《こうろ》を発見《はっけん》

コロンブス

五百六十年以上前《ごひゃくろくじゅうねんいじょうまえ》、イタリアのジェノバにクリストファー・コロンブスという男《おとこ》の子《こ》がいました。コロンブスは船《ふね》が大好《だいす》きで、夢《ゆめ》は船長《せんちょう》になって世界中《せかいじゅう》を旅《たび》することでした。

コロンブスの最初《さいしょ》の夢《ゆめ》がかなったのは、十代《じゅうだい》のときでした。船乗《ふなの》りとして、はじめての航海《こうかい》にでたのです。

「夢《ゆめ》にまで見《み》た船出《ふなで》だ。いつかきっと、船長《せんちょう》になってみせるぞ！」

コロンブスの夢《ゆめ》は、さらに広《ひろ》がります。このころのヨーロッパの国々《くにぐに》は、大《おお》きな船《ふね》をつくり、広《ひろ》い海《うみ》へ乗《の》りだしていました。そしてつぎつぎに、新《あたら》しい島《しま》や、新《あたら》しい大陸《たいりく》を発見《はっけん》したのです。コロンブスも、新《あたら》しい島《しま》や大《たい》陸《りく》を見《み》つけたいと思《おも》っていました。

大人《おとな》になったコロンブスは、ポルトガルで結婚《けっこん》し、船乗《ふなの》りになりました。そのころ、コロンブスは冒険家《ぼうけんか》マルコ・ポーロの書《か》いた『東方見聞《とうほうけんぶん》録《ろく》』という本《ほん》を読《よ》みました。その本《ほん》には、アジアの東《ひがし》にジパングという黄金《おうごん》の国《くに》があると書《か》いてありました。

「ジパングを見《み》つけて、黄金《おうごん》を手《て》にしてみせる！」

コロンブスはまずアジアを目《め》ざし、それからジパングを探《さが》そうと思《おも》いました。そのために、西《にし》まわりでアジアへいこうと計画《けいかく》しました。ポルトガルから東《ひがし》へむかい、アフリカをまわるより、ずっと近《ちか》いと思《おも》ったからです。

「地球《ちきゅう》はまるいんだ。西《にし》へ進《すす》めば、やがてジパングにつくはずだ」

コロンブスは黄金《おうごん》の国《くに》を夢見《ゆめみ》て、どこまでもつづく海《うみ》を西《にし》へむかいました。

正確《せいかく》な地図《ちず》のない時代《じだい》です。いったことのない国《くに》を目《め》ざす旅《たび》は、つらく、くるしいものでした。船乗《ふなの》りたちはだんだん不安《ふあん》になってきました。そして、

「コロンブス船長《せんちょう》はウソつきかもしれない。黄金《おうごん》の国《くに》なんてあるわけがない」

と、いいはじめました。

「あと三日《みっか》、待《ま》ってくれ。きっと陸地《りくち》が見《み》つかるから」

それから、コロンブスのいったとおり、陸地《りくち》が見《み》つかりました。コロンブスは、アジアのインドについたと思《おも》いました。でも、それはカリブ海《かい》の島《しま》でした。コロンブスは、西欧《せいおう》では知《し》られていなかった、大西洋《たいせいよう》を横断《おうだん》する航路《こうろ》を発見《はっけん》したのです。

「黄金《おうごん》の国《くに》はどこだ？」

コロンブスは島《しま》の住民《じゅうみん》にたずねてまわりましたが、だれも知《し》りません。

「ここでジパングが見《み》つからないなら、また航海《こうかい》をつづければいい」

コロンブスはあきらめることなく、つぎの航海《こうかい》へと夢《ゆめ》をふくらませました。あきらめなければ、夢《ゆめ》はきっとかなう。コロンブスは生涯《しょうがい》、信念《しんねん》をつらぬきました。コロンブスの精神《せいしん》は、のちの冒険家《ぼうけんか》に受《う》けつがれ、世界《せかい》は大《おお》きく広《ひろ》がったのです。

読んだ日　年　月　日／　年　月　日／　年　月　日

ポイント　コロンブス（1451-1506）のいうジパングとは日本《にほん》のこと。ヨーロッパから遠《とお》かったので、「黄金《おうごん》の国《くに》」といううわさが広《ひろ》まったのです。

8月　伝記　ほんとうの話

知《し》りたがりやのゾウが、知《し》りたかったのは？

ゾウの鼻《はな》はなぜ長《なが》い？

ラドヤード・キプリング

むかしむかし、ゾウの鼻《はな》は、いまのように長《なが》くありませんでした。ふつうの動物《どうぶつ》より、ちょっと長《なが》いくらいでした。そのころ、アフリカという国《くに》に、知《し》りたがりやの子《こ》ゾウがいました。

「キリンさんの首《くび》はなぜ長《なが》いの？」

しつこく聞《き》いたので、キリンにお尻《しり》をけられそうになりました。

「ダチョウさん、どうしてお尻《しり》の羽《はね》がちぢれているの？」

「そんなこと、知《し》らないよ」

「どうして？　どうして？」

「うるさいなあ！」

とうとう、ダチョウはおこりだしてしまいました。こんなふうに、「ねえ、なぜ？」「どうして？」と聞《き》いては、みんなを困《こま》らせていました。

ある日《ひ》、子《こ》ゾウはおかあさんに聞《き》きました。

「ワニさんはなにを食《た》べているの？」

おかあさんゾウはびっくりして、子《こ》ゾウにいいました。

「まあ、そんなことを聞《き》いてはだめよ」

おとうさんに聞《き》いても教《おし》えてくれません。子《こ》ゾウは知《し》りたくてたまりません。そこで子《こ》ゾウは、ワニに会《あ》いにいくことにしました。途中《とちゅう》でニシキヘビに会《あ》いました。

「どこにいけばワニさんに会《あ》えるの？」

「リンポポ川《がわ》の岸《きし》にいけば会《あ》えるよ」

子《こ》ゾウはリンポポ川《がわ》へむかいました。川岸《かわぎし》を歩《ある》いていると、大《おお》きな丸太《まるた》をふんでしまいました。

「いたい、いたい！」

ふんだのは、ワニのしっぽでした。子《こ》ゾウはあわてて足《あし》をどけました。

「ごめんなさい！　ワニさんに会《あ》いにきたの。ワニさんはなにを食《た》べるの？」

「教《おし》えてあげるから、こっちへおいで」

ワニはやさしくいいました。子《こ》ゾウがワニに近《ちか》づくと、いきなりガブリッと鼻《はな》に食《く》いつきました。

「好《す》きな食《た》べものは子《こ》ゾウだよ」

おどろいた子《こ》ゾウは、鼻《はな》をひきぬこうと足《あし》をふんばりました。ワニも負《ま》けずにひっぱります。そこへ、さっきのニシキヘビがきて、子《こ》ゾウに巻《ま》きついてひっぱってくれました。両方《りょうほう》でグイグイひっぱるうちに、子《こ》ゾウの鼻《はな》がだんだんのびてきました。

すぽんっ！

ワニがあきらめて口《くち》を開《あ》けたので、鼻《はな》は戻《もど》ってきましたが、長《なが》ーくのびてしまいました。子《こ》ゾウが泣《な》いていると、ニシキヘビがいいました。

「長《なが》い鼻《はな》はきっと役《やく》にたつよ」

ニシキヘビのいうとおり、虫《むし》をはたいたり、ものをつかんだり、長《なが》い鼻《はな》はとても便利《べんり》でした。ほかのゾウたちもリンポポ川《がわ》にいって、ワニに鼻《はな》をひっぱってもらいました。こんなわけで、ゾウの鼻《はな》は長《なが》くなったのです。

読んだ日　　年　月　日／　　年　月　日／　　年　月　日

ポイント　どうしてキリンの首《くび》が長《なが》いのか、お子《こ》さんといろいろ想像《そうぞう》してもたのしいですね。

困《こま》っていた人《ひと》はみんな神様《かみさま》でした

七福神《しちふくじん》の話《はなし》

むかし、あるところに、気《き》だてのやさしい若夫婦《わかふうふ》がいました。二人《ふたり》は正直《しょうじき》で働《はたら》き者《もの》でしたが、少《すこ》しも暮《く》らしが豊《ゆた》かになりません。それでも、二人《ふたり》はいっしょうけんめいに働《はたら》いておりました。

ある日《ひ》のこと、二人が畑で働いていると、そこに、太《ふと》った年《とし》よりの尼《あま》さんがやってきました。汗《あせ》をだくだくかいて、見《み》るからにつらそうにしています。

「尼《あま》さん、尼《あま》さん、どうしなすった。こんなに暑《あつ》い日《ひ》につらかろう。木陰《こかげ》で休《やす》むとええ」

おかみさんはそういうと、親切《しんせつ》に尼《あま》さんを木陰《こかげ》まで連《つ》れていき、自分《じぶん》たちの水《みず》をやり、弁当《べんとう》を食《た》べさせました。

「もぐもぐ。ああ、おいしかった。でも、この弁当《べんとう》はおまえさんたちのぶんじゃろう。みんな食《た》べてしもうたよ」

「気《き》にせんでええ、困《こま》ったときはおたがい様《さま》じゃ。ところで尼《あま》さん、どこへいきなさるのじゃ?」

「都《みやこ》の寺《てら》までいきたかったんじゃが、どうやら道《みち》に迷《まよ》うてしもうた」

「都《みやこ》なら反対《はんたい》の方角《ほうがく》じゃ。こんなに遠《とお》くまできてしまっては道《みち》もわかりづらいじゃろう。わしが案内《あんない》してやろう」

だんなさんはそういうと、遠《とお》い道程《みちのり》を尼《あま》さんについていき、都《みやこ》の近《ちか》くまで案内《あんない》してやりました。尼《あま》さんは大《おお》よろこびして、お礼《れい》に銭《ぜに》をくれ、さっていきました。

「礼《れい》なんていらんかったのに。まあ、ありがたく使《つか》わせてもらおう。餅《もち》が一個《いっこ》買《か》えるな。よめがよろこぶじゃろう」

だんなさんが餅《もち》を一個《いっこ》買《か》ったところ、足《あし》もとをふらつかせたおじいさんが、だんなさんのところへやってきました。

「もし、そこの若《わか》いおかた。わしはもう三日《みっか》もなにも食《た》べておらん。よかったら、その餅《もち》をわけてくださらんか」

「じいさま、だいじょうぶかね。よしよし、それならこの餅《もち》をお食《た》べなさい」

おじいさんは涙《なみだ》を流《なが》してよろこび、餅《もち》を食《た》べて帰《かえ》っていきました。だんなさんが帰《かえ》ってそのことを話《はな》すと、おかみさんも、「それはいいことをしなすった」と、よろこびました。さて、二人《ふたり》が床《とこ》にはいり、寝《ね》ようとしたところ、表《おもて》からにぎやかな声《こえ》が聞《き》こえてきました。

「ここか、正直者《しょうじきもの》の家《いえ》は」

「親切《しんせつ》でやさしい夫婦《ふうふ》の家《いえ》はここか」

おかみさんが戸《と》を開《あ》けると、そこには恵比寿《えびす》、大黒天《だいこくてん》、毘沙門天《びしゃもんてん》、寿老人《じゅろうじん》、福禄寿《ふくろくじゅ》、布袋《ほてい》、弁財天《べんざいてん》の七福神《しちふくじん》が、ニコニコしながらたっていました。

「弁当《べんとう》、うまかったぞ」

「餅《もち》、うまかったぞ」

そうわいわいいいながら七福神《しちふくじん》がはいってくると、家《いえ》の天井裏《てんじょううら》から貧乏神《びんぼうがみ》が飛《と》びだして、逃《に》げていきました。

「わしら七福神《しちふくじん》、今日《きょう》からこの家《いえ》に厄介《やっかい》になるぞ。福《ふく》きたれ、福《ふく》きたれ」

こうして若夫婦《わかふうふ》は、村一番《むらいちばん》のお金《かね》もちになったということです。

8月 日本の昔話 しあわせな話

読んだ日　年　月　日/　年　月　日/　年　月　日

ポイント 福《ふく》をもたらす七福神信仰《しちふくじんしんこう》は、全国各地《ぜんこくかくち》にあります。

日輪草《ひまわりそう》はなぜ枯《か》れたか

日輪草《ひまわりそう》

竹久夢二《たけひさゆめじ》

三宅坂《みやけざか》の水揚《みずあげ》ポンプのわきに、一本《いっぽん》の日輪草《ひまわりそう》が咲《さ》いていました。

「こんなところに日輪草《ひまわりそう》が咲《さ》くとは、ふしぎじゃあ、ありませんか」

そこを通《とお》る人《ひと》たちは、この花《はな》を見《み》つけて、そういいあいました。

熊吉《くまきち》という水《みず》まき人夫《にんぷ》がいました。お役所《やくしょ》の紋《もん》のついた青《あお》い水撒車《みずまきぐるま》をひっぱって、水《みず》をまいて歩《ある》くのが、熊《くま》さんの仕事《しごと》でした。熊《くま》さんが、こうして毎《まい》日水《にちみず》をまいてくれるから、この街《まち》の家《いえ》では安心《あんしん》して、風《かぜ》をいれるために障子《しょうじ》を開《あ》けることもできるし、学校《がっこう》の生徒《せいと》たちも、窓《まど》を開《あ》けておいてお弁当《べんとう》を食《た》べることができるのです。熊《くま》さんは情《なさ》け深《ぶか》い男《おとこ》でしたから、道《みち》のそばの草一《くさいっ》本《ぽん》にもやさしくしました。

熊《くま》さんはあるとき、自分《じぶん》の仕事場《しごとば》の三宅坂《みやけざか》の水揚《みずあげ》ポンプのそばに、一本《いっぽん》の草《くさ》の芽《め》がはえたのを見《み》つけました。熊《くま》さんは、朝晩《あさばん》その草《くさ》の芽《め》に水《みず》をやることを忘《わす》れませんでした。

「や、おかしな花《はな》だぞ、これは、つぼみに角《つの》がはえてら」

つぎの日《ひ》、熊《くま》さんがやってくると、その草《くさ》は、すばらしい黄色《きいろ》い花《はな》を咲《さ》かせていました。熊《くま》さんは、感心《かんしん》して、そのみごとな花《はな》をながめました。

熊《くま》さんは、電車道《でんしゃみち》にたっている車《しゃ》掌《しょう》さんに、花《はな》の名前《なまえ》を聞《き》きました。

「日輪草《ひまわりそう》さ」

と、車掌《しゃしょう》さんがこたえました。

花《はな》の名前《なまえ》を知《し》った熊《くま》さんはもう、うれしくてたまりません。以来《いらい》、熊《くま》さんは、日輪草《ひまわりそう》のところへ通《かよ》いつづけたのです。ときによると、日《ひ》が暮《く》れてずっと暗《くら》くなるまで、じっと日輪草《ひまわりそう》をながめていることがありました。

熊《くま》さんのおかみさんは、うたがい深《ぶか》い人《ひと》でした。熊《くま》さんの帰《かえ》りが毎晩《まいばん》おそいのに、腹《はら》をたてていたのです。

「おまえさんはいままで、どこをうろついていたんだよ」

「三宅坂《みやけざか》よ」

「うそをいったら承知《しょうち》しないよ。さ、どこにだれといたんだよ」

「ひめゆりよ」

「ひめゆり！」

熊《くま》さんは、日輪草《ひまわりそう》のことを、ひめゆりと覚《おぼ》えていたので、そのとおり、おかみさんにいいました。おかみさんは、ひめゆりを女《おんな》の名前《なまえ》と思《おも》い、熊《くま》さんが浮気《うわき》をしていると思《おも》って、何度《なんど》も熊《くま》さんのことをなぐりました。

あくる日《ひ》、どうしたことか、熊《くま》さんがやってきません。十時《じゅうじ》になっても、十二時《じゅうにじ》がすぎても、日輪草《ひまわりそう》は水《みず》がもらえませんでした。日輪草《ひまわりそう》は、太陽《たいよう》のほうへ顔《かお》をあげている元気《げんき》がなくなって、だんだん首《くび》をたれて、とうとうその晩《ばん》のうちに枯《か》れてしまいました。

読んだ日　　年　月　日／　　年　月　日／　　年　月　日

ポイント　竹久夢二《たけひさゆめじ》は「大正《たいしょう》の浮世絵師《うきよえし》」と呼《よ》ばれ、児童書《じどうしょ》や詩文《しぶん》に挿絵《さしえ》も描《か》きました。

負《ま》けおしみはかっこわるいですね

すっぱいブドウ

イソップ

むかしむかし、あるところに、お腹《なか》をすかせたキツネが歩《ある》いていました。

「ああ、腹《はら》がへった。獲物《えもの》のネズミも小鳥《ことり》もいやしない。この際《さい》、虫《むし》でもいいや。どこかにいないかな」

キツネは山《やま》の中《なか》で獲物《えもの》をさんざん探《さが》しまわりました。ところが、その日《ひ》にかぎって、獲物《えもの》はどこにもいません。

「ああ、もう、今日《きょう》はなんて日《ひ》だ。よし、獲物《えもの》はあきらめた。木《き》の実《み》を探《さが》そう。なんにも食《た》べられないより、ましだろう」

キツネは木《き》の実《み》を探《さが》しまわりましたが、木《き》の実《み》もどこにもありません。

「ああ、獲物《えもの》もない、木《き》の実《み》もダメ。このままじゃほんとうに飢《う》え死《じ》にだ。さて、どうしようか」

キツネはあきらめきれず、ふたたび獲物《えもの》や木《き》の実《み》を探《さが》しました。すると、実《み》がたわわになった、ブドウの木《き》を見《み》つけることができたのです。

「やった、ブドウだ。なんて甘《あま》くてうまそうなブドウだろう。よし、とにかく実《み》をとることにしよう」

キツネはブドウの木《き》にのぼろうとしましたが、うまくいきません。

「うん、サルでもないのに、おれが木《き》にのぼれるわけがない。ほかの方法《ほうほう》を考《かんが》えよう」

今度《こんど》は、キツネはブドウの木《き》の枝《えだ》に飛《と》びつこうと、何度《なんど》もジャンプしました。ところが、いくらジャンプをくり返《かえ》しても、キツネは木《き》の枝《えだ》に飛《と》びつくことができません。

「ちくしょう。この枝《えだ》は高《たか》すぎるな。しかたがない。ぶどうの実《み》が落《お》ちてくるまで待《ま》つことにしよう」

キツネはそういって、ぶどうの実《み》を見《み》あげて待《ま》ちました。しかし、いつまでたっても、ぶどうの実《み》は落《お》ちてきません。キツネはしびれを切《き》らして、また木《ぎ》にのぼろうとしたり、ジャンプしたりしはじめました。

「何度《なんど》やっても、だめなものはだめか。やっぱり待《ま》つとするか」

キツネはブドウの実《み》を見《み》あげて待《ま》ちました。しかし、やっぱりブドウの実《み》は落《お》ちてきません。キツネはだんだん腹《はら》がたってきました。

「なんだい。おれがおとなしくしてればいい気《き》になりやがって。おい、ぶどう野郎《やろう》。おまえなんか、甘《あま》そうに見《み》えるが、ほんとはすっぱいに決《き》まってる。だれがおまえなんか食《た》べてやるものか。ふん」

キツネはぷりぷりとおこって、ぶどうの木《き》の下《した》からたちさり、どこかへいってしまいました。

キツネのように、自分《じぶん》の力《ちから》がたりないことを他人《たにん》のせいにしたがる人《ひと》はけっこういますね。でも「負《ま》けおしみ」は、ほどほどにしないとみっともないよ、というお話《はなし》でした。

読んだ日　年　月　日／　年　月　日／　年　月　日

ポイント　この話《はなし》がもととなって、英語圏《えいごけん》では、「Sour Grapes」（すっぱいブドウ）は「負《ま》けおしみ」の意味《いみ》になっています。

えんま様《さま》までだました彦一《ひこいち》の知恵《ちえ》

彦一《ひこいち》とえんま様《さま》

彦一《ひこいち》さん

むかし、肥後《ひご》で一番《いちばん》の知恵者《ちえもの》といわれた彦一《ひこいち》だって、年《とし》をとります。おじいさんになった彦一《ひこいち》は、ある日《ひ》とうとう死《し》んでしまいました。彦一《ひこいち》は死《し》ぬまえに、家族《かぞく》にこんなことをいい残《のこ》しました。

「わしが死《し》んだら、黒砂糖《くろざとう》、白砂糖《しろざとう》、赤唐辛子《あかとうがらし》の粉《こな》を、三段《さんだん》の重箱《じゅうばこ》にそれぞれつめてくれ。その重箱《じゅうばこ》はわしの棺桶《かんおけ》にいれてくれよ」

家族《かぞく》はふしぎに思《おも》いましたが、彦一《ひこいち》が死《し》んだあと、そのとおりにしました。

死《し》んだ彦一《ひこいち》は、えんま様《さま》のお裁《さば》きを受《う》けることになりました。

「わしがえんまである。彦一《ひこいち》よ、そなたは生前《せいぜん》、さんざんウソをついておるな。人間《にんげん》だけでなく、天狗《てんぐ》や河童《かっぱ》からも苦情《くじょう》がきておる。おや、タヌキからの苦情《くじょう》もあるのか。そなた、ずいぶんと顔《かお》が広《ひろ》いな……」

えんま様《さま》は、なかばあきれ顔《がお》で訴状《そじょう》を読《よ》みあげました。ところが彦一《ひこいち》からは、なんの返答《へんとう》もありません。えんま様《さま》が彦一《ひこいち》のほうを見《み》ると、彦一《ひこいち》はもっていた重箱《じゅうばこ》から、なにかをとりだし、ぺろぺろなめているではありませんか。

「こら、彦一《ひこいち》。この場《ば》をなんと心得《こころえ》るか。……ところで、先《さき》ほどからいったい、なにをなめておる?」

「これは人間《にんげん》の世界《せかい》のうまいものです。えんま様《さま》も食《た》べてみますか」

「どれ、いただこうか。白《しろ》いのも黒《くろ》いのも甘《あま》くてうまいな。おや、この赤《あか》いものはピリッとして辛《から》いぞ。これは、あまりうまくないな」

このようすをにこにこしながらながめていた彦一《ひこいち》は、えんま様《さま》にいいました。

「えんま様《さま》、赤《あか》いものは、ちょっとなめただけではうまさはわかりません。いっきに大量《たいりょう》に食《た》べてみてください」

「ほう、そういうものか」

彦一《ひこいち》の言葉《ことば》を真《ま》に受《う》けたえんま様《さま》は、大《おお》きな口《くち》に唐辛子《とうがらし》の粉《こな》をめいっぱい、ほうりこみました。

「**ウガア、辛《から》い〜!**」

えんま様《さま》は目《め》から火花《ひばな》をだし、汗《あせ》をだらだら流《なが》して、もだえくるしみました。くるしさのあまり、あたりのものをこわしはじめ、最後《さいご》には自分《じぶん》の着物《きもの》をぬぎすてて、どこかへ飛《と》びだしていきました。えんま様《さま》の手下《てした》もあわててえんま様《さま》を追《お》いかけて、外《そと》へ走《はし》っていきました。

「うそつきだといっておきながら、わしの言葉《ことば》を信《しん》じるとはな。えんま様《さま》も存外《ぞんがい》お人《ひと》がいいな」

彦一《ひこいち》はそういうと、ぬぎすてられたえんま様《さま》の服《ふく》を着《き》て、極楽《ごくらく》いきの駕籠《かご》乗《の》り場《ば》にいきました。

「おほん。わしはえんまじゃ。極楽《ごくらく》に用《よう》があっての。すぐに駕籠《かご》をだしてくれ」

駕籠《かご》かつぎは、彦一《ひこいち》をえんま様《さま》だと思《おも》って駕籠《かご》に乗《の》せました。こうして彦《ひこ》一《いち》は、ぶじに極楽《ごくらく》にいけたというお話《はなし》です。

読んだ日　年　月　日／　年　月　日／　年　月　日

ポイント　ほかのとんち話《ばなし》とちがい、天狗《てんぐ》や河童《かっぱ》といった妖怪変化《ようかいへんげ》の類《たぐい》が登場《とうじょう》するところが、彦一《ひこいち》とんち話《ばなし》の特徴《とくちょう》です。

うつくしいおよめさんの機転《きてん》のきいたアイデアとは？

絵《え》に描《か》いた女房《にょうぼう》

8月9日のお話

むかしむかし、一人《ひとり》の若者《わかもの》が、たいへんきれいなおよめさんをもらいました。およめさんがあんまりきれいなので、若者《わかもの》はずっとおよめさんのそばにいます。畑《はたけ》にもいかずに、一日中《いちにちじゅう》自《じ》分《ぶん》をながめている若者《わかもの》に、およめさんはいいました。

「わたしをそんなに好《す》きでいてくれるなんて、うれしいこと。でも、それではおまえさんのためになりませんよ」

そういっておよめさんは、自分《じぶん》の姿《すがた》を絵《え》に描《か》いた紙《かみ》をわたしました。

「およめにくるまえに、わたしを描《か》いてもらったものをあげます。それをわたしと思《おも》って、仕事《しごと》をしてください」

以来《いらい》、若者《わかもの》は肌身はなさず、絵《え》をもち歩《ある》きました。ある日《ひ》、畑仕事《はたけしごと》につかれた若者《わかもの》が、およめさんの絵《え》をとりだしてながめていると、強《つよ》い風《かぜ》がふいてきて、その絵《え》を若者《わかもの》の手《て》からふきとばしました。若者《わかもの》は絵《え》を追《お》いかけましたが、絵《え》はどこかへ飛《と》んでいってしまいました。絵《え》はお城《しろ》の庭《にわ》に落《お》ち、殿様《とのさま》がそれを見《み》つけました。

「なんと、うつくしいおなごじゃ。おい、家来《けらい》ども、この絵《え》のおなごを探《さが》してまいれ。城《しろ》に連《つ》れてくるのじゃ」

家来《けらい》たちはほうぼう探《さが》しまわり、若《わか》者《もの》のおよめさんを見《み》つけて、むりやりお城《しろ》に連《つ》れていきました。連《つ》れていかれるとき、およめさんは若者《わかもの》に、桃《もも》の種《たね》をわたしていいました。

「桃《もも》の実《み》がなったら、お城《しろ》のまえにきて、桃《もも》を売《う》ってください」

なげき、かなしんだ若者《わかもの》は、およめさんのいうとおり、桃《もも》の種《たね》を植《う》えました。桃《もも》は三年《さんねん》で実《み》をつけ、若者《わかもの》はお城《しろ》へ桃《もも》を売《う》りにいきました。

「桃《もも》〜、おいしい桃《もも》はいらんかえ〜」

お城《しろ》にいたおよめさんは、若者《わかもの》の声《こえ》を聞《き》いてよろこび、笑《わら》いました。

お城《しろ》の殿様《とのさま》はびっくりです。なにしろ、およめさんはお城《しろ》にきて以来《いらい》、一度《いちど》も笑《わら》わず、口《くち》もきかなかったのですから。

若者《わかもの》を城《しろ》に呼《よ》んだ殿様《とのさま》は、自分《じぶん》が桃《もも》売《う》りの真似《まね》をしても、およめさんが笑《わら》うことに気《き》づきました。

「おい、桃売《ももう》り。わしの着物《きもの》とおまえの着物《きもの》を交換《こうかん》せよ」

殿様《とのさま》が桃売《ももう》りの姿《すがた》をして、桃《もも》を売《う》る声《こえ》をあげると、およめさんはますます笑《わら》いました。殿様《とのさま》はうれしくなって、桃《もも》を売《う》る声《こえ》をあげながら、お城《しろ》の外《そと》にでていきました。するとおよめさんは、家来《けらい》たちを呼《よ》んでいいました。

「桃売《ももう》りが帰《かえ》ったわ。門《もん》を閉《し》めて、二《に》度《ど》とこさせないでね。やっぱり、あんまりおもしろくなかったの。ね、殿様《とのさま》」

お嫁《よめ》さんは、殿様《とのさま》の格好《かっこう》をした若者《わかもの》を見《み》て、ニッコリと笑《わら》いました。

桃売《ももう》りの姿《すがた》をした殿様《とのさま》が城《しろ》に帰《かえ》ると、門《もん》が閉《し》められていました。殿様《とのさま》がいくらおこっても、だれも桃売《ももう》りの姿《すがた》をした者《もの》など、殿様《とのさま》だとは信《しん》じません。

若者《わかもの》はそのまま殿様《とのさま》となって、うつくしいおよめさんと、しあわせに暮《く》らしましたとさ。

読んだ日　年　月　日／　年　月　日／　年　月　日

ポイント　「桃栗三年《ももくりさんねん》、柿八年《かきはちねん》」という言葉《ことば》がありますが、桃《もも》はほんとうに三年《さんねん》で実《み》をつけます。

インドに伝《つた》わる英雄叙事詩《えいゆうじょじし》

ラーマーヤナ

インド

　むかしむかし、コーサラ国《こく》に王子《おうじ》が生《う》まれました。この王子《おうじ》は、インドの最高神《さいこうしん》であるヴィシュヌ神《しん》の生《う》まれかわりです。王子《おうじ》はラーマと名《な》づけられ、すくすくと育《そだ》ちました。王子《おうじ》はあとにも男《おとこ》の子《こ》が三人《さんにん》生《う》まれ、おかあさんはそれぞれちがうものの、四人《よにん》の兄弟《きょうだい》はなかよく暮《く》らしました。

　ある日《ひ》、ラーマがべつの国《くに》にでかけたとき、町中《まちじゅう》にたてられたおふれを読《よ》みました。

〈神《かみ》の弓《ゆみ》をひくことができた者《もの》に王女《おうじょ》シータをあたえる〉

　王女《おうじょ》シータは、ヴィシュヌ神《しん》の妻《つま》の生《う》まれかわりです。ラーマは、シータが自分《じぶん》の運命《うんめい》の人《ひと》だと気《き》づきました。

「王女《おうじょ》シータはわたしの妻《つま》だ。だれにもわたすものか」

「神《かみ》の弓《ゆみ》」は破壊《はかい》の神《かみ》、シヴァがつくったものなので、ふつうの人間《にんげん》にはひくことはできません。しかし、ラーマはみごとに「神《かみ》の弓《ゆみ》」をひいて、シータを妻《つま》に迎《むか》えました。

　コーサラ国《こく》のダシャラタ王《おう》はよろこんで、ラーマをつぎの国王《こくおう》にしようとしました。ところが、ダシャラタ王《おう》の二番目《にばんめ》の奥《おく》さんが、自分《じぶん》の息子《むすこ》のバラタ王子《おうじ》をつぎの国王《こくおう》にするため、ラーマ王子《おうじ》をコーサラ国《こく》から追《お》いだしました。ラーマ王子《おうじ》は十四年間《じゅうよねんかん》、森《もり》の中《なか》に住《す》まなくてはならなくなったのです。

　バラタ王子《おうじ》はかなしんで、ラーマ王子《おうじ》のところにいき、こういいました。

「にいさん。あなたは長男《ちょうなん》なのですから、どうか国《くに》に戻《もど》って、つぎの国王《こくおう》になってください」

「バラタよ。もう決《き》まったことなのだ。どうか、父上《ちちうえ》のあとをついで、りっぱな国王《こくおう》になるのだよ」

　ラーマ王子《おうじ》は、バラタ王子《おうじ》をやさしくさとして国《くに》に帰《かえ》しました。そして妻《つま》のシータと、森《もり》でなかよく暮《く》らしたのです。

　ところが、ある日《ひ》のこと、シータが魔物《まもの》にさらわれてしまいました。ラーマ王子《おうじ》はシータの行方《ゆくえ》を追《お》いました。

「わが妻《つま》シータよ、待《ま》っていろ。かならず助《たす》けてやるからな」

　ラーマは何年《なんねん》もかかってたくさんの冒険《ぼうけん》をし、ついに妻《つま》のシータを助《たす》けだしました。そして、ラーマ王子《おうじ》はなつかしのコーサラ国《こく》に帰《かえ》ったのです。

「にいさん、待《ま》っていましたよ。さあ、いまこそ、コーサラ国《こく》の王《おう》におなりください」

　バラタ王子《おうじ》はラーマ王子《おうじ》のいいつけどおり、りっぱな王様《おうさま》になって、コーサラ国《こく》を守《まも》っていました。

　こうして、ラーマは国王《こくおう》になりました。ラーマ王《おう》はバラタやほかの弟《おとうと》たちとけんめいに働《はたら》いたので、コーサラ国《こく》はとても平和《へいわ》な国《くに》になりました。コーサラ国《こく》に住《す》む人《ひと》は、ラーマ王《おう》を末永《すえなが》く、たたえつづけたということです。

読んだ日　　年　月　日／　　年　月　日／　　年　月　日

ポイント　ヒンドゥー教《きょう》の聖典《せいてん》の一つで、インドや東南《とうなん》アジアの人《ひと》が大好《だいす》きな、恋《こい》あり冒険《ぼうけん》ありのエンターテインメント性《せい》ばつぐんの叙事詩《じょじし》です。

ファーブル昆虫記《こんちゅうき》

ジャン＝アンリ・ファーブル

ファーブルが大好《だいす》きだった昆虫《こんちゅう》です

聖《せい》タマコガネ

わたしは、友《とも》だち五《ご》、六人《ろくにん》と連《つ》れだって歩《ある》いていました。わたしたちの目的《もくてき》は、聖《せい》タマコガネを見《み》ることです。聖《せい》タマコガネとは、動物《どうぶつ》の糞《ふん》をまるめてころがして運《はこ》ぶ、おもしろい昆虫《こんちゅう》です。

わたしたちの望《のぞ》みはすぐにかなえられました。ウマやヒツジの糞《ふん》を見《み》つけたところ、コガネムシの仲間《なかま》がたくさんいたのです。こうした動物《どうぶつ》の糞《ふん》に集《あつ》まる甲虫《こうちゅう》の総称《そうしょう》を「クソムシ」といいます。クソムシは地上《ちじょう》のきたないものを片《かた》づける掃除屋《そうじや》さんです。彼《かれ》らは天《てん》から、とてもたいせつな使命《しめい》をおびて、地上《ちじょう》の糞《ふん》を運《はこ》んで食《た》べて、片《かた》づけているのです。

「きたぞ、彼《かれ》がやってきた！」

そのとき、わたしたちのお目《め》あての聖《せい》タマコガネがあらわれました。聖《せい》タマコガネは、フランスにいるクソムシの中《なか》で一番大柄《いちばんおおがら》で、有名《ゆうめい》なやつです。

聖《せい》タマコガネは近《ちか》くにいた小《ちい》さな仲間《なかま》たちを押《お》しのけると、仕事《しごと》にとりかかりました。聖《せい》タマコガネはまえ足《あし》をじょうずに使《つか》って、フンの一番《いちばん》おいしいところをよりわけ、お腹《なか》の下《した》へかき集《あつ》めます。そして残《のこ》りの四本《よんほん》の足《あし》で、かき集《あつ》めた糞《ふん》をまるくするのです。

さっきまでは小《ちい》さな丸薬《がんやく》のようでしたが、いまはくるみの大《おお》きさです。やがて、りんごの大《おお》きさになるでしょう。

さて、大《おお》きなお弁当《べんとう》ができました。ここから、世《よ》にもめずらしい聖《せい》タマコガネの食料運《しょくりょうはこ》びがはじまります。

聖《せい》タマコガネは頭《あたま》を下《した》に、尻《しり》を上《うえ》にむけて、うしろ足《あし》で玉《たま》をころがしながら、うしろむきに進《すす》みます。聖《せい》タマコガネは元気《げんき》よく坂道《さかみち》をのぼっていきました。

「あ、ころがりおちた！」

聖《せい》タマコガネは、進《すす》んですぐに足《あし》をふみはずし、坂道《さかみち》をころげ落《お》ちていきました。ところが、彼《かれ》はあきらめません。二度《にど》でも三度《さんど》でも、十度《じゅうど》でも二十度《にじゅうど》でも、やりなおして玉《たま》をころがしていくのです。

聖《せい》タマコガネは、いつも一匹《いっぴき》で玉《たま》を運《はこ》ぶとはかぎりません。一匹《いっぴき》の聖《せい》タマコガネが玉《たま》を運《はこ》んでいると、もう一匹《いっぴき》が助《たす》けにくることがよくあるのです。

「家族《かぞく》だろうか。オスとメスかもしれないね」

わたしは、そう思《おも》って、二匹《にひき》の聖《せい》タマコガネを解剖《かいぼう》したことがあります。すると、両方《りょうほう》ともおなじ性《せい》でした。

じつは聖《せい》タマコガネは、助《たす》けあっているわけではなかったのです。あとからやってきた聖《せい》タマコガネは、なんと泥棒《どろぼう》でした。泥棒《どろぼう》は持《も》ち主《ぬし》のすきを見《み》て、玉《たま》をうばっていき、自分《じぶん》の巣《す》へ運《はこ》びます。そして、自分《じぶん》の巣穴《すあな》で、おいしい玉《たま》をじっくりと食《た》べつづけるのです。

聖《せい》タマコガネは、こうして玉《たま》をつくったりうばったりして巣穴《すあな》に運《はこ》び、玉《たま》を食《た》べます。そして食《た》べおわると、また玉《たま》をつくったり、うばったりしにでかけるのです。

読んだ日　年　月　日／　年　月　日／　年　月　日

ポイント　聖《せい》タマコガネの別名《べつめい》はスカラベです。古代《こだい》エジプトでは、玉《たま》をあやつるようすから太陽神《たいようしん》と同一視《どういつし》され、とうとばれました。

人間《にんげん》になりたかったカッパのお話《はなし》

カッパの雨乞《あまご》い

むかしむかし、ある森《もり》の中《なか》のある沼《ぬま》に、一匹《いっぴき》のカッパがいました。このカッパは、わるさばかりしています。畑《はたけ》をあらしたり、人《ひと》を沼《ぬま》へひきずりこんだりして、困《こま》らせるのです。

ある日《ひ》、カッパのうわさを聞《き》いたお坊《ぼう》さんが、カッパのところにやってきていいました。

「カッパよ、なぜわるさをする」

するとカッパは、いいました。

「坊《ぼう》さまよ。おいらには、友《とも》だちがいねえ。こんな姿《すがた》では、人間《にんげん》の仲間《なかま》にはいれてもらえねえんだよ。だからおいらは、あばれまわるんだ」

話《はな》しているうちに、カッパは泣《な》きはじめました。

「坊《ぼう》さま。おいら、人間《にんげん》に生《う》まれかわりてえ。なあ、どうすりゃ、人間《にんげん》になれる？　教《おし》えてくれよ、坊《ぼう》さま」

「ならば、人間《にんげん》のためになることをするんじゃな」

「ほんとか、人間《にんげん》のためになることをすれば、人間《にんげん》になれるんだな」

坊《ぼう》さんはうなずくと、カッパのもとをさっていきました。

その年《とし》の夏《なつ》、森《もり》の近《ちか》くの村《むら》では、日《ひ》照《で》りがつづいて作物《さくもつ》が枯《か》れ、深刻《しんこく》な水《みず》不足《ぶそく》になりました。

「このままでは、みんな死《し》んでしまうぞ。どうすればいいんだ」

村人《むらびと》たちがさわいでいると、そこへカッパがあらわれました。

「なあ、おいらに雨乞《あまご》いをさせてくれよ。なあ、たのむよ」

「こいつ、いつもの性悪《しょうわる》ガッパじゃ。またわるさをする気《き》か」

村人《むらびと》たちは、カッパを信用《しんよう》しませんでしたが、カッパがあまりに真剣《しんけん》にたのむので、やらせてみることにしました。

カッパは天《てん》をあおいでいのりました。

「天神様《てんじんさま》。おいら、いままでにわるいことばかりしてきた。だから、そのつぐないをしたいんだ。お願《ねが》いだ。村《むら》に雨《あめ》をふらせてください」

カッパの雨乞《あまご》いは、何日《なんにち》もつづきました。その間《あいだ》、カッパは水《みず》も飲《の》まなければ、食《た》べ物《もの》も食《た》べません。それでもカッパは天《てん》にむかっていのりました。

「天神様《てんじんさま》。どうか、どうか、雨《あめ》をふらせてください。なあ、お願《ねが》いだ……」

すると、大粒《おおつぶ》の雨《あめ》がポツリポツリふってきました。村《むら》は助《たす》かったのです。

「カッパのおかげだ。助《たす》かった。カッパは、カッパはどうした？」

村人《むらびと》たちがカッパを見《み》ると、カッパはもう、息《いき》たえていました。

しばらくしてお坊《ぼう》さんからカッパの話《はなし》を聞《き》いた村人《むらびと》たちは、カッパのために墓《はか》をたてて、おまいりしたということです。

8月

日本の昔話

かなしい話

読んだ日　年　月　日／　年　月　日／　年　月　日

ポイント　命《いのち》をかけて人間《にんげん》のためにいのったカッパは、来世《らいせ》はきっと人間《にんげん》に生《う》まれかわったことでしょう。

古今《ここん》の名人《めいじん》が演《えん》じた落《お》とし噺《ばなし》の一席《いっせき》

ネコの皿《さら》

　むかしから道具屋《どうぐや》さんという商売《しょうばい》がありますが、店《みせ》をかまえてお客《きゃく》さんを待《ま》つばかりが道具屋《どうぐや》さんではありません。なかには、旅《たび》にでて掘《ほ》りだし物《もの》を探《さが》して歩《ある》き、よい品物《しなもの》を安《やす》く買《か》って、目利《めき》きの人《ひと》に高値《たかね》で売《う》る、という道具《どうぐ》屋《や》さんもいます。こういう道具屋《どうぐや》さんを果師《はたし》といいます。

「今日《きょう》はついてねえなあ。どこの旧家《きゅうか》の蔵《くら》もはずればかり。こんどの旅《たび》は、手《て》ぶらで帰《かえ》るしかなさそうだ。ちょいとくたびれたな。休《やす》んでいこう」

　旅《たび》にでたはよいものの、成果《せいか》がなかった果師《はたし》が茶店《ちゃみせ》にはいりました。

「親父《おやじ》、休《やす》ませてもらうぜ！　茶《ちゃ》を一《いっ》杯《ぱい》もらおうか」

　果師《はたし》はすわりながら、店《みせ》の主人《しゅじん》に気《き》やすく話《はな》しかけます。

「なあ、親父《おやじ》、景気《けいき》はどうだい」

「へい、まあ、ぼちぼちで」

「ほう、そりゃ、けっこうなことだ。なにごともぼちぼちってのが、一番《いちばん》ってことさあね……ん？」

　果師《はたし》は親父《おやじ》に話《はな》しかけていた言葉《ことば》をとめて縁台《えんだい》の下《した》を見《み》ると、一匹《いっぴき》のネコがごはんを食《た》べていました。もとより果《はた》師《し》は、ネコに興味《きょうみ》はありません。果《はた》師《し》が目《め》をつけたのは、ネコのごはんがのっているお皿《さら》のほうでした。

（ありゃあ、高麗《こうらい》の梅鉢《うめばち》じゃねえか！　三百両《さんびゃくりょう》はするぜ。なんてものでネコに飯食《めしく》わせてんだ、ばか親父《おやじ》。あ、いや、待《ま》てよ。ってことは、親父《おやじ》は物《もの》の価値《かち》を知《し》らねえな。よおし！）

「な、なあ親父《おやじ》。あのなあ、じつはおれはネコが大好《だいす》きでな。機会《きかい》があったらネコを飼《か》いてえと思《おも》ってたんだ。そこへ、それ、そこのネコよ。いま、あいつと目《め》があったんだ。な、たのむよ。あのネコ、ゆずってくれ」

「いけませんよ、お客《きゃく》さん。あんな小《こ》ぎたないネコ、やめときなさい。いやね、あたしもネコが好《す》きでいつも数匹《すうひき》飼《か》ってるんですよ。ネコ好《ず》きの人《ひと》には、ゆずってあげてるんですが、あのネコだけは、ひきとり手《て》がいないんです」

「いやだ。おらあ、どうしてもあのネコがほしい。な、たのむ、三両《さんりょう》だす！」

「さ、三両《さんりょう》もですか。いや、どうしてもというならおゆずりしましょう」

「ありがてえ。ああ、あとな、ネコが飯食《めしく》ってたあの皿《さら》、あれもくれ。ネコってなあ、器《うつわ》がかわると飯食《めしく》わねえっていうからな。それじゃ、かわいそうだ」

「ネコの皿《さら》ならべつに用意《ようい》しますよ」

「ば、ばかいうな。あ、あの皿《さら》、あの皿《さら》じゃないとだめだよ」

「いえいえ、あの皿《さら》は高麗《こうらい》の梅鉢《うめばち》といって、三百両《さんびゃくりょう》はする値《ね》うちものです。とてもネコのおまけにはできません」

　店《みせ》の主人《しゅじん》の言葉《ことば》を聞《き》いて、果師《はたし》はびっくりしました。

「じ、じゃあ、なんでそんな高《たか》いもんで、ネコに飯食《めしく》わしてるんだ！」

「へえ、この皿《さら》でネコに食《た》べさせると、ときたまネコが三両《さんりょう》で売《う》れるんです」

読んだ日　　年　月　日／　　年　月　日／　　年　月　日

ポイント　果師《はたし》は端師《はたし》とも書《か》き、そうとうな目利《めき》きでないと、むずかしい商売《しょうばい》だそうです。

やさしいクマの正体《しょうたい》は、いったいなんでしょう？

白《しろ》バラと赤《あか》バラ

グリム

むかしむかし、ある森《もり》に、白《しろ》バラ、赤《あか》バラという名《な》の、とてもなかのいいうつくしい姉妹《しまい》が住《す》んでいました。

ある冬《ふゆ》の、雪《ゆき》のひどい晩《ばん》のことです。ドアをノックするものがありました。二人《ふたり》がドアを開《あ》けると、寒《さむ》さにこごえたクマがたっていたのです。

「どうかおどろかないでください。寒《さむ》くて、いまにもたおれてしまいそうです。今晩《こんばん》泊《と》めていただけませんか」

二人《ふたり》はおどろきましたが、かわいそうなクマを、暖炉《だんろ》のまえに通《とお》してあげました。クマは暖《あたた》かい部屋《へや》で一晩《ひとばん》泊《と》まって元気《げんき》になると、それから、毎日《まいにち》のように遊《あそ》びにくるようになりました。

すっかりなかよしになったある日《ひ》、クマは二人《ふたり》にお別《わか》れをいいにきました。

「春《はる》になると、わるい小人《こびと》がぼくの宝《たから》物《もの》を盗《ぬす》みにくるんだ。それを見《み》はらなきゃいけないから、ここにはもうこれないんだ。夏《なつ》になったらまたくるよ」

二人《ふたり》はさびしく思《おも》いましたが、クマとお別《わか》れをして、森《もり》に焚《た》き木《ぎ》をひろいにでかけました。

すると、たおれた木《き》の下《した》に、なにかが動《うご》いているのを見《み》つけました。よく見《み》ると、小人《こびと》がバタバタと手足《てあし》を動《うご》かしています。

小人《こびと》の長《なが》いひげが、枝《えだ》にからまっているのです。白《しろ》バラが、枝《えだ》にからまった小人《こびと》の長《なが》いひげを、ハサミで切《き》ってあげました。ところがです。

「わしのじまんのひげを切《き》ったな！」

小人《こびと》は助《たす》けられたのにお礼《れい》もいわず、おこって、さっさといってしまいました。小人《こびと》が背《せ》おっている袋《ふくろ》には、金貨《きんか》がはいっているようにも見《み》えました。

それから何日《なんにち》かたったある日《ひ》、白《しろ》バラと赤《あか》バラは、川《かわ》で小人《こびと》を見《み》ました。どうやら、このまえの小人《こびと》です。今《こん》度《ど》は魚《さかな》にひげをくわえられていたので、またハサミでひげを切《き》って、助《たす》けてあげました。それなのに小人《こびと》は、

「だいじなひげを切《き》りやがった！」

と、どなりながら、岩《いわ》のかげに消《き》えていきました。今度《こんど》は真珠《しんじゅ》のはいった袋《ふくろ》をかかえていたように見《み》えました。

それから夏《なつ》のある日《ひ》、二人《ふたり》はワシにさらわれそうになっている小人《こびと》を助《たす》けてやりました。このとき、小人《こびと》は重《おも》そうな袋《ふくろ》をかかえていましたが、また礼《れい》もいわずに、たちさろうとしました。

「おれの宝石《ほうせき》を、ジロジロ見《み》るな！」

そのときです！

「それは、ぼくのだいじな宝物《たからもの》だ！」

あのクマがあらわれて、小人《こびと》をやっつけてしまいました。すると、おどろいたことに、クマの毛皮《けがわ》がぬげて、中《なか》からうつくしい王子《おうじ》があらわれたのです。

「わるい小人《こびと》を見《み》つけてくれて、ありがとう。じつはあの小人《こびと》に魔法《まほう》をかけられて、クマの姿《すがた》にされていたんだ」

それから白《しろ》バラと赤《あか》バラと王子《おうじ》の三《さん》人《にん》に、王子《おうじ》の弟《おとうと》もくわわって、森《もり》の中《なか》で四人《よにん》でなかよく暮《く》らしたそうです。

読んだ日　年　月　日／　年　月　日／　年　月　日

ポイント　このお話《はなし》に登場《とうじょう》する小人《こびと》は、いじわるでわがままな性格《せいかく》です。人間《にんげん》といっしょで、小人《こびと》にもいろいろな性格《せいかく》のものがいるようです。

事実《じじつ》を知《し》った若者《わかもの》の悲惨《ひさん》な運命《うんめい》

ギリシャ神話《しんわ》

オイディプスとスフィンクス

むかし、テバイという国《くに》の王様《おうさま》ライオスは、アポロンから〈**息子《むすこ》に殺《ころ》される**〉というお告《つ》げを受《う》けました。アポロンは、太陽神《たいようしん》でもあり音楽《おんがく》の神《かみ》でもあり、予言《よげん》の神《かみ》でもあります。

そこでライオスは、生《う》まれたばかりの息子《むすこ》を山《やま》の中《なか》にすてました。ところが、息子《むすこ》は羊飼《ひつじか》いにひろわれて助《たす》かり、オイディプスという名《な》の若者《わかもの》に成長《せいちょう》したのです。オイディプスは成人《せいじん》すると、アポロンのお告《つ》げを受《う》けました。

〈**おまえは父《ちち》を殺《ころ》し、母《はは》を妻《つま》とするだろう**〉

オイディプスはとほうに暮《く》れ、多《おお》くの場所《ばしょ》をさまよったあげく、テバイにむかいました。オイディプスが細《ほそ》い山《やま》道《みち》を歩《ある》いていると、馬車《ばしゃ》に乗《の》った老人《ろうじん》と出会《であ》いました。

「そこの若造《わかぞう》、道《みち》をわしにゆずれ」

「若造《わかぞう》とは無礼《ぶれい》だろう。くそじじい」

二人《ふたり》はけんかになり、オイディプスは老人《ろうじん》を殺《ころ》してしまいました。

オイディプスがテバイにつくと、国《くに》中《じゅう》の人《ひと》がなげき、かなしんでいます。オイディプスはわけを聞《き》きました。

「スフィンクスという魔物《まもの》が、町《まち》の近《ちか》くで旅人《たびびと》を殺《ころ》すのです。いまテバイは、ライオス王《おう》が旅先《たびさき》で死《し》んで混乱《こんらん》していて、ライオス王《おう》のご兄弟《きょうだい》のクレオン様《さま》がお触《ふ》れをだしたところです」

お触《ふ》れは立《た》て札《ふだ》にこう書《か》かれました。

〈**スフィンクスを退治《たいじ》した者《もの》をテバイの王《おう》とする。また、先王《せんおう》ライオスの妻《つま》イオカステは、新王《しんおう》にめとわせる**〉

立《た》て札《ふだ》を読《よ》んだオイディプスは、さっそくスフィンクス退治《たいじ》にむかいました。スフィンクスは、顔《かお》が人間《にんげん》の女《おんな》、胸《むね》と足《あし》と尾《お》はライオン、背中《せなか》には大《おお》きな翼《つばさ》がはえた魔物《まもの》です。スフィンクスは、オイディプスを見《み》るといいました。

「つぎの謎《なぞ》をといてみせよ。朝《あさ》は四《よん》足《そく》、昼《ひる》は二足《にそく》、夜《よる》は三足《さんそく》の者《もの》はなにか」

オイディプスはこう答《こた》えました。

「人間《にんげん》だ。朝昼夜《あさひるよる》というのは人生《じんせい》の時《じ》期《き》であろう。ならば、朝《あさ》は赤《あか》ん坊《ぼう》の時《じ》期《き》で四本《よんほん》の手足《てあし》でハイハイする。昼《ひる》は成人《せいじん》の時期《じき》で、二本足《にほんあし》だ。夜《よる》は老人《ろうじん》の時期《じき》だから、杖《つえ》が第三《だいさん》の足《あし》となる」

謎《なぞ》をとかれたスフィンクスは絶望《ぜつぼう》し、谷底《たにぞこ》に身《み》を投《な》げて死《し》にました。こうしてオイディプスはテバイの王《おう》となり、イオカステを妻《つま》にしました。

オイディプスが王《おう》になると、テバイには疫病《えきびょう》がはやりはじめました。オイディプスが預言者《よげんしゃ》に理由《りゆう》を聞《き》くと、預《よ》言者《げんしゃ》はいいました。

「先王《せんおう》を殺《ころ》した者《もの》が王位《おうい》をついだからです。あなたはむかし、山道《やまみち》で老人《ろうじん》を殺《ころ》しました。それが先王《せんおう》ライオスです。あなたは父《ちち》を殺《ころ》し、母《はは》を妻《つま》にする運《うん》命《めい》。ライオスは、あなたの父《ちち》でした」

妻《つま》のイオカステは、預言《よげん》者《しゃ》の話《はなし》を聞《き》くと、自殺《じさつ》しました。自分《じぶん》が息子《むすこ》と結婚《けっこん》したことを知《し》ったからです。絶望《ぜつぼう》したオイディプスは自《じ》分《ぶん》の両目《りょうめ》をつぶして、放浪《ほうろう》の旅《たび》にでたということです。

8月 神話

かなしい話

読んだ日　　年　月　日／　　年　月　日／　　年　月　日

ポイント 父《ちち》に反抗《はんこう》し、母《はは》に強《つよ》い愛情《あいじょう》をいだくという意味《いみ》の心理学用語《しんりがくようご》『エディプス・コンプレックス』はこのお話《はなし》が由来《ゆらい》です。

8月16日のお話

京《きょう》と大坂《おおさか》、どちらの町《まち》がいい？

京《きょう》のカエルと大坂《おおさか》のカエル

むかし、京都《きょうと》にカエルが棲《す》んでいました。カエルはうわさ話《ばなし》が大好《だいす》きです。いつもケロケロと、おしゃべりばかりしています。

「なあ、みんな。大坂《おおさか》の町《まち》は、それはにぎやかやそうやな」

「京《きょう》の都《みやこ》よりもか」

「京《きょう》なんてたいしたことあらへん。今《いま》は大坂《おおさか》のほうがすごいねんて」

「みんな、うわさばかりしてるけど、大坂《おおさか》を見《み》たことがあるんかいな。なんなら、おいらが見《み》てきてやるわ」

一匹《いっぴき》の京《きょう》カエルはそういうと、大坂《おおさか》へ旅《たび》だちました。

一方《いっぽう》、大坂《おおさか》のカエルたちもうわさ話《ばなし》が大好《だいす》きです。いつもケロケロと、おしゃべりばかりしています。

「なあ、みんな。京《きょう》の都《みやこ》は、それはうつくしいそうやで」

「大坂《おおさか》よりもか」

「大坂《おおさか》なんてうるさいばかりや。京《きょう》は都《みやこ》やで。すごいから都《みやこ》っていうんや」

「みんな、うわさばかりしてるけど、京《きょう》の都《みやこ》を見《み》たことがあるんかいな。なんなら、わいが見《み》てきてやるで」

こういって、一匹《いっぴき》の大坂《おおさか》カエルが旅《たび》だちました。

さて、京《きょう》と大坂《おおさか》の町《まち》の間《あいだ》には天王山《てんのうざん》という山《やま》があります。京《きょう》カエルと大坂《おおさか》カエルは、天王山《てんのうざん》の頂上《ちょうじょう》で、ばったりと出合《であ》いました。

「やあ、カエルのお仲間《なかま》。おいらは京《きょう》カエルや。大坂見物《おおさかけんぶつ》にいくんやけど、おまえさんはどこへいきはるの」

「おお、京《きょう》カエルはんかい。わいは大《おお》坂《さか》カエルや。これからわいは、京《きょう》の都《みやこ》見物《けんぶつ》としゃれこむところや」

「京《きょう》へいくって？　やめとき、やめとき。都《みやこ》なんて名《な》ばかりで、ちいともええところなんてないわ。京《きょう》に棲《す》むおいらがいうんだから、まちがいないで」

「大坂《おおさか》にいくやて？　あほなこといったらあかん。あんなとこうるさいばかりで、ええとこなんて一《ひと》つもないで。わるいこといわんから、都《みやこ》へお帰《かえ》り」

二匹《にひき》のカエルは、自分《じぶん》の町《まち》をけなして、相手《あいて》の町《まち》をほめています。そこで、京《きょう》カエルが提案《ていあん》しました。

「なあ、大坂《おおさか》カエルはん。このまま話《はなし》をしてもらちがあかん。ここは天王山《てんのうざん》のてっぺんや。おたがいの町《まち》を、ここからながめようやないか」

「そうやな。そんならそうしよか」

二匹《にひき》のカエルはたちあがって、おたがいの町《まち》をながめました。

「あれが大坂《おおさか》か。京《きょう》とかわらへんな」

「あれが京《きょう》の都《みやこ》か。大坂《おおさか》とちがわんな」

二匹《にひき》のカエルはがっかりして、おたがいの住《す》む町《まち》へ帰《かえ》っていきました。

ところで、カエルの目玉《めだま》は頭《あたま》の上《うえ》についています。たちあがると、どの方《ほう》向《こう》を見《み》るでしょう？　正解《せいかい》は「うしろ」の方向《ほうこう》です。京《きょう》のカエルは京《きょう》の都《みやこ》、大《おお》坂《さか》のカエルは大坂《おおさか》の町《まち》を見《み》たのでした。二匹《にひき》とも自分《じぶん》の町《まち》を見《み》たのですから、かわりがないのはあたりまえですね。

読んだ日　　年　月　日／　　年　月　日／　　年　月　日

ポイント 「大坂《おおさか》」の地名《ちめい》が、正式《せいしき》に今《いま》の「大阪《おおさか》」になったのは、明治《めいじ》になってからのことです。

長《なが》い物語《ものがたり》のうち、清《きよ》に見守《みまも》られ独立《どくりつ》するまでの話《はなし》

坊《ぼっ》ちゃん

夏目漱石《なつめそうせき》

親《おや》ゆずりの無鉄砲《むてっぽう》で、子《こ》どものときから損《そん》ばかりしている。小学校《しょうがっこう》の時《じ》分《ぶん》、学校《がっこう》の二階《にかい》から飛《と》びおりて、一週《いっしゅう》間《かん》ほど、腰《こし》をぬかしたことがある。深《ふか》い理由《りゆう》があったわけでもない。同級生《どうきゅうせい》が、おれのことを「弱虫《よわむし》や〜い」とはやしたからである。家《いえ》に帰《かえ》ったら、おやじが「二階《にかい》から飛《と》びおりて腰《こし》をぬかすやつがあるか」というので、「つぎはぬかさずに飛《と》んで見《み》せます」とこたえた。

おやじはちっとも、おれをかわいがってくれなかった。母《はは》は、兄《あに》ばかりひいきにしていた。おやじはおれを見《み》るたびに「こいつはろくな者《もの》にはならない」と、いった。なるほど、ろくな者《もの》に育《そだ》っていない。いたずらとけんかばかり、くり返《かえ》してきた。

兄《あに》とはなかがわるかった。ある日《ひ》、けんかをしたら、兄《あに》がおれのことをおやじにいいつけた。おやじはおれをおこって勘当《かんどう》するといったが、清《きよ》が泣《な》いてあやまったのでゆるされた。清《きよ》はおれの家《いえ》で奉公《ほうこう》しているばあさんだ。この清《きよ》だけは、どういうわけか、おれをかわいがってくれた。

「坊《ぼっ》ちゃんはまっすぐで、よいご気《き》性《しょう》をしていますねえ」

そんなによいご気性《きしょう》なら、もっとほかの者《もの》から好《す》かれてもよさそうなものだ。だが、世間《せけん》ではおれのことを乱暴《らんぼう》者《もの》だの、悪太郎《あくたろう》だのといっている。

「おれはお世辞《せじ》が嫌《きら》いだ」

そういうと、清《きよ》はますます、

「それだから、よいご気性《きしょう》なのです」

と、おれをながめて笑《わら》っていた。

清《きよ》はおれが出世《しゅっせ》してりっぱになるものだと決《き》めこんでいた。おれがりっぱになって独立《どくりつ》したら、清《きよ》はおれについてきて、おれの世話《せわ》をするという。「お願《ねが》いだから、坊《ぼっ》ちゃんのところにおいてください」と何度《なんど》もたのむので、

「うん、おいてやる」

と、返事《へんじ》だけはしておいた。

おやじが死《し》んだとき、いつかりっぱになったおれの迎《むか》えがくるのを待《ま》つといって、清《きよ》は甥《おい》っ子《こ》の家《いえ》にいった。おやじの遺産《いさん》でおれは物理学校《ぶつりがっこう》にいき、下宿《げしゅく》して三年間勉強《さんねんかんべんきょう》した。成績《せいせき》は下《した》からかぞえたほうがはやかったが、どういうわけか卒業《そつぎょう》してしまった。おかしいと思《おも》ったが、苦情《くじょう》をいうのもへんなので、おとなしく卒業《そつぎょう》しておいた。

卒業《そつぎょう》してしばらくしたら、校長《こうちょう》から呼《よ》びだしがあった。聞《き》けば、四国《しこく》の中《ちゅう》学校《がっこう》で教師《きょうし》の仕事《しごと》があるという。「いってはどうだ」というので、深《ふか》く考《かんが》えもせず「いきましょう」と即答《そくとう》した。親《おや》ゆずりの無鉄砲《むてっぽう》な性格《せいかく》のせいである。

四国《しこく》に出立《しゅったつ》の日《ひ》、清《きよ》は朝《あさ》からやってきて、いろいろおれの世話《せわ》を焼《や》いた。

「もうお別《わか》れかもしれません」

汽車《きしゃ》に乗《の》っても、清《きよ》は泣《な》きながら、ずっとおれを見送《みおく》っていた。おれは泣《な》かなかった。しかし、もう少《すこ》しで泣《な》くところであった。

読んだ日　年　月　日／　年　月　日／　年　月　日

ポイント　四国松山市《しこくまつやまし》には『坊《ぼっ》ちゃん』由来《ゆらい》の場所《ばしょ》がたくさんあります。なかでも坊《ぼっ》ちゃんが「泳《およ》いだ」温泉《おんせん》、道後温泉本館《どうごおんせんほんかん》は有名《ゆうめい》です。

嵐《あらし》にあったロビンソンは、無人島《むじんとう》に流《なが》れつきます

ロビンソン漂流記《ひょうりゅうき》

ダニエル・デフォー

ロビンソン・クルーソーは、冒険《ぼうけん》が大好《だいす》きな船乗《ふなの》りです。南国《なんごく》へむかう航海《こうかい》ではげしい嵐《あらし》にあい、船《ふね》は岩《いわ》に乗《の》りあげてしまいました。ロビンソンはボートで逃《に》げましたが、波《なみ》にのまれてひっくり返《かえ》り、やっとの思《おも》いで島《しま》に泳《およ》ぎつきました。気《き》をうしなったロビンソンが目覚《めざ》めたとき、海岸《かいがん》に一人《ひとり》きりでした。

「おーい！　だれかいないか」

ロビンソンの呼《よ》びかけにこたえる人《ひと》はいません。海《うみ》を見《み》ると、岩《いわ》に乗《の》りあげた船《ふね》が見《み》えます。ロビンソンは、海《うみ》にただよう木《き》や板《いた》やロープをひろい集《あつ》めて、いかだをつくりました。そして、いかだで船《ふね》にいき、食《た》べ物《もの》や生活《せいかつ》に必要《ひつよう》なものを島《しま》まで運《はこ》んだのです。

島《しま》には、だれも住《す》んでいないようです。いかだでは、海《うみ》をわたることもできません。ロビンソンは、この島《しま》で助《たす》けを待《ま》つことにしました。

「よし、まず家《いえ》をつくろう」

岩山《いわやま》の下《した》にくぼみを見《み》つけ、周囲《しゅうい》にくいをうちこんで垣根《かきね》をつくりました。帆《ほ》の布《ぬの》をはってテントをつくり、柱《はしら》をたて、ハンモックをつるしました。机《つくえ》やイスもつくり、やわらかい木《き》の枝《えだ》でカゴを編《あ》みました。こうして、何《なん》か月《げつ》もかけて、住《す》みやすい家《いえ》をつくったのです。

森《もり》ではヤシの実《み》やブドウが手《て》にはいりました。草原《そうげん》には野生《やせい》のヤギがたくさんいます。ロビンソンはヤギを飼《か》い、ミルクをしぼりました。畑《はたけ》をたがやし、麦《むぎ》の種《たね》をまき、小麦《こむぎ》を栽培《さいばい》しました。そして、長《なが》い時間《じかん》をかけて、パンを焼《や》けるかまどもつくったのです。

ロビンソンは、いまが何月何日《なんがつなんにち》かわかるように、板《いた》にナイフで線《せん》をきざんで、日《ひ》にちをかぞえていました。島《しま》にきて十八年《じゅうはちねん》たったある日《ひ》、浜辺《はまべ》ではじめて人間《にんげん》に会《あ》いました。遠《とお》い島《しま》で戦争《せんそう》があり、捕虜《ほりょ》を連《つ》れて兵士《へいし》がきたのです。この島《しま》は彼《かれ》らの処刑場《しょけいじょう》でした。ロビンソンは兵士《へいし》と鉄砲《てっぽう》で戦《たたか》い、一人《ひとり》の捕虜《ほりょ》を助《たす》けました。その捕虜《ほりょ》はロビンソンに手《て》ぶり身《み》ぶりでお礼《れい》をいい、ここにおいてほしいとたのみました。

「今日《きょう》は金曜日《きんようび》だから、きみのことは、フライデーと呼《よ》ぶことにしよう」

ロビンソンに仲間《なかま》ができたのです。

フライデーがきてから数年後《すうねんご》、島《しま》にイギリス船《せん》がやってきました。その船《ふね》は悪者《わるもの》に乗《の》っとられ、船長《せんちょう》たちはとらわれていました。ロビンソンはフライデーとそっと船《ふね》に乗《の》りこみ、すきを見《み》て悪者《わるもの》たちをたおしました。助《たす》けだされた船長《せんちょう》は、ロビンソンの漂流生活《ひょうりゅうせいかつ》を聞《き》いておどろき、「あなたは命《いのち》の恩人《おんじん》です。イギリスにお連《つ》れしましょう」と、いいました。ロビンソンはやっと、イギリスに帰《かえ》ることができるのです。

島《しま》にきてから、二十七年《にじゅうしちねん》と二《に》か月《げつ》と十九日《じゅうくにち》がたっていました。

読んだ日　年　月　日／　年　月　日／　年　月　日

ポイント　ロビンソンは一人《ひとり》ぼっちになってもあきらめたり、くじけたりしません。知恵《ちえ》をしぼって、無人島《むじんとう》で生《い》きぬきます。

人魚姫《にんぎょひめ》と王子様《おうじさま》の実《みの》らない恋《こい》

人魚姫《にんぎょひめ》

アンデルセン

海《うみ》の底《そこ》で暮《く》らす人魚《にんぎょ》たちは、十五歳《じゅうごさい》になると、海《うみ》の上《うえ》にでることをゆるされます。ですから、六人姉妹《ろくにんしまい》の末《すえ》っ子《こ》の人魚姫《にんぎょひめ》が、人間《にんげん》をはじめて見《み》たのは、十五回目《じゅうごかいめ》の誕生日《たんじょうび》のことです。

あの日《ひ》、人魚姫《にんぎょひめ》が海《うみ》の上《うえ》にでると、大《おお》きな船《ふね》が通《とお》りかかりました。船《ふね》の上《うえ》では、王子《おうじ》の誕生日《たんじょうび》を祝《いわ》っています。

「あの王子様《おうじさま》が、わたしとおなじ誕生日《たんじょうび》なのね。それにしても、なんてすてきなかたなのでしょう」

船《ふね》の上《うえ》では、ごうかなパーティーが開《ひら》かれています。ところが、突如嵐《とつじょあらし》がやってきました。王子《おうじ》を乗《の》せた船《ふね》は、あれくるう波《なみ》に飲《の》まれ、しずんでしまいました。

人魚姫《にんぎょひめ》は、海《うみ》に投《な》げだされた人《ひと》びとをけんめいに助《たす》けました。王子《おうじ》を助《たす》けたのも人魚姫《にんぎょひめ》です。

でも、気《き》をうしなっていた王子《おうじ》はそのことを知《し》らず、目《め》が覚《さ》めたときにそばにいた、隣《となり》の国《くに》のお姫様《ひめさま》に助《たす》けられたと思《おも》いこんでしまいました。

海《うみ》の底《そこ》に戻《もど》った人魚姫《にんぎょひめ》は、王子《おうじ》が恋《こい》しくてたまりません。そこで人魚姫《にんぎょひめ》は、海《うみ》の魔女《まじょ》にお願《ねが》いをしました。

「どうかわたしに足《あし》をください。王子《おうじ》様《さま》のそばで暮《く》らしたいのです」

すると魔女《まじょ》が、こう答《こた》えました。

「おまえの声《こえ》とひきかえに、二本《にほん》の足《あし》をやろう。しかし、王子《おうじ》がべつの娘《むすめ》と結婚《けっこん》したら、おまえは海《うみ》の泡《あわ》になって消《き》えてしまう。それでもいいんだね？」

人魚姫《にんぎょひめ》はうなずきました。

魔女《まじょ》から人間《にんげん》になる薬《くすり》をもらった人《にん》魚姫《ぎょひめ》は、王子《おうじ》のお城《しろ》の近《ちか》くで薬《くすり》を飲《の》みました。人間《にんげん》となった人魚姫《にんぎょひめ》を最初《さいしょ》に見《み》つけてくれたのは、王子《おうじ》でした。

「いくところがないのなら、ぼくのお城《しろ》で暮《く》らすといいよ」

やさしい王子《おうじ》はそういって、人魚姫《にんぎょひめ》を妹《いもうと》のようにかわいがってくれました。

やがて王子《おうじ》は、隣《となり》の国《くに》のお姫様《ひめさま》と結《けっ》婚《こん》することになりました。

「人魚姫《にんぎょひめ》、ぼくは、嵐《あらし》の日《ひ》にぼくを助《たす》けてくれたお姫様《ひめさま》と結婚《けっこん》するんだよ」

（ちがいます！　あの日《ひ》、あなたを助《たす》けたのはわたしです！）

人魚姫《にんぎょひめ》はどんなにいいたかったことでしょう。でも、声《こえ》はでないのです。

結婚式《けっこんしき》の夜《よる》、船《ふね》の上《うえ》でパーティーが開《ひら》かれましたが、人魚姫《にんぎょひめ》はかなしい気《き》もちでいっぱいでした。そのとき、人《にん》魚姫《ぎょひめ》のお姉《ねえ》さんたちが海《うみ》の上《うえ》にやってきて、人魚姫《にんぎょひめ》に魔女《まじょ》からもらったというものをわたしました。

「このナイフで王子《おうじ》の胸《むね》を刺《さ》しなさい。そうすれば、あなたは人魚《にんぎょ》に戻《もど》れるわ」

大好《だいす》きな王子《おうじ》を刺《さ》すなんて、人魚姫《にんぎょひめ》にはできっこありません。

「ああ……」

人魚姫《にんぎょひめ》は、体《からだ》がとけはじめるのを感《かん》じました。そして、いつのまにか、人《にん》魚姫《ぎょひめ》の体《からだ》はすっかり泡《あわ》になって、海《うみ》に流《なが》れだしました。

船《ふね》では王子《おうじ》が、人魚姫《にんぎょひめ》を探《さが》しています。空気《くうき》の妖精《ようせい》となった人魚姫《にんぎょひめ》は、王《おう》子《じ》にほほえみかけ、天《てん》にのぼっていきました。

読んだ日　　年　月　日／　　年　月　日／　　年　月　日

ポイント　うつくしい声《こえ》をもっていた人魚姫《にんぎょひめ》ですが、愛《あい》する人《ひと》のために、たいせつなものを犠牲《ぎせい》にしたのですね。

なにごとも確認《かくにん》することがたいせつです

あわてウサギ

インド

むかしむかし、ヤシの木《き》の下《した》に、ウサギが棲《す》んでいました。ウサギは臆病《おくびょう》者《もの》だったので、いつもこんなことを考《かんが》えて暮らしていました。

（もしも世界《せかい》が破裂《はれつ》したら、ぼくたちはどうなってしまうんだろう）

ある日《ひ》のこと、ウサギがヤシの木《き》の下《した》で昼寝《ひるね》をしていると、すぐそばで、**ガンッ**という音《おと》がしました。

「たいへんだっ。とうとう世《せ》界《かい》が破裂《はれつ》した！」

ウサギはびっくりしてかけだしました。それを見《み》ていたのが、イノシシです。イノシシはウサギに聞《き》きました。

「そんなにあわててどうしたね？」

「世界《せかい》が破裂《はれつ》したんだ！」

「なんだって！」

イノシシはウサギといっしょに走《はし》りはじめました。それを見《み》ていたのがシカです。

「そんなにあわててどうしたね？」

「世界《せかい》が破裂《はれつ》したんだ！」

「なんだって！」

シカはびっくりして、ウサギとイノシシといっしょに走《はし》りはじめました。それを見《み》ていたのがトラです。

「そんなにあわててどうしたね？」

「世界《せかい》が破裂《はれつ》したんだ！」

「なんだって！」

トラはウサギとイノシシとシカといっしょに走《はし》りはじめました。それを見《み》ていたのが、サイです。

「そんなにあわててどうしたね？」

「世界《せかい》が破裂《はれつ》したんだ！」

「なんだって！」

サイはウサギとイノシシとシカとトラといっしょに走《はし》りはじめました。

大勢《おおぜい》の動物《どうぶつ》がものすごいいきおいで走《はし》りまわっているのを見《み》て、ライオンが動物《どうぶつ》たちに声《こえ》をかけました。

「お～い。いったい、なにがあった？」

「世界《せかい》が破裂《はれつ》したんだよ」

サイがライオンにいいました。

「ふ～ん、で、キミは世界《せかい》が破裂《はれつ》するところを見《み》たのかい？」

「いや、トラさんがそういったから」

ライオンはつぎにトラにおなじ質問《しつもん》をしました。すると、トラはシカに、シカはイノシシに、イノシシはウサギに聞《き》いたといいます。ウサギの話《はなし》を聞《き》いたライオンはいいました。

「そうか。じゃあ、その世界《せかい》が破裂《はれつ》した場所《ばしょ》にいってみよう」

みんながそこへいくと、ヤシの実《み》がころがっているだけでした。これを見《み》てライオンはいいました。

「ねえ、みんな。人《ひと》の話《はなし》を聞《き》いたときは、よくたしかめないといけないよ」

動物《どうぶつ》たちは、はずかしくて、みんなうなだれてしまいました。

読んだ日　年　月　日／　年　月　日／　年　月　日

ポイント　他人《たにん》の話《はなし》をみんながただうのみにしてしまうと、こんな大騒動《おおそうどう》になってしまいますね。

垢《あか》からできた力太郎《ちからたろう》が仲間《なかま》たちと化《ば》け物退治《ものたいじ》

力太郎《ちからたろう》

むかしむかし、ものぐさなおじいさんとおばあさんがいました。あまりにものぐさなので、お風呂《ふろ》にもはいりません。ある夏《なつ》の日《ひ》のこと。

「おじいさん、暑《あつ》くて体《からだ》がかゆくてたまらん。たまには風呂《ふろ》にはいろう」

「そうじゃな。はいるとするか」

二人《ふたり》がお風呂《ふろ》にはいって体《からだ》を洗《あら》ったところ、ものすごくたくさんの垢《あか》がでました。二人《ふたり》がその垢《あか》を集《あつ》めて人形《にんぎょう》をつくったところ、なんと、その人形《にんぎょう》が動《うご》きだし、二人《ふたり》に声《こえ》をかけたのです。

「おら、腹《はら》が減《へ》った」

びっくりした二人《ふたり》が、人形《にんぎょう》のいうままにごはんを食《た》べさせたところ、人《にん》形《ぎょう》はぱくぱくと食《た》べました。人形《にんぎょう》は食《た》べれば食《た》べるだけ大《おお》きくなり、やがて人《ひと》の子《こ》になりました。大《おお》きくなった子《こ》どもは、ある日《ひ》、こういいました。

「おら、力《ちから》だめしの旅《たび》にでる。百貫目《ひゃっかんめ》の鉄棒《てつぼう》をつくっておくれ」

百貫目《ひゃっかんめ》の鉄棒《てつぼう》など、とても人間《にんげん》にもてるものではありません。それでも、おじいさんとおばあさんは、子《こ》どものいうままに、鍛冶屋《かじや》に百貫目《ひゃっかんめ》の鉄棒《てつぼう》を注文《ちゅうもん》して、子《こ》どもにそれをあたえました。すると子《こ》どもは、その鉄棒《てつぼう》を軽《かる》がるともってふりまわしました。

「なんちゅう力《ちから》もちだ。おまえはこれから力太郎《ちからたろう》と名乗《なの》るがええだ」

力太郎《ちからたろう》は、二人《ふたり》にお礼《れい》をいい、鉄棒《てつぼう》をかついで旅だちました。

しばらくすると、力太郎《ちからたろう》はお堂《どう》をかついだ若者《わかもの》と出会《であ》いました。

「俺《おれ》は御堂太郎《みどうたろう》だ。力《ちから》くらべをしよう」

力《ちから》くらべをした結果《けっか》、力太郎《ちからたろう》が勝《か》ち、御堂太郎《みどうたろう》は力太郎《ちからたろう》の家来《けらい》になりました。

また、しばらく歩《ある》くと、今度《こんど》は素手《すで》で大岩《おおいわ》を割《わ》っている若者《わかもの》がいました。

「おいら石《いし》コ太郎《たろう》だ。力《ちから》くらべをしよう」

力《ちから》くらべをした結果《けっか》、力太郎《ちからたろう》が勝《か》ち、石《いし》コ太郎《たろう》も力太郎《ちからたろう》の家来《けらい》になりました。

三人《さんにん》が旅《たび》をしていると、長者《ちょうじゃ》が屋敷《やしき》のまえで泣《な》いていました。わけを聞《き》くと、毎月一度《まいつきいちど》あらわれる化《ば》け物《もの》に、町《まち》の人《ひと》が食《た》べられている、といいます。

「今日《きょう》はわしの娘《むすめ》の番《ばん》なのじゃ。どうすることもできんで、かなしくてなあ」

「心配《しんぱい》いらねえ。おらたちが、その化《ば》け物《もの》を退治《たいじ》してやるだ」

力太郎《ちからたろう》はそういうと、化《ば》け物《もの》がやってくるのを待《ま》ちかまえ、三人《さんにん》で化《ば》け物《もの》を退治《たいじ》してしまいました。

「なんと、たのもしい若者《わかもの》たちだ。どうか、娘《むすめ》のむこになってくだされ」

長者《ちょうじゃ》はこういうと、長女《ちょうじょ》を力太郎《ちからたろう》、次女《じじょ》を御堂太郎《みどうたろう》、三女《さんじょ》を石《いし》コ太郎《たろう》のよめにしてくれました。

力太郎《ちからたろう》は、おじいさんとおばあさんを長者《ちょうじゃ》の家《いえ》に呼《よ》びよせ、みんなでしあわせに暮《く》らしましたとさ。

8月
日本の昔話
ぼうけんの話

読んだ日　　年　月　日／　　年　月　日／　　年　月　日

ポイント 百貫目《ひゃっかんめ》とは、375キログラムのこと。この話《はなし》は、東北地方周辺《とうほくちほうしゅうへん》に伝《つた》わる昔話《むかしばなし》です。

カラスがふりしぼった知恵《ちえ》とは？

カラスと水差《みずさ》し

イソップ

むかしむかし、極端《きょくたん》な日《ひ》照《で》りがつづいて、川《かわ》も湖《みずうみ》も池《いけ》も沼《ぬま》も、どこもかしこも水《みず》が干《ひ》あがってしまいました。動物《どうぶつ》たちは、水《みず》を探《さが》しまわりました。

　動物《どうぶつ》たちの中《なか》に、一羽《いちわ》のカラスがいました。カラスもほかの動物《どうぶつ》たちとおなじように、ノドがカラカラです。

「どこかに水《みず》はないか。食《た》べるものより、まず水《みず》だ。水《みず》を飲《の》まないと、もうすぐ死《し》んでしまうぞ」

　カラスは必死《ひっし》になって、あちこち飛《と》びまわりました。すると、大《おお》きくて細《ほそ》長《なが》い水差《みずさ》しを見《み》つけたのです。

「水差《みずさ》しだ！　きっと中《なか》に水《みず》がはいっているにちがいない。いそげや、いそげ！」

　カラスは、ほかの動物《どうぶつ》たちが水差《みずさ》しを見《み》つけないうちに水《みず》を飲《の》もうと、いそいで水差《みずさ》しのところにいきました。

「やれ、ありがたい。ようやく水《みず》が飲《の》めるぞ。でも、なんでほかの動物《どうぶつ》たちは、この水差《みずさ》しに気《き》づかないんだろう。ま、いいや、飲《の》むことにするか。あ、あれ？」

　カラスが水差《みずさ》しをのぞきこんだところ、水《みず》は水差《みずさ》しの底《そこ》に、少《すこ》ししかはいっていませんでした。

「まあ、どこも水《みず》がないからな。これだけでもありがたい」

　カラスは、水差《みずさ》しに首《くび》をつっこんで、底《そこ》のほうにある水《みず》を飲《の》もうとしました。ところが、その水差《みずさ》しはクビのところが細《ほそ》くなっていて、底《そこ》のほうにある水《みず》を飲《の》むことができません。どれだけけんめいに首《くび》をのばしても、わずかに水《みず》までとどかないのです。

「はあ。どうしてほかの動物《どうぶつ》がいないのか、わかったよ。みんな水《みず》が飲《の》めなくてあきらめたんだな。くやしいけど、ぼくもあきらめるとするか」

　カラスは、水差《みずさ》しの近《ちか》くから飛《と》びたとうとしましたが、どうしてもあきらめきれません。

「ほかのところへいっても、水《みず》があるとはかぎらない。いま、ここには確実《かくじつ》に水《みず》があるんだ。考《かんが》えろ、水《みず》が飲《の》める方法《ほうほう》を考《かんが》えるんだ」

　カラスは、あきらめようとする自分《じぶん》にいいきかせながら、必死《ひっし》になって水《みず》を飲《の》む方法《ほうほう》を考《かんが》えました。

「そうだ！　こうすればいいんだ」

　カラスは、近《ちか》くに落《お》ちている小石《こいし》をひろい集《あつ》めて、水差《みずさ》しに一《ひと》つ一《ひと》つ落《お》としていきました。すると、水差《みずさ》しの中《なか》の水面《すいめん》はどんどんあがっていき、やがて、カラスの口《くち》がとどくようになりました。こうしてカラスは、ノドのかわきをいやすことができたのです。

　困難《こんなん》があってもあきらめてはいけません。工夫《くふう》をこらせば、大《おお》きな成功《せいこう》につながる道《みち》が、きっとあるはずです。

読んだ日　年　月　日／　年　月　日／　年　月　日

ポイント　カラスのとった方法《ほうほう》は、古代《こだい》ギリシャの学者《がくしゃ》アルキメデスが見《み》つけた「アルキメデスの原理《げんり》」（浮力《ふりょく》の原理《げんり》）ですね。

オペラ化《か》もされたイタリアの寓話劇《ぐうわげき》

三《みっ》つのオレンジへの恋《こい》

カルロ・ゴッツィ

むかし、ある国《くに》に笑《わら》わない王子《おうじ》がいました。王様《おうさま》が医者《いしゃ》に相談《そうだん》すると、医《い》者《しゃ》は「このままでは王子《おうじ》は死《し》んでしまいます。なおすには王子《おうじ》を笑《わら》わせることです」といいました。

そこで王様《おうさま》は、国中《くにじゅう》の道化師《どうけし》や芸人《げいにん》を呼《よ》び集《あつ》めて、大《だい》パーティーを開《ひら》きました。王子《おうじ》をなんとか笑《わら》わせようとしたのです。この王様《おうさま》の計画《けいかく》をじゃましようとしたのが、わるい大臣《だいじん》と王様《おうさま》の姪《めい》でした。

「王子《おうじ》は病気《びょうき》なのよ。死《し》ねばわたしがこの国《くに》の女王《じょおう》になれるのに」

「しかし、王子《おうじ》が笑《わら》えば、病気《びょうき》がなおってしまいますぞ」

相談《そうだん》した結果《けっか》、二人《ふたり》は魔女《まじょ》にたのんで、パーティーをじゃましてもらうことにしました。魔女《まじょ》は承知《しょうち》して、パーティーの日《ひ》になると、お城《しろ》にでかけました。ところが、魔女《まじょ》はパーティーをじゃましようと王子《おうじ》のまえに進《すす》みでたところ、ころんでひっくり返《かえ》ってしまったのです。

「あはははは。いまのはおもしろい」

王子《おうじ》はお腹《なか》をかかえて笑《わら》いました。おこった魔女《まじょ》は、王子《おうじ》を呪《のろ》いました。

「よくも笑《わら》ったな、王子《おうじ》よ、おまえは**『三《みっ》つのオレンジ』**に恋《こい》をするぞ」

こうして、王子《おうじ》は病気《びょうき》がなおったかわりに、**『三《みっ》つのオレンジ』**の呪《のろ》いを受《う》けたのです。王子《おうじ》は**『三《みっ》つのオレンジ』**に会《あ》いたくてたまらなくなり、従《じゅう》者《しゃ》を一人《ひとり》連《つ》れて、旅《たび》にでました。

旅《たび》をつづけた王子《おうじ》は、とうとう**『三《みっ》つのオレンジ』**がある城《しろ》を探《さが》しだし、**『三《みっ》つのオレンジ』**を手《て》にいれました。このオレンジは、泉《いずみ》の近《ちか》くでなくては、切《き》ってはいけないオレンジでした。

自分《じぶん》の城《しろ》へ帰《かえ》る途中《とちゅう》、王子《おうじ》と従者《じゅうしゃ》は砂漠《さばく》で道《みち》に迷《まよ》いました。従者《じゅうしゃ》はのどがかわき、王子《おうじ》にかくれて、二《ふた》つのオレンジを切《き》りました。すると、中《なか》から二《ふた》人《り》のお姫様《ひめさま》があらわれていいました。

「水《みず》を飲《の》ま…せ…て……」

「お水《みず》をくだ…さ…い……」

しかし、水《みず》はどこにもありません。二人《ふたり》のお姫様《ひめさま》はのどがかわいて死《し》んでしまいました。

このことをあとで知《し》った王子《おうじ》は、従者《じゅうしゃ》をしかりました。

「かわいそうに。なんということをしたのだ。せめて残《のこ》りの一《ひと》つは、かならず泉《いずみ》の近《ちか》くで切《き》らなくては」

こうして王子《おうじ》と従者《じゅうしゃ》は泉《いずみ》のそばまでたどりつき、最後《さいご》のオレンジを切《き》り開《ひら》きました。

「水《みず》を、ください」

「ああ、いいとも。たっぷりあるから、えんりょなく飲《の》みなさい」

水《みず》を飲《の》んだお姫様《ひめさま》は、王子《おうじ》にたいへん感謝《かんしゃ》して、王子《おうじ》のことが大好《だいす》きになりました。王子《おうじ》もお姫様《ひめさま》のことが大好《だいす》きになり、二人《ふたり》は国《くに》に帰《かえ》って結婚《けっこん》しました。わるい大臣《だいじん》と、王様《おうさま》の姪《めい》と、魔《ま》女《じょ》は罰《ばつ》を受《う》け、王子《おうじ》とお姫様《ひめさま》はいつまでもしあわせに暮《く》らしましたとさ。

読んだ日　年　月　日／　年　月　日／　年　月　日

ポイント　もとはイタリア寓話劇《ぐうわげき》であるこのお話《はなし》は、ロシアの作曲家《さっきょくか》セルゲイ・プロコフィエフによってオペラ化《か》もされています。

古《ふる》いランプをこするとあらわれたのは……

アラジンと魔法《まほう》のランプ

アラビアンナイト

むかし、アラジンという若者《わかもの》が、おかあさんと暮《く》らしていました。ある日《ひ》、見知《みし》らぬ男《おとこ》がやってきて、「わしはおまえのおじさんだ。仕事《しごと》を手伝《てつだ》ってくれたら、世界一《せかいいち》の大金《おおがね》もちにしてあげよう」といいました。

アラジンはおじさんを手伝《てつだ》うことにしました。おじさんは、アラジンにお守《まも》りの指輪《ゆびわ》をくれ、遠《とお》い山《やま》のふもとに連《つ》れていきました。おじさんがあやしい呪文《じゅもん》をとなえると、地面《じめん》にぽっかり穴《あな》があき、石《いし》の階段《かいだん》があらわれました。

「この下《した》に洞窟《どうくつ》があるから、古《ふる》いランプをとってこい！ いうことをきかないとひどい目《め》にあわせるぞ！」

男《おとこ》はおじさんではなく、わるい魔《ま》法使《ほうつか》いでした。洞窟《どうくつ》にはおまじないがしてあって、魔法使《まほうつか》いははいれないのです。アラジンが洞窟《どうくつ》にはいると、中《なか》は広《ひろ》い庭《にわ》になっていて、金《きん》や宝石《ほうせき》がたくさんありました。一番奥《いちばんおく》によごれた古《ふる》いランプがありました。アラジンはランプをもって入《い》り口《ぐち》まで戻《もど》りました。

魔法使《まほうつか》いはこわい顔《かお》で「さあ、ランプをよこせ！」といいました。

（ランプをわたしたあと、なにをされるかわからない）

そう思《おも》ったアラジンは、ランプをわたしません。おこった魔法使《まほうつか》いは、穴《あな》をふさいでしまいました。

「神様《かみさま》、お助《たす》けください」

アラジンがおもわず手《て》をあわせると、指輪《ゆびわ》がこすれて、なんと、目《め》のまえに大男《おおおとこ》があらわれたのです。

「わたしは指輪《ゆびわ》の精《せい》です。ご主人様《しゅじんさま》の願《ねが》いをかなえましょう」

アラジンが「帰《かえ》りたい」と願《ねが》うと、一瞬《いっしゅん》で家《いえ》に戻《もど》ることができました。

アラジンのおかあさんは、ランプのよごれを布《ぬの》でこすりました。すると、指輪《ゆびわ》の精《せい》よりも、もっと大《おお》きな魔神《まじん》がでてきました。魔神《まじん》の魔力《まりょく》で、アラジンは大金《おおがね》もちになりました。アラジンは王様《おうさま》にたくさんの贈《おく》り物《もの》をして、うつくしいお姫様《ひめさま》と結婚《けっこん》しました。

「よくも、ランプをうばったな」

おこった魔法使《まほうつか》いは、ランプ売《う》りに変装《へんそう》して、アラジンの宮殿《きゅうでん》にやってきました。そして、古《ふる》いランプを新《あたら》しいものととりかえるといってお姫様《ひめさま》をだまし、ランプをうばうと、宮殿《きゅうでん》ごと、お姫様《ひめさま》をさらっていきました。

アラジンは指輪《ゆびわ》の精《せい》に、「姫《ひめ》のいるところへ連《つ》れていって」とたのみました。そして、魔法使《まほうつか》いに眠《ねむ》り薬《ぐすり》を飲《の》ませ、魔法使《まほうつか》いが寝《ね》ている間《あいだ》に、ランプをとり戻《もど》したのです。アラジンはランプをこすって、魔神《まじん》に命令《めいれい》しました。

「ランプの魔神《まじん》よ、魔法使《まほうつか》いをやっつけて、宮殿《きゅうでん》をもとに戻《もど》しておくれ」

「かしこまりました、ご主人様《しゅじんさま》」

わるい魔法使《まほうつか》いはやっつけられました。アラジンとお姫様《ひめさま》は国《くに》へ戻《もど》り、いつまでもしあわせに暮《く》らしました。

読んだ日　年　月　日／　年　月　日／　年　月　日

ポイント 願《ねが》いのかなうランプがあったら、なにをお願《ねが》いしますか？ お子《こ》さんと話《はな》しあってみましょう。

感謝《かんしゃ》の心《こころ》を忘《わす》れたおじいさん

竜宮童子《りゅうぐうどうじ》

　むかし、あるところにおじいさんがいました。おじいさんは、山《やま》で刈《か》った柴《しば》を町《まち》で売《う》ることを仕事《しごと》にしていました。そして、柴《しば》が少《すこ》しでもあまると、山《やま》の中《なか》の沼《ぬま》へ、柴《しば》を投《な》げいれていたのです。

「水神様《すいじんさま》、わしが毎日《まいにち》こうして働《はたら》けるのもあなた様《さま》のおかげです。今日《きょう》も柴《しば》があまりました。少《すこ》しですがお受《う》けとりください。わしの感謝《かんしゃ》の気《き》もちです」

　おじいさんが、いつものように沼《ぬま》に柴《しば》を投《な》げいれると、沼《ぬま》の中《なか》から、うつくしい女《おんな》の人《ひと》があらわれました。

「わたしは水神様《すいじんさま》の使《つか》いです。いつも、贈《おく》り物《もの》をくださって、水神様《すいじんさま》はたいそうおよろこびです。お礼《れい》に今日《きょう》は、竜宮《りゅうぐう》へおまねきいたします」

　女《おんな》の人《ひと》はそういうと、おじいさんを竜宮《りゅうぐう》に連《つ》れていきました。竜宮《りゅうぐう》につくと水神《すいじん》があらわれ、おじいさんにごちそうをふるまってくれました。

「わしのような者《もの》にありがとうございました。これからも、水神様《すいじんさま》への感謝《かんしゃ》の気《き》もちを忘《わす》れません」

　おじいさんの言葉《ことば》をにこにこしながら聞《き》いていた水神《すいじん》は、いいました。

「今後《こんご》もわしに感謝《かんしゃ》してくれるというなら、この子《こ》を連《つ》れていくがよい。この子《こ》をわしだと思《おも》ってたいせつにせよ」

　水神《すいじん》の言葉《ことば》がおわると同時《どうじ》に、おじいさんは沼《ぬま》のほとりにたっていました。

　気《き》がつくと、おじいさんの横《よこ》には、鼻《はな》水《みず》をたらし、きたないかっこうをした子《こ》どもがたっていました。

「この子《こ》が水神様《すいじんさま》のかわりなのか。どうもきたない童子《わらし》じゃな」

　おじいさんは子《こ》どもを家《いえ》に連《つ》れて帰《かえ》り、子《こ》どもに話《はな》しかけました。

「童子《わらし》よ。腹《はら》がすいておらんか。わしは貧乏《びんぼう》じゃで、粟《あわ》の雑炊《ぞうすい》ぐらいしかだせんがの。ほんとは、米《こめ》を腹《はら》いっぱい食《く》わせてやりたいところじゃが」

　おじいさんのため息《いき》まじりの言葉《ことば》を聞《き》くと、子《こ》どもは鼻水《はなみず》をすすりあげました。すると、おじいさんの目《め》のまえに、米俵《こめだわら》がいきなりあらわれたのです。

「な、なんじゃ。童子《わらし》、おまえさんのしわざなのか。小判《こばん》もだせるかの？」

　おじいさんがそういうと、子《こ》どもがまた鼻水《はなみず》をすすりあげました。すると、小判《こばん》がたくさんでてきたのです。おじいさんは大金《おおがね》もちになりました。

　しばらくして、りっぱな屋敷《やしき》に住《す》み、上等《じょうとう》な着物《きもの》を着《き》て暮《く》らすようになると、おじいさんは、きたない子《こ》どもが目《め》ざわりになりました。

「童子《わらし》よ。わしはもう十分金《じゅうぶんかね》もちになった。おまえさんにもう用《よう》はない。沼《ぬま》に帰《かえ》ってくれないか」

　おじいさんの言葉《ことば》を聞《き》くと、子《こ》どもは屋敷《やしき》からでていきました。屋敷《やしき》の外《そと》にでた子《こ》どもが、鼻水《はなみず》をすすると、屋敷《やしき》がパッと消《き》えました。上等《じょうとう》な着物《きもの》も小判《こばん》もなにもかもありません。もとの貧乏人《びんぼうにん》になったおじいさんを残《のこ》して、子《こ》どもはさっていきました。

読んだ日　　年　月　日／　　年　月　日／　　年　月　日

ポイント　ほかの昔話《むかしばなし》とおなじように、竜宮童子《りゅうぐうどうじ》のお話《はなし》にもいろいろなパターンがあります。

みにくい鳥《とり》はお星様《ほしさま》になりました

よだかの星《ほし》

宮沢賢治《みやざわけんじ》

よだかは、じつにみにくい鳥《とり》です。顔《かお》の色《いろ》はまだらで、くちばしはひらたくて、耳《みみ》までさけています。鳥《とり》たちはよだかを嫌《きら》って、いつも悪口《わるぐち》をいいました。

「まあ、あのざまをごらん。ほんとうに、鳥《とり》の仲間《なかま》のつらよごしだよ」

「ほんと。あの口《くち》の大《おお》きいこと。きっと、カエルの親類《しんるい》かなにかなんだよ」

よだかは、名前《なまえ》はにていても、タカの兄弟《きょうだい》でも親類《しんるい》でもありません。よだかは、うつくしいカワセミや、鳥《とり》の中《なか》の宝石《ほうせき》のようなハチスズメのにいさんでした。

タカは、よだかが自分《じぶん》の名前《なまえ》ににていることを嫌《いや》がっていました。そこで、タカはよだかの家《いえ》へやってきたのです。

「おい。まだおまえは名前《なまえ》をかえないのか。おれがいい名《な》を教《おし》えてやろう。市蔵《いちぞう》というんだ。いい名《な》だろう」

「だめです。できません」

「いいや。できる。そうしろ。あさっての朝《あさ》までに、名前《なまえ》をかえなかったら、つかみ殺《ころ》すぞ」

タカはそういうと、自分《じぶん》の家《いえ》のほうへ飛《と》んで帰《かえ》っていきました。

よだかは考《かんが》えました。

(ぼくは、なぜこうみんなに嫌《いや》がられるのだろう。ぼくはなんにもわるいことはしていないのに)

よだかは家《いえ》から飛《と》びだしました。よだかが口《くち》を開《あ》けて飛《と》んでいると、小《ちい》さな羽虫《はむし》が何匹《なんびき》もよだかののどにはいりました。カブトムシも食《た》べました。

(ああ、カブトムシや、たくさんの羽《は》虫《むし》が、毎晩《まいばん》ぼくに殺《ころ》される。そしてぼくはタカに殺《ころ》される。ああ、つらい、僕《ぼく》はもう虫《むし》を食《た》べないで、うえて死《し》のう。いや、そのまえに、ぼくは遠《とお》くの空《そら》のむこうにいってしまおう)

よだかは泣《な》きながら空《そら》を飛《と》び、太陽《たいよう》に話《はな》しかけました。

「お日《ひ》さん、お日《ひ》さん。どうぞわたしをあなたのところへ連《つ》れてってください。焼《や》けて死《し》んでもかまいません」

すると太陽《たいよう》がいいました。

「おまえはよだかだな。おまえは昼《ひる》の鳥《とり》ではない。夜空《よぞら》の星《ほし》にたのみなさい」

夜《よる》になると、よだかは星《ほし》たちにたのんでまわりました。

「お星《ほし》さん。どうかわたしをあなたのところへ連《つ》れてってください。焼《や》けて死《し》んでもかまいません」

ところが、星《ほし》たちはよだかのことをバカにしてあいてにしませんでした。

よだかは、どこまでも、どこまでも、まっすぐに空《そら》へのぼっていきました。もうよだかは落《お》ちているのか、のぼっているのか、さかさになっているのか、上《うえ》をむいているのかも、わかりませんでした。

それからしばらくたつと、よだかは自分《じぶん》の体《からだ》が青《あお》いうつくしい光《ひかり》になって、静《しず》かに燃《も》えているのを見《み》ました。すぐとなりはカシオペア座《ざ》で、天《あま》の川《がわ》の青《あお》白《じろ》い光《ひかり》が、すぐうしろにありました。

よだかは星《ほし》になって燃《も》えつづけました。いつまでもいつまでも燃《も》えつづけました。いまでもまだ燃《も》えています。

8月

日本の名作

かなしい話

読んだ日　年　月　日／　年　月　日／　年　月　日

ポイント　みにくくてもうつくしくても、命《いのち》の価《か》値《ち》にかわりはないということを、宮沢賢治《みやざわけんじ》はいいたかったのかもしれませんね。

みんなで力《ちから》をあわせよう！

ブレーメンの音楽隊《おんがくたい》

グリム

むかしむかし、ある田舎道《いなかみち》を、一匹《いっぴき》の年老《としお》いたロバが、ブレーメンの町《まち》にむかってとぼとぼ歩《ある》いていました。

ロバは働《はたら》き者《もの》でしたが、年《とし》をとって満足《まんぞく》に働《はたら》けなくなり、主人《しゅじん》から食《た》べ物《もの》をもらえなくなったので、家《いえ》をでたのです。「ブレーメンでは、人間《にんげん》にかわいがられなくなった動物《どうぶつ》たちが、音楽《おんがく》隊《たい》をつくってたのしくやっている」といううわさも聞《き》いていました。

しばらくいくと、ロバとおなじように、年《とし》をとって家《いえ》から追《お》いだされたイヌとネコ、チキンスープにされそうになったオンドリに出合《であ》い、四匹《よんひき》でブレーメンを目指《めざ》すことになりました。

夜《よる》になって寝《ね》る場所《ばしょ》を探《さが》していると、木《き》のてっぺんにのぼったオンドリが、灯《あか》りのついた一軒《いっけん》の家《いえ》を見《み》つけました。背《せ》が一番高《いちばんたか》いロバが中《なか》をのぞくと……。なにやら人間《にんげん》たちが、ごちそうを食《た》べながら金貨《きんか》をかぞえています。

「きっと、泥棒《どろぼう》にちがいないよ」

と、ロバはみんなにいいました。

「だって、剣《けん》をといで、つぎにおそう村《むら》の話《はなし》をしてるもの」

ここは泥棒《どろぼう》の家《いえ》だったのです。四匹《よんひき》は相談《そうだん》して、わるい泥棒《どろぼう》たちをこらしめて、ごちそうを食《た》べる方法《ほうほう》を考《かんが》えました。

まず、ロバが前足《まえあし》を窓《まど》にかけて、イヌがその背中《せなか》に飛《と》びのります。その上《うえ》にネコが乗《の》り、オンドリが猫《ねこ》の頭《あたま》の上《うえ》へ乗《の》ります。そして……さあ、いっぺんにさけびますよ。

ロバは、**ヒヒーン！**

イヌは、**ワンワン！**

ネコは、**ニャア、ニャー！**

オンドリは、**コケコッコー！**

家《いえ》の中《なか》のどろぼうたちは、ビックリ。窓《まど》に、頭《あたま》にギザギザの角《つの》がある、大《おお》きなお化《ば》けがうつっているのですから。

「わぁ、お化《ば》けがでたー！」

泥棒《どろぼう》たちは、あわてて逃《に》げていきました。

ところが、真夜中《まよなか》になって、さっきの泥棒《どろぼう》たちがまた戻《もど》ってきました。子分《こぶん》の男《おとこ》が最初《さいしょ》に家《いえ》にはいり、お化《ば》けがいないかをたしかめるために、マッチをすりました。でも、そのとき、

「**フギャーッ！**」

ネコがおこって、その顔《かお》をひっかきました。泥棒《どろぼう》の子分《こぶん》は真《ま》っ暗《くら》な中《なか》で、火《ひ》のついたマッチを、ネコの鼻先《はなさき》に押《お》しつけてしまったのです。

あわてた子分《こぶん》は、イヌのしっぽをふんで足《あし》をガブリとかまれ、庭《にわ》に逃《に》げるとロバにけとばされてしまいました。そのうえ、オンドリが頭《あたま》をつつきます。

「親分《おやぶん》、やっぱりお化《ば》けがいます！」

子分《こぶん》の話《はなし》を聞《き》いた親分泥棒《おやぶんどろぼう》も、ほかの泥棒《どろぼう》たちもふるえあがって、二度《にど》とこの家《いえ》には近《ちか》づきませんでした。

そして四匹《よんひき》の動物《どうぶつ》たちはこの家《いえ》を気《き》にいり、音楽《おんがく》をかなでながら、ずっとなかよく暮《く》らしたということです。

読んだ日　年　月　日／　年　月　日／　年　月　日

ポイント 四匹《よんひき》の動物《どうぶつ》たちはブレーメンの音楽隊《おんがくたい》にはなりませんでしたが、みんなで力《ちから》をあわせて、しあわせに暮《く》らすことができたのです。

いざというときに、ほんとうの姿《すがた》があらわれる…？

三年寝太郎《さんねんねたろう》

むかしむかし、あるところに、なまけ者《もの》と評判《ひょうばん》の男《おとこ》がおりました。なにしろこの男《おとこ》、だれがいつ見《み》ても寝《ね》てばかり。朝《あさ》から晩《ばん》まで寝《ね》てばかりいるので、村《むら》の者《もの》はみんな、

「あいつは寝太郎《ねたろう》じゃ。この三年間寝《さんねんかんね》てばかりいるから、三年寝太郎《さんねんねたろう》と呼《よ》んでやろう」

と、ばかにしましました。

気《き》の毒《どく》なのは、寝太郎《ねたろう》のおかあさんです。息子《むすこ》が仕事《しごと》をしないものだから、村《むら》の長者《ちょうじゃ》どんの家《いえ》の下働《したばたら》きをしたり、ほかの村人《むらびと》の畑仕事《はたけしごと》を手伝《てつだ》ったりして、なんとか暮《く》らしをたてていました。

寝太郎《ねたろう》は、そんなおかあさんの苦労《くろう》も知《し》らず、働《はたら》きもせずに寝《ね》てばかり。たまに起《お》きたかと思《おも》うと、おかあさんのつくったご飯《はん》を食《た》べるか、家《いえ》の近《ちか》くにある崖《がけ》の上《うえ》から川《かわ》にむかっておしっこをするだけの日々《ひび》を送《おく》っていました。

ある年《とし》、村《むら》が日照《ひで》りにあい、田《た》んぼに水《みず》がなくなってしまいました。このままでは稲《いね》はぜんぶ枯《か》れて、米《こめ》がとれず、村《むら》のみんなは飢《う》え死《じ》にです。村《むら》のみんなは、この災難《さいなん》をぜんぶ寝太郎《ねたろう》のせいにしました。

「あいつが寝《ね》てばかりのなまけ者《もの》じゃから、神様《かみさま》がおらたちの村《むら》に罰《ばち》をあてたんじゃ。あいつのせいじゃ、殺《ころ》してしまえ」

村《むら》のみんなは集《あつ》まって相談《そうだん》して、とうとう寝太郎《ねたろう》をおそって殺《ころ》すことに決《き》めてしまったのです。

夜中《よなか》、村《むら》のみんなが寝太郎《ねたろう》の家《いえ》にこっそり近《ちか》づくと、寝《ね》ているはずの寝《ね》太郎《たろう》がむっくりと起《お》きだし、崖《がけ》のほうへむかいはじめました。

「なんだ、いつもの小便《しょうべん》か」

村《むら》の人《ひと》がそう思《おも》って寝太郎《ねたろう》を見《み》ていると、どうもいつもとようすがちがいます。寝太郎《ねたろう》は、崖《がけ》の上《うえ》にある大《おお》きな岩《いわ》を動《うご》かしはじめたのです。

「な、なにをする気《き》じゃ？」

寝太郎《ねたろう》が押《お》した岩《いわ》はゆっくりと動《うご》き、やがて、崖下《がけした》に落《お》ちていきました。村《むら》のみんなが崖下《がけした》をのぞきこむと、崖下《がけした》に流《なが》れる川《かわ》を大岩《おおいわ》がせきとめ、水《みず》が村《むら》のほうに流《なが》れていたのです。

「水《みず》が村《むら》にくるぞ。稲《いね》が生《い》き返《かえ》るぞ」

村人《むらびと》たちは大《おお》よろこび。すぐに村《むら》に戻《もど》りました。そして、寝太郎《ねたろう》がつくった水《みず》の道《みち》にそって用水路《ようすいろ》をつくり、いつでも水《みず》が村《むら》にはいるようにしたのです。それ以来《いらい》、村《むら》は日照《ひで》りがあっても、毎年豊作《まいとしほうさく》になりました。

ところで寝太郎《ねたろう》はというと、また、いつも寝《ね》てばかりのなまけ者《もの》に戻《もど》りました。しかし、村《むら》のみんなはもう悪口《わるぐち》をいいません。

「寝太郎《ねたろう》さんは、ああやって、村《むら》のことをいつも考《かんが》えていてくれるんじゃ。また困《こま》ったことがあったら起《お》きだして、いい知恵《ちえ》をだしてくれるじゃろう」

と、いいあい、寝太郎《ねたろう》とそのおかあさんを、だいじにしてくれたということです。

読んだ日　　年　月　日／　年　月　日／　年　月　日

ポイント　このように、ただのなまけ者《もの》に見《み》えた若者《わかもの》が、とつぜん大仕事《おおしごと》をする話《はなし》は全国《ぜんこく》にあります。

ノルウェー

兄思《あにおも》いの王子様《おうじさま》の大冒険《だいぼうけん》

心臓《しんぞう》のない大男《おおおとこ》

むかし、七人《しちにん》の息子《むすこ》をもつ王様《おうさま》がいました。ある日《ひ》、上《うえ》の六人《ろくにん》の息子《むすこ》が、花《はな》よめ探《さが》しにいきたいといいました。王様《おうさま》は、さびしくてしかたありませんでしたが、息子《むすこ》たちのためにがまんして、旅《たび》にいかせました。

六人《ろくにん》の息子《むすこ》は、全員《ぜんいん》きれいなお姫様《ひめさま》をおよめさんにできました。ところが、帰《かえ》る途中《とちゅう》で、ふしぎな大男《おおおとこ》に出会《であ》い、六人《ろくにん》の息子《むすこ》と六人《ろくにん》のおよめさんは、石《いし》にかえられてしまったのです。

この話《はなし》を聞《き》いた末《すえ》っ子《こ》の息子《むすこ》は、王《おう》様《さま》にいいました。

「父上《ちちうえ》、にいさんたちを助《たす》けにいきます」

「ならん。おまえまでうしなうわけにはいかんのだ。いかん、いかんぞ」

王様《おうさま》は末《すえ》っ子《こ》をとめましたが、どうしてもいくといいはります。王様《おうさま》は根《こん》負《ま》けして、旅《たび》だちをゆるしました。

こうして末《すえ》っ子《こ》は、兄《あに》たちを助《たす》けるために、ウマに乗《の》って旅《たび》だちました。旅《たび》の途中《とちゅう》、困《こま》っている大《おお》ガラスとサケに出合《であ》ったので、それぞれ助《たす》けてやりました。末《すえ》っ子《こ》がどんどん先《さき》に進《すす》むと、今度《こんど》はオオカミに出合《であ》いました。

「末《すえ》っ子《こ》の王子《おうじ》よ。わたしは二年間《にねんかん》なにも食《た》べていないので腹《はら》が減《へ》っている。王子《おうじ》のウマを食《た》べさせてほしい」

「二年《にねん》も食《た》べていないだと。そなたはただのオオカミではないな。わかった。ぼくのウマを食《た》べるがいい」

オオカミはウマを食《た》べおわると、いいました。

「末《すえ》っ子《こ》の王子《おうじ》よ。礼《れい》をいう。わたしをウマのかわりにするがいい。そなたの兄《あに》たちは、大男《おおおとこ》の城《しろ》にいるのだ。わたしがそこへ連《つ》れていってやろう」

末《すえ》っ子《こ》がオオカミにまたがると、オオカミはすばらしいはやさで走《はし》り、あっというまに大男《おおおとこ》の城《しろ》につきました。

「末《すえ》っ子《こ》の王子《おうじ》よ。城《しろ》の中《なか》にはうつくしい姫君《ひめぎみ》がいる。彼女《かのじょ》の助言《じょげん》にしたがうのだ」

末《すえ》っ子《こ》が城《しろ》の中《なか》にはいると、オオカミのいうとおり、お姫様《ひめさま》がいました。

「お姫様《ひめさま》。ぼくはこの城《しろ》の大男《おおおとこ》を退治《たいじ》して、兄《あに》を救《すく》いたいのです。どうか力《ちから》をかしてください」

「大男《おおおとこ》は、体《からだ》の中《なか》に心臓《しんぞう》がないために不死身《ふじみ》です。心臓《しんぞう》をどこか遠《とお》い場所《ばしょ》にかくしていますが、それを見《み》つけて心《しん》臓《ぞう》をつぶせば、大男《おおおとこ》は死《し》ぬでしょう」

末《すえ》っ子《こ》はお姫様《ひめさま》の話《はなし》を聞《き》くと、オオカミに相談《そうだん》しました。

「では、あなたが以前《いぜん》助《たす》けた大《おお》ガラスとサケに心臓《しんぞう》を探《さが》させるのだ」

大《おお》ガラスとサケは、空《そら》と海《うみ》から大《おお》男《おとこ》の心臓《しんぞう》を探《さが》し、とうとう見《み》つけだしました。末《すえ》っ子《こ》は大男《おおおとこ》の心臓《しんぞう》をぎゅっとしぼって、つぶしました。すると、六人《ろくにん》の兄《あに》と六人《ろくにん》のおよめさんは、石《いし》からもとの人間《にんげん》に戻《もど》りました。

末《すえ》っ子《こ》は、大男《おおおとこ》の城《しろ》にいたうつくしいお姫様《ひめさま》と結婚《けっこん》し、みんなでなかよく暮《く》らしたということです。

読んだ日　年　月　日／　年　月　日／　年　月　日

ポイント　動物《どうぶつ》の力《ちから》をかりて目的《もくてき》を果《は》たすお話《はなし》は、世界中《せかいじゅう》にあります。

なまけ者《もの》のコアラが受《う》けた罰《ばつ》

コアラのしっぽが短《みじか》いわけ

オーストラリア

みなさん、コアラのしっぽはむかしは長《なが》かったということを知《し》っていますか。いまのコアラは、しっぽがとても短《みじか》いですね。これには、こんなわけがあるのです。

むかしむかし、オーストラリアが旱《かん》魃《ばつ》に見舞《みま》われたことがありました。川《かわ》や池《いけ》の水《みず》は干《ひ》あがり、木《き》や草《くさ》は枯《か》れ、動物《どうぶつ》たちはたおれていきました。

のどのかわきにくるしみながら、カンガルーがコアラにいいました。

「まえに、ぼくのママがいったことがあるんだ。水《みず》がなくなって困《こま》ったら、川《かわ》へいきなさいって」

「川《かわ》にだって水《みず》がないじゃないか」

「うん。だから、そういうときは、水《みず》がなくなった川《かわ》の底《そこ》を掘《ほ》るんだって。そうすると、水《みず》がなくなったように見《み》えても、水《みず》がわきだすことがあるんだってさ」

「へえ、それはいいことを聞《き》いたよ。さっそく、川《かわ》へいこうじゃないか」

カンガルーとコアラは、こうして川《かわ》へと旅《たび》だちました。二匹《にひき》は、のどのかわきにたえながら、川《かわ》にたどりつきました。

「カンガルーくん、やっぱり水《みず》はないね」

「そうだね。じゃあ、ぼくのママから聞《き》いたことをためしてみようよ」

「わかった。でも、ぼくは川《かわ》の底《そこ》の掘《ほ》りかたがわかんないや。カンガルーくん、先《さき》にちょっとためしてみてよ」

コアラがそういうので、カンガルーは、じゃあ自分《じぶん》からためすことにしよう、と思《おも》って、川《かわ》の底《そこ》を掘《ほ》りはじめました。ところが、何時間《なんじかん》掘《ほ》りつづけても、川《かわ》の底《そこ》から水《みず》はでてきません。

「ふう、ふう。ああつかれた。コアラくん、そろそろ交代《こうたい》してくれないかな」

「え〜と、かわってあげたいけど、いまはちょっと調子《ちょうし》がわるいんだ」

コアラは働《はたら》くのがいやなので、こういって、ことわりました。

「そうか、それならしかたない」

カンガルーはひと休《やす》みすると、また川《かわ》の底《そこ》を掘《ほ》りはじめました。カンガルーはがまん強《づよ》く、川《かわ》の底《そこ》を掘《ほ》りつづけ、とうとう水《みず》を見《み》つけたのです。

「やった、水《みず》がでたぞ！」

カンガルーがよろこぶと、なまけていたコアラはおどろきました。

「え、ほんとにでたの？　どれどれ、あ、ほんとだ、水《みず》だ。じゃあ飲《の》もう」

コアラはカンガルーにお礼《れい》もいわず、真《ま》っ先《さき》に水《みず》を飲《の》みはじめました。カンガルーの掘《ほ》った穴《あな》に頭《あたま》をつっこみ、水《みず》をがぶのみしているのです。これを見《み》たカンガルーは、おこりました。

「なんだい。調子《ちょうし》がわるいっていったわりには元気《げんき》じゃないか。うそつき」

カンガルーは、穴《あな》からはみだしているコアラの長《なが》いしっぽを、ぶちんとちぎりとってしまいました。それ以来《いらい》、コアラのしっぽは短《みじか》くなったのです。

読んだ日　年　月　日／　年　月　日／　年　月　日

ポイント　コアラもカンガルーも、オーストラリア特有《とくゆう》の動物《どうぶつ》として知《し》られています。

少年《しょうねん》レミは旅芸人《たびげいにん》のおじさんと旅《たび》にでます

家《いえ》なき子《こ》

エクトール・マロ

フランスのシャバノン村《むら》に、レミという八歳《はっさい》の男《おとこ》の子《こ》が住《す》んでいました。レミはおかあさんが大好《だいす》きです。おとうさんは、ずっとパリで仕事《しごと》をしています。

ある夜《よる》、おとうさんがケガをして、パリから帰《かえ》ってきました。レミは、はじめておとうさんに会《あ》うので、うれしくてドキドキしていました。

でも、帰《かえ》ってきたおとうさんは不《ふ》機嫌《きげん》そうで、レミをにらみ、「さっさと寝《ね》ろ！」と、どなりました。レミは、いそいでベッドに横《よこ》になりました。眠《ねむ》ったふりをしていると、おとうさんとおかあさんの話《はな》し声《ごえ》が聞《き》こえました。

「ひろった子《こ》どもなんか、どこかへやってしまえ！」

「そんな、レミがかわいそうです」

おかあさんがかばってくれましたが、レミはかなしくてたまりません。

「ぼくは、すて子《ご》だったんだ」

つぎの日《ひ》、旅芸人《たびげいにん》のビタリスさんが、レミを迎《むか》えにきました。おとうさんにたのまれたそうです。おかあさんが留《る》守《す》の間《あいだ》に、レミは家《いえ》から連《つ》れだされました。

ビタリスさんはおじいさんで、やさしい人《ひと》でした。サルのジョリクール、白《しろ》いイヌのカピ、黒《くろ》いイヌのゼルビーノ、灰色《はいいろ》のイヌのドルチェが旅《たび》の仲間《なかま》です。レミはビタリスさんに字《じ》や楽器《がっき》を教《おし》えてもらいながら、旅《たび》をつづけました。やがて、楽器《がっき》もお芝居《しばい》もじょうずになりました。

ところがある日《ひ》、ビタリスさんは警《けい》官《かん》ともめて、牢屋《ろうや》にいれられました。レミは一人《ひとり》で楽器《がっき》をひいて、歌《うた》を歌《うた》いました。サルのジョリクールが歌《うた》にあわせて踊《おど》ります。カピたちもワンワンと歌《うた》います。ガロンヌ川《がわ》の近《ちか》くにきたときです。「たのしい歌《うた》ね」と声《こえ》をかけられました。川《かわ》に白《しろ》い船《ふね》がうかんでいます。甲板《かんぱん》にきれいな女《おんな》の人《ひと》がいて、小《ちい》さな男《おとこ》の子《こ》がベッドで寝《ね》ています。

「病気《びょうき》の息子《むすこ》のために、船《ふね》で歌《うた》ってくれませんか」

女《おんな》の人《ひと》はミリガン夫人《ふじん》、男《おとこ》の子《こ》はアーサーという名前《なまえ》です。レミたちは白鳥号《はくちょうごう》という船《ふね》の中《なか》に案内《あんない》されました。レミがミリガン夫人《ふじん》に、いままでのことを話《はな》すと、夫人《ふじん》はこういいました。

「ビタリスさんが戻《もど》るまで白鳥号《はくちょうごう》で旅《たび》をしましょう。アーサーがよろこぶわ」

レミたちは船《ふね》に乗《の》せてもらいました。楽器《がっき》や歌《うた》や踊《おど》りでアーサーをたのしませ、いっしょに勉強《べんきょう》もしました。

ミリガン夫人《ふじん》には、アーサーのほかに、レミとおなじ年《とし》くらいの男《おとこ》の子《こ》がいたそうです。しかし、夫《おっと》のミリガンさんと夫人《ふじん》が熱病《ねつびょう》にかかって寝《ね》こんで

読んだ日　　年　月　日／　　年　月　日／　　年　月　日

ポイント　つらいことやくるしいことがあっても、くじけずにがんばったレミは、しあわせを見《み》つけます。

いる間《あいだ》に、悪者《わるもの》にさらわれてしまったのです。ミリガンさんは亡《な》くなり、夫人《ふじん》は弟《おとうと》のジェームズにたのんで、男《おとこ》の子《こ》を探《さが》しましたが、見《み》つかりませんでした。

「あなたを見《み》ていると、いなくなった息子《むすこ》を思《おも》いだすの」と、ミリガン夫人《ふじん》はさびしそうにいいました。

　二《に》か月《げつ》がたち、ビタリスさんが牢屋《ろうや》をでる日《ひ》がきました。レミはミリガン夫人《ふじん》とアーサーに別《わか》れをいって、ビタリスさんを迎《むか》えにいきました。

「レミ、待《ま》たせてわるかったね。さあ、これから、パリへいこう」

　レミは、ビタリスさんとパリへむかいました。途中《とちゅう》で吹雪《ふぶき》になり、山小屋《やまごや》に避難《ひなん》しました。ところが、オオカミにおそわれ、イヌのゼルビーノとドルチェが殺《ころ》されてしまいました。寒《さむ》さでこごえ、サルのジョリクールも病気《びょうき》で死《し》んでしまいました。ビタリスさんは牢屋《ろうや》の生活《せいかつ》で、体《からだ》が弱《よわ》っていました。レミとイヌのカピだけでは、お芝居《しばい》も芸《げい》もできません。お腹《なか》がすいてフラフラになり、ビタリスさんはたおれて、そのまま死《し》んでしまいました。

　一人《ひとり》ぼっちになったレミを助《たす》けてくれたのは、植木屋《うえきや》のアキャンさんでした。アキャンさんはとても親切《しんせつ》で、レミはしあわせに暮《く》らしました。二年《にねん》がたち、冬《ふゆ》にたくさんヒョウがふりました。植木《うえき》が全滅《ぜんめつ》して、アキャンさんは破産《はさん》してしまいました。レミはまた、カピと旅《たび》にでました。

　レミとカピは、バイオリンのじょうずなマチアと友《とも》だちになり、いっしょに旅《たび》をつづけました。レミとマチアとカピの一座《いちざ》は評判《ひょうばん》もよくて、お金《かね》も少《すこ》したまりました。

「育《そだ》ててくれたおかあさんに会《あ》いたい」

　レミはシャバノン村《むら》を目《め》ざします。家《いえ》をでてから、五年《ごねん》がたっていました。

「レミ、ほんとうにレミなのね」

　おかあさんとレミは、しっかり抱《だ》きあいました。おかあさんがいいました。

「レミのほんとうの両親《りょうしん》が見《み》つかったのよ。イギリスのロンドンにいるの。会《あ》いにいく？」

　レミは、ほんとうのおかあさんのことが知《し》りたくて、マチアとカピと、ロンドンにいきました。ところが、そこにいたのは、レミをさらった泥棒《どろぼう》でした。さらにレミは、泥棒《どろぼう》から衝撃的《しょうげきてき》なことを聞《き》かされました。泥棒《どろぼう》をやとったのは、レミのほんとうのおとうさんの弟《おとうと》で、ジェームズという名前《なまえ》だというのです。白鳥号《はくちょうごう》にいたミリガンさんの弟《おとうと》とおなじ名前《なまえ》です。

「ミリガン夫人《ふじん》は、ぼくのおかあさんだったんだ」

　ジェームズは、ミリガン家《け》の財産《ざいさん》の相続権《そうぞくけん》をめぐり、ミリガン家《け》の長男《ちょうなん》であったレミをさらい、すてさせたのです。

「夫人《ふじん》やアーサーに知《し》らせなきゃ！」

　ジェームズの企《たくら》みを知《し》ったレミとマチアは、泥棒《どろぼう》のもとを逃《に》げだしました。パリへ戻《もど》って、ミリガン夫人《ふじん》にこのことを話《はな》し、ジェームズは、警察《けいさつ》につかまりました。レミは、ほんとうのおかあさんと弟《おとうと》を見《み》つけたのです。

「レミ、もうどこへもいかないでね」

　ミリガン夫人《ふじん》はいいました。そして、育《そだ》ててくれたおかあさんと、マチアとカピも、いっしょに暮《く》らすことになりました。その後《ご》、レミはりっぱな青年《せいねん》になり、旅《たび》でお世話《せわ》になった人《ひと》にお礼《れい》をしました。そして、貧《まず》しい旅芸人《たびげいにん》のための憩《いこ》いの宿《やど》をつくったそうです。

おうちのかたへ

作者《さくしゃ》はフランスのセーヌ川《がわ》のほとりに生《う》まれました。毎日《まいにち》、川《かわ》をゆく船《ふね》をながめながら、船旅《ふなたび》を夢見《ゆめみ》ていたのかもしれません。

知《し》ると楽《たの》しい
お話《はなし》コラム

昔話《むかしばなし》に登場《とうじょう》する想像上《そうぞうじょう》の生《い》き物《もの》

人間《にんげん》以外《いがい》の動物《どうぶつ》や植物《しょくぶつ》、無機物《むきぶつ》などが言葉《ことば》を話《はな》すことは、昔話《むかしばなし》の世界《せかい》ではふしぎなことではありません。この世《よ》に存在《そんざい》しない生《い》き物《もの》もたくさん登場《とうじょう》します。その多《おお》くはふしぎな力《ちから》をもっていて、人間《にんげん》に幸《こう》や不幸《ふこう》をもたらします。人間《にんげん》の願望《がんぼう》やおそれが、極端《きょくたん》に人格化《じんかくか》された存在《そんざい》といえるでしょう。

オニ

昔話《むかしばなし》に登場《とうじょう》する強《つよ》い者《もの》、悪者《わるもの》の代名詞的存在《だいめいしてきそんざい》

日本《にほん》では、「頭《あたま》にウシのような角《つの》、巨体《きょたい》にトラの毛皮《けがわ》のふんどし」というイメージが定着《ていちゃく》している鬼《おに》(オニ)。鬼《おに》がこうした姿《すがた》をしているのは、中国《ちゅうごく》から伝《つた》わったとされる「陰陽道《おんみょうどう》」で、北東《ほくとう》にあたる「鬼門《きもん》」が丑寅《うしとら》の方角《ほうがく》を指《さ》している（110ページ参照《さんしょう》）ところからきているともいわれています。昔話《むかしばなし》に登場《とうじょう》する酒呑童子《しゅてんどうじ》や茨木童子《いばらきどうじ》は、固有《こゆう》の名前《なまえ》までもっている最強格《さいきょうかく》の鬼《おに》です。

やまんば・魔女《まじょ》

ふしぎな力《ちから》をもつ女性《じょせい》

やまんばは「山姥《やまんば》」と書《か》き、山《やま》の中《なか》に棲《す》む化《ば》け物《もの》です。人間《にんげん》をさらって食《た》べる、おそろしい女性《じょせい》として描《えが》かれます。ふしぎな魔法《まほう》を使《つか》う魔女《まじょ》は、主《おも》に西洋《せいよう》の物語《ものがたり》に登場《とうじょう》します。

カッパ・天狗《てんぐ》

日本《にほん》を代表《だいひょう》する妖怪《ようかい》

カッパは頭《あたま》にのせた皿《さら》にはいった水《みず》がかわくと弱《よわ》くなる、いたずらや相撲《すもう》が大好《だいす》きな妖怪《ようかい》です。天狗《てんぐ》は山《やま》に棲《す》む長《なが》い鼻《はな》が特徴《とくちょう》の魔物《まもの》で、羽《は》うちわをもって妖術《ようじゅつ》を使《つか》います。

あくま

西洋民話《せいようみんわ》で暗躍《あんやく》する悪者《わるもの》

おもに西洋《せいよう》の物語《ものがたり》に登場《とうじょう》します。自分《じぶん》でわるさもしますが、人間《にんげん》に悪事《あくじ》をすすめる知能犯的《ちのうはんてき》な行動《こうどう》もします。人間《にんげん》に役《やく》だつときは、かわりに、たましいなどをうばいます。

死神《しにがみ》

人間《にんげん》の魂《たましい》を刈《か》りとる神《かみ》

人間《にんげん》の生死《せいし》を司《つかさど》る神様《かみさま》です。西洋《せいよう》では、人間《にんげん》の白骨《はっこつ》の姿《すがた》で描《えが》かれることが多《おお》く、大《おお》きな鎌《かま》でたましいを刈《か》りとります。日本《にほん》ではおもに、地獄《じごく》の使者《ししゃ》として登場《とうじょう》します。

えんま様《さま》

地獄《じごく》の王《おう》？　裁判官《さいばんかん》？

概念《がいねん》の発祥《はっしょう》はインドとされている「地獄《じごく》の王《おう》」です。中国《ちゅうごく》や日本《にほん》では、人間《にんげん》の生前《せいぜん》の悪事《あくじ》を裁《さば》き、極楽《ごくらく》いきか地獄《じごく》いきかを判定《はんてい》する、裁判官《さいばんかん》としての役目《やくめ》をつとめます。

9月《がつ》のお話《はなし》

越前《えちぜん》、お地蔵様《じぞうさま》をつかまえる！

しばられ地蔵《じぞう》

9月1日のお話

むかし、江戸《えど》の町《まち》で呉服屋《ごふくや》の手代《てだい》が反物《たんもの》を運《はこ》んでいました。ところが反物《たんもの》がたくさんあるので、運《はこ》ぶにも一苦労《ひとくろう》です。手代《てだい》は、道《みち》ばたのお地蔵《じぞう》さんの近《ちか》くで、ひと休《やす》みすることにしました。

「ああ、つかれた。お地蔵様《じぞうさま》、ちょっと、そばで休《やす》ませてくださいね」

手代《てだい》はお地蔵《じぞう》さんに話《はな》しかけたあと、急《きゅう》につかれがでたのか、眠《ねむ》ってしまいました。しばらくして起《お》きたところ、たくさんあった反物《たんもの》が一《ひと》つもありません。

「たいへんだ。たいせつな商売物《しょうばいもの》の反《たん》物《もの》を盗《ぬす》まれた。ああ、どうしよう」

手代《てだい》は店《みせ》に帰《かえ》って、主人《しゅじん》にわけを話《はな》しました。すると、主人《しゅじん》はものすごくおこっていいました。

「反物《たんもの》を弁償《べんしょう》するまで帰《かえ》ってくるな」

手代《てだい》は店《みせ》をクビになり、困《こま》った挙句《あげく》に奉行所《ぶぎょうしょ》に相談《そうだん》しました。手代《てだい》の話《はなし》を聞《き》いたのは、名奉行《めいぶぎょう》として名高《なだか》い大岡《おおおか》越前守《えちぜんのかみ》です。越前守《えちぜんのかみ》はおこり、たいへんないきおいで、部下《ぶか》である配下《はいか》の者《もの》たちにいいました。

「地蔵《じぞう》に縄《なわ》をかけて、とらえてまいれ」

配下《はいか》の者《もの》たちは、どうして越前守《えちぜんのかみ》がおこっているのかわかりません。ともかく、お地蔵《じぞう》さんに縄《なわ》をかけて、お白《しら》州《す》の場《ば》まで運《はこ》びました。

越前守《えちぜんのかみ》が、とんちんかんなことをはじめたと知《し》った江戸《えど》の町民《ちょうみん》はおどろき、お白州《しらす》の場《ば》を見物《けんぶつ》にいきました。

さて、お白州《しらす》では、縄《なわ》をかけられた地蔵《じぞう》さんをまえに、越前守《えちぜんのかみ》がたいへんまじめな顔《かお》で話《はな》しかけていました。

「そのほう、日《ひ》ごろより南無地蔵菩薩《なむじぞうぼさつ》と庶民《しょみん》に親《した》しまれながら、目《め》のまえで盗《ぬす》みをする者《もの》を見《み》て見《み》ぬふりとは、不《ふ》とどき千万《せんばん》。入牢《じゅろう》を申《もう》しつける！」

このようすをずっと見《み》ていた町人《ちょうにん》たちは、大《おお》さわぎしました。

「大岡様《おおおかさま》がついにおかしくなった」

「お地蔵様《じぞうさま》が、なにかいうわけないのに」

野次馬《やじうま》たちの声《こえ》が聞《き》こえたのか、越《えち》前守《ぜんのかみ》はいいました。

「勝手《かって》にのぞくとは、お白州《しらす》の場《ば》をなんと心得《こころえ》る。罰《ばつ》としてのぞいていた者《もの》全員《ぜんいん》から、一人《ひとり》につき反物《たんもの》を一反《いったん》ずつ召《め》しあげることにする」

こうして奉行所《ぶぎょうしょ》には、反物《たんもの》の山《やま》ができました。越前守《えちぜんのかみ》は手代《てだい》を呼《よ》び、反物《たんもの》を一《ひと》つずつ調《しら》べさせました。すると、中《なか》から盗品《とうひん》が見《み》つかったのです。

「やはり、ことの顛末《てんまつ》が気《き》になって盗《ぬす》人《っと》がきていたようだな。盗品《とうひん》の反物《たんもの》がどこで売《う》られていたのか調《しら》べあげよ」

越前守《えちぜんのかみ》の号令《ごうれい》で、配下《はいか》の者《もの》たちが証《しょう》拠品《こひん》を探《さが》してまわり、みごと、盗人《ぬすっと》をつかまえることができました。

越前守《えちぜんのかみ》は、召《め》しあげた反物《たんもの》はぜんぶ町民《ちょうみん》たちに返《かえ》し、お地蔵《じぞう》さんもていねいにもとの場所《ばしょ》に送《おく》りとどけました。

「やっぱり、大岡様《おおおかさま》だ。やることなすこと、ぜんぶすじが通《とお》ってるぜ！」

江戸《えど》の町民《ちょうみん》たちは、越前守《えちぜんのかみ》のことをほめたたえたということです。

読んだ日　年　月　日／　年　月　日／　年　月　日

ポイント 東京都葛飾区《とうきょうとかつしかく》にある「業平山南蔵院《なりひらさんなんぞういん》」には、しばられ地蔵《じぞう》がまつられています。

9月2日のお話

わがままなお姫様《ひめさま》は結婚《けっこん》できない!?

ツグミのひげの王様《おうさま》

グリム

むかしむかし、ある国《くに》に、とてもわがままなお姫様《ひめさま》がいました。

　娘《むすめ》のわがままを心配《しんぱい》した王様《おうさま》は、「結婚《けっこん》すればなおるかもしれない」と思《おも》い、お姫様《ひめさま》を隣《となり》の国《くに》の若《わか》い王様《おうさま》に会《あ》わせました。しかし、お姫様《ひめさま》は、結婚《けっこん》をことわってしまいました。

「姫《ひめ》よ、どうしてことわったのだ。あの王様《おうさま》は、やさしくて頭《あたま》もいいのに」

「だって、ヘンな顔《かお》で、まるでツグミがひげを生《は》やしているみたいだもん！」

「人《ひと》の顔《かお》を笑《わら》うとは……なさけない娘《むすめ》だ！　おまえは今度《こんど》城《しろ》にくる者《もの》と結婚《けっこん》して、城《しろ》をでていきなさい！」

　おこった王様《おうさま》は、つぎの日《ひ》に城《しろ》のまえを通《とお》った貧乏者《びんぼうもの》とお姫様《ひめさま》を結婚《けっこん》させて、お城《しろ》を追《お》いだしてしまったのです。

　お姫様《ひめさま》はしかたなく、泣《な》きながら貧《びん》乏者《ぼうもの》のあとを歩《ある》いていきましたが、貧《びん》乏者《ぼうもの》はお金《かね》をもっていないので、お姫《ひめ》様《さま》も働《はたら》かなくてはなりません。

　そこで、ツグミのひげの王様《おうさま》のお城《しろ》にいって、そこで働《はたら》くことにしたのです。でも、いままで働《はたら》いたことのないお姫様《ひめさま》は、なにをやっても失敗《しっぱい》ばかり。


「なにをぐずぐずしているんだい！」

「おまえ、イモの皮《かわ》もむけないのか！」

と、ののしられる毎日《まいにち》です。

　そんなある日《ひ》のこと、お城《しろ》でパーティーが開《ひら》かれました。すると、お姫《ひめ》様《さま》が働《はたら》いている台所《だいどころ》へ、ツグミのひげの王様《おうさま》があらわれて、イモの皮《かわ》をむいていたお姫様《ひめさま》にいったのです。

「わたしと踊《おど》ってもらえませんか？」

　ツグミのひげの王様《おうさま》がお姫様《ひめさま》の手《て》をひっぱると、お姫様《ひめさま》の服《ふく》の下《した》から、なにかがころがり落《お》ちました。

「なんだい、あのイモは？　みんなが食《た》べのこした物《もの》をとっているのか？」

と、まわりの人《ひと》たちは、大笑《おおわら》いです。

（これはわたしたち夫婦《ふうふ》でわけあって食《た》べる、だいじなおイモなのに……）

　お姫《ひめ》さまはころがり落《お》ちたイモをたいせつにかかえると、夫《おっと》が待《ま》っている部屋《へや》に帰《かえ》ろうとしました。するとツグミのひげの王様《おうさま》は、お姫様《ひめさま》を抱《だ》きとめて、こういいました。

「おじょうさん、下《した》をむいてないで、わたしの顔《かお》を見《み》てくれないか？　あなたは、わたしの顔《かお》を忘《わす》れたのかい？」

「……あっ、あなたは！」


「あなたの夫《おっと》の貧乏者《びんぼうもの》ですよ。じつは、あなたの父上《ちちうえ》にたのまれて、あなたのわがままをなおすために、貧乏者《びんぼうもの》になっていたのです。でも、わがままはなおったようだ。そのイモは、あとで二人《ふたり》でなかよくいただきましょう」

　お姫様《ひめさま》はおどろきました。ツグミのひげの王様《おうさま》はかさねてこういいます。

「では、もう一度《いちど》プロポーズします。こんな顔《かお》のわたしですが、結婚《けっこん》してくれますか？」

　お姫様《ひめさま》は、涙《なみだ》をうかべてうなずき、王様《おうさま》のほっぺにキスをしました。

　それからお姫様《ひめさま》とツグミのひげの王《おう》様《さま》は結婚《けっこん》しなおして、いつまでもしあわせに暮《く》らしたということです。

読んだ日　年　月　日／　年　月　日／　年　月　日

ポイント 顔《かお》や見《み》た目《め》で人《ひと》を判断《はんだん》してはいけません。お姫様《ひめさま》がツグミのひげの王様《おうさま》を好《す》きになった理由《りゆう》はなんでしょうか?

ウサギとキツネのだましあい

タール坊《ぼう》や

ジョーエル・チャンドラー・ハリス

むかし、いつもウサギに逃《に》げられているキツネが、真《ま》っ黒《くろ》でネバネバしたタールを見《み》つけました。

「おや、こんなところにタールがあるぞ。そうだ、いいことを思《おも》いついた。今度《こんど》こそ、ウサギをつかまえて食《た》べちまうことができるぞ」

キツネはタールに松《まつ》ヤニを混《ま》ぜて、人形《にんぎょう》をつくり、タール坊《ぼう》やと名《な》づけました。そして、タール坊《ぼう》やを大通《おおどお》りに置《お》いて、藪《やぶ》の中《なか》にかくれました。すると、すぐにウサギがあらわれたのです。ウサギはタール坊《ぼう》やに話《はな》しかけました。

「おはよう。いい天気《てんき》だね」

タール坊《ぼう》やは返事《へんじ》をしません。

「どうして返事《へんじ》をしないんだ?」

ウサギは何度《なんど》も話《はな》しかけましたが、タール坊《ぼう》やは返事《へんじ》をしませんでした。最初《さいしょ》のうちは、きげんよく話《はな》しかけていたウサギでしたが、タール坊《ぼう》やが、ぜんぜん返事《へんじ》をしないので、そのうちにおこりはじめました。

「ぼくがあいさつをしているのに、返《へん》事《じ》をしないなんて、無礼《ぶれい》なやつだな。ちょっと、こらしめてやる」

そういうと、ウサギはタール坊《ぼう》やをぶちました。すると、ウサギのげんこつは、タール坊《ぼう》やにひっついて、とれなくなってしまったのです。

「はなせよ。こら、はなせ!」

ウサギはタール坊《ぼう》やをひきはなそうとして、もがきました。ところが、タール坊《ぼう》やは、ますますウサギにひっついて、はなれません。これを見《み》ていたキツネは、腹《はら》をかかえて笑《わら》いました。

「ウヒャヒャヒャヒャ。ウサギさん、とうとうおまえをつかまえたぞ。さあ、バーベキューにして食《く》ってやろう」

ウサギはキツネがあらわれたのを見《み》て、自分《じぶん》がだまされたことに気《き》づきました。

「キツネさん、ぼくの負《ま》けだ。食《た》べていいよ。でも、食べるまえにいじめないで。イバラの中《なか》に投《な》げこんじゃいやだよ」

「どうやって、殺《ころ》そうか。首《くび》つりにするか。いや、水《みず》におぼれさせようか。それとも、皮《かわ》をはいでやろうかな」

キツネは、いつも逃《に》げられているウサギがにくたらしくてしかたありません。食《た》べるまえにどうやっていじめてやろうか、あれこれ考《かんが》えました。

「キツネさん、首《くび》つりでも、水《みず》にしずめても、皮《かわ》をはいでもいいよ。でも、イバラにだけは、投《な》げこまないでよ」

「そうか、そんなにイバラはきらいか。じゃあ、イバラに投《な》げこんでやろう」

キツネはうれしそうに笑《わら》うと、ウサギをイバラに投《な》げこみました。すると、ウサギは、イバラのとげで、タールをこそげ落《お》としてしまいました。

「ばあか。ぼくはイバラの中《なか》で生《う》まれたんだぞ。ぼくとイバラは親友《しんゆう》なんだ。じゃあね、キツネさん」

ウサギはキツネにそういうと、元気《げんき》に逃《に》げていきました。

読んだ日　年　月　日／　年　月　日／　年　月　日

ポイント アフリカ系《けい》アメリカ人《じん》たちに伝《つた》わる民話《みんわ》を集《あつ》めた『リーマスじいや』の中《なか》の一編《いっぺん》です。

9月4日のお話

見《み》えるようで見《み》えないふしぎな神様《かみさま》

ざしきわらし

むかしから東北地方《とうほくちほう》には、ざしきわらしという子《こ》どもの姿《すがた》をした神様《かみさま》がいるといわれていました。今日《きょう》はざしきわらしのお話《はなし》をしましょう。

ある日《ひ》、十人《じゅうにん》の子《こ》どもたちが、長者《ちょうじゃ》の家《いえ》のまえで遊《あそ》んでいました。子《こ》どもが好《す》きな長者《ちょうじゃ》は、子《こ》どもたちにいいました。

「どれ、みんなに菓子《かし》をやろう。一人《ひとり》一個《いっこ》ずつだぞ。さて、何人《なんにん》いるかな」

子《こ》どもたちは口《くち》ぐちにいいました。

「十人《じゅうにん》だ。おらたち、ぜんぶで十人《じゅうにん》だべ」

そこで長者《ちょうじゃ》が菓子《かし》を十個《じゅっこ》用意《ようい》して、子《こ》どもたちにくばると、菓子《かし》が一《ひと》つ足《た》りません。

「はははは。お前《まえ》たち、数《かず》をまちがえたな。十一人《じゅういちにん》いるでねえか」

「そんなはずねえべ。おらたち、たしかに十人《じゅうにん》で遊《あそ》んでいただよ、長者様《ちょうじゃさま》」

みんなでかぞえなおしてみると、やっぱり十一人《じゅういちにん》います。みんな顔見知《かおみし》りで、知《し》らない子《こ》は一人《ひとり》もいません。

子《こ》どもたちはふしぎがりましたが、菓《か》子《し》を食《た》べおわるとまた、外《そと》へ遊《あそ》びにいきました。長者《ちょうじゃ》は子《こ》どもたちを見送《みおく》ったあと、用事《ようじ》を思《おも》いだして家《いえ》の外《そと》にでました。子《こ》どもたちはまだ遊《あそ》んでいます。

「みんな、そろそろ暗《くら》くなってきたから帰《かえ》りなさい。十一人《じゅういちにん》、そろってるな」

「うん、長者《ちょうじゃ》さん、だれも帰《かえ》ってないから、みんないるよ」

それを聞《き》いた長者《ちょうじゃ》はふと思《おも》いたち、子《こ》どもの数《かず》をかぞえました。すると、十人《じゅうにん》しかいないのです。**知《し》らないうちに数《かず》が増《ふ》え、知《し》らないうちに数《かず》が減《へ》る。**これが、ざしきわらしです。

こんな話《はなし》もあります。若者《わかもの》が村《むら》の道《みち》を歩《ある》いていると、知《し》らない女《おんな》の子《こ》が歩《ある》いてきました。

「これ、娘《むすめ》っ子《こ》。おまえさん、ここらで見《み》かけない顔《かお》だが、どっからきた」

「与平《よへい》のところにいたけど、あそこはもうダメだから、権左エ門《ごんざえもん》のとこにいく」

「与平《よへい》って、長者様《ちょうじゃさま》のとこでねえだか。権左エ門《ごんざえもん》っていえば、正直《しょうじき》で働《はたら》き者《もの》だが貧乏《びんぼう》だぞ。わるいことはいわね。長者様《ちょうじゃさま》のとこへ帰《かえ》れ」

「うんにゃ。権左エ門《ごんざえもん》のとこがええ」

そういって、女《おんな》の子《こ》は権左エ門《ごんざえもん》の家《いえ》にむかって歩《ある》いていきました。若者《わかもの》は首《くび》をひねりながら、つぶやきました。

「そういえば、長者様《ちょうじゃさま》のところに、女《おんな》の子《こ》なんていたっけか？」

しばらくすると、長者《ちょうじゃ》の与平《よへい》の家《いえ》はさびれ、権左エ門《ごんざえもん》がいきなり豊《ゆた》かになったとのことです。

そうです。ざしきわらしがいる家《いえ》はさかえ、いなくなると家《いえ》はさびれるのです。だから東北《とうほく》では、ざしきわらしが家《いえ》にいることを知《し》ると、とてもだいじにします。いまもむかしも、ざしきわらしは東北地方《とうほくちほう》で愛《あい》されている神様《かみさま》なのです。

読んだ日　年　月　日／　年　月　日／　年　月　日

ポイント　ざしきわらしの年齢《ねんれい》は3～15歳《さい》、男《おとこ》の子《こ》も女《おんな》の子《こ》もいるそうです。

めぐまれない人《ひと》たちを愛《あい》した「聖女《せいじょ》」

マザー・テレサ

マザー・テレサは三十数年《さんじゅうすうねん》にわたって、インドの貧《まず》しい人《ひと》びとのためにつくしてきました。その活動《かつどう》に対《たい》して、一九七九年《せんきゅうひゃくななじゅうきゅうねん》にノーベル平和賞《へいわしょう》が贈《おく》られたのです。

「テレサ」というのはシスターとしての名前《なまえ》で、シスターになるまえはアグネス・ゴンジャといいました。アグネスは、いまのマケドニアで生《う》まれました。両親《りょうしん》はカトリックというキリスト教《きょう》の熱心《ねっしん》な信者《しんじゃ》で、アグネスの夢《ゆめ》は、その教《おし》えを広《ひろ》める宣教者《せんきょうしゃ》になることでした。十七歳《じゅうななさい》のとき、アグネスは家族《かぞく》にいいました。

「シスターになって、インドにいきたいのです」

インドには住《す》む家《いえ》も着《き》るものも、食《た》べるものもない貧《まず》しい人《ひと》びとが、道《みち》ばたで暮《く》らしていました。病気《びょうき》になっても薬《くすり》も買《か》えません。そのことを知《し》ったアグネスは、インドにいって貧《まず》しい人《ひと》のお世話《せわ》をしたいと思《おも》ったのです。

「シスターになったら、一生《いっしょう》を神様《かみさま》にささげるのよ。結婚《けっこん》もできないし、二《に》度《ど》と家《いえ》にも帰《かえ》れないのよ」

おかあさんはひきとめましたが、アグネスの心《こころ》はかわりません。家族《かぞく》はアグネスを応援《おうえん》することに決《き》めました。十八歳《じゅうはっさい》になると、アグネスはアイルランドの修道院《しゅうどういん》にはいりました。

さらにインドのダージリンに派遣《はけん》され、修道院《しゅうどういん》できびしい修練《しゅうれん》をして、アグネスはシスターになり、名前《なまえ》もテレサとあらためました。このとき、テレサは十九歳《じゅうきゅうさい》でした。

テレサはインドの都市《とし》コルカタの聖《せい》マリア高校《こうこう》で、地理《ちり》を教《おし》える先生《せんせい》になりました。テレサは生徒思《せいとおも》いの熱心《ねっしん》な先生《せんせい》で、女学生《じょがくせい》たちにしたわれていました。でも、テレサの心《こころ》はかなしみでいっぱいでした。学校《がっこう》や、指《し》導《どう》をしている修道院《しゅうどういん》の外《そと》では、たくさんの貧《まず》しい人《ひと》たちが、くるしんでいたのです。

「わたしがインドにきたのは、この人《ひと》たちを助《たす》けるため。修《しゅう》道院《どういん》をでて、貧《まず》しい人《ひと》びとと、おなじ暮《く》らしをしよう」

テレサは三十八歳《さんじゅうはっさい》のとき、医療《いりょう》と看護《かんご》の勉強《べんきょう》をしたあと、スラムと呼《よ》ばれる貧《まず》しい地区《ちく》へむかいました。そして、子《こ》どもたちに勉強《べんきょう》を教《おし》えたり、けがや病《びょう》気《き》の人《ひと》を手《て》あてしたりしました。テレサはたった一人《ひとり》で、働《はたら》きつづけました。

そんなとき、むかし学校《がっこう》で教《おし》えていた女生徒《じょせいと》たちが、手伝《てつだ》いにきてくれました。広《ひろ》い家《いえ》をかしてくれる人《ひと》もあらわれました。テレサに手《て》をさしのべる人《ひと》たちが、どんどん増《ふ》えていったのです。

やがてテレサは「マザー」と呼《よ》ばれるようになりました。もっとも貧《まず》しいめぐまれない人《ひと》たちの「おかあさん」になったのです。マザー・テレサの広《ひろ》く深《ふか》い献身《けんしん》と愛情《あいじょう》は、世界中《せかいじゅう》の人《ひと》に感《かん》動《どう》をあたえました。

読んだ日　年　月　日／　年　月　日／　年　月　日

ポイント マザー・テレサ（1910-1997）は、めぐまれない人《ひと》たちへのいたわりをうったえました。なお、シスターとは修道女《しゅうどうじょ》のことです。

9月6日のお話

風《かぜ》とともにさっていった転校生《てんこうせい》

風《かぜ》の又三郎《またさぶろう》

宮沢賢治《みやざわけんじ》

どっどど どどうど どどうど どどう
青《あお》いくるみもふきとばせ
すっぱいかりんもふきとばせ
どっどど どどうど どどうど どどう

谷川《たにがわ》の岸《きし》に小《ちい》さな学校《がっこう》がありました。

ある日《ひ》、一年生《いちねんせい》の子《こ》が二人《ふたり》、運動場《うんどうじょう》から教室《きょうしつ》にはいってきました。すると、だれもいないはずの教室《きょうしつ》に、赤《あか》い髪《かみ》の男《おとこ》の子《こ》がいました。一年生《いちねんせい》たちがびっくりしていると、ほかのみんなが教室《きょうしつ》にはいってきました。

「だれだ、あれ」

「外国人《がいこくじん》じゃないのか」

「ああ、わかった。風《かぜ》の又三郎《またさぶろう》だ」

風《かぜ》の又三郎《またさぶろう》は風《かぜ》の神様《かみさま》です。みんながさわいでいると、いつのまにか男《おとこ》の子《こ》は教室《きょうしつ》からいなくなっていました。

「ほんとに風《かぜ》の又三郎《またさぶろう》だあ」

みんなは口《くち》ぐちにいいあいました。

しばらくすると、先生《せんせい》がさっきの男《おとこ》の子《こ》を連《つ》れてはいってきました。男《おとこ》の子《こ》は転校生《てんこうせい》だったのです。男《おとこ》の子《こ》の名前《なまえ》が「高田三郎《たかださぶろう》」だとわかって、ますますみんなは、三郎《さぶろう》のことを風《かぜ》の又三郎《またさぶろう》だと思《おも》うようになりました。

お父《とう》さんの仕事《しごと》で北海道《ほっかいどう》からやってきたという三郎《さぶろう》は、頭《あたま》のよい子《こ》でした。

ある日《ひ》、みんなは三郎《さぶろう》といっしょにぶどうをとりにいきました。

「なんだい、この葉《は》は」

と、いいながら、三郎《さぶろう》は葉《は》を一枚《いちまい》むしって級長《きゅうちょう》の一郎《いちろう》に見《み》せました。すると一《いち》郎《ろう》はびっくりして、

「わあ、又三郎《またさぶろう》、たばこの葉《は》とったら専売局《せんばいきょく》にうんとしかられるぞ」

と、いいました。みんなも口《くち》ぐちに、いけないんだと、いいあいました。

「おら、知《し》らないでとったんだい」

と、三郎《さぶろう》はおこったようにいいました。

けっきょく、たばこの葉《は》のことでは、だれもしかられませんでした。

何日《なんにち》かして、今度《こんど》はみんなで川《かわ》へ遊《あそ》びにいきました。みんなが川《かわ》で鬼《おに》ごっこをしていると、とたんに空《そら》が黒《くろ》くなり、雨《あめ》がふりました。みんなは木《き》の下《した》に逃《に》げました。すると、だれともなく、

「雨《あめ》はざっこざっこ雨三郎《あめさぶろう》、
風《かぜ》はどっこどっこ又三郎《またさぶろう》」

と、さけんだものがありました。みんなも声《こえ》をそろえてさけびました。

「雨《あめ》はざっこざっこ雨三郎《あめさぶろう》、
風《かぜ》はどっこどっこ又三郎《またさぶろう》」

三郎《さぶろう》はおこって、くちびるをかみしめてふるえていました。雨《あめ》がやむと、みんなはそれぞれ家《いえ》に帰《かえ》りました。以《い》後《ご》、三郎《さぶろう》の姿《すがた》を見《み》た子《こ》はいません。

後日《ごじつ》、台風《たいふう》がやってきました。胸《むな》さわぎがした一郎《いちろう》が、五年生《ごねんせい》の嘉助《かすけ》と学《がっ》校《こう》にいくと、先生《せんせい》がいたので三郎《さぶろう》のことを聞《き》きました。すると先生《せんせい》は、

「高田《たかだ》さんは転校《てんこう》しましたよ」

と、いいました。

「やっぱり風《かぜ》の又三郎《またさぶろう》だったんだな」

嘉助《かすけ》が高《たか》くさけびました。学校《がっこう》の外《そと》では、まだ風《かぜ》がふいていました。

読んだ日	年	月	日／	年	月	日／	年	月	日

ポイント 宮沢賢治《みやざわけんじ》が生《う》まれた岩手県《いわてけん》では、風《かぜ》の神様《かみさま》を「風《かぜ》の又三郎《またさぶろう》」と呼《よ》んでいたといわれています。

三人兄弟《さんにんきょうだい》の中《なか》で一番頭《いちばんあたま》がいいのはだれ？

まぬけのハンス

アンデルセン

むかし、あるところに、三人《さんにん》の兄弟《きょうだい》がおりました。二人《ふたり》のおにいさんは利《り》口《こう》でしたが、「末《すえ》っ子《こ》のハンスは、とびきりのまぬけ」という評判《ひょうばん》でした。

ある日《ひ》、この国《くに》で一番話《いちばんはなし》のじょうずな人《ひと》を、お姫様《ひめさま》のおむこさんにするというおふれがでました。頭《あたま》のいいおにいさんたちは自信《じしん》があったので、馬《うま》に乗《の》って、さっそくでかけていきました。

「ありゃ、おいらもいかなくちゃ」

ハンスはウマがないので、自分《じぶん》のヤギにまたがって、でかけていきました。

おにいさんたちに追《お》いついたハンスは、「こんなものをひろったよ！」といって、死《し》んだカラスを見《み》せました。

「そんなもの、だれがよろこぶものか！」と上《うえ》のおにいさんがいいました。

しばらくすると、またハンスが追《お》いついてきて、古《ふる》い木靴《きぐつ》を見《み》せました。

「これも落《お》ちてたんだ」

「ふん、おまえはなんてまぬけなんだ！」と、二番目《にばんめ》のおにいさんがいいました。

「ねぇねぇ、今度《こんど》はもっとすごいものをひろったよ！」とさけんだハンスの手《て》には、泥《どろ》がにぎられていました。おにいさんたちはあきれ返《かえ》って、ハンスを置《お》いていってしまいました。

お城《しろ》の門《もん》では、若者《わかもの》たちが大勢《おおぜい》ならんでいます。でも、どうやらつぎつぎと追《お》いかえされているようです。上《うえ》のおにいさんの番《ばん》がきました。上《うえ》のおにいさんは話《はな》すことを用意《ようい》していましたが、部屋《へや》の中《なか》があまりにも暑《あつ》くて、話《はな》すことを忘《わす》れてしまいました。

「えーと、ひどい暑《あつ》さですね……」

お姫様《ひめさま》は、すましてこたえました。

「これから暖炉《だんろ》でひな鳥《どり》を焼《や》くの」

「え？」

上《うえ》のおにいさんは返事《へんじ》に困《こま》ってしまいました。

「だめ！　不合格《ふごうかく》よ！」

つぎは二番目《にばんめ》のにいさんが呼《よ》ばれましたが、おなじく追《お》いかえされてしまいました。

つぎはハンスの番《ばん》です。ハンスはヤギにまたがったまま、部屋《へや》の中《なか》にはいっていきました。

「うわー、ずいぶん暑《あつ》い部屋《へや》ですね」

「ええ、ひな鳥《どり》を焼《や》いているからよ」

「そりゃ、ちょうどいい。おいらのカラスも焼《や》いてもらえますか？」

「いいわ。でもいれ物《もの》はあるの？」

「ぴったりのいれ物《もの》がありました」

ハンスはひろった木靴《きぐつ》をとりだすと、その中《なか》にカラスをいれました。

「まあ。でも、ソースはどうするの？」

「ソースはいくらでもありますよ。ほら、おいらのポケットに！」

ハンスは泥《どろ》をとりだして、お姫様《ひめさま》にウィンクしました。それを見《み》たお姫様《ひめさま》は、にっこり笑《わら》っていいました。

「機転《きてん》がきくし、じょうずにお話《はな》しできるのね。あなたと結婚《けっこん》するわ」

こうして、ハンスはお姫様《ひめさま》と結婚《けっこん》して、この国《くに》の王様《おうさま》になったそうです。

読んだ日　年　月　日／　年　月　日／　年　月　日

ポイント　ほんとうの頭《あたま》のよさとはなんでしょう。どうやら、お勉強《べんきょう》して物知《ものし》りになるだけではダメなようです。

調子《ちょうし》に乗《の》りすぎるといたい目《め》にあうよ

ふしぎな太鼓《たいこ》

むかし、あるところに、源五郎《げんごろう》という男《おとこ》がおりました。ある日《ひ》源五郎《げんごろう》が歩《ある》いていると、道《みち》ばたに小《ちい》さな太鼓《たいこ》が落《お》ちていました。太鼓《たいこ》をひろった源五郎《げんごろう》は、「うまいものが食《く》いたいな」「金《かね》もちになりてえな」などと好《す》き勝手《かって》なことをいいながら、ポンポンと太鼓《たいこ》を鳴《な》らしております。そのうち、思《おも》いつくことがなくなった源五郎《げんごろう》は、こんなことをいいだしました。

「オラ、天狗様《てんぐさま》みたいになりたいだ。天狗様《てんぐさま》のように、鼻《はな》が高《たか》くなりてえな」

源五郎《げんごろう》がポンポンと太鼓《たいこ》をたたくと、なんと、源五郎《げんごろう》の鼻《はな》がニョキニョキとのび、鼻《はな》が長《なが》くなりました。

「こりゃたいへんだ、鼻《はな》、低《ひく》くなれ」

ポンポンと太鼓《たいこ》をたたくと、源五郎《げんごろう》の鼻《はな》はもとどおりになりました。おかしなものをひろったな、と思《おも》いながら源五郎《げんごろう》が歩《ある》きはじめると、長者《ちょうじゃ》の娘《むすめ》が歩《ある》いているのを見《み》つけました。いたずら心《ごころ》がわいた源五郎《げんごろう》は、ポンポンと太《たい》鼓《こ》を鳴《な》らしていいました。

「娘《むすめ》さんの鼻《はな》、高《たか》くなれ」

すると、娘《むすめ》さんの鼻《はな》がのびはじめたからたいへんです。娘《むすめ》さんはびっくりして、自分《じぶん》の家《いえ》へ走《はし》っていきました。

源五郎《げんごろう》が娘《むすめ》のあとを追《お》って長者《ちょうじゃ》の家《いえ》につくと、はたして長者《ちょうじゃ》は大《おお》さわぎ。

「娘《むすめ》がおかしな病気《びょうき》になった。だれかなおせる者《もの》はいないか、探《さが》してこい！」

ニヤニヤしながら見《み》ていた源五郎《げんごろう》は、

「もしもし、長者《ちょうじゃ》さん。オラが娘《むすめ》さんの鼻《はな》、なおしてあげるだよ」

と、いって、太鼓《たいこ》をポンポンとたたきました。

「鼻低《はなひく》くなぁれ」

娘《むすめ》の鼻《はな》はあっというまにもとどおり。よろこんだ長者《ちょうじゃ》からお礼《れい》をいわれ、源《げん》五郎《ごろう》はたくさんのほうびをもらいました。いきなりお金《かね》もちになった源五郎《げんごろう》は、すっかり調子《ちょうし》に乗《の》りました。

「よし、今度《こんど》は鼻《はな》がどこまで高《たか》くのびるかためしてやろう」

源五郎《げんごろう》はだれもいない野原《のはら》にでて、太鼓《たいこ》をポンポンたたいていいました。

「鼻《はな》のびろ、天《てん》まで高《たか》くのびろ！」

すると源五郎《げんごろう》の鼻《はな》は見《み》るまにのびていき、天《てん》までとどいてしまいました。

このとき、天界《てんかい》では天《あま》の川《がわ》の橋《はし》の修《しゅう》理《り》をしていました。天界《てんかい》の大工《だいく》は源五《げんご》郎《ろう》の鼻《はな》を見《み》つけると、ちょうどいいところに、いい杭《くい》があった、と橋《はし》にしばりつけてしまいました。

そんなことを知《し》らない源五郎《げんごろう》が、太《たい》鼓《こ》をポンポンとたたきながら、鼻《はな》をもとに戻《もど》したからたいへんです。源五郎《げんごろう》はあっというまに、天《てん》につりあげられてしまいました。天《てん》の神様《かみさま》は、これをぜんぶ見《み》ていました。

「おまえのようないたずら者《もの》は、琵琶《びわ》湖《こ》に落《お》ちてフナになってしまえ」

こうして源五郎《げんごろう》は、琵琶湖《びわこ》に落《お》とされて、フナになりました。琵琶湖《びわこ》に棲《す》む大《おお》きなフナをゲンゴロウというのは、このときからだそうです。

読んだ日　　年　月　日／　　年　月　日／　　年　月　日

ポイント　鼻《はな》がのびる話《はなし》には類話《るいわ》として「天狗《てんぐ》のうちわ」があります。これも、最後《さいご》は天《てん》につりあげられるというオチです。

9月9日のお話

かしこいネコが知恵《ちえ》と勇気《ゆうき》で大活躍《だいかつやく》

長靴《ながぐつ》をはいたネコ

ペロー

むかし、貧《まず》しい粉《こな》ひきが三人《さんにん》の息子《むすこ》を残《のこ》して死《し》んでしまいました。一番目《いちばんめ》の息子《むすこ》は水車小屋《すいしゃごや》を、二番目《にばんめ》の息子《むすこ》はロバをもらいました。三番目《さんばんめ》の息子《むすこ》はネコしかもらえませんでした。

「ネコなんてなんの役《やく》にもたたないよ」

がっかりしている息子《むすこ》に、ネコが話《はな》しかけました。

「ご主人様《しゅじんさま》、わたしに長靴《ながぐつ》と袋《ふくろ》を一《ひと》つください。きっと、あなたの役《やく》にたってみせます」

息子《むすこ》はいわれたものをあげました。長靴《ながぐつ》をはいたネコは、袋《ふくろ》をかついで森《もり》へむかいます。そして太《ふと》ったウサギをつかまえて袋《ふくろ》にいれ、お城《しろ》の王様《おうさま》に会《あ》いにいきました。

「王様《おうさま》、このウサギは主人《しゅじん》のカラバ公爵《こうしゃく》からの贈《おく》り物《もの》です」

カラバ公爵《こうしゃく》とは、ネコが三番目《さんばんめ》の息子《むすこ》につけた名前《なまえ》でした。なにも知《し》らない王様《おうさま》は、大《おお》よろこびでウサギを受《う》けとりました。

その日《ひ》から、ネコは何度《なんど》も贈《おく》り物《もの》をして、王様《おうさま》となかよくなりました。そして、王様《おうさま》がお姫様《ひめさま》を連《つ》れて川遊《かわあそ》びにでかけると聞《き》いたネコは、「ご主人様《しゅじんさま》、裸《はだか》になって川《かわ》でおぼれるまねをしてください」といいました。

息子《むすこ》がいうとおりにすると、ネコは大声《おおごえ》でさけびはじめました。

「たいへんだ！ カラバ公爵様《こうしゃくさま》が川《かわ》でおぼれている。おまけにドロボウに服《ふく》を盗《ぬす》まれた！ 助《たす》けてください」

通《とお》りかかった王様《おうさま》はびっくり。家来《けらい》に命《めい》じてカラバ公爵《こうしゃく》を助《たす》けだし、上等《じょうとう》な服《ふく》を着《き》せてくれました。すると、粉《こな》ひきの息子《むすこ》はりっぱな公爵様《こうしゃくさま》に見《み》えました。ネコは王様《おうさま》とお姫様《ひめさま》を、カラバ公爵《こうしゃく》の城《しろ》に招待《しょうたい》するといいました。

ネコは王様《おうさま》たちの先《さき》まわりをして、村人《むらびと》たちに「王様《おうさま》に聞《き》かれたら、この畑《はたけ》はカラバ公爵《こうしゃく》のものだといいなさい。そうしないと、ガリガリかじっちゃうぞ！」と、おどかしました。やがて王《おう》様《さま》が通《とお》りかかり、「これはだれの畑《はたけ》か」とたずねると、村人《むらびと》はみんな「カラバ公爵《こうしゃく》の畑《はたけ》です」と答《こた》えました。

しかしほんとうは、すべて魔法使《まほうつか》いの土地《とち》だったのです。ネコは大《おお》いそぎで、魔法使《まほうつか》いの城《しろ》へ走《はし》りました。

「偉大《いだい》なる魔法使《まほうつか》い様《さま》、あなたはなんにでも姿《すがた》を変《か》えられるそうですね。でも、わたしより小《ちい》さなネズミはむりでしょう？」

と、ネコがいうと、魔法使《まほうつか》いはパッと、ネズミに変身《へんしん》しました。ネコはネズミに飛《と》びかかり、ぱくりと食《た》べてしまいました。

そこへ、王様《おうさま》の馬車《ばしゃ》がやってきました。ネコはお辞儀《じぎ》をしていいました。

「カラバ公爵《こうしゃく》のお城《しろ》へようこそ！」

魔法使《まほうつか》いのすばらしい城《しろ》を見《み》て、すっかり感心《かんしん》した王様《おうさま》は、公爵《こうしゃく》とお姫《ひめ》様《さま》を結婚《けっこん》させることにしました。

長靴《ながぐつ》をはいたネコの活躍《かつやく》で、息子《むすこ》はお姫様《ひめさま》としあわせになりました。

読んだ日　　年　月　日／　　年　月　日／　　年　月　日

ポイント　水車小屋《すいしゃごや》やロバよりも、三番目《さんばんめ》の息子《むすこ》がもらったかしこいネコのほうが、ずっと役《やく》にたちましたね。

マガモたちの800メートルの大冒険《だいぼうけん》

親子《おやこ》ガモの旅《たび》

シートン動物記《どうぶつき》

アーネスト・トンプソン・シートン

マガモのおかあさんが十個《じゅっこ》の卵《たまご》を産《う》みました。おかあさんは卵《たまご》を抱《だ》きつづけ、十羽《じゅうわ》の子《こ》ガモたちが生《う》まれました。

「さあ、あんたたち、いまからいそいで出発《しゅっぱつ》するよ。ついておいで！」

おかあさんは、子《こ》ガモたちを連《つ》れて旅《たび》だちました。どうしておかあさんは、こんなにいそいでいるのでしょう。

じつは、もう何日《なんにち》も日照《ひで》りがつづいて、マガモの棲《す》んでいた池《いけ》はすっかり干《ひ》あがっていたのです。マガモは池《いけ》でないと生《い》きていられません。だから、おかあさんは、卵《たまご》がかえるのをいまかいまかと待《ま》っていたのです。

マガモたちが棲《す》んでいた池《いけ》から、一《いち》番近《ばんちか》い池《いけ》まで八百《はっぴゃく》メートルはあります。人間《にんげん》ならば歩《ある》いて数分《すうふん》の距離《きょり》ですが、生《う》まれたばかりの子《こ》ガモたちにとっては大冒険《だいぼうけん》です。

「いいかい、途中《とちゅう》でなにがあるかわからないんだからね。気《き》をつけるんだよ」

おかあさんは、すべったりころんだりする子《こ》ガモたちを片目《かため》で見《み》ながら、もう片方《かたほう》の目《め》であたりに気《き》をくばります。タカやキツネ、ヘビがあらわれないともかぎりません。自分《じぶん》以外《いがい》にたよれるものなど、いないのです。マガモの親子《おやこ》は、列《れつ》を組《く》んで歩《ある》きはじめました。

「みんな、元気《げんき》をだすんだよ」

道《みち》を半分《はんぶん》ぐらいまで進《すす》んだところで、おかあさんは子《こ》ガモたちに声《こえ》をかけました。すると、とつぜん、タカがあらわれて、一番後《いちばんうし》ろの列《れつ》の子《こ》ガモをさらっていきました。おかあさんはだまって空《そら》を見《み》つめるしかありません。

しばらくすると、今度《こんど》はキツネが近《ちか》づいてきました。しかし、おかあさんは気《き》づきません。子《こ》ガモたちをいそいで歩《ある》かせようと夢中《むちゅう》です。すると、子《こ》ガモたちが、人間《にんげん》のつくった馬車道《ばしゃみち》に落《お》ちてしまいました。人間《にんげん》たちが『わだち』と呼《よ》んでいる、車輪《しゃりん》がつくったくぼみは、子《こ》ガモにとっては深《ふか》い谷《たに》とおなじです。五羽《ごわ》の子《こ》ガモが、つぎつぎと「谷《たに》」に落《お》ちていきました。

そこへ人間《にんげん》があらわれました。マガモにとって、もっともおそろしい動物《どうぶつ》です。人間《にんげん》は「谷《たに》」からつぎつぎに子《こ》ガモをひろいだしました。おかあさんは人間《にんげん》のまえに飛《と》びだして、おとりになろうとしました。ところが、人間《にんげん》はおかあさんにかまわず、子《こ》ガモたちを池《いけ》まで運《はこ》んだのです。おかあさんが目的地《もくてきち》にしていたあの池《いけ》です。じつは人間《にんげん》は、子《こ》ガモたちを助《たす》けてくれたのです。しかし、おかあさんにはそんなことはわかりません。九羽《きゅうわ》の子《こ》ガモを、必死《ひっし》に池《いけ》のふちに逃《に》がしました。

おかあさんと子《こ》ガモたちが新《あたら》しい池《いけ》に落《お》ちつくと、なんと、先《さき》ほどタカにさらわれた子《こ》ガモがあらわれました。どうやら、タカは子《こ》ガモを途中《とちゅう》でとり落《お》としたようです。

こうして、おかあさんと子《こ》ガモは全員《ぜんいん》がそろって、しあわせな毎日《まいにち》を送《おく》ることができたのでした。

読んだ日　年　月　日／　年　月　日／　年　月　日

ポイント 原題《げんだい》は『The Mother Teal and the Overland Route』（マガモのかあさんと陸《りく》の旅《たび》）です。

中国《ちゅうごく》の戦国時代《せんごくじだい》のお話《はなし》

鶏鳴狗盗《けいめいくとう》

9月11日のお話

むかし、中国《ちゅうごく》はたくさんの国々《くにぐに》にわかれていました。その国《くに》の中《なか》の一《ひと》つ、斉《せい》という国《くに》に、孟嘗君《もうしょうくん》という人《ひと》がおりました。孟嘗君《もうしょうくん》はたいへんかしこい人《ひと》で、能力《のうりょく》のある人《ひと》をよろこんで自《じ》分《ぶん》の家《いえ》にまねき、やしないました。このように能力《のうりょく》を見《み》こまれて、主人《しゅじん》を手《て》助《だす》けする人《ひと》を、中国《ちゅうごく》では「食客《しょっかく》」といいます。孟嘗君《もうしょうくん》にはこの食客《しょっかく》が三千人《さんぜんにん》もいました。

ある日《ひ》、斉《せい》のライバルの国《くに》の秦《しん》が、孟嘗君《もうしょうくん》を招待《しょうたい》しました。孟嘗君《もうしょうくん》を呼《よ》びよせ、殺《ころ》そうとしていたのです。孟《もう》嘗君《しょうくん》は秦《しん》のたくらみを見《み》ぬきましたが、ことわると戦争《せんそう》になってしまいます。

「ううむ。どうしたものか」

と、なやんでいると、食客《しょっかく》たちが孟《もう》嘗君《しょうくん》に声《こえ》をかけました。

「ご主人《しゅじん》、わたしを連《つ》れていってください。きっと役《やく》にたちますよ」

「あなたは、ニワトリの鳴《な》きまねがうまいというだけの人《ひと》じゃないか」

「おれも連《つ》れていってよ」

「あなたは、ただの泥棒《どろぼう》だろう」

孟嘗君《もうしょうくん》は、物《もの》まね名人《めいじん》や泥棒《どろぼう》を連《つ》れていくのをためらいましたが、けっきょく、連《つ》れていくことにしました。

孟嘗君《もうしょうくん》が秦《しん》にいくと、案《あん》の定《じょう》、つかまって閉《と》じこめられてしまいました。

「なんとか国《くに》に帰《かえ》りたいところだが」

「ご主人《しゅじん》。秦《しん》の王《おう》のお気《き》に入《い》りの女《じょ》性《せい》、寵姫《ちょうき》に贈《おく》り物《もの》をして、助《たす》けてもらいましょう。たしか寵姫《ちょうき》は、狐白裘《こはくきゅう》をほしがっていましたよ」

狐白裘《こはくきゅう》とは、最高級《さいこうきゅう》のキツネの毛皮《けがわ》でできたコートです。孟嘗君《もうしょうくん》は狐白《こはく》裘《きゅう》をもっていましたが、秦《しん》の王《おう》に、みやげとしてわたしてしまったのです。

「じゃあ、おれが盗《ぬす》んでくるよ」

泥棒《どろぼう》はそういうと、秦《しん》の王《おう》の部屋《へや》にしのびこみ、まんまと狐白裘《こはくきゅう》を盗《ぬす》みだしました。孟嘗君《もうしょうくん》はこの狐白裘《こはくきゅう》を寵《ちょう》姫《き》に贈《おく》り、助《たす》けてもらったのです。

さて、逃《に》げだした孟嘗君《もうしょうくん》たちは、国境《こっきょう》の函谷関《かんこくかん》にたどりつきました。ところが夜《よる》なので、函谷関《かんこくかん》の門《もん》は閉《し》まっています。函谷関《かんこくかん》は中国全土《ちゅうごくぜんど》の中《なか》でもとくに名高《なだか》い関所《せきしょ》で、いったん門《もん》が閉《し》まると、何千人《なんぜんにん》の軍隊《ぐんたい》で攻《せ》めても、うちやぶることがなかなかできません。

「どうする。秦《しん》の王《おう》の気《き》がかわったら、またつかまってしまうぞ。少《すこ》しでもはやく、門《もん》を通《とお》りぬけねばならんのに」

「わたしにおまかせを」

物《もの》まね名人《めいじん》が進《すす》みでると、ニワトリの声《こえ》まねをしました。

「コケコッコ〜！」

すると、門番《もんばん》は朝《あさ》がきたとかんちがいして、門《もん》を開《あ》けました。

「いまだ。いそげ！」

孟嘗君《もうしょうくん》たちはいそいで門《もん》を通《とお》りぬけ、函谷関《かんこくかん》を突破《とっぱ》しました。こうして、孟《もう》嘗君《しょうくん》は斉《せい》に帰《かえ》ることができたのです。

読んだ日　　年　月　日／　　年　月　日／　　年　月　日

ポイント 「鶏鳴狗盗《けいめいくとう》」とは、つまらない能力《のうりょく》に見《み》えても、思《おも》わぬところで役《やく》にたつことがある、という意味《いみ》です。

「マラソン」の由来《ゆらい》になった戦《たたか》いです

マラトンの戦《たたか》い

ギリシャ

時代《じだい》は紀元前四百九十年《きげんぜんよんひゃくきゅうじゅうねん》の大《おお》むかし。ヨーロッパの東《ひがし》にペルシア王国《おうこく》という、とても大《おお》きな国《くに》がありました。ペルシアの国王《こくおう》はダレイオス一世《いっせい》という勇敢《ゆうかん》な王《おう》さまです。ダレイオス王《おう》は、エーゲ海《かい》の島々《しまじま》を攻略《こうりゃく》して、ついにギリシャのマラトンという土地《とち》に上陸《じょうりく》しました。

「わははは。わが軍《ぐん》は強《つよ》いな。これなら、あっというまにギリシャも征服《せいふく》できるだろう」

ダレイオス王《おう》は得意満面《とくいまんめん》です。なにしろペルシアという国《くに》はこの当時《とうじ》、どの国《くに》よりも大《おお》きくて、兵隊《へいたい》もたくさんいました。ペルシア軍《ぐん》は六百隻《ろっぴゃくせき》の船《ふね》に二万五千人《にまんごせんにん》という、とんでもない大《だい》兵力《へいりょく》だったのです。迎《むか》えうつギリシャ軍《ぐん》は、アテナイとプラタイアという小《ちい》さな都市国家《としこっか》の連合軍《れんごうぐん》で、二《ふた》つの都市《とし》国家《こっか》をあわせても、兵隊《へいたい》は一万人《いちまんにん》にも満《み》たない数《かず》しかいませんでした。

「どうする。このままでは負《ま》けてしまうぞ」

ギリシャの将軍《しょうぐん》たちは、考《かんが》えに考《かんが》えた末《すえ》、自分《じぶん》たちの兵隊《へいたい》をぜんぶ「重装《じゅうそう》歩兵《ほへい》」にするという作戦《さくせん》を考《かんが》えました。

重装歩兵《じゅうそうほへい》というのは、兜《かぶと》、盾《たて》、鎧《よろい》、小手《こて》、すねあてという、体《からだ》につけられる防具《ぼうぐ》をぜんぶつけた歩兵《ほへい》のことです。

ギリシャ軍《ぐん》の兵力《へいりょく》は、ペルシャ軍《ぐん》の半分以下《はんぶんいか》でしたが、それでもギリシャ軍《ぐん》は勇敢《ゆうかん》に戦《たたか》いました。

すると、ギリシャ軍《ぐん》は、ペルシャ軍《ぐん》に勝《か》ってしまったのです。しかも、ペルシャ軍《ぐん》に六千人以上《ろくせんにんいじょう》の戦死者《せんししゃ》がいたのに対《たい》して、ギリシャ軍《ぐん》には二百人《にひゃくにん》以下《いか》しかいませんでした。ほとんど奇跡《きせき》に近《ちか》い勝利《しょうり》でした。

「勝《か》った、勝《か》ったぞ！」

「はやく、この勝利《しょうり》を心配《しんぱい》しているアテナイの市民《しみん》に知《し》らせなくては」

そこで、アテナイの兵士《へいし》の中《なか》から、足《あし》がはやい者《もの》が選《えら》ばれ、マラトンの地《ち》からアテナイまで走《はし》っていくことになりました。選《えら》ばれた兵士《へいし》は、少《すこ》しでもはやくみんなに安心《あんしん》してもらおうと、必死《ひっし》になって、アテナイまで走《はし》りました。

走《はし》りに走《はし》った兵士《へいし》は、アテナイにつきましたが、つかれきって声《こえ》がでません。兵士《へいし》のようすを見《み》て心配《しんぱい》したアテナイの市民《しみん》が兵士《へいし》に近《ちか》づくと、兵士《へいし》はたった一言《ひとこと》、いいました。

「われ、勝《か》…て…り……」

兵士《へいし》は最後《さいご》の力《ちから》をふりしぼって、これだけいうと、息《いき》たえました。

マラトンからアテナイまでは、約四十《やくよんじゅっ》キロの道《みち》のりです。この話《はなし》がもとになり、長距離《ちょうきょり》で走《はし》る競技《きょうぎ》が「マラソン（マラトン）」と呼《よ》ばれるようになりました。

読んだ日　　年　月　日／　　年　月　日／　　年　月　日

ポイント アテナイとは、現在《げんざい》のアテネのことです。実際《じっさい》のマラソンで走《はし》る距離《きょり》は 42.195 キロメートルです。

「ありがとう」の気《き》もちを忘《わす》れてしまった女《おんな》の子《こ》は……

9月13日のお話

赤《あか》い靴《くつ》

アンデルセン

むかし、貧乏《びんぼう》な母娘《おやこ》がおりました。カーレンという娘《むすめ》は、服《ふく》はボロボロで靴《くつ》もはいていませんでした。

ある冬《ふゆ》の日《ひ》のこと、靴屋《くつや》さんのおばさんが、カーレンを呼《よ》びとめていいました。

「はだしで寒《さむ》いだろう。これをおはき」

そして、赤《あか》い靴《くつ》をくれました。

「おばさん、ありがとう！」

カーレンはとてもよろこびましたが、残念《ざんねん》なことに、その冬《ふゆ》、おかあさんが病気《びょうき》で亡《な》くなってしまいました。

ひとりぼっちになったカーレンは、お金《かね》もちのおばあさんにひきとられました。おばあさんは新《あたら》しい服《ふく》やくつを買《か》ってくれましたが、カーレンがだいじにしていた赤《あか》い靴《くつ》はすててしまいました。

月日《つきひ》がすぎて、カーレンはうつくしい少女《しょうじょ》に育《そだ》ちました。ある日《ひ》のことです。カーレンは町《まち》の靴屋《くつや》さんで、すてきな靴《くつ》を見《み》つけました。ピッカピカの赤《あか》い靴《くつ》です。

「ねぇ、おばあさん、これ買《か》って！」

カーレンは、おばあさんにおねだりしました。赤《あか》い靴《くつ》を買《か》ってもらったカーレンは、赤《あか》い靴《くつ》をはいて、町《まち》を散歩《さんぽ》したり、友《とも》だちに会《あ》いにいったりしました。うれしくてしかたなかったのです。

そのうち、おばあさんが病気《びょうき》で寝《ね》こんでしまいました。

「カーレンや、日曜日《にちようび》の教会《きょうかい》には、あの赤《あか》い靴《くつ》をはいていってはいけないよ。教会《きょうかい》へいくときは、みんな黒《くろ》い靴《くつ》をはいていくんだよ」

「うん、わかったわ」

カーレンは返事《へんじ》をしましたが、教会《きょうかい》にもこっそり赤《あか》い靴《くつ》をはいていきました。みんなにじろじろと見《み》られましたが、「きっと赤《あか》い靴《くつ》がわたしに、にあっているんだわ」と思《おも》いました。

ある晩《ばん》、カーレンはダンスパーティーに呼《よ》ばれました。はいていくのは、もちろんあの赤《あか》い靴《くつ》です。おばあさんの看病《かんびょう》をしなければならないのに、カーレンはダンスをしたかったのです。

そのときです。ふしぎなことが起《お》こりました。パーティーにむかう途中《とちゅう》、とつぜん、カーレンが踊《おど》りはじめたのです。

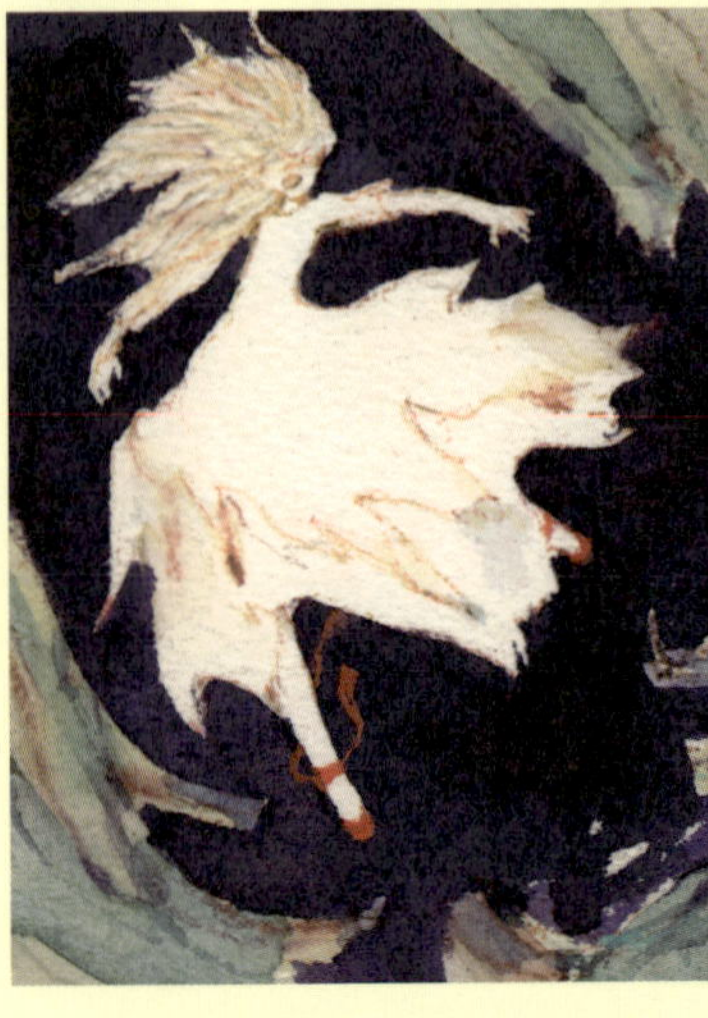

「助《たす》けてー！」

赤《あか》い靴《くつ》がカーレンの足《あし》を動《うご》かし、カーレンを踊《おど》らせているのです。

「お願《ねが》い！　誰《だれ》かわたしをとめて！」

赤《あか》い靴《くつ》はダンスをやめません。

カーレンは何日《なんにち》も踊《おど》りつづけました。髪《かみ》の毛《け》はほつれて、顔《かお》はやつれ、服《ふく》もボロボロになってしまいました。

「ああ。わたしがわるかったの。お金《かね》もちの生活《せいかつ》をしたことで、おかあさんや靴屋《くつや》さんのおばさんの親切《しんせつ》を忘《わす》れていたわ。これからはおばあさんの看《かん》病《びょう》もするし、いい子《こ》になります！」

そのときです。赤《あか》い靴《くつ》がぬげて、カーレンの踊《おど》りはとまりました。その日《ひ》からカーレンは心《こころ》をいれかえて、やさしい少女《しょうじょ》になったそうです。

読んだ日　　年　月　日／　　年　月　日／　　年　月　日

ポイント　人《ひと》からやさしくされたことは忘《わす》れず、だれに対《たい》しても感謝《かんしゃ》の気《き》もちは忘《わす》れないでいたいですね。

日本最古《にほんさいこ》の物語《ものがたり》『竹取物語《たけとりものがたり》』より

かぐや姫《ひめ》

むかしむかし、あるところにおじいさんとおばあさんがおりました。ある日《ひ》、おじいさんが竹《たけ》やぶにいくと、一本《いっぽん》だけ根《ね》もとが光《ひか》っている竹《たけ》がありました。おじいさんが竹《たけ》を切《き》ってみると、中《なか》から小《ちい》さな女《おんな》の子《こ》があらわれました。

「なんとかわいらしい。子《こ》どもをほしがっていたばあさんがよろこぶぞ」

おじいさんが女《おんな》の子《こ》を連《つ》れて帰《かえ》ると、おばあさんは大《おお》よろこび。二人《ふたり》は女《おんな》の子《こ》をたいせつに育《そだ》てました。女《おんな》の子《こ》を見《み》つけて以来《いらい》、おじいさんが竹《たけ》やぶで竹《たけ》を切《き》ると、小判《こばん》がたくさんでてくるようになりました。

「この子《こ》は神様《かみさま》がくれた宝物《たからもの》じゃ」

たいそう豊《ゆた》かになったおじいさんとおばあさんは、ますます女《おんな》の子《こ》をたいせつにしました。女《おんな》の子《こ》は、光《ひか》りかがやくようなうつくしい娘《むすめ》に成長《せいちょう》し、「かぐや姫《ひめ》」と呼《よ》ばれるようになりました。

かぐや姫《ひめ》のうつくしさは都《みやこ》で評判《ひょうばん》になり、たちまち五人《ごにん》の若者《わかもの》が求婚《きゅうこん》に訪《おとず》れました。みんな貴族《きぞく》の若者《わかもの》ばかりでしたが、かぐや姫《ひめ》は、よめにいくつもりはありませんでした。それでもなお熱心《ねっしん》に求婚《きゅうこん》されるので、かぐや姫《ひめ》は、五人《ごにん》の若者《わかもの》に難題《なんだい》をだしました。

「では、わたしの望《のぞ》む物《もの》をもってきてくださったかたにとつぎましょう。それは、仏《ほとけ》の御石《みいし》の鉢《はち》、蓬莱《ほうらい》の玉《たま》の枝《えだ》、火鼠《ひねずみ》の裘《かわごろも》、龍《りゅう》の首《くび》の珠《たま》、燕《つばめ》の子安貝《こやすがい》です」

若者《わかもの》たちは、それぞれ宝物《たからもの》を求《もと》めて旅《たび》だちましたが、どれも世《よ》にもめずらしい宝《たから》なので、だれもうまくいきませんでした。そのうちにとうとう、かぐや姫《ひめ》のうわさは帝《みかど》の耳《みみ》にはいりました。

「それほどうつくしい娘《むすめ》がいるのか。ならば、わたしの妃《きさき》に迎《むか》えいれよう」

帝《みかど》の言葉《ことば》を伝《つた》え聞《き》いたおじいさんとおばあさんは大《おお》よろこびしましたが、かぐや姫《ひめ》はよろこびませんでした。ある日《ひ》、かぐや姫《ひめ》は、おじいさんとおばあさんにいいました。

「じつはわたしは天界《てんかい》の者《もの》です。つぎの満月《まんげつ》の夜《よる》に、天界《てんかい》からお迎《むか》えがきます」

二人《ふたり》はおどろいて、そのことを帝《みかど》に伝《つた》えました。帝《みかど》もかぐや姫《ひめ》を天界《てんかい》に帰《かえ》したくはありません。満月《まんげつ》の夜《よる》にたくさんの兵士《へいし》をだして、天界《てんかい》のお迎《むか》えを追《お》いかえそうとしました。

ところが満月《まんげつ》の晩《ばん》、天界《てんかい》から迎《むか》えがやってくると、ふしぎな力《ちから》で、兵士《へいし》たちはみんな眠《ねむ》らされてしまいました。

「おじいさん、おばあさん、いままでありがとう。いつまでも元気《げんき》でいてください」

かぐや姫《ひめ》はそういうと、天界《てんかい》の車《くるま》に乗《の》って、天《てん》へと帰《かえ》っていきました。おじいさんとおばあさんは、たいそうなげきかなしんだということです。

読んだ日　年　月　日／　年　月　日／　年　月　日

ポイント　かぐや姫《ひめ》の名前《なまえ》には「耀《かがや》う《光《ひか》りかがやいてゆれる》姫《ひめ》」という意味《いみ》があります。

ジャマイカ

たのしい音楽《おんがく》「レゲエ」の国《くに》の民話《みんわ》です

アナンシと五《ご》

9月15日のお話

むかし、ジャマイカ島《とう》に「五《ご》」という名前《なまえ》の魔女《まじょ》が棲《す》んでいました。この魔《ま》女《じょ》は自分《じぶん》の名前《なまえ》が大嫌《だいきら》いで、「五《ご》」という言葉《ことば》をとても嫌《きら》っていました。そしてとうとう、魔女《まじょ》は「五《ご》」という言葉《ことば》に呪《のろ》いをかけたのです。

「今後《こんご》『**五**《ご》』という言葉《ことば》を使《つか》った者《もの》は、みんな死《し》んでしまえ！」

魔女《まじょ》が呪《のろ》いをかけているときに、たまたまそばを通《とお》りかかったのが、アナンシという男《おとこ》でした。アナンシは魔女《まじょ》の言葉《ことば》を聞《き》いて、よろこびました。

（しめた。こいつをうまく使《つか》えば、ごちそうが食《た》べられるぞ）

アナンシはサツマイモをたくさん集《あつ》めてきて、道《みち》ばたにならべ、だれかが通《とお》るのを待《ま》ちました。しばらくすると、アヒルが通《とお》りかかりました。アナンシは、アヒルに声《こえ》をかけました。

「アヒルさん、アヒルさん、どうかおいらを助《たす》けておくれ」

「どうしたのかな」

「おいら、サツマイモを集《あつ》めたんだけど、頭《あたま》がわるくて、かぞえられないんだ。おいらのかわりにかぞえておくれよ」

「なんだ、そんなことか。一《いち》、二《に》、三《さん》、四《し》、『**五**《ご》』……」

アヒルは『**五**《ご》』という言葉《ことば》をいった瞬間《しゅんかん》に死《し》んでしまいました。アナンシは、アヒルを料理《りょうり》して食《た》べました。

「ああ、うまかった。魔女《まじょ》の呪《のろ》いはすごいな。もう一度《いちど》やってみよう」

アナンシはまたサツマイモを道《みち》ばたにならべました。すると、今度《こんど》はウサギが通《とお》りかかったので、アナンシはウサギに声《こえ》をかけました。ウサギは、アヒルのときとおなじようにに『**五**《ご》』といってしまい、アナンシに食《た》べられました。

「また、うまくいった。これなら何度《なんど》でもおなじことができるな」

アナンシはまたまた、サツマイモを道《みち》ばたにならべました。すると、今度《こんど》はハトが通《とお》りかかりました。

「ハトさん、おいらのかわりに、サツマイモをかぞえておくれよ」

「なんだ、そんなことか」

ハトは、サツマイモの上《うえ》に飛《と》びのり、一本《いっぽん》ずつかぞえながら、サツマイモからサツマイモへ飛《と》びうつりました。

「一《いち》、二《に》、三《さん》、四《し》、それからこれが、わたしが乗《の》っているぶん」

「な、なんだよ。わたしが乗《の》っているぶんって意味《いみ》がわからないよ」

「あら、そう？　じゃあ、もう一回《いっかい》やるね。一《いち》、二《に》、三《さん》、四《し》、それからこれが、わたしの足《あし》の下《した》のぶん」

「ち、ちがうだろっ、こう数《かぞ》えてくんなきゃ、ダメじゃないか。いいか、一《いち》、二《に》、三《さん》、四《し》、『**五**《ご》』……」

『五《ご》』といってしまったアナンシは、その場《ば》で死《し》んでしまいました。

9月
世界の昔話
ゆかいな話

読んだ日　　年　月　日／　　年　月　日／　　年　月　日

ポイント　ジャマイカはアメリカ合衆国《がっしゅうこく》のすぐ近《ちか》くにあるカリブ海《かい》にうかぶ島国《しまぐに》で、緑《みどり》の豊《ゆた》かな熱帯《ねったい》やうつくしいビーチがあります。

やさしい少女《しょうじょ》セーラのまえにあらわれたのは……

小公女《しょうこうじょ》

フランシス・ホジソン・バーネット

セーラはインドで生《う》まれ、七歳《ななさい》のときにイギリスにやってきました。ロンドンの寄宿学校《きしゅくがっこう》にはいるためです。セーラのおとうさんは、お金《かね》もちでりっぱな人《ひと》でした。おかあさんは、セーラを産《う》んですぐに亡《な》くなりました。

校長《こうちょう》のミンチン先生《せんせい》は、セーラをいつもとくべつあつかいにしていました。セーラはだれにでもやさしく、親《しん》切《せつ》だったので、みんなに好《す》かれていました。下働《したばたら》きをしている、召使《めしつか》いのベッキーともなかよしでした。お金《かね》もちで心《こころ》のきれいなセーラは「小《ちい》さな公《こう》女様《じょさま》」と呼《よ》ばれていました。

セーラの十一歳《じゅういっさい》の誕生日《たんじょうび》に、かなしい出来事《できごと》が起《お》こりました。セーラのおとうさんが亡《な》くなったのです。そのうえ、おとうさんの会社《かいしゃ》は倒産《とうさん》して、セーラは一文無《いちもんな》しになりました。

「おまえは貧乏《びんぼう》になったのだから、今日《きょう》から召使《めしつか》いとして働《はたら》きなさい！」

いままで親切《しんせつ》だったミンチン先生《せんせい》は、セーラが貧乏《びんぼう》になったとたん、いじわるになりました。その日《ひ》から、セーラは屋根裏《やねうら》で暮《く》らすことになったのです。そして、朝《あさ》はやくから夜中《よなか》まで、洗濯《せんたく》や掃除《そうじ》をさせられました。食事《しょくじ》は冷《つめ》たいスープと、かたいパンだけです。それでも、セーラはやさしい心《こころ》を忘《わす》れませんでした。貧《まず》しくても、心《こころ》は公女様《こうじょさま》のように気高《けだか》いままでした。

ある日《ひ》、屋根裏部屋《やねうらべや》の窓《まど》から小《ちい》さなサルが飛《と》びこんできました。

「すみません。そのサルはクリスフォードさんのペットです」

隣《となり》の屋敷《やしき》の天窓《てんまど》から、ターバンを巻《ま》いた男《おとこ》の人《ひと》がいいました。隣《となり》に住《す》むクリスフォードさんの執事《しつじ》で、ラムダスさんというインド人《じん》でした。セーラはインドの言葉《ことば》がわかるので、すぐになかよしになりました。

それから、セーラの身《み》のまわりで、ふしぎなことが起《お》こりました。夜中《よなか》につかれたセーラが部屋《へや》に戻《もど》ると、暖炉《だんろ》には火《ひ》が燃《も》え、テーブルにはごちそうがならんでいたのです。「屋根裏部屋《やねうらべや》の少女《しょうじょ》へ　友人《ゆうじん》より」と書《か》いた手紙《てがみ》が置《お》いてありました。セーラはなかよしのベッキーを呼《よ》んで、ごちそうを食《た》べました。つぎの日《ひ》も、またつぎの日《ひ》も、すてきなプレゼントはつづきました。

ごちそうをとどけてくれていたのは、セーラのことを不憫《ふびん》に思《おも》った、隣《となり》に住《す》むインドの紳士《しんし》クリスフォードさんです。クリスフォードさんはじつは、セーラのおとうさんの知《し》りあいでした。おとうさんのもっていたダイヤモンド鉱《こう》山《ざん》が成功《せいこう》し、セーラにお金《かね》をわたすため、セーラのことを探《さが》していたのです。

セーラと話《はな》しているときに、この屋《や》根裏《ねうら》の少女《しょうじょ》こそがセーラだと気《き》づいたクリスフォードさんは、とてもよろこびしました。そしてそれからは、セーラとともに暮《く》らすことにしました。ベッキーもいっしょです。

セーラはいつまでもやさしい心《こころ》を忘《わす》れず、公女《こうじょ》のように気高《けだか》く生《い》きていきました。

読んだ日　年　月　日／　年　月　日／　年　月　日

ポイント　公女《こうじょ》とは、貴族《きぞく》など、身分《みぶん》の高《たか》い女性《じょせい》のことです。ここでは、やさしく正《ただ》しい心《こころ》をもった人《ひと》を表現《ひょうげん》しています。

おふだの力《ちから》を借《か》りて逃《に》げまくれ

三枚《さんまい》のおふだ

むかしむかし、山寺《やまでら》に和尚《おしょう》さんと小《こ》坊主《ぼうず》がいました。小坊主《こぼうず》はわんぱくで、いつも和尚《おしょう》さんのいいつけも聞《き》かず、遊《あそ》んでばかりです。ある日《ひ》のこと、小《こ》坊主《ぼうず》は栗ひろいにいきたくなり、和《お》尚《しょう》さんにいかせてくれとせがみました。

「山《やま》にはおそろしいやまんばが棲《す》んでおる。出合《であ》ったら食《た》べられてしまうぞ」

「おら、やまんばなんかこわくねえ」

「しかたないな。それなら、この三枚《さんまい》のおふだをもっていけ。困《こま》ったときには、おふだに願《ねが》いごとをいうんじゃぞ」

こうして三枚《さんまい》のおふだをもらった小《こ》坊主《ぼうず》は、栗ひろいにでかけました。小《こ》坊主《ぼうず》が夢中《むちゅう》で栗《くり》をひろっていると、やまんばがでてきて小坊主《こぼうず》をつかまえ、家《いえ》に連《つ》れかえってしまいました。

「うまそうな小僧《こぞう》じゃ。さて、頭《あたま》から食《く》おうか、尻《しり》から食《く》おうか」

小坊主《こぼうず》は食《く》われてはたまらないと、とっさにこういいました。

「おら、小便《しょうべん》にいきてえ！」

「小便《しょうべん》？　小便《しょうべん》のたまった小僧《こぞう》など、くさくてかなわん。はやく厠《かわや》へいけ」

小坊主《こぼうず》は厠《かわや》へいくと、おふだをとりだしました。

「おらのかわりに返事《へんじ》をしろ」

こうして小坊主《こぼうず》は、窓《まど》から逃《に》げました。やまんばが厠《かわや》の外《そと》から「まだか」と声《こえ》をかけると、おふだが「まだだよ」と返事《へんじ》をします。何回《なんかい》もおなじ返事《へんじ》がつづくことをふしぎに思《おも》ったやまんばが厠《かわや》の戸《と》を開《あ》けると、だれもいません。

「おのれ、だましおったか」

やまんばはおそろしいはやさで、小《こ》坊主《ぼうず》を追《お》いかけました。小坊主《こぼうず》は二枚《にまい》めのおふだをとりだしていいました。

「大水《おおみず》でろ！」

すると、どこからか大水《おおみず》がでてきて川《かわ》になり、やまんばのほうに流《なが》れていきました。ところが、やまんばは大水《おおみず》をごくごくと、ぜんぶ飲《の》み干《ほ》してしまいました。

そこで、小坊主《こぼうず》は最後《さいご》のおふだをとりだしていいました。

「火《ひ》よ、でろ。山火事《やまかじ》になれ！」

あたりは一面火《いちめんひ》の海《うみ》になりましたが、やまんばは先《さき》ほど飲《の》んだ大水《おおみず》を吐《は》きだして、火《ひ》をぜんぶ消《け》してしまいました。

「ああ、和尚《おしょう》さん、助《たす》けてくださ～い」

小坊主《こぼうず》は山寺《やまでら》に逃《に》げこみ、和尚《おしょう》さんのうしろにかくれました。あとからやってきたやまんばが、和尚《おしょう》さんにたずねました。

「小僧《こぞう》がきただろう。はやくだせ」

「わしのたのみを聞《き》いてくれたらだしてもええよ。おまえは変化《へんげ》の術《じゅつ》が得意《とくい》じゃそうな。豆粒《まめつぶ》ほどに小《ちい》さくなれるか見《み》せてくれ。ま、むりじゃろうな」

「なに、かんたんなことじゃ」

やまんばはそういうと、豆粒《まめつぶ》のように小《ちい》さくなりました。和尚《おしょう》さんはやまんばを指《ゆび》でつまみあげて、手《て》もとにあった餅《もち》でつつんで食《た》べてしまいました。

こうしてやまんばは退治《たいじ》され、小坊主《こぼうず》も、和尚《おしょう》さんのいうことをよく聞《き》くようになったということです。

読んだ日　年　月　日／　年　月　日／　年　月　日

ポイント　おまじないを使《つか》ってこわい敵《てき》から逃《に》げる話《はなし》を呪的逃走譚《じゅてきとうそうたん》といい、世界中《せかいじゅう》に類話《るいわ》があります。

ガイコツが歌《うた》いだしたのは、なぜ？

歌《うた》うガイコツ

グリム

むかしむかし、ある国《くに》の森《もり》に、とてもおそろしいイノシシが棲《す》んでいました。

そこで王様《おうさま》は、知恵《ちえ》をしぼって、**〈イノシシをたおした者《もの》をお姫様《ひめさま》と結婚《けっこん》させる〉**と、おふれをだすことにしました。

それを聞《き》いて、「われこそは！」と名《な》乗《の》りでた兄弟《きょうだい》がいました。

「兄《にい》さん、ぼくは東《ひがし》から森《もり》にはいるよ」

「おう、じゃあ、おれは西《にし》からはいろう」

心《こころ》のやさしい弟《おとうと》が森《もり》を進《すす》んでいくと、黒《くろ》い槍《やり》をもった小人《こびと》がでてきました。

小人《こびと》は黒《くろ》い槍《やり》を、弟《おとうと》にさしだしていいました。

「この槍《やり》を使《つか》えば、かならずイノシシをしとめることができるよ」

そこに、イノシシがあらわれました。岩《いわ》のように大《おお》きなイノシシで、とても強《つよ》そうに見《み》えましたが、弟《おとうと》は、黒《くろ》い槍《やり》でイノシシの心臓《しんぞう》をついて、あっというまにイノシシをしとめました。

さて、西《にし》から森《もり》にはいっていった兄《あに》は、というと……森《もり》の途中《とちゅう》でお酒《さけ》を飲《の》んでいました。じつはこの兄《あに》は、まじめでやさしい弟《おとうと》とちがって、なまけ者《もの》でうそつきなのです。

「イノシシ退治《たいじ》なんて、おれたちにできるわけがない。けがをするだけさ」

と、思《おも》っていたのですが、弟《おとうと》が大《おお》きなイノシシをかかえてくるではありませんか。

「おまえ、まさかそのイノシシを、一人《ひとり》でたおしたのか？」

「そうだよ、これでぼくは、お姫様《ひめさま》と結婚《けっこん》できる。兄《にい》さんもいっしょに、お城《しろ》で暮《く》らそうね」

やさしい弟《おとうと》はそういいましたが、兄《あに》は弟《おとうと》にも酒《さけ》を飲《の》ませ、弟《おとうと》が酔《よ》って寝《ね》たすきに殺《ころ》し、その亡骸《なきがら》を橋《はし》の下《した》にうめてしまいました。そして弟《おとうと》がたおしたイノシシをお城《しろ》にもっていき、自分《じぶん》がたおしたとうそをついて、お姫様《ひめさま》と結《けっ》婚《こん》したのです。

それから何年《なんねん》かすぎたころ、羊飼《ひつじか》いがあの橋《はし》をわたりました。そして橋《はし》の下《した》にうまっていた骨《ほね》を見《み》つけました。

「動物《どうぶつ》の骨《ほね》かな？」

きれいな骨《ほね》だったので、羊飼《ひつじか》いはその骨《ほね》で笛《ふえ》をつくりました。そして、その笛《ふえ》をふこうとしたとき……、笛《ふえ》がひとりでに歌《うた》いはじめたのです。

わたしを殺《ころ》した兄《にい》さんが
わたしをうめたは橋《はし》の下《した》
わたしの獲物《えもの》をうばいさり
お姫様《ひめさま》と結婚《けっこん》したのさ

ビックリした羊飼《ひつじか》いは、その骨《ほね》の笛《ふえ》を王様《おうさま》のもとへとどけました。すると、骨《ほね》はさっきとおなじように歌《うた》い、王様《おうさま》はほんとうのことを知《し》ったのです。

心《こころ》やさしい弟《おとうと》を殺《ころ》したうそつきの兄《あに》は、すぐに死刑《しけい》となりました。

そしてガイコツとなっていた弟《おとうと》の残《のこ》りの骨《ほね》は、橋《はし》の下《した》からていねいに掘《ほ》りだされ、王様《おうさま》とお姫様《ひめさま》が用意《ようい》した墓《はか》にほうむられたそうです。

読んだ日　年　月　日／　年　月　日／　年　月　日

ポイント　弟《おとうと》をだましたうえに殺《ころ》して、うそをついていた兄《あに》は、けっきょく、しあわせにはなれませんでした。うそはいけませんね。

わずかな時間《じかん》で見《み》た夢《ゆめ》とは？

邯鄲《かんたん》の夢《ゆめ》

むかし、中国《ちゅうごく》にはふしぎな術《じゅつ》を使《つか》う「道士《どうし》」という人《ひと》がたくさんいました。道士《どうし》のおじいさんが邯鄲《かんたん》という土地《とち》の宿屋《やどや》で休《やす》んでいると、盧生《ろせい》というみすぼらしい若者《わかもの》がやってきました。

「どうしたね。いい若者《わかもの》が、元気《げんき》がないじゃないか」

「道士《どうし》のおじいさん、わたしはずっと貧乏《びんぼう》で、いくら働《はたら》いても豊《ゆた》かになれません。ああ、夢《ゆめ》でもいいから、金《かね》もちになってみたいものだ」

「そうか。ならば、おまえに豊《ゆた》かな生《せい》活《かつ》というものを味《あじ》あわせてやろう。このわしの枕《まくら》で眠《ねむ》るといい」

盧生《ろせい》は、道士《どうし》から枕《まくら》を受《う》けとりました。

「いま、宿《やど》の主人《しゅじん》がきびを煮《に》ておるよ。炊《た》けるまで少《すこ》し横《よこ》になりなさい」

盧生《ろせい》は道士《どうし》のいうとおり、その場《ば》で横《よこ》になり、頭《あたま》を枕《まくら》にのせました。

すると、盧生《ろせい》は枕《まくら》の両横《りょうよこ》に、穴《あな》があいていることに気《き》づきました。穴《あな》をのぞいていると、穴《あな》はどんどん大《おお》きくなり、盧生《ろせい》を飲《の》みこみました。

「ここはどこだ」

盧生《ろせい》は知《し》らない土地《とち》にたっていました。もとの場所《ばしょ》へ帰《かえ》ろうにも、どうしてよいかわかりません。盧生《ろせい》はしかたなく、この土地《とち》で暮《く》らすことにしました。

数《かず》か月後《げつご》、盧生《ろせい》はお金《かね》もちの娘《むすめ》と結婚《けっこん》することになり、しあわせに暮《く》らし、お金《かね》も増《ふ》えていきました。

「金《かね》をもっているだけでは、生《う》まれてきたかいがない。わたしは、役人《やくにん》になって出世《しゅっせ》するぞ」

盧生《ろせい》は勉強《べんきょう》をして、試験《しけん》に合格《ごうかく》し、村《むら》の役人《やくにん》になりました。盧生《ろせい》は優秀《ゆうしゅう》だったので、どんどん出世《しゅっせ》をしました。

ある年《とし》、中国《ちゅうごく》に敵《てき》が攻《せ》めてきました。皇帝《こうてい》は役人《やくにん》の中《なか》から、とくに優秀《ゆうしゅう》な盧生《ろせい》を将軍《しょうぐん》に選《えら》びました。盧生《ろせい》は大《だい》活躍《かつやく》をして、敵《てき》を撃退《げきたい》しました。

「盧生《ろせい》よ、よくやった。おまえほど、この国《くに》に役《やく》だつ者《もの》はおるまい。これからもわたしを助《たす》けてくれよ」

皇帝《こうてい》は、盧生《ろせい》を国《くに》の政治《せいじ》をおこなう一番《いちばん》えらい役人《やくにん》である宰相《さいしょう》にしました。

盧生《ろせい》は皇帝《こうてい》を助《たす》けて、よい政治《せいじ》をおこないました。以後《いご》二十年《にじゅうねん》以上《いじょう》も国《くに》のために力《ちから》をつくした盧生《ろせい》は、年《とし》をとって皇帝《こうてい》に引退《いんたい》を申《もう》しでました。

「ならん、ならん。おまえほどの忠臣《ちゅうしん》は、二人《ふたり》とおらんのだ」

皇帝《こうてい》は盧生《ろせい》の願《ねが》いをしりぞけましたが、盧生《ろせい》は何度《なんど》も引退《いんたい》を申《もう》しでて、やっと故郷《こきょう》に帰《かえ》り、残《のこ》りの人生《じんせい》を静《しず》かに暮《く》らし、やがて息《いき》をひきとりました。

と、ここで盧生《ろせい》の目《め》が覚《さ》めたのです。

「う〜ん。よく寝《ね》た。数十年《すうじゅうねん》もたったような気《き》がするぞ」

盧生《ろせい》があくびをしながらひとりごとをいうと、道士《どうし》が声《こえ》をかけました。

「まだ、きびは炊《た》けとらんよ。人生《じんせい》なんてものは、こんなもんじゃ」

「わたしの欲《よく》なんて、わずかな時間《じかん》で満《み》たせるものだったか。おじいさん、わたしの欲《よく》をとめてくれてありがとう」

盧生《ろせい》は礼《れい》をいって、旅《たび》だちました。

読んだ日　　年　月　日／　　年　月　日／　　年　月　日

ポイント　この お話《はなし》は、「邯鄲《かんたん》の夢《ゆめ》」「邯鄲《かんたん》の枕《まくら》」「一炊《いっすい》の夢《ゆめ》」と、いろんな言葉《ことば》で日本《にほん》に伝《つた》わっています。

目黒《めぐろ》に海《うみ》はありません

目黒《めぐろ》のさんま

落語《らくご》

むかし、江戸《えど》に住《す》む殿様《とのさま》が、目黒《めぐろ》のあたりまで鷹狩《たかが》りにでかけました。さて、お昼《ひる》になったところで、殿様《とのさま》はお腹《なか》がすいてきました。

「これ、腹《はら》が減《へ》った。昼飯《ひるめし》にせい」

「それが殿様《とのさま》。うっかり、弁当《べんとう》を忘《わす》れてしまいましたようで……」

お供《とも》の言葉《ことば》に殿様《とのさま》はおこりましたが、ないものはしかたありません。みんながお腹《なか》をすかせて困《こま》っていると、どこからかうまそうなにおいがしてきました。

「はて、このうまそうなにおいは魚《さかな》か。これ、この魚《さかな》を求《もと》めてまいれ」

「と、殿様《とのさま》。この魚《さかな》のにおいは、さんまです。さんまは庶民《しょみん》が食《た》べるもので、殿様《とのさま》のお口《くち》にはとてもあいますまい」

「ええい、よいのじゃ。はやくせよ」

こうして殿様《とのさま》は、生《う》まれてはじめて、さんまを食《た》べました。炭火《すみび》でじっくり焼《や》きあげた、脂《あぶら》ののった旬《しゅん》のさんまです。おいしくないはずがありません。殿様《とのさま》は、すっかりさんまが大好物《だいこうぶつ》になりました。

それからというもの、殿様《とのさま》の頭《あたま》の中《なか》はさんまのことばかり。寝《ね》ても覚《さ》めても、さんまの味《あじ》が忘《わす》れられません。

「ああ、さんま、さんまが食《た》べたい。これ、今日《きょう》の夕飯《ゆうはん》はさんまにせよ」

「なにをおおせになります。殿様《とのさま》のようなおかたが、さんまのような下品《げひん》なものを食《た》べてはなりませぬ」

殿様《とのさま》は毎日《まいにち》、さんまが食《た》べたいと家《け》来《らい》たちにいいましたが、家来《けらい》たちはぜったいにゆるしませんでした。

ある日《ひ》のこと、殿様《とのさま》の家族《かぞく》にお祝《いわ》いごとがありました。なんでも好《す》きなものを食《た》べていいと聞《き》いて、殿様《とのさま》はここぞとばかりにさけびました。

「さんま！」

家来《けらい》たちも、このときだけは殿様《とのさま》のいうとおりにしようと、新鮮《しんせん》な魚《さかな》が集《あつ》まる日本橋魚河岸《にほんばしうおがし》で、さんまを買《か》ってきました。ところが、いざ調理《ちょうり》するとなると、いろんな意見《いけん》がでました。

「さんまは脂《あぶら》が多《おお》くて体《からだ》にわるいぞ。蒸《む》して脂《あぶら》をぬいてから調理《ちょうり》しよう」

蒸《む》したさんまは、すっかり脂《あぶら》がぬけて、パサパサになりました。

「骨《ほね》がのどにささるといけない。小骨《こぼね》はぜんぶぬいておこう」

料理人《りょうりにん》がさんまの骨《ほね》をすべてぬきとりました。おかげで、さんまの身《み》はぐずぐずです。もうすでに、見《み》ただけではなんの魚《さかな》かわからなくなりました。

こうして調理《ちょうり》されたさんまを食《た》べた殿様《とのさま》は、おもわず顔《かお》をしかめました。

「まずい。なんだ、これ。この魚《さかな》は、ほんとうにさんまなのか」

「誠《まこと》にまこと。正真正銘《しょうしんしょうめい》、江戸《えど》で有《ゆう》名《めい》な日本橋魚河岸《にほんばしうおがし》から求《もと》めた、最高《さいこう》級《きゅう》のさんまでございますぞ」

家来《けらい》の言葉《ことば》を聞《き》いた殿様《とのさま》は、肩《かた》をがっくり落《お》としていいました。

「なに、日本橋魚河岸《にほんばしうおがし》じゃと。それはいかん。さんまは目黒《めぐろ》にかぎる」

読んだ日　　年　　月　　日／　　年　　月　　日／　　年　　月　　日

ポイント　海《うみ》のない目黒《めぐろ》でさんまは獲《と》れませんが、この落語《らくご》のおかげで、秋《あき》になると、東京都目黒区《とうきょうとめぐろく》では「さんま祭《まつ》り」が開《ひら》かれます。

恩人《おんじん》の危険《きけん》を知《し》らせたワシ

お百姓《ひゃくしょう》さんとオオワシ

イソップ

むかし、あるところに親切《しんせつ》でやさしいお百姓《ひゃくしょう》さんがいました。ある日《ひ》、お百姓《ひゃくしょう》さんが畑《はたけ》にでかけると、一羽《いちわ》のオオワシが、わなにかかってくるしんでいました。

「あれは、ワシか。なんというつくしい鳥《とり》だ。威厳《いげん》があって気品《きひん》もあり、雄々《おお》しくてたくましい。鳥《とり》の王様《おうさま》といわれるだけあって、みごとなものだ」

お百姓《ひゃくしょう》さんは感心《かんしん》して、わなにかかったオオワシをながめていました。最初《さいしょ》はほおっておこうと思《おも》っていたお百姓《ひゃくしょう》さんでしたが、オオワシの姿《すがた》に見《み》とれるうちに、だんだんかわいそうになってきました。

「やれやれ。これほどの鳥《とり》がくるしんでいる姿《すがた》を見《み》ちゃおれんわい。猟師《りょうし》はさぞくやしがるだろうが、いまならだれも見《み》ておらん。おれが助《たす》けてやろう」

お百姓《ひゃくしょう》さんはそういうと、オオワシのわなをはずし、逃《に》がしてやりました。オオワシは、パッと羽《はね》を広《ひろ》げると、ひと声鳴《ごえな》いて、飛《と》びたっていきました。

「う〜ん。飛《と》んでいる姿《すがた》もすばらしいな。やっぱり鳥《とり》は、飛《と》んでいるときが一番《いちばん》うつくしい」

お百姓《ひゃくしょう》さんは、オオワシが飛《と》びさる姿《すがた》を見送《みおく》ると、ニコニコしながら畑仕事《はたけしごと》に戻《もど》っていきました。

それから何日《なんにち》かたちました。お百姓《ひゃくしょう》さんは、いつものように畑仕事《はたけしごと》をしたあと、休憩《きゅうけい》することにしました。

「ふう、つかれたなあ。どれ、ひと休《やす》みしよう。あそこの石垣《いしがき》が日陰《ひかげ》になっていて涼《すず》しそうだ」

お百姓《ひゃくしょう》さんは、畑《はたけ》の近《ちか》くにあった古《ふる》い石垣《いしがき》のそばにすわって休《やす》みました。すると、先日助《せんじつたす》けたオオワシが、お百姓《ひゃくしょう》さんの頭《あたま》の上《うえ》に飛《と》んできたのです。

「おう、こないだのワシか。あいかわらずうつくしい鳥《とり》だ。ん、どうした、うわっ、なにをする、こら、やめろっ」

オオワシはお百姓《ひゃくしょう》さんに近《ちか》づいたかと思《おも》うと、いきなりお百姓《ひゃくしょう》さんの頭《あたま》から帽子をうばって、飛《と》びさりました。

「こら、おれのぼうしを返《かえ》せ」

お百姓《ひゃくしょう》さんは石垣《いしがき》のそばからたちあがって、オオワシを追《お》いかけました。すると、オオワシはなにを思《おも》ったのか、帽子を落《お》としてどこかへいってしまいました。

「やれやれ。とんだいたずら者《もの》を助《たす》けてしまったな」

お百姓《ひゃくしょう》さんがため息《いき》をつきながら帽子をひろいあげたところ、石垣《いしがき》がとたんに大《おお》きな音《おと》をたててくずれ落《お》ちました。お百姓《ひゃくしょう》さんは、ぼうぜんとそのようすをながめて、いいました。

「あのまま石垣《いしがき》のそばにいたら、大《おお》けがをするところだったな。ワシのおかげで助《たす》かったわい」

人《ひと》に親切《しんせつ》にされたら、恩《おん》は返《かえ》しましょう。みんな助《たす》けあって生《い》きているのですから。

読んだ日　　年　月　日／　　年　月　日／　　年　月　日

ポイント　動物《どうぶつ》が恩《おん》を返《かえ》すお話《はなし》は、世界中《せかいじゅう》にありますね。心《こころ》のあたたまるお話《はなし》ばかりです。

神様《かみさま》はモーセにエジプト王《おう》に会《あ》うようにいいました

モーセ　海《うみ》にできた道《みち》

聖書《せいしょ》

むかしむかし、イスラエルの民《たみ》はいろいろな国《くに》を旅《たび》していました。あるとき、イスラエルのヨセフという青年《せいねん》が、エジプトの国民《こくみん》を救《すく》う活躍《かつやく》をしました。よろこんだエジプトの王《おう》は、ヨセフと家族《かぞく》を、エジプトに住《す》まわせました。

それから長《なが》い年月《ねんげつ》がたちました。つぎつぎと国王《こくおう》がかわり、ヨセフの活躍《かつやく》を知《し》る人《ひと》はいなくなりました。「イスラエルの民《たみ》が増《ふ》えて、エジプト人《じん》の働《はたら》く場所《ばしょ》や、住《す》む場所《ばしょ》がなくなる」と、国民《こくみん》たちが不満《ふまん》をいいはじめました。

そこで王《おう》は、イスラエルの民《たみ》に男《おとこ》の子《こ》が生《う》まれると、どこかに連《つ》れていって、すててしまいました。

あるイスラエルの民《たみ》の家《いえ》に、かわいい男《おとこ》の子《こ》が生《う》まれました。おかあさんは息子《むすこ》が連《つ》れていかれないように、カゴにいれて、ナイル川《がわ》の葦《あし》の茂《しげ》みにかくしました。

「神様《かみさま》、息子《むすこ》をお守《まも》りください」

そのとき、水浴《みずあ》びにきていた王《おう》の娘《むすめ》が、そのかごを見《み》つけたのです。

「まあ、かわいい赤《あか》ちゃん」

王女《おうじょ》はかごの中《なか》の赤《あか》ちゃんを宮殿《きゅうでん》に連《つ》れて帰《かえ》りました。赤《あか》ちゃんはモーセと名《な》づけられ、たいせつに育《そだ》てられました。モーセが大人《おとな》になったとき、神《かみ》様《さま》はモーセに話《はな》しかけました。

「エジプト王《おう》に会《あ》って、イスラエルの民《たみ》を解放《かいほう》するようにいいなさい」

モーセは王《おう》に、神様《かみさま》のことばを伝《つた》えました。王《おう》はおこり、イスラエルの民《たみ》に、かえってきつく、つらい仕事《しごと》をさせました。そこで神様《かみさま》は、エジプトにおそろしい災《わざわ》いをあたえました。

最初《さいしょ》に、ナイル川《がわ》が血《ち》のように赤《あか》くなりました。つぎに川《かわ》からたくさんのカエルがでてきて、地面《じめん》も家《いえ》の中《なか》もカエルでうめつくされました。大量《たいりょう》のハエが国中《くにじゅう》を飛《と》びまわり、ウシやロバやラクダが病気《びょうき》になりました。ひょうがふって雷《かみなり》が落《お》ち、畑《はたけ》の作物《さくもつ》が全《ぜん》滅《めつ》しました。イナゴの大群《たいぐん》におそわれ、残《のこ》っていた食《た》べ物《もの》はなくなりました。おそろしい砂嵐《すなあらし》でエジプト人《じん》の多《おお》くが犠牲《ぎせい》になりました。つぎつぎに災《わざわ》いが起《お》こり、ついに王《おう》は、モーセにエジプトからでていくようにいいました。

その夜《よる》、モーセとイスラエルの民《たみ》たちは、エジプトを旅《たび》だち、むかし先祖《せんぞ》が住《す》んでいた地《ち》を目ざしました。

けれども王《おう》は、モーセに復讐《ふくしゅう》するため、軍隊《ぐんたい》を連《つ》れて追《お》いかけてきました。すると、大《おお》きな雲《くも》の柱《はしら》がたって、モーセたちをかくしました。

朝《あさ》になり、紅海《こうかい》のまえで、モーセはまた軍隊《ぐんたい》に追《お》いつかれました。ところが、モーセが手《て》を広《ひろ》げると、海《うみ》が左右《さゆう》にわかれ、道《みち》があらわれました。モーセたちが向《む》こう岸《ぎし》にわたると、海《うみ》はもとに戻《もど》りました。追《お》いかけてきた軍隊《ぐんたい》は、水《みず》にのまれてしまいました。こうして、モーセはエジプトを脱出《だっしゅつ》したのです。

9月
神話
ふしぎな話

読んだ日　年　月　日／　年　月　日／　年　月　日

ポイント　聖書《せいしょ》の物語《ものがたり》は映画《えいが》や小説《しょうせつ》にも使《つか》われています。このモーセのお話《はなし》をもとにした映画《えいが》もたくさんあります。

ほらふき男爵《だんしゃく》
作者不詳《さくしゃふしょう》

ほらふき男爵《だんしゃく》がカモを三十六羽《さんじゅうろくわ》つかまえて……

ほらふき男爵《だんしゃく》、カモと空《そら》を飛《と》ぶ

わがはいは、ミュンヒハウゼン男《だん》爵《しゃく》だ。人《ひと》は「ほらふき男爵《だんしゃく》」などと呼《よ》ぶが、まったく失礼《しつれい》な話《はなし》だ。わがはいの冒険《ぼうけん》が、人《ひと》の理解《りかい》や想像力《そうぞうりょく》を超《こ》えているだけだ。今日《きょう》は、きみたちにとっておきの話《はなし》をしてあげよう。

わがはいがドイツにいたころのことだ。湖《みずうみ》で、たくさんのカモが泳《およ》いでいるのにでくわした。

「今夜《こんや》の食事《しょくじ》はカモの丸焼《まるや》きだ！」

わがはいは、はりきったが、あいにく鉄砲《てっぽう》には玉《たま》が残《のこ》っていなかった。そこで、弁当《べんとう》で食《た》べ残《のこ》したベーコンの脂《あぶら》身《み》をひもにむすびつけ、湖《みずうみ》に投《な》げいれた。すると、一羽《いちわ》のカモがパクリと脂《あぶら》身《み》を飲《の》みこんだ。脂身《あぶらみ》はぬるぬるしていたので、カモの腹《はら》の中《なか》をツルツルすべり、尻《しり》からツルンと飛《と》びだした。それを二羽目《にわめ》のカモがパクリ。ベーコンはまたもやツルリとすべって、尻《しり》からツルン。それをまたつぎのカモがパクリ。ツルン、パクリをくりかえし、とうとう三十六羽《さんじゅうろくわ》のカモが、一本《いっぽん》のひもでつながった。

ちょうど、ネックレスの玉《たま》のように、カモが数珠《じゅず》つなぎになったと思《おも》ってくれ。

わがはいは、ひもを自分《じぶん》の腰《こし》に巻《ま》きつけ、しっかりくくりつけた。そのときだ、三十六羽《さんじゅうろくわ》のカモが、いっせいに羽《は》ばたいた！　カモはわがはいをぶらさげたまま、空高《そらたか》く舞《ま》いあがったのだ。

しかし、わがはいはあわてなかった。コートのすそを開《ひら》いたり閉《と》じたりしながら舵《かじ》をとり、大空《おおぞら》を自由《じゆう》に飛《と》びまわったんだ。

そのうち、わがはいの屋敷《やしき》の上《うえ》まで飛《と》んできたので、カモを一羽《いちわ》ずつたぐりよせ、頭《あたま》をなでて眠《ねむ》らせた。飛《と》んでいるカモの数《かず》がだんだん減《へ》り、ゆっくりとおりていった。ちょうど台所《だいどころ》の上《うえ》だったので、わ

がはいは、カモといっしょに煙突《えんとつ》からすべりこんだ。料理番《りょうりばん》のおどろいた顔《かお》を、きみにも見《み》せてあげたかったね。もちろん、その日《ひ》の夕食《ゆうしょく》はカモの丸焼《まるや》きだ。

カモのつぎは、ウズラの話《はなし》をしよう。わがはいは、新《あたら》しい鉄砲《てっぽう》のためしうちにでかけた。すっかり玉《たま》を使《つか》いはたしたとき、ウズラの群《む》れを見《み》つけたのだ。どうしたものか知恵《ちえ》をしぼったら、いい考《かんが》えがうかんだ。鉄砲《てっぽう》を掃除するための長《なが》い棒《ぼう》をとりだし、先《さき》っぽをとがらせた。その棒《ぼう》を鉄砲《てっぽう》につめこみ、玉《たま》のかわりにぶっぱなしたのである。

棒《ぼう》はぐんぐん飛《と》んで、七羽《ななわ》のウズラをいっぺんに串刺《くしざ》しにしたんだ。ウズラはドサリと原《はら》っぱに落《お》ちた。なかよく串《くし》につながったまま、ウズラはきょとんとしていたよ。

おもしろい話《はなし》はもっとあるが、つづきは、またつぎのおたのしみだ。

読んだ日　年　月　日／　年　月　日／　年　月　日

ポイント　ミュンヒハウゼン男爵《だんしゃく》は実在《じつざい》の人《ひと》で、ドイツの貴族《きぞく》です。男爵《だんしゃく》の「ほら話《ばなし》」はスケールが大《おお》きくて、想像《そうぞう》するとたのしいですね。

9月24日のお話

出雲大社《いずもおおやしろ》の祭神《さいじんおおくにぬしのみこと》「大国主命」のお話《はなし》

オオクニヌシノミコト

日本神話《にほんしんわ》

神様《かみさま》オオナムチは、兄《あに》の八十神《やそがみ》たちにいつもいじめられていました。ところがあまりにやさしいので、オオナムチはいじめられていることに気《き》づきません。そのため、兄《あに》たちはいっそう腹《はら》をたてていました。

あるとき、兄《あに》たちは、国中《くにじゅう》で評判《ひょうばん》の美人《びじん》ヤガミヒメに求婚《きゅうこん》しました。ところがヤガミヒメは、兄《あに》たちの荷物《にもつ》を背《せ》おわされ、後《うし》ろのほうでニコニコ笑《わら》っているオオナムチのことを好《す》きになってしまったのです。兄《あに》たちはいかりくるい、オオナムチを殺《ころ》そうとしました。

「オオナムチよ、おれたちがいまから赤《あか》いイノシシをこの山《やま》から追《お》いだすから、おまえは待《ま》ちかまえてつかまえろ」

「わかりました、にいさんがた」

オオナムチが山《やま》のふもとで待《ま》ちかまえていると、なんと、真《ま》っ赤《か》に焼《や》かれた大岩《おおいわ》がころがってきました。オオナムチはイノシシだと思《おも》いこんで、全身《ぜんしん》で受《う》けとめたため、岩《いわ》の火《ひ》に焼《や》かれて、死《し》んでしまいました。

オオナムチの母親《ははおや》が必死《ひっし》に手《て》をつくしたのでオオナムチは生《い》き返《かえ》りましたが、兄《あに》たちはまたオオナムチを殺《ころ》しました。そこで、母親《ははおや》はオオナムチをふたたび生《い》き返《かえ》らせると、スサノオノミコトが住《す》む根《ね》の国《くに》に逃《に》がしました。スサノオは出雲《いずも》の国《くに》をおさめたあと隠居《いんきょ》して、根《ね》の国《くに》に住《す》んでいたのです。

根《ね》の国《くに》で、オオナムチは、スサノオの娘《むすめ》のスセリヒメに出会《であ》いました。スセリヒメは、オオナムチに一目《ひとめ》ぼれしました。それにおこったスサノオは、オオナムチをヘビがたくさんいる部屋《へや》にいれました。スセリヒメは、部屋《へや》にはいろうとするオオムナチに、布切《ぬのき》れをわたしていいました。

「オオナムチ様《さま》、この布《ぬの》をヘビのまえで三度《さんど》ふってください」

オオナムチがそのとおりにすると、ヘビは近《ちか》よってきませんでした。

つぎにスサノオは、ハチとムカデの部屋《へや》にオオナムチをいれました。しかし、スセリヒメの布《ぬの》のおかげで、またもオオナムチは助《たす》かりました。

そこで、スサノオは、オオナムチに、野原《のはら》に落《お》ちた、音《おと》の鳴《な》る矢《や》である鏑矢《かぶらや》をひろってくるよう、いいつけました。そして、オオナムチが野原《のはら》の真《ま》ん中《なか》についたところで、まわりに火《ひ》をつけたのです。オオナムチが困《こま》っていると、

「**内《うち》はほらほら、外《そと》はすぶすぶ**」

と、いうネズミの声《こえ》が足《あし》もとの穴《あな》から聞《き》こえてきました。オオナムチは、

「そうか、穴《あな》の中《なか》はほらほらと広《ひろ》くて、入《い》り口《ぐち》はすぶすぶと狭《せま》いということだな」

と、さとって、足《あし》もとの穴《あな》に飛《と》びこみ、火《ひ》から逃《のが》れることができました。

困難《こんなん》を乗《の》りこえ、スサノオに認《みと》められたオオナムチは、スセリヒメをめとれました。そして、スサノオから「オオクニヌシノミコト」という名前《なまえ》をもらい、出雲《いずも》の神様《かみさま》になったのです。

読んだ日　年　月　日／　年　月　日／　年　月　日

ポイント 「因幡《いなば》の白《しろ》ウサギ」で白《しろ》ウサギを助《たす》けたオオナムチのその後《ご》のお話《はなし》です。

一人《ひとり》ぼっちのきつねと人間《にんげん》のお話《はなし》

ごんぎつね

新美南吉《にいみなんきち》

むかし、森《もり》の中《なか》に、ごんぎつねという子《こ》ぎつねが、一人《ひとり》ぼっちで棲《す》んでいました。ごんは夜《よる》でも昼《ひる》でも村《むら》にでて、いたずらばかりして暮《く》らしていました。

ある秋《あき》のことです。ごんが村《むら》の中《なか》にある小川《おがわ》の近《ちか》くにくると、川《かわ》の中《なか》に人《ひと》がいて、なにかやっていました。

「兵十《ひょうじゅう》だな」と、ごんは思《おも》いました。兵十《ひょうじゅう》は網《あみ》で魚《さかな》をとっているようです。

兵十《ひょうじゅう》はしばらくすると、魚《さかな》のはいったびくを置《お》いて、どこかへいってしまいました。それを見《み》ていたごんは、ちょいといたずらをしたくなりました。そこで、びくの中《なか》にはいっていた魚《さかな》をぜんぶ、川《かわ》の中《なか》へ投《な》げこんだのです。

一番《いちばん》しまいは太《ふと》いうなぎでしたが、ぬるぬるとすべりぬけるので、手《て》ではつかめません。じれたごんが、うなぎの頭《あたま》を口《くち》にくわえたところ、うなぎはキュッといって、ごんの首《くび》へ巻《ま》きつきました。そこへ兵十《ひょうじゅう》が戻《もど》ってきて、ごんをどなりつけました。ごんはおどろいて、うなぎを首《くび》に巻《ま》きつけたまま逃《に》げました。

十日《とおか》ほどたって、ごんが兵十《ひょうじゅう》の家《いえ》のまえを通《とお》りかかると、お葬式《そうしき》をやっていました。

「兵十《ひょうじゅう》の家《いえ》のだれが死《し》んだんだろう」

しばらくかくれてようすをながめていたところ、死《し》んだのは兵十《ひょうじゅう》のおっかあだとわかりました。

「兵十《ひょうじゅう》のおっかあは、病気《びょうき》でうなぎが食《た》べたいといったにちがいない。ところが、おれがいたずらをして、うなぎをとってきてしまった。だから兵十《ひょうじゅう》は、おっかあにうなぎを食《た》べさせることができなかったんだ。あんないたずらをしなけりゃよかった」

兵十《ひょうじゅう》はおっかあと二人暮《ふたりぐ》らしでしたが、一人《ひとり》ぼっちになってしまいました。

「おれとおなじ一人《ひとり》ぼっちの兵十《ひょうじゅう》か」

ごんは、おわびのしるしに、いわし売《う》りから盗《ぬす》んだ五《ご》、六匹《ろっぴき》のいわしを兵十《ひょうじゅう》の家《いえ》に投《な》げこみました。ところが、兵十《ひょうじゅう》は盗人《ぬすっと》とまちがわれて、ひどい目《め》にあってしまったのです。

これを知《し》ったごんは、しまったと思《おも》いました。そこで、ごんは今度《こんど》は栗《くり》を置《お》いて帰《かえ》りました。まつたけをもっていく日《ひ》もありました。兵十《ひょうじゅう》はいったい、だれが栗《くり》やまつたけをくれるのか、ふしぎでしかたありませんでした。

ある日《ひ》、兵十《ひょうじゅう》が縄《なわ》をなっていると、ごんが裏口《うらぐち》からこっそりはいってくるのがわかりました。こないだのごんぎつねが、またいたずらをしにきたな、と思《おも》った兵十《ひょうじゅう》は、火縄銃《ひなわじゅう》で、戸口《とぐち》をでようとするごんを、**ドン**、とうちました。ごんは、ばたりとたおれました。家《いえ》の中《なか》を見《み》ると、土間《どま》に栗《くり》が置《お》いてあるのが目《め》につきました。

「ごん、おまいだったのか。いつも栗《くり》をくれたのは」

ごんは、ぐったりと目《め》をつぶったまま、うなずきました。兵十《ひょうじゅう》は火縄銃《ひなわじゅう》をばたりと、とり落《お》としました。青《あお》い煙《けむり》が、まだ筒口《つつぐち》から細《ほそ》くでていました。

読んだ日　　年　月　日／　　年　月　日／　　年　月　日

ポイント　小学校《しょうがっこう》の国語《こくご》教科書《きょうかしょ》の定番《ていばん》の物語《ものがたり》。土間《どま》とは、屋内《おくない》で床材《ゆかざい》を使《つか》わずに土《つち》でかためられた場所《ばしょ》です。

ライオンの作戦《さくせん》を見《み》ぬいたキツネ

老《ろう》ライオンとキツネ

イソップ

むかし、年《とし》をとって、歯《は》も牙《きば》もすっかりボロボロになったライオンがいました。百獣《ひゃくじゅう》の王《おう》といわれるライオンも、老《お》いては獲物《えもの》をつかまえることができません。

「ふうむ、近《ちか》ごろはさっぱり獲物《えもの》がとれんようになったな。だが、年《とし》のせいばかりにもしていられん。このままでは飢《う》え死《じ》にだ。少《すこ》し頭《あたま》を使《つか》って、獲物《えもの》をつかまえることにしよう」

ライオンはそういうと、山《やま》の中《なか》の洞《どう》窟《くつ》にひきこもりました。そして、自分《じぶん》が病気《びょうき》になったと、動物《どうぶつ》たちにうわさを流《なが》したのです。

「よおよお、聞《き》いたか。あのライオンが病気《びょうき》になったんだってさ」

「そりゃ、助《たす》かるな。これで食《た》べられずにすむというものだ。このまま、ほおっておけばいいんじゃないか」

「ばか、もしライオンの病気《びょうき》がなおったらどうする。見舞《みま》いにこなかったことを理由《りゆう》にあばれまわるぞ。みんな食《く》われちまう」

「じゃあ、どうする？」

動物《どうぶつ》たちは、ライオンの病気《びょうき》をしきりにうわさしました。そして、相談《そうだん》した結果《けっか》、一匹《いっぴき》ずつ交代《こうたい》で、ライオンの見舞《みま》いにいくことにしたのです。

「やあ、ライオンさん、体《からだ》の具合《ぐあい》はどうですか？」

「おう、シカさんか。まだ病気《びょうき》がよくならなくてな。おれはもうダメだ。最《さい》後《ご》にもっと話《はなし》をしてくれ。さあ、もっと近《ちか》よっておいで」

シカは同情《どうじょう》してライオンのそばによりました。すると、ライオンはいきなり、シカをおそって食《た》べてしまいました。

ウサギもネズミもコウノトリも、みんなライオンのお見舞《みま》いにいって食《た》べられました。動物《どうぶつ》たちがライオンのお見舞《みま》いにいったきり戻《もど》らないことに気《き》づいたのは、キツネでした。

「これはなにかあるな。つぎはおれが見舞《みま》いにいく番《ばん》だが、さて、どうしよう」

キツネは、ライオンの棲《す》む洞窟《どうくつ》にむかいました。そして地面《じめん》を見《み》たときに、すべてをさとったのです。

キツネは洞窟《どうくつ》の外《そと》から、中《なか》にいるライオンに声《こえ》をかけました。

「ライオンさん、ご機嫌《きげん》いかが？」

「その声《こえ》はキツネか。なぜ、中《なか》へはいってこない。おまえの姿《すがた》がよく見《み》えるように、中《なか》にはいってくるがいい」

「わたしもそうしたいんですがね。そのまえに一《ひと》つ教《おし》えてください。洞窟《どうくつ》の中《なか》にはいっていく足跡《あしあと》はたくさんあるんですが、でてくる足跡《あしあと》は一《ひと》つもないんです。ほかの動物《どうぶつ》たちは、いったいどうやって、洞窟《どうくつ》の外《そと》にでたんですか？」

人《ひと》は、自分《じぶん》が経験《けいけん》することで物事《ものごと》を学《まな》びます。かしこい人《ひと》は、他人《たにん》の経験《けいけん》からも学《まな》ぶことができます。他人《たにん》が災《さい》難《なん》にあったときは、自分《じぶん》ならどうするか、よく考《かんが》えたほうがいいでしょう。

読んだ日　年　月　日／　年　月　日／　年　月　日

ポイント　イソップ寓話《ぐうわ》では、ライオンは強《つよ》さや権力《けんりょく》の象徴《しょうちょう》としてみなされています。

サンマはしあわせだったのでしょうか

焼《や》かれた魚《さかな》

小熊秀雄《おぐまひでお》

白《しろ》い皿《さら》の上《うえ》にのった焼《や》かれたサンマは、たまらなく海《うみ》が恋《こい》しくなりました。

そこで、自分《じぶん》をねらっているネコに相談《そうだん》しました。

すると、ネコはいいました。

「いいよ。海《うみ》に連《つ》れていこう。そのかわり、お礼《れい》をもらわないとね」

そこでサンマは、報酬《ほうしゅう》としてネコに一番《いちばん》おいしい頬《ほお》の肉《にく》をやることを約束《やくそく》して、海《うみ》まで連《つ》れていってもらうことにしました。

ネコはサンマをくわえて、家《いえ》を飛《と》びだしました。ところが町《まち》はずれまでくると、こういうのです。

「サンマさん、腹《はら》が減《へ》ってとてもがまんができない。もう海《うみ》までいけないよ」

サンマは、「じゃあ、いま食《た》べていいよ」といいました。ネコはサンマの頬《ほお》の肉《にく》を食《た》べると、逃《に》げてしまいました。

翌朝《よくあさ》、ドブネズミが近《ちか》くを通《とお》りかかりました。サンマはわけを話《はな》して、報《ほう》酬《しゅう》として、自分《じぶん》の片側《かたがわ》の肉《にく》をあげる約《やく》束《そく》をしました。ドブネズミは、サンマの片側《かたがわ》の肉《にく》を食《た》べると、サンマの胴《どう》に長《なが》い尻尾《しっぽ》を巻《ま》いて走《はし》りだしました。その日《ひ》の夕方《ゆうがた》、広《ひろ》い野原《のはら》についたところで、ドブネズミは逃《に》げていきました。

その翌朝《よくあさ》、野良犬《のらいぬ》が野原《のはら》を通《とお》りました。サンマは海《うみ》まで運《はこ》んでくださいとたのみました。報酬《ほうしゅう》はもう片側《かたがわ》に残《のこ》っていた肉《にく》です。野良犬《のらいぬ》は、サンマの片《かた》側《がわ》の肉《にく》を食《た》べおわると、サンマをくわえて海《うみ》へと走《はし》りました。しかし野良犬《のらいぬ》は、杉《すぎ》の森《もり》まできたときに、サンマをほうりだして逃《に》げてしまいました。

その翌日《よくじつ》、一羽《いちわ》のカラスがきたので、サンマは、残《のこ》った肉《にく》を報酬《ほうしゅう》に、海《うみ》へ連《つ》れていってくれるようたのみました。

「そればかりの肉《にく》じゃだめだよ」

「では、わたしのだいじな目玉《めだま》をあげましょう。もうこれしかないのです」

カラスはサンマから目玉《めだま》をとりあげ、体《からだ》じゅうにわずかに残《のこ》った肉《にく》をぜんぶ食《た》べると、海《うみ》にむかって飛《と》びました。ずいぶんきたなと思《おも》うころ、カラスはサンマをほうりだして逃《に》げました。

目《め》は見《み》えませんが、サンマには波《なみ》の音《おと》が聞《き》こえました。海《うみ》は近《ちか》いのです。

何日《なんにち》かたつと、アリの大群《たいぐん》が通《とお》りかかりました。アリの王様《おうさま》は、サンマの話《はなし》を聞《き》くとたいへん同情《どうじょう》して、家来《けらい》たちにサンマを海《うみ》まで連《つ》れていくように命《めい》じました。やっと、海《うみ》までたどりついて、サンマはアリに何度《なんど》もお礼《れい》をいって、海《うみ》に飛《と》びこみました。

サンマはよろこんで海《うみ》の中《なか》を泳《およ》ぎまわりましたが、肉《にく》がないせいか、うまく泳《およ》げません。目《め》も見《み》えないので、どこを泳《およ》いでいるかもわかりません。

それから幾日《いくにち》かたって、サンマは岸《きし》にうちあげられました。そして白《しろ》い砂《すな》が体《からだ》の上《うえ》にかさなっていき、やがてサンマは、砂《すな》の中《なか》にうもれてしまいました。

聞《き》こえていた波《なみ》の音《おと》もしだいに遠《とお》くなり、やがてなにも聞《き》こえなくなりました。

読んだ日　年　月　日／　年　月　日／　年　月　日

ポイント 小熊秀雄《おぐまひでお》(1901-1940)は多才《たさい》な人物《じんぶつ》で、詩《し》・小説《しょうせつ》・評論《ひょうろん》・童話《どうわ》・絵画《かいが》などの分野《ぶんや》で活躍《かつやく》しました。

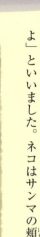

童謡《どうよう》で有名《ゆうめい》なタヌキ三大昔話《さんだいむかしばなし》の一《ひと》つ

しょうじょう寺《じ》のタヌキばやし

むかし、山奥《やまおく》にしょうじょう寺《じ》という小《ちい》さなお寺《てら》がありました。しょうじょう寺《じ》のある山《やま》はタヌキがたくさんいて、腹鼓《はらつづみ》をうったり、化《ば》け物《もの》になったりして和尚《おしょう》さんや小僧《こぞう》さんをおどかします。タヌキたちのいたずらがひどいので、しょうじょう寺《じ》にくる和尚《おしょう》さんは、つぎつぎにいれかわりました。

「おいらたちタヌキの力《ちから》を、今度《こんど》の和《お》尚《しょう》さんにも見《み》せつけてやるか」

月夜《つきよ》の晩《ばん》、タヌキたちは、大勢《おおぜい》でしょうじょう寺《じ》にでかけていきました。

「まずは、おいらからだ」

一匹《いっぴき》の若《わか》いタヌキがそういうと、一《ひと》つ目小僧《めこぞう》に化《ば》けました。

「和尚《おしょう》さん、こんばんわあぁ」

「おやおや、めずらしいお人《ひと》がきたな。どれ、おまんじゅうでも食《た》べなされ」

和尚《おしょう》さんは一《ひと》つ目小僧《めこぞう》を見《み》ても顔色《かおいろ》一《ひと》つかえず、タヌキにおまんじゅうをくれました。タヌキはよろこんで、おまんじゅうをもって帰《かえ》りました。

「おまんじゅうもらっちゃったぁ」

「ばか、よろこぶやつがあるか。今度《こんど》はわしがいこう」

年寄《としよ》りタヌキが大入道《おおにゅうどう》に化《ば》けて、和《お》尚《しょう》さんに会《あ》いました。しかし、和《お》尚《しょう》さんはやはり平気《へいき》な顔《かお》で、大入道《おおにゅうどう》に酒《さけ》をごちそうしてくれました。年寄《としよ》りタヌキも大《おお》よろこび。和尚《おしょう》さんとたのしくお酒《さけ》を飲《の》みはじめました。

「タヌキは食《く》い物《もの》に弱《よわ》いからなあ。あの和尚《おしょう》さんは強敵《きょうてき》だぞ。こうなったら、みんな、奥《おく》の手《て》をだすぞ」

タヌキの親分《おやぶん》はそういうと、腹鼓《はらつづみ》をうちだしました。ほかのタヌキたちもいっせいに親分《おやぶん》ダヌキにあわせて腹《はら》鼓《つづみ》をうちました。ポンポコと鳴《な》りひびく音《おと》を聞《き》いた和尚《おしょう》さんは大《おお》よろこびです。

「おお、これがうわさに名高《なだか》いタヌキの腹鼓《はらつづみ》か。わしもまねしてみよう」

和尚《おしょう》さんが腹鼓《はらつづみ》をしはじめたので、タヌキたちはびっくり仰天《ぎょうてん》。和尚《おしょう》さんに負《ま》けてなるものかと、けんめいに腹《はら》鼓《つづみ》をポンポコポンポコとうちました。

「和尚《おしょう》さんに負《ま》けるな。タヌキたち、みんなでてこい。負《ま》けるでないぞ」

親分《おやぶん》ダヌキは和尚《おしょう》さんに負《ま》けまいと腹鼓《はらつづみ》をうちました。けれど、がんばりすぎて、お腹《なか》が破裂《はれつ》してしまいました。

「親分《おやぶん》がたいへんだあ」

腹鼓《はらつづみ》をやめて大《おお》さわぎするタヌキに気《き》づいた和尚《おしょう》さんが、親分《おやぶん》ダヌキのお腹《なか》に薬《くすり》をぬってくれました。

「和尚《おしょう》さん、ありがとう。これで親分《おやぶん》は助《たす》かるよ」

「なに、気《き》にせんでいいよ。それより、また腹鼓合戦《はらつづみがっせん》をやろうな」

こうして和尚《おしょう》さんとタヌキたちはなかよくなりました。以来《いらい》、月夜《つきよ》の晩《ばん》になるとタヌキたちがしょうじょう寺《じ》の庭《にわ》にあらわれて、和尚《おしょう》さんといっしょに腹鼓《はらつづみ》をうつようになりましたとさ。

9月
日本の昔話
ゆかいな話

読んだ日　年　月　日／　年　月　日／　年　月　日

ポイント　千葉県木更津市《ちばけんきさらづし》の證誠寺《しょうじょうじ》がモデル。「ぶんぶく茶釜《ちゃがま》」「松山騒動八百八狸物語《まつやまそうどうはっぴゃくやたぬきものがたり》」とならぶ、三大《さんだい》タヌキ話《ばなし》の一《ひと》つです。

大《おお》きな竜巻《たつまき》に飛《と》ばされ、ドロシーとトトはふしぎな国《くに》へ

9月29日のお話

オズの魔法使《まほうつか》い

ライマン・フランク・ボーム

ドロシーは、アメリカのカンザスで、おじさんとおばさん、そして子《こ》イヌのトトと暮《く》らしていました。ある日《ひ》、大《おお》きな竜巻《たつまき》がカンザスにやってきました。みんなで地下室《ちかしつ》にかくれましたが、子《こ》イヌのトトがいません。

「トト、どこにいるの？」

家《いえ》の中《なか》に戻《もど》ったドロシーは、竜巻《たつまき》に巻《ま》きこまれ、ふきとばされてしまいました。家《いえ》は空《そら》を飛《と》びつづけ、やがて**ドシンッ**と、地面《じめん》に落《お》ちました。家《いえ》の外《そと》に、きれいな女《おんな》の人《ひと》がたっていました。

「わたしは北《きた》の魔女《まじょ》です。東《ひがし》のわるい魔女《まじょ》を退治《たいじ》してくれて、ありがとう」

「魔女《まじょ》なんて、退治《たいじ》してないわ」

ドロシーはいいました。

「東《ひがし》の魔女《まじょ》は、あなたの家《いえ》の下《した》じきになったのですよ」

家《いえ》の下《した》から、銀《ぎん》の靴《くつ》をはいた足《あし》がでています。やがて足《あし》も消《き》え、銀《ぎん》の靴《くつ》だけが残《のこ》りました。北《きた》の魔女《まじょ》は、銀《ぎん》の靴《くつ》をドロシーにわたしました。

「これは、魔法《まほう》の靴《くつ》です。きっと、あなたの役《やく》にたちますよ」

ドロシーは北《きた》の魔女《まじょ》に、カンザスへ帰《かえ》る方法《ほうほう》をたずねました。

「黄色《きいろ》いレンガの道《みち》をいくと、エメラルドの都《みやこ》につきます。そこで、オズの魔法使《まほうつか》いに聞《き》くといいでしょう」

ドロシーは銀《ぎん》の靴《くつ》をはき、都《みやこ》を目ざして歩《ある》きはじめました。しばらくいくと、とうもろこし畑《ばたけ》の中《なか》に、かかしがたっていました。

「ここから動《うご》けないので、助《たす》けてくれませんか」

ドロシーはかかしの背中《せなか》から棒《ぼう》をぬいて、自由《じゆう》にしてあげました。

「ぼくの頭《あたま》はからっぽです。あなたのように知恵《ちえ》のつまった頭《あたま》がほしいな」

と、かかしはいいました。

「魔法使《まほうつか》いにたのめばいいわ」

かかしは、ドロシーと都《みやこ》へいくことにしました。黄色《きいろ》の道《みち》は森《もり》につづいていました。森《もり》の中《なか》には、体《からだ》のさびたブリキの木《き》こりがいました。動《うご》くたびに**ギギッ**と音《おと》がします。ドロシーはブリキの体《からだ》に油《あぶら》をさしてあげました。

「ありがとう。ぼくは、あなたのような親切《しんせつ》で温《あたた》かい心《こころ》がほしいのです」

こうして、ブリキの木《き》こりもドロシーたちと都《みやこ》を目指《めざ》します。森《もり》の奥《おく》へ進《すす》むと、とつぜん、「**ウォーッ**」というおそろしい声《こえ》がして、ライオンが飛《と》びだしてきました。

「弱《よわ》いものいじめするなんて、ライオンのくせに、ひきょうで弱虫《よわむし》ね！」

ドロシーにおこられて、ライオンは泣《な》きだしました。

「ぼくは、生《う》まれつき臆病《おくびょう》なんだ。ライオンらしい勇気《ゆうき》がほしいよ」

そこで、ライオンもいっしょに旅《たび》をすることになりました。みんなで黄《き》色《いろ》い道《みち》を進《すす》みます。しばらくすると、深《ふか》い谷《たに》がありました。橋《はし》がないとわたれません。かかしがいいました。

「木《き》こりさんに、木《き》を切《き》ってもらって、橋《はし》にすればいい」

さっそく木《き》を切《き》り、橋《はし》をわたろうと

読んだ日　　年　月　日／　　年　月　日／　　年　月　日

ポイント　知恵《ちえ》も勇気《ゆうき》もあたたかい心《こころ》も、最初《さいしょ》からもっていたんですね。みんなの力《ちから》をあわせれば、困難《こんなん》にもうち勝《か》つことができます。

すると、茂《しげ》みから、体《からだ》がクマで頭《あたま》がトラの怪物《かいぶつ》がでてきました。

「みんな、はやく逃《に》げなさい」

ライオンは勇気《ゆうき》をもって、怪物《かいぶつ》にむかって、「**がぉーっ**」っと、ほえました。怪物《かいぶつ》がおどろいているうちに、みんなは橋《はし》をわたりました。

「さあ、ライオンさんもわたって！」

木《き》こりはライオンをわたらせると、橋《はし》を切《き》り落《お》としました。追《お》いかけてきた怪物《かいぶつ》は、谷《たに》の底《そこ》に落《お》ちました。

「ライオンさんは勇気《ゆうき》があるし、木《き》こりさんは親切《しんせつ》だわ」と、ドロシーは思いました。

ドロシーは仲間《なかま》たちと力《ちから》をあわせて旅《たび》をつづけ、とうとうエメラルドの都《みやこ》につきました。オズはキラキラ光《ひか》る緑《みどり》色《いろ》のお城《しろ》に住《す》んでいました。緑色《みどりいろ》の大《だい》理石《りせき》の椅子《いす》に、人《ひと》の何倍《なんばい》もある、大《おお》きな男《おとこ》の顔《かお》がのっていました。

「わたしがオズだ。なんの用《よう》だ？」と、大《おお》きな顔《かお》がいいました。そこで、ドロシーがみんなの願《ねが》いを話《はな》しました。

「西《にし》の魔女《まじょ》を退治《たいじ》したら、願《ねが》いをかなえてやろう」とオズはいいました。

ドロシーたちは、西《にし》の魔女《まじょ》の城《しろ》へむかいました。ところが、ドロシーは西《にし》の魔女《まじょ》にさらわれ、召使《めしつか》いのように働《はたら》かせられました。魔女《まじょ》は床《ゆか》をみがいているドロシーの足《あし》から、銀《ぎん》の靴《くつ》をとろうとしました。おこったドロシーは、バケツの水《みず》を魔女《まじょ》にかけました。

「ぎゃあああっ！　水《みず》は苦手《にがて》だ！」

魔女《まじょ》は水《みず》にとけてしまいました。

「あら、西《にし》の魔女《まじょ》を退治《たいじ》しちゃったわ」

ドロシーはみんなとエメラルドの都《みやこ》に帰《かえ》ってきました。ところが、オズは知《し》らん顔《かお》で約束《やくそく》を守《まも》りません。

「**わんわんわん！**」

とつぜんトトがほえながら、大《おお》きな顔《かお》にむかって、走《はし》りだしました。

「助《たす》けてくれ！」

大《おお》きな顔《かお》はゴロゴロところがり、中《なか》から男《おとこ》が飛《と》びだしました。男《おとこ》は「ごめんごめん。魔法使《まほうつか》いじゃなくて、ただの人間《にんげん》なんだ」といいました。そして、かかしにはおがくずの脳《のう》みそを、木《き》こりには布《ぬの》の心臓《しんぞう》を、ライオンには勇気《ゆうき》のでる飲《の》み物《もの》をくれました。でも、ドロシーはカンザスに帰《かえ》れません。

ドロシーが泣《な》いていると、南《みなみ》の魔女《まじょ》がきて、「銀《ぎん》の靴《くつ》のかかとを三回《さんかい》、うちあわせてごらん」といいました。ドロシーはトトを抱《だ》いて、かかとを**トン、トン、トン**と打《う》ちあわせました。すると体《からだ》がうきあがり、空《そら》に舞《ま》いあがりました。

しばらくすると、草《くさ》の上《うえ》にふわりとおりました。そこは、なつかしいカンザスでした。

「ドロシー！」

おじさんとおばさんが手《て》をふっています。ドロシーも手《て》をふりながら、かけだしました。

おうちのかたへ

大人気《だいにんき》のオズ・シリーズは14冊《さつ》もあり、ほかの作家《さっか》のものもあわせると20冊《さつ》以上《いじょう》になります。

お月様《つきさま》が変身《へんしん》するお話《はなし》です

ブルガリア

翼《つばさ》をもらった月《つき》

むかし、おじいさんとおばあさんが夜《よる》に川《かわ》へ魚《さかな》をとりにいきました。空《そら》には、きれいなお月様《つきさま》がうかんでいました。

「おじいさん、ほら、きれいな月《つき》」

「ああ、お月様《つきさま》はいつ見《み》てもきれいだな。そうだ、お月様《つきさま》にあのことをお願《ねが》いしようじゃないか」

「それはいい考《かんが》えね」

願《ねが》いごとというのは、子《こ》どもをさずかることでした。おじいさんとおばあさんは、お月様《つきさま》においのりしました。

「おじいさん、そろそろ帰《かえ》りましょう。びくをひきあげますね」

おばあさんがびくをひきあげると、その中《なか》には子《こ》ガモがはいっていました。

「まあ、なんてかわいらしい」

「ばあさんや、この子《こ》ガモを子《こ》どもがわりに育《そだ》てようじゃないか」

二人《ふたり》は子《こ》ガモを連《つ》れて帰《かえ》り、育《そだ》てることにしました。すると、その日《ひ》以来《らい》、ふしぎなことが起《お》こりはじめたのです。二人《ふたり》は毎日外《まいにちそと》へ仕事《しごと》にでかけます。すると、二人《ふたり》が家《いえ》にいない間《あいだ》に、家《いえ》は掃除《そうじ》をしたようにピカピカになり、おいしいごちそうが湯気《ゆげ》をたてて用意《ようい》されているのです。

「だれがこんなことをするのだろう」

「でかけたふりをして、ようすを見《み》てみましょうか」

翌日《よくじつ》、二人《ふたり》が仕事《しごと》にでたふりをして家《いえ》の中《なか》をのぞいていると、なんと子《こ》ガモが自分《じぶん》の羽《はね》をぬぎはじめました。やがて子《こ》ガモはうつくしい娘《むすめ》にかわり、料理《りょうり》をつくり、掃除《そうじ》まではじめました。

「子《こ》ガモが娘《むすめ》さんになったぞ」

「おじいさん、あの娘《むすめ》さん、羽《はね》がなくなったら、人間《にんげん》の姿《すがた》のまま、わたしたちのところにいてくれますよ」

二人《ふたり》はうなずきあって、そっと家《いえ》の中《なか》にはいり、子《こ》ガモがぬいだ羽《はね》を燃《も》やしました。すると、これに気《き》づいた娘《むすめ》が、二人《ふたり》のまえにやってきました。

「お二人《ふたり》とも、なんてことをなさるのです。じつは、わたしは月《つき》なのです。あなたがたの願《ねが》いを聞《き》いて、昼間《ひるま》だけ子《こ》どものかわりになってあげたのに、これでは空《そら》に帰《かえ》れません」

おじいさんとおばあさんは、お月様《つきさま》が空《そら》に帰《かえ》れなくなったと聞《き》いて後悔《こうかい》し、お月様《つきさま》におわびをいいました。

「それでは、森《もり》の中《なか》の鳥《とり》たちから一本《いっぽん》ずつ羽《はね》をもらってきてください。ぜんぶ集《あつ》まれば、わたしは空《そら》に帰《かえ》れます」

お月様《つきさま》の言葉《ことば》を聞《き》いた二人《ふたり》は、森《もり》にいき、苦労《くろう》しながらも鳥《とり》たちから一本《いっぽん》ずつ羽《はね》をもらって帰《かえ》りました。二人《ふたり》がお月様《つきさま》に羽《はね》をあげると、娘《むすめ》から見《み》るまに翼《つばさ》がはえ、子《こ》ガモにかわりました。そして子《こ》ガモが、ガア、ガア、ガアと三度鳴《さんどな》くと、その姿《すがた》は光《ひか》りかがやき、空《そら》にのぼっていったのです。

「ああ、月《つき》がでた。おじいさん、お月様《さま》がでましたよ」

「ああ、よかった。やっぱりお月様《つきさま》は、空《そら》にいるのが一番《いちばん》じゃ」

二人《ふたり》はいつまでも空《そら》のお月様《つきさま》を見《み》あげていました。

読んだ日　年　月　日／　年　月　日／　年　月　日

ポイント　月《つき》にはふしぎな力《ちから》があると考《かんが》えられていました。月《つき》の魔力《まりょく》を題材《だいざい》にした民話《みんわ》は、世界各国《せかいかっこく》にあります。

10月《がつ》のお話《はなし》

大人《おとな》にならない夢《ゆめ》の島《しま》での大冒険《だいぼうけん》！

10月1日のお話

ピーター・パン

ジェームス・マシュー・バリー

星《ほし》のきれいな夜《よる》。ウェンディは、弟《おとうと》のジョンとマイケルにお話《はなし》を聞《き》かせていました。すると、部屋《へや》の窓《まど》からまぶしい光《ひかり》がはいってきました。それは、窓《まど》の外《そと》でお話《はなし》を聞《き》いていた、ピーター・パンと妖精《ようせい》のティンカー・ベルでした。子《こ》どもが大人《おとな》にならない夢《ゆめ》の島《しま》、ネバーランドからやってきたのです。

「ネバーランドの子《こ》どもたちに、きみのお話《はなし》を聞《き》かせたいな。いっしょにきてくれないか？」と、ピーターはウェンディにたのみました。今夜《こんや》はパパもママもでかけています。

「パパとママが帰《かえ》るまでに、家《いえ》に戻《もど》してくれるなら、いいわ」

ウェンディがそういうと、ティンカー・ベルはウェンディと弟《おとうと》たちに、光《ひかり》の粉《こな》をふりかけました。すると、体《からだ》がふわりとうきあがりました。

「さあ、ネバーランドに出発《しゅっぱつ》だ！」

ピーターのあとについてウェンディたちも夜空《よぞら》に飛《と》びだしました。夜《よる》が明《あ》けるころ、小《ちい》さな島《しま》が見《み》えてきました。

「まあ、なんてきれいな島《しま》なの」

ウェンディも弟《おとうと》たちも、ネバーランドが気《き》にいりました。島《しま》では子《こ》どもたちが、ピーターの帰《かえ》りを待《ま》っていました。

「みんな、ウェンディを連《つ》れてきたよ。お話《はなし》をしてくれるんだよ」

ピーターがそういうと、子《こ》どもたちは大《おお》よろこび。ウェンディはさっそくたくさんのお話《はなし》をしてあげました。

そのころ、海《うみ》にうかぶ海賊船《かいぞくせん》では、フック船長《せんちょう》がピーターをやっつける方法《ほうほう》を考《かんが》えていました。まえにネバーランドをおそったとき、ピーターに右手《みぎて》を切《き》り落《お》とされたのです。

「きっと仕返《しかえ》しをしてやる！」

フック船長《せんちょう》は、子《こ》どもたちの家《いえ》を望《ぼう》遠鏡《えんきょう》で見《み》はりました。そして、ピーターがでかけたすきに、ウェンディや子《こ》どもたちをさらったのです。

ウェンディと子《こ》どもたちはしばられ、船《ふね》からつきだした板《いた》の上《うえ》にたたされました。下《した》には大《おお》きなワニがいます。ウェンディが落《お》ちそうになったそのとき、空《そら》からピーターが助《たす》けにきました。

「ピーター、おまえを待《ま》っていた！」

「フック、今度《こんど》こそやっつけてやる」

ピーターはひらりひらりとフック船《せん》長《ちょう》の剣《けん》をかわしました。そして、じりじりとフック船長《せんちょう》を追《お》いつめ、海《うみ》に落《お》としてしまいました。ワニが、パクリとフック船長《せんちょう》を食《た》べました。船長《せんちょう》がいなくなったので、海賊《かいぞく》たちも逃《に》げてしまいました。

ティンカー・ベルが、海賊船《かいぞくせん》に光《ひかり》の粉《こな》をかけます。ピーターはウェンディたちを空飛《そらと》ぶ船《ふね》に乗《の》せ、家《いえ》に送《おく》ってくれました。ウェンディはピーターに、いっしょに暮《く》らそうとさそいました。

「ありがとう。でも、大人《おとな》になるのはいやなんだ。ネバーランドに帰《かえ》るよ」

ピーターはこういって、船《ふね》とともに夜空《よぞら》のむこうへ消《き》えていきました。

読んだ日　　年　月　日／　　年　月　日／　　年　月　日

ポイント　空《そら》を飛《と》べたらたのしいでしょうね。ネバーランドがどんな島《しま》か、いろいろ想像《そうぞう》してみましょう。

10月2日のお話

“非暴力《ひぼうりょく》・不服従《ふふくじゅう》”でインドを独立《どくりつ》へみちびいた

ガンジー

ガンジーは、いまから百五十年《ひゃくごじゅうねん》ほどまえのインドに生《う》まれました。このころのインドは、イギリスに支配《しはい》されていました。イギリスは世界《せかい》でもっとも産業《さんぎょう》が発達《はったつ》していて、世界中《せかいじゅう》に支配《しはい》する土地《とち》をもっていたのです。

ガンジーは十九歳《じゅうきゅうさい》でイギリスに留学《りゅうがく》して、法律《ほうりつ》の勉強《べんきょう》をしました。そして弁護士《べんごし》になり、インドに法律事務所《ほうりつじむしょ》を開《ひら》きました。ガンジーが、仕事《しごと》で南《みなみ》アフリカにいったときのことです。一等席《いっとうせき》の切符《きっぷ》をもっていたのに、インド人《じん》だという理由《りゆう》で、荷物《にもつ》といっしょに電車《でんしゃ》からほうりだされました。

「どうして、インド人《じん》というだけで差別《さべつ》されるのだ！」

ガンジーは、いかりがこみあげてきました。南《みなみ》アフリカもイギリスから支配《しはい》されて貧《まず》しく、肌《はだ》の色《いろ》がちがう人《ひと》びとは、ひどい差別《さべつ》を受《う》けていました。

ガンジーは差別《さべつ》をやめるように、イギリス人《ひと》たちにうったえました。インド人《じん》の権利《けんり》をうばう、わるい法律《ほうりつ》をなくすため、運動《うんどう》を起《お》こしたのです。

あるとき、ガンジーは運動《うんどう》に反対《はんたい》する人《ひと》におそわれて、ケガをしました。ガンジーは考《かんが》えました。

「暴力《ぼうりょく》を使《つか》えば、あいても暴力《ぼうりょく》で返《かえ》してくる。それではなにも解決《かいけつ》しない。わるい決《き》まりにはしたがわないが、暴力《ぼうりょく》は絶対《ぜったい》に使《つか》わない」

こうしてガンジーは〝非暴力《ひぼうりょく》・不服従《ふふくじゅう》〟という運動《うんどう》をはじめたのです。

決《き》まりにしたがわないので、ガンジーは何度《なんど》も刑務所《けいむしょ》にいれられました。警察官《けいさつかん》に乱暴《らんぼう》されても、ケガをしても、じっとがまんしました。やがて、ガンジーのがんばりに心《こころ》をうたれた人《ひと》たちが、たくさん集《あつ》まってきました。

「わたしたちも、わるい決《き》まりに〝非《ひ》暴力《ぼうりょく》・不服従《ふふくじゅう》〟で反対《はんたい》しよう」

五千人《ごせんにん》の人《ひと》びとが運動《うんどう》にくわわり、刑務所《けいむしょ》はインド人《じん》で満員《まんいん》になりました。困《こま》りはてたイギリス人《じん》は、ついに差別《さべつ》する決《き》まりをやめることにしました。

安心《あんしん》したガンジーは、南《みなみ》アフリカをはなれ、インドに帰《かえ》りました。インドでも、イギリスのきびしい決《き》まりにしばられ、国民《こくみん》がくるしんでいたからです。

「イギリスに協力《きょうりょく》するのをやめよう。イギリスの製品《せいひん》は買《か》わない。布《ぬの》は自分《じぶん》で織《お》ればいい。塩《しお》は海《うみ》でとればいい」

ガンジーは糸車《いとぐるま》をまわし、綿《めん》から糸《いと》をつむぎ、布《ぬの》を織《お》り、服《ふく》をつくりました。そして、イギリスから塩《しお》を買《か》うのをやめ、海《うみ》を目《め》ざしました。ガンジーのあとから、インド人《ひと》たちがつづきました。それは数千人《すうせんにん》の長《なが》い列《れつ》になり、「塩《しお》の行進《こうしん》」と呼《よ》ばれました。ガンジーの活動《かつどう》は世界中《せかいじゅう》に知《し》れわたり、イギリスを非難《ひなん》する声《こえ》が高《たか》まりました。ついにイギリスは、ガンジーのうったえを聞《き》いて、みんなで話《はな》しあうことにしました。

こうしてガンジーは、暴力《ぼうりょく》を使《つか》わずに、インドを独立《どくりつ》へみちびいたのです。

読んだ日　年　月　日／　年　月　日／　年　月　日

ポイント 1947年《ねん》にインドは独立《どくりつ》しましたが、宗教《しゅうきょう》のちがいで二《ふた》つに分裂《ぶんれつ》します。マハトマ・ガンジー（1869-1948）は平和《へいわ》をいのる断食《だんじき》をします。

イギリス

家《いえ》はしっかりしたものを選《えら》びましょう

三匹《さんびき》の子《こ》ブタ

むかし、三匹《さんびき》の子《こ》ブタがおりました。一匹目《いっぴきめ》の子《こ》ブタは、わらで家《いえ》をつくりました。二匹目《にひきめ》の子《こ》ブタは、木《き》で家《いえ》をつくりました。三匹目《さんびきめ》の子《こ》ブタは、レンガで家《いえ》をつくりました。

三匹《さんびき》の子《こ》ブタの家《いえ》ができあがると、オオカミがやってきました。オオカミはまず、わらの家《いえ》にいきました。

「かわいい、かわいい子《こ》ブタちゃん。おれを家《いえ》にいれてくれよ」

「だめだよ。ぼくを食《た》べる気《き》だろう」

「そうだよ。だから、こんな家《いえ》はね」

オオカミはそういうと、大《おお》きく息《いき》をすいこんで、フウッと息《いき》をはきだしました。ものすごい風《かぜ》が起《お》きて、わらの家《いえ》はふきとび、子《こ》ブタはオオカミに食《た》べられてしまいました。

つぎに、オオカミは木《き》の家《いえ》にいきました。

「かわいくて、おいしそうな子《こ》ブタちゃん。おれを家《いえ》にいれてくれよ」

「おいしそうって、なんだよ。さてはぼくを食《た》べる気《き》だな」

「そうだよ。だから、こんな家《いえ》はね」

オオカミはそういうと、またも息《いき》をフウッとふいて、木《き》の家《いえ》をふきとばして、子《こ》ブタを食《た》べてしまいました。

最後《さいご》に、オオカミはレンガの家《いえ》にいきました。

「おいしい、おいしい子《こ》ブタちゃん。おれを家《いえ》にいれてくれよ」

「おいしいって、なんだよ。ほかの二《に》匹《ひき》を食《た》べたな。つぎはぼくか！」

「そうだよ。だから、こんな家《いえ》はね」

オオカミはそういうと、息《いき》をフウッとふきました。ところが、レンガの家《いえ》は、びくともしません。

「あ、あれ？　もう一度《いちど》だ。こ、こんな家《いえ》はねっ」

オオカミは何度《なんど》も息《いき》をふきかけましたが、レンガの家《いえ》はふきとびません。

「ふう、ふう、はあ、はあ。こんな家《いえ》なんか、こんな家《いえ》なんか！　こんな家《いえ》が、なぜふきとばないのだ！」

オオカミは、息《いき》をふきすぎて、つかれてしまいました。そこでオオカミは、作戦《さくせん》を変更《へんこう》しました。

「こんな家《いえ》には煙突《えんとつ》があるんだ。だから、煙突《えんとつ》からしのびこんでやろう」

オオカミはそういうと、レンガの家《いえ》をよじのぼりはじめました。家《いえ》の中《なか》で、オオカミの声《こえ》を聞《き》いていた子《こ》ブタは、あわててだんろに火《ひ》をつけました。

「ふふふ。こんな家《いえ》にのぼるのはかんたんだ。さあ、子《こ》ブタを食《く》ってやろう」

オオカミは、煙突《えんとつ》から、家《いえ》の中《なか》へ飛《と》びこみました。ところが、煙突《えんとつ》の下《した》では、暖炉《だんろ》に火《ひ》がくべられています。オオカミは、パチパチと燃《も》える火《ひ》の中《なか》に、突撃《とつげき》してしまったのです。

「うわああ、あっちちちっ。燃《も》える、からだが燃《も》えてしまう。こんな家《いえ》、こんな家《いえ》は、大嫌《だいきら》いだあああ！」

オオカミはレンガの家《いえ》の悪口《わるぐち》をいいながら、燃《も》えつきてしまいましたとさ。

読んだ日　　年　月　日／　　年　月　日／　　年　月　日

ポイント　グリム童話《どうわ》の『赤《あか》ずきん』や『オオカミと七匹《ななひき》の子《こ》ヤギ』でも、オオカミは悪者《わるもの》になっていますね。

夜中《よなか》にニワトリが鳴《な》いた理由《りゆう》は？

ニワトリのお告《つ》げ

むかし、あるところにニワトリを育《そだ》てて暮《く》らしをたてている若者《わかもの》がおりました。ある日《ひ》、若者《わかもの》が寝《ね》ていると、夜中《よなか》に一羽《いちわ》のニワトリが「**コ〜ケコッコ〜**」と大《おお》きな鳴《な》き声《ごえ》をあげたのです。

若者《わかもの》はおどろいて飛《と》びおきました。

「こんな夜更《よふ》けに、ニワトリが鳴《な》いとる。こりゃあ、よからぬことが起《お》こるにちげえねえ」

若者《わかもの》の住《す》む村《むら》では、ニワトリが夜中《よなか》に鳴《な》くのは不吉《ふきつ》なお告《つ》げだといわれていました。不吉《ふきつ》をふせぐには、鳴《な》いたニワトリを川《かわ》に流《なが》さなくてはなりません。

「なんのわるさもしてねえ、ニワトリだども、しかたねえ」

若者《わかもの》は鳴《な》いたニワトリを袋《ふくろ》につめて、

「すまねえ、すまねえ」

と、あやまりながら、川《かわ》に流《なが》し、家《いえ》に戻《もど》りました。

ところが、袋《ふくろ》につめられ、川《かわ》に流《なが》されたニワトリは、途中《とちゅう》で石《いし》にひっかかっていたのです。ニワトリがひっかかった川《かわ》の近《ちか》くには、おじいさんが住《す》んでいて、ふしぎな夢《ゆめ》を見《み》ていました。

「おじいさん、寝《ね》ているところをごめんなさい。わたしは川上《かわかみ》に住《す》む若者《わかもの》の家《いえ》で飼《か》われているニワトリです。若者《わかもの》の家《いえ》では、ご先祖様《せんぞさま》の位牌《いはい》がたおれてしまいます。このままでは罰《ばち》があたってしまいます」

「な、なんじゃ、わしは夢《ゆめ》を見《み》とるんか？　ニワトリがしゃっべとるぞ」

「おうたがいはごもっとも。わたしの言葉《ことば》が信《しん》じられないのなら、裏《うら》の川《かわ》までいってみてください。袋《ふくろ》につめられたニワトリが、川《かわ》の中《なか》の石《いし》にひっかかっているはずです」

おどろいて夢《ゆめ》から覚《さ》めたおじいさんが川《かわ》までいってみると、ほんとうに、袋《ふくろ》につめられたニワトリが川《かわ》の中《なか》にいました。おじいさんは、すぐにニワトリを川《かわ》の中《なか》から助《たす》けだし、その足《あし》で川《かわ》上《かみ》にむかいました。そして、一軒一軒《いっけんいっけん》、ニワトリを飼《か》っている家《いえ》を訪《たず》ねてまわり、とうとう若者《わかもの》の家《いえ》を見《み》つけました。

「もうし、もうし。夜分《やぶん》にすまねえこったが、ニワトリを川《かわ》に流《なが》した若者《わかもの》の家《いえ》はこちらかいな」

ニワトリを川《かわ》に流《なが》した若者《わかもの》は、すぐにおじいさんを家《いえ》に迎《むか》えいれ、おじいさんからふしぎな夢《ゆめ》の話《はなし》を聞《き》きました。

そこで、家中《いえじゅう》を探《さが》したところ、なんと、天井裏《てんじょううら》からほこりにまみれた、ご先祖様《せんぞさま》の位牌《いはい》を見《み》つけたのです。

「ああ、ネズミにもっていかれて困《こま》っていたご先祖様《せんぞさま》の位牌《いはい》が、やっと見《み》つかった。おじいさん、ありがとう。ニワトリや、おまえにも心配《しんぱい》をかけてすまなかった。ほんとうにありがとう」

こうして、若者《わかもの》はご先祖様《せんぞさま》の位牌《いはい》をもとどおりきれいにして、きちんとおまつりしました。そして、お告《つ》げをしたニワトリは、若者《わかもの》にだいじにされて、たいへん長生《ながい》きしました。

不吉《ふきつ》といわれたニワトリのお告《つ》げは、不吉《ふきつ》をふせぐお告《つ》げだったのです。

読んだ日　　年　月　日／　　年　月　日／　　年　月　日

ポイント　位牌《いはい》とは、死《し》んだ人《ひと》の霊《れい》をまつるための板《いた》で、家《いえ》の仏壇《ぶつだん》に安置《あんち》します。

タヌキだって恩返《おんがえ》しをするのです

タヌキの糸車《いとぐるま》

10月5日のお話

むかしむかし、ある山《やま》に木《き》こりの夫《ふう》婦《ふ》がいました。夫婦《ふうふ》の住《す》む山《やま》にはタヌキがいて、夜《よる》になると、ポンポコと腹《はら》鼓《つづみ》をうちます。

「おのれ、タヌキめ。毎晩毎晩《まいばんまいばん》、ポンポコとうるさくて、眠《ねむ》ることもできやしない。ひっとらえてやろう」

木《き》こりは、おかみさんがとめるのも聞《き》かずに、タヌキをつかまえるわなをしかけました。ある日《ひ》、おかみさんが家《いえ》の外《そと》にでたところ、タヌキがわなにかかって泣《な》いていました。

「かわいそうに。さあ、逃《に》げな。今度《こんど》つかまるとタヌキ汁《じる》にされるよ」

おかみさんは、わなをはずしてタヌキを逃《に》がしてやりました。タヌキはおかみさんに何度《なんど》も頭《あたま》をさげて、山《やま》へ帰《かえ》っていきました。

それ以来《いらい》、タヌキは木《き》こりのいない昼間《ひるま》に、おかみさんのところにあらわれるようになりました。おかみさんが糸車《いとぐるま》をまわして糸《いと》をつむいでいると、タヌキはその横《よこ》でいっしょになって、まえ足《あし》をクルクルとまわします。

「まあ。糸《いと》をつむいでいるつもりなのかしら。じょうずにまねをすること」

おかみさんは、タヌキの仕草《しぐさ》にクスクス笑《わら》いながら仕事《しごと》をつづけました。

幾日《いくにち》もたったある日《ひ》のこと、木《き》こり夫婦《ふうふ》は、山《やま》から町《まち》へおりて、炭《すみ》や糸《いと》を売《う》りにいきました。炭《すみ》と糸《いと》が売《う》り切《き》れるまで、二人《ふたり》は何日《なんにち》でも町《まち》にいます。

「やれやれ、ようやくぜんぶ売《う》れたわ。しかし、おまえの糸《いと》は少《すく》ないから、すぐに売《う》り切《き》れたな」

「糸《いと》をつむぐのは大変《たいへん》ですからね。そんなにたくさんはできませんよ」

二人《ふたり》は話《はな》しあいながら家《いえ》に帰《かえ》りました。家《いえ》について、木《き》こりが戸《と》を開《あ》けたところ、なにかにおどろいたのか、たちどまったまま動《うご》きません。

「おまえさん、どうしたね。家《いえ》の中《なか》になにかあるのかい？」

おかみさんが家《いえ》の中《なか》をのぞくと、たくさんの糸《いと》が山づみされていました。

「このものすごい量《りょう》の糸《いと》はどうしたことじゃ。おまえ、いつのまにこんなに糸《いと》をつむいだんじゃ」

「あたしゃ知《し》りませんよ。いったい、だれがこんなことをしたんじゃろ」

二人《ふたり》があたりを見《み》まわすと、タヌキがチョロチョロと足《あし》もとを走《はし》りぬけました。二人《ふたり》からはなれたところでタヌキはたちどまり、頭《あたま》をさげています。

「あんときのタヌキか。おまえが糸《いと》をつむいでくれたんだね。ありがとうよ。おかげで今年《ことし》は楽《らく》ができるよ」

おかみさんは、タヌキにお礼《れい》をいいました。タヌキはうれしそうにしっぽをふると、山《やま》へ帰《かえ》っていきました。

「タヌキがなぁ。やっぱりタヌキをつかまえるのは、やめるとするか」

木《き》こりはポツリといって、タヌキの帰《かえ》った山《やま》をいつまでも見《み》ていました。

読んだ日　　年　　月　　日／　　年　　月　　日／　　年　　月　　日

ポイント　動物《どうぶつ》が恩返《おんがえ》しをする話《はなし》はたくさんありますね。生《い》き物《もの》にはやさしくしましょう。

ほらふき男爵《だんしゃく》はトルコ軍《ぐん》と勇敢《ゆうかん》に戦《たたか》いましたが…

ほらふき男爵《だんしゃく》、月《つき》へいく

ほらふき男爵《だんしゃく》
作者不詳《さくしゃふしょう》

わがはいはミュンヒハウゼン男爵《だんしゃく》。人《ひと》は「ほらふき男爵《だんしゃく》」などと呼《よ》ぶが、失《しっ》礼《れい》な話《はなし》だ。わがはいは世界中《せかいじゅう》を旅《たび》したが、今日《きょう》は、ロシアで兵士《へいし》としてトルコ軍《ぐん》と戦《たたか》ったときの話《はなし》をしよう。

ある町《まち》で敵《てき》の城《しろ》をとりかこんだとき、司令官《しれいかん》が中《なか》のようすを知《し》りたいといった。そこで、わがはいは敵《てき》の城《しろ》めがけて大砲《たいほう》をうち、えいやっと大砲《たいほう》の玉《たま》に飛《と》びのった。**ひゅ――ん**。玉《たま》はわがはいを乗《の》せたまま、城《しろ》にむかって飛《と》んでいった。城《しろ》の中《なか》の偵察《ていさつ》はできたが、そこでわがはいは気《き》がついた。

「しまった！　城《しろ》から帰《かえ》る方法《ほうほう》を考《かんが》えてなかった！」

そう思《おも》ったとき、ちょうどむこうから、トルコ軍《ぐん》がうった大砲《たいほう》の玉《たま》が飛《と》んできた。二《ふた》つの玉《たま》がすれちがったとき、わがはいはトルコ軍《ぐん》の玉《たま》に乗《の》りかえた。こうして、ぶじに味方《みかた》のもとに帰《かえ》ったというわけだ。

わがはいは勇気《ゆうき》と知恵《ちえ》にあふれているが、運《うん》のわるいときもある。トルコ軍《ぐん》につかまり、捕虜《ほりょ》になってしまった。捕虜《ほりょ》の仕事《しごと》は、毎朝《まいあさ》ミツバチを野原《のはら》にはなし、夕方《ゆうがた》になったら巣箱《すばこ》に戻《もど》すというたいくつなものだ。

ある夕方《ゆうがた》、ミツバチを巣箱《すばこ》に戻《もど》そうとしたら、一匹《いっぴき》たりない。ふと見《み》ると、二匹《にひき》のクマにおそわれ、ハチの巣《す》がつぶされそうになっている。クマは大好《だいこう》物《ぶつ》のハチミツをとりにきたようだ。わがはいは、そばにあった銀色《ぎんいろ》のオノを、クマめがけて投《な》げつけた。ところが、力《ちから》がはいりすぎて、オノは空《そら》へ舞《ま》いあがった。グングン高《たか》く飛《と》んでいき、ついに、月《つき》につきささってしまったのだよ。

「うーむ、困《こま》った。どうしよう」

そこで、わがはいは思《おも》いついた。トルコ豆《まめ》は育《そだ》つのがとてもはやい。そして、ツルはものすごくのびる。さっそく、トルコ豆《まめ》の種《たね》を探《さが》してきて、一粒《ひとつぶ》まいてみた。すぐに芽《め》がでて、みるみるうちにツルがのび、あっというまに三日月《みかづき》のはしっこに巻《ま》きついた。

わがはいは豆《まめ》のツルをのぼって、月《つき》へいくことができたのだ。月《つき》はどこもかしこも銀色《ぎんいろ》で、銀色《ぎんいろ》のオノを探《さが》しだすのはたいへんだったよ。やっと見《み》つけて、地球《ちきゅう》に戻《もど》ろうとしたら、豆《まめ》のツルが枯《か》れていたんだ。

「しまった！　水《みず》をやりわすれた」

わがはいは月《つき》に落《お》ちていたワラを集《あつ》め、それを縄《なわ》に編《あ》んで、月《つき》のはしっこにひっかけた。縄《なわ》にぶらさがって、おりはじめたが、縄《なわ》が途中《とちゅう》で切《き》れてしまった。わがはいは、ものすごいスピードで落《お》ちていった。**どし――んっ！**

地上《ちじょう》に激突《げきとつ》したショックで、さすがのわがはいも気絶《きぜつ》してしまった。

目《め》が覚《さ》めたとき、わがはいは深《ふか》い穴《あな》の中《なか》にいた。どうやら、地面《じめん》にぶつかったとき、地中《ちちゅう》にめりこんで穴《あな》をあけたらしい。わがはいは、爪《つめ》でまわりの土《つち》を掘《ほ》って、階段《かいだん》をつくりながら、その階段《かいだん》をのぼって地上《ちじょう》に戻《もど》ったのだ。何《なん》十年《じゅうねん》も爪《つめ》をのばしていたおかげだ。

読んだ日　　年　月　日／　　年　月　日／　　年　月　日

ポイント　ロシアにいった男爵《だんしゃく》は、トルコ軍《ぐん》と戦《たたか》い、ついには月《つき》にいきます。つぎはどんな冒険《ぼうけん》をするのか、たのしみですね。

“ほんとうのお姫様《ひめさま》”かどうかはコレでわかります

豆《まめ》の上《うえ》に寝《ね》たお姫様《ひめさま》

アンデルセン

むかしむかし、ある国《くに》の王子《おうじ》が、お妃《きさき》に迎《むか》えるお姫様《ひめさま》を探《さが》しておりました。王子《おうじ》は〝ほんとうのお姫様《ひめさま》〟と結婚《けっこん》したいと望《のぞ》んでいました。〝ほんとうのお姫《ひめ》様《さま》〟というのは、見《み》た目《め》がうつくしいだけでなく、気品《きひん》にあふれ、ぜったいにうそをつかないお姫様《ひめさま》のことです。でも、そんなお姫様《ひめさま》はなかなか見《み》つかりません。

王子《おうじ》は世界中《せかいじゅう》を旅《たび》して〝ほんとうのお姫様《ひめさま》〟を探《さが》しましたが、どのお姫様《ひめさま》も、ほんとうのお姫様《ひめさま》とはどこかちがうのです。多《おお》くの娘《むすめ》が、王子《おうじ》のまえでは見《み》栄《え》をはって自分《じぶん》をよく見《み》せようとしましたし、へいきでうそをつく娘《むすめ》もいました。王子《おうじ》はかなしくなりました。

「おかあさま、この世《よ》に〝ほんとうのお姫様《ひめさま》〟などいないように思《おも》います」

「いいえ、かならずどこかにいますよ」

王子《おうじ》の母親《ははおや》のお妃《きさき》が答《こた》えました。

そんなある晩《ばん》のことです。雷《かみなり》がゴロゴロと鳴《な》り、雨《あめ》がザアザアふる中《なか》、お城《しろ》の門《もん》をたたく音《おと》が聞《き》こえました。

「こんな嵐《あらし》の夜《よる》に、だれだろう」

門番《もんばん》が門《もん》を開《あ》けると、そこにはずぶぬれの娘《むすめ》がたっているではありませんか。みすぼらしいかっこうをした娘《むすめ》は、門番《もんばん》にこんなことをいいました。

「きたない服《ふく》を着《き》ていますが、わたしは王子《おうじ》にふさわしい〝ほんとうの姫《ひめ》〟です」

ひどい姿《すがた》をした娘《むすめ》の言葉《ことば》を、だれも信《しん》じません。門番《もんばん》は娘《むすめ》を追《お》い返《かえ》そうとしました。それをとめたのはお妃《きさき》です。

「こんな嵐《あらし》の夜《よる》に追《お》い返《かえ》すのはかわいそうだから、今晩《こんばん》は泊《と》めてやりなさい。この娘《むすめ》がうそをついているかどうかは、明日《あす》の朝《あさ》になればわかりますよ」

お妃《きさき》はそういって、娘《むすめ》を泊《と》めてあげることにしました。

娘《むすめ》が礼《れい》をいって着《き》がえている間《あいだ》に、お妃《きさき》はこっそり娘《むすめ》のベッドの上《うえ》にえんどう豆《まめ》を一粒《ひとつぶ》置《お》きました。そして、そのえんどう豆《まめ》の上《うえ》に二十枚《にじゅうまい》のお布団《ふとん》をしき、さらにその上《うえ》に二十枚《にじゅうまい》のやわらかい羽根布団《はねぶとん》をかさねました。

「さあ、ベッドの用意《ようい》ができましたよ。ゆっくり眠《ねむ》りなさい」

翌朝《よくあさ》、娘《むすめ》が目《め》を覚《さ》ますと、お妃《きさき》がたずねました。

「きのうは眠《ねむ》れましたか」

すると、娘《むすめ》は眠《ねむ》そうな顔《かお》で答《こた》えました。

「せっかくご親切《しんせつ》に泊《と》めていただいたのですが、小《ちい》さなかたいものが背中《せなか》にあたって、なかなか眠《ねむ》れませんでした」

お妃《きさき》はにっこりしました。

「こんな小《ちい》さな豆《まめ》があるだけで眠《ねむ》れないなんて、毎日《まいにち》ふかふかのベッドで眠《ねむ》っている証拠《しょうこ》です。あなたこそ〝ほんとうのお姫様《ひめさま》〟ですね」

ドレスに着《き》がえた娘《むすめ》は、きのうとはべつの人《ひと》のようにうつくしく、王子《おうじ》もお姫様《ひめさま》をひと目《め》で好《す》きになりました。こうして王子《おうじ》は〝ほんとうのお姫様《ひめさま》〟とめぐり会《あ》うことができました。二人《ふたり》は結婚《けっこん》して、末永《すえなが》くしあわせに暮《く》らしました。

読んだ日　年　月　日／　年　月　日／　年　月　日

ポイント “ほんとうのお姫様《ひめさま》”になるのはたいへん!　あなたのベッドに豆《まめ》が一粒《ひとつぶ》あったら、あなたは気《き》づきますか?

10月8日 のお話

親《おや》のいいつけを守《まも》った吉四六《きっちょむ》さん

目《め》をはなすな

吉四六《きっちょむ》さん

むかし、豊後《ぶんご》の国《くに》に吉四六《きっちょむ》さんという、おもしろい人《ひと》がいました。たいへんな知恵者《ちえもの》なのですが、ほらをふいて人《ひと》を煙《けむ》に巻《ま》いたり、いたずらをしたりしてよろこぶ癖《くせ》がありました。

それでも、吉四六《きっちょむ》さんは弱《よわ》い者《もの》に味《み》方《かた》して人助《ひとだす》けもするので、豊後《ぶんご》の国《くに》の人《ひと》は吉四六《きっちょむ》さんのことが大好《だいす》きです。いまでも大分県《おおいたけん》には、吉四六《きっちょむ》さんのお話《はなし》はたくさん残《のこ》っています。これは吉《きっ》四六《ちょむ》さんが子《こ》どものころのお話《はなし》です。

ある秋《あき》のころ、吉四六《きっちょむ》さんの庭《にわ》に柿《かき》の実《み》がたくさんなりました。吉四六《きっちょむ》さんの家族《かぞく》は大《おお》よろこびです。吉四六《きっちょむ》さんの父親《ちちおや》は、吉四六《きっちょむ》さんにいいました。

「うちの柿《かき》がみごとだと、近所《きんじょ》では評《ひょう》判《ばん》じゃ。これだけ人《ひと》のうわさになると、柿《かき》の実《み》を盗《ぬす》もうとする者《もの》が、たくさんでてくるだろう。そこでだ、吉四六《きっちょむ》、おまえはずっと柿《かき》の木《き》を見《み》はっていなさい」

「あんなにたくさんあるんだから、少《すこ》しぐらいわけてあげればいいじゃないですか。けちだなあ」

「ばかをいうな。うちの庭《にわ》になった柿《かき》をどうして他人《たにん》にわけてやらねばならんのだ。いいか、吉四六《きっちょむ》。ぜったいに柿《かき》の木《き》から目《め》をはなすな。わかったな」

「わかりました。ぜったいに柿《かき》の木《き》から目《め》をはなしません」

吉四六《きっちょむ》さんの返事《へんじ》を聞《き》いて、父親《ちちおや》は安心《あんしん》して仕事《しごと》にでかけました。ところが、吉四六《きっちょむ》さんは、父親《ちちおや》が外出《がいしゅつ》すると、自分《じぶん》も外《そと》に飛《と》びだして、近所《きんじょ》の子《こ》どもを集《あつ》めました。

「みんな。うちの柿《かき》を食《た》べにおいでよ」

村《むら》の子《こ》どもは大《おお》よろこびで、ほうぼうにふれまわり、やがて村《むら》の子《こ》ども全《ぜん》員《いん》が吉四六《きっちょむ》さんの家《いえ》に集《あつ》まりました。

「それ、柿《かき》をとれ〜」

吉四六《きっちょむ》さんの号令《ごうれい》で、子《こ》どもたちは、庭《にわ》の柿《かき》を全部《ぜんぶ》もいで食《た》べてしまいました。

やがて、父親《ちちおや》が帰《かえ》ってきて庭《にわ》を見《み》ると、柿《かき》の実《み》がありません。父《ちち》親《おや》はものすごくおこりました。

「こら、吉四六《きっちょむ》。柿《かき》の実《み》が全部《ぜんぶ》盗《ぬす》まれているぞ。あれほど、柿《かき》の木《き》から目《め》をはなすなといったではないか」

すると、吉四六《きっちょむ》さんはいいました。

「はい。ですから、ずっと柿《かき》の木《き》を見《み》ていましたよ」

「うそをつくな。じゃあ、どうして柿《かき》の実《み》が盗《ぬす》まれているんだ」

「わたしは柿《かき》の木《き》を見《み》ていただけですよ。泥棒《どろぼう》をつかまえろとはいわれていません。いいつけどおりにしたのに、どうしておこるのですか」

吉四六《きっちょむ》の言葉《ことば》に父親《ちちおや》はがっくり。それ以上《いじょう》、吉四六《きっちょむ》さんをしかれなくなってだまりこんでしまいましたとさ。

読んだ日　年　月　日／　年　月　日／　年　月　日

ポイント 吉四六《きっちょむ》さんは江戸時代初期《えどじだいしょき》に実在《じつざい》した、豪農《ごうのう》の広田吉右衛門《ひろたきちえもん》だといわれています。豊後《ぶんご》は現在《げんざい》の大分県《おおいたけん》です。

10月9日のお話

かの武将《ぶしょう》、源義経《みなもとのよしつね》の子《こ》ども時代《じだい》のお話《はなし》

牛若丸《うしわかまる》と弁慶《べんけい》

むかし、牛若丸《うしわかまる》という若者《わかもの》がおりました。牛若丸《うしわかまる》は鞍馬山《くらまやま》のお寺《てら》にあずけられて育《そだ》ち、天狗《てんぐ》をあいてに剣術《けんじゅつ》の稽《けい》古《こ》をしてすごしました。

やがて、りっぱな若者《わかもの》に育《そだ》った牛若《うしわか》丸《まる》が都《みやこ》にやってきたところ、都《みやこ》は物騒《ぶっそう》なうわさでもちきりでした。五条《ごじょう》の大《おお》橋《はし》に夜《よ》な夜《よ》な大坊主《おおぼうず》があらわれて、むりやり刀《かたな》をうばっていくというのです。それを聞《き》いた牛若丸《うしわかまる》は、「よし、ならば、わたしがその大坊主《おおぼうず》をこらしめてやろう」と思《おも》いました。

月夜《つきよ》の晩《ばん》、牛若丸《うしわかまる》がみごとな黄金《おうごん》づくりの太刀《たち》を佩《は》いて、笛《ふえ》をふきながら五条《ごじょう》の大橋《おおはし》をわたると、はたして大坊《おおぼう》主《ず》があらわれました。

「おれは武蔵坊弁慶《むさしぼうべんけい》という。おまえの刀《かたな》をよこせ。ちょうどおまえで千本目《せんぼんめ》の刀《かたな》だ」

「とれるものなら、とってみよ」

牛若丸《うしわかまる》がにっこり笑《わら》ってそういうと、からかわれたと思《おも》った弁慶《べんけい》はものすごくおこって、手《て》にもった薙刀《なぎなた》を牛若丸《うしわかまる》にむかってふりまわしました。

すると、牛若丸《うしわかまる》はひらりととんで薙《なぎ》刀《なた》をかわし、軽々《かるがる》と弁慶《べんけい》の頭《あたま》を飛《と》びこえて笑《わら》いました。

ますます頭《あたま》にきた弁慶《べんけい》は、薙刀《なぎなた》をぶんぶんふりまわしましたが、牛若丸《うしわかまる》にはかすりもしません。牛若丸《うしわかまる》は弁慶《べんけい》のまわりをひょいひょいととびまわり、橋《はし》の欄干《らんかん》の上《うえ》にたちました。弁慶《べんけい》が切《き》りつけるたびに、牛若丸《うしわかまる》はつぎつぎと隣《となり》の欄干《らんかん》にとびうつるので、しだいに弁慶《べんけい》は目《め》がまわり、つかれはててしまいました。

そこへ、牛若丸《うしわかまる》が腰《こし》にさした扇《おうぎ》をぬいて、弁慶《べんけい》の頭《あたま》をぽんとたたきました。

「どうだ、まいったか」

これまでだれよりも強《つよ》いと思《おも》っていた弁慶《べんけい》は、自分《じぶん》が負《ま》けたことにおどろいて、

「あなたはいったいどなたです」

と、若者《わかもの》に聞《き》きました。

「わたしは牛若丸《うしわかまる》という」

「ああ、では源氏《げんじ》の若君《わかぎみ》！」

源氏《げんじ》とは、平家《へいけ》に負《ま》けて小《ちい》さくなっていた武家《ぶけ》でした。牛若丸《うしわかまる》は平家《へいけ》を負《ま》かすために、鞍馬山《くらまやま》で修業《しゅぎょう》していたのです。

「どうか、わたしをあなたの家来《けらい》にしてください」

こうして弁慶《べんけい》は牛若丸《うしわかまる》の家来《けらい》になりました。

牛若丸《うしわかまる》は、のちに源義経《みなもとのよしつね》という大《たい》将《しょう》になり、弁慶《べんけい》とともに平家《へいけ》を何度《なんど》もうちやぶるという大活躍《だいかつやく》をすることになるのです。

読んだ日　年　月　日／　年　月　日／　年　月　日

ポイント　源義経《みなもとのよしつね》のその後《ご》の活躍《かつやく》は、『平家物語《へいけものがたり》』で読《よ》むことができます。なお、このお話《はなし》はフィクションです。

どんぐりの争《あらそ》いを解決《かいけつ》した少年《しょうねん》

どんぐりと山猫《やまねこ》

宮沢賢治《みやざわけんじ》

おかしなはがきが、ある土曜日《どようび》の夕方《ゆうがた》、一郎《いちろう》のうちにとどきました。

その手紙《てがみ》は山猫《やまねこ》からのもので、明日《あす》、めんどうな裁判《さいばん》があるというのです。翌朝《よくあさ》、一郎《いちろう》は山《やま》へでかけました。

一郎《いちろう》は山猫《やまねこ》の居場所《いばしょ》を探《さが》して歩《ある》き、ようやく、山猫《やまねこ》を見《み》つけました。

一郎《いちろう》を出迎《でむか》えた山猫《やまねこ》はいいました。

「ようこそ。じつはおとといから、めんどうな争《あらそ》いが起《お》こって、裁判《さいばん》になりました。そこで、あなたのお考《かんが》えを、うかがいたいと思《おも》ったのです。もうじき、どんぐりどもがまいりましょう。毎年《まいとし》、この裁判《さいばん》で困《こま》ってるんですよ」

しばらくすると、たくさんのどんぐりがやってきました。

「裁判《さいばん》はもう今日《きょう》で三日目《みっかめ》だぞ、いいかげんになかなおりをしたらどうだ」

山猫《やまねこ》が、少《すこ》し心配《しんぱい》そうに、それでもむりにいばっていいました。

「いえいえ、だめです。頭《あたま》のとがってるのが一番《いちばん》えらいんです。そしてわたしが一番《いちばん》とがっています」

「いいえ、まるいのがえらいのです。一番《いちばん》まるいのはわたしです」

「大《おお》きなのが一番《いちばん》えらいんだよ。わたしが一番大《いちばんおお》きいんだ」

どんぐりたちは、自分《じぶん》が一番《いちばん》えらいといいはりました。山猫《やまねこ》が一郎《いちろう》にそっといいました。

「このとおりです。どうしたらいいでしょう」

一郎《いちろう》は笑《わら》ってこたえました。

「そんなら、この中《なか》で、一番《いちばん》ばかで、めちゃくちゃで、まるでなっていないのが、いちばんえらいと、いったらどうですか」

山猫《やまねこ》はなるほどというふうにうなずいて、一郎《いちろう》のいったとおりに、どんぐりたちにいいわたしました。すると、どんぐりは、しいんとしてしまい、かたまってしまいました。

やまねこがいいました。

「どうもありがとうございました。どうかこれからわたしの裁判所《さいばんしょ》の、名誉《めいよ》判事《はんじ》になってください。これからも、はがきをだしたら、どうかきてくださいませんか」

「いいですよ」

「それから、はがきの文句《もんく》は、これからは、明日《あす》出頭《しゅっとう》すべしと書《か》きますね」

一郎《いちろう》は笑《わら》っていいました。

「さあ、なんだかへんですね。それはやめたほうがいいでしょう」

山猫《やまねこ》は、いかにも残念《ざんねん》そうでしたが、やっとあきらめていいました。

「それでは、はがきの文句《もんく》はいままでのとおりにいたしましょう」

一郎《いちろう》は家《いえ》に帰《かえ》ったあと、山猫《やまねこ》からのはがきを待《ま》っていましたが、もうはがきはとどきませんでした。やっぱり、出頭《しゅっとう》すべしと書《か》いてもいいといえばよかったと、一郎《いちろう》はときどき思《おも》うのです。

読んだ日　　年　　月　　日／　　年　　月　　日／　　年　　月　　日

ポイント 出頭《しゅっとう》という言葉《ことば》は、わるいことをした人《ひと》が警察《けいさつ》や裁判所《さいばんしょ》に出《で》むくことなので、一郎《いちろう》が笑《わら》ったのもむりもありませんね。

いじわるな姉《あね》たちの末路《まつろ》は？

緑《みどり》の小鳥《ことり》

イタロ・カルヴィーノ

むかし、王様《おうさま》が三人《さんにん》の姉妹《しまい》をお城《しろ》に呼《よ》びました。

「おまえたちの中《なか》から、わしのよめを選《えら》ぼうと思《おも》う。さあ、だれがなる？」

上《うえ》の二人《ふたり》の娘《むすめ》は、王様《おうさま》をこわがってなにもいえません。そこで末娘《すえむすめ》が、まえに進《すす》みでていいました。

「あの〜。わたしがなります」

「なかなかうつくしい娘《むすめ》だな。おまえは妃《きさき》になったら、どうしたいのだ」

「りっぱな子《こ》どもを産《う》みたいです」

「いいだろう。わしの妃《きさき》になれ」

こうして末娘《すえむすめ》は、お妃《きさき》になりました。上《うえ》の二人《ふたり》の姉《あね》はくやしがりました。

しばらくすると、妃《きさき》はうつくしい男《おとこ》の子《こ》を産《う》みました。すると、上《うえ》の二人《ふたり》の姉《あね》が、赤《あか》ん坊《ぼう》を子《こ》ザルととりかえてしまいました。上《うえ》の二人《ふたり》の娘《むすめ》は、赤《あか》ん坊《ぼう》を川《かわ》に流《なが》しました。

「サルの子《こ》を産《う》んだだと？　まあよい」

王様《おうさま》は妃《きさき》をゆるしました。しばらくすると、妃《きさき》はまたうつくしい男《おとこ》の子《こ》を産《う》みました。すると、二人《ふたり》の姉《あね》は、赤《あか》ん坊《ぼう》を子《こ》イヌととりかえたのです。赤《あか》ん坊《ぼう》は、また川《かわ》に流《なが》されました。

「つぎはイヌの子《こ》か」

王様《おうさま》はがっかりしました。しばらくすると、妃《きさき》はうつくしい女《おんな》の子《こ》を産《う》みました。二人《ふたり》の姉《あね》は赤《あか》ん坊《ぼう》をトラの子《こ》にとりかえ、赤《あか》ん坊《ぼう》を川《かわ》に流《なが》しました。

「今度《こんど》はトラの子《こ》？　もうゆるさん！」

王様《おうさま》は妃《きさき》をろうやに閉《と》じこめました。そして、十数年《じゅうすうねん》の時《とき》がたちました。

妃《きさき》が産《う》んだ子《こ》どもたちは、全員《ぜんいん》、船《せん》頭《どう》の夫婦《ふうふ》に助《たす》けられていました。そして、りっぱな若者《わかもの》に成長《せいちょう》していたのです。ある日《ひ》、三人《さんにん》の若者《わかもの》たちは、森《もり》でふしぎなおじいさんに会《あ》いました。

「若者《わかもの》たちよ。緑《みどり》の小鳥《ことり》に会《あ》ったら、口《くち》をきいてはならぬ。なにを話《はな》しかけられても、だまっているのじゃ」

それから数日後《すうじつご》、若者《わかもの》たちは緑《みどり》の小《こ》鳥《とり》に会《あ》いました。

「おまえたちの母親《ははおや》は、お城《しろ》のろうやにいるよ」

若者《わかもの》たちは、返事《へんじ》をせず、そのままお城《しろ》にいきました。三人《さんにん》の若者《わかもの》を見《み》た王様《おうさま》は、大《おお》よろこびしました。

「うつくしい若者《わかもの》と娘《むすめ》がやってきた。こんな子《こ》がわしの子《こ》だったらなあ」

王様《おうさま》は、若者《わかもの》たちを食事《しょくじ》に招待《しょうたい》しました。さて、みんながごちそうを食《た》べようとしたところ、緑《みどり》の小鳥《ことり》が飛《と》んできていいました。

「一人《ひとり》たりない。一人《ひとり》たりないよ！　王様《おうさま》、この若者《わかもの》たちは、あなたのほんとうの子《こ》どもだよ！」

「なんだと。一人《ひとり》たりないとはどういうことだ。あ、母親《ははおや》のことか！」

王様《おうさま》はあわてて、妃《きさき》をろうやからだしました。二人《ふたり》の姉《あね》は火《ひ》あぶりの刑《けい》になり、王様《おうさま》と妃《きさき》と三人《さんにん》の子《こ》どもたちは、しあわせに暮《く》らしたということです。

読んだ日　　年　　月　　日／　　年　　月　　日／　　年　　月　　日

ポイント　イタロ・カルヴィーノはイタリアの国民的作家《こくみんてきさっか》で、SF小説《しょうせつ》、幻想小説《げんそうしょうせつ》、童話《どうわ》といろいろなジャンルで活躍《かつやく》しました。

10月12日
のお話

ツルが考《かんが》えた仕返《しかえ》しの方法《ほうほう》は？

キツネとツル

イソップ

むかしむかし、あるところで、ツルがエサを探《さが》していました。これを見《み》たキツネは、ツルをからかってやろうと、声《こえ》をかけました。

「ツルさん、お腹《なか》がすいてるのかい。なら、おれの家《いえ》でごちそうしてやるよ」

ツルはよろこんで、キツネについていきました。キツネは家《いえ》につくと、ツルに聞《き》きました。

「ツルさん、今日《きょう》のごちそうはスープなんだが、ツルさんはスープが好《す》き？」

「それはもう大好物《だいこうぶつ》ですよ。わたしはスープがなにより好物《こうぶつ》なんです」

「そうか、わかった。じゃあ、ちょっと、料理《りょうり》するから待《ま》っててね」

キツネは台所《だいどころ》でスープをつくり、やがて自分《じぶん》のぶんとツルのぶんを、皿《さら》にいれてもってきました。

「やあ、待《ま》たせたね。そのぶん、とてもおいしいスープができたよ。さあ、えんりょなく召《め》しあがれ」

そういうと、キツネは自分《じぶん》のぶんのスープを飲《の》みはじめました。ところが、ツルは好物《こうぶつ》のスープをまえにして、食《た》べようとしません。ツルのくちばしは長《なが》いので、浅《あさ》い皿《さら》のスープを飲《の》むことができず、困《こま》っていたのです。

「ツルさん、どうしたの？　このスープおいしいよ。食《た》べないなら、おれが食《た》べちゃおう」

キツネはそういって、ツルのスープをとりあげて、ぜんぶ飲《の》んでしまいました。ツルはそのようすをだまって見《み》ていましたが、静《しず》かにたちあがり、キツネに礼《れい》をいって帰《かえ》っていきました。

キツネはツルのうしろ姿《すがた》を見《み》おくりながら、大笑《おおわら》いしました。

翌日《よくじつ》、ツルがキツネを自分《じぶん》の家《いえ》にまねきました。

「昨日《きのう》はキツネさんの家《いえ》に呼《よ》んでくれてありがとう。今日《きょう》はわたしがごちそうしますよ。キツネさんは、お肉《にく》は好《す》きですか」

「好《す》き好《す》き、大好《だいす》き！」

「それはよかった。とっておきのお肉《にく》を用意《ようい》しましたからね」

ツルはそういうと、入《い》り口《ぐち》が狭《せま》く、細長《ほそなが》いツボにはいったごちそうをだしました。ツルは、長《なが》いくちばしをツボにさしこんで、肉《にく》を食《た》べていきます。ところが、キツネにはくちばしがないので、ツボの中《なか》の肉《にく》を食《た》べることができません。

「あら、キツネさん、お肉《にく》は好《す》きじゃなかったの？　こんなにおいしいお肉《にく》なのにねえ」

ツルはごちそうが食《た》べられず、くやしそうな顔《かお》をしているキツネを見《み》て笑《わら》いましたとさ。

他人《たにん》をひどい目《め》にあわせると、かならず自分《じぶん》にも返《かえ》ってきますよ、というお話《はなし》でした。

読んだ日　年　月　日／　年　月　日／　年　月　日

ポイント　日本《にほん》では「キツネとツル」で有名《ゆうめい》ですが、原題《げんだい》ではツルではなくコウノトリです。内容《ないよう》はまったくおなじです。

動物《どうぶつ》たちのおかげで、じょうずになりました

セロ弾《ひ》きのゴーシュ

宮沢賢治《みやざわけんじ》

ゴーシュはセロを弾《ひ》く係《かかり》でしたが、仲間《なかま》の楽手《がくしゅ》の中《なか》では一番《いちばん》へたで、いつも楽長《がくちょう》にいじめられていました。

「セロがおくれた。ここからやりなおし。ああ、だめだめ」

楽長《がくちょう》にしかられたゴーシュは、家《いえ》に帰《かえ》ったあとも、セロの練習《れんしゅう》をしました。すると、三毛《みけ》ネコがやってきました。

「わたしがセロを聞《き》いてあげますよ」

ゴーシュがセロを弾《ひ》くと、あまりのひどさにネコは逃《に》げていきました。

つぎの晩《ばん》もゴーシュが練習《れんしゅう》をしていると、カッコウがやってきました。

「鳥《とり》までくるなんて。なんの用《よう》だ」

ゴーシュがたずねると、カッコウは、

「わたしはドレミファを正確《せいかく》に知《し》りたいんです。どうか教《おし》えてください」

と、いいます。しかたなく、ゴーシュはセロでドレミファソラシドと弾《ひ》きました。カッコウはあわてました。

「ちがいます、こうですよ」

カッコウは、体《からだ》をまえに曲《ま》げてしばらくかまえてから鳴《な》いてみせました。

ゴーシュはカッコウと、何度《なんど》もドレミファをくり返《かえ》しました。すると、ゴーシュは、自分《じぶん》より、カッコウのほうが正《ただ》しいドレミファを鳴《な》いているように思《おも》えて、腹《はら》がたってきました。

「ばかばかしい」

ゴーシュはぴたりとセロをやめて、カッコウを追《お》いだしました。

つぎの日《ひ》は子《こ》ダヌキがやってきました。ゴーシュは子《こ》ダヌキの太鼓《たいこ》にあわせてセロを弾《ひ》きました。

「ゴーシュさん、あなた、二番目《にばんめ》の糸《いと》を弾《ひ》くときにおくれますね」

子《こ》ダヌキは帰《かえ》っていきました。

そのつぎの晩《ばん》は、野《の》ネズミがやってきました。野《の》ネズミがいうには、ゴーシュのセロを聞《き》くと、病気《びょうき》がなおるのだといいます。

「そんなばかな」

と、ゴーシュはいいましたが、セロを弾《ひ》きました。すると、野《の》ネズミの病気《びょうき》がなおったのです。野《の》ネズミはお礼《れい》をいって帰《かえ》っていきました。

それから六日目《むいかめ》の晩《ばん》でした。ゴーシュの楽団《がくだん》はコンサートを開《ひら》き、大成《だいせい》功《こう》をおさめました。会場《かいじょう》からはアンコールをさいそくされています。

「ゴーシュ、おまえが弾《ひ》きなさい」

楽長《がくちょう》はゴーシュにセロをもたせて、一人《ひとり》で演奏《えんそう》させました。ゴーシュは自《じ》信《しん》がありませんでしたが、演奏《えんそう》をすると、みんなは真剣《しんけん》に聞《き》いてくれました。

「ゴーシュくん、よかったぞ」

楽屋《がくや》に戻《もど》ると、楽長《がくちょう》や仲間《なかま》たちが口《くち》ぐちにゴーシュをほめました。ゴーシュはいつのまにか、セロがじょうずになっていたのです。

その晩《ばん》おそく、ゴーシュは自分《じぶん》のうちへ帰《かえ》ってきました。そして窓《まど》を開《あ》けて、いつかカッコウの飛《と》んでいったと思《おも》った遠《とお》くのほうをながめながら、

「ああ、カッコウ。あのときはすまなかったなあ」

と、おわびの言葉《ことば》をいいました。

読んだ日　年　月　日／　年　月　日／　年　月　日

ポイント　セロとは現代《げんだい》のチェロのことです。作者《さくしゃ》の宮沢賢治《みやざわけんじ》は実際《じっさい》に、チェロの練習《れんしゅう》をしたことがあるそうです。

この世《よ》のものか、夢《ゆめ》なのか？

化物草子《ばけものぞうし》

ふしぎなお話《はなし》ばかりを集《あつ》めた『化物《ばけもの》草子《ぞうし》』という本《ほん》があります。今日《きょう》は、この本《ほん》の話《はなし》をしましょう。

むかし、兵衛府《ひょうえふ》という役職《やくしょく》につく男《おとこ》がいました。ある夜《よる》、簾《すだれ》を巻《ま》きあげて外《そと》を見《み》ていると、十二《じゅうに》、三歳《さんさい》ぐらいの体《からだ》が細《ほそ》い子《こ》どもと太《ふと》い子《こ》どもがでてきて、相撲《すもう》をとりはじめました。ところが、しだいに体《からだ》が消《き》えていき、見《み》えなくなりました。

「消《き》えたのか？　ふしぎなことじゃ」

その日《ひ》以来《いらい》、二人《ふたり》の子《こ》どもは相撲《すもう》をとっては、その場《ば》で消《き》えていきます。

「化《ば》け物《もの》のしわざか。退治《たいじ》してやろう」

つぎの日《ひ》、兵衛府《ひょうえふ》は弓《ゆみ》をとって二人《ふたり》に矢《や》を射《い》かけました。二人《ふたり》が消《き》えたので、その場所《ばしょ》をたしかめると、矢《や》が落《お》ちているだけで、だれもいません。

翌朝《よくあさ》、あらためてよく調《しら》べると、大《おお》きなアリとダニが死《し》んでいました。ふしぎなこともあるものですね。

京《きょう》の九条《くじょう》のあたりに、若《わか》い女《おんな》が住《す》んでいました。勝栗《かちぐり》を食《た》べていたら、炭《すみ》びつのあたりから白《しろ》い手《て》がでてきて、勝栗《かちぐり》をよこせと手《て》まねきします。四《よん》度《ど》、五度《ごど》と何度《なんど》も催促《さいそく》したあと、消《き》えました。「なんだろう」と思《おも》って女《おんな》が炭《すみ》びつのあたりを探《さが》してみると、杓子《しゃくし》と勝栗《かちぐり》がころがっていました。白《しろ》い手《て》は杓子《しゃくし》が化《ば》けたものだったのです。ふしぎですね。

つぎも女《おんな》の話《はなし》。女《おんな》が静《しず》かな夜《よる》に念仏《ねんぶつ》をとなえてすごしていると、窓《まど》から耳《みみ》の長《なが》い坊主《ぼうず》がのぞいていました。それが毎晩《まいばん》つづくので、「気味《きみ》がわるいけど調《しら》べましょう」と、勇気《ゆうき》をだして坊主《ぼうず》のでる場所《ばしょ》を探《さが》したら、くさって折《お》れた銚子《ちょうし》がでてきました。銚子《ちょうし》が坊主《ぼうず》に化《ば》けていたのです。ふしぎですね。

ある人《ひと》が水《みず》をはった器《うつわ》のそばで、昼《ひる》寝《ね》していました。すると、ハエが飛《と》んできて器《うつわ》の中《なか》の水《みず》に落《お》ちました。そこへべつの人《ひと》が通《とお》りかかって、「かわいそうに」とハエを器《うつわ》から救《すく》いだしました。すると、昼寝《ひるね》をしていた人《ひと》が起《お》きだしていいました。

「海《うみ》に落《お》ちた夢《ゆめ》を見《み》ました。困《こま》っていると、だれかが助《たす》けてくれたんです」

ふしぎなこともあるものですね。

山里《やまざと》に娘《むすめ》が住《す》んでいました。一人《ひとり》住《ず》まいでさびしかったので、「かかしでもいいから遊《あそ》びにきてくれないかしら」と、ひとりごとをいいました。

すると、つぎの日《ひ》に、うつくしい若《わか》者《もの》がやってきて、いろんな話《はなし》をして娘《むすめ》をたのしませてくれました。以来《いらい》、若《わか》者《もの》は毎日《まいにち》、娘《むすめ》の家《いえ》に遊《あそ》びにきました。

「あの若者《わかもの》は、どこの人《ひと》だろう」

そう思《おも》った娘《むすめ》は、若者《わかもの》が帰《かえ》るときに、衣服《いふく》に長《なが》い糸《いと》をつけました。

「この糸《いと》をたどっていけば、若者《わかもの》の住《す》処《か》がわかるわ」

娘《むすめ》が糸《いと》をたどっていくと、そこには、糸《いと》をつけたかかしがたっていました。

「ああ、私《わたし》のひとりごとを、このかかしが聞《き》いていたのね。ああ、おどろいた」

世《よ》の中《なか》はふしぎなことばかり、というお話《はなし》でした。

読んだ日　　年　月　日／　　年　月　日／　　年　月　日

ポイント 「化物草子《ばけものぞうし》」は五《いつ》つの怪異譚《かいいたん》を集《あつ》めた、室町時代《むろまちじだい》につくられた絵巻《えまき》です。

「隣《となり》の芝生《しばふ》は青《あお》い」ものです

よくばりなイヌ

イソップ

　むかしむかし、あるところに大《おお》きなイヌがいました。そのイヌはとても強《つよ》くて、町《まち》で彼《かれ》にかなうイヌは一匹《いっぴき》もいません。ある日《ひ》、イヌは町《まち》で大《おお》きな肉《にく》のかたまりを見《み》つけました。

「これはうまそうな肉《にく》を見《み》つけたぞ。どれ、いただくとするか。いや、待《ま》てよ。町《まち》のやつらにたっぷりとこの肉《にく》を見《み》せびらかしたあとで、ゆっくりと味《あじ》わうとしよう」

　イヌはそういうと、肉《にく》のかたまりをくわえて町中《まちじゅう》を歩《ある》きまわりました。

「ちくしょう、あんな大《おお》きな肉《にく》をどこで見《み》つけてきたんだ。よし、いっちょ、横《よこ》どりしてやろう」

「やめとけ、やめとけ。あいつにかなうイヌなんているものか。それがわかっているから、あいつはわざと肉《にく》を見《み》せびらかして歩《ある》いているんだ」

　肉《にく》をくわえて歩《ある》きまわるイヌを見《み》て、ほかのイヌたちはくやしがったり、うらやましがったりしました。

（ふふん、みんな、おれさまのことがうらやましくてしかたないみたいだな。よしよし、それでこそ、この肉《にく》があとでおいしく食《た》べられるというものだ）

　イヌはますます得意《とくい》になって、町中《まちじゅう》を歩《ある》きまわりました。イヌが町《まち》のすみずみまで歩《ある》きつくし、もういいかげんにお腹《なか》がすいてきたころ、小川《おがわ》の橋《はし》にさしかかりました。

（よし、あの橋《はし》をわたったら、この肉《にく》を食《た》べることにしよう）

　イヌが橋《はし》をわたりながら、ふと、川《かわ》を見《み》ると、なんと、川《かわ》の中《なか》にも橋《はし》があり、大《おお》きなイヌが歩《ある》いていました。

（ほう、この川《かわ》の中《なか》にも橋《はし》があったとはいままで気《き》づかなかったな。おや、川《かわ》の中《なか》のイヌも、大《おお》きな肉《にく》をくわえているじゃないか。なまいきなやつだ）

　イヌはもっとよく見《み》ようと、橋《はし》の上《うえ》から川《かわ》の中《なか》をのぞきこみました。すると、川《かわ》の中《なか》のイヌも、ふゆかいそうな顔《かお》でこちらをのぞきこんでいます。

（なんてにくたらしい顔《かお》をしたやつだ。うん？　あいつのくわえている肉《にく》は、おれさまの肉《にく》より大《おお》きいな。くそ～、ますます気《き》にくわないやつだ）

　イヌが川《かわ》の中《なか》にむかってうなり声《ごえ》をあげると、むこうのイヌもおこって、こちらをにらみつけてきました。

（もう、ゆるさん。あいつの肉《にく》をとりあげて、おれさまが食《く》ってやろう。おれさまにケンカを売《う》ったことを後悔《こうかい》するんだな）

　イヌは、川《かわ》の中《なか》のイヌをおどそうとして、大《おお》きな声《こえ》をあげました。

「う～、わんっ」

　イヌが口《くち》を開《あ》けたとたん、くわえていた肉《にく》が、口《くち》から川《かわ》の中《なか》に落《お》ちてしまいました。川《かわ》の中《なか》のイヌは、水面《すいめん》にうつった自分《じぶん》の姿《すがた》だったのです。

　おなじものでも、他人《たにん》がもっているものほどよく見《み》えるもの。よくばりすぎると損《そん》をするというお話《はなし》でした。

読んだ日　年　月　日／　年　月　日／　年　月　日

ポイント　イソップ寓話《ぐうわ》は17世紀初頭《せいきしょとう》あたりにはすでに日本《にほん》に伝《つた》わっており、『伊曾保物語《いそほものがたり》』と呼《よ》ばれていました。

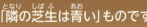

トランクで空《そら》を飛《と》べたらどこにいく?

空《そら》飛《と》ぶトランク

アンデルセン

　むかし、ある国《くに》に、たいそうお金《かね》もちの親子《おやこ》がいました。父親《ちちおや》が亡《な》くなると、お金《かね》は息子《むすこ》が受《う》けつぎましたが、お調子者《ちょうしもの》の息子《むすこ》は働《はたら》きもせず、毎日遊《まいにちあそ》んで暮《く》らしたので、お金《かね》はいつのまにか、すっかりなくなってしまいました。そのようすを見《み》てかわいそうに思《おも》った友《とも》だちが、古《ふる》いトランクをくれました。

　せっかくもらったトランクですが、息子《むすこ》には、いれる荷物《にもつ》がありません。貧乏《びんぼう》になって、持《も》ち物《もの》はぜんぶ売《う》ってしまったのです。いれるものがないので、息子《むすこ》は自分《じぶん》がトランクの中《なか》にはいりました。すると、どうしたことでしょう！　トランクが空《そら》にうかんだのです。それどころか、自分《じぶん》のいきたいところへ飛《と》んでいけるようでした。

「すごい！　魔法《まほう》のトランクだ！」

　息子《むすこ》はトランクに乗《の》って雲《くも》の上《うえ》まで飛《と》びあがり、山《やま》を越《こ》えて、海《うみ》を越《こ》えて、ついにトルコの国《くに》までやってきました。

　遠《とお》くにはりっぱなお城《しろ》も見《み》えます。

「わぁ、きれいなお城《しろ》だ！　よーし、あのお城《しろ》まで飛《と》んでいこう！」

　息子《むすこ》はトランクに乗《の》ってお城《しろ》へ飛《と》んでいき、そこにいたお姫様《ひめさま》に声《こえ》をかけました。窓《まど》の外《そと》に人《ひと》がうかんでいるのを見《み》て、お姫様《ひめさま》はびっくり。

「あなたはだれ？」

「えっへん、わたしはトルコの神様《かみさま》ですよ。空《そら》を飛《と》んできたのです」

　息子《むすこ》はそういうと、おもしろい話《はなし》をして、お姫様《ひめさま》をよろこばせました。すぐになかよくなった二人《ふたり》は、その日《ひ》のうちに結婚《けっこん》の約束《やくそく》までかわしました。

「ぜひ、わたしの父《ちち》と母《はは》にもおもしろい話《はなし》を聞《き》かせてください。そうすれば、二人《ふたり》ともあなたを気《き》にいってくれるわ」

「そんなのお安《やす》いご用《よう》さ！」

　息子《むすこ》はお姫様《ひめさま》からトルコの金貨《きんか》をもらって、町《まち》できれいな洋服《ようふく》を買《か》い、着《き》がえるとお城《しろ》へ飛《と》んで戻《もど》りました。

「王様《おうさま》、お妃様《きさきさま》。これからおもしろい話《はなし》をお聞《き》かせしましょう」

　息子《むすこ》がおもしろい話《はなし》を聞《き》かせると、王様《おうさま》とお妃様《きさきさま》は大《おお》よろこび。お姫様《ひめさま》との結婚《けっこん》もゆるしてくれました。

　いよいよ結婚式《けっこんしき》の日《ひ》がやってきました。トルコの町《まち》は、お祭《まつ》りのようににぎやかです。すっかりたのしくなった息子《むすこ》は、あることを思《おも》いつきました。

「そうだ、空《そら》で花火《はなび》をうちあげたら、町《まち》の人《ひと》はもっとよろこんでくれるにちがいない」

　息子《むすこ》は町《まち》で花火《はなび》を買《か》うと、空高《そらたか》く舞《ま》いあがって、花火《はなび》をうちあげました。きれいな花火《はなび》に人《ひと》びとは大《おお》よろこびでしたが、火《ひ》の粉《こ》がトランクに燃《も》えうつり、トランクはすっかり燃《も》えてしまいました。

　トランクがなければ、息子《むすこ》はお城《しろ》に飛《と》んでいくこともできません。あわれな息子《むすこ》は結婚《けっこん》もできず、またもとの貧乏《びんぼう》に戻《もど》ってしまったということです。

読んだ日　　年　月　日／　　年　月　日／　　年　月　日

ポイント　もし、こんなトランクがあったら、どんなふうに使《つか》ってみたいですか?　それにしても息子《むすこ》はもったいないことをしました。調子《ちょうし》に乗《の》りすぎたようですね。

イギリス

アーサー王《おう》に仕《つか》えた小《ちい》さな大勇者《だいゆうしゃ》

親指《おやゆび》トム

アーサー王《おう》がイングランドをおさめていたころのお話《はなし》です。アーサー王《おう》のお城《しろ》の近《ちか》くに夫婦《ふうふ》が住《す》んでいました。夫婦《ふうふ》は子《こ》どもがほしくてたまりませんでしたが、どうしても子《こ》どもが産《う》まれません。そこでアーサー王《おう》に仕《つか》える、魔法使《まほうつか》いのマーリンに相談《そうだん》しました。

「マーリンさま、子《こ》どもがさずかるなら、親指《おやゆび》ほどの大《おお》きさでもかまいません。どうかお力《ちから》をかしてください」

「よし、それでは魔法《まほう》をかけてやろう」

しばらくすると、夫婦《ふうふ》に子《こ》どもがさずかりました。その子《こ》はとても小《ちい》さくて、やはり親指《おやゆび》ほどの大《おお》きさでした。

この小《ちい》さな子《こ》どもは、妖精《ようせい》たちの間《あいだ》でうわさになりました。そのうわさを耳《みみ》にしたのが妖精《ようせい》の女王《じょおう》です。女王《じょおう》は興味津々《きょうみしんしん》で、夫婦《ふうふ》のところにやってきました。

「あら、ほんとに小《ちい》さな子《こ》ね。気《き》にいったわ。この子《こ》は、トムと名《な》づけなさい。わたしが祝福《しゅくふく》をあたえましょう」

妖精《ようせい》の女王《じょおう》はトムに祝福《しゅくふく》をあたえ、妖精《ようせい》の衣服《いふく》を着《き》せました。

「さあ、これでこの子《こ》はどんな困難《こんなん》にもたちむかえる強《つよ》い子《こ》になりますよ」

女王《じょおう》はそういうと、ニッコリ笑《わら》って帰《かえ》っていきました。トムは元気《げんき》いっぱいの男《おとこ》の子《こ》に育《そだ》ちました。背丈《せたけ》は親指《おやゆび》の大《おお》きさのままでしたけどね。

ある日《ひ》のことです。トムは友《とも》だちの意地悪《いじわる》で、ガラスのビンの中《なか》に閉《と》じこめられてしまいました。ガラスのビンの中《なか》には空気《くうき》も水《みず》も食《た》べ物《もの》もありません。それでもトムはへっちゃらです。

「ぼくは妖精《ようせい》の女王《じょおう》さまから祝福《しゅくふく》をいただいているんだ。飲《の》まず食《く》わずでも空気《くうき》がなくても、ぜんぜん平気《へいき》なのさ」

トムは何日《なんにち》もビンの中《なか》ですごしました。ふしぎに思《おも》った友《とも》だちが、ビンのふたを開《あ》けたところ、トムはビンから飛《と》びだして、助《たす》かったのです。

それから数日後《すうじつご》、トムが野原《のはら》で遊《あそ》んでいると、いきなり赤《あか》ウシに、草《くさ》ごと食《た》べられてしまいました。それでもトムは平気《へいき》です。ウシのお腹《なか》であばれまわって、ウシの口《くち》から飛《と》びだしました。

ところが、飛《と》びだしたところが巨人《きょじん》の家《いえ》でした。巨人《きょじん》はトムをつかまえて飲《の》みこみましたが、今度《こんど》もトムは巨人《きょじん》のお腹《なか》であばれまわりました。巨人《きょじん》はくるしんでトムを口《くち》からはきだしました。でも、あんまりはきだすいきおいが強《つよ》かったので、トムは海《うみ》まで飛《と》んでいきました。海《うみ》にいた魚《さかな》は、トムをエサだと思《おも》って、食《た》べてしまいました。

「またお腹《なか》の中《なか》だよ。あばれるのも、もうめんどくさいなあ」

トムがおとなしくしていると、魚《さかな》は人間《にんげん》に釣《つ》りあげられて、アーサー王《おう》のお城《しろ》の台所《だいどころ》に運《はこ》ばれました。

「これはうまそうな魚《さかな》だ。アーサー王《おう》に食《た》べてもらおう」

料理人《りょうりにん》が魚《さかな》のお腹《なか》を切《き》ると、トムが飛《と》びだしてきたので、みんなはびっくりです。トムのうわさはアーサー王《おう》の耳《みみ》にはいり、トムはアーサー王《おう》の騎士《きし》として召《め》しかかえられましたとさ。

読んだ日　　年　月　日／　　年　月　日／　　年　月　日

ポイント　親指《おやゆび》トムの冒険《ぼうけん》には、いろんなお話《はなし》があります。体《からだ》の小《ちい》さな子《こ》どもが活躍《かつやく》するお話《はなし》として、ペローやグリムの『親指小僧《おやゆびこぞう》』も有名《ゆうめい》です。

さまざまな電気製品《でんきせいひん》を生《う》みだした「発明王《はつめいおう》」

エジソン

トーマス・エジソンは約百七十年《やくひゃくななじゅうねん》前《まえ》、アメリカのオハイオの町《まち》に生《う》まれました。エジソンは、小《ちい》さなころから知《し》りたがりでした。

ふしぎにおもったことは、「なぜ？」「どうして？」と、大人《おとな》に聞《き》いてまわりました。小学校《しょうがっこう》にはいっても、おかしな質問《しつもん》ばかりして、先生《せんせい》を困《こま》らせていました。エジソンは算数《さんすう》の時間《じかん》に、先生《せんせい》に質問《しつもん》しました。

「一《いち》と一《いち》をたすと、どうして二《に》になるの？」

先生《せんせい》はエジソンに粘土《ねんど》を二個《にこ》わたし、「一個《いっこ》の粘土《ねんど》と一個《いっこ》の粘土《ねんど》で、二個《にこ》になるだろ？」と教《おし》えました。エジソンは二個《にこ》の粘土《ねんど》をあわせてまるめると、こういい返《かえ》しました。

「一個《いっこ》の粘土《ねんど》と一個《いっこ》の粘土《ねんど》をあわせると、大《おお》きな一個《いっこ》の粘土《ねんど》になるよ。二個《にこ》にはならないじゃないか」

これには、先生《せんせい》もあきれてしまいました。そして、エジソンは小学校《しょうがっこう》から追《お》いだされました。

学校《がっこう》をやめたエジソンは、おかあさんに勉強《べんきょう》を教《おし》えてもらいました。おかあさんは、エジソンが知《し》りたいと思《おも》うことは、満足《まんぞく》するまで、いっしょに考《かんが》えました。エジソンは家《いえ》の地下室《ちかしつ》に実験室《じっけんしつ》をつくり、いろいろな実験《じっけん》をしました。十二歳《じゅうにさい》になると、列車《れっしゃ》で新聞《しんぶん》を売《う》りながらお金《かね》をかせぎ、実験《じっけん》や工作《こうさく》をつづけたのです。

十五歳《じゅうごさい》のとき、駅《えき》で線路《せんろ》に迷《まよ》いこんだ子《こ》どもを見《み》つけました。エジソンは線路《せんろ》に飛《と》びおり、子《こ》どもを助《たす》けました。子《こ》どもは駅長《えきちょう》の息子《むすこ》でした。駅長《えきちょう》はお礼《れい》に、エジソンに「電信《でんしん》」の技術《ぎじゅつ》を教《おし》えてくれました。電信《でんしん》というのは、電気《でんき》の働《はたら》きで信号《しんごう》を送《おく》り、情報《じょうほう》を伝《つた》える方法《ほうほう》です。エジソンは電信手《でんしんしゅ》という仕事《しごと》につき、アメリカ中《じゅう》をまわりました。こうして、たくさんの経験《けいけん》をつんだエジソンは、つぎつぎと発明品《はつめいひん》をつくりはじめたのです。

二十二歳《にじゅうにさい》になったエジソンは、ニューアークという町《まち》に、研究所《けんきゅうじょ》と工場《こうじょう》をつくりました。そして、一生《いっしょう》の間《あいだ》に千三百《せんさんびゃく》もの発明品《はつめいひん》の特許《とっきょ》をとったのです。世界《せかい》ではじめて「蓄音機《ちくおんき》」という、録音《ろくおん》して再生《さいせい》する機械《きかい》の商品化《しょうひんか》に成功《せいこう》したのもエジソンです。

それから、エジソンは電灯《でんとう》の研究《けんきゅう》をはじめましたが、なかなかうまくいきません。木綿《もめん》でつくった細《ほそ》い芯《しん》に電気《でんき》を流《なが》して、やっと灯《あか》りがついても、すぐに消《き》えてしまいます。でも、エジソンはあきらめませんでした。実験《じっけん》をくり返《かえ》すうちにひらめいたのです。

「そうだ、電気《でんき》を流《なが》す芯《しん》に、竹《たけ》を使《つか》ったらどうだろう」

エジソンは日本《にほん》の京都《きょうと》の竹《たけ》を使《つか》って「フィラメント」という部品《ぶひん》をつくり、発熱電球《はつねつでんきゅう》を完成《かんせい》させたのです。エジソンが商品化《しょうひんか》した電球《でんきゅう》は、さらに改良《かいりょう》され、世界中《せかいじゅう》を明《あか》るく照《て》らすようになりました。

読んだ日　年　月　日／　年　月　日／　年　月　日

ポイント　トーマス・エジソン（1847-1931）は「天才《てんさい》は一《いち》パーセントのひらめきと九十九《きゅうじゅうきゅう》パーセントの努力《どりょく》である」という言葉《ことば》を残《のこ》しました。

子《こ》どもに信用《しんよう》された盗人《ぬすっと》

花《はな》のき村《むら》と盗人《ぬすっと》たち

新美南吉《にいみなんきち》

むかし、花《はな》のき村《むら》に五人《ごにん》の盗人《ぬすっと》がやってきました。親分一人《おやぶんひとり》に子分《こぶん》が四人《よにん》です。盗人《ぬすっと》の親分《おやぶん》は本職《ほんしょく》でしたが、子分《こぶん》たちは盗人《ぬすっと》になりたてのほやほやです。盗人《ぬすっと》になるまえは、それぞれ釜《かま》をつくったりなおしたりする釜師《かまし》、鍵《かぎ》をつくったりなおしたりする錠前屋《じょうまえや》、笛《ふえ》や太鼓《たいこ》にあわせて芸《げい》をする角兵衛獅《かくべえじ》子《し》、それと大工《だいく》だったのです。

親分《おやぶん》は子分《こぶん》たちにいいました。

「これから村《むら》の中《なか》のようすを見《み》てこい」

親分《おやぶん》は子分《こぶん》に命令《めいれい》をくだすと、その場《ば》でたばこをすって待《ま》ちました。子分《こぶん》たちは戻《もど》ってきてつぎつぎに報告《ほうこく》しましたが、どれも親分《おやぶん》をがっかりさせるものばかりでした。釜師《かまし》は釜《かま》をなおす注文《ちゅうもん》をとってくるわ、鍵師《かぎし》は村中《むらじゅう》の鍵《かぎ》がかんたんなものばかりなことをなげくわ、角兵衛獅子《かくべえじし》は村人《むらびと》から笛《ふえ》をもらってよろこんで帰《かえ》ってくるわ、大工《だいく》は金《かね》もちの家《いえ》のつくりに感心《かんしん》して帰《かえ》ってくるわで、とても盗人《ぬすっと》とは思《おも》えない行動《こうどう》をとってきたからです。

「おまえら、盗人《ぬすっと》をなんだと思《おも》っているんだ。ばかだ。みんな、ばかだ」

親分《おやぶん》は子分《こぶん》たちをもう一度《いちど》、村《むら》にいかせて待《ま》ちました。しばらくすると、どこからあらわれたのか、一人《ひとり》の子《こ》どもが笑《わら》いながら近《ちか》よってきました。

「このウシ、もっててね」

子《こ》どもはウシの手綱《たづな》を親分《おやぶん》にわたすと、どこかへいってしまいました。たぶん、親分《おやぶん》にウシをあずけて、遊《あそ》びにいったのでしょう。親分《おやぶん》は牛《うし》のひもをもって、ぼうぜんとしてしまいました。

「あの子《こ》、おれをいい人《ひと》だとでも思《おも》ってんのか。けっ、ばかなやつだ」

そういいながらも親分《おやぶん》は、ウシをだいじにあずかっていました。自分《じぶん》を信用《しんよう》してくれたことがうれしかったのです。

「あの子《こ》、戻《もど》ってこねえな。こちらから探《さが》しにいくとするか」

親分《おやぶん》は戻《もど》ってきた子分《こぶん》たちといっしょに、子《こ》どもを探《さが》しましたが見《み》つかりません。しかたないので、村役人《むらやくにん》のところへいってウシをあずけました。

「おまえさんがた、やさしい心《こころ》をしたいい人《ひと》たちだな。よし、今夜《こんや》はごちそうしてやろう」

役人《やくにん》はそういうと、盗人五人《ぬすっとごにん》にお酒《さけ》とごちそうでもてなしてくれました。親分《おやぶん》は役人《やくにん》のやさしい心《こころ》に感動《かんどう》してしまい、ついにいいました。

「お、お役人様《やくにんさま》。申《もう》しわけない。おれは盗人《ぬすっと》です。この村《むら》の人《ひと》はいい人《ひと》ばかりだ。もう、おれはあんたたちをあざむけねえ。だが、子分四人《こぶんよにん》は盗人《ぬすっと》になったばかりで、わるさを一度《いちど》もしてねえ。子分《こぶん》はゆるしておくんなさい」

親分《おやぶん》は自分《じぶん》がしてきたわるさを白状《はくじょう》しました。子分《こぶん》たち四人《よにん》は帰《かえ》され、子分《こぶん》たちはべつべつの方角《ほうがく》へわかれて、どこかへ歩《ある》いていきました。

「盗人《ぬすっと》にはもうなるな」

という親分《おやぶん》の言葉《ことば》をかみしめながら。

読んだ日　年　月　日／　年　月　日／　年　月　日

ポイント　うつくしい心《こころ》は悪人《あくにん》の心《こころ》もやわらげるものですね。

仲間《なかま》の力《ちから》をかりて子《こ》ガニが敵《かたき》うち

サルカニ合戦《がっせん》

むかしむかし、カニのおかあさんがでかけたところ、おむすびをひろいました。カニのおかあさんがよろこんでいると、そこへサルがあらわれました。サルはおむすびがほしくなり、カニのおかあさんにいいました。

「おれがひろった柿《かき》の種《たね》と、そのおむすびを交換《こうかん》しないか？　柿《かき》の種《たね》は、まけば毎年《まいとし》柿《かき》の実《み》がたくさんなるぜ」

最初《さいしょ》はいやがっていたカニのおかあさんですが、それもそうだと思《おも》いなおし、おむすびと柿《かき》の種《たね》を交換《こうかん》しました。

カニのおかあさんは、子《こ》ガニたちといっしょに、柿《かき》の種《たね》を庭《にわ》にまきました。

「**はやく芽《め》をだせ、柿《かき》の種《たね》。ださぬと、はさみでほじくるぞ**」

カニたちが柿《かき》の種《たね》にそう声《こえ》をかけると、柿《かき》の種《たね》は掘《ほ》りだされてはたまらんと、すぐに芽《め》をだしました。

「**はやく木《き》になれ、柿《かき》の芽《め》よ。ならぬと、はさみでちょん切《ぎ》るぞ**」

今度《こんど》は柿《かき》の芽《め》は切《き》られてはたまらないと、スクスクとのびて、大《おお》きな木《き》になりました。カニの親子《おやこ》は、またもや柿《かき》の木《き》に大《おお》きな声《こえ》でいいました。

「**はやく実《み》がなれ、柿《かき》の木《き》よ。ならぬと、はさみでちょん切《ぎ》るぞ**」

すると、つぎの秋《あき》には柿《かき》の木《き》にたくさん実《み》がなりました。カニの親子《おやこ》は大《おお》よろこびです。ところが、カニは木《き》にのぼることができません。困《こま》っていると、サルがあらわれました。

「カニさん、お困《こま》りのようだね。どれ、おれが柿《かき》の実《み》をとってやろう」

そういうと、サルはスルスルと柿《かき》の木《き》にのぼり、うまそうな赤《あか》い実《み》だけを選《えら》んで食《た》べはじめました。

「サルさん、自分《じぶん》だけ食《た》べてないで、わたしたちにも、とってくださいな」

「よしよし、じゃあ、とくべつうまそうなやつをくれてやろう」

サルはそういうと、青《あお》くてかたい柿《かき》をわざと選《えら》んで、カニのおかあさんに投《な》げつけました。カニのおかあさんは柿《かき》にあたり、死《し》んでしまいました。

「ざまあみろ」

サルは悪態《あくたい》をつき、残《のこ》りの実《み》をぜんぶもいで、帰《かえ》っていきました。子《こ》ガニたちが泣《な》いていると、

「カニさん、なぜ泣《な》いているの？」

と、たずねる声《こえ》がします。子《こ》ガニが見《み》ると、ハチと栗《くり》と臼《うす》とウシの糞《ふん》がいました。子《こ》ガニの話《はなし》を聞《き》いたみんなはたいへんおこり、作戦《さくせん》をねってサルをこらしめることにしました。みんなはサルの家《いえ》へいき、ハチは水《みず》がめの陰《かげ》、栗《くり》は囲炉裏《いろり》の中《なか》、臼《うす》は屋根《やね》の上《うえ》、ウシの糞《ふん》は入口《いりぐち》にかくれてサルを待《ま》ちました。

帰《かえ》ってきたサルが囲炉裏《いろり》に火《ひ》をくべたところ、栗《くり》がはぜてサルの顔《かお》にあたりました。火傷《やけど》をしたサルが冷《ひ》やそうと水《みず》がめまで近《ちか》づくと、今度《こんど》はハチがチクリと刺《さ》しました。

サルが逃《に》げようと入《い》り口《ぐち》までくると、ウシの糞《ふん》にすべってころびました。その上《うえ》へ臼《うす》が屋根《やね》から飛《と》びおり、サルはつぶれてしまいましたとさ。

10月
日本の昔話
ゆかいな話

読んだ日　　年　　月　　日／　　年　　月　　日／　　年　　月　　日

ポイント　他人《たにん》にひどいことをしたら、いつか自分《じぶん》もひどい目《め》にあいます。

三女神《さんめがみ》の争《あらそ》いからはじまった大戦争《だいせんそう》

トロイの木馬《もくば》

むかし、ギリシャで人間《にんげん》の英雄《えいゆう》と海《うみ》の女神《めがみ》の結婚式《けっこんしき》がおこなわれました。結婚式《けっこんしき》にはギリシャの神々《かみがみ》も出席《しゅっせき》しました。ところが争《あらそ》いの女神《めがみ》エリスだけは、結婚式《けっこんしき》にまねかれなかったのです。おこったエリスは、混乱《こんらん》をひき起《お》こすため、宴席《えんせき》の場《ば》へ黄金《おうごん》のリンゴを投《な》げいれて、こうさけびました。

「この黄金《おうごん》のリンゴを、一番《いちばん》うつくしい女神《めがみ》にあげるわ」

すると、大神《たいしん》ゼウスの妻《つま》ヘラ、知恵《ちえ》の女神《めがみ》アテナ、美《び》の女神《めがみ》アフロディーテの三女神《さんめがみ》が名乗《なの》りでました。どの女神《めがみ》も、自分《じぶん》が一番《いちばん》だといいはります。困《こま》ったゼウスは、小《しょう》アジアの国《くに》トロイの王子《おうじ》パリスを審判《しんぱん》にして、自分《じぶん》は逃《に》げてしまいました。

三女神《さんめがみ》はパリスの気《き》をひこうとして、それぞれが加護《かご》を申《もう》しでました。

「世界《せかい》を支配《しはい》したくはないか。わたしを選《えら》べば、権力《けんりょく》は思《おも》いのままだぞ」

と、いったのはヘラです。

「あらゆる戦争《せんそう》で勝利《しょうり》させてやろう」

と、いったのはアテナです。

「わたしなら、世界《せかい》で一番《いちばん》うつくしい娘《むすめ》と結婚《けっこん》させてあげるわよ」

と、いったのはアフロディーテです。

パリスはアフロディーテを選《えら》びました。アフロディーテはよろこび、ギリシャからヘレネという美女《びじょ》を連《つ》れだして、パリスと結婚《けっこん》させました。

これにおこったのが、ギリシャの英《えい》雄《ゆう》たちです。なぜなら、ヘレネはすでに、ギリシャのスパルタという国《くに》の王《おう》の妻《つま》、つまりお妃様《きさきさま》だったからです。

「よその国《くに》の妃《きさき》をさらって逃《に》げるとはゆるせん。トロイと戦争《せんそう》だ」

こうしてトロイ戦争《せんそう》ははじまりました。戦争《せんそう》は何年《なんねん》もつづき、ギリシャとトロイの英雄《えいゆう》や勇者《ゆうしゃ》がたくさん死《し》にました。パリス王子《おうじ》もこの戦《たたか》いで死《し》にました。知恵《ちえ》の女神《めがみ》アテナは、長《なが》くつづく戦争《せんそう》をおわらせるため、ギリシャの英雄《えいゆう》で頭《あたま》のいいオデッセウスに、この戦争《せんそう》に勝《か》つ方法《ほうほう》を教《おし》えました。

「中《なか》が空洞《くうどう》になっている、大《おお》きな木馬《もくば》をつくれ。あとは、わかるな」

オデッセウスは、アテナからそのヒントを得《え》て、戦争《せんそう》に勝《か》つ作戦《さくせん》を考《かんが》えだしました。

「なるほど、わなにかけるのですね。味方《みかた》の戦士《せんし》がはいった木馬《もくば》を敵《てき》の城内《じょうない》にいれることができれば、あとはかんたんだ。わがうるわしの女神《めがみ》アテナよ、ギリシャの勝利《しょうり》はあなたにささげます」

オデッセウスは、木馬《もくば》をトロイ城《じょう》の門《もん》のまえに置《お》いて、ギリシャ軍《ぐん》をぜんぶ退却《たいきゃく》させました。もちろん、木馬《もくば》の中《なか》には、オデッセウスと数十人《すうじゅうにん》の勇《ゆう》者《しゃ》たちがはいりこんでいます。

トロイ軍《ぐん》は、ギリシャ軍《ぐん》があきらめて退却《たいきゃく》したと思《おも》いこみ、勝利《しょうり》のあかしとして、木馬《もくば》を城内《じょうない》にひきいれました。すると、木馬《もくば》の中《なか》にいたオデッセウスたちがあらわれて、城内《じょうない》でさんざんにあばれまわったのです。油断《ゆだん》していたトロイ軍《ぐん》はやぶれ、ギリシャ軍《ぐん》が勝《か》ちました。こうして神々《かみがみ》と人間《にんげん》を巻《ま》きこんだ戦争《せんそう》は、おわりを告《つ》げたのです。

読んだ日　年　月　日／　年　月　日／　年　月　日

ポイント この伝説《でんせつ》を信《しん》じた考古学者《こうこがくしゃ》のシュリーマンは、発掘《はっくつ》をつづけて遺跡《いせき》を見《み》つけ、かつてエーゲ海《かい》に文明《ぶんめい》があったことを証明《しょうめい》しました。

10月22日のお話

一番《いちばん》こわいものってなんでしょうね？

落語《らくご》

まんじゅうこわい

むかし、テレビも携帯電話《けいたいでんわ》もなかった江戸時代《えどじだい》の娯楽《ごらく》は、みんなが集《あつ》まっておしゃべりをすることでした。

ある日《ひ》、町《まち》の若《わか》い者《もの》が集《あつ》まって、いつものようにおしゃべりをしていたところ、自分《じぶん》が一番《いちばん》こわいものはなにか、という話《はなし》になりました。

「おいらあ、こわいといえば、ヘビだなあ。あの長《なが》いものがウネウネと地《じ》べたをはいずってるとこを見《み》ると、背筋《せすじ》がぞーっとして、もうたまんねえ」

「あたしは、アリですねえ。ウジャウジャとこまかいもんが集《あつ》まってるところが、なんとも気色《きしょく》わるい」

ほかにもナメクジだ、カエルだ、お化《ば》けだと、みんなはそれぞれに自分《じぶん》のこわいものをいいました。ところが、ただ一人《ひとり》、部屋《へや》の片隅《かたすみ》でみんなの話《はなし》を聞《き》くだけで、じっとだまっている八兵衛《はちべえ》という若者《わかもの》がいました。

「おい、八《はっ》つあん。さっきから人《ひと》の話《はなし》を聞《き》いてるだけじゃあねえか。おまえさんも、こわいものをいってみなよ」

「話《はな》せねえ」

「なんだ？　どうして話《はな》せねえ？」

「アレの名前《なまえ》を思《おも》いだしただけで、ふるえがきちまう。ああ、もう、だめだ、かんべんしてくれ」

「なにいってやがる。とくべつあつかいはしねえぞ。とっとと話《はな》しやがれ」

「わかったよ、いうよ。おれぁ、まんじゅうがこええんだ……。ああ、いっちまった。もうだめだ、もうこわくてしょうがない。先《さき》に帰《かえ》るよ」

そういって、八兵衛《はちべえ》は体《からだ》をブルブルとふるわせながら帰《かえ》っていきました。

「あの野郎《やろう》。なんだって、まんじゅうみたいなもんがこわいんだ？」

「なにか理由《りゆう》があるのかもしれねえ。

みんなでたしかめにいかねえか」

若者《わかもの》たちは、町中《まちじゅう》のまんじゅうを買《か》い集《あつ》めて、八兵衛《はちべえ》の家《いえ》にいきました。

「おうい、八《はっ》つあん。みんなで見舞《みま》いにきたぞ。中《なか》にはいらせてもらうぜ」

若者《わかもの》たちは家《いえ》の外《そと》から声《こえ》をかけると、八兵衛《はちべえ》の家《いえ》の中《なか》にゾロゾロとはいっていきました。部屋《へや》には、八兵衛《はちべえ》がふとんを頭《あたま》からかぶって寝《ね》ていました。

「ほんとに寝《ね》こんでやがる。よし、みんな、まんじゅうをふとんの中《なか》にいれろ」

若者《わかもの》たちは盆《ぼん》に盛《も》ったまんじゅうを、ふとんの中《なか》につっこみました。すると、八兵衛《はちべえ》の悲鳴《ひめい》があがりました。

「ひええ、まんじゅうだあ。こわいよう、こわいよう。**ムシャムシャ**。うまい……じゃなかった、こわいよう。**ムシャムシャ**」

どうもようすがおかしいと一人《ひとり》が布団《ふとん》をひきはがすと、ニコニコ顔《がお》の八兵衛《はちべえ》がまんじゅうを食《た》べていました。

「あ、この野郎《やろう》だましやがったな。やい八公《はちこう》。てめえ、ほんとはなにがこわい」

「今度《こんど》は、熱《あつ》いお茶《ちゃ》がこわい」

読んだ日　　年　月　日／　　年　月　日／　　年　月　日

ポイント　若手落語家《わかてらくごか》向《む》けの『前座噺《ぜんざばなし》』ですが、名人級《めいじんきゅう》の落語家《らくごか》も演《えん》じることがある、古典落語《こてんらくご》の傑作《けっさく》です。

モグラと仲間《なかま》たちの川辺《かわべ》の生活《せいかつ》

ゆかいな川辺《かわべ》

ケネス・グレアム

モグラが散歩《さんぽ》していると、川岸《かわぎし》につきました。モグラはそれまで、川《かわ》を見《み》たことがありません。きらきらと光《ひか》りかがやき、曲《ま》がりくねった川《かわ》を見《み》て、モグラはうっとりしました。

「これが川《かわ》か。きれいだなあ」

モグラが川《かわ》を見《み》ていると、ネズミがあらわれました。

「こんにちは、モグラくん。今日《きょう》はいい日《ひ》だね。どうだい、ボートに乗《の》ってみないかね」

とても気《き》のいいネズミは、はじめて会《あ》ったモグラにも親切《しんせつ》です。モグラはもじもじしながら、いいました。

「え、いいのかい」

「いいさ！　さあ、乗《の》ろう！」

ネズミは自分《じぶん》のボートにモグラを乗《の》せて、川《かわ》にこぎだしました。モグラは大《おお》よろこびで、ネズミに聞《き》きました。

「すごい、すごい。これが川《かわ》なんだ。キミは川《かわ》で暮《く》らしているのかい」

「そうだよ。これが川《かわ》さ。川《かわ》はぼくの兄弟《きょうだい》であり、友《とも》だちであり、食《た》べ物《もの》であり、飲《の》み物《もの》でもあるんだ。つまり、川《かわ》はぼくの世界《せかい》なんだよ。川《かわ》のほかには、ぼくはなんにもいらないよ」

「いいなあ」

二人《ふたり》がしばらく川《かわ》をくだると、アナグマがあらわれました。

「ふむ。お連《つ》れがいるのか」

そういうと、アナグマは、くるりと背《せ》をむけ、どこかへいきました。

「あれがアナグマくんだよ。強《つよ》くて頭《あたま》がよくて、とてもたよりになる。でも、人《ひと》づきあいが嫌《きら》いでね。まあ、あとで話《はな》せば、きっとなかよくなれるよ」

二人《ふたり》がこんな話《はなし》をしていると、どこからか、べつのボートがやってきました。水《みず》をバッチャンバッチャンはねとばし、ボートは大《おお》ゆれにゆれています。

「あいつがきたか」

ネズミは笑《わら》いながらいいました。

「あいつって？」

「ヒキガエルだよ。根《ね》はいいやつなんだけどね。あきっぽくて、落《お》ちつきがなくて、なんでも思《おも》いつきで行《こう》動《どう》する、でたらめなやつなんだ」

「そ、そんな人《ひと》がいるの？」

「うん。困《こま》ったことに実在《じつざい》する。キミが見《み》ているアレが、この川辺《かわべ》の有《ゆう》名人《めいじん》のヒキガエル大先生《だいせんせい》さ。まあ、見《み》てな」

二人《ふたり》がながめていると、ヒキガエルはボートの上《うえ》で、さんざんにあばれたあげく、水《みず》の中《なか》に落《お》ちました。

「ごらんのとおりさ。かれはいつだって、勝手《かって》に行動《こうどう》して、勝手《かって》にさわいで、勝手《かって》に自滅《じめつ》するんだ」

「ほ、ほっといて、いいの？」

「いいよ。いつものことだし。それより、ぼくの家《いえ》にこないか。たのしいぞ」

こうしてモグラは、ネズミの家《いえ》でしばらく暮《く》らすことになりました。モグラは、ゆかいな川辺《かわべ》の生活《せいかつ》をはじめたのです。

読んだ日　年　月　日／　年　月　日／　年　月　日

ポイント　このお話《はなし》は、モグラとネズミとアナグマとヒキガエルの四匹《よんひき》が中心《ちゅうしん》の、笑《わら》いと友情《ゆうじょう》の物語《ものがたり》です。

イワンはみんなに「ばか」といわれます

イワンのばか

レフ・トルストイ

むかしある国《くに》に、お金《かね》もちのお百《ひゃく》姓《しょう》さんがいました。お百姓《ひゃくしょう》さんには三《さん》人《にん》の息子《むすこ》がいました。一番目《いちばんめ》は軍人《ぐんじん》のセミョーン、二番目《にばんめ》は太鼓腹《たいこばら》のタラース。そして末《すえ》の息子《むすこ》は、ばかのイワンと呼《よ》ばれていました。

ある日《ひ》、よくばりな兄《あに》たちはおとうさんに財産《ざいさん》をねだりました。おとうさんは、イワンにどうするか聞《き》きました。イワンは、「おにいさんにぜんぶ、わけてあげてください」といいました。

なにももらえなかったイワンは、痩《や》せたウマで畑《はたけ》をたがやし、毎日《まいにち》いっしょうけんめい働《はたら》きました。これを見《み》ていた悪魔《あくま》は、兄弟《きょうだい》げんかが起《お》こらないことに腹《はら》をたてました。三匹《さんびき》の小悪《こあく》魔《ま》を呼《よ》びだし、兄弟《きょうだい》にとりつかせたのです。

二人《ふたり》の兄《あに》は小悪魔《こあくま》にひどい目《め》にあわされ、無一文《むいちもん》になってイワンの家《いえ》に逃《に》げてきました。イワンは畑《はたけ》をたがやすばかりで、ほかに欲《よく》がありません。兄《あに》たちのように、小悪魔《こあくま》の思《おも》いどおりにはなりませんでした。とうとうイタズラ者《もの》の小悪魔《こあくま》は、イワンにつかまってしまいました。

「イワン様《さま》、おゆるしください」

小悪魔《こあくま》はおわびに、兵隊《へいたい》がでてくる麦《むぎ》の穂《ほ》、金貨《きんか》がでてくるカシワの葉《は》、どんな病気《びょうき》もなおる木《き》の根《ね》をくれました。

「もう、わるいことはしないように」

イワンがそういうと、小悪魔《こあくま》は土《つち》の中《なか》にもぐりこんで、二度《にど》とでてきませんでした。

イワンはセミョーンに麦《むぎ》の穂《ほ》を、タラースにカシワの葉《は》をあげます。セミョーンは、世界一《せかいいち》の兵隊《へいたい》をもつ王様《おうさま》になりました。タラースは、大金《おおがね》もちの大商人《だいしょうにん》になりました。イワンは今日《きょう》も畑《はたけ》をたがやしています。

ある日《ひ》、国《くに》の王女《おうじょ》が重《おも》い病気《びょうき》になりました。イワンはどんな病《やまい》にも効《き》くという木《き》の根《ね》で、王女《おうじょ》の病気《びょうき》をなおしてあげました。よろこんだ国王《こくおう》は、イワンと王女《おうじょ》を結婚《けっこん》させました。ついにイワンは、国王《こくおう》になったのです。でもイワンは畑仕事《はたけしごと》をやめませんでした。イワンはりっぱな服《ふく》も金《きん》の王冠《おうかん》も、イワンはほしくなかったのです。お妃《きさき》さまも、ドレスをぬいで働《はたら》きはじめました。イワンの国《くに》では、国王《こくおう》も王妃《おうひ》もみんな畑《ばたけ》をたがやすのです。

ある日《ひ》、小悪魔《こあくま》を退治《たいじ》された悪魔《あくま》が、敵《かたき》うちにやってきました。セミョーンとタラースはだまされて、また無一文《むいちもん》になりました。悪魔《あくま》はイワンの国《くに》で、「働《はたら》くのはばからしい」と演説《えんぜつ》してまわりますが、だれにもあいてにされません。

「イワンのような、欲《よく》のないばかは手《て》におえない」

そういって、悪魔《あくま》はとうとう逃《に》げていきました。

「おにいさんたちも、いっしょに働《はたら》こうよ」

イワンは二人《ふたり》の兄《あに》たちを国《くに》に迎《むか》えました。それからずっと、なかよく暮《く》らしました。

読んだ日　年　月　日／　年　月　日／　年　月　日

ポイント ここでいう「ばか」とは、正直《しょうじき》で働《はたら》き者《もの》のことです。イワンは悪魔《あくま》の誘惑《ゆうわく》に負《ま》けずに、しあわせを手《て》にしたのです。

動物《どうぶつ》たちの助《たす》けをかりた若者《わかもの》

金色《きんいろ》の髪《かみ》の姫《ひめ》

カレル・ヤロミール・エルベン

むかし、おばあさんがヘビをもって、王様《おうさま》のまえにあらわれました。

「このヘビを食《た》べれば、動物《どうぶつ》の言葉《ことば》がわかるようになりますよ」

よろこんだ王様《おうさま》は、家来《けらい》のイジークに、ヘビを料理《りょうり》するようにいいました。イジークは王様《おうさま》のいいつけどおりに、ヘビを料理《りょうり》しました。

「ヘビなんておいしいのかな。まずいものをだしたらおこられるから、味見《あじみ》をしてみよう」

イジークは料理《りょうり》を少《すこ》し食《た》べて味《あじ》をたしかめてから、料理《りょうり》を王様《おうさま》にもっていきました。王様《おうさま》が料理《りょうり》を見《み》ると、少《すこ》し食《た》べたあとがあったので、たいへんおこりました。

「イジーク、おまえはわしの料理《りょうり》を食《た》べたな。死刑《しけい》にしてやる！」

王様《おうさま》がそうさけんだとき、窓《まど》から金《きん》色《いろ》の髪《かみ》の毛《け》が三本《さんぼん》飛《と》んできました。

「うつくしい髪《かみ》だ。髪《かみ》の持《も》ち主《ぬし》は、たいへんな美女《びじょ》にちがいない。イジーク、この髪《かみ》の持《も》ち主《ぬし》をここへ連《つ》れてこい。できなければ、死刑《しけい》だぞ」

王様《おうさま》にこういわれては、イジークはしたがうしかありません。イジークは、金色《きんいろ》の髪《かみ》の女性《じょせい》を探《さが》す旅《たび》にでました。

イジークが野原《のはら》を歩《ある》いていると、村《むら》人《びと》が枯《か》れ草《くさ》を燃《も》やしていました。

「たいへんだ、逃《に》げろ～」

イジークが声《こえ》のするほうを見《み》ると、足《あし》もとでアリたちが大《おお》さわぎしています。イジークはアリたちを助《たす》けました。

「ありがとう。いつか恩返《おんがえ》しするよ」

イジークがアリたちと別《わか》れてしばらく歩《ある》くと、今度《こんど》は森《もり》の中《なか》から声《こえ》がします。

「お腹《なか》すいたよ～、お腹《なか》すいたよ～」

イジークが見《み》あげると、子《こ》ガラスたちが鳴《な》いていました。そこでイジークは、自分《じぶん》のお弁当《べんとう》をあげました。

「ありがとう。いつか恩返《おんがえ》しするよ」

イジークが子《こ》ガラスたちと別《わか》れてしばらく歩《ある》くと、今度《こんど》は海《うみ》にでました。浜辺《はまべ》では漁師《りょうし》が、金色《きんいろ》の魚《さかな》をつかまえていました。

「助《たす》けて～。つかまっちゃったよ～」

そこでイジークは、漁師《りょうし》にお金《かね》をわたして金色《きんいろ》の魚《さかな》を助《たす》けました。

「ありがとう。この先《さき》のお城《しろ》に、金色《きんいろ》の髪《かみ》をしたお姫様《ひめさま》がいるよ」

イジークが金色《きんいろ》の魚《さかな》に教《おし》えられたとおりに進《すす》んでいくと、たいへんうつくしいお姫様《ひめさま》がいました。イジークはお姫様《ひめさま》を一目《ひとめ》で好《す》きになり、結婚《けっこん》を申《もう》しこみました。すると、お姫様《ひめさま》はにっこり笑《わら》っていいました。

「わたしの夫《おっと》になる人《ひと》は、野原《のはら》に散《ち》らばった宝石《ほうせき》を集《あつ》められ、森《もり》にある命《いのち》の水《みず》を探《さが》しあて、海《うみ》に落《お》ちている指輪《ゆびわ》をひろいあげることができる人《ひと》です」

イジークは、野原《のはら》にいるアリと、森《もり》にいる子《こ》ガラスと、海《うみ》にいる金《きん》の魚《さかな》に相談《そうだん》し、みごとに三《みっ》つの仕事《しごと》をはたしました。イジークはお姫様《ひめさま》と結婚《けっこん》し、しあわせに暮《く》らしたということです。

読んだ日　年　月　日／　年　月　日／　年　月　日

ポイント　作者《さくしゃ》のカレル・ヤロミール・エルベンは、チェコの民話《みんわ》や民謡《みんよう》を収集《しゅうしゅう》した作家《さっか》で「チェコのグリム」といわれています。

石《いし》でおいしいスープをつくります

石《いし》のスープ

ポルトガル

むかしむかし、旅人《たびびと》がお腹《なか》をすかせて歩《ある》いていました。旅人《たびびと》は、一軒《いっけん》の家《いえ》を見《み》つけると、食《た》べ物《もの》をねだりました。

「すみません。旅《たび》の途中《とちゅう》で困《こま》っています。どうか食《た》べ物《もの》をくださいな」

ところが、家《いえ》にいたおかみさんは、旅人《たびびと》にこういいました。

「他人《たにん》にあげるものなんかないよ。さあ、とっとと、でておいき」

追《お》いだされた旅人《たびびと》はとほうに暮《く》れました。お腹《なか》がすいて、もうどこへもいけそうにありません。旅人《たびびと》は足《あし》もとの石《いし》を見《み》つめて、けんめいに考《かんが》えました。

「なんとかして食《た》べ物《もの》をもらわないと飢《う》え死《じ》にだ。ああ、この石《いし》が食《た》べられたらいいのに。……そうだ！」

旅人《たびびと》は石《いし》をひろうと、先《さき》ほどの家《いえ》に戻《もど》りました。

「おかみさん、石《いし》のスープをつくるから、鍋《なべ》と水《みず》をかしてください」

「石《いし》のスープだって？　そんなものが食《た》べられるものかい？」

「え、石《いし》のスープを知《し》らないんですか。すっごくおいしいんですよ」

おかみさんは、石《いし》のスープとはどんなものだろう、と思《おも》いました。そこで、旅人《たびびと》に鍋《なべ》と水《みず》をかしてあげたのです。

旅人《たびびと》はよろこんで、水《みず》をいれたなべを火《ひ》にかけ、石《いし》を煮《に》こみはじめました。

旅人《たびびと》はしばらく鍋《なべ》をながめたあと、こんなことをいいました。

「あれ、塩味《しおあじ》が少《すこ》し足《た》りないぞ。おかみさん、塩《しお》をかしてください」

「塩《しお》ならあるよ」

おかみさんは、石《いし》のスープがどうすればおいしくなるのか、知《し》りたくてたまらず、旅人《たびびと》に塩《しお》をかしました。

「うん、いい塩加減《しおかげん》になった。でも、もっとおいしくできるんだけどな」

「なになに。どうすればいいんだい」

「タマネギとキャベツとジャガイモをいれると、すばらしい味《あじ》になるよ」

「わかった。タマネギとキャベツとジャガイモだね。すぐもってくるよ」

おかみさんは、すぐ野菜《やさい》をもってきて、旅人《たびびと》にわたしました。

「ああ、だいぶんおいしくなってきた。これでニンニクとオリーブオイルが、ほんの少《すこ》しあれば、かんぺきだ」

「ニンニクとオリーブオイルだね」

「あ、そうそう、あとたっぷりの肉《にく》を忘《わす》れちゃいけませんよ」

「わかった。すぐにもってくるよ」

こうして旅人《たびびと》はすばらしくおいしいスープをつくりました。スープをわけてもらったおかみさんは、大感激《だいかんげき》です。

「石《いし》のスープっておいしんだねえ」

「よろこんでもらえてうれしいよ。おかみさん。いろいろかしてくれたお礼《れい》に、この石《いし》をあげるよ」

「いいのかい？　うわあ、ありがとう」

おかみさんは旅人《たびびと》から石《いし》を受《う》けとると、大《おお》よろこびしました。旅人《たびびと》はにこやかに手《て》をふると、また旅《たび》だちました。

読んだ日　　年　月　日／　　年　月　日／　　年　月　日

ポイント　西洋《せいよう》では人《ひと》びとの協力《きょうりょく》を呼《よ》びかけるたとえ話《ばなし》にも使《つか》われます。「石《いし》」を呼《よ》び水《みず》にしてたくさんの材料《ざいりょう》を集《あつ》める、という意味《いみ》です。

ハインリッヒ・ホフマン

“ダメダメ”な子《こ》どもたちのお話《はなし》です

もじゃもじゃ頭《あたま》のペーター

〈はじめに〉

もしもみんながいい子《こ》なら
イエスさまがやってくる
スープはぜんぶ飲《の》んだかい
パンはぜんぶ食《た》べたかい
さわがず静《しず》かに遊《あそ》べるかい
ママとおでかけするときは
おぎょうぎよくできるかい
それならいいものあげようか
すてきな絵本《えほん》をあげようか

〈もじゃもじゃ頭《あたま》のペーター〉

みんなごらんよ　ほらこの子《こ》
うわぁっ　もじゃもじゃ頭《あたま》のペーターさ
どっちの手《て》にも長《なが》いつめ
一年《いちねん》たっても切《き》らせない
髪《かみ》にもくしをいれさせない
なんてきたないペーターだ

〈指《ゆび》なめ小僧《こぞう》の話《はなし》〉

コンラート、よくお聞《き》き
ママはこれからでかけます
あなたはお留守《るす》をしてなさい
いい子《こ》にしてなきゃだめなのよ
親指《おやゆび》なめてはいけません
もしも親指《おやゆび》なめたなら
仕《し》たて屋《や》のおじさんやってきて
親指《おやゆび》ちょきんと切《き》られるの
まるで紙《かみ》を切《き》るように
ちょきんと切《き》られてしまうのよ

さあて　ママがでかけたら
さっそく親指《おやゆび》お口《くち》いき

バタンとそのとき戸《と》が開《あ》いた
とってもはやい仕《し》たて屋《や》さん
指《ゆび》なめ小僧《こぞう》に飛《と》びついた
ちょきんちょきんと
はさみを使《つか》い
指《ゆび》なめ小僧《こぞう》の親指《おやゆび》を
あっというまに切《き》りとった
いたい、いたいと泣《な》いたとて
切《き》られたあとではもうおそい

ママがおうちに帰《かえ》ったら
コンラートはたっていた
ひとりでポツンとしょんぼりと
親指《おやゆび》なくしてたっていた

〈落《お》ちつきのないフィリップ〉

さあ静《しず》かに食《た》べるんだ
パパは子《こ》どもにいいました
ママはだまってめがねかけ
フィリップくんを見《み》ています
それでも子《こ》どものフィリップは
イスをゆらしてぎったんばったん
イスのお舟《ふね》だ、ゆかいだな

イスのお舟《ふね》はゆれにゆれ
机《つくえ》のごちそう　みな落《お》ちた
一度《いちど》にぜんぶ　みな落《お》ちた
パパ、ごちそうはどこにある
ママ、ごちそうはどこにある
お皿《さら》もコップもどこにある
今日《きょう》のごちそう　どこにある

読んだ日　年　月　日／　年　月　日／　年　月　日

ポイント　ぜんぶで10話《わ》からなる、ドイツの子《こ》どもへの教訓話《きょうくんばなし》です。

死神《しにがみ》をだました男《おとこ》の運命《うんめい》は？

死神《しにがみ》

落語《らくご》

むかし、貧乏《びんぼう》な男《おとこ》がおりました。自《じ》分《ぶん》の貧乏《びんぼう》さに嫌気《いやけ》がさして、男《おとこ》は死《し》のうとしました。すると、いきなりぶきみな男《おとこ》があらわれたのです。

「おれは死神《しにがみ》だ。気《き》まぐれで助《たす》けてやるから、よく聞《き》け。おまえ、医者《いしゃ》になれ。金《かね》もちになれるぞ」

「医《い》者《しゃ》ったって、おれ、薬《くすり》のことなんか、わからねえ」

「人《ひと》の命《いのち》を助《たす》けりゃ、りっぱな医者《いしゃ》だ。いいか、人《ひと》には寿命《じゅみょう》がある。寿命《じゅみょう》があるうちはなにをしてもぜったいに死《し》なない。おまえがいま死《し》ねないのも、まだ寿命《じゅみょう》があるからだ」

「ふ～ん、そういうもんか」

「おまえはおれに会《あ》ったことで、ほかの死神《しにがみ》も見《み》えるようになった。だから、長患《ながわずら》いの病人《びょうにん》のとこへいけ。足《あし》もとに死神《しにがみ》がいれば病人《びょうにん》は助《たす》かる。足《あし》もとにいる死神《しにがみ》は、呪文《じゅもん》をとなえれば消《き》えるからだ。逆《ぎゃく》に枕《まくら》もとにいたら、呪文《じゅもん》をとなえてもだめだ。ぜったいに死《し》ぬ」

死神《しにがみ》は、男《おとこ》に呪文《じゅもん》を教《おし》えて消《き》えました。

さて、死神《しにがみ》の呪文《じゅもん》を使《つか》った男《おとこ》の治《ち》療《りょう》は大評判《だいひょうばん》になりました。どんな名医《めいい》でもなおらない病気《びょうき》が、なおってしまうのですから当然《とうぜん》です。枕《まくら》もとに死神《しにがみ》がいるときは、男《おとこ》はぜったいになおらない、といいはりました。すると、ほんとうにすぐに病人《びょうにん》は亡《な》くなるものですから、かえって「あの医者《いしゃ》の診《み》たてはたしかだ」と評判《ひょうばん》になりました。

ある日《ひ》、男《おとこ》は江戸《えど》一番《いちばん》の大店《おおだな》からいそぎの治療《ちりょう》を申《もう》しこまれました。病人《びょうにん》を見《み》てみると枕《まくら》もとに死神《しにがみ》がいます。

「ああ、もうダメですね」

「そこをなんとか。千両《せんりょう》はらいます」

「千両《せんりょう》！　やってみましょう」

男《おとこ》は、死神《しにがみ》がうたたねをしたすきを見《み》はからって、布団《ふとん》を半回転《はんかいてん》させ、死《し》神《がみ》を病人《びょうにん》の足《あし》もとの位置《いち》にこさせて呪《じゅ》文《もん》をとなえ、死神《しにがみ》を追《お》いはらいました。

病人《びょうにん》はすぐさま全快《ぜんかい》して、男《おとこ》は千《せん》両《りょう》をもらいました。いい気《き》になって帰《かえ》ろうとしたところ、男《おとこ》のまえに最初《さいしょ》に出会《であ》った死神《しにがみ》があらわれました。

「おまえ、ばかなことをしたな。自《じ》分《ぶん》の寿命《じゅみょう》とさっきの病人《びょうにん》の寿命《じゅみょう》をとりかえたんだぞ。おまえ、もうすぐ死《し》ぬよ」

「え、そら、困《こま》るよ。助《たす》けてくれよ」

「じゃあ、ついてこい」

男《おとこ》が死神《しにがみ》についていくと、ろうそくがたくさんある部屋《へや》につきました。

「ここが寿命《じゅみょう》の間《ま》だ。ろうそくの一《ひと》つ一《ひと》つが人間《にんげん》の寿命《じゅみょう》だ。おまえのろうそくは消《き》えかかっているそれだよ」

男《おとこ》が見《み》ると、いまにも消《き》えそうなろうそくがそこにありました。

「新《あたら》しいろうそくをやるよ。うまく火《ひ》をうつせば寿命《じゅみょう》はのびるぞ」

男《おとこ》は慎重《しんちょう》に、慎重《しんちょう》におこない、なんとか、火《ひ》をうつすことができました。

「やった、助《たす》かった」

男《おとこ》はろうそくの火《ひ》をまえにして、安《あん》堵《ど》のため息《いき》をつきました。すると、火《ひ》に息《いき》がかかって……。

読んだ日　　年　　月　　日／　　年　　月　　日／　　年　　月　　日

ポイント　グリム童話《どうわ》の『死神《しにがみ》の名《な》づけ親《おや》』をもとに、初代《しょだい》・三遊亭圓朝《さんゆうていえんちょう》が翻案《ほんあん》した落語《らくご》だとされています。

鏡《かがみ》よ、鏡《かがみ》、この世《よ》で一番《いちばん》うつくしいのはだぁれ?

白雪姫《しらゆきひめ》

グリム兄弟《きょうだい》

ある冬《ふゆ》のこと。王女様《おうじょさま》はうつくしい雪景色《ゆきげしき》を見《み》ながら、ふと思《おも》いました。

「子《こ》どもをさずかるなら、肌《はだ》は雪《ゆき》のように白《しろ》く、ほっぺがほんのり赤《あか》い、黒《くろ》髪《かみ》の女《おんな》の子《こ》がいいわ」

やがて生《う》まれた赤《あか》ちゃんは、ほんとうに雪《ゆき》のようにきれいな女《おんな》の子《こ》だったので、白雪姫《しらゆきひめ》と呼《よ》ばれるようになりました。でも、王女様《おうじょさま》は白雪姫《しらゆきひめ》を産《う》むと、すぐに亡《な》くなってしまいました。

それから一年《いちねん》がすぎ、王様《おうさま》は新《あたら》しいお妃《きさき》と結婚《けっこん》しました。とてもうつくしい人《ひと》でしたが、心《こころ》のみにくいお妃《きさき》でした。そしていつも魔法《まほう》の鏡《かがみ》にたずねるのです。

「鏡《かがみ》よ、鏡《かがみ》、この世《よ》で一番《いちばん》うつくしいのはだぁれ?」

いつもなら鏡《かがみ》は「あなたが一番《いちばん》うつくしい」と答《こた》えます。でもこの日《ひ》は、鏡《かがみ》からちがう答《こた》えが返《かえ》ってきました。

「この世《よ》で一番《いちばん》うつくしいのは、白雪《しらゆき》姫《ひめ》です。心《こころ》もあなたよりうつくしい」

おこったお妃《きさき》は、家来《けらい》の狩人《かりゅうど》に、白《しら》雪姫《ゆきひめ》を殺《ころ》すよういいつけました。

やさしい狩人《かりゅうど》は困《こま》りました。罪《つみ》のない白雪姫《しらゆきひめ》を殺《ころ》すことはできません。

「お逃《に》げなさい、白雪姫《しらゆきひめ》。いじわるなお妃《きさき》にはうそをついておくから」

白雪姫《しらゆきひめ》は森《もり》の奥《おく》に逃《に》げ、そこで出《で》会《あ》った親切《しんせつ》な七人《しちにん》の小人《こびと》たちといっしょに暮《く》らすことになりました。

それからしばらくたって、城《しろ》にいるお妃《きさき》が、あの鏡《かがみ》にこうたずねました。

「鏡《かがみ》よ、鏡《かがみ》、この世《よ》で一番《いちばん》うつくしいのはだぁれ?」

正直《しょうじき》な鏡《かがみ》はこう答《こた》えました。

「それは、山《やま》のむこうで、七人《しちにん》の小人《こびと》とたのしく暮《く》らしている白雪姫《しらゆきひめ》です」

お妃《きさき》はかんかんにおこりました。

「白雪姫《しらゆきひめ》はわたしが殺《ころ》してやる!」

さて、小人《こびと》の家《いえ》で白雪姫《しらゆきひめ》が留守番《るすばん》をしていると、見知《みし》らぬおばあさんが訪《たず》ねてきました。

「おいしいリンゴを食《た》べないかい?」

「おいしそうだけど、でも……」

「でも、なんだい? あたしのリンゴに毒《どく》でもはいってると思《おも》うのかい?」

おばあさんはリンゴを半分《はんぶん》に切《き》ると、片《かた》ほうを食《た》べてみせました。それを見《み》て、安心《あんしん》してリンゴをかじった白雪姫《しらゆきひめ》は、その場《ば》にたおれてしまいました。そう、そのおばあさんはお妃《きさき》で、リンゴの半《はん》分《ぶん》にだけ毒《どく》をしこんでいたのです。

森《もり》の仕事《しごと》から帰《かえ》ってきた小人《こびと》たちは、たおれている白雪姫《しらゆきひめ》を見《み》つけ、泣《な》く泣《な》くガラスの棺《ひつぎ》の中《なか》に寝《ね》かせました。そこへ、隣国《りんごく》の王子様《おうじさま》が通《とお》りかかりました。

「なんてきれいな人《ひと》なんだ……」

王子《おうじ》は白雪姫《しらゆきひめ》に見《み》とれ、棺《ひつぎ》の中《なか》の白《しら》雪姫《ゆきひめ》に、そっとキスをしました。すると、毒《どく》リンゴのかけらが白雪姫《しらゆきひめ》の喉《のど》から飛《と》びだしたではありませんか。

王子《おうじ》と結婚《けっこん》した白雪姫《しらゆきひめ》は、王女様《おうじょさま》となってずっとしあわせに暮《く》らしたそうです。

その後《ご》いじわるなお妃《きさき》がどうなったのか。それは、おそろしくてお話《はな》しすることはできません。

読んだ日　年　月　日／　年　月　日／　年　月　日

ポイント 自分《じぶん》のことばかりを考《かんが》えて、他人《たにん》をいじめたりすると、心《こころ》までよごれてしまいますね。

ハロウィンのカボチャの由来《ゆらい》

ジャック・オ・ランタン

アイルランド

むかしあるところに、ジャックというずるがしこい男《おとこ》がいました。ジャックはなまけ者《もの》でいつも遊《あそ》んでばかりいます。今日《きょう》も酒場《さかば》でお酒《さけ》を飲《の》んでいると、どうしたことかお金《かね》がたりません。

「あれ、金《かね》はまだあると思《おも》ったのにな。さて、どうしようか。ん？」

ジャックがテーブルの上《うえ》を見《み》ると、なんと小《ちい》さな悪魔《あくま》がいました。

「よう、ジャック。困《こま》りごとかい？ おれがおまえのたのみを聞《き》いてやろうか？ ただし、たましいをもらうぞ」

「ああん？ 悪魔《あくま》だと？ よし、そんならここの代金《だいきん》はおまえにまかせた」

「な、なんだと。おまえは酒代《さかだい》とたましいを交換《こうかん》するのか？」

「やっぱりつりあわんか。じゃあ、十《じゅう》年後《ねんご》にたましいをやろう。だが、それまではおれに手《て》をださず、たましいをぜったいにもっていかないってことで、どうだ？」

「ああ、それならいいだろう。たましいをとれない間《あいだ》に死《し》んでもらっては困《こま》る。魂《たましい》のとれない十年《じゅうねん》の間《あいだ》、おまえはなにをやっても死《し》なない、病気《びょうき》もけがもしないようにしてやろう」

「ついでに酒代《さかだい》もはらっとけよ」

こうして、ジャックは十年《じゅうねん》間《かん》、病気《びょうき》もけがもせず、死《し》なないことになりました。ジャックは死《し》なない体《からだ》であることをいいことに、まったく働《はたら》かず、ただひたすら遊《あそ》んで暮《く》らしました。

十年後《じゅうねんご》、悪魔《あくま》がジャックのまえにあらわれました。悪魔《あくま》はジャックのたましいをもらいにきたのです。

「よお、悪魔《あくま》くん、ひさしぶりだな。再会《さいかい》を祝《しゅく》してプレゼントをやるぜ」

ジャックが悪魔《あくま》にわたしたのは、十《じゅう》字架《じか》でした。悪魔《あくま》は十字架《じゅうじか》が大《だい》の苦手《にがて》です。

「く、くるしい〜。ジャック、おまえは、最初《さいしょ》からこうする気《き》だったんだな！」

「あたりまえだろ。なんでたましいをおまえにやらねばならんのだ。さ、もう二度《にど》とおれのたましいをとりにこないと約束《やくそく》しろ。それなら助《たす》けてやる」

こうして、ジャックはたましいを悪《あく》魔《ま》にとられずにすみました。

年月《ねんげつ》がたち、ジャックは年《とし》をとって死《し》にました。ろくでもないことばかりしていたジャックは、天国《てんごく》にいけません。そこでジャックは、地獄《じごく》にいきました。すると、あの悪魔《あくま》が地獄《じごく》の門《もん》のまえにいました。

「だめだめ。ジャック、おまえからはたましいがとれないんだ。だから地獄《じごく》にはいけないよ。まあ、ちょっとかわいそうだから、これでももっていけ」

ジャックは、カブをくりぬいてつくったランタンを、悪魔《あくま》からもらいました。こうして、天国《てんごく》にも地獄《じごく》にもいけないジャックは、カブのランタンをもって、天国《てんごく》と地獄《じごく》の間《あいだ》の道《みち》を、いったりきたりすることになったのです。

読んだ日　年　月　日／　年　月　日／　年　月　日

ポイント　このお話《はなし》がアメリカにわたり、カブはカボチャにかわりました。ハロウィンのお化《ば》けカボチャは、この話《はなし》がもとになったものです。

ロバート・ルイス・スティーブンソン

悪《あく》の化身《けしん》、ハイド氏《し》の正体《しょうたい》は？

ジキル博士《はかせ》とハイド氏《し》

弁護士《べんごし》のアタスンは、だれからも好《す》かれ、信頼《しんらい》されていました。アタスンにはヘンリー・ジキル博士《はかせ》という友《とも》だちがいました。ある日《ひ》、アタスンのもとに、ジキル博士《はかせ》から封筒《ふうとう》が送《おく》られてきました。封筒《ふうとう》には『ジキル博士《はかせ》の遺言状《ゆいごんじょう》』と書《か》かれていました。内容《ないよう》はこうです。

「ヘンリー・ジキル死《し》亡《ぼう》の場合《ばあい》は、その財産《ざいさん》のすべてを、エドワード・ハイド氏《し》にゆずる」

アタスンはハイドに会《あ》ったことはありません。でも、冷《つめ》たくて残忍《ざんにん》な人物《じんぶつ》だと、うわさに聞《き》いています。ジキル博士《はかせ》は、どうしてハイドに財産《ざいさん》を遺《のこ》すのでしょう。アタスンは心配《しんぱい》になり、ジキル博士《はかせ》に会《あ》って、そのわけを聞《き》こうと思《おも》いました。

アタスンがジキル博士《はかせ》の実験室《じっけんしつ》を訪《たず》ねると、背《せ》の低《ひく》い、悪魔《あくま》のような顔《かお》の男《おとこ》がでてきました。どうやら、この男《おとこ》がハイドのようです。アタスンは「ハイドさんですね」と声《こえ》をかけました。ハイドは冷《つめ》たい目《め》で、アタスンをじっと見《み》ました。アタスンは胸《むね》がムカムカして、ふゆかいな気《き》もちになりました。

「わたしは、ジキル博士《はかせ》の友《とも》だちで、アタスンというものです」

アタスンが名乗《なの》ると、ハイドは「博士《はかせ》は留守《るす》だ」と、しわがれ声《ごえ》でうなるようにいって、実験室《じっけんしつ》のドアをバタンと閉《し》めてしまいました。

その二週間後《にしゅうかんご》、アタスンはやっとジキル博士《はかせ》に会《あ》えました。博士《はかせ》はすらりと背《せ》が高《たか》く、かしこそうな顔《かお》をした紳士《しんし》で、ハイドとは正反対《せいはんたい》でした。

「ハイド氏《し》は、あなたの財産《ざいさん》を受《う》けとるのにふさわしくありません」

アタスンがそういうと、ジキル博士《はかせ》の顔《かお》は真《ま》っ青《さお》になりました。

「ハイドのことは、そっとしておいてくれ。そして、わたしになにかあったら、遺言状《ゆいごんじょう》のとおりにしてほしい」

ジキル博士《はかせ》はアタスンの手《て》をとって、けんめいにたのみました。アタスンは、しかたなく約束《やくそく》しました。

それから一年後《いちねんご》、おそろしい事件《じけん》が起《お》こりました。ハイドが、りっぱな老《ろう》紳士《しんし》をステッキでなぐりころしたのです。アタスンは、ジキル博士《はかせ》の屋敷《やしき》を訪《たず》ねました。ジキル博士《はかせ》はすっかりやつれて、青《あお》ざめた顔《かお》をしています。

「あなたは、ハイドがなにをしたか知《し》っていますか？」

アタスンが聞《き》くと、ジキル博士《はかせ》はさけぶようにいいました。

「わたしは二度《にど》とハイドとは会《あ》わない。あの男《おとこ》はもう、あらわれない！」

そして、ハイドからきた手紙《てがみ》を見《み》せました。ジキル博士《はかせ》にめいわくをかけて申《もう》しわけない、安全《あんぜん》なところに逃《に》げるから心配《しんぱい》するなと書《か》いてありました。

その後《ご》、警察《けいさつ》はハイドを探《さが》しましたが、

読んだ日　年　月　日／　年　月　日／　年　月　日

ポイント 衝撃的《しょうげきてき》なお話《はなし》ですが、ジキル博士《はかせ》には複数《ふくすう》のモデルがいたようです。作者《さくしゃ》にはほかに『宝島《たからじま》』などの代表作《だいひょうさく》があります。

ついに見《み》つかりませんでした。

ある晩《ばん》のことです。アタスンの家《いえ》へ、ジキル博士《はかせ》の召使《めしつか》いがやってきました。何日《なんにち》もまえから、ジキル博士《はかせ》の書斎《しょさい》から、くるしそうなうなり声《ごえ》が聞《き》こえるというのです。アタスンはいそいで屋敷《やしき》にいきました。

「博士《はかせ》、ドアを開《あ》けてください」

呼《よ》びかけると、しわがれたくるしげな声《こえ》が返《かえ》ってきました。

「アタスン。ゆるしてくれ」

それは、ハイドの声《こえ》でした。アタスンは召使《めしつか》いと斧《おの》で扉《とびら》をこわして、書斎《しょさい》の中《なか》にはいりました。床《ゆか》の上《うえ》に薬《くすり》のビンをもった男《おとこ》がたおれています。男《おとこ》はハイドで、すでに死《し》んでいました。ジキル博士《はかせ》の姿《すがた》はありません。書斎《しょさい》の机《つくえ》の上《うえ》に、アタスンあての手紙《てがみ》が置《お》いてありました。手紙《てがみ》には、信《しん》じられないような、おそろしいことが書《か》いてありました。

「親切《しんせつ》な友《とも》、アタスンへ。この手紙《てがみ》を読《よ》むころ、わたしは消《き》えているはずだ。そのまえに告白《こくはく》しておきたい。

わたしは、金《かね》もちの家《いえ》に生《う》まれ、頭《あたま》もよくて勉強《べんきょう》も好《す》きだった。よい友《とも》だちがたくさんいて、まじめに生《い》きてきた。しかし、心《こころ》の奥《おく》に『わるいことをしたい』という気《き》もちがあり、だんだんそれをおさえられなくなった。

だれの心《こころ》にも善《ぜん》と悪《あく》がある。人《ひと》はいつもよい人《ひと》になろうと思《おも》っているが、その反面《はんめん》、わるいことをしたい、スリルを味《あじ》わいたいと思《おも》ってもいるものだ。わたしは、善《ぜん》と悪《あく》を使《つか》いわけるため、外見《がいけん》をかえられないかと思《おも》いついた。

わたしは研究《けんきゅう》をかさね、善《ぜん》と悪《あく》をわける薬《くすり》を発明《はつめい》したのだ。

わたしは思《おも》いきって薬《くすり》を飲《の》んでみた。とつぜん、ナイフで切《き》りさかれたようないたみが全身《ぜんしん》をおそい、ギシギシと骨《ほね》がきしみ、くだけそうだった。やがて、いたみはうすらいで、生《い》き返《かえ》ったような気《き》もちになった。体《からだ》が軽《かる》くなり、頭《あたま》もすっきりした。わたしの背《せ》は低《ひく》くなり、顔《かお》も声《こえ》もかわり、エドワード・ハイドになっていた。そして、もう一度《いちど》薬《くすり》を飲《の》むと、もとのジキル博士《はかせ》に戻《もど》ったのだ。

その日《ひ》から、わたしはハイドになってわるいことをし、ジキルに戻《もど》ってよいことをした。毎日《まいにち》が充実《じゅうじつ》して、とてもたのしかったよ。ところが、ある朝《あさ》、おそろしいことが起《お》こった。薬《くすり》を飲《の》まなくてもハイドになり、ジキルに戻《もど》れなくなったのだ。わたしの中《なか》で、わるい心《こころ》が育《そだ》ち、よい心《こころ》が負《ま》けそうになっていた。わたしは、最後《さいご》の薬《くすり》でなんとかジキルに戻《もど》った。でも、すぐにハイドになってしまうだろう。そのまえに、すべてをおわらせようと思《おも》う」

悪人《あくにん》ハイドは、ジキル博士《はかせ》が変身《へんしん》した姿《すがた》だったのです。

おうちのかたへ

わるい心《こころ》に負《ま》けてしまうまえに、ジキル博士《はかせ》は死《し》んでしまったのでしょうか。おそろしくて、かなしいお話《はなし》ですね。

知《し》ると楽《たの》しい お話《はなし》コラム

ギリシャ神話《しんわ》と星座《せいざ》

88の星座《せいざ》の中《なか》から、とくに物語性豊《ものがたりせいゆた》かなギリシャ神話《しんわ》の星座《せいざ》を紹介《しょうかい》します。星座《せいざ》は便宜上《べんぎじょう》、見《み》えやすい季節《きせつ》ごとにわけられますが、夕方《ゆうがた》から朝方《あさがた》まで空《そら》をながめていれば、ほとんどの星座《せいざ》が見《み》られます。

春《はる》の星座《せいざ》

一等星《いっとうせい》スピカが目《め》だつおとめ座《ざ》

春《はる》の星座《せいざ》には、おとめ座《ざ》、うしかい座《ざ》、うみへび座《ざ》、おおぐま座《ざ》、かに座《ざ》などがあります。なかでもおとめ座《ざ》と、おおぐま座《ざ》の存在感《そんざいかん》は特別《とくべつ》です。

夏《なつ》の星座《せいざ》

赤《あか》く光《ひか》る心臓《しんぞう》をもつさそり座《ざ》

夏《なつ》の星座《せいざ》には、わし座《ざ》、こと座《ざ》、はくちょう座《ざ》、さそり座《ざ》などがあります。こと座《ざ》とわし座《ざ》の一番目《いちばんめ》だつ星《ほし》は、日本《にほん》では「織《おり》姫星《ひめぼし》」と「彦星《ひこぼし》」で有名《ゆうめい》。

秋《あき》の星座《せいざ》

流星群《りゅうせいぐん》が有名《ゆうめい》なみずがめ座《ざ》

秋《あき》の星座《せいざ》にはペルセウス座《ざ》、アンドロメダ座《ざ》、カシオペア座《ざ》、ペガサス座《ざ》、くじら座《ざ》とペルセウスのお話《はなし》のキャラクターが勢《せい》ぞろい。みずがめ座も有名。

冬《ふゆ》の星座《せいざ》

ベルトの三《み》ツ星《ぼし》が目《め》だつオリオン座《ざ》

冬《ふゆ》の星座《せいざ》には、おおいぬ座《ざ》、オリオン座《ざ》、おうし座《ざ》、ふたご座《ざ》などがあります。なかでもオリオン座《ざ》は大《おお》きくて明《あか》るく、見《み》つけやすい星座《せいざ》です。

黄道十二星座《こうどうじゅうにせいざ》をめぐるお話《はなし》 ～太陽《たいよう》の軌道上《きどうじょう》にある12の星座《せいざ》～

地球《ちきゅう》から見《み》た太陽《たいよう》の通《とお》り道《みち》を「黄道《こうどう》」といいます。その太陽《たいよう》の軌道上《きどうじょう》にある12の星座《せいざ》を「黄道十二星座《こうどうじゅうにせいざ》」といい、すべての星座《せいざ》がギリシャ神話《しんわ》に由来《ゆらい》するものです。これが西洋占《せいようせん》星術《せいじゅつ》のもととなり、日本《にほん》でも「星占《ほしうらな》い」で有名《ゆうめい》になりました。

おひつじ座《ざ》

ゼウスが遣《つか》わした黄金《おうごん》の羊《ひつじ》

ゼウスが死《し》にかけた兄妹《きょうだい》を助《たす》けるために遣《つか》わしました。

おうし座《ざ》

美女《びじょ》に近《ちか》づくゼウスの化身《けしん》

人間《にんげん》の女性《じょせい》に近《ちか》づくためにゼウスが牡牛《おうし》に化《ば》けた姿《すがた》。

ふたご座《ざ》

神話《しんわ》に登場《とうじょう》する双子《ふたご》の兄弟《きょうだい》

なかよしの双子《ふたご》の兄弟《きょうだい》が、ゼウスに星《せい》座《ざ》にしてもらった姿《すがた》。

かに座《ざ》

英雄《えいゆう》ヘラクレスと戦《たたか》う

ヘラクレスが化《ば》け物《もの》と戦《たたか》ったとき、ふみつぶされたカニ。

しし座《ざ》

神話《しんわ》に登場《とうじょう》する不死身《ふじみ》のライオン

ヘラクレスが「十二《じゅうに》の試練《しれん》」で戦《たたか》った人食《ひとく》いライオン。

おとめ座《ざ》

大地《だいち》の女神《めがみ》デメテルの姿《すがた》

デメテル、または娘《むすめ》のペルセポネの姿《すがた》だとされます。

てんびん座《ざ》

十二星座《じゅうにせいざ》で唯一《ゆいいつ》の道具《どうぐ》

正義《せいぎ》の女神《めがみ》がもつ、善悪《ぜんあく》を判断《はんだん》するために使《つか》った天秤《てんびん》。

さそり座《ざ》

勇者《ゆうしゃ》オリオンを刺《さ》した神《かみ》の使者《ししゃ》

さそり座《ざ》が空《そら》にいると、オリオン座《ざ》はあらわれません。

いて座《ざ》

半人半馬《はんじんはんば》の姿《すがた》をした怪人《かいじん》

ヘラクレスにまちがって殺《ころ》された弓《ゆみ》の名人《めいじん》ケイロン。

やぎ座《ざ》

牧羊神《ぼくようしん》パンの姿《すがた》をあらわす

ヤギの姿《すがた》をした神《かみ》が怪物《かいぶつ》におどろいて逃《に》げたときの姿《すがた》。

みずがめ座《ざ》

お酒《さけ》をそそぐ美少年《びしょうねん》

あまりのうつくしさに、ゼウスがさらった少年《しょうねん》。

うお座《ざ》

美《び》の女神《めがみ》と息子《むすこ》の化身《けしん》

アフロディーテとエロスが、魚《さかな》に化《ば》けて怪物《かいぶつ》から逃《に》げた姿《すがた》。

11月《がつ》のお話《はなし》

毎晩《まいばん》ふしぎなことが起《お》こります

小人《こびと》の靴屋《くつや》

グリム

むかしむかし、あるところに、まじめな靴屋《くつや》の夫婦《ふうふ》がいました。

二人《ふたり》は毎日《まいにち》まじめに働《はたら》いているのに、なぜか商売《しょうばい》がうまくいきません。だんだん貧乏《びんぼう》になってしまい、とうとう靴《くつ》一足分《いっそくぶん》の革《かわ》が残《のこ》るだけになりました。

「これで靴《くつ》をつくるのは最後《さいご》だ」

そう思《おも》った靴屋《くつや》の主人《しゅじん》は、その最後《さいご》の革《かわ》を、靴《くつ》の形《かたち》に切《き》ったまま、その日《ひ》は夫婦《ふうふ》ともに寝《ね》てしまいました。

つぎの日《ひ》の朝《あさ》、目《め》を覚《さ》ました二人《ふたり》はびっくりしました。なんとふしぎなことに、靴《くつ》が完成《かんせい》していたのです。しかもとてもうつくしく、ていねいにつくられたすばらしい靴《くつ》だったので、いつもより高《たか》い値段《ねだん》で売《う》れました。

靴屋《くつや》はそのお金《かね》で、二足分《にそくぶん》の革《かわ》を買《か》うことができました。でも、革《かわ》を靴《くつ》の形《かたち》に切《き》ったところで、またまた寝《ね》てしまったのです。するとつぎの日《ひ》の朝《あさ》にも、りっぱな靴《くつ》が二足《にそく》、きちんとできているではありませんか。

それからは毎日《まいにち》、おなじことがつづきました。二足《にそく》の靴《くつ》が四足《よんそく》になり、四足《そく》が八足《はっそく》、八足《はっそく》が十六足《じゅうろくそく》、十六足《じゅうろくそく》が三十二足《さんじゅうにそく》……と、しだいに増《ふ》えていったのです。

おかげで靴屋《くつや》の夫婦《ふうふ》は、もう貧乏《びんぼう》に悩《なや》むことがなくなり、いつのまにかお金《かね》もちになりました。

「ありがたいことだ。それにしても、だれがあの靴《くつ》をつくっているのだろう」

どうしてもたしかめたくなった主人《しゅじん》は、ある夜《よる》、おかみさんといっしょに、一晩中《ひとばんじゅう》起《お》きていることにしました。

すると――真夜中《まよなか》、どこからか裸《はだか》の小人《こびと》が二人《ふたり》あらわれたのです。

二人《ふたり》の小人《こびと》は小《ちい》さな手《て》でチクチクと革《かわ》を縫《ぬ》いあわせ、木《き》づちでコンコンとたたいて形《かたち》をととのえると、あっというまにみごとな靴《くつ》をつくりあげました。

ふしぎなできごとに、靴屋《くつや》の夫婦《ふうふ》は開《あ》いた口《くち》がふさがりませんでした。

つぎの朝《あさ》、おかみさんがいいました。

「あの小人《こびと》たちに、かわいい服《ふく》を縫《ぬ》って、お礼《れい》にしたいわ。ずっと裸《はだか》だと、かぜをひいちゃう。あなたは、靴《くつ》をつくってあげたらどうかしら」

「それはいい考《かんが》えだ！」

つぎの夜《よる》、夫婦《ふうふ》は、おかみさんが縫《ぬ》った二人分《ふたりぶん》の小《ちい》さなシャツとズボンとチョッキ、そして主人《しゅじん》がつくった小《ちい》さな靴《くつ》と、それにあう靴下《くつした》を置《お》いておきました。真夜中《まよなか》、小人《こびと》たちは、プレゼントを見《み》つけて大《おお》よろこび。さっそく身《み》につけて歌《うた》いだしました。

「これで、ぼくらはかわいい小人《こびと》♪」

飛《と》びはねるように歌《うた》いながら外《そと》にでていき、それからは二度《にど》とあらわれませんでした。

靴屋《くつや》の主人《しゅじん》は、むかしとおなじようにまじめに靴《くつ》をつくり、その靴《くつ》はさらに人気《にんき》を集《あつ》めて売《う》れつづけ、夫《ふ》婦《ふ》はずっとしあわせに暮《く》らしました。

読んだ日　　年　月　日／　年　月　日／　年　月　日

ポイント　まじめでやさしい靴屋《くつや》の夫婦《ふうふ》は、小人《こびと》のおかげでお金《かね》もちになりました。それでも仕事《しごと》をやめずに、恩返《おんがえ》ししましたね。

名前《なまえ》をあてるとなにが起《お》こる？

トム・ティット・トット

イギリス

むかし、あるところにおかあさんと娘《むすめ》が住《す》んでいました。ある日《ひ》、おかあさんはパイを五《いつ》つ焼《や》いたのですが、なんと、娘《むすめ》がぜんぶ食《た》べてしまいました。がっかりしたおかあさんは、家《いえ》を飛《と》びだして、歌《うた》を歌《うた》いました。

「娘《むすめ》がパイを食《た》べちゃった
なんと五《いつ》つも食《た》べちゃった♪」

そこへ通《とお》りかかったのが王様《おうさま》です。王様《おうさま》は歌《うた》をおもしろがって、もう一回《いっかい》歌《うた》ってほしいといいました。おかあさんは大食《おおぐ》らいの娘《むすめ》だと思《おも》われるのがはずかしいので、歌《うた》をかえました。

「娘《むすめ》が糸《いと》をつむいだの
なんと五《ご》かせもつむいだの♪」

王様《おうさま》はこれを聞《き》いておどろきました。一《ひと》かせだって、ふつうの人《ひと》にはつむぐことができる量《りょう》ではありません。王様《おうさま》は、娘《むすめ》をおよめさんにすることにしました。ただし、条件《じょうけん》がありました。一《いち》年《ねん》のうち、十一《じゅういっ》か月《げつ》は遊《あそ》んで暮《く》らしてもいいけれど、一《いっ》か月《げつ》は、毎日《まいにち》五《ご》かせの糸《いと》をつむがなければ死刑《しけい》になってしまいます。それでも娘《むすめ》はよろこんで、王様《おうさま》のおよめさんになりました。

さて、十一《じゅういっ》か月《げつ》がすぎ、約束《やくそく》の残《のこ》り一《いっ》か月《げつ》がやってきました。娘《むすめ》は糸《いと》をつむがなくてはなりません。ですが、もとからできるはずのない約束《やくそく》です。娘《むすめ》はしくしくと泣《な》きました。すると、娘《むすめ》のまえに黒《くろ》い小鬼《こおに》があらわれたのです。

「おまえ、なぜ泣《な》いている？」

娘《むすめ》はわけを話《はな》しました。

「わかった。おれがかわりに糸《いと》をつむいでやろう。これから毎日《まいにち》糸《いと》をとどけにくるから、おまえはおれの名前《なまえ》をあててみろ。最後《さいご》の日《ひ》までにあてられなければ、おまえはおれのものだ」

つぎの日《ひ》、小鬼《こおに》は約束《やくそく》どおり、五《ご》かせの糸《いと》をもってきました。

「さあ、おれの名前《なまえ》をあててみろ。三《さん》度《ど》までチャンスをやる」

「マーク！　スミス！　ネッド！」

「ぜんぶはずれ。また明日《あした》な」

こうして小鬼《こおに》は、毎日《まいにち》五《ご》かせの糸《いと》をもってきては、娘《むすめ》に自分《じぶん》の名前《なまえ》をあてさせました。しかし、そんなにかんたんにあたるものではありません。

最後《さいご》の日《ひ》です。王様《おうさま》は娘《むすめ》と食事《しょくじ》をしたときに、こんなことをいいました。

「今日《きょう》、森《もり》で小鬼《こおに》に出会《であ》ったぞ。へんな歌《うた》を歌《うた》っていたな。『なんと、なんと、おれの名《な》はトム・ティット・トット』というのだ。おもしろいだろ」

娘《むすめ》はこれを聞《き》いてよろこび、小鬼《こおに》がくるのを待《ま》ちました。やがて、小鬼《こおに》がやってきていいました。

「おれの名前《なまえ》をあててみろ」

「トム・ティット・トット！」

「ぐぎゃぎゃぎゃぎゃあ〜！」

娘《むすめ》の返事《へんじ》を聞《き》いた小鬼《こおに》は、ものすごいさけび声《ごえ》を残《のこ》して逃《に》げていったということです。

読んだ日　　年　　月　　日／　　年　　月　　日／　　年　　月　　日

ポイント　「かせ」とは、決《き》められた大《おお》きさの枠《わく》に糸《いと》を巻《ま》いて、束《たば》にしたもののことをいいます。

ほらふき男爵《だんしゃく》はワインの海《うみ》で怪魚《かいぎょ》に出合《であ》った

ほらふき男爵《だんしゃく》、怪魚《かいぎょ》の腹《はら》にはいる

ほらふき男爵《だんしゃく》
作者不詳《さくしゃふしょう》

わがはいはミュンヒハウゼン男爵《だんしゃく》だ。人《ひと》は「ほらふき男爵《だんしゃく》」などと呼《よ》ぶが、まったく失礼《しつれい》な話《はなし》だ。

さて、このへんでおしまいにしようと思《おも》ったが、君《きみ》たちはもっと聞《き》きたいようだ。今日《きょう》は、南《みなみ》の島《しま》にいったときの話《はなし》をしよう。

わがはいを乗《の》せた船《ふね》は、オーストラリアの港《みなと》を出港《しゅっこう》した。そして、四日目《よっかめ》に大《おお》きな嵐《あらし》におそわれた。マストは折《お》れ、帆《ほ》はやぶれ、羅針盤《らしんばん》がこわれたので、方向《ほうこう》や位置《いち》がわからなくなった。嵐《あらし》がさったあと、船《ふね》は遠《とお》く南《みなみ》に流《なが》されていた。

気《き》がつくと、海《うみ》の色《いろ》が白《しろ》くなっていた。なんだか、甘《あま》いにおいがする。海水《かいすい》をなめてみると、ミルクの味《あじ》がするではないか。やがて陸地《りくち》が見《み》えてきたが、妙《みょう》に黄色《きいろ》いのだ。

上陸《じょうりく》しておどろいた。そこはチーズでできた島《しま》だった。島《しま》にはワインの川《かわ》が流《なが》れているし、畑《はたけ》の麦《むぎ》にはキノコみたいな麦《むぎ》の穂《ほ》がついていて、中《なか》から焼《や》きたてのパンがでてくる。島《しま》の住民《じゅうみん》は、チーズを食《た》べ、ミルクやワインを飲《の》んで暮《く》らしていた。ふしぎなことに、食《た》べたぶんは、つぎの日《ひ》、もとに戻《もど》っているのだ。

わがはいたちは、半月《はんつき》ほど島《しま》に滞在《たいざい》し、たっぷり食《た》べ物《もの》を船《ふね》につみこみ、航海《こうかい》をつづけることにした。西《にし》も東《ひがし》もわからぬまま、船《ふね》は海《うみ》の上《うえ》を進《すす》んだ。

ある日《ひ》、海水《かいすい》がブドウ色《いろ》になってきた。

「うーん、なんともステキな香《かお》りがする。これはワインではないか！」

海水《かいすい》はワインにかわっていた。船乗《ふなの》りたちはわれ先《さき》に身《み》を乗《の》りだして、ワインを飲《の》みはじめた。そのときである。島《しま》のようにばかでかい魚《さかな》があらわれた。

「うわあ、魚《さかな》の怪物《かいぶつ》だ！」

船乗《ふなの》りたちはあわてたが、酔《よ》っぱらっていてフラフラであった。怪《かい》魚《ぎょ》はでかい口《くち》をあんぐり開《あ》けると、わがはいたちを、船《ふね》ごとゴクンと飲《の》みこんだ。

怪魚《かいぎょ》の腹《はら》の中《うち》は、真《ま》っ暗《くら》で、生《なま》ぐさくて、生温《なまあたた》かかった。たいまつの明《あ》かりでまわりを見《み》ると、船《ふね》やボートがたくさんういていた。船《ふね》からおりて、歩《ある》きまわってみたが、いろんな国《くに》の人間《にんげん》が大勢《おおぜい》いた。そうだな、ざっと一万人《いちまんにん》はいただろうか。

わがはいはみんなを集《あつ》めて、ここからでるための作戦会議《さくせんかいぎ》を開《ひら》いた。わがはいの考《かんが》えた作戦《さくせん》はこうだ。折《お》れたマストをつなぎあわせ、怪魚《かいぎょ》が口《くち》を開《あ》けたとき、つっかえ棒《ぼう》にする。そこから脱出《だっしゅつ》するのだ。さっそくつっかえ棒《ぼう》をつくり、怪魚《かいぎょ》が口《くち》を開《あ》けるのを待《ま》った。すると、怪魚《かいぎょ》が大《おお》きなあくびをしたではないか。わがはいたちは、怪魚《かいぎょ》の口《くち》につっかえ棒《ぼう》をすると、いそいで船《ふね》に乗《の》りこみ、海《うみ》にこぎだした。またもや、わがはいの知恵《ちえ》で、一万《いちまん》の人間《にんげん》が助《たす》かったのだよ。

さあ、今日《きょう》はこのへんで、失礼《しつれい》しよう。いずれまた、ゆかいな冒険《ぼうけん》の話《はなし》を聞《き》かせようではないか。

読んだ日　年　月　日／　年　月　日／　年　月　日

ポイント　うそをつくのはいけないことですが、ほらふき男爵《だんしゃく》のようなゆかいなほら話《ばなし》なら、もっと聞《き》きたくなりますね。

死《し》しても残《のこ》る母親《ははおや》の愛《あい》

牛女《うしおんな》

小川未明《おがわみめい》

ある村《むら》に、背《せ》の高《たか》い大《おお》きな女《おんな》がいました。女《おんな》は耳《みみ》が聞《き》こえず口《くち》もきけませんでしたが、いたってやさしく、涙《なみだ》もろく、たった一人《ひとり》の男《おとこ》の子《こ》どもをたいへんかわいがっていました。

大女《おおおんな》が男《おとこ》の子《こ》の手《て》をひいて歩《ある》いているところをよく見《み》かけるので、村人《むらびと》は彼女《かのじょ》を「牛女《うしおんな》」と呼《よ》びました。

牛女《うしおんな》はとても力《ちから》もちで親切《しんせつ》だったので、村人《むらびと》はよく力仕事《ちからしごと》をたのみました。ところが、ある日《ひ》牛女《うしおんな》は重《おも》い病気《びょうき》になり、死《し》んでしまいました。

「かわいそうに。どれだけ子《こ》どものことが心配《しんぱい》だっただろう」

村人《むらびと》たちは、牛女《うしおんな》をていねいにほうむりました。男《おとこ》の子《こ》は村人《むらびと》たちが共同《きょうどう》でめんどうを見《み》ました。けれども男《おとこ》の子《こ》は、母親《ははおや》が恋《こい》しくてしかたありません。男《おとこ》の子《こ》はさびしくなると、村《むら》はずれにいき、遠《とお》くの山《やま》を見《み》るようになりました。

ある日《ひ》のこと、いつものようにさびしくなった男《おとこ》の子《こ》が遠《とお》くの山《やま》を見《み》ていると、なんと母親《ははおや》の姿《すがた》が、山《やま》の中腹《ちゅうふく》にうかびあがって見《み》えたのです。母親《ははおや》の姿《すがた》が見《み》えたのは、男《おとこ》の子《こ》だけではありません。村人《むらびと》たちにも見《み》えました。

「あんなに子《こ》どものことを心配《しんぱい》しているなんて。かわいそうに」

村人《むらびと》たちはこう話《はな》しあいました。やがて男《おとこ》の子《こ》は大《おお》きくなり、りっぱな若《わか》者《もの》になって村《むら》をでていきました。母親《ははおや》の姿《すがた》も山肌《やまはだ》にあらわれなくなりました。

村《むら》をでた若者《わかもの》は、よその国《くに》でけんめいに働《はたら》き、大金《おおがね》もちになりました。若《わか》者《もの》は、たくさんのおみやげをもって村《むら》へ帰《かえ》り、村人《むらびと》にお礼《れい》をしました。村人《むらびと》たちは大《おお》よろこびです。

若者《わかもの》は村《むら》で事業《じぎょう》を起《お》こそうとして、りんご畑《ばたけ》をつくりました。かれはけんめいにりんごを育《そだ》てましたが、実《み》がなろうとすると、虫《むし》がわいてだめになってしまいます。つぎの年《とし》も、そのつぎの年《とし》もおなじでした。落《お》ちこんでいる若者《わかもの》に、村《むら》の年《とし》よりがいいました。

「おまえさん、なにか忘《わす》れてないかね？」

「あ、おかあさん！」

若者《わかもの》は母親《ははおや》の霊魂《れいこん》をきちんととむらっていないことに気《き》づいたのです。

「あんなにかわいがってくれたのに。死《し》んでからもあんなに心配《しんぱい》してくれたのに。おれは親不孝者《おやふこうもの》だった」

若者《わかもの》は村人《むらびと》を呼《よ》び集《あつ》め、お坊《ぼう》さんを呼《よ》び、真心《まごころ》をこめて母親《ははおや》の法事《ほうじ》をいとなみました。つぎの年《とし》、若者《わかもの》のりんご畑《ばたけ》にまたも虫《むし》がわきましたが、どこからかたくさんのコウモリがあらわれて虫《むし》を食《た》べつくしました。その中《なか》の一匹《いっぴき》はまるで女王《じょおう》のように大《おお》きなコウモリでした。その年《とし》は豊作《ほうさく》になりました。

「今度《こんど》はコウモリになって子《こ》どもの畑《はたけ》を守《まも》るのか。母《はは》の愛《あい》とは深《ふか》いものだ」

と、村人《むらびと》たちはうわさしました。若者《わかもの》は以後《いご》、しあわせに暮《く》らしたということです。

読んだ日　　年　　月　　日／　　年　　月　　日／　　年　　月　　日

ポイント　登場人物《とうじょうじんぶつ》がみんなやさしい、心温《こころあたた》まるお話《はなし》ですね。

ないしょ話《ばなし》はバレるものです

王様《おうさま》の耳《みみ》はロバの耳《みみ》

イソップ

むかし、リュディア国《こく》の王《おう》ミダスは、ギリシャの酒《さけ》の神《かみ》デュオニソスとなかよしでした。ある日《ひ》、デュオニソスはミダス王《おう》に、なんでも願《ねが》いをかなえてやろうといいだしました。

「ならば、金《きん》を。わたしがさわるものはみんな金《きん》にしてください」

ミダス王《おう》の願《ねが》いはかなえられ、さわるものはみんな金《きん》になりました。ミダス王《おう》はよろこんで、机《つくえ》や柱《はしら》、食器《しょっき》にイスと、目《め》につくものをぜんぶ金《きん》にかえました。

「まあ、おとうさま、これはどういうこと。部屋《へや》の中《なか》が金《きん》でできているわ」

ミダス王《おう》に会《あ》いにきた娘《むすめ》は、部屋《へや》を見《み》まわしておどろきました。

「おお、娘《むすめ》か、よろこんでくれ。わしはすごい力《ちから》を手《て》にいれたぞ」

ミダス王《おう》は娘《むすめ》に近《ちか》より、娘《むすめ》を抱《だ》きしめました。すると、娘《むすめ》はものをいわない金《きん》の像《ぞう》にかわってしまったのです。

「ああ、なんということだ。わしはまちがっていた。デュオニソス神《しん》よ、どうか、おろかなわたしの力《ちから》をなくしてください。娘《むすめ》をもとに戻《もど》してください」

ミダス王《おう》が必死《ひっし》になっていのると、娘《むすめ》はもとに戻《もど》り、ミダス王《おう》のふしぎな力《ちから》はなくなりました。後悔《こうかい》したミダス王《おう》は、自然《しぜん》を愛《あい》するようになりました。

しばらくすると、ミダス王《おう》は森《もり》で、森《もり》の神《かみ》パンとなかよくなりました。パンは音楽《おんがく》が大好《だいす》きで笛《ふえ》がじょうずです。あるときパンは、音楽《おんがく》の神《かみ》アポロンに勝負《しょうぶ》をいどむことになりました。

アポロンの竪琴《たてごと》、パンの笛《ふえ》、どちらもみごとでしたが、聴《き》いていた人《ひと》たちは、みんなアポロンを勝者《しょうしゃ》にしました。ところがミダス王《おう》は一人《ひとり》だけ、パンの勝《か》ちだといいはったのです。アポロンはミダス王《おう》におこりました。

「おまえに人《ひと》の耳《みみ》は必要《ひつよう》あるまい。ロバの耳《みみ》でもつけるがよい」

こうしてミダス王《おう》の耳《みみ》は、ロバの耳《みみ》になりました。ミダス王《おう》は自分《じぶん》の耳《みみ》がはずかしくてなりません。いつもずきんをかぶって暮《く》らしていましたが、床《とこ》屋《や》さんのまえでは、どうしてもずきんをとらなくてはいけません。

「わしの耳《みみ》のことを話《はな》したら、おまえはうち首《くび》にしてやるぞ」

床屋《とこや》さんはふるえあがりましたが、話《はな》すなといわれれば、かえって人《ひと》は話《はな》したくなるものです。ある日《ひ》、床屋《とこや》さんは、だれもいない場所《ばしょ》へいって、穴《あな》を掘《ほ》り、大声《おおごえ》で何度《なんど》もさけびました。

「王様《おうさま》の耳《みみ》はロバの耳《みみ》、王様《おうさま》の耳《みみ》はロバの耳《みみ》！」

すっきりした床屋《とこや》さんは、二度《にど》とミダス王《おう》の耳《みみ》について話《はな》しませんでした。

何日《なんにち》かすると床屋《とこや》さんの掘《ほ》った穴《あな》から葦《あし》がたくさんはえてきました。葦《あし》は風《かぜ》にふかれると、こすれあって音《おと》をたてるようになりました。その音《おと》は、人《ひと》が聞《き》くとこんなふうに聞《き》こえました。

「王様《おうさま》の耳《みみ》はロバの耳《みみ》、王様《おうさま》の耳《みみ》はロバの耳《みみ》、王様《おうさま》の耳《みみ》は……」

読んだ日　　年　月　日／　　年　月　日／　　年　月　日

ポイント　イソップはギリシャ出身《しゅっしん》ですが、このお話《はなし》はギリシャ神話《しんわ》だという説《せつ》もあります。リュディアは現在《げんざい》のトルコ共和国《きょうわこく》の一部《いちぶ》になります。

おおらかでユーモラスな昔話《むかしばなし》

屁《へ》っこきよめさん

むかしあるところに、娘《むすめ》さんがいました。気《き》がやさしくて働《はたら》き者《もの》なので、村《むら》では評判《ひょうばん》です。ところが娘《むすめ》さんには、あるひみつがありました。それは、とてつもなく大《おお》きな屁《へ》をするということです。娘《むすめ》さんも年《とし》ごろになり、およめさんにいくことになりました、家族《かぞく》は娘《むすめ》さんのことを心配《しんぱい》して、いいました。

「おまえ、くれぐれも人《ひと》まえで屁《へ》をこくのではないよ」

娘《むすめ》さんはおかあさんの言葉《ことば》にうなずき、およめさんになりました。

およめさんは嫁《とつ》ぎ先《さき》でも、たいへんな働《はたら》き者《もの》でした。嫁《とつ》ぎ先《さき》のおとうさんもおかあさんも、これはいいよめがきてくれたと大《おお》よろこびです。ところが、その働《はたら》き者《もの》のおよめさんは、しだいに元気《げんき》がなくなっていき、ごはんもあんまり食《た》べられなくなりました。

「よめや、心配《しんぱい》ごとでもあるのかね。なんでもいうんだよ、家族《かぞく》なんだから」

そこで、およめさんはとうとう、うちあけました。

「わたし、屁《へ》をがまんしてるんです。わたしの屁《へ》は音《おと》が大《おお》きいから、はずかしくて。でも、お腹《なか》がはって、くるしいんです」

これを聞《き》いた家族《かぞく》はみんな大笑《おおわら》い。

「なに、がまんすることはない、はやく屁《へ》をしなさい。みんな笑《わら》わないから」

それを聞《き》いてよろこんだおよめさんは、屁《へ》をすることに決《き》めました。

「ではみなさん、柱《はしら》にしっかりつかまっててくださいな」

おかしなことをいうもんだと思《おも》いましたが、みんなは柱《はしら》につかまりました。

「では、いきます!」

ボオオンという、とても屁《へ》の音《おと》とは思《おも》えないような音《おと》とともに、部屋中《へやじゅう》に暴風《ぼうふう》がふきあれました。家族《かぞく》はみんな、家《いえ》の外《そと》にふきとばされました。

「こ、殺《ころ》される。よめの屁《へ》に殺《ころ》される」

家族《かぞく》はあわてふためいて、およめさんを追《お》いだしてしまいました。

およめさんがトボトボと実家《じっか》まで帰《かえ》ろうと歩《ある》いていると、旅人《たびびと》が柿《かき》の実《み》をとろうとしているのが見《み》えました。ところが、柿《かき》の実《み》は高《たか》いところにあるので、うまくとることができません。

「わたしがとってあげましょう」

娘《むすめ》さんはそういうなり、柿《かき》の木《き》にむかってお尻《しり》をむけました。

「では、いきます!」

ボオオン! 爆風《ばくふう》が柿《かき》の木《き》にむかってふきすさび、柿《かき》の実《み》は残《のこ》らず落《お》ちました。旅人《たびびと》はめずらしいものが見《み》られたと大《おお》よろこび、お礼《れい》に旅《たび》で手《て》にいれためずらしいものをおよめさんにくれました。

このようすを見《み》ていたのが、およめさんのおむこさんです。おむこさんは、およめさんがいないのがやっぱりさびしく、連《つ》れ戻《もど》しにきていたのです。

「やっぱり、よめは俺《おれ》の宝《たから》だ」

おむこさんはおよめさんを連《つ》れ帰《かえ》り、屁《へ》をしてもよい「屁屋《へや》」をつくりました。これが「部屋《へや》」のはじまりです。

読んだ日　年　月　日／　年　月　日／　年　月　日

ポイント　おならを人《ひと》まえでするのはマナー違反《いはん》ですが、がまんは体《からだ》によくありません。

ラジウムを発見《はっけん》してノーベル賞《しょう》を受賞《じゅしょう》

マリー・キュリー

11月7日のお話

マリアは約百五十年前《やくひゃくごじゅうねんまえ》のポーランドに生《う》まれました。子《こ》どものころから本《ほん》を読《よ》むのが好《す》きで、学校《がっこう》の成績《せいせき》も優秀《ゆうしゅう》でした。でも、このころのポーランドはロシアに支配《しはい》されており、女《おんな》の子《こ》は大学《だいがく》へいけませんでした。それに、マリアの家《いえ》はとても貧乏《びんぼう》でした。

「わたし、どうしても大学《だいがく》で勉強《べんきょう》がしたいの」

マリアは家庭教師《かていきょうし》として働《はたら》き、お金《かね》をためました。そして二十四歳《にじゅうよんさい》のとき、ようやくフランスの大学《だいがく》に入学《にゅうがく》しました。大学《だいがく》ではフランス風《ふう》に「マリー」と呼《よ》ばれました。

マリーはあいかわらず貧《まず》しく、屋根《やね》裏部屋《うらべや》で暮《く》らしていました。冬《ふゆ》になっても暖房《だんぼう》もありません。服《ふく》も一枚《いちまい》しかもっていません。友《とも》だちがおしゃれやおしゃべりに夢中《むちゅう》になっているときも、マリーは勉強《べんきょう》をしていました。そして、一番《いちばん》の成績《せいせき》で大学《だいがく》を卒業《そつぎょう》したのです。

マリーが結婚《けっこん》したのは二十七歳《にじゅうななさい》のときでした。あいてはフランスの科学《かがく》者《しゃ》、ピエール・キュリーです。

二人《ふたり》の結婚式《けっこんしき》はとても質素《しっそ》なものでした。ウエディングドレスも結婚指輪《けっこんゆびわ》もありません。それでもマリーは、とてもしあわせでした。二人《ふたり》はパリに小《ちい》さな家《いえ》をかりて、力《ちから》をあわせて研究《けんきゅう》にとりくみました。やがて赤《あか》ちゃんが生《う》まれました。マリーは研究《けんきゅう》の仕事《しごと》をしながら、ピエールや子《こ》どもの世話《せわ》もして、家事《かじ》もこなしました。

あるとき、物理学者《ぶつりがくしゃ》のアンリ・ベクレルが、ウラン鉱石《こうせき》からふしぎな放射《ほうしゃ》線《せん》がでているのを見《み》つけました。でも、それがなんなのかわかりません。

「ウランからでている放射線《ほうしゃせん》はなにかしら」

マリーは、ベクレルが見《み》つけた放射《ほうしゃ》線《せん》の正体《しょうたい》を知《し》りたいと思《おも》い、ピエールといっしょに研究《けんきゅう》をはじめました。やがて、ウランがふしぎな放射線《ほうしゃせん》をだす性質《せいしつ》を「放射能《ほうしゃのう》」と名《な》づけ、とても強《つよ》い放射能《ほうしゃのう》をもつ元素《げんそ》「ポロニウム」と「ラジウム」を発見《はっけん》したのです。

つぎにマリーは、ウランからラジウムをとりだす実験《じっけん》をはじめました。ウランを含《ふく》んでいる石《いし》をくだいて、鍋《なべ》で煮《に》てとかすのです。

「この中《なか》にラジウムはある。きっと見《み》つかるわ」

マリーはあきらめずに、何《なん》トンもの石《いし》を使《つか》い、何年《なんねん》も実験《じっけん》をくり返《かえ》しました。そして、四年後《よねんご》、ついに石《いし》の中《なか》からラジウムを〇・一《れいてんいち》グラムとりだすのに成功《せいこう》したのです。

「青《あお》くきらきら光《ひか》っているわ。なんてきれいなんでしょう」

この発見《はっけん》は世界中《せかいじゅう》をおどろかせました。そして、キュリー夫《ふ》妻《さい》と、最初《さいしょ》に光《ひかり》を見《み》つけたベクレルは、ノーベル物理学賞《ぶつりがくしょう》をもらったのです。マリーは女性《じょせい》ではじめての受賞者《じゅしょうしゃ》でした。

読んだ日　　年　月　日／　　年　月　日／　　年　月　日

ポイント　女性《じょせい》の進学《しんがく》がむずかしい時代《じだい》に、マリー（1867-1934）はノーベル賞《しょう》を二度《にど》も受賞《じゅしょう》。娘《むすめ》も科学者《かがくしゃ》となり、夫婦《ふうふ》でノーベル賞《しょう》を受賞《じゅしょう》しています。

北風《きたかぜ》がくれた三《みっ》つの宝物《たからもの》

北風《きたかぜ》のところにいった男《おとこ》の子《こ》

ノルウェー

むかしむかし、あるところにびんぼうなおかあさんと男《おとこ》の子《こ》がいました。ある日《ひ》、男《おとこ》の子《こ》が昼《ひる》ごはんのための小《こ》麦粉《むぎこ》を運《はこ》んでいると、北風《きたかぜ》がピュウとふいて、小麦粉《こむぎこ》をふき散《ち》らしました。男《おとこ》の子《こ》はおこって、北風《きたかぜ》のところまで文句《もんく》をいいにいきました。北風《きたかぜ》の家《いえ》はとても遠《とお》いのですが、男《おとこ》の子《こ》はがんばって歩《ある》いたのです。

「こんにちは、北風《きたかぜ》さん。小麦粉《こむぎこ》を返《かえ》してよ。うちは貧乏《びんぼう》だから困《こま》るんだよ」

「ごめんね。じゃあ、おわびに『なんでもでてくる布《ぬの》』をあげるよ。ほしいものをいいながら、布《ぬの》を広《ひろ》げるんだ」

男《おとこ》の子《こ》はよろこんで、布《ぬの》をもらって帰《かえ》りました。帰《かえ》り道《みち》も道《みち》が遠《とお》いので、なかなか家《いえ》につきません。そこで、途《と》中《ちゅう》の宿《やど》で泊《と》まりました。宿屋《やどや》のおかみさんは、男《おとこ》の子《こ》のもっている布《ぬの》はなんだいと聞《き》きました。

「北風《きたかぜ》にもらった『なんでもでてくる布《ぬの》』だよ。ほしいものをいいながら布《ぬの》を広《ひろ》げると、なんでも手《て》にはいるんだ」

おかみさんはそれを聞《き》くと、男《おとこ》の子《こ》が眠《ねむ》ったあと、布《ぬの》がほしくなり、ふつうの布《ぬの》にとりかえてしまいました。

男《おとこ》の子《こ》は家《いえ》に帰《かえ》り、布《ぬの》をためしましたが、なんにもでてきません。おこった男《おとこ》の子《こ》は、また北風《きたかぜ》の家《いえ》にいきました。

「こんにちは、北風《きたかぜ》さん。小麦粉《こむぎこ》を返《かえ》してよ。あの布使《ぬのつか》えないじゃないか」

「ごめんね。じゃあ、おわびに『お金《かね》がでる木《き》づち』をあげるよ」

男《おとこ》の子《こ》はよろこんで、木《き》づちをもらって帰《かえ》りました。ところが今度《こんど》も、まえとおなじ宿《やど》に泊《と》まり、木《き》づちをすりかえられてしまったのです。男《おとこ》の子《こ》は木《き》づちがふつうのものだと知《し》ると、おこって、またまた北風《きたかぜ》の家《いえ》にいきました。

「こんにちは、北風《きたかぜ》さん。小麦粉《こむぎこ》を返《かえ》してよ。木《き》づち使《つか》えなかったよ」

「ごめんね。でも、もうこれしかないんだ。『ぶったたく杖《つえ》』だよ。ぶったたけというと、杖《つえ》はひとりでになんでもぶったたくんだ。きみがやめろというまで、杖《つえ》はあいてをたたきつづけるよ」

男《おとこ》の子《こ》は杖《つえ》をもらった帰《かえ》り道《みち》に考《かんが》えました。

（北風《きたかぜ》さんがうそをいうわけはないな。とすると、あの宿屋《やどや》があやしいぞ）

男《おとこ》の子《こ》はまたまた、まえとおなじ宿屋《やどや》に泊《と》まり、今度《こんど》は寝《ね》たふりをしました。すると、宿屋《やどや》のおかみさんが、杖《つえ》を盗《ぬす》もうとしているではありませんか。男《おとこ》の子《こ》は飛《と》び起《お》きて、さけびました。

「杖《つえ》よ、杖《つえ》よ、ぶったたけ！」

杖《つえ》は部屋中《へやじゅう》を飛《と》びまわり、おかみさんをたたきつづけました。おかみさんは泣《な》いてあやまり、男《おとこ》の子《こ》にほんものの『なんでもでてくる布《ぬの》』と『お金《かね》がでる木《き》づち』を返《かえ》しました。

男《おとこ》の子《こ》はおかみさんをゆるして家《いえ》に帰《かえ》り、おかあさんとしあわせに暮《く》らしたということです。

読んだ日　　年　月　日／　　年　月　日／　　年　月　日

ポイント　北風《きたかぜ》さんのところにいこうと、一人《ひとり》で遠《とお》い道《みち》を歩《ある》いていくだけでも、男《おとこ》の子《こ》は勇気《ゆうき》がありますね。

一本《いっぽん》のわらがどんどん豪華《ごうか》に大変身《だいへんしん》

わらしべ長者《ちょうじゃ》

11月9日のお話

むかし、貧乏《びんぼう》な若者《わかもの》がいました。どれだけ働《はたら》いても暮《く》らしはよくならず、もう飢《う》え死《じ》にを待《ま》つばかりです。そこで、若者《わかもの》はお寺《てら》の観音様《かんのんさま》におまいりにいきました。もう、観音様《かんのんさま》におすがりするしかなかったのです。

若者《わかもの》は観音様《かんのんさま》のまえにくると、もう動《うご》くことができず、ただただつっぷして、観音様《かんのんさま》に助《たす》けてくださいとお祈《いの》りしました。何日《なんにち》もそうしていたところ、観音様《かんのんさま》が夢《ゆめ》にあらわれました。

「ここをでたら、一番先《いちばんさき》に手《て》にさわったものをひろって、だいじにもっていなさい。すぐにでかけるのですよ」

目《め》が覚《さ》めた若者《わかもの》は、起《お》きあがりました。ふしぎとお腹《なか》が減《へ》っておらず、歩《ある》けそうです。お寺《てら》の門《もん》をでようとしたところ、若者《わかもの》はころんでしまいました。起《お》きあがってみると、手《て》に一本《いっぽん》のわらをつかんでいました。

「わらしべなんかつかんでしまった。でも観音様《かんのんさま》がだいじにしろっておっしゃっていたから、もっていようか」

わらをつかんだ若者《わかもの》が歩《ある》きだすと、アブが飛《と》んできました。若者《わかもの》はアブをつかまえて、わらでしばりました。

しばらくいくと、男《おとこ》の子《こ》が若者《わかもの》のもっているアブをむすんだわらをほしがりました。若者《わかもの》が男《おとこ》の子《こ》にわらをあげると、男《おとこ》の子《こ》の母親《ははおや》がよろこんで、かわりにみかんを三《みっ》つくれました。

「おやおや、一本《いっぽん》のわらしべが大《おお》きなみかん三《みっ》つになった」

若者《わかもの》がまた歩《ある》いていくと、お姫様《ひめさま》がぐったりしていました。わけを聞《き》くと、のどがかわいて困《こま》っているとのこと。若者《わかもの》はもっていたみかんを、お姫様《ひめさま》にあげました。よろこんだお姫様《ひめさま》は、高価《こうか》な布《ぬの》を三反《さんたん》くれました。

「おやおや、みかん三《みっ》つが布三反《ぬのさんたん》になった」

若者《わかもの》はふたたび歩《ある》きはじめました。しばらくすると、りっぱなウマがたおれているのを見《み》つけました。そのウマに乗《の》っていたお侍《さむらい》にたずねると、もうこのウマはいらないといいます。そこで、若者《わかもの》は布三反《ぬのさんたん》とウマを交換《こうかん》してもらうことにしました。

若者《わかもの》がウマをいっしょけんめいに介抱《かいほう》すると、ウマは元気《げんき》になりました。そこで、ウマを連《つ》れて歩《ある》いていくと、今度《こんど》は大《おお》きな屋敷《やしき》のまえで、旅《たび》にいこうとしているお金《かね》もちに出会《であ》いました。お金《かね》もちは、ウマを連《つ》れた若者《わかもの》に声《こえ》をかけました。

「すまないが、そのウマをゆずってくれないか。かわりに屋敷《やしき》の留守《るす》をたのみたい。三年以内《さんねんいない》にわたしが戻《もど》ってこなかったら、屋敷《やしき》はぜんぶあなたにあげよう」

若者《わかもの》はこころよく、ウマをゆずりました。屋敷《やしき》の主人《しゅじん》はいつまでたっても帰《かえ》ってこず、若者《わかもの》は屋敷《やしき》の新《あたら》しい主人《しゅじん》になりました。

一本《いっぽん》のわらから幸運《こううん》を手《て》にいれた若《わか》者《もの》を、人《ひと》はみな「わらしべ長者《ちょうじゃ》」と呼《よ》んでうらやましがりましたとさ。

読んだ日　年　月　日／　年　月　日／　年　月　日

ポイント 物《もの》をだいじにしていれば、いつかよいことがありますね。

豆《まめ》とウシ、どちらが得《とく》だったのかな？

ジャックと豆《まめ》の木《き》

イギリス

むかし、ジャックという若者《わかもの》が、おかあさんと二人《ふたり》で住《す》んでいました。ジャックの家《いえ》は貧乏《びんぼう》で、食《た》べるものもありません。そこでジャックは、町《まち》へウシを売《う》りにいくことにしました。

「もし、そこへいく若者《わかもの》よ。そのウシはおまえさんのウシかね」

「そうだよ、おじいさん」

「そのウシと、このふしぎな豆《まめ》を交換《こうかん》してくださらんか。まけば、すぐに天《てん》までとどく、すごい豆《まめ》じゃぞ」

ジャックは大《おお》よろこびで、ウシと豆《まめ》を交換《こうかん》しました。家《いえ》に帰《かえ》っておかあさんにその話《はなし》をすると、おかあさんはカンカンになっておこりました。

「なんてばかなことを。こんな豆《まめ》、すてちゃいなさい！」

おかあさんは、ジャックから豆《まめ》をとりあげると、窓《まど》から豆《まめ》をすてました。

翌日《よくじつ》、ジャックが家《いえ》の外《そと》にでると、大《おお》きな豆《まめ》の木《き》がはえていました。

「おじいさんのいったことはほんとうだったんだ。よし、この豆《まめ》の木《き》をのぼって、雲《くも》の上《うえ》までいってみよう」

ジャックが豆《まめ》の木《き》をのぼって天《てん》までいくと、大《おお》きな家《いえ》がたっていました。

「こんにちは～」

ジャックは呼《よ》びかけましたが、返事《へんじ》がありません。そこでジャックは、家《いえ》の中《なか》へはいってみました。そこへ、ちょうど巨人《きょじん》がどこからか帰《かえ》ってきました。ジャックはあわてて、部屋《へや》のすみにかくれました。巨人《きょじん》は、ニワトリと金《きん》の竪琴《たてごと》をかかえていました。

「くんくん。人間《にんげん》のにおいがする。いや、昨日《きのう》食《た》べた人間《にんげん》のにおいがまだ残《のこ》っているのか。まあ、いいか。やい、ニワトリ。金《きん》の卵《たまご》を産《う》め！」

巨人《きょじん》がにわとりに命令《めいれい》すると、ニワトリは金《きん》の卵《たまご》を産《う》みました。つぎに巨人《きょじん》は、金《きん》の竪琴《たてごと》に命令《めいれい》しました。

「うつくしい音楽《おんがく》をかなでろ」

すると、金《きん》の竪琴《たてごと》はひとりでに、音《おん》楽《がく》をかなではじめました。巨人《きょじん》は音楽《おんがく》を聴《き》きながら、大《おお》きな袋《ふくろ》をとりだして、金貨《きんか》をかぞえはじめましたが、そのうち眠《ねむ》ってしまいました。

一部始終《いちぶしじゅう》を見《み》ていたジャックは、こう思《おも》いました。

「人間《にんげん》を食《た》べるとは、わるいやつだ。よし、あいつの持《も》ち物《もの》を盗《ぬす》んでやる」

ジャックは、ニワトリと金《きん》の竪琴《たてごと》と金貨《きんか》のはいった袋《ふくろ》をぜんぶ盗《ぬす》んで、逃《に》げだしました。ところが、途中《とちゅう》で竪琴《たてごと》の音楽《おんがく》が鳴《な》りやんだので、巨人《きょじん》が起《お》きてしまいました。

ジャックはあわてて豆《まめ》の木《き》まで走《はし》ると、いそいで地上《ちじょう》におりはじめました。巨人《きょじん》もジャックを追《お》って、豆《まめ》の木《き》をおりてきます。

「かあさん、斧《おの》もってきて！」

いちはやく地上《ちじょう》についたジャックは、おかあさんから斧《おの》を受《う》けとると、豆《まめ》の木《き》を切《き》りたおしました。巨人《きょじん》は墜落《ついらく》して死《し》に、ジャックとおかあさんは豊《ゆた》かに暮《く》らしたということです。

読んだ日　年　月　日／　年　月　日／　年　月　日

ポイント　このお話《はなし》の巨人《きょじん》は「オーガ（人食《ひとく》い鬼《おに》）」ということになっています。

ガラスの靴《くつ》がぴったりあうのはだれでしょう？

サンドリヨン

ペロー

むかし、心《こころ》のきれいなうつくしい娘《むすめ》がいました。おかあさまは病気《びょうき》で亡《な》くなり、おとうさまは新《あたら》しい奥様《おくさま》を迎《むか》えることになりました。新《あたら》しい奥様《おくさま》は、二人《ふたり》の娘《むすめ》を連《つ》れていました。

「新《あたら》しいおかあさまと、おねえさまができるのね！」

娘《むすめ》は、新《あたら》しい家族《かぞく》を大《おお》よろこびで迎《むか》えました。でも、継母《ままはは》も姉《あね》たちもいじわるで、娘《むすめ》に家《いえ》の中《なか》の仕事《しごと》をすべて押《お》しつけました。かわいそうな娘《むすめ》は、粗《そ》末《まつ》な服《ふく》を着《き》て働《はたら》き、いつも灰《はい》でよごれていました。継母《ままはは》は、灰《はい》だらけの娘《むすめ》に「おまえをサンドリヨンと呼《よ》びましょう」といいました。

ある日《ひ》、お城《しろ》から舞踏会《ぶとうかい》の招待状《しょうたいじょう》がとどきました。二人《ふたり》の姉《あね》は大《おお》よろこび。サンドリヨンに手伝《てつだ》わせてとびきりのドレスを着《き》て、ありったけの宝石《ほうせき》でかざりました。姉《あね》たちはサンドリヨンに「おまえもお城《しろ》にいきたいの？　笑《わら》われるだけよ」といいました。姉《あね》たちが舞踏会《ぶとうかい》にでかけると、かなしくなったサンドリヨンは泣《な》きだしました。

「わたしもお城《しろ》にいきたかった……」

すると、どこからか仙女《せんにょ》があらわれました。

「あなたの願《ねが》いをかなえましょう」

仙女《せんにょ》が魔法《まほう》の杖《つえ》をひとふりすると、庭《にわ》のカボチャが金色《きんいろ》の馬車《ばしゃ》に、ネズミは白馬《はくば》に、トカゲはりっぱな執事《しつじ》にかわりました。もうひとふりすると、サンドリヨンのよごれた服《ふく》は、宝石《ほうせき》を散《ち》りばめたドレスになりました。仙女《せんにょ》はうつくしいガラスの靴《くつ》をさしだして、いいました。

「舞踏会《ぶとうかい》においきなさい。でも忘《わす》れないで。十二時《じゅうにじ》をすぎると魔法《まほう》がとけて、すべてがもとに戻《もど》ってしまいます」

サンドリヨンが舞踏会《ぶとうかい》にあらわれると、そのうつくしさに、みんなため息《いき》をつきました。王子様《おうじさま》はサンドリヨンにダンスを申《もう》しこみ、二人《ふたり》はずっと踊《おど》りつづけました。

ゴーンゴーンゴーン――。

十二時《じゅうにじ》の鐘《かね》が鳴《な》りはじめました。サンドリヨンはあわてて階段《かいだん》をかけおり、靴《くつ》が片《かた》ほうぬげてしまいました。

その日《ひ》から、サンドリヨンを忘《わす》れられない王子様《おうじさま》は、国中《くにじゅう》の娘《むすめ》にサンドリヨンの落《お》としていったガラスの靴《くつ》をはかせてみることにしました。たくさんの娘《むすめ》がガラスの靴《くつ》をはきましたが、だれにもあいません。とうとうサンドリヨンの家《いえ》にも、召使《めしつか》いがやってきました。二人《ふたり》のお姉《ねえ》さんは、小《ちい》さな靴《くつ》にむりやり足《あし》を押《お》しこみましたが、はいりません。

そこでサンドリヨンは「わたしにもはかせてください」といいました。姉《あね》たちは「あうはずがない」と笑《わら》います。ところが、ガラスの靴《くつ》はサンドリヨンの足《あし》にぴたりとあったのです。

サンドリヨンは王子様《おうじさま》と結婚《けっこん》し、いつまでもしあわせに暮《く》らしました。

読んだ日　年　月　日／　年　月　日／　年　月　日

ポイント　サンドリヨンは「灰《はい》だらけ」という意味《いみ》です。このお話《はなし》は「シンデレラ」とも呼《よ》ばれるプリンセス・ストーリーで、オペラやバレエにもなっています。

山中《さんちゅう》に建《た》っているふしぎなレストラン

注文《ちゅうもん》の多《おお》い料理店《りょうりてん》

宮沢賢治《みやざわけんじ》

二人《ふたり》の若《わか》い紳士《しんし》が、白《しろ》クマのようなイヌを二匹連《にひきつ》れて、山奥《やまおく》を歩《ある》いていました。すると、二匹《にひき》のイヌが同時《どうじ》にばたりとたおれ、死《し》んでしまったのです。

「ああ、この犬《いぬ》は二千四百円《にせんよんひゃくえん》もしたのに。大損害《だいそんがい》だ」

「ぼくは二千八百円《にせんはっぴゃくえん》の損害《そんがい》だ」

二人《ふたり》は、イヌが死《し》んだことにはかなしまず、ただ損《そん》をしたことをなげきました。二人《ふたり》は帰《かえ》ろうとしましたが、山《やま》奥《おく》なので道《みち》に迷《まよ》ってしまいました。

「どうも腹《はら》がすいて、しかたないよ」

「ぼくも。もう歩《ある》きたくないなあ」

「ああ困《こま》ったな、なにか食《た》べたいなあ」

こんなことをいいあっていると、二《ふた》人《り》は、山《やま》の中《なか》に一軒《いっけん》の西洋《せいよう》づくりの家《いえ》を見《み》つけました。『**西洋料理店《せいようりょうりてん》　山猫軒《やまねこけん》**』という札《ふだ》がでています。二人《ふたり》がよろこんで玄関《げんかん》にいくと、ガラス窓《まど》の戸《と》に、こんなことが書《か》かれていました。

『**肥《ふと》ったおかたや若《わか》いおかたは、大歓迎《だいかんげい》**』

そこで、二人《ふたり》が廊下《ろうか》を進《すす》むと、またしても扉《とびら》がありました。今度《こんど》はこう書《か》かれています。

『**当軒《とうけん》は注文《ちゅうもん》の多《おお》い料理店《りょうりてん》ですから、どうかそこはご承知《しょうち》ください**』

「なかなか、はやってるんだな」

二人《ふたり》はそういいながら、その扉《とびら》を開《あ》けて、中《なか》へ進《すす》みました。するとまたも、扉《とびら》があって文字《もじ》が書《か》かれています。

『**お客《きゃく》さまがた、ここで髪《かみ》をきちんとして、くつの泥《どろ》を落《お》としてください**』

二人《ふたり》は書《か》かれている文字《もじ》のとおりにしてどんどん中《なか》へ進《すす》んでいきます。すると、鉄砲《てっぽう》を置《お》いていけだの、帽子《ぼうし》やコートはぬげだの、いろいろなことが中《なか》へ進《すす》むたびに書《か》かれていました。さらに廊下《ろうか》を進《すす》むと、今度《こんど》は、

『**壺《つぼ》の中《なか》のクリームを顔《かお》や手足《てあし》にすっかりぬってください。料理《りょうり》はもうすぐできます。頭《あたま》にこの香水《こうすい》をふりかけてください**』

と、あります。二人《ふたり》は置《お》いてあった香《こう》水《すい》を、頭《あたま》へふりかけました。

「この香水《こうすい》はへんに酢《す》くさいなあ」

二人《ふたり》は扉《とびら》を開《あ》けて中《なか》にはいりました。すると、また文字《もじ》があります。

『**最後《さいご》に、体中《からだじゅう》に、壺《つぼ》の中《なか》の塩《しお》をたくさんよくもみこんでください**』

「どうもおかしいぜ」

「たくさんの注文《ちゅうもん》というのは、むこうがこっちへ注文《ちゅうもん》してるんだよ」

「もしかして、ぼくらは食《た》べるのではなくて、食《た》べられるほうなのか？」

二人《ふたり》は泣《な》いて逃《に》げようとしました。

そのときうしろからいきなり、「**わん、わん**」という声《こえ》がして、あの死《し》んだはずの白《しろ》クマのようなイヌが二匹《にひき》、扉《とびら》をつきやぶって部屋《へや》の中《なか》に飛《と》びこんできました。すると、扉《とびら》のむこうで「**にゃあお、ごろごろ**」という声《こえ》がしました。

そのとたん、二人《ふたり》がいた部屋《へや》は消《き》えてしまいました。二人《ふたり》は寒《さむ》い草《くさ》むらのなかにたっていました。

読んだ日　　年　月　日／　　年　月　日／　　年　月　日

ポイント 宮沢賢治《みやざわけんじ》（1896-1933）は、ふるさとの岩手《いわて》にちなんだ童話《どうわ》をたくさんつくった児童文学作家《じどうぶんがくさっか》・詩人《しじん》です。

人《ひと》は自分《じぶん》のことはよくわからないものです

鏡《かがみ》の中《なか》の人《ひと》

むかし、鏡《かがみ》はたいへん貴重《きちょう》なものでした。田舎《いなか》では、鏡《かがみ》を知《し》らない人《ひと》がたくさんいたのです。

ある男《おとこ》が、自分《じぶん》のおかみさんになにか買《か》ってやろうと、店《みせ》を見《み》まわしていると、古道具屋《ふるどうぐや》にでかけました。店を見まわしていると、ピカリと光《ひか》るものがあります。ふしぎに思《おも》ってのぞきこむと、なんと、光《ひか》る板《いた》の中《なか》に、人間《にんげん》がいるではありませんか。

「ひ、人《ひと》がおる！　あ、よく見《み》ると、あんたはおれの死《し》んだ親父《おやじ》じゃないか。こんなところで会《あ》えるとは！」

鏡《かがみ》を知《し》らないこの男《おとこ》は、鏡《かがみ》にうつった自分《じぶん》を父親《ちちおや》とまちがえたのです。もともと親孝行《おやこうこう》だった男《おとこ》は、よろこんで鏡《かがみ》を買《か》って帰《かえ》りました。

「これで親父《おやじ》にいつでも会《あ》えるな。しかし、よめに知《し》らせたらびっくりして、腰《こし》をぬかすかもしれん。ないしょにしておこう」

男《おとこ》は物置《ものおき》に鏡《かがみ》をかくし、おかみさんにかくれて、鏡《かがみ》をたびたび見《み》にいくようになりました。すると、おかみさんは男《おとこ》のことをあやしみだしました。

「うちの人《ひと》、何度《なんど》も物置《ものおき》なんかにいって、なにをしているのかしら」

おかみさんが物置《ものおき》にいくと、鏡《かがみ》が一《ひと》つあるだけでした。ところがおかみさんも鏡《かがみ》というものを知《し》りません。

「なんなの、これ。あ、中《なか》に人《ひと》がいる。なんてべっぴんさんじゃ。うちの人《ひと》、こんなきれいな人《ひと》にいつも会《あ》っていたのね。くやしい～」

おかみさんは物置《ものおき》から戻《もど》ると、「この浮気者《うわきもの》！」といって男《おとこ》につかみかかりました。男《おとこ》はなんのことやら、さっぱりわかりません。

「な、なにをいっておるんじゃ。物置《ものおき》の中《なか》にいるのはわしの親父《おやじ》じゃ。そりゃ、ちいとええ男《おとこ》じゃが、おなごと見《み》まちがえるやつがあるか」

二人《ふたり》のケンカはやがて大騒動《おおそうどう》になり、村中《むらじゅう》の評判《ひょうばん》になりました。

「あの夫婦《ふうふ》、二人《ふたり》ともぶさいくだが、なかがよくて評判《ひょうばん》だったのに困《こま》ったものじゃ。ここは徳《とく》の高《たか》い尼《あま》さんにたのんで、なかなおりさせよう」

村人《むらびと》のたのみで、尼《あま》さんは夫婦《ふうふ》の話《はなし》を聞《き》きました。尼《あま》さんは、物置《ものおき》の中《なか》にいる人《ひと》に自分《じぶん》が会《あ》えば解決《かいけつ》するだろう、といって、物置《ものおき》にはいりました。ところで、この尼《あま》さんも鏡《かがみ》というものを知《し》りません。鏡《かがみ》をのぞきこんだ尼《あま》さんは、戻《もど》ってきて夫婦《ふうふ》にこういいました。

「中《なか》にはそれはうつくしいおなごがいましたよ。でも、もう頭《あたま》をまるめて御《み》仏《ほとけ》につかえているようです。だんなさんは浮気《うわき》なんかしていません」

夫婦《ふうふ》は尼《あま》さんの話《はなし》を聞《き》いて首《くび》をかしげましたが、徳《とく》の高《たか》い尼《あま》さんがうそをいうわけがないと思《おも》い、なかなおりしました。これを聞《き》いた村人《むらびと》は一安心《ひとあんしん》。

「あんなにおそろしい顔《かお》をしているのに、さすが尼《あま》さんじゃ。やっぱり徳《とく》の高《たか》さというものは、見《み》た目《め》ではわからんものじゃな」

読んだ日　　年　月　日／　　年　月　日／　　年　月　日

ポイント　物事《ものごと》をありのままにうつしだす鏡《かがみ》は、日本《にほん》では古《ふる》くから霊力《れいりょく》をもつ物《もの》として、珍重《ちんちょう》されていました。

町《まち》を救《すく》った一人《ひとり》の少年《しょうねん》の勇気《ゆうき》ある行動《こうどう》

ハールレムの英雄《えいゆう》

メアリー・メイプス・ドッジ

むかし、オランダのハールレムという町《まち》に、少年《しょうねん》がいました。少年《しょうねん》の父親《ちちおや》は水門《すいもん》の門番《もんばん》です。水門《すいもん》は運河《うんが》の入《い》り口《ぐち》に一定《いってい》の間隔《かんかく》でもうけられています。このいくつかの水門《すいもん》を開《あ》け閉《し》めすることで、水《みず》の量《りょう》を調整《ちょうせい》して、洪水《こうずい》が起《お》こらないようにするのです。

オランダは海《うみ》より低《ひく》い土地《とち》なので、洪水《こうずい》が起《お》こると、一大事《いちだいじ》になります。少年《しょうねん》は水門《すいもん》の番人《ばんにん》の子《こ》なので、水《みず》のこわさをよく知《し》っていました。

少年《しょうねん》が八歳《はっさい》になったある日《ひ》のこと。散歩《さんぽ》をしていた少年《しょうねん》は、堤防《ていぼう》の上《うえ》のほうに小《ちい》さな穴《あな》があいていることに気《き》づきました。穴《あな》からは水《みず》がチョロチョロと、少《すこ》しずつあふれてきています。

「たいへんだ。あのままにはしておけないぞ!」

最初《さいしょ》は小《ちい》さな穴《あな》でも、水《みず》の力《ちから》で穴《あな》はだんだん大《おお》きくなり、やがて堤防《ていぼう》はこわされてしまうでしょう。少年《しょうねん》は、そのことをよく知《し》っていたのです。少年《しょうねん》は大《おお》いそぎで堤防《ていぼう》をかけあがり、穴《あな》のところまでいきました。

(どうしよう。もう日《ひ》が落《お》ちて暗《くら》くなってきたから、まわりにはだれもいないや。ええい、こうしてやれ)

少年《しょうねん》は堤防《ていぼう》の穴《あな》に、腕《うで》をつっこみました。すると、水《みず》はとまったのです。

「ああ、とりあえずは安心《あんしん》だ。でもこのままじゃいられないぞ」

少年《しょうねん》は力《ちから》のかぎり、さけびました。

「だれか、だれかきてくださあい」

それでも、だれも少年《しょうねん》に気《き》づく者《もの》はいませんでした。やがて日《ひ》は完全《かんぜん》に落《お》ちて、夜《よる》になりました。少年《しょうねん》の腕《うで》は冷《つめ》たさでしびれ、だんだんと体全体《からだぜんたい》がしびれてくるようになりました。

(腕《うで》をぬいて助《たす》けを呼《よ》びにいったほうがいいのかな。でも、万一《まんいち》、助《たす》けを呼《よ》んでいる間《あいだ》に、穴《あな》が大《おお》きくなったら、堤防《ていぼう》はこわれちゃうよ。だめだ。やっぱりがまんしなくちゃ)

少年《しょうねん》の体《からだ》は冷《ひ》えきっていました。頭《あたま》はがんがんとしめつけられ、頭《あたま》から足《あし》の先《さき》まで、ナイフでつき刺《さ》されたように、いたみが走《はし》ります。たった八歳《はっさい》の男《おとこ》の子《こ》にとっては、それはたえがたい苦痛《くつう》でした。

(がんばらなきゃ。がんばらなきゃ)

もう少年《しょうねん》は、ほかのことは考《かんが》えられません。ただ、ひたすらに体《からだ》の冷《つめ》たさと、いたみにたえつづけました。

やがて夜《よる》が明《あ》け、朝《あさ》になりました。牧師《ぼくし》さんが堤防《ていぼう》の上《うえ》を歩《ある》いていると、男《おとこ》の子《こ》がうめきながら、くるしんでいるのが見《み》えました。

「どうしたんだい、だいじょうぶか」

「水《みず》をとめているんです。はやくだれか呼《よ》んできて!」

事態《じたい》をさとった牧師《ぼくし》は、大《おお》いそぎで町《まち》の人《ひと》を呼《よ》びにいきました。こうして、ハールレムの町《まち》は、一人《ひとり》の少年《しょうねん》の手《て》によって救《すく》われたのです。

(『銀《ぎん》のスケート』より)

読んだ日　年　月　日/　年　月　日/　年　月　日

ポイント　このお話《はなし》は『銀《ぎん》のスケート』の挿話《そうわ》です。『銀《ぎん》のスケート』には、オランダの歴史《れきし》や地理《ちり》が紹介《しょうかい》されていますが、この話《はなし》は創作《そうさく》です。

友《とも》だちがあぶないとき、あなたはどうする？

クマと旅人《たびびと》

イソップ

むかし、二人《ふたり》の男《おとこ》が旅《たび》をしていました。二人《ふたり》はたいへんなかがよく、いつもたのしそうに話《はな》したり、笑《わら》いあったりしながら旅《たび》をつづけていました。

ある日《ひ》、二人《ふたり》が森《もり》にさしかかると、大《おお》きなクマがあらわれました。

「お、おい、クマだ」

「でかいぞ。はやく逃《に》げようぜ」

二人《ふたり》はクマから逃《に》げだしました。片《かた》ほうの男《おとこ》は、近《ちか》くの大《おお》きな木《き》によじのぼりました。ところがもう一方《いっぽう》の男《おとこ》は、足《あし》がもつれてころんでしまいました。

「ああ、おれを置《お》いていかないでくれ。たのむ、助《たす》けてくれえ」

ころんだ男《おとこ》は、木《き》の上《うえ》にいる男《おとこ》に助《たす》けを求《もと》めました。しかし、木《き》の上《うえ》にいる男《おとこ》もクマがこわくて、とてもころんだ男《おとこ》を助《たす》けにいくことができません。

「ああ、もうダメだ。クマに食《た》べられる。戦《たたか》うか。いや、むりだ。クマあいてに素手《すで》で戦《たたか》える人間《にんげん》なんているものか。ああ、どうしよう。へたに手《て》むかってクマをおこらせるぐらいなら、こうするとしよう」

ころんだ男《おとこ》は、逃《に》げるのをあきらめました。その場《ば》でバタンと地面《じめん》にたおれこみ、死《し》んだふりをしたのです。

やがて、クマがゆっくりと男《おとこ》に近《ちか》づいてきました。木《き》の上《うえ》にいる男《おとこ》は、ハラハラしながら、たおれている男《おとこ》を見《み》ています。しかし、自分《じぶん》が木《き》からおりて、男《おとこ》を助《たす》けようとは思《おも》いませんでした。

クマは男《おとこ》のそばまでくると、男《おとこ》の体《からだ》のにおいをかぎました。足《あし》、手《て》、腹《はら》、といろんなところをかぎまわり、最後《さいご》に頭《あたま》のにおいをかぎました。

クマは長《なが》い間《あいだ》、男《おとこ》の頭《あたま》のにおいをかいでいましたが、やがて、どこかへさっていきました。木《き》の上《うえ》にいた男《おとこ》はあわてて木《き》からおりて、たおれている男《おとこ》の近《ちか》くまでいきました。

「おい、だいじょうぶか。クマはいってしまったぞ」

木《き》からおりてきた男《おとこ》が話《はな》しかけると、たおれていた男《おとこ》は起《お》きあがりました。木《き》の上《うえ》にいた男《おとこ》は、たおれていた男《おとこ》に聞《き》きました。

「あのクマ、ずいぶん長《なが》い間《あいだ》、きみの頭《あたま》のにおいをかいでいたな。木《き》の上《うえ》から見《み》ていると、まるで、きみに話《はな》しかけているようだったぞ」

たおれていた男《おとこ》はいいました。

「そうさ、クマはぼくにいったんだ。あぶないときに友《とも》だちをすてて自分《じぶん》だけ逃《に》げるようなやつを、友《とも》だちにしないほうがいいぞってな」

ほんとうの友《とも》だちとは、冗談《じょうだん》をいいあい、遊《あそ》ぶだけの人《ひと》のことではありません。自分《じぶん》があぶないときや、不幸《ふこう》になったときに助《たす》けてくれる人《ひと》こそが、ほんとうの友《とも》だちなのです。

読んだ日　年　月　日／　年　月　日／　年　月　日

ポイント　このお話《はなし》がもとで、クマに死《し》んだふりをすると助《たす》かるという誤解《ごかい》が生《う》まれましたが、実際《じっさい》のクマは死《し》んだ動物《どうぶつ》も食《た》べます。

11月16日のお話

早口《はやくち》でリズミカルに読《よ》みましょう

じゅげむじゅげむ

落語《らくご》

寿限無
五劫のすり切れ
海砂利水魚
水行末、
雲来末、
風来末…

むかし、熊五郎《くまごろう》という人《ひと》の家《いえ》に、男《おとこ》の子《こ》が産《う》まれました。父親《ちちおや》になった熊《くま》五郎《ごろう》は、大《おお》よろこび。さっそく近所《きんじょ》のご隠居《いんきょ》さんの家《いえ》に報告《ほうこく》しにいきました。

「やあ、ご隠居《いんきょ》。うちのやつが、ガキを産《う》みましたんでね。一《ひと》つ、いい名前《なまえ》を考《かんが》えちゃあ、くれませんか」

「それはめでたい。そうじゃな、お前《まえ》が熊《くま》だから、鶴吉《つるきち》、亀太郎《かめたろう》でどうじゃ。千年万年長生《せんねんまんねんなが》きするという意味《いみ》じゃ」

「千年万年《せんねんまんねん》って、かぎりがあるとこが気《き》にいらねえな」

「なら、**寿限無《じゅげむ》**でどうじゃ。めでたいことかぎりなし、という意味《いみ》じゃ」

「いいねえ。でもほかにねえかな」

「では、**五劫《ごこう》のすり切《き》れ**ではどうかな。天女《てんにょ》の衣《ころも》が、岩《いわ》にこすれて、すり切《き》れてなくなるまでが一劫《いっこう》じゃ。それを五《ご》回《かい》くり返《かえ》すという長《なが》い時間《じかん》じゃぞ」

「う〜ん、もっと、なにかねえかな」

「わかった。じゃあ、いろいろいうから、もう好《す》きなものを選《えら》べ。いくぞ。**海砂利水魚《かいじゃりすいぎょ》**。海《うみ》の底《そこ》の砂利《じゃり》も魚《さかな》もとりつくせないほどたくさんある。**水行《すいぎょう》末《まつ》、雲来末《うんらいまつ》、風来末《ふうらいまつ》**。水《みず》、雲《くも》、風《かぜ》のゆく末《すえ》は果《は》てしなし、じゃ。**食《く》う寝《ね》るところに住《す》むところ**。どれか一《ひと》つでも欠《か》けたら困《こま》るじゃろ。**やぶら柑子《こうじ》のぶら柑子《こうじ》**。丈夫《じょうぶ》でめでたい木《き》という意味《いみ》じゃ。唐土《もろこし》の**パイポ**という国《くに》に**シューリンガン**王《おう》と**グーリンダイ**王妃《おうひ》に**ポンポコピー**と**ポンポコナー**という、とても長生《ながい》きをした姫君《ひめぎみ》がいた。**長久命《ちょうきゅうめい》**。長《なが》く久《ひさ》しい命《いのち》という意味《いみ》だが、**長助《ちょうすけ》**でもいいかな。ふう。これでぜんぶじゃ」

「よくしゃべったねえ。とても選《えら》べねえから、ぜんぶつけるとするよ」

そういうわけで、熊五郎《くまごろう》の息子《むすこ》にはたいへん長《なが》い名前《なまえ》がつけられました。息子《むすこ》はとんでもないわんぱく小僧《こぞう》に育《そだ》ち、毎日《まいにち》けんかばかり。今日《きょう》も息子《むすこ》になぐられて頭《あたま》にこぶをつくった子《こ》どもが、熊五郎《くまごろう》に文句《もんく》をいいにきました。

「おじさん。**寿限無寿限無五劫《じゅげむじゅげむごこう》のすり切《き》れ、海砂利水魚《かいじゃりすいぎょ》の水行末《すいぎょうまつ》、雲来末《うんらいまつ》、風来末《ふうらいまつ》、食《く》う寝《ね》るところに住《す》むところ、やぶら柑子《こうじ》のぶら柑子《こうじ》、パイポパイポ、パイポのシューリンガン、シューリンガンのグーリンダイ、グーリンダイのポンポコピーのポンポコナーの長久命《ちょうきゅうめい》の長助《ちょうすけ》**がおいらをぶった〜。たんこぶができちまったよ」

「なんだと。**寿限無寿限無五劫《じゅげむじゅげむごこう》のすり切《き》れ、海砂利水魚《かいじゃりすいぎょ》の水行末《すいぎょうまつ》、雲来末《うんらいまつ》、風来末《ふうらいまつ》、食《く》う寝《ね》るところに住《す》むところ、やぶら柑子《こうじ》のぶら柑子《こうじ》、パイポパイポ、パイポのシューリンガン、シューリンガンのグーリンダイ、グーリンダイのポンポコピーのポンポコナーの長久命《ちょうきゅうめい》の長助《ちょうすけ》**がまたケンカしたのか。どれ、たんこぶを見《み》せてみろ」

「おじさん、名前《なまえ》が長《なが》すぎて、話《はな》してる間《あいだ》にこぶがひっこんじまった」

読んだ日　年　月　日／　年　月　日／　年　月　日

ポイント かけだしの若手落語家《わかてらくごか》が、噺《はなし》をするときの話法《わほう》を学《まな》ぶために演《えん》じる落語《らくご》です。

日本神話《にほんしんわ》

浦島太郎《うらしまたろう》の原型《げんけい》の話《はなし》といわれています

海幸彦《うみさちひこ》と山幸彦《やまさちひこ》

神話《しんわ》の時代《じだい》の話《はなし》です。兄《あに》の海幸彦《うみさちひこ》は魚《さかな》を釣《つ》るのがじょうずで、弟《おとうと》の山幸彦《やまさちひこ》は山《やま》の獣《けもの》をとるのがじょうずでした。ある日《ひ》、弟《おとうと》の山幸彦《やまさちひこ》がいいました。

「ねえ、にいさん、わたしたちの仕事《しごと》を一度《いちど》とりかえっこしてみませんか」

「ダメだ、ダメだ。仕事《しごと》を交換《こうかん》するというこことは、だいじな釣《つ》り針《ばり》をおまえにかすということだろう。ダメだ」

渋《しぶ》る兄《あに》をむりやり説得《せっとく》して、山幸彦《やまさちひこ》は釣《つ》り道具《どうぐ》を片手《かたて》に、海《うみ》にでかけました。ところが、さっぱり釣《つ》れません。

「ああ、やっぱり、だめなのか。あ、釣《つ》り針《ばり》がないぞ。どこへいった?」

山幸彦《やまさちひこ》が釣《つ》り針《ばり》をなくしたと聞《き》いて、海幸彦《うみさちひこ》はかんかんにおこりました。

「釣《つ》り針《ばり》を返《かえ》すまでは、二度《にど》とおまえの顔《かお》なんぞ見《み》たくない。でていけ」

困《こま》りはてた山幸彦《やまさちひこ》が海辺《うみべ》でなげいていると、潮《しお》の神《かみ》シオツチノカミがあらわれました。山幸彦《やまさちひこ》がわけを話《はな》すと、シオツチノカミはいいました。

「それはお困《こま》りじゃろう。わしが海《うみ》の神《かみ》の宮殿《きゅうでん》まで連《つ》れていってやろう」

そういうと、シオツチノカミは、山《やま》幸彦《さちひこ》を宮殿《きゅうでん》まで案内《あんない》してくれました。

海《うみ》の宮殿《きゅうでん》にやってきた山幸彦《やまさちひこ》は、宮殿《きゅうでん》のまえで、海《うみ》の神《かみ》の娘《むすめ》のトヨタマヒメに出会《であ》いました。トヨタマヒメは山幸《やまさち》彦《ひこ》の話《はなし》を聞《き》いてニッコリ笑《わら》いました。

「あらあら。最近《さいきん》、うちのタイがなにかを飲《の》みこんだといって、大《おお》さわぎしていたわ。きっとあなたの釣《つ》り針《ばり》ね」

トヨタマヒメがタイを調《しら》べたところ、山幸彦《やまさちひこ》がなくした釣《つ》り針《ばり》が見《み》つかりました。トヨタマヒメは、釣《つ》り針《ばり》を山幸《やまさち》彦《ひこ》に返《かえ》しながらいいました。

「話《はなし》を聞《き》くと、いじわるそうなおにいさんね。ちょっとこらしめてやろうかしら。いい? この針《はり》を返《かえ》すときには、**『落《お》ちこむ針《はり》、ダメ針《ばり》、貧乏針《びんぼうばり》、バカ針《ばり》』**と呪文《じゅもん》をいいながら返《かえ》すのよ」

トヨタマヒメは、釣《つ》り針《ばり》を返《かえ》すと同《どう》時《じ》に、潮満珠《しおみつたま》と潮乾珠《しおふるたま》もくれました。潮満珠《しおみつたま》を使《つか》えば潮《しお》が満《み》ち、潮乾珠《しおふるたま》を使《つか》えば潮《しお》がひくという宝物《たからもの》です。

山幸彦《やまさちひこ》は海《うみ》の宮殿《きゅうでん》から帰《かえ》ると、海幸《うみさち》彦《ひこ》の家《いえ》にいき、トヨタマヒメのいったとおりに呪文《じゅもん》をとなえて、釣《つ》り針《ばり》を返《かえ》しました。その後《ご》、海幸彦《うみさちひこ》の釣《つ》り針《ばり》はさっぱり釣《つ》れなくなり、海幸彦《うみさちひこ》はだんだん貧乏《びんぼう》になりました。海幸彦《うみさちひこ》は山幸《やまさち》彦《ひこ》をうらんで、ある日《ひ》、山幸彦《やまさちひこ》を殺《ころ》そうとしました。

「しかたない。潮満珠《しおみつたま》を使《つか》おう」

山幸彦《やまさちひこ》が潮満珠《しおみつたま》を使《つか》うと、海《うみ》の水《みず》がやってきて、海幸彦《うみさちひこ》をおぼれさせました。

「うわ、なんだ、どこからでてきたんだ、この水《みず》は。助《たす》けてくれ、おれがわるかった。ゆるしてくれ、たのむ」

海幸彦《うみさちひこ》があやまったので、山幸彦《やまさちひこ》は潮乾珠《しおふるたま》を使《つか》って海《うみ》の水《みず》をひきました。それからは兄弟《きょうだい》なかよく暮《く》らしたということです。

読んだ日　年　月　日／　年　月　日／　年　月　日

ポイント 海幸彦《うみさちひこ》と山幸彦《やまさちひこ》の兄弟《きょうだい》は、天孫降臨《てんそんこうりん》で高天原《たかまがはら》からやってきたニニギノミコトの息子《むすこ》です。

スイス人《じん》が大好《だいす》きな英雄《えいゆう》のお話《はなし》

ウィリアム・テル

スイス

いまから五百年《ごひゃくねん》以上《いじょう》もむかし、十四《じゅうよん》世紀《せいき》のはじめごろ、スイスはオーストリア人《じん》たちに支配《しはい》されていました。

オーストリア人《じん》がことあるごとにスイス人《じん》をいじめるので、スイス人《じん》はオーストリア人《じん》が大嫌《だいきら》いでした。あるとき、オーストリア人《じん》のヘルマン・ゲスラーという人《ひと》が、新《あたら》しい支配者《しはいしゃ》としてスイスにやってきました。

ゲスラーはひどい男《おとこ》で、スイス人《じん》たちからたくさん税金《ぜいきん》をとり、いろんな労働《ろうどう》をさせました。そして、スイスの街《まち》の中央広場《ちゅうおうひろば》に、自分《じぶん》の帽子《ぼうし》をかかげていいました。

「スイス人《じん》よ。おまえたちは、このおれの帽子《ぼうし》のまえを通《とお》るときは、帽子《ぼうし》にむかっておじぎをしろ。守《まも》らない者《もの》は死刑《しけい》にするぞ」

スイス人《じん》たちは死刑《しけい》にされたくないので、みんな帽子《ぼうし》にむかっておじぎをしました。これにおこったのが、クロスボウの名人《めいじん》ウィリアム・テルです。

「人間《にんげん》にならまだしも、帽子《ぼうし》におじぎだと。ふざけるな」

テルは命令《めいれい》にさからい、帽子《ぼうし》におじぎをしなかったので、死刑《しけい》の判決《はんけつ》を受《う》けました。このとき、ゲスラーは、テルにむかっていいました。

「おまえはクロスボウの名人《めいじん》だそうだな。よし、一《ひと》つチャンスをやろう。おまえの息子《むすこ》の頭《あたま》の上《うえ》に置《お》いたりんごを射《い》ぬいてみろ。うまくいけば、おまえの命《いのち》は助《たす》けてやるぞ」

テルはゲスラーの言葉《ことば》を聞《き》くと、だまって二本《にほん》の矢《や》をとりあげました。テルの息子《むすこ》は木《き》にしばられて、頭《あたま》の上《うえ》にりんごを乗《の》せられています。

「息子《むすこ》よ。父《ちち》を信《しん》じろ」

テルのはなった矢《や》は、りんごの中央《ちゅうおう》を射《い》ぬきました。

「ほう。みごとにやりとげたな。だが、なぜ矢《や》を二本用意《にほんようい》した」

「ふん。もし失敗《しっぱい》したときは、残《のこ》りの矢《や》でおまえを殺《ころ》すためだ」

ゲスラーはおこってテルをふたたびとらえましたが、テルはスイス人《じん》たちの力《ちから》をかりて逃《に》げました。

その後《ご》、テルはいろいろなところにかくれながらも、ゲスラーをつけねらい、とうとうゲスラーをクロスボウでしとめました。スイス人《じん》たちはテルの働《はたら》きに勇気《ゆうき》づけられ、オーストリア人《じん》に対《たい》して、反乱《はんらん》を起《お》こしました。そして、とうとうスイスは独立《どくりつ》することができたのです。

スイス人《じん》たちはテルを英雄《えいゆう》として街《まち》に迎《むか》え、いつまでもテルをほめたたえました。

読んだ日　年　月　日／　年　月　日／　年　月　日

ポイント　ウィリアム・テルは、スイスのお札《さつ》や切手《きって》に何度《なんど》も採用《さいよう》されるほど人気《にんき》のある、伝説《でんせつ》の英雄《えいゆう》です。

人《ひと》を助《たす》ければ、自分《じぶん》も助《たす》かります

ウマとロバ

イソップ

むかし、あるところに、ウマとロバを飼《か》っている男《おとこ》がいました。ある日《ひ》、男《おとこ》は、ウマとロバを連《つ》れて旅《たび》にでることにしました。

「今度《こんど》の旅《たび》は長《なが》くなるから、荷物《にもつ》はいつもより多《おお》めにもっていくとしよう」

男《おとこ》はたくさんの荷物《にもつ》をウマとロバにつんで、旅《たび》にでました。ところが、荷《に》物《もつ》がいつもより多《おお》いので、ロバは旅《たび》の途中《とちゅう》でへたばってしまいました。

「ウ、ウマさん。ぼくの荷物《にもつ》が多《おお》すぎて、もう歩《ある》くことができません。どうか、ぼくの荷物《にもつ》を少《すこ》しよけいにもってくれませんか」

ロバに助《たす》けを求《もと》められたウマは、めいわくそうにこたえました。

「あのさあ、ロバくん。ぼくだってキミとおなじぐらい荷物《にもつ》をもっているんだぜ。少《すこ》しぐらいしんどいからといって、甘《あま》えないでほしいな」

「ウマさんは、ぼくより体《からだ》が大《おお》きくて力《ちから》が強《つよ》いじゃないですか。お願《ねが》いです。このままでは、先《さき》に進《すす》めません」

ロバは必死《ひっし》にウマにたのみましたが、ウマは知《し》らん顔《かお》をして歩《ある》きました。しばらくすると、ロバがまたウマにいいました。

「はあ、はあ。ウマさん、お願《ねが》いだ。ほんとうにもうムリなんだ。いつか、きっと恩《おん》を返《かえ》すから、ぼくの荷物《にもつ》を少《すこ》しだけもってくれないか」

「さっきもいったろう。ぼくだって荷《に》物《もつ》をもってるんだ。荷物《にもつ》が重《おも》いのは、それはキミの努力《どりょく》が足《た》らないんだよ。ぼくにばかり甘《あま》えていないで、キミもがんばって歩《ある》いたらどうだい」

ウマは冷《つめ》たくロバにそういいながら、パカパカと歩《ある》いていきます。ロバはしかたなく、息《いき》を切《き》らしながらウマについていきました。

しばらく歩《ある》くと、ロバがいきなりたおれました。荷物《にもつ》が重《おも》すぎて、つかれきって死《し》んでしまったのです。すると、男《おとこ》はため息《いき》をつきながらいいました。

「やれやれ、少《すこ》しむりをさせすぎたか。まあ、まだウマがいるからな。ロバの荷物《にもつ》はウマにもたせよう」

男《おとこ》はそういうと、ロバの荷物《にもつ》をぜんぶ、ウマの背中《せなか》に乗《の》せました。

「いや、待《ま》てよ。ロバをこのままにしておくのももったいないな。皮《かわ》をはいで、どこかの町《まち》で売《う》ることにしよう」

男《おとこ》は死《し》んだロバの皮《かわ》をはいで、これもウマの背中《せなか》に乗《の》せました。

ウマはため息《いき》をつきました。

「ああ、ぼくがバカだった。ほんの少《すこ》しロバくんを助《たす》けなかったばかりに、ロバくんは死《し》んでしまった。しかも、ロバくんの荷物《にもつ》と彼《かれ》の皮《かわ》まで背《せ》おわされるはめになったよ」

強《つよ》い者《もの》が弱《よわ》い者《もの》を助《たす》ければ、どちらも助《たす》かります。力《ちから》のある者《もの》が力《ちから》のない者《もの》を見《み》すてると、めぐりめぐって、自分《じぶん》までつらい思《おも》いをしてしまうものなのです。

読んだ日　　年　月　日／　　年　月　日／　　年　月　日

ポイント　困《こま》っている人《ひと》を見《み》つけたら助《たす》けてあげましょう。「困《こま》ったときはおたがいさま」ですからね。

11月20日のお話

神《かみ》の教《おし》えを伝《つた》えた救世主《きゅうせいしゅ》

キリストの奇跡《きせき》

聖書《せいしょ》

むかしむかし、二千年以上前《にせんねんいじょうまえ》のことです。ナザレ村《むら》のヨセフと妻《つま》のマリアが、ベツレヘムを目《め》ざして旅《たび》をしました。マリアのおなかには、赤《あか》ちゃんがいました。ベツレヘムの宿《やど》が満員《まんいん》だったので、夫婦《ふうふ》は馬小屋《うまごや》で休《やす》んでいました。すると、天使《てんし》があらわれ、マリアにいいました。

「生《う》まれるのは男《おとこ》の子《こ》で、人《ひと》びとを救《すく》う救世主《きゅうせいしゅ》になるでしょう」

その夜《よる》、マリアは馬小屋《うまごや》で男《おとこ》の子《こ》を産《う》み、イエスと名《な》づけました。

天使《てんし》によって、救《すく》い主《ぬし》が生《う》まれたことが広《ひろ》まり、学者《がくしゃ》たちが赤《あか》ちゃんを探《さが》しにいきました。学者《がくしゃ》は「新《あたら》しい王《おう》が誕生《たんじょう》した」と考《かんが》えたのです。

このことを知《し》った、エルサレムのヘロデ王《おう》はおこりだしました。

「この国《くに》の王《おう》はわたしだけだ！」

ヘロデ王《おう》はイエスを見《み》つけたら連《つ》れてくるように、学者《がくしゃ》に命《めい》じました。ヨセフとマリアは息子《むすこ》を守《まも》るため、ベツレヘムから逃《に》げだし、ナザレ村《むら》に戻《もど》りました。

大人《おとな》になったイエスは、神様《かみさま》について知《し》りたいと思《おも》いました。そこで、神《かみ》様《さま》の話《はなし》をする預言者《よげんしゃ》ヨハネを訪《たず》ねました。ヨハネは川《かわ》の水《みず》で人《ひと》びとをきよめる洗礼《せんれい》をおこなっていました。

「わたしにも洗礼《せんれい》をしてください」

イエスがお願《ねが》いすると、ヨハネがいいました。

「あなたは、神《かみ》の子《こ》です。やがて救《すく》い主《ぬし》になるかたです」

イエスはヨハネに洗礼《せんれい》をしてもらうと、あれた土地《とち》へいきました。自分《じぶん》がなにをすればいいのか、考《かんが》えるためでした。四十日《よんじゅうにち》の間《あいだ》、イエスは眠《ねむ》らず、物《もの》も食《た》べず、考《かんが》えつづけました。そして、「神《かみ》のことばと教《おし》えを話《はな》して歩《ある》こう」と、心《こころ》を決《き》めました。

イエスは、村《むら》から村《むら》へと歩《ある》いて、人《ひと》びとに語《かた》りかけました。

「神様《かみさま》はすべての人間《にんげん》を愛《あい》しています。すべての人間《にんげん》をゆるします」

イエスは親切《しんせつ》にする心《こころ》、愛《あい》する心《こころ》のたいせつさを話《はな》して歩《ある》きました。そして、病気《びょうき》の人《ひと》をなおしたり、嵐《あらし》を静《しず》めたり、さまざまな奇跡《きせき》を起《お》こしました。イエスを主《しゅ》と呼《よ》び、弟子《でし》になる人《ひと》が増《ふ》えました。でも、イエスの教《おし》えをよく思《おも》わない人《ひと》たちもいました。ある日《ひ》、イエスはこういいました。

「わたしはエルサレムで死《し》ぬでしょう。そして三日後《みっかご》に生《い》き返《かえ》ります」

そのとおり、イエスはエルサレムで兵士《へいし》につかまりました。イエスは、大《おお》きな十字架《じゅうじか》をひかされ、丘《おか》の上《うえ》をのぼりました。そして十字架《じゅうじか》にはりつけにされ、亡《な》くなりました。

その三日後《みっかご》に、生《い》き返《かえ》ったのです。

復活《ふっかつ》したイエスは、弟子《でし》たちに神《かみ》の言葉《ことば》を広《ひろ》めるようにいいました。やがて、その教《おし》えは、キリスト教《きょう》と呼《よ》ばれるようになりました。

読んだ日　年　月　日／　年　月　日／　年　月　日

ポイント キリスト教《きょう》は、イエスを救世主《きゅうせいしゅ》として信《しん》じる宗教《しゅうきょう》です。世界《せかい》で一番信者《いちばんしんじゃ》が多《おお》く、その数《かず》は20億人《おくにん》を超《こ》えるといわれます。

最後《さいご》に残《のこ》った一葉《ひとは》が起《お》こした奇跡《きせき》

最後《さいご》の一葉《ひとは》

オー・ヘンリー

アメリカのワシントン広場《ひろば》近《ちか》くの路《ろ》地《じ》に、レンガづくりの古《ふる》いアパートがありました。アパートには貧《まず》しい画家《がか》が集《あつ》まっていて、一番上《いちばんうえ》の階《かい》に、ジョンジーとスーという若《わか》い女性《じょせい》が住《す》んでいました。二人《ふたり》は絵描《えか》きのたまごで、なかのよい友《とも》だちでした。

ある年《とし》の秋《あき》、町《まち》に肺炎《はいえん》がはやりました。ジョンジーも肺炎《はいえん》にかかり、たおれてしまいました。すぐにスーは、お医者《いしゃ》さんを呼《よ》びました。お医者《いしゃ》さんは、ジョンジーを診察《しんさつ》すると、スーを呼《よ》んでいいました。

「患者《かんじゃ》に生《い》きる気力《きりょく》がないと、薬《くすり》も効《き》かないんだよ。このままでは、ジョンジーは助《たす》からない」

スーはけんめいに看病《かんびょう》しましたが、ついにジョンジーはベッドから起《お》きあがれなくなりました。ベッドに横《よこ》たわったまま、ジョンジーは窓《まど》の外《そと》を見《み》つめています。そして、小《ちい》さな声《こえ》で、「十二《じゅうに》」といいました。スーがベッドに近《ちか》づくと、ジョンジーはつづけて「十一《じゅういち》……、十《じゅう》、九《きゅう》」といいました。

「ジョンジー、なにを数《かぞ》えているの？」

「ツタの葉《は》が落《お》ちていくわ。三日前《みっかまえ》はたくさんあったのに、きょうはもう、八枚《はちまい》しか残《のこ》ってない」

スーが窓《まど》の外《そと》を見《み》ると、隣《となり》のアパートの壁《かべ》に古《ふる》いツタがツルをはわせていました。秋風《あきかぜ》がふきつけるたびに、ツタの葉《は》が落《お》ちて、あと数枚《すうまい》しか残《のこ》っていません。「あの葉《は》がぜんぶ落《お》ちたら、わたしも死《し》んでしまう」と、ジョンジーは静《しず》かにいいました。スーはびっくりして、ツタの葉《は》が見《み》えないように窓《まど》を閉《し》めてしまいました。

スーは二階《にかい》に住《す》む、ベアマンさんに相談《そうだん》することにしました。ベアマンさんは年《とし》をとった絵描《えか》きで、お酒《さけ》ばかり飲《の》んでいました。「いつか傑作《けっさく》を描《か》く」といいながら、もう何年《なんねん》も絵《え》を描《か》いていません。でも、スーとジョンジーには親切《しんせつ》でした。ベアマンさんはジョンジーの話《はなし》を聞《き》いて、涙《なみだ》を流《なが》しました。

「なんとしてもジョンジーを助《たす》けたい」

外《そと》は雪《ゆき》のまじった冷《つめ》たい雨《あめ》がふっています。今夜《こんや》のうちに、残《のこ》りの葉《は》は落《お》ちてしまうでしょう。

つぎの朝《あさ》、ジョンジーは目《め》を覚《さ》ますと、スーに窓《まど》を開《あ》けるようにたのみました。壁《かべ》のツタには葉《は》っぱが一枚残《いちまいのこ》っていました。「最後《さいご》の一葉《ひとは》が落《お》ちたら、わたしも死《し》ぬわ」とジョンジーがいいました。ところが、この一葉《ひとは》はいつまでも落《お》ちません。それを見《み》て、ジョンジーは自分《じぶん》も生《い》きようと思《おも》いはじめました。ジョンジーはツタの葉《は》にはげまされ、少《すこ》しずつ強《つよ》くなっていきました。

最後《さいご》の一葉《ひとは》はなぜ、落《お》ちなかったのでしょう。じつは、この葉《は》はベアマンさんが描《か》いた絵《え》でした。嵐《あらし》の中《なか》で絵《え》を描《か》いたベアマンさんは、肺炎《はいえん》にかかって死《し》んでしまいました。「最後《さいご》の一葉《ひとは》」は、ベアマンさんの最高傑作《さいこうけっさく》だったのです。

読んだ日　年　月　日／　年　月　日／　年　月　日

ポイント　最後《さいご》の一葉《ひとは》がジョンジーに生《い》きる希望《きぼう》をあたえました。ベアマンさんのやさしい気《き》もちが奇跡《きせき》を起《お》こしたのです。

いじわるをすれば罰《ばつ》を受《う》けますね

山伏《やまぶし》とキツネ

むかしむかし、あるところに山伏《やまぶし》がいました。この山伏《やまぶし》はおいのりをして、病気《びょうき》をなおします。

ある冬《ふゆ》の日《ひ》、山伏《やまぶし》は、一匹《いっぴき》のキツネが昼寝《ひるね》をしているのを見《み》つけました。

「おや、キツネが昼寝《ひるね》をしておるな。よし、少《すこ》しおどかしてやろう」

山伏《やまぶし》はキツネの耳《みみ》に、ほら貝《がい》をあてて、おもいきり息《いき》をふきこみました。

「ブオーッ!」

気《き》もちよく寝《ね》ているところに、耳《みみ》もとで大《おお》きな音《おと》をたてられてはたまりません。キツネはびっくりして飛《と》びおきて、悲鳴《ひめい》をあげて逃《に》げていきました。

「わはは。これはゆかいだ」

山伏《やまぶし》は、お腹《なか》をかかえて大笑《おおわら》いしました。さて、山伏《やまぶし》がしばらく歩《ある》いていくと、あたりが急《きゅう》に暗《くら》くなりました。

「おかしいな。まだ日暮《ひぐ》れまで時間《じかん》があると思《おも》ったのに」

山伏《やまぶし》は近《ちか》くの家《いえ》にいき、今晩泊《こんばんと》めてほしいとたのみました。すると、家《いえ》の主人《しゅじん》が、でてきていいました。

「あいにく、さきほど病気《びょうき》の女房《にょうぼう》が死《し》んでしまいました。お泊《と》めするのはかまいませんが、わたしがお坊《ぼう》さんをよんでくる間《あいだ》、留守番《るすばん》をお願《ねが》いします」

山伏《やまぶし》は、困《こま》ったことになったと思《おも》いましたが、泊《と》めてもらうためにはしかたない、と承知《しょうち》しました。

「では、たのみましたよ」

主人《しゅじん》はそういうと、どこかへでかけていきました。

「なんで、わしが死体《したい》の番《ばん》をしなくてはならんのだ。女房《にょうぼう》の死体《したい》というのはどこだ。この家《いえ》の奥《おく》か?」

山伏《やまぶし》がひとりごとをいいながら、奥《おく》の部屋《へや》にはいっていくと、死《し》んだ女房《にょうぼう》が寝《ね》ていました。

「うひゃあ、いやだなあ。主人《しゅじん》、はやく、帰《かえ》ってこないかなぁ」

山伏《やまぶし》は主人《しゅじん》の帰《かえ》りを待《ま》っていましたが、少《すこ》しも帰《かえ》ってくる気配《けはい》がありません。すると、とつぜん、女房《にょうぼう》の死体《したい》が起《お》きあがり、山伏《やまぶし》を見《み》てニヤッと笑《わら》ったのです。

「うひゃあぁ、化《ば》けてでたぁ〜」

山伏《やまぶし》はなさけない声《こえ》をあげながら、家《いえ》を飛《と》びだしました。ふりかえると、なんと、女房《にょうぼう》は起《お》きあがって、山伏《やまぶし》のあとを追《お》いかけてきます。

「た、助《たす》けてくれえ」

山伏《やまぶし》は必死《ひっし》になって逃《に》げるうちに、川《かわ》の中《なか》へドボンと落《お》ちました。冬《ふゆ》のさなかに川《かわ》に落《お》ちたのですから、その冷《つめ》たさはものすごいものでした。

「あひゃひゃ、冷《つめ》た〜い!」

川《かわ》の中《なか》に落《お》ちてふるえあがる姿《すがた》を見《み》て、昼間《ひるま》におどろかされたキツネが、腹《はら》をかかえて笑《わら》っていました。

読んだ日　　年　月　日／　　年　月　日／　　年　月　日

ポイント　山伏《やまぶし》とは、山々《やまやま》で修行《しゅぎょう》をする僧《そう》や神職《しんしょく》のことで、ほら貝《がい》をもっています。動物《どうぶつ》をいじめてはいけませんね。

野菜《やさい》がお風呂《ふろ》で体《からだ》を洗《あら》ったら？

ニンジンとゴボウとダイコン

むかしむかし、野菜《やさい》たちはみんなおなじ色《いろ》をしていました。みんな泥《どろ》にまみれたような、真《ま》っ黒《くろ》な色《いろ》をしていたのです。

「なあ、野菜《やさい》のみんな。人間《にんげん》は風呂《ふろ》というものにはいるそうな。今度《こんど》、みんなでためしてみんか」

あわてんぼうで有名《ゆうめい》なニンジンが、野菜《やさい》たちに話《はな》しかけたところ、近《ちか》くにいたゴボウが大賛成《だいさんせい》しました。

「最近《さいきん》、暑《あつ》いからのう。体《からだ》がむずむずするで、きれいに洗《あら》い流《なが》せばさっぱりするじゃろう。わしゃ、暑《あつ》いのはほんとうに苦手《にがて》なんじゃ」

それを聞《き》いたダイコンも賛成《さんせい》しました。

「では、わしもはいろう。風呂《ふろ》のはいりかたをだれか知《し》っとるのかい」

ダイコンの言葉《ことば》に、みんなは首《くび》を横《よこ》にふるばかり。すると、ニンジンがいいました。

「なに、かんたんなことじゃ。大《おお》きな桶《おけ》にお湯《ゆ》をいれればいいんじゃ。わしは、人間《にんげん》が風呂《ふろ》にはいっとるのを見《み》たことがあるからな。わしにまかせとけ」

そこで、野菜《やさい》たちはニンジンのいうとおり、湯《ゆ》をわかしました。

「これでいいんかいな。ニンジンどんのいうとおり湯《ゆ》をわかしたが、底《そこ》からぶくぶく泡《あわ》がでとるぞ」

「なにをいう、ダイコンどん。わしゃ、この目《め》で見《み》てきたんじゃ。桶《おけ》に熱《あつ》い湯《ゆ》をはって、そこにはいる。これが風呂《ふろ》じゃ。まちがいないわい」

そういうが早《はや》いか、ニンジンはぶくぶく泡《あわ》がたっている湯《ゆ》の中《なか》へ飛《と》びこみました。みんながとめるまもありません。

「みんな。よく、見《み》ろ。熱《あつ》い湯《ゆ》の中《なか》でじっとがまんして……。が、がまんして……ウワアアッチチッ！」

沸騰《ふっとう》している湯《ゆ》に飛《と》びこんだニンジンは、体《からだ》が真《ま》っ赤《か》になりました。

「それ見《み》たことか。どれ、つぎはわしがはいろう。だいぶ湯《ゆ》も冷《さ》めたじゃろ」

今度《こんど》はゴボウが風呂《ふろ》にはいりました。

「う〜ん。だいぶ冷《さ》めたと思《おも》ったが、やっぱりだめじゃ。わしゃ、暑《あつ》いのは好《す》かんが、熱《あつ》いのも好《す》かん」

ゴボウはそういって、風呂《ふろ》からすぐにでてしまいました。あっというまに風呂《ふろ》からあがったので、ゴボウの体《からだ》は黒《くろ》いままです。二人《ふたり》のようすを見《み》た野菜《やさい》たちは風呂《ふろ》をこわがり、だれもはいろうとしません。しばらく、風呂《ふろ》をみんなで遠巻《とおま》きにしてながめていました。

「わしがはいろう。このまま風呂《ふろ》をこわがっていては野菜《やさい》の名折《なお》れになる」

ダイコンはそういって風呂《ふろ》にはいりました。風呂《ふろ》の湯《ゆ》はすっかり冷《さ》めて、ちょうどいい湯加減《ゆかげん》になっていました。

「おお、こりゃ、気《き》もちいい。どれ体《からだ》も洗《あら》おうかい」

ダイコンは風呂《ふろ》で体《からだ》をしっかり洗《あら》ったおかげで、真《ま》っ白《しろ》になりました。ニンジン、ゴボウ、ダイコンの体《からだ》の色《いろ》は、このときからかわりません。

読んだ日　年　月　日／　年　月　日／　年　月　日

ポイント　自然界《しぜんかい》に白《しろ》い色素《しきそ》はありません。ダイコンの中《なか》の水分《すいぶん》に光《ひかり》が乱反射《らんはんしゃ》して白《しろ》く見《み》えているだけです。

オオカミはとても家族《かぞく》を大切《たいせつ》にする動物《どうぶつ》です

シートン動物記《どうぶつき》

オオカミ王《おう》ロボ

アーネスト・トンプソン・シートン

一八九三年《せんはっぴゃくきゅうじゅうさんねん》の秋《あき》、わたしは、アメリカの西南部《せいなんぶ》にあるカランポー高原《こうげん》で、悪魔《あくま》のようなオオカミに出合《であ》いました。「ロボ」、これがこのオオカミの名前《なまえ》です。

当時《とうじ》、アメリカでは、オオカミが家畜《かちく》をおそう事件《じけん》が多発《たはつ》していました。わたしは博物学者《はくぶつがくしゃ》として、オオカミ狩《が》りを何度《なんど》かおこなったことがあります。そこで、カランポー高原《こうげん》に牧場《ぼくじょう》をもっているわたしの友《とも》だちが、「強《つよ》いオオカミを何匹《なんひき》も手下《てした》にしている、オオカミの王様《おうさま》ロボを退治《たいじ》してくれ」と、わたしに依頼《いらい》してきたのです。わたしは依頼《いらい》を承知《しょうち》しました。

カランポー高原《こうげん》の牧場《ぼくじょう》では、すでにたくさんのウシが、ロボたちによって殺《ころ》されていました。

「イヌやウマでロボを追《お》いかけても、つかまらない。もうお手《て》あげです」

と、土地《とち》の人《ひと》がいうので、わたしは毒《どく》をしかけることにしました。カプセルにいれた毒《どく》を肉《にく》にしこみ、あちこちに置《お》いたのです。最初《さいしょ》はうまくいったと思《おも》いました。なぜなら、ロボは毒《どく》をしこんだ肉《にく》をもちさったからです。

「一《ひと》つ目《め》の肉《にく》も、二《ふた》つ目《め》の肉《にく》ももっていったな。これならロボのやつらを、まとめてしとめられるぞ」

ロボの足跡《あしあと》を追《お》っていくと、三《みっ》つ目《め》の肉《にく》も四《よっ》つ目《め》の肉《にく》も、もちさっています。ここでわたしは疑問《ぎもん》に思《おも》いました。

（四《よっ》つも毒肉《どくにく》をもっていったのに、なぜ、オオカミの死《し》体《たい》がないんだろう）

ロボの足跡《あしあと》をたどっていくと、四《よっ》つの毒肉《どくにく》がつみかさねられて、その上《うえ》からフンがひっかけてありました。ロボは最初《さいしょ》から、わたしをばかにしていたのです。わたしはロボが、ふつうのオオカミでないことを理解《りかい》しました。

わたしは作戦《さくせん》をかえました。ロボの行動《こうどう》を何《なん》か月《げつ》も調査《ちょうさ》した結果《けっか》、ロボの弱点《じゃくてん》が、奥《おく》さんのブランカであることをつきとめたからです。わたしは先《さき》にブランカをつかまえて、しとめることにしました。

作戦《さくせん》は成功《せいこう》しました。わたしはブランカを投《な》げ縄《なわ》でつかまえて、殺《ころ》したのです。ブランカがいなくなったことを知《し》ったロボは、妻《つま》を探《さが》して遠《とお》ぼえをくり返《かえ》しました。ロボの遠《とお》ぼえを聞《き》いた土地《とち》の人《ひと》は、

「オオカミがあんなふうに鳴《な》くのは聞《き》いたことがない」

と、いいあったものです。ロボの遠《とお》ぼえは、かなしみに満《み》ちたものでした。

冷静《れいせい》さをうしなったロボは、わたしのしかけたわなにかかりました。わたしはとうとうロボをつかまえたのです。鎖《くさり》につながれたロボは、水《みず》も飲《の》まず肉《にく》も食《た》べず、遠《とお》ぼえもしませんでした。ロボは静《しず》かに休《やす》むように、餓死《がし》しました。これが、誇《ほこ》り高《たか》いオオカミ王《おう》の死《し》でした。

土地《とち》の人《ひと》が、死《し》んだロボをブランカの死体《したい》のそばに運《はこ》んでいいました。

「ほら、またいっしょになれたな」

読んだ日　　年　月　日／　　年　月　日／　　年　月　日

ポイント　このお話《はなし》は、シートンが実際《じっさい》に見聞《みき》きした体験《たいけん》からつくられた創作《そうさく》だといわれています。

吉四六《きっちょむ》さん

ウマが金《きん》のはいった糞《ふん》をするわけは？

ウマの糞《ふん》

吉四六《きっちょむ》さんは村《むら》で評判《ひょうばん》のかわり者《もの》。このところ、吉四六《きっちょむ》さんは毎日《まいにち》、ウマの糞《ふん》をざるにいれて、川《かわ》で洗《あら》うようになりました。

「吉四六《きっちょむ》さんがまたおかしなことをはじめたぞ。今度《こんど》はなにをする気《き》じゃ」

「よし、おらがたしかめてくる」

村人《むらびと》の中《なか》から若《わか》い男《おとこ》が一人《ひとり》、川《かわ》の中《なか》にいる吉四六《きっちょむ》さんに声《こえ》をかけました。

「吉四六《きっちょむ》さん。なにをしとるんだね？」

「ああ、これか？　うちのウマの糞《ふん》は、金《きん》がたくさんあるのでな。洗《あら》い流《なが》して金《きん》をとっているんじゃよ」

そういうと、吉四六《きっちょむ》さんは若者《わかもの》に、ざるの中《なか》を見《み》せてくれました。若者《わかもの》が見《み》ると、たしかに金《きん》の粒《つぶ》がざるにたくさん残《のこ》っていました。

金《きん》がはいった糞《ふん》をするという吉四六《きっちょむ》さんのウマは、村《むら》で評判《ひょうばん》になりました。吉四六《きっちょむ》さんのウマを買《か》いとろうとするものまで、でてくるしまつです。

「だめだめ、いくら金《かね》をつまれても、だいじなウマは売《う》れないよ。第一《だいいち》、わたしにはお金《かね》なんて必要《ひつよう》ないよ」

そういって、吉四六《きっちょむ》さんはウマを売《う》ることをことわりつづけました。ところが、吉四六《きっちょむ》さんがことわればことわるほど、ウマのうわさは広《ひろ》まっていきました。

そしてとうとう、国中《くにじゅう》で一番《いちばん》と名高《なだか》い馬飼《うまか》いが、吉四六《きっちょむ》さんのところにやってきたのです。

「吉四六《きっちょむ》さん、ウマを売《う》ってください。あたしも国一番《くにいちばん》の馬飼《うまか》いといわれた男《おとこ》だ。めずらしいウマがいるとなったら、手《て》にいれないわけにはいきません」

「そうか。評判《ひょうばん》の高《たか》いウマが自分以外《じぶんいがい》のところにいるとなれば、馬飼《うまか》いの名《な》折《お》れというわけか。いいでしょう。ただし、高《たか》く買《か》ってくださいよ」

馬飼《うまか》いはよろこんで、吉四六《きっちょむ》さんに大金《たいきん》をわたしてウマを連《つ》れて帰《かえ》っていきました。

数日後《すうじつご》、馬飼《うまか》いが吉四六《きっちょむ》さんの家《いえ》にまたやってきました。見《み》れば、かんかんにおこっています。

「吉四六《きっちょむ》さん、あんた、だましたね。買《か》って帰《かえ》ったウマは、ぜんぜん金《きん》のはいった糞《ふん》をしないじゃないか」

「へえ。いいエサをあげてるのかい」

どなりこまれても平気《へいき》な顔《かお》をしている吉四六《きっちょむ》さんは、こう聞《き》き返《かえ》しました。

「あたりまえでしょう。ニンジンも麦《むぎ》も一番上等《いちばんじょうとう》なものをやっていますよ」

「ニンジンに麦《むぎ》ねえ。たしかに上等《じょうとう》なエサにはちがいないが、アレはあげていないのかい。それじゃあ、だめだよ」

「アレとはいったいなんでしょう」

最初《さいしょ》のいきおいもどこへやら。吉《きっ》四六《ちょむ》さんの言葉《ことば》に釣《つ》りこまれた馬飼《うまか》いは、ていねいに聞《き》き返《かえ》しました。

「金《きん》さ。金《きん》を食《た》べないのに、どうしてウマが金《きん》の糞《ふん》をすると思《おも》ったんだ？」

吉四六《きっちょむ》さんの返事《へんじ》に馬飼《うまか》いはなにもいえなくなり、すごすごと帰《かえ》っていきましたとさ。

読んだ日　年　月　日／　年　月　日／　年　月　日

ポイント　吉四六話《きっちょむばなし》が伝《つた》わる大分県《おおいたけん》の大分県立図書館《おおいたけんりつとしょかん》によると、吉四六《きっちょむ》さんのお話《はなし》は200話以上《わいじょう》もあるそうです。

すずの兵隊《へいたい》のふしぎでせつない冒険物語《ぼうけんものがたり》

すずの兵隊《へいたい》

アンデルセン

むかし、ある男《おとこ》の子《こ》が、誕生日《たんじょうび》にプレゼントをもらいました。

男《おとこ》の子《こ》のおとうさんがくれたのは、すずのスプーンをとかしてつくったおもちゃの兵隊《へいたい》で、ぜんぶで二十五体《にじゅうごたい》そろっていました。でもそのうちの一体《いったい》は、足《あし》が一本《いっぽん》しかありませんでした。

男《おとこ》の子《こ》は、おかあさんからは紙《かみ》でつくられたお城《しろ》のおもちゃをもらいました。そのお城《しろ》の入《い》り口《ぐち》には、一人《ひとり》の踊《おど》り子《こ》が片足《かたあし》をあげて踊《おど》っていました。

男《おとこ》の子《こ》が寝静《ねしず》まったある夜《よる》のことです。一本足《いっぽんあし》の兵隊《へいたい》は、紙《かみ》の踊《おど》り子《こ》を見《み》て思《おも》いました。

「ああ、あの子《こ》も一本足《いっぽんあし》だ。でも、なんてうつくしいんだろう」

一本足《いっぽんあし》の兵隊《へいたい》は、その夜《よる》はおもちゃ箱《ばこ》の中《なか》で、踊《おど》り子《こ》から目《め》をはなさずにすごしました。そして紙《かみ》の踊《おど》り子《こ》もまた、一本足《いっぽんあし》の兵隊《へいたい》を見《み》つめていました。

ところが、ある日《ひ》のこと。窓辺《まどべ》に置《お》かれていた一本足《いっぽんあし》の兵隊《へいたい》は、強《つよ》い風《かぜ》で窓《まど》が開《あ》いたひょうしに、下《した》の道《みち》に落《お》っこちてしまいました。

ひろったのは、近所《きんじょ》に住《す》むいたずら好《ず》きの少年《しょうねん》です。少年《しょうねん》は兵隊《へいたい》を新聞紙《しんぶんし》の船《ふね》に乗《の》せると、ドブに流《なが》してしまいました。

「わっ、どこへいくんだろう?」

すずの兵隊《へいたい》は、ドブ川《がわ》を流《なが》されていきました。そのうち、新《しん》聞紙《ぶんし》の船《ふね》がやぶれて、水《みず》の中《なか》へ沈《しず》んでしまいました。

「ぶくぶく、助《たす》けて!」

そのときです。大《おお》きな魚《さかな》が、すずの兵隊《へいたい》を飲《の》みこんでしまいました。それからどのくらいたったのでしょうか。魚《さかな》は漁師《りょうし》に釣《つ》られて、市場《いちば》にならべられると、女《おんな》の人《ひと》に買《か》われていきました。

長《なが》い間《あいだ》、魚《さかな》のお腹《なか》の中《なか》にいた兵隊《へいたい》は、急《きゅう》に世界《せかい》が明《あか》るくなっておどろきました。料理《りょうり》をしていた女《おんな》の人《ひと》もおどろきました。だって、魚《さかな》のお腹《なか》から、すずの兵隊《へいたい》がでてきたのですから。しかも、魚《さかな》を買《か》っていったのは、もとの持《も》ち主《ぬし》の男《おとこ》の子《こ》のおかあさんだったのです。

「ああ、帰《かえ》ってくることができた。ただいま、踊《おど》り子《こ》さん」

一本足《いっほんあし》の兵隊《へいたい》が踊《おど》り子《こ》を見《み》つめていうと、紙《かみ》の踊《おど》り子《こ》もいいました。

「わたしもうれしいわ」

ところが! そのときです。

「こんなおもちゃ、もういらないよ!」

男《おとこ》の子《こ》は、すずの兵隊《へいたい》をつかむと、燃《も》えさかるストーブの中《なか》にほうりこんでしまったのです。

兵隊《へいたい》は、自分《じぶん》の体《からだ》がとけていくのを感《かん》じました。そのとき、ふいに窓《まど》が開《あ》いて風《かぜ》がふきこみ、紙《かみ》の踊《おど》り子《こ》がストーブの中《なか》へ飛《と》びこんできました。

「踊《おど》り子《こ》さん、きてくれたんだね」

紙《かみ》の踊《おど》り子《こ》がうなずいたように見《み》えましたが、パッと燃《も》えつき、すずの兵《へい》隊《たい》もそのうちとけてしまいました。

翌朝《よくあさ》、男《おとこ》の子《こ》のおとうさんがストーブをかきだすと、ハート型《がた》の小《ちい》さなすずのかたまりがでてきたそうです。

ポイント すずというのは、銀色《ぎんいろ》の金属《きんぞく》です。スプーンやフォークなど、食器《しょっき》の材料《ざいりょう》として使《つか》われています。

人《ひと》びとをしあわせにした王子《おうじ》とツバメの物語《ものがたり》

幸福《こうふく》の王子《おうじ》

オスカー・ワイルド

ある町《まち》に、幸福《こうふく》の王子《おうじ》の銅像《どうぞう》がたっていました。高《たか》い塔《とう》の上《うえ》にある王子《おうじ》の体《からだ》は、純金《じゅんきん》でおおわれ、二《ふた》つの瞳《ひとみ》は青《あお》いサファイア、腰《こし》の剣《けん》には赤《あか》いルビーが、かがやいていました。

　ある秋《あき》の夜《よる》。南《みなみ》へ旅《たび》する一羽《いちわ》のツバメが、王子《おうじ》の足《あし》もとにとまりました。ツバメが眠《ねむ》ろうとすると、しずくがポトリと落《お》ちてきました。おどろいて見《み》あげると、王子《おうじ》が涙《なみだ》を流《なが》しています。

「なぜ泣《な》いているのですか?」

「ここにたっていると、町《まち》のかなしい出来事《できごと》が、みんな見《み》えてしまうのです。ほら、あの小《ちい》さな家《いえ》では、病気《びょうき》の男《おとこ》の子《こ》が泣《な》いています。でも、貧《まず》しくて薬《くすり》が買《か》えません。ツバメさん、わたしの剣《けん》のルビーを、男《おとこ》の子《こ》のおかあさんにとどけてくれませんか」

　王子《おうじ》はぽろぽろ涙《なみだ》を流《なが》しながら、ツバメにたのみました。ツバメはルビーをくちばしにくわえ、男《おとこ》の子《こ》の家《いえ》へ飛《と》んでいきました。つぎの日《ひ》も、王子《おうじ》はツバメにたのみました。

「食《た》べるものがなくてお腹《なか》をすかせた若者《わかもの》に、わたしの目《め》のサファイアをとどけてください」

　ツバメは冬《ふゆ》がくるまえに出発《しゅっぱつ》したかったのですが、王子《おうじ》のためにサファイアを一《ひと》つ、若者《わかもの》にとどけました。

　いよいよ旅《たび》だとうとするツバメに、王子《おうじ》さまはいいました。

「ツバメさん、もう一度《いちど》だけお願《ねが》いです。マッチ売《う》りの女《おんな》の子《こ》が、マッチを溝《みぞ》に落《お》として困《こま》っています。どうか、残《のこ》ったサファイアの目《め》を女《おんな》の子《こ》にわたしてください」

　ツバメはもう一《ひと》つのサファイアを、女《おんな》の子《こ》にわたしました。ついに王子《おうじ》は、目《め》が見《み》えなくなりました。

「ツバメさん、ありがとう。さあ、南《みなみ》の国《くに》へいってください」

「いいえ、南《みなみ》の国《くに》へはいきません。わたしは王子様《おうじさま》の目《め》のかわりになります」

　その日《ひ》から、ツバメは町《まち》のようすを王子《おうじ》に教《おし》えました。王子《おうじ》の体《からだ》から金《きん》をはがして、気《き》のどくな人《ひと》に配《くば》りました。一枚《いちまい》、また一枚《いちまい》。とうとう王子《おうじ》の体《からだ》は、きたない灰色《はいいろ》になってしまいました。

　町《まち》は冬《ふゆ》になり、雪《ゆき》がふりはじめました。ツバメはもう空《そら》を飛《と》べません。

「王子様《おうじさま》、さようなら……」

　ツバメは王子《おうじ》にお別《わか》れのキスをすると、王子《おうじ》の足《あし》もとに落《お》ちて冷《つめ》たくなりました。かなしみのあまり、王子《おうじ》の心臓《しんぞう》は二《ふた》つに割《わ》れてしまいました。よごれてしまった王子《おうじ》の体《からだ》は、町《まち》の人《ひと》たちによって火《ひ》でとかされ、割《わ》れた心臓《しんぞう》はツバメといっしょにすてられました。

　空《そら》の上《うえ》からすべてを見《み》ていた神様《かみさま》は、天使《てんし》に「この町《まち》で一番《いちばん》とうといものを、もってきなさい」と命《めい》じました。天使《てんし》は、王子《おうじ》の心臓《しんぞう》とツバメをひろってきました。神様《かみさま》はいいました。

「この天国《てんごく》の庭《にわ》で、ツバメは歌《うた》い、王子《おうじ》はいつまでもしあわせに暮《く》らすでしょう」

読んだ日　　年　月　日／　　年　月　日／　　年　月　日

ポイント　ツバメはなぜ南《みなみ》へいかなかったのでしょう。だれかをしあわせにすることで、ツバメの心《こころ》は満《み》たされたのです。

平安時代《へいあんじだい》につむがれた恋愛絵巻《れんあいえまき》

源氏物語《げんじものがたり》

紫式部《むらさきしきぶ》

いつのことでありましたか、帝《みかど》のまわりにはたくさんの女《おんな》の人《ひと》が仕《つか》えておりました。その中《なか》でも、とりたてて身《み》分《ぶん》が高《たか》いわけでもないのに、帝《みかど》の愛《あい》情《じょう》を一身《いっしん》に受《う》けている女性《じょせい》がいました。それが桐壺更衣《きりつぼのこうい》です。帝《みかど》は桐壺《きりつぼ》ばかり愛《あい》したので、宮中《きゅうちゅう》の女性《じょせい》たちは、桐壺《きりつぼ》のことをねたんでいました。

そんなおり、桐壺《きりつぼ》は帝《みかど》の御子《みこ》を産《う》みました。光《ひかり》かがやくようにうつくしい男《おとこ》の子《こ》でした。男《おとこ》の子《こ》が誕生《たんじょう》して以来《いらい》、桐壺《きりつぼ》に対《たい》する風《かぜ》あたりははげしくなりました。なぜなら男《おとこ》の子《こ》は帝《みかど》の御子《みこ》、皇位継承者《こういけいしょうしゃ》だからです。帝《みかど》には、ほかの女性《じょせい》に産《う》ませた男子《だんし》がまだいます。

なかでも、右大臣《うだいじん》の娘《むすめ》、弘徽殿女御《こきでんのにょうご》のしっとは、はげしいものでした。弘《こ》徽殿《きでん》は、帝《みかど》の最初《さいしょ》の妃《きさき》です。

「わたしの子《こ》の座《ざ》を、あの身分《みぶん》の低《ひく》い桐壺《きりつぼ》の子《こ》にうばわれてしまう！」

弘徽殿《こきでん》の子《こ》は、皇太子《こうたいし》である春宮《とうぐう》でしたが、弘徽殿《こきでん》は、その座《ざ》を男《おとこ》の子《こ》にうばわれるのではないかと思《おも》ったのです。むかしの帝《みかど》の子《こ》どもたち、とりわけ男子《だんし》は、兄弟《きょうだい》であると同時《どうじ》に、帝《みかど》の座《ざ》をめぐるライバル関係《かんけい》でもあったのです。

桐壺《きりつぼ》は、大勢《おおぜい》の人《ひと》たちからにくまれて生《い》きていくのにたえられず、心労《しんろう》のあまり、病気《びょうき》になり死《し》んでしまいました。男《おとこ》の子《こ》はまだ三歳《さんさい》でした。

あとに残《のこ》された男《おとこ》の子《こ》の将来《しょうらい》を心配《しんぱい》した帝《みかど》は、占《うらな》い師《し》に相談《そうだん》しました。男《おとこ》の子《こ》の人相《にんそう》を見《み》た占《うらな》い師《し》は、おどろいて、こういいました。

「この御子《みこ》は天上《てんじょう》の位《くらい》にのぼることができる、とうといお顔《かお》をなされております。しかし、この御子《みこ》が帝《みかど》の座《ざ》についたならば、まちがいなくこの世《よ》はみだれるでしょう。この御子《みこ》は、帝《みかど》を助《たす》ける臣下《しんか》にするべき御子《みこ》です」

こうして、男《おとこ》の子《こ》は家臣《かしん》にされました。皇位継承者《こういけいしょうしゃ》の資格《しかく》をうしなったのです。

「帝位《ていい》をつぐことはできなくなったが、これでこの子《こ》は、争《あらそ》いごととは、縁《えん》がなくなるだろう。桐壺《きりつぼ》もそれが一番《いちばん》の望《のぞ》みであったであろうな」

帝《みかど》はこういって、男《おとこ》の子《こ》に「源《みなもと》」という姓《せい》をあたえました。これ以来《いらい》、男《おとこ》の子《こ》は「光《ひか》りかがやく源氏《げんじ》の君《きみ》」という意《い》味《み》の「光源氏《ひかるげんじ》」と呼《よ》ばれました。光源氏《ひかるげんじ》は成長《せいちょう》して、多《おお》くの女性《じょせい》と恋愛《れんあい》をしました。

帝《みかど》は桐壺《きりつぼ》が亡《な》くなったあと、藤壺《ふじつぼ》の宮《みや》を後宮《こうきゅう》にいれました。藤壺《ふじつぼ》の宮《みや》が桐《きり》壺《つぼ》にそっくりだったからです。光源氏《ひかるげんじ》は、母《はは》ににている藤壺《ふじつぼ》の宮《みや》に心《こころ》ひかれ、何度《なんど》も会《あ》いにきました。そして二人《ふたり》は、愛《あい》しあうようになりました。

「わたしたちは、もう会《あ》ってはなりません」

藤壺《ふじつぼ》はそういって、光源氏《ひかるげんじ》からはなれていきました。落《お》ちこんだ光源氏《ひかるげんじ》は、ある日《ひ》うつくしい少女《しょうじょ》に出会《であ》います。それが若紫《わかむらさき》、のちの紫《むらさき》の上《うえ》と呼《よ》ばれる女性《じょせい》です。光源氏《ひかるげんじ》は若紫《わかむらさき》を育《そだ》てながら出世《しゅっせ》し、やがて成人《せいじん》した紫《むらさき》の上《うえ》とむすばれて、しあわせに暮《く》らしました。

読んだ日　年　月　日／　年　月　日／　年　月　日

ポイント　紫式部《むらさきしきぶ》（生没年不詳《せいぼつねんふしょう》）という女性《じょせい》が書《か》いた『源氏物語《げんじものがたり》』は、平安中期《へいあんちゅうき》にほぼ成立《せいりつ》したとされる長編小説《ちょうへんしょうせつ》です。

あばれん坊《ぼう》の孫悟空《そんごくう》が冒険《ぼうけん》の旅《たび》にでます

西遊記《さいゆうき》

むかしむかし。東《ひがし》の国《くに》に花果山《かかざん》という山《やま》がありました。山《やま》のてっぺんの大《おお》岩《いわ》から、一匹《いっぴき》のサルが生《う》まれました。石《いし》ザルは仙人《せんにん》の弟子《でし》になり、「孫悟空《そんごくう》」という名前《なまえ》をもらいました。

悟空《ごくう》は何年《なんねん》も修業《しゅぎょう》をして、たくさんの術《じゅつ》を覚《おぼ》えました。なんにでも化《ば》けることができ、自分《じぶん》の毛《け》をぬいて息《いき》をふきかけると、分身《ぶんしん》を何百《なんびゃく》もつくれました。きんと雲《うん》という雲《くも》に乗《の》って、空《そら》を自由《じゆう》に飛《と》びまわることができました。

「もっともっと強《つよ》くなりたい」

悟空《ごくう》は海《うみ》の底《そこ》の竜宮城《りゅうぐうじょう》へいくと、竜《りゅう》王《おう》をやっつけて、如意棒《にょいぼう》という武器《ぶき》ををうばいました。如意棒《にょいぼう》は耳《みみ》の中《なか》にはいるくらい小《ちい》さくなったり、天《てん》にとどくほどのびたりします。悟空《ごくう》は如意棒《にょいぼう》をもって、あばれまわりました。

ある日《ひ》、お釈迦様《しゃかさま》があらわれ、悟空《ごくう》をこらしめるため、岩山《いわやま》の下《した》に閉《と》じこめてしまいました。

「五百年《ごひゃくねん》たったら、ここを通《とお》りかかるお坊《ぼう》さんに助《たす》けてもらいなさい」

お釈迦様《しゃかさま》はそういうと、岩《いわ》におふだをはって帰《かえ》ってしまいました。悟空《ごくう》が泣《な》いてもさけんでも、だれも助《たす》けてくれません。そのまま五百年《ごひゃくねん》がすぎました。

ある日《ひ》、三蔵法師《さんぞうほうし》というお坊《ぼう》さんが、悟空《ごくう》のまえを通《とお》りかかりました。三蔵《さんぞう》は、ありがたいお経《きょう》をいただくため、天竺《てんじく》へ旅《たび》をしていました。

「ここからだしてください。助《たす》けてくれたら、旅《たび》のお供《とも》をします」

悟空《ごくう》がお願《ねが》いすると、三蔵《さんぞう》はおふだをはがし、外《そと》にだしてくれました。こうして、悟空《ごくう》は三蔵《さんぞう》の弟子《でし》になったのです。ところが悟空《ごくう》は、たいくつな旅《たび》にあきてしまい、逃《に》げだそうとしました。三蔵《さんぞう》は悟空《ごくう》の頭《あたま》に金《きん》の輪《わ》っかをかぶせ、お経《きょう》をとなえました。すると、輪《わ》っかが悟空《ごくう》の頭《あたま》をしめつけます。

「いたい、いたい！　もう逃《に》げません」

とうとう、悟空《ごくう》はかんねんして、旅《たび》のお供《とも》をつづけました。

ある晩《ばん》、宿《やど》の主人《しゅじん》から、ブタの怪物《かいぶつ》を退治《たいじ》してほしいとたのまれました。

悟空《ごくう》は娘《むすめ》に化《ば》けて、怪物《かいぶつ》を待《ま》ちました。夜中《よなか》にやってきた怪物《かいぶつ》は、娘《むすめ》に化《ば》けた悟空《ごくう》をさらおうとしました。悟空《ごくう》は耳《みみ》から如意棒《にょいぼう》をだして、ゴツンと怪物《かいぶつ》をなぐりました。

「いたい、いたい、ゆるしてください」

怪物《かいぶつ》は猪八戒《ちょはっかい》という名前《なまえ》で、わるいことをして天界《てんかい》から落《お》ちてきたといいます。そして、「弟子《でし》にしてください」と三蔵《さんぞう》にお願《ねが》いしました。八戒《はっかい》もいっしょに旅《たび》をすることになりました。

三人《さんにん》は大《おお》きな川《かわ》のほとりにやってきました。船《ふね》でわたろうとすると、川《かわ》の中《なか》からカッパの怪物《かいぶつ》があらわれました。怪物《かいぶつ》は、たちまち悟空《ごくう》と猪八戒《ちょはっかい》にやっつけられました。カッパは沙悟浄《さごじょう》と名《な》乗《の》り、三蔵《さんぞう》の弟子《でし》になりたいといいました。三蔵《さんぞう》のお供《とも》は三人《さんにん》になりました。こうして、三蔵法師《さんぞうほうし》と三人《さんにん》の弟子《でし》は、天竺《てんじく》を目《め》ざして長《なが》い旅《たび》にでたのです。

三蔵《さんぞう》と悟空《ごくう》たちは、ある山《やま》のふもとに、たどりつきました。ふもとの村《むら》は、畑《はたけ》も田《た》んぼもあれていました。

読んだ日　　年　月　日／　　年　月　日／　　年　月　日

ポイント　三蔵法師《さんぞうほうし》は実在《じつざい》の人物《じんぶつ》で、実際《じっさい》に経典《きょうてん》をいただくために長《なが》い旅《たび》をしたそうです。

「山《やま》に棲《す》む、金角《きんかく》、銀角《ぎんかく》という妖怪《ようかい》の兄弟《きょうだい》が、村《むら》をおそって田畑《たはた》をあらすのです」

村人《むらびと》の話《はなし》を聞《き》いた悟空《ごくう》たちは、妖怪《ようかい》を退治《たいじ》するため、けわしい山《やま》にはいっていきました。

「くんくん、うまそうなにおいがするぞ」と金角《きんかく》がいいました。

「きっと、山《やま》に坊主《ぼうず》がきたんだ。つかまえて食《く》ってしまおう！」と銀角《ぎんかく》がこたえました。妖怪《ようかい》はお坊《ぼう》さんを食《た》べると、長生《ながい》きができるのです。銀角《ぎんかく》はおじいさんに化《ば》けて、三蔵《さんぞう》たちを待《ま》ちぶせました。そして、こういいました。

「足《あし》にケガをしています。どうか、助《たす》けてください」

気《き》のどくに思《おも》った三蔵《さんぞう》が、「それはたいへんだ。悟空《ごくう》や、おぶってあげなさい」と悟空《ごくう》にいいました。悟空《ごくう》はおじいさんに化《ば》けた銀角《ぎんかく》をおぶって、山道《やまみち》を歩《ある》きはじめました。すると銀角《ぎんかく》は正《しょう》体《たい》をあらわし、術《じゅつ》で悟空《ごくう》の上《うえ》に大《おお》きな山《やま》をのせました。悟空《ごくう》は山《やま》の下敷《したじ》きになり、身動《みうご》きができません。その間《あいだ》に、銀角《ぎんかく》は三蔵《さんぞう》たちをさらっていきました。

やっとのことで山《やま》をはねのけた悟空《ごくう》は、銀角《ぎんかく》のあとを追《お》いかけました。そこに、ひょうたんをもった金角《きんかく》が待《ま》ちかまえていました。

「おい、悟空《ごくう》！」と金角《きんかく》が呼《よ》びかけ、「なんだ！」と悟空《ごくう》がこたえました。

すると、なんということでしょう。悟空《ごくう》はひょうたんにすいこまれてしまったのです。金角《きんかく》のひょうたんは、名前《なまえ》を呼《よ》ばれて返事《へんじ》をしたものを、みんなすいこんでしまうのです。

ところが、悟空《ごくう》は小《ちい》さなハエに化《ば》けて、ひょうたんからぬけだしました。

そして金角《きんかく》と銀角《ぎんかく》に近《ちか》づくと、自分《じぶん》の毛《け》をむしりとって、ふっと息《いき》をかけました。すると、分身《ぶんしん》の術《じゅつ》でたくさんの悟空《ごくう》があらわれ、金角《きんかく》と銀角《ぎんかく》におそいかかりました。悟空《ごくう》は、ひょうたんをうばいとると、こうさけびました。

「おい、金角《きんかく》、銀角《ぎんかく》！」

「なんだ⁉」と、おもわず返事《へんじ》をした金角《きんかく》と銀角《ぎんかく》は、ひょうたんにすいこまれてしまいました。悟空《ごくう》はひょうたんの口《くち》をふさいで、二人《ふたり》がでてこられないようにしたのです。

悟空《ごくう》は三蔵《さんぞう》たちを救《すく》いだし、また天《てん》竺《じく》を目《め》ざす旅《たび》にでました。さまざまな妖怪《ようかい》や怪物《かいぶつ》と戦《たたか》いながら、長《なが》い長《なが》い旅《たび》がつづきました。そして、やっとのことで、天竺《てんじく》にたどりつきました。

「三蔵《さんぞう》、よくきました。悟空《ごくう》、八戒《はっかい》、悟浄《ごじょう》も三蔵《さんぞう》を助《たす》けて、よくがんばりましたね」

お釈迦様《しゃかさま》は、三蔵法師《さんぞうほうし》にありがたいお経《きょう》が書《か》かれた経典《きょうてん》をさずけました。そして、悟空《ごくう》の頭《あたま》の輪《わ》っかをとってくださいました。

おうちのかたへ

『西遊記《さいゆうき》』は中国《ちゅうごく》の明《みん》の時代《じだい》に書《か》かれた伝奇小説《でんきしょうせつ》で、『三国志演義《さんごくしえんぎ》』『水滸伝《すいこでん》』などとあわせて中国四大奇書《ちゅうごくよんだいきしょ》と呼《よ》ばれています。

世《よ》の中《なか》で一番《いちばん》えらいおかたはだあれ？

ネズミのよめいり

むかしむかし、ある家《いえ》のお蔵《くら》の中《なか》に、たいそう豊《ゆた》かに暮《く》らしている、お金《かね》もちのネズミ夫婦《ふうふ》が棲《す》んでいました。夫婦《ふうふ》のじまんは日本一《にっぽんいち》かわいらしい娘《むすめ》です。娘《むすめ》が年《とし》ごろになると、ネズミの夫婦《ふうふ》はむこ探《さが》しをはじめました。

「うちの娘《むすめ》は日本一《にっぽんいち》の娘《むすめ》なのだから、なんでも日本一《にっぽんいち》のおむこさんをもらわなければならないぞ」

そこでネズミ夫婦《ふうふ》は、お日様《ひさま》を選《えら》びました。お日様《ひさま》は高《たか》い空《そら》の上《うえ》から、世界中《かいじゅう》を明《あか》るく照《て》らしているからです。

「お日様《ひさま》、お日様《ひさま》、あなたは世《よ》の中《なか》で一番《いちばん》えらいおかたです。どうぞ娘《むすめ》をおよめにもらってください」

すると、お日様《ひさま》はいいました。

「うれしいことをいってくれるが、わたしよりもっとえらいものがあるよ。それは雲《くも》さんだ。わたしがいくら照《て》らしても、雲《くも》さんは、わたしの光《ひかり》をさえぎってしまえるのだからね」

そこで夫婦《ふうふ》は、雲《くも》のところへでかけました。

「雲《くも》さん、雲《くも》さん、あなたは世《よ》の中《なか》で一番《いちばん》えらいおかたです。どうぞ娘《むすめ》をおよめにもらってください」

「それはありがたいが、わたしよりもっとえらいものがあるよ。それは風《かぜ》さんさ。風《かぜ》さんにかかれば、わたしなんか、かんたんにふきとばされるよ」

そこで夫婦《ふうふ》は、風《かぜ》のところへでかけていきました。

「風《かぜ》さん、風《かぜ》さん、あなたは世《よ》の中《なか》で一番《いちばん》えらいおかたです。どうぞ娘《むすめ》をおよめにもらってください」

「それはうれしいが、世《よ》の中《なか》にはわたしよりもっとえらいものがあるよ。それは、壁《かべ》さんさ。壁《かべ》さんをふきとばすことはわたしにはできないからね」

そこで夫婦《ふうふ》は、壁《かべ》のところへでかけていきました。

「壁《かべ》さん、壁《かべ》さん、あなたは世《よ》の中《なか》で一番《いちばん》えらいおかたです。どうぞ娘《むすめ》をおよめにもらってください」

「それはありがたいが、世《よ》の中《なか》にはわたしよりもっとえらいものがあるよ。じつはあなたがた、ネズミさんさ。わたしがいくらかたくても、ネズミさんはへいきで、わたしの体《からだ》に穴《あな》をあけてしまうのだからね」

ネズミの夫婦《ふうふ》は、この言葉《ことば》を聞《き》いてほんとうにおどろきました。

「まさか、わたしたちがこの世《よ》で一番《いちばん》えらいとは気《き》がつかなかった。それならば、話《はなし》がはやい」

そして夫婦《ふうふ》は、帰《かえ》るとさっそく、お隣《となり》の若者《わかもの》ネズミを娘《むすめ》のおむこさんにしました。

若《わか》いおむこさんとおよめさんは、おとうさんとおかあさんをたいせつにしました。そしてネズミの子《こ》どもをたくさん生《う》んで、末永《すえなが》くみんななかよく暮《く》らしましたとさ。

読んだ日　年　月　日／　年　月　日／　年　月　日

ポイント　しあわせはいつも身近《みぢか》なところに。メーテルリンクの『青《あお》い鳥《とり》』を思《おも》い起《お》こさせるお話《はなし》です。

12月《がつ》のお話《はなし》

手袋《てぶくろ》を買《か》いに

新美南吉《にいみなんきち》

身《み》も心《こころ》も温《あたた》まるお話《はなし》

寒《さむ》い冬《ふゆ》がキツネの親子《おやこ》の棲《す》んでいる森《もり》へもやってきました。

「おかあちゃん、お手《て》が冷《つめ》たい」

　子《こ》ギツネはそういって、かあさんギツネに両手《りょうて》をさしだしました。すると、かあさんギツネは子《こ》ギツネの両手《りょうて》を温《あたた》めながらいいました。

「夜《よる》になったら、手袋《てぶくろ》買《か》ってあげるね」

日《ひ》が暮《く》れて、親子《おやこ》のキツネは洞穴《ほらあな》からでました。森《もり》をぬけると、むこうのほうに、灯《あか》りが一《ひと》つ見《み》えました。

「おかあちゃん、お星《ほし》さまは、あんな低《ひく》いところにも落《お》ちてるのねえ」

「あれはお星《ほし》さまじゃないのよ。町《まち》の灯《ひ》なの。坊《ぼう》や、お手《て》を片《かた》ほうおだし」

　かあさんギツネはそういうと、子《こ》ギツネの片《かた》ほうの手《て》を、人間《にんげん》の手《て》にしてしまいました。

「なんだかへんだな、これなあに？」

「それは人間《にんげん》の手《て》よ。いいかい坊《ぼう》や、町《まち》へいったらね、手袋屋《てぶくろや》さんを探《さが》すのよ。見《み》つかったらね、トントンと戸《と》をたたいて、こんばんはっていうの。そうするとね、中《なか》から人間《にんげん》が、少《すこ》しだけ戸《と》を開《あ》けるからね、その戸《と》のすきまから、人間《にんげん》の手《て》をさしいれてね、この手《て》にちょうどいい手袋《てぶくろ》ちょうだいっていうんだよ。わかったね、こっちのお手《て》をだしちゃだめよ。人間《にんげん》はこわいのよ」

と、かあさんギツネはいいきかせました。子《こ》ギツネはうなずくと、町《まち》へいき、手袋屋《てぶくろや》さんを見《み》つけました。子《こ》ギツネは、トントンと戸《と》をたたきます。

「こんばんはっ」

　そこまではよかったのですが、子《こ》ギツネはかあさんギツネのいったことを忘《わす》れて、人間《にんげん》の手《て》じゃないほうの手《て》、つまりキツネの手《て》をだしていいました。

「このお手《て》にちょうどいい手袋《てぶくろ》ちょうだいっ」

　手袋屋《てぶくろや》さんは、おやおやと思《おも》いました。キツネの手《て》が手袋《てぶくろ》をくれというのです。手袋屋《てぶくろや》さんは、木《こ》の葉《は》のお金《かね》でだまされるんじゃないかと、はじめはうたがいました。けれども、子《こ》ギツネからお金《かね》を受《う》けとると、ほんもののお金《かね》だということがわかったので、棚《たな》から子《こ》ども用《よう》の毛糸《けいと》の手袋《てぶくろ》をとりだしてきて、子《こ》ギツネの手《て》にもたせてやりました。

　かあさんギツネは、心配《しんぱい》しながら、坊《ぼう》やのキツネが帰《かえ》ってくるのを待《ま》っていました。坊《ぼう》やがもどってくると、胸《むね》に抱《だ》きしめてよろこびました。

「おかあちゃん、人間《にんげん》ってちっともこわかないや」

「どうして？」

「ぼく、まちがえてほんとうのお手《て》てだしちゃったの。でも手袋屋《てぶくろや》さん、ちゃんと、こんないい手袋《てぶくろ》くれたもの」

と、いって手袋《てぶくろ》のはまった両手《りょうて》をパンパンやって見《み》せました。かあさんギツネは、「まあ！」とあきれましたが、

「ほんとうに人間《にんげん》はいいものかしら」

と、つぶやきました。

読んだ日　　年　月　日／　　年　月　日／　　年　月　日

ポイント　地方《ちほう》の教師《きょうし》で若《わか》くして死《し》んだことが共通《きょうつう》することから、新美南吉《にいみなんきち》は宮沢賢治《みやざわけんじ》とよくくらべられます。

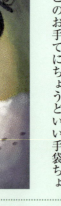

外国《がいこく》からフランスを守《まも》った英雄《えいゆう》

ナポレオン

いまから二百年《にひゃくねん》以上前《いじょうまえ》、フランスは身分《みぶん》の高《たか》い貴族《きぞく》がおさめていました。国王《こくおう》や貴族《きぞく》はぜいたくをしていましたが、農家《のうか》や町《まち》で暮《く》らす市民《しみん》は、とても貧《まず》しかったのです。お金《かね》も食《た》べるものもない市民《しみん》は、貴族《きぞく》たちに腹《はら》をたて、武器《ぶき》をもってたちあがったのです。これを「フランス革命《かくめい》」といいます。

貴族《きぞく》は革命軍《かくめいぐん》にやぶれ、国《くに》は市民《しみん》の代表《だいひょう》がおさめることになりました。ところが、市民《しみん》の間《あいだ》でも考《かんが》えかたがまとまらず、もめごとがなくなりません。そのうえ、ヨーロッパの国々《くにぐに》は、フランス革命《かくめい》をよく思《おも》っていませんでした。市民《しみん》が力《ちから》をもつことに、反対《はんたい》だったのです。

そんなときにあらわれたのが、ナポレオン・ボナパルトです。

ナポレオンは、地中海《ちちゅうかい》にうかぶコルシカ島《とう》に生《う》まれました。コルシカ島《とう》は、フランスに支配《しはい》されていました。フランス革命《かくめい》がきっかけで、コルシカ島《とう》にも独立運動《どくりつうんどう》が起《お》こりました。ナポレオンはフランスの士官学校《しかんがっこう》をでており、考《かんが》えかたのちがいから、島《しま》から追放《ついほう》されたのです。

ナポレオンは、フランス軍《ぐん》にはいりました。ツーロンという港町《みなとまち》を、イギリスやスペインの軍隊《ぐんたい》が攻《せ》めてきたときのことです。ナポレオンは丘《おか》の上《うえ》の大砲《たいほう》で、敵《てき》をねらいうちにして、軍隊《ぐんたい》を追《お》いはらったのです。その後《ご》もつぎつぎと手柄《てがら》をたて、二十七歳《にじゅうななさい》の若《わか》さで司令官《しれいかん》になりました。ナポレオンは司令官《しれいかん》になっても、部下《ぶか》の兵士《へいし》といっしょの場所《ばしょ》で寝起《ねお》きしました。

そして、兵士《へいし》とおなじように武器《ぶき》を運《はこ》んだり、夜《よる》の見《み》はりをしました。

「司令官《しれいかん》は、わたしたち兵士《へいし》の気《き》もちをわかってくれる」

兵士《へいし》たちはナポレオンを尊敬《そんけい》し、したいました。ナポレオンのために、命《いのち》をかけて戦《たたか》ったのです。こうしてフランスは、大国《たいこく》のオーストリアをうち負《ま》かしました。そして、ヨーロッパのほとんどを支配《しはい》したのです。

「ナポレオンばんざい！」

フランス国民《こくみん》は、ナポレオンを英雄《えいゆう》とたたえました。でも、フランスの政《せい》治《じ》はまだみだれていました。

「フランスを救《すく》うためには、わたしがこの国《くに》をおさめるしかない」

フランスの国民《こくみん》も、ナポレオンが指《し》導者《どうしゃ》にふさわしいと応援《おうえん》しました。こうして、フランスの皇帝《こうてい》・ナポレオン一世《いっせい》となったのです。社会《しゃかい》をよくするために、ナポレオン法典《ほうてん》という決《き》まりを広《ひろ》めました。そして、工場《こうじょう》や道路《どうろ》をつくって、産業《さんぎょう》を活発《かっぱつ》にしたのです。

ところが、なんでも武力《ぶりょく》で解決《かいけつ》しようとするナポレオン一世《いっせい》に、反発《はんぱつ》する人《ひと》びとが増《ふ》えていきました。やがて、ナポレオンは、皇帝《こうてい》の座《ざ》から追《お》われます。南太平洋《みなみたいへいよう》のセントヘレナ島《じま》に閉《と》じこめられ、病気《びょうき》でなくなりました。

12月
伝記
ほんとうの話

読んだ日　年　月　日／　年　月　日／　年　月　日

ポイント　「余《よ》の辞書《じしょ》に不可能《ふかのう》という文字《もじ》はない」という、ナポレオン（1769-1821）の有名《ゆうめい》な言葉《ことば》は、いまも語《かた》りつがれています。

実験室《じっけんしつ》で生《う》まれたおそろしい怪物《かいぶつ》の話《はなし》

フランケンシュタイン

メアリー・シェリー

スイスの名家《めいか》に生《う》まれたビクター・フランケンシュタインは、科学者《かがくしゃ》になるために大学《だいがく》で勉強《べんきょう》をしていました。やがて博士《はかせ》になり、新《あたら》しい生命《せいめい》をつくる研究《けんきゅう》をはじめました。

長《なが》い月日《つきひ》をかけて、博士《はかせ》はついに人間《にんげん》そっくりな生《い》き物《もの》をつくりあげました。その生《い》き物《もの》は、人間《にんげん》の心《こころ》とすぐれた知能《ちのう》をもっていましたが、その姿《すがた》はおそろしくみにくかったのです。身長《しんちょう》は三《さん》メートル近《ちか》くあり、顔《かお》も体《からだ》もつぎはぎだらけでした。博士《はかせ》は理想《りそう》の人間《にんげん》をつくろうとして、おぞましい怪物《かいぶつ》をつくってしまったのです。

博士《はかせ》はおそろしさのあまり、怪物《かいぶつ》を残《のこ》したまま実験室《じっけんしつ》を逃《に》げだしました。スイスに帰《かえ》った博士《はかせ》は病気《びょうき》になって寝《ね》こんでしまいましたが、婚約者《こんやくしゃ》の看病《かんびょう》によって元気《げんき》をとり戻《もど》しました。

実験室《じっけんしつ》に残《のこ》された、あの怪物《かいぶつ》はどうなったのでしょう?

怪物《かいぶつ》はスイスまで博士《はかせ》を追《お》いかけてきました。それは、つらく、くるしい旅《たび》でした。何日《なんにち》もさまよい、お腹《なか》がすいて、たおれそうになりました。食《た》べ物《もの》をわけてもらおうとしても、怪物《かいぶつ》を見《み》ると、みんな逃《に》げてしまいます。話《はな》しかけると、子《こ》どもは泣《な》きだし、女《おんな》の人《ひと》は気《き》をうしないます。友《とも》だちをつくりたくても、人間《にんげん》はこわがってだれも近《ちか》よってきません。それどころか、どの町《まち》からも追《お》いだされたのです。

「博士《はかせ》、なぜ、おれをこんなみにくい姿《すがた》につくったんだ。人間《にんげん》に嫌《きら》われ、ひとりぼっちでさびしくて、とてもくるしいんだ。おれにおくさんをつくってくれ。おなじような姿《すがた》なら、二人《ふたり》で暮《く》らしていけるだろう」

怪物《かいぶつ》は願《ねが》いをかなえてくれたら、遠《とお》くにいって、人間《にんげん》に迷惑《めいわく》をかけないと約束《やくそく》しました。しかし、博士《はかせ》は、これ以上《いじょう》怪物《かいぶつ》をつくりたくありませんでした。博士《はかせ》にことわられた怪物《かいぶつ》は、ひどくおこりました。

「おれのような怪物《かいぶつ》を勝手《かって》につくって、ひとりぼっちで生《い》きろというのか。なんてひどいやつなんだ。博士《はかせ》、おまえもしあわせにはなれないぞ。おれとおなじ思《おも》いをさせてやる」

そういうと怪物《かいぶつ》は、姿《すがた》を消《け》してしまいました。怪物《かいぶつ》の心《こころ》は、いかりとかなしみでいっぱいになりました。そして、その姿《すがた》とおなじように、みにくくゆがんでしまいました。

何年《なんねん》かして、怪物《かいぶつ》は博士《はかせ》の結婚式《けっこんしき》にあらわれ、博士《はかせ》の友《とも》だちや花《はな》よめにおそいかかりました。

「これで、おまえもひとりぼっちだ。博士《はかせ》も一人《ひとり》で生《い》きていけばいい」

怪物《かいぶつ》はそういうと、闇《やみ》の中《なか》にさっていきました。あとには、一人《ひとり》ぼっちのフランケンシュタイン博士《はかせ》が残《のこ》されました。

読んだ日　年　月　日／　年　月　日／　年　月　日

ポイント　このあと、博士《はかせ》は怪物《かいぶつ》を追《お》っていきます。博士《はかせ》の心《こころ》も怪物《かいぶつ》とおなじようになってしまったのでしょうか。

12月4日のお話

自分《じぶん》の命《いのち》とひきかえに娘《むすめ》の髪《かみ》を願《ねが》う母《はは》

髪長姫《かみながひめ》

むかし、紀伊《きい》の国《くに》に漁師《りょうし》の夫婦《ふうふ》が住《す》んでいました。長年《ながねん》の願《ねが》いがかなって、夫婦《ふうふ》の間《あいだ》に一人《ひとり》の娘《むすめ》が生《う》まれましたが、娘《むすめ》は大《おお》きくなっても髪《かみ》の毛《け》一本《いっぽん》はえません。娘《むすめ》の将来《しょうらい》を不安《ふあん》に思《おも》った夫婦《ふうふ》は、いつもなげいていました。

ある日《ひ》のこと、海《うみ》の沖《おき》にふしぎな光《ひかり》がさすようになりました。漁師《りょうし》たちはこわがって、舟《ふね》をだそうとせず、漁《りょう》ができなくなってしまいました。

「おまえさん、これは仏様《ほとけさま》のお導《みちび》きだよ。娘《むすめ》に髪《かみ》がはえないのは、きっと仏《ほとけ》様《さま》がわたしたちになにかを伝《つた》えたいんだよ」

娘《むすめ》の母親《ははおや》はそういうと、父親《ちちおや》がとめるのも聞《き》かずに、沖《おき》へ舟《ふね》をだし、光《ひかり》の中《なか》へ飛《と》びこみました。数日後《すうじつご》、母親《ははおや》の遺体《いたい》が浜辺《はまべ》にあがりました。母親《ははおや》の手《て》にはしっかりと黄金仏《おうごんぼとけ》がにぎりしめられていました。父親《ちちおや》は母親《ははおや》の亡骸《なきがら》をひきとり、黄金仏《おうごんぼとけ》をまつりました。以《い》来《らい》、沖《おき》が光《ひか》ることはなくなり、漁《りょう》をするといつも大漁《たいりょう》になりました。

「仏様《ほとけさま》。母親《ははおや》は娘《むすめ》に髪《かみ》がはえないことをいつもなげいていました。どうか、あわれな母親《ははおや》の願《ねが》いを聞《き》いてくださり、娘《むすめ》に髪《かみ》をはやしてくだされ」

娘《むすめ》の父親《ちちおや》は、黄金仏《おうごんぼとけ》をまつって以《い》来《らい》、毎日《まいにち》欠《か》かさず、おいのりをしました。

何日《なんにち》かすると、娘《むすめ》に髪《かみ》がはえはじめました。髪《かみ》はどんどんのびて、たちあがっても足《あし》もとに髪《かみ》がとどくほど、長《なが》くなりました。娘《むすめ》の髪《かみ》はだれよりもうつくしく、黒々《くろぐろ》として、いつもぬれて光《ひか》っているように見《み》えました。

「あの娘《むすめ》は仏様《ほとけさま》の申《もう》し子《ご》じゃ。あの髪《かみ》のうつくしいこと、まるで天女《てんにょ》のようじゃ。都《みやこ》の姫君《ひめぎみ》もかなうまい」

と、娘《むすめ》は村中《むらじゅう》の評判《ひょうばん》になり、いつしか「髪長姫《かみながひめ》」と呼《よ》ばれるようになりました。

髪長姫《かみながひめ》は、自分《じぶん》の髪《かみ》を仏様《ほとけさま》からの賜《たまわ》り物《もの》だと信《しん》じて、ぬけても粗末《そまつ》にせずに木《き》の枝《えだ》にかけていました。そのうちの一本《いっぽん》が、鳥《とり》に運《はこ》ばれて、都《みやこ》の貴族《きぞく》の手《て》にわたりました。

「これは、人《ひと》の髪《かみ》か。なんとうつくしい。これほどの髪《かみ》の持《も》ち主《ぬし》ならば、帝《みかど》もきっとお気《き》に召《め》すにちがいない」

そう考《かんが》えた貴族《きぞく》は、方々《ほうぼう》に人《ひと》をつかわして、髪《かみ》の持《も》ち主《ぬし》を探《さが》し、とうとう髪長姫《かみながひめ》を見《み》つけだし、自分《じぶん》の養女《ようじょ》にしました。そして、帝《みかど》に紹介《しょうかい》したところ、帝《みかど》も髪長姫《かみながひめ》を気《き》にいり、お后《きさき》にしたのです。

后《きさき》となった髪《かみ》長姫《ながひめ》はその後《ご》も故郷《こきょう》のことが忘《わす》れられず、帝《みかど》にお願《ねが》いして故《こ》郷《きょう》にお寺《てら》を建《た》ててもらいました。

それが、いまの和歌山県《わかやまけん》にある道成寺《どうじょうじ》の由来《ゆらい》だといわれています。

読んだ日　年　月　日／　年　月　日／　年　月　日

ポイント　和歌山県《わかやまけん》の道成寺《どうじょうじ》に伝《つた》わるお話《はなし》です。髪長姫《かみながひめ》の名前《なまえ》は宮子《みやこ》、貴族《きぞく》の名前《なまえ》は藤原不比等《ふじわらのふひと》、帝《みかど》は文武天皇《もんむてんのう》と伝《つた》わっています。

王女《おうじょ》たちはどこで踊《おど》っていたのでしょう？

グリム

踊《おど》る十二人《じゅうににん》のお姫様《ひめさま》

むかし、ある国《くに》に十二人《じゅうににん》のうつくしい王女《おうじょ》たちがいました。十二人《じゅうににん》の王女《おうじょ》の父親《ちちおや》である王様《おうさま》は、娘《むすめ》たち全員《ぜんいん》を愛《あい》していましたが、一《ひと》つだけ、気《き》になることがありました。それは、王女《おうじょ》たちの靴《くつ》のことです。

どれだけ新《あたら》しい靴《くつ》をあげても、どの王女《おうじょ》の靴《くつ》も、すぐにぼろぼろになって、大《おお》きな穴《あな》があいてしまうのです。たった一晩《ひとばん》で穴《あな》があいてしまうので、王様《おうさま》は「王女《おうじょ》たちは夜中《よなか》に城《しろ》をぬけだして、どこかで踊《おど》りあかしているにちがいない」と考《かんが》えていました。でも、王女《おうじょ》たちが寝《ね》ている部屋《へや》には外《そと》から鍵《かぎ》がかかっているので、ぬけだすことはできないはずです。そこで王様《おうさま》は、こんなおふれをだしました。

〈王女《おうじょ》たちが、夜《よる》、どこかで踊《おど》っているのを見《み》つけた者《もの》には、王女《おうじょ》の一人《ひとり》を妻《つま》にとらせ、わたしのつぎの王《おう》に命《めい》ずる。ただし、申《もう》しでてから三日三晩《みっかみばん》で発見《はっけん》できなかった場合《ばあい》、その者《もの》は死刑《しけい》とする〉

このおふれには、たくさんの申《もう》し出《で》がありました。しかしながら、だれ一人《ひとり》として靴《くつ》の謎《なぞ》をとくことができず、みんな死刑《しけい》にされてしまいました。

そんなある日《ひ》のこと。けがをして兵《へい》隊《たい》をやめた男《おとこ》が、十二人《じゅうにんにん》の王女《おうじょ》が住《す》む町《まち》を歩《ある》いていると、一人《ひとり》のふしぎなおばあさんと出会《であ》いました。

「あんた、どこへいくんだい？」

おばあさんの問《と》いかけに、男《おとこ》はこたえることができませんでした。

「さあ、自分《じぶん》でもよくわからないんだ。あのおふれにでも申《もう》しでてみようかな」

「ほう。それなら一《ひと》つ、よいことを教《おし》えてやろう。夜《よる》、ぶどう酒《しゅ》をだされても、けっして飲《の》まないことだよ」

どうやらこれまで申《もう》しでた男《おとこ》たちはみんな、だされたぶどう酒《しゅ》を飲《の》んで、夜中《よなか》に寝《ね》てしまったようなのです。

「それからこれをやろう。自分《じぶん》の姿《すがた》が見《み》えなくなるマントさ。これを着《き》たら、王女《おうじょ》たちのあとをつけられるだろう」

男《おとこ》はおばあさんからもらったマントを手《て》にして、お城《しろ》にむかいました。男《おとこ》は求婚者《きゅうこんしゃ》として迎《むか》えられ、その晩《ばん》から、王女《おうじょ》たちを見《み》はることになりました。

夜《よる》になると、一番年上《いちばんとしうえ》の王女《おうじょ》がぶどう酒《しゅ》をもってきました。でも、飲《の》んだふりをして口《くち》をつけませんでした。それから寝《ね》たふりをして、いびきをかいていると……。

真夜中《まよなか》に、王女《おうじょ》たちの部屋《へや》から、なにやらごそごそと音《おと》がするではありませんか。男《おとこ》がそっと部屋《へや》をのぞくと、なんと、ベッドの下《した》にぬけ穴《あな》があって、王女《おうじょ》たちはそこから地下《ちか》のお城《しろ》に遊《あそ》びにいっていたのです。男《おとこ》はマントをかぶって、王女《おうじょ》たちを追《お》いかけました。王女《おうじょ》たちは毎晩《まいばん》、靴《くつ》がぼろぼろになるまで、地下《ちか》の国《くに》の王子《おうじ》たちと踊《おど》りあかしていたのです。

このことを話《はな》すと、王様《おうさま》は感心《かんしん》して、男《おとこ》にほうびをあたえました。そして男《おとこ》は、王女《おうじょ》の一人《ひとり》と結婚《けっこん》し、つぎの王様《おうさま》になり、しあわせに暮《く》らしたそうです。

読んだ日　年　月　日／　年　月　日／　年　月　日

ポイント　どうして王女《おうじょ》たちの靴《くつ》がぼろぼろになるのか……。王様《おうさま》の予想《よそう》はあたっていましたが、実際《じっさい》にたしかめるのはたいへんなことでした。

12月6日のお話

未来《みらい》のためにいま努力《どりょく》すれば……

アリとキリギリス

イソップ

むかし、あるところに、アリとキリギリスがいました。アリはいつも集《あつ》まって働《はたら》いていましたが、キリギリスは歌《うた》って遊《あそ》んでばかりいました。ある夏《なつ》の日《ひ》、キリギリスはアリたちに話《はな》しかけました。

「やあ、キミたちはいつも働《はたら》いてばかりいるね。こんなに暑《あつ》いのにごくろうさん。でも、たまにはぼくみたいに、歌《うた》って遊《あそ》んでみないか」

すると、働《はたら》いていたアリたちの中《なか》の一匹《いっぴき》がこうこたえました。

「キリギリスさんは、どうやらぼくたちをバカにしているようだね。いいかい、いまは夏《なつ》で食《た》べ物《もの》はそこらじゅうにたくさんあるけど、冬《ふゆ》になれば食《た》べるものなんか、なにもなくなるんだよ。だから、冬《ふゆ》にそなえて、いまから食《た》べ物《もの》をたくさん集《あつ》めておくんだ」

アリの言葉《ことば》を聞《き》いたキリギリスは、大笑《おおわら》いしました。

「いまから冬《ふゆ》のことを考《かんが》えて働《はたら》いているのかい？　信《しん》じられないな。いまたのしく暮《く》らせれば、それで十分《じゅうぶん》じゃないか。なにがあるかわからない先《さき》のことを考《かんが》えても、しかたないだろう？」

キリギリスはこういいましたが、アリたちはもうキリギリスには目《め》もくれず、働《はたら》いていました。キリギリスは「やれやれ」というように肩《かた》をすくめると、またたのしく歌《うた》いはじめました。

やがて、冬《ふゆ》がやってきました。キリギリスは食《た》べ物《もの》を探《さが》しまわりましたが、どこにもありません。その年《とし》の冬《ふゆ》はとくにきびしく、寒《さむ》さと空腹《くうふく》で、キリギリスは困《こま》ってしまいました。

「ああ、アリさんのいうとおりだった。しかたない、アリさんたちに食《た》べ物《もの》をわけてもらおう」

キリギリスはアリたちのところへいって、食《た》べ物《もの》をねだりました。するとアリの中《なか》の一匹《いっぴき》がいいました。

「夏《なつ》の間《あいだ》歌《うた》っていたのなら、冬《ふゆ》になったら踊《おど》ればいいじゃないか」

アリの言葉《ことば》に、キリギリスはなにもいえません。キリギリスがうなだれていると、べつの一匹《いっぴき》がいいました。

「もういいだろ。キリギリスさんも反《はん》省《せい》しているようだし。さあ、キリギリスさん、ぼくたちの家《いえ》におはいりなさい。これにこりたのなら、春《はる》からはちゃんと働《はたら》くのですよ」

キリギリスは泣《な》いてお礼《れい》をいいました。それ以来《いらい》、キリギリスはまじめに働《はたら》くようになったということです。

いまがたのしいからといって、遊《あそ》んでばかりいると、いざというとき、キリギリスのような目《め》にあってしまいます。よゆうがあるときは、将来《しょうらい》にやってくる困難《こんなん》な時期《じき》のために、そなえをきちんとしておきましょう、というお話《はなし》でした。

読んだ日　年　月　日／　年　月　日／　年　月　日

12月 世界の童話

ためになる話

ポイント　もとのお話《はなし》は『アリとセミ』でしたが、セミのいない地域《ちいき》では、コオロギやキリギリスに改変《かいへん》して伝《つた》わったそうです。

なかよし四姉妹《よんしまい》は助《たす》けあって暮《く》らしています

若草物語《わかくさものがたり》

ルイザ・メイ・オルコット

12月7日のお話

マーチ家《け》の四姉妹《よんしまい》はとてもなかよし。長女《ちょうじょ》のメグは女《おんな》らしくて美人《びじん》です。次女《じじょ》のジョーは活発《かっぱつ》で小説家《しょうせつか》になるのが夢《ゆめ》です。三女《さんじょ》のベスはやさしくてピアノがじょうずです。四女《よんじょ》のエイミーはわがままだけど、愛《あい》らしい女《おんな》の子《こ》。

姉妹《しまい》のおとうさまは、遠《とお》い戦場《せんじょう》にいます。おかあさまは困《こま》った人《ひと》を助《たす》けて、夜《よる》おそくまで働《はたら》いています。

「わたしたちも力《ちから》をあわせてがんばりましょう」

メグが妹《いもうと》たちをはげまします。マーチ家《け》は貧乏《びんぼう》ですが、みんなで助《たす》けあって暮《く》らしているのです。

マーチ家《け》の隣《となり》には、お金《かね》もちのローレンスさんのお屋敷《やしき》があります。ローレンスさんは孫息子《まごむすこ》のローリーと二人《ふたり》暮《ぐ》らしです。ある日《ひ》、ジョーは町《まち》の舞踏会《ぶとうかい》でローリーと出会《であ》いました。二人《ふたり》はうちとけ、なかよしになりました。

その日《ひ》から、ジョーはローレンス家《け》に遊《あそ》びにいくようになりました。ベスもときどき、ジョーとローレンス家《け》を訪《たず》ねます。広間《ひろま》にあるピアノをひかせてもらうのです。

「ローレンスさんにお礼《れい》がしたいわ」

ベスは手《て》づくりのスリッパをローレンスさんに贈《おく》りました。しばらくして、マーチ家《け》にりっぱなピアノがとどきました。ローレンスさんが、ベスにプレゼントしてくれたのです。

「なんてすてきなの！　わたし、毎日《まいにち》ピアノがひけるのね」

ベスのひくピアノを聞《き》きながら、姉《し》妹《まい》たちはたのしく笑《わら》いあいました。

ある日《ひ》、マーチ家《け》に一通《いっつう》の電報《でんぽう》がとどきました。おとうさまが戦場《せんじょう》で病気《びょうき》になったと知《し》らせてきたのです。

「おかあさま、はやく病院《びょういん》にいってあげて。留守《るす》はみんなで守《まも》るわ」と、ベスがいいました。ジョーはじまんの髪《かみ》を切《き》り、それを売《う》って戦地《せんち》までの旅費《りょひ》をつくりました。ベスもエイミーも、家《いえ》のお手伝《てつだ》いをすると約束《やくそく》しました。

おかあさまがお世話《せわ》をしていた、フンメル家《け》の赤《あか》ちゃんが病気《びょうき》になりました。メグもジョーもいそがしくて、手伝《てつだ》いにいけません。そこで、ベスが一人《ひとり》で赤《あか》ちゃんの看病《かんびょう》をしました。ベスは体《からだ》が弱《よわ》かったので、赤《あか》ちゃんの病気《びょうき》がうつってしまいました。ベスは高《たか》い熱《ねつ》をだし、くるしみました。ジョーもメグもエイミーも、ベスのそばをはなれません。みんなでいのりながら、何日《なんにち》も看病《かんびょう》しました。

ある朝《あさ》、お医者様《いしゃさま》がいいました。

「熱《ねつ》はさがったよ。もう、だいじょうぶだ」

みんな大《おお》よろこびです。そこへ、おかあさまが帰《かえ》ってきました。

「ベス、よくがんばったわね。もうすぐ、おとうさまも帰《かえ》ってくるわ。今年《ことし》のクリスマスは、みんなで祝《いわ》いましょう」

おかあさまは、ベスの手《て》をとり、やさしくいいました。

読んだ日　　年　月　日／　　年　月　日／　　年　月　日

ポイント　このお話《はなし》は、作者《さくしゃ》の姉妹《しまい》たちがモデルです。貧《まず》しくても心豊《こころゆた》かな姉妹《しまい》たちの物語《ものがたり》は、長《なが》く少女《しょうじょ》たちに愛《あい》されてきました。

かしこい弟《おとうと》とおろかな兄《あに》のお話《はなし》

海《うみ》の水《みず》が辛《から》いわけ

むかしあるところに、二人《ふたり》の兄弟《きょうだい》がありました。兄《あに》は裕福《ゆうふく》でしたが、弟《おとうと》は貧乏《びんぼう》でその日《ひ》に食《た》べるものもありません。そこで兄《あに》に食《た》べ物《もの》をねだりにいくと、

「おまえに食《く》わせるものはねえ」

と、追《お》いはらわれてしまいました。

兄《あに》の家《いえ》からの帰《かえ》り道《みち》、弟《おとうと》が歩《ある》いていると、一人《ひとり》のおじいさんがいました。

「どうした、いい若者《わかもの》がそのようにとぼとぼと歩《ある》くものではないぞ」

弟《おとうと》はおじいさんにわけを話《はな》しました。

「そうか。ならば、このまんじゅうをやろう。自分《じぶん》で食《た》べてはいかんぞ。森《もり》のお堂《どう》の裏《うら》にもっていくんじゃ」

「神様《かみさま》におそなえをするんですか」

「そうではない。そこにはまんじゅうが大好物《だいこうぶつ》な小人《こびと》が住《す》んでいてな。このまんじゅうと交換《こうかん》したものをもって帰《かえ》るがいいぞ」

弟《おとうと》がおじいさんのいうとおり、お堂《どう》の裏《うら》までいったところ、小人《こびと》たちが走《はし》りまわっていました。

小人《こびと》たちが、弟《おとうと》を見《み》つけていいました。

「おまえ、まんじゅうもってるな。いますぐ、そのまんじゅうくれ。なに、いやか。まんじゅうはおいしいもんな。わかった、じゃあ、宝《たから》と交換《こうかん》してやる」

小人《こびと》たちは、弟《おとうと》がなにもいわないのに勝手《かって》に決《き》めつけて、弟《おとうと》の手《て》からむりやりまんじゅうをうばいとると、どこからか石臼《いしうす》をもちだしてきました。

「この石臼《いしうす》はな。人間《にんげん》が右《みぎ》にまわすと好《す》きなものがなんでもでてくる。左《ひだり》にまわすと止《と》まる。やってみろ。まんじゅうをだせ」

弟《おとうと》が「**まんじゅうでろ**」といいながら石臼《いしうす》を右《みぎ》にまわすと、まんじゅうがたくさんでてきました。小人《こびと》たちは大《おお》よろこびし、弟《おとうと》に石臼《いしうす》をわたして帰《かえ》っていきました。

弟《おとうと》は石臼《いしうす》をもち帰《かえ》り、石臼《いしうす》から小判《こばん》やごちそうをたくさんだして大金《おおがね》もちになりました。

兄《あに》は、弟《おとうと》がいきなり大金《おおがね》もちになった理由《りゆう》がわかりません。そこで、弟《おとうと》の家《いえ》にいき、わけを聞《き》きました。

「やあ、にいさん。そんなことより、お菓子《かし》でもいかが。用意《ようい》しますよ」

弟《おとうと》がそういって奥《おく》にひっこんだところを、兄《あに》はこっそりのぞきました。

「**菓子《かし》でろ。菓子《かし》でろ**」

弟《おとうと》が石臼《いしうす》から菓子《かし》をだしているのを見《み》た兄《あに》は、「そういうことか」と合点《がてん》しました。その日《ひ》の晩《ばん》、兄《あに》は弟《おとうと》の家《いえ》から石臼《いしうす》を盗《ぬす》み、舟《ふね》に乗《の》って逃《に》げました。

「弟《おとうと》め。菓子《かし》ばかり食《く》わせおって。おかげで口《くち》の中《なか》が甘《あま》くてかなわん。口直《くちなお》しに塩《しお》をだそう。**塩《しお》でろ、塩《しお》でろ**」

兄《あに》が石臼《いしうす》をまわすと、塩《しお》はあとからあとからでてきましたが、兄《あに》は石臼《いしうす》のとめかたを知《し》りません。兄《あに》は石臼《いしうす》といっしょに、海《うみ》にしずんでしまいました。以来《いらい》、海《うみ》の水《みず》は塩辛《しおから》くなりました。

なぜかって？ だって、石臼《いしうす》はいまでも海《うみ》の底《そこ》で塩《しお》をだしつづけているのですから。

読んだ日　年　月　日／　年　月　日／　年　月　日

ポイント　東北地方《とうほくちほう》に伝《つた》わる民話《みんわ》ですが、もとの話《はなし》はノルウェー民話《みんわ》だと考察《こうさつ》されています。

何度《なんど》もおなじことをくり返《かえ》す男《おとこ》

カモとりごんべえ

むかしむかし、あるところに、カモとり権兵衛《ごんべえ》という、猟師《りょうし》がおりました。権兵衛《ごんべえ》は毎日鉄砲《まいにちてっぽう》をかついで山《やま》へいき、一羽《いちわ》、二羽《にわ》とカモをうって猟《りょう》をする生活《せいかつ》をしていたのです。

「ああ、毎日毎日《まいにちまいにち》ちょっとずつカモをとるのは、めんどうじゃなあ。一度《いちど》に百羽《ひゃくわ》ぐらいとる方法《ほうほう》はないものか」

ある冬《ふゆ》の朝《あさ》、権兵衛《ごんべえ》はカモがたくさん集《あつ》まる池《いけ》にでかけました。すると、なんと、池《いけ》に氷《こおり》がはって、カモたちは身動《みうご》きができなくなっていたのです。

「なんという幸運《こううん》じゃ。いまならぜんぶつかまえられるぞ。一《ひ》の二《ふ》の三《みい》の……。おお、九十九羽《きゅうじゅうきゅうわ》もおるわ」

権兵衛《ごんべえ》は大《おお》よろこびで、九十九羽《きゅうじゅうきゅうわ》のカモの首《くび》に縄《なわ》をつなぎおえました。すると、朝日《あさひ》で氷《こおり》がとけて、自由《じゆう》になったカモたちが、いっせいに飛《と》びあがったのです。

「ひゃああ、助《たす》けてくれえ」

九十九羽《きゅうじゅうきゅうわ》のカモにつながれた権兵衛《ごんべえ》は、いっしょに空《そら》に舞《ま》いあがってしまいました。

いくつもの山《やま》を越《こ》え、谷《たに》を越《こ》えたころ、権兵衛《ごんべえ》はつかれて縄《なわ》から手《て》をはなし、ある村《むら》の畑《はたけ》に落《お》ちてしまいました。

「あいたたたたたあ」

空《そら》から落《お》ちてきた権兵衛《ごんべえ》におどろいた村人《むらびと》は、権兵衛《ごんべえ》からわけを聞《き》きました。

「それは気《き》のどくじゃ。今日《きょう》からこの村《むら》で暮《く》らすがええ」

こうして権兵衛《ごんべえ》は村《むら》で、麦《むぎ》を刈《か》る仕事《しごと》を手伝《てつだ》うことになりました。ある日《ひ》、権兵衛《ごんべえ》はとくべつ大《おお》きな麦《むぎ》を見《み》つけました。背丈《せたけ》ほどもある麦《むぎ》です。

「でっかい麦《むぎ》じゃなあ。どれ、刈《か》りとるとしようか」

権兵衛《ごんべえ》が力《ちから》をいれて麦《むぎ》をひっぱると、麦《むぎ》がしなってはね返《かえ》りました。

「ひゃあああ、助《たす》けてくれえ」

権兵衛《ごんべえ》はふたたび空《そら》に舞《ま》いあがりました。

どすん、と落《お》ちた場所《ばしょ》は町《まち》の傘屋《かさや》のまえでした。今度《こんど》は、権兵衛《ごんべえ》は傘屋《かさや》で働《はたら》くことになりました。ある日《ひ》、権兵衛《ごんべえ》が傘屋《かさや》で傘《かさ》を干《ほ》していたところ、とくべつ大《おお》きな傘《かさ》を見《み》つけました。

「でっかい傘《かさ》じゃあ。どれ、干《ほ》すとしようか」

権兵衛《ごんべえ》が大《おお》きな傘《かさ》を手《て》にとったところ、大風《おおかぜ》がふいて、権兵衛《ごんべえ》は傘《かさ》ごと、また空《そら》に舞《ま》いあがりました。

「ひゃあああああ、助《たす》けてくれえ」

三度《さんど》、空《そら》に飛《と》ばされた権兵衛《ごんべえ》が落《お》ちた場所《ばしょ》は、お寺《てら》の五重塔《ごじゅうのとう》のてっぺんでした。寺《てら》のお坊《ぼう》さんや小坊主《こぼうず》さんが、権兵衛《ごんべえ》を助《たす》けようと大《おお》さわぎです。

「お〜い、大丈夫《だいじょうぶ》か。下《した》でふとんを広《ひろ》げたぞ。ここへ飛《と》びおりろ」

覚悟《かくご》を決《き》めた権兵衛《ごんべえ》は、ふとんを目《め》がけて飛《と》びおりました。みごと、権兵衛《ごんべえ》はふとんの真《ま》ん中《なか》に飛《と》びおりましたが、そのいきおいで、ふとんのはしをもっていたお坊《ぼう》さんの頭同士《あたまどうし》がぶつかり、目《め》から火花《ひばな》が飛《と》びました。その火花《ばな》が寺《てら》に燃《も》えうつり大火事《おおかじ》になって、なにもかも燃《も》えてしまいましたとさ。

読んだ日　　年　月　日／　　年　月　日／　　年　月　日

ポイント　くり返《かえ》しは昔話《むかしばなし》の基本《きほん》です。読《よ》むときにおなじ表現《ひょうげん》やセリフをくりかえすことでリズム感《かん》を生《う》みます。

人類《じんるい》の平和《へいわ》と進歩《しんぽ》を願《ねが》った化学者《かがくしゃ》

ノーベル

アルフレッド・ノーベルはスウェーデンの首都《しゅと》ストックホルムに生《う》まれました。おとうさんは建築家《けんちくか》でしたが、発明《はつめい》が大好《だいす》きで、あまり建築《けんちく》の仕事《しごと》をしませんでした。おかげでノーベルの家《いえ》はとても貧乏《びんぼう》でした。

ノーベルは体《からだ》が弱《よわ》く、病気《びょうき》がちでした。でも勉強《べんきょう》は大好《だいす》きで、とくに外国《がいこく》語《ご》や化学《かがく》が得意《とくい》でした。ノーベルが九《きゅう》歳《さい》のとき、おとうさんはロシアで地雷《じらい》の研究《けんきゅう》に成功《せいこう》しました。一家《いっか》はロシアにひっこすことになりました。

ノーベルはおにいさんたちと、家庭《かてい》教師《きょうし》の先生《せんせい》に勉強《べんきょう》を教《おし》えてもらいました。あるとき、先生《せんせい》がいいました。

「ほんとうにりっぱな人《ひと》は、世《よ》の中《なか》のために働《はたら》く人《ひと》なんだよ」

この言葉《ことば》はノーベルの心《こころ》にひびきました。そしてノーベルは、自分《じぶん》もりっぱな仕事《しごと》をしようと思《おも》いました。

十七歳《じゅうななさい》になったノーベルは、フランスに渡《わた》り、その後《ご》もイギリスやアメリカに留学《りゅうがく》して、化学《かがく》の勉強《べんきょう》をしました。二年後《にねんご》にアメリカから戻《もど》り、おとうさんの工場《こうじょう》で発明《はつめい》の仕事《しごと》を手伝《てつだ》いました。

ノーベルが留学《りゅうがく》している間《あいだ》に、おとうさんの工場《こうじょう》は大《おお》きく発展《はってん》していました。おとうさんがつくっていたのは、戦争《せんそう》で使《つか》う「機雷《きらい》」という武器《ぶき》でした。ノーベルは人《ひと》を傷《きず》つける道具《どうぐ》をつくるより、人《ひと》のためになる発明《はつめい》をしたいと思《おも》っていました。

山《やま》をけずって工事《こうじ》をしたり、鉄道《てつどう》を通《とお》したりするためには、大《おお》きな岩《いわ》をどかさなければなりません。人間《にんげん》の力《ちから》だけではむずかしい仕事《しごと》を楽《らく》にするために、ノーベルは新《あたら》しい火薬《かやく》を研究《けんきゅう》しました。そして三十歳《さんじっさい》のとき、ニトログリセリンという薬品《やくひん》を爆発《ばくはつ》させるしかけを考《かんが》えだしました。新《あたら》しい火薬《かやく》は評《ひょう》判《ばん》になり、新聞《しんぶん》や雑誌《ざっし》でも「すばらしい大発見《だいはっけん》」とほめられました。

ところが、かなしい出来事《できごと》が起《お》こったのです。ニトログリセリンはゆれたり、ぶつかったりすると、爆発《ばくはつ》してしまう不安定《ふあんてい》な火薬《かやく》でした。爆発事故《ばくはつじこ》があちこちで起《お》こり、ノーベルの弟《おとうと》や工《こう》場《じょう》で働《はたら》く人《ひと》が死《し》んでしまいました。

「事故《じこ》が起《お》こったのは、火薬《かやく》が液体《えきたい》だからだ。固体《こたい》にすれば安全《あんぜん》に使《つか》える」

ノーベルは夜《よる》も眠《ねむ》らずに、実験《じっけん》にとりくみました。そして、海《うみ》の底《そこ》からとれる土《つち》をまぜることで、火薬《かやく》をかためることに成功《せいこう》したのです。

こうしてつくられた火薬《かやく》は、「ダイナマイト」と名《な》づけられました。安全《あんぜん》に使《つか》えるダイナマイトは人《ひと》びとの生活《せいかつ》に役《やく》だちましたが、やがて戦争《せんそう》にも使《つか》われるようになりました。ノーベルはお金《かね》もちになりましたが、心《こころ》をいためていました。そして、つぎのような遺《ゆい》言状《ごんじょう》を書《か》いたのです。

「わたしの財産《ざいさん》から生《う》まれる利子《りし》を、人類《じんるい》の進歩《しんぽ》と平和《へいわ》のために働《はたら》いた人《ひと》にわけてください」

こうして、世界最高《せかいさいこう》の栄誉《えいよ》を贈《おく》るノーベル賞《しょう》が設立《せつりつ》されたのです。

読んだ日　年　月　日／　年　月　日／　年　月　日

ポイント　ノーベル賞《しょう》の授賞式《じゅしょうしき》は、毎年《まいとし》ストックホルムで、ノーベル(1833-1896)の命日《めいにち》におこなわれます。

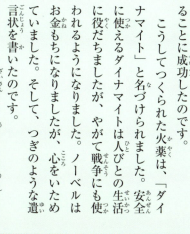

強《つよ》くて美男子《びなんし》、古代日本最大《こだいにほんさいだい》の英雄譚《えいゆうたん》

ヤマトタケル

12月11日のお話

第十二代景行天皇《だいじゅうにだいけいこうてんのう》は、食事《しょくじ》の時間《じかん》になっても皇子《おうじ》のオオウスノミコトがあらわれないので、皇子《おうじ》の弟《おとうと》のオウスノミコトにようすを見《み》にいかせました。すると、オウスはすぐに戻《もど》ってきて、パクパクと食事《しょくじ》をしはじめたのです。

「オウスよ。オオウスはどうした？」

「にいさんですか？　こいといってもこないので、手足《てあし》をへし折《お》って、殺《ころ》してきましたよ」

兄《あに》を殺《ころ》して平然《へいぜん》としているオウスを、天皇《てんのう》はたいへんおそれました。そこで天皇《てんのう》は、オウスに九州《きゅうしゅう》のクマソタケルという、二人《ふたり》で一《ひと》つの名《な》を名乗《なの》る兄弟《きょうだい》を討伐《とうばつ》するように命《めい》じました。オウスを自分《じぶん》から遠《とお》ざけようとする計略《けいりゃく》でした。

オウスは九州《きゅうしゅう》にいくまえに伊勢《いせ》にたちより、叔母《おば》から少女《しょうじょ》の衣装《いしょう》をかりました。オウスは美少年《びしょうねん》だったので、女装《じょそう》をすると女《おんな》の子《こ》にしか見《み》えません。オウスは少女《しょうじょ》の姿《すがた》に変装《へんそう》してクマソタケル兄弟《きょうだい》が宴会《えんかい》をしているところへいき、二人《ふたり》をだまして刺《さ》し殺《ころ》しました。死《し》ぬ寸前《すんぜん》、弟《おとうと》のクマソタケルは、こういいました。

「ヤマトにはこんなに強《つよ》い人《ひと》がいたのか。よろしい、われら兄弟《きょうだい》の名前《なまえ》を献上《けんじょう》しよう。あなたは今後《こんご》、ヤマトタケルと名乗《なの》るがいい」

以後《いご》、オウスはヤマトタケルノミコトを名乗《なの》るようになりました。ヤマトタケルは九州《きゅうしゅう》を征伐《せいばつ》したあと、出雲《いずも》も征伐《せいばつ》し、ヤマトの都《みやこ》に帰《かえ》りました。

「ヤマトタケルよ、よくやった。さあ、今度《こんど》は東《ひがし》を征伐《せいばつ》せよ」

天皇《てんのう》の命令《めいれい》にはしたがうヤマトタケルでしたが、こう命《めい》じられてばかりでは気《き》もちが晴《は》れません。伊勢《いせ》の叔母《おば》に会《あ》いにいき、ぐちをこぼしました。

「父上《ちちうえ》はわたしのことが嫌《きら》いなのでしょうか。また戦《いくさ》にいけとは、死《し》ねといわれているような気《き》がします」

「お父上《ちちうえ》の深《ふか》いお心《こころ》をうたがってはなりません。さあ、この剣《つるぎ》をもっていきなさい。あなたを守《まも》ってくれます」

その剣《つるぎ》とは、かつてスサノオノミコトがヤマタノオロチから見《み》つけた神器《じんぎ》天叢雲剣《あめのむらくものつるぎ》です。ヤマトタケルは、歯《は》むかう敵《てき》をうちたおし、剣《つるぎ》は草《くさ》をないで火《ひ》の災《わざわ》いをはらったことから、草薙《くさなぎ》剣《つるぎ》と呼《よ》ばれるようになりました。

天下《てんか》をことごとくしたがえたヤマトタケルは、伊吹山《いぶきやま》に住《す》む、わるい神《かみ》を退治《たいじ》しにいきました。ところがヤマトタケルは、草薙剣《くさなぎのつるぎ》を妻《つま》のもとに置《お》いてきていたのです。伊吹山《いぶきやま》にのぼっている最中《さいちゅう》、ヤマトタケルは白《しろ》いイノシシに出合《であ》いました。

「おまえも、伊吹山《いぶきやま》の神《かみ》を退治《たいじ》してから、わたしが殺《ころ》してやろう」

ヤマトタケルはこういいましたが、じつは白《しろ》いイノシシこそ伊吹山《いぶきやま》の神《かみ》でした。おこった神《かみ》はヤマトタケルに雹《ひょう》をぶつけ、それがもとでヤマトタケルは亡《な》くなってしまいました。その後《ご》、ヤマトタケルのたましいは白鳥《はくちょう》になり、天高《てんたか》く舞《ま》いあがっていったそうです。

読んだ日　年　月　日／　年　月　日／　年　月　日

ポイント　ヤマトタケルは『古事記《こじき》』では倭建命《やまとたけるのみこと》、『日本書紀《にほんしょき》』では日本武尊《やまとたけるのみこと》と表記《ひょうき》されています。

12月12日のお話

住《す》めばどこでも都《みやこ》といいますが……

田舎《いなか》のネズミと町《まち》のネズミ

イソップ

あるとき、田舎《いなか》のネズミが、町《まち》のネズミを自分《じぶん》の家《いえ》に招待《しょうたい》しました。

「遠《とお》いところをようこそ、町《まち》のネズミくん。さっそく、ごちそうするよ」

田舎《いなか》のネズミは町《まち》のネズミをさそって、近《ちか》くの小麦畑《こむぎばたけ》へいきました。畑《はたけ》につくと、田舎《いなか》のネズミは小麦《こむぎ》の根《ね》を掘《ほ》りだして、かじりながらいいました。

「町《まち》のネズミくんも食《た》べなよ。たくさんあるからえんりょはいらないよ」

ところが、町《まち》のネズミは気《き》が乗《の》らないようすでいいました。

「わるいけど、食《た》べたくないよ」

「小麦《こむぎ》の根《ね》は嫌《きら》いかい。それなら、あっちの畑《はたけ》にはトウモロコシがあるし、そっちの畑《はたけ》にはダイコンがあるよ。好《す》きなものをとって食《た》べるといいよ」

「う~ん、そんなものを食《た》べるのは、なんだか虫《むし》けらみたいだ。やっぱりえんりょするよ。きみはいつもこんなものばかり食《た》べているのかい。一度《いちど》、町《まち》にきてごらんよ」

「へえ、町《まち》にいけば、もっとかわったものが食《た》べられるのか。よし、それなら、町《まち》へでかけるとしよう」

こうして、田舎《いなか》のネズミは町《まち》のネズミに連《つ》れられて、町《まち》へでかけました。二匹《にひき》のネズミが町《まち》につくと、町《まち》のネズミがいいました。

「ぼくの家《いえ》にいこうよ。いまごろ、ごちそうがたくさんあるはずだよ」

町《まち》のネズミはこういうと、田舎《いなか》のネズミを、自分《じぶん》が棲《す》む大《おお》きな家《いえ》に案内《あんない》しました。二匹《にひき》が家《いえ》の台所《だいどころ》にいくと、肉《にく》、チーズ、パンにワインと、田舎《いなか》のネズミが見《み》たこともないようなごちそうが、たくさん残《のこ》されていました。

「人間《にんげん》たちの宴会《えんかい》がおわったばかりのようだな。今日《きょう》はとくにごちそうが多《おお》いぞ。さあ、きみ、えんりょなく好《す》きなものを食《た》べたまえ」

「あ、ああ。これはすごいな。田舎暮《いなかぐ》らしではとてもこんなごちそうにはありつけないよ。ありがたく、食《た》べるとするよ」

田舎《いなか》のネズミはそういいながら、近《ちか》くにあるチーズに手《て》をのばしました。すると、人間《にんげん》がドアを開《あ》けて台所《だいどころ》へはいってきました。

「まずい、逃《に》げろ」

町《まち》のネズミは田舎《いなか》のネズミを連《つ》れて、一目散《いちもくさん》に壁《かべ》の穴《あな》に逃《に》げこみました。

しばらくしてから、二匹《にひき》のネズミは、ごちそうをたべようと何度《なんど》も台所《だいどころ》へいきました。ところがネズミたちが台《だい》所《どころ》へいくたびに、人間《にんげん》やネコがやってくるので、なかなかごちそうにありつけません。田舎《いなか》のネズミは帰《かえ》り支度《じたく》をしながらいいました。

「町《まち》は、危険《きけん》がいっぱいだ。わるいけど、ぼくはこんなところに棲《す》めないな」

おもしろいけど危険《きけん》な町《まち》、たいくつだけれど安全《あんぜん》な田舎《いなか》、どちらにもいい点《てん》とわるい点《てん》があります。人《ひと》はそれぞれ好《す》きなことや満足《まんぞく》できるところがちがいます、というお話《はなし》でした。

読んだ日　年　月　日／　年　月　日／　年　月　日

ポイント　田舎《いなか》のほうが安全《あんぜん》だ、という教訓《きょうくん》だと解釈《かいしゃく》されることもあります。

けんかがうつる

　むかし、豊後《ぶんご》の国《くに》に、少々《しょうしょう》かわっているものの、たいへんな知恵者《ちえもの》だと評判《ひょうばん》の吉四六《きっちょむ》さんという人《ひと》がいました。

　吉四六《きっちょむ》さんの隣《となり》の家《いえ》には、けんかばかりしている夫婦《ふうふ》が住《す》んでいました。これをなんとかしてやろうと思《おも》った吉四六《きっちょむ》さん、ある日《ひ》、自分《じぶん》の家《いえ》と夫婦《ふうふ》の家《いえ》の間《あいだ》に垣根《かきね》をつくりはじめたのです。

　垣根《かきね》が完成《かんせい》しようとするころ、隣《となり》の夫婦《ふうふ》が、このことに気《き》づきました。

「吉四六《きっちょむ》さん、もしかしておれたちのけんかがうるさいから、こんな垣根《かきね》をつくったのかい。うちのかかあは、うるせえからなあ。すまないねえ」

「どうもうちのろくでなしが、うるさくてすみません。あんた、他人様《ひとさま》にまで迷惑《めいわく》をかけるなんて、どうしようもないよ、ほんとに」

「なにをいってやがる。わるいのはいつもてめえのほうだろうが」

　吉四六《きっちょむ》さんを目《め》のまえにして、夫婦《ふうふ》はけんかをはじめてしまいました。これには吉四六《きっちょむ》さんも苦笑《にがわら》い。おだやかな声《こえ》で、夫婦《ふうふ》に話《はな》しかけました。

「いいえ、この垣根《かきね》はね。けんかがうつらないようにするためなんですよ」

「けんかがうつるだって？」

「そんなこと聞《き》いたこともないよ」

　夫婦《ふうふ》はけんかをやめて、吉四六《きっちょむ》にいいました。

「とんでもない。けんかはうつりますよ。知《し》らなかったんですか」

「うそだ。うつるわけねえ」

「うつります」

「うつらないわよ」

「うつります」

　うつる、うつらないと吉四六《きっちょむ》さんと夫婦《ふうふ》がいいあいをしているうちに、だんだん空気《くうき》が険悪《けんあく》になっていきました。

「うつらねえっていってんだろうが」

「そうだよ、うつらないよ」

「うつりますったら」

「こんちきしょう。もう勘弁《かんべん》ならねえ。けんかしてえならやってやるぞ」

「あんた、負《ま》けんじゃないよ」

　夫婦《ふうふ》は完全《かんぜん》に頭《あたま》にきて、吉四六《きっちょむ》さんにけんかを売《う》りました。そこですかさず、吉四六《きっちょむ》さんがいいました。

「いいですよ。そのけんか買《か》いましょう。ところで、ほら、けんかはうつったでしょう？」

　その言葉《ことば》を聞《き》いて、夫婦《ふうふ》は吉四六《きっちょむ》さんが正《ただ》しかったことがわかり、いかりをおさめました。吉四六《きっちょむ》さんは話《はなし》をつづけます。

「けんかはね、自分《じぶん》が正《ただ》しいと思《おも》いこんだときにしてしまうのです。あいてのいうことをよく聞《き》いてください。そうすれば、けんかはしなくなりますよ」

「ああ、吉四六《きっちょむ》さん。すまなかった」

　夫婦《ふうふ》は吉四六《きっちょむ》さんにていねいに頭《あたま》をさげておわびをいい、帰《かえ》っていきました。以来《いらい》、夫婦《ふうふ》はけんかをあまりしなくなったということです。

読んだ日　　年　月　日／　　年　月　日／　　年　月　日

ポイント　けんかの仲裁《ちゅうさい》はむずかしいものです。吉四六《きっちょむ》さんが知恵者《ちえもの》だということがよくわかるお話《はなし》ですね。

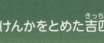

12月14日のお話

ナルシストの語源《ごげん》となったお話《はなし》です

ナルキッソスの恋《こい》

ギリシャ神話《しんわ》

むかし、ナルキッソスというたいへんうつくしい少年《しょうねん》がいました。そのうつくしさは国中《くにじゅう》に知《し》れわたり、彼《かれ》を見《み》た者《もの》は、男《おとこ》ですら恋《こい》をしてしまうほどでした。

美《び》の女神《めがみ》アフロディーテもナルキッソスに興味《きょうみ》をもち、贈《おく》り物《もの》をしようとしました。ところが、ナルキッソスはそれをことわったのです。

「ナルキッソスよ、おまえはわたしの愛《あい》をこばんだ。ならば、一生《いっしょう》、他人《たにん》の愛《あい》をこばみつづけるがいい」

アフロディーテの呪《のろ》いを受《う》け、ナルキッソスは、だれからの愛《あい》も拒絶《きょぜつ》するようになってしまいました。

ある日《ひ》、森《もり》の妖精《ようせい》エコーが、ナルキッソスを見《み》て恋《こい》をしました。エコーはナルキッソスと話《はな》したいのですが、自分《じぶん》からは話《はな》しかけられません。ただ、ナルキッソスを見《み》ているだけでした。

じつは彼女《かのじょ》も、大神《たいしん》ゼウスの妻《つま》ヘラのいかりを受《う》けて、呪《のろ》いをかけられていたのです。エコーへの呪《のろ》いは「あいての話《はな》した言葉《ことば》をそのままくり返《かえ》すことしかできない」というものでした。

ナルキッソスは、エコーに気《き》づいて話《はな》しかけました。

「きみはだれだい？」

「きみはだれだい？」

「ぼくはナルキッソスだ」

「ぼくはナルキッソスだ」

「きみはぼくをからかっているのか」

「きみはぼくをからかっているのか」

ナルキッソスは腹《はら》をたてました。

「きみなんか嫌《きら》いだ。消《き》えてくれ」

「きみなんか嫌《きら》いだ。消《き》えてくれ」

エコーはナルキッソスの言葉《ことば》をくり返《かえ》すことしかできません。エコーはかなしみのあまり、姿《すがた》が消《き》えて、声《こえ》だけの存在《そんざい》になりました。

このことを知《し》った、天罰《てんばつ》と復讐《ふくしゅう》の女神《めがみ》ネメシスは、たいへんおこりました。そこでネメシスは、ナルキッソスに「自分《じぶん》しか愛《あい》せない身《み》」となる呪《のろ》いをかけ、山《やま》の中《なか》の泉《いずみ》に呼《よ》びよせました。

泉《いずみ》をのぞきこんだナルキッソスは、水面《すいめん》にうつる美少年《びしょうねん》に恋《こい》をしました。ところがナルキッソスには、それが自《じ》分《ぶん》のことだとわかりません。

「ああ、なんといううつくしい人《ひと》なんだ。どうかぼくに話《はな》しかけておくれ」

ナルキッソスがいくら話《はな》しかけても、水面《すいめん》にうつる美少年《びしょうねん》は、ただ、ナルキッソスのそぶりをマネするばかりです。

「ああ、きみもぼくをからかうのか。でも、どうかきみは消《き》えないでくれ。ぼくはきみを愛《あい》してしまった。一声《ひとこえ》でいいから、きみの声《こえ》を聞《き》かせておくれ」

ナルキッソスは何日《なんにち》も何日《なんにち》も、泉《いずみ》のほとりで自分《じぶん》の姿《すがた》に話《はな》しかけました。

「どうしても声《こえ》を聞《き》かせてくれないのならば、君《きみ》に口《くち》づけをさせてくれ」

ナルキッソスはそういうと、水面《すいめん》に体《からだ》をのばし、そのまま泉《いずみ》に落《お》ちて死《し》んでしまいました。ナルキッソスの体《からだ》は水仙《すいせん》になったということです。

12月
神話
かなしい話

読んだ日　　年　月　日／　　年　月　日／　　年　月　日

ポイント　エコーは日本語《にほんご》では「こだま」、ナルキッソス（英語《えいご》ではナルシス）は「水仙《すいせん》」という意味《いみ》です。

中国《ちゅうごく》

中国《ちゅうごく》にはヘビの民話《みんわ》がたくさんあります

ヘビのだんなさん

むかしむかし、二人《ふたり》の娘《むすめ》をもつ農夫《のうふ》がいました。二人《ふたり》の娘《むすめ》は、顔《かお》はよくにていましたが、性格《せいかく》は大《おお》ちがい。姉《あね》は欲《よく》ばりでみえっぱりでしたが、妹《いもうと》はやさしい性格《せいかく》をしていました。

ある日《ひ》のこと。農夫《のうふ》が山《やま》に仕事《しごと》にでかけたところ、農夫《のうふ》は崖《がけ》から足《あし》をすべらせて落《お》ちてしまいました。

「あいたたた。ここはどこじゃ」

「だいじょうぶですか。おけがはありませんか」

農夫《のうふ》が声《こえ》のするほうをふりむくと、うつくしく、りっぱな若者《わかもの》が心配《しんぱい》そうな顔《かお》をして、農夫《のうふ》を見《み》ていました。

「いや、ありがとう。だいじょうぶじゃ。それより、おまえさん、こんな山《やま》の中《なか》でなにをしておるんじゃ」

「わたしはここに住《す》む者《もの》です。さあ、帰《かえ》り道《みち》を教《おし》えてあげましょう」

若者《わかもの》の親切《しんせつ》に感激《かんげき》した老父《ろうふ》は、若者《わかもの》に娘《むすめ》と結婚《けっこん》してほしいとたのみました。すると若者《わかもの》はよろこんで、農夫《のうふ》にたくさんのおみやげをわたして帰《かえ》っていきました。

ところが、農夫《のうふ》が帰《かえ》っていく若者《わかもの》を見《み》ていると、なんと若者《わかもの》は大《おお》きなヘビの姿《すがた》にかわっていくではありませんか。

農夫《のうふ》はおどろいて家《いえ》に帰《かえ》り、娘《むすめ》たちにわけを話《はな》しました。

「あたし、ヘビのよめなんていやよ」

と、姉《あね》がいうと、妹《いもうと》が、

「それではわたしがおよめにいきます。おとうさんを助《たす》けてくれた人《ひと》だもの」

と、いいました。

妹《いもうと》がヘビのところにいくと、ヘビはたいへんよろこび、妹《いもうと》をだいじにあつかいました。ヘビのだんなさんと妹《いもうと》は、とてもしあわせに暮《く》らしたのです。

これを知《し》った姉《あね》は、妹《いもうと》のことをねたみました。そこで、姉《あね》は妹《いもうと》をだまして殺《ころ》してしまったのです。姉《あね》は妹《いもうと》になりかわって、ヘビのもとへいきました。

姉《あね》は妹《いもうと》とちがってなまけ者《もの》なので、ちっとも家事《かじ》をしません。おかしいと思《おも》ったヘビは、姉《あね》にいいました。

「おまえ、ふんいきがかわったねえ」

「そ、そんなことないわよ」

姉《あね》はごまかして、ヘビのところにいつづけました。するとある日《ひ》、小鳥《ことり》が姉《あね》のところへ飛《と》んできて鳴《な》きました。

「ひどい人《ひと》、ひどい人《ひと》」

おこった姉《あね》は、小鳥《ことり》を殺《ころ》して庭《にわ》にうめました。すると、小鳥《ことり》をうめたところから竹《たけ》がはえてきて、姉《あね》を刺《さ》したのです。

「いたいっ。なんなの、この竹《たけ》！」

姉《あね》が竹《たけ》を燃《も》やすと、火《ひ》が姉《あね》に燃《も》えうつり、姉《あね》は焼《や》け死《し》にました。姉《あね》のことをよめだと信《しん》じこんでいたヘビはなげき、かなしみました。すると、小鳥《ことり》が飛《と》んできて、妹《いもうと》の姿《すがた》にかわったのです。

「おまえ、死《し》んだのではなかったのか」

妹《いもうと》は、ヘビにこれまでのことをすべて話《はな》しました。

「そうだったのか。では、おまえがほんとうのわたしのよめなんだね」

二人《ふたり》はまた、しあわせに暮《く》らしたということです。

12月 世界の昔話

ふしぎな話

読んだ日　年　月　日／　年　月　日／　年　月　日

ポイント　中国民話《ちゅうごくみんわ》で「蛇郎《じゃろう》」伝説《でんせつ》として有名《ゆうめい》です。「蛇郎《じゃろう》」は100以上《いじょう》のバリエーションがあり、日本各地《にほんかくち》にも形《かたち》をかえて伝《つた》わっています。

いつも人《ひと》をだますキツネがだまされるお話《はなし》

しっぽの釣《つ》り

むかしむかし、ずるくて性悪《しょうわる》なキツネがおりました。キツネは森《もり》の動物《どうぶつ》たちをだましては獲物《えもの》を横《よこ》どりしたり、ひどい目《め》にあわせてよろこんだりするので、森《もり》に棲《す》む動物《どうぶつ》たちは、みんなキツネにおこっていました。とくにカワウソは、いつもキツネにうそをつかれ、魚《さかな》をだましとられてばかりいたので、カンカンにおこっていました。

ある冬《ふゆ》の日《ひ》、キツネは腹《はら》をすかせて、森《もり》の中《なか》の池《いけ》までやってきました。すると、カワウソが魚《さかな》をとって、池《いけ》からあがってくるところを見《み》つけました。キツネはカワウソから魚《さかな》をだましとってやろうと、カワウソに声《こえ》をかけました。

「カワウソさん、今日《きょう》も大漁《たいりょう》だねえ。そんなに食《た》べきれないだろう。おれが食《た》べるのを手伝《てつだ》ってやろうか」

カワウソはキツネがまたよからぬことをたくらんでいるな、と気《き》づきました。そこで、日《ひ》ごろの仕返《しかえ》しをしてやろうと思《おも》い、こんなことをいいました。

「いやあ、おいらなんか、ぜんぜんダメだよ。しっぽがよくないからな」

「なにいってるんだ、カワウソさんのしっぽは、そんなに太《ふと》くて長《なが》いじゃないか。でも、しっぽが魚《さかな》とりと、どう関係《かんけい》あるんだい？」

キツネが話《はなし》に乗《の》ってきたので、しめたと思《おも》ったカワウソは、話《はなし》をつづけました。

「おいらのしっぽは長《なが》いけど、ツルツルだろ。キツネさんみたいなしっぽなら、もっとたくさん魚《さかな》がとれるけど」

「どういうことだい、教《おし》えてくれよ」

「今日《きょう》みたいに寒《さむ》い日《ひ》の晩《ばん》には、池《いけ》に氷《こおり》がはるだろ。そしたら、氷《こおり》に穴《あな》をあけて、しっぽを穴《あな》の中《なか》にたらすのさ。魚《さかな》はふさふさしたしっぽをエサとまちがえて食《く》いつくんだ。まあ、おいらにはむりな方法《ほうほう》だけどね」

カワウソの話《はなし》を聞《き》いたキツネは大《おお》よろこび。さっそくその日《ひ》の晩《ばん》に、池《いけ》の氷《こおり》に穴《あな》をあけ、しっぽをたらしました。

「ううう、冷《つめ》たいなあ。でもがまんしないとな。ふん、カワウソのヤツ、おれのふさふさしたしっぽをうらやましがってたな。ざまあみやがれ」

キツネがしっぽの冷《つめ》たさをがまんしていると、池《いけ》の氷《こおり》は寒《さむ》さで厚《あつ》みを増《ま》していきました。氷《こおり》にあけた穴《あな》もしだいに小《ちい》さくなっていき、キツネのしっぽをしめつけました

「おっ、魚《さかな》が食《く》いついてきたな。ひきあげるか。いや、もうちょっと魚《さかな》がたくさん食《く》いつくまでがまんしよう」

しっぽを氷《こおり》にはさまれているとは知《し》らず、キツネはがまんしつづけました。

「そろそろいいか。おや、ものすごく重《おも》いぞ。こりゃ大漁《たいりょう》だ」

よろこんだキツネは、力《ちから》まかせにしっぽを穴《あな》からひきぬきました。ところが、しっぽは穴《あな》にはさまれたまま、ぬけません。しっぽはキツネの体《からだ》からちぎれてしまいましたとさ。

読んだ日　年　月　日／　年　月　日／　年　月　日

ポイント　キツネではなくサルがだまされ、サルのしっぽが短《みじか》い理由《りゆう》になっている昔話《むかしばなし》もあります。

「狼少年《おおかみしょうねん》」はうそつきの代名詞《だいめいし》

羊飼《ひつじか》いとオオカミ

イソップ

むかし、あるところに羊飼《ひつじか》いの少年《しょうねん》がいました。少年《しょうねん》の仕事《しごと》は、毎日《まいにち》ヒツジを牧草地《ぼくそうち》まで連《つ》れていき、見《み》はっていることです。ところが少年《しょうねん》は、この仕事《しごと》がいやでたまりません。

「ああ、毎日《まいにち》おんなじことのくり返《かえ》しでつまんないよ。なにかおもしろいことでも起《お》きないかなあ」

すると、遠《とお》くのほうで黒《くろ》い影《かげ》が動《うご》きました。しきりと、ヒツジたちのようすをうかがっているように見《み》えます。

「あれはもしかしてオオカミなのか。たいへんだ、みんなに知《し》らせなくちゃ」

少年《しょうねん》はあわてて村《むら》に戻《もど》り、みんなに知《し》らせました。

「オオカミだ。オオカミがきたぞ！」

オオカミはヒツジの天敵《てんてき》です。オオカミはとても強《つよ》いので、村《むら》のみんなで追《お》いはらわなくてはなりません。村人《むらびと》たちはびっくりして、手《て》に武器《ぶき》をとって牧草地《ぼくそうち》にむかいました。

「オオカミはどこだ、ヒツジを守《まも》れ！」

村人《むらびと》は大《おお》さわぎをして探《さが》しまわりましたが、オオカミはいません。

「ふう。どこかへいってしまったか。またオオカミがでたら知《し》らせろよ」

村人《むらびと》たちは、少年《しょうねん》にこういい残《のこ》して帰《かえ》っていきました。羊飼《ひつじか》いの少年《しょうねん》は、そのまま仕事《しごと》をつづけました。

数日《すうじつ》もたつと、少年《しょうねん》はまた、たいくつしはじめました。

「ああ、つまんないなあ。またさわぎが起《お》きないかなあ。そうだ、オオカミがきたことにすればいいんだ！」

少年《しょうねん》は村《むら》に戻《もど》ると、大声《おおごえ》でいいました。

「オオカミだ。オオカミがきたぞ！」

「またきたか。いまいくぞ」

村人《むらびと》たちは武器《ぶき》をもって牧草地《ぼくそうち》にいきましたが、オオカミは見《み》あたりません。村人《むらびと》はあちこち探《さが》しまわりました。けれど、けっきょくオオカミは見《み》つからず、村人《むらびと》たちはひきあげていきました。少年《しょうねん》は、村人《むらびと》たちの必死《ひっし》なようすがおかしくてたまりません。

「ははは、みんなバカだなあ。いるわけもないオオカミを探《さが》しまわってさ」

それからというもの、少年《しょうねん》はたいくつすると村《むら》へいき、オオカミがでたとうそをつくようになりました。最初《さいしょ》のうちは少年《しょうねん》を信《しん》じていた村人《むらびと》たちも、そのうち少年《しょうねん》がうそをついていると見《み》ぬきました。もう少年《しょうねん》がうそをついても、だれも信《しん》じなくなったのです。

ある日《ひ》、今度《こんど》はほんとうにオオカミがあらわれました。少年《しょうねん》は村《むら》に戻《もど》ってさけびました。

「オオカミだ。オオカミがきたぞ！」

ところが、もう村人《むらびと》は少年《しょうねん》の言葉《ことば》を信《しん》じません。だれもヒツジを守《まも》ろうとしなかったので、ヒツジたちはみんなオオカミに食《た》べられてしまいました。

日《ひ》ごろからうそばかりついていると、ほんとうのことをいってもだれも信《しん》じてくれないよ、というお話《はなし》でした。

読んだ日　年　月　日／　年　月　日／　年　月　日

ポイント　日本《にほん》では、少年《しょうねん》まで食《た》べられてしまう、というお話《はなし》もたくさん紹介《しょうかい》されています。

子《こ》ギツネたちはりっぱな大人《おとな》になるでしょう

雪渡《ゆきわた》り

宮沢賢治《みやざわけんじ》

雪《ゆき》がすっかり凍《こお》って、大理石《だいりせき》よりもかたくなっています。四郎《しろう》とかん子《こ》が、歌《うた》を歌《うた》いながら、雪《ゆき》の中《なか》で遊《あそ》んでいると、一匹《いっぴき》の子《こ》ギツネに出合《であ》いました。

子《こ》ギツネの紺三郎《こんざぶろう》は歌《うた》を歌《うた》いました。

「四郎《しろう》はしんこ、かん子《こ》はかんこ、きびのだんごをあげようか」

あんまりおもしろいので、四郎《しろう》のかげにかくれて、かん子《こ》は歌《うた》いました。

「キツネこんこんキツネの子《こ》、キツネの団子《だんご》はウサのくそ」

すると紺三郎《こんざぶろう》が笑《わら》っていいました。

「そんなことはありませんよ。わたしたちは、いままで人《ひと》をだますという無《む》実《じつ》の罪《つみ》を着《き》せられていたのです」

四郎《しろう》がおどろいてたずねました。

「それじゃ、キツネが人《ひと》をだますなんてうそかしら」

紺三郎《こんざぶろう》が熱心《ねっしん》にいいました。

「うそですとも。お二人《ふたり》を幻燈会《げんとうかい》にご招待《しょうたい》しましょう。このつぎの雪《ゆき》の凍《こお》った月夜《つきよ》の晩《ばん》です。きっとですよ」

紺三郎《こんざぶろう》は、二人《ふたり》に入場券《にゅうじょうけん》をくれました。十一歳以下《じゅういっさいいか》の子《こ》どもだけが招待《しょうたい》してもらえる、幻燈会《げんとうかい》の入場券《にゅうじょうけん》です。

二人《ふたり》はよろこんで、つぎの雪《ゆき》の凍《こお》った月夜《つきよ》の晩《ばん》に、幻燈会《げんとうかい》にでかけました。

幕《まく》がはられた会場《かいじょう》には、もうキツネの子《こ》たちがたくさん集《あつ》まっていました。

「こんばんは。いらっしゃい」

と、いう声《こえ》がしたので二人《ふたり》がふりむくと、紺三郎《こんざぶろう》がいました。紺三郎《こんざぶろう》はりっぱな燕尾服《えんびふく》を着《き》ています。紺三郎《こんさぶろう》の開《かい》会《かい》のあいさつがおわると、幻燈会《げんとうかい》がはじまりました。『お酒《さけ》をのむべからず』という大《おお》きな字《じ》が幕《まく》にうつりました。文字《もじ》が消《き》えると、人間《にんげん》の大人《おとな》が酔《よ》っぱらっておかしなものを食《た》べていました。

写真《しゃしん》が消《き》えると、休《やす》み時間《じかん》になりました。かわいらしいキツネの女《おんな》の子《こ》がきびだんごをもってきました。キツネの子《こ》どもたちは、二人《ふたり》がだんごを食《た》べるかどうか興味《きょうみ》しんしんです。

「ぼくは紺三郎《こんざぶろう》さんが、ぼくらをだますなんて思《おも》わないよ。食《た》べようよ」

四郎《しろう》がそういうと、かん子《こ》もうなずきました。二人《ふたり》はきびだんごを食《た》べました。とてもおいしいおだんごでした。キツネの子《こ》たちは大《おお》よろこびしました。

幻燈会《げんとうかい》ではこのあと、『わなを軽《けい》べつすべからず』と『火《ひ》を軽《けい》べつすべからず』という内容《ないよう》が上映《じょうえい》されました。

幻燈《げんとう》がおわると、紺三郎《こんさぶろう》がまたあいさつをしました。

「みなさん。今晩《こんばん》の幻燈《げんとう》はこれでおしまいです。今日《きょう》は人間《にんげん》のお子《こ》さんが、キツネがつくったものを食《た》べてくれました。みなさんは、大人《おとな》になってもうそをつかないようにしましょう」

キツネの子《こ》たちは賛成《さんせい》しました。紺三郎《こんざぶろう》が二人《ふたり》のまえにきて、ていねいにおじぎをしていいました。

「それでは、さようなら。今夜《こんや》のことはけっして忘《わす》れません」

二人《ふたり》もおじぎをして、家《いえ》のほうへ帰《かえ》りました。

読んだ日　年　月　日／　年　月　日／　年　月　日

ポイント　宮沢賢治《みやざわけんじ》のデビュー作《さく》です。幻燈《げんとう》とは、写真《しゃしん》のフィルムや実物《じつぶつ》に光《ひかり》をあてて、レンズで幕《まく》などに映像《えいぞう》をうつして見《み》せるもののことをいいます。

約束《やくそく》を守《まも》った若者《わかもの》とやぶった商人《しょうにん》の結末《けつまつ》

見《み》るなの座敷《ざしき》

むかし、山《やま》の中《なか》で若者《わかもの》が道《みち》に迷《まよ》いました。若者《わかもの》がうろうろと山《やま》の中《なか》を歩《ある》いていると、りっぱなお屋敷《やしき》がありました。

「こんな山《やま》の中《なか》にこんなに大《おお》きなお屋《や》敷《しき》があるなんて。とりあえず、訪《たず》ねて助《たす》けてもらおう」

若者《わかもの》がお屋敷《やしき》につくと、うつくしい娘《むすめ》がでてきて、お酒《さけ》やごちそうをだしてくれました。若者《わかもの》が礼《れい》をいうと、娘《むすめ》は笑《わら》っていいました。

「この屋敷《やしき》には十三《じゅうさん》の座敷《ざしき》があります。どの座敷《ざしき》を見《み》てもかまいませんが、一《ひと》つだけ、あのはなれの座敷《ざしき》の中《なか》は見《み》ないでください。わたしは明日《あす》の朝《あさ》まで留守《るす》にしますが、約束《やくそく》してください」

「わかりました。約束《やくそく》しましょう」

若者《わかもの》は娘《むすめ》がでていくと、さっそく座《ざ》敷《しき》を見《み》てまわりました。一《ひと》つ目《め》の座敷《ざしき》はお正月《しょうがつ》のかざりがしてありました。二《ふた》つ目《め》は節分《せつぶん》、三《みっ》つ目《め》はお雛様《ひなさま》がかざってあります。

「どの部屋《へや》もきれいだな。きっと十二《じゅうに》か月《げつ》のかざりがしてあるのだろう」

若者《わかもの》の予想《よそう》どおり、四月《しがつ》はお釈迦様《しゃかさま》の花祭《はなまつ》り、五月《ごがつ》は端午《たんご》の節句《せっく》、六月《ろくがつ》は青々《あおあお》とした田《た》んぼ、七月《しちがつ》は七夕《たなばた》、八月《はちがつ》はお盆《ぼん》、九月《くがつ》は月見《つきみ》、十月《じゅうがつ》は秋祭《あきまつ》り、十一月《じゅういちがつ》は七五三《しちごさん》、十二月《じゅうにがつ》は年《とし》の暮《く》れと、それぞれの部屋《へや》にかざりがしてありました。

「ああ、みごとなものだ。では十三番《じゅうさんばん》目《め》の座敷《ざしき》にはなにがあるのだろう。いや、いかん。約束《やくそく》は守《まも》らねばならん」

若者《わかもの》は見《み》たい気《き》もちをがまんして、一晩《ひとばん》をすごしました。翌朝《よくあさ》、娘《むすめ》が若者《わかもの》のところにあらわれていいました。

「よく約束《やくそく》を守《まも》ってくれました。留守《るす》番《ばん》のお礼《れい》に、このウグイスの一文銭《いちもんせん》をさしあげます。どうかお元気《げんき》で」

若者《わかもの》は娘《むすめ》に礼《れい》をいって、屋敷《やしき》をあとにしました。ふしぎなことに、今度《こんど》は道《みち》に迷《まよ》わず、ぶじに家《いえ》に帰《かえ》ることができました。娘《むすめ》がくれたウグイスの一文《いちもん》銭《せん》は、これをもっているかぎり、自分《じぶん》のお金《かね》をいくら使《つか》っても減《へ》らないという宝物《たからもの》でした。若者《わかもの》は、村一番《むらいちばん》の長者《ちょうじゃ》になりました。

若者《わかもの》から話《はなし》を聞《き》いた商人《しょうにん》は、自分《じぶん》もまねをして金《かね》もちになろうとしました。商人《しょうにん》が山《やま》へいくとやはり道《みち》に迷《まよ》い、屋敷《やしき》を見《み》つけました。

「おお、ここが例《れい》の屋敷《やしき》か」

商人《しょうにん》が屋敷《やしき》を訪《たず》ねると、今度《こんど》も娘《むすめ》が出《で》てきて十三番目《じゅうさんばんめ》の座敷《ざしき》をのぞかないという約束《やくそく》を商人《しょうにん》にさせました。

「ふん、どうせ、十三番目《じゅうさんばんめ》の座敷《ざしき》にはお宝《たから》がぎっしりとあるのだろう。ぜんぶわしのものにしてやろう」

商人《しょうにん》が十三番目《じゅうさんばんめ》の座敷《ざしき》にはいると、そこには梅《うめ》の花《はな》が咲《さ》きみだれるうつくしい光景《こうけい》が広《ひろ》がっていました。梅《うめ》の木《き》の枝《えだ》には一羽《いちわ》のウグイスがとまっており、商人《しょうにん》を見《み》ると一声《ひとこえ》「**ホーホケキョ**」と鳴《な》きました。

すると、そこにあった屋敷《やしき》はかき消《き》え、商人《しょうにん》が一人《ひとり》だけ残《のこ》されました。商《しょう》人《にん》は道《みち》に迷《まよ》って死《し》んでしまいました。

読んだ日　年　月　日／　年　月　日／　年　月　日

ポイント「たちならんだ蔵《くら》の中《なか》を見《み》てはいけない」というシチュエーションのお話《はなし》もあります。

いい悪魔《あくま》もいるんですね

さらわれたサンタクロース

ライマン・フランク・ボーム

サンタクロースは、妖精《ようせい》たちといっしょにニコニコ谷《だに》に住《す》んでいます。このニコニコ谷《だに》で、サンタクロースは、妖精《ようせい》たちとクリスマスにくばるプレゼントをつくっているのです。

「今年《ことし》のクリスマスも、子《こ》どもたちの笑顔《えがお》が見《み》られるといいな」

「がんばろうね、サンタさん」

サンタクロースと妖精《ようせい》たちは、いつもたのしそうに仕事《しごと》をしています。ところが、これをおもしろく思《おも》わないのが、近《ちか》くに棲《す》む悪魔《あくま》たちでした。

「サンタの野郎《やろう》、毎年《まいとし》プレゼントをくばって、子《こ》どもたちをよろこばせてるぞ」

「サンタがいると、子《こ》どもたちがにくしみも、ねたみも忘《わす》れちまう」

「わがままも、ケンカもなくなるぜ」

「サンタをさらっちまおうぜ。そうすれば、この世《よ》はわるい子《こ》ばかりになる」

悪魔《あくま》たちはとんでもない計画《けいかく》を練《ね》りはじめました。すると、わるい子《こ》を反《はん》省《せい》させる仕事《しごと》をする悪魔《あくま》がいいました。

「それはちょっと、やりすぎだろう」

「なにをいう。わるい子《こ》がいなくなったら反省《はんせい》もできないぞ。おまえの仕事《しごと》がなくなってもいいのか」

ほかの悪魔《あくま》の言葉《ことば》に、反省《はんせい》の悪魔《あくま》はいい返《かえ》せません。けっきょく、悪魔《あくま》たちはクリスマスイブに、サンタをさらうことにしました。

クリスマスイブがやってきました。サンタは妖精《ようせい》たちといっしょに、トナカイのそりに乗《の》り、町《まち》へ出発《しゅっぱつ》しました。

「ジングルベル、ジングルベル、鈴《すず》が鳴《な》る♪」

ところが、いくらもいかないうちに、サンタは悪魔《あくま》たちが投《な》げた縄《なわ》にからめとられて、そりから落《お》ちてしまったのです。サンタが急《きゅう》にいなくなって、妖《よう》精《せい》たちは大《おお》あわて。

「サンタさんを探《さが》そうよ」

「それより、プレゼントを先《さき》にくばらなきゃ。子《こ》どもたちが待《ま》ってるんだ」

妖精《ようせい》たちは、サンタを探《さが》すまえに、プレゼントをくばることを優先《ゆうせん》しました。そのほうがサンタもよろこぶだろう、と思《おも》ったからです。

一方《いっぽう》、さらわれたサンタは、悪魔《あくま》の洞窟《どうくつ》に閉《と》じこめられていました。

「困《こま》ったな。どうしよう」

すると、サンタのまえに、反省《はんせい》の悪《あく》魔《ま》があらわれました。

「サンタさん、おれ、あんたを助《たす》けるよ。わるいことをしたら、反省《はんせい》しなくちゃ。でもね、サンタさん、わるいことは世《よ》の中《なか》からなくならないよ。だから、せめて子《こ》どもたちには、反省《はんせい》することを忘《わす》れてほしくないんだ」

「そうだな。キミがいなくては、世《よ》の中《なか》はおかしくなってしまう。わしはお礼《れい》の気《き》もちをこめて、この言葉《ことば》をキミに贈《おく》ろう。**メリー、クリスマス！**」

サンタはニコニコ谷《だに》に帰《かえ》りました。そして、妖精《ようせい》たちがプレゼントをくばりおえたことを知《し》って、大《おお》よろこびしたそうです。

読んだ日　年　月　日／　年　月　日／　年　月　日

ポイント　ライマン・フランク・ボームはアメリカの作家《さっか》で、『オズの魔法使《まほうつか》い』の作者《さくしゃ》として有名《ゆうめい》です。

クリスマスの夜《よる》、人形《にんぎょう》たちが動《うご》きだします

エルンスト・テオドール・アマデウス・ホフマン

くるみ割《わ》り人形《にんぎょう》とネズミの王様《おうさま》

12月21日のお話

クリスマスイブの夜《よる》。マリーはたくさんのプレゼントをもらいました。マリーが一番気《いちばんき》にいったのは、おじさんがくれた、兵士《へいし》の姿《すがた》をしたおかしな顔《かお》のくるみ割《わ》り人形《にんぎょう》でした。ところが、兄《あに》のフリッツが、人形《にんぎょう》のあごをこわしてしまいました。

「ひどいわ！」

マリーは泣《な》きながら、人形《にんぎょう》をおもちゃの戸棚《とだな》にそっと寝《ね》かせました。

その日《ひ》の夜中《よなか》、マリーは人形《にんぎょう》が気《き》になって眠《ねむ》れません。人形《にんぎょう》を寝《ね》かせた戸《と》棚《だな》をのぞきにいきました。そのときです。とつぜん、たくさんのネズミがあらわれ、マリーをとりかこみました。

「きゃあ！　助《たす》けて！」

マリーが悲鳴《ひめい》をあげると、戸棚《とだな》からおもちゃの兵隊《へいたい》が飛《と》びだしました。

「ネズミをやっつけろ！　銃《じゅう》をうて！」

先頭《せんとう》でさけんだのは、あのくるみ割《わ》り人形《にんぎょう》です。兵隊《へいたい》はおもちゃの鉄砲《てっぽう》でネズミと戦《たたか》います。でも、ネズミの数《かず》が多《おお》くて、兵隊《へいたい》たちは負《ま》けそうです。大《おお》きなネズミの王様《おうさま》が、くるみ割《わ》り人《にん》形《ぎょう》におそいかかりました。

「あぶない！」

マリーはスリッパを投《な》げつけました。すると、ネズミの王様《おうさま》も兵隊《へいたい》も人形《にんぎょう》も消《き》え、あたりは真《ま》っ暗《くら》になり、マリーは気《き》をうしなってしまいました。

つぎの日《ひ》、マリーはベッドで目覚《めざ》めました。「夢《ゆめ》だったのかしら」とマリーは思《おも》いました。ところが、おじさんが、ふしぎな物語《ものがたり》を話《はな》してくれました。

むかし、魔女《まじょ》に呪《のろ》いをかけられたお姫様《ひめさま》を助《たす》けるため、くるみ割《わ》り人形《にんぎょう》にされた青年《せいねん》がいました。おかしな顔《かお》の人形《にんぎょう》を好《す》きになってくれる女性《じょせい》があらわれたら、その呪《のろ》いはとけるというのです。マリーは、自分《じぶん》の人形《にんぎょう》がその青《せい》年《ねん》で、呪《のろ》いをとくのは自分《じぶん》にちがいないと思《おも》いました。

その日《ひ》の夜《よる》も、マリーは戸棚《とだな》をたしかめにいきました。すると、またネズミがやってきて、くるみ割《わ》り人形《にんぎょう》をかじろうとしました。そのとき、くるみ割《わ》り人形《にんぎょう》が起《お》きあがり、「マリー、剣《けん》をください」といいました。マリーがおもちゃの剣《けん》をわたすと、人形《にんぎょう》はネズミと戦《たたか》い、ついにネズミをたおしたのです。

くるみ割《わ》り人形《にんぎょう》は、「お礼《れい》に、ぼくの国《くに》へ案内《あんない》しましょう」といって、マリーを人形《にんぎょう》の国《くに》へ連《つ》れていってくれました。マリーは甘《あま》いお菓子《かし》を食《た》べたり、青年《せいねん》とダンスをしたりしました。

家《いえ》に帰《かえ》ったマリーは、みんなに人《にん》形《ぎょう》の国《くに》の話《はなし》をしましたが、だれも信《しん》じてくれません。マリーは、「やっぱり夢《ゆめ》なのかしら」と思《おも》いました。ところが、数年後《すうねんご》、りっぱな青年《せいねん》がマリーをたずねてきたのです。

「ぼくは、くるみ割《わ》り人形《にんぎょう》です。あなたのおかげで、呪《のろ》いがとけたのです」

王様《おうさま》になった青年《せいねん》は、マリーを迎《むか》えにきたのです。こうして、マリーは人《にん》形《ぎょう》の国《くに》の王妃《おうひ》になりました。

読んだ日　　年　月　日／　　年　月　日／　　年　月　日

ポイント　クリスマスに上演《じょうえん》されるチャイコフスキーのバレエ『くるみ割《わ》り人形《にんぎょう》』の原作《げんさく》の物語《ものがたり》です。

宝石《ほうせき》よりも金《きん》よりもすばらしいもの

クリスマスの鐘《かね》

アメリカ

むかしむかし、大《おお》きな鐘《かね》がある大《おお》きな教会《きょうかい》がありました。大《おお》きな鐘《かね》は国《くに》中《じゅう》の人《ひと》たちから「クリスマスの鐘《かね》」と呼《よ》ばれていました。ところが、このクリスマスの鐘《かね》の音色《ねいろ》を、だれも聞《き》いたことがなかったのです。

この教会《きょうかい》からはなれた村《むら》に、二人《ふたり》の兄弟《きょうだい》がいました。兄弟《きょうだい》はおじいさんに、クリスマスの鐘《かね》の話《はなし》を聞《き》きました。

「ねえねえ、クリスマスの鐘《かね》の音色《ねいろ》って、どんなものなの？」

「それはうつくしい音色《ねいろ》だそうじゃよ。ただ、この鐘《かね》はクリスマスの日《ひ》に、とてもすばらしいものをささげないと、鳴《な》らないのだそうじゃ」

「そっか。一度《いちど》聞《き》いてみたいなあ」

兄弟《きょうだい》はクリスマスの日《ひ》、たった一枚《いちまい》の銀貨《ぎんか》をもって教会《きょうかい》にでかけました。この一枚《いちまい》の銀貨《ぎんか》が、兄弟《きょうだい》の全財産《ぜんざいさん》なのです。この日《ひ》は寒《さむ》く、雪《ゆき》がふっていました。二人《ふたり》が教会《きょうかい》のある町《まち》に近《ちか》づくと、だれかが道《みち》ばたにたおれています。

「にいちゃん、女《おんな》の人《ひと》がたおれてる」

「たいへんだ。助《たす》けなくちゃ」

兄弟《きょうだい》は女《おんな》の人《ひと》の体《からだ》をこすって、いっしょうけんめいに温《あたた》めました。

「にいちゃん、もうすぐ、教会《きょうかい》で礼拝《れいはい》がはじまっちゃうよ」

「でも、この女《おんな》の人《ひと》はほおっておけないよ。そうだ、おまえ、この銀貨《ぎんか》をもって教会《きょうかい》にいきなよ。おれはこの女《おんな》の人《ひと》を介抱《かいほう》してるからさ」

「やだよ。二人《ふたり》でいこうよ」

「だめだよ。さあ、はやくおいき。戻《もど》ってくるときはだれか連《つ》れてきてくれよ」

弟《おとうと》は泣《な》きながら、一人《ひとり》で教会《きょうかい》にいきました。

教会《きょうかい》では礼拝《れいはい》がはじまっていました。みんなクリスマスの鐘《かね》の音色《ねいろ》が聞《き》きたくて、宝石《ほうせき》や黄金《おうごん》を祭壇《さいだん》にたくさんささげました。それでもクリスマスの鐘《かね》は鳴《な》りません。最後《さいご》に王様《おうさま》が、宝冠《ほうかん》をささげました。

「さすが王様《おうさま》だ。あんなにうつくしい冠《かんむり》なら、クリスマスの鐘《かね》は鳴《な》るだろう」

人《ひと》びとはそう思《おも》いましたが、クリスマスの鐘《かね》は鳴《な》りませんでした。

（やっぱり鳴《な》らなかったか）

人《ひと》びとが残念《ざんねん》に思《おも》いながら帰《かえ》ろうとすると、どこからか、うつくしい鐘《かね》の音色《ねいろ》が聞《き》こえてきました。

最初《さいしょ》は小《ちい》さく、やがて大《おお》きく、そのうつくしい音色《ねいろ》は、人《ひと》びとの耳《みみ》にひびきわたりました。

「これはクリスマスの鐘《かね》だ。だれだ、だれがどんなささげ物《もの》をしたんだ」

人《ひと》びとがあたりを見《み》まわすと、そこには、たった一枚《いちまい》の銀貨《ぎんか》をささげた、弟《おとうと》の姿《すがた》がありました。

読んだ日　　年　月　日／　　年　月　日／　　年　月　日

ポイント　このお話《はなし》の類話《るいわ》に、仏教《ぶっきょう》の経典《きょうてん》にある「貧者《ひんじゃ》の一灯《いっとう》」があります。心《こころ》のこもった贈《おく》り物《もの》はどんな宝物《たからもの》よりもとうとい、というお話《はなし》です。

クリスマス・イブの夜《よる》、三人《さんにん》の幽霊《ゆうれい》があらわれました

クリスマス・キャロル

チャールズ・ディケンズ

12月23日のお話

一人《ひとり》暮《ぐ》らしの老人《ろうじん》エベネーゼ・スクルージは、頑固《がんこ》でケチで心《こころ》が冷《つめ》たく、みんなに嫌《きら》われていました。

今夜《こんや》はクリスマスイブ。スクルージは、クリスマスの寄付《きふ》をしたことがありません。甥《おい》のフレッドにさそわれた夕食会《ゆうしょくかい》もことわりました。会社《かいしゃ》の従《じゅう》業員《ぎょういん》のボブには、休《やす》みもプレゼントもあげません。

「ふん！　まったくばかばかしい」

スクルージはクリスマスを祝《いわ》うのをバカにしていたのです。

その夜《よる》、スクルージのまえに、幽霊《ゆうれい》があらわれました。七年前《ななねんまえ》に亡《な》くなった、たった一人《ひとり》の友《とも》だち、ジェイコブ・マーレイでした。マーレイはスクルージに、自分《じぶん》の人生《じんせい》を後悔《こうかい》していると話《はな》しました。そして、「きみは、もっと後《こう》悔《かい》することになる」といいました。

それから三晩続《みばんつづ》けて、スクルージのもとに幽霊《ゆうれい》がやってきました。

一人目《ひとりめ》は「過去《かこ》のクリスマスの幽霊《ゆうれい》」でした。幽霊《ゆうれい》はスクルージに過去《かこ》を見《み》せました。そこには、少年《しょうねん》のスクルージがいました。読書《どくしょ》が大好《だいす》きで、純粋《じゅんすい》な少年《しょうねん》です。青年《せいねん》のスクルージもいました。仲間《なかま》にかこまれ、たのしそうに働《はたら》いています。死《し》んでしまった妹《いもうと》が見《み》えます。妹《いもうと》はスクルージをとても愛《あい》してくれました。気《き》がつくと、年老《としお》いたスクルージは涙《なみだ》を流《なが》していました。

二人目《ふたりめ》は「現在《げんざい》のクリスマスの幽《ゆう》霊《れい》」でした。幽霊《ゆうれい》はスクルージを連《つ》れて、クリスマスの家《いえ》をまわりました。従業員《じゅうぎょういん》のボブの家《いえ》では、家族《かぞく》みんなで食事《しょくじ》をしていました。小《ち》さな息子《むすこ》は重《おも》い病気《びょうき》ですが、にこにこ笑《わら》っていました。甥《おい》のフレッドの家《いえ》にもいきました。親戚《しんせき》が集《あつ》まり、パーティーを開《ひら》いています。街《まち》では、そまつな服《ふく》を着《き》た子《こ》どもたちが、お腹《なか》をすかせているのを見《み》ました。スクルージは、クリスマスの寄付《きふ》をことわったことを後悔《こうかい》しました。

三人目《さんにんめ》は「未来《みらい》のクリスマスの幽霊《ゆうれい》」でした。そこでは、スクルージの知《し》りあいがそろっていました。そして、「嫌《いや》なやつが死《し》んだ」と話《はな》しています。一人《ひとり》ぼっちで死《し》んでいったのは、もっと年老《としお》いたスクルージでした。だれ一《ひと》人《り》、スクルージの死《し》をかなしむ人《ひと》はいません。それどころか、よろこぶ人《ひと》さえいたのです。スクルージは、おそろしさとかなしさで胸《むね》がつぶれそうでした。できることなら、生《い》きかたをかえたいと心《こころ》から願《ねが》いました。

スクルージが目《め》を覚《さ》ますと、三晩《みばん》がすぎたはずなのに、ほんとうは一晩《ひとばん》しかたっていませんでした。

「今日《きょう》はクリスマスだ！」

スクルージは大《おお》いそぎで、クリスマスパーティーの用意《ようい》をしました。そして、近所《きんじょ》の人《ひと》やフレッド、ボブの子《こ》どもたちを呼《よ》び、プレゼントをわたしました。その後《ご》、スクルージはすすんで貧《まず》しい人《ひと》を助《たす》け、みんなのよき友《とも》だちになり、しあわせな人生《じんせい》をすごしました。

読んだ日　年　月　日／　年　月　日／　年　月　日

ポイント　スクルージは生《い》きかたをかえて、しあわせな未来《みらい》を手《て》にしました。三人《さんにん》の幽霊《ゆうれい》からのクリスマスプレゼントかもしれません。

12月24日のお話

たいせつな人《ひと》へのとくべつなクリスマスプレゼント

賢者《けんじゃ》の贈《おく》り物《もの》

オー・ヘンリー

一《いち》ドル八十七《はちじゅうなな》セント。それは、デラがもっているお金《かね》のすべてでした。明《あ》日《す》はクリスマスです。大好《だいす》きな夫《おっと》のジムにプレゼントをあげたいのに、たった一《いち》ドル八十七《はちじゅうなな》セントでは、なにも買《か》えません。デラはかなしくなって、とうとう泣《な》きだしてしまいました。

やがてデラは泣《な》きやみ、鏡《かがみ》のまえにたつと、ゆっていた髪《かみ》の毛《け》をほどいてみました。デラの長《なが》い髪《かみ》は栗色《くりいろ》につやつやかがやいて、とてもきれいでした。

ジムとデラの夫婦《ふうふ》は貧乏《びんぼう》でしたが、二《ふた》つの宝物《たからもの》をもっていました。一《ひと》つはデラのうつくしい髪《かみ》。もう一《ひと》つはジムがおじいさんからもらった金《きん》の懐中時計《かいちゅうどけい》です。どちらも、王国《おうこく》の女王様《じょおうさま》や王《おう》様《さま》でももっていないような、すばらしい宝物《たからもの》でした。

デラは鏡《かがみ》にうつる自分《じぶん》をしばらく見《み》つめていました。波《なみ》うつ髪《かみ》は膝《ひざ》の下《した》までとどき、まるでビロードのコートのようです。デラはぽろりと涙《なみだ》をこぼしました。そして、いそいで髪《かみ》をまとめ、古《ふる》いコートを着《き》て帽子《ぼうし》をかぶり、部屋《へや》をでていきました。デラがむかったのは、通《とお》りにある「かつら屋《や》」さんです。

デラは帽子《ぼうし》をとって髪《かみ》を見《み》せながら、店《みせ》の女主人《おんなしゅじん》に聞《き》きました。

「わたしの髪《かみ》を買《か》ってくれますか」

女主人《おんなしゅじん》はデラの髪《かみ》を見《み》て、「二十《にじゅう》ドルだね」といって、さっさと髪《かみ》を切《き》ってしまいました。

そのあと、デラは町中《まちじゅう》をまわって、ジムへのプレゼントを探《さが》しました。そして、ジムの懐中時計《かいちゅうどけい》にぴったりな、プラチナの鎖《くさり》を見《み》つけたのです。

夕方《ゆうがた》になり、ジムが家《いえ》に帰《かえ》ってきました。そしてデラの短《みじか》い髪《かみ》を見《み》ると、困《こま》ったような顔《かお》をしました。

「髪《かみ》、切《き》っちゃったのか」

ジムはつぶやくと、きれいに包装《ほうそう》された包《つつ》みをとりだしました。ジムからデラへのプレゼントです。それは宝石《ほうせき》にふちどられた、うつくしいべっ甲《こう》の櫛《くし》でした。長《なが》い髪《かみ》にかざれば、にあったことでしょう。デラはうれしさとかなしさで、泣《な》きだしてしまいました。

「あなたへのプレゼントを買《か》うために、髪《かみ》を切《き》っちゃったの」

デラはジムにプレゼントをわたしました。ジムはプラチナの鎖《くさり》を見《み》ると、ほほえんでいいました。

「懐中時計《かいちゅうどけい》、売《う》っちゃったんだ。君《きみ》に櫛《くし》を買《か》ってあげたくて」

ジムは、デラをやさしく抱《だ》きしめました。

二人《ふたり》のプレゼントは、どちらも役《やく》にたちません。お金《かね》もちの賢者《けんじゃ》は二人《ふたり》を「おろか者《もの》」だと笑《わら》うかもしれません。でも、大好《だいす》きな人《ひと》のために、宝物《たからもの》を手放《てばな》した二人《ふたり》は、もっとすばらしい贈《おく》り物《もの》をもらったのです。あいてを思《おも》いやる心《こころ》と、おたがいの愛情《あいじょう》です。ほんとうにかしこいのは、この夫婦《ふうふ》なのです。

読んだ日　年　月　日／　年　月　日／　年　月　日

ポイント　二人《ふたり》にとって一番《いちばん》のプレゼントはなんだったのでしょう。それは、お金《かね》では買《か》えないものです。

しあわせの青《あお》い鳥《とり》はどこにいるのでしょう？

青《あお》い鳥《とり》

モーリス・メーテルリンク

森《もり》の小《ちい》さな木《き》こりの小屋《こや》に、チルチルとミチルという兄妹《きょうだい》が住《す》んでいました。あるクリスマスイブの夜《よる》。貧《まず》しい木《き》こりの小屋《こや》には、ツリーもプレゼントもありませんでした。二人《ふたり》がしょんぼりしていると、とつぜん、見知《みし》らぬおばあさんが訪《たず》ねてきました。

「この家《いえ》に、青《あお》い鳥《とり》はいるかい？」

「ここにいるのは、山《やま》バトです。青《あお》い鳥《とり》はいません」

と、チルチルはこたえました。

「わたしの病気《びょうき》の娘《むすめ》のために、青《あお》い鳥《とり》を探《さが》しておくれ。青《あお》い鳥《とり》がいると、しあわせになれるんだよ」

おばあさんは、チルチルにダイヤのついた帽子《ぼうし》をくれました。ダイヤをまわすと、ふしぎな力《ちから》でいろいろな国《くに》へいけるのです。チルチルがダイヤをまわすと、二人《ふたり》は「思《おも》い出《で》の国《くに》」にいました。

そこには、ずっとまえに死《し》んでしまった、おじいさんとおばあさんがいました。二人《ふたり》は「よくきてくれたね」とよろこんでくれました。そして、「生《い》きている人《ひと》が思《おも》いだしてくれたら、いつでも会《あ》えるんだよ」と教《おし》えてくれました。そのとき、おじいさんの手《て》に青《あお》い鳥《とり》がとまりました。おじいさんに青《あお》い鳥《とり》をもらって、二人《ふたり》は家《いえ》に帰《かえ》りました。ところが、思《おも》い出《で》の国《くに》をでると、青《あお》い鳥《とり》は真《ま》っ黒《くろ》にかわっていました。

つぎに二人《ふたり》がいったのは「夜《よる》の国《くに》」です。そこには、たくさんのトビラがならんでいます。「病気《びょうき》」「戦争《せんそう》」「おそれ」。つぎつぎにトビラを開《あ》けていくと、最後《さいご》に「夢《ゆめ》」というトビラがありました。その部屋《へや》には、何千《なんぜん》、何万《なんまん》、何十万《なんじゅうまん》という青《あお》い鳥《とり》が飛《と》んでいました。チルチルとミチルは、大《おお》よろこびでたくさんの青《あお》い鳥《とり》をつかまえました。でも、夜《よる》の国《くに》をでて、お日様《ひさま》の光《ひかり》をあびると、青《あお》い鳥《とり》はみんな死《し》んでしまいました。

それから二人《ふたり》は「森《もり》の国《くに》」や「しあわせの国《くに》」や「未来《みらい》の国《くに》」にいきました。どの国《くに》にも青《あお》い鳥《とり》はいましたが、その国《くに》をでると色《いろ》がかわったり、死《し》んでしまったりしました。

「青《あお》い鳥《とり》はどこにいるの？　見《み》つけられたら、しあわせになれるのに……」

チルチルは帽子《ぼうし》のダイヤをまわしました。すると、二人《ふたり》は明《あか》るい光《ひかり》に包《つつ》まれました。

「チルチル、ミチル、起《お》きなさい！」

お母《かあ》さんの大《おお》きな声《こえ》で目《め》が覚《さ》めました。二人《ふたり》はベッドの中《なか》にいたのです。冒険《ぼうけん》は夢《ゆめ》だったのでしょうか？　鳥《とり》かごの山《やま》バトを見《み》ると、お日様《ひさま》をあびた羽《はね》がキラキラと青《あお》くかがやいています。

「青《あお》い鳥《とり》はずっとそばにいたんだね」

チルチルとミチルは、家族《かぞく》と暮《く》らすしあわせな家《いえ》に「青《あお》い鳥《とり》」はいるのだと、気《き》がついたのです。

読んだ日　　年　　月　　日／　　年　　月　　日／　　年　　月　　日

ポイント 「青《あお》い鳥《とり》」はしあわせの象徴《しょうちょう》です。「青《あお》い鳥《とり》」は、過去《かこ》や未来《みらい》や夢《ゆめ》の中《なか》ではなく、自分《じぶん》の近《ちか》くにいるのです。

クリスマス・ツリーになったもみの木《き》の話《はなし》

もみの木《き》

アンデルセン

むかし、ある森《もり》の中《なか》に、若《わか》くて小《ちい》さなもみの木《き》がありました。若《わか》いもみの木《き》のまわりには、大《おお》きくてりっぱなもみの木《き》がたくさんはえています。若《わか》いもみの木《き》は大《おお》きな木《き》をうらやましいと思《おも》いました。

お日様《ひさま》が、それを見《み》ていいました。

「おまえは、その若《わか》さをたのしむといいよ」

でも若《わか》いもみの木《き》には、その意味《いみ》がよくわかりませんでした。

クリスマスが近《ちか》づくと、森《もり》の木《き》がつぎつぎと切《き》られていきました。森《もり》で切《き》られたもみの木《き》は、クリスマスの日《ひ》には、町《まち》の子《こ》どもたちにキラキラとしたかざりつけをしてもらうのです。

「ぼくも、はやくそんなふうになりたいなあ。いまよりずっとしあわせで、ずっとたのしいにちがいないもの」

若《わか》いもみの木《き》のひとり言《ごと》を聞《き》いて、また、お日様《ひさま》はいいました。

「おまえは、いまの若《わか》さをぞんぶんにたのしんでおくといいよ」

やがて若《わか》いもみの木《き》はうつくしい枝《えだ》を広《ひろ》げ、大《おお》きなもみの木《き》になりました。

そして、ある年《とし》の冬《ふゆ》、一人《ひとり》の木《き》こりが、このもみの木《き》に目《め》をとめました。

「クリスマス・ツリーにぴったりだ」

もみの木《き》は木《き》こりに切《き》りたおされ、町《まち》に運《はこ》ばれて、ある家《いえ》に買《か》われていきました。その家《いえ》の子《こ》どもたちは、思《おも》いおもいにかざりつけをしました。頭《あたま》のてっぺんには星《ほし》をつけました。

「メリー・クリスマス！」

子《こ》どもたちはツリーのまわりで歌《うた》ったり、踊《おど》ったり、とてもたのしそうです。子《こ》どもたちの笑顔《えがお》を見《み》て、もみの木《き》もしあわせな気分《きぶん》になりました。

でも、しあわせは長《なが》くはつづきませんでした。翌朝《よくあさ》、もみの木《き》は屋根裏部《やねうらべ》屋《や》に片《かた》づけられてしまったのです。

「来年《らいねん》までひとりぼっちなのかな」

もみの木《き》がかなしんでいると、ネズミがやってきました。

「クリスマスはおわったんだね。ぼくたちに、昨日《きのう》の話《はなし》を聞《き》かせてよ」

もみの木《き》は、たのしかったクリスマスの話《はなし》をネズミに聞《き》かせました。それから、自分《じぶん》が育《そだ》った森《もり》のことも話《はな》しました。でも、そのうちに、ネズミもどこかへいってしまいました。

ある日《ひ》のことです。子《こ》どもたちのおとうさんが屋根裏部屋《やねうらべや》にきて、もみの木《き》を中庭《なかにわ》へひっぱりだしました。

「ああ、気《き》もちいい。いつのまにか、外《そと》は春《はる》になってたんだな。きれいな花《はな》が咲《さ》いて、鳥《とり》が歌《うた》っているよ」

もみの木《き》はよろこびましたが、しあわせはつづきませんでした。頭《あたま》の星《ほし》は男《おとこ》の子《こ》にもっていかれ、体《からだ》は斧《おの》で薪《まき》にされてしまったのです。薪《まき》になったもみの木《き》は、台所《だいどころ》のかまどにくべられて、いきおいよく燃《も》えはじめました。

「ああ、お日様《ひさま》がいったように若《わか》いときをもっと楽《たの》しんでおけばよかった」

もみの木《き》は深《ふか》いため息《いき》をつきながら、音《おと》をたてて燃《も》えていきました。

読んだ日　年　月　日／　年　月　日／　年　月　日

ポイント しあわせとはなんでしょうか。自分《じぶん》がしあわせなときには、なかなかそれに気《き》づかないものです。

みんなの体《からだ》が一《ひと》つになったら？

モンゴル

ラクダと十二支《じゅうにし》

むかし、神様《かみさま》が十二支《じゅうにし》を決《き》めようとしました。ウシ、トラ、ウサギ、タツ、ヘビ、ウマ、ヒツジ、サル、ニワトリ、イヌ、イノシシと十一種類《じゅういっしゅるい》まで動物《どうぶつ》が決《き》まりましたが、あと一種類《いっしゅるい》が決《き》まりません。そこで神様《かみさま》はいいました。

「う～ん、あと残《のこ》っているのは、ネズミとラクダか。よし、この二匹《にひき》は競争《きょうそう》させよう。明日《あす》の朝《あさ》、太陽《たいよう》を先《さき》に見《み》た者《もの》を十二支《じゅうにし》にいれよう」

こうして、ネズミとラクダは、朝《あさ》日《ひ》を待《ま》つことになりました。ネズミは頭《あたま》がいいので、少《すこ》しでも高《たか》いところにいるほうが、お日様《ひさま》をはやく見《み》つけられることに気《き》づきました。

「よし、ぼくはラクダくんの頭《あたま》の上《うえ》で、お日《ひ》さまがのぼるのを待《ま》っていよう」

やがてお日《ひ》さまがのぼりました。先《さき》にお日様《ひさま》を見《み》たのは、やっぱりネズミのほうでした。こうしてネズミは、十二支《じゅうにし》の中《なか》にいれられたのです。ところが、くやしがったのはラクダです。と

「ネズミくんはぼくの頭《あたま》に乗《の》ったから、お日様《ひさま》をはやく見《み》られたんだ」

ラクダのいうことも、もっともです。十二支《じゅうにし》の動物《どうぶつ》たちは、神様《かみさま》のところへいって、ラクダをなぐさめてくれるようにたのみました。

「う～ん、でももう決《き》めてしまったからなあ。では、動物《どうぶつ》のみんなの体《からだ》の特《とく》徴《ちょう》の一部《いちぶ》をわけてやろう。みんな、それでいいな」

「**チュウチュウ**。ぼくは耳《みみ》をあげますよ」

と、ネズミがいいました。

「**モオ～**。それならわたしはお腹《なか》だ」

と、ウシがいいました。

「**ガオオオ**。おれは足《あし》の裏《うら》だな」

と、トラがいいました。

「**ピョン**。ぼくはお鼻《はな》にするね」

と、ウサギがいいました。

「**ウオ～ン**。わたしは体《からだ》にしよう」

と、タツがいいました。

「**ニョロリン**。おれの目《め》はどうだ」

と、ヘビがいいました。

「**ヒヒン**。ぼくはたてがみにするか」

と、ウマがいいました。

「**メエエ**。わたしは体《からだ》の毛《け》をあげる」

と、ヒツジがいいました。

「**キャッキャッ**。おいらはコブだ」

と、サルがいいました。

「**コケコッコ～**。わたしは頭《あたま》のトサカをあげてもいいですよ」

と、ニワトリがいいました。

「**ワンワン**。ぼくは太《ふと》ももかな」

と、イヌがいいました。

「**ブゥブゥ**。おれはしっぽをやろう」

と、イノシシがいいました。

十二支《じゅうにし》の動物《どうぶつ》たちの言葉《ことば》を聞《き》いて、神様《かみさま》はにっこり笑《わら》いました。

「みんな、ありがとう。よしよし、おまえたちの申《もう》しでた特徴《とくちょう》をぜんぶ、ラクダにあげることにしよう」

こうして、ラクダはみんなの体《からだ》を少《すこ》しずつもらって、いまのような、ちょっとかわった姿《すがた》になったのです。

読んだ日　年　月　日／　年　月　日／　年　月　日

ポイント　神様《かみさま》と十二支《じゅうにし》の動物《どうぶつ》たちの声《こえ》を少《すこ》しずつかえて読《よ》んであげてください。日本《にほん》の十二支《じゅうにし》の話《はなし》と読《よ》みくらべてみるのもたのしいですね。

12月28日のお話

人《ひと》をだまそうとして損《そん》をするお話《はなし》

時《とき》そば

落語《らくご》

江戸時代《えどじだい》には、夜《よる》になると二八《にはち》そばという屋台《やたい》がたくさんでました。なぜ二八《にはち》そばという名前《なまえ》なのかというと、そばの値段《ねだん》が一杯《いっぱい》で、二《に》〈**かける**〉八《はち》の十六文《じゅうろくもん》だったからです。

ある晩《ばん》のこと、その二八《にはち》そばの屋台《やたい》に一人《ひとり》の男《おとこ》がやってきました。

「おう、親父《おやじ》、そばを一杯《いっぱい》たのむ。おっ、親父《おやじ》はそばをゆでる手《て》つきがいいな。こりゃ、名人《めいじん》の店《みせ》だな」

「へい、そば、お待《ま》ちっ」

「はやいねえ。やっぱり江戸《えど》のそばは、こうでなくちゃ、いけねえ。江戸《えど》っ子《こ》ってなあ、気《き》が短《みじ》けえもんだ」

男《おとこ》はそういいながら、そばをすすりこみました。

「おお、こりゃ、うめえ。親父《おやじ》さん、やっぱりあんたぁ名人《めいじん》だな。具《ぐ》のちくわも分厚《ぶあつ》い。今日日《きょうび》こんだけ分厚《ぶあつ》いちくわをいれてるのは、あんたの店《みせ》だけだぜ。これじゃあ、もうけもねえだろ」

「いえいえ、とんでもござんせん」

ほめられつづけて、そば屋《や》の親父《おやじ》もニコニコ顔《がお》でしきりに頭《あたま》をさげます。

「いや、謙虚《けんきょ》だねえ。名人《めいじん》ってのは、心《こころ》がまえもほかたあ、ちがう。うん、うまかった。あいにく、こまけえ銭《ぜに》しかもってねえんだ。いまから数《かぞ》えるからな。一《ひい》、二《ふう》、三《み》、四《よ》、五《いつ》、六《む》、七《なな》、八《や》、おい、いま何時《なんどき》でえ」

「へい、九《ここの》つで」

「十《とお》、十一《じゅういち》、十二《じゅうに》、十三《じゅうさん》、十四《じゅうし》、十五《じゅうご》、十六文《じゅうろくもん》と。ごちそうさん」

男《おとこ》は、一文《いちもん》お金《かね》をごまかして屋台《やたい》をでていきました。このようすをたまたま見《み》ていたのが、吉兵衛《きちべえ》です。

「あいつ、うまいこと、やりゃあがったな。ほめたあとでつり銭《せん》をごまかす、か。よし、おれもやってみよう」

吉兵衛《きちべえ》は翌日《よくじつ》、昨日《きのう》とはちがうべつの屋台《やたい》を見《み》つけ、そばをたのみました。

「そば一《ひと》つなのに、時間《じかん》がかかるな。おっ、やっとでてきたか。ありゃ、ゆですぎで、そばがのびてやがる」

「すみません。まだ初心者《しょしんしゃ》なもので」

「お、おう、そうかい。いや、そばなんてな、のびて長《なが》いほうが縁起《えんぎ》がいいってもんだ。どれ一口《ひとくち》……。まずっ、味《あじ》がついてねえ。い、いや、こっちの話《はなし》。それより、このちくわは分厚《ぶあつ》いねえ。分厚《ぶあつ》い……？　ぜんぜん分厚《ぶあつ》くねえ。むしろ、薄《うす》い、薄《うす》すぎるっ。おれぁ、こんな薄《うす》いちくわ見《み》たこたねえ」

「すみません。物価《ぶっか》が高《たか》いもんで」

「お、おう。な、なに、気《き》にすんな。よし、もう帰《かえ》るぜ。勘定《かんじょう》だ。一《ひい》、二《ふう》、三《み》、四《よ》、五《いつ》、六《む》、七《なな》、八《や》、おい、いま何時《なんどき》でえ」

「へい、いま四《よ》つで」

「五《いつ》、六《む》、七《なな》、八《や》、九《ここのつ》、十《とお》、十一《じゅういち》、十二《じゅうに》、十三《じゅうさん》、十四《じゅうよん》、十五《じゅうご》、十六文《じゅうろくもん》、と。ごちそうさん」

吉兵衛《きちべえ》は気《き》づかず四文《よんもん》よけいにはらって帰《かえ》りましたとさ。

読んだ日　　年　月　日／　　年　月　日／　　年　月　日

ポイント　江戸時代《えどじだい》の時間《じかん》のかぞえかたは、一日《いちにち》を12にわけ、二時間《にじかん》おきにかぞえます。このお話《はなし》の「九《ここの》つ」とは、真夜中《まよなか》の24時《じ》ごろのことです。

少年《しょうねん》と友《とも》だちの犬《いぬ》はいつもいっしょです

フランダースの犬《いぬ》

ウィーダ

　フランダースの小《ちい》さな村《むら》に、ネロという男《おとこ》の子《こ》が、おじいさんと住《す》んでいました。おじいさんは町《まち》までミルクを運《はこ》ぶ仕事《しごと》をしていました。ネロも荷《に》車《ぐるま》を押《お》して、おじいさんを手伝《てつだ》います。貧《まず》しい暮《く》らしでしたが、ネロには夢《ゆめ》がありました。それは、りっぱな絵描《えか》きになることです。

　ある日《ひ》。町《まち》からの帰《かえ》り道《みち》、ネロは草《くさ》むらにたおれている犬《いぬ》を見《み》つけました。

「かわいそうに。助《たす》けてあげよう」

　おじいさんは、荷車《にぐるま》に犬《いぬ》を乗《の》せて、家《いえ》に連《つ》れてかえりました。犬《いぬ》の名前《なまえ》はパトラッシュ。まえの飼《か》い主《ぬし》にいじめられ、すてられたのです。ネロとおじいさんの看病《かんびょう》で、パトラッシュは元気《げんき》になりました。パトラッシュは、ネロといっしょに暮《く》らすことになりました。

　しばらくして、おじいさんが病気《びょうき》で寝《ね》こんでしまいました。ミルク運《はこ》びは、ネロとパトラッシュの仕事《しごと》になりました。町《まち》からの帰《かえ》り道《みち》、ネロは必《かなら》ず教会《きょうかい》によります。教会《きょうかい》にはうつくしい絵《え》がたくさんかざってありました。でも、ネロが一番《いちばん》見《み》たいのは、ルーベンスという画《が》家《か》の絵《え》でした。その絵《え》には布《ぬの》がかけてあって、大金《たいきん》をはらわないと見《み》ることができません。

　村《むら》では、クリスマス・イブに絵《え》のコンクールがあります。一等《いっとう》には賞金《しょうきん》もでます。ネロも自分《じぶん》の絵《え》を出品《しゅっぴん》するつもりでした。

「一等《いっとう》になれば、賞金《しょうきん》でおじいさんに薬《くすり》を買《か》ってあげられるし、ルーベンスの絵《え》も見《み》られるかもしれない」

　ネロは目《め》をかがやかせて、パトラッシュに話《はな》しかけます。

わんわんわん！

　はげますように、パトラッシュも返《へん》事《じ》をしました。

　ネロには、パトラッシュのほかに、アロアという女《おんな》の子《こ》の友《とも》だちがいました。アロアのおとうさんは、コゼツさんといって、村一番《むらいちばん》のお金《かね》もちです。コゼツさんは、貧《まず》しいネロを嫌《きら》っていました。ネロがアロアの家《いえ》を訪《たず》ねた日《ひ》、コゼツさんの風車小屋《ふうしゃごや》が火事《かじ》になりました。コゼツさんはネロが火《ひ》をつけたと思《おも》いこみ、村中《むらじゅう》にいいふらしました。ネロは村《むら》の人《ひと》たちから冷《つめ》たくされ、ミルク運《はこ》びの仕事《しごと》もなくなってしまいました。

　クリスマスが近《ちか》づいたある日《ひ》。とうとう、おじいさんが死《し》んでしまいました。村《むら》の人《ひと》はだれ一人《ひとり》、助《たす》けにきてく

12月
世界の名作
かなしい話

読んだ日　　年　月　日／　　年　月　日／　　年　月　日

ポイント　画家《がか》を夢見《ゆめみ》る少年《しょうねん》と忠実《ちゅうじつ》な犬《いぬ》の心《こころ》あたたまる友情物語《ゆうじょうものがたり》は、世界中《せかいじゅう》の人《ひと》びとに深《ふか》い感動《かんどう》をあたえました。

れません。ネロは絵《え》が一等《いっとう》になれば、村《むら》の人《ひと》も、きっとやさしくなると思《おも》いました。

　クリスマス・イブ、ついにコンクールの発表《はっぴょう》の日《ひ》です。でも、一等《いっとう》に選《えら》ばれたのは、ネロではありませんでした。お金《かね》がなくなり、家賃《やちん》をはらえないネロは、家《いえ》を追《お》いだされました。ネロはパトラッシュと吹雪《ふぶき》の中《なか》をさまよい、歩《ある》きます。そのとき、パトラッシュが雪《ゆき》の中《なか》になにかを見《み》つけました。

「これは、コゼッツさんの財布《さいふ》だ」

　コゼッツさんは雪《ゆき》の中《なか》に財布《さいふ》を落《お》としたのです。いそいで財布《さいふ》をとどけにいきましたが、コゼッツさんは留守《るす》でした。

　ネロはアロアのおかあさんに財布《さいふ》をわたすと、パトラッシュに食《た》べ物《もの》をあげてほしいとたのみました。

「パトラッシュ、元気《げんき》でね」

　ネロはパトラッシュを残《のこ》し、外《そと》へ飛《と》びだしました。パトラッシュはごちそうに見《み》むきもせず、ネロのあとを追《お》いかけます。

　コゼッツさんは財布《さいふ》が見《み》つからず、がっかりして帰《かえ》ってきました。アロアが財布《さいふ》をさしだして、いいました。

「お父《とう》さんが嫌《きら》っていたネロが、財布《さいふ》をとどけてくれたのよ」

　コゼッツさんはネロをいじめたことを後悔《こうかい》しました。そして、ネロを探《さが》してお礼《れい》をしたいといいました。

　そのときパトラッシュは、ネロの足《あし》跡《あと》を追《お》って、教会《きょうかい》にたどりつきました。ネロは真《ま》っ暗《くら》な教会《きょうかい》の中《なか》にたおれていました。パトラッシュはネロに近《ちか》づくと、そっと顔《かお》をなめました。

「パトラッシュ、きてくれたんだね」

　いつのまにか雪《ゆき》はやみ、月《つき》の光《ひかり》が窓《まど》からさしこんできました。ネロが見《み》あげると、ルーベンスの絵《え》がくっきりとうきあがりました。

「やっと見《み》ることができた。すばらしい絵《え》だ。神様《かみさま》、ぼくはしあわせです」

　ネロはしっかりとパトラッシュを抱《だ》きしめ、静《しず》かに目《め》を閉《と》じました。

　つぎの朝《あさ》、コゼッツさんと村《むら》の人《ひと》たちは、教会《きょうかい》で冷《つめ》たくなったネロとパトラッシュを見《み》つけました。

「ゆるしておくれ、ネロ」

　コゼッツさんは涙《なみだ》を流《なが》してあやまりました。村人《むらびと》はネロとパトラッシュを、おじいさんのお墓《はか》の隣《となり》に眠《ねむ》らせました。

　ネロとパトラッシュのたましいは、天国《てんごく》へのぼっていきました。もう二度《にど》と、はなれることはありません。

おうちのかたへ

ネロが最期《さいご》に見《み》た絵《え》は、「キリストの昇架《しょうか》」と「キリストの降架《こうか》」です。いまも、ベルギーの大聖堂《だいせいどう》で見《み》ることができます。

少女《しょうじょ》がマッチの炎《ほのお》の中《なか》に見《み》たものは？

マッチ売《う》りの少女《しょうじょ》

アンデルセン

その年《とし》の大晦日《おおみそか》は、とても寒《さむ》い一日《いちにち》でした。

「マッチはいりませんか？　よく火《ひ》のつくマッチですよ」

道端《みちばた》でマッチを売《う》る少女《しょうじょ》の声《こえ》は、ふるえていました。貧《まず》しい少女《しょうじょ》は、帽子《ぼうし》もかぶっていなければ、手袋《てぶくろ》もしていません。それどころか、靴《くつ》もはいていません。少女《しょうじょ》の足《あし》は氷《こおり》のように冷《つめ》たく、指《ゆび》は真《ま》っ赤《か》にはれていました。

「お腹《なか》すいたなぁ。でも、マッチを売《う》らないとお父《とう》さんにおこられちゃう」

雪《ゆき》のふる中《なか》を、少女《しょうじょ》は歩《ある》きました。でも、マッチは一本《いっぽん》も売《う》れません。

「マッチはいりませんかぁ？」

日《ひ》はすっかり暮《く》れてしまいました。どの家《いえ》からも、温《あたた》かな灯《あか》りと笑《わら》い声《ごえ》、おいしそうなご飯《はん》のにおいがただよってきます。少女《しょうじょ》のお腹《なか》がぐうと鳴《な》りました。少女《しょうじょ》はその場《ば》にすわりこんでしまいました。体《からだ》に力《ちから》がはいらないのです。通《とお》りにはだれもいません。みんな自分《じぶん》の家《いえ》で新年《しんねん》を迎《むか》える準備《じゅんび》をしています。

「このマッチを一本灯《いっぽんとも》せば、少《すこ》しは暖《あたた》かくなるかも」

雪《ゆき》のふる中《なか》、少女《しょうじょ》はふるえる手《て》でマッチを一本《いっぽん》すりました。

シュッ！

マッチの光《ひかり》の中《なか》に、ストーブが見《み》えました。でも、マッチの火《ひ》が消《き》えるとストーブもなくなってしまいました。

少女《しょうじょ》はもう一本《いっぽん》マッチをすりました。今度《こんど》は、小《ちい》さな炎《ほのお》の中《なか》に、七面鳥《しちめんちょう》の丸《まる》焼《や》きが見《み》えました。でも、マッチの火《ひ》はまたすぐに消《き》えてしまいました。

つぎのマッチの火《ひ》の中《なか》には、きれいなクリスマスツリーが見《み》えましたが、やはりすぐに消《き》えてしまいました。

少女《しょうじょ》はもう一本《いっぽん》マッチを灯《とも》しました。するとどうでしょう。目《め》のまえに、大《だい》好《す》きだったおばあさんがたっているではありませんか。

「おばあちゃん！」

少女《しょうじょ》は大《おお》きな声《こえ》でさけびました。

「マッチが消《き》えたら、おばあちゃんも消《き》えちゃう。待《ま》って、おばあちゃん！」

少女《しょうじょ》は、売《う》り物《もの》だった残《のこ》りのマッチをぜんぶ灯《とも》しました。

マッチの束《たば》は、大《おお》きな炎《ほのお》となって、少女《しょうじょ》の顔《かお》を照《て》らしました。まるで昼間《ひるま》のような明《あか》るい光《ひかり》の中《なか》で、おばあさんがほほえんでいます。おばあさんは、少女《しょうじょ》を抱《だ》きしめてくれました。

「……暖《あたた》かい」

少女《しょうじょ》はおばあさんの腕《うで》の中《なか》で、ほっと安心《あんしん》しました。

街《まち》の人《ひと》が、冷《つめ》たくなった少女《しょうじょ》を見《み》つけたのは、つぎの日《ひ》の朝《あさ》のことです。かわいそうに、少女《しょうじょ》は新《あたら》しい年《とし》を迎《むか》えることができなかったのです。

少女《しょうじょ》はマッチの燃《も》えかすをにぎりしめたまま、亡《な》くなっていました。はだしのままではよほど寒《さむ》かったにちがいありません。それでも少女《しょうじょ》の口《くち》もとには、ほほえみがうかんでいるように見《み》えました。

読んだ日　　年　月　日／　　年　月　日／　　年　月　日

ポイント　かわいそうな少女《しょうじょ》に、暖《あたた》かい服《ふく》や食《た》べ物《もの》をあげる人《ひと》はいなかったのでしょうか。あなたならどうしますか？

12月31日
のお話

吹雪《ふぶき》の晩《ばん》のお地蔵《じぞう》さんへの思《おも》いやり

笠《かさ》地蔵《じぞう》

むかしむかしあるところに、貧乏《びんぼう》だけれど、とても心《こころ》のやさしいおじいさんとおばあさんが住《す》んでいました。

大晦日《おおみそか》、貧乏《びんぼう》でお正月《しょうがつ》の餅《もち》も買《か》えない二人《ふたり》は、頭《あたま》にかぶる編笠《あみがさ》をつくって町《まち》で売《う》ることにしました。二人《ふたり》はいっしょうけんめいに、五《いつ》つの編笠《あみがさ》をつくりました。

「やれやれ、ばあさんや、この編笠《あみがさ》を売《う》って餅《もち》を買《か》ってくるでな。たのしみに待《ま》っていておくれ」

おじいさんはそういって町《まち》へでかけ、編笠《あみがさ》を売《う》ろうとしましたが、だれも買《か》ってくれません。けっきょく一《ひと》つも売《う》れないまま夜《よる》になり、おじいさんは家《いえ》にひき返《かえ》すことになりました。

「ばあさんには気《き》の毒《どく》なことじゃ。餅《もち》をたのしみに待《ま》っておるじゃろうに」

おじいさんがため息《いき》をつきながら歩《ある》いていると、雪《ゆき》がふりはじめ、やがて吹雪《ふぶき》になりました。もう目《め》のまえは真《ま》っ白《しろ》です。目《め》をこらしながら歩《ある》いていくと、お地蔵《じぞう》さんが六体《ろくたい》ならんでいるのを見《み》つけました。

「こんな吹雪《ふぶき》の晩《ばん》に、おいたわしいことじゃ。さぞ寒《さむ》かろうに。そうじゃ、売《う》れのこった笠《かさ》をかぶせてあげよう」

そういうと、おじいさんはお地蔵《じぞう》さんたちに一《ひと》つ一《ひと》つ編笠《あみがさ》をかぶせていきました。ところが売《う》り物《もの》の編笠《あみがさ》は五《いつ》つ、お地蔵《じぞう》さんは六体《ろくたい》、どうしても一《ひと》つたりません。しばらく考《かんが》えていたおじいさんは、自分《じぶん》のかぶっていた手《て》ぬぐいを最後《さいご》のお地蔵《じぞう》さんにかぶせました。

「うん、これでいい」

おじいさんは家《いえ》に帰《かえ》りました。手《て》ぬぐいをかぶらずに雪《ゆき》の中《なか》を帰《かえ》ってきたおじいさんを見《み》て、おばあさんはびっくりです。おじいさんがわけを話《はな》すと、

「それはよいことをしなすった。お餅《もち》はなくても正月《しょうがつ》はすごせますよ」

と、にこにこしていいました。

大晦日《おおみそか》の晩《ばん》がすぎ、やがて正月《しょうがつ》の明《あ》けがたがやってくると、どこからかふしぎな歌声《うたごえ》がひびいてきました。

「どーこだ、どこだ。笠《かさ》をくれたじいさまの家《いえ》はどこだ。笠《かさ》の礼《れい》じゃ、笠《かさ》の礼《れい》じゃ。そーれ受《う》けとれ、そーれ受《う》けとれ」

歌声《うたごえ》はおじいさんの家《いえ》のまえまでくるとやみ、つぎにズシンとなにか重《おも》たいものを置《お》く音《おと》がしました。おどろいて飛《と》びおきたおじいさんとおばあさんが玄関《げんかん》の戸《と》を開《あ》けると、そこにはたくさんのお餅《もち》や米俵《こめだわら》、大判《おおばん》小判《こばん》が置《お》いてありました。

おじいさんがあわてて外《そと》へ飛《と》びだし、遠《とお》くをながめると、お地蔵《じぞう》さんが六体《ろくたい》、そりをひいてどこかへ帰《かえ》っていくところでした。よく見《み》ると編笠《あみがさ》をかぶったお地蔵《じぞう》さんが五体《ごたい》、手《て》ぬぐいをかぶったお地蔵《じぞう》さんが一体《いったい》です。

おじいさんとおばあさんは、帰《かえ》っていくお地蔵《じぞう》さんたちの背《せ》にむけて、手《て》をあわせてお礼《れい》しましたとさ。

読んだ日　年　月　日／　年　月　日／　年　月　日

ポイント 東北地方《とうほくちほう》に伝《つた》わる、やさしく心温《こころあたた》まる昔話《むかしばなし》です。

五十音順索引

ジャンル別索引

●日本の昔話

●日本の名作

●世界の童話

●世界の昔話

●世界の名作

●執筆

青木逸美

（世界の童話〈ペロー〉世界の昔話〈14,79,99,139,372〉、
世界の名作、神話〈聖書〉、伝記）

芹澤健介

（世界の童話〈グリム、アンデルセン〉）

中江文一

（日本の昔話、日本の名作、世界の童話〈イソップ〉、世界の昔話、
世界の名作〈46,60,83,105,130,152,161,165,173,184,208,220,227,239,254,266,280,287,320,332,336,357,367,395〉
神話〈インド、ギリシャ、日本〉、お話コラム）

●イラストレーター

石丸千里 、いわにしまゆみ、ウシヤマアユミ、江頭路子、小倉正巳、片山若子、がみ
クレーン謙、さかうえだいすけ、しおたまこ、しぶぞー、仁子、nachicco*、浜野史子、林ユミ
松井文子、まつくらくみこ、min、森のくじら、よねこめ

●デザイン フラミンゴスタジオ（黒門ビリー、佐藤ちひろ）

●装画 いわにしまゆみ

● DTP 明昌堂

●編集 大西史恵、篠賀典子

考える力を伸ばす！心を育てる！
読み聞かせ366話

2021年5月5日 発 行

編 者 新星出版社編集部
発行者 富 永 靖 弘
印刷所 株式会社新藤慶昌堂

発行所 東京都台東区台東2丁目24 株式会社 新星出版社
〒110-0016 ☎03(3831)0743

ISBN978-4-405-07207-7